KARL OVE KNAUSGÅRD

O fim
Minha luta 6

Tradução do norueguês
Guilherme da Silva Braga

Copyright © 2011 by Karl Ove Knausgård & Forlaget Oktober A/S, Oslo
Todos os direitos reservados.

Esta tradução foi publicada com o apoio financeiro de NORLA.

Grafia atualizada segundo o Acordo Ortográfico da Língua Portuguesa de 1990,
que entrou em vigor no Brasil em 2009.

Título original
Min kamp, sjette bok

Capa
Raul Loureiro

Foto de capa
Mark Power/ Magnum Photos/ Fotoarena

Preparação
Ana Cecília Agua de Melo

Revisão
Marise Leal
Valquíria Della Pozza
Márcia Moura

Dados Internacionais de Catalogação na Publicação (CIP)
(Câmara Brasileira do Livro, SP, Brasil)

Knausgård, Karl Ove
  O fim / Karl Ove Knausgård ; tradução do norueguês
Guilherme da Silva Braga. — 1ª ed. — São Paulo : Companhia das Letras, 2020. — (Minha luta; 6)

  Título original : Min Kamp. Sjette bok.
  ISBN 978-85-359-3387-1

  1. Ficção norueguesa I. Título. II. Série.

20-42903   CDD-839.823

Índice para catálogo sistemático:
1. Ficção : Literatura norueguesa 839.823

Cibele Maria Dias – Bibliotecária – CRB-8/9427

[2020]
Todos os direitos desta edição reservados à
EDITORA SCHWARCZ S.A.
Rua Bandeira Paulista, 702, cj. 32
04532-002 — São Paulo — SP
Telefone: (11) 3707-3500
www.companhiadasletras.com.br
www.blogdacompanhia.com.br
facebook.com/companhiadasletras
instagram.com/companhiadasletras
twitter.com/cialetras

PARTE 8

PARTE 5

No meio de setembro de 2009 eu fui à pequena casa de veraneio de Thomas e Marie entre Höganes e Mölle, Thomas bateria umas fotografias minhas para os romances seguintes. Eu tinha alugado um carro, era um Audi preto, e dirigia pela autoestrada de quatro pistas ainda pela manhã com um forte sentimento de alegria no peito. O céu estava claro e azul, e o sol ardia no verão. À esquerda o estreito de Öresund cintilava, à direita havia campos amarelos repletos de tocos e prados divididos por cercas, renques de árvores ao longo dos córregos e súbitas orlas de floresta. Eu tinha a impressão de que aquele dia não devia existir, porque era como um oásis de verão em meio ao panorama cada vez mais amarelado de outono, e aquilo, o fato de que não devia existir, de que o sol não devia arder tão forte, de que o céu não devia estar tão saturado de luz, provocou uma preocupação em minha alegria, conforme notei, mas assim mesmo deixei o pensamento de lado, na esperança de que fosse embora por conta própria, e em vez disso cantei o refrão de "Cat People", que naquele momento exato tocava no som do carro, e aproveitei a visão da cidade que se revelava à esquerda, as gruas do porto, as tubulações das fábricas, os armazéns. Eu estava passando pelos arredores de Landskrona, como minutos antes tinha passado por Barsebäck, com a silhueta característica e sempre meio assustadora da usina nuclear ao fundo. A próxima cidade seria Helsingborg; a casa de veraneio para onde eu me dirigia localizava-se a cerca de vinte quilômetros de lá.

Eu tinha saído tarde. Primeiro passei um bom tempo sentado no carro espaçoso e arejado na garagem, não sabia como dar a partida naquilo e simplesmente *não podia* entrar no escritório da locadora e perguntar, por medo de que me tirassem o carro se eu revelasse uma ignorância tão grande, então fiquei lendo o manual, folheando as páginas para lá e para cá, mas não havia nada sobre a partida do motor. Examinei o painel e depois a chave, que nem era uma chave, mas apenas um disco preto de plástico. Eu tinha aberto o carro apertando aquilo, e pensei se não haveria um sistema parecido para dar a partida. Não havia ignição perto do volante. Mas e aquele outro negócio? Era um buraco, não?

Enfiei o disco preto de plástico lá dentro e o carro ligou. Passei os trinta minutos seguintes andando pelo centro de Malmö, procurando o caminho certo para sair da cidade. Quando enfim peguei a autoestrada, eu já estava quase uma hora atrasado.

Assim que Landskrona desapareceu atrás do morro, tateei o banco do carona com a mão, encontrei meu celular e liguei para Geir A. Geir tinha me apresentado a Thomas em outra época, os dois tinham se conhecido em um clube de boxe, onde Thomas estava trabalhando em um livro de fotografias de boxe, enquanto Geir escrevia uma tese sobre o mesmo assunto. Os dois eram um par improvável, para dizer o mínimo, mas o respeito que tinham um pelo outro era enorme.

— Olá, garoto — disse Geir.

— Olá — eu disse. — Você pode me fazer um favor?

— Claro.

— Liga para o Thomas e avisa que eu vou chegar uma hora atrasado?

— Claro. Você está dirigindo, por acaso?

— Estou.

— Parece bom.

— É incrível, para mudar um pouco. Mas agora eu preciso ultrapassar um caminhão aqui.

— E?

— E eu não posso falar no telefone ao mesmo tempo.

— Deviam fazer um estudo científico sobre a sua capacidade de prestar atenção a mais de uma coisa ao mesmo tempo. Mas tudo bem. Nos falamos depois.

Acelerei, aumentei a marcha e passei ao lado do longo caminhão branco que balançou de leve com o deslocamento de ar. Naquele mesmo verão eu tinha levado a família inteira para Koster, e no caminho tivemos dois quase-acidentes, o primeiro foi quando eu aquaplanei em alta velocidade, aquilo podia ter acabado realmente mal, o outro não foi tão grave, mas também me abalou; eu estava trocando de pista nos arredores de Gotemburgo e não vi o carro que vinha e só não bati porque o outro motorista conseguiu frear a tempo. O buzinaço raivoso que veio logo a seguir dilacerou minha alma. Desde então eu havia perdido a sensação gostosa de antes ao dirigir, sempre havia também um medo, sem dúvida saudável, mas um medo assim mesmo, uma simples ultrapassagem de caminhão já acabava comigo, eu precisava me obrigar a fazer aquilo, e ao fim de um trajeto como aquele eu passava dias angustiado, como se tivesse bebido. Minha alma não queria nem saber que eu havia tirado a carta de motorista e tinha permissão legal para dirigir, mas continuava vivendo na época em que num dos meus grandes pesadelos recorrentes eu entrava num carro e começava a dirigir sem ter noção de como fazer aquilo. Angustiado pelas sinuosas estradas norueguesas, com a ameaça da chegada iminente da polícia sobre a minha cabeça, eu dormia numa cama em um lugar qualquer com o travesseiro e a parte de cima do edredom úmidos de suor.

Saí da autoestrada e entrei na estrada que levava a Höganes. O calor do lado de fora era visível, a exuberância e a luz do céu pareciam veladas, e o brilho macio do sol espalhava-se sobre todas as coisas. Meu sentimento era que o mundo estava aberto, e também que tremulava.

Dez minutos depois entrei no estacionamento em frente a um supermercado, parei o carro e desci. Ah, havia um anseio no ar! Tinha em si o azul do oceano, mas não o calor típico do verão, nele havia um toque de frio e de paz. Quando atravessei o piso de asfalto e me aproximei do supermercado, onde as bandeiras estavam frouxas no lado de fora, o sentimento causado pelo ar me fez lembrar do sentimento que eu tive nas vezes em que passei a mão por uma superfície de mármore em um dia escaldante de verão na Itália, do frescor sutil e surpreendente que havia naquilo.

Comprei uma caixa de framboesas de presente para Thomas e Marie, um maço de cigarros e um chiclete para mim, coloquei as framboesas no banco do passageiro e comecei a dirigir pela última parte do trajeto. Cem metros depois do supermercado a estrada descia em direção ao mar, era uma via estreita e rodeada pelas sebes das pequenas casas brancas de veraneio. Thomas e Marie moravam numa das últimas casas, com o mar a oeste e um enorme terreno verdejante no leste.

Quando bati a porta do carro, Thomas apareceu caminhando no gramado de pés descalços. Ele me recebeu com um abraço, e era uma das poucas pessoas que podiam fazer isso sem parecer intimidativos. Por quê, eu não saberia dizer. Talvez simplesmente porque fosse quinze anos mais velho, e, mesmo que não nos conhecêssemos muito bem, ele sempre tinha demonstrado simpatia por mim.

— Olá, Karl Ove — ele disse.

— Quanto tempo — eu disse. — E que dia incrível!

Atravessamos o pátio. Não havia vento, as árvores estavam imóveis, o sol pairava baixo sobre o mar e espalhava os raios por todo o panorama. O tempo inteiro tínhamos um pressentimento de frescor. Fazia tempo que eu não sentia uma paz tão grande.

— Você aceita um café? — Thomas me perguntou quando paramos nos fundos da casa, onde no verão anterior ele havia construído um deque de madeira, como o deque de um navio, que ia da parede da casa até a sebe espessa e completamente inatravessável, cuja sombra imóvel estendia-se por mais dois ou três metros em direção à casa.

— Aceito — eu disse.

— Sente-se enquanto você espera!

Eu me sentei, coloquei os óculos de sol e inclinei a cabeça para trás a fim de tomar o máximo de sol possível enquanto eu acendia um cigarro e Thomas enchia um recipiente com água na cozinha minúscula.

Marie saiu da casa. Tinha os óculos de sol na altura da testa e os olhos apertados por conta do sol. Eu disse que havia lido um artigo que falava a respeito dela no *Dagens Nyheter* daquela manhã, era um resumo de um debate artístico do qual ela participara. Eu já não conseguia recordar o que haviam dito a respeito dela, por mais que eu me esforçasse, mas por sorte Marie não me fez nenhuma pergunta, disse apenas que depois procuraria a edição na biblioteca, para onde estava indo.

— O seu livro já saiu? — ela perguntou.

— Não. Mas vai sair neste sábado.

— Que legal! — ela disse.

— É — eu disse.

— Nos vemos mais tarde, então — ela disse. — Você não quer ficar para o almoço?

— Com o maior prazer! — eu disse, sorrindo. — A propósito, o manuscrito da Linda está comigo. Depois eu posso entregar para você.

Marie tinha sido orientadora na escola de escritores de Biskops-Arnö e havia concordado em ler o manuscrito que Linda tinha acabado de escrever.

— Ótimo — ela disse, entrando mais uma vez. Em seguida ouvi o barulho de um carro do outro lado da casa. Thomas saiu com duas canecas de café e uma bandeja de muffins. Sentou-se ao meu lado, conversamos um pouco, ele buscou a câmera e começou a tirar umas fotografias enquanto falávamos sobre outras coisas. Na última vez que eu tinha estado lá Thomas estava lendo Proust, e era o que ainda estava fazendo, segundo me disse, pouco antes da minha chegada ele estava lendo sobre a morte da avó. Era uma das passagens mais bonitas, eu disse. É, ele concordou, e então se levantou para tirar mais fotografias de um outro ângulo. Pensei no pouco que eu me lembrava da morte da avó. Na maneira súbita como tinha acontecido. Num instante ele havia embarcado em um vagão que o levaria pelo Jardin de Luxembourg, no outro a avó tinha um derrame que horas mais tarde haveria de matá-la. Ou seriam dias mais tarde? A casa estava cheia de médicos, daquela preocupação onipresente que marca a primeira fase do luto, quando a apatia continua a ser dissipada pelo desassossego que a esperança provoca. Tudo repentino demais, o abalo da situação.

— Muito bem — disse Thomas. — Será que você pode colocar a cadeira aqui junto da sebe?

Fiz como ele sugeriu. Depois ele entrou na casa para examinar as fotografias na sombra. Me levantei para buscar mais café na cozinha e olhei de relance para as fotografias que ele clicava ao passar.

— Essa ficou boa — ele disse. — Quer dizer, se você não se importar de aparecer com o nariz meio comprido.

Eu sorri e tornei a sair. Thomas não estava preocupado em conseguir uma fotografia em que eu estivesse bem, nem em capturar determinada expressão, mas em fazer justamente o contrário, pelo que eu tinha entendido, conseguir uma fotografia em que eu estivesse completamente à vontade, sem forçar nada.

Ele saiu, desta vez sem a câmera, e sentou-se naquela muralha de sol.

— Terminamos? — eu perguntei.

— Terminamos — ele disse. — A fotografia ficou boa. Pode ser que eu tire mais umas de corpo inteiro depois.

— Tudo bem — eu disse.

Vozes suaves vieram do outro lado da sebe. Cruzei as pernas e olhei para o céu. Não havia uma nuvem sequer.

— Eu fui ao hospital fazer uma visita a um dos meus grandes amigos pouco antes de virmos para cá — Thomas disse. — Ele quebrou o pescoço.

— Que horror — eu disse.

— É. Encontraram-no em Gullmarsplan. Ninguém sabe o que aconteceu. Ele simplesmente estava caído no chão.

— Ele está consciente?

— Está. Ele consegue falar e parece estar completamente lúcido. Mas não se lembra de nada do que aconteceu. Não sabe nem o que estava fazendo em Gullmarsplan.

— Você acha que pode ter alguma coisa a ver com álcool?

— Não. Não, isso é uma doença. Já tinham acontecido coisas parecidas em outras ocasiões, ele já tinha desmaiado no apartamento e acordado sem saber quem era. Mas dessa vez as consequências foram bem maiores. Acho que talvez ele não consiga sair dessa.

Eu não sabia o que dizer, então fiz um aceno de cabeça. Continuamos sentados em silêncio por mais um tempo. Thomas olhou para mim.

— Vamos dar uma caminhada?

— Pode ser — eu disse.

Três minutos depois ele fechou o portão às nossas costas e começamos a atravessar os terrenos de pasto que desciam quase até a orla da praia e as ondas que batiam contra a terra firme por lá. Vacas de chifres longos em um monte próximo começaram a nos observar. Mesmo que houvesse casas apenas cinquenta metros acima, e logo atrás uma estrada de tráfego intenso, a sensação era a de caminhar por um urzal deserto. Talvez fosse por causa do mar, da estranheza de ver um pasto que ia até a praia. Em geral os terrenos em uma localização como aquela eram os mais valiosos, e não os terrenos que as pessoas deixavam para os animais.

— Um pouco mais para cima ainda existem umas posições da guerra — disse Thomas, apontando para umas construções baixas de concreto um pouco mais adiante. — Como você sabe, a Dinamarca fica bem perto daqui.

— Também havia umas no lugar onde eu cresci — eu disse. — Mas eram posições alemãs.

— É mesmo? — ele perguntou, erguendo a câmera e tirando uma fotografia minha de perfil, com o mar ao fundo.

— A gente costumava brincar por lá quando eu era pequeno — eu disse. — Os nossos favoritos eram os bunkers na floresta. A simples presença deles parecia incrível! Era no fim da década de 70. Fazia pouco mais de trinta anos desde o fim da guerra.

O vento soprava com mais força naquele panorama aberto, mas as ondas que quebravam na costa eram baixas e fracas. As vacas tinham voltado a pastar. Havia discos de bosta por todo lado, uns úmidos e macios, outros secos e enrijecidos.

— Lá existe uma raridade — disse Thomas, apontando para uma pequena lagoa em uma região alagadiça repleta de juncos e liquens, protegida do mar por uma elevação no terreno.

— O que é? — eu perguntei.

— Você está vendo a lagoa?

Fiz um gesto afirmativo com a cabeça.

— Lá tem um sapo que não existe em nenhum outro lugar da Suécia. Só existe nesse lugar exato. Naquela pequena lagoa.

— É mesmo?

— É. Claro que o sapo também existe na Finlândia. Chama-se sapo--de-barriga-de-fogo. Se a gente der sorte, podemos ouvi-lo coaxar. O barulho parece uma sineta. Uma vez eu ouvi um programa de rádio em que haviam gravado o coaxar dos sapos daqui e comparado com o coaxar dos sapos na Finlândia. Você não quer ouvir?

Paramos à margem da lagoa. Não havia nenhum barulho, a não ser pelo som do vento em nossos ouvidos e pelo suave murmúrio do mar.

— Que pena — disse Thomas. — Não é sempre que eles fazem o barulho. E além do mais a população dos sapos é cada vez menor. Antigamente, ou melhor, nem tão antigamente assim, a lagoa ocupava toda essa região. Mas depois começaram a construir casas por aqui, e assim o nível da água começou a baixar.

— Como pode ser que eles só existam aqui?

— Não sei. Provavelmente existiam em vários lugares, mas começaram a morrer, a não ser aqui, onde as condições para eles devem ser particularmente favoráveis.

— Que estranho.

— É. E que pena que você não pôde ouvi-los! É um som muito especial.

Andamos mais um pouco em direção ao que em outra época tinha sido um vilarejo de pescadores, mas que naquele momento era usado como lugar de veraneio. Todas as casas antigas tinham sido reformadas, todos os jardins eram bonitos do mesmo jeito bem cuidado e nos acessos aos terrenos havia carros novos e reluzentes. Seguimos pelo caminho entre as casas, voltamos e logo estávamos novamente sentados no quintal de onde havíamos saído uma hora antes. Thomas colocou mais café para passar, Marie começou a preparar o almoço.

Enquanto comíamos omelete, batatas cozidas e pão e bebíamos cerveja, conversamos sobre Jon Fosse. Marie estava traduzindo as peças dele para o sueco, e tinha acabado de traduzir uma que seria encenada no Dramaten mais tarde naquele outono. Fosse é um autor que começou descrevendo o mundo como ele é, no pesadelo social-realista dos primeiros romances, repletos de pequenas coisas e situações inevitáveis, cheios de neuroses e de pânico, e acabou descrevendo o mundo como ele realmente é, escuro e aberto. O grande salto na escrita dele foi sair do mundo que pode existir para o indivíduo para entrar no mundo que existe entre as pessoas. O interesse por Deus e pelo divino vem junto com isso. Todos os que avançam rumo aos aspectos circunstanciais da existência acabam cedo ou tarde chegando a esse mesmo ponto. O elemento humano tem uma fronteira interna e uma fronteira externa, e entre uma coisa e a outra existe a cultura, que é o lugar onde nos tornamos visíveis para nós mesmos. Em Fosse a cultura é discreta e quase indefinida, aberta às forças externas, ao vento e à escuridão, que por assim dizer surge e desaparece nas pessoas sobre as quais ele escreve. Nesse sentido a escrita de Fosse parece pré-moderna, porque tudo aquilo a que recorremos a fim de preencher nosso tempo, todos os jornais, todos os programas de TV, todo o turbilhão de política, notícias, fofocas e celebridades que compõem o nosso mundo, ou pelo menos o meu, encontra-se distante dos personagens dele. A simplicidade nas obras mais tardias levou certas pessoas a chamá-lo de minimalista, e a escuridão nessas obras suscitou comparações a Beckett, mas não há nada de minimalista em Fosse, a obra dele é essencialista, e também não há nada de beckettiano, porque Beckett é um autor duro, irônico, desesperançoso, a escuridão dele é fria e cheia de gargalhadas, enquanto a escuridão de Fosse é quente, aconchegante e silenciosa. Talvez porque tenha chegado a este lugar a partir do interior, e não pelo caminho oposto, como Beckett?

Eu não podia dizer nada disso para Thomas e Marie porque, como acontece com quase tudo que eu leio de literatura ou vejo de arte, o relacionamento que estabeleço não pertence à ordem dos pensamentos. Fosse é assim e assado, Beckett é assim e assado, eu sei disso, mas acaba por aí.

— Como anda o seu tio? — Thomas perguntou. — Ainda muito revoltado? Da última vez você tinha dito que ele estava disposto a entrar com um processo judicial.

— Não aconteceu nada de novo — eu disse. — O livro está no prelo, então, se houver um processo, vai ser depois da publicação. Ele também ameaçou procurar os jornais. E na verdade esse é o meu grande temor. Que os jornais descubram que isso está acontecendo.

— Mas, se ele não quer que as pessoas leiam o que você escreveu, essa não parece ser uma ideia muito boa — disse Marie, levando o garfo à boca. — Você não concorda?

— Concordo, mas a questão é que tudo me parece irracional.

Larguei os talheres em cima da mesa e me inclinei para trás.

— Estava muito bom! — eu disse.

Eu queria fumar um cigarro, mas esperei até que os dois terminassem de comer.

Thomas levantou a cabeça e olhou para mim.

— Pode fumar, se você quiser — ele disse.

— Obrigado — eu disse, acendendo um cigarro e olhando por cima da sebe verdejante para a franja azul-escura do mar, que reluzia no horizonte, onde a luz do sol apagava tudo, como se fosse a explosão de uma bomba, e de onde o céu, mais claro por conta da névoa, se erguia.

Era um desses dias bonitos.

Os dois começaram a tirar a mesa, eu larguei o cigarro no cinzeiro e fui ajudar, coloquei os talheres na bancada ao lado de Marie, que os lavou. Ela tinha quase sessenta anos, mas parecia bem mais jovem, como acontece a muitas pessoas que escrevem; somente de vez em quando, em relances breves, era possível ver a idade naquele rosto. O rosto em si e a impressão causada pelo rosto são duas grandezas distintas, imbricadas uma na outra, mais ou menos como aqueles desenhos que mostram uma coisa quando prestamos atenção à parte escura, e outra coisa quando prestamos atenção à parte clara, ou pelo menos é o que se poderia imaginar, embora um rosto seja infinitamente mais complexo. Não apenas muda de hora a hora, sempre conforme as atmosferas por baixo e ao redor de si, mas também de ano a ano, sempre conforme o tipo de relação que mantemos com nosso rosto. O rosto da minha mãe, por exemplo, parece-me quase sempre inalterado, o que eu vejo é "minha mãe", como ela sempre foi, mas por vezes ela vira a cabeça e de repente, como em um choque, eu vejo que hoje ela é uma pessoa de idade, uma mulher próxima dos setenta anos que talvez não tenha mais do que dez anos a viver. Depois ela se vira outra vez, diz qualquer coisa e tudo que eu vejo é mais uma vez "minha mãe".

Me sentei no lado de fora, o cigarro ainda estava aceso, eu o prendi entre os lábios e traguei com tanta força que o filtro chegou a esquentar, olhei primeiro em direção ao céu e depois na direção de Thomas, que estava saindo com a caixa de framboesas na mão.

— Antes a gente ouvia as cotovias por aqui — ele disse, sentando-se do outro lado da mesa. — Não faz muito tempo.

— E o que foi que aconteceu? — eu perguntei.

Thomas deu de ombros.

— Elas sumiram.

Quando peguei o carro e voltei para casa uma hora mais tarde, com o sol baixo no território da Dinamarca no outro lado do estreito, eu estava pensando no sumiço das cotovias. Era um começo perfeito para o romance que eu gostaria de escrever quando terminasse *Minha luta*. Um homem de idade, entrado em anos, que anda pelo jardim em Gotland, senta-se à sombra para ler, faz longos passeios na floresta, ou então ao longo das praias intermináveis, e que se deita cedo. É verão, o sol arde durante os dias, a vegetação está seca e crestada, ele está sozinho, não há ninguém ao redor. E ele fica pensando em uma conversa que teve certa vez, mais de trinta anos atrás, na muralha de sol em uma casa de veraneio próxima à costa de Öresund, quando o amigo Thomas, já morto, como tantos outros amigos dos velhos tempos, começou a falar sobre o sumiço das cotovias. Foi a primeira vez que ele ouviu falar daquele assunto. Pouco depois, assistiu a um documentário na TV sobre o desaparecimento das abelhas nos EUA. Elas tinham sumido de um dia para o outro, ninguém sabia para onde tinham ido, se haviam procurado novos lugares ou se haviam simplesmente morrido. Num domingo ele estava na grande floresta de faias nos arredores da cidade onde morava na época, junto com a família, eles tinham encontrado centenas de morcegos mortos espalhados pelo caminho. Os jornais noticiavam casos semelhantes, grandes revoadas de pássaros que caíam do céu, enormes cardumes de peixes que apareciam boiando no oceano. Tinha alguma coisa acontecendo no mundo, mas ninguém sabia o que era. No caso dos peixes, seria uma erupção submarina, gases nocivos que tivessem acabado por matá-los? Ou seria um resultado provocado pelo homem? No caso dos pássaros, seria uma doença que vitimava aquelas criaturas? Nesse caso, por que caíam todos ao mesmo tempo? Seria um estresse coletivo? O salmão selvagem desapareceu, havia quem dissesse que era uma consequência das criações de salmão. Certas espécies de borboleta desapareceram, seriam as alterações demasiado súbitas que não permitiam nenhum tipo de adaptação? E assim, ao fim de dois ou três verões, as grandes colônias de pássaros pararam de vir aos locais de nidificação nas costas do norte. Ninguém sabia dizer o que estava acontecendo.

Toda noite, antes de ir para a cama, ele escrevia um pouco no bloco de anotações, acima de tudo para si mesmo, já que os dias eram tão parecidos que sem aquelas notas poderiam tornar-se todos uma coisa só. Ele anota o que faz, como se sente, as coisas que vê e, no intervalo entre uma coisa e outra, toma notas sobre a vida pregressa, que assim ressurge de forma assistemática.

Essa foi a ideia que tive, e que comecei a burilar em pensamento enquanto eu dirigia. Para ter a tarde completamente livre eu havia passado a manhã com as crianças, dando-lhes comida, vestindo-lhes a roupa e as levando para a escola, e foi com isso em mente que saí da casa de veraneio de Thomas e Marie, porque assim eu ainda teria um tempo sobrando, que eu pretendia passar num café em Helsingborg. Peguei um dos acessos à esquerda, passei depressa por uma região industrial, que primeiro dava lugar a uma área residencial, e depois a uma longa e contínua fileira de construções em ambos os lados da estrada, descia por uma encosta íngreme, e de repente o centro da cidade apareceu à minha frente, com o porto cintilando sob o brilho do sol baixo.

Eu tinha estado lá uma vez com Linda e com as crianças, foi o primeiro passeio que fizemos depois que eu tirei a carta de motorista. Como eu estava com o nome sujo na praça e não podia pedir empréstimos nem alugar carros na Suécia, Linda tinha alugado o carro no nome dela, um negócio enorme e incontrolável que parecia um ônibus pequeno, no qual todos chegamos à cidade, eu com o coração palpitando depressa, porque mal conseguia manobrar aquela coisa, mas também feliz, aquilo tinha me dado um sentimento de liberdade infinitamente maior do que dirigir um carro próprio, era como se a velocidade resolvesse todos os meus problemas. Por conta disso, eu sabia que havia um estacionamento mais adiante, junto ao grande cais, e então continuei avançando devagar.

Um enorme cruzeiro estava ancorado um pouco além. Parecia capaz de transportar milhares e milhares de passageiros. Abri a porta do carro e comecei a me aproximar. Do outro lado do estreito, a uma distância muito próxima, vi o que parecia ser o castelo de Helsingør. A ideia de que eu estava vendo o castelo de Hamlet fez com que eu sentisse um arrepio nas costas. Tentei eliminar todos os carros, barcos e construções do meu campo de visão para ver apenas o castelo naquele cenário, pensar apenas nas distâncias enormes que existiam naquela época, no pouco espaço que as pessoas ocupavam no mundo, nos grandes vazios que havia entre elas, para então olhar em direção ao castelo, onde o filho do rei, arruinado pelo desespero causado pela morte do pai, muito provavelmente morto pelo tio, talvez estivesse deitado com o olhar fixo no teto, atormentado pela enorme ausência de sentido que se havia interposto entre ele e todas as coisas. Os amigos Rosencrantz e Guildenstern estariam sentados em um banco no jardim do castelo, projetando sombras longas sobre o calçamento, embriagados de luz e de tédio.

Passei um tempo olhando para o castelo antes de me virar e andar ao longo do cais. Em certos pontos os turistas escoravam-se na cerca e olhavam para a água azul e fria. Talvez houvesse peixes nadando de um lado para o outro, talvez fossem apenas as profundezas se movimentando.

O centro ficava junto ao pé de um morro íngreme; aquela era a única das cidades de Skåne onde eu havia estado que tinha montes e elevações. Aquilo dava um sentimento de espaço muito diferente. Entrei na rua de passeio que terminava em um parque; e lá, sob a copa de árvores grandes e frondosas, havia um pavilhão, onde minutos depois me sentei e pedi um café. As pessoas sentadas ao redor das mesas próximas falavam inglês com sotaque americano, com certeza deviam ser passageiros do cruzeiro.

Olhei para a copa das árvores. As folhas ainda não estavam amarelas, mas o verde já não era tão grosso e tão pastoso como no verão, a coloração era mais seca, mais desbotada. Ao meu redor os sons da cidade corriam pelo ar. Eram pneus rodando no asfalto, o ronco dos motores, o barulho de passos, vozes e risadas.

Hamlet foi escrito no final do século XVI. A primeira edição remanescente foi impressa em 1603. Anos atrás eu pensaria que era uma época muito distante. Mas eu já não pensava mais assim. Apenas umas poucas gerações nos separavam do século XVII. Goethe, por exemplo, deve ter conhecido pessoas nascidas no século XVII. Para Hamsun, Goethe era uma pessoa morta na geração anterior àquela em que havia nascido. E, para mim, Hamsun era uma pessoa morta na geração anterior àquela em que eu havia nascido.

Não, não havia se passado muito tempo desde o século XVII.

Uma garçonete de avental atravessou a rua com uma bandeja na mão. O café em si funcionava do outro lado da rua. Ela subiu depressa os dois degraus que conduziam ao pavilhão, parou à minha frente e largou uma xícara de café, uma pequena leiteira e um tubinho de papel cheio de açúcar em cima da mesa. Eu entreguei trinta coroas para ela e disse que estava bom daquele jeito. A garçonete não me entendeu e começou a mexer no bolso do avental, procurando o troco, e eu levantei a palma da mão e disse não, não. Obrigada, ela disse, e então se virou.

O café estava amargo, devia ter passado um tempo parado. Não era aquilo que as pessoas bebiam no calor.

Acendi um cigarro e olhei para os telhados do outro lado, para o cano metálico que refletia o brilho do sol, mas sem que os movimentos da luz parecessem visíveis, de maneira que a impressão causada era a de que o metal a emitia a partir de uma fonte inesgotável. As placas de ardósia cinzenta ao redor, as escadas de incêndio que desapareciam nos quintais do outro lado.

Havia um horizonte na vida de todos, era o horizonte da morte, localizado entre a segunda e a terceira geração antes da nossa, e entre a segunda e a terceira geração depois da nossa. Entre essas duas linhas existíamos nós e os nossos. Para além delas havia os outros — os mortos e os ainda não nascidos. Nesses lugares a vida escancarava a boca em nossa ausência. Por isso uma figura como Hamlet podia ser tão importante. Hamlet era um personagem fictício, imaginado por alguém que lhe havia conferido pensamentos e atitudes, bem como um espaço onde esses pensamentos e atitudes pudessem se desenrolar, mas a questão era que o caráter ficcional deixava de ser uma distinção válida, deixava de ser uma diferença válida quando se ultrapassava o horizonte da morte. Hamlet não era nem mais nem menos vivo do que as figuras históricas que em outras épocas haviam caminhado sobre a terra; de certa forma, todos vindos daquele mesmo lugar eram fictícios. Ou melhor, uma vez que Hamlet revestia-se de palavras e conceitos, enquanto outros revestiam-se de carne e osso, somente ele e a forma de vida dele seriam capazes de vencer o tempo e a transitoriedade.

Será que Hamlet teria levantado da cama? Subido a escada, saído no alto do castelo e se aproximado da ameia? O que estaria vendo, nesse caso? O estreito azul, a terra verdejante do outro lado, a planície que se estende indefinidamente. No que estaria pensando? Foi o que Shakespeare escreveu. Hamlet vê a terra como um promontório estéril. O ar, este excelso dossel, esse admirável firmamento, este majestoso teto rematado por auriflamas, conforme o descreve para os amigos Rosencrantz e Guildenstern, para ele não passa de uma vil e pestilenta congregação de vapores. E as pessoas são a quintessência do pó. Era assim que ele olhava a paisagem do alto do castelo. A palavra inglesa para "vapores" era a mesma que se empregava para designar a razão obscurecida, e o espaço que se abre nessa intersecção entre o obscurecimento da razão e o obscurecimento do mundo é como um abismo.

Tirei o celular do bolso da jaqueta e liguei para Linda. Ela atendeu na mesma hora.

— Como vão as coisas? — eu perguntei.

— Bem — ela disse. — Estamos no parque. O dia está lindo! No início a Heidi se recusou a caminhar, mas logo tudo deu certo. Quando você chega em casa?

— Logo mais. Estou em Helsingborg. Devo levar perto de uma hora. E depois ainda preciso devolver o carro. Você quer que eu compre alguma coisa no caminho?

— Não, acho que não precisamos de nada.

— Tudo bem — eu disse. — Até mais, então. Tchau!

— Tchau — ela disse, e então desligamos.

Passei um tempo sentado com o celular na mão, olhando para a rua. Duas mulheres de saia, chinelos e bolsa de material leve se aproximaram pela calçada. Logo atrás, um homem de bicicleta e uma criança na cadeirinha, agarrada às costas dele. Os dois estavam usando capacete. O homem usava óculos e estava vestindo um terno. Pensei em Heidi e sorri. Ela sempre queria ser carregada no colo. No que dependesse dela, jamais andaria um único metro, porque sempre escolheria ser carregada no colo se pudesse. Tinha sido assim praticamente desde o primeiro momento. Eu me senti muito próximo de Heidi quando ela chegou. Vanja sentiu ciúmes e tentou prender a atenção de Linda o máximo possível, enquanto eu carregava Heidi no colo. Um ano e meio depois John chegou. A partir de então a proximidade que havia entre nós dois acabou. De vez em quando eu me sentia triste por conta disso. Mas com os filhos é assim, tudo são épocas, e as épocas acabam. Logo estariam todos crescidos, e as pessoas que tinham sido quando crianças, que eu tanto havia amado, iriam embora. Quando eu via fotografias deles com menos de um ano de idade, às vezes eu me entristecia ao sentir que a pessoa que eram naquela época não existia mais. Mas em geral as crianças representavam tanta coisa, agitavam os nossos dias com uma intensidade tão grande que não havia mais lugar para esse tipo de sentimento. Tudo era aqui e agora, com eles.

Foi com certo alívio que uma hora mais tarde larguei a chave do carro na portinhola de correspondência da Europcar; o fato de que nem eu nem o carro havíamos sofrido qualquer tipo de dano não era uma obviedade. O sol brilhava acima de mim no coruchéu preto da Sankt Petri Kyrka, enquanto a rua mais abaixo, por onde eu logo segui, estava fria e ensombrecida. Comecei a andar o mais rápido que eu podia, porque como sempre eu tinha a consciência pesada por estar longe da minha família, por Linda estar sozinha com as crianças. Estava no meu sangue. Segui a rua ao longo do shopping center Hansa, deixei para trás o clube HiFi e o quiosque de salsichas Orvars Korvar, atravessei a rua, segui até o canal pelo minúsculo parque, passei em frente à Granit e ao Designtorget, atravessei a rua e entrei na rua de passeio, onde mais ao fundo se erguia o prédio branco e dourado do Hilton. Tinha muita gente na rua, os dois cafés com mesas ao ar livre estavam lotados, as garotas estavam sentadas de duas em duas ou de três em três nas mesas conversando, os garotos contavam vantagem, e além disso havia dois homens da minha idade, mais contidos na linguagem corporal e na forma de se vestir. Todos bebiam daquele inesperado dia de verão. Eu estava ao mesmo tempo calmo e empolgado; eram sentimentos bons, mas por baixo havia um temor.

Nosso apartamento ficava junto à praça do outro lado da rua em relação ao Hilton. Do início da manhã ao fim da tarde havia um fluxo constante de pessoas em frente à porta de entrada, todas espremidas entre a loja da Søstrene Grene e um takeaway chinês. Na praça havia um chafariz que fazia ruídos de água corrente durante a noite inteira e um grande quiosque octogonal que tocava clássicos dos anos 1980 para a clientela, em geral composta de gente que vinha de fora da cidade e que ocupava as mesas e se empanturrava de salsichas e hambúrgueres com sacolas de compras amontoadas ao redor das pernas. Ao longo dos bancos, um pouco mais além, ficavam os mendigos. Nosso apartamento localizava-se no último andar do prédio, o sétimo, e tinha uma sacada ao longo de toda a parede da fachada. Certa vez Vanja tinha jogado um isqueiro meu lá de cima, o isqueiro caiu bem ao lado de um casal e explodiu. Os dois levaram um susto e olharam para cima, onde eu tentava fazer um gesto para dizer que tinha sido um acidente, por favor não fiquem zangados...

Olhei para o parapeito lá no alto. Tirei o chaveiro do bolso, aquilo era mais uma lembrança, porque nele havia uma fotografia minha com Vanja em um suporte plástico, estávamos em um barco prestes a zarpar ao encontro dos golfinhos nas Ilhas Canárias, ela tinha três anos e segurava a minha mão, tinha um chapéu branco na cabeça e uma expressão cheia de expectativa no rosto. Passei o chip cor de laranja no leitor ao lado da porta, ouvi um clique, empurrei a porta e entrei no corredor, apertei o botão do elevador e conferi o celular enquanto esperava que o elevador chegasse. Ninguém havia ligado. Eu sabia. As únicas pessoas que podiam ligar para o meu celular eram Yngve, minha mãe, Tore, Espen e Geir Angell. Cada um tinha um ritmo próprio, mas aquela não era a hora de nenhum deles. Com a minha mãe e com Yngve eu falava mais ou menos uma vez por semana, com a minha mãe em geral no domingo à tarde. Com Espen eu falava mais ou menos uma vez a cada duas semanas, com Tore talvez uma vez por mês. Com Geir A. eu falava duas ou três vezes por dia. Essa era praticamente toda a minha vida social para além do círculo familiar. Mas era o bastante, e era assim que eu queria que fosse.

O elevador chegou, eu entrei, apertei o botão do último andar e me olhei no espelho enquanto deslizava para cima naquele duto escuro e estreito no meio da construção. Meu cabelo havia crescido durante o verão, e eu tinha deixado também uma espécie de barba. Minha barba não era muito cerrada, nas bochechas não crescia quase nada, então toda vez que eu me olhava no espelho eu me perguntava se eu parecia ou não um idiota. Era difícil, ou melhor, impossível decidir a resposta, porque não havia critérios objetivos a partir dos quais eu pudesse tomar uma decisão. Se eu perguntasse a Linda, claro que ela diria simplesmente que eu estava bem. Mas será que era mesmo o que pensava? Ah, seria impossível dizer. E não havia ninguém mais para quem eu pudesse fazer uma pergunta tão íntima e tão narcisista. Duas ou três semanas depois eu já tinha raspado tudo. Quando cheguei ao jardim de infância no dia seguinte, Ola, a única outra pessoa da minha idade por lá, pai de Benjamin, o melhor amigo de Vanja na época e diretor da faculdade na Universidade de Malmö, perguntou se havia qualquer coisa diferente em mim. Eu não tinha um negócio no rosto antes? Ele foi irônico, não quis chamar aquilo de barba, e eu pensei que tinha feito a coisa certa ao raspar. Mas depois, naquela sexta-feira, mandei revelar umas fotografias que eu havia tirado naquele verão. Eu estava com Vanja, Heidi e John em um café no Triangeln, toda sexta-feira depois do jardim de infância a gente ia para lá, as crianças ganhavam sorvete e eu bebia café; naquela tarde, com uma pilha de fotografias que eu olhava e mostrava para elas. Em uma das fotografias eu estava na praia em Österlen com John nos braços. Eu estava excepcionalmente bem naquela fotografia, pensei, em parte por causa da barba e dos óculos de sol que me deixavam muito... bem, *másculo*. E com John nos braços eu parecia um... porra, um *pai*.

Naquele instante resolvi que eu deixaria a barba crescer outra vez. Mas naquele momento, enquanto eu atravessava os vários andares, me senti novamente indeciso. No dia seguinte eu iria a Oslo dar entrevistas para o lançamento do primeiro romance. A ocasião me fazia pensar em camisas, casacos, calças, sapatos, cortes de cabelo e também em barba. Nos últimos anos eu tinha deixado tudo meio de lado, nunca pensava em como eu me arrumava, simplesmente vestia qualquer coisa na hora de sair, o que em geral acontecia quando eu ia levar ou buscar as crianças, ou então quando saíamos juntos nos finais de semana, tudo numa cidade onde eu não conhecia mais do que um punhado de pessoas e não me importava muito com o que pensavam a respeito de mim. Havia nisso certa liberdade, eu podia andar pela cidade usando calças velhas e largas e jaquetas grandes e sujas, boinas feias e tênis, mas a partir daquele momento, a partir do início do verão, quando o lançamento do meu romance se aproximava e as primeiras entrevistas em cinco anos começavam a ser marcadas, a situação mudou.

Me virei automaticamente assim que o elevador entrou no sétimo andar, passados três anos eu sabia com precisão o momento exato em que a porta haveria de se abrir, saí ao corredor, que estava cheio de artigos infantis: dois carrinhos de bebê, um carrinho de transporte, o patinete de Vanja e a bicicleta de Heidi, e abri a porta do apartamento.

Jaquetas e sapatos no chão, brinquedos espalhados, barulhos de televisão na sala.

Tirei meu casaco e meus sapatos e entrei. Heidi e Vanja estavam sentadas bem juntas na mesma poltrona, assistindo à TV. John estava no chão, de fralda e com um carrinho nas mãos, e olhou para mim quando cheguei. Linda estava no sofá, lendo o jornal.

O tapete estava enrolado, havia bichos de pelúcia jogados por toda a peça, além de um monte de livros e brinquedos de plástico, canetinhas e folhas avulsas onde as crianças haviam desenhado.

— Tudo certo? — ela me perguntou.

— Tudo — eu disse. — Quase bati o carro na hora de abastecer. Naquela passagem estreita, sabe? Mas deu tudo certo. O Thomas e a Marie mandaram lembranças.

— Você entregou o meu manuscrito para ela?

Fiz um gesto afirmativo com a cabeça.

— E vocês, meninas? Como estão?

Nenhuma reação. As duas continuaram sentadas com aquelas cabecinhas loiras, olhando para a TV. Na mesma poltrona: naquela hora, as duas eram amigas, todas as tardes.

Eu sorri, porque as duas estavam de mãos dadas.

— Papai passagem? — John disse.

— Não — eu disse. — O papai estava dirigindo um carro.

— Papai naquela passagem! — ele disse.

— Você está com fome? — Linda me perguntou. — Sobrou um pouco do jantar.

— Tudo bem — eu disse, indo para a cozinha. Os pratos estavam em cima da mesa, os das meninas ainda cheios de comida, elas não comiam praticamente nada no jantar, nunca tinham comido. No início eu e Linda discutíamos por causa daquilo, eu queria impor disciplina em relação às refeições, queria que as meninas ficassem na mesa até que todo mundo tivesse acabado de comer, enquanto Linda era da opinião contrária, ou seja, tudo que estivesse relacionado à alimentação devia ser o mais livre e o mais desobrigado possível. Pensei que ela tinha razão, era uma ideia terrível associar comida a uma obrigação, e assim começamos a deixar que as meninas fizessem como preferissem. Quando chegávamos do jardim de infância e elas gritavam que estavam com fome, oferecíamos uma fatia de pão, uma maçã, umas almôndegas ou o que mais elas tivessem inventado, e quando a mesa estava pronta e servida elas tinham a liberdade de ficar apenas o tempo que quisessem sentadas à mesa. Na maioria das vezes eram poucos minutos, durante os quais elas beliscavam um pouco, para logo descer da cadeira e sumir na sala ou no quarto, enquanto eu e Linda continuávamos sentados em lados opostos da mesa, comendo.

Servi um prato de macarrão e almôndegas, o prato nacional dos suecos, cortei um tomate, coloquei um pouco de ketchup em cima e me sentei. Durante o primeiro ano em Malmö eu tinha conversado com outro pai do jardim de infância a respeito daquilo. Como ele e a mulher faziam com o jantar? Não havia problema nenhum, segundo ele me disse. A filha deles se sentava e comia, pronto. Como vocês conseguem uma coisa dessas?, eu perguntei enquanto pedalava ao lado dele, porque estávamos a caminho de Limhamnsfeltet para jogar futebol, como fazíamos todas as manhãs de domingo. Ela sabe que precisa, ele disse. Como assim ela sabe?, eu perguntei. A gente venceu a vontade dela, ele disse. Ela sabe que precisa sentar e comer tudo que está no prato, independente do tempo que leve. Uma vez ela ficou sentada até tarde da noite. Chorou, gritou, fez tudo que você pode imaginar e não queria comer de jeito nenhum, sabe? Mas, quando percebeu o que estava acontecendo, ela comeu e pôde sair da mesa. Acho que ela passou umas três horas sentada! Depois disso nunca mais tivemos problemas. Ele olhou para mim e sorriu. Será que ele percebe o que está me dizendo?, pensei, mas não disse nada. É a mesma coisa quando ela tem ataques de birra, ele continuou. Eu já vi que de vez em quando você tem uns problemas com a Vanja. É, eu disse. O que você faz nessas horas? Eu a seguro, ele disse. Não de forma dramática. Simplesmente a seguro firme até que o ataque passe, não importando o tempo que leve. Vocês deviam fazer a mesma coisa. Funciona bem. É, eu disse, preciso mesmo pensar em alguma coisa.

O estranho naquela conversa, pensei enquanto punha a comida morna na boca, era que eu havia considerado os dois — o pai e a mãe — alternativos, ou seja, lenientes. Volta e meia ele carregava a filha mais velha em um canguru, e no acampamento que fizemos no jardim de infância ele havia falado sobre as vantagens daquilo em relação a um eslingue. Ele e a mulher tinham uma preocupação maior do que o normal em oferecer às crianças uma alimentação saudável e livre de aditivos químicos, as crianças usavam roupas de fibras naturais e os dois eram um dos casais mais ativos nas reuniões do jardim de infância. Descobrir métodos educativos rígidos e dignos do século XIX justamente na casa deles foi uma surpresa para mim. Ou talvez aquilo fosse um complemento à minha compreensão, porque eu sempre havia me perguntado por que a filha mais velha deles, que volta e meia brincava com Vanja, era tão cooperativa. Ela não passava um segundo no carrinho e acompanhava os pais aonde quer que fossem, ao contrário de Vanja, que começava a implorar para ir no carrinho atrás de Heidi a poucos metros do portão do jardim de infância.

Já tinha acontecido de eu me decidir a vencer a vontade de Vanja, e claro que no fim eu sempre conseguia, mas não sem me sentir péssimo depois. Aquilo não podia ser certo. Por outro lado, seria *bom* para ela sentar com a gente para fazer as refeições, seria *bom* para ela caminhar, seria *bom* para ela se vestir sozinha, seria *bom* para ela escovar os dentes e ir para a cama num horário adequado.

Certa vez Vanja tinha ido com a filha desse casal para a casa deles, para dormir fora de casa pela primeira vez na vida. Quando a busquei na manhã seguinte os pais da coleguinha me disseram que tudo havia dado certo, mas na linguagem corporal de Vanja, que queria estar o mais próxima possível de mim, compreendi que nem tudo fora simples. Ele disse que tinha acontecido um pequeno episódio, mas que logo tudo havia se resolvido, não é mesmo,

Vanja? O que foi que houve?, eu perguntei. Bem, ela pediu mais comida, e quando a gente serviu ela disse que não queria mais. E aí ela precisou ficar sentada à mesa até comer tudo.

Eu olhei para ele.

Será que era louco?

Não, ele já estava procurando as meias de Vanja para me entregar, e eu não disse nada, mesmo que estivesse revoltado. O que ele estava pensando, que tinha o direito de obrigar a *minha* filha a se comportar do jeito que *ele* achava melhor? Peguei as meias que ele me entregou, calcei-as nos pés de Vanja, que estendeu primeiro um, depois o outro, entreguei a jaqueta para ela e no fundo torci para que ela se vestisse sozinha, para que eu não precisasse fazer isso sob o olhar crítico daquele homem.

Linda ficou muito brava quando eu contei a história. Eu já não estava mais pensando naquilo, achei que não era tão importante assim, e provavelmente tinha sido bom para Vanja descobrir que existem regras diferentes ao lidar com diferentes pessoas.

— Não é isso — disse Linda. — A questão é que também existe uma crítica nessa história, não? Ah, como isso me irrita! Aqueles dois, para dizer a verdade. Você devia ouvi-la falar, ela acha que sabe tudo a respeito de tudo. É totalmente inacreditável.

— Eles convidaram a Vanja para uma corrida na floresta, aliás — eu disse. — No fim de semana que vem no Pildammsparken.

Era o tipo de atividade que jamais inventaríamos por conta própria. Para Vanja, era um grande acontecimento. Ela se posicionaria atrás da linha de partida com um número no peito, correria com um bando de crianças ao longo de um trajeto em meio à floresta e ganharia uma medalha e um sorvete ao cruzar a linha de chegada.

Fui eu que a acompanhei até a linha de largada, junto com uma amiguinha do jardim de infância e a mãe dela, enquanto Linda ficou cuidando de Heidi perto da linha de chegada. Vanja estava muito orgulhosa do número que havia recebido, e ao sinal de *já!* saiu correndo o mais depressa que aquelas perninhas aguentavam. Eu fui correndo devagar ao lado dela, sob a copa das árvores, em meio àquele bando de crianças e pais. Mas passados talvez uns cem metros ela diminuiu a marcha e logo parou de vez. Cansei, ela disse. A amiguinha e a mãe, claro, já estavam muito à frente. As duas pararam, olharam para trás e esperaram um pouco. Vanja, por favor, eu disse. Elas estão nos esperando! Estamos numa corrida! Então voltamos a correr, Vanja com aquele jeito meio gingado, eu com passadas vagarosas, meio como as de um alce, chegamos até onde as duas estavam e as acompanhamos por mais um trecho, mas logo a amiguinha de Vanja e a mãe dispararam e voltamos a ficar muito atrás. Aquela menina corria como o vento. Vanja tinha a respiração ofegante e de repente parou. Papai, será que a gente pode caminhar um pouco?, ela perguntou. Claro, eu disse. As duas esperaram pacientemente até que as alcançássemos mais uma vez, e então continuamos por talvez mais cem metros quando a distância voltou a aumentar. Força, Vanja!, eu disse. Falta pouco. Você consegue! E Vanja mordeu o lábio e voltou a correr, talvez porque a linha de chegada mais adiante e o sorvete que ela sabia estar esperando por ela tivessem lhe dado forças. A amiguinha devia estar uns vinte metros à nossa frente e corria com movimentos leves e graciosos; se não fosse por nós, já teria cruzado a linha de chegada muito tempo antes. Ela se virou e acenou para Vanja, mas assim que se virou mais uma vez para a frente, tropeçou. Caiu com o corpo estendido, e logo se pôs de joelho, ao mesmo tempo que chorava. A mãe se debruçou por cima dela. Eu e Vanja nos aproximamos. Quando chegamos ao lado delas, Vanja fez menção de parar. Vamos, Vanja!, eu disse. Você já está quase na linha de chegada! Corra o máximo que você puder! E Vanja me ouviu e correu o mais rápido que podia, deixando para trás a amiga com o joelho ensanguentado, comigo ao lado, ela correu e foi deixando várias crianças para trás, como o vento, e enfim cruzou a linha de chegada!

Atrás de nós, a amiguinha se levantou e começou a mancar. Um funcionário colocou uma medalha no pescoço de Vanja, e outro lhe entregou um sorvete. Mamãe, eu ganhei!, ela gritou para Linda, que se aproximou sorrindo com o carrinho de bebê na frente e Heidi ao lado. Somente então percebi o que eu tinha feito, e corei como eu nunca havia corado antes. A gente tinha deixado a amiguinha de Vanja para trás! Para chegar primeiro à linha de chegada! Tudo enquanto a garotinha que tinha esperado pela gente estava caída e sangrando!

Logo atrás de nós, ela também ganhou uma medalha e um sorvete. Por sorte ainda estava alegre. O pai se aproximou de nós.

— Parece que você queria mesmo ganhar! — ele disse, rindo.

Senti meu rosto corar mais uma vez, mas compreendi que ele não havia percebido. Que nem mesmo em um desatino poderia conceber um homem adulto se comportando daquela forma. Ele fez uma brincadeira justamente porque era impensável que eu tivesse incentivado a minha filha a vencer a filha dele com um espírito nem um pouco esportivo. Afinal, as duas não tinham sequer quatro anos.

A mãe da menina se aproximou e disse a mesma coisa, que parecia muito que eu queria ganhar. Os dois imaginavam que Vanja tinha sido a responsável pela cena, e que eu simplesmente não tinha conseguido impedi-la. Era compreensível que uma menina de quatro anos não demonstrasse empatia com a amiguinha. Mas que um homem prestes a completar quarenta anos agisse da mesma forma era uma ideia completamente além da compreensão daquele casal.

Eu estava queimando de vergonha, mas abri um sorriso cortês.

A caminho de casa eu contei para Linda o que tinha acontecido. Ela riu como não havia feito em meses.

— Bom, mas no final a gente ganhou! — eu disse.

Já haviam se passado dois anos desde então. John tinha apenas um mês na época, Heidi estava prestes a completar dois anos, e Vanja tinha três anos e meio. Eu lembrava de tudo em detalhe porque tiramos muitas fotografias naquele dia. John com a grande cabeça de bebê e os olhinhos estreitos e enrugados de bebê, chutando com as perninhas finas e abanando os braços no carrinho, Heidi com os olhos grandes, o cabelo loiro e curto, Vanja com os traços do rosto pequenos e bem definidos e a singular mistura de sensibilidade e entusiasmo na personalidade. Tanto naquela época como hoje, tenho dificuldade para associar as crianças a mim, porque acima de tudo eu as vejo como três pessoinhas com quem eu divido a minha casa e a minha vida.

O que elas tinham, que eu havia perdido, era um enorme lugar garantido e luminoso nas próprias vidas. Eu pensava nisso com frequência, na maneira como todos os dias acordavam para si e para o mundo, e assim viviam durante o dia inteiro, aceitando tudo que acontecia sem jamais fazer perguntas. Quando estávamos esperando por Vanja, fiquei receoso de que a minha disposição lúgubre pudesse contaminá-la, uma vez cheguei a mencionar esse temor a Yngve, que disse que as crianças têm naturalmente uma disposição alegre, e foi assim que aconteceu, os nossos filhos sempre procuravam a alegria e, a não ser que surgissem complicações, estavam sempre alegres e exultantes. Mesmo quando as coisas não estavam tão boas, e por um motivo ou outro acabavam chateados, aborrecidos ou desesperados, nenhum deles se movimentava para fora do próprio temperamento, todos eram da maneira como eram e se aceitavam assim. Um dia eles recordariam a infância e fariam as mesmas perguntas que eu havia me feito, por que as coisas tinham sido como tinham sido, por que são como são, qual é o sentido da minha vida?

Ah, meus filhos, meus filhos amados, que vocês nunca pensem uma coisa dessas! Que vocês sempre entendam que em vocês mesmos há o suficiente!

Mas claro que não vai ser assim. Cada geração vive a própria vida como se fosse a primeira, faz descobertas por conta própria, movimenta-se pelas diferentes faixas etárias e, enquanto sucedem-se as revelações, o sentido desce mais fundo, ou, se não desce, pelo menos perde o que tinha de óbvio. É assim. A questão é saber se sempre foi assim. No Velho Testamento, onde tudo é expresso através da ação e as narrativas estão sempre fortemente ligadas à realidade física, e também nos antigos épicos gregos, onde as vidas se desenrolam de forma similarmente concreta, a dúvida nunca surge de dentro, como uma condição da própria existência, mas vem sempre de fora, através de uma circunstância, como por exemplo uma morte repentina, por sua vez ligada às circunstâncias exteriores e transitórias do mundo. Mas no Novo Testamento é diferente. De outra forma, como explicar a escuridão na alma de Jesus que por fim o levou a viajar para Jerusalém e a lá fechar porta atrás de porta, até que não restasse outra senão a última e a mais simples de todas? Os últimos dias dele podem ser lidos como um método de eliminação de escolhas, para que não tivesse responsabilidade pelo que aconteceu — a morte lenta na cruz —, mas por assim dizer tivesse sido levado àquilo pela vontade dos outros. Um movimento idêntico pode ser observado em Hamlet, a alma do protagonista também está tomada pela escuridão, e ele também vai ao encontro da própria ruína de olhos abertos, de uma forma que parece ser predestinada e inelutável. Para o rei Édipo é *de fato* o destino, porque ele não sabe, mas tanto para Hamlet como para Jesus são as escolhas que fazem e as orientações que assumem. Édipo é cego, Hamlet e Jesus estão de olhos abertos olhando para a escuridão.

Me levantei, enxaguei os pratos e coloquei-os na máquina de lavar louça. Tínhamos ganhado a máquina do mesmo casal, eles haviam se mudado e não precisavam mais daquilo. Em geral, os dois tinham nos ajudado muito. O que tínhamos feito em troca?

Não muita coisa. Eu os escutei pacientemente, fiz perguntas e me esforcei para parecer interessado no que diziam. E eu o havia levado para o futebol aos domingos. E também havia lhe dado um exemplar com dedicatória do meu romance anterior. Mas dois dias mais tarde ele me disse que tinha dado o livro para um tio "que se interessava por livros". Mas era um presente pessoal para você, cara!, eu pensei, sem dizer nada; se ele não tinha entendido por conta própria, de nada adiantaria explicar.

Ter filhos era assim, você se via reunido com pessoas completamente estranhas, e por vezes absolutamente incompreensíveis. Uma vez ele disse que ele e a esposa gostavam de conversar no fim da tarde, de uma forma que me deu a entender que havia um elemento extraordinário e quase espetacular nessas conversas. A partir de então comecei a sugerir com frequência que eu e Linda conversássemos. Acabou virando uma piada nossa. Possivelmente o casal tinha piadas similares a nosso respeito. Mesmo assim, continuamos a encontrá-los até o dia em que se mudaram, especialmente eu; não eram poucas as tardes que eu passava no parquinho com ele, ouvindo as mais diversas teorias a respeito de como o mundo e as coisas que existem interagem umas com as outras enquanto nossas filhas brincavam juntas.

Durante um desses encontros ele começou a folhear um livro de um certo Wolfram. O livro parecia ter padrões repetitivos de tudo, de folhas a deltas de rio a diferentes curvas estatísticas. A primeira associação que me ocorreu foi Thomas Browne e a tese que havia escrito no século XVII sobre a figura do quincunce — o desenho formado pelo número cinco em um dado — e sua ocorrência na natureza, e a seguir veio outra coisa que eu tinha acabado de ler no livro que Geir Angell estava escrevendo, sobre a maneira como todos os sistemas complexos — a sociedade, o mercado de ações, os fenômenos climáticos e o tráfego de veículos — mais cedo ou mais tarde entram em colapso por conta de certas instabilidades originadas no próprio sistema. Essa última parte me chamou a atenção porque os padrões gerados por esses colapsos são os mesmos, tanto nos sistemas criados pelo homem como naqueles que ocorrem na natureza. O céu estava azul e limpo como se vê apenas à beira-mar, e mesmo que o sol estivesse baixo ainda estava quente. O parquinho era de areia e tinha os brinquedos elaborados típicos da Suécia, era rodeado por cascalho compactado e tinha uma poça larga mas superficial bem no meio, onde outras crianças não paravam de jogar punhados de folhas. Além do cascalho havia um gramado, e além deste uma zona residencial. O gramado verde brilhava ao sol. Eu disse que aquilo parecia interessante, a repetição de padrões de áreas do conhecimento tão distintas, mas que ao mesmo tempo eram tão parecidas entre si. Ele fez um aceno de cabeça e começou a falar sobre a evolução. Disse que os organismos complicados e os sistemas complexos que nos rodeiam são na verdade simples, e que precisam ser compreendidos à luz do tempo enorme que levaram para se desenvolver. Um milhão de anos, ele disse, é tanto tempo que a gente não consegue nem imaginar. Pense então no que devem ser vinte milhões. Ou sessenta milhões. Mas o tempo em si é simples. O princípio do desenvolvimento também é simples. Trata-se de uma simples otimização: como encontrar a maneira de fazer determinada coisa da melhor forma possível? Da forma mais eficaz possível? Tudo na natureza busca essa otimização. Quando o gelo se parte, a rachadura segue todos os pontos mais frágeis da estrutura. Quando o vidro se quebra, acontece a mesma coisa. As rachaduras seguem os pontos mais frágeis.

— Mas isso acontece sem nenhum tipo de vontade — eu disse. — É pura mecânica. Uma lei natural.

— Lei? — ele disse. — Não pense em leis. Esse tipo de coisa atrapalha o seu raciocínio. O importante é que acontece. O vidro se estilhaça onde é mais fácil se estilhaçar. Um galho quebra onde é mais fácil quebrar. O importante é a otimização. As folhas precisam de sol, claro, então procuram o lugar ideal para tomar sol. Se os galhos precisam levantá-las, então os galhos levantam-nas. Se você colocar obstáculos no caminho de uma fileira de formigas, a princípio vai haver uma certa confusão, mas não passa de uma confusão aparente, porque se voltar depois de um tempo você descobre que o novo caminho segue o trajeto mais curto ao redor dos obstáculos. As formigas sabem otimizar. Nenhuma delas sabe que está trilhando o caminho mais curto, assim como o gelo não sabe que se parte nos pontos mais fracos.

Ele inclinou o corpo para a frente, apoiou as mãos nos joelhos e balançou a cabeça para que os cabelos se ajeitassem da forma como desejava. A filha dele estava agachada em frente à cerca de madeira com vinte centímetros de altura que rodeava o parquinho, fazendo uma fileira de pedrinhas. O sol brilhava em suas calças amarelas de oleado. Vanja estava saindo do trenzinho pintado de vermelho. De joelhos, ela virou o corpo e olhou para mim. O vento soprou os cabelos no rosto dela, ela os tirou do rosto, o vento os soprou outra vez. Eu acenei e comecei a procurar Heidi com o olhar. Ela estava sentada no estreito banco que ficava no interior do trem. A posição era a mesma do meu companheiro de conversa, inclinada para a frente com uma mão em cada joelho. *A pessoinha*, eu pensei — as palavras que Linda com frequência usava para se referir a ela. Depois ela se levantou e pôs a cabeça para fora da janela e olhou para as crianças, que continuavam a levar as folhas que estavam debaixo da árvore no gramado até a poça.

Eu me reclinei mais uma vez no banco. Na aleia que atravessava o parque cinquenta metros à frente apareceu uma mulher rechonchuda, que conduzia uma bicicleta a pé. As árvores mais acima balançavam ao vento e tornavam a rua malhada graças ao jogo de luzes e sombras. Em uma sacada poucos metros acima da fileira de casas por trás da aleia, não maior do que uma pequena caixa ou gaiola, um homem e uma mulher seguravam copos na mão e olhavam para longe. Do portão mais abaixo, dois homens saíram carregando uma mesa. Um terceiro homem, que aguardava na calçada, jogou um cigarro no chão, subiu na caçamba do caminhão de transporte que estava parado na rua e logo depois reapareceu com um rolo de fita cinza nas mãos. No céu azul acima da cabeça deles um avião subia rumo às alturas, totalmente indistinguível da listra branca que o acompanhava.

O mundo é antigo, mas simples, eu pensei, e tudo é aberto.

Foi como se a minha alma se elevasse no momento em que tive esse pensamento. Ouvi Heidi gritar e olhei para o trenzinho. Ela estava caída de barriga, com a cabeça na areia. Me apressei para levantá-la, examinei o rostinho para ver se havia sangue, mas estava tudo bem, ela mal havia se batido. Mas naquele mês já tinha levado três tombos feios, e em dois havia batido a boca com força na borda e depois na superfície da mesa, houve sangue espalhado por toda parte e precisamos levá-la primeiro ao pronto-socorro e depois à emergência odontológica. Por muito tempo ela começou a levar a mão à boca toda vez que se batia, independente de onde fosse a dor. Mas daquela vez ela não tinha se machucado. Eu a abracei, ela escondeu o rosto no meu peito e chorou, mas logo ergueu a cabeça e começou a olhar ao redor, e então pude colocá-la de volta no chão. Quando voltei ao banco e me sentei ao lado do meu companheiro, que estava concentrado no livro, percebi um movimento no alto do meu campo de visão que me fez olhar para cima. Era uma folha que caía. Ou melhor, ela não caía. Girava em torno de si mesma como a hélice de um helicóptero, e afastava-se lentamente pelo ar.

A lembrança desse episódio me fez recordar um texto que eu havia lido meses antes, uma passagem de *Linjen*, a correspondência entre Heidegger e Jünger, na qual este último havia escrito coisas a respeito de padrões que haviam causado uma forte impressão sobre mim na época, e que haviam se misturado a outras ideias que eu tinha com uma intensidade e uma febre tão grandes que eu cheguei a anotar tudo em uma das páginas em branco, sob o título *Det tredje riket*, com a ideia de que aquilo pudesse ser o ponto de partida de um novo romance.

Eu já não me lembrava do que eu tinha escrito e fui à sala pegar o livro. Linda largou o jornal quando me viu entrar.

— A que horas você sai amanhã? — ela perguntou.

— O avião parte às sete — eu disse. — Eu vou sair às cinco.

— Você está nervoso?

— Um pouco. Mas amanhã vou estar pior.

Deixei meu olhar correr pela estante de livros. Os volumes na parte de baixo estavam dispostos mais para dentro, e certos livros haviam desaparecido por completo. Era John que fazia aquilo, e já fazia tempo que eu não me importava mais em arrumá-los depois da bagunça, porque não demoraria mais do que umas poucas horas para que ele tornasse a empurrá-los outra vez. Vejamos. H. H. H... Aqui! Jünger/Heidegger, *Linjen*.

— Banho! — disse Vanja.

— Fale em frases completas — eu disse.

— Banho! — ela disse, olhando para Linda.

— "Eu posso?" — eu disse.

— Eu posso tomar banho? — ela disse.

— Você aguenta? — Linda me perguntou.

— Aguento — eu respondi. — Mas você põe todo mundo para dormir, pode ser?

Ela fez um gesto afirmativo com a cabeça.

— Daqui a cinco minutos — eu disse para Vanja enquanto folheava o livro que eu tinha na mão. A citação não estava no texto de Jünger, como eu havia lembrado, mas era uma entrada de diário, citada por Anders Olsson no posfácio.

No caminho de volta ao longo da praia descobrimos uma pilha de conchas. Nenhum dos mexilhões e mariscos que haviam sido arrastados para aquele lugar era maior que um feijão, e muitos eram menores que uma ervilha — mas lá estava todo o universo, com ovais, círculos e espirais num espaço de pouco mais de trinta centímetros. Obeliscos, arcos góticos e romanos, pontas, lanças, pregos, coroas de espinhos, oliveiras, asas de peru, mordidas, raladores, escadas em caracol, patelas... E tudo formado pelas ondas.

— Banho agora! — disse Vanja.

— Por acaso você voltou a ser uma bebezinha? — eu perguntei.

— Banho! — disse Heidi.

— Banho! — disse John.

— Eu vou dar mais uma olhada neste livro aqui, mas já estou indo — eu disse. — Cinco minutos. Folheei até as últimas páginas em branco e li o que eu havia escrito.

Lucrécio — Sobre a natureza das coisas	*Átomos*
Nazismo	*ciências naturais biologia*
África	*espécies*
Bomba atômica	*materialismo*
Um homem sozinho em Gotland	
Eugenia	

Título: _Det tredje riket_   Corpo, sangue

Aristocrata   o biológico

Massa   o claro, o aberto

Hölderlin   o sagrado

Heidegger   o escuro

Jünger

Mishima

Padrões no universo, o grande e o
pequeno

Fausto

Animais que podem ser controlados
Albertus Seba
A América que é descoberta, mas deixada em paz

Isso era tudo.

Eu me lembrava daquilo como uma anotação detalhada de ideias concretas, um universo em que o romance poderia se desenrolar, mas na verdade não era nada além das minhas costumeiras afinidades com certas palavras e as associações que despertavam em mim. "O corpo, o sangue", "biologia", "a bomba atômica". E Lucrécio, _Sobre a natureza das coisas_, essa obra figurava nas minhas anotações desde os anos 1990.

Mas _era_ um romance. Era de fato um romance. Um mundo descrito por meio do material e da mecânica, com areia, pedras, conchas, átomos, planetas. Nada de psicologia, nada de sentimentos. Uma história diferente da nossa, mas ao mesmo tempo parecida. Seria uma distopia, um romance sobre os últimos dias, contado por um homem sozinho em uma casa, no meio de um cenário de verão quente e seco. E eu já tinha o fim pronto, eu já havia contado tudo para Linda, que reagiu com entusiasmo, minha ideia era incrível e grandiosa. E era _mesmo_!

— Vamos para o banho, então? — eu perguntei, colocando o livro de volta na estante. As meninas deslizaram da poltrona e correram para o banheiro.

— Sim! — disse John, caminhando todo desengonçado atrás delas.

Quando entrei no banheiro, as duas já tinham arrancado toda a roupa e estavam peladas em frente à banheira. Eu peguei o pequeno frasco de Jif que ficava na prateleira em frente ao espelho, retirei a tampa verde e borrifei limpador no fundo da banheira.

— Um tubarão! — disse Heidi, debruçada por cima da borda. Era o que ela via nas formas desenhadas pelos borrifos de limpador.

— Você acha parecido? — eu perguntei.

Ela respondeu com um aceno de cabeça.

— Se um tubarão chega perto de você, você tem que dar um soco no focinho dele — disse Vanja. — Aí ele se assusta.

Com um gesto da mão ela demonstrou a maneira como se devia bater no focinho do tubarão. Eu umedeci uma esponja sob a torneira da pia e comecei a esfregar a banheira. Depois a enxaguei com o chuveirinho, vi a água levar embora o limpador amarelado, que em certos pontos se desmanchava em pequenas nuvens, coloquei a tampa emborrachada no ralo, acionei o misturador, deixei a mão sob o grosso jato d'água para ver se a temperatura estava boa e me levantei.

— Tudo bem — eu disse. — Podem entrar!

Enquanto Vanja e Heidi entravam na banheira eu tirei a roupa de John. Ele estendeu uma das mãos para o alto enquanto na outra segurava um patinho de plástico. Quando tirei uma das mangas, ele levou o patinho para a outra mão.

— Muito bem, John! — eu disse, e então eu passei a blusa pelo pescoço dele, joguei-a no cesto, de onde as roupas sujas transbordavam como a corola de uma flor, desabotoei a calça dele, despi-a, soltei a fita da fralda e o coloquei na banheira, onde de imediato começou a bater com as duas mãos.

— Papai, hoje na rua eu vi uma bruxa — disse Heidi.

— Não era uma bruxa — disse Vanja. — Era uma mulher velha.

— E se fosse *mesmo* uma bruxa? — eu disse, me agachando em frente aos três.

— Bruxa não existe — disse Vanja.

— Você tem certeza? — eu perguntei.

Vanja fez um aceno de cabeça e sorriu.

— Tenho. — Notei que algo nela pensava o contrário.

— E se eu fosse um feiticeiro? — eu disse.

— Você é só um papai normal! — disse Heidi.

Eu ri e me levantei. A água já estava na barriga deles. Os três adoravam tomar banho, e sempre tinham adorado. Eu queria descobrir por quê. Talvez pela transformação, pela sensação de estar de repente em outro elemento? Heidi pôs as mãos numa das bordas, os pés na outra e fez uma ponte, gritou *olha, papai!* e soltou o corpo com um chapinhar que mandou uma cascata de respingos na minha direção.

— Não faça isso! — eu disse, erguendo a voz. — Você pode se machucar! E você me molhou todo!

Heidi riu. John também riu. Vanja se preparou para fazer a mesma coisa.

— Não — eu disse.

— Só uma vez! — ela disse.

— Tudo bem, então — eu disse, dando uns passos para trás. O chapinhar foi ainda maior do que na primeira vez; o chão ficou encharcado ao redor da banheira.

Os três riram. Quando John quis tentar, eu peguei o braço dele e o segurei no lugar. Não, não, eu disse. Sim, eu quero, ele disse. Não, eu disse. Sim, ele disse. Sim, eu disse, não, ele disse, e assim o risco foi evitado.

— Agora vocês precisam lavar o cabelo — eu disse.

— Primeiro o John — disse Vanja.

— Tudo bem — eu disse. — John, você ouviu?

— Não quero — ele disse.

— Quer sim — eu disse, e então o segurei pelos ombros e o empurrei com cuidado na direção da água. A princípio ele ficou tenso e quis resistir, mas quando viu que eu não o largaria começou a chorar e a se debater. Eu o larguei.

— Assim — eu disse.

John continuou com o berreiro. Peguei o frasco de xampu com uma ilustração do filme *Carros* da Pixar que ele mesmo havia escolhido e coloquei um pouco do grosso líquido vermelho na mão. Quando todos estavam com os cabelos lavados eu os elogiei, peguei três panos da pilha da estante, ensaboei-os e lavei os três no meio das pernas. Aquilo era como uma agressão, eu pensava toda vez. Imagine se alguém entrasse e me surpreendesse naquele momento exato, o que não haveriam de pensar, um pai tarado com um pano enfiado no meio das pernas das filhas. Era um pensamento via de regra possível apenas para um homem que tivesse vivido a histeria de incestos na década de 1980, eu sabia, mas não adiantava nada, eu não conseguia me livrar do sentimento, e quando os três estavam mais uma vez sentados e eu enxaguava os panos, torcia-os e pendurava-os no aquecedor, era com o alívio de sempre ao saber que mais uma vez ninguém tinha aparecido e presenciado aquela cena.

— Vanja, você tira a tampa? — eu pedi.

— Mais um pouco, papai! — ela disse.

Eu balancei a cabeça.

— Já passou da hora de ir para a cama.

— *Snälla*, papai — disse Vanja.

— *Snälla*, papai — disse John.

— Não — eu disse. — Vamos lá. Se você não tirar, eu mesmo tiro.

Vanja suspirou e tirou a tampa. A água começou a se movimentar ao redor deles. Quando era menor, Vanja tinha medo do pequeno redemoinho que surgia ao redor do ralo, eu compreendi que ela achava que aquilo estava vivo, e assim que eu tirava a tampa ela ia para o lado oposto da banheira o mais depressa possível, como se estivesse fugindo de um grande perigo. Heidi e John nunca tinham se importado com o redemoinho.

Estendi a mão para Vanja, ela a pegou e saiu da banheira, eu a sequei com uma toalha grande e enrolei a toalha nos ombros dela antes que ela saísse. Fiz o mesmo com Heidi, eu gostava da sensação de secá-los, quando ficavam completamente imóveis esperando que eu terminasse, mais ou menos como um cavalo sendo escovado, talvez. John continuou sentado na banheira brincando com a tampa do ralo, não parava de colocá-la e tirá-la do lugar, diversas vezes. Ele reclamou quando eu o tirei de lá, esperneou como um gato contrariado, mas também ficou totalmente imóvel enquanto eu o secava.

Enxuguei o chão com a toalha dele, pendurei-a no toalheiro acima da banheira e fui ver as crianças na sala, onde Linda já havia vestido Heidi e Vanja com os pijamas. As grandes toalhas estavam amontoadas em duas pilhas no chão.

— Eu vou dar uma saída para conferir os meus emails — eu disse. — Pode ser?

Antes, naquele mesmo verão, nossa conexão de internet havia parado de funcionar, talvez porque não tivéssemos pagado a conta, talvez devido a problemas técnicos. Eu tinha resolvido o problema respondendo a todos os meus emails a partir do cybercafé junto à praça.

— Pode — ela disse. — Será que não precisamos de nada para o café? Você pode comprar na saída. Leite, talvez? E um pão?

— Eu não tinha pensado em fazer compras — eu disse.

— Tudo bem então, não precisa — ela disse.

— Não — eu disse. — Não me custa. Leite e pão.

O ar da rua estava frio e cortante, e eu fechei o zíper da jaqueta antes de me pôr a caminho do cybercafé, que ficava um pouco mais adiante, do outro lado da rua. Eu ia até lá pelo menos duas vezes por dia, tinha muita coisa acontecendo ao mesmo tempo, vários manuscritos iam de um lado para o outro entre mim e a editora, e eu também havia mandado o manuscrito para todas as pessoas que apareciam no livro, e as pessoas me respondiam a intervalos irregulares. O primeiro romance estava totalmente pronto e seria rodado em dois dias. O segundo estava na fase final, ainda precisava ser preparado e revisado, e além disso as pessoas sobre as quais eu tinha escrito precisavam lê-lo. Quando eu pensava nisso, era como se eu começasse a queimar por dentro. Desespero, culpa e angústia eram os sentimentos que ardiam em mim, e a única forma de mantê-los longe era pensando que as pessoas ainda não sabiam, que nada tinha acontecido até então, mas era um método que funcionava cada vez menos, porque logo chegaria o dia em que eu precisaria entregar o manuscrito para Linda e ela começaria a ler e veria tudo que eu havia escrito sobre a nossa vida. A única coisa que Linda sabia era que eu tinha escrito sobre nós. Mas não sabia o que nem como. Ela tinha dito que eu devia ir até o fim, que eu não devia me segurar, que o pior que podia acontecer era que ela parecesse chata, triste, fraca, aquilo que em sueco se chama de "en mes", e toda vez que eu dizia que não gostava nem de pensar que ela teria de ler aquilo Linda me assegurava de que tudo correria bem. Não há nada a temer, ela dizia. Eu aguento qualquer coisa, desde que seja verdade. Mas Linda era uma romântica que aceitava as agruras e as brigas do cotidiano desde que viessem acompanhadas pela noção de outras coisas, como o nosso amor e a nossa felicidade. Ela podia me xingar enfurecida para então dizer, após um intervalo de poucos minutos, que nunca tinha amado outra pessoa como me amava, enquanto eu, de maneira totalmente distinta, guardava e acumulava brigas, insatisfação e frustração, essas coisas eram como sedimentos dentro de mim, como uma fossilização dos sentimentos, e obscureciam minha disposição de forma cada vez mais intensa, até que por fim eu acabava duro como pedra, indiferente à reconciliação e ao amor. Eu não sabia se ela conseguiria perdoar as coisas que eu havia escrito. Porque ela era vista através desse olhar.

Por que eu tinha escrito aquilo?

Eu estava completamente desesperado. Foi como se eu estivesse trancado dentro de mim mesmo, sozinho com a frustração, esse macaco preto, que naquela altura era enorme, e do qual não havia como escapar. Portanto: círculos cada vez menores. Escuridão cada vez maior. Não a escuridão existencial, não aquela que diz respeito à vida e à morte, à felicidade explosiva ou à tristeza explosiva, mas a pequena escuridão, aquela penumbra da alma, o pequeno inferno de um pequeno homem, tão pequeno que nem ao menos tem nome, embora ao mesmo tempo ocupe todo o espaço que existe.

Se eu fosse escrever a respeito disso, eu precisava escrever a verdade. Quanto a esse ponto, Linda estava de acordo. Mas ela não sabia no que consistia a verdade. Uma coisa era pressentir o que o marido dela pensava nos momentos sombrios, outra coisa totalmente distinta era ler essas mesmas coisas em um romance. Afinal de contas, era a nossa vida. A vida dela, a vida de Linda, e a minha vida, a vida de Karl Ove. Era o que a gente tinha, e aliás, era tudo que a gente tinha.

Ah, puta merda caralho que inferno. Ter que entregar o manuscrito para ela e dizer, tome, leia, o livro sai daqui a um mês.

Parei junto à faixa de pedestres e esperei que o semáforo mudasse para o verde. O grande shopping center ao lado do hotel tinha acabado de fechar, o tráfego de pessoas começava a diminuir na região, a não ser pelo McDonald's e pelo Burger King, onde sempre havia grupos de jovens, quase todos imigrantes. Eu sabia que muitos tinham chegado à cidade vindos do Irã, e que portanto faziam parte do povo que antigamente se chamava de persa. O povo que talvez exatamente 2500 anos atrás, sob o reinado de Xerxes, havia feito uma campanha contra os gregos.

Poucas semanas antes eu tinha lido um romance de Eyvind Johnson, *Molnen över Metapontion*, de 1957. Era uma das obras modernistas mais puras que eu já havia lido, pelo menos no que dizia respeito à parte do modernismo que se ocupava da Antiguidade, como os *Cantos* de Ezra Pound, *A morte de Virgílio* de Hermann Broch e o *Ulisses* de Joyce, ou mesmo *Roerne fra Itaka* de Paal Brekke. Como todos esses autores, Johnson abria um espaço entre a literatura antiga de outrora e a literatura moderna de hoje, mas talvez com uma preocupação ainda maior em relação ao tempo que existia entre uma coisa e a outra. O romance começava no sul da Itália, depois da guerra, e com as circunstâncias de lá, que consistiam em boa parte na viagem de um escritor sueco em busca de um arqueólogo francês que havia encontrado em um dos campos de concentração alemães, alternadas com as circunstâncias do mesmo panorama da maneira como haviam se desenrolado no ano 400 antes da nossa era. Uma propriedade, o proprietário e os escravos dele, um dos quais foge e acaba encontrando uma campanha ainda maior, no interior da Ásia, descrita nos mínimos detalhes. O deslocamento de enormes populações da costa do Mediterrâneo à Babilônia através de um panorama cada vez mais estranho era apresentado de maneira nítida e empolgante. Mas para mim o mais estranho nesse livro não era a campanha antiga ou os alojamentos dos escravos, tão distantes no tempo que o tempo inteiro era possível notar os esforços do autor para torná-los vivos, mas, pelo contrário, o vilarejo italiano de 1947. O cenário era inóspito e nada acontecia, as circunstâncias eram mínimas e quase inexistentes, e mesmo que eu soubesse que um outro temperamento artístico, como o temperamento latino de Márquez, Llosa, Cela ou mesmo Cervantes, seria capaz de escrever aquele mesmo panorama com uma intensidade evidente, com pessoas que vibravam de amor e desejo, para que assim o leitor se encontrasse no centro do mundo, é justamente o distanciamento de Johnson em relação ao que descreve, a distância que mantém em relação àquelas pessoas e ao trabalho e à vida sentimental que as ocupa, que se torna decisivo em relação àquilo que talvez ele buscasse, a saber, o abismo de tempo que nos separa da Antiguidade, e o sentimento de ausência de sentido que surge desta cisão. Nada acontece, as pessoas não passam de convidados em um cenário que é o leito de um mar de tempo. De vez em quando surge uma concentração, por assim dizer, como por exemplo a guerra dois anos antes, mas a verdade é que não ocorre mudança nenhuma, como se pode ver nos trechos sobre a antiga campanha, que não tem nenhum grande aspecto heroico, histórico ou marcante, mas se reduz o tempo inteiro às partes individuais que a compõem, como o ranger da roda de carvalho, a poeira levantada pelos cascos dos cavalos, o sonho de um homem solitário com a riqueza, a humilhação de um homem solitário com a derrota e a fuga. Mas é um romance, isso faz parte do programa. O que não faz parte do programa é a descrição da Itália no pós-guerra, que assume em grau muito elevado uma atmosfera que já nos parece estranha, mas em relação à qual o romance, ao contrário do que ocorre com a Antiguidade, mostra-se absolutamente íntimo e próximo. Quando li o romance, a Itália de 1947 de fato parecia mais distante do que a Itália de séculos antes de Cristo, provavelmente porque essa última parte era baseada em uma literatura que eu conhecia, enquanto a primeira não era baseada em nada a não ser na vida da maneira como se desenrolava naquela época, e que praticamente não existe em lugar nenhum a não ser naquele. E hoje estamos infinitamente longe daquele lugar, ao mesmo tempo que nossos pais e nossos avós viviam nele. Nenhuma outra época sofreu mudanças tão radicais quanto a nossa, pelo menos eu não consigo imaginar, a segunda metade do século XX não tem praticamente nada a ver com a primeira, é como se as duas metades tivessem ocorrido em mundos diferentes.

Olhei para a entrada do cybercafé. Uma nova onda de medo atravessou meu corpo. Nos últimos meses eu havia recebido os emails mais terríveis que se pode imaginar por causa do romance que eu havia escrito, e eu sabia que viriam outros, embora não soubesse o que poderiam dizer. O mesmo valia para o telefone; toda vez que tocava eu sentia meu corpo se enregelar. Assim tinha sido desde a noite em que alguém havia ligado e pedido para falar com o estuprador Karl Ove Knausgård, mas já haviam se passado sete anos e o medo havia desbotado, assim como a lembrança; mas o livro fez tudo voltar com forças renovadas, porque o que eu escrevia dizia respeito a outras pessoas, eu não tinha como controlar isso, e tudo o que eu abria nessas pessoas elas também podiam abrir em mim, eu bem sabia; tudo que eu tivesse feito uma vez na vida poderia ser usado contra mim. Enquanto essa troca fosse privada, entre mim e as pessoas em questão, eu saberia como lidar com o problema. Era horrível, toda vez eu me martirizava de agonia, mal conseguia mexer o corpo, eu ficava paralisado na poltrona ou paralisado na cama por horas a fio, mas sabia que tudo ia passar, mais cedo ou mais tarde eu vencia aquilo e estava mais uma vez apto a ver tudo com as devidas proporções. Mas se as histórias vazassem... Se alguém procurasse os jornais... Talvez eu não aguentasse.

A luz do semáforo trocou do vermelho para o verde, eu atravessei a rua, o vento soprou meus cabelos por cima dos olhos, eu os afastei para o lado, prendi-os atrás da orelha com um gesto que eu sabia parecer feminino, mas assim mesmo necessário, apertei o passo, desci os três degraus que levavam ao cybercafé, abri a porta e entrei. O lugar estava praticamente às escuras, a não ser pela luz dos computadores enfileirados ao longo da parede, onde vários jovens estavam jogando. Eles gritavam uns com os outros, provavelmente estavam vários juntos no mesmo jogo, que quase sempre dizia respeito a soldados em missão num lugar hostil qualquer, talvez uma cidade, uma zona industrial, um deserto ou uma floresta.

O sujeito no computador mais próximo virou a cabeça.

— Olá! — ele disse. — Por onde você andou hoje, escritor? A gente estava te esperando!

— Oi — eu disse. — Você tem um computador livre para mim?

— Pegue o número dezenove.

— Obrigado — eu disse, e então fui até o computador número dezenove, puxei a cadeira e me sentei.

Abri o navegador e digitei o endereço da página do meu email. Durante os dois ou três segundos que se passaram até a página carregar eu mantive a respiração suspensa. Logo surgiu a lista de nomes, que trazia as mensagens não lidas em negrito, e eu a percorri com os olhos.

Não havia nada de perigoso.

Um contato de programa de TV, um de uma livraria num shopping center em Sørlandet, um de uma livraria em Oslo e um de uma faculdade popular no centro do país. Pedi a Silje, da minha editora, que respondesse a todos com uma recusa educada. Silje também havia escrito a respeito de uma alteração na programação de entrevistas para o dia seguinte, já que o *Aftenposten* havia desistido e o *Bergens Tidende* havia trocado de jornalista, e assim o resultado era o seguinte:

9h-9h45: Norsk Telegrambyrå
Gitte Johannessen
Na editora

9h45-10h20: Bergens Tidende
Finn Bjørn Tønder, entrevista por telefone
Na editora

10h30-11h15: Fædrelandsvennen
Tone Sandberg
Etoile

11h15-12h15: Morgenbladet
Håkon Gundersen
Etoile

12h15-12h45: almoço

12h45-13h30: Dagsavisen
Gerd Elin Stava Sandve
Etoile

14h30-15h15: Søndagsavisa
Gry Veiby
Gravação na NRK

15h15-15h45: NRK Radiofront
Siss Vik
Gravação na NRK

A programação era parecida com o que eu já havia feito durante o lançamento do meu romance anterior, *En tid for alt*, cinco anos atrás. Fazendo tudo de uma vez eu evitava gastar mais de um dia com a imprensa. O *Dagbladet* e o *Dagens Næringsliv* já haviam me entrevistado em Malmö poucos dias atrás, o *Aftenposten* havia desistido e o *Verdens Gang* não havia demonstrado interesse, então tudo estava resolvido.

Em um primeiro momento o *Bergens Tidende* havia designado Siri Økland para a entrevista, e era pena que tivessem mudado de ideia, porque havíamos estudado letras juntos em Bergen vinte anos atrás, não nos conhecíamos na época, mas ao menos nos cumprimentávamos, e o fato de que nós dois pertencíamos à mesma geração me deixava à vontade. E, quando eu não estava à vontade durante uma entrevista, eu não dizia quase nada, os entrevistadores precisavam arrancar as palavras de mim, era muito ruim. Antes que o livro anterior fosse lançado o *Dagbladet* tinha me entrevistado em Estocolmo. Eu não tinha falado com ninguém a respeito do livro, não sabia ao certo do que tratava nem se era bom ou não, e além disso o fotógrafo tinha participado de toda a entrevista, a gente pegou uma mesa no Café Saturnus, ele disse que conhecia Tore Renberg e me olhou com um quase-sorriso que me deixou totalmente sem jeito, tudo que eu dizia eu ouvia por assim dizer com os ouvidos dele, foi uma idiotice completa, a arca de Noé e Caim e Abel, anjos e o divino, e passados mais uns minutos eu me fechei por completo, passei a responder às perguntas dela apenas com sim ou não e, quando eu tentava apresentar um raciocínio, era com o rosto corado. O tempo inteiro eu pensava em pedir a ela que dispensasse o fotógrafo para que eu pudesse falar com um pouco mais de liberdade, mas eu não tive coragem, então acabou como acabou.

Nos minutos que antecederam a entrevista eu estava lendo os diários de Gombrowicz; pela quinta vez eu tentava mergulhar naquilo, pela quinta vez eu li as primeiras dez páginas sem conseguir avançar e na mesma tarde eu larguei o livro. Mas a jornalista tinha percebido o livro que eu tinha comigo e transformou aquilo em um assunto paralelo. "Knausgård lê Gombrowicz", dizia a manchete. Foi um detalhe que me perseguiu por muitos anos. Muitas vezes fui contatado por jornais e revistas que me faziam convites para escrever um artigo sobre o escritor polonês. Eu, que tinha lido apenas as dez primeiras páginas dos diários, e nenhum dos romances ou das peças de teatro, era considerado um especialista em Gombrowicz. Pior ainda foi nas vezes em que estive com Dag Solstad, porque ele tinha Gombrowicz em alta conta, era um dos autores mais importantes para ele, e como eu não admiti que não o tinha lido na primeira vez que ele falou comigo, me vi obrigado a continuar fingindo que eu era um conhecedor de Gombrowicz na frente dele. Uma vez ele se aproximou e disse que tinha estado em um seminário sobre Gombrowicz em Estocolmo e que imaginara me encontrar por lá. Ah, eu estava muito ocupado, eu disse, mas gostaria muito de ter ido, gostaria mesmo. O seminário foi interessante? E assim por diante.

Fechei o navegador, larguei dez coroas em cima do balcão, abri a porta e subi a escada, para então sair na penumbra cada vez mais densa por onde os carros baixos e escuros se deslocavam com os faróis acesos e o ruído abafado que mais parecia um zumbido.

As crianças estavam todas acordadas quando voltei para casa. Gritaram "papai, papai" quando ouviram o barulho na porta. Eu tirei os sapatos, pendurei minha jaqueta no lugar e me postei junto à porta.

— Está na hora de dormir — eu disse.

— Mas a gente não está com sono — disse Vanja, sempre a porta-voz em casos como esse.

— E dormir é tão chato! Será que a gente não pode ficar acordado? Só mais um pouquinho? Um pouquinho bem pequenininho?

— Não — eu disse. — Já passou da hora de ir para a cama.

Heidi, que estava na cama de cima do beliche, se pôs de joelhos.

— *Kram* — ela disse.

Me aproximei, ela me deu um abraço e apertou o rosto com toda a força contra o meu.

— *Också kram!* — disse John.

Ele estava de costas no berço, com o travesseiro nas mãos.

Levava aquele travesseiro para onde quer que fosse. Era a primeira coisa pela qual perguntava ao chegar em casa. *Kudden, vill ha kudden!*

— Você precisa se levantar se também quer ganhar um abraço! — eu disse.

John se levantou. Eu dei um beijo na orelha dele, ele segurou o riso. Era o único que tinha cócegas.

— Vanja? — eu disse.

— Só se a gente puder ficar acordado! — ela disse.

— Mas eu não estou dando o abraço por mim! — eu disse. — É por você!

— Então tudo bem — ela disse, inclinando o corpo na minha direção. Eu a abracei, passei a mão pelas costas estreitas.

— Sua lindinha! — eu disse. — Agora trate de dormir. Combinado?

— Combinado. Mas não feche a porta!

— Tudo bem — eu disse.

Vanja tinha um pouco de medo do escuro, não muito, mas o bastante para que sentisse necessidade de um pouco de luz para dormir. Uma vez, quando estávamos no campo, na casa da mãe de Linda, Vanja devia ter um ano e meio, ela teve um pesadelo. Começou a chorar, Linda perguntou o que ela havia sonhado e Vanja disse que tinha sonhado com a boia. Foi uma resposta estranha, porém meses depois conseguimos uma explicação. Em um zoológico, paramos em frente a um aquário com um lagarto enorme. Quando Vanja o viu, ela se afastou e começou a gritar: "a boia! a boia!".

Por fim ela se deitou e olhou para mim.

— Boa noite — eu disse.

— Boa noite — ela disse. — Papai?

— Sim?

— Quem vai me pôr para dormir amanhã?

— Ainda não pensei. Mas agora durma.

Vanja queria que Linda fizesse tudo, e eu o menos possível. O cúmulo da felicidade para ela era ser colocada para dormir por Linda duas noites seguidas. Simplesmente funcionava assim, eu era e continuaria a ser o número dois na lista deles, e isso se não aparecesse outra pessoa para tomar o meu lugar. Mas não tinha problema, Linda era mais próxima das crianças, por mais simples que a explicação pareça.

Entrei na sala, onde Linda, que estava assistindo à TV, se virou e olhou para mim.

— Esqueci de ir às compras — eu disse.

— Não tem problema — ela disse. — As crianças ainda estão acordadas?

— Estão.

— O que você vai fazer agora?

— Arrumar as malas. E depois pensar no que vou vestir amanhã. E você?

— Não sei. Estou meio cansada. Talvez eu me deite mais cedo um pouco. No fim pode não ser tão ruim que amanhã você não vá estar aqui.

— É verdade — eu disse. — Mas são apenas dois dias. E a sua mãe vem para cá.

— Não foi isso que eu quis dizer. Vai ficar tudo bem.

Entrei no quarto e peguei duas camisas, duas ou três blusas, umas camisetas, duas calças e dois ternos, levei toda a pilha comigo para a frente do espelho e comecei a me trocar. Ouvi risadas abafadas no quarto e comecei a me cansar daquilo, então entrei e acendi a luz do teto. Os três estavam amontoados na cama de Vanja. Peguei John por uma perna e um braço, puxei-o com força, levantei-o e o coloquei na cama, voltei, fiz o mesmo com Heidi, o tempo inteiro sem dizer nada, e com movimentos no limite da grosseria.

— Pronto — eu disse. — Agora tratem de dormir. Entendido?

— Entendido, papai — disse Vanja. — Mas foram eles que vieram para a minha cama! Eu não pude impedir.

— Eu sei — eu disse, apagando a luz do teto.

— Papai bobo! — disse John.

Eu não disse nada, encostei a porta e comecei a me vestir. Uma calça jeans preta da Lindeberg, uma camisa azul da Ted Baker e o casaco cinza da Ted Baker. Depois os sapatos, um par da Fiorentina+Baker, comprado semanas antes em Edimburgo, como todas as demais roupas. Eu tinha participado de um festival de literatura, Yngve e Asbjørn e mais uns amigos deles tinham viajado para me ver, mas quando chegou a hora e eu estava prestes a sair do hotel e ir para o evento eu pedi que eles não fossem. Os dois acharam tudo meio estranho, o festival era a desculpa que haviam encontrado para a viagem, mas no fim saíram juntos para comer. Provavelmente estavam tão nervosos quanto eu, com medo de que eu fizesse papel de idiota. Pelo menos Yngve, que se identificava comigo. No palco eu fui entrevistado na companhia de um escritor holandês com cerca de cinquenta anos, ele usava um terno xadrez bastante excêntrico, falava inglês com pronúncia perfeita e tinha escrito um romance baseado na *Divina comédia* de Dante. O nome dele era Marcel Möring e ele cuidou de mim no palco, de tão nervoso e desconfortável que eu estava, e também depois, quando nos sentamos para dar autógrafos, cada um com uma taça de vinho à frente, e ele tinha uma fila de gente no lado dele, todo mundo elogiava o inglês perfeito dele e dizia que o livro dele parecia interessantíssimo, enquanto o meu lado estava completamente vazio, ele disse educadamente que já tinha estado na mesma situação, e que a regra era que no exterior nada de interessante acontecia, mas que não havia problema, o importante era aquilo mesmo, a possibilidade de viajar pelo mundo conhecendo outras pessoas. Ele me deu um cartão e desapareceu em meio à noite com a jovem esposa enquanto eu fui a um pub encontrar outros noruegueses. No dia seguinte Yngve me acompanhou às compras, porque ao contrário de mim ele era bem decidido no que dizia respeito a roupas. Se ele fazia um gesto afirmativo com a cabeça, eu comprava; se ele fazia um gesto negativo, eu deixava.

Sentindo-me desconfortável, comecei a me retorcer na frente do espelho, a calça não combinava muito bem com o casaco, e não havia aquele velho clichê sobre autores e paletós? Seria possível imaginar coisa mais aborrecida?

Abri a porta do armário e olhei para os outros casacos.

Tinha um que parecia um anoraque, era bonito, mas talvez inadequado para uma entrevista de lançamento.

Uma briga começou no quarto das crianças, uma voz chorava, outra gritava. Abri a porta e acendi a luz.

— Já chega! Para a cama, todos!

Era John que estava chorando, e Heidi que berrava. Vanja estava no meio, com as mãos nos ouvidos. Tirei John daquele amontoado, desta vez com uma pegada ainda mais firme, e coloquei-o na cama, onde, com as mãos nas barras, como se fosse um prisioneiro, continuou a chorar e a me xingar. O John bateu em mim!, Heidi gritou, eu a levantei e a coloquei de pé na cama.

— O John é muito pequeno. Você deve ter dado motivo. Agora durma. E você também, John — eu disse, me virando para ele.

— Bobo — ele disse aos soluços. Cheguei mais perto e me agachei.

— Eu não sou bobo — eu disse. — E agora trate de dormir. Não é para você ficar andando pelo quarto. Você já viu o que acontece. Você se bate nas coisas. Então se deite.

Por estranho que pareça, ele fez como eu havia pedido. Apaguei a luz, tornei a fechar a porta e comecei a experimentar as outras roupas, uma por uma, em todas as combinações possíveis. Linda às vezes se irritava comigo por conta daquilo, eu sabia, ela não gostava de nada que cheirasse a vaidade. Eu às vezes passava mais tempo cuidando da minha aparência do que das coisas que eu teria a falar durante a minha participação. Assim que eu me dava conta de que estaria visível, essa ideia me perseguia. Não importava se as roupas eram caras ou baratas, novas ou velhas, o importante era aquele ritual, tirar as camisas, botar as camisas, e a autoavaliação constante, bom, nada bom, terrível, um pouco melhor, talvez este?

Meia hora depois, sempre com a opinião de Linda a respeito daquilo na consciência, eu a procurei.

— Posso ir assim? — eu perguntei.

— Claro — ela disse. — Você está *jättefin*.

Era o que ela sempre dizia, mas eu precisava ouvir mesmo assim.

Do quarto das crianças vieram pancadas na parede.

— O que eles têm hoje? — Linda perguntou.

Desta vez as crianças chegaram a abrir a porta, de repente John disparou pelo corredor e Heidi subiu a escada.

— Vou dizer uma coisa muito séria agora — eu disse. — Se vocês aprontarem mais uma, eu vou ficar muito bravo.

Todos pararam em silêncio e me olharam com olhos arregalados. Entrei no banheiro, peguei a tesoura que ficava na estante do espelho e comecei a aparar a barba.

Ouvi passadas no corredor. Provavelmente era John ou Heidi.

— Para a cama! — eu gritei.

— Eu não estou com sono! — disse Heidi na soleira da porta.

— Venha — eu disse, pegando-a no colo e levando-a para dentro. Passei uns instantes em frente à porta e depois a abri e vi Heidi descer a escada.

— Volte — eu disse. — Volte para a sua cama.

— Mas eu não estou com sono — ela disse. — Não consigo dormir!

— Já sei o que a gente pode fazer — disse Vanja. — A gente pode se dar as mãos e fechar os olhos e ir para o país do ketchup!

— Tudo bem — eu disse. — Mas vocês têm que prometer que vão dormir.

Os três colocaram a sugestão de Vanja em prática, se deram as mãos, fecharam os olhos e ficaram completamente imóveis. O país do ketchup era um assunto surgido no jardim de infância, segundo me parecia, mas na verdade eu não queria saber mais nada a respeito daquilo, era uma ideia que me dava um leve desconforto, ketchup é vermelho, vermelho é sangue, sangue é morte. E lá estavam eles de olhos fechados...

Entrei no banheiro e continuei a aparar a barba. Mais uma vez ouvi passadas no corredor, alguém passou correndo pelo banheiro e entrou no quarto. Eu abri a porta e Heidi, que estava de pé na nossa cama, se virou para mim.

— Vá se deitar! — eu gritei. — Agora! Você já teve várias chances. Vamos lá. Marche para a cama! Você não pode estar acordada a essa hora. Entendido?

Ela olhou para mim e começou a chorar.

Ah, Heidi.

— Eu só queria pegar um livro! — ela soluçou. — Os adultos não podem ficar bravos assim com as crianças!

Me senti tão mal por ela que quase comecei a chorar também. Por sorte ela não reagiu com fúria, como às vezes fazia, porque nessas horas era impossível oferecer qualquer tipo de consolo. Não, ela ficou apenas chorando, e então eu a levantei, dei um abraço forte naquele corpinho pequeno e a levei para o quarto das crianças, acendi a luz e disse que eu ia ler um livro para os três. Heidi subiu no meu colo, Vanja sentou-se na cama e prendeu o arreio em um dos vários bichinhos de pelúcia, sem prestar muita atenção, e John começou a tagarelar pelo chão enquanto brincava com o que ia encontrando pela frente. Li um livro do Mumintroll, ele acorda um belo dia no inverno, os pais estão dormindo, ele não consegue acordá-los e sai de casa sozinho. Heidi se retorcia e fazia perguntas a toda hora — Por que estão rindo dele? É feio rir dos outros — O que ele disse, papai? — enquanto Vanja ria das perguntas infantis, e John se ocupava com outros projetos no chão: naquele momento estava distraído com um negócio que tinha um botão e fazia tocar um barulho parecido com uma sirene.

Quando a leitura acabou e eu apaguei a luz mais uma vez, todos estavam mais calmos. Fui até Linda, que estava assistindo às notícias, e disse que aquela inquietação toda era um pouco estranha. Ela respondeu que Heidi tinha dormido por duas horas depois do jardim de infância, e que John também havia dormido bastante ao longo do dia. Me sentei, coloquei os pés em cima da mesa e fiquei olhando para a televisão.

Nos deitamos uma hora mais tarde. Nos demos um beijo de boa-noite, apagamos a luz. Eu estava nervoso e na mesma hora percebi que levaria um bom tempo para dormir. Eu estava nervoso pelo dia seguinte, pela sequência de entrevistas que me aguardava, mas não pelo velho motivo, como sempre tinha sido, pelo medo de falar e ocupar espaço e ver tudo que eu tinha dito sob a forma de citação, pelo medo de parecer um idiota; desta vez eu estava com medo pelo que eu havia escrito. O romance que sairia em dois dias, e que havia recebido o título de *Minha luta 1*, tinha sido escrito na solidão. A não ser por Geir Gulliksen e Geir Angell, ninguém tinha lido o manuscrito enquanto eu escrevia. Certas pessoas, entre as quais estava Yngve, sabiam do que o livro tratava, mas não sabiam exatamente o que eu havia escrito. Ao fim de um ano inteiro assim, durante o qual a única perspectiva que havia existido era a minha, o manuscrito tinha sido aprovado para publicação. Eram 450 páginas, uma história sobre a minha vida, centrada em dois momentos, o primeiro quando a minha mãe e o meu pai se separaram, o segundo quando o meu pai morreu. Os três dias após a descoberta do corpo. Tudo com nomes, lugares e acontecimentos reais. Somente no instante em que enviei o manuscrito para as pessoas mencionadas eu comecei a entender as consequências do que eu havia feito. Mandei o manuscrito no fim de junho. Yngve seria o primeiro a ler. No caso dele eu tinha escrito coisas que havia pensado e sentido, mas jamais dito. Quando me sentei em frente ao PC e anexei o arquivo ao meu email, senti vontade de largar tudo. Ligar para a editora e dizer que não haveria mais romance nenhum naquele ano.

Passei meia hora lá. Depois cliquei em "enviar", e então tudo estava feito. No dia seguinte fomos à praia nos arredores de Riebersborg, era domingo e o lugar estava cheio de gente, pegamos um lugar próximo ao trapiche que levava à casa de banho. Essa casa de banho remontava à primeira década do século XX, era uma construção erguida sobre pilares a cem metros da praia. John dormia no carrinho, Vanja e Heidi molhavam os pés junto à margem e catavam conchas, eu e Linda olhávamos as crianças. Meia hora depois John acordou e nós os levamos ao café na casa de banho, pegamos uma mesa no lado de fora, próxima ao parapeito junto à água, que reluzia e cintilava ao redor, e nos sentamos para tomar sorvete. Era mais ou menos como estar a bordo de um barco. De um lado tínhamos a ponte para a Dinamarca, do outro o Turning Torso e, em meio à névoa a noroeste, a usina nuclear de Barsebäck se revelava.

Eu vi tudo aquilo: a vida das pessoas na extensa orla da praia e, ao longo da passarela larga mais atrás, onde as pessoas andavam de bicicleta e patins a toda velocidade, a fileira de construções dos anos 1950 ou 60 que representava o último baluarte da cidade contra o mar, o grande captador de luz, que não parecia tão dramático no estreito que levava à Dinamarca. Os casais e as famílias ao redor, bronzeados e com roupas de verão, o céu alto acima de nós, cujo azul não tinha fim, a não ser pelo anoitecer, quando se tornaria cinza e as primeiras estrelas dariam a impressão de furá-lo a partir do espaço mais atrás para revelar distâncias infinitas. Meus próprios filhos, que estavam sentados com aquelas pernas curtas nas cadeirinhas, mexendo nas coisas deles; sorvete, embalagem de sorvete, suco ou creme derretido. Linda que de vez em quando passava guardanapos na boca, com os olhos quase totalmente escondidos por trás da escuridão dos óculos de sol. Eu via tudo aquilo, mas via como se assistisse a um filme, como uma história na qual eu não tomava parte, porque tanto os meus pensamentos como os meus sentimentos estavam em outro lugar. Eu estava pensando em Yngve, não como um processo ativo, mas toda hora os meus pensamentos se voltavam para ele. Ele era o meu irmão e havíamos crescido juntos, e eu tinha passado quase a minha vida inteira apoiado nele. Éramos tão próximos que, em vez de aceitar as falhas e as fraquezas dele, como eu aceitava as minhas, eu me identificava com elas e assumia a responsabilidade por elas, embora de maneira indireta, através dos meus sentimentos, que tomavam conta de mim quando eu o via dizer ou fazer qualquer coisa que eu mesmo não estivesse disposto a dizer ou fazer. Ninguém sabia disso, muito menos ele, pois como eu poderia dizer uma coisa dessas? Às vezes você não é bom o suficiente para mim?

O que eu teria a ganhar dizendo a verdade? Reproduzindo os meus sentimentos em relação a ele? Em relação ao que eu teria a perder? Ele podia dizer vá se foder, eu não quero mais saber de você.

O que eu faria nesse caso? Será que eu o chamaria para a rua? Ou será que eu deixaria tudo quieto e perderia o meu irmão?

Eu deixaria tudo quieto e perderia o meu irmão.

Não havia dúvida.

Por quê?

Porque eu era louco?

Tanto Vanja como Heidi haviam mordido a parte de baixo da casquinha, e por conta disso tinham dificuldade para tomar o sorvete, que derretia e pingava em dois lugares. John tinha escolhido um picolé de fruta, que em princípio devia ser mais simples, mas ele era tão pequeno que até isso acabou sendo problemático. Os dedos e o queixo dele estavam vermelhos e lambuzados de suco. Mas pelo menos todos estavam distraídos com aquilo.

— No que você está pensando? — Linda me perguntou.

— No Yngve — eu disse.

— Acho que vai dar tudo certo — ela disse.

— Para você é fácil dizer — eu disse.

O que eu tinha escrito a respeito de Linda era muito pior. Mas eu precisava encarar uma coisa por vez.

Uma nova onda de medo e de vergonha tomou conta de mim.

Em casa eu conferia os emails duas ou três vezes por hora. Era domingo, então minha caixa de entrada passou o dia inteiro vazia. Yngve estava na casa da nossa mãe, em Jølster, o que me deixou feliz, ele poderia falar com ela a respeito do livro, o que talvez servisse para amenizar a reação dele, segundo eu pensava. Pusemos as crianças para dormir e passamos um tempo na varanda, e depois eu conferi o email mais uma vez antes de a gente se deitar: nada.

Na manhã seguinte o email de Yngve estava na minha caixa de entrada.

O assunto era *Sua luta de merda*.

Me levantei sem ler e fui à varanda, me sentei e fumei enquanto eu olhava para a cidade, sentindo o corpo frio e tomado de desespero.

Mas eu precisava ler.

O que quer Yngve tivesse escrito no email estava lá, independente de eu ler ou não ler.

Eu podia adiar a leitura durante o dia inteiro, mas assim eu conseguiria apenas prolongar o meu sofrimento, e o resultado seria invariavelmente o mesmo.

Apaguei o cigarro e me levantei, entrei na sala, atravessei a cozinha, onde John estava sentado na cadeirinha com uma colher na mão enquanto Linda lia o jornal, entrei no quarto, me sentei na cadeira, coloquei o ponteiro do mouse na linha do assunto, cliquei duas vezes e lá estava.

Eu só queria assustar você um pouco, mas esses últimos dias foram bem intensos por conta da viagem ao passado provocada pelo seu texto e pela leitura de velhos papéis e cartas minhas e suas.

Não sei direito se devo analisar o seu texto ou a nossa vida e a nossa relação, porque esta última devia com certeza receber um tratamento diferente daquele que vem recebendo até hoje, ou será que não? No que diz respeito ao texto, existem passagens que me parecem extremamente desconfortáveis para serem publicadas, mesmo que eu entenda o motivo que levou você a incluí-las.

A passagem comigo, com você, o Ingar e o Hans fez com que tudo ficasse preto à minha frente. Que você sentisse e ainda sinta vergonha de mim em determinadas situações era uma coisa que eu já tinha percebido e ainda percebo de vez em quando. Esse é um assunto muito sensível porque toca em defeitos meus que eu vejo com muita clareza — como nem sempre me sentir confortável sendo quem sou; como falar mal a respeito de coisas sobre as quais não pensei; como gostar mais de me apresentar como um leitor de Adorno do que de ler Adorno. A mediocridade, combinada com autocrítica falha e ambições elevadas, não costuma dar bons resultados. Mas quando eu releio as passagens tudo parece mais ameno... afinal, é um livro sobre você, não sobre mim. Então é claro que não há espaço para todas as vezes que tive vergonha de você!

"Raramente olhávamos nos olhos um do outro": será mesmo tão ruim quanto parece aqui? Será que nos olhamos nos olhos menos do que as outras pessoas?

E será que o Yngve e o Espen sentiam tanta antipatia um pelo outro? No que diz respeito a mim, não é verdade... Sempre me pareceu que os dois que não gostavam um do outro eram o Tore e o Espen.

Vou ler as outras partes nos próximos dias, de repente você me liga?

Yngve

Fui ao corredor e liguei para ele. O tom da conversa parecia meio inseguro. Yngve me contou mais uma vez como tinha sido ler aquilo, mas não estava bravo, era mais como se estivesse fazendo uma autocrítica, o que parecia aliviar a tensão de uma forma quase insuportável, porque ele não tinha motivo nenhum para fazer aquilo. Não poderíamos falar sobre o fato de que raramente nos olhávamos nos olhos, e nunca apertávamos a mão um do outro, ou melhor, nunca encostávamos um no outro, seria impensável, mas quando nos visitou em Malmö semanas depois dessa conversa com os dois filhos, Ylva e Torje, ele me olhou nos olhos e estendeu a mão quando eu abri a porta. Sem nenhuma ironia, sem nenhuma indireta, ele queria apenas endireitar as coisas. Meus olhos se umedeceram e precisei desviar o rosto.

Quando Yngve terminou de ler, adiei o envio do manuscrito para as outras pessoas sobre quem eu havia escrito. Passei o verão inteiro agonizando, até o começo de agosto, um mês antes da publicação, quando enfim tomei coragem. Mandei um email para Jan Vidar e perguntei como estavam as coisas, recebi uma resposta horas depois, tudo estava bem com ele e com a família, no dia seguinte ele ia pescar com uns amigos, eles costumavam ir a Finnmarksvidda no verão. Eu tinha passado anos sem falar com ele, nosso último encontro tinha sido em Kristiansand, quando eu viajei à cidade para começar os trabalhos no meu romance *Ute av verden*. Fazia quase dez anos. No romance que eu estava prestes a publicar, Jan Vidar era um dos personagens mais importantes. Tínhamos sido melhores amigos dos treze aos dezessete anos, mais ou menos, e a partir de então havíamos nos afastado. Foi uma época muito importante. Tínhamos nos mudado para Tveit, eu estudaria em uma escola nova, onde não conhecia ninguém, e ele me acolheu, fizemos amizade e passávamos o tempo inteiro juntos, inclusive por causa da banda que mais tarde montamos. Quando comecei a escrever sobre aquela época, descobri que tudo estava bem mais próximo do que eu imaginava. A atmosfera em nossa casa, a floresta mais atrás, o rio um pouco abaixo, coisas que no fundo não eram nada, mas ao mesmo tempo eram tudo. Só fui descobrir quem Jan Vidar tinha sido de verdade quando me sentei em Malmö para escrever sobre essa época, mais de vinte anos depois.

Procurei o nome dele no Google, e afora os matches como participante de competições de pesca, descobri uma banda na qual ele provavelmente tocava. Várias músicas estavam disponíveis na internet. Comecei a escutá-las. Era uma banda de blues, ele tocava guitarra, os solos dele eram incrivelmente bons. O que tinha acontecido? Quando tocávamos juntos, era tudo uma merda. Desde então eu não tinha refinado minhas habilidades como baterista em nada, tudo soava exatamente como quando eu tinha quinze anos. Mas ele tinha se transformado em um virtuose. Como eu tinha passado todo aquele tempo sem nenhum contato, parecia quase incompreensível. Para mim ele ainda tinha dezessete anos.

Enviei o manuscrito para ele e torci pelo melhor.

Também mandei o manuscrito para um velho amigo, Bassen, ele não aparecia em muitos trechos, mas tinha sido uma pessoa importante para mim na época, e havíamos mantido contato por um tempo maior, eu ainda tinha o número de telefone dele. Ele leu tudo logo após receber o texto, não fez nenhuma objeção ao uso do nome e do personagem dele no livro, mas a conversa foi preocupante mesmo assim, ele disse que o livro geraria muitas brigas e que eu não podia excluir a possibilidade de um processo judicial. Essa possibilidade nunca tinha me ocorrido, e passamos um bom tempo falando a esse respeito. Bassen era criminologista e trabalhava no Instituto Nacional de Estatística, então sabia muito bem do que estava falando. Tive a impressão de que ele exagerou um pouco, mas a seriedade com que tratava do assunto me convenceu do contrário. Processo judicial? Indenização? Porque eu tinha escrito um livro sobre a minha própria vida? Se alguém não gostasse, eu trocaria o nome do personagem, não havia dificuldade nenhuma.

Outra personagem importante era Hanne, minha primeira paixão de verdade, em outra época minha luz e meu tudo. Não chegamos a namorar na época e, a não ser por um breve encontro em Bergen, nunca mais tínhamos nos visto. Ela também era vista através do meu olhar imaturo, que além do mais trazia as cores da paixão e da ingenuidade.

Tentei conseguir o endereço dela, mas não estava disponível na internet, e o nome dela também não constava no catálogo telefônico. Liguei mais uma vez para Bassen, nós três havíamos sido colegas, ele encontrou um número de telefone que provavelmente era de Hanne, eu liguei, ninguém atendeu. Liguei de novo várias vezes, mas nunca havia ninguém em casa.

Tonje, com quem eu tinha sido casado, praticamente não aparecia no romance, somente nas partes que tratavam da morte do meu pai, mas assim mesmo enviei o manuscrito para ela e expliquei que haveria mais cinco romances, e que em um deles ela certamente teria um papel maior do que tinha naquele volume.

Por fim enviei o manuscrito para Gunnar, o meu tio. Ele era dez anos mais novo que o meu pai, o que significava que ainda era jovem quando o irmão mais velho se casou e teve o primeiro filho. Eu me lembro dele da maneira como o via ainda menino, como um homem jovem na casa dos vinte anos totalmente diferente do meu pai. Gunnar tinha cabelos compridos, tocava violão e tinha um barco de vinte cavalos com um motor Mercury. Uma vez ele conseguiu para Yngve um autógrafo de Svein Mathiesen, o jogador do Start, aquilo foi uma grande coisa, e eu não me admiraria se descobrisse que Yngve ainda o guarda. Gunnar era uma pessoa por quem eu e Yngve tínhamos admiração, uma pessoa que sempre torcíamos para ver durante as visitas aos nossos avós em Kristiansand, ou durante as visitas que eles nos faziam. Quando entrei na adolescência, ele era casado e tinha a família dele, morava em uma casa geminada e passava todas as sextas-feiras do verão e da primavera na cabana que o meu avô e a minha avó tinham comprado na década de 1950, e que mais tarde ele assumiu. Era uma pessoa brincalhona, que sempre tinha um trocadilho na manga, neste sentido era muito parecido com Yngve, e também era muito responsável, durante os dez últimos anos de vida dos nossos avós eram ele e a esposa que estavam lá para ajudá-los no que fosse preciso. Assim que meu pai começou a perder a influência que tinha sobre mim e sobre tudo mais, o papel de Gunnar na minha vida se transformou. Ele era a mesma pessoa de sempre, acredito eu, mas a minha atitude em relação a ele mudou. Ele passou a ser a pessoa que via o que estava acontecendo. Na época eu comecei a escrever para jornais locais e passei a aparecer de uma forma que notei que ele não apreciava, ao mesmo tempo que comecei a me afastar, matar aula, beber um pouco, até mesmo fumar maconha, uma transgressão impensável que por um motivo ou outro imaginei que Gunnar tivesse descoberto, ao contrário de todas as outras pessoas ao meu redor, e assim a minha relação com ele se tornou bastante carregada. Nos anos depois que saí de casa, aos dezoito anos, eu passei a ter pouco contato com ele, mas nas vezes em que fazia visitas eu notava que os filhos tinham uma confiança absoluta nele, não havia nenhum resquício de medo nos olhos deles quando olhavam para o pai, e eu o respeitava por isso. Quando fiz vinte anos, e ao mesmo tempo meu pai começava a ter problemas cada vez mais graves com o alcoolismo, Gunnar passou a ser a representação de tudo que era decente e ordeiro, uma situação que, ao contrário do meu pai, eu também desejava alcançar, e assim passei a ver em Gunnar em parte uma espécie de pai, em parte uma espécie de superego. Se a bancada da cozinha estava cheia de garrafas de vinho e de cerveja, eu pensava: o que Gunnar pensaria se entrasse e visse isso? Se eu faltava às aulas por meses a fio, eu pensava: o que Gunnar diria a respeito disso? Toda vez que eu me envolvia em qualquer tipo de transgressão, Gunnar surgia nos meus pensamentos. Não tinha nada a ver com a pessoa dele, era uma situação que eu mesmo havia criado, mas também não era uma situação tirada do nada: no verão em que escrevi aquele que viria a se tornar o meu romance de estreia, eu morava na casa da minha mãe, em Jølster, tinha vinte e oito anos e, na tarde em que fui visitar Borghild, a irmã da minha avó, para conversar sobre como antigamente era a vida na propriedade, já que eu pensava em usar esse relato no romance, Gunnar tinha ido à casa da minha mãe censurá-la por eu ser um vagabundo inútil que nunca fazia nada que prestasse. Na opinião dele, o meu pai não podia assumir a responsabilidade por mim, então a tarefa cabia à minha mãe, que além do mais não devia incentivar meu sonho delirante de virar escritor. Mas também havia um cuidado nessa censura, eu pensei, e me senti dividido: por um lado eu queria ser escritor e estava disposto a sacrificar o que quer que fosse para atingir esse objetivo, e além do mais eu sentia uma forte atração por todo e qualquer tipo de transgressão, desde a minha adolescência eu detestava a burguesia e o status quo; por outro lado, as transgressões me enchiam de angústia, e minha atração pela burguesia, pelo status quo e pela segurança tinham no mínimo a mesma intensidade; esse foi um dos motivos que me levaram a casar, e também a estudar na universidade. Meu pai não podia se importar menos comigo, e assim, quando Gunnar apareceu para criticar a forma como eu levava a minha vida, para mim também havia isto: ele ao menos se importava com o que eu fazia.

Talvez ele também se sentisse dividido. Quando meu pai morreu na casa da minha avó e eu fui a Kristiansand limpar a casa e providenciar o enterro, ele me convidou para ir à cabana um dia, para dar um tempo, e lá fizemos um passeio juntos pela natureza, atravessando pradarias e andando em meio às árvores, ele me contou quem o meu pai tinha sido para ele, e senti como se quisesse se aproximar de mim e dividir aquilo comigo. Mais tarde naquele mesmo verão ele passou de carro na casa da minha mãe, porque eles passavam as férias de verão em um lugar a poucas horas de distância, e dessa vez estava cheio de elogios para mim e para Yngve, sobre a forma como havíamos lidado com tudo em relação à morte do nosso pai. Poucas semanas depois o meu primeiro romance foi publicado, e então tudo veio abaixo. Meu pai aparecia no livro, e também os irmãos do meu pai, não explicitamente, mas de maneira clara o bastante para que todas as pessoas mais próximas compreendessem em quem eu havia baseado os personagens. Quando enviei o livro para Gunnar, mandei junto uma carta na qual eu tinha escrito um pouco sobre a relação que eu tinha com o meu pai, e sobre o respeito que eu tinha por Gunnar como pai. Fiz isso em uma tentativa de amenizar a reação, porque eu já imaginava o que ele pensaria a respeito de tudo. Gunnar ficou indignado com o livro, mas em vez de me ligar ou de escrever para mim, ele ligou para a minha mãe para me xingar. Ela negou qualquer tipo de responsabilidade pelo que eu tivesse dito ou escrito, disse que eu era um homem adulto e que ela não se meteria no assunto. Seis meses depois ele ligou para mim quando o meu romance foi agraciado com o Kritikkerprisen, eu estava hospedado num hotel em Oslo e tinha acabado de receber o prêmio quando um homem ligou e se apresentou com um nome que não reconheci. Mas a voz era conhecida, e segundos depois eu compreendi que era Gunnar, ele tinha se apresentado com o nome que eu dera a um dos irmãos do personagem no romance. Ele queria me dar os parabéns e, a não ser pelo convite para bebermos um vinho em comemoração, a conversa foi agradável. Depois nos encontramos no enterro da minha avó, e também em função do inventário dela, e no verão em que eu estava na casa da minha mãe com Linda, Vanja e Heidi ele apareceu de repente na porta, queria apenas dar um alô, segundo disse, vocês não querem um café?, eu perguntei, não, a gente está indo para o sul, ele disse, só estamos de passagem, bom então sentem um pouco, eu disse, não, obrigado, então ficamos de pé no jardim trocando cortesias por três ou quatro minutos antes que eles entrassem no carro e partissem. Linda e as crianças estavam dormindo no quarto, eu perguntei se não seria melhor acordar todo mundo, para que ao menos pudessem ver os meus filhos, mas ele também não quis, seria muita incomodação, e quando eles foram embora a gente riu daquela cena toda, porque era muito evidente que tinham feito a visita apenas por obrigação e nada mais.

Essa era a situação quando mandei o meu novo romance para Gunnar. Eu sabia que ele não ia gostar, e a ideia de que ele leria o livro me dava medo. Mas não havia como fugir. Assim, no último dia de julho de 2009, um mês e meio antes da publicação do livro, me sentei em frente ao PC e escrevi um email para ele.

Meu caro Gunnar,

Não nos falamos há tempo. Espero que tudo esteja bem com você e com toda a família. Estive em Kristiansand na primavera por conta de um seminário de teatro e pensei em fazer uma visita rápida, mas surgiu um enterro em Ålesund ao qual eu não podia deixar de comparecer — foi Ingunn, a irmã de Sissel, que morreu — e minha agenda acabou cheia demais. Além disso Magne, o cunhado de Sissel e marido de Kjellaug, morreu na primavera, então foi um ano bem duro para a mãe. Mas aqui em Malmö as coisas vão bem, nossos três filhos já estão no jardim de infância e a Vanja vai entrar para a escola no outono que vem, assim que os anos mais difíceis da infância tiverem chegado ao fim.

Mas não é por isso que estou entrando em contato. A questão é que eu escrevi seis romances autobiográficos — os três primeiros saem no outono, os outros três na primavera — sobre diferentes períodos da minha vida, e em princípio todos os nomes e todos os acontecimentos são autênticos, ou seja, tudo que se encontra descrito aconteceu, mesmo que talvez não até os mínimos detalhes. O primeiro romance vai sair no final de setembro, e se divide em duas partes — a primeira se desenrola em Tveit, no inverno e na primavera de 1985, na época em que o pai e a mãe estavam se separando e o pai começou uma vida nova com a Unni, e a segunda narra os dias que passamos em Kristiansand logo depois que ele morreu. Você mal aparece na primeira parte, simplesmente me leva até a casa de um amigo na véspera do Ano-Novo, e mal aparece na segunda parte, quando você e a Tove vão até a casa para nos ajudar com a limpeza e a organização. A representação é simpática, claro, porque é assim que eu penso em você, e as dificuldades e o sofrimento não têm nada a ver com isso — têm a ver naturalmente com o fato de que estou expondo a intimidade da nossa família, que é uma coisa que nem você nem ninguém pediu que eu fizesse. Por outro lado, é um livro sobre mim e sobre o meu pai, uma tentativa de compreender o meu pai e o que aconteceu com ele. Para dar conta disso, fui obrigado a chegar ao cerne da questão, ao inferno que no fim ele criou, um inferno onde destruiu não apenas a si mesmo e à casa deles, mas também aos últimos anos de vida da vó, e além disso machucou todas as pessoas ao redor dele. Por que ele fez aquilo? O que o levou àquele extremo? Será que o impulso estava o tempo inteiro com ele enquanto eu e o Yngve crescíamos? Não sei se você sabe, mas durante a minha vida inteira o pai manteve uma mão de ferro sobre mim, mesmo depois de morrer, e para contar minha história eu preciso visitar esse lugar. O fato de que essa história também diz respeito a outras pessoas, entre as quais, e talvez especialmente, você se encontra, me incomoda profundamente, mas por outro lado não vejo saída. Toda a ruína e todo o horror descritos foram causados pelo pai, ninguém mais teve culpa de nada, mas eu não posso descrever o que aconteceu sem descrever o contexto em que aconteceu. Simplesmente é as-

sim. Nesses últimos dias eu venho enviando o manuscrito para todas as pessoas envolvidas. O Yngve já leu, e a mãe também. Agora estou mandando o livro para você como anexo a este email. Se você quiser que o seu nome seja alterado e a sua história seja anonimizada, claro que eu posso fazer isso. Não seria difícil, mas o problema neste caso é outro: o fato de que uma coisa que você gostaria que fosse deixada em paz, longe de todo mundo, agora vai ser desenterrada e mostrada. Mais uma vez, eu lamento tudo isso, mas ele era o meu pai, a história que estou contando é a minha história e infelizmente foi assim que aconteceu.

Até mais,
Karl Ove

Durante os dias logo a seguir eu conferia o email diversas vezes por hora. Toda vez que o telefone tocava eu tinha uma crise de angústia. Mas nada aconteceu. Interpretei aquilo como um bom sinal, ele leu o romance e está pensando sobre o que dizer e como reagir. Ou isso, ou estava na cabana.

Tive notícias dele no quinto dia. Quando vi o nome na minha caixa de entrada eu me levantei, saí para a varanda, me sentei e fumei um cigarro enquanto reunia coragem. As crianças estavam no jardim de infância, nosso apartamento estava quieto e da cidade vinha o fluxo habitual de barulhos. O pior que podia acontecer, segundo pensei, era que ele estaria bravo comigo por eu ter escrito sobre o que eu havia escrito. Mas tudo ia passar. Bastava enfrentar aquilo e depois tudo ia passar.

Eu tinha feito o que eu tinha feito. Não apenas tomado a decisão de fazer aquilo, mas trabalhado sob o estandarte da convicção por mais de um ano. A vontade de uma pessoa não mudaria em função do que tinha acontecido.

Era assim que eu pensava. Mas não era assim que eu me sentia. Eu me sentia como quando era pequeno e sabia que eu tinha feito coisa errada. Nessas horas eu tinha medo que o meu pai aparecesse e ficasse bravo comigo. Não havia nada pior. Mesmo quando saí de casa e cresci, o medo me acompanhava o tempo inteiro, e eu fazia todo o possível para não ser vencido. Meu pai já não estava ao meu lado, mas eu havia transferido o medo que sentia daquela fúria para todas as outras pessoas: aos vinte anos eu morria de medo que os outros ficassem bravos comigo. Foi uma sensação que nunca desapareceu. Quando meu casamento acabou e fui morar em Estocolmo, aos trinta e três anos de idade, eu ainda trazia esse medo comigo. Linda, que eu conheci na época e com quem tive filhos, era muito temperamental e com frequência tinha surtos incompreensíveis, eu me rendia completamente àquilo, porque bastava que ela erguesse um pouco a voz para que o medo tomasse conta de mim, e o meu único pensamento nessas horas era dar um jeito para que aquilo passasse. Mesmo aos quarenta anos, sentado na sacada em uma manhã de agosto de 2009, eu tinha medo de que alguém ficasse bravo comigo. Quando havia uma razão para esse medo eu ficava tão apavorado, tão desesperado e tão subjugado pelo sofrimento que nem sabia como seria capaz de sobreviver ao que estava acontecendo.

O medo de que alguém pudesse estar bravo comigo era o medo de uma criança, um medo que não tinha vez no mundo dos adultos, era uma situação impossível, mas eu nunca tinha deixado aquilo para trás, nunca tinha me tornado um adulto calejado nesse sentido, e o que aconteceu foi que esse sentimento de criança continuou vivo na consciência do homem adulto. Esse homem adulto, no caso, eu, estava completamente à mercê dos sentimentos de uma criança, e às vezes eu sofria tanto que não aguentava mais, ao mesmo tempo sabendo que eu era adulto e que aquele era um sentimento profundamente indigno. Como as coisas podiam ter acabado desse jeito? Se eu tivesse uma personalidade forte e completa, que se bastasse a si mesma, eu poderia dizer que estava fazendo aquilo por bons motivos, e que se alguém discordasse não era problema meu. Se as pessoas quisessem me confrontar, eu aceitaria o confronto. Mas eu não tinha uma personalidade forte e completa, que se bastasse a si mesma, toda a minha personalidade era construída ao redor do que os outros achavam e pensavam. O que eu mesmo pensava era uma questão secundária. Eu ainda vivia no mundo que o meu pai havia apresentado para mim, onde tudo que eu fazia se resumia a me esforçar para não fazer nada de errado. E o errado não se encontrava previamente estipulado em regras, mas consistia em tudo aquilo que ele a qualquer momento decidisse que era errado. Levei todas essas circunstâncias para a minha vida adulta, onde já não existiam mais, a não ser em mim. Mas o meu pai tinha morrido onze anos atrás. Eu sabia de tudo isso, mas não adiantava nada, a ideia dava um jeito de entrar na minha cabeça e fazia o que bem entendia. Minha única chance seria enfrentá-la e aguentar.

Me levantei e entrei no quarto, onde ficava o PC com acesso à internet. Abri o email. Era um email breve e nem um pouco ameaçador.

Oi, Karl Ove.

Você poderia fazer a gentileza de me informar o endereço do(s) seu(s) contato(s) na editora?

Gunnar.

Li o email diversas vezes na tentativa de interpretar o conteúdo. Ele não tinha escrito "Meu caro", como eu havia feito, mas se estivesse furioso não teria começado com "Oi, Karl Ove", certo? O ponto-final após o meu nome indicava a inexistência de qualquer tipo de entusiasmo, pois nesse caso haveria um ponto de exclamação — o que não parecia de acordo com ele e com a personalidade dele —, uma vírgula ou simplesmente nada. A vírgula ou nada seriam completamente neutros e diretos, mas um ponto era uma marcação, como quem diz, "não vou oferecer mais nada". O uso de "fazer a gentileza" apontava no mesmo sentido. "Fazer a gentileza" era uma expressão formal, mais formal do que a relação entre tio e sobrinho pressupunha, então concluí que ele não havia gostado do manuscrito. Ao mesmo tempo, era uma maneira educada de fazer o pedido, o que indicava que ele não estava furioso, ou pelo menos foi o que eu achei, porque nesse caso ele deixaria de lado as gentilezas, não? A ausência de qualquer cumprimento antes da assinatura, como "Atenciosamente", "Até logo" ou qualquer outra amenidade indicava o mesmo que a abertura do email, que o que eu tinha diante de mim era um contato sóbrio e formal. Eu sabia que Gunnar nunca tinha gostado de mim, que me via como um metido, uma pessoa que queria ser diferente apenas pela diferença, uma pessoa que se achava melhor do que era, e que além do mais não tinha nenhum senso de ordem e nenhum sentimento de responsabilidade, e assim interpretei a sobriedade como uma expressão disso, mais do que como uma expressão acerca do romance. O fato de que Gunnar queria o endereço dos meus contatos na editora também era um bom sinal, porque indicava que faria as objeções aos meus editores, e não a mim. Acima de tudo, eu tinha medo de um contato direto. Se ele escrevesse para os editores, dificilmente seria para xingá-los.

Respondi com os telefones e os endereços de email de Geir Berdahl, o diretor da editora, e de Geir Gulliksen, o editor-chefe. Depois fui ao escritório. A pilha de coisas a fazer era enorme e não havia como deixar de percebê-la. Em abril eu havia mandado mil e duzentas páginas para a editora, minha ideia era que aquilo era um único romance que devia sair no outono, mas o livro começou a ficar longo e eu imaginei que ainda faltariam mais ou menos trezentas páginas, e então veio a questão sobre a melhor forma de editar o texto. Eu havia discutido o assunto com Geir Gulliksen por telefone. Para começar, era possível lançar um romance de mil e quinhentas páginas? Tudo era possível, ele disse. Também seria possível lançar o livro em dois volumes, e publicá-los juntos ou com poucos meses de intervalo. Mesmo que essa fosse uma opção mais racional, e que trouxesse junto a vantagem de dois adiantamentos pelos direitos autorais, o que não era pouca coisa, já que a economia tinha se mantido meio frágil nos últimos anos, eu preferia que o livro fosse lançado como um volume único. Seria um statement, uma coisa que não se poderia ignorar, o romance mais longo da Noruega. Geir disse que discutiria o assunto com os outros editores e depois me daria um retorno. Ele me ligou horas depois. Disse que a sugestão que estava prestes a me apresentar, dada por Geir Berdahl, era provavelmente irreal, e que eu talvez não fosse gostar da ideia, mas que assim mesmo valeria a pena avaliá-la com calma.

— Vamos ver! — eu disse.

— Vamos lançar tudo como uma série de doze livros. Um livro por mês durante um ano. Assim podemos lançar serviço de assinatura para as pessoas interessadas. O que você acha?

— É uma ideia incrível! — eu disse. — Realmente incrível!

— É, eu também gostei. Mas um projeto desses exigiria muito da gente. Precisamos financiar a ideia de um jeito ou de outro. Eu vou trabalhar em cima disso, e depois vemos o que a gente consegue.

— Vai ser como Dickens e como Dostoiévski — eu disse. — Um romance de folhetim! Eu também gosto do aspecto serial. O Wedding Present lançou um single por mês durante um ano, e no fim do ano reuniu tudo em um álbum. É um gimmick, mas por que não?

— Esse é um romance especial. Seria bom se a gente fizesse uma edição especial. Pense no que isso faria com a recepção do livro! Como seria anunciado? Um volume de cada vez, à medida que fossem saindo, ou a obra completa no final do ano?

— Porra, Geir, a ideia é genial! Mande os meus agradecimentos para o Berdahl.

— É uma boa ideia, e dentro do possível vou tentar colocá-la em prática. Deve levar um tempo. Mas o que você acha de eu ver como podemos fazer e dar um retorno para você daqui a duas semanas?

Quando desligamos, fui direto ao escritório e comecei a dividir o meu romance em partes. Se o livro tinha mil e quinhentas páginas, cada parte devia ter mais ou menos cento e vinte e cinco páginas. Procurei lugares onde as partes pudessem ser finalizadas, e onde novas partes pudessem começar. Foi a primeira vez durante todo o ano em que eu havia trabalhado no meu romance em que tive um sentimento próximo de alegria e entusiasmo. Imaginei uma encadernação grampeada, sem nada além do título na capa, como se fazia no século XIX. Cupons de assinatura em jornais e revistas, para que as pessoas recortassem e enviassem para a editora, como as pessoas faziam na época da minha infância.

Passaram-se quase três semanas até que Geir retornasse a ligação. Disse que, por motivos práticos, não haveria como lançar o livro em doze volumes, seria inviável do ponto de vista econômico. Mas ele queria sugerir seis volumes. Três para o outono, três para a primavera seguinte. Eu hesitei um pouco, não queria abandonar a ideia dos doze volumes mensais, quase implorei para que ele reavaliasse a possibilidade, ele disse que compreendia, mas seria complicado demais, e pelo que entendi teria o potencial de quebrar a editora. Seis também seria complicado, mas ele tinha conseguido a proeza de garantir compras governamentais para todos os volumes, e assim o risco econômico seria minimizado.

— É inacreditável — eu disse. — Como foi que você conseguiu uma coisa dessas? Não existe uma regra muito clara e muito bem definida de que um autor só pode ter uma obra literária comprada por ano?

— Existe. Eu precisei argumentar um pouco, claro. Mas é um projeto realmente especial. O pessoal se mostrou sensível.

Quando tudo ficou decidido, precisei dividir o romance outra vez. Na verdade bastaria juntar as doze partes de duas em duas, para que cada livro tivesse umas duzentas e cinquenta páginas. Mas nesse caso a contagem de páginas seria mais ou menos a mesma de um romance norueguês médio, e como a ideia da assinatura e do folhetim tinha sido posta de lado, seria meio estranho parar a ação no meio em um romance e simplesmente retomá-la no romance seguinte. Seis romances interdependentes não parecia ser uma ideia muito boa. Eu precisava dividi-los de outra maneira, para que cada um fosse livre e independente, e assim preparar seis romances que também pudessem ser lidos como uma única história longa e coesa. Quando terminei, o primeiro romance tinha quatrocentas páginas, o segundo quinhentas e cinquenta e o terceiro trezentas. E eu tinha usado todo o meu material. Se eu fizesse daquela forma, precisaria escrever mais três romances em dez meses. Mas podia dar certo, durante o último ano eu tinha escrito cerca de dez páginas por dia, o que dava mais ou menos cinquenta páginas por semana, porque eu não trabalhava nos fins de semana. Mesmo que eu acabasse não usando dez páginas semanais por conta de objeções e outros impedimentos, eu conseguiria produzir cento e sessenta páginas por mês. Arredondando para cento e cinquenta, eu precisaria de dois, três meses por romance, e conseguiria sem problemas escrever três romances naquele tempo, e além disso teria um mês extra no final.

Eu quase queimava de impaciência e expectativa em frente ao PC, rolando o manuscrito para cima e para baixo. Claro que não havia como simplesmente dividir o texto e esperar que os romances fossem independentes, eu precisaria escrever inícios e fins, fazer pontes e transições, mudar e cortar passagens, mas não seria difícil, porque as partes já eram diferentes entre si, porque durante todo o tempo eu havia me esforçado para me inscrever na ação, especialmente no que dizia respeito à inclusão de reflexões coerentes com a idade do narrador. O narrador fazia reflexões sobre balas aos dez anos, sobre música pop aos dezenove, sobre ser pai aos trinta e cinco. Ah, ficaria bom! Seis romances! Porra, eu me daria muito bem!

Naquela manhã de agosto, quando fiquei trabalhando depois de ler o curto email de Gunnar, o primeiro romance estava quase pronto para a diagramação; a última coisa que eu tinha feito, depois de ler o relatório do parecerista, tinha consistido em transformar a história a princípio fragmentária e desconexa da época em que aos dezesseis anos eu havia passado um ano morando com o meu pai em uma história organizada, e a única coisa que ainda faltava, a meu ver, seria trocar os nomes de certas pessoas sobre as quais eu havia escrito, caso assim desejassem. O segundo romance já estava grosso modo pronto, faltava apenas o final, depois Geir Gulliksen leria o manuscrito pela última vez e, assim que eu tivesse discutido as sugestões e objeções dele, também estaria pronto para a diagramação. Quanto ao terceiro romance, ainda faltava um bocado. Aquilo não estava dando certo, tudo era muito anedótico, faltavam linhas grandes e épicas e não havia nenhum tipo de organização clara em relação à cronologia.

Talvez fosse essa a maior dificuldade ao escrever textos autobiográficos, encontrar a relevância do material. Afinal, na vida tudo era relevante, em princípio tudo era igualmente valioso, porque tudo existia, e existia ao mesmo tempo — os grandes navios de petróleo ancorados em Galtesund nos anos 1970, a ameixeira do outro lado da minha janela, o trabalho da minha mãe em Kokkeplassen, o rosto do meu pai quando passou dirigindo por mim e eu estava na rua e o via, o lago onde andávamos de patins no inverno, os cheiros nas casas dos vizinhos, a mão de Dag Lothar na vez em que fez milk-shake para nós, o carro misterioso que certa noite parou em Ubekilen, todos os peixes que a gente comia no jantar, a maneira como os espruces no terreno do vizinho se balançavam de um lado para o outro com os ventos fortes do outono, os acessos de fúria do meu pai quando no banco do carro eu batia na parte de trás do assento dele com o joelho, minha grande paixão por Anne Lisbeth, as bolas de futebol que a minha mãe e o meu pai tinham comprado para nós quando viajaram de férias à Alemanha, a minha com gomos verdes e vermelhos, a de Yngve com gomos amarelos e vermelhos, a vez em que fomos ao parquinho e as chutamos para cima com toda a nossa força tentando acertar o helicóptero militar que naquele exato momento passava voando em baixa altitude. Ao redor dessa última lembrança havia todo um outro círculo de lembranças relacionadas, porque durante a viagem dos meus pais à Alemanha eu tinha ficado na casa dos nossos avós paternos e Yngve na casa dos nossos avós maternos, uma semana que recordo de maneira particularmente clara e nítida, em especial por causa dos dias que passamos na cabana. Era assim, numa densa guirlanda de lembranças, uma trançada com a outra, que toda a minha infância existia em mim. Escrever era ao mesmo tempo libertá--las do meu interior e prendê-las à escrita, e enquanto esse movimento saísse do interior rumo ao semiexterior, ou seja, à escrita como se apresentava para mim enquanto eu escrevia, não havia problema nenhum, mas o formato de romance significava que as minhas lembranças fariam mais um movimento adiante, rumo ao leitor estranho. A relevância dizia respeito a uma comunicação, ao estabelecimento de um elemento comum no meio daquilo que é individual, e a narrativa é uma das formas da relevância. A poesia era outra, embora menos aberta, porque compartilhada por um número menor de pessoas. A qualidade estava atrelada à exclusividade, e tudo que estava relacionado à alta e à baixa literatura, ao popular e ao elitista, dizia respeito a isto. Quanto mais coisas a narrativa abraçasse, maior seria o público para o qual se abriria, maior seria a facilidade para compreendê-la, e menor seria o desafio, no sentido de que os esforços e a participação do leitor seriam menores. Nisso também havia uma simplificação. Para falar sobre a realidade, um romance não podia ser simples demais, mas devia ter um elemento de exclusividade na comunicação, um elemento que não fosse comum ou não fosse compartilhado por todos, em outras palavras, um elemento próprio, e era lá, em meio aos fragmentos completamente pessoais e portanto incomunicáveis de um louco, desprovido de sentido para todos, a não ser para ele próprio, que encarava tudo aquilo com a seriedade da morte, e em meio às formulações e clichês típicos dos romances de gênero, que haviam se tornado clichês justamente porque todos os conheciam, que se movimentava a literatura. O ideal mais elevado para um escritor seria escrever um texto que funcionasse ao mesmo tempo em todos os níveis. Os únicos que me pareciam ter atingido esse ideal eram os autores dos dois primeiros livros do Pentateuco e Shakespeare. A *Odisseia* e a *Ilíada* tinham sido assim também, mas o que em outra época havia sido amplo, um épico em verso, hoje parecia estranho, de forma que a relevância havia diminuído de maneira radical. Não que eu pensasse nessas coisas enquanto trabalhava no meu romance, quando o problema se mostrava concreto e tangível, como fazer de todas aquelas memórias, praticamente infindáveis, uma narrativa uniforme? E como fazer para que se mantivessem fiéis a tudo que havia de próprio nas lembranças?

Eu ia e voltava no texto que eu tinha, mas não conseguia me concentrar, não conseguia sequer ler o que estava na minha frente, a concentração simplesmente não existia, a única coisa em que eu pensava era em Gunnar e na reação dele. Depois de quinze minutos assim eu me levantei e saí do escritório. No corredor, ouvi o barulho do elevador que subia. Provavelmente era Linda; àquela hora do dia em geral não havia quase nenhuma atividade no prédio. Esperei, ouvi a porta do elevador se abrir e no instante seguinte ela apareceu no corredor. Estava usando o vestido azul e branco estilo marinheiro e sombra nos olhos, e tinha os lábios vermelhos. Trazia uma sacola em cada mão, e nas costas a pequena mochila preta. Uma aura de entusiasmo e de atividade a circundava; ela mal havia largado as sacolas no chão quando inclinou o corpo à frente para me beijar, e mal havia me beijado quando se ajoelhou e tirou os sapatos vermelhos, ao mesmo tempo que falava sobre as compras que havia feito.

— Eu estive na Granit, e eles tinham aquelas caixas-arquivo que eu falei que a gente podia usar para as correspondências, sabe?, uma para você e uma para mim. Assim a gente evita que as contas e outras correspondências fiquem de um lado para o outro. Você quer ver?

Fiz um gesto afirmativo com a cabeça e ela pegou duas caixas, que na verdade mais pareciam gavetas.

— Bonitas?

— Bonitas — eu disse. — E aquela outra sacola?

— Um vestido da Myrorna, um xale e uma saia. Tudo barato, praticamente de graça.

Ela pegou as três peças e as segurou junto ao corpo, uma após a outra.

— Bonitas? — ela perguntou mais uma vez.

— Sim — eu disse.

— Foi tudo praticamente de graça.

— Não teria problema nenhum se tivessem custado um pouco mais — eu disse. — Não é isso.

— E o que é, então?

— Não é nada.

— Não mesmo! Pode falar. Aliás, você almoçou?

Balancei a cabeça.

— A gente pode comer o espaguete com molho bolonhesa de ontem, tudo bem?

— Claro.

— Mas diga. No que você está pensando? Em alguma crítica?

— Não, nada disso.

Ela foi até o espelho e segurou o vestido junto ao corpo mais uma vez.

— Achei *muito* bonito — ela disse. — Vamos esquentar a comida no micro-ondas?

— Pode deixar que eu esquento.

Entrei na cozinha, tirei a lata de molho bolonhesa da geladeira, depois peguei o espaguete, coloquei tudo em dois pratos e comecei a aquecer um deles no micro-ondas enquanto olhava para fora da janela, para todos aqueles telhados com diferentes nuances de vermelho, que pareciam incrivelmente próximos com o céu azul mais acima. Senti a consciência meio pesada, como na minha infância, por estar dentro de casa em um dia tão bonito. Era uma das coisas que o meu pai não tolerava. Quando o dia estava bonito, todo mundo devia ir para a rua, independente de qualquer outra coisa. Eu, feito um imbecil, às vezes ficava andando pelo loteamento sem nenhuma companhia e nada para fazer, porque era o período de férias, e muita gente estava longe, fazendo um passeio de barco ou de carro durante o dia ou vivendo grandes aventuras. Tudo que eu tinha vontade de fazer era voltar para os meus livros, e às vezes eu chegava a chorar de pena de mim mesmo.

— Como foram as coisas? — Linda me perguntou enquanto sentava-se à mesa e abria o jornal dobrado.

— Eu recebi um email do Gunnar — eu disse.

— Ah, é? E o que ele disse?

— Nada. Simplesmente pediu um contato da editora. Mas foi o bastante para que eu não conseguisse mais trabalhar.

— Você não pode ficar tão preocupado — ela disse.

Respirei fundo. Linda olhou para mim.

— O que foi?

— Eu não sabia que você gostava de ir às compras — eu disse. — Achei que era uma das coisas que você menos gostava.

Linda torceu o nariz.

— Às vezes você é tão mesquinho! — ela disse.

— Mesquinho?

— Você pode me permitir uma coisa dessas, não? Eu só estou feliz e decidi comprar uma roupa nova para viajar. E, em relação ao nosso correio, eu venho pensando nisso há meses! Não é bom que eu tenha resolvido o assunto? Para a gente ter um pouco mais de organização aqui em casa?

— É.

— Que bom.

Ela continuou a ler.

Em seguida olhou para mim.

— Você compra todas as suas roupas na Spirit, onde uma calça custa mil e quinhentas coroas. Eu nunca disse nada.

— Porque o dinheiro é meu.

— Um dinheiro que a gente podia ter usado para outra coisa. As roupas que eu compro custam um terço das suas, e talvez um quarto.

— Está bem, está bem. Não era essa a questão. Esqueça. A última coisa que eu quero é começar uma discussão.

— Eu também não quero começar uma discussão.

O micro-ondas apitou. Peguei o prato e o coloquei à frente de Linda, que no mesmo instante se levantou e ligou o rádio.

— Somos amigos, então? — eu disse enquanto punha o outro prato no micro-ondas, ajustava o timer para quatro minutos e fechava a porta.

— Karl Ove, eu te amo. Claro que somos amigos.

— Tudo bem — eu disse.

Ela continuou a ler o jornal. Do rádio vinham notícias. O micro-ondas zumbia, e no interior dele o prato verde com um monte de espaguete girava devagar. Peguei talheres, dois copos, enchi uma jarra d'água.

— Você busca as crianças hoje? — Linda me perguntou.

Antes de responder, esperei que ela levantasse o rosto e olhasse para mim.

— Busco — eu disse, deixando bem clara a minha contrariedade. — Se você não pode, enfim.

— Claro que eu posso. Mas eu já tomei conta delas pela manhã. Você podia se encarregar da tarde.

Olhei para a rua sem dizer nada. O micro-ondas apitou mais uma vez, eu peguei o prato, coloquei-o na mesa e comecei a comer. Linda olhou para mim, largou o jornal e começou a comer também. Minutos depois eu já tinha acabado, a refeição estava morna e não havia oferecido nenhuma resistência perceptível, bastava pôr tudo goela abaixo. Mesmo que Linda ainda estivesse comendo, me levantei e saí à sacada, onde me sentei com as pernas apoiadas na balaustrada, servi uma xícara de café e acendi um cigarro. A regra fundamental do nosso relacionamento era que tudo era dividido. Se Linda havia levado as crianças, seria justo e razoável que eu as buscasse. A questão era que nesse meio-tempo eu trabalhava, enquanto ela não. Naquele dia eu tinha acordado às quatro e meia da manhã para adiantar o trabalho antes que as crianças acordassem, depois eu tinha ajudado a escolher as roupas das crianças e prepará-las para a escola e por fim eu tinha voltado ao trabalho, enquanto ela havia passado esse mesmo tempo em um café e comprado roupas e duas caixas-arquivo. Se o tempo com as crianças ocupava cinquenta por cento do dia, e o trabalho cinquenta por cento, então eu fazia setenta e cinco por cento do trabalho total, enquanto Linda fazia vinte e cinco. Quando discutíamos, eu dizia tudo isso para ela. Mas naquele momento eu não queria discutir, então não disse.

Olhei para a cidade. Havia um logotipo da Mercedes na parede mais abaixo, talvez projetado lá pelos raios de sol que reluziam na carroceria de um carro estacionado, eu não sabia, mas já tinha visto aquilo antes, o que parecia indicar um hábito, uma pessoa que sempre estacionava no mesmo lugar. Muito, muito ao longe uma grua se erguia acima dos telhados. O fato de que eu via apenas telhados fazia com que todas as variações parecessem muito nítidas; se uma pessoa caminhasse no alto do telhado eu via, mesmo que acontecesse a vários quilômetros de distância, a escuridão do corpo delineada contra a luz do céu.

Apaguei o cigarro no vaso de plantas virado de ponta-cabeça que eu usava como cinzeiro, terminei o café e voltei a entrar no apartamento. Quando passei em frente à cozinha, vi que Linda estava falando ao telefone. Parei e tentei descobrir quem era. Era Helena, concluí ao fim de poucos segundos. Ela olhou para mim e ergueu a mão em uma espécie de aceno, eu abri um sorriso discreto e fui em direção ao quarto para conferir meu email. Já eram duas e quinze, eu vi no PC. Em meia hora eu precisaria sair de casa.

Nada de emails.

Aliviado, me deitei na cama e fiquei olhando para o teto. Era tarde demais para começar qualquer coisa àquela altura. Um cheiro fraco e meio enjoativo de comida enchia o quarto. Quando nos mudamos, achei que vinha do vizinho de porta, mas depois de um tempo me ocorreu que o cheiro talvez chegasse pelo sistema de ventilação, e nesse caso deveria vir do fast-food chinês que ficava no térreo. Me levantei e abri a porta da sacada, me deitei de novo na cama. Os sons da cidade tomaram conta do quarto. Do corredor vinham passos. Os passos detiveram-se em frente ao banheiro, onde a porta se abriu e voltou a se fechar. O velho saxofonista que costumava sentar-se ao lado de um poste a poucos metros da entrada do prédio, onde o fluxo de pessoas era maior, começou a tocar. Ele tocava sempre a mesma peça, um fragmento de melodia que durava talvez um minuto, provavelmente imaginando que o público para quem tocava era sempre novo. O homem sete andares acima que ouvia cada uma daquelas notas não apenas o dia inteiro, mas também o mês inteiro, nem devia passar pela cabeça dele.

Tiii ti tááá tá tititi táááá.

Tiii ti tááá tá tititi táááá.

Tiii ti tááá tá tititi táááá.

Fechei os olhos. Ouvi um ruído no banheiro, a porta se abriu, os passos se detiveram em frente ao espelho do corredor. Será que Linda estava se olhando no espelho ou examinando a pilha de correspondências que estava na mesinha ao lado?

De repente, tá-ráááá!, era o sinal que o telefone fazia ao ser posto para carregar.

Será que ela tinha levado o telefone para o banheiro? Ou simplesmente o havia largado em cima do balcão ao passar, para então ligá-lo ao carregador?

Linda se aproximou.

Abri os olhos e a vi parada na soleira da porta.

— Eu posso buscar as crianças — ela disse. — Afinal, você precisa de uns dias sozinho.

— Deixe comigo — eu disse. — De qualquer jeito, não estou trabalhando. Você pode fazer as malas ou então outra coisa.

— Mesmo?

— Você quer que eu repita?

— Tudo bem, tudo bem. Você busca as crianças e eu as levo amanhã antes de sair.

— Quando é que o trem sai, mesmo?

— Às nove e meia — ela disse, sentando-se em frente ao PC. Linda faria uma visita a Helena e a Fredrik, o novo marido dela, em uma pequena propriedade rural no meio da Suécia, e ficaria por lá até o fim de semana, quando receberíamos a visita de Geir e Christina. Eu ainda não conhecia Fredrik, mas pelo que eu tinha ouvido ele era o exato oposto do antigo namorado de Helena, o encantador e delinquente Anders. Fredrik era bombeiro, havia trabalhado como chefe de salvamento em Estocolmo e tinha comprado uma casa em Dalarna, desmontado a casa, levado as partes a Uppsala e reconstruído a casa inteira tábua por tábua de uma forma que havia motivado reportagens em revistas de decoração. Isso era o que eu sabia. Além do mais Heidi, que o vira uma vez, tinha um pouco de medo dele. Ela tinha penteado os cabelos dele na vez em que os dois se conheceram, e Helena disse que nesse caso ela não podia ter sentido tanto medo assim, mas Heidi disse que tinha sentido medo enquanto penteava os cabelos dele também. Helena sempre ria dessa história. Heidi a adorava e sentava sempre o mais perto possível dela para ganhar o máximo de atenção e falar sobre tudo o que tinha acontecido nos últimos tempos. Ela também falava com Helena no telefone, e muitas vezes a desenhava. Heidi sentia atração por tudo que brilhava e cintilava, gostava acima de tudo de se enfeitar, cinco mudas de roupa por dia não era nada fora do normal, e em Helena ela tinha encontrado o único modelo legítimo de glamour que conhecia.

— Você vai gostar de sair um pouco sozinha? — eu perguntei.

Linda fez um aceno de cabeça sem virar o rosto.

— Mas eu vou sentir saudade de vocês depois de passar umas horas no trem. Vocês têm certeza de que não querem ir junto?

— Não, eu tenho que trabalhar. Além do mais, acho que vai ser bom para você passar uns dias longe das crianças.

— Você tem razão. E a Helena sempre cuida bem de mim.

— Muito bem, então! — eu disse enquanto me levantava. — Acho que está na hora.

— Você vem direto para casa ou vai passar no parquinho antes?

Dei de ombros.

— Você liga se vocês forem para outro lugar? Para eu também ir?

— Claro. Até logo, então.

— Até logo.

Fomos ao Magistratparken, que as crianças chamavam de "o parque de sempre". Outros parques que frequentávamos eram o "Parque da aranha", que ficava no Pildammsparken, o "Parque do tubarão", que ficava em Möllevången, e o "Calmo", que ficava poucos quarteirões atrás do nosso prédio. Além desses havia um outro no Pildammsparken, e um no Slottsparken que chamávamos de "Floresta mágica", e um outro próximo à estação de bombeiros, para onde raramente íamos, mesmo que fosse muito apreciado pelas crianças, já que tinha uma série de brinquedos especiais. Praticamente toda a vida ao ar livre dos meus filhos se desenrolava em um desses parques. O restante do tempo passavam todos encerrados, fosse no jardim de infância ou em casa. Eu não gostava disso, era muito distante da infância que eu gostaria de dar a eles. Mas não havia alternativa, não tínhamos dinheiro para uma casa e não conseguiríamos um empréstimo porque eu estava com o nome sujo na praça. Por outro lado, as crianças não pareciam sofrer nem um pouco com isso quando tinham a cabeça enfiada em meio às folhas da árvore que chamavam de "árvore de trepar". Me sentei num dos três bancos do outro lado e comecei a folhear o jornal que eu havia comprado para a ocasião enquanto, a intervalos regulares, eu deixava o olhar correr por todas as crianças que estavam lá para localizar meus três filhos. Vanja era totalmente confiável, e eu já não achava mais que Heidi pudesse fugir, mas John ainda era imprevisível, de repente aparecia na grama a caminho da estradinha que cortava o parque e, se eu não o tivesse acompanhado com atenção, mas deixasse a leitura me envolver, às vezes ele não estava mais entre as outras crianças quando eu erguia o rosto, e, quando eu começava a procurar em pontos mais afastados, às vezes descobria uma figura de meio metro de altura mais ao longe, a caminho da estradinha.

Naquele momento ele tinha a mão no balanço e me chamava aos gritos. Me levantei e fui até onde ele estava, coloquei-o em cima do balanço, puxei-o para trás e olhei para ele. Pronto?, eu perguntei. Sim, ele disse, sério. Quando eu o empurrei de novo, ele riu. Dez vezes, eu disse, e então comecei a contar. No dez eu parei e ele protestou, e ao perceber que eu tinha pensado em tirá-lo de lá ele se agarrou com pânico no olhar. Não não não! Coloquei-o no chão e ele se deitou de barriga e apertou a cabeça contra a areia enquanto gritava e se arrastava. Quando tornei a me sentar no banco, John estava chorando. Era um choro convulsivo, de cortar o coração, como se fosse órfão, não houvesse ganhado comida por uma semana inteira e tivesse acabado de levar uma surra. Localizei Heidi e Vanja, acendi um cigarro e peguei mais uma vez o jornal. No meu subconsciente eu devo ter registrado a situação que estava prestes a surgir, porque segundos depois eu baixei o jornal e o pai que estava a caminho do balanço com o filho, carregado junto à barriga, colocou-o no balanço. Uma pessoa grande lança uma pessoa pequena, mais ou menos como uma embarcação grande lança uma embarcação pequena, eu pensei. Mas John ainda estava embaixo do balanço, e não tinha pensado em sair de lá. Me levantei e fui até ele. Você precisa sair daí, eu disse. Outras pessoas querem usar o balanço. Ele não respondeu, simplesmente continuou a soluçar com tanta força que os ombros chegavam a tremer. Eu o levantei como se fosse uma tartaruga, carreguei-o dois ou três metros para o lado e o coloquei de volta no chão. Já passou, eu disse. Você já pode brincar de novo. Logo me sentei outra vez. Eu tinha a consciência pesada, porque devia ter consolado John até que o choro passasse, mas em primeiro lugar o motivo da frustração era completamente desproporcional à reação, e eu não queria dar a ideia de que aquela era a maneira correta de lidar com a resistência, e em segundo lugar minha estratégia era sempre interferir o mínimo possível quando eu saía com as crianças, porque eu queria que aprendessem a cuidar de si.

Mas não eram só as crianças que tinham problemas com a dimensão exata das coisas. Quando eu pensava na forma como havia tratado Vanja e olhava para as fotografias da época e via o quanto ela era pequena, era como se o chão cedesse sob os meus pés. Eu tinha mesmo sido capaz de gritar furioso com aquela criaturinha minúscula? Eu tinha mesmo tirado a minha filha do carrinho para colocá-la com força no chão, tomado de frustração e de raiva, ela, que tinha apenas seis meses e não tinha culpa de nada? Era o pensamento mais doloroso que eu conhecia. Como eu podia ter feito coisas daquele tipo? No que eu estava pensando? Como era possível perder por completo a visão mais ampla das coisas? Eu não via o quanto ela era pequena, esse olhar externo se encontrava totalmente ausente, tanto Vanja como Linda e todas as outras pessoas ao meu redor eram tragadas por esse redemoinho interior, onde

70

as coisas mais desarrazoadas tornavam-se razoáveis e justas. Eu não tinha nada ao que comparar o meu comportamento, era simplesmente isso.

John havia parado de chorar, mas ainda estava com a cabeça na areia. Eu precisava oferecer uma saída para ele. Vi que outra criança tinha naquele instante desocupado o balanço grande, então larguei o jornal e me aproximei dele.

— Vamos experimentar o balanço grande?

— Si-im — ele disse.

— Então vamos — eu disse. John se levantou e me seguiu e enxugou as lágrimas que tinha no rosto com a mão, deixando para trás uma sombra escura. O balanço grande tinha formato de cesta, havia lugar para várias crianças, e pelo menos as minhas adoravam ficar lá dentro olhando para o céu enquanto balançavam de um lado para o outro em alta velocidade. Quando coloquei John lá dentro, Heidi e Vanja vieram correndo em nossa direção.

— A gente também quer! — elas disseram.

— Mas dessa vez o John está junto — eu disse. — E com ele junto eu não posso balançar muito alto. Tudo bem?

— Tudo bem — disse Vanja.

— Tudo bem — disse Heidi.

Coloquei as duas lá dentro e puxei o balanço o máximo que eu podia.

— Prontos?

— Prontos.

— Têm certeza?

— Temos, papai. Solte logo! — disse Vanja.

Soltei o balanço.

John gritou em protesto.

— *Vill inte!*

Parei o balanço, tirei-o de lá e o deixei no chão. Ele estendeu os braços para mim. Eu o ignorei, puxei o balanço, ele começou a gritar.

— Muito bem, seu rabugento — eu disse, e então o levantei e o segurei num dos braços enquanto balançava as meninas com a mão livre.

O corpo dele era quente e agradável.

Ele apoiou a cabeça no meu ombro. O balanço veio na minha direção e eu o empurrei para o outro lado.

As meninas estavam deitadas de bruços com a cabeça para fora do balanço, olhando para a estradinha. Os vestidos e os cabelos delas esvoaçavam. Por todos os lados crianças se arrastavam, caminhavam, corriam e trepavam, pais se irritavam, uns com óculos de sol e telefones celulares, outros concentrados nas atividades da prole.

Fora do parquinho estendia-se um gramado plano, e grandes árvores se erguiam, tranquilas e ensolaradas, projetando sombra para todos aqueles que haviam se dirigido ao parque naquela tarde. A maioria das pessoas era jovem, quase todas brancas. Muitas estavam sozinhas na grama ao lado de uma bicicleta; a forma como haviam dobrado a barra da calça e tirado a camisa ou a camiseta me dizia que aquela situação era um improviso, um rompante surgido no caminho do trabalho para casa. Outras estavam reunidas em grupos; neste caso eram quase todos estudantes do colegial ou estudantes mais jovens. Além disso havia dois ou três casais jovens de corpos entrelaçados, completamente perdidos um no outro. No Pildammsparken, do outro lado do velho estádio de futebol, havia muitos imigrantes, grandes famílias que faziam o jantar ao ar livre e passavam a tarde inteira na rua, e às vezes ouvia-se o barulho abafado de tambores, como que vindos das profundezas de um sonho. A forma como as sombras cresciam à medida que a tarde caía, e a maneira como o sol baixava, não no mar ou na floresta, mas na cidade, tinha um jeito meio onírico, pensei enquanto estávamos lá. O mundo se dissolvia ao ser preenchido pelo sol, ou pelo menos era esse o sentimento que eu tinha, as relações entre todas as coisas desapareciam, de repente tudo estava por assim dizer no mesmo plano. O trabalho da cultura era definir essas relações, hierarquizá-las e assim reunir tudo o que existia em lugares espalhados em padrões compreensíveis. Era por isso que tínhamos romances, filmes, séries de TV, teatro e poesia, mas também jornais, noticiários de TV e revistas semanais. O fato de que uma cultura surgida em um panorama crestado pelo sol, sob um céu escaldante, ao longo das margens férteis de um rio, perceberia o mundo de outra forma e construiria padrões diferentes era uma obviedade. Quanto à natureza precisa dessa diferença, no entanto, eu não tinha a menor ideia, pois era uma diferença tão profunda que a própria língua deles para mim parecia apenas uma série de pigarros e cuspes, e a caligrafia mais parecia uma série de arbustos no deserto do que propriamente um sistema de escrita, mas eu tinha a ideia de que no início tudo devia mesmo ser impenetrável, para depois, aos poucos, se revelar junto com a língua, mas jamais seria uma obviedade, como era para nós, e provavelmente jamais seria possível ou mesmo desejável abraçar aquilo. O maior papel que a cultura desempenhava na relação entre as pessoas, a teia de relações, ênfases e transgressões, era tão delicada e tão complexa que a maioria das pessoas em determinada cultura tinha intimidade somente com as nuances que diziam respeito à sua camada social, e conheciam todas as outras apenas superficialmente. Mas todas tinham um significado preciso, afinal uma cultura era isso. O tecido de uma calça tinha um significado, a largura da perna da calça tinha um significado, o padrão na cortina de uma janela tinha um significado, um olhar baixado de repente tinha um significado. A maneira exata como uma palavra era dita tinha um significado. Saber coisas a respeito dessa ou daquela pessoa também tinha um significado. A cultura preenchia o mundo ao instituir diferenças, e essas diferenças, que eram onde todo o valor se encontrava, eram distintas entre uma cultura e a outra. O fato de que as unidades tornavam-se cada vez maiores, e as culturas cada vez mais similares, era um pensamento desanimador, pelo menos no meu caso, porque eu tinha loucura por diferenças e me sentia atraído por tudo que parecia impenetrável. O que havia de incrível no Japão, que tinha passado séculos isolado e desenvolvido uma cultura que para nós parecia singular em todos os aspectos, uma cultura praticamente hermética, mesmo que estivesse bem à vista. O fato de que essa cultura estava aos poucos se integrando ao Ocidente e desaparecendo, para virar apenas um subtipo, era uma perda tão grande como a extinção de um animal. Mas o mundo ocidental era tão vasto e tão expansivo que logo teria subjugado o mundo inteiro, não por meio da violência, como durante o colonialismo, mas por meio de promessas. Nessa perspectiva, que era a perspectiva a longo prazo, eu era contra a imigração, contra o multiculturalismo e contra praticamente todas as formas de pensamento igualitário. Na perspectiva a curto prazo, que era a perspectiva que dizia respeito à vida cotidiana e concreta onde eu morava, em Malmö, seria difícil não ver a imigração como um recurso poderoso, porque eu via por toda parte a explosão de vida e de energia que tomava conta da cidade, ao contrário do que acontecia em Estocolmo, por exemplo, onde todos os imigrantes moravam em cidades-satélites e não se via praticamente nada além de rostos brancos no centro da cidade. Claro que Malmö estava decrépita, claro que havia muita pobreza, mas ao mesmo tempo a cidade vibrava com todas as contradições que precisavam se reconciliar, e para todos os que cresciam naquele lugar isso devia ser uma dádiva, com tantas experiências e histórias distintas lado a lado, já que muito do que era feito era feito pela primeira vez, com a força e o frescor típicos da novidade.

— Sinto inveja deles — Linda tinha dito uma tarde pouco tempo atrás depois que havíamos jantado em um dos cantos do enorme parque e estávamos a caminho de casa com as crianças a reboque.

— Do quê? — eu perguntei.

— De ver que saem com toda a família. Pais, avós, filhos e netos e tios e primos.

Ela olhou para um grupo reunido ao redor de um grill, deviam ser umas vinte pessoas, as mais velhas estavam sentadas em cadeiras, as mais jovens corriam de um lado para o outro e brincavam. Muitos grupos assim espalhavam-se pelo terreno plano. O cheiro por toda parte era de carne e fumaça.

— Antes também era assim por aqui — eu disse. — Umas três gerações atrás, mais ou menos. Pelo menos no interior. Minha vó materna cresceu assim. Não grelhando salsichas no parque, claro. Mas as pessoas moravam como uma grande família.

— Parece tão *mysigt!* — ela disse. — Enquanto a gente está aqui com a nossa pequena família. Não tem ninguém além de nós! Imagine se a gente tivesse vários parentes, como tudo seria diferente!

— É. Mas não estamos tão mal assim, certo?

— Não, não, não foi isso que eu quis dizer. É só que...

— Você é uma romântica. Você enxerga uma aura ao redor deles e quer a mesma coisa para você.

Linda balançou a cabeça.

— Eu não quero a mesma coisa *para mim*. É só que... enfim, eles parecem rodeados de tanta vida!

— A sua mãe passou um tempo na nossa casa. E a minha mãe também costuma aparecer. Mas você parece bem contente quando elas vão embora, não?

— Exato. É tudo muito centrado em *nós*, em mim, em você e nas crianças. Imagine se a gente pudesse sumir nesse ambiente coletivo!

Lembro que o sol às nossas costas estava vermelho e parecia suspenso como uma esfera acima dos telhados, e então olhei para John para ver se, para variar, não teria dormido no meu ombro, mas topei com um par de olhos bem abertos e dei uns passos para trás.

— Agora chega — eu disse para as meninas.

— Mas papai! — disse Vanja. — A gente mal começou!

— Mais um pouco, *snälla!* — Heidi pediu.

— Não — eu disse, e então larguei John no chão e voltei ao banco, e de repente vi Linda se aproximando pelo espaço circular rodeado por concreto e coberto de cascalho que havia no meio do parque.

— Lá vem a mamãe — eu disse. As meninas saíram do balanço para encontrá-la, John correu em direção a ela e Linda abriu um sorriso largo de alegria e se agachou para receber as crianças.

Um comportamento muito diferente daquele que eu via quando chegava em casa e ela estava deitada e nem ao menos ouvia quando as crianças a chamavam pelo apartamento com um alô, mamãe? interrogativo e cheio de expectativa.

Fui até o banco e dobrei o jornal para colocá-lo debaixo do carrinho quando fui tomado por uma inquietude repentina.

De onde tinha vindo aquela sensação?

Olhei para Linda, que vinha na minha direção com as crianças ao redor. Não era aquilo.

O meu romance.

Claro. Era isso.

— Olá! — disse Linda.

— Olá — eu disse. — Você por acaso tem algum dinheiro?

— Não, acho que não. Para que você queria?

— A gente podia comprar sorvete naquele quiosque. Mas eu só tenho vinte coroas. E acho que eles não aceitam cartão.

— Aceitam sim. Começaram a aceitar um tempo atrás.

— Vocês querem sorvete? — eu perguntei, olhando para as crianças.

Quando segundos mais tarde passamos por baixo das árvores a caminho do cruzamento, argumentei contra a minha inquietude, dizendo para mim mesmo que eu não tinha escrito sobre as pessoas que estavam lendo o manuscrito, que eu tinha sentido medo da reação de Yngve, mas que tudo havia se passado da melhor forma possível.

— Como estava o *dagis* hoje? — Linda me perguntou.

— Acho que bem — eu disse. — Não perguntei. Mas as crianças estavam alegres quando as busquei.

Paramos em frente ao cruzamento, Linda e Heidi correram para ver quem seria a primeira a apertar o botão do semáforo, Vanja abriu caminho e o apertou com uma expressão triunfante. Heidi começou a chorar.

— Você pode apertar da próxima vez — eu disse para ela.

— *Vanja puttade mig!* — ela choramingou.

— Vanja, você não devia ter empurrado a sua irmã — disse Linda. — Mas agora vamos comprar sorvete.

Heidi estava cabisbaixa quando começamos a atravessar. Voltei e a peguei no colo, e então a carreguei por todo o trajeto até o quiosque.

— Por que a Heidi ganha colo e eu não? — Vanja perguntou.

— Porque ela estava chorando — eu disse. — Mas eu posso dar colo para você no caminho de volta. Enfiei a cabeça no quiosque e, como não vi ninguém lá dentro, apertei o botão de uma pequena sineta reluzente que estava no balcão.

Jan Vidar era talvez a pessoa cuja reação me deixava mais ansioso.

Ele tinha e continuava tendo quinze anos para mim, e eu não havia descrito o nosso mundo em termos muito incríveis. Talvez ele se lembrasse daquilo como sendo incrível? Como um passado de ouro?

Uma mulher de aparência romena saiu de um pequeno cômodo na parte de trás e se postou à minha frente.

— Muito bem — eu disse. — Podem apontar para o que vocês querem. Agora mesmo. — Olhei para a mulher. — E antes de qualquer outra coisa, dois cafés. Um com leite.

— *Jag vill ha... en Calippo* — disse Vanja.

— De cola ou esse outro verde? — eu perguntei.

— O verde.

— E um Calippo de fruta — eu disse para a mulher de cabelos pretos.

— *Jag vill också ha det!* — disse Heidi.

— Dois, então — eu disse. — E você, John? Não quer apontar?

John apontou para um Sandwich. Se tinha consciência do que estava fazendo era outra questão.

— E um Sandwich.

A mulher somou tudo, eu mostrei o cartão, ela empurrou o leitor de cartões na minha direção e apertou uns botões.

Enfiei o cartão no leitor e ela foi até um freezer. Pelo caminho atrás das poucas cadeiras e mesas ao ar livre, um homem gordo se aproximou com um cãozinho.

Vi que Vanja o seguia com os olhos. O homem era tão gordo que pensei que com certeza devia receber auxílio-invalidez. Bermuda cáqui barata, um boné militar, camiseta preta.

O corpo inteiro tremia a cada passo, e as articulações davam a impressão de rolar. Digitei minha senha. A mulher se levantou.

— Que tipo de cachorro era aquele, Vanja? — eu perguntei, apertando em "confirmar".

— Um terrier, acho — ela disse.

Heidi estava sentada no colo de Linda, na sombra do guarda-sol, John havia subido na cadeira e tentava passar um canudo com a ponta dobrada por uma rachadura na mesa.

— *Fruktcalippoen är tyvärr slut* — disse a mulher. — *Går det bra med cola istället?*

— Pode ser o de cola, então.

De repente o pequeno leitor de cartões rangeu, e uma tira de papel começou a sair lentamente daquelas profundezas.

A mulher me entregou os três sorvetes, arrancou a tira de papel, eu me aproximei das crianças e entreguei um sorvete para cada uma e, quando voltei, a mulher me entregou dois copos de papel cheios de café e a nota fiscal.

Entreguei um dos copos para Linda, que estava abrindo os sorvetes, me sentei ao redor da mesa e comecei a bebericar do outro.

Gunnar tinha ficado bravo com a publicação de *Ute av verden*. Mas aquela tinha sido a minha estreia, era uma grande mudança, devia ser um choque se reconhecer em um dos personagens, mas desde então haviam se passado dez anos, e o fato de que o meu último romance tinha sido indicado para o prêmio de literatura oferecido pelo Nordisk Råd tinha mudado bastante coisa; deixei de ser uma pessoa que desperdiçava tempo sonhando em virar escritor para virar um escritor reconhecido em todo o país, e também no exterior, embora não muito, mas os comentários feitos sobre os meus livros em jornais estrangeiros deviam ter sido mencionados no *Fædrelandsvennen*. Pelo menos o comentário do *Frankfurter Allgemeine*, que havia chamado o meu romance de obra-prima, e talvez o do *The Guardian*, mesmo que fosse um pouco mais ambivalente. Gunnar não gostaria de saber que eu tinha escrito a respeito do meu pai e da minha avó, mas não havia nada de errado com o que eu tinha escrito a respeito dele, o personagem dele causaria uma boa impressão e era tratado com respeito.

— Parece que a viagem mexeu comigo — disse Linda. — Estou meio nervosa. Um senhor chegou pedalando em uma bicicleta que tinha alguma coisa batendo nos raios e com pedais que roçavam contra o para-lama.

— Por causa do trem? — eu perguntei.

— É. Eu sempre fico nervosa antes de viajar, desde que eu era pequena.

— O que foi que você disse, mamãe? — perguntou Vanja.

— Eu disse que sempre fico nervosa antes de viajar.

— Por quê? — Vanja perguntou.

— Eu também não sei — eu disse. — Mas acho normal um pouco de nervosismo.

— Imagine que eu viajei sozinha a Hidra quando eu tinha sete anos — ela disse. — É totalmente inacreditável.

— É, é inacreditável — eu disse.

— Quê? — Vanja perguntou.

— Eu viajei sozinha para uma ilha na Grécia quando tinha dois anos a mais que você. Ou melhor, eu não estava sozinha, eu estava com uma outra família, mas nem a minha mãe nem o meu pai estavam comigo.

— Era a década de 70 — eu disse. — As pessoas pensavam nas crianças de outro jeito.

— Mas foi bem extremo, mesmo para os anos 70.

— Já contei para você da minha primeira viagem sozinho? — eu perguntei. Linda balançou a cabeça.

— Também foi nos anos 70. Mas eu não fui tão durão quanto você. Foi com a minha turma da primeira série. Eu estava atrasado e perdi o ônibus da escola. Enquanto eu estava lá chorando, o zelador da escola se aproximou da gente. Esse zelador era incrível, ele às vezes nos deixava visitar a oficina dele. Mas, enfim, ele disse que eu devia pegar o ônibus seguinte. O ônibus seguia pelo sentido oposto, mas, como morávamos numa ilha, mais cedo ou mais tarde ele passaria em frente à nossa casa. Me acomodei no ônibus. Eu não conhecia ninguém. E quando dobramos à esquerda, em vez de dobrar à direita como de costume, eu fiquei apavorado. De repente eu esqueci tudo que o zelador tinha me dito, ou deixei de acreditar naquilo. Eu estava com tanto medo que puxei a cordinha. O ônibus parou e de repente eu me vi no meio de uma estrada onde eu nunca tinha estado, a uns dez quilômetros de casa.

— E o que você fez? — Linda me perguntou.

— Um outro garoto também havia descido. Eu disse que estava perdido, ele disse que eu podia ir para a casa dele. E foi o que fiz. Era uma casa escura, bem próxima da estrada. O pai dele ligou para o meu pai, e então ele foi me buscar.

Olhei para Vanja.

— Era o seu vô — eu disse.

— E o seu, e o seu também — Linda disse para Heidi e John.

— Eu sei — disse Vanja. — Ele morreu.

Fiz um aceno de cabeça.

— Ele morreu antes de eu nascer — ela disse.

— O nosso outro vô também morreu — disse Heidi.

— Ele morreu na véspera de Ano-Novo — disse Vanja.

— É verdade — eu disse, olhando para Linda. Ela sorriu.

— Mas você teve a chance de vê-lo, Vanja — disse Linda.

Com uma expressão séria, Vanja fez um aceno de cabeça.

— Duas vezes — ela disse. — Em Estocolmo.

— Eu nasci em Estocolmo — disse Heidi.

— Nasceu mesmo — disse Linda, apertando-a junto do corpo.

Na manhã seguinte eu acordei às quatro e meia, desliguei o despertador, peguei a pilha de roupas e levei tudo para o corredor em frente ao quarto, para não acordar Linda, peguei os dois jornais que estavam no chão em frente à porta de entrada, liguei a cafeteira, li os cadernos de cultura e de esportes e comi uma maçã enquanto esperava o café ficar pronto. Quando ficou, bebi uma caneca e fumei um cigarro na sacada. O céu estava nublado, a escuridão cinzenta da aurora pairava em meio às construções de aspecto rústico mais abaixo; era o meio de agosto e logo chegaria o outono.

Acendi um cigarro para estender ao máximo o momento que precedia o começo do trabalho, mas logo o apaguei, fumado apenas pela metade, e então entrei no escritório, liguei o PC, me sentei, acendi a lâmpada presa à estante de livros com um clipe, examinei a pilha de CDs que estava no chão bem ao lado, escolhi o *Giant Steps* de Boo Radley e de um instante para o outro fui arremessado na atmosfera daquela época, Bergen no início dos anos 1990, já que eu mal tinha ouvido o disco desde então, e justamente por esse motivo não queria saber daqueles sentimentos. Passei um tempo avaliando se eu devia trocar de música ou não enquanto ao mesmo tempo eu abria o manuscrito do segundo romance e o folheava. Não, não havia como. Em vez daquilo coloquei *1972* de Josh Rouse para tocar, era um disco suave e agradável, nos limites da música de elevador, e um bom disco para começar o dia.

Uma hora mais tarde ouvi passos junto a uma porta do apartamento. Abaixei a música e fiquei ouvindo. Alguém estava andando pelo corredor. Devia ser John ou Heidi. Não que importasse muito; quando um deles estava de pé, logo o outro vinha atrás.

Abri a porta e fui à cozinha. John estava lá, com o travesseiro na mão, olhando para mim. Eram vinte para as seis.

— Ainda é de madrugada — eu disse. — Vá se deitar.

— *Jag är inte trött* — ele me disse com um pouco de irritação na voz, como se eu o tivesse acusado de qualquer coisa.

— Você quer tomar café da manhã, então? — eu perguntei.

John acenou a cabeça. Eu o sentei na cadeirinha, peguei granola no armário, leite fermentado com sabor de mirtilo na geladeira, misturei tudo em um prato, coloquei-o em cima da mesa e entreguei para John uma colher, que por sorte ele aceitou.

Mais passos no apartamento. Quando me virei, Heidi estava na porta.

— Bom dia, Heidi — eu disse.

Ela não respondeu, simplesmente me olhou com os olhos apertados e os cabelos desgrenhados.

— *Jag vill också ha* — ela disse.

— Você também vai ganhar — eu disse.

— Oi, Johnne — ela disse.

— Oi — disse John.

Dei um prato e uma colher para Heidi.

— Vocês conseguem ficar os dois sozinhos aqui sem bagunça? — eu perguntei.

Heidi acenou a cabeça e começou a comer. Voltei ao escritório, deixei a porta entreaberta para ouvi-los e tentei me concentrar mais uma vez no trabalho.

Era mais difícil sem música, mas poucos minutos depois eu estava escrevendo a respeito de uma viagem que eu e Geir Angell tínhamos feito a Søgne nos dias logo após o enterro da mãe dele, quando eu tinha lido trechos dos meus livros e falado com a plateia de uma faculdade popular. Eu não tinha nenhuma ideia quanto ao motivo de estar escrevendo sobre aquilo, a não ser pela sensação que aquele lugar havia me dado, em meio à escuridão das estrelas límpidas do inverno.

— Papai? — Heidi me chamou. Levei um susto tão grande que achei que o meu coração fosse parar.

— O que foi? — eu perguntei, me virando.

— O Johnne quer sair da cadeirinha.

Me levantei, fui à cozinha, levantei John e o coloquei no chão. A fralda estava tão pesada e volumosa que chegava a balançar de um lado para o outro. Soltei as laterais da fralda, joguei-a no lixo embaixo da pia, disse para ele ficar parado, o que ele fez, peguei uma fralda nova no banheiro e a vesti nele, tudo sob o olhar atento de Heidi.

— A gente quer tomar banho — disse Heidi.

— Não mesmo — eu disse.

— Quê? — Heidi perguntou.

— Agora não — eu disse.

— Quê? — ela repetiu. Era um hábito que Heidi tinha adotado, ela dizia "quê?" para tudo, o que às vezes dava a impressão de que ela era um pouco devagar para entender as coisas. Eu não gostava daquilo.

— Não — eu disse. — Vocês não vão tomar banho agora.

Heidi me olhou com uma cara feia. Depois olhou para o irmão, que estava de quatro no assoalho, ocupado com qualquer coisa ao lado do rodapé.

— Vamos, John — disse Heidi. — Vamos brincar na sala!

Eram seis e cinco. Na rua, os ônibus tinham começado a trafegar. Aqueles barulhos escuros e pesados mais pareciam gemidos. Entrei no quarto para acordar Linda. Vanja estava ao lado dela. Ela costumava sair de fininho do quarto das crianças durante a noite, e às vezes já estava na nossa cama quando nos deitávamos. Tínhamos acabado de ensiná-la a dormir na própria cama quando Heidi nasceu, e Linda sentia tanta pena dela que acabamos deixando que ela dormisse conosco, e a partir de então passou a ser uma exigência que estivéssemos ao lado dela até que pegasse no sono. Mas isso não bastava, porque, se acordasse sozinha, ela ia para a nossa cama.

— São seis e dez — eu disse. — A Heidi e o John já estão acordados. Você acha que pode levantar enquanto eu trabalho um pouco?

— Aham — ela disse.

Coloquei o PC na mesa do quarto e abri e conferi meu email, para ver se por acaso qualquer mensagem havia chegado durante a noite, mas por sorte não havia na minha caixa de entrada nada a não ser pelas notícias diárias do *Agderposten*, que eu recebia desde que tinha visitado o arquivo do jornal para ver se havia artigos a respeito do meu pai; por uma falha técnica qualquer eu nunca consegui acessar o arquivo, mas eles tinham recebido o meu endereço eletrônico, e eu nunca mais consegui tirar o meu nome daquela lista. Mas também era bom receber notícias de uma cidade pequena toda manhã. Apaguei a mensagem e procurei meu nome no Google, não havia nada, naveguei mais um pouco sem que Linda esboçasse qualquer movimento, voltei ao escritório, fechei a porta, liguei a música e tentei voltar ao trabalho. Mas aquela pequena interrupção tinha sido o bastante para que a resistência voltasse. Quando eu começava a trabalhar pela manhã, não havia tempo para que nada me detivesse, o movimento entre o sono e o texto era fluido. Ao longo do dia eu precisava de cada vez mais forças para vencer a resistência, e à tarde minha única chance era dormir para fazer com que aquele sentimento desaparecesse e então começar tudo outra vez.

Levei quase uma hora para retomar o ritmo. Logo depois Linda bateu na porta e me perguntou se eu sabia onde estavam as meias limpas, ou se eu achava que as crianças podiam ir para a escola usando sandálias. Me virei e a encarei com o meu olhar mais gelado. Ela fechou a porta com força. Eu estava furioso. No corredor ouvi as vozes de Vanja e Heidi, que gritavam uma com a outra. Eu sabia que Linda estava tendo dificuldade para fazer com que as duas cooperassem, e senti um peso na consciência grande o bastante para sair e ver se eu conseguia ajudar, mas não para encontrar os olhos dela. Parei atrás de Vanja, agarrei o pé dela e calcei a sandália.

— Ai! — ela disse.

Meus filhos nunca diziam "au", como em norueguês, mas insistiam em dizer "ai", como os suecos.

Passei as tirinhas pelas aberturas, dobrei-as para trás e as prendi no velcro ou como quer que aquilo se chamasse, enfim, no negócio que servia para fixar as tiras.

— Você passou protetor solar nas crianças? — eu perguntei.

— Acho que hoje não precisa — disse Linda.

— E os dentes? Todo mundo escovou?

— O John escovou. A Vanja e a Heidi não. Ainda não chegamos nesse ponto.

Abri a porta do banheiro com um gesto brusco, coloquei as duas escovas debaixo da água da torneira, espremi uma dose de pasta de dente e tornei a sair, entreguei uma das escovas para Linda e parei à frente de Heidi com a outra.

— Abra a boca — eu disse.

Heidi apertou os lábios.

Às vezes ela fazia aquilo como uma brincadeira, mas não dessa vez; ela tinha os olhos apertados e um olhar rebelde.

— Você acha que eu fiquei bravo demais? — eu perguntei.

Heidi fez um gesto afirmativo com a cabeça.

— Eu não estou mais bravo — eu disse. — Será que você pode abrir a boca?

— Não.

— Você não quer que eu escove os seus dentes à força, quer?

— Quê?

— À força. Eu vou escovar os seus dentes, mesmo que você não queira.

— Quê?

— Eu estou pronta! — disse Vanja, abrindo um sorriso atrevido para a irmã. John estava de pé, tentando abrir a porta do corredor, estava na ponta dos pés e tinha conseguido até pôr a mão na maçaneta, mas não segurá-la firme o suficiente para abri-la.

— Eu quero a mamãe — disse Heidi.

— Tudo bem — eu disse, entregando a escova de dentes para Linda, para quem Heidi na mesma hora abriu a boca e revelou os dentes.

— Até mais, então — eu disse.

Ninguém respondeu.

— Pelo menos você podia se despedir de mim — eu disse, olhando para Linda.

— Até mais — ela disse. — Mas eu volto para casa antes da viagem.

— Tudo bem — eu disse, voltando para o escritório. Permaneci imóvel na cadeira até ouvir que todos haviam entrado no elevador e que o elevador havia começado a descer, para somente então clicar no documento, que no instante seguinte se abriu na tela.

Linda voltou meia hora depois. Fui conversar com ela, ela sugeriu que a gente tomasse um café na sacada, onde passamos os dez minutos seguintes fumando um cigarro cada um sem dizer praticamente nada.

— Espero que vocês fiquem bem — ela disse, já com a mala pronta no corredor.

— Não se preocupe — eu disse.

— Eu vou ligar antes de vocês se deitarem, pode ser?

— Claro. Mas tente relaxar um pouco. E mande um abraço para a Helena e o...

— Fredrik. Pode deixar.

Trocamos um beijo, Linda saiu e fechou a porta e eu fui conferir os meus emails, tinha um da play.com, afora isso não havia mais nada, e então me sentei no escritório para voltar novamente a escrever. Falei meia hora com Geir Angell ao telefone, no almoço comi uma lata de bolinhos de peixe frios, preparei mais um café e depois, quando saí da sacada, havia chegado um email de Gunnar.

O assunto era "Estupro verbal".

Abrir aquele email estava totalmente fora de cogitação.

Me levantei e comecei a andar pelo apartamento, no meio do caminho eu peguei o telefone, me sentei outra vez na sacada e liguei de novo para Geir Angell.

— É o camarada aquele que não para de me ligar? — ele perguntou.

— Eu acabei de receber um email — eu disse.

— Do seu tio?

— É.

— E ele não gosta mais de você?

— Não sei. Eu ainda não li. Porra, eu não tenho coragem.

— Mas o que pode acontecer? Trate de se endireitar. Pare de se comportar como uma avestruz.

— O assunto é "estupro verbal".

— Veja só!

— Eu preciso ler de qualquer jeito — eu disse. — Então o melhor é ler agora. Escute: eu vou mandar o email para você, você também lê e depois eu ligo de volta. Pode ser?

— Claro.

Desligamos e eu fumei mais um cigarro enquanto olhava para os telhados. Meu coração batia depressa, era como se estivesse prestes a disparar no meu peito.

Estupro verbal.

Tomei um gole de café. Pensei se não seria bom dar uma volta pela cidade, deixar o email de lado por um tempo, me sentar num banco de parque, talvez, ou então visitar umas lojas. Mas eu sabia que os pensamentos sobre o conteúdo daquele email seriam um tormento contínuo para mim, e que eu não encontraria paz em mais nada.

Me levantei, entrei no quarto e cliquei no email de Gunnar antes mesmo de estar sentado, e então li tudo o mais depressa possível, como se o horror estivesse no próprio encontro entre meus olhos e o texto, e não no assunto do texto.

Eu tinha esperado muita coisa, mas não aquilo.

Era como se Gunnar estivesse de pé, gritando na minha cara. Ele escreveu que a minha mãe estava por trás daquele romance. Ela sentia ódio da família Knausgård, ele escreveu, e sempre tinha sentido ódio da família Knausgård. Ao longo de todos aqueles anos tinha infundido esse ódio em mim e distorcido a minha percepção, até que por fim eu tivesse perdido de vez o contato com a realidade e escrito aquela obra humilhante, imoral e egocêntrica, digna de um verme, tudo para me vingar da família e encher os bolsos. Fazer uma coisa dessas era muito pior do que aquilo que eu achava que o meu pai tinha feito contra mim durante a minha infância e a minha adolescência. A fonte de todos os meus livros era a minha mãe, tudo que eu havia escrito estava marcado pelos motivos de vingança oculta dela. Todos eram cheios de descrições errôneas e injuriosas e impregnados por uma visão de mundo que na opinião dele nem ao menos existia na família. O que eu precisava mesmo era fazer terapia por um bom tempo.

Ele escreveu que responsabilizaria pessoalmente o diretor da editora e que denunciaria o caso à polícia e entraria com um processo judicial se o manuscrito fosse publicado. O email não era assinado.

Quando terminei de ler eu mal consegui me levantar. Não conseguia pensar com clareza. Precisava falar com alguém, era a única coisa que eu pensava, então digitei o endereço eletrônico de Geir Angell e encaminhei o email. Depois comecei a andar pelo apartamento. Parei em frente à janela da sala e olhei para a praça, entrei na cozinha e olhei para os telhados das construções, entrei no quarto das crianças e olhei ao redor, o beliche de Heidi e Vanja, o berço de John, tornei a sair e entrei no banheiro, abri a torneira da pia e lavei as mãos, fui à sala, abri a porta da sacada, fazia sol e calor, me segurei no parapeito e inclinei o corpo à frente para ver todas as pessoas que passavam em frente à fachada do prédio mais abaixo, larguei o parapeito e entrei mais uma vez, fiquei andando de um lado para o outro e então tomei uma decisão, havia um anexo ao email, mais um email, eu poderia muito bem ler aquilo, porque afinal não tinha como ser pior.

O segundo email estava endereçado a Sissell Norunn Hatløy, ou seja, a minha mãe. Nessa correspondência, Gunnar dizia que tinha acabado de ler o último manuscrito do "autor", ou seja, eu. A obra era de uma natureza tal que ele nem ao menos encontrava palavras para descrever o que pensava a meu respeito. Mas assim mesmo encontrou. Era um fardo com todas as características negativas que se pode imaginar. Eu me glorificava, eu era um pobre-diabo e uma pessoa má. O estranho, Gunnar escreveu, era que as pessoas que eu atacava eram todas da família Knausgård, enquanto ela, a minha mãe, saía incólume. O autor não havia escrito sequer uma palavra desagradável em relação a ela. Por quê? Ele tinha uma imagem muito diferente dela, segundo escreveu: durante toda a nossa infância e toda a nossa adolescência, tinha sido negligente comigo e com Yngve, tinha se ocupado apenas consigo mesma e com o que Gunnar chamava de ego pseudofilosófico dela, que eu continuava a fomentar. Nada de pensar nos outros, tudo que importava era ela. Nada de compaixão, apenas uma preocupação interminável consigo mesma. Ela devia ter sido uma tábua de salvação para o meu pai quando mais precisamos dela, mas não foi o que aconteceu. Gunnar chamava aquilo de traição de cuidado. Aquilo era o que havia de central, aquilo era o que havia de importante. Eu nunca havia entendido que ela tinha distorcido por completo a minha percepção. Eu acreditava em tudo que ela dizia, e, como ela sentia ódio da família Knausgård, eu também sentia. Depois ele passou a descrever como recordava a entrada da minha mãe na família Knausgård.

Gunnar ainda era um rapaz, e a presença da minha mãe devia ter causado uma impressão e tanto sobre ele, porque ele usava palavras muito fortes para descrever a aura dela, uma aura tão fria e hostil que seria possível imaginar que estava descrevendo uma geleira. Ela não tinha calor humano nenhum, nenhuma presença e não participava da vida da família, mas preferia ficar lendo uma revista, sozinha, para de vez em quando olhar para os outros enquanto tragava o cigarro. Não se comunicava com ninguém, e — nesse ponto Gunnar devia estar pensando em si mesmo — nunca tinha uma palavra carinhosa a dizer para as crianças. E tudo continuou assim, porque ela nunca o tinha convidado para uma visita depois que ele cresceu, e nunca fez uma única visita para ver os filhos dele, e no que dizia respeito à mãe dele, uma pessoa sociável e calorosa, minha mãe dava a impressão de não gostar. Gunnar escreveu que tinha pena do irmão mais velho, obrigado a viver com uma mulher daquelas, e que se perguntava por que as coisas tinham acabado daquele jeito, como ela tinha ganhado aquela presença sinistra, e lembrou-se de um passeio que havia feito aos doze anos para a casa dela e da família dela em Vestlandet. A mãe da minha mãe, ou seja, a minha avó, era descrita como autista, cheia de complexos e tomada por sentimentos de inferioridade. O lugar onde a família morava, segundo Gunnar, era pobre, como a morada de um servo. Ao ver minha avó naquela vez, aos doze anos, ele tinha compreendido de onde vinha a necessidade doentia de ser alguém na vida que tinha surgido na filha dela, e também por que o filho dela, o meu tio Kjartan, acabara escrevendo poemas sobre corvos, o que para Gunnar era uma coisa visivelmente ridícula, estúpida e indigna. Em casa, minha mãe não aprendera o necessário, ou seja, a capacidade de compaixão, a capacidade de cuidar dos outros, a capacidade de criar um ambiente acolhedor, e tudo isso tinha sido passado para mim, de maneira que eu tinha esses mesmos defeitos.

Gunnar endereçara o email a minha mãe para enfatizar que ela ainda tinha responsabilidade sobre mim, a quem chamava de "o seu filho sem amigos", quando eu estava tão fora de mim como naquele momento. Ele me comparava com o meu pai, tinha escrito que eu era tão desonesto quanto o meu pai fora, e que eu tinha o mesmo tipo de separação da personalidade. Depois ele me comparava com a minha mãe, tinha escrito que eu era tão cínico e tão desprovido de empatia quanto ela. Mas será que essas coisas apareciam no livro? Não, essa perspectiva, que era a perspectiva correta, estava completamente ausente. A culpa da minha mãe na ruína do meu pai estava clara para quem quisesse ver, na opinião dele. Meu pai nunca recebeu dela o que precisava, ou seja, amor, proximidade, camaradagem, afeto. Tudo isso Gunnar tinha visto e entendido aos doze anos, mas para o irmão dele, ou seja, para o meu pai, essa compreensão chegou tarde demais.

Por fim ele pedia a ela que me convencesse a abandonar o projeto e arranjasse um lugar para mim em uma ala psiquiátrica qualquer. Se nada disso acontecesse, e se o livro fosse mesmo publicado, ele daria início a um processo judicial. Ele mesmo trataria de pôr um fim a esse ataque contra os Knausgård, idealizado pela minha mãe, independente do que fosse preciso fazer.

O email não estava assinado com o nome dele, mas com a qualificação de irmão do meu pai.

Me deitei na cama, completamente imóvel. De repente não existia nada além daquilo. Não consigo mais recordar no que aquilo consistia nem como eu me sentia, já se passou um ano e meio desde então e não me encontro mais no meio daquela angústia explosiva. Eu consigo entender o que aconteceu, e consigo entender muito bem, mas não consigo mais reviver o momento. Hoje, quando leio essas correspondências, me sinto tomado por um profundo desconforto, porque confirmam o que eu sempre havia sabido, o que eu sempre havia sentido, mas, em relação à força que tinham na época, tudo não passa de uma sombra. Naquela vez, em agosto de 2009, eu fiquei completamente paralisado. Se tivesse a menor ideia da fúria que me esperava eu poderia ter me preparado, e assim mitigado o efeito daquilo, ou, o que parecia ainda mais provável, eu poderia nem ao menos ter escrito o romance. Mas enquanto trabalhava eu jamais, em momento nenhum, imaginei uma reação como aquela.

No corredor o telefone começou a tocar.

Devia ser Gunnar.

Falar com ele seria impossível. Seria como nas vezes em que eu fazia uma coisa errada quando ainda era criança e ouvia o meu pai abrir a porta no andar de baixo. Ele está vindo. Ele está vindo.

Mas também podia ser Geir Gulliksen ou Geir Berdahl, porque o email também tinha sido enviado para eles.

Me levantei e fui até o corredor. Quando cheguei, o telefone já tinha parado de tocar. Tirei o fone da base e apertei os botões para conferir o número de quem havia ligado.

"10", indicava o mostrador.

Significava que a ligação tinha sido feita a partir de um número privado. Geir Angell usava um número assim, devia ter sido ele. Eu costumava brincar dizendo que só ele e a polícia ligavam sem revelar o número. Mas não era apenas uma brincadeira, porque dentro de mim eu esperava o tempo inteiro por uma ligação da polícia.

Levei o telefone para a sacada e liguei para Geir.

— Alô? Aqui é o Gunnar — ele disse. — Por acaso é meu sobrinho sem amigos e traidor? Como você se atreve a ligar para cá?

— Foi você que me ligou? — eu perguntei.

— Eu mesmo — ele disse. — Você por acaso está de mau humor?

— Mau humor não é a expressão mais adequada. Você leu o email?

— Li. Achei o estilo do seu tio muito original!

— É.

— Eu ri alto.

— Acredito.

— Vamos lá. Ele está bravo com você. Não é nem um pouco difícil de entender. Mas ao mesmo tempo não há mais nada. E no fundo você não fez nada de errado.

— Claro que fiz. E ele vai me processar. Não duvido nem um pouco dessa parte.

— Nesse caso seria incrível! Você precisa torcer com todas as forças para que ele cometa essa estupidez completa! Você vai ficar podre de rico! Todo mundo vai comprar o seu livro por causa do processo! O caso entraria direto para a história da literatura. E você ficaria milionário. Não poderia acontecer nada melhor.

— Poderia sim.

— Vamos lá! O que foi que você fez? Você escreveu um livro sobre a sua vida, da maneira como você a vê. É um projeto que envolve liberdade. E a liberdade é uma coisa que precisa ser tomada. Quando a liberdade é concedida, você se torna um escravo. Você quis escrever sobre a sua vida como ela é. E isso tem um preço. O preço que você está vendo agora. Você não se preocupou com o seu tio, ou seja, você não teve consideração por ele. Esse é o custo do projeto. Ele está bravo com você, claro. E eu entendo, claro. Ele tem o direito de estar bravo com você, na perspectiva de mundo dele. Mas não passa disso. Você entende? Você não escreveu nada de errado a respeito dele. Você escreveu sobre o seu pai. É um direito seu, é a sua herança, porra, foi o que ele deixou para você. Ninguém pode negar isso a você. As pessoas têm o direito de ficar bravas, têm o direito de ficar furiosas, têm até o direito de injuriar você e a sua família, mas as coisas param por aí. Você não fez nada de errado. Eu perdoo tudo que você fez. Pena que eu não sou um padre católico.

— É.

— "É" o quê? É assim mesmo. Trate de se recompor. Você vai ficar rico. Devia estar rindo disso tudo.

— Na verdade não existe motivo nenhum para rir.

— Claro que existe! E quando eu li aquele email entendi de onde vem tudo aquilo. Você não é o único louco na sua família. Todos os seus familiares são loucos. O seu pai, o seu tio e você.

Eu não disse nada. Claro que aquelas tentativas de me animar não ajudaram, mas assim mesmo eu me senti feliz pela boa intenção. Continuamos falando por uma hora, o tempo inteiro sobre a mesma coisa, os emails e a nova situação que havia surgido. Geir achava que eu devia abraçar a situação. Afinal, a moral jamais havia criado uma coisa nova, tinha apenas dito não para as novas criações. E as novas criações eram a vida. Por que dizer não para a vida?

Geir era nietzschiano até os ossos. Ele via tudo de fora, essa era a força dele, mas isso também significava que ele estava sempre do lado de fora. Eu estava no meio de tudo, e se havia uma coisa que não me oferecia consolo nenhum essa coisa era o vitalismo, porque o vitalismo era o mesmo que uma transgressão, e no fundo toda essa situação se resumia ao medo de transgredir.

Enquanto falávamos, o telefone deu um sinal para indicar que alguém mais estava me ligando. A princípio eu o ignorei, mas quando o sinal tocou pela segunda vez eu disse para Geir que precisaria desligar e atender a outra chamada.

Primeiro o mostrador indicou apenas que havia uma chamada. Não atendi, porque podia ser qualquer um. Mas logo apareceu o número da pessoa que estava ligando. Era um número de Oslo. Pelo que eu sabia, Gunnar podia muito bem estar em Oslo, mas a chance era pequena, e além do mais eu imaginei ter reconhecido os três primeiros dígitos como sendo o telefone da editora Oktober.

Apertei o botão verde e aproximei o fone do ouvido enquanto eu abria a porta e entrava na sala.

— Alô? — eu disse, olhando para a janela.

— Olá. Aqui é o Geir Berdahl.

— Olá.

— Recebi o email do seu tio.

— Sei — eu disse.

Ele riu um pouco. Eu parei em frente à janela e encostei a testa no vidro frio.

— Ele usou palavras bem fortes.

— É.

— Precisamos fazer isso direito.

— Concordo.

Fui até a prateleira de livros e fiquei olhando para os títulos.

— Precisamos chegar a um meio-termo com o seu tio. Precisamos criar um espaço de negociação. Acima de tudo, precisamos evitar que ele leve o assunto para a justiça. Para você não seria um grande problema mudar o nome de todas as pessoas relacionadas à família do seu pai?

— Não — eu disse enquanto ia até a outra parede, dava meia-volta e voltava. — Não, não. Eu me dispus a fazer justamente isso no email que eu escrevi antes.

— Ótimo. Vou dizer isso para ele então, que vamos mudar todos os nomes. E que vamos anonimizar os lugares o máximo possível.

— Pode ser.

— Vou contatar a firma de advogados que costumamos usar. Só para você saber. Mas precisamos ter certeza de que o que estamos fazendo é legal.

— Claro.

— Mas, enfim, ele está muito bravo!

— É, dá para dizer que sim.

Caminhei em direção à cozinha, parei e fiquei olhando para os armários acima da pia, um estava aberto, e a prateleira onde ficavam os copos estava praticamente vazia. A máquina de lavar louça devia estar cheia de copos.

— Pode ser que ele esteja querendo dar um susto em você — ele disse.

— Sem dúvida.

— Mas está tudo bem, Karl Ove. Continue trabalhando nos romances da melhor forma possível. Eu ligo assim que tiver recebido os esclarecimentos dos nossos advogados.

— Tudo bem.

— Até mais.

— Até — eu disse, e então desliguei. Voltei mais uma vez à sala, atravessei o corredor e fui ao banheiro, onde abri a torneira e enxaguei as mãos na água quente. Fui à sacada, mas compreendi que eu não podia ficar lá fumando sozinho, tudo parecia vazio e quieto demais, então peguei o telefone, que eu tinha acabado de largar em cima da mesa da cozinha, e liguei para Linda.

— Oi! — ela disse.

— Você parece estar bem animada — eu disse enquanto ia para a sala e me aproximava da janela. — Já chegou?

— Não, ainda estou no trem. Eu dormi um pouco e agora estou lendo. E você?

— Para dizer a verdade, não estou muito bem. Recebi um email do Gunnar. Ele está furioso. Praticamente fora de si de tanta raiva.

— Nossa — disse Linda. — O que foi que ele escreveu?

— Na volta eu mostro para você. Ele quer que a gente suspenda a publicação, e se a gente não suspender ele disse que vai entrar com um processo.

— Você está falando sério?

— Estou. É terrível, como você pode imaginar.

— É, estou vendo pela sua voz. Você quer que eu volte para casa? Eu posso voltar.

— Não, não. Não. Não mesmo. Não, nem pense nisso. Você merece ter uns dias para você. Está tudo bem por aqui. Foi apenas o choque inicial. Mas logo vai passar. Falei com o Geir Berdahl, ele disse que ia contatar os advogados da editora para tentar resolver tudo da melhor forma possível. Eu estou em boas mãos. Vai dar tudo certo.

— Mesmo?

— Mesmo.

— Tudo bem, então.

— Eu só queria dividir com você. Mas no mais está tudo bem. Eu ligo de noite para a gente conversar mais um pouco, pode ser?

Podia ser. Linda não conhecia Gunnar pessoalmente, mas tinha ouvido umas quantas histórias a respeito dele. E ela não tinha esquecido a vez em que ele apareceu no jardim da minha mãe e não demonstrou nenhuma vontade de conhecer os nossos filhos nem ela. Nem que ele tinha sido o único convidado a não comparecer ao batizado de Vanja. Na época, nada disso tinha me chamado a atenção; no jardim ele estava com pressa, e no batizado não tinha conseguido aparecer. Mas de repente eu vi tudo aquilo sob uma outra luz, a luz do ódio que permeava o email de Gunnar. Aquele ódio não podia ter aparecido de uma hora para a outra, apenas como resultado do livro que eu tinha escrito; devia ter existido durante todo o tempo, ao longo de todos aqueles anos. Eu tinha notado, o tempo inteiro eu tinha notado, mas sempre havia pensado que eu não estava percebendo nada além de mim e da minha inquietude paranoica. Afinal, eu achava que ninguém gostava de mim, mas claro que na verdade não podia ser nada disso, porque ele era o irmão do meu pai, que motivo teria para não gostar de mim? Mesmo que eu fizesse qualquer coisa que o desagradasse, não seria o bastante para ganhar uma importância demasiado grande, certo? Era assim que eu pensava, na tentativa de combater aquilo que eu dizia para mim mesmo ser imaginação, mas naquele momento, no tom daquela correspondência, todas as ideias nesse sentido desapareceram. As coisas eram mesmo daquele jeito, e tinham sido daquele jeito durante muito tempo, talvez desde sempre. Quando escrevi o livro, aos olhos dele eu confirmei tudo que sempre havia pensado a meu respeito. Meu ego era pequeno, mas aos meus olhos parecia grande. Eu era desonesto e mentiroso. Eu sempre tinha me sentido assim na casa deles, como um mentiroso. Como podia uma coisa dessas? Se havia uma coisa que eu não gostava e que eu queria bem longe da minha vida, essa coisa era a mentira. E de repente eu era visto, e me via a mim mesmo, justamente como um mentiroso.

Por quê?

A resposta era simples. Eu tinha coisas a esconder. Eu tinha coisas que eu não queria mostrar ou usar na casa deles. E esse detalhe, o fato de que eu evitava certas coisas a qualquer custo, fez com que o meu comportamento parecesse suspeito, e por extensão todo meu caráter. Eu tentava ser como eles quando estava lá, tentava falar como eles, como um deles, mas Gunnar percebeu que eu não era como eles, não era um deles. A traição começou nesse momento.

Passei um tempo na sala com o telefone na mão, olhando para as construções do lado de fora. Eu não conseguiria trabalhar, não conseguiria ler, não conseguiria assistir a um filme. Tampouco conseguiria me encontrar com alguém, porque em Malmö eu não conhecia ninguém bem o suficiente para um encontro desse tipo. A única coisa que eu poderia fazer seria conversar com alguém por telefone. Não adiantou, mas pelo menos fez com que o momento fosse suportável, o simples fato de que havia mais uma pessoa fora de tudo aquilo, disposta a falar comigo sobre aquilo. Então, durante as duas horas que ainda me restavam antes de buscar as crianças na escola, eu falei no telefone. Falei com Geir Gulliksen sobre o que fazer, falei com Espen, que disse que eu não devia fazer nenhuma alteração no manuscrito, que eu não devia ceder à pressão, mas bater o pé e aguentar firme, falei com Tore, que sabia como era escrever sobre coisas próximas a uma biografia factual e sabia como podia ser a recepção da família, e falei com Yngve. Ele estava completamente fora de si, porque tinha um bom relacionamento com Gunnar, e não queria de jeito nenhum se envolver na disputa. Eu disse que o romance era meu, que eu o havia escrito, e que ele não tinha absolutamente nada a ver com aquilo, e que Gunnar precisaria entender. Pelo que eu sabia, Gunnar sempre tinha gostado de Yngve, sempre havia tentado manter contato com ele. Por fim eu liguei para a minha mãe, ela estava indo do trabalho para casa e não tinha conseguido ler o email, mas prometeu ler assim que chegasse em casa. A essa altura eram dez para as três. Calcei meus tênis brancos, peguei as chaves no armário, peguei o saco de lixo e desci ao porão, joguei-o numa das lixeiras que havia por lá, saí pela estrada de trás da casa e entrei numa das ruas que subiam até o jardim de infância, eu sempre fazia isso quando estava desanimado e queria evitar o olhar das outras pessoas. Reconheci o sentimento que tomou conta de mim quando saí e encontrei um céu quente e profundamente azul de agosto, e caminhei ao longo da fumaça de escapamento que tomava conta da Föreningsgatan, deixei para trás o pequeno grupo de pessoas que estava sempre fumando na esquina junto ao semáforo e cheguei ao outro lado, um trecho minúsculo calçado com paralelepípedos que levava à travessa seguinte, onde havia um renque de árvores decíduas com folhas verde-escuras à sombra das construções elevadas, era o mesmo sentimento que havia tomado conta de mim nos dias após a morte do meu pai, e nos dias que seguiram-se à recepção do telefonema com a acusação de estupro, e consistia na impressão de que o ambiente ao meu redor era de certa forma obliterado, como se eu me encontrasse em uma região tão carregada que tudo que havia ao redor de repente tornava-se vazio. Eu vi tudo, vi os carros, vi o supermercado Lidl, vi os pedestres e os ciclistas, registrei as roupas que usavam, na maioria dos casos bermudas e camisetas, saias e vestidos, mas também uma ou outra calça social e camisa, vi a escola Montessori do outro lado do cruzamento, o salão de cabeleireiro afro, o minimercado polonês e a fileira de pequenas lojas de antiguidades por onde eu passava e vi o dono de uma das lojas, sentado na calçada em um banco, como fazia com frequência, com o labrador caramelo, sempre muito sonolento por conta da idade, descansando ao lado, mas essas coisas não tinham significado nenhum, não tinham peso nenhum, não tinham importância nenhuma. Vi até mesmo os meus filhos dessa maneira quando os três vieram ao meu encontro no pátio. Eu me abaixei, abracei-os, porque era o que eu precisava fazer, mas nem isso tinha peso bastante para me libertar da situação como um todo.

Duas funcionárias estavam sentadas em um banco, conversando enquanto as crianças corriam e brincavam ao redor. Todo o pátio era asfaltado, e no extremo oposto havia um muro sem janelas da altura de seis andares, talvez, que mais parecia a muralha de uma fortaleza e escondia o sol durante boa parte do dia. Junto ao muro ficava a caixa de areia, e ao lado dela havia uma casinha de brinquedo de três metros de altura. O depósito do outro lado estava cheio de triciclos, patinetes, baldinhos e pazinhas, bolas e tacos de hóquei, além de duas pequenas goleiras e um monte de brinquedos plásticos, que no fim do dia estavam jogados por toda parte. Os pais trabalhavam no jardim de infância uma semana por ano, e além disso cuidavam de toda a parte administrativa e se encarregavam da limpeza das salas todos os dias. Eu tentava evitar todas as tarefas importantes, nunca tinha feito parte da direção, por exemplo, nunca tinha sido responsável pelo recrutamento, pelos funcionários ou pela tesouraria, mas insistia sempre em fazer parte do grupo mais prático e menos prestigioso de todos, ou seja, o grupo da limpeza. Era um trabalho puramente prático, e por conta disso eu fazia a limpeza de todo o jardim de infância em cinco ou talvez seis fins de semana por semestre. Além disso, eu também era responsável por fazer a limpeza nos meus dias de serviço. Mas era bom para mim, era um trabalho que não exigia mais do que o número exato de horas que eu despendia naquilo. O único problema era que, ao abrir a porta na tarde de domingo para fazer a limpeza, eu era tomado por um impulso de fazer uma limpeza perfeita, e assim levava um tempo bem maior do que o estritamente necessário. Talvez por isso mesmo no segundo semestre tenham me convidado para ser responsável pela limpeza. Eu aceitei o convite, e a partir de então precisei organizar a faxina de primavera, além de preparar listas de tarefas e garantir que os produtos de limpeza estivessem sempre disponíveis, eu gostei, mas quando o ano acabou e as responsabilidades foram redistribuídas durante o encontro anual eu quis voltar a trabalhar diretamente na limpeza. Eu não queria me tornar visível por organizar uma coisa da qual não gostava, e também não queria mais comunicar as eventuais reclamações em relação à limpeza feitas pelos funcionários aos pais que haviam feito uma limpeza pela metade, eu quase afundava no chão de tanta vergonha quando precisava dizer essas coisas, porque afinal eram todos adultos, será que era mesmo o meu papel dizer para eles que não tinham feito um trabalho bom o suficiente e pedir que aquilo não se repetisse? Eu podia fazer aquilo uma vez, duas, mas não mais.

Parei em frente às duas funcionárias. Nadje, que tinha crescido no Iraque e cuidava das crianças com uma disciplina de ferro, e Karin, uma das interinas fixas e ex-empregada fixa, que tinha um relacionamento muito próximo com os meus filhos.

— Como foram as coisas hoje? — eu perguntei.

— Bem — disse Nadje. — Não tivemos nenhum problema. O John está com uma marca de arranhão no rosto, ele ficou chateado, mas está tudo bem.

— Quem foi que o arranhou?

— Foi a Heidi. Mas ela pediu desculpa — disse Karin. — Ficou tão chateada quanto o John.

— Tudo bem — eu disse. — Estamos indo, então.

Me virei e chamei as crianças pelo nome. John veio na hora, mas Heidi, que pedalava a uma velocidade alucinante sobre o asfalto, com Malou sentada no carrinho logo atrás, não deu nenhum sinal de ter me ouvido. Vanja estava na caixa de areia com as pernas cobertas de areia, era Katinka quem colocava areia em cima dela. Fui até onde as duas estavam.

— Vamos — eu disse.

— Mais um pouco, papai, *var så snäll!* — Vanja pediu, sorrindo.

— Cinco minutos, então — eu disse enquanto me sentava na pedra em frente ao banco. Meu corpo doeu, e depois que meus pensamentos se distanciaram de Gunnar por uns poucos segundos, voltaram com forças renovadas. Eu tinha a esperança de que a presença das crianças pudesse me ajudar, me oferecer uma nova perspectiva, mas o que aconteceu foi o contrário, eu senti pena delas, de certa forma, por causa do pai que tinham, aquele pai que elas viam e com quem se relacionavam não era a mesma pessoa que eu na verdade era, conforme acabariam por descobrir quando tivessem idade suficiente para julgar o caráter e as qualidades das pessoas ao redor, e não apenas a presença imediata. Eu não fazia jus aos meus filhos, mas o mais triste nem era isso, era o fato de que eles não sabiam.

— Como está a Linda? — Karin perguntou.

— Bem — eu disse. — Está fazendo uma viagem curta de férias para uma fazenda. Só por uns dias.

— Você é corajoso de passar uns dias sozinho com as crianças.

— Não, não, pelo amor de Deus — eu disse. — Não é nada de mais. Não, não.

A minha ausência de problemas com as crianças se devia ao fato de que eu era rígido, mais rígido do que quando Linda estava por perto. Eu não aceitava nada, não dava nenhum espaço para que me desobedecessem. As crianças logo se deram conta disso e se adaptaram, mas não era bom. O

94

pessoal do jardim de infância não via nada disso, viam somente as situações relacionadas a levar e a buscar as crianças, e nessas horas, com aquele monte de olhares sobre mim, eu me comportava de acordo.

Puta que pariu.

Que bela merda.

Como foi que eu me meti numa situação daquelas, caralho? Para que serviria aquilo? Será que eu não podia guardar a parte ruim para mim, como as outras pessoas faziam? Não, eu precisava esfregar tudo na cara de todo mundo, e envolver outras pessoas.

Gunnar não tinha feito nada, ele tinha simplesmente tentado viver a vida da melhor forma possível, e de repente aquela história toda caiu no colo dele.

Eu podia ter levantado os braços e gritado com toda a minha força no pátio do jardim de infância. Em vez disso, fiquei olhando para Heidi, que pedalava sem parar, para John, que tinha parado ao lado de Karin e olhava para o telhado da construção, e para Vanja, que estava com os dois pés enterrados na areia, com um sorriso amarelo no rosto que pretendia demonstrar que as crianças eram incríveis. Me levantei e fui até onde Vanja estava.

— Agora vamos — eu disse. — Não insista.

— Mas eu não tenho pernas! — ela disse. — Veja!

— Por acaso tem um tubarão nessa caixa de areia? — eu perguntei.

— Não — ela respondeu. — Eu nasci assim.

— Agora escute o que eu vou dizer, senhorita.

— Quê?

— Nós vamos embora *agora*.

— Está bem — ela disse, e então se levantou e limpou a areia que não caiu sozinha. Me aproximei de John e o segurei no ar, ele riu até compreender que eu o estava levando para o carrinho, mas após protestar um pouco se conformou. Faltava apenas Heidi. Eu já não aguentava mais ter que convencê-la, e assim a chamei novamente, pedindo que viesse de uma vez. Ao ver que ela não reagiu, apertei o botão, empurrei o carrinho, que Vanja também segurava, e abri o portão. Heidi, a gente está indo embora, eu disse, e então ela veio correndo.

— *Vänta!* — ela gritou. — *Vänta!*

— Claro que vamos esperar você — eu disse. — Mas você não vinha nunca!

Heidi segurou o carrinho com a mão sem dizer nada. A expressão dela parecia meio azeda. De vez em quando bastava eu olhar para ela e piscar o olho, fazer uma careta ou encará-la com um falso olhar sério para que a expressão ofendida se desmanchasse em um sorriso, muitas vezes travesso, e depois em irritação por ter se deixado enganar, nessas horas ela batia em mim, porém sempre com brilho nos olhos. Outras vezes a ofensa era mais profunda. Como nessa vez.

Andamos pela calçada, ao longo da rua cheia de ciclistas que faziam o caminho do trabalho para casa. Vanja falava o tempo inteiro. Eu prestava um pouco de atenção para o caso de ela olhar para mim à espera de uma reação, e entendi que estava discutindo as vantagens e as desvantagens das duas raças de cachorro que ela tinha escolhido na última semana. Heidi andava quieta e emburrada do outro lado, enquanto John tinha sucumbido ao coma habitual quando entrava no carrinho.

— Onde está o John? A gente o esqueceu no *dagis*? — eu perguntei, porque achei que ele também merecia um pouco de atenção para que não desaparecesse por completo.

— *Här! Jag är här, pappa!* — ele disse, virando a cabeça na minha direção.

— Aí está o John! — eu disse, olhando para a pizzaria da esquina, onde as pessoas comiam sentadas sob os guarda-sóis verdes. Nas tardes em que eu havia passado por lá com as crianças, o lugar tinha me parecido um ponto de encontro da máfia. Cheio de velhos italianos com ternos marrons, corpos atarracados e gordos e olhares hostis.

Me virei. Atrás de nós uma mulher de vestido preto corria com passos curtos, praticamente arrastando consigo um garoto que devia ter nove anos, os dois nos ultrapassaram e, quando estavam talvez vinte metros à frente, a mulher empurrou o garoto contra uma parede, onde ele abaixou as calças e começou a fazer xixi enquanto olhava atentamente de um lado para o outro. Não pude acreditar nos meus próprios olhos. O xixi escorria pela calçada.

— *Vad gör pojken?* — Vanja perguntou enquanto olhava alternadamente para o garoto e para mim.

— Parece que ele está fazendo xixi de pé — eu disse.

O garoto balançou um pouco o pinto, fechou o zíper e os dois saíram correndo outra vez pela rua e continuaram pelo outro lado, enquanto nós dobramos à esquerda na loja de bicicletas e começamos a andar em direção à Södra Förstadsgatan. Tivemos de parar na altura do 7-Eleven. Heidi se recusava a seguir em frente.

— *Jag är trött* — ela disse.

— Ora, Heidi — eu disse. — Cansada de quê? Será que você não pode simplesmente caminhar até a gente chegar em casa?

Heidi balançou a cabeça.

— Eu quero ir no carrinho — ela disse.

— Mas o carrinho quebra com o peso de duas crianças. Você não se lembra? Daquela vez em que a rodinha se soltou?

— *Jag vill ha en frukt* — ela disse.

— Tudo bem, eu posso dar uma fruta para você. Mas não aqui. Eu posso comprar uma banana para você na loja.

— *Jag vill ha en från den affären* — ela disse, apontando para o caminho de onde tínhamos vindo.

— Você quer voltar todo o caminho para comprar uma fruta lá? — eu perguntei.

— Quero.

Vanja, que estava do outro lado com a mão no carrinho, começou a rir.

— Vanja — eu disse. — Não se meta nessa história.

— *Hon skrattade åt mig!* — disse Heidi. Para Heidi, ver que outras pessoas estavam rindo dela era a pior coisa que existia.

— Não mesmo — eu disse. — Vamos lá comprar a sua fruta, então.

Heidi olhou para mim. Depois se virou e começou a correr o mais depressa que podia ao longo da calçada. No meio do caminho ela parou e me lançou um olhar desafiador.

— Vanja, não saia daqui — eu disse. — Você me promete?

Vanja respondeu com um aceno de cabeça e eu saí correndo atrás de Heidi. Quando me viu, ela continuou a correr. Eu me aproximei, ela parou em frente a um poste de iluminação pública e se agarrou a ele com as duas mãos.

— Já chega — eu disse enquanto a arrancava do poste e a carregava de volta para onde estávamos. Heidi berrava a plenos pulmões. As pessoas paravam para nos olhar. Era o que ela queria. Mas as pessoas não tinham como saber. Deviam achar que eu tinha batido nela ou coisa parecida. Eu mesmo achava isso quando via um pai ou uma mãe debruçados por cima do filho, a postura agressiva do corpo sempre me fazia pensar que eram maus pais, pessoas da pior categoria, por mais que eu soubesse como as coisas podiam ser.

Coloquei Heidi no chão.

Ela gritava, dizendo que não queria ir.

— Você quer que eu leve você no colo?

Ela balançou a cabeça.

— Como vamos fazer, então?

— *Jag vill ha en frukt! Från den affären!* — ela gritou.

Tudo ficou preto para mim. Eu a agarrei com força pelo braço, baixei o rosto até o rosto dela e falei aos bufos.

— Agora já chega! Não quero mais saber dessas bobagens! Trate de me obedecer! Ouviu bem?

As lágrimas escorriam pelo rosto dela.

— Ouviu bem?

— *Jag vill inte!* — ela gritou. — *Du är dum! Du är en skitpappa!*

— O que foi que você disse? — eu bufei, tentando manter a voz baixa para não chamar a atenção das pessoas que nos olhavam.

— *Du är en skitpappa!* — ela disse.

Vanja sorriu.

— Você não tem nenhum motivo para sorrir! — eu disse para ela. Vanja ficou séria, mas logo eu mesmo sorri por um motivo incompreensível qualquer e ela começou a rir. ₊

— *Ni skrattar åt mig!* — Heidi gritou e começou a correr mais uma vez. Dessa vez eu a alcancei poucos metros depois, agarrei-a e a joguei por cima do ombro, corri de volta e a segurei à distância dos braços.

— Você vai caminhar agora?

Ela balançou a cabeça.

— Me largue! — ela gritou.

— Você quer que eu peça para o John caminhar? Para que você possa ir no carrinho?

Ela fez um gesto afirmativo com a cabeça.

John, que tinha percebido o que estava prestes a acontecer, agarrou-se ao carrinho com as duas mãos.

Pensei que Heidi podia ter hematomas no braço no dia seguinte. E depois me lembrei de um caso sobre o qual eu tinha lido na Noruega, uma babá que tinha quebrado as pernas de um garoto ao jogá-lo para dentro do carrinho.

— Vamos, John — eu disse. — Eu levo você no colo. E a Heidi vai no carrinho.

— Meu carrinho — disse John.

— *Jag kan bära honom* — disse Vanja.

E assim John aceitou ser carregado! Eu o coloquei nas costas dela e ele se segurou à irmã enquanto Heidi se acomodava no carrinho e toda a nossa trupe circense podia enfim se mover mais uma vez para a frente. Vanja só aguentou o peso até o 7-Eleven, mas a essa altura John já estava fora do carrinho e não reclamou de continuar no meu braço.

Heidi estava dormindo antes mesmo que chegássemos ao supermercado. Então era esse o motivo: ela estava cansada. Comprei salsicha de Falun, um envelope com estrogonofe em pó, um pacote de arroz, ingredientes para uma salada, leite, leite fermentado e uma garrafa grande de Pepsi Max. Eu estava puto da cara por ter deixado minha própria frustração respingar nas crianças.

Mas isso não me impediu de ser rígido com Vanja enquanto andávamos pelo supermercado. Não, eu disse, isso não. Venha cá. Venha cá, eu disse! Não, não, não! Era como se eu existisse em diversos níveis ao mesmo tempo, e de repente todos estivessem trabalhando juntos. Um que estava ocupado com o email de Gunnar e havia sucumbido a um desespero quase total. Um que pensava no que fazer para o jantar enquanto empurrava o carrinho pelo supermercado. Um que lamentava a maneira como havia tratado Heidi poucos instantes atrás. Um que estava irritado com o comportamento de Vanja. Um que lamentava a maneira como ela obedecia, porque aquilo talvez quisesse dizer que estava acuada. Um que estava satisfeito ao vê-la agir como eu mandava.

O braço em que eu levava John estava sem forças quando chegou nossa vez no caixa. Larguei-o no chão para pôr nossas compras na esteira e ele correu para o outro lado do caixa e tentou subir, era uma das coisas de que ele gostava, ficar ajoelhado atrás do caixa e ver nossas compras chegarem deslizando. Eu o levantei, coloquei as últimas compras na esteira, enfiei o cartão no leitor, digitei minha senha, confirmei o valor da compra, tirei o cartão e o guardei na carteira.

Guardei as compras na sacola, peguei John no braço e comecei a percorrer o último trecho do trajeto.

— Com quem você brincou hoje no *dagis?* — eu perguntei para Vanja, acima de tudo para descobrir se ela havia se chateado com o meu tom rígido. — Com o Benjamin ou com a Katinka? Ou com a Lovisa?

— *Inte Lovisa* — ela disse. — Com a Katinka. E com o Benjamin, tão pequeniniiinho!

Em frente ao banco ficava o mendigo mais ativo. Ele ficava de joelhos com as mãos postas à frente do corpo, balançando o corpo para a frente e para trás enquanto encarava os passantes com um olhar implacável. Na frente dele havia uma touca com moedas.

— Por que ele fica assim? — Vanja me perguntou.

— Ele está mendigando — eu disse. — Pedindo dinheiro.

— Por que ele não tem dinheiro?

— Não sei — eu disse. — Deve ser porque não trabalha. Então ele mendiga para ter dinheiro para comer.

— Por que você não deu dinheiro para ele?

— Porque ele não faz nada. Se ele estivesse tocando um instrumento, por exemplo, eu teria dado. É assim que eu costumo fazer. Mas de vez em quando eu também dou dinheiro para os mendigos. Às vezes tenho pena deles. De qualquer jeito, nunca é muito.

— E por que você não deu dinheiro para aquele homem, então?

— Que feio insistir tanto nas perguntas — eu disse, sorrindo.

Vanja sorriu para mim.

— Aquele homem deve ser do Leste da Europa. De um país muito distante. Eles vêm aqui para mendigar juntos. São tipo um bando.

— Um bando de ladrões? Eles são *ladrões*?

— Não, não é bem assim. Mas esse é quase o trabalho deles. E nesse caso todo o sentido de mendigar desaparece. Afinal, mendigar é justamente o contrário de um trabalho.

Eu ri do meu raciocínio, e Vanja me olhou com um sorriso. Eu aumentei a velocidade para aproveitar a luz verde. Do outro lado do semáforo o velho saxofonista tocava o mesmo fragmento de melodia. Naquela situação eu seria obrigado a dar uns trocados para ele, então enfiei a mão no bolso, cavouquei para descobrir o que havia lá, olhei para as moedas que estavam na minha mão e entreguei uma de cinco coroas para Vanja.

— Você dá para ele? — eu perguntei.

Ela olhou assustada para mim. Depois acenou a cabeça com uma expressão séria, se aproximou com passos lentos, quase matreiros, e jogou a moeda no estojo do instrumento. O saxofonista piscou o olho para ela, e Vanja se apressou em voltar.

E ainda precisávamos arranjar frutas. A loja não aceitava cartões, então coloquei John no chão e entrei na fila do caixa eletrônico enquanto deixava o olhar correr pelos rostos das pessoas que estavam lá ou caminhavam em frente ao alto prédio em arco que se erguia naquela parte da praça, onde morávamos no último andar. Eu estava procurando por Gunnar. Eu sabia que a chance de ele aparecer por lá era mínima, mas não havia praticamente nenhuma racionalidade envolvida na situação, tudo se resumia aos meus sentimentos, e a intensidade deles era inexplicável.

A mulher de cabelos loiros curtos e óculos, com o corpo em formato praticamente cônico, arrancou a nota fiscal e enfiou o cartão na carteira enquanto lançava um olhar rápido e cético na minha direção. Eu enfiei o meu cartão e digitei a senha, saquei trezentas coroas, olhei para John enquanto aguardava que a máquina terminasse o serviço, ele estava a caminho da fruteira, foi andando até a parede da construção, pequeno como um pitoco.

— Você pega o dinheiro, Vanja? — eu perguntei.

— É para mim?

— Não, mas você pode pagar pelas frutas.

— Não quero.

— Tudo bem — eu disse. — Então entregue tudo para mim que eu mesmo pago. E cuide do John. Você acha que ele esqueceu que a gente existe?

Ela riu, porque a essa altura John estava em frente à loja de calçados. Empurrei o carrinho até a banca de frutas, corri para alcançá-lo, peguei um cacho de bananas, coloquei umas maçãs e umas laranjas nos sacos e os enchi de uvas verdes, entreguei tudo para o atendente, que eu imaginava ser da Turquia ou talvez da Macedônia ou da Albânia, ele pesou tudo, pôs as frutas em uma grande sacola branca, eu paguei, ele me deu um desconto de oito coroas ao me devolver o troco, eu agradeci e atravessei a praça, com Heidi ainda dormindo no carrinho, entreguei o chip de acesso para Vanja, ela o passou em frente ao leitor e abriu a porta. Empurrei o carrinho para dentro e o virei para puxá-lo pelos dois degraus. A cabeça de Heidi balançava de um lado para o outro, sem no entanto acordá-la. John já estava parado em frente ao elevador e tentava alcançar o botão.

— Você é pequeno demais — eu disse. — Tente de novo no ano que vem.

— *Lyft mig!* — ele disse.

Levantei-o como ele havia pedido, e o segurei próximo da pequena e estreita janela da porta, para que pudesse ver a cabine chegar deslizando.

Quando chegamos, manobrei o carrinho pelo corredor porque, se eu acordasse Heidi naquele momento, ela passaria a próxima hora inteira chorando e emburrada, e eu não aguentaria uma coisa dessas. O preço a pagar seria a falta de sono dela à noite.

Coloquei um desenho animado para as crianças, para que eu conseguisse preparar o jantar em paz. Dei uma maçã para cada um, pus as compras em cima da mesa, separei-as, guardei as frutas na fruteira do armário, o leite na geladeira, as verduras na bancada, a salsicha de Falun na tábua de cortar. Eu tinha pensado em cozinhar arroz, porém mudei de ideia, ainda tínhamos um pouco de macarrão, e resolvi prepará-lo. Peguei o telefone do corredor, liguei para Geir Angell, medi a água e o leite, coloquei tudo em uma panela, virei o pó do envelope lá dentro e tinha começado a mexer quando ele atendeu.

— O que você está fazendo? — eu perguntei. — Em geral você atende o telefone no primeiro toque.

— Eu estava na banheira, molhei o meu livro e precisei secá-lo com o secador de cabelo.

— Com o secador de cabelo?

— É, o que tem?

Cortei o plástico vermelho e apertado que envolvia a salsicha de Falun, arranquei-o e comecei a cortar tudo aquilo em pedaços.

— Como vão as coisas? — perguntou Geir. — Ainda mal?

— É, ainda mal.

Enchi uma panela com água e a coloquei na chapa do fogão elétrico.

— Ele tem poder sobre mim. Essa investida contra mim é a pior coisa que podia acontecer. É uma grande coisa. Eu estou apavorado. Por ele. E também pelo caso em si. Eu o afrontei. Ele não fez nada, não pediu que nada disso acontecesse. E quando eu publicar o livro ele não vai ter como se defender. Afinal de contas, é a mãe dele, não? E as pessoas são pessoas de verdade.

— Você alguma vez teve dúvidas a respeito disso? — Geir me perguntou.

— Não, mas você sabe como é quando você escreve.

— Bom, eu sei como é quando escrevem a meu respeito.

— Você passou dois dias sem ligar. Você ficou puto.

— Primeiro fiquei mesmo. Mas depois eu pensei a respeito do assunto. Acho que o Ernst Billgren falou muito bem quando pediram a ele que comentasse como tinha sido aparecer em *Den högsta kasten*. Ele disse que tinha a clareza de que havia no livro um personagem com o nome dele. Não vejo as coisas assim no meu caso, o que você escreveu a meu respeito é próximo demais de mim para que eu veja as coisas dessa forma, mas a questão é que ele aponta para uma saída que está ao dispor de todos os personagens de romance. Há nesse livro um personagem com o meu nome.

— Mas você é um literato. Eu nunca vi nenhum livro na casa do Gunnar. Não acho que ele seja um leitor. E nesse caso tudo é muito diferente.

— Você fala como se ele fosse uma pessoa completamente indefesa! Pelo amor de Deus, você não leu o email que ele mandou para você? Ele trata você como se você fosse um retardado mental completo! E depois entra em contato com a editora! Ele quer destruir você, Karl Ove. Não é uma pessoa indefesa. Você não pode simplesmente ficar olhando. Aposto que você chegou a pensar em desistir de publicar o livro.

— Claro que pensei.

— Nesse caso você estaria permitindo que um censor em Kristiansand decida como deve ser a literatura norueguesa! Você não pode deixar que uma coisa dessas aconteça. Isso está bem claro.

— Eu vou publicar o livro.

Fui ao armário e peguei a caixinha de macarrão, virei uma quantidade considerável na água fervente, mexi um pouco com um garfo e baixei a temperatura da chapa.

— A questão é: com que direito? Com o direito da literatura? Claro, nessa perspectiva eu concordo que a literatura é mais importante do que a vida de um único indivíduo. E não apenas isso, mas eu afirmo também que a *minha* literatura é mais importante que a vida do Gunnar.

— Mas não é a vida dele! É a vida do seu pai. Ele é o pai, você é o filho. O filho é o mais próximo.

Apoiei a tábua de cortar na diagonal em cima da panela e derrubei os pedacinhos de salsicha lá para dentro, peguei quatro pratos do armário e os dispus em cima da mesa, abri a gaveta e peguei facas e garfos.

— E além disso tem o judiciário.

— O judiciário não pode decidir sobre a literatura.

— Claro que pode.

— Claro que decide, é o que acho que estamos querendo dizer. O Agnar Mykle foi julgado, mas o livro dele é lido até hoje.

— Existe uma grande diferença entre afrontar a moral sexual de determinada época e afrontar uma pessoa específica. Além do mais, os aspectos no caso do Mykle eram outros. Pode ter sido isso que acabou com ele. Ele escreveu sobre pessoas que se reconheceram. E não escreveu qualquer coisa. Todas as mulheres com quem ele foi para a cama se reconheceram. Esse foi o verdadeiro escândalo. Parece que o Tarjei Vesaas fez um comentário a respeito quando entendeu o que tinha acontecido. "Não foi nada bom" ou coisa parecida.

— Ha ha ha!

— Ria se você quiser. Mas o Vesaas era uma pessoa decente. Talvez o norueguês mais decente que já existiu. Se ele diz que uma coisa não foi nada boa, bom, então com certeza não foi mesmo, porra.

— Você não me contou que encontraram um envelope com recortes da Marilyn Monroe entre os pertences dele quando ele morreu?

— Contei. Até mesmo no pecado ele era decente.

— Você tem razão.

Peguei quatro copos do armário, desliguei as duas chapas do fogão elétrico e enchi uma jarra com água.

— Mas agora eu preciso desligar — eu disse. — Vamos jantar por aqui.

— Você está bem? — Geir me perguntou.

— Estou, estou. Só preciso dar um jeito nisso.

— Do que você tem medo, afinal?

— Você acha que os jornais não vão escrever a respeito desse assunto? Que vão deixar tudo passar em silêncio? Vai ser uma tempestade. Todos os jornais do país vão escrever a meu respeito.

— Se console pensando no quão rico você vai ficar.

Fui em direção à sala sem responder.

— Não fique tão mal-humorado. Vai ser divertido!

— Nos falamos depois — eu disse.

— Tudo bem. Até!

— Até mais.

Desliguei e coloquei o telefone no carregador.

— O jantar está pronto — eu disse na porta da sala. Vanja respondeu qualquer coisa que não entendi. Fui até onde as crianças estavam.

— O John dormiu — ela disse.

Ele parecia uma almofada no canto do sofá.

— Só nós dois estamos acordados — eu disse.

— Aham — ela disse, entretida com o filme *Meu amigo Totoro*.

— O jantar está pronto — eu disse.

— Posso comer vendo TV? Por favor?

— Já que somos só nós dois, pode — eu disse. — Mas prometa que você não vai fazer sujeira.

Vanja fez um gesto afirmativo com a cabeça. Entrei na cozinha, escorri o macarrão, servi duas colheres no prato, despejei um pouco de estrogonofe de salsicha por cima, cortei um tomate e o coloquei ao lado para enfeitar, levei tudo comigo para a sala e larguei o prato na frente dela. Quanto a mim, eu não aguentaria comer nada, a não ser pelo tomate que devorei a caminho do quarto, onde eu pretendia conferir os meus emails. Nenhuma mensagem de Gunnar, nenhuma mensagem de ninguém. Mas a simples visão daquele nome e o assunto do email, "Estupro verbal", me encheram de medo. Me deitei na cama e fiquei olhando para o teto. A angústia e o desespero retornaram com força total. Eu não podia usar as crianças para manter-me de pé, não seria nada bom, elas é que deviam precisar de mim, jamais, jamais eu devia precisar delas.

Me levantei e entrei no banheiro. Peguei umas sacolas azuis da IKEA e separei a pilha de roupas sujas em poucos minutos, pensei que no dia seguinte depois da entrega eu desceria para ver se havia horários disponíveis na lavanderia do porão, mas de repente não aguentei mais aquilo, voltei pelo corredor, parei junto à porta e olhei para Vanja, que mantinha o garfo cheio de comida imóvel logo abaixo da boca, completamente arrebatada pelo que via na TV.

Totoro gritava. Era um grito terrível, mas ao mesmo tempo ele estava de bom humor, dava para ver, e aquilo parecia muito bom.

O telefone tocou.

Olhei para o mostrador.

Era Linda.

Atendi.

— Alô? — eu disse.

— Oi, sou eu — ela disse. — Como você está?

— Bem — eu disse.

— Chegaram bem em casa?

— Chegamos. Deu tudo certo.

— Posso falar com as crianças?

— A Heidi e o John já estão dormindo. Mas vou chamar a Vanja.

Segurei o fone junto do peito e entrei na sala.

— Você quer falar com a mamãe? — eu perguntei.

— Você pausa para mim? — ela pediu.

Quando fiz um gesto afirmativo com a cabeça, Vanja estendeu a mão na direção do telefone.

— Oi — ela disse, saindo da sala. Eu procurei o controle remoto, encontrei-o na estante de livros, apertei no pause e fui atrás dela. Vanja tinha entrado no quarto. Quando me viu, ela fechou a porta.

Estava tão crescida que já queria ficar sozinha para falar ao telefone!

Olhei para Heidi, que ainda dormia no carrinho. Dei uma conferida em John, que também dormia. Abri a porta da sacada, acendi um cigarro, dei umas tragadas, apaguei-o e entrei mais uma vez no apartamento. Não havia lugar onde estar, não havia lugar para onde ir.

Entrei na cozinha e enchi um copo d'água, esvaziei-o em um longo gole. Preparei mais um bule de café, e o som que aquilo fez quando começou a passar foi tranquilizador, era um som que eu tinha ouvido ao longo de uma vida inteira e que eu associava a coisas boas.

Eu queria me deitar ao lado de alguém que passasse a mão nos meus cabelos e me dissesse para eu não me preocupar.

Eu não tinha sentido essa vontade desde a minha infância.

Naquela época não havia ninguém que pudesse atender o meu desejo. Na idade adulta haveria, se eu deixasse. Mas eu nunca tinha deixado. Me parecia indigno, quase uma anulação de mim.

Mas era o que eu queria.

Fui até o corredor, abri a porta do quarto das crianças. Vanja tinha subido em cima da mesa e estava falando de lá.

— Você me dá o telefone quando terminar de falar? — eu perguntei.

— Eu já terminei — ela disse. — Tchau!

Vanja me entregou o telefone.

— Sou eu de novo — eu disse, andando pelo corredor. — O que foi que a Vanja contou para você?

Linda riu.

— Ela só me contou o que fez hoje.

— Ela não disse nada para mim — eu disse. — E, enquanto falava com você, quis ficar sozinha, como se eu não pudesse ouvir o que vocês estavam conversando.

— Foi bom falar com ela. Ela já está crescida.

— É, está mesmo.

— Como você está? — Linda perguntou.

— Não muito bem. Mas vai passar, claro. Estou com saudade de você.

— E eu estou com saudade de você. Será que posso ligar de novo amanhã à noite?

— Claro — eu disse. — Acho que vamos grelhar umas salsichas. O que você acha de ligar por umas dez?

— Pode ser. Nos falamos!

— Até.

Desliguei o telefone. Vanja tinha despausado o filme por conta própria. A comida estava praticamente intocada.

— Você não quer comer mais um pouco? — Vanja suspirou e comeu mais dois bocados, depois empurrou o prato para longe.

— Já acabou?

— Não estou com fome.

— Mas daqui a pouco você vai me pedir umas fatias de pão. É melhor você jantar direito.

— Eu já disse que não estou com fome.

Foi minha vez de suspirar. Levei o prato até a cozinha, larguei-o em cima da mesa, para que Vanja pudesse comer as sobras mais tarde, fui à sacada, olhei para a praça lá embaixo, entrei no apartamento mais uma vez, olhei para o relógio na cozinha, eram cinco e meia, entrei no quarto e conferi os meus emails. Nada. Abri uns sites de jornal, o *Aftenposten* e o *Dagbladet*, depois abri a página da NRK e dei uma espiada nos blogs de literatura que eu mais ou menos acompanhava. Um deles tinha me chamado atenção porque eu tinha sido convidado a participar, eu recusei o convite, mas assim mesmo acompanhava o que os outros escreviam por lá. Era um bando de escritores de um livro só em meio a outros um pouco mais conhecidos. Os comentários nos posts pareciam vir todos de pessoas que escreviam e queriam ter seus livros publicados, todos pareciam muito interessados no processo criativo e em tudo que pudesse estar relacionado a editoras. A visão daquelas pessoas sobre a literatura e os textos que escreviam acerca de outros autores era em grande parte infantil, todos se inflamavam por qualquer coisa, e estava claro que todos se viam como pessoas importantes com opiniões de peso.

Me ocorreu que era exatamente daquela forma que Gunnar me via.

Eram praticamente as mesmas palavras. Meu ego era pequeno, mas aos meus olhos grandes, ele tinha escrito.

Sendo assim, eu era uma pessoa medíocre, porém cega a esse fato, e assim me via como alguém importante, e via aquilo que eu fazia como tendo peso.

Era uma descrição bastante precisa, eu era uma pessoa medíocre. O que eu tinha em alta conta não era a minha pessoa, mas aquilo que eu fazia, ou estava em condições de fazer. Nos meus bons momentos eu imaginava que essas coisas um dia podiam tornar-se grandiosas. Mas será que uma pessoa medíocre seria capaz de criar coisas grandiosas? A grandeza externa não precisaria estar ligada a uma grandeza interna?

Como eu poderia considerar os comentaristas de blog pessoas sem importância? Nesse caso eu estaria me superpondo a eles, e assim sendo o mesmo que eles: importante aos meus próprios olhos.

Aos meus olhos eu era um escritor melhor do que a maioria dos escritores. Não havia muitos romances que eu lesse e que me fizessem pensar: isso aqui eu jamais conseguiria fazer. Depois do meu romance de estreia eu tinha começado a pensar assim, eu tinha escrito de maneira demasiado próxima a mim, e isso todo mundo pode fazer, basta escrever. Mas quando o segundo livro saiu eu tinha ao mesmo tempo escrito em terceira pessoa e contado uma história completamente distante de mim e da realidade em que eu vivia. Assim eu expandi o meu horizonte. O que me faltava era aquilo que vinha intimamente relacionado à pessoa que tinha escrito o texto. O que Thomas Bernhard fazia e atingia, por exemplo, estava totalmente fora do meu alcance. Com Jon Fosse era a mesma coisa. Mas não com um escritor como Jonathan Franzen. Eu podia me pôr ombro a ombro com ele, e talvez até superá-lo. A mesma coisa acontecia em relação a Coetzee, outro autor sem as características únicas da personalidade que são capazes de levar a literatura às últimas consequências; o que ele escrevia não parecia estar fora do meu alcance, e ele tinha até ganhado o Prêmio Nobel. A questão era saber se o sublime não estava ligado à pessoa. Se não era isso que tornava único tudo aquilo que era único. De que serviria alcançar um nível abaixo do sublime, um nível bom e talvez até mesmo reconhecido como literatura de nível mundial, sendo que existia o sublime? Claro que o valor estava no trabalho, não no julgamento que recebia. Independente daquilo com o que se trabalhava, havia um dever de fazer sempre o melhor. Para um marceneiro, era necessário fazer trabalhos de marcenaria com a maior precisão e o maior desvelo possível. Havia uma satisfação nisso. Para um marceneiro comum, que fazia trabalhos médios, sem grandes fanfarras, que saía para o trabalho todas as manhãs e cuidava da família durante a tarde e a noite, seria por acaso incômodo descobrir que em um lugar da Áustria havia um mestre marceneiro, o marceneiro de todos os marceneiros, capaz de fazer as coisas mais fantásticas em marcenaria, e então se perguntar para que serviria a marcenaria média e sólida, porém jamais espetacular? Seria o caso de abandonar o martelo e os pregos por conta do mestre marceneiro na Áustria?

Claro que não. Devia-se continuar trabalhando com marcenaria, dentro das próprias capacidades. Talvez até mesmo alegrar-se ao constatar que se era melhor do que aquele outro marceneiro a respeito do qual tinham acabado de publicar uma reportagem no jornal com o devido conhecimento de causa, porque afinal ele não era um marceneiro tão bom quanto os outros diziam. Tudo isso *parecia* muito bom. Mas, quando visto mais de perto, não passava de trapaça. Dar-se por satisfeito com o próprio trabalho sólido!

Todo o valor estava no trabalho em si, e não no julgamento.

Mas para Gunnar eu não passava de um patife que imaginava ser alguém, um sobrinho metido disposto a atropelar quem quer que fosse para ganhar destaque.

Para ele, o que eu fazia não tinha valor nenhum.

E escrever era uma atividade tão frágil! Não era difícil escrever bem, mas era difícil fazer com que a escrita se movimentasse, fazer com que desenvolvesse um movimento único e coeso, capaz de revelar e abarcar o mundo ao mesmo tempo. Quando não dava certo, e a bem dizer nunca dava, pelo menos não de verdade, eu me via reduzido à condição de um idiota convencido, quem eu pensava que era para escrever para os outros? Por acaso eu sabia mais do que os outros? Por acaso eu guardava segredos que ninguém mais conhecia? Por acaso as minhas experiências de vida tinham um valor maior? Por acaso os meus pensamentos tinham mais validade?

Gunnar tinha apontado o dedo para mim. E tinha dito: eu te conheço. Você acha que é alguém. Mas você não passa de um merdinha. E você se envolveu em assuntos que não têm nada a ver com você, e que você nem ao menos compreende. Se você levar isso adiante eu vou te processar. Você vai sangrar. Eu vou destruir você. Sobrinho de merda.

Essa era a mensagem dele.

Gunnar tinha me advertido da mesma forma quando, aos meus dezessete anos, escrevi de maneira condescendente a respeito de Sissel Kyrkjebø no jornal local, o *Fædrelandsvennen*. Quem você pensa que é, ele tinha dito, para aos dezessete anos escrever de maneira condescendente a respeito de uma artista que vendeu duzentos mil discos? Ele teve vergonha de mim, provavelmente também porque tínhamos o mesmo sobrenome, e assim ele sentia-se de certa forma associado ao que eu fazia. Kristiansand era uma cidade pequena, e todos liam o *Fædrelandsvennen*.

Quanto a mim, eu me sentia orgulhoso de ter o meu nome no jornal. Mas, quando ele disse aquilo, me retorci no assento e senti meu rosto corar, porque aquele comentário doeu. Eu media o mundo com uma régua indie, era a partir dessa régua que eu julgava a qualidade de toda a cultura. Gunnar não sabia absolutamente nada a respeito desse mundo, que para ele não passava de uma grande bobagem, e foi assim que eu me senti, como se ele estivesse me medindo com a régua do mundo real. A régua do mundo adulto e responsável. Eu me opunha a esse mundo, porém apenas quando estava sozinho, pois, uma vez confrontado, o que eu fazia? Baixava a cabeça e sentia uma vergonha profunda e enorme.

Empurrei a cadeira, com o rosto quente, e fui até Vanja.

— Você quer ver filme ou quer assistir *Bolibompa*? — eu perguntei.

— *Bolibompa* — ela disse. — Vai começar agora?

Fiz um gesto afirmativo com a cabeça, desliguei o DVD player e coloquei no canal infantil. Vanja tinha passado muito tempo sozinha em frente à TV, era uma coisa de última categoria, e, mesmo que eu estivesse inquieto e despedaçado, me sentei ao lado dela. Como ela poucas vezes sentava no meu colo por iniciativa própria, mas com frequência se alegrava quando eu a pegava, dei um abraço nela e a puxei para o meu colo. Vanja afastou os meus braços, mas não se mexeu.

John continuava imóvel na outra ponta do sofá, a respiração dele estava meio sibilante, e os cabelos estavam úmidos de suor. A luz do sol batia contra as janelas, mas as persianas mantinham os raios do lado de fora e transformavam os poucos que entravam em um brilho claro e diáfano, a não ser pela janela da sacada, que não estava coberta, por onde um cilindro de luz entrava, cheio de grânulos de pó que flutuavam como elétrons de um lado para o outro.

— *Jag är hungrig* — disse Vanja. — *Jag vill ha en macka.*

Suspirei fundo.

— Viu? — eu disse. — Eu avisei! Logo você ia estar com fome, querendo pão. Mas o que você precisa comer é o seu jantar. Não pão. Você sabe muito bem.

Vanja não respondeu.

— Você quer que eu traga o seu prato?

— Não. Posso comer uma maçã?

— Só se você comer um pouco mais do seu jantar.

— Então não quero.

— Tudo bem — eu disse. — Você pode comer uma maçã. Mas pelo menos busque você mesma.

Vanja deslizou para longe das minhas pernas, foi depressa à cozinha e, quando voltou mordendo a maçã, sentou-se ao meu lado.

Eu me levantei e fui ao quarto buscar um pijama limpo. O ar dentro do quarto estava quente e viciado, eu abri as duas pequenas frestas acima da janela e deixei os sons da cidade entrarem.

O chão estava praticamente tomado por brinquedos. Pensei que eu teria que organizar aquilo no dia seguinte. Abri a gaveta da cômoda, peguei uma camisola. Heidi ficaria com o vestido que estava usando, John ficaria com a bermuda; se eu desse sorte, nenhum dos dois acordaria quando eu os levasse para a cama.

— Vista isso — eu disse, jogando a camisola no rosto dela. Vanja pegou a camisola e sorriu depressa para mim, depois começou a tirar a roupa com os olhos fixos na TV. Peguei a escova de dentes e, assim que ela terminou de se trocar, escovei os dentes dela.

— Você prefere ler aqui ou na cama?

— *Men Bolibompa är inte slut!*

— Mas vai acabar daqui a dois minutos — eu disse. — Cama ou sofá?

— Cama.

Entrei no quarto e olhei para a estante de livros das crianças. Peguei três, para que ela pudesse escolher um. A fábula da Rapunzel dos irmãos Grimm; *Gittan och fårskallarna*; e um dos livros de Petra, aquele sobre entrar para o jardim de infância.

— Mas e o John e a Heidi? — Vanja perguntou depois que eu havia desligado a televisão.

— Eles não vão se deitar?

— Eu vou levar os dois para o quarto depois que eu tiver lido para você.

— Eu também quero que você me leve.

— Claro — eu disse. — Mas você não prefere fingir que está dormindo?

— Não. Pode me levar assim mesmo.

Eu a levantei e a coloquei na cama, me sentei ao lado e pedi que ela escolhesse um dos livros. Vanja apontou para Rapunzel. Era melhor assim, porque nesse caso eu também aproveitava. Naquele mesmo verão eu tinha passado dois dias na Alemanha, tinha feito uma leitura em um castelo por lá, no meio da região onde os irmãos Grimm tinham recolhido muitos dos contos, segundo me disseram.

— Rapunzel, Rapunzel, jogue os seus cabelos! — eu disse para Vanja enquanto ela estava ao meu lado na parte de baixo do beliche, olhando para as figuras enquanto eu lia. Eu não sabia por que ela tinha se fixado tanto naquilo, muitas outras fábulas tinham passado em branco, mas não aquela. A história começava com um homem e uma mulher que precisavam entregar uma criança a uma bruxa, e para uma criança aquilo devia ser o pavor absoluto, mas talvez fosse justamente o que tanto encantava Vanja, ou então a estranheza de uma mulher que jogava os cabelos do alto de uma torre, e de um homem que os escalava para salvá-la. Para mim aquela fábula era uma imagem primordial da literatura, ou melhor, uma força primordial, porque na superfície tudo dizia respeito à transformação, e também à transformação do mundo em uma fábula, ao mesmo tempo que essa transformação operava também uma simplificação, resumindo a realidade a um pequeno número de personagens tão precisos e tão polidos, depois de passarem por tantas experiências formativas, que a verdade deles sobrepunha-se à experiência individual das circunstâncias e valia para todos, e quando esses diferentes personagens eram postos em movimento as profundezas se abriam em todos aqueles que escutavam, e eram profundezas infinitas. Por muitos anos eu havia pensado em escrever um romance passado nesse lugar, em parte nas florestas habitadas por trolls e mortos-vivos, cabanas pobres e reis, ursos e raposas falantes, em parte na realidade da Noruega do século XIX atravessada por Asbjørnsen e Moe enquanto recolhiam os contos da época. Kristiania, Telemark, os vales no interior de Østlandet. Mas seria uma ideia que levaria anos para ficar pronta, justamente o tempo de que eu não dispunha. Mas toda vez que eu lia uma fábula infantil a ideia voltava, era uma ideia boa. Um dos contos dos irmãos Grimm, em especial, era muito intrigante e versava sobre uma mulher que começava a rezar e de repente se via transportada a um outro mundo. Infelizmente a tradução da edição que tínhamos em casa era muito ruim, uma vergonha. Mas claro que Vanja não sabia de nada disso, e era para ela que eu estava lendo.

— Muito bem — eu disse quando terminei a leitura. — Agora é hora de você dormir.

— Você pode me fazer cosquinha e cantar uma música de dormir?

— Claro — eu disse. Ela se deitou de bruços, eu levantei a camisola e passei as unhas na pele das costas dela. Essa era a "cosquinha", toda noite tínhamos que fazer aquilo enquanto cantávamos.

Vem kan segla förutan vind?
Vem kan ro utan åror?
Vem kan skiljas från vännen sin
utan att fälla tårar?

Jag kan segla förutan vind,
jag kan ro utan åror.
Men ej skiljas från vännen min
Utan att fälla tårar.

Quando terminei de cantar, tapei-a com o edredom, tirei os óculos dela e os coloquei na pequena cômoda ao lado da cama.

— Papai? — Vanja me chamou.

— Sim? — eu disse.

— Posso perguntar uma coisa?

— Claro.

— Por que o homem da música não pode se afastar do amigo sem chorar?

— Por que você acha que é um homem?

— Porque é você que está cantando.

— Você tem razão. Mas é porque ele gosta muito do amigo.

— É — ela disse, deitando a cabeça no travesseiro, visivelmente satisfeita com a resposta.

— Boa noite.

— Eu tenho que voltar — eu disse. — Ainda falta trazer os seus irmãos.

— Ah, é! Eu tinha esquecido.

Primeiro busquei John e o deitei com todo cuidado no berço, depois Heidi, que me causou um pouco mais de problemas, eu tive que retirá-la do carrinho, o movimento a acordou, ela gritou não!, não! e tentou se livrar de mim, eu a segurei e entrei no quarto com passos apressados, larguei-a depressa na cama acima de Vanja, na esperança de que a abertura de realidade provocada em meio ao sono fosse curta o bastante a ponto de não vencê-lo e felizmente, depois de se pôr de joelhos e passar uns instantes olhando para mim, ela se deitou de lado, fechou os olhos e voltou a respirar pesadamente.

— Boa noite, filhota — eu disse para Vanja, e então apaguei a luz do teto.

— Você pode deixar a porta aberta? — ela pediu.

— Claro — eu disse. — Durma bem.

— Durma bem.

Entrei no quarto e conferi os meus emails. Não havia chegado mais nada. Por um lado foi um alívio, mas por outro foi preocupante, porque o fato de Tonje e Jan Vidar terem recebido o manuscrito bastante tempo atrás sem me dar nenhuma resposta só podia querer dizer uma única coisa.

Para abrandar a reação deles, ou para de um jeito ou de outro tentar controlá-la, resolvi enviar mais um email para cada um. Para Tonje eu escrevi:

Minha cara Tonje,

Como não tive notícias suas, imagino que você esteja abalada ou chocada ao se ver arrastada para dentro de um romance sem nunca ter pedido. Não acho que eu tenha exposto você, muito pelo contrário, é como o Tore disse, "A Tonje é uma princesa, o leitor fica contente quando ela entra em cena", mas ao mesmo tempo entendo que o simples fato de existir em um romance já é uma exposição e tanto. Se você quiser, e com certeza você deve querer, eu posso naturalmente trocar o seu nome e o nome de todas as outras pessoas ao seu redor, para que assim você não possa ser associada ao romance (a não ser pelo fato de ter sido casada com o autor, porque não há como escapar disso).

Tudo de bom,
Karl Ove.

Para Jan Vidar escrevi mais ou menos a mesma coisa. Quando terminei, mais uma vez fui ver as crianças, as três já estavam dormindo, depois fui à sacada, me sentei, servi uma caneca de café, acendi um cigarro e liguei para a minha mãe.

Ela atendeu já no primeiro toque.

— Alô? — ela disse.

— Oi, aqui é o Karl Ove — eu disse. — Você já conseguiu ler o email?

— Li, li sim.

— E o que você achou?

— Se você quer mesmo saber, eu estou revoltada — ela disse. — E abalada. Passei um bom tempo pensando no que responder para ele. Mas o melhor talvez seja esperar.

— Nem pense em responder — eu disse. — Se você aceitar essas premissas, vai acabar descendo ao mesmo nível dele.

— Você tem toda razão — ela disse. — O seu avô certa vez disse que não se deve responder a cretinices. Me parece um ótimo conselho. Mas eu estou tão furiosa que sinto vontade de dizer umas verdades para ele. Ele assinou o email como irmão do seu pai! O seu pai jamais aceitaria uma coisa dessas, pode ter certeza.

— Eu não sei mais no que acreditar — eu disse, rindo um pouco. — Não tenho nenhuma outra fonte para esse assunto além de você.

— Como assim?

— Foi isso que ele escreveu. Que eu herdei tudo de você.

— Ah, isso. Achar que eu devo ser responsável por você, quando você é um homem de quarenta anos, é uma opinião bem inusitada. Por quanto tempo os pais devem responder pelos filhos, afinal?

— Ele me viu crescer. Aos olhos dele eu ainda sou um adolescente, acho.

— Você tem razão. Mas dizer que eu tenho ódio da família Knausgård é um absurdo. Eu me sentia limitada e constrangida quando entrei na família aos vinte anos, essa parte é verdade, e a sua avó era uma pessoa calorosa e sociável, em especial em relação a vocês quando ainda eram crianças. Existe um grão de verdade no que ele escreveu. Mas de certa forma ele ofereceu um retrato distorcido de mim. Entendo que os outros possam me ver assim.

— Como um vento frio de Vestlandet?

— É. A visita à nossa casa deve ter causado uma impressão muito forte nele. Ele falou que a casa parecia a morada de um servo, foi estranho ler isso, mas em relação a tudo aquilo a que ele estava acostumado, a nossa família era pobre. Nossa cultura também era muito diferente. Tudo isso pode ter parecido assustador. A minha mãe era quieta, não falava muito, e isso também deve ter sido estranho para ele.

Passamos uns segundos em silêncio. Acendi mais um cigarro e apoiei os pés em cima do parapeito enquanto eu olhava para o céu azul-acinzentado de verão, repleto de aviões que chegavam ou saíam dos aeroportos de Kastrup e Sturup.

— Tem uma coisa que ele escreveu que de certa forma mexeu comigo — eu disse passado um tempo. — Quando ele escreveu sobre nos ver ainda pequenos. Quando ele escreve sobre "os meninos", sabe? Quando diz que você foi negligente ao não corrigir os maus hábitos do pai e não interferir quando mais precisávamos. Eu não tinha a menor ideia de que outra pessoa via que o pai talvez não fosse muito bom para nós. Mas o Gunnar via. Ou pelo menos deve ter visto, para ter escrito daquele jeito. A conclusão dele é diferente da minha, porque eu estava lá e sei que na verdade você foi minha salvação, mas saber que havia um outro olhar, ou uma outra consciência a respeito disso, me comoveu. Por mais estranho que pareça.

— Porque você foi visto. Eu entendo que possa comover você. Em especial se foi como você disse, que você o pôs no lugar do seu pai.

— É, foi mais ou menos assim. É o que eu sinto. São estruturas muito profundas.

— Mas, quanto a mim e ao seu pai, você precisa saber de uma coisa. Ele sabia quem você era.

— Para dizer a verdade eu duvido.

— Eu sei. Mas assim mesmo ele sabia.

Chorei quando a minha mãe disse isso, porém em silêncio, e sem deixar que minha voz se alterasse, então ela não percebeu nada. Continuamos falando por mais meia hora a respeito de Gunnar e dos emails, menos a respeito do livro que os havia provocado e mais a respeito das famílias, tanto a do meu pai como a da minha mãe. Ela falou mais um pouco sobre como tinha sido entrar na família do meu pai no início dos anos 1960, e um pouco mais sobre a pessoa que ele era naquela época. A mesma coisa tinha acontecido quando ele morreu, diversas vezes por dia eu ligava para ela, e o que ela fazia era tentar exaltá-lo para mim, por muitas e muitas vezes ela me lembrou de que talvez ele fosse uma pessoa atormentada, mas que tinha sido também uma pessoa grandiosa; inteligente, crítico, erudito, curioso, um homem que enxergava longe. Minha mãe sabia que eu precisava de uma outra imagem do meu pai, e assim me ofertava a imagem do homem que tinha conhecido, mostrava-o através dos olhos de um adulto na época em que eu ainda era criança.

Naquele momento ela fez a mesma coisa.

Eu era levado para cada vez mais perto de uma coisa desconhecida. O email de Gunnar revelava uma imagem da família em que eu havia crescido totalmente estranha à imagem que eu tinha, e a imagem que a minha mãe oferecia em relação ao meu pai também era estranha e não podia ser conciliada às minhas vivências com ele. Era como se tudo apontasse para dentro de mim.

A primeira coisa que fiz depois de largar o telefone ao fim da conversa com a minha mãe foi ligar para Linda.

— Olá — ela disse.

— Você está sozinha? — eu perguntei.

— Estou, estou sozinha no meu quarto. É muito bonito aqui. E a Helena está cuidando muito bem de mim!

— Vocês fizeram salsichas grelhadas?

— Fizemos. Estava *jättemysigt*. Mas como você está? E como as crianças se comportaram?

Contei a Linda tudo sobre o meu dia. Falamos sobre o email de Gunnar, mas não era sobre isso que devíamos falar. Ela me contou um pouco mais sobre o que tinha acontecido, sobre o que elas haviam feito, como era o lugar. Mas, enquanto Linda falava, eu me lembrei de uma outra conversa nossa no início do verão em que havíamos começado a namorar. Ela tinha viajado para a casa da mãe, nos arredores de Gnesta, e depois do início do namoro essa foi a primeira vez em que ficamos longe um do outro. Eu senti tanta falta dela que o meu corpo chegava a doer. Na época eu também imaginei todo o ambiente ao redor dela, construí uma casa e um jardim e uma floresta nos meus pensamentos. Depois, nas primeiras semanas do outono, pude ver tudo com os meus próprios olhos, claro que tudo era muito diferente, e muito mais intenso, de maneira que a primeira imagem quase onírica que eu havia construído sumiu sem deixar vestígios, afastada pelo peso e pela solidez da realidade. Linda tinha me contado que as duas haviam tomado banho naquele dia, ela tinha passado um tempo no cais em companhia da mãe e lido em voz alta três textos que eu havia escrito e que tinham acabado de ser publicados num livro que eu tinha dado a ela. A mãe dela tinha achado os textos incríveis, Linda disse, rindo de alegria. No fim da tarde ela falou para eles a meu respeito, segundo disse, e eles tinham gostado de mim. Eu estava no meu apartamento com a voz lúgubre de Linda no meu ouvido e imaginei o quarto onde ela estava, a única pessoa que eu amava e que eu desejava acima de tudo.

Nas fotografias que tiramos naquela época nossa juventude parecia quase assustadora. Linda tinha vinte e nove anos, eu tinha trinta e três. Linda ainda parecia jovem, enquanto eu dava a impressão de ter passado os anos transcorridos desde então na sarjeta, minha aparência tinha se tornado sofrida, as rugas na minha testa eram de uma profundidade quase paródica, meu nariz estava mais comprido e mais afilado, e meus olhos pareciam sempre arregalados, mesmo que eu estivesse tranquilo.

Como eu a amava! Linda era a única pessoa que importava para mim. Quanto a todo o resto, eu estava me lixando. Não era possível, naquela época eu ardia, será que podíamos acabar desse jeito? Será que era para isso que tínhamos ficado juntos?

Mas não era tarde demais. Nada havia se perdido. Tudo ainda estava ao nosso alcance.

— Eu queria que você estivesse aqui agora — eu disse.

— Você não sabe como eu fico contente de ouvir isso, Karl Ove.

— Não é só uma coisa que eu estou dizendo.

— Eu sei. Eu também estou com saudade.

— É isso que eu quero dizer. A distância faz bem.

— Ha ha.

Desejamo-nos boa noite, eu desliguei, entrei no quarto e conferi meus emails mais uma vez. Nem uma palavra de quem quer que fosse. Passei meia hora navegando pela internet, depois tirei a roupa e me deitei. Eram apenas dez para as nove, mas para acordar de manhã sem nenhum tipo de irritação eu precisaria estar completamente descansado. E Heidi tinha dormido tão cedo que provavelmente estaria de pé às cinco horas, se não mais cedo.

No fim, acordei por volta das dez e meia, quando Vanja entrou no quarto arrastando o edredom, mas voltei a dormir no mesmo instante. Quando acordei mais uma vez, John estava na frente da cama, segurando a naninha e olhando para mim.

— *Är det morgon nu?* — ele perguntou.

Olhei para o relógio. Eram cinco e quinze.

— Já é quase de manhã, sim. Você quer tomar café da manhã?

John acenou a cabeça.

— Vá para a cozinha, então. Eu já vou.

John fez como eu havia pedido.

Assim que me levantei me lembrei dos emails de Gunnar. Enquanto andava pelo apartamento eu peguei os jornais no tapete da porta antes de entrar na cozinha. A cozinha dava para o leste, onde o sol deixava todo o horizonte vermelho. Ajeitei John na cadeira, larguei uma tigela com granola e leite fermentado na frente dele, enchi a cafeteira de água, coloquei um filtro no porta-filtro, despejei pó de café e liguei a máquina. Enquanto ela fazia cliques e ruídos, folheei os cadernos de cultura e esporte nos dois jornais.

— Oi, pai! — disse Heidi, que parecia radiante na porta da cozinha.

— Oi, Heidi! — eu disse. — Granola ou flocos de milho?

— Flocos de milho. Mas eu que quero servir o leite!

— Tudo bem — eu disse.

Ela desapareceu, eu a ouvi chegar do quarto arrastando a cadeirinha pelo corredor, Heidi costumava subir nela para pegar as roupas, que ficavam amontoadas em grandes pilhas no guarda-roupa móvel da IKEA que tínhamos ao lado do armário. Poucos minutos depois ela voltou com uma camiseta rosa com estampa de morango e uma saia jeans da Hello Kitty. A camiseta era sem dúvida a favorita dela; se pudesse, não usaria nenhuma outra.

— Como você está bonita — eu disse.

Heidi sorriu.

— *Jag är också fin* — disse John.

— Claro que você também está bonito, mas você ainda não se vestiu — eu disse. — A Heidi já se vestiu. Foi por isso que eu disse que ela estava bonita. Você ainda está usando as roupas de ontem!

— É — ele disse.

Enchi uma tigela com flocos de milho e a coloquei junto com uma caixa de leite na frente de Heidi, fui à sacada, busquei a garrafa térmica, enchi-a de café, peguei uma caneca no armário, servi o último gole de café que ainda estava na cafeteira, que não havia cabido na térmica, e levei a caneca para a sacada. A porta tinha maçaneta somente pelo lado de dentro, e aquilo era um perigo, porque volta e meia as crianças tentavam abrir ou fechar a trava, e se fizessem isso eu estaria frito, porque acabaria trancado no lado de fora. As crianças eram pequenas demais para destrancar a porta. Vanja conseguia, mas estava dormindo. Então eu baixei a trava para fixar a porta em uma posição entreaberta antes de me sentar e acender um cigarro.

O dia estava frio, mas o céu estava claro, e o sol vermelho aos poucos se erguia no horizonte. Eu estava com os músculos da barriga doloridos, como se eu houvesse treinado no dia anterior. Toda a minha tensão devia ter afetado os músculos.

Pressenti um movimento no lado de dentro da janela e fiz um gesto instintivo para evitar que se fechasse antes de perceber que não havia risco nenhum e que eu podia me sentar outra vez.

Heidi abriu a porta.

— Pai, eu derramei o leite — ela disse.

— Não tem problema — eu disse.

— Você pode vir?

— Só vou tomar o meu café, depois eu vou. Pode voltar para lá.

Ela não fez como eu havia pedido, mas em vez disso abriu um pouco mais a porta e saiu para a sacada.

— Heidi — eu disse. — Entre! Você não pode ficar aqui fora.

— Eu só queria ver — ela disse, ofendida.

— Entre, depois eu vou para lá. Está bem?

— Está bem, então.

Por que ela não tinha esperado mais três minutos para que eu pudesse ter aquele momento com o meu café e o primeiro cigarro do dia em paz? Tudo que eu queria eram cinco minutos sem interrupções.

Enchi os pulmões com a última tragada do cigarro, terminei de beber o café e fui ao encontro das crianças. Não era pouco o leite derramado por cima da mesa, que tinha escorrido e pingava no chão. Arranquei um pedaço grande de papel-toalha e limpei a sujeira.

— Você fez isso de propósito? — eu perguntei enquanto limpava, e então olhei para Heidi, que acompanhava tudo da cadeira.

Ela balançou a cabeça.

— Tudo bem — eu disse. — Mas você pode ao menos comer o que está na tigela!

— Posso, mas a tigela está muito cheia — ela disse.

Eu não respondi nada, simplesmente levei a tigela até a pia, virei um pouco do leite e dos flocos de milho, sequei a borda e o fundo da tigela e a coloquei mais uma vez na frente de Heidi.

— Pronto — eu disse. — Agora você já pode comer.

— Você está bravo — ela disse. Quando saíram dos lábios dela, essas palavras foram como uma acusação.

— Eu não estou bravo, Heidi, não estou mesmo. Só não gosto de passar a manhã toda limpando sujeira. Mas não foi culpa sua. Está tudo certo.

— *Är det morgon?* — John perguntou.

— Daqui a pouco — eu disse. — Quando o sol nasce é de manhã. Quando o sol se põe, é de noite.

— Não no inverno — disse Heidi.

— Não, você tem razão. Mas no verão é assim. E quem aqui faz aniversário no verão?

— *Jag!* — disse John.

— Já é na próxima semana!

— O que eu vou ganhar? — Heidi perguntou.

— Você? O aniversário não é seu, ou por acaso é?

— Mas pai — ela disse.

— Não sei o que você vai ganhar — eu disse. — Um saco de cenoura, quem sabe?

— Quê?

— Um saco de *morötter*, quem sabe — eu disse.

— Quê?

— Heidi, foi uma brincadeira.

— Quê?

— *Jag skojade* — eu disse.

— *Du får inte skoja* — ela disse.

— Um pouquinho eu posso, não?

Heidi balançou a cabeça.

— Então eu não posso ficar bravo e também não posso fazer brincadeiras?

— Não.

Ela baixou a cabeça e começou a comer os flocos de milho com leite. John terminou, ele tinha leite fermentado ao redor de toda a boca, e a mesa estava toda grudenta com a granola úmida.

— Você quer mais, John? — eu perguntei.

Ele balançou a cabeça. Dei a volta na mesa e o levantei, arranquei um pedaço de papel-toalha e limpei a boca dele, tirei a fralda e joguei tudo junto no lixo embaixo da pia.

— John, você está *nakenfis* — disse Heidi.

— *Det är jag inte!* — disse John, de repente bravo. Ele saiu marchando da cozinha.

Heidi deu uma risada gostosa. Eu sorri para ela, peguei uma fralda no banheiro e fui atrás de John. Ele correu ao me descobrir.

— Pare! — eu disse, correndo atrás dele. Eu o levantei, ele esperneou, embora não em protesto, mas ficou completamente imóvel quando o coloquei no sofá e comecei a pôr a fralda nova.

— Pronto — eu disse, e então fui ao quarto para ligar o computador e conferir meu email. Vanja tinha puxado o edredom até a cabeça, apenas um tufo de cabelo no travesseiro revelava que havia alguém por baixo das cobertas. Eu a deixei quieta e abri a página do meu email, mas não havia nada, apenas o boletim diário do *Agderposten* e uma mensagem da Amazon. Li as manchetes na página dos jornais, primeiro o *Klassekampen*, depois o *Aftenposten*, o *Dagbladet*, o *Dagsavisen*, o *Verdens Gang*, o *New York Times*, o *The Guardian*, o *Expressen* e por fim o *Aftonbladet*.

Com Vanja no lado esquerdo do carrinho, John no assento e Heidi no lado direito, meia hora depois eu saí do prédio, fui até o cruzamento, atravessei a estrada e subi a Södra Förstadsgatan por todo o caminho até o 7-Eleven, onde primeiro dobramos à esquerda, depois à direita e dez minutos mais tarde estávamos na frente do portão, onde Vanja digitou o código e Heidi abriu a porta. As outras crianças que haviam chegado estavam no pátio, então tirei John do carrinho, coloquei-o junto à parede, fiz contato visual com Nadje, para que ela soubesse que as crianças haviam chegado, e voltei mais uma vez para casa. No caminho passei no 7-Eleven e comprei cigarros e uma caixa de fósforos. Parei do lado de fora e acendi um enquanto um enorme caminhão verde de lixo passava na rua de trás. Os barulhos do caminhão reverberavam em todas as superfícies e criavam uma pequena cacofonia no lugar.

Mas os caminhões de lixo já não se chamavam mais assim. Deviam se chamar como, caminhões ecológicos?

Desci a rua enquanto eu fumava. A quantidade de ônibus era grande àquela hora da manhã, e eles faziam o chão estremecer ao passar. O ar estava frio e fresco na sombra, quente e agradável no sol; seria um dia bonito. Não que isso importasse. De qualquer jeito eu iria para casa dormir um pouco para depois tentar trabalhar o restante do dia.

À minha frente surgiu o prédio onde morávamos. Joguei o cigarro para longe, apressei o passo no último trecho antes da porta de entrada, passei o bando de rostos pálidos e vazios no ponto de ônibus, aonde um dos ônibus chegava naquele instante com um som como o de uma coisa se rasgando, que, segundo levei mais um ano para compreender, vinha do contato entre a grade de ferro ao longo da calçada e as grandes rodas do ônibus, atravessei o cruzamento e fui até a porta de entrada, que abri com o chip. Subi as escadas, larguei os cigarros no chapeleiro, tirei o telefone da tomada, fechei as persianas do quarto e me deitei para dormir.

Meia hora depois acordei de um sonho. Minha camiseta estava úmida, e o travesseiro encharcado. Um desejo repentino de comer um doce me levou à cozinha, onde peguei um cacho de uvas que comi às pressas para aumentar o nível de açúcar no sangue. Então voltei ao quarto e conferi o meu email.

Havia um novo email de Gunnar na minha caixa postal.

Me levantei e abri a porta da sacada e atravessei as tábuas escuras que mais pareciam um casco de navio para ir até um ponto onde o sol brilhava e olhei para o Hilton, para os três elevadores que subiam e desciam pelos fossos de vidro. Eu precisava dar um jeito naquilo.

Eu precisava enfrentar aquilo, não podia me esconder.

Então ele estava bravo comigo. Então eu tinha feito uma coisa horrível. Eu precisava manter-me firme. Enfrentar o que viesse, simplesmente enfrentar tudo.

Mas antes eu precisava fumar um cigarro.

Peguei a carteira no chapeleiro e saí à sacada pelo outro lado, onde já fazia um calor escaldante por conta dos raios de sol. Sentar eu não aguentaria, então acendi o cigarro e apoiei a mão no parapeito, olhei seis andares para baixo em direção ao telhado, me sentei mesmo assim, dei três tragadas, apaguei o cigarro, entrei no quarto, abri o email e li o mais depressa que eu podia.

Gunnar começava com umas observações formais, dizendo que tinha expressado suas objeções à editora por telefone, mas que, em vista de um possível processo judicial e pela importância da data relativa àquele protesto, também era necessário mandar um email. Ele fazia as seguintes exigências, em relação às quais não aceitaria nenhuma concessão: ele e a esposa deviam ser excluídos por completo do livro. A descrição da mãe dele e da vida dela, tanto antes como depois, deviam ser excluídas do livro. A descrição da fase mais recente da vida do irmão dele, que tinha causado grandes transtornos às pessoas próximas, devia ser excluída por completo do livro. A descrição dos irmãos do pai dele e as histórias fantasiosas e mentirosas sobre a relação entre eles deviam ser excluídas por completo do livro. Nunca tinha havido conflito nenhum entre os irmãos, todos haviam sido bons amigos durante a vida inteira. Todas as ocorrências do nome Knausgård deviam ser excluídas do livro. Todos os nomes restantes deviam ser anonimizados. Todas as ocorrências ou descrições de lugares identificáveis onde a família tivesse morado deviam ser excluídas do livro. Todos os erros documentais deviam ser excluídos. Ele tinha uma lista com mais de cinquenta desses, segundo dizia, que ou eram mentiras deslavadas ou equívocos provocados pela minha falta de conhecimento. Nada do que estivesse relacionado a essas mentiras precisaria ser corrigido naquele momento, porque isso seria exigido em um possível processo judicial. O fato de que o papel dominante da mãe do autor em relação à tragédia do irmão não fosse mencionado no livro era notável, mas ele não fazia nenhuma exigência quanto à necessidade dessa inclusão. Havia muito mais a dizer quanto a esse assunto, as circunstâncias mencionadas eram apenas umas poucas dentre muitas, e ele esperava não ter de torná-las públicas mais tarde. O fato de que uma editora respeitável como a Oktober tivesse sequer cogitado lançar um romance daqueles sem fazer nenhum tipo de contato com as pessoas envolvidas parecia-lhe um verdadeiro escândalo. Gunnar não parecia ter em mente o fato de que tinha acabado de ser contatado, e de que o email que tinha me enviado era justamente uma resposta a esse contato. Ele estava bravo demais. Meu manuscrito era caracterizado por ele como uma descrição documental, e por esse motivo ele pensava que a família devia ter sido contatada pela editora, para que pudesse ter chamado a atenção para todas as mentiras, todas as distorções e todas as omissões importantes. Como seria possível que uma editora respeitável não fizesse uma verificação das fontes e da confiabilidade dessas fontes? Particularmente grave era o fato de que durante o tempo inteiro o manuscrito fora concebido com um único pensamento em mente, que se resumia a ganhar dinheiro. Era por isso que eu tinha exposto as pessoas da minha família próxima, para ficar rico às custas delas. Publicar um livro daqueles era completamente inaceitável, tanto por ser um livro mentiroso como também por ser uma invasão de privacidade. Se ele não recebesse uma resposta imediata àquele email, o livro e os emails que tinha seriam enviados para um advogado e também para a mídia em um futuro muito próximo. Ele mencionou o *Verdens Gang* e o *Dagbladet*. Se o livro fosse publicado com verdades distorcidas e mentiras a respeito da realidade, então o restante da história também devia ser contado, e no linguajar dos tabloides. Todo o dinheiro que o autor e a editora pudessem ganhar com essa empreitada seria perdido em uma condenação indenizatória.

Então Gunnar queria procurar os jornais. E ir à justiça.

Me deitei na cama, encolhi o corpo e agarrei um travesseiro. No instante seguinte eu me levantei, fui até o corredor, peguei o telefone e liguei para o número de Geir Angell.

— Recebi outro email — eu disse assim que ele atendeu.

— Alguma novidade?

— Ele disse que vai contatar a imprensa se eu não atender às exigências dele. E que vai à justiça.

— Vá com calma. Será que você pode enviar o email para mim?

— Posso. Estou mandando agora mesmo.

— Eu ligo de volta assim que eu terminar de ler. Tudo bem?

— Tudo bem.

Desliguei, fui ao quarto, encaminhei o email para Geir e então fui ao banheiro, ainda com o telefone na mão. Olhei para as três sacolas da IKEA, fui à cozinha, servi um copo d'água e bebi. Larguei o copo em cima do balcão, fui à sala, abri a porta da sacada e a fechei outra vez no instante seguinte, fui ao quarto, me deitei na cama, me sentei e fiquei olhando para a tela do telefone. Liguei mais uma vez para o número de Geir Angell.

— Você está mesmo tão fora de si?

— Estou — eu disse.

— Estou terminando de ler. Espere só mais um pouco.

Me levantei e postei-me em frente à porta da sacada, puxei o cordão que erguia a persiana, fechei-a, fui ao quarto e voltei ao corredor.

— Não tem novidade nenhuma, Karl Ove. Ele fez duas ameaças. Disse que vai procurar a justiça se o romance for publicado na forma atual e também que vai procurar os tabloides para dar a versão dele da história. Mas o romance ainda não foi publicado. Os jornais não teriam nada a escrever, a não ser que um tio quer impedir a publicação de um livro escrito pelo sobrinho que diz respeito à família dele. Ninguém pode ter opinião nenhuma enquanto o romance não existir. E, se ele realmente fizer essas coisas todas, vai ser uma publicidade incrível para o livro. Todo mundo vai ter vontade de ler. Fique calmo. Ele só está bravo. Não tem nada de mais. Ele não pode fazer nada.

— Ele pode procurar a imprensa, e também pode me processar. Não é assim tão estranho que eu esteja com medo, ou é?

— Estranho não é. Mas também não é necessário. Ele está cantando de galo porque quer impedir a publicação do romance. Está querendo assustar você para que você faça a vontade dele.

— E está conseguindo.

— Mas você não sabe se ele está disposto a pôr as ameaças em prática.

— Puta que pariu.

— Relaxe. Vai dar tudo certo.

— Isso é o inferno. Isso só pode ser o inferno.

— Saber que alguém está bravo com você?

— Não é tão pouco quanto você quer fazer parecer.

— Eu não disse que é pouco. Eu disse que não tem importância.

Eu não disse nada, mas olhei para fora da janela da sala, o sol se refletia nas janelas do Hilton.

— O que você acha de eu aparecer por aí? — disse Geir. — De qualquer modo a gente vai viajar na sexta-feira, e eu estou aqui sozinho com o Njaal, então não faz muita diferença se a gente está aqui ou aí. O que você me diz?

— Você pode mesmo?

— Claro. Com o Njaal por perto eu praticamente não consigo trabalhar mesmo.

— Ele não está com a babá?

— Você quer ou não quer que eu apareça?

— Em geral eu jamais pediria uma coisa dessas para você. E você sabe. Além do mais, foi você que se ofereceu.

— Isso é um sim?

— Parece que é.

— Ótimo! Vamos sair daqui amanhã cedo, então devemos bater na porta às... daqui a exatamente vinte e quatro horas.

Falamos por mais meia hora. Assim que desligamos eu liguei para Geir Gulliksen. Ele atendeu o telefone no primeiro toque.

— Você recebeu o email? — eu perguntei.

— Recebi sim — ele disse. — O seu tio está muito bravo.

— Esse é o meu medo, que ele leve a história para os jornais. E claro que os jornais noticiariam essa história toda se tivessem a chance.

— Você não acha que é só uma forma de fazer pressão?

— Eu acho que ele está bravo o suficiente para fazer qualquer coisa.

— Ele escreveu que entregaria o manuscrito para a imprensa. Como você sabe, isso seria ilegal. O romance ainda não foi publicado e os direitos autorais são exclusivamente seus. Mas eu vou pedir ao Geir Berdahl para entrar em contato com ele. O mais importante é a gente ter espaço suficiente para fazer tudo bem-feito.

— Você viu a lista de exigências?

— Foi como eu esperava. O que ele quer na verdade é que o livro não seja publicado.

— Alterar os nomes das pessoas da família e anonimizar as identidades e os lugares não seria problema nenhum. Mas não tenho como excluir o meu pai e a minha mãe. Nesse caso não sobraria nada. E também não posso tirar o nome do meu pai. Afinal, o romance é sobre ele. E ele é o *meu* pai. Eu *não posso* tirar o nome dele.

— Vamos pensar nisso com mais calma. Afinal, o romance não existe ou deixa de existir apenas por causa dos nomes.

— Não dos nomes periféricos, é verdade. Mas para mim o limite é o nome do meu pai. Eu não vou abrir mão disso.

— O mais importante agora é cuidar para que o seu tio não faça nenhum alarde. Temos que atender às exigências dele dentro do possível.

Assim que desligamos eu liguei para Espen. Quando terminei de falar com ele, liguei para Tore. Depois para Linda. Depois outra vez para Geir Angell. Passei o dia inteiro no telefone, e quando não estava andando de um lado para o outro com o fone na orelha eu estava deitado na cama do quarto com as persianas fechadas, tentando lidar com aquilo. Enquanto estava deitado, eu passava o tempo inteiro com o telefone na mão. Eu sabia que tinha começado a gastar a paciência a que eu tinha direito; se eu ligasse mais uma vez para Espen ou para Tore, por exemplo, eu logo estaria muito próximo do limite daquilo que seria razoável esperar que estivessem dispostos a oferecer. Eles não pensariam assim, eu tinha certeza, mas eu pensava, eles tinham trabalho a fazer, famílias a cuidar, vidas a viver. Com Linda era diferente, mas ela estava de férias, eu não podia jogar tudo nas costas dela em um momento como aquele. Quanto à minha mãe, esses limites não existiam, ela era completamente abnegada em relação aos meus problemas e à minha vida, bem como em relação aos problemas e à vida de Yngve, mas ela trabalhava durante o dia, e eu não poderia interrompê-la com os meus assuntos. Eu poderia falar com Yngve, mas o envolvimento dele era bastante complexo, ele não observava tudo do lado de fora, como os outros, mas estava entre a cruz e a espada. Nesse caso restava apenas Geir Angell, eu não tinha nenhum receio de aborrecê-lo, me sentiria à vontade para exigir que deixasse tudo de lado para ouvir os meus problemas, mas até mesmo isso tinha um limite, naquele dia eu já havia falado três vezes com ele, e uma quarta estaria fora de cogitação, não?

Enquanto eu permanecia completamente imóvel na cama, olhando para a mesa junto à janela, apenas meia hora antes de ter que sair para buscar as crianças, o telefone se acendeu. Olhei para a tela. O número começava com 0047. Um telefone celular. Mas eu precisava atender para que Gunnar pudesse falar comigo, cheguei a pensar, com uma sensação de alívio quando o número foi substituído pelo nome de Yngve ao mesmo tempo em que o telefone começou a tocar.

— Alô? — eu disse.

— Que negócio terrível esse do Gunnar — ele disse.

— É — eu disse. — Eu lamento tudo que está acontecendo. Mas pelo menos ele não quis envolver você nessa história.

— Mas a minha mãe está envolvida, como você sabe.

— Claro.

— Você sabia que ele pensava essas coisas a respeito dela?

— Não. Eu não tinha a menor ideia.

— Nem eu. Precisamos torcer para que ele não procure a imprensa. O que a editora disse?

— Que vão atender às exigências dele dentro do possível. E que já explicaram a situação para uns advogados.

— E o que os advogados disseram?

— Não sei. Eles estão cuidando disso agora.

Pude notar que Yngve estava triste. Por que eu não podia simplesmente deixar as coisas como estavam, por que eu tinha mexido em toda aquela merda antiga, em todo aquele ódio antigo?

Coloquei o telefone no carregador e fui à cozinha, comi duas fatias de pão com patê de fígado e beterraba de pé junto ao balcão, porque se eu não tivesse nada no estômago seria quase impossível acompanhar as crianças até em casa sem que a minha irritação respingasse nelas mais cedo ou mais tarde. Em cima daquilo eu bebi um copo d'água, pensei se daria tempo de fumar um cigarro na sacada antes de sair, decidi ir fumando pelo caminho, tirei o saco de lixo da lixeira embaixo da pia, fechei-o com um nó e o deixei no tapete em frente à porta enquanto eu calçava os sapatos. Depois peguei as chaves no armário, juntei o saco de lixo e peguei o elevador até o porão do prédio. A porta que levava aos armários de depósito dos apartamentos estava aberta, lá dentro um homem veio na minha direção, era o vizinho do outro lado do corredor, um sujeito enorme, ele tinha uns sessenta anos e de vez em quando topávamos um com o outro, claro, ao chegar ou sair dos apartamentos, e ele sempre preenchia aqueles breves momentos desconfortáveis com pequenos comentários sobre o tempo, que logo eram expandidos em perguntas sobre o tempo na Noruega. Eu o cumprimentei e ele disse que tinha havido um arrombamento durante a noite e que eu devia conferir o nosso armário. Eu disse que não tínhamos nada de valor no armário, e que na verdade seria um alívio para mim se tivessem levado parte das nossas coisas. Ele não apreciou meu comentário, porque um arrombamento era uma coisa séria, ou então não entendeu o que eu tinha dito. Provavelmente isso, eu pensei enquanto passava pela outra porta e continuava ao longo do corredor.

Larguei o saco na lixeira grande, que estava totalmente vazia, retornei por aquele espaço sujo e desgastado e voltei ao corredor, onde a porta externa, no alto da escada, tinha o vidro quebrado. Aquilo acontecia com frequência. Minha primeira bicicleta em Malmö desapareceu no terceiro dia, quando fui estúpido o bastante para deixá-la com tranca na rua. A bicicleta seguinte passou a ser guardada com tranca no porão, mas uma vez eu esqueci de trancá-la, e claro que no dia seguinte ela também havia desaparecido. Os ladrões tinham agido com tanta calma que chegaram a desparafusar o assento de criança e deixá-lo cuidadosamente posto no chão antes de sair com a bicicleta. Outra vizinha, uma mulher mais velha que encontrei certa vez quando estava presa no elevador entre dois andares, ela estava lá batendo na cabine e gritando com a voz trêmula, quando nos mudamos disse que o lugar era como Chicago. Eu tinha adorado a expressão, porque Chicago tinha sido o símbolo da criminalidade e da violência nos anos 1950, mas permaneceu no imaginário das pessoas até os anos 2000, ou pelo menos no imaginário das pessoas velhas. O lugar era como Chicago, os ladrões roubavam bicicletas, arrombavam armários em porões, onde isso ia acabar?

A luz do lado de fora era forte e eu coloquei meus óculos de sol. O ar estava quente, porém em movimento, uma brisa soprava devagar pela rua e as folhas da árvore à minha frente farfalhavam. Havia uma fila de carros no semáforo. As pessoas atravessavam a rua com os cabelos balançando ao vento. As pessoas da calçada passavam por mim como sombras, eu não via nada delas, apenas os movimentos, que serviam automaticamente como parâmetro para os meus movimentos. Passei pela Åhléns, pela Hemköp, pela Maria Marushka ou qualquer que fosse o nome daquela outra loja, a loja à qual minha mãe costumava ir sempre que nos visitava, pela Myrorna, pelo 7-Eleven e então, na esquina da Norra Skolgatan, pela loja de bicicletas Hojen. Essa loja ficava protegida do sol, mas o calor se erguia do asfalto. Os carros deslizavam devagar em meio a todas as bicicletas que passavam vindas da Möllevången e a caminho do centro. O imigrante que era proprietário da pequena loja próxima estava na escada, olhando ao redor. Parei em frente à porta do jardim de infância e digitei o código de acesso. As crianças estavam brincando no pátio. Um irrigador estava no meio do gramado, rodeado por crianças, algumas delas peladas. Muitas gritavam e riam. Um pouco mais além estava uma bicicleta presa com uma corrente. Era a bicicleta de um dos casais de pais que estavam lá quando começamos. Muitos haviam desistido desde então, mas nós fazíamos parte do time de veteranos. O problema era que eu tinha escrito sobre aqueles pais no segundo romance.

Mas por ora eu ainda estava a salvo. Nenhuma das pessoas à minha frente tinha qualquer ideia a respeito do que eu havia feito. O segundo romance ainda levaria dois meses para ser publicado, e era mais do que duvidoso que um dia fosse ser publicado em sueco.

— Pai! — gritou John, correndo pelo asfalto.

Eu o levantei e o joguei para o alto.

Vanja no balanço com Katinka, as duas me viram e começaram a gritar o mais alto que podiam. Heidi estava com o rosto visível na janela da casinha ao lado da caixa de areia. Ela me viu e veio correndo na minha direção. Também a levantei. Depois fui encontrar o pessoal para ver como tinha sido o dia. Tudo havia corrido bem, eles disseram, as crianças estavam alegres e contentes.

Meia hora depois eu finalmente tinha conseguido juntar os três e convencê-los a voltar para casa. John estava no carrinho, e Vanja e Heidi o acompanhavam, cada uma com a mão num lado do pegador. Vanja falou por todo o caminho, Heidi às vezes fazia um comentário sem nenhuma relação com o que a irmã estava dizendo e John ficou em silêncio, olhando para as coisas que surgiam à frente dele. Mais ou menos no mesmo lugar do dia anterior Heidi se negou a seguir adiante, e foram necessários dez minutos para que pudéssemos voltar a nos mover. Em frente à Hemköp foi a vez de Vanja, ela não queria saber de entrar na loja. Será que eu não podia deixá-los em casa e *depois* ir à loja? Tentei explicar que não haveria como enquanto a mãe deles não estivesse de volta em casa, mas ela não me deu ouvidos. Cinco minutos depois, quando eu disse que cada um ganharia um pão, atravessamos as portas automáticas e entramos naquele supermercado frio e ruidoso. John disse que queria andar, eu tentei ao máximo impedi-lo, porque ele não era tão disciplinado quanto as irmãs, para dizer o mínimo; às vezes parava em frente a uma coisa que queria e não saía de lá enquanto aquilo não estivesse no carrinho, ou então ele podia fugir, mas por fim eu desisti e o tirei do carrinho. Quando chegamos à fiambreria ele desapareceu. Pedi a Vanja e a Heidi que não saíssem do lugar e percorri os corredores espiando para ambos os lados. Encontrei-o junto com as rações de cachorro, ele tinha se deitado de costas e estava olhando para o teto. Ele riu ao me ver. Peguei-o pela gola da camisa e o levantei, levando-o nos ombros como se fosse um saco de volta até o carrinho, e por um bom tempo ele riu e gritou até entender que estava voltando para o carrinho, quando então se emburrou. Comprei uma bandeja de iogurte, aquilo serviu para acalmá-lo, e depois passamos por todas as prateleiras e chegamos ao caixa, onde eu paguei, dispus as compras em sacolas e saí mais uma vez rumo ao sol. Vanja e Heidi comiam cada uma o seu pão. Atravessamos a estrada e entramos no shopping center, não para fazer compras, mas porque aquele era um atalho. A saída dos fundos não ficava muito longe do parquinho. Peguei Heidi no colo para ganhar um pouco de tempo e a acomodei num dos braços enquanto com a outra mão eu carregava as sacolas e empurrava o carrinho. Depois coloquei-a no chão e peguei Vanja, qualquer outra coisa seria impensável, porque tudo precisava ser igual para as duas. Quando chegamos ao parquinho, que estava lotado, eu me sentei no banco para fumar enquanto as crianças se divertiam correndo em meio aos brinquedos. Depois de poucos minutos John veio cambaleando na minha direção, ele apoiou o peito no banco e disse que queria ir para casa. Passei a mão nos cabelos dele e respondi que já estávamos indo. Não, agora, ele disse. Não, daqui a pouco, eu disse. Então meu telefone tocou. Fiquei tranquilo, porque somente pessoas em quem eu confiava tinham meu número. "Número privado", informava a tela.

— Alô? — eu disse.

— Alô? — disse Geir. — Você está na rua?

— Estou. No parquinho.

— E como você está?

— Ainda não pulei da sacada. Em vez disso estou descontando toda a minha frustração nas crianças.

— Suicídio não é para gente como você — ele disse. — O seu método consiste em enterrar a cabeça na areia.

— Você tem razão — eu disse. — Mas o mais fascinante a respeito do avestruz não é isso. Uma vez eu assisti a um documentário sobre avestruzes. Eles são grandes e incrivelmente fortes e têm garras letais, e você sabe o que os criadores fazem quando precisam se aproximar deles?

— Põem um saco na cabeça deles?

— Sim, depois de um tempo eles fazem isso. E os avestruzes ficam completamente imóveis. Mas antes. O que eles fazem quando estão a caminho do avestruz, logo antes de pôr o saco?

— Não sei.

— Eles seguram uma bengala acima da cabeça. Uma vassoura, qualquer coisa. Quando vê qualquer coisa mais alta do que ele, o avestruz não consegue atacar. Eles têm um cérebro absurdamente pequeno. Ha ha ha!

— Ha ha ha!

— O avestruz tem três princípios básicos na vida: quando aparece uma vassoura mais alta do que eu, eu fico parado. Quando me sinto ameaçado, eu enfio a cabeça na areia. E se alguém põe um saco na minha cabeça eu acredito que o mundo desapareceu e que eu não existo mais.

— Mas você está falando das regras da sua vida.

— Por que você acha que estou falando a respeito disso? Mas é fascinante, não? O avestruz é uma criatura muito antiga. Ele não precisa de um cérebro maior, porque sempre conseguiu se virar bem.

— Pode guardar esse fascínio todo para você mesmo.

— Com os crocodilos e os tubarões é a mesma coisa. Eles são antigos para cacete. O comportamento deles é completamente mecânico, para eles não existem improvisações nem escolhas, eles são incapazes de formar qualquer tipo de juízo: se uma coisa cai na água onde estão nadando eles abrem a boca e tentam comer, pouco importa se for um tanque plástico ou uma mina terrestre. Tudo vai goela abaixo. Eu adoro isso, a ideia de que tudo um dia foi tão primitivo e tão simples, que o mundo foi meio biomecânico e que umas poucas criaturas daquela época estão por aqui ainda hoje.

— Quando eu ouço as palavras primitivo, simples e biomecânico, as primeiras coisas que me vêm à cabeça não são crocodilos e avestruzes.

— Você é o último dos freudianos.

— Todo mundo é. Mas as pessoas não sabem. Tudo se resume a Eros e Thanatos, porra. Mas, no que diz respeito a você, a estratégia do avestruz não vai lhe trazer alegria por muito tempo. Afinal, você vai ser visto por toda parte quando o seu livro sair. Você vai ser um avestruz sem areia.

— Espere um pouco. Estou sentindo um sopro de inspiração. Acho que compus um poema… Eu sou a aranha sem teia, o avestruz sem areia, sou tão burro que a coisa vai acabar feia.

— Karl Ove, você está melhorando! Que bom! Chega um ponto em que você deve mesmo rir da situação como um todo. Qualquer outra coisa seria impossível. A vida é uma comédia. Tudo é estúpido quando você começa a pensar a respeito.

— Não fui eu que disse aquilo. Foi uma voz que falou através de mim. Eu não passo de uma ferramenta. Quanto a mim, estou deprimido e derrotado.

— É por isso que prefiro Cervantes a Shakespeare. A comédia é mais verdadeira do que a tragédia. O jeito é rir de tudo.

— Você diz isso porque é de Hisøya. Lá as pessoas não levam a vida a sério. Vocês são todos niilistas e cínicos. Mas eu sou de Tromøya. Berço da seriedade e da tragédia.

— Achei que fosse Atenas.

— Achou errado, então. Tem muita gente que confunde Arendal com Atenas. Acredita-se que Aristóteles nasceu em Froland, e Platão era de Evje. Os cínicos vieram de Hisøya. Aristófanes morou em Kolbjørnsvik. E Sófocles morou em Kongshavn.

— Muito bem, muito bem. Já chega. Na verdade eu só liguei para perguntar se eu tinha que levar roupa de cama, edredom ou qualquer coisa.

— Não precisa. Tem tudo aqui.

— Tudo bem. Acho que era isso, então.

— Depois nos falamos.

— É disso que eu tenho medo.

De volta em casa, Vanja, Heidi e John desapareceram pelos diferentes cômodos enquanto eu punha as sacolas em cima da mesa e guardava as compras no lugar, abria dois pacotes de bolinho de peixe e fritava-os ao mesmo tempo que cozinhava batata e repolho e ralava cenoura. Já fazia um dia inteiro desde a última vez que eu tinha arrumado a cozinha, o lugar estava lotado de coisas e eu tentei ajeitar tudo um pouco enquanto a comida fritava e cozinhava, mas não consegui mais do que esvaziar a máquina de lavar louça, porque eu também precisei trocar as fraldas de John, que tinha feito cocô, e o que em geral levaria poucos minutos para estar pronto se estendeu por mais tempo, já que os lenços umedecidos tinham acabado e eu precisei lavá-lo na banheira. Ele começou a berrar quando o coloquei lá dentro, tentou sair no mesmo instante, eu o segurei pelo braço com uma das mãos e o lavei com a outra enquanto ele urrava.

— Pronto — eu disse, desligando o chuveiro. — Foi tão ruim assim?

Ele continuou a gritar. Coloquei-o no chão e o sequei com uma toalha grande. Vestir uma fralda limpa e calções nele estava fora de cogitação, ele ficaria pelado até a hora de comer. No quarto das crianças Vanja começou a gritar, enquanto Heidi chorava. Deixei John de lado e fui ver o que estava acontecendo. O choro de Heidi aumentou de intensidade quando ela me viu.

— O que houve? — eu perguntei.

— A Heidi bateu em mim! — disse Vanja.

— *Vanja retade mig!* — disse Heidi.

Vanja tinha debochado de Heidi, às vezes ela fazia isso, e Heidi, que não era tão verbal e tão atinada como a irmã um ano e meio mais velha, tinha batido nela.

— Vanja, você não pode debochar da Heidi — eu disse.

— Eu nem debochei — disse Vanja. — E ela me *bateu*!

— É, isso não está certo. Você não pode bater na sua irmã, Heidi.

Olhei para as duas.

— Muito bem. Vamos fazer as pazes?

As duas balançaram a cabeça.

— Então vocês não podem ficar juntas. Heidi, venha comigo para a cozinha.

— Não — ela disse.

Pelo corredor chegou John, pelado e de pés descalços.

— Você vem então, Vanja?

— Eu quero ficar aqui — ela disse.

— E vocês podem ficar as duas aqui? — eu perguntei. — Sem brigar? — Vanja acenou, Heidi balançou a cabeça.

— Muito bem — eu disse. — Então vocês podem ficar as duas aqui. Mas, independente do quanto vocês possam brigar ou chorar, eu não vou aparecer para consolar ninguém. Tenho que preparar o nosso jantar.

Voltei à cozinha, onde John tentava subir na cadeirinha. Deixar que as crianças fizessem uma refeição peladas era uma das coisas que eu simplesmente não conseguia. Fui ao banheiro pegar uma fralda e encontrei os velhos calções cinza que Vanja e Heidi tinham usado quando eram menores, e também uma camiseta verde com uma estampa azul de golfinho, que vesti em John antes de sentá-lo na velha cadeirinha de bebê. Os bolinhos de peixe já estavam quase totalmente pretos de um lado, eu os virei, baixei o calor, espetei um palito na batata maior, que ainda estava dura no meio, coloquei os talheres na mesa, servi água na jarra, peguei os copos e os pus na mesa, junto com garfos e facas, busquei a bandeja de servir no armário do outro lado e entreguei um dos cachorrinhos de plástico de Vanja para John, mas ele o jogou com desprezo no chão e disse que estava com fome, mas não queria bolinhos de peixe.

Tirei as últimas coisas da máquina de lavar louça, guardei-as no armário e nas gavetas. Heidi começou a chorar outra vez. Pouco depois ela entrou na cozinha e se abraçou a mim, depois se afastou e, entre um soluço e outro, começou a explicar o que Vanja tinha feito. Eu não entendi direito, mas disse que o jantar estava pronto e que ela podia se sentar. Ainda faltava um pouco para as batatas terminarem de cozinhar, mas as menores talvez já estivessem prontas, e o importante era dar de comer às crianças.

Escorri a água da panela de batatas, arrumei-as na travessa uma por uma com uma colher, dispus os bolinhos de peixe na mesma travessa, cortei o repolho em pedaços, coloquei-o nas bordas e servi a cenoura ralada em uma tigela de vidro à parte.

— Vanja! — eu gritei. — O jantar está pronto!

Coloquei dois bolinhos de peixe no prato de cada um, junto com uma batata descascada, depois me levantei e fui ao quarto das crianças buscar Vanja, que estava emburrada junto à parede e não quis olhar para mim quando me agachei na frente dela.

— O jantar está pronto, supermocinha — eu disse. — Venha comer.

— Você só presta atenção na Heidi.

— Não é verdade. Para ser sincero, eu nem ouvi o que ela disse. Mas venha. Você precisa comer um pouco. É por isso que vocês estão brigando, também.

— Por quê?

— Porque vocês não comeram.

— Mas eu não estou com fome.

— Tudo bem. Venha quando você quiser.

Me sentei mais uma vez à mesa, cortei os bolinhos de peixe para as crianças e pus um pouco de repolho e cenoura nos pratos, mesmo sabendo que ninguém tocaria naquilo. No meu prato servi uma grande pilha de verduras e cinco bolinhos de peixe, que poucos minutos depois eu já tinha devorado. Eram dez para as seis. Me levantei e comecei a pôr as roupas sujas na máquina de lavar roupa. Heidi desceu da cadeira.

— O *Bolibompa* começa agora — eu disse. — Vocês querem que eu ligue a TV?

Ela fez um gesto afirmativo com a cabeça. Às minhas costas, John gritou que também queria assistir. Eu o coloquei no chão, liguei a televisão com o controle remoto, entrei no quarto para dizer a Vanja que *Bolibompa* estava começando, continuei a pôr as roupas sujas na máquina de lavar roupa, Vanja apareceu e pegou um bolinho de peixe com a mão, mesmo sabendo que eu não gostava daquilo, mas eu não disse nada, simplesmente despejei o sabão em pó no pequeno compartimento da gaveta, fechei-a e liguei a máquina. Lavei as frigideiras e as panelas na pia, sequei-as e guardei-as no lugar. Deixei a comida em cima da mesa, na esperança de que as crianças voltassem para comer mais quando estivessem com fome, e fui ao quarto conferir os meus emails. Tomei o cuidado de evitar que os meus olhos se fixassem nos dois emails de Gunnar enquanto eu conferia os outros emails recém-chegados, nenhum dos quais era particularmente importante. Quando terminei, liguei para Linda e perguntei se ela não queria conversar com as crianças, menos por consideração a ela e mais pela simples vontade de que qualquer coisa acontecesse. John disse oi e passou um tempo acenando a cabeça para tudo que ela dizia no outro lado da linha, e por fim me devolveu o telefone. Heidi falou sobre o que estava vendo na TV sem mencionar que era isso o que estava fazendo, então ela soava como se realmente estivesse no país das flores, enquanto Vanja fez como havia feito dias atrás e se afastou com o telefone para estar sozinha.

— Muito bem — eu disse quando ela voltou cinco minutos mais tarde e me entregou o telefone. — Você está se divertindo por aí?

— Estou. Mas é meio estranho estar aqui sem vocês.

— Claro — eu disse. — Mas isso era parte do objetivo, não?

— A gente saiu para tomar um banho. Passamos o dia inteiro relaxando. E logo vamos fazer umas salsichas grelhadas outra vez.

— Nesse caso seria bom ter um bombeiro por perto — eu disse, abrindo a porta da sacada e saindo. O deque de madeira estava quente, e o metal do parapeito onde apoiei os braços tinha uma temperatura escaldante.

— O Fredrik é chefe de salvamento — disse Linda.

— Melhor ainda.

— Você precisa conhecê-lo um dia desses. Ele é nortista. Está sempre calmo e relaxado, independente do que esteja acontecendo. Você sabe, como os meus parentes da região. Como todos os nortistas.

— E o que você está fazendo agora?

— Estou deitada, lendo. Acho que estou me cansando de tanto sol.

— Eu mal saí do apartamento — eu disse.

— Mas o que você fez, então? Trabalhou?

— Não, para dizer a verdade eu não fiz nada. Nada além de falar ao telefone.

Atrás de mim, John chegou pela porta. Ele olhou para mim como se estivesse perguntando se podia, e como eu não respondi nada ele começou a correr pelos vinte metros até o outro lado do apartamento.

— A respeito daqueles emails? — ela perguntou.

— É, a respeito daqueles emails.

— Que pena que você está gastando tanta energia com isso.

— Eu não tenho escolha.

— Eu sei. Mas é uma pena mesmo assim.

— É o que é. Mas escute, você não prefere conversar mais tarde? Logo eu vou pôr as crianças para dormir. E talvez eu arrume um pouco a casa.

— Pode ser. Você me liga?

— Ligo. Até mais, então.

— *Hej då.*

No outro lado do apartamento, John estava subindo na cadeira. Corri até lá. De pé na cadeira ele ficava alto o bastante para cair por cima do parapeito. Esse tinha sido o nosso grande medo desde o dia em que nos mudamos para o apartamento.

Eu o agarrei pela cintura e o coloquei no chão enquanto ele inclinava o corpo à frente para dar uma boa olhada em todas as pessoas lá embaixo.

— É melhor você correr — eu disse. — Assim eu posso correr atrás de você.

— Tá bom! — ele disse, e então disparou. Eu fui atrás, John se virou e gritou ao ver que eu estava muito perto, eu o deixei correr mais um pouco e então o peguei e o atirei para cima.

— De novo! — ele disse.

— Não, agora vamos entrar. Logo vocês vão para a cama.

— Não! — ele disse.

— Sim! — eu disse, e então eu já o tinha enganado, porque aquele era o nosso velho número de sim/não, no qual eu de repente trocava a minha resposta e ele, confuso, dizia a mesma coisa que eu por duas ou três vezes antes de entender o que estava acontecendo e mudar a resposta, e a essa altura já tinha esquecido a sacada.

Busquei os pijamas das crianças no quarto, elas se vestiram enquanto assistiam à TV e reclamaram quando eu a desliguei, pois queriam ver o programa a seguir, mas como não houve jeito de repente todo mundo sentiu fome. Mas comer os bolinhos de peixe estava fora de cogitação.

— Já chega — eu disse, notando que minha paciência estava prestes a acabar. Se eu desse uma fatia de pão para cada um, as crianças comeriam em silêncio enquanto eu lia para elas. Caso contrário, fariam reclamações e resmungos, e talvez levassem a situação a um ponto insustentável, do qual eu só poderia me livrar usando a força, o que provocaria emburramentos e choradeiras noite adentro, ou então cedendo, o que seria uma desonra para mim.

Saber qual seria a medida ideal a adotar não era o mesmo que adotá-la. Por causa da minha paciência cada vez menor, a vontade de pôr as crianças de castigo aumentava.

— É bolinho de peixe ou nada — eu disse.

— Mas a gente está com fome — disse Vanja.

— Então comam bolinho de peixe — eu disse.

— A gente não quer.

Dei de ombros.

— Então podem ir dormir com fome.

— Mas pai — disse Vanja.

— Não vamos mais falar a respeito disso — eu disse. — Entrem no quarto que eu vou ler para vocês.

Peguei *Ut å gå* para John e *Os três porquinhos* para Vanja e Heidi.

Vanja sentou-se embaixo da janela de costas para a parede com os braços cruzados.

— Não quero ouvir — ela disse.

— Nem eu — disse Heidi.

— Então vou ler para o John — eu disse, pegando-o no colo. Eu lia *Ut å gå* desde que Vanja tinha dez meses, tanto eu como ela sabíamos a história de cor. Naquele momento eu simplesmente li o mais rápido que podia, sem me importar em ver se John gostaria de mostrar que sabia o nome de todas as coisas. Quando terminei, levei-o para o berço e fechei as persianas.

— Boa noite — eu disse, e então saí do quarto, voltei à sala e saí para a sacada, onde me sentei com um cigarro. Poucos segundos passaram-se antes que Vanja aparecesse.

— Estou com fome — ela disse. — E você precisa ler para a gente.

135

— Vá se deitar — eu disse, olhando para os telhados e paredes tornados vermelhos pelos raios do sol.

— Aaaah! — ela gritou.

— O que você está fazendo? Já é tarde e está na hora de você dormir.

— Você é um besta! — ela gritou.

— Pode ser — eu disse. — Mas eu também sou o seu pai. Se você acha que o seu pai é um besta, isso é ruim para você, não para mim.

Ela voltou para o quarto com os ombros tremendo de leve. Servi meia xícara de café, que já estava morno, e a esvaziei em dois ou três goles. Quando voltei ao interior do apartamento, o lugar parecia um zoológico. Tanto Vanja como Heidi estavam chorando e resmungando.

— Qual é o problema? — eu perguntei, olhando para elas.

— Você é um besta! — Vanja gritou.

— Eu estou com fome — disse Heidi.

As lágrimas corriam pelo rosto delas.

— Eu quero a mamãe! — John disse um pouco mais ao longe.

— A mamãe está viajando — eu disse. — E se estão com fome, vocês podem comer os bolinhos de peixe que sobraram do jantar. Se não quiserem, podem se deitar e dormir.

Fechei a porta e fiquei em absoluto silêncio na sacada. Passou-se apenas um segundo antes que a porta se abrisse. Era Vanja.

— Agora você precisa se deitar, ouviu bem? — eu disse. — Já chega de bobagem.

Eu a segurei pelo braço e a coloquei na cama. Depois peguei Heidi pela cintura e a coloquei na cama também, fechei a porta e fui à sala, liguei a televisão, estava passando um noticiário com imagens de incêndios em um lugar que imaginei ser a Grécia. De repente ouvi batidas na parede, que começou a tremer. Me levantei e abri a porta do quarto. Era Vanja, que mesmo deitada estava chutando a parede. Heidi chorava na cama logo acima.

— Escutem o que eu vou dizer — eu disse. — Eu já não aguento mais essas brigas. Vocês podem comer uma maçã cada um. Tudo bem?

— Tudo bem — disse Vanja, parando com as batidas.

Entrei na cozinha e peguei três maçãs, servi água em duas mamadeiras e em um copo com tampa e canudo e levei tudo para as crianças.

— Vamos ler? — eu sugeri.

As crianças acenaram a cabeça. Peguei John, Heidi desceu sozinha e logo os três estavam lá, pedindo para ser um porquinho cada um, como se nada tivesse acontecido. Cantei a mesma canção para cada um enquanto eu afagava as costas deles, e todos estavam tranquilos e relaxados e prontos para dormir depois de todo aquele choro.

— Você pode deixar a porta aberta? — Vanja perguntou.

— Claro — eu disse, e então fui passar um bule de café na cozinha. Em seguida levei uma caneca cheia para a sacada e liguei para a minha mãe.

— Alô?

Ela parecia cansada.

— Oi, aqui é o Karl Ove — eu disse. — Estava dormindo? Você parece meio cansada.

— É mesmo? Não, eu não estava dormindo. Mas eu estava deitada. Então estou meio cansada mesmo.

— Você por acaso estava pensando nos emails do Gunnar?

— Estava. Eu estava deitada pensando no que eu devia escrever para ele.

— Você ainda não tirou isso da cabeça?

— Já. Mas eu estava deitada pensando nisso ainda. Eu estava brava, você sabe.

— Você leu o email que eu mandei hoje para você?

— Li.

— O que você achou?

— Acho que as consequências vão ser bem grandes para você. Se ele procurar os jornais ou a justiça. Vai ser bem complicado. Você vai receber muita atenção negativa. A pressão vai ser enorme. Às vezes as pessoas não aguentam esse tipo de coisa.

— Você está preocupada comigo?

— Estou.

— Não precisa. Eu sempre me viro.

— Mas você tem uma família.

— Você está dizendo que eu não devia publicar o romance?

— Essa é uma decisão sua. Eu só estou dizendo que você precisa avaliar tudo com muito cuidado. Pensar se vale a pena.

— É exatamente isso que o Gunnar quer.

Minha mãe suspirou.

— É — ela disse. — É mesmo. Hoje eu discuti o assunto com uns colegas. Houve quem achasse que o estranho nessa história toda é o seu livro, e não a reação do seu tio. E é assim que vai acontecer com o público em geral. O Gunnar vai ser representado como um homem comum e seguidor das leis, enquanto você corre o risco de ser representado praticamente como um criminoso. Esse é um dos aspectos. O outro é que não seria nada difícil

137

representar você como integrante da elite, enquanto o Gunnar seria o povo. Você pode imaginar o que o *Verdens Gang* escreveria nesse caso.

— Mas e daí? Você acha que eu devo tomar as minhas decisões com base no que os outros vão pensar?

— Eu acho simplesmente que as consequências podem ser grandes. Você não pode se destruir, Karl Ove.

— Eu não vou morrer só porque alguém escreveu coisas negativas a meu respeito no jornal, mãe.

— Não, e eu nem acho isso. Você é forte e eu sei muito bem. Mas isso acabou com o Mykle, por exemplo. E me parece que essa é uma comparação importante. A pressão a que ele ficou sujeito. Aquilo o destruiu.

— Não acredito que você está me pedindo para manter o romance inédito.

— Eu não estou fazendo isso. Eu só estou pedindo para você pensar com muito cuidado.

— Eu já pensei até demais, e você sabe muito bem. Não tenho feito nada além de pensar sobre isso. Mas manter o romance inédito não é uma opção. Eu jamais faria uma coisa dessas. Não posso desistir ao encontrar um obstáculo qualquer.

— Não é um obstáculo qualquer. Pelo menos não é o tipo de obstáculo que você pode menosprezar.

— Não. Eu não vou menosprezar nada. Mas, enfim, eu já entendi o que você pensa, e fico contente de saber que você me disse o que pensava.

Saí da sacada, pluguei o telefone no carregador e abri a porta do quarto das crianças, onde todos os três respiravam profundamente enquanto dormiam. Fui à sala, que estava cheia de roupas, toalhas e brinquedos espalhados por toda parte; o tapete estava embolado e as cadeiras estavam junto à televisão, e os trilhos de lã que usávamos para cobri-las, já que o tecido estava cheio de manchas, estavam jogados no chão. O mesmo tinha acontecido com a manta que devia cobrir o sofá ainda mais manchado. Deixei tudo como estava, entrei no banheiro e virei as roupas sujas nas sacolas da IKEA; no dia seguinte eu não podia esquecer de lavar as roupas, porque logo as crianças não teriam o que vestir. Coloquei as sacolas nos cestos de roupa suja e fui ao quarto conferir meus emails. Nem Tonje nem Jan Vidar tinham mandado notícias. Desliguei o PC e atravessei o corredor, pegando o telefone ao passar, e com ele na mão desliguei a máquina de lavar louça e abri a porta; o vapor saiu lá de dentro. Entrei no escritório, na escrivaninha havia um papel com o que provavelmente era o número de telefone de Hanne anotado, eu peguei o papel e fui à sacada. O número era de uma pessoa que se chamava Hanne, mas o sobrenome era muito comum, então não pude ter certeza de que realmente era ela.

Larguei o telefone em cima da mesa, me sentei, servi café, acendi um cigarro e fiquei olhando preocupado para os telhados.

Durante todo o dia a luz e o calor tinham se feito acompanhar por um certo peso, uma coisa estagnada que discretamente havia se precipitado sobre a leveza dos dias de junho e julho, pois o verão estava acabando, e logo o mundo se recolheria às sombras e a escuridão aumentaria. Eu não via a hora. Eu queria a escuridão. Eu queria desaparecer, para mim mesmo e para os outros. Eu queria que os meus sentimentos se recolhessem, como a seiva de uma árvore fria, e que os meus pensamentos, também em fuga, caíssem como as folhas caem das pequenas ramificações onde nascem.

Eu não falava com Hanne fazia quase vinte anos. Eu pensava nela de vez em quando, mas com uma frequência cada vez menor, até começar a escrever o romance, quando de repente ela passou a ocupar boa parte dos meus pensamentos enquanto eu trabalhava. Mas quando eu abria a porta do apartamento, onde Linda talvez estivesse, esses pensamentos desapareciam, porque estavam relacionados a um tempo perdido, enquanto o tempo que me rodeava estava vivo e existia em todas as coisas, que através da concretude e da presença física levavam o passado a tornar-se aquilo que era, uma coisa vaga e fantasmagórica. Mesmo assim eu tinha a consciência pesada. Para aliviá-la, às vezes eu falava sobre as coisas que escrevia, tentando apresentá-las como bagatelas, e Linda não parecia se importar muito com aquilo, até que um dia no jantar me contou o que uma amiga tinha dito quando ela falou sobre o que eu estava escrevendo. "Ele está escrevendo sobre antigas namoradas?", ela disse. "Eu não entendo como você pode aceitar uma coisa dessas."

Mas naquele momento eu precisava ir além. Seria impossível publicar o romance sem que primeiro Hanne o tivesse lido e aprovado.

Disquei o número.

Não houve resposta.

Ninguém tinha atendido das outras vezes em que eu havia ligado, então eu já estava prestes e desistir quando uma voz atendeu.

— Alô?

— Aqui é o Karl Ove — eu disse. — Você é a Hanne que foi minha colega de colegial?

Ela ficou em silêncio.

Em seguida soltou a risada maravilhosa e sonora que eu tinha passado vinte anos sem ouvir.

— Karl Ove! — ela disse. — O Karl Ove que costumava me mandar bilhetes durante as aulas?

— É — eu disse. — Como vão as coisas?

Ela deu mais uma risada. Hanne sempre tinha demonstrado facilidade para rir, sempre tinha a alegria por perto, e aquilo não tinha mudado.

— Eu sempre achei que um dia você ia me ligar — ela disse. — Ou que a gente ia se encontrar num aeroporto ou coisa parecida. Não é estranho? Eu sempre tive certeza de que a gente ia se reencontrar. Como vão as coisas? Você está morando em Malmö, pelo que entendi? Afinal, eu li a seu respeito nos jornais. Foi bom você não ter seguido o meu conselho de virar professor!

— É — eu disse. — Estou morando com a minha esposa e meus três filhos. Quantos filhos você tem, a propósito? Você tem filhos, não?

Passamos um tempo trocando informações sobre as nossas vidas. Hanne morava nos arredores de Mandal, estava com o mesmo companheiro da última vez em que havíamos nos falado, tinha cuidado de um jardim de infância e naquela altura estava numa escola.

— Mas veja, eu não estou ligando por causa dos velhos tempos — eu disse depois de um tempo. — Foi por um motivo bem específico.

— Imaginei — ela disse.

— Eu escrevi um romance sobre a minha vida — eu disse. — Uma parte do romance se passa na época em que eu tinha dezesseis anos. E, como você foi uma pessoa muito importante para mim naquela época, eu escrevi a respeito de você também. Todos os nomes e todos os lugares no livro são autênticos. Eu entendo que pode ser uma situação complicada. Por isso você precisa ler o livro antes da publicação.

Ela ficou em silêncio.

— Se você não quiser, e eu entenderia muito bem se você não quisesse, já que é pedir bastante, eu posso trocar o seu nome e tornar você irreconhecível, claro.

— É sério? Você escreveu a meu respeito?

— Escrevi.

— Por essa eu não esperava.

Ela ficou em silêncio mais uma vez.

— Mas o livro é muito menos sobre você e muito mais sobre mim — eu disse. — Para encurtar a história, eu era apaixonado por você. Foi sobre isso que eu escrevi. Se você não quiser aparecer dessa forma no livro, com o seu nome, eu posso trocá-lo. Não seria problema nenhum. Você ficou surpresa?

— Fiquei.

Ela riu.

— Você ainda se lembra daquela época, então? — ela perguntou.

— Lembro um pouco — eu disse. — Não exatamente das coisas que aconteceram, mas da atmosfera e desse tipo de coisa. Aliás, são lembranças bem fortes.

— Eu me lembro de bastante coisa. Às vezes fico pensando a respeito. Eu sempre acho que a gente devia se encontrar para falar sobre aquilo. Sobre aquela vez.

— Não é tarde demais — eu disse. — Quer dizer, desde que eu não tenha estragado tudo escrevendo a respeito.

— Duvido — ela disse, rindo.

— Será que eu posso enviar o manuscrito para você e ligar depois que você tiver lido para você me dizer se está tudo certo?

— Pode. Para mim vai ser uma alegria. Mas eu também estou um pouco nervosa!

Fez-se silêncio.

— Foi bom ouvir a sua voz outra vez — ela disse.

— Para mim também foi bom ouvir a sua — eu disse. — A sua risada não mudou nada, sabia?

— Não! — ela disse, rindo.

— Mas estamos combinados, então? Eu envio o manuscrito para você e depois nós conversamos?

— Combinado.

— Até mais, então!

— Até mais.

Desliguei e acendi um cigarro. A conversa tinha sido melhor do que eu esperava. Mas assim mesmo tinha me abalado um pouco. Eu tinha me envolvido em uma situação fora do meu controle. Hanne tinha dito que se lembrava muito bem daquela época. Eu não. Ou melhor, eu me lembrava extremamente bem de dois ou três episódios. O restante era apenas uma memória vaga. Mas ao escrever eu tinha dado forma a essas memórias. Com diálogos inventados, por exemplo, e esses diálogos talvez fossem verossímeis, mas não eram verdadeiros. Como seria ler aquilo para Hanne? Ela tinha estado lá.

Apaguei o cigarro e entrei no apartamento, parei dentro do quarto das crianças. John estava encolhido de barriga para baixo, sem coberta, como de costume. Vanja estava deitada de costas com uma perna para cada lado e os braços para trás, parecendo um tanto estilizada, como um anjo na neve. Heidi estava de lado, com a cabeça apoiada no braço. Havia uma mancha escura no rosto dela, e também debaixo do nariz. Acendi a luz.

O rosto dela estava ensanguentado. O sangue tinha se espalhado por todo o rosto, e o travesseiro estava tingido de vermelho-escuro. Meu coração começou a bater como se eu estivesse à beira de um precipício. Entrei correndo no banheiro, molhei um pano com água morna, voltei e passei-o no rosto dela. Ela abriu os olhos e olhou para mim.

— O seu nariz estava sangrando — eu disse em voz baixa. — Não precisa se assustar. Fique parada mais um pouco que eu termino de limpar você.

Quando terminei, troquei o travesseiro ensanguentado por outro que tínhamos em nosso quarto. Ela acomodou a cabeça e fechou os olhos, e eu passei a mão nas costas dela antes de apagar a luz e sair mais uma vez e ir primeiro ao banheiro, onde enxaguei o pano, torci-o e o pendurei na estufa, para depois ir à sacada, de onde liguei para Linda. O telefone passou um bom tempo chamando, e quando finalmente atendeu ela tinha a voz sonolenta.

— Oi, é o Karl Ove — eu disse. — Você estava dormindo?

— É, devo ter cochilado.

— Putz, que pena. Eu não queria acordar você.

— Não tem problema. Como estão as coisas aí em casa?

— Bem. As crianças estão dormindo, as três. No mais, não aconteceu nada de especial. Depois do jardim de infância a gente deu uma volta no parque, as crianças assistiram a um programa infantil e depois se deitaram. O único porém é que a casa está uma bagunça. Mas eu pensei em dar uma organizada amanhã.

— Como você é dedicado — ela disse.

— Dedicado não é bem a palavra certa — eu disse. — Mas e você, como está?

— Bem — ela disse, bocejando.

— Vocês tomaram mais um banho?

— Tomamos. Estava ótimo.

— O Geir vem para cá amanhã — eu disse.

— Amanhã, já? Achei que ele ia na sexta-feira, não?

— Ele está sozinho com o Njaal. Não faria muita diferença estar lá ou aqui.

— Você e o Geir sozinhos com quatro crianças. Quem imaginaria uma coisa dessas?

— É mesmo. Parece um sinal de que o fim dos tempos está próximo.

— Mas vai ser bom para você.

— Claro, com certeza. Eu pensei em fazer camarão na sexta, quando a Christina vier. O que você acha?

— Parece ótimo — ela disse, bocejando mais uma vez.

— Vá dormir — eu disse. — Não quero mais incomodar você. Acho que eu também vou me deitar. Assim devo estar pronto para o John, caso ele resolva acordar às quatro e meia.

— Mande um beijo meu para as crianças. Estou com saudade de vocês.

— Eu também estou com saudade de você. Boa noite.

— Boa noite.

Entrei no apartamento, coloquei o telefone no carregador, dei uma olhada em Heidi, o sangue não havia voltado, conferi meus emails, não havia nada, naveguei um pouco antes de mandar o manuscrito para Hanne, preparei um copo de suco na cozinha e o levei comigo para a sacada, fumei um último cigarro, escovei os dentes e me deitei para dormir.

Eram pouco mais de cinco horas quando acordei e vi John ao lado da cama, com o travesseiro na mão. Me sentei. O nariz dele também tinha sangrado. O que teria acontecido? Havia um fio de sangue coagulado embaixo de cada narina, e também um pouco de sangue em uma das bochechas. Nervoso, fui até o banheiro e umedeci mais um pano. Sangramentos nasais não eram perigosos, eram o tipo de coisa que às vezes acontece, mas duas crianças na mesma noite, será que podia ser coincidência? Aquilo devia ter a mesma origem, não? Já era uma ideia bastante assustadora saber que o sangue deles estava correndo, mesmo que isso não fosse sintoma de mais nada. Deve ser o ar seco, pensei ao passar o pano no rosto dele enquanto ele tentava se desviar.

— Pronto — eu disse. — Vamos tomar o nosso café da manhã?

— Vamos — ele disse, e então começou a andar com o jeito relaxado e despreocupado de sempre. Vesti as roupas do dia anterior e o segui. A fralda estava pesada, eu a tirei, peguei uma nova e a coloquei enquanto John permanecia à minha espera, como um carro de corrida durante uma parada nos boxes, pensei. Depois eu o sentei na cadeira, peguei a granola no armário e estava prestes a servir o leite fermentado com sabor de mirtilo quando notei que a caixa estava vazia.

— O leite fermentado de mirtilo acabou — eu disse. — Você quer leite?

— Não.

— O que vamos fazer, então?

— Não sei.

Uma porta se abriu no corredor, era Heidi, que entrou e sentou-se no lugar dela.

— Oi, Heidi — eu disse.

Ela não respondeu, mas pelo sorrisinho que tentou esconder ao baixar a cabeça eu percebi que ela estava de bom humor. Tomamos nosso café da manhã, o sol inundava a cozinha, eu acordei Vanja, penteei os cabelos e escovei os dentes das crianças, vesti-as, apanhei o saco de lixo na cozinha e logo pegamos o elevador juntos, nós quatro.

Quando voltei para casa eu liguei uma das máquinas de lavar roupa no porão do prédio e então liguei para Geir Angell para saber se eles já estavam a caminho, já, ele imaginava chegar por volta da uma hora.

Então fui conferir os meus emails. Havia chegado um novo email de Gunnar. Estava endereçado à editora, com cópia para mim. O assunto era "Autor e editora responsáveis por difamação". Ele começava dizendo que já havia confirmado que os episódios e as descrições a serem excluídos da narrativa resumiam-se a mentiras, meias-verdades e distorções e omissões grosseiras, além de constituírem ofensa incontestável ao capítulo 23 da lei penal norueguesa, que tratava dos crimes contra a honra. Escreveu que já tinha as testemunhas a postos. A esposa dele mantinha diários, e estes poderiam ser apresentados como prova durante uma audiência. Os filhos deles poderiam ser testemunhas. Além disso, havia uma série de pessoas que, por questões profissionais, tinham mantido contato próximo com a mãe dele no mesmo período em que o romance se passava. Eram uma enfermeira, uma empregada doméstica e também amigos e vizinhos. Todos poderiam testemunhar que as coisas que eu havia escrito eram mentirosas. E ele oferecia um exemplo. Eu havia escrito que o meu pai tinha morado com a minha avó por dois anos antes de morrer, e oferecia uma descrição bastante detalhada sobre a precariedade das condições no lugar. Nada do que eu tinha escrito era verdade. Essa era uma mentira deslavada. Meu pai não tinha morado em Kristiansand. Todo esse tempo ele havia morado em Moss. Segundo a descrição oferecida por Gunnar, em Moss o meu pai tinha uma vida absolutamente normal. Tinha apartamento próprio, tinha carro, trabalhava no colegial e tinha até uma namorada. Na casa da mãe, em Kristiansand, ele tinha passado somente os últimos três meses daquela primavera e daquele verão. Ele tinha morrido de insuficiência cardíaca, segundo Gunnar escreveu, como se tudo o que aconteceu fosse uma série de circunstâncias comuns e ordinárias. Sendo assim, minha representação era errônea e fantasiosa. Eu tinha representado a mim mesmo como um herói, uma pessoa que chegava para remediar toda a desgraça que o meu pai havia causado. Mas não havia desgraça nenhuma, no entendimento de Gunnar. Ele tinha chegado à casa logo depois que o irmão fora retirado pelos paramédicos da cadeira onde havia morrido. Durante todo aquele dia, e durante todo o dia seguinte, ele tinha estado na casa para ajudar a mãe e fazer-lhe companhia. Claro que durante aqueles dois dias ele tinha feito arrumações e limpezas na medida do necessário. O que eu tinha escrito, que o lugar estava transbordando de garrafas desde a entrada, era uma enorme bobagem. Simplesmente não era verdade. Quando Yngve e eu chegamos à casa dias mais tarde, ele já havia feito praticamente tudo que era necessário em termos de arrumação e limpeza, faltava muito pouco, apenas móveis pesados que ele não conseguiria mover sozinho. O único lugar que ele não havia limpado era o quarto do nosso pai, onde ficavam as roupas e os objetos pessoais dele, por acreditar que não devia mexer naquelas coisas, afinal ele era nosso pai.

Nos dias seguintes eu e Yngve havíamos nos hospedado na casa deles, junto com a nossa avó, e jantado juntos, segundo ele dizia, o que me pareceu estranho, porque eu não me lembrava de nada disso. Quanto à minha contribuição, Gunnar reduzia-a a nada. A esposa dele havia limpado, trocado as cortinas, dado banho na minha avó. Eu, o escritor perturbado, tinha simplesmente andado pela casa com um balde, sem condições de limpar o que quer que fosse, porque aquele era um tipo de conhecimento que eu não dominava, o que eu aliás tinha em comum com a minha mãe, que também não sabia nada sobre como tomar conta de uma casa. Yngve praticamente não tinha ficado por lá, e foi embora já no dia seguinte. Como se não bastasse tudo isso, eu não apenas tinha sido atrevido o bastante a ponto de representar a situação toda como se eu tivesse limpado a casa, mas também a ponto de representar a minha própria avó, mãe dele, como uma senhora bêbada e alcoólatra. Mas Gunnar sabia por quê: uma vez, quando eu ainda frequentava o colegial em Kristiansand, ela havia me flagrado roubando. Eu tinha roubado dinheiro dela, sido flagrado e desde então havia passado a odiá-la. Minha avó também havia demonstrado preocupação com a minha vida desregrada para a minha mãe, eu gastava muito dinheiro e tinha me envolvido com drogas, então a preocupação não era sem fundamento, mas como a minha mãe tinha reagido? Com raiva, claro. Por quê? Porque o meu pai tinha nos abandonado.

Depois ele discutia os vários erros factuais presentes no manuscrito. Eu nunca tinha tido uma bisavó no lado paterno que vivesse mais de cem anos para morrer ao cair de uma escada, isso era pura invenção. Meu pai não tinha nenhuma irmã que tivesse vencido um concurso de beleza. Eu havia escrito que tínhamos o costume de usar um salão de festas chamado Elevine para as reuniões de família, mas isso não passava de bobagem, nada disso tinha acontecido. No que dizia respeito ao meu avô e aos irmãos dele, todos haviam sido grandes amigos durante a vida inteira, e não cortado relações uns com os outros. Minha avó nunca tinha roubado dinheiro da pessoa que a empregava, a verdade histórica era muito diferente, e também engraçada. O próprio Gunnar também havia sido vítima das minhas mentiras; ele nunca tinha dito que podíamos pegar o dinheiro que estava num envelope debaixo da cama sem declará-lo às autoridades fiscais, como eu afirmara.

No fim desse longo exame ele mencionava o enorme cuidado que ele e a esposa tinham demonstrado em relação aos pais já na idade avançada, um cuidado que havia lhes possibilitado continuar morando em casa e manter uma qualidade de vida relativamente alta durante os últimos anos de vida. Essa situação tinha sido completamente ignorada no meu romance, pois quem o lesse acreditaria que eles não haviam demonstrado nenhuma preocupação com a mãe dele e que simplesmente haviam deixado tudo jogado às traças. Nada poderia estar mais longe da verdade. Para quem sabia quanto trabalho eles tinham investido naquela casa, e quanto conforto aquilo tinha gerado para todos os envolvidos, minha descrição era simplesmente insuportável. Mas aquilo era uma característica típica minha, pelo que entendi, porque já na frase seguinte ele alertava a editora para a minha natureza traiçoeira, que se manifestava na forma como eu andava, sempre com o corpo voltado para a frente, e na direção para onde eu voltava o rosto, sempre para longe da pessoa com quem eu falava, com um olhar pesado e fixo, cheio de culpa e de ruminações. Eles não podiam se deixar enganar. Eu não representava o bem e a verdade, essa era apenas uma ilusão, eu representava o oposto dessas coisas. Eu era um mentiroso contumaz e um Quisling que tinha vendido a avó e o pai movido por dinheiro sujo e sede de fama, para quem nenhuma forma de proceder seria vil o suficiente desde que eu atingisse meu objetivo. Se a editora não pusesse fim a esse projeto, ele daria entrada em uma ação judicial. Para que isso não acontecesse, no fim ele oferecia até uma sugestão. Eu tinha escrito coisas muito bonitas a respeito de anjos no meu livro anterior. Meu tio Kjartan tinha escrito coisas muito bonitas sobre corvos. A editora devia sugerir que eu escrevesse um livro sobre demônios. Eles se encontravam em um nível com o qual eu tinha muita intimidade. E assim eu poderia usar todo o talento literário que eu tinha herdado do meu pai.

Visto pelos olhos de Gunnar, tudo parecia diferente. Com a mulher e os filhos ele tinha transformado os últimos anos dos meus avós em uma vida plena de significado. Eles os ajudavam com todas as coisas práticas, mas também com os aspectos sociais, visitando-os diversas vezes por semana, brincando e rindo como de costume, no caso de Gunnar e da minha avó, levando-os para a cabana, levando-os para visitar o irmão do meu avô, celebrando o Natal ao lado deles. Uma família normal e funcional, sem grandes segredos, sem nenhuma ovelha negra, sem nuvens pretas no céu. A não ser por uma: o irmão dele era alcoólatra. Mas assim mesmo era um homem funcional, que trabalhava no colegial e tinha uma namorada em Moss, um professor dedicado e admirado. Ele tinha enfrentado problemas na vida, em particular durante o primeiro casamento, que era um casamento frio e sem amor, da maneira como Gunnar o via, e essa frieza tinha passado para os filhos dele, que assim, ao crescer, não apenas tinham se distanciado do pai, mas de toda a família paterna. O pior de todos era Karl Ove, o mais novo, mas Yngve também havia se afastado. Eles moravam em Bergen, em Vestlandet, de onde a família materna vinha e onde continuava a viver. Mas em Kristiansand tudo ia muito bem até que o irmão de Gunnar resolveu morar com a mãe. Mas esse foi um período curto, de apenas oito semanas, e depois ele morreu na sala de estar, de parada cardíaca. Minha avó tinha empregada doméstica e enfermeira particular, Gunnar e a esposa também haviam ajudado, e mesmo que o meu pai tivesse bebido um pouco, não tinha sido ruim a ponto de impedi-lo de levar minha avó para visitar o outro irmão em Hvaler no verão antes da morte dele, e foi também por volta dessa época que ele vendeu o apartamento em Moss. Ele funcionava bem e ela funcionava bem, mas naturalmente a morte do filho mais velho foi um choque. A casa estava meio bagunçada, havia umas garrafas espalhadas, afinal ele era alcoólatra, mas não era nenhum horror, nada que não se pudesse limpar ao longo de uma ou duas tardes.

Gunnar era o único dos filhos que havia permanecido em Kristiansand, ele que tinha sido o responsável por cuidar dos pais, arranjar uma empregada doméstica e uma enfermeira particular, ninguém mais. Gunnar jamais tinha dado um passo em falso, não havia nada a censurar nele ou na maneira como havia se comportado, pelo contrário, ele era uma pessoa alegre, prestativa e equilibrada, um pilar da sociedade e também da família. Um bom filho, um bom irmão, um bom pai, um bom membro da sociedade.

Os filhos do irmão chegam para enterrar o pai. Ele sai de cena. Os filhos limpam um pouco, ajudam com o enterro, vão embora. Dez anos se passam. Um belo dia ele recebe um romance escrito pelo filho mais novo. Gunnar não consegue acreditar nos próprios olhos. Tudo que havia de bom de repente está transformado em um inferno. O filho escreveu que o pai morou lá por dois anos, expulsou a empregada doméstica e a enfermeira particular, transformou a casa burguesa em um lugar semelhante a um ponto de tráfico, transformou a mãe em uma mulher bêbada e senil. Nada daquilo que Gunnar dedicou uma parte significativa da vida adulta a conquistar encontra-se representado, não há nada além de miséria. Como os amigos e os vizinhos dele vão receber aquilo? Como Gunnar pôde deixar tudo aquilo acontecer com a própria mãe e o próprio irmão? A verdade é que nada daquilo aconteceu. Mas como transmitir essa mensagem? Afinal, está tudo descrito no romance. Por acaso o autor está mentindo? Sim, claro. Nesse ponto Gunnar está diante de dois problemas: por que o autor está mentindo, e como parar esse livro mentiroso? O autor está mentindo porque a mãe dele, aquela mulher gélida e egocêntrica, deturpou a cabeça dele, levou-o a interpretar tudo que dizia respeito à família do pai de forma negativa, e também porque na juventude, quando estava envolvido com drogas, ele tinha sido rejeitado pela avó, um acontecimento que nunca esqueceu. Depois que o pai e a avó morreram ele deu o troco, com todas as forças que tinha. Ele odiava a avó, odiava o pai, e ao mesmo tempo era talentoso o bastante para dar a esse ódio todo um tratamento literário e ganhar dinheiro com isso. Além do mais, era atrevido o suficiente para se colocar no papel de herói, apresentar-se como a pessoa que tinha limpado a sujeira deixada pelo pai, quando na verdade não havia praticamente nada a limpar, e o pouco que havia tinha ficado a cargo de Gunnar. E foi essa extensa lista de mentiras, esse projeto cheio de ódio, que ele convenceu a editora a aceitar. A editora só podia ter aceitado uma coisa dessas por desconhecer a realidade. Eles tinham simplesmente acreditado no autor, comprado as descrições dele sem nenhum tipo de questionamento. Para impedir esse projeto, a editora precisava ficar a par dos fatos. Então ele escreveu uma correspondência para a editora, e para a mãe e o irmão do autor, mas não para o próprio autor, porque a traição cometida era grande demais para justificar qualquer tipo de contato direto, ele não queria mais ver aquele sobrinho que de caso pensado tinha distorcido a realidade para destruir a família dele. Mas havia também um outro motivo, o autor tinha anexado uma correspondência na qual explicava por que havia escrito as coisas que havia escrito, e nessa correspondência ficava claro que na verdade ele não sabia o que estava fazendo. Nessa situação, Gunnar precisaria recorrer à pessoa que sabia, à pessoa que durante todos esses anos havia distorcido a perspectiva do autor sobre a realidade, e que ao proceder assim tinha ido tão longe que o autor já não sabia mais o que era real e o que tinha surgido na cabeça dele. Ele era um Judas e um Quisling, mas um Judas e um Quisling guiado pela mãe. Gunnar tinha descoberto a origem da frieza daquela mulher, porque a mãe dela, avó do autor, tinha se comportado de maneira quase autista durante o verão em que ele os visitara aos doze anos, e também demonstrado uma série de complexos de inferioridade naquela humilde morada de servo ao pé das montanhas. O filho da avó, irmão da mãe, tinha enlouquecido, e em várias ocasiões acabara internado no hospício. Ele escrevia poemas, e a última coletânea dele era sobre corvos. O autor tinha abraçado aquela doença gritante e aquela realidade fria, cheia de loucura, autismo, corvos e frieza, e tinha feito de tudo aquilo uma coisa sua, para escrever a partir daquela perspectiva sobre o pai, na verdade um homem bom, que talvez por conta das frustrações relativas à vida para a qual tinha sido arrastado, com aquela mulher fria de Vestlandet, nem sempre houvesse tratado os filhos da forma como devia, como Gunnar tratava seus filhos, mas tampouco os tratava sem um mínimo de decência, de forma que pudesse justificar o retrato que o autor havia pintado do pai. O autor via através do olhar da mãe, porém não sabia.

Sendo assim, para Gunnar o problema não era o fato de que eu tinha escrito a verdade sobre o meu pai e sobre o que tinha acontecido durante os últimos anos da vida dele, mas o fato de que eu mentia a respeito do meu pai o tempo inteiro, e o fato de que essa mentira imputava uma pesada culpa a Gunnar aos olhos das outras pessoas, o que era um erro grosseiro e, mais do que isso, uma injustiça.

Eu estava convencido de que ele realmente pensava assim, e de que aos olhos dele os acontecimentos tinham sido muito diferentes. E isso me dava medo. Se havia uma coisa que eu temia em mim mesmo, essa coisa era a minha falsidade. Eu tinha escrito que o meu pai tinha morado na casa da minha avó durante os últimos dois anos da vida e arruinado as pessoas de lá. Eu tinha escrito que ele havia expulsado a empregada doméstica e a enfermeira particular. Gunnar negava as duas coisas, e tinha escrito que dispunha de testemunhas dispostas a provar justamente o contrário.

De onde eu havia tirado aquilo?

Como eu sabia que tinham sido dois anos?

Eu não sabia. Eu tinha escrito aquilo, a ideia devia ter vindo de um lugar qualquer, mas de onde?

Eu tinha visitado Kristiansand enquanto escrevia *Ute av verden*, em janeiro de 1996, e na época o meu pai estava muito alcoolizado e morava na casa da minha avó. De fato ele ainda tinha o apartamento em Moss, mas pelo que eu havia entendido ele passava bastante tempo na casa da mãe, e por um motivo ou outro eu tive a impressão de que ele havia se mudado para lá naquele verão, portanto dois anos antes de morrer. Mas como essa informação tinha chegado até mim eu realmente não sabia.

Será que eu havia simplesmente feito uma suposição e deixado que essa suposição não confirmada fosse registrada como uma certeza que eu dez anos mais tarde havia escrito como se fosse uma verdade absoluta? Não era apenas possível, mas também provável. Se Gunnar havia escrito que meu pai tinha morado na casa da mãe por apenas três meses e que ele tinha testemunhas, devia ser verdade. Além disso eu tinha escrito que o meu pai havia expulsado a empregada doméstica e a enfermeira particular, mas de onde eu havia tirado essa história? Eu não sabia de nada. Eu tinha a impressão de que a notícia tinha sido dada pelo próprio Gunnar, de que talvez ele tivesse dito aquilo a Yngve no telefone, que o nosso pai tinha expulsado a empregada e estava incomunicável, porque era disso que aquele telefonema tratava, não? — de que nosso pai tinha se entrincheirado na casa da nossa avó, e Gunnar já não podia fazer mais nada, porque havia tentado intervir e apelar à razão do nosso pai, sem no entanto obter qualquer tipo de sucesso? Foi na mesma conversa em que eu fiquei sabendo que o meu pai havia quebrado a perna por lá e passado um longo tempo no chão até que Gunnar o encontrasse para levá-lo ao hospital. Esse acontecimento tinha sido marcante para mim, porque nesse caso ele devia estar realmente mal, porém as circunstâncias eram pouco claras, eu não saberia precisar a ocasião nem a forma como eu havia tomado conhecimento daquilo. Também era possível que a informação sobre a expulsão da empregada doméstica tivesse chegado quando estávamos lá, depois da morte do meu pai, quando Gunnar descreveu tudo que havia se passado. Eu não sabia. Podia ser que ele tivesse exagerado, que aquela fosse uma forma de dizer que meu pai havia tornado impossível qualquer tipo de intervenção, que a empregada doméstica talvez não aparecesse com muita frequência. Talvez aquilo dissesse respeito somente à empregada doméstica, ou seja, à pessoa que limpava a casa dela, e não à enfermeira particular. Mas eu não tinha escrito nada sobre a enfermeira particular, ou será que tinha? Uma terceira possibilidade era que ninguém tivesse dito nada parecido, que aquilo fosse simplesmente uma pressuposição minha, feita a partir das condições terríveis na casa; era impossível que alguém tivesse limpado ou arrumado a casa durante um tempo muito longo, então a empregada doméstica devia ter sido expulsa, e o responsável devia ter sido o meu pai. Eu podia ter pensado assim durante o verão de 1998, e o que a princípio não passava de uma teoria vaga tinha se tornado uma verdade incontestável dez anos mais tarde.

Eu não sabia.

Mas eu tinha certeza de que Gunnar sabia, e se ele havia escrito que tinha sido daquela forma, com uma certeza inabalável, então tinha sido daquela forma.

Isso significava que eu estava *mesmo* sendo falso. Por si só, essa era uma revelação destruidora. Mas será que eu era falso em tudo? Será que as verdades fundamentais do romance eram alteradas pelo fato de que o meu pai não tinha morado na casa da minha avó por dois anos, mas por três meses, ou pelo fato de que a empregada doméstica não havia sido expulsa, mas tinha continuado a rotina de limpeza como de costume?

Sim, eram. Nesse caso tratava-se de uns poucos dias de horror e infelicidade em meio a um universo de paz e tranquilidade, não de uma catástrofe contínua por anos a fio. A única coisa que eu sabia era que a visão que eu e Yngve tivemos ao entrar aquela vez na casa tinha sido terrível. Gunnar tinha escrito que o lugar não estava transbordando de garrafas desde a entrada, e que nos dois dias antes da nossa chegada ele já tinha limpado quase tudo, e que quando chegamos restava somente o quarto do meu pai e outras coisas pesadas.

Será que não havia garrafas lá? Eu lembrava que a escada que ia da sala até o sótão estava cheia de garrafas, e que havia sacolas cheias de garrafas embaixo e em cima do piano, e que também a cozinha estava cheia de garrafas. Mas na escada que levava à sala? Eu não tinha nenhuma lembrança disso. Eu devia ter exagerado. Falsidade, mais uma vez. Para Gunnar, a questão era que ele tinha se encarregado da limpeza, e não nós. Eu me lembrava claramente de que havíamos passado aquele dia e o dia seguinte limpando e ajeitando, enquanto ele descrevia um autor confuso que andava de um lado para o outro com um balde, porém sem qualquer tipo de conhecimento mínimo a respeito de limpeza. Eu também não tinha qualquer lembrança de havermos jantado na casa, e na verdade tinha certeza de que isso não tinha acontecido. Mas eu podia muito bem ter apagado essa memória, porque havia muitas coisas na minha vida das quais eu não me lembrava. Tínhamos ido à cabana com a minha avó, e eu tinha pulado do cais, exatamente como ele havia escrito, era tudo verdade, mas isso tinha acontecido fora do recorte temporal do romance, ou seja, depois que o romance acabava. O banho da minha avó, a lavagem das cortinas, os esforços de Gunnar e de Tove no que dizia respeito à limpeza da casa, tudo havia se passado após os dois dias e meio que eu descrevia no romance. Eu via tudo aquilo que estava relacionado à limpeza da casa como o exato oposto do que Gunnar via: para mim tinha sido gentil da parte dele se afastar um pouco durante aquele tempo, deixar que eu e Yngve assumíssemos a responsabilidade, era uma forma de dizer que aquele era o nosso pai, de certa forma era como devolvê-lo a nós. Gunnar tinha ficado de um lado para o outro nos dando conselhos, transportando os móveis que tirávamos da casa, enchendo o reboque que tinha alugado. Ele não havia se negado a nada, pelo contrário, tinha se comportado de forma irrepreensível, mas eu tinha escrito isso, não?

Se ele tivesse razão no que dizia respeito àquelas insinuações, se tudo realmente estava normal na casa quando chegamos, e se o meu retrato fosse mesmo um exagero grotesco, então tudo estaria arruinado. Este era um elemento fundamental, a grande premissa do romance, o fato de que descrevia a realidade, e além disso era também o motivo do romance, a razão para eu ter escrito sobre a morte do meu pai e os dias terríveis que vieram a seguir. Quando Yngve, com o carro cheio de garrafas, se virou para mim e disse que se um dia eu escrevesse a respeito daquilo ninguém acreditaria em mim, foi justamente porque tudo que havíamos testemunhado parecia ter saído de um romance ou de um filme, e não da realidade.

Nos anos a seguir eu passei a falar sobre o meu pai e a narrar a ruína do meu pai a qualquer pessoa interessada, aquilo me tornava uma pessoa especial e talvez até interessante, me tornava uma pessoa que tinha vivido um pouco de tudo, me conferia uma aura de loucura e de profundidade que eu sempre havia buscado, aquilo me acompanhava desde muito tempo, esse desejo de ser alguém, e a ideia de transcendência desde o início tinha sido uma das minhas motivações para escrever. Ao fazer aquelas revelações sobre o meu pai e sobre o fim que teve eu havia ficado com um gosto amargo na boca, porque assim eu tinha acabado por usar a ele e a tudo que havia de trágico na vida para meu benefício pessoal. Isso nas coisas pequenas. Mas o romance aumentava tudo e transformava tudo em uma coisa grandiosa. Eu tinha usado o meu pai, sim, eu tinha usado o cadáver dele como escada. Foi o que fiz ao escrever sobre o que aconteceu. Ao mesmo tempo, aquela era a história mais importante em toda a minha vida. Se não fosse verdade, então eu tinha exagerado para que o destino do meu pai causasse a impressão mais forte possível e assim me conferisse um pouco de loucura e de força destrutiva para que eu me tornasse um autor de verdade, e não um simples impostor. Nesse caso não seria apenas uma traição contra o meu pai, mas também uma traição contra mim mesmo. Era contra isso que a correspondência de Gunnar se rebelava, com a dureza de um golpe: eu tinha mentido. Não havia garrafas na escada que levava à sala. Meu pai não havia morado lá por dois anos. A empregada doméstica não tinha sido expulsa.

Porém, se aceitasse essa perspectiva, eu acabaria por apagar a mim mesmo. Jamais me ocorreu que eu pudesse ter exagerado ao escrever sobre os acontecimentos na casa, e jamais me ocorreu que eu pudesse ter usado o meu pai e a minha avó, porque os acontecimentos que eu descrevia e o ambiente em que me encontrava eram importantes demais para tanto.

Eu tinha escrito sobre o meu pai. Eu tinha escrito sobre o medo que eu tinha dele, sobre a minha dependência em relação a ele, e sobre a tristeza enorme com que a morte dele havia me preenchido. Era um romance sobre mim e sobre ele. Era um romance sobre um pai e um filho. Meu pavor ao ler as palavras "processo judicial" e o calafrio ao ler que Gunnar dispunha de testemunhas para confirmar que eu havia mentido seriam postos à prova, afinal eu não podia abandonar a história do meu pai.

Mesmo que fosse uma história mentirosa?

Sem saber disso eu havia mexido com uma coisa perigosa, com a coisa mais perigosa de todas.

Mas por que tão perigosa?

Ele precisou investir contra a minha mãe por achar que era isso que eu tinha feito ao escrever o romance, investido contra a minha avó e o meu pai. Era uma vingança. Olho por olho, dente por dente. Ele tinha feito a mesma coisa que eu, com a diferença de que essa vingança era assimétrica: meu romance seria publicado e poderia ser lido por qualquer pessoa, e estaria disponível em todas as livrarias e em todas as bibliotecas. O email dele seria lido somente pelas pessoas para quem o mandasse, ou seja, pela equipe da editora, pela minha mãe, por Yngve e por mim. Como a distribuição de forças era muito desigual, ele tentou compensá-la batendo mais forte em todo mundo.

Me sentei e liguei o PC, abri o arquivo do romance e comecei a ler. À luz do que tinha acontecido nos últimos dias eu encontrava partes desagradáveis em praticamente todas as páginas, porque os antigos amigos e colegas que eu havia mencionado poderiam reagir da mesma forma que Gunnar.

Liguei para Geir Gulliksen, tanto para falar sobre as consequências práticas do email de Gunnar, sobre as exigências quanto à alteração de certas marcações temporais, sobre os dois anos que o meu pai havia morado na casa da minha avó, talvez o jeito fosse abrir mão de qualquer tipo de marcação temporal, como para corrigir os erros factuais simples. Perguntei o que devíamos fazer com todos os outros nomes. Geir achava que as pessoas descritas em termos neutros, como parte da minha infância e da minha adolescência, podiam aparecer com os nomes reais sem problema, que não havia risco nenhum, enquanto as pessoas sobre as quais eu havia escrito de maneira possivelmente comprometedora, como nos casos em que eu oferecia detalhes sobre relações familiares, sobre um pai que bebia ou batia nos filhos ou exibia qualquer outro tipo de comportamento que pudesse ser percebido como duvidoso, deviam ter os nomes anonimizados. A perspectiva de Geir me tranquilizou, ele falava a partir do romance, precisávamos nos ater ao romance e corrigir o que fosse necessário.

Quando desligamos eu telefonei para Yngve. Falamos um pouco sobre as nossas lembranças dos dias próximos à morte do nosso pai, ele não se lembrava de muitos detalhes, mas não estranhou nada quando li minha descrição. No caso de um processo judicial ele seria minha única testemunha, mas eu não disse nada disso. Um processo judicial seria a pior coisa que podia acontecer, e eu sabia que a editora fazia todo o possível para evitar esse desfecho. A segunda pior coisa que podia acontecer seria um vazamento para os jornais.

Tudo se resumiria a Gunnar e à visão dele sobre o romance. Seria uma questão de simples compaixão humana. Mas também havia um outro ponto crítico mais literário no romance sobre o qual eu havia pensado muito no tempo que se passou entre a conclusão e o email de Gunnar. De certa forma aquele era um romance sobre a verdade, porém mais a partir de uma perspectiva formalista, tudo isso motivado pela minha leitura de um romance curto de Peter Handke, chamado *Bem-aventurada infelicidade*, sobre o suicídio da mãe dele, e portanto também autobiográfico. Ao contrário da minha prosa, que o tempo inteiro buscava o aspecto carregado e evocador de sentimentos, a prosa de Handke era sóbria e seca. Quando comecei a escrever eu estava em busca de uma linguagem semelhante, se não seca, pelo menos crua, no sentido de tosca, direta, sem metáforas nem ornamentos linguísticos. A última coisa que eu queria era embelezar a linguagem, e numa descrição da realidade, e em especial da realidade que eu tinha pensado em descrever, esse seria um procedimento mentiroso. A beleza é um problema porque sugere uma forma de esperança. A beleza, ou seja, a linguagem literária, o filtro através do qual o mundo é visto, confere esperança à desesperança, valor àquilo que não tem valor, sentido àquilo que não tem sentido. É inevitavelmente assim. A solidão, quando descrita em termos belos, eleva a alma a grandes alturas. Mas nesse ponto também deixa de ser verdade, porque a solidão não é bonita, o desespero não é bonito, nem mesmo o anseio é bonito. Não é verdade, mas é bom. É um consolo, é um alívio, e talvez seja esta uma das justificativas da literatura? Mas nesse caso estamos tratando da literatura como outra coisa, como uma coisa à parte e autônoma, que tem valor em si mesma, e não como uma representação da realidade. Foi exatamente isso o que Peter Handke tentou evitar no romance dele. O romance foi escrito em poucas semanas, logo após o enterro, e Handke tentou se aproximar da mãe e da vida da mãe da forma mais verdadeira possível. Não verdadeira no sentido de que aquelas coisas tenham de fato acontecido, de que a mãe dele fosse uma pessoa de verdade no mundo, mas verdadeira no sentido de apreendê-la e de comunicar essa apreensão. Ele não representou a mãe no texto, isso teria sido, pelo que eu senti enquanto lia, um ataque contra a pessoa dela. Ela era uma pessoa à parte, vivia uma vida à parte e, em vez de representar essa vida, Handke a tratava como uma coisa que existia fora do texto, mas jamais no texto. Isso significava que ele escrevia de maneira genérica, sobre os contextos em que a mãe se inseria, sobre os papéis que assumia ou não assumia, mas esse generalismo também podia se tornar um problema, segundo Handke escreveu em algum lugar, porque era capaz de tornar-se independente dela e ganhar vida própria no texto através das formulações poéticas — uma traição contra ela, também. Handke escreveu: "Como resultado, usei primeiramente os fatos como o meu ponto de partida, e procurei maneiras de formulá-los. Mas logo percebi que, ao procurar formulações, eu já me afastava dos fatos. Então, em vez dos fatos, comecei a usar como ponto de partida as formulações já disponíveis, a bagagem linguística compartilhada". Foi no meio disso que Handke procurou a história da mãe, por assim dizer. Segundo pude entender, ele agiu dessa maneira com a intenção de preservar o valor e a integridade dela, mas houve outras consequências para o texto; quando uma pessoa é desenhada a partir do social, a partir da cultura e do olhar e da autocompreensão vigentes, através dos papéis e dos limites dessa autocompreensão, a essência interior desaparece, a existência própria, individual, característica, aquilo que antigamente se chamava de alma, e, me ocorreu, talvez o livro de Handke seja justamente uma história a respeito disso, da repressão individual pelo social, uma história sobre o sufocamento da alma. Afinal, no fim ela tirou a própria vida. Handke afastou todos os sentimentos, todas as emoções, tudo que poderia ser anedótico, tudo que poderia dar vida a um texto, o tempo inteiro ele insistia em afirmar que o que ele escreve é um texto, que a vida que ele descreve está o tempo inteiro em outro lugar, ou esteve em outro lugar, e quando após umas setenta páginas ele chega no momento do enterro, que transcorre próximo a uma floresta, ele escreve: "As pessoas deixaram o túmulo às pressas. Eu fiquei ao lado e olhei para as árvores imóveis mais acima: pela primeira vez me ocorreu que a natureza de fato era implacável. Então esses eram os fatos! A floresta falava por si. A não ser por aquelas árvores incontáveis, nada mais contava; o primeiro plano era um amontoado de formas, que aos poucos se afastava da cena. Eu me senti oprimido e indefeso. E de repente, na minha fúria impotente, senti a necessidade de escrever sobre a minha mãe". Essa revelação inesperada sobre a natureza da morte era o verdadeiro ponto de partida do romance. Eu conhecia aquilo, porque também havia sido a minha revelação. O livro que eu tinha escrito era no entanto o total oposto, o antípoda de Handke.

Eu escrevi que tive a mesma revelação que Handke quando estava junto ao túmulo e olhou para as árvores e compreendeu que a natureza era implacável, e que a floresta falava por si. Mas seria verdade? Como podia ser verdade, quando essa revelação havia levado Handke a escrever um livro sobre a mãe e a morte da mãe no qual ela nunca era representada, mas apenas mencionada? Esboçada por uma época e pelas formulações e opiniões dessa época, vista como uma pessoa que tinha uma quantidade definida de tipos entre os quais escolher, determinados pelo contexto social e histórico, mas naturalmente não desprovida de personalidade, porém o fato de que nada disso era esboçado, porque nesse caso pareceria "típico" dela, e assim paradoxalmente mentiroso, já que ela sempre, o tempo inteiro, era outra coisa — a morte de Handke era implacável, e a vida que descrevia também era implacável, e nesse caso ficava claro que o livro dele não podia tratar de clemência. Vista sob a perspectiva literária a clemência estava no reino do belo, e portanto na frase bonita, e na composição, ou seja, na ficcionalização, na ligação secreta de fatos que atravessa todos os romances, porque esse atravessamento *em si mesmo* era uma confirmação do sentido e da coerência. Então como a revelação de Handke podia ser igual à minha, quando eu tinha escrito um romance sobre a morte do meu pai e permitido ao texto representá-lo como se fosse lá que ele existia, ou seja, quando eu tinha feito dele um objeto para os sentimentos do leitor, em uma prosa que o tempo inteiro buscava a composição, porque ela, ou porque o autor dela, sabia que a composição desperta ou manipula sentimentos, em um mundo que não era implacável, uma vez que o sentido e a coerência eram evocados o tempo inteiro de maneiras variadas, independente do que o texto tivesse a dizer a esse respeito?

Handke havia escrito: "As pessoas deixaram o túmulo às pressas. Eu fiquei ao lado e olhei para as árvores imóveis mais acima: pela primeira vez me ocorreu que a natureza de fato era implacável. Então esses eram os fatos! A floresta falava por si". Eu havia escrito: "E a morte, que eu sempre havia considerado a maior grandeza da vida, escura, sedutora, não era mais do que um cano a vazar, um galho a bater na janela, uma jaqueta que desliza do cabide e cai no chão". Era bonito, era *alguma coisa*, enquanto aquilo que era descrito não era nada — apenas vazio, neutro, tão desesperançoso quanto implacável. Handke não mentia, ou pelo menos fazia grandes esforços nesse sentido. Eu mentia. Por quê?

Quando eu via uma árvore, eu via o que existia de cego e de arbitrário naquilo, uma coisa que havia surgido e que havia de perecer, e que no meio-tempo crescia. Quando eu via uma rede de pesca repleta de peixes reluzentes que saltavam, eu via a mesma coisa, uma coisa cega e arbitrária que surgia, crescia e perecia. Quando eu via fotografias dos campos de concentração nazistas, eu também via as pessoas dessa forma. Braços, pernas, cabeças, barrigas, cabelos, sexos. Não tinha nada a ver com o meu olhar, o que eu via era a forma como aquelas pessoas eram vistas naquela época, o que possibilitava a muitas outras pessoas inteirar-se daquelas ações vergonhosas e até mesmo tornar-se parte delas sem nem ao menos erguer um dedo. O fato de que esse olhar fosse possível era assustador, mas não o tornava menos verdadeiro. Isso podia ser visto como nada, e todos os pensamentos que buscavam um sentido no mundo seriam obrigados a relacionar-se com esse marco zero. Eu via uma árvore e via a ausência de sentido. Mas eu também via a vida em sua forma pura e cega, como aquilo que simplesmente cresce. A força e a beleza naquilo. E a morte, claro, não era nada, apenas uma ausência. Mas assim como por um lado a vida cega podia ser vista como uma força, uma coisa sagrada e, por que não, divina, e pelo outro lado podia ser vista como uma coisa vazia e desprovida de sentido, a morte também podia ser vista da mesma forma, a canção da morte também podia ser cantada, e a morte também podia ser preenchida com sentido e beleza. Foi isso o que fez com que o nacional-socialismo alemão se tornasse infinitamente relevante para nós, porque fazia apenas duas gerações desde que eles haviam estado no poder, e naquele reino de terror, que era moderno em todos os aspectos, havia três perspectivas postas lado a lado: a vida como força divina, a morte como bela e repleta de sentido e a humanidade como uma coisa cega, arbitrária e desprovida de valor. Essa perspectiva, que antes do nazismo pertencia à arte e ao sublime, passou a fazer parte da ordem social. A mãe de Handke era uma mulher jovem quando tudo isso aconteceu, e depois de fazer uma descrição do ambiente em que fora criada, na Áustria do período entreguerras, em relativa pobreza e ignorância, um lugar onde o desejo da mãe de aprender alguma coisa, praticamente qualquer coisa, era visto como completamente irrealista e indesejável, Handke apresenta um esboço da nova atmosfera surgida ao redor do nacional-socialismo, com manifestações, cortejos de tochas, prédios decorados com os novos emblemas nacionais, e escreve: "os acontecimentos históricos foram apresentados à população camponesa como um drama natural". Quanto à mãe, ele escreve que ela continuava desinteressada pela política, porque "o que acontecia diante dos olhos dela era completamente diferente da política. 'Política' era uma coisa desbotada e abstrata, e não um carnaval, não um baile, não uma banda com roupas típicas, em outras palavras, nada de visível".

O nazismo foi o último grande movimento utópico da política, e o fato de que tenha se revelado destrutivo de praticamente todas as maneiras imagináveis tornou o pensamento a respeito de utopias posteriores bastante problemático, para não dizer impossível, não apenas na política, mas também na arte, e como a arte é utópica na essência, desde então está em crise, mostra-se desconfiada e questionadora, o que se expressa no romance de Handke e em quase todos os romances escritos por autores de sua geração. Como representar a realidade sem acrescentar-lhe coisas que não tem? O que é que a realidade "tem" e o que é que "não tem"? O que é a verdade, e o que é a não verdade? Qual é o limite entre a encenação e a não encenação? Esse limite existe? O mundo pode ser outra coisa além das nossas concepções a respeito dele? A linguagem não tem vida em si mesma, não é viva por si própria, mas invoca essa vida, e a cena primordial dessa invocação, a fundação da literatura compositiva, se encontra na *Odisseia*, quando Odisseu e seus homens chegam ao Oceano, depois de terem estado com Circe, e Odisseu oferece um sacrifício aos mortos na praia. O sangue escuro corre para dentro de um buraco, e as almas mortas começam a se amontoar ao redor. Ele vê garotas vestidas de noiva, jovens guerreiros com armaduras ensanguentadas e velhos, os gritos deles são terríveis, e o medo toma conta de Odisseu. O primeiro que ele identifica é Elpenor, que morreu no palácio de Circe e não foi enterrado. Elpenor conta sua história, ele tinha bebido e caído de cabeça de um telhado, quebrado o pescoço e morrido. A seguir Odisseu conversa com Tirésias, o profeta que prediz o futuro, e então a mãe de Odisseu bebe do sangue e o reconhece e narra a própria morte. Odisseu tenta abraçá-la e se aproxima três vezes, e por três vezes ela foge dele como um sonho ou uma sombra. Ela conta que os tendões já não prendem mais a carne aos ossos, que a pira funerária transformou-lhe o corpo em cinzas, tudo que resta é a alma, que vaga ao redor. A literatura invoca o mundo como Odisseu invoca os mortos, e, independente da maneira como isso é feito, a distância é sempre intransponível, e as histórias são sempre as mesmas. Um filho que perdeu a mãe três mil anos atrás, um filho que perdeu a mãe quarenta anos atrás. O fato de que uma história seja ficcional e a outra verdadeira não altera a semelhança fundamental, porque as duas se manifestam na linguagem, e nessa perspectiva todos os esforços de Handke no sentido de evitar os aspectos literários são em vão, porque não há nada na descrição da realidade oferecida por ele que seja mais verdadeiro do que na descrição de Homero. Mas tampouco é isso que ele busca.

Handke quer escrever sobre uma pessoa, a mãe dele, sem invocá-la, sem infundir-lhe sangue para que assim ressurja em um ambiente que lembre sua forma anterior enquanto viva, em outras palavras, quer negar a vida fictícia que poderia criar uma ligação entre o que há de morto, a existência dela no passado, e o que há de vivo, ou seja, a consciência do leitor. Em vez disso, o que a linguagem invoca são as coisas que a rodeavam, as formas da vida dela, e mesmo que a identidade, aquilo que era específico dela, também seja mostrado, essas coisas não contam. E aquilo que a linguagem invoca tampouco se encontra do outro lado de um abismo intransponível, porque essas formas são de certa maneira, se não de maneira literal, formas por si mesmas linguísticas.

Assim Handke consegue fazer aquilo a que se propõe, a saber, representar a realidade de uma forma verdadeira. Outro modo de fazer o mesmo seria excluir o narrador por completo e simplesmente apresentar documentos em que a mãe fosse mencionada, ou então que dissessem respeito às circunstâncias dela; nesse caso a relação entre a realidade e a descrição da realidade seria quase congruente. O "como se" da arte, o abismo que a separa da realidade, nesse caso estaria afastado por completo. Ou, dito de forma mais precisa, poderia ser pressentido apenas como a vontade que houvesse procurado os documentos para reuni-los e ordená-los em determinada sequência. Essa sequência poderia naturalmente ser percebida como manipulativa, uma vez que na realidade os documentos são ordenados de forma horizontal, em diferentes arquivos localizados em diferentes lugares, e mesmo um princípio de ordenação cronológica representaria uma interferência e criaria um efeito: o último prontuário médico viria acompanhado pelo laudo da necropsia, o leitor derramaria uma lágrima.

O mais importante para Handke era descrever a mãe sem nenhum tipo de afronta, sendo a afronta entendida como qualquer tipo de interferência em tudo aquilo que era próprio dela. Em outras palavras, o respeito à integridade dela. Para mim isso não era nada bom, porque eu havia escrito uma história semelhante da minha vida, e a havia escrito de maneira quase diametralmente oposta, o tempo inteiro buscando sentimentos, paixões, tudo que havia de sentimental, entendido como oposto daquilo que é racional, e também dramatizando o meu pai, representando-o como o personagem de uma narrativa, representando-o da mesma forma como se representa um personagem de ficção, escondendo todo o "como se" que toda a literatura enfatiza, e assim fazendo uma afronta a ele e à integridade dele em um nível fundamental, ao dizer que *aquilo* era ele. Eu poderia dizer a mesma coisa a respeito dos outros personagens do romance, mas somente em relação ao meu pai eu tinha adotado esse procedimento de uma forma que não levava em consideração nem ele nem a pessoa dele. Ele tinha morrido havia mais de dez anos, mas essa era uma circunstância que apenas tornava aquilo possível, sem nenhuma validade como justificativa.

Eu não pensei em nada disso enquanto escrevia, na apresentação da realidade, no problema da representação ou na integridade do meu pai, tudo aconteceu de maneira intuitiva, eu comecei com uma página em branco e a vontade de escrever e acabei com aquele romance específico. Nisso há uma crença praticamente cega na intuição, que tanto pode levar a uma poética como a uma ontologia, segundo me parece, uma vez que para mim o romance consiste em uma forma de pensar radicalmente distinta do ensaio, do artigo e da tese, porque no romance a reflexão não é um meio superordenado de chegar à apreensão, mas encontra-se no mesmo nível de todos os demais elementos. O espaço dentro do qual se pensa é tão importante quanto o pensamento. A neve que cai em meio à escuridão lá fora, os faróis de carro que deslizam pela outra margem do rio. Isso talvez tenha sido a coisa mais importante que aprendi na universidade, o fato de que se pode dizer praticamente qualquer coisa em um romance ou em um poema, e que o dito pode ser ao mesmo tempo verossímil e plausível, mas jamais exaustivo, e talvez nem mesmo essencial, porque o romance e o poema são sempre uma coisa à parte, uma coisa em si mesmos, e o fato de que não é possível dizer aquilo que se encontra dito de nenhuma outra maneira a não ser aquela transforma-os em uma coisa que levada às últimas consequências é sempre enigmática. O mundo é enigmático exatamente da mesma forma, porém nos esquecemos disso praticamente o tempo inteiro, já que sempre damos a primazia à reflexão quando o contemplamos. Mas o que é "andar"? É pôr um pé na frente do outro? É, é sim. Mas a descrição do ato motor de pôr um pé na frente do outro não diz nada sobre o sentimento que temos ao andar, nem sobre a diferença entre andar por uma subida ou andar por uma descida, andar ao longo de um píer de tijolos ou escada acima, através de um prado ou em meio a uma floresta coberta de musgo, de pés descalços ou calçando botas, e não diz nada sobre o sentimento que temos ao ver outras pessoas andarem — a multidão no mercado em uma manhã de sábado, o velho solitário em um terreno nevado ou uma pessoa que conhecemos há tempo, a maneira como o caráter por assim dizer se manifesta na maneira como ela anda ao vir de encontro a nós. Percebemos no mesmo instante, é "ele" ou "ela". Naquele padrão único de movimento, colocamos tudo o que sabemos e tudo o que vivenciamos a respeito daquela pessoa, mas não como partes separadas e claramente distintas, o que vemos é de certa forma a integralidade daquela pessoa, o que ela "é" para nós. Uma pessoa anda, nós a vemos, isso é tudo. Nesse caso o aprofundamento pode ir ainda mais longe se tomarmos um caminho científico, por exemplo, e assim passamos a tratar de todos os músculos e de todos os tendões que se movimentam para que seja possível colocar um pé em frente ao outro, o sangue que corre pelas veias transportando gases, as células e as paredes celulares, as mitocôndrias e as fitas de DNA, para não falar dos impulsos que atravessam o sistema nervoso, enviados por uma vontade ou um desejo de movimento sob a forma de compostos químicos ou descargas elétricas em um lugar do cérebro, e então a questão passa a ser: o que é a vontade, o que é o desejo, o que é um impulso motor, de que forma se manifesta? Trata-se de química, da ligação entre as reações químicas e o que sentimos como vontade ou necessidade? Esses impulsos não pertencem à consciência, mas a estruturas mais profundas e consideravelmente mais antigas do cérebro, que permanecem imutáveis há milhões de anos, desde que os nossos primeiros e mais distantes antepassados surgiram na Terra, praticamente iguais a macacos em quase tudo, a não ser pelos acetábulos da bacia, pelo comprimento dos braços e por outras duas ou três particularidades anatômicas que lhes possibilitaram fazer o que nenhum outro animal tinha conseguido até então, e que até hoje nenhum outro animal consegue, a saber, andar sobre duas pernas. Andar sobre duas pernas é o que mais nos distingue como espécie. Essa característica não apenas deixa marcas profundas em nossa realidade física, mas também no panorama mental, porque nos orientamos no mundo dos pensamentos como se este fosse topográfico, um panorama por onde andamos, das profundezas do inconsciente até o céu do superego, com uma utopia política bem à esquerda, a outra bem à direita; certos pensamentos se encontram próximos, e são ou fáceis de encontrar ou difíceis de ver, porque nos encontramos demasiado próximos, certos pensamentos são alcançáveis, outros encontram-se nas alturas e somente podem ser conquistados por meio de grandes esforços dignos dos Alpes, enquanto ainda outros são baixos e sujos, próximos da terra e de tudo que é telúrico.

Como escritor pode-se ir mais longe, ou, como Lawrence Durrell descreveu a escrita de um romance, pode-se estabelecer um objetivo e chegar lá durante o sono. "Andar" é inesgotável, porém a tarefa da literatura não é essa inesgotabilidade, mas a construção do inesgotável, pelo menos no que diz respeito àquele que tira as próprias medidas para representar a realidade, e a nossa reação permanentemente mutável e flutuante a respeito disso. As árvores que *são*, como disse Rilke, e nós que passamos como um volúvel sopro de vento. A floresta fala por si, de acordo com Handke existe um abismo entre ela e nós, mas se o caráter implacável da natureza parece ameaçador, não é por estar voltado contra nós, como talvez pareça quando a contemplamos a uma distância quase onírica, mas porque a mesma cegueira e o mesmo silêncio também existem em nós. As batidas do coração são implacáveis. Odisseu tentou construir uma ponte sobre o abismo entre aquilo que era cultura e aquilo que era natureza quando falou com o próprio coração e pediu que não batesse tão forte. O abismo está em nós. Foi o que vi na primeira vez em que estive diante de uma pessoa morta. Eu não entendi, mas vi o corpo e soube. A morte não é o abismo, o abismo está nas coisas vivas, em meio aos pensamentos e à carne por onde os pensamentos se movimentam. Na carne os pensamentos são como invasores, como um povo que conquistou um panorama estrangeiro, e que de repente o abandona quando se mostra demasiado hostil, ou seja, quando todo o movimento cessa e todo o calor se dissipa, como ocorre na morte.

Mas não foi apenas um defunto o que eu vi naquela ocasião. O defunto era o meu pai. O pressentimento sobre o que era a morte representava apenas uma parte cada vez menor da tempestade de pensamentos que tomou conta de mim. Diante de mim estava a pessoa que havia me criado, o corpo dele havia definido o meu, e eu tinha crescido sob a supervisão dele, ele era a pessoa mais importante e mais influente em toda a minha vida. O fato de que estava morto não mudava nada em relação a isso. Nada acabou naquela tarde, na capela em Kristiansand.

Quando desliguei depois de falar com Yngve eu peguei o elevador até o porão, atravessei os corredores úmidos, como os de um bunker, onde as luzes do teto acendiam-se futuristicamente por conta própria à medida que eu me deslocava para a frente, e cheguei à lavanderia no momento exato em que o mostrador da última máquina de lavar foi de um minuto para zero. Coloquei as roupas úmidas nas secadoras, as últimas roupas sujas nas máquinas de lavar, despejei o pó e liguei as máquinas, que no instante seguinte começaram a fazer barulho e a balançar. Passei um tempo parado observando as revoluções do tambor e as roupas que cada vez mais molhadas eram jogadas contra o vidro, arrastadas para fora do meu campo de visão e jogadas contra o vidro, enquanto eu refletia sobre o pior cenário imaginável, um processo judicial. Imaginei o momento em que eu chegava ao tribunal em um táxi, os fotógrafos que tiravam fotografias minhas enquanto eu descia e as manchetes nos jornais — *Knausgård mente, Uma obra degradante, Jamais devia ter sido publicado, Autor reconhece mentiras, Knausgård me estuprou* —, porque eu entendia que um processo judicial desses poderia atrair todo tipo de assunto, e que um projeto autobiográfico no qual eu também escrevia sobre outras pessoas abria caminho para que qualquer um pudesse dizer qualquer coisa a meu respeito. Eu não achava que o livro fosse chamar muita atenção por si mesmo, e a editora tampouco, a primeira edição tinha sido programada para dez mil exemplares, era um número elevado, porém não maior do que a edição do meu romance anterior, mas com um processo judicial não haveria dúvida de que as vendas subiriam às alturas. Nesse caso seria um escândalo, uma mixórdia sensacionalista, e qualquer tipo de merda poderia ser jogado em cima de mim. Nos meus pensamentos eu me via no banco dos acusados, por um motivo ou outro imaginado como uma espécie de púlpito, não muito diferente daqueles que tínhamos na escola, em cima de uma plataforma baixa no meio de uma sala lotada, respondendo às perguntas mais provocativas e mais insinuadoras que eu conseguia imaginar. A primeira era por que eu tinha escrito aquele romance. Por que eu havia usado nomes completos, em vez de proteger a identidade das pessoas, como era praxe no caso de romances próximos à realidade, e como tinha acontecido durante toda a existência desse tipo de literatura. Por que a realidade? O que isso acrescentava? A princípio eu não saberia como responder a essa pergunta, começaria a me revirar no assento, a balbuciar e a gaguejar, mais ou menos como eu às vezes fazia em aparições públicas, como na última vez em Munique, na Alemanha, quando muitas das pessoas que estavam no auditório simplesmente se levantaram e foram embora, o que ainda me enchia de vergonha quando eu pensava no assunto. Mas por que fantasiar a respeito da fraqueza e da covardia?, eu pensei, e então olhei para a janela estreita que ficava logo abaixo do teto, de onde quase não se via o asfalto no lado de fora por causa do vidro martelado.

Por que não responder às perguntas? Então eu me endireitava no banco, rodeado por jornalistas e pelo público curioso, talvez setenta pessoas no total, e começava a falar de maneira vívida e perspicaz sobre a relação entre a realidade e a subjetividade, sobre a relação entre a literatura e a realidade, para então abordar o caráter da estrutura social, a maneira como um romance daqueles era capaz de revelar os limites seguidos pela sociedade, que não se encontravam escritos em lugar nenhum, e que tampouco eram vistos, porque eram parte de nós e de toda a compreensão acerca de nós mesmos, e assim tornavam-se visíveis apenas no caso de uma transgressão. E por que você quis tornar esses limites visíveis?, perguntava o advogado de defesa. Existem coisas que todo mundo vivencia, coisas que são as mesmas para todas as pessoas, eu dizia, mas que não são comunicadas em lugar nenhum, a não ser no espaço totalmente privado. Todo mundo enfrenta dificuldades em um ponto ou outro da vida, todo mundo conhece alguém que é alcoólatra, que tem problemas psiquiátricos ou que de outra forma se arruína, ou pelo menos essa foi a minha experiência de vida; toda vez que eu encontro uma pessoa nova e passo a conhecê-la, mais cedo ou mais tarde surge uma história de doença, ruína ou morte súbita. Essas coisas não são representadas, e portanto é como se não existissem, ou como se fossem um fardo que cada um de nós precisa carregar sozinho. E quanto aos jornais e à mídia em geral?, perguntava o advogado de defesa. Nos jornais você encontra uns quantos relatos de morte súbita e doença, não? Claro, eu dizia, mas nesse caso eles são apresentados como fatos, são descritos de uma distância muito grande, como uma espécie de fenômeno objetivo. Não consta nada a respeito das repercussões para as pessoas próximas, ou, se consta, consta apenas como uma referência, como um fator externo. Além do mais, é preciso um elemento espetacular para que se escreva a respeito desses casos. As coisas sobre as quais eu falo são cotidianas. A metáfora para tudo isso é a morte. A morte está presente na vida de todos, primeiro como uma moldura conhecida, e mais tarde, por fim, com uma coisa em si mesma. As pessoas morrem às pencas todos os dias. Mas nós não vemos essa morte, ela é escondida. Tampouco falamos de bom grado a respeito dela. Por quê? Porque isso diz respeito aos aspectos mais profundos da nossa existência. Por que essas coisas são reprimidas? O mesmo acontece com o processo humano de envelhecimento e decadência. Quando uma pessoa fica velha demais para cuidar de si mesma, tratam de colocá-la em uma clínica geriátrica, escondida de todos. Que tipo de sociedade é essa, onde tudo que é doentio, fora dos padrões e morto é posto fora do alcance da visão? Duas gerações atrás, tanto a doença quanto a morte eram mais próximas, e, se não uma parte natural da vida, pelo menos uma parte inevitável. Eu poderia ter escrito um artigo a respeito disso, mas o artigo não teria dito muita coisa, porque argumentos são racionais, e nesses casos trata-se justamente do oposto, do irracional, de todos os nossos sentimentos em relação ao que significa ir ao encontro da decadência e da morte, daquilo que realmente *são*. Eu me lembro da primeira vez que encontrei a doença, foi na minha avó, ela estava em um estágio avançado do mal de Parkinson, a fragilidade física e a miséria humana me pareceram enormes e chocantes, porque eu não sabia que aquilo existia. Eu sabia que a doença existia, mas eu não sabia que era *daquele jeito*. Eu tive uma experiência similar na primeira vez em que trabalhei em uma instituição para pessoas com deficiência mental, fiquei abalado por conta de tudo que eu vi, por todos aqueles corpos deformados e intelectos arruinados, como eu não sabia que aquilo também era uma parte da humanidade? Aquilo tinha sido mantido fora do meu campo de visão, mas por quê? Essa experiência me levou a pensar no que é o corpo, sobre o que significa, essa matéria animalesca ou biológica sobre o nosso corpo, e na presença total disso no mundo, ao contrário da concepção de mundo e da compreensão que surgem em nossas reflexões acerca de quem somos e das circunstâncias em que vivemos, não apenas em toda a interminável quantidade de conhecimento que é produzida, mas também em toda a interminável quantidade de notícias e programas a que lemos e assistimos, nos quais essa perspectiva encontra-se ausente. O que eu tentei fazer foi restituir essa presença, fazer com que o texto penetrasse toda essa série de concepções e ideias e imagens que recobrem a realidade como um céu, ou um olho como uma membrana, para atingir a realidade do corpo e a fragilidade da carne, porém não em termos genéricos, porque o genérico encontra-se próximo do ideal, na verdade não existe, somente o particular existe, e como o particular nesse caso sou eu mesmo, foi a respeito disso que eu escrevi. Assim foi. Esse foi o meu único objetivo, na medida em que é assim. Certas pessoas acham que eu não tinha esse direito, porque não usei somente a mim mesmo. E é verdade. Mas para mim a questão é saber por que mantemos escondido aquilo que mantemos escondido. Que vergonha há nessa queda? Na catástrofe humana total? Viver a catástrofe humana total é terrível, mas falar a respeito? Por que a vergonha e o segredo em relação a isso, que no fundo talvez seja o que existe de mais humano? O que poderia ser tão perigoso a ponto de não podermos discutir em voz alta?

O advogado de Gunnar, que tinha permanecido em silêncio e ouvido toda a minha resposta, me olhava com um olhar que eu interpretava como irônico.

— Muito bem, Knausgård — ele dizia. — Mas acontece que o seu pai não sucumbiu da forma como você narrou. E dispomos de testemunhas nesse sentido. Ele bebia e tinha problemas, quanto a isso você tem razão, mas assim mesmo ele teve um fim discreto e tranquilo. Quanto à sua avó, ela nem ao menos bebia. Os dois anos que segundo você os dois passaram morando e bebendo juntos só existem na sua fantasia. Ele morou na casa dela por três meses. A casa não estava cheia de garrafas. E não foi você quem limpou tudo, como você escreveu, mas o seu tio. Então a minha pergunta para você é: por que você mentiu a respeito disso? Se você queria escrever sobre o mundo como ele é, por que descreveu justamente um mundo que nunca existiu? Esse é o nosso assunto aqui hoje. Você pode se esconder por trás de todo o intelectualismo existencial que você quiser, o que, na minha forma de ver, não passa de um monte de bobagens pretensiosas, e tão pomposas que eu quase chego a sentir enjoo por ser obrigado a ouvir, mas, enfim, não é por isso que estou aqui, pelo menos não agora, porque se entendi bem esse dislate presunçoso e delirante, você acha que está narrando a verdade, que de fato esse foi o objetivo desse romance repugnante e digno de um Judas que você escreveu. Mas ocorre que a verdade é outra. Você poderia explicar?

Eu o encarava com um olhar fixo e frio, incapaz de me mover.

— Foi assim que eu me lembrei de tudo — eu dizia por fim.

— Mas isso não basta! — exclamava o advogado. — Você afrontou essas pessoas, vilipendiou a memória dessas duas pessoas já falecidas. Você vendeu o seu pai e a sua avó por dinheiro sujo. Não basta dizer que você se "lembrou assim". Já é ruim o bastante você ter feito uma afronta dessas à vida particular da sua família, o que por si só já seria passível de condenação, mas o fato de

165

você ter mentido a respeito da mãe e do irmão do seu tio faz com que tudo se torne dez vezes pior. Isso é um crime contra a honra. Punível com uma pena de até três anos.

Ele enxugava o suor da testa e tirava a franja loira para o lado com um único gesto, e então olhava para mim.

— Eu limpei a casa — eu dizia. — Não é verdade que eu não sei limpar uma casa. E pode ser que eu tenha exagerado o caos lá dentro, mas estava *mesmo* um horror. Além do mais, eu escrevi a respeito do meu pai, eu contei a minha história, e isso não pode ser ilegal, certo? Ou pode?

Eu me esforçava em não olhar para Gunnar, que estava sentado na primeira fila e tinha se recusado a me cumprimentar minutos antes do início da sessão, mesmo que eu, em um gesto heroico e compassivo, tivesse estendido a mão para ele, mas caminhei com o olhar fixo no chão até o meu lugar para esperar a primeira testemunha, que seria o professor e membro da Academia Sueca Horace Engdahl, o ensaísta que por muitos anos tinha anunciado o vencedor do Prêmio Nobel, um homem conhecido pelo estilo elegante e magistral, ex-colega de Christer Pettersson, suspeito de ter assassinado o primeiro-ministro sueco Olof Palme e amigo do imprevisível, destemido e genial escritor sueco Stig Larsson. Eu já tinha visto Engdahl durante um seminário em Bergen muitos anos atrás; mesmo que não fosse esse o tema, Engdahl tinha mencionado Carina Rydberg e o romance *Den högsta kasten*, quando o furor causado pelo livro estava no ápice — ela tinha escrito sobre pessoas vivas usando nomes completos —, e dito que, apesar de todo o barulho, acima de tudo aquilo era literatura brilhante. Claro que eu esperava que ele pudesse dizer a mesma coisa a respeito do meu romance. Por outro lado, eu pensava de pé enquanto olhava para a máquina de lavar e para a água com sabão que se batia contra o vidro, havia um elemento tipicamente elitista e altivo na postura dele, ele era um aristocrata literário, e que impressão aquilo causaria em um processo judicial no qual Gunnar aparecia como o homem comum, como um senhor qualquer, que sem nenhum tipo de culpa tivera a vida destruída pelo sobrinho escritor? As pessoas teriam a impressão de que aquilo podia acontecer a qualquer um e acabariam horrorizadas. Eu seria apresentado como uma pessoa terrível, uma espécie de vampiro literário, brutal, implacável e egocêntrico. Talvez um aristocrata não fosse a pessoa certa para defender esse tipo de prática.

Do lado de fora, a porta do corredor se abriu. Achei que era um vizinho que tivesse reservado a máquina de lavar que eu estava usando e virei a cabeça, mas os passos fracos pararam em frente ao outro cômodo, que logo teve a porta aberta. Esperei mais uns segundos até que ele ou ela tivesse entrado e então saí. O barulho da lavanderia foi interrompido de repente quando a pesada porta de metal bateu no corredor às minhas costas. Era como estar no fundo de uma instalação enorme, eu pensei. Subi a escada, atravessei a porta e saí para a praça, eu precisava comprar cigarros. O vendedor de frutas me cumprimentou; provavelmente eu era o melhor cliente dele. Eu sorri e o cumprimentei de volta, prendi o chaveiro no indicador e atravessei a praça, passando em frente à loja de calçados Nilson, onde eu sempre conferia os sapatos expostos na vitrine. Lars Norén havia escrito sobre uma loja da Nilson no enorme diário dele, que eu tinha lido até a metade no verão anterior, ele manifestava espanto em relação ao fato de que uma mulher — não me lembro ao certo se a filha dele ou uma namorada nova — comprava sapatos lá, claramente aquilo não era bom o bastante para ele, ele comprava sapatos em uma loja com outro tipo de dignidade, pelo que entendi, eu que até então achava que a Nilson tinha um certo status. Eu não passava uma única vez em frente à loja sem pensar nisso, no espanto do cosmopolitismo calçadista de Norén em relação ao provincianismo calçadista das outras pessoas. Olhei de relance para o outro lado da rua, como eu também sempre fazia, já que havia uma loja que vendia lingeries e muitas vezes tinha pôsteres com mulheres seminuas na vitrine, antes de entrar pela porta da Thomas Tobak, onde o próprio Thomas mal desviou os olhos bem-humorados e logo voltou a se concentrar em um bong que parecia estar analisando.

— Bom dia — ele disse.

— Bom dia — eu disse. — Três maços de Lucky Strike.

Ele pegou os cigarros na prateleira às costas.

— Não vai levar nenhum jornal hoje? — ele perguntou.

Balancei a cabeça.

— Cento e quarenta e sete coroas, então — ele disse.

Tirei o cartão do bolso de trás.

— Pegue aquilo ali — ele disse, fazendo um gesto com a cabeça em direção à nova máquina de pagamento, que lia o chip, e não a fita magnética do cartão, o que seria bom tanto para mim como para ele, já que a fita do meu cartão estava meio gasta e mais de uma vez tinha acontecido de ele ter que digitar o número manualmente. Não que isso fosse um problema, ele sempre fazia tudo com calma, independente do número de clientes lá dentro.

— Muito bem, então — eu disse. — Obrigado.

— Eu que agradeço — ele disse.

Com os três maços de cigarro numa das mãos eu saí, olhei para a rua de passeio, que descia em linha reta até o primeiro canal e depois para o Gustav

Adolfs Torg, e que nas manhãs de sábado estava sempre lotada de gente, mas que naquela altura já estava um pouco menos cheia.

As crianças.

Onde estavam?

Detive o passo.

As crianças estavam no jardim de infância. Eu as tinha deixado lá.

Será?

O que tinha acontecido naquela manhã?

Com uma agitação febril, tentei relembrar um acontecimento concreto que pudesse confirmar que eu as havia deixado no jardim de infância, e então, no instante seguinte, lembrei que tínhamos voltado para buscar os óculos de Vanja, e que portanto tudo estava certo.

Retomei a caminhada, dobrei a esquina e passei em frente à banca de flores, depois em frente à banca de frutas e continuei com uma leve inquietude no corpo; eu tinha passado a manhã inteira sem pensar nenhuma vez nas crianças, e se elas estivessem em qualquer outro lugar que não o jardim de infância eu teria sido negligente de uma forma absolutamente grosseira. No verão anterior eu tinha lido a respeito de um pai dinamarquês que havia esquecido de levar a filha para o jardim de infância, quando ele estacionou em frente ao trabalho a criança ficou no carro e adormeceu, esquecida, e acabou morrendo de calor. Uma coisa dessas podia acontecer comigo, eu pensava com frequência desde então, e quando eu saía com apenas duas das crianças às vezes eu sentia um calafrio de medo, onde está John? Será que eu o esqueci em um lugar qualquer? Onde ele está? Puta merda, onde ele está? E de repente eu me dava conta, ele estava com Linda, tudo estava bem. Porém, mesmo que a partir de então eu soubesse, o medo podia voltar, onde ele está?, com Linda?, como você pode ter certeza de que isso não foi ontem?, você tem uma lembrança concreta?

Passei o chip em frente ao leitor, abri a porta. Havia um carteiro distribuindo cartas em frente às caixas de correio, que estavam abertas. Cumprimentei-o com um aceno de cabeça e fiquei esperando. Quando ele colocou um pequeno maço de correspondências na nossa caixa eu peguei tudo, entrei no elevador e conferi o pequeno maço no trajeto até o nosso andar. Um envelope da agência de cobrança Svea Inkasso, três contas, uma revistinha infantil do Bamse e um folheto da Spirit. Quando entrei no apartamento, larguei tudo em cima da pilha que estava na mesa junto do espelho, tirei os meus sapatos e guardei-os no armário, larguei dois maços de cigarro na gaveta da escrivaninha e levei o terceiro comigo para a sacada, onde me sentei, servi um café, abri o maço, tirei um cigarro e o acendi.

Acima de mim um pombo arrulhou, o barulho veio de repente e pareceu muito próximo. Olhei para cima e tive a impressão de que o pombo estava *dentro* do telhado.

Uuh-huu-huuu, disse o pombo.

Uuh-huu-huuu.

O pássaro estava cavoucando lá dentro, provavelmente o que eu ouvia era o barulho das garras contra o metal, o pombo não devia estar conseguindo se firmar. Ah, garras, uma estrutura antiquíssima, o que aquilo poderia fazer com a modernidade do metal?

Servi mais café.

Depois o pombo deslizou por cima de mim, flutuou pelo ar e desceu até o telhado do outro lado, talvez dois andares mais baixo, e se empoleirou numa antena.

Com um som fraco, como se viesse das profundezas do apartamento de baixo, uma campainha tocou. Passaram-se segundos antes que eu associasse o som à chegada de Geir. Logo me levantei e entrei no apartamento, quando mais uma vez a campainha tocou.

Peguei o interfone.

— Sim? — eu atendi.

— É o Gunnar. Seu demônio, eu vim pra dar um jeito em você!

— Entre — eu disse, apertando o botão até ouvir a porta se abrindo lá embaixo, e então desliguei o interfone, abri a porta e fiquei esperando na frente do elevador.

Geir apareceu com uma grande mala preta que ele jogava de um lado para o outro à frente do corpo. Njaal veio logo atrás, colado às pernas do pai; o olhar que ele lançou na minha direção parecia meio desconfiado e meio curioso. Geir estendeu a mão sem sorrir, mal olhou para mim.

— Olá — ele disse com um jeito apressado e ainda meio resfolegante, já saindo daquela situação.

— Vocês acharam fácil o caminho? — eu perguntei.

— Eu já tinha estado aqui antes — ele disse, passando por mim e entrando no corredor, onde largou a mala e se abaixou para tirar os calçados de Njaal.

— Claro, claro — eu disse.

Geir levantou o rosto e sorriu.

— Calma, calma, vai dar certo.

— O que vai dar certo? — eu perguntei.

— O que está atormentando você.

Ele se abaixou e tirou as sandálias.

— Onde estão a Vanja e a Heidi? — Njaal perguntou.

— No *dagis* — eu disse. — Mas logo elas vão estar em casa. Até lá você pode brincar com os brinquedos delas!

Njaal começou a andar pelo apartamento, um pouco hesitante.

— Estou contente de ver vocês — eu disse quando Geir se levantou.

— Imagino — ele disse. — Não vai ser pouco o dinheiro que vamos economizar em ligações telefônicas.

— Você acha que eu ligo com bastante frequência?

— Bastante frequência? — Geir disse. — É a única coisa que eu faço! Acordo, escovo os dentes, falo com você, tomo café da manhã, falo com você, engulo o almoço, falo com você, escovo os dentes e me deito para dormir. O que será que vai acontecer amanhã?, eu me pergunto. Será que o Karl Ove vai ligar?

— Você quer um café? — eu perguntei.

— Quero.

— Vamos para a cozinha, então.

Geir me acompanhou, com o rosto meio voltado para cima, como ele muitas vezes fazia quando passávamos um tempo sem nos ver, com um sorriso largo e sarcástico nos lábios, como se dissesse: eu sei tudo a seu respeito. E era quase verdade.

Quando nos mudamos para Malmö, tive receio de que perdêssemos o contato. Afinal, esse é um dos efeitos da distância; quando o tempo entre as conversas aumenta, a proximidade diminui, as coisas pequenas e cotidianas deixam de ter vez, parece meio estranho falar sobre uma camisa nova ou comentar que estamos pensando em lavar a louça apenas no dia seguinte quando se está há duas semanas ou um mês sem conversar com alguém, a situação parece exigir contornos mais grandiosos, e se estes passam a ditar os rumos da conversa, então tudo está perdido, nesse caso são dois diplomatas a trocar informações sobre riquezas em uma conversa que dá a impressão de ter que recomeçar do zero a cada vez, o que passado um tempo torna-se insuportável, logo passa a ser melhor nem ligar, e tudo fica ainda mais difícil na vez seguinte, e assim quando nos damos conta o silêncio já durou seis meses. Mas não foi assim que aconteceu. Pelo contrário, nosso contato aumentou depois que nos mudamos, começamos a falar com mais frequência e a ter conversas mais longas por telefone, por vezes tão longas que chegavam a me parecer anormais e a me dar um sentimento de inquietude, porque eu não queria ser anormal. Num dia comum eu fazia a primeira ligação para ele por volta de umas nove horas da manhã, quando conversávamos por vinte minutos ou meia hora, depois eu ligava de novo à tarde, quando eu lia o que eu tinha escrito ao longo daquele dia e Geir fazia comentários. Ele nunca fazia críticas, mas falava sobre o que eu havia escrito de uma forma que expandia o texto, apresentava outras perspectivas e possibilidades, que eu usava na medida do necessário quando começava a ler no dia seguinte. De vez em quando falávamos à noite também, mas eu tentava limitar um pouco essas conversas por ter a impressão de que Linda talvez achasse que às vezes havia um certo excesso de Geir. Mas eu não tinha nenhum amigo em Malmö, e nenhum colega com quem tivesse uma convivência regular, o único lugar que eu tinha para falar sobre as coisas que eu fazia e que me interessavam era aquele espaço, e uma vez que existia há muitos anos, eu não precisava fingir, não precisava tentar ser mais esperto do que eu era nem dizer qualquer outra coisa a não ser o que eu realmente queria dizer. Muitas das ideias e dos conceitos que eu abordava de maneira direta ou indireta no livro vinham de Geir, e eu também discutia com ele as correções a que me levavam. Geir me influenciava, o mundo das minhas ideias era cada vez mais próximo ao dele, e a única coisa que me salvou, porque era assim que eu sentia, que a minha integridade estava em perigo, foi que eu deixava os pensamentos descaradamente tirados dele evoluírem naquilo que era meu, na minha história e na minha biografia, e que eu também desempenhava um certo papel no trabalho e no desenvolvimento dele, se não maior, pelo menos de uma outra forma um pouco menos ameaçadora da integridade. Seis anos atrás Geir tinha viajado a Bagdá e ficado por lá antes, durante e depois da invasão americana ao Iraque. Ele queria escrever um livro sobre a guerra, e chegou ao país como escudo humano, um disfarce que deu a ele uma liberdade enorme e ofereceu a chance de entrevistar todo tipo de gente que de um jeito ou de outro estava sendo afetado pela guerra. Os seis anos desde que ele havia voltado tinham sido usados para escrever um livro que aos poucos, mas sem dúvida, aproximava-se do fim.

O título de trabalho era *Mot bedre viten*. Esse podia ser também o lema da vida de Geir — "Contra a sensatez".

Servi duas canecas de café e entreguei uma delas a ele. Do lado de fora da janela era como se todos os telhados e todas as cumeeiras, avermelhados e tendo ao fundo o azul do céu, dessem a impressão de cair para dentro, a perspectiva talvez criasse aquele efeito porque tudo era visto de cima em um ângulo enviesado. O mesmo efeito tinha me chamado a atenção na primeira vez em que eu havia saído à sacada para conhecer a vista. Foi quando visitamos o apartamento pela primeira vez, e o leve sentimento de vertigem que eu tive a seguir me deu a certeza de que era naquele lugar que eu queria morar. Naquela altura eu já estava acostumado, mas a presença de Geir fez com que eu notasse tudo outra vez.

— Você teve mais alguma notícia? — ele perguntou.

— A respeito do Gunnar? — eu disse.

Geir fez um gesto afirmativo com a cabeça e abriu um sorriso que eu teria percebido como maldoso se não o conhecesse.

— Não. Você não acha que as notícias que tive já foram o bastante?

— Acho, acho — ele disse, sorrindo.

— Que horrível o jeito como você sorriu — eu disse.

— Estou de bom humor, sabe? Quer dizer, não, claro que você não sabe nada a respeito disso. Ha ha.

— Meu problema não é exatamente o mau humor.

— Não. O seu problema é que você é uma pessoa má.

— Exato.

— E também um dos poucos narcisistas de verdade, eu me vejo quase obrigado a acrescentar.

— Se você diz.

— Não há nenhuma dúvida. Aliás, eu só aguento tudo isso por ser tão narcisista quanto você.

— Não entendi muito bem. Você aguenta o meu egoísmo doentio porque você também é um egoísta doentio? O mais lógico seria que você detestasse isso, já que tira o foco do seu próprio narcisismo, não?

— O meu ego é tão grande que eu não me preocupo com ele.

Ele me olhou e sorriu por cima da caneca que estava levando à boca. Ouvimos uma batida forte na sala.

— Njaal, o que você está fazendo? — Geir perguntou.

A voz de Njaal disse qualquer coisa lá dentro.

— Você não quer fumar um cigarro? — eu perguntei. Geir respondeu com um aceno de cabeça e então fomos à sacada.

No caminho vimos Njaal sentado no chão rodeado por brinquedos que havia tirado do pufe redondo, cuja tampa caída no chão tinha provocado a batida de pouco tempo atrás. Nos sentamos cada um de um lado da pequena mesa em estilo camping. Eu acendi um cigarro e coloquei as pernas no parapeito.

— Você quer ter outra coisa em que pensar? — Geir me perguntou.

— Por favor — eu disse.

— Eu fui à cidade uns dias atrás e comprei sapatos de madeira.

— Acho que não é o suficiente para me pôr para cima — eu disse.

— Eu comprei os sapatos de madeira para infernizar o vizinho — ele disse. — Se não for o bastante, vou comprar sapatos de madeira para a Christina e para o Njaal também.

— Você está andando com sapatos de madeira dentro de casa? — eu perguntei, olhando para ele. Geir fez um gesto afirmativo com a cabeça.

— Estamos em guerra. Depois que eu comprei os sapatos, passei uma hora inteira pulando por todo o apartamento.

— Como o Pato Donald?

— Não. O Pato Donald fica bravo, ele é completamente irracional. Mas o que está acontecendo é racional. Estou me valendo das minhas vantagens no terreno. Estou em uma posição mais alta do que ele. Meu chão é o teto dele.

— Você não cogitou bater no seu vizinho em vez de fazer isso? Levá-lo para a floresta e dar uma surra nele?

— Seria demasiado brutal. Mas estamos numa situação-limite. Além do mais, nós não queremos perder o contrato de aluguel. Não posso arriscar uma coisa dessas. Mas andar com sapatos de madeira dentro de casa não é ilegal. Ninguém pode me impedir de fazer isso. Se ele tivesse batido na Christina ou no Njaal, a situação seria outra. É preciso ajustar a violência. É uma questão de violência e excesso de violência. Eu podia ter dado um tiro nele. Mas seria violência demais. Se eu tivesse batido nele também. É preciso analisar o conflito e ajustar a violência de acordo com o objetivo. Quem disse isso foi Clausewitz. A violência é um meio de se livrar de um problema. Uma coisa prática.

— Mas então você já pensou em bater nele?

— Claro que pensei. Mas essa é a melhor solução. Vou andar dentro de casa com os meus sapatos de madeira até ele desistir. Se levar um ano, então vou andar com sapatos de madeira por um ano. Se levar dez anos, não tem problema, vou andar com eles por dez anos.

— Você é louco.

— Louco? Não mesmo! Eu tenho um conflito de interesses com o meu vizinho. Ele me atacou. Eu tentei resolver tudo de uma forma razoável. Não funcionou. Agora estou dando o troco. O que estou fazendo é legal, e ele logo vai descobrir. A única maneira de ele fazer com que eu pare é se rendendo. Ele sabe disso. Existem três maneiras para ele se livrar disso. Número um: se ele se mudar. Número dois: se a mulher dele pedir desculpas para a Christina. Número três: se ele nunca mais falar com a gente e nunca mais olhar para a gente quando nos encontrarmos, enfim, se ele se mantiver totalmente afastado, para sempre. Se você me perguntar, eu aposto que ele vai adotar essa terceira solução. Mas vamos ver. Por enquanto ele está aguentando.

— Você fala como se essa fosse uma forma normal de agir — eu disse. — Mas não é. Ninguém resolve um conflito comprando sapatos de madeira e caminhando de um lado para o outro com eles dentro de casa. Veja a maneira como você fala. "Valer-se das vantagens no terreno." Você fala como uma unidade militar que conquistou um morro no Vietnã ou coisa parecida. Mas a gente está falando de um apartamento em Estocolmo.

— Um conflito é um conflito — ele disse. — Eu sei que vou conseguir o que eu quero fazendo isso. Ele não tem nenhuma forma de me vencer. O barulho dos sapatos de madeira é insuportável. Ele pode aguentar por um mês, talvez dois. Mas depois ele vai bater na minha porta e perguntar o que precisa fazer para que eu pare. Pode esperar. Nesse dia o problema vai estar resolvido.

— Não o problema dele.

— Não, mas o problema dele é insolúvel. O meu problema, por outro lado, não é insolúvel.

Fazia uns meses desde que Geir e Christina haviam se mudado de um apartamento de um quarto em Västertorp para um apartamento de três quartos no mesmo bairro. Já na chegada o vizinho tinha reclamado do barulho no corredor enquanto os dois transportavam móveis e caixas. Depois, reclamou das marteladas quando os dois estavam pendurando quadros. Eles disseram que estavam fazendo a mudança com o maior cuidado, mas que era impossível fazer uma mudança sem barulho nenhum. Semanas mais tarde, o vizinho reclamou das portas que batiam e do barulho que Njaal fazia ao correr pelo apartamento. Geir colocou feltro nas portas e nos armários e tapetes extras no chão. O vizinho escreveu uma carta para o senhorio reclamando deles. Além do barulho no apartamento, havia também o barulho que eles faziam ao andar pelos corredores do prédio, e além disso o barulho do carrinho de bebê na escada. Geir respondeu com uma carta na qual havia escrito que eles tomavam o maior cuidado possível. Nunca ouviam música, nunca davam festas, todas as noites iam para a cama às dez horas. O barulho de que o vizinho reclamava estava relacionado ao simples fato de que eles eram uma família com uma criança, e não havia nada que se pudesse fazer a esse respeito. Pelo que eu tinha entendido, essa carta deixou o vizinho ainda mais furioso, e um dia ele confrontou Geir no porão do prédio. A situação me lembrava daquela que eu tinha vivido com Linda quando morávamos em Estocolmo. Lá também havia uma vizinha que reclamava de tudo que a gente fazia e que adotava um comportamento ameaçador em relação a nós. Nós também havíamos tentado atender às exigências dela, mas tudo era absurdo demais para que desse certo. Resolvemos o assunto quando nos mudamos. Eu ainda tinha uma reação física quando as crianças faziam barulho, chutando o radiador, por exemplo, ou derrubando um objeto pesado no chão. Eu sentia o meu corpo gelar e depressa ia fazer com que parassem. Os vizinhos de Malmö nunca tinham reclamado, aquilo ainda era efeito da vizinha de Estocolmo, três anos depois da nossa mudança. Quando falei com Christina a respeito disso ela reagiu da mesma forma que eu, dizendo que estava sempre atenta a barulhos altos ou repentinos, que fazia o máximo para eliminá-los e que vivia pisando em ovos. Mas Geir era de um molde diferente. Ele não aceitou aquilo e decidiu resolver o problema. O motivo que o levara a comprar sapatos de madeira naquele exato momento, segundo me explicou, foi um episódio que tinha acabado de ocorrer. Christina estava com Njaal na sacada, mas entrou para o apartamento por uns minutos e de repente ouviu um grito da sacada de baixo. O que vocês estão fazendo aí em cima? O que aconteceu foi que Njaal tinha aberto a tampa na base do guarda-sol, que estava cheia d'água, e um pouco da água tinha escorrido e respingado na sacada de baixo. A princípio Christina não percebeu o que tinha acontecido e disse apenas que eles não estavam fazendo nada de especial. A vizinha gritou para o marido que aquela mulher do inferno disse que não tinha feito nada. Quando Geir ouviu isso ele pegou o carro e foi à cidade comprar sapatos de madeira, que desde então vinha usando da hora em que acordava de manhã até a hora de se deitar à noite.

— Parece que você também sente uma certa alegria com isso, não? — eu perguntei.

— Não por andar com os sapatos de madeira. Eles são meio desconfortáveis. Mas saber que o vizinho tem fumaça saindo pelos ouvidos, sem poder fazer nada, de fato é uma alegria para mim. Você tem razão nesse ponto.

— Eu gostaria que você não fizesse uma coisa dessas — eu disse.

Geir riu.

— Acho que em poucas semanas vou poder parar com isso.

— Você não está resolvendo nada. Ele vai simplesmente inventar outra coisa.

— Se ele fizer isso eu vou escalar a situação. Estamos em guerra. O objetivo é fazer com que o inimigo entenda que você sempre está disposto a ir mais longe do que ele. E assim você vence.

— Você não entende que existe uma diferença entre grandes conflitos e pequenos conflitos?

— Não, você está enganado. O princípio é o mesmo. Assim que ele compreender que não vai conseguir nada de mim, e que eu estou disposto a ir sempre mais longe independente do que ele possa fazer, ele vai se resignar. Espere e você vai ver.

— Vamos ver, então — eu disse.

— Essa sua estratégia de aceitar todo tipo de coisa na esperança de que tudo se resolva por conta própria não funciona com esse tipo de pessoa.

— Você é quem está dizendo — eu disse. — Mas eu ainda não me convenci de que você sabe o que está fazendo.

Njaal abriu a porta e veio até nós.

— *Så högt!* — ele disse.

— É, aqui é muito alto — disse Geir.

Njaal se ajoelhou e ficou olhando pela fresta entre o piso de concreto e o parapeito.

— *Det är nåt där nere!* — ele disse.

— Aquele pincel? — eu disse. — Aquilo foi a Vanja que jogou lá para baixo. E se você olhar bem vai descobrir uns isqueiros também. Esses fui eu que perdi.

— *Kan jag kasta ner nåt?* — ele perguntou, olhando para o pai.

— Acho que você não pode jogar nada lá para baixo, não — disse Geir.

— Vamos para a colônia de jardins? — eu perguntei. — Assim o Njaal pode correr um pouco. Ainda faltam umas horas para eu buscar as crianças. De repente a gente pode ir com o seu carro.

Meia hora depois estávamos cada um na sua cadeira, à sombra da cerca viva, conversando em meio ao zumbido das vespas e mamangavas enquanto víamos Njaal correr pela grama. Havia uma grande piscina de plástico por lá, mas ele não quis tomar banho. Às vezes Njaal vinha até nós para beber suco daquela maneira ávida e descontrolada como as crianças bebem, para no instante seguinte correr mais uma vez pela grama em direção a outra coisa que tivesse chamado a atenção dele. Quando compramos nosso lote ele era um dos mais bonitos no lugar. Dois anos mais tarde, tudo estava decrépito. Mas no verão, com toda a exuberância da natureza, talvez fosse possível chamar o jardim de frondoso em vez de decrépito. De qualquer maneira, aquele não era o dia para se deixar afetar por esse detalhe.

Ouvia-se o barulho de cortadores de grama em um lugar ou outro e dois lotes mais adiante duas famílias de Skåne conversavam, porém no mais tudo estava em silêncio. Tentei precisar o sentimento que havia tomado conta de mim para Geir, e no fim acabei por defini-lo como medo. E consegui ver com clareza que aspecto a situação tinha para quem estava de fora. Que Gunnar pudesse ligar ou aparecer; ele tinha renunciado a qualquer tipo de contato, todas as correspondências dele eram enviadas à editora com cópia para mim. Será que estava com medo de mim, que não tinha coragem para um confronto direto? A dizer pelo que ele tinha escrito a meu respeito, não parecia nada provável. Aos olhos dele eu não passava de um vagabundo de dezesseis anos sem nenhum tipo de consciência, cheio de ódio e ávido por dinheiro. Era mais provável que estivesse me evitando por eu ser indigno, simplesmente. Uma última possibilidade consistiria em ele achar que eu já não era mais responsável pelos meus atos, já que apesar de tudo eu fazia parte da família Knausgård, e que essa seria uma forma de me poupar. Por um tempo eu pensei assim, e esse pensamento me levou a sentir um estranho conforto, mas no fim eu havia compreendido que era mais um desejo meu do que uma conclusão lógica.

Discutimos o assunto. Quer dizer, Geir falou e eu fiquei ouvindo. Eu já tinha ouvido tudo que ele disse, e achei que eu já tinha pensado em tudo que se podia pensar em relação àquilo, mas de repente Geir me perguntou:

— Que idade ele tem?

— Uns cinquenta e cinco, acho eu.

— E você está aqui. Com cabelos grisalhos. Barba grisalha. Aos quarenta anos. Vocês dois têm a mesma idade. Você não pode aceitar ser tratado assim por uma pessoa da mesma idade.

— Eu não tinha pensado nisso.

— No que você não tinha pensado?

— Que nós dois temos a mesma idade.

Parece estranho que justamente isso seja um pensamento libertador. Eu já havia pensado na maior parte do que Geir havia dito por conta própria, mas não nisso. Eu e Gunnar tínhamos a mesma idade. Ele não estava acima de mim. Uma coisa era saber disso, outra coisa era compreender.

— Ele viu você de fralda, esse é o problema. Para ele, você sempre vai ser um menino. Mas isso não quer dizer que você deva se sentir assim em relação a ele.

— Ele é o meu pai, você sabe disso.

— É, eu sei. Mas você não é feito só de sentimentos e de irracionalidade. Você também é feito de pensamentos e de racionalidade. Deixe um pouco mais de espaço para essas coisas e tudo vai se ajeitar.

— Você fala como se fosse uma escolha.

— E não é?

Ergui a mão espalmada na direção dele.

— Já chega disso por enquanto. Como vão as coisas no mais?

Geir riu.

— Nem tente!

— A transição pode ter sido meio brusca e você acabou notando, mas é assim que se faz, não?

— O quê?

— Essa situação social. A conversa vai de um assunto ao outro. É o procedimento normal, pelo que entendi.

— A gente está meio além das convenções de polidez, não?

— De jeito nenhum. Você *tem* alguma novidade?

— Vejamos — ele disse. — Eu fico sentado no meu escritório, eu escrevo...

Geir olhou para mim.

— Não, nenhuma novidade. Pronto. Já podemos voltar a falar sobre o Gunnar?

Quando uma hora depois eu guardei as duas cadeiras no depósito aberto ao lado da pequena casa, eu estava aliviado. Talvez não fosse tão grave assim. Talvez não fosse o fim do mundo. Apoiei as canecas e os copos no balcão da pia, ouvi os passos de Njaal enquanto ele corria pela estradinha de cascalho do lado de fora da cerca, tranquei a porta, saí do jardim e apertei o passo para alcançá-los. O carro estava no estacionamento, cem metros adiante. Todos os jardins por onde eu passava eram meticulosamente cultivados, havia pequenos espelhos d'água artificiais e esculturas por toda parte, as cercas vivas eram podadas à perfeição e os gramados eram tão densos e cortados tão rente que mais pareciam tapetes. Os proprietários moravam por lá de maio a setembro, muitos eram aposentados, e o cultivo dos jardins era um estilo de vida para eles. Para mim, aquela era uma região aterrorizante. Eu odiava o lugar, realmente odiava. Era um lugar onde as pessoas eram vistas. Não como aquilo que eram, não como aquilo que deviam ser, mas como aquilo que pareciam ser. O fato de que lá eu reconhecia as regras da minha infância não melhorava as coisas em nada, pois como diabos eu podia ter comprado uma pequena propriedade no meio daquele inferno? A que ponto podia chegar a falta de autoconhecimento?

Alcancei Geir e Njaal um pouco antes da cancela junto à entrada do estacionamento.

— O próximo romance que eu vou escrever começa aqui — eu disse. — Já contei isso para você? Nele a Segunda Guerra Mundial nunca aconteceu e o nazismo se espalhou tranquilamente pela Europa. O protagonista cresce aqui. Durante toda a infância e toda a adolescência ele sente vontade de ir para a África. Essa é a frase de abertura. "Durante toda a minha infância e toda a minha adolescência eu li sobre a África. Aquilo me encheu de um anseio tão grande que era quase insuportável." Mais ou menos assim. Uma vez eu li um artigo longo no *Dagens Nyheter* sobre os planos dos nazistas para o mundo. Eles tinham projetado um porto gigantesco na costa norte da África. O restante do continente era escuro, não havia nada. Parece um bom ponto de partida para um romance. Um mundo planejado e ordenado até os mínimos detalhes, totalmente estetizado e controlado, e um mundo onde tudo é desconhecido e imprevisível e improvisado, onde tudo que acontece simplesmente desaparece. Você entende o que eu quero dizer?

Geir fez um gesto afirmativo com a cabeça.

— Eu entendo que você precisa fugir do que você está fazendo agora. Isso é um plano de fuga descarado.

— É, você tem razão. Mas eu estou falando sério. A África realmente parece ser uma coisa totalmente outra. Eu percebi quando estive lá, e percebi também em muitos documentários feitos lá. O que a gente não entende é que a nossa utopia é a África. Não o contrário.

Geir abriu a porta do carro e Njaal sentou-se depressa no banco de trás. Esperei até que Geir o tivesse afivelado e então me sentei no banco do passageiro. Outras duas ou três portas de carro se abriram e fecharam ao redor, aquilo me lembrou da atmosfera no estacionamento de uma marina ou de um trapiche, de pessoas levando e trazendo bolsas térmicas e bancos de acampamento, vestindo saias e bermudas, com a pele bronzeada e movimentos vagarosos, a solidão do enorme céu azul e da paisagem imóvel quebrada por aqueles acontecimentos triviais, por coisas erguidas e carregadas, portas batidas e vozes balbuciantes.

— A gente devia parar com toda essa ajuda fajuta para a África. Parar com todo tipo de ação. Simplesmente ir embora de vez e deixar que os africanos fizessem o que bem entendessem. Da maneira como está hoje, estamos criando uma relação colonial, e isso diz que nós somos melhores do que eles, veja só o que eles fazem, eles não sabem se governar, não sabem cuidar de nada, não conseguem sequer construir escolas. Tudo acaba mal para eles. Eles fazem guerras. Têm crianças-soldado. Todas essas merdas. Não, simplesmente cortar todos os laços e deixar as pessoas lá viver em paz. Fechar o continente. Eu detesto o pensamento subjacente a tudo aquilo que a gente faz no mundo, que é em resumo querer que eles sejam como nós. Isso sim é um inferno. Quanto mais diferentes forem os outros, melhor. As culturas africanas são obviamente muito diferentes da nossa. E são elas que são a nossa utopia. Não o contrário.

— Você parece bem satisfeito com essa formulação — disse Geir, que tinha colocado os óculos de piloto dele e dirigia sem pressa pelo estacionamento, em direção à estrada asfaltada mais ao fundo.

— Esse negócio da utopia?

— É.

— Mas eu realmente penso assim.

— Eu sei que você pensa assim. É o seu velho anseio pelo século XVII, em uma veia nova.

— Pode ser. Mas, enfim, um romance distópico com um protagonista que cresceu aqui e que tem vontade de ir para a África, e que provavelmente acaba indo para lá. No momento em que o romance é narrado, ele está velho. Morando em uma ilha no Mar Báltico.

— Deixe-me adivinhar: vocês estiveram lá de férias? Como era mesmo o nome do lugar? Slite? Em Gotland?

— É, mais ou menos por lá. Não é um enredo muito complexo, mas já é um começo.

— E qual vai ser o título?

— *Det tredje riket.*

— Um título neonazista.

— É. Mas é um bom título.

— Claro. Não fui eu que tive a ideia?

— Foi?

— Acho que foi. Mas você não deve lembrar.

Saímos de lá, Geir parou na entrada da rotatória até que estivesse livre, entrou devagar e acelerou ao chegar do outro lado. Um ônibus estava parado no ponto com o motor ligado, porém no mais a rua à nossa frente estava vazia. Eram três e meia e ainda faltava uma hora para que o rush começasse.

— Você tem uma forma muito particular de memória. Alguém diz uma coisa para você, ou você lê uma coisa qualquer, depois você esquece por completo e então tudo volta de repente enquanto você escreve, mas de um jeito completamente separado do contexto original, como se você mesmo tivesse inventado aquilo.

— O que se costuma chamar de plágio? — eu disse, sentindo o meu rosto corar.

Geir olhou brevemente para mim.

— Não, o que se costuma chamar de liberdade. É por ser feito dessa forma que você está escrevendo um romance e eu estou escrevendo um livro documental. Eu fui destruído pela academia. Eu preciso conferir e reconferir tudo. Não consigo escrever uma única frase sem uma nota de rodapé e uma referência. É uma prisão. Mas você é completamente livre.

— Você é confiável. Eu não.

— Já chega, já chega. Você não precisa se açoitar. Está funcionando bem!

— Não me diga que foi você também que teve a ideia do título *Minha luta*?

— Acho que fui eu, sim.

— É sério?

— Você disse isso numa frase, "minha luta", e então eu disse, "aí está o seu título". Foi assim que aconteceu.

— Puta merda.

— É assim que você funciona. A sua cabeça é como uma panela, tudo que cai dentro vira sopa.

Ao longo da Bellevuevägen, por onde seguíamos, havia casas de alvenaria baixas e claras em ambos os lados da estrada. O lugar parecia a Dinamarca, como tantos outros lugares em Malmö e em Skåne. Geir parou em frente a um semáforo vermelho em frente a um posto da Statoil e Njaal começou a se balançar para a frente e para trás, como se quisesse ver o máximo possível do que acontecia na rua. Quando o semáforo ficou verde, o carro acelerou depressa e logo estávamos atrás de um ônibus. Um grande cartaz publicitário estava afixado sob as janelas traseiras. Era o anúncio de uma corretora de imóveis local, com quatro mulheres sorridentes, vestidas com roupas escuras, parecidas com os uniformes de comissárias de bordo. Eu já tinha visto aquela imagem diversas vezes antes, estava em todos os ônibus e em todos os pontos de ônibus da cidade, então eu já tinha pensado naquilo antes que aparecesse à nossa frente naquele instante.

— Você está vendo aquela imagem? — eu perguntei.

— Claro — disse Geir.

— Eu acho que consigo adivinhar qual delas você escolheria — eu disse. — Mas se eu acertar você não pode negar só para me contradizer. Está bem?

— Está bem — ele disse.

— Você ficaria com a da direita.

Geir riu.

— Certo — ele disse. — Mas você só sabe disso porque teria pensado a mesma coisa.

— Não. Eu já vi essa imagem um monte de vezes. Eu escolheria a segunda a partir da esquerda.

— É sério?

Geir riu mais uma vez.

— Não é sempre que você me surpreende. Como você sabia qual delas eu ia preferir?

— Porque eu conheço você. Eu tinha certeza.

— Já eu não poderia dizer o mesmo. Eu jamais imaginaria que você ia escolher a segunda. Para mim é a da direita e pronto. Seria impensável que alguém pensasse de outra forma!

— Pegue à direita aqui — eu disse. Geir trocou de marcha e mudou de pista enquanto o ônibus seguia em frente.

— É como o negócio com os sapatos de madeira — ele disse. — Antes de você dizer que eu era louco, nem sequer tinha me ocorrido que aquilo pudesse ser qualquer outra coisa além de normal. Para mim é uma ação completamente lógica e adequada.

— Ficar pulando pela casa com sapatos de madeira para se vingar do vizinho?

— Não é para me vingar. É para resolver o conflito. Para destruir a vontade dele. Mas sim, para mim é totalmente natural. Eu nem imaginei que alguém pudesse encarar a situação de outra forma.

— Você não é sociólogo?

— Claro que sou. Mas eu também sou uma pessoa.

Passamos em frente ao Kronprinsen, o enorme prédio de apartamentos dos anos 1960, que até a construção do Hilton tinha sido o prédio mais alto da cidade, e seguimos ao longo do renque de árvores decíduas no lado direito do Slottsparken, em meio a vários outros carros que reluziam ao sol.

Geir riu.

— Você me pegou, mesmo. Que dizer então que você tinha *certeza*?

— Não tem nada de estranho nisso, tem?

— Claro que tem, porque nem eu sabia.

Depois que estacionamos o carro eu os acompanhei até o apartamento e fui buscar as crianças. Ao me ver, John desceu do triciclo e se aproximou correndo. As meninas estavam na caixa de areia e na casinha, elas registraram que eu havia chegado, mas não quiseram demonstrar. Com John nos braços, fui até Karin e perguntei como tinha sido o dia. Tinha sido bom, ela disse, as crianças mais velhas tinham ido a um parque de manhã e John havia ficado no jardim de infância. Todos estavam alegres e contentes.

— Karl Ove, o John ainda está sem fraldas — disse Nadje, que estava sentada uns metros atrás de nós.

Puta que pariu. Eu tinha que dar um jeito naquilo!

— Me desculpe — eu disse. — Eu esqueci por completo. Você quer que eu vá comprar agora?

— Não precisa. Desde que ele tenha fraldas para amanhã está tudo certo.

— Está bem. Eu vou dar um jeito nisso. Me desculpe. Mas vocês conseguiram dar um jeito?

— Pegamos umas emprestadas.

— Está certo. Obrigado. Foi ótimo que vocês tenham conseguido se virar. Eu me esqueci mesmo.

Ela abriu um sorriso sem graça, eu sorri de volta e levei John até o carrinho, para que Vanja e Heidi pudessem ver que estávamos indo embora, e não apenas ouvir.

— Venham, meninas! — eu gritei.

Havia poucas crianças por lá, muitas ainda estavam de férias. Dentre todos os pais, nós éramos aqueles que mais faziam uso do jardim de infância, eu achava, mas talvez só por ter a consciência pesada por causa de todas as vezes que nossos filhos acabavam praticamente sozinhos lá porque eu queria escrever. Empurrei o carrinho até uma cadeira à sombra e me sentei.

— Cinco minutos! — eu gritei. — Depois vamos embora. Está bem?

Vanja me olhou por um instante e acenou a cabeça. Eu me inclinei para trás e olhei para o céu, que estava azul-claro, com aquelas nuvens leves e compridas, que mais pareciam um lençol e eram típicas do verão, pairando ao longe. Ventava, e uma brisa soprou pelos telhados e foi empurrada em direção ao pátio, onde se roçou em tudo, inclusive no meu corpo, na minha pele úmida que quase se arrepiou com o bem-estar proporcionado por aquele inesperado mas agradável resfriamento. Senti vontade de fumar um cigarro e me endireitei na cadeira, olhei para John, que tinha um chapéu de jeans na cabeça e uma mancha preta ao redor da boca, para a maneira como ele parecia emanar uma aura de despreocupação onde estava sentado, e então olhei para as duas crianças que passaram de bicicleta. Ou John queria alguma coisa, e nesse caso não sossegava enquanto não a conseguisse, ou então não queria nada, simplesmente existia, satisfeito com o mundo exatamente da maneira como era.

— Vanja, Heidi! — eu gritei. — Vamos lá! Hora de ir para casa!

— Mais um pouco! — Vanja gritou de volta.

Me levantei e fui até ela.

— A gente tem visita — eu disse. — O Njaal e o Geir estão lá em casa. Não podemos deixá-los esperando. O Njaal vai ficar muito contente de ver vocês, sabia?

— A gente tem visita agora? — ela perguntou, olhando para mim com um olhar interrogativo.

Respondi com um aceno de cabeça.

— Eles chegaram um pouco antes da hora. Mas vamos, agora nós temos que ir. No caminho eu posso comprar uma banana para você se você quiser.

— Um sorvete — ela disse.

— Um sorvete, mais essa agora — eu disse, olhando irritado para ela.

— Pode ser? — ela perguntou, sorrindo.

— Pode — eu disse.

— Heidi, a gente vai ganhar sorvete! — ela gritou.

Olhei para o chão. Não seria muito bom para as outras crianças descobrir que as meninas iam ganhar sorvete. Ou, melhor dizendo, não seria muito bom que as funcionárias ouvissem que eu tinha dito isso de forma que todas as outras crianças pudessem ouvir.

— A gente vai ganhar sorvete, Karin! — disse Heidi, que já tinha a mão no carrinho de John.

— Que legal! — disse Karin, sorrindo.

— É, afinal ainda é verão — eu disse.

— Aproveitem! — ela disse.

— Com certeza — eu disse, apertando o botão que destrancava o portão. — Vanja, você pode correr na frente e abrir para mim?

Ela correu como o vento, empurrou a maçaneta, deu três passos longos para trás e inclinou o tronco quase até a horizontal para ter força suficiente para empurrar o portão.

— Ótimo! — eu disse. — Mande um *hej då* para os seus colegas.

Vanja e Heidi me ignoraram, enquanto John, que ninguém conseguia ver por estar sentado no carrinho, abanou e disse *hej då*.

— Heidi, John, a gente tem visita em casa — eu disse enquanto andávamos à sombra pela calçada. Uma rajada de vento constante fez com que a saia de Heidi se colasse nas pernas dela.

— É mesmo? — ela disse. — Quem?

— O Njaal e o Geir. Você se lembra do Njaal?

— Lembro, um pouco.

— Ele nasceu um dia depois de você.

— Quê?

— Ele faz aniversário um dia depois de você.

Paramos em frente à faixa de pedestres e atravessamos a rua. John gritou que queria ir pelo outro lado. Ele se contorcia no carrinho e me encarava com um olhar repleto de braveza e desespero.

— Você também quer um sorvete, John? — eu perguntei.

— Quero — ele disse, tornando a se acalmar.

Quando chegamos às duas caixas de correio amarelas em frente à Hemköp eu disse:

— Agora ouçam bem. Vocês vão ganhar o sorvete depois que a gente tiver passado no caixa. Não antes. Combinado?

Todos os três acenaram a cabeça, e então entramos no supermercado gélido. Vanja e Heidi saíram correndo, sem dúvida em direção ao freezer de sorvetes, enquanto John tentava sair depressa do carrinho. Eu parei, coloquei-o no chão e ele saiu correndo atrás das meninas. Peguei dois pacotes de salsichas vermelhas, porque eram as que tinham a maior porcentagem de carne, um assunto que tinha passado a ocupar meus pensamentos de forma repentina e quase obsessiva depois que, graças ao jardim de infância, minha atenção tinha sido chamada ao fato de que havia grandes diferenças entre as várias marcas de salsicha, depois pus um pacote de pão de cachorro-quente na cestinha, um pão comum, um pacote de café, o café francês de torra intensa que eu havia escolhido depois de seis meses de experimentação e ao qual eu vinha me mantendo fiel desde então, um litro de leite, um litro de iogurte, seis cervejas, papel higiênico, um pacote com quatro sabonetes em consideração aos hóspedes, que com certeza lavavam as mãos com maior frequência do que nós, e três sorvetes.

John queria ir caminhando até em casa, então eu poderia apoiar as sacolas de compras no carrinho.

Não tinha esfriado um pouco na rua?

Sim, a temperatura havia caído no breve espaço de tempo desde que eu havia saído de casa.

— *Jag ser Malmö!* — gritou John, que tinha enfiado na cabeça que era o nosso apartamento que se chamava Malmö.

Vanja olhou para mim e segurou uma risada.

Eu sorri para ela.

— Tem alguém na sacada, John? — eu perguntei.

— Nã-ão — ele disse.

— Tem um outro menino no nosso apartamento, sabia?

Ele me olhou surpreso.

— O papai disse que tem um outro *pojke* no nosso apartamento — disse Heidi.

— *Just det* — eu disse. — *Jag måste tala svenska nu.*

— *Pappa, inte* — disse Vanja.

— Você tem vergonha de me ver falando sueco?

— Não, mas você é bobo.

— É, você tem razão.

O sinal mudou de vermelho para verde assim que chegamos à faixa de pedestres. Estendi a mão e John a segurou, enquanto as meninas seguravam-se cada uma a um lado do carrinho. Já do outro lado da calçada eu entreguei as chaves para Vanja, que correu à frente e abriu a porta. Ela segurou a porta aberta para nós, e eu virei o carrinho e o puxei de costas nos três degraus da entrada, enquanto Heidi e John tentavam abrir a porta do elevador sem conseguir mexê-la um centímetro sequer.

As roupas lavadas. Eu tinha esquecido.

Abri a porta, manobrei o carrinho e o levantei para que ficasse apenas sobre duas rodas e assim houvesse espaço para todo mundo. Vanja apertou o botão do sétimo andar. Heidi, que também queria apertar o botão, começou a chorar. Vanja debochou dela, Heidi tentou bater em Vanja e Vanja revidou, e foi assim, com duas crianças chorando, que a porta do elevador se abriu e eu cheguei ao apartamento. As duas gritavam pela mãe. Mas quando Geir e Njaal apareceram no corredor elas se aquietaram. As crianças passaram uns instantes se analisando, mais ou menos como os cachorros fazem ao se encontrar, que tipo de criança é essa, davam a impressão de pensar, mas por fim aceitaram aquela nova situação e pareceram deslizar para o interior do apartamento, à exceção de John, que ficou sentado no chão com o chapéu azul na cabeça, tentando tirar os sapatos.

— Vamos jantar salsichas — eu disse.

— Ah, que beleza! — disse Geir.

Passei por ele e entrei na cozinha, onde larguei a sacola em cima da mesa e comecei a desfazê-la.

— Eu esqueci das roupas lavadas lá embaixo — eu disse. — Você pode ir preparando as salsichas enquanto eu desço para buscar?

— Pode deixar que de salsicha eu entendo — ele disse. — A gente tinha uma sociedade da salsicha em Uppsala, sabia? *Svea Korv Handelsbolag*. Eram duas bicicletas com uma panela e uma grelha adaptadas à parte da frente, e a gente pedalava com elas por toda a cidade. As bicicletas eram pintadas com as cores da mostarda e do ketchup, amarelo e vermelho. E uma grande salsicha de metal na parte de trás. Pensando bem, esse foi o único trabalho de verdade que eu já tive.

— Aqui estão as salsichas — eu disse. — A panela fica naquele armário.

— O Ossie-Peter, eu contei para você a respeito dele? Ele dava salsichas para as garotas que mostravam os peitos para ele. Eram muitas.

Geir riu.

— Acho que foi a primeira coisa que você me contou quando eu cheguei a Estocolmo — eu disse.

— Foi uma época muito boa. A gente passava bebendo até os lugares fecharem e os estudantes saírem, por volta da uma hora da manhã, e então a gente acendia o lampião a querosene e começava a vender. As filas eram longas. O importante era chegar primeiro nos melhores lugares aos sábados. O mercado em frente à casa do Celsius, sabe, aquele sujeito dos graus. A casa fica enviesada em relação à rua porque houve um grande incêndio em Uppsala e a cidade inteira foi reconstruída, mas não essa casa. Foi lá que eu estudei estética. Foi lá que eu conheci a Christina. Ela tirou uma fotografia dos nossos carrinhos de salsicha. Você tem que ver isso. Os carrinhos eram incríveis.

— Você nunca me contou quanto vocês ganhavam fazendo isso — eu disse enquanto passava por ele e seguia em direção ao corredor.

— Variava muito — Geir disse, vindo atrás de mim. — Eu não me lembro quanto era. Mas espere um pouco. Na noite do Primeiro de Maio a gente ganhou vinte mil coroas. E isso foi no início dos anos 90. A gente passou vinte e quatro horas vendendo sem parar. Nem aguentamos contar o dinheiro para fazer a divisão, simplesmente pegamos um bolo para cada um.

— Foi bastante dinheiro, então — eu disse, parando à frente de John, que ainda estava sentado no chão, lutando.

— A vez em que eu mais ganhei dinheiro foi em um campeonato de *brännboll* para economistas. Eles queriam um carrinho de salsichas disponível para o evento. Ninguém comprou salsichas, mas tinham me garantido um pagamento mínimo. Duas mil coroas por uma hora de serviço. E além do mais eu pude vender as salsichas depois, claro. É. A gente estava realmente baixo na hierarquia. Enfim, era Uppsala, você sabe, com todas aquelas tradições e toda aquela mentalidade tradicional. Um vendedor de salsicha não era muito apreciado por lá.

— Você quer descer comigo até o porão, John? — eu perguntei.

Ele fez um gesto afirmativo com a cabeça.

Primeiro calcei os sapatos dele, depois os meus, enquanto Geir continuava parado junto à parede falando sobre as salsichas.

— A gente congelava as salsichas cozidas e depois recozia tudo. Às vezes a gente tinha que vender num lugar escuro, porque elas já estavam meio verdes. Mas não era nada fácil para os estudantes saber se haviam vomitado por ter bebido demais ou por ter comido salsichas estragadas. Você se lembra da Cuba-Cola?

— Lembro — eu disse, com a mão na maçaneta.

— A gente vendia aquilo. Todo mundo comentava, "eu não vejo isso desde os anos 70", mas ninguém comprava. Por um tempo a gente tentou vender Pommac também. Mas quem é que bebe Pommac com salsicha? Foi uma catástrofe, claro. A gente também tinha mostarda francesa. Ninguém estava interessado. Aquilo não podia ser muito sofisticado. Você sabe como os suecos chamam uma salsicha no pão?

— Não — eu disse, apertando a maçaneta e abrindo a porta.

— *Raggarballe med svängdörr.* Cacete numa porta giratória. Ha ha ha. É inacreditável. Hunf. Hunf.

— Se a gente não estiver de volta daqui a meia hora, deve ser porque alguém nos surrou por não termos seguido as regras da *tvättstuga* — eu disse.

— A gente também tinha um logotipo de salsicha em metal na parte da frente da bicicleta — Geir disse.

— Parece que você não vê outro ser humano há anos pelo jeito como você está falando — eu disse.

— Alguém precisa falar — ele disse. — Afinal, você não fala nada. Você não quer levar o celular lá para baixo?

Fechei a porta, levantei John e peguei o elevador com ele no colo. Lá embaixo ele correu pelo corredor do porão com as perninhas curtas. Quando entramos na lavanderia ele começou no mesmo instante a brincar com as vassouras que havia por lá. Alguém tinha guardado as nossas roupas já secas cuidadosamente nas sacolas. Mesmo que aquilo tivesse sido feito de uma forma gentil, sem um bilhete azedo dizendo que a gente devia prestar mais atenção aos horários ou que a situação seria comunicada ao senhorio, eu saí depressa para não encontrar o responsável. Com John em um braço e duas sacolas da IKEA no outro. Havia excremento no sofá, eu pensei; talvez porque houvesse duas latas de cerveja e um saco plástico junto à parede por onde passamos. E havia garrafas desde a escada até o sótão. O lugar estava cheio daquilo. Sacolas cheias de garrafas vazias debaixo do piano. Mas talvez não na escada que levava do primeiro ao segundo andar? Eu não lembrava. Gunnar parecia ter absoluta certeza. Ele tinha escrito que seria capaz de provar o que estava dizendo no tribunal.

Imagine se houver mesmo um processo judicial.

Merda, merda, merda.

Levantei John para que ele pudesse apertar o botão do elevador e o pus no chão, mas ele estendeu o braço para cima mais uma vez, talvez quisesse ver quando o elevador chegasse com sua luz através da janela estreita. Levantei-o mais uma vez. Eu sentia o corpo fraco de medo. Ele estava furioso comigo. Estava completamente furioso comigo.

— Lá! — disse John.

E, de fato, uma luz deslizou para baixo!

Abri a porta, segurei-o para que ele pudesse apertar o botão do último andar, coloquei-o no chão e me olhei no espelho.

Não havia nenhum sinal da minha agitação interior. Apenas um rosto sério com olhos tristes.

John tinha se abaixado, um pequeno objeto de plástico vermelho tinha chamado a atenção dele. Seria um clipe de plástico?

Por fim ele conseguiu pegar aquilo com os dedinhos.

— Papai, olhe! — ele disse, mostrando o objeto para mim.

— Que bonito — eu disse.

Meu âmago estremecia, e nada no lado de fora poderia aplacá-lo.

O elevador parou, eu abri a porta, John começou a andar de cabeça baixa, olhando para o pedacinho de plástico, eu lancei um último olhar na direção do espelho, com poucos passos cheguei até a porta do apartamento, que John tentou abrir, porém sem sucesso, quando eu, já meio irritado, afastei a mão dele para abri-la.

Dentro do apartamento as crianças estavam sentadas assistindo à TV, enquanto Geir permanecia em frente ao fogão olhando para dentro da grande panela, de onde uma camada fina e quase invisível de vapor se erguia.

— Como está indo? — eu perguntei.

— Bem — ele disse. — Eu liguei a TV. Imaginei que não haveria problema.

— Não, nenhum problema. — eu disse. — Mas eu não gosto.

— Pode ser. Mas as suas filhas gostam.

Eu estava molhado de suor, não porque tivesse feito um grande esforço, mas porque a umidade do ar estava muito alta. Pela janela eu vi que o céu do oriente havia se fechado e estava cinza, quando apenas uma hora atrás estava tomado por um azul límpido.

— Se elas pudessem escolher, assistiriam à TV da hora de acordar até a hora de ir dormir — eu disse. — É por isso que existem regras.

— Você quer começar um debate moral, é isso? Não me parece muito provável que salsicha seja a melhor comida para oferecer às crianças, mas é bom e elas gostam.

— Essas salsichas têm setenta por cento de carne — eu disse, sorrindo. — São moralmente irrepreensíveis. Mas eu vou fumar um cigarro. Você vem comigo até a sacada?

Geir fez um gesto afirmativo com a cabeça e me acompanhou.

— Para dizer a verdade eu tenho um princípio básico em relação aos filmes a que o Njaal assiste — ele disse às minhas costas. — Às vezes eu tento escolher coisas úteis, coisas com as quais ele possa aprender. Mas não é fácil. Ele só quer saber de entretenimento. É meio como uma pornografia.

Me sentei, levantei a caneca e lancei um olhar inquisitivo em direção a Geir. Ele balançou a cabeça, apoiou as costas no parapeito, eu servi a minha caneca e acendi um cigarro.

Riscas de escuridão deslizavam por entre as nuvens cinzentas no céu.

— É uma ventania e tanto — eu disse, fazendo um gesto com a cabeça em direção às nuvens mais distantes.

— É mesmo? — Geir perguntou, mal virando o corpo. Então olhou para mim. — Mas você brinca muito com os seus filhos. Talvez nem sempre você goste, mas você brinca de qualquer jeito. Eu não faço nada. Prefiro apostar no calor humano e no humor.

— Então você está querendo dizer que eu brinco de maneira fria e de mau humor? — eu perguntei.

Geir riu.

— Eu também não brinco tanto assim com as crianças — eu disse. — Passo muito tempo com elas, mas não me sento no chão para montar Lego ou brincar com bichinhos de plástico.

— Ah, pare com isso. Você leva as crianças ao parque aquático nos fins de semana. Você as leva a dar passeios no parque. Você joga futebol.

— De vez em quando. Mas não é o mesmo que brincar.

— Não, não. Se você quer ser assim tão cheio de melindres, tudo bem. Eu só quis dizer que você investe muito mais tempo e muito mais energia nos seus filhos do que eu invisto no meu. Isso não quer dizer que eu não goste do Njaal. Mas no que diz respeito a isso eu acredito nos chineses. Eles dizem que um homem descobre que é pai quando o filho tem cinco anos. Eu acho que tem um fundo de verdade nisso.

— Então você vai ser pai no próximo outono.

— Exato.

— Mas vocês têm um filho. É diferente. Quando você tem três, já não é mais uma escolha.

— Eu digo para o Njaal que eu o amo. Assim mesmo.

— Eu não. Acho que eu nunca disse. Esse é o meu limite.

— Não, você não gosta que cheguem muito perto. Ha ha ha!

— Não pise na grama, rapaz. Isso não é um poema do Skjæraasen?

— Brotos frágeis se levantam! Não, porra, eu não lembro. Mas eu acho que tem a ver com a vocação, não apenas com o papel. Tem gente que gosta de brincar. O meu pai entende o jeito das crianças, elas o adoram. O filho do vizinho ainda o convida para as festas de aniversário. Meu pai tem quase oitenta anos. Ele adota a mesma postura de Goethe em relação à vida. "Pois nada nos deixa mais perto da loucura que afastar-nos uns dos outros, e nada conserva o juízo sadio melhor do que a todo momento viver rodeado de pessoas." *Os anos de aprendizado de Wilhelm Meister.*

— Só uma pessoa que vive isolada e de maneira nada simples poderia dizer uma coisa assim, você sabe.

— Acho que essa é a grande diferença entre nós dois. Quase todo mundo que eu conheço tem um pai que traiu a família de um jeito ou de outro. E todo mundo tenta compensar essa traição no que diz respeito aos filhos.

— Não é assim que o mundo caminha?

— Mesmo que você consiga, como o meu pai conseguiu, porque eu diria que ele foi um pai ideal, esse ideal não fica de herança. O que acontece nesse caso é que os filhos não têm nada a compensar. Assim você vai ser um pai melhor do que o seu pai, enquanto eu vou ser um pai pior do que o meu pai, e o Njaal vai compensar isso em relação aos filhos dele, ao passo que esses filhos vão ser tão incapazes quanto o avô, ou seja, eu. O ideal não fica de herança, é isso que estou querendo dizer.

— Uma espécie de dialética da incompetência?

— Exato. Ter um pai bom não ajuda em nada.

— Claro que ajuda. É uma coisa boa em si mesma. O fato de que tudo é estável e harmônico, enfim.

— Mas o que se tira de uma infância harmônica? Eu conheço um punhado de gente que teve uma infância incrível, mas o que aconteceu com essas pessoas? O que elas fizeram?

— Você está apresentando uma visão quase industrialista sobre a vida. Como se fosse necessário produzir um resultado. Se for mesmo essa a ideia, você está certo. Uma infância harmônica não produz nada. Mas e se o objetivo for a própria harmonia? Se esse sentido for bom em si mesmo?

— Não, não, não, você não pode estar falando sério! Nesse assunto eu concordo totalmente com a Ayn Rand, que escreveu que são poucas pessoas, pouquíssimas pessoas, que fazem o mundo girar. São elas que criam o mundo, que fazem coisas no mundo, e que não apenas o usam ou o aproveitam.

— Mas as pessoas que fazem essas coisas são cheias de inquietações. É por isso que elas criam ou agem, porque são cheias de inquietações, porque não são pessoas completas. Mas o objetivo é o tempo todo a harmonia. Durante os vinte, os trinta e os quarenta anos. O objetivo é poder sentar-se no jardim e ficar olhando a água que jorra do irrigador, rodeado pelos filhos, e pensar que aquilo é o bastante, que você está feliz. Todos os impulsos são impulsos contra a harmonia.

— Escute, Aristóteles, você não escreveu que não se interessa pela felicidade?

— Escrevi. Mas não escrevi que eu não me interesso pela harmonia.

— É a mesma coisa. Mas você está certo em relação às inquietações e a sentir-se uma pessoa incompleta, esse é o maior impulso que existe. O que aconteceu na época atual foi que as inquietações não são mais convertidas em ações. As inquietações já não produzem nada. Vivemos na sociedade da terapia. As inquietações são indesejáveis, e então as afastamos falando a respeito delas. Desenvolvemos visões que tendem ao zero. Tentamos viver em famílias absolutamente impecáveis e felizes, e temos como objetivo expresso eliminar por completo as mortes em acidentes de trânsito. Mas isso é uma quimera, uma enorme mentira. É completamente inacreditável que levemos isso a sério. Mas de fato levamos. Harmonia, felicidade, ausência total de mortes em acidentes de trânsito. Deem-me pelo menos um pai ruim que esteja pouco se lixando! Deem-me uma infância realmente de merda! Essas coisas dão resultado. Resultam em criações. Na desarmonia e na dissonância.

— Eu concordo em teoria com o que você diz. Mas não na prática. Eu vejo os meus filhos e a única coisa que eu quero para eles é que sejam felizes. Que sintam-se da melhor forma possível.

— Ainda bem que você não consegue!

— Na verdade eu penso bastante a respeito disso. Sobre o que eles vão ter guardado em relação à infância quando forem adultos. Sobre o que isso realmente é. Eu não tenho a menor ideia. Em relação ao que eles vão guardar de mim. A menor ideia.

— O que eu acho é que crianças também são muito diferentes. Você pode oferecer exatamente as mesmas coisas para a Vanja e para a Heidi, mas pode ter certeza de que as vivências delas são diferentes, e de que mais tarde elas vão pensar sobre o que aconteceu de maneira diferente também.

— É, você tem razão.

— A verdade é que a gente não sabe o que está fazendo. A gente não sabe onde tudo vai acabar. A gente sabe que os filhos de casais separados representam uma parcela estatisticamente significante dos criminosos: quanto menores eram na época da separação, maior o risco de tornarem-se criminosos. Mas não queremos renunciar ao direito de nos separar, então dizemos que isso faz bem para as crianças. Todos os sistemas produzem efeitos incalculáveis. Mais uma vez, é como os carros: se alguém tivesse dito que aquela invenção seria responsável pela morte de milhares de pessoas todos os anos, será que os teríamos produzido e dado a eles uma posição central em nossas vidas? Claro que não. Por isso a gente nem toca no assunto. Dizemos que os carros nos oferecem liberdade. E quando o capitalismo tomou corpo e precisamos de mais força de trabalho, por acaso alguém disse que as mulheres deviam sair de casa para começar a produzir mercadorias, para que assim a força de trabalho pudesse ser dobrada? E para que assim o número de consumidores também fosse dobrado? Claro que não. Foram as mulheres que quiseram ter os mesmos direitos que os homens. O direito ao trabalho, mas que tipo de direito é esse? Era para ser um direito libertador? Pois é exatamente o contrário, isso é uma prisão. A consequência é que as crianças precisam ir para uma instituição já aos dois anos, e então o que acontece? Claro, a mamãe e o papai quase morrem de consciência pesada e passam a dedicar todo o tempo livre aos filhos na tentativa de estar tão próximos deles quanto possível. Compensação, compensação, compensação.

— O caminho entre a análise social e a paranoia é bem menor do que se poderia imaginar — eu disse.

— Então você não concorda?

— Concordo. Em especial no que diz respeito à quimera, como você disse. Se você lê *O capital* de Marx, o livro aborda em detalhe a exploração dos trabalhadores. As pessoas trabalhavam dezesseis horas por dia em condições absolutamente degradantes. Então um dos objetivos mais importantes para o movimento operário foi justamente limitar a massa operária. Segundo a visão da época, essa era uma situação que os empregadores, e portanto o capitalismo, impunha aos trabalhadores. Era uma situação análoga à escravidão. Mas hoje em dia as pessoas trabalham voluntariamente até se matar. Por quê? Claro, porque surgiu uma ideia de que o trabalho é uma forma de se realizar como pessoa. Assim o trabalho se transformou no oposto da alienação. É uma profecia que se cumpre a si mesma. Agora todos trabalham como loucos porque isso é bom. A mesma coisa vale para o consumo. As pessoas encontram a própria identidade ao comprar mercadorias produzidas em massa. Eu gostaria de achar que é uma piada. Mas o pior é que não se pode dizer uma coisa dessas. Simplesmente não é possível. Nesse caso você passa a ser um paranoico. E não apenas isso, mas essa crítica passou a ser um clichê, e assim tornou-se de certa forma inválida, de tantas vezes que já foi repetida. Me lembro da minha época de estudante, quando li todas essas críticas e concordei totalmente, ao mesmo tempo que eu vivia da forma que eu mesmo criticava. Na época eu nem me dei conta. E se eu tivesse me dado conta não teria feito nada. Essas duas esferas se encontram separadas. O que você sabe é uma coisa, o que você faz é outra. Esses dois universos nunca se encontram. É como o Oriente e o Ocidente. Ou como o osso e o dente.

— Você não conseguiu mesmo resistir, hein?

— Não, mas a questão é justamente essa, não é mais possível viver de outra forma. Não existe alternativa. Isso se espalhou por tudo.

— Você ainda se lembra de que uma vez disse que o nazismo tinha sido o crepúsculo dos amadores? É verdade. Nós, por outro lado, vivemos com profissionalismo. E como poderia ser de outra forma? Eu não posso deixar de lado todos os meus pensamentos acerca da segurança do Njaal, por exemplo. Não posso deixá-lo andar de bicicleta sem capacete, nem correr feito um louco pela vizinhança, mesmo que eu tenha feito isso na minha infância.

— Porque você ficaria com a consciência pesada se ele caísse e fizesse um furo na cabeça?

— Não, não é assim tão simples. Quando surge a ideia de que as crianças precisam andar de capacete e de que você precisa acompanhá-las por toda parte, não é mais possível evitá-la. Esse pensamento passa a ser meu também. Não é possível querer outra coisa senão o melhor para os seus filhos. E agora esse é o melhor. Mas o que decide essas coisas é a ideia quanto ao que é melhor. Se de fato é o melhor, a gente não sabe. Quando o Njaal entrou para o jardim de infância eu queria colocá-lo no mais perto da nossa casa, porque era mais prático, enquanto a Christina andou por todo lado conferindo todos os jardins de infância possíveis, porque ela queria o melhor. Mas como saber qual seria o melhor para o Njaal? Quem pode saber o que acontece em determinado lugar, que pessoas ele vai encontrar e o que isso vai significar? Não podemos definir a vida, apenas nossas ideias em relação à vida. Então tudo que diz respeito aos nossos filhos diz respeito na verdade a nós. É a maldição da boa intenção. Não podemos fazer nada além de manifestar nossa boa intenção, é impossível pensar em outra coisa, mas não podemos controlar as consequências disso.

— Estamos ficando velhos, essa é a questão — eu disse.

— Estamos mesmo. Quantos anos tinha o Voltaire quando ele escreveu que tudo que as pessoas precisavam na vida era um jardim e uma biblioteca? Não foi aos vinte, com certeza.

— Não foi o Cícero que disse isso?

— Foi?

Dei de ombros.

— Enfim, não importa — eu disse. — Seis meses atrás eu recebi uma correspondência com essa citação. Mas eu li errado. "Tudo que você precisa para ser feliz é um jardim e uma baioneta", eu li.

— Ha ha ha! É, eu acredito mais nessa versão. Preciso admitir.

— Está no seu espírito.

— É, mas por que você acha que os homens iam à guerra? Por que você acha que os homens deixavam tudo de lado, inclusive os filhos, para se dedicar a criar novas coisas ou a matar outras pessoas? Por amor, claro. O amor deles não era menor que o amor das mulheres, apenas diferente. Hoje a gente acha que os sentimentos de proximidade e intimidade são os mais verdadeiros. Já nem sei mais quantas vezes li artigos ridicularizando a maneira como os homens lidam com os sentimentos. Como o fato de que os homens se dão tapas nas costas, por exemplo. Mas as mulheres não sabem o que significa levar um bom tapa nas costas quando você está para baixo. Os sentimentos dos homens não são menos valiosos, se é isso que as pessoas pensam, simplesmente porque não são expressos à maneira das mulheres. A questão é que existem várias formas de manifestar afeto, e as formas mais íntimas não são necessariamente as certas. Era só o que me faltava, um monopólio sobre os sentimentos e o afeto, porra. Se você passa o tempo inteiro ao lado dos seus filhos, o que se cria nesse caso? Nada.

— Harmonia.

— Não, não. Eu nunca vi uma pessoa menos harmônica do que você na época em que você não escrevia e passava o tempo inteiro com a sua família. E quando tentam fazer justiça à própria infância, todas essas pessoas acabam supercompensando, e essa supercompensação produz o problema oposto. As pessoas vão para o extremo oposto, passam a dar tudo de mão beijada, a fazer todas as vontades dos filhos, e assim incentivam a ingratidão ou pelo menos a ausência de sentido, e acabam proporcionando uma infância igualmente extrema, mesmo que de outra forma. Em suma, a compensação não cria harmonia nem equilíbrio. Mas, no fim das contas, eu sei que sou um mau pai. Fui confrontado por esse fato quando o Njaal chegou. Não foi nada bom. Todas as minhas características negativas de repente passaram a significar outras coisas. Eu tento ser bom para ele, mas provavelmente o que faço não é o suficiente. Quando crescer, talvez ele me julgue. É um direito dele. Mas eu não posso julgá-lo. Jamais. Não tenho esse direito. E é nesse ponto que o seu tio está errado. Ele não pode tomar o partido do seu pai e julgar você. Ele não tem esse direito. Ninguém tem. Somente os filhos podem julgar os pais, jamais o contrário.

— Você tinha mesmo que voltar a esse assunto?

— Que assunto?

— O Gunnar. Eu tinha passado vários minutos sem pensar nisso.

— Mas você não tem com o que se preocupar, ora.

— Claro que tenho — eu disse.

Ao nosso lado a porta se abriu, e Heidi enfiou a cabeça para fora.

— Quando a mamãe volta para casa? — ela perguntou.

— Amanhã — eu disse.

— Eu quero a mamãe — ela disse.

— Eu sei — eu disse. — Você quer falar com ela no telefone?

Ela fez um gesto afirmativo com a cabeça. Apaguei o cigarro e me levantei, entrei no apartamento com Heidi logo atrás de mim e liguei para Linda.

— Olá, é o Karl Ove — eu disse quando ela atendeu. — As crianças estão com saudade. Você não quer falar com elas?

— Claro — ela disse.

— Aqui está a Heidi, então — eu disse, passando o telefone para ela.

— Mamãe, quando você vem para casa? — ela perguntou.

Fui à sala.

— Vanja, você quer falar com a mamãe no telefone? — eu perguntei. Ela fez um gesto afirmativo com a cabeça e se levantou.

— Eu também — disse John.

— Tudo bem, mas não agora — eu disse. — A Heidi está no telefone. Daqui a pouco chega a vez de vocês.

Vanja sentou-se mais uma vez e ficou olhando para a televisão. Reconheci aquela linguagem corporal meio retraída, a maneira como ela escondia os sentimentos, aquilo sempre acontecia mais cedo ou mais tarde quando eu ficava sozinho com as crianças, e não queria dizer nada mais senão que estava com saudades de Linda. Se Linda tivesse entrado pela porta naquele instante, Vanja correria para abraçá-la, e depois começaria a falar um monte de coisas sobre tudo que tinha acontecido desde o último encontro entre as duas, e passaria o restante do dia grudada na mãe. Ela aceitava a distância que para mim era uma necessidade sem pensar nada a respeito do assunto, claro, mas assim mesmo era apenas uma forma de suportar as coisas ao meu lado, ou seja, o oposto de viver.

Fui mais uma vez até Heidi, ela estava se olhando no espelho enquanto ouvia Linda falar do outro lado da linha.

— Você pode dizer *hej då* para a mamãe? — eu perguntei. — A Vanja e o John também querem falar um pouco com ela.

— *Hej då!* — ela disse, me entregando o telefone.

— Pronta para os outros? — eu perguntei.

— Pronta, claro.

Parei junto à porta.

— Vanja? — eu perguntei. — Você quer falar com a mamãe agora?

Vanja balançou a cabeça.

— A Vanja não quis — eu disse. — Mas ainda tem o John.

John pegou o fone e o apertou contra a orelha. Ele sorriu com o corpo inteiro ao ouvir a voz de Linda.

— Sim — ele disse, acenando a cabeça. — Sim.

— Infelizmente as salsichas não deram muito certo — Geir gritou da cozinha.

Fui até lá.

— Elas estouraram. Existem duas coisas fundamentais em relação às salsichas. A primeira é que você precisa colocar uma folha de louro na água. A segunda é que elas não podem ferver.

— Você acha que está me ensinando coisas novas? — eu perguntei, olhando para a panela. A carne rosada escorria pelos rasgos na tripa em todas as salsichas.

— Não.

— Não tem problema — eu disse. — O gosto continua bom.

Peguei os pães de cachorro-quente, coloquei uma salsicha em cada um, arranjei-os numa bandeja, peguei o ketchup e fui à sala com a bandeja.

O telefone estava em cima do sofá. Eu o peguei.

— Alô? — eu disse, mas já não havia ninguém na linha, então coloquei-o no carregador que ficava abaixo do espelho do corredor. Quando voltei à sala, todos já tinham recebido uma salsicha.

— Vocês podem repetir se quiserem — eu disse. — É só pedir. Eu e o Geir estamos na cozinha.

Voltei e peguei a mostarda, era uma mostarda rústica de Skåne que eu vinha pondo em tudo nos últimos tempos, pesquei uma das salsichas estouradas, coloquei-a em um pão e me sentei à mesa, onde Geir já devorava uma salsicha.

— Boas, essas dinamarquesas — ele disse.

— Aham — eu concordei. — Mas você tem que provar a mostarda. Também é muito boa.

— Vou pôr na próxima. Aliás, você se lembra da campanha publicitária das salsichas Gilde de uns anos atrás?

— Não.

— Bem, você sabe que as salsichas da Gilde são levemente curvas. O slogan dizia que as salsichas Gilde davam uma levantada. Houve feministas que protestaram, dizendo que era um slogan sexista e chauvinista. Chegaram a confrontar o diretor das salsichas Gilde por causa disso. Mas ele não entendeu do que as feministas estavam falando. São apenas salsichas!, ele disse. Ha ha ha!

O céu estava completamente escuro no oriente, e nos pontos onde ainda parecia mais claro, junto às partes mais afastadas da cidade, revelava listras que pareciam ser chuva. Eu sentia a cabeça pesada.

— Foi interessante o que você disse a respeito de Marx — Geir disse passado um tempo. — Que as pessoas hoje em dia trabalham muito, partindo do pressuposto de que essa é uma forma de realização. A questão é que pessoas ficaram podres de ricas em cima do trabalho dos outros naquela época, e que pessoas ainda ficam podres de ricas em cima do trabalho dos outros hoje em dia. Não existe diferença, dá tudo na mesma, a não ser por aquilo que pensamos a respeito.

— Aham — eu disse. — Eu acho que foi porque precisamos aprender a viver com alguma coisa. Essa é uma resposta adequada para um problema real. Como não podemos parar de trabalhar, tivemos que alterar a razão que nos levava a trabalhar. A motivação, enfim.

— Que estranho — Geir disse enquanto se levantava. — Para o meu pai, trabalho era trabalho. O trabalho tinha um valor próprio. Fazer um trabalho era fazer um trabalho. Ele trabalhava porque precisava trabalhar. Tentava fazer um bom trabalho ao mesmo tempo que evitava sobressair-se demais. Imagino que a ideia de se realizar com aquilo seria profundamente estranha para ele.

Geir puxou uma salsicha da panela, colocou-a em um pão e sentou-se. Empurrei o vidro de mostarda na direção dele.

— Mas o seu argumento de que a gente faz tudo para compensar não procede — eu disse. — O normal foi sempre reproduzir o padrão, repetir as coisas que vivemos durante a infância. Meu pai apanhava do pai dele, então ele bateu na gente. Não com frequência, aconteceu poucas vezes, mas o fato de que aquela vivência existia no mundo dele fazia com que de vez em quando ele recorresse a ela. Ele nunca tentou compensar rigorosamente nada. Era uma ideia que não cabia naquele papel. As pessoas eram criadas de determinada forma e depois a repetiam com os próprios filhos. Somos nós que de repente começamos a compensar. Você se lembra do que eu disse sobre o Rudbeck naquela outra vez? Sobre a biografia dele? Que o pai batia nele e o humilhava, mas que ele não levava aquilo para dentro, não via aquilo como parte da psicologia dele, como parte do íntimo dele, mas como uma coisa objetiva, um acontecimento externo? Esse era o século XVII.

— Eu me lembro. Foi um dos meus professores que escreveu esse livro.

— Então a questão é por um lado saber por que damos tanta importância a eventos traumáticos, ou até por que transformamos um evento em um evento traumático, e pelo outro lado saber por que estamos tentando criar os nossos filhos de uma forma nova e diferente.

— Então você acha que podemos escolher?

— Não, não é isso que eu acho. Mas, enfim, houve uma mudança. Quanto a isso não há dúvida. E todos se encontram dentro dessa mudança. Eu acho que é uma resposta a alguma coisa. Acho que é justamente o fato de que colocamos os nossos filhos no jardim de infância quando têm apenas um ano de idade, e o fato de que nos cercamos de todo tipo de lixo alienador, como TV e jogos de computador e essas coisas todas, e é justamente isso que faz com que *precisemos* estar perto dos nossos filhos. Antes as crianças ficavam em casa, era o lugar ao qual pertenciam, e havia sempre muitos adultos ao redor, que talvez não fossem próximos, mas assim mesmo eram muitos. Quando esse lugar some, precisa haver uma compensação. *Isso* precisa ser compensado. Não foi ninguém que planejou. Talvez ninguém tenha sequer pensado nisso. Mas foi uma coisa que se impôs. Uma coisa necessária. Pelo menos é o que eu acho.

John entrou na cozinha e olhou para Geir.

— Você quer mais uma salsicha? — eu perguntei.

John balançou a cabeça.

— *Korv* — ele disse.

— Ah, você quer mais uma *korv!* — eu disse, sorrindo. — Claro, eu já vou dar para você.

Preparei mais uma para ele. Peguei a mostarda suave na geladeira e espremi uma listra amarelo-ocre ao longo da salsicha e entreguei-a para John. Ele começou a comer enquanto caminhava pelo apartamento.

— E não existe nenhuma alternativa — eu disse. — A única alternativa ao capitalismo na nossa era foi o nazismo. Quiseram transformar a sociedade desde as bases, criar um modelo radicalmente diferente. E sabemos qual foi o resultado.

— É como eu sempre digo: foi uma pena que os alemães tenham perdido a guerra, mas foi bom que os nazistas não tenham ganhado — disse Geir. Ele tinha uma listra vermelha de ketchup na bochecha.

— Papai? — Heidi gritou da sala.

— Sim? — eu gritei de volta.

— *Jag vill ha en korv till!* — ela gritou.

— Venha cá e eu dou mais uma para você!

— Não, você tem que vir!

— Nem pensar!

— Quê?

— Nem pensar!

Fez-se silêncio.

— E o que esses pensamentos relativos a segurança criam? — Geir perguntou. — O que acontece com a consciência superior em relação às coisas que podem dar errado, e o que podemos fazer a respeito disso? Isso tudo gera angústia e medo, nada mais. A gente ia a pé para a escola. Ninguém morreu. Hoje em dia todas as crianças são levadas de carro. Nenhuma delas morre tampouco.

— Papai! — Heidi gritou.

— Sim? — eu gritei.

— Venha!

— Não, venha você!

— Está bem, então — eu a ouvi dizer, e então me levantei para preparar mais uma salsicha, que ficou pronta assim que ela entrou.

— Você não quer um copo d'água também? — eu perguntei.

Heidi fez um gesto afirmativo com a cabeça.

— Você acha que o Njaal também quer mais uma salsicha?

Ela deu de ombros e saiu. Servi quatro copos d'água e os levei à sala, entreguei um para cada uma das crianças.

— Njaal, você também quer mais uma salsicha? — eu perguntei.

Ele acenou a cabeça sem tirar os olhos da TV.

— E você, Vanja?

Vanja balançou a cabeça.

— Quando a mamãe chega? — Heidi perguntou.

— Amanhã — eu disse. — Vocês estão com saudade?

Heidi fez um gesto afirmativo com a cabeça. Vanja manteve os olhos fixos à frente. John olhou para mim e sorriu.

— Mamãe! — ele disse.

De onde eu havia tirado um menino tão alegre era um verdadeiro mistério.

— Você não quer tomar uma cerveja? — Geir me perguntou quando eu entrei na cozinha.

— Por que não?

— Assim a gente pode reestruturar o espaço social — ele disse, abrindo a porta da geladeira. Eu me sentei e ele me deu uma cerveja. — Vamos redesenhar o espaço físico. Afinal, a gente tem uma consciência superior em relação a tudo. Sabemos quem desenha um garfo. Eliminamos todos os riscos e adotamos medidas de segurança contra tudo. Mas o que desaparece nesse caso é a espontaneidade. Por que desejamos que a espontaneidade desapareça? O que temos a ganhar com isso? A espontaneidade é complexa, não pode ser repetida, e a repetição é a chave para o controle. Esses somos nós.

— De certa forma o círculo se fecha — eu disse.

— No que você está pensando agora?

— Nos homens de Neandertal — eu disse.

— Ah, o seu assunto favorito! Que lição você tirou da vida miserável que eles levavam no dia de hoje, eu me pergunto?

— Você acha que eles eram espontâneos?

— Quando você faz a pergunta desse jeito, claro que a resposta é não.

— Ao longo dos duzentos mil anos em que habitaram a Europa, eles não se desenvolveram em nenhum aspecto. Eles faziam exatamente as mesmas coisas, e também da mesma forma, tanto ao sair como ao chegar. E moravam exatamente nos mesmos lugares. Houve uma linhagem que morou em uma caverna na França por quarenta mil anos. A linhagem sumiu quando a caverna desabou. É como se uma mesma família tivesse morado na mesma propriedade rural por quarenta mil anos. Um negócio completamente inconcebível. Mas para eles não. Eles produziam as mesmas ferramentas, caçavam os mesmos animais, comiam a mesma comida, enfim, absolutamente nada mudou. É fascinante, não? Saber que os nossos ancestrais mais próximos eram incapazes de mudar? Que o progresso era um conceito completamente estranho a eles? Nada de improvisação, nada de espontaneidade, essas coisas não existiam. Os primeiros *Homo sapiens* representaram uma revolução inconcebível quando apareceram. O que nos diferenciava dos homens de Neandertal era justamente aquilo que hoje tentamos afastar.

— Não é essa a hora em que você diz que não faz muito tempo desde o surgimento dos primeiros *Homo sapiens*?

— É, mas a questão não é essa! E naquela época havia diferentes tipos de homens vivendo lado a lado. É uma coisa que vai ter que acontecer outra vez. Imagine, digamos, trezentos mil anos no futuro. Deve haver outro tipo de homem por aqui. Talvez já depois de sessenta mil anos.

— Mande lembranças minhas.

— Ha ha. Mas você sabe quantos homens de Neandertal havia?

— Não.

— Uma estimativa alta seria em torno de vinte mil. Uma estimativa baixa, dez mil. Entre uma coisa e a outra. E isso era tudo! Então imagine como era a Europa naquela época. Completamente vazia, apenas com animais e pássaros e florestas e planícies, e além disso quinze mil homens de Neandertal espalhados em cavernas pelo continente. Nada mais.

— A sua utopia.

— Praticamente. Mas a grande diferença entre os primeiros *Homo sapiens* e os homens de Neandertal, você sabe qual foi?

— Eles não tinham salsichas com elevado teor de carne?

— Os *Homo sapiens* tinham joias. Eles usavam os dentes dos mortos como pingentes ao redor do pescoço. Quer dizer que pensavam em um nível simbólico. Pensavam que existem mais coisas do que aquilo que vemos. Essa seria uma ideia impossível para os homens de Neandertal.

— Eu gostaria de saber para quê — disse Geir. — Dentes ao redor do pescoço!

— O que isso significa é que existem mais coisas do que aquilo que vemos.

— Sim, foi justamente isso que me deixou pensativo. Dentes são apenas dentes. A forma de existência dos homens de Neandertal me parece mais adequada.

— Provavelmente temos genes dos homens de Neandertal em nosso DNA. Não no caso dos africanos, já que não existiam *Homo sapiens* quando os homens de Neandertal saíram de lá. Mas na Europa nós temos. Eu não acredito que os homens de Neandertal estejam extintos. Acho que se misturaram aos *Homo sapiens* e desapareceram neles.

— Então é nisso que você acredita?

— É. Por quê? Não é improvável. E os homens de Neandertal estão aqui há mais tempo do que nós. Mas claro que não sabiam nada disso.

— Não. Claro que não.

— O que aconteceu foi que saímos de um mundo desprovido de mistérios para um mundo repleto de mistérios e depois voltamos novamente para um mundo desprovido de mistérios.

— É inacreditável que o Estado pague gente como você para passar os dias ruminando e depois escrever livros sobre as coisas que você pensou.

— Havia uma pequena espécie humana em uma ilha da Indonésia chamada Flores. Eles moravam em uma caverna por lá. A população total provavelmente girava em torno de cinquenta ou cem pessoas. Cerca de um metro de altura.

— Anões?

— Não, eram simplesmente uma outra espécie humana. Mas viveram durante muito tempo já na era do *Homo sapiens*. E entre as pessoas que hoje vivem nessa ilha circulam estranhas histórias sobre pessoas pequenas que apareciam para roubar verduras. Eu ouvi uma história dessas. O homem que me contou disse que as mulheres jogavam os peitos por cima dos ombros na hora de correr. De onde raio esse detalhe poderia ter vindo? Quando ele me contou essa história eu pensei num pequeno *troll*, enfim, em criaturas mitológicas. *Tusser* ou coisa parecida. Mas depois encontraram os esqueletos na caverna. Esqueletos de pessoas em miniatura.

— De onde foi que você tirou isso tudo?

— Esses documentários passam na TV à noite. Eu assisto a vários. Não tenho a menor ideia em relação a quanto é verdade e quanto é invenção. Mas essas histórias têm um poder de atração muito forte sobre mim.

— É o que parece.

— Acho que também pode estar relacionado à ideia de utopia. O mundo *foi* diferente em outras épocas. Não apenas o ambiente, mas a própria noção de humano. Eu quero apenas ter alternativas. E na verdade pode ser qualquer coisa.

— Você gostaria de virar um homem de Neandertal, é isso que você está dizendo?

— Não! Mas o fato de que a história acabou e de que não existe futuro além da repetição daquilo que temos hoje às vezes me dá uma sensação quase enlouquecedora de claustrofobia. Eu não preciso necessariamente fazer outra coisa ou ser outra coisa, não é isso que eu estou dizendo, mas quero que a possibilidade de uma outra vida exista.

— Vivemos na época da ausência de fantasia. Isso significa que a fantasia também se encontra ausente para nós.

— Você deu sorte com isso.

— Dei mesmo.

Me levantei e fui à sala. Geir me seguiu. *Bolibompa* tinha acabado; as crianças estavam assistindo à programação de pré-adolescentes. Desliguei a TV e olhei para Geir.

— Vamos dar um banho nessa criançada?

— Por que não?

— Alguém quer tomar banho? — eu perguntei.

— Venha, Njaal — disse Vanja, escorregando do sofá. Njaal a seguiu, e Heidi também. Peguei John e o levei junto para dentro do banheiro. Coloquei-o no chão, peguei o limpador que estava em cima do espelho e despejei o pó de Ajax no fundo da banheira, peguei a esponja que estava embaixo da pia, umedeci-a e comecei a esfregar o esmalte branco. Em contato com a água, o pó branco não apenas se liquefazia, mas também ganhava uma coloração amarela. Eu gostava de amarelo. Amarelo com branco, amarelo com verde, amarelo com azul. Eu gostava de limões-sicilianos, tanto da forma como da cor, e eu gostava das grandes plantações de colza que se estendiam com um amarelo intenso nas paisagens de Skåne durante a primavera e o verão, sob o céu azul e em meio aos campos verdes. E eu gostava do pó de Ajax que ficava amarelo ao ser misturado à água.

Enquanto eu esfregava, as crianças tiraram a roupa, e pressenti que às minhas costas o banheiro estaria cheio de braços estendidos e corpos inclinados para a frente. Liguei o chuveiro e enxaguei o sabão e os cabelos que haviam sobrado desde o último uso, fechei o ralo, acionei o misturador e coloquei o dedo sob o grosso jato que começou a escorrer como uma pequena cachoeira.

— Podem entrar! — eu disse.

Vanja e Heidi entraram, Njaal estava um pouco hesitante e olhou para o pai, que tinha passado o tempo inteiro sentado em silêncio enquanto olhava para as crianças, enquanto John estendia os braços para mim. Tirei a camiseta dele, depois o calção e as meias e, depois de tirar a fralda e jogá-la no lixo embaixo da pia, levantei-o pelas mãos e o coloquei na banheira meio balançante, como um macaquinho.

— Njaal, entre — disse Geir.

— Você pode sentar aqui! — disse Vanja, apontando para um lugar entre ela e Heidi.

Njaal hesitou. Depois apoiou as mãos na borda da banheira, pôs uma perna para dentro, depois ergueu a outra. Njaal era longilíneo, e tinha os traços do rosto bonitos, com olhos castanhos, cabelos loiros, pele branca e sadia. Ele era sensível, tinha um olhar atento, mas também era cheio de energia, e essas duas camadas pareciam chocar-se nele. Ele tinha muito de Christina e nem tanto de Geir, ou pelo menos não à primeira vista. Geir tinha desligado muita coisa, mas isso não era o mesmo que dizer que essas coisas não existiam, apenas que estavam ocultas. De vez em quando eu me perguntava se essas coisas também estariam ocultas para ele, e nesse caso em que sentido existiam. A mãe de Geir havia tentado segurá-lo muito perto de si, e havia provocado sentimentos de culpa nele quando ele não tinha culpa nenhuma, ou seja, era uma mãe que precisava dele. Ela era uma pessoa cheia de angústia, pelo que eu tinha entendido, e o fato de que ele tinha feito grandes esforços para se livrar dessa situação era evidente. O respeito que Geir tinha pelos sentimentos e por coisas motivadas por sentimentos era pequeno, ele odiava tudo que era irracional, tudo que dizia uma coisa e significava outra, ele era racional em um grau quase extremo, e por conta disso, por estar alerta e sempre atento às razões sentimentais por trás de cada expressão, era um cínico empedernido. Quanto ao que os outros achavam dele, Geir não dava a menor importância. Mais de um amigo havia cortado relações porque ele jamais escondia o que pensava. Eu mesmo estive prestes a fazer o mesmo certa vez. Por um motivo ou outro eu o havia ofendido sem me dar conta, porque quando voltamos a nos falar ele me atacou. Foi direto ao meu ponto mais fraco, os meus filhos, e nesse caso específico, Vanja. A princípio eu não entendi o que estava acontecendo, Geir começou a rir e a debochar da sensibilidade dela e dos problemas que o fato de ter justamente eu e Linda como pais causaria na vida dela. Ele falou em termos concretos, mas eu não entendi o que era aquilo, nem mesmo depois que desligamos, pensei apenas que eu não queria mais falar com ele. Poucos minutos depois ele ligou e pediu desculpas. Ele

204

disse que estava ofendido e que não pensava nada do que tinha dito. Aceitei as desculpas, mas assim mesmo passei uns dias sem ligar, porque tinha sido muito doloroso tudo o que ele havia dito. Ele devia ter pensado aquilo de verdade para ser capaz de dizer, eu pensei, por mais irracional que tivesse sido aquele comportamento. Mas no fim passou, continuamos a ser amigos e eu estava um pouco mais esperto. O estranho foi que ele tinha dito exatamente aquilo nos primeiros dias em que nos encontramos em Estocolmo. Se você me ofender, você nem vai ficar sabendo, ele tinha dito. Geir era orgulhoso e ambicioso, talvez essas fossem as características mais evidentes dele. E de fato eu o tinha ofendido sem ficar sabendo, ou melhor, eu entendi que isso tinha acontecido, mas não tinha a menor ideia quanto à razão. No meu primeiro ano em Estocolmo Geir simplesmente desapareceu. Christina ligou uns dias mais tarde e me disse que ele tinha ido à Turquia. Era uma meia-verdade, porque ele tinha seguido viagem até o Iraque, conforme descobri por acaso semanas depois.

Geir, no Iraque?

Como escudo humano?

Sem ter me dito nada?

Esse detalhe não me impediu de usar o acontecido para me tornar mais interessante em ocasiões sociais. Todos falavam sobre a invasão iminente do Iraque, e então eu podia dizer que de fato tinha um amigo que estava em Bagdá naquele exato momento, mas isso não era tudo, ele também era escudo humano por lá.

Pouco mais de três meses depois ele me ligou. Disse que estava em Estocolmo, será que a gente poderia se encontrar? Geir parecia estar repleto de energia quando nos encontramos em um restaurante em Gamla Stan, ele estava alegre e sorridente, uma pessoa muito diferente do homem desiludido e desesperado que meses antes havia deixado a cidade. Era como se estivesse no espaço, com uma perspectiva totalmente diferente em relação à vida que se desenrolava por aqui; o que antes o havia atormentado já não o atormentava mais. Da guerra, Geir havia trazido uma quantidade interminável de material, que lhe serviu como ponto de partida para o trabalho desenvolvido ao longo dos seis anos seguintes, e que naquele instante, quando estávamos no banheiro do meu apartamento em Malmö naquela tarde de agosto de 2009, havia se transformado em um livro documental. Pelo que eu sabia, ele não tinha se dado um único dia de folga. Todos os fins de semana, todos os dias durante as férias ele havia trabalhado. Quando comecei meu romance autobiográfico, nossas existências tornaram-se similares em um grau quase paródico; tudo se resumia ao que estávamos fazendo em nossos pequenos cômodos, praticamente isolados do resto do mundo, a não ser por nossas famílias. Eu lia o que ele escrevia e ele ouvia minhas leituras do que eu escrevia, mas nossa relação não era simétrica, porque enquanto eu tinha vivido a minha vida em meio à manada, lendo os mesmos livros que todos liam e pensando as mesmas coisas que todos pensavam, Geir tinha se afastado de tudo isso já aos vinte anos, e eu colhia os benefícios daquilo a que ele tinha se dedicado por conta própria em um grau tão elevado que aquilo que eu mesmo escrevia seria impensável sem ele. E isso que o meu livro era um romance autobiográfico. Era desconfortável, porque a minha personalidade revelava-se como fraca e influenciável, e o fato de que precisava apoiar-se em Geir para tornar-se melhor e mais forte na verdade servia apenas para tornar a situação toda ainda mais precária. Ao mesmo tempo, eu não me sentia inferior a ele quando nos encontrávamos ou nos falávamos por telefone, pois nesse caso não poderíamos ser amigos. Pelo contrário, o essencial era justamente o fato de que eu não precisava fazer nenhum ajuste em função dele, não precisava levar em conta o que poderia achar ou pensar a respeito das coisas que eu dizia. Eu sentia culpa em relação a todas as pessoas, e refiro-me a realmente todas, em grau maior ou menor, porque sempre havia uma expectativa à qual eu não correspondia, uma coisa que eu não fazia direito ou um limite que eu havia ultrapassado, ainda que apenas em pensamento. Escrever a respeito disso, a respeito da maneira como eu realmente via essas coisas todas, era loucura, loucura total, porque assim eu me expunha à única coisa que me dava medo: a desaprovação das outras pessoas. Sem as constantes conversas telefônicas eu não teria conseguido, foi nelas que eu preparei uma espécie de defesa, nelas era como se as minhas transgressões perdessem força. Claro, o que eu encontrava era liberdade e independência, sempre ligadas de uma forma estranha e desesperadora aos próprios opostos, a falta de liberdade e a falta de independência, por conta da enorme influência de Geir.

Mas na verdade o que era a influência? Os pais que mostram o mundo aos filhos e explicam como ele funciona? Um Iago que sussurra na orelha de Otelo? E quando uma influência benéfica passa a ser uma influência maléfica? Ou, dito de outra forma, o que é a independência?

Para um escritor, o mais vergonhoso é ser apanhado plagiando um outro escritor. O mais vergonhoso é parecer-se com um outro escritor. Não ser original não é tão vergonhoso, mas é igualmente degradante; atribuir falta de originalidade a um romance é uma das piores coisas que um crítico pode fazer. O fato de que é vergonhoso escrever coisas que pareçam ser obra de outro escritor, e de que não é vergonhoso, mas apenas degradante escrever uma obra que sofra com a falta de originalidade é uma distinção fundamental que diz muita coisa sobre o papel central do culto à personalidade em nossa época, quando o importante é que as coisas possam ser traçadas de volta à origem no indivíduo específico, único e absoluto, que de certa maneira torna-se inatingível, no sentido de que tudo aquilo que ele ou ela construiu de próprio não pode aparecer em outros lugares. O mais importante não é o que essa voz diz, mas o fato de que o diz de uma forma que lhe é própria.

Para um leitor, no entanto, não existe nenhuma exigência quanto a independência ou individualidade, pelo contrário, todo o sistema literário baseia-se na premissa de que o leitor deve submeter-se à obra e desaparecer nela. A admiração e a submissão ao que há de único não era um traço relevante da cultura antes do romantismo, e essa mudança somente pode ser compreendida como o resultado de uma transformação fundamental na esfera social, onde o eu passou a figurar de maneira radicalmente diferente em relação às gerações anteriores. Mas o eu romântico, que se avoluma e transborda, e cuja característica principal é a de ser único, não é o marcador unívoco de uma alteração no eu, justamente porque pressupunha que todos os outros eus, ou seja, os leitores, ou, na língua de hoje, os consumidores, haveriam de submeter-se e aceitar o próprio status de não únicos. Os gênios românticos e políticos, como Goethe e Napoleão, funcionavam como a realeza sempre havia funcionado, representando a força e a transcendência e o êxtase e a opulência, viviam por todos, e hoje as celebridades da mídia são de certa forma uma continuação disso. Trata-se de um mecanismo de segurança social, porque somos criados de maneira a crer que somos únicos, que realmente estamos nos afirmando a nós mesmos e a tudo aquilo que é nosso quando dizemos ou fazemos qualquer coisa, enquanto na verdade somos praticamente iguais, praticamente idênticos, e para não sermos esmagados sob o peso dessa verdade, que acabaria pulverizando todas as nossas crenças a respeito de quem somos, elevamos todas as pessoas que de uma forma ou de outra se destacam, que de uma forma ou de outra transcendem o que temos de comum, seja porque correm muito depressa, saltam muito longe, escrevem muito bem, cantam com grande desenvoltura ou têm uma aparência especialmente bonita.

Quando se deseja trazer alguém dessas alturas de volta para a terra, o mais eficiente mecanismo de controle é a paródia: ele não é único, tem mais um que fala igual a ele, que tem a aparência dele, que se comporta como ele. E então rimos. E se desejamos não apenas trazer alguém dessas alturas para baixo, mas também destruir a pessoa em questão, basta mostrar de que maneira aquilo que essa pessoa disse ou fez é uma cópia de outra coisa que alguém mais disse ou fez. O idêntico é quase um tabu, porque existe por toda parte ao nosso redor, mas não pode ser mencionado de forma evidente, porque aponta para uma outra coisa maior e mais perigosa. Em certas culturas primitivas o idêntico também era um tabu que se manifestava como uma proibição de todo o tipo de imitação da voz ou dos gestos de outra pessoa, e através do assassinato de gêmeos. O motivo do duplo, tão comum na literatura da segunda metade do século XIX, e associado a um desconforto igualmente grande, era uma expressão do mesmo sentimento, porém desta vez com uma intensidade renovada, como se a ameaça do idêntico o trouxesse para ainda mais próximo da vida com o aparecimento das massas nas grandes cidades. No século a seguir foi esse o grande problema, a relação entre o indivíduo e a multidão, entre a autenticidade e a identidade. A Primeira Guerra Mundial não pode ser compreendida fora desse contexto, e o mesmo se pode dizer em relação à Segunda Guerra Mundial, que foi um resultado direto da primeira. A consequência dessa enorme catástrofe foi que o único e o local perderam-se para sempre. Quer dizer, eles ainda existem, porém às escondidas, e já não podem mais ser invocados. Não podem existir como um valor, um objetivo ou uma utopia, ou seja, como uma instância superordenada, mas apenas como uma instância subordinada, na vida do indivíduo, como uma grandeza paradoxal: cada eu é único e insubstituível, porém exatamente da mesma forma que o eu de todos os outros. Elevamos outras pessoas, mas não podemos admitir para nós mesmos que fazemos isso, e somos atravessados por outras pessoas, mas não sabemos disso ou não queremos ver. E é justo nessa influência que as coisas se tornam estranhas e visíveis, todas ao mesmo tempo, graças à diferença bastante marcada entre uma influência aceitável, aquela que para a cultura é interessante reproduzir, e a influência inaceitável, a que não pode ou não deve ser reproduzida. A influência inofensiva diz respeito àquilo que pertence a todos e que permeia o campo social e intelectual — se leio Foucault e me entusiasmo com aquilo em um grau tão elevado que me aproprio totalmente das ideias e torno-as minhas, e assim começo a pensar e a escrever em foucaultês, não transgredi nada, e também não perdi nada, porque Foucault tem uma grandeza tão difundida que hoje os pensamentos dele pertencem a todos, como os pensamentos de Kant ou de Hegel ou mesmo de Platão ou Aristóteles, transformou-se em um fundamento intelectual, um lugar a partir do qual se pensa, e esse lugar não é pessoal, mesmo que esteja associado a um nome específico. Todo o universo dos nossos pensamentos e conceitos é composto de lugares assim, e é isso que é uma cultura. Desaparecemos nessa cultura, mas nem por isso perdemos a nossa identidade, porque é isso que a fundamenta, a partir por exemplo de noções compartilhadas acerca do que é um sujeito, do que é um átomo, do que é o ar ou uma casa, expressos em todos os níveis da linguagem e da cultura. O princípio fundamental dessa identidade, que constitui o nosso "nós", e que também é o lugar daquilo que chamamos de moral, é a ausência de originalidade, a receptividade às influências e a subordinação. A identidade é sincrônica, o que a qualquer tempo quer dizer completa, mas ao mesmo tempo mutável. O limite da identidade é o tempo; o que era uma verdade universal duas gerações atrás — os castigos físicos aplicados às crianças ou a vergonha associada à homossexualidade, por exemplo — já não serve mais, e se alguém sustentasse uma dessas opiniões hoje, ou seria calado ou então condenado. E o que vale para a moral vale também para o conhecimento; o modelo de compreensão estruturalista, quase onipresente nas ciências humanas durante os anos 1960, por exemplo, hoje é inválido e inaplicável. Essa identidade de um "nós" é não individual, e mostra-se também no fato de que as mesmas pessoas que na década de 1960 consideravam aceitável aplicar castigos físicos a crianças, ou que achavam que a homossexualidade era vergonhosa, ou achavam que a análise estruturalista era uma ferramenta adequada para compreender as diferentes manifestações da cultura, hoje já não pensam nada disso, ou, se pensam, não falam a respeito do assunto. O fato de que percebemos as nossas opiniões e posturas como sendo pessoais e individuais, surgidas a partir de nossas reflexões maduras, ao mesmo tempo que ignoramos o papel desempenhado pelo tempo, é um dos mais importantes mecanismos sociais que existem, pois sem ele a relatividade evidente da moral e do conhecimento acabaria com toda necessidade, e assim sucumbiríamos ao caos da desorientação total. É por isso que cultivamos a expressão individual na arte, aquilo que há de particular e característico em determinada pessoa, e apenas nesse caso aplicamos um mecanismo de sanção com toda a força do conceito de plágio; assim restauramos a noção da nossa individualidade. Se não fosse assim, não haveria nenhuma diferença significativa entre a socialização e o plágio. Todo o aprendizado se dá através da imitação; na infância, imitamos a fala e o comportamento dos nossos pais; na adolescência, imitamos a fala e o comportamento dos nossos amigos e dos nossos professores, e quando nos tornamos adultos imitamos a fala e o comportamento das pessoas ao nosso redor. Quase todo o discurso que existe na sociedade é desprovido de independência e desprovido de originalidade, ou seja, desprovido de um emissor que empregue marcas pessoais naquilo que diz. O discurso mais difundido na sociedade é o discurso jornalístico, marcado justamente pela anonimidade, pelo fato de que é impossível traçar a linguagem de um artigo de volta ao jornalista que o escreveu, já que todos os artigos são escritos da mesma forma, com o mesmo estilo, e os jornalistas escrevem sobre os mesmos acontecimentos e buscam esclarecimentos uns com os outros sem que a noção de plágio jamais ocorra a quem quer que seja. Os artigos se parecem uns com os outros, são cópias uns dos outros, tudo porque somos "nós" que os escrevemos. O mesmo vale para manuais de instruções, e também para textos acadêmicos e livros didáticos. Somente na literatura existe a expectativa de um "eu" único, cuja maior e mais importante limitação é não imitar, não copiar mais ninguém e não dizer as mesmas coisas que outras pessoas, ou pelo menos não da mesma forma. Quanto mais único for determinado escritor, maior o consideram. Muitas pessoas parecem acreditar que a literatura está relacionada à produção de conhecimento, ou à promoção do autoconhecimento, mas esses são apenas subprodutos, coisas que podem ou não acompanhar a literatura; o essencial é a individualidade, expressa no tom único e inimitável da escrita. Mas essa individualidade não é ilimitada, porque manifesta-se apenas nos limites do "nós"; caso ultrapasse essa linha e expresse uma ideia completamente inaceitável para "nós", essa ideia é julgada ou calada. Um escritor que defenda a aplicação de castigo físico a crianças ou condene os homossexuais hoje, cinquenta anos depois de essas opiniões serem opiniões correntes, precisaria ser um estilista extraordinário para ser aceito, ou melhor, perdoado, enquanto um autor que negasse o extermínio dos judeus jamais seria aceito ou considerado grande, independente do nível literário extraordinário em que pudesse se encontrar. Essas duas premissas da literatura — por um lado ter de ser tão individual quanto possível, ou seja, ter de expressar a própria inimitabilidade do eu, e por outro lado ter de se manter dentro dos limites daquilo que é comum, ou seja, também expressar o "nós" — entram em contradição uma com a outra, pois quanto mais único é um eu, mais distante se encontra do "nós". A disposição de Knut Hamsun para escrever o obituário de Adolf Hitler, com a frase mais terrível de toda a literatura norueguesa, por mais inimitável que seja, nos deixa cabisbaixos, e a disposição de Peter Handke, talvez um dos três melhores autores vivos no mundo, se não o melhor, para fazer um discurso no enterro de Miloševi , e para assim desqualificar-se de uma vez por todas de tudo aquilo que se entende por maioria cultural, são duas expressões inconfundíveis da contradição inata entre o eu único e o nós social, ou seja, da moral que a literatura abriga. Somente um literato poderia ter escrito a Lei de Jante. O fato de que a Lei de Jante proposta por Aksel Sandemose tenha sido aceita por todos chega a ser irônico, uma vez que essa lei expressa a tirania da maioria, porém não mais irônico que o fato de que o cultivo da individualidade por parte dos leitores ocorra através da subordinação a um indivíduo único. Mas justamente por ter uma associação tão estreita com determinado indivíduo, a voz da grande literatura não diz respeito apenas ao coletivo, como exemplo de uma possibilidade de eu consumida por todos os eus, mas também ao indivíduo único, e portanto a uma pessoa concreta em um lugar concreto em um momento concreto, e essa identidade traz *em si mesma* uma percepção que não existe em nenhum outro lugar. Por isso a literatura é inestimável. A despeito do quanto possamos estar repletos uns dos outros, a despeito do quanto os nossos eus possam ser coletivos, na verdade estão de fato sozinhos, e passam por todo tipo de vivência de fato sozinhos, e essa vivência, que é a vivência humana, a vivência de estar no mundo, *não pode* ser expressa em termos genéricos e coletivos, confinada ao horizonte do nós, porque no que diz respeito a essa vivência não existe um nós. Um artigo de jornal e uma reportagem de TV sempre dizem respeito a várias pessoas em outro lugar, e essa é uma vivência que nenhum de nós conhece. Um romance e um poema também dizem sempre respeito a uma ou mais pessoas em outro lugar, mas em uma linguagem que proporciona uma vivência única, e essa vivência única afeta nossa existência única de maneira totalmente distinta. Não se trata aqui de reconhecimento ou de confirmação, mas de verdade.

Mas o que é a verdade no contexto social? Uma coisa é escrever a respeito da socialização e do plágio, outra coisa muito diferente é testemunhar uma paródia de você, uma apropriação da sua voz, dos seus movimentos, da sua postura, o tremendo mal-estar envolvido, ou então sentar-se para escrever e no fundo saber que aquilo que você escreve não é uma ideia que você mesmo teve, não é uma coisa tirada de você mesmo, mas de outra pessoa, e não de uma outra pessoa qualquer, não de uma pessoa que pertence ao grande nós, mas de uma pessoa próxima em cujos olhos você devia poder olhar. Toda a força do social encontra-se nesse ponto. Não nas estruturas superordenadas, na grande multidão, no "nós" coletivo, porque essas coisas não passam de abstrações, mas no encontro direto, de um com o outro. A força está no olhar. Essa é a verdade no contexto social. O social é local, é o lugar onde você está, e é também único, porque o olhar onde a força se encontra é próprio daquela pessoa, naquela situação. Cada olhar é único, próprio daquela pessoa, e é por isso, e não por outra coisa, que precisamos assumir responsabilidade. Essa é a verdade no contexto social, e portanto também a verdade no contexto moral. Uma moral que parte de um todo, que parte do "nós", é perigosa, e talvez seja até a coisa mais perigosa que existe, porque assumir obrigações para com todos é assumir obrigações para com uma abstração, uma coisa que existe na linguagem ou no mundo dos conceitos, porém não na realidade, onde as pessoas existem apenas como indivíduos. Nesse sentido a moral de Knut Hamsun e de Peter Handke é infinitamente superior à moral das pessoas que os criticaram.

O eu da literatura assemelha-se ao eu da realidade no sentido de que o que há de único no indivíduo pode ser expresso somente através daquilo que é comum para todos, que no caso da literatura é a linguagem. Todos os eus literários usam as mesmas palavras: a única diferença, aquilo que diferencia um eu literário do outro, é a maneira como as palavras são ordenadas, e que dessa sequência diferente, que vista de longe parece tão marginal, possa surgir um eu tão grande, importante e cheio de vida como por exemplo o eu de Emily Dickinson é um tanto estranho. Tampouco se torna menos estranho quando pensamos que praticamente ninguém leu os poemas dela enquanto ainda era viva. A enorme solidão e o enorme anseio que evidentemente sentia encontram-se há muito tempo mortos e enterrados quando os lemos, resta somente a articulação, que torna a ganhar vida no instante mesmo em que deixamos nosso olhar cair sobre aquelas palavras escritas muito tempo atrás e nos entregamos a elas. Nessa hora a voz dela canta dentro de nós. Mas, se é assim, o que havia para ela nisso tudo, uma vez que jamais poderia ter imaginado que os poemas ganhariam o mundo, figurariam entre os melhores da época em que a autora viveu e continuariam a ser lidos muito tempo depois que todos, em circunstâncias normais, se esquecessem de tudo a respeito dela e da vida dela — e provavelmente escrevia sem nem ao menos pensar em leitores? Por que articular o sentimento da vida, em vez de simplesmente senti-lo ou pensá-lo?

Enfim, por que escrever?

Estou completamente sozinho enquanto escrevo estas linhas. Hoje é o dia 12 de junho de 2011, são 6h17, no quarto ao lado os meus filhos dormem, no lado oposto da casa Linda dorme, do outro lado da janela, a poucos metros no jardim, o sol oblíquo bate em uma macieira. A copa da árvore está repleta de luz e de sombras. Pouco tempo atrás um passarinho estava empoleirado em uma ramificação do tronco, ele tinha uma coisa que parecia uma minhoca ou uma larva no bico e passou um tempo lá jogando a cabeça para trás até conseguir engolir aquilo. Depois ele foi embora. Atrás da ramificação onde o passarinho estava estão pendurados os pequenos biquínis das meninas; elas passaram o dia inteiro tomando banho na piscina de plástico que está um pouco mais adiante, escondida atrás de um salgueiro. A grama do pátio, em boa parte à sombra, ainda está úmida de orvalho. O vento traz os gorjeios e o canto dos pássaros. Seis meses atrás eu estava sentado exatamente no mesmo lugar, de manhã bem cedo, com as crianças dormindo ao meu lado e Linda na outra ponta da casa. A lenha ardia na estufa e na rua tudo estava escuro como breu, e o ar se encontrava repleto de flocos de neve. Há mais de três anos eu passo todas as manhãs da mesma forma, sentado aqui ou no apartamento em Malmö. Debruçado por cima do teclado, escrevi esse romance que agora se aproxima do fim. Fiz isso sozinho, em cômodos vazios, e enquanto eu escrevia a minha editora publicou o que eu havia escrito, cinco volumes até agora, a respeito dos quais se discutiu, eu sei, e também se escreveu e comentou em jornais, blogs, rádios e periódicos. Eu não tinha interesse nessa conversa e tentei manter-me o mais afastado possível, porque não há nada para mim nisso tudo. Tudo está aqui, no que estou fazendo agora. Mas o que é isso?

Enfim, o que é escrever?

Acima de tudo é perder-se a si mesmo, ou perder o próprio ser. Nesse sentido é meio como ler, mas enquanto na leitura a perda de si se dá em função de um eu estranho, que por estar claramente definido como terceiro não representa nenhuma ameaça séria à integridade do eu, a perda do eu durante a escrita é completa, como a neve desaparece na neve, talvez se pudesse dizer, ou como um outro monocromismo qualquer, no qual não existe nenhum ponto privilegiado, nada de primeiro ou segundo plano, nada de parte de cima ou de baixo, apenas a mesma coisa por todos os lados. Esta é a essência do eu escrito. Mas o que é essa mesma coisa, na qual ele ao mesmo tempo se compõe e se movimenta? É a própria linguagem. O eu surge na linguagem e é a linguagem. Mas a linguagem não é uma linguagem do eu, é uma linguagem de tudo. A identidade do eu literário consiste no fato de que uma palavra é escolhida em vez de outra, mas quão coesa e quão centrada essa identidade parece ser? De certa forma essa identidade se parece com aquela que temos nos sonhos, onde a consciência faz pouca distinção entre o que somos nós e o que são os ambientes onde nos encontramos e as nossas vivências, e nosso eu é por assim dizer posto em um cômodo onde o banco verde à esquerda é tão central para aquilo que somos quanto o peixe que se debate à direita, ou quanto a figura semelhante a Netuno que emerge da água, e que naquele momento exato se aproxima do cômodo sob o céu em que um avião vermelho de asa dupla voa para longe. A diferença entre o sonho e a escrita devia ser que o primeiro ocorre de maneira descontrolada, em um dos modos desconhecidos do corpo, e não tem objetivo nenhum, enquanto a segunda ocorre de maneira controlada e tem um objetivo claro. Faz sentido, mas ao mesmo tempo não faz, porque o essencial nessa semelhança encontra-se relacionado à localização do eu, ao fato de que o eu desliza e não se mantém centrado, e à questão que então se põe, pois não é esse centramento que no fundo constitui o eu? O próprio ato coesivo? Claro. Mas a verdade a respeito do eu não é a verdade a respeito da própria existência. O que se revela por entre os diferentes fragmentos, em meio a essa ausência de coesão, é também o diapasão daquilo que nos é próprio, o timbre do eu que nos acompanha vida afora, aquilo em nós que encontramos ao acordar, para além dos pensamentos que pensamos e daquilo que a situação nos leva a sentir, e que também é a última coisa que abandonamos ao adormecer. E não é o diapasão do eu, esse timbre longínquo daquilo que é próprio, que permeia toda a música, toda a arte, toda a literatura, e não apenas isso, mas também tudo aquilo que vive e sente? Isso não tem nada a ver com o eu, e menos ainda com o nós: tem a ver tão somente com estar no mundo. Quando eu vejo o pequeno pardal do outro lado da janela, a maneira como para no galho ao sol e joga a cabeça para trás a fim de engolir uma minhoca ou uma larva, parece impensável que seja completamente desprovido de presença na existência. Talvez seja até mesmo uma presença na existência mais forte do que a nossa, uma vez que no caso do pardal não poderia encontrar-se obscurecida por pensamentos. São os pensamentos coesivos do eu que a leitura e a escrita podem dissolver, embora de duas maneiras distintas: no primeiro caso, ao promover uma entrada no estranho chegado de fora, e no segundo caso ao promover uma entrada em nossa própria estranheza, que é a linguagem sobre a qual nós mesmos reinamos, ou, dito de outra forma, a linguagem na qual dizemos eu. Quando escrevemos, perdemos o controle sobre o eu, que se torna imprevisível, e a questão passa a ser se o incontrolável e o imprevisível no próprio eu não seriam no fundo uma representação de sua condição factual, ou pelo menos o mais próximo que podemos chegar de uma representação factual do eu. O que dizemos quando dizemos eu? Um conhecido diário de 1953 começa da seguinte maneira:

Segunda-feira
Eu

Terça-feira
Eu

Quarta-feira
Eu

Quinta-feira
Eu

Para mim essa é uma aula de literatura. As duas letras e-u, ao aparecerem sozinhas e desacompanhadas de comentário, podem sugerir qualquer coisa, um eu assim é aberto e desprovido de identidade. A questão sobre quem escreve, quando não temos nada além de um "eu" ao qual nos aferrar, pode ser respondida com qualquer coisa. O vizinho do andar de baixo, o homem no quiosque da praça, o seu filho, August Strindberg, Sølvi Wang, Niki Lauda, para citar alguns dos nomes que acabaram de me ocorrer. "Eu" é uma grandeza completamente anônima, no sentido de não ter um nome. Mas um eu sem nome pode mesmo assim, através das palavras de que se cerca, dar um sentimento claro de personalidade definida, uma espécie de atmosfera do eu que nos leva a estabelecer o mesmo tipo de relação que estabeleceríamos com uma pessoa de verdade, de carne e osso, que às vezes nos permite até mesmo chegar mais perto do que podemos com uma pessoa de verdade, porque a linguagem do eu literário encontra-se explicitamente ligada aos pensamentos e sentimentos mais íntimos, como o eu se apresenta para si mesmo, uma dimensão que some no encontro físico, quando o exterior do corpo se atravessa no caminho, não de forma hostil ou protetora, mas simplesmente exigindo o que lhe é devido ao ter uma linguagem própria, e ademais o encontro entre o eu e o tu cria também um nós, com regras e regulamentos claramente definidos, o contexto social, que somente pode ser eliminado por uma paixão ardente, embora jamais de maneira completa, porque o contexto social também atinge essa ligação; nenhum casal apaixonado comporta-se de maneira única. Em resposta a isso pode-se argumentar que o eu literário, independente de apresentar-se desnudo e íntimo, é também social por força da expectativa em relação ao tu que cada eu traz consigo, e que portanto somos o tempo inteiro também um nós. É verdade, isso está na natureza do eu, é um apelo — não precisamos dizer eu para nós mesmos —, e nesse apelo existe o outro, e por conseguinte um nós. Assim é também para o eu do diário. Um eu em si mesmo é anônimo, neutro e desprovido de personalidade, mas, ao jogar com o tu — nesse caso as expectativas em relação a um eu no texto —, esse eu consegue revestir-se de significado e dizer coisas sobre o que é um eu sem proferir nada além de um simples eu. O que acontece quando eu é repetido quatro vezes? Em uma frase cheia de outras coisas, nem ao menos perceberíamos, mas quando aparece sem mais nada, como que desnudo na página, a menção ao eu torna-se monstruosa. Eu, eu, eu, eu. É uma expressão de narcisismo. Mas ao mesmo tempo, graças a esse desnudamento, é como se o narcisismo fosse mostrado, e nisso existe uma consciência, uma coisa que diz: eu sei o que faço. No que consiste essa consciência? Eu sei que sou narcisista, mas faço o que faço assim mesmo. Ou seja, eu não me escondo. Eu digo as coisas como elas são. Sou mesmo narcisista. Mas quem sou eu? A princípio, todos. Portanto: todos os eus são narcisistas, mas assim se reconhece esse fato, e nesse reconhecimento há uma dubiedade: o narcisismo é uma fraqueza, uma coisa indesejada, porque se não fosse não tentaríamos escondê-lo, de maneira que o fato de o narcisismo ser mostrado aqui é um reconhecimento de fraqueza ao mesmo tempo em que também eleva o eu e o põe em destaque, e assim um narcisismo sincero sobrepõe-se a um narcisismo oculto, uma vez que o primeiro busca a verdade, enquanto o segundo busca ocultar a verdade.

Também há um elemento agressivo e quase hostil na repetição do eu. Vá se foder, ele diz. Pense o que você quiser. Aqui sou eu e somente eu que mando.

Um eu que surge por si mesmo é anônimo, neutro e desprovido de personalidade. Repetido quatro vezes, esse eu transforma-se em um programa literário e social, uma vez que depois de ler os primeiros quatro registros do diário compreende-se que aquele é um eu que se encontra em oposição ao contexto social, que pensa que esse contexto é hipócrita e insincero, ao contrário da própria escrita, que busca tudo que é verdadeiro e autêntico ao aferrar-se à própria essência, ou seja, ao "eu" que se revela ao colocar-se à mostra, em um primeiro momento de maneira anônima, neutra e desprovida de personalidade, mas que por força da repetição perde totalmente esse caráter neutro e desprovido de personalidade, e na quarta ocorrência treme com a sede de verdade e com a fome de realidade e de superioridade.

A literatura é isso.

Mas se eu tivesse aberto este romance exatamente da mesma forma, ele não seria literatura. Mesmo que o "eu" não seja uma grandeza que pertence a Witold Gombrowicz, o autor do diário em questão, e mesmo que ele não tenha direitos autorais sobre a repetição de "eu" por quatro vezes seguidas, e por isso não pudesse haver nenhum impedimento jurídico ou moral caso eu quisesse ter usado exatamente a mesma abertura, teria havido o elemento literário, porque todo o valor dessa abertura se encontra no fato de que é única e expressa uma coisa única. Se tivesse me expressado assim, o eu de Witold Gombrowicz acabaria por sobrepor-se ao meu, e o meu eu acabaria por tornar-se uma paródia, por expressar dependência justamente onde Gombrowicz expressou independência, e assim teria sabotado aquilo que a frase de fato diz, que a verdade se encontra no eu único e somente lá, uma vez que nesse caso o eu a fazer a afirmação não seria mais único e original, mas um eu gombrowiczificado, socializado, plagiado.

Meu eu literário de fato era gombrowiczificado, pois os diários de Gombrowicz tiveram uma grande influência sobre a forma como eu pensava a respeito da identidade, da sociedade e da literatura, mas era também larssonificado, proustificado e celineficado, sandemoseal e hamsuniano, e, se eu quisesse conferir uma imagem a essa influência, talvez fosse a imagem de um menino, por volta dos catorze anos, digamos, ele mora perto de um rio, mais ou menos três quilômetros abaixo da casa havia uma corredeira, e a montanha de onde a água chega, reluzente e volumosa, está polida e coberta de algas, de maneira que se pode começar a nadar um pouco acima da corredeira e deixar-se levar pela água, o que ele faz com certa frequência, esse menino, junto com o melhor amigo e com todas as outras pessoas que se reúnem por lá nas tardes de verão, porque existem poucos sentimentos melhores na vida do que aquilo, sentir a pressão da água, a velocidade cada vez maior, e depois o calafrio da queda, a maneira como ele avança ao encontro do leito, com o corpo inteiro submerso, e parece ser jogado rumo às profundezas mais abaixo, sob a água repleta de pequenas bolhas e fissuras, para então, se quiser, ser levado até a parte onde a correnteza para e voltar à terra, ou nadar contra a corrente o quanto for possível até que ela se torne forte demais e ele não consiga mais sair do lugar, por mais força que faça, para no fim ser mais uma vez levado. Sim, deslizar pela corredeira é como escrever, você é levado de um ponto ao outro por forças que você não controla, mas as coisas que você vê pelo caminho você vê sozinho, porque eu não posso imaginar que os outros meninos vissem e sentissem a mesma coisa que ele, e se essas tardes, com o sol no horizonte, os escolhos ainda quentes, mas a temperatura cada vez mais fria, onde grandes enxames de insetos reuniam-se em bolsões de luz no ar, que fazia ecoar o rumor das águas e os gritos dos meninos e meninas, ao lado das copas que pareciam iluminadas, por trás das quais havia uma antiga estrada de cascalho que levava a uma casa senhorial provavelmente construída no século XIX, por causa da serraria próxima à cachoeira, e ainda mais atrás os urzais repletos de árvores, com o céu que aos poucos escurecia acima dos topos, para em um ponto próximo à meia-noite abrir-se para a luz das poucas estrelas claras o bastante para brilhar em meio à noite clara de verão — se essas tardes, nas quais do outro lado do rio também havia urzais, sendo os mais próximos escuros e ensombrecidos na parte de baixo, e alaranjados na parte de cima, como se estivessem em chamas, e onde também havia uma estrada, asfaltada e com tráfego mais intenso, que passava ao longo de planícies e curvas ao longo das quais os meninos que moravam por lá andavam de bicicleta ou de *moped* para fazer visitas uns aos outros — se tudo isso permanecesse na memória deles, certamente seria muito diferente em relação à maneira como havia sido para ele, um menino de catorze ou quinze anos que não tinha alegrias maiores do que aquela, estar naquele lugar onde se faziam ecoar o rumor das águas e o grito das crianças, iluminado pelo sol ou obscurecido pela sombra, tão desejado que a simples lembrança ainda o enche de alegria, mesmo hoje, vinte e oito anos mais tarde. Ele não sente necessariamente com mais intensidade em relação aos outros que estavam lá, mesmo que isso também possa ser verdade, pois as coisas que nos acompanham são diferentes, e o que aconteceu tampouco é necessariamente mais importante para ele do que para os outros, é apenas diferente. É único. E essa é uma ideia para uns cem romances, pelo menos. Seria de fato possível escrever mil romances a partir dessa ideia. Um garoto junto a um rio logo abaixo de uma serraria em uma tarde de verão. Um escritor sandemoseal teria dado um zoom na garota de biquíni vermelho que tanto o garoto como o amigo dele desejam para então acompanhá-los ao longo da vida, porque essa é uma estrutura fundamental tanto no aspecto social como no aspecto psicológico, os dois em relação à uma, e é ao mesmo tempo uma estrutura essencialmente arcaica, as proibições que a rodeiam são fundamentais. Um escritor proustiano teria deixado de lado os aspectos físicos e concretos da situação para enfatizar as reminiscências na memória, que, ao se apresentarem como representação, encontram-se ligadas a todas as outras representações, no sentido de que separam as características da obra de arte, a reprodução daquilo que não está mais aqui, mas que assim mesmo está em nós, no véu quase onírico que constitui uma parte tão importante da nossa realidade, na qual a garota de biquíni vermelho, ao experimentar a água com o pé à sombra das árvores, talvez se pareça com uma das jovens mulheres holandesas do século XVIII pintadas por Rembrandt, como Susana, por exemplo, ou no sentido de que os corpos nos escolhos, onde se encontram sentados ou deitados, despem-se ou vestem-se, em determinado instante trazem à lembrança as obras de Pierre Puvis de Chavanne pintadas na segunda metade do século XIX, nas quais o elemento humano tem uma característica quase escultural, ou pelo menos isenta de psicologia, e nas quais as diferentes posturas, que remetem os nossos pensamentos à fase do alto classicismo da Antiguidade, entre os anos 400 e 300 antes da nossa era, nas quais o próprio eu em busca de harmonia não se voltava para o interior, mas para o exterior, postulam a existência de uma qualidade constante no elemento humano, e não uma grandeza cultural e relativa, como também seria o caso aqui, com esses corpos de garotos e garotas escandinavos junto à corredeira. E um escritor ou uma escritora de caráter hamsuniano, por onde começaria a tarefa? Pelo ruído do *moped* que fazia a curva do desfiladeiro? Pelo rumor da cachoeira, pelos olhares repentinamente tristes das garotas? Ou pela casa do comerciante gorducho no loteamento dos anos 1960 e pela tentativa de sobreviver à chegada das grandes cadeias de lojas? Pelo resquício de nobreza que a família talvez ainda tivesse, talvez não tivesse mais, a casa senhorial à margem do rio? Ou talvez pelo eu que se via a si mesmo, como que vigiando e desconfiado, e que se insurgia ao menor sinal de dissimulação, naquele anseio impossível pela autenticidade que acabou por levar Johan Nilsen Nagel ao suicídio, em uma cidade que em termos de geografia estava trinta quilômetros distante daquele lugar, mas que em termos de tempo estava distante noventa anos? Ah, lá ainda existiam pastores e filhas de pastores, delegados e filhos de delegados, sangue fervilhante e corações inquietos, lá ainda existiam tanto os mais grosseiros como os mais refinados sentimentos, bastaria começar de um ponto qualquer.

Eu li *Pã* pela primeira vez aos quinze anos, na casa que ficava a três quilômetros da corredeira, e os sentimentos intensos descritos no livro ecoaram nos meus. Talvez por isso a minha vida amorosa tenha sido tão ruim nos anos seguintes, porque a minha compreensão a respeito de garotas, paixões e relacionamentos remontava ao fim do século XIX. Mas o romance que causou impressão mais forte em mim naqueles anos foi *Drácula*, de Bram Stoker. Ler aquilo foi como uma febre. Por quê, eu não saberia dizer, e ainda não sei. Eu nunca me identifiquei com o conde, que chupava o sangue dos outros, mas sempre com as vítimas, as pessoas que depois de serem mordidas não perdiam apenas o sangue, mas também a própria independência. Se eu me conheço bem, devo ter lido *Drácula* como um romance sobre a submissão e a libertação da submissão. Não que eu tenha pensado dessa forma, eu nunca pensava em nada enquanto lia, mas eu senti, ou seja, aquilo estava relacionado ao tema em relação ao qual eu nutria meus sentimentos mais intensos. O enorme sentimento de triunfo e a enorme alegria que encheram o meu peito quando enfim cravaram a estaca no coração do conde é uma indicação disso. E em vez de ver o autor como um vampiro que chupa o sangue das pessoas próximas, o que seria uma metáfora apropriada para a atividade da escrita, pelo menos da maneira como é concebida pela maioria das pessoas, eu vi o autor como uma pessoa que corria o risco de perder a própria independência, uma pessoa capturada e paralisada pela força de um outro, e que se assemelha ao conde Drácula — pálido, exangue, um morto-vivo. Talvez porque eu sempre tenha tido um eu fraco, sempre tenha me sentido inferior a todo mundo, em todas as situações. Não apenas em relação às pessoas brilhantes que eu conheci, aquelas pessoas que ofuscam todas as outras com o talento e o carisma, mas também em relação a taxistas, garçons, condutores de trem, enfim, todas as pessoas com quem topamos ao andar pela rua. Me encontro subordinado ao faxineiro que lava as escadas e os corredores do prédio onde eu moro, ele tem uma autoridade maior do que a minha, então se ele faz um comentário qualquer sobre o carrinho de bebê ou o patinete que estão no corredor com uma voz que traga qualquer indício de raiva, eu começo a tremer. A moça da loja de sapatos que me atende quando entro para comprar sapatos, eu também me encontro subordinado a ela, porque ela me controla, graças a uma autoridade à qual eu me submeto. Mas os piores de todos são os garçons, porque o papel deles é de forma muito explícita o de servidores, o de pessoas que estão lá para agradar os clientes, o trabalho deles é submeter-se aos desejos dos clientes, e o fato de que eu me sinto menor do que eles, como que posto à mercê deles, porque eles vão ver que eu não tenho muita habilidade ao comer, por exemplo, e também porque não sei direito como degustar vinhos nem que gosto um vinho deve ter, assuntos nos quais eles são especialistas, é sempre uma humilhação. E isso acontece o tempo inteiro. Todos os jornalistas que eu encontro, mesmo os que são vinte anos mais jovens do que eu, são melhores do que eu, e eu sempre faço o máximo possível para não aborrecê-los, com frequência dizendo coisas que nem ao menos penso só para ter o que oferecer. Quando me mudei para Estocolmo aos trinta e três anos, por fora um homem, por dentro ainda um garoto de dezesseis anos, e lá encontrei Geir Angell, que eu não via desde a primavera em que havíamos saído para beber juntos algumas vezes em Bergen, doze anos atrás, essa foi uma das primeiras coisas que ele disse para mim. Você tem a autoimagem mais distorcida que eu já encontrei em toda a minha vida, ele disse. Você não tem absolutamente nenhuma capacidade de introspecção. Nunca ocorreu a você que as outras pessoas é que são aborrecidas? Que as outras pessoas é que são desprovidas de originalidade, de consciência e de independência, e além disso cheias de clichês? Não, eu disse, porque não é assim. Me escute, ele disse. Eu vi você quando você tinha vinte anos. Você era completamente diferente de todas as outras pessoas que eu conheci naquela época. Você tinha um jeito próprio. Eu não fiquei nem um pouco surpreso ao descobrir que você publicaria um romance. Quem mais daquela época fez coisa parecida? Ninguém. Você tinha uma seriedade que… enfim, que ninguém mais tinha. O seu olhar triste. Você devia ter se visto! Ha ha ha! E agora você escreveu um romance incrível. E vai escrever outro, e depois outro. Você precisa parar de se comparar aos burocratas da própria vida e da vida dos outros. Ou pelo menos não achar que eles é que são interessantes, enquanto você é aborrecido. Foram eles que aborreceram você, e isso está claro.

Eu continuei a negar, porém me senti lisonjeado, e quem não se sentiria ao ouvir outra pessoa dizer que você tem um talento especial e é uma pessoa única?

Eu resisti; aquilo era como um veneno que se espalhava pelas minhas veias.

Geir não apenas ouvia as coisas que eu contava a respeito da minha vida, ele também as achava interessantes e tinha vontade de falar a respeito delas quando saíamos para as nossas intermináveis andanças por Estocolmo. Como tudo havia girado em torno do meu pai durante a minha infância e a minha adolescência, as minhas tentativas de agradá-lo, o medo que estava sempre lá, a forma como ele tinha morrido. Meu relacionamento com o meu irmão, que havia se complicado quando ele passou a namorar uma garota por quem eu era apaixonado, e que era ao mesmo tempo próximo e distante. A proximidade que eu tinha com a minha mãe, a abordagem analítica dela em relação à minha realidade. Meus relacionamentos, que não eram muitos. Minha forma exagerada de valorizar as mulheres, que me impedia sequer de falar com elas. As duas vezes em que eu havia cortado o meu rosto em um desespero repleto de pânico. Minha vaidade. Meu medo de ser feminino. A alegria que eu sentia ao me embebedar, as histórias das minhas traições, meu sentimento constante de inferioridade em relação a tudo e a todos. Meus triunfos, sempre incapazes de suplantar minhas derrotas, fosse em quantidade ou em intensidade. Geir via tudo isso como uma imagem do meu caráter psicológico e social, e estava sempre disposto a analisá-lo e a discuti-lo. Ele percebia o meu eu como uma grandeza quase barroca, uma coisa anormal e distorcida, que tinha um interior fora de sincronia com o exterior — ao contrário de mim, que via aquilo como uma situação comum a ponto de parecer quase autodestrutiva, porque o elemento comum era justamente o meu problema como escritor. Eu gostava de futebol, tanto de jogar como de assistir, eu gostava de filmes americanos de entretenimento, às vezes lia histórias em quadrinhos, eu assistia às previsões do tempo e aos programas de notícia por conta das mulheres bonitas que apareciam e era capaz de me apaixonar à distância por elas; eu continuava gostando praticamente do mesmo tipo de música que eu gostava aos doze anos, e quando eu gostava de um livro ou de uma pintura eu nunca sabia dizer por quê, e então recorria à linguagem e aos pensamentos que eu encontrava ao redor, e que eram completamente desprovidos de originalidade. Eu não tinha nada de especial a dizer sobre coisa nenhuma, porque eu não tinha nada de especial, e não tinha nada de próprio. Mas ao falar de mim para uma pessoa que não apenas era interessante, mas que também interpretava tudo e percebia ou criava relações entre as diferentes partes, para mim o comum também se transformava em incomum, no sentido de único. Era como se o meu eu interior estivesse congelado, e de repente houvesse começado a descongelar. As fissuras estalavam quando a superfície dura e imóvel começava a se movimentar. Passei a ter um sentimento de que o íntimo era inesgotável. Era um sentimento bom. Pensar que as coisas que eu dizia podiam ser interessantes era uma experiência nova. Antes, nem mesmo eu me interessava por isso. O interessante era a relação com esse sentimento de inesgotabilidade, porque nessa inesgotabilidade não havia limites, e justamente os limites tinham mantido tudo imóvel por tanto tempo e resultado naquele caráter congelado. Eu praticamente nunca tinha um conversa sincera com outras pessoas, porque eu nunca achava que alguém pudesse se interessar por aquilo, e naquele olhar, que era o olhar social, a expectativa do tu construída pelo eu, tudo se tornava desinteressante também para mim, e era assim que a princípio se passava com tudo. Eu era mudo no ambiente social, e uma vez que o social não existe senão em cada indivíduo, eu também era mudo em relação a mim mesmo, no meu âmago. Apenas uma vez eu havia experimentado a inesgotabilidade, e a situação tinha sido quase a mesma: uma outra pessoa genuinamente interessada naquilo que eu dizia, e também naquilo que eu dizia a respeito de mim mesmo. Tinha sido com Arve, ele era dez anos mais velho que eu e tinha atingido um grau tão profundo de introspecção que simplesmente ria de tudo. Ele estava em um lugar completamente à parte em relação a todas as outras pessoas que eu tinha conhecido até então. Ele era soberano, de certa forma, independente no verdadeiro sentido da palavra. Era também demoníaco, ou desempenhava um papel demoníaco em relação a mim, o papel do tentador. E que tentação era essa? A liberdade. E o que era a liberdade? A liberdade de transgredir. Ou seja, identificar tudo que impunha limites, estabelecia restrições e causava estagnação para se livrar daquilo. Não necessariamente o social como um conjunto de regras de comportamento, o que poderia ser posto de lado com um pouco de boemia, mas a maneira de pensar determinada pelas regras sociais. Aquilo que Roland Barthes chamou de doxa. Mas Arve começou a namorar Linda, por quem eu havia me apaixonado à primeira vista, e eu fechei a porta a tudo o que tinha acontecido, inclusive ao papel que ele desempenhava como um demônio da liberdade. De repente tudo passou a ser indiferente. Eu voltei para a minha própria vida, porque o sentimento era esse, como se por uns dias eu tivesse vivido uma outra vida, mas aquilo não era para mim, na verdade, não era meu. Eu não tinha nada a ver com a rebeldia. Eu era gentil, atencioso e responsável, a não ser quando estava bêbado, porque nessas horas surgia um forte desejo de abandonar tudo. Por fim foi o que eu fiz, um belo dia um ano mais tarde eu fui para uma ilha e passei vários meses vivendo sozinho, eu sentia como se precisasse fazer uma escolha, e como se essa escolha fosse manter-se pelo resto da minha vida. Eu precisava ser uma pessoa boa. Foi durante o inverno e a primavera de 2001. Na primavera de 2002 eu deixei para trás tudo que eu tinha e fui para Estocolmo. Lá eu encontrei Geir, e passado um tempo

Linda. Enquanto o encontro com Geir ofereceu um olhar sobre mim, e um espaço onde esse olhar podia ser articulado, ou seja, um distanciamento, de valor inestimável, o encontro com Linda ofereceu o contrário, porque todo o distanciamento foi anulado, eu me aproximei dela de uma forma como nunca tinha me aproximado de outra pessoa, e nessa proximidade não havia necessidade de palavras, não havia necessidade de análises, não havia necessidade de pensamentos, porque no momento decisivo, que é uma outra forma de se referir à vida que se apresenta na plenitude das forças, quando se está lá, no meio de tudo com toda a força do ser, apenas os sentimentos contam. Geir me deu a oportunidade de observar e compreender a vida, Linda me deu a oportunidade de vivê-la. No primeiro caso eu me tornava visível para mim mesmo, no segundo eu desaparecia. Essa é a diferença entre a amizade e o amor. O fato de que essas duas grandezas tenham surgido ao mesmo tempo na minha vida fez com que tudo passasse um tempo virado de cabeça para baixo, porque de repente, quase de um dia para o outro, eu me vi em uma coisa totalmente nova. Tudo estava aberto, nada mais era impossível. E no céu ardia o sol, naquele verão incrível de 2002, vermelho como se estivesse coberto de sangue ele se punha sobre Mälardalen todas as noites, com os últimos raios dourados brilhando nas torres e coruchéus da cidade, enquanto eu me sentia imortal. Sete anos mais tarde, no fim do verão nem tão incrível de 2009, eu estava novamente com Geir, no banheiro do meu apartamento em Malmö, olhando para as quatro crianças que tomavam banho na banheira, enquanto o céu lá fora, que eu não conseguia ver, mas apenas pressentia na luz da janela oblonga, tornava-se cada vez mais escuro.

— Nós também podemos conseguir, provavelmente — ele disse.

Virei a cabeça. Geir estava sorrindo.

— O quê? — eu perguntei.

— As crianças, ora.

— Papai, sobre o que vocês estão falando? — Vanja perguntou.

— Estamos falando sobre ser pai — eu disse.

— E o que é isso? — ela perguntou.

— É como eu e o Geir — eu disse, me abaixando para desligar a água. Me perguntei se a alegria dele devia-se ao fato de Njaal estar rodeado por outras crianças, o que não devia acontecer com muita frequência a um filho único, e virando-se muito bem, ou se devia-se ao fato de que era Geir que o tinha levado até lá, já que na maioria das vezes era Christina quem se encarregava de tudo que dizia respeito a Njaal, enquanto Geir passava a maior parte do tempo escrevendo no escritório. Ele nunca tinha se afundado nas coisas em meio às quais eu me movimentava diariamente, roupas e lavagens, comidas e preparação de comidas, brincadeiras e hora de dormir, era a escolha que eles tinham feito, e Geir sempre tinha sido claro a respeito disso, dizendo que não queria se envolver de nenhuma forma, mas, eu às vezes pensava, ele devia sentir falta daquilo, não dos aspectos práticos, mas da participação que os aspectos práticos implicam. Eu não imaginava que fosse assim, mas a alegria repentina que percebi nele enquanto as crianças brincavam na banheira podia muito bem estar relacionada àquilo. Eu não queria fazer perguntas, essa era uma das questões em que eu preferia não me intrometer, porque tocava num assunto em que eu não me arriscava a tocar. Era chegar perto demais.

Mas o que havia de tão perigoso na proximidade?

Quando chegamos muito perto de outra pessoa, vemos aquilo que elas mesmas não veem, seja porque não querem, seja porque não podem. Geir tinha explicações para tudo, mas isso não significava que tudo a respeito dele estava explicado. Ele controlava todas as situações em que aparecia, mas não aquelas que envolviam crianças; o que significa dizer que a proximidade exigida nesses casos, essencialmente indefinível, não era uma coisa com a qual ele tinha intimidade, e essa falta de intimidade era visível. Eu sempre tinha pensado que era daquele jeito que ele queria que as coisas fossem, mas, quando vi o sorriso que tinha no rosto ao olhar para Njaal naquele momento, a alegria súbita que havia tomado conta dele, me ocorreu que talvez ele tivesse percebido a ausência de uma intimidade total, como a que Christina tinha, por exemplo, como uma falta.

O que ele responderia se eu dissesse isso?

Que não era assim?

Que era assim, mas que esse era o preço que ele pagava para fazer o que fazia?

Que aquele era um problema dele, não de Njaal, e que portanto não importava?

Que não era preço nenhum?

Depois de escrever essas páginas, ontem pela manhã, levei Heidi e John ao jardim de infância, onde eu deveria trabalhar no último dia. Quando cheguei o pessoal disse que eu podia tirar folga e assistir à cerimônia de encerramento da escola de Vanja se eu quisesse, então levei Heidi e John para a igreja a uns quarteirões de distância onde a cerimônia ocorreria. Comparado às cerimônias de encerramento das quais eu havia participado, que se passavam numa capela onde se entoavam salmos e o pastor fazia uma pregação vestido com os paramentos completos, e onde a atmosfera era formal e solene

— a última coisa que precisávamos suportar antes da chegada do verão, que estava como que pronto à nossa espera do lado de fora —, o encerramento da escola de Vanja pareceu saído de outro mundo. Um coral infantil com alunos de nove e dez anos de idade cantou músicas pop; algumas meninas, de catorze ou quinze anos, fizeram apresentações solo, e cantaram como Christina Aguilera ou Mariah Carey; dois garotos da mesma idade tocaram piano; outros garotos de doze ou treze anos apresentaram um número de rap. Ao fim de cada número, o lugar explodia em um misto de alegria e aplausos. Era como estar numa audição de *Ídolos*. A pregação do pastor foi sobre a importância da alegria, ele disse que o importante não era tornar-se uma celebridade nem ficar rico, e que todas as pessoas tinham o mesmo valor. Em nenhum momento houve menções a Deus, a Jesus ou à Bíblia. Ao fim da pregação, que não pode ter durado mais do que cinco minutos, os alunos que haviam se destacado ao longo do ano foram chamados. Eles receberam diplomas. Uns pelas notas incríveis, outros pelas características pessoais incríveis, que, a julgar pelo que foi dito, consistiam em se responsabilizar pelos colegas e se preocupar com o bem-estar dos colegas. A sessão de uma hora encerrou-se quando os alunos do nono ano foram chamados e receberam uma flor cada. Quando voltei, com Heidi em uma mão e John na outra, acabamos atrás de um grupo de garotos, eles deviam ter por volta de treze ou catorze anos. Todos tinham o cabelo raspado e estavam usando ternos, eles falavam alto, batiam uns nos outros, riam e gritavam, como muitos outros haviam feito no interior da igreja. Apertavam as mãos uns dos outros ao se encontrar, aplaudiam e gritavam quando um colega de turma, ou outro colega que respeitassem, subia no palco. Aquele comportamento viril, que parecia exagerado naqueles corpos ainda imaturos, como se fosse vários tamanhos maiores, que portanto não deixava de ter um certo aspecto cômico, era mesmo assim real, no sentido de que o que valia era o ideal e nada mais. Aqueles garotos queriam ser valentes, fortes e durões, e estavam em grande número. Os outros, uns garotos magros e pálidos de óculos e gel no cabelo, não teriam a menor chance contra aquilo que os garotos imigrantes traziam consigo. Quando voltei ao jardim de infância para colocar a louça na máquina de lavar e para limpar o balcão da cozinha, o coordenador me perguntou como tinha sido a cerimônia de encerramento. Eu disse que tinha sido como estar nos EUA. Que eu nunca tinha visto nada tão americano em toda a minha vida. Os alunos talentosos tocando e cantando para os outros, a distribuição de diplomas para os alunos que haviam se destacado ao longo do ano. E depois a pregação absurda do pastor, que disse que todas as pessoas tinham o mesmo valor em relação umas às outras, enquanto tudo que acontecia ao redor dizia o contrário: somente os alunos que valiam mais que os outros eram mostrados em todo o seu esplendor. É, disse o coordenador. Na minha época de escola, os encerramentos eram solenes. A gente cantava o hino nacional. Mas depois proibiram isso. Decidiram que cantar o hino era racista. Você pode imaginar uma coisa dessas?

Claro que eu podia. A igualdade era o princípio maior, e uma das consequências disso era que tudo que era nacional, ou seja, tudo que era legitimamente sueco, era visto como uma grandeza excludente e discriminatória, que portanto devia ser posta de lado. No que dizia respeito à religião, as pessoas também manifestavam uma profunda cautela, a separação entre a Igreja e o Estado tinha acontecido muito tempo atrás, e essa separação tinha chegado tão longe que os pastores não mencionavam Deus nem Jesus nem a Bíblia quando pregavam para os alunos, aquilo podia ofendê-los, já que muitos vinham de famílias muçulmanas. Era a mesma ideologia hostil à ideia de diferença que não estava disposta a aceitar nenhum tipo de diferença entre o masculino e o feminino, entre ele e ela, como uma grandeza válida. Como ele e ela definem o sexo de uma pessoa, os suecos tiveram a ideia de usar o pronome *hen*, que serviria para ambos. A pessoa ideal atenderia por *hen* e teria como dever mais importante não oprimir nenhuma religião e nenhuma cultura valorizando sua própria cultura e sua própria religião. Esse autoaniquilamento total, que era um tanto agressivo na vontade de nivelar, mas que ao mesmo tempo tinha-se por tolerante, era um fenômeno da classe média cultural, e portanto da parte da sociedade que dominava a mídia, o ambiente escolar e outras instituições sociais, e, pelo que eu sabia, existia apenas no norte da Europa. Mas quais eram as reais consequências dessa ideologia igualitária? Acabam de sair os resultados de uma pesquisa que demonstra que as diferenças entre os alunos nas escolas suecas nunca foi tão grande quanto hoje. A lacuna entre os alunos mais talentosos, que terão um futuro brilhante, e os mais fracos, que terão um futuro distante do poder e da riqueza, aumenta a cada ano que passa. A tendência, segundo a pesquisa, é cristalina: os alunos mais aplicados são aqueles de ascendência sueca, e os mais fracos são aqueles de famílias imigrantes. Mesmo que os suecos façam o possível para não afrontar pessoas de outros países e de outras culturas, e cheguem ao ponto de eliminar tudo aquilo que é sueco, essa eliminação acontece somente no plano simbólico, no plano da bandeira e do hino, enquanto no plano do mundo real o que acontece é que todos aqueles que não pertencem à classe média do país, sempre hostil a todo tipo de diferença, encontram-se abaixo e à margem: os imigrantes em Malmö, sempre tão bem-vindos, moram quase sempre em bairros que mais parecem guetos, longe do centro, e em apartamentos miseráveis, onde o desemprego é grande e a perspectiva do futuro sombria. É por isso que essa mesma classe média sempre hostil a todo tipo de diferença não gosta que os filhos frequentem as mesmas escolas frequentadas pelos filhos dos imigrantes, o que reforça ainda mais a segregação e a inculca na geração seguinte. Muitos filhos de imigrantes têm pais sem nenhum tipo de formação, e o que antes a escola sueca via como um elemento fundamental, a eliminação das diferenças por meio do oferecimento das mesmas oportunidades aos alunos fracos e fortes, está agora completamente eliminado como princípio, e o resultado é que aqueles que têm recebem, e aqueles que não têm não recebem. A igualdade na Suécia manifesta-se na classe média, é lá que as pessoas estão cada vez mais iguais; fora da classe média, a igualdade existe apenas na linguagem empregada por essa mesma classe. E na Suécia é pior que uma coisa aconteça na linguagem do que na realidade. O fato de que a moral vigente na linguagem é diferente da moral vigente na realidade é o que já foi chamado de padrão moral duplo. Foi o mecanismo exato que entrou em funcionamento durante a cerimônia de encerramento na escola de Vanja; o ideal de que todos os alunos tinham o mesmo valor e de que não era importante ser rico ou tornar-se uma celebridade funcionou na pregação do pastor, enquanto a realidade que circundava essa ideologia dizia exatamente o contrário: o importante é ser conhecido e ficar rico. Todas as crianças lá dentro queriam ser conhecidas e ricas, estava no ar. Quanto mais eu vejo isso, essa ideologia igualitária cega e ao mesmo tempo orgulhosa no que diz respeito a si mesma, certa de que a conclusão a que chegou é universal e verdadeira, e que portanto vale necessariamente para todos — enquanto na verdade vale apenas para uma pequena classe de privilegiados, como uma ilha de decência no meio de um mar de comercialismo e desigualdade social —, tanto menor parece a luta da minha vida, pois que diferença faz passar muito ou pouco tempo com os meus filhos, trocar ou não trocar fraldas, lavar ou não lavar a louça, trabalhar muito com as minhas coisas ou não trabalhar nada com as minhas coisas? Ah, puta que pariu, como fazer com que a vida vivida seja a expressão de uma vida, e não apenas a expressão de uma ideologia? Todos os tabus que cercavam a nossa pequena classe média, tudo que as pessoas não podiam dizer e fazer, tudo que as pessoas eram obrigadas a dizer e a fazer — como eu tinha vontade de mandar tudo isso para o inferno e fazer o que eu bem entendesse!

Mas era impossível. Eu sinto medo quando as outras pessoas ficam bravas, eu quero que todos estejam bem, e estou disposto a desistir de tudo que é meu para que seja assim. Se os outros não estão bem, eu fecho os olhos ou então me afasto, porque claro que os outros podem não estar bem, desde que esse não estar bem não ocorra na minha frente. Longe dos olhos, longe do coração. Claro, pode ser que por causa disso eu passe um tempo sem abrir as minhas correspondências, pode ser que as minhas correspondências sejam desagradáveis, e o que mais seriam, senão correspondências da realidade: o distrito de Rosengård está em chamas, mas os jornais não escrevem nada a respeito, porque escrever a respeito pode causar mais problemas, as pessoas podem ter ideias racistas, então elas fecham os olhos, calam a boca, viram a cara. Nesse sentido eu sou a própria essência sueca, mas os suecos têm algo mais que eu não tenho, a saber, um enorme conhecimento social. Quanto a falar sobre assuntos grandes e pequenos de maneira pessoal, sem que no entanto tudo se torne excessivamente pessoal, uma habilidade que os suecos dominaram na mais absoluta plenitude, eu sou um incapaz; ou eu começo a falar sobre coisas tão pessoais e íntimas que todos baixam o rosto e sentem-se desconfortáveis, ou eu falo sobre coisas tão distantes de mim que logo se torna evidente que todos estão morrendo de tédio. Existe uma espirituosidade na Suécia que é coletiva e que pertence à esfera social, uma atmosfera blasé e agradável, completamente desconhecida na Noruega, onde a espirituosidade é sempre a expressão individual de uma pessoa que deu sorte com uma resposta ou com a vida em geral.

Uma sirene soou em um lugar qualquer, aumentou repentinamente de volume e então silenciou, bem na frente do meu prédio. Me inclinei e olhei para baixo; provavelmente era o hotel, o lugar era grande e não era raro que uma ambulância parasse lá na frente. Homens de negócio com infarto do miocárdio, eu costumava pensar; afinal, outra coisa não poderia acontecer aos hóspedes de um hotel, certo?

Dessa vez era uma viatura de polícia.

— O que foi? — Geir me perguntou.

— Uma viatura de polícia em frente ao hotel. Deve ser aquele criminoso disléxico que mais uma vez confundiu receptação e recepção.

— Ha ha.

— Você não acha que as crianças já tomaram banho por tempo suficiente? — eu perguntei, olhando para ele.

Geir deu de ombros e abriu os braços.

— Parece que elas ainda estão aproveitando — ele disse.

— Você cuida um pouco delas, então? Eu só vou conferir os meus emails.

— É o Gunnar que está de brincadeira com você?

— Não só o Gunnar.

Passei por Geir e entrei no quarto, me sentei na cadeira e cliquei na página onde eu tinha minha conta de email.

Havia chegado um de Jan Vidar.

Oi Karl Ove.

Me desculpe a resposta meio atrasada, eu cheguei em casa no domingo e estive meio ocupado desde então em função do trabalho. Não estou abalado, nem furioso. Por que eu estaria? O que aconteceu, aconteceu, e não vai mudar ainda que não esteja escrito em lugar nenhum. Além do mais, não há nada a meu respeito que não possa ser contado. Acho que já tenho uma imagem bem clara de quem eu sou e de quem eu fui e já não tenho mais receio quanto ao que os outros possam pensar. Então, se você achar que interessa à sua história, pode fazer o que você quiser que por mim está tudo bem.

No mais, devo dizer que o seu livro me deixou completamente desconcertado. Talvez por ser tão íntimo — talvez seja a sua maneira de escrever, eu não sei, mas deve haver outras pessoas que vão compartilhar do meu entusiasmo. Um livro ao mesmo tempo fantástico e terrível. Uma reprodução inacreditavelmente precisa de como foi aquela época, eu tinha esquecido de muita coisa — reprimido, talvez... mas tudo voltou com força total. Realmente incrível, o livro despertou vários pensamentos sobre como e por quê.

No fim eu devo ter lido mais do que pesquei em Finnmarksvidda. Encontrei uma cabana de barro onde passei umas boas horas com o seu livro. Um lugar incrivelmente bonito, você poderia achar que o Bilbo Baggins morou por lá...

Espero que dê tudo certo com o seu tio e com o restante da sua família. E que no fim todo mundo entenda o que você fez.

Se você tiver tempo para tomar um café ou uma cerveja quando aparecer pela cidade, é só me ligar. Com certeza seria agradável.

Tudo de bom para você e para a sua família.
Jan Vidar

Fazia muito tempo que eu não me sentia tão feliz como me senti ao ler esse email. Mas também havia uma nota do que parecia ser tristeza em meio à alegria, pois essa demonstração de generosidade evidenciou que eu não tinha sido justo com Jan Vidar. Eu tinha uma dívida para com ele. Para mim, esse não era um problema; a nota de desespero estava relacionada ao tempo transcorrido, porque era *lá*, no passado, *naquela época*, que eu gostaria de ter corrigido esse desequilíbrio. Outra coisa que aconteceu quando Jan Vidar escreveu que o meu romance o havia desconcertado foi que eu avaliei o romance seguinte por essa perspectiva, e assim o romance pareceu radicalmente diferente, com um anseio narrativo bem menor do que o primeiro, de maneira que ninguém poderia fazer o mesmo comentário a respeito dele. Em outras palavras, era um romance muito pior, e eu lamentei essa constatação.

Passei um tempo no quarto sentado em frente ao PC e olhando para fora da janela, primeiro o parapeito da sacada, depois a fachada do hotel do outro lado da rua, os três elevadores que subiam e desciam em padrões imprevisíveis enquanto os barulhos das crianças no banho aumentavam e diminuíam de intensidade ao meu redor. A presença de Jan Vidar em mim era forte. Os sentimentos daquela época estavam em movimento, eu imaginei os rostos dos pais e dos irmãos dele, me lembrei do cheiro da casa onde moravam, e o cenário por onde sempre andávamos, com todos os pequenos lugares que faziam parte daquilo, avivou-se com a mais profunda intensidade da lembrança. Na época aquilo não era mais do que um cenário, praticamente insignificante, pelo menos comparado ao cenário em meio ao qual eu havia crescido, e que já na época era carregado, enquanto mais tarde acabaria por tornar-se o próprio Cenário, repleto de importância e significado. O mesmo tinha acontecido com todas as pessoas que moravam lá. Não são muitas as pessoas de quem nos aproximamos ao longo de uma vida, e não compreendemos a importância enorme de cada uma delas enquanto não envelhecemos e passamos a vê-las à distância. Quando eu tinha dezesseis anos, eu achava que a vida era eterna e que a quantidade de pessoas era inesgotável. Não era tão estranho assim, desde que eu tinha entrado na escola aos sete anos eu estava sempre rodeado por centenas de crianças e adultos, as pessoas eram um recurso renovável, que existia em excesso, mas o que eu não sabia, e mais, o que eu nem ao menos imaginava, era que cada passo que eu dava me definia, que cada pessoa que eu encontrava deixava marcas em mim, e que a vida que eu vivia naquela época, mesmo com todas as intermináveis contingências, seria de fato a *minha vida*. Que um dia, ao recordar a minha vida, seria *aquilo* que eu recordaria. O que naquela época parecia completamente desprovido de significado, leve como o ar, uma sequência de acontecimentos que desapareciam da mesma forma como a escuridão desaparece no raiar do dia, em vinte anos haveria de mostrar-se repleto com o meu destino. As pessoas que estavam lá tornaram-se ainda mais importantes, adquiriram uma importância enorme, porque não apenas formavam a minha autopercepção, não apenas eram os rostos através dos quais o meu rosto se revelava, mas também a própria compreensão de como essa vida em particular foi como foi.

Eu pensei sobre isso. E depois pensei sobre como eu sempre havia pensado no tempo como uma grandeza vertical. Como se o tempo fosse uma trilha inclinada por onde subíssemos rumo aos diversos patamares da idade — na parte de baixo fica a época da escola, e mais acima a época do ginásio, do colegial, da universidade e assim por diante. Eu nunca tinha pensado assim, nunca tinha visto essa imagem, mas em um lugar ou outro nas profundezas do mundo das ideias um pensamento similar devia ter existido e formado o meu conceito de maneira inconsciente, porque talvez a coisa mais surpreendente que eu descobri enquanto escrevia este romance foi que a minha vida, mesmo os meus amigos do jardim de infância, os colegas da minha mãe em Kokkeplassen, os filhos dos nossos vizinhos em Tybakken, a faxineira que tínhamos por lá, os meus antigos professores e todas as pessoas que haviam me rodeado dos meus seis meses aos meus treze anos de idade estavam comigo ainda hoje, e tinham estado comigo durante todo esse tempo. E, como se não bastasse, todas as pessoas que eu conhecia da época de Tveit e Kristiansand, tanto no ginásio como no colegial, existiam no mesmo plano, na mesma horizontalidade. Ninguém havia afundado nas profundezas da história! Todos haviam vivido a vida em meio às mesmas coisas que eu e tinham permanecido acessíveis durante todo esse tempo, durante todos esses anos. Estavam a um telefonema de distância.

Isso eu não sabia. Eu achava que a vida era vivida somente na minha proximidade imediata; que todos os lugares que eu deixava para trás eram também deixados para trás pela vida.

Bem, eu não achava que era assim, claro, eu nunca tinha pensado esse pensamento, mas qualquer coisa em mim sentia isso, que os lugares que eu deixava e as pessoas que lá estavam morriam. Em consequência disso, eu não tinha escrito a respeito delas, mas a respeito das memórias delas. O fato de que existiam por conta própria, ao mesmo tempo que eu escrevia a respeito delas, simplesmente não tinha me ocorrido.

Os acontecimentos daquela época tinham um peso que eu desconhecia. Depois que passei a conhecê-lo, esse peso paradoxalmente deixou de existir, como se a minha vida e a pessoa que eu era já estivessem predefinidos desde então, e como se nada, de tudo aquilo que aconteceu, pudesse mudar esse fato. Não passava de uma impressão, mas era uma impressão muito forte. Eu estava em outro lugar. Eram os meus filhos que viviam em dias repletos com o destino deles. Mesmo sabendo que era assim, eu tinha dificuldade para me pôr no lugar deles, ver com os olhos deles, não como viam, mas como mais tarde se lembrariam de ter visto. Para mim nossa vida era uma série de incidentes corriqueiros, e eu não conseguia fazer outra coisa senão me comportar como se eu fosse refém dessa situação. O fato de que aquele tempo também desapareceria com frequência me enchia de terror. Era naquele momento que eu podia estar lá, com os meus filhos, enchendo-os de amor e de proximidade, porque em poucos anos — e tanto um como quarenta anos passavam com a velocidade de uma locomotiva comparados à lentidão que eles percebiam — eles estariam longe daquilo, já seriam adultos, em cujo passado, o passado a partir do qual teriam sido construídos, eu jamais tinha arranjado uma oportunidade de estar presente. Era a partir disso, e não de qualquer outra coisa, que eles haveriam de me julgar. Porém, mesmo que me julgassem, eu continuaria sendo eu mesmo, eu saberia como e por que tudo teria acontecido, o que eles dificilmente, e talvez nunca, poderiam saber. Então a minha esperança era que crescessem em um mundo disposto a recebê-los de braços abertos, e que assim conquistassem a independência em relação a mim e a nós.

Me levantei e entrei no banheiro. De repente um rumor profundo tomou conta da cidade.

— Vocês ouviram isso? — eu perguntei.

— *Det var åska* — disse Vanja.

— É, deve ter sido um trovão, mesmo. Mas já está na hora de sair do banho — eu disse. — Vamos.

Levantei os três, um após o outro, joguei uma toalha grande ao redor de cada um, passei as mãos depressa sobre as barrigas e as costas de todos e os mandei para fora do banheiro, para que Geir e Njaal tivessem espaço. Peguei calcinhas para Vanja e Heidi na gaveta do quarto, uma fralda para John no banheirinho, entreguei as camisolas que estavam em cima das camas para as meninas e vesti o pijama em John.

— Quando a mamãe volta para casa? — Vanja perguntou.

— Amanhã.

— Eu quero a mamãe agora! — disse Heidi.

— Não falta muito para ela chegar — eu disse. — Vocês dormem agora, vão para o *dagis* amanhã e, quando voltarem para casa, ela vai estar aqui.

— Mamãe — disse John.

— Está tudo bem — eu disse. — Ela volta amanhã. Vanja, você pega um livro?

Me sentei na cama. Heidi e John sentaram-se ao meu lado. Voltou a trovejar. Vanja e Heidi olharam para mim, Vanja em frente à estante de livros junto à parede.

— Não tem problema — eu disse. — É um som bonito, vocês não acham?

Heidi balançou a cabeça. Vanja pegou um livro, se aproximou de nós e sentou-se meio atrás de mim.

A atmosfera do quarto estava pesada por conta da umidade do ar. Minha cabeça ainda latejava de leve.

O livro era sobre uma menininha desconfiada, que não se envolvia em grandes aventuras, mas um dia saiu para um passeio com a turma do jardim de infância, se perdeu dos colegas e encontrou uma matilha de lobos, primeiro eles pareciam assustadores, uma série de olhos amarelos em meio às árvores, mas quando se aproximaram eles queriam apenas brincar. Na brincadeira favorita, os lobos eram pacientes de um hospital, então ficaram todos deitados de costas, completamente imóveis, enquanto a menina andava de um lado para o outro afagando-os. Na manhã seguinte os lobos levavam a menina de volta ao jardim de infância, e na última página ela tomava coragem e fazia aquilo que antes não tinha coragem de fazer: saltar do telhado de uma pequena casa de brinquedo.

Aqueles três corpinhos ofegantes estavam colados a mim, completamente absorvidos pela história. Os rumores no céu, cada vez mais próximos. O tamborilar da chuva contra a sacada, e contra a praça mais abaixo. A inocência, a pureza e a beleza das crianças.

Me levantei. As crianças pediram que eu lesse mais, eu disse que um livro era o bastante, já estava tarde, era hora de dormir, na manhã seguinte todos precisavam acordar cedo. Peguei John no colo e o segurei acima da cama, fiz de conta que eu o deixaria cair de uma grande altura e em seguida o peguei mais uma vez. Ele riu e disse de novo, papai. Eu disse não, me virei e disse que se Heidi subisse para a cama dela e Vanja se deitasse na dela, eu poderia fazer cosquinha em todos.

Cantei sobre a mamãe *troll* que põe os filhos a dormir para Heidi, sobre um pequeno tordo para Vanja e sobre navegar sem vento para John. Os três pareciam cansados, mas também agitados.

— A porta pode ficar aberta desse jeito? — Vanja perguntou.

— Claro — eu disse.

— O que acontece se um raio cair aqui? — ela perguntou.

— Não vai acontecer — eu disse.

— A gente morre? — ela quis saber.

— Não, não, não. Em primeiro lugar, não vai acontecer, porque o raio cai sempre no ponto mais alto. E qual é o prédio mais alto por aqui?

— O hotel?

— Isso mesmo. Então, se um raio cair por aqui, ele vai atingir o hotel, não o nosso prédio. E o hotel tem um para-raios, então não aconteceria nada.

— Mas e *se* caísse? — ela perguntou. — A gente ia morrer?

— Não. De jeito nenhum. Aqui é totalmente seguro. E agora durmam bem, seus medrosos. Amanhã temos que acordar cedo.

— Boa noite — disse Vanja.

— Boa noite, Vanja — eu disse. — E boa noite, Heidi.

Heidi não disse nada. Fui até o beliche e olhei para a cama dela. Ela já tinha dormido. De vez em quando Heidi fazia aquilo, dormia de um instante para o outro.

Passei a mão pelos cabelos dela. Ela soltou um ronquinho.

— Boa noite, John — eu disse.

— Noite, papai! — ele disse.

— A Heidi está roncando — disse Vanja.

— Claro — eu disse. — Ela já está dormindo. É o que vocês também precisam fazer.

— Mas ela está roncando!

— Não preste atenção e você não vai mais ouvir — eu disse, e então saí e fechei a porta.

— Papai! — Vanja gritou.

De fato.

Tornei a abrir a porta.

— Eu tinha esquecido. Mas agora trate de dormir — eu disse, deixando a porta aberta e entrando numa das salas. Ouvi a voz de Geir na outra, abri a porta da sacada e me sentei na cadeira que ficava lá.

Ah, o ar estava frio e muito agradável.

Um raio caiu na diagonal por entre as nuvens cinza-escuras e desapareceu. Acendi um cigarro. Mais um raio, dessa vez rumo ao sul, rasgou o céu. O trovão do raio anterior estrondeou. Os pingos de chuva explodiam em pontos brancos contra o telhado alcatroado seis andares abaixo, e no telhado do prédio à frente davam a impressão de realizar um pequeno salto ao chocarem-se contra a superfície. Um novo raio, desta vez com estalos ou pequenas explosões além do rumor do trovão, tão alto que nenhum barulho poderia se comparar àquilo, tomou conta da cidade.

Foi incrível.

Traguei, apoiei as pernas no parapeito e fiquei olhando para o horizonte. Vários raios cortaram a camada de nuvens. Ora em direção ao sul, ora em direção ao norte.

Incrível.

Ao meu lado a porta se abriu. Geir enfiou a cabeça para fora.

— Você não quer uma cerveja?

— Não parece má ideia — eu disse. — Mas só uma.

— Se eu estivesse oferecendo duas, eu teria dito — ele disse, fechando a porta. Me levantei e o acompanhei ao interior do apartamento.

— Eu só preciso ligar para a Linda antes — eu disse.

Geir fez um gesto afirmativo com a cabeça e abriu a porta da geladeira. Fui até o espelho no corredor, peguei o telefone, que estava logo abaixo, na base que ficava em cima da mesa, digitei o número dela e dei um passo ao lado para ver o quarto das crianças. Vanja estava de lado e olhou para mim.

— Para quem você está ligando? — ela perguntou.

— Você não está dormindo? — eu perguntei.

— Eu não consigo dormir — ela disse.

— Por causa dos trovões? — eu perguntei no mesmo instante em que ouvi a voz de Linda no outro lado da linha.

— Oi! — ela disse.

— Oi — eu disse. — Como vão as coisas?

— Bem. Como vocês estão por aí?

— Bem — eu disse, indo em direção ao quarto. — Estamos com as crianças. A Heidi e a Vanja brincaram com o Njaal.

— Que bom — ela disse.

— Os raios e as trovoadas não param por aqui — eu disse. — Tomaram conta do céu.

— Que bonito — ela disse. — E você e o Geir? Também aproveitaram?

— É, acho que aproveitamos. Fomos dar uma volta na colônia de jardins. Depois voltamos para casa. As crianças tomaram banho. A Heidi e o John estão dormindo. A Vanja ainda está acordada. As crianças estão com saudades de você.

— E eu com saudades delas!

— Eu já disse que você volta amanhã.

— É — ela disse.

Fez-se silêncio. Dobrei o edredom, coloquei-o junto à parede e me sentei na cama com o edredom nas costas. Mais um trovão soou, desta vez mais perto.

— Você ouviu? — eu perguntei.

— Não — disse Linda. — O que foi?

— Um trovão. Ou *åska*, como as crianças dizem. Quando vim para a Suécia eu achava que a palavra era *aske*, por associação com o barulho que as erupções vulcânicas fazem ao expelir cinzas. Era uma explicação bem mais dramática.

Linda riu.

— Eu estou com saudade de você — eu disse.

— É mesmo? — ela perguntou.

— É. Mas você chega amanhã.

— É — ela disse. — E como está o Geir? O que vocês estão fazendo? Conversando?

— É.

— Sobre o quê?

— Sobre tudo. Bastante sobre o meu tio.

— Você recebeu mais emails?

— Recebi. Um email bem longo. Ele me ameaçou com um processo judicial. Disse que pode apresentar provas documentais de que eu estou mentindo. Não sei direito como isso seria para mim. Eu simplesmente não sei se ele tem razão. No que diz respeito ao meu exagero, enfim.

— Mas, Karl Ove, é um romance.

— Claro, mas a razão de ser desse romance é a verdade.

— Não há como garantir que você e ele vejam as coisas da mesma forma.

— Não, a questão não é essa. São os fatos. Ao mesmo tempo, é muito mais do que isso. E nem poderia ser diferente. Para mim é como se eu estivesse no inferno. Eu não sei explicar. Mas é um inferno. E agora estou começando a ficar com medo de todas as outras pessoas a respeito de quem eu escrevi. Com medo de você, por exemplo.

— No fim vai dar tudo certo. Quanto a mim você não tem nada a temer.

— Você não pode dizer isso.

— Bem, eu mais ou menos sei o que você pensa de mim e de nós. Não tudo, claro, e não em muito detalhe, mas no geral eu sei.

— Imagine se for pior.

— Eu aguento. Desde que seja verdade, eu aguento.

— É, tomara que você tenha razão. E tem a sua mãe, também.

— Vai dar tudo certo.

— Tem certeza?

— Claro. Ela aguenta. Eu garanto.

Me levantei e abri uma fresta na porta da sacada. O ar fresco e frio deu a impressão de cair em cima do apartamento. A chuva batia e tamborilava sobre as tábuas no chão da sacada, que pareciam o deque de um navio.

— Você saiu?

— Estou na porta da sacada. Como está o tempo aí?

— Bom. O céu está limpo. Passamos o dia inteiro tomando banho de praia. Fiquei na sombra, lendo.

— Parece que você aproveitou.

— Mas eu estou com saudade de vocês.

— É estranho — eu disse. — Mas, quando você não está aqui, as crianças se comportam sempre melhor. Tagarelam menos e também brigam menos. Mas ao mesmo tempo elas parecem menos bem. Quanto a isso eu tenho certeza. De certa forma elas me aguentam, sabem quais são as regras que valem, mas aquilo que deixa saudade são as coisas que você proporciona. Não importa se eu sou gentil e carinhoso ou austero e distante. A proximidade não é a mesma.

— Mas você não se chateia com isso, né?

— Não. Mas assim mesmo é estranho. Elas parecem estar retraídas. O John não, mas as meninas. Eu assumi esse papel, e me parece ser um papel necessário, mas eu também recebo em troca coisas diferentes daquelas que você recebe. Coisas menores.

— Às vezes eu gostaria que fosse um pouco mais assim comigo. As crianças praticamente me atacam quando eu estou em casa. Querem estar sempre ao meu redor, o tempo inteiro. Não param de tagarelar e tagarelar. Enquanto você consegue sentar e ler o jornal, mesmo quando está sozinho com elas. Eu não consigo. Se eu tento, elas sobem em cima de mim.

— Isso tem a ver com limites.

— Quando estou para cima, não tem problema nenhum. Mas quando estou para baixo, às vezes é quase insuportável.

— Eu sei. Afinal, eu também moro aqui.

— Mas não vamos falar disso agora. As crianças já estão dormindo?

— Eu já disse. Estão dormindo, a não ser pela Vanja.

— É verdade.

— Você quer falar com ela?

— Não, não na hora de dormir.

— Que horas você chega amanhã, mesmo?

— De tarde. Pelas três ou quatro horas, acho.

— Por essa hora a Christina também vai estar aqui. Pensei em fazer camarão. Você acha que é uma boa? Com um vinho branco?

— Claro.

— Então nos vemos amanhã.

— Combinado. Eu te amo.

— Te amo também — eu disse, e então desliguei, fechei a porta da sacada e afundei na cama com o telefone na mão.

Naquele momento eu não queria nada além de estar no seio da minha família, viver minha vida lá, e esse era um desejo tão profundo que me senti impaciente, como se quase fosse tarde demais.

Me levantei, coloquei o telefone na base, fui ao banheiro e mijei, lavei as mãos, descobri que não havia toalha pendurada no cantinho ao lado da pia, entrei no quarto e peguei uma na pilha de roupas limpas ao lado da cama, que batia na altura da minha coxa, sequei as mãos, pendurei a toalha no banheiro e fui para a sacada, onde encontrei Geir sentado no meu lugar e fiquei olhando para ele meio indeciso por alguns segundos.

— Qual é o problema? — ele perguntou. — A sua cerveja está em cima da mesa.

— Não tem problema nenhum — eu disse, me sentando na outra cadeira. Eu estava tão acostumado que tudo parecia estar errado naquele lugar. Foi necessário empregar certa força de vontade para que eu conseguisse ficar sentado. Não muita, porém assim mesmo precisei lutar contra certas coisas dentro de mim para que aquilo funcionasse.

Os relâmpagos se ramificavam pelo céu e desapareciam. Eu contei os segundos antes do trovão que veio logo a seguir. Não tinha sido muito longe.

O trovão soou quase como um desmoronamento de rochas, um som irregular e ribombante que eu tentava descobrir de onde vinha, pois era impossível para os instintos compreender que um barulho como aquele não viesse de um fenômeno material, mas era uma coisa em si mesma.

— Você está alegre como de costume, pelo que vejo — disse Geir.

— Agora você também resolveu me criticar? — eu perguntei.

Geir riu.

— Não, você tem razão, afinal eu fiz essa visita justamente para consolar e animar você.

— Do jeito como você fala parece que eu tenho sete anos.

— Isso não está muito longe da verdade. Eu não me lembro de você assim tão distante. Você está completamente arruinado. Porque o seu tio está bravo com você. Para mim é totalmente incompreensível. Eu nunca me importei em saber se as outras pessoas estão ou não estão bravas comigo. Isso é problema delas. Você está levando essa história toda demasiado a sério, acredite.

— Não é só o pau comprido que faz com que você pareça um elefante. Você tem a pele grossa, também.

Geir riu. Eu acendi um cigarro. A presença dele era uma ajuda para mim.

— Na década de 90 houve problemas com os elefantes na África do Sul — eu disse. — Não sei se eram muitos ou o quê, mas o fato é que o governo implementou um programa. Eles mataram todos os elefantes adultos, capturaram os jovens e os transportaram a outra parte do país. Hoje esses elefantes são adultos. E adultos profundamente traumatizados. São agressivos, hostis e antissociais. Todos apresentam sintomas de estresse pós-traumático. Isso quer dizer que os elefantes são sensíveis. Eles assistiram à matança dos pais, e os elefantes sempre reagem quando um membro da manada morre, eles ficam completamente fora de si e caminham em volta do lugar onde o elefante morto está ou esteve por dias a fio. E também são animais muito sociais. Para os elefantes jovens, assistir àquilo e depois serem transportados para outra região foi a gota d'água. Eles não estão nada bem. São raivosos e destrutivos.

— E o que você quer dizer com isso? Que eu sou sensível mesmo tendo a pele grossa, ou que uma infância traumática deixa marcas para o resto da vida, independente de você ser um elefante ou um cabrito de Tromøya?

— Eu não quis dizer nada disso. Simplesmente me lembrei. Essa história me marcou. E achei que também poderia interessar a você, já que você escreveu a respeito dos efeitos do estresse pós-traumático.

— É um pouco sentimental demais para o meu gosto. E não sei direito se o fato de que os elefantes também sofrem com o estresse pós-traumático torna o fenômeno menor ou maior.

— Maior. É um fenômeno universal.

— Mas nesse caso também limita a nossa liberdade de agir. Se os elefantes ficam traumatizados, as árvores também devem ficar. Elas ficam lá, deprimidas na floresta depois que a linda árvore ao lado é cortada na época do Natal. Por outro lado, nada indica que não possamos simplesmente nos lixar para tudo isso. Como o Nietzsche falou, a compaixão só faz o sofrimento aumentar no mundo. Em vez de um sofrer, sofrem dois.

— O Nietzsche era um cara durão. Mas foi possivelmente o homem mais sensível do século XIX, também.

Tomei um gole da cerveja aguada. Eu sentia a lata fria na ponta dos meus dedos. O metal cedia com um barulho repentino quando eu a apertava com mais força. Larguei a cerveja em cima da mesa, acendi um novo cigarro na ponta do que eu tinha acabado de fumar, me recostei na cadeira e suspirei.

— Mais um desses seus suspiros dignos do Leste europeu — disse Geir.

— Eu recebi um email do Jan Vidar — eu disse.

— É mesmo?

— Ele disse que não via problema nenhum em aparecer no livro.

— Era o que eu imaginava.

— É. Eu fiquei feliz.

— Mas isso não ajuda muito, certo?

— Claro que ajuda. Não é o bastante para compensar o resto, claro. Mas pelo menos ele não disse nada sobre falsidade. Nem o Yngve, aliás.

— Não é disso que estamos tratando, e você sabe disso. O seu tio não quer que você escreva absolutamente nada a respeito do seu pai. E ele devia estar com você atravessado na garganta há muitos anos. Com você e com a sua mãe. O que ele fez naquela correspondência foi quase uma demonstração sociológica das contradições entre a cidade e o campo, entre o urbano e o rural, entre a burguesia e o campesinato, entre os ricos e os pobres. A família Hatløy não faz jus à família Knausgård. Ha ha ha! Quem foi que já ouviu falar da família Hatløy ou da família Knausgård? Quem imaginaria que existem diferenças entre as duas? Ha ha ha! Esses nomes têm um peso tão pequeno quanto Olsen ou Fredriksen. Mas não para a família Olsen, claro, para eles a família Olsen é a família Olsen, e a família Fredriksen é muito diferente!

— É exatamente isso. Todas as famílias têm coisas próprias, e, mesmo que seja assim com todas, essas coisas são mesmo próprias. O que eu estou fazendo é tornar a história toda pública. Logo todos vão poder ler a respeito, e a partir de então a história não vai mais ser própria. Eu a estaria oferecendo a outras pessoas. Mas a história não me pertence. Esse é justamente o cerne da questão.

— É, realmente. Mas o que você está fazendo por acaso é ilegal?

— Do ponto de vista jurídico, você quer dizer?

— É.

— Não sei. Atentar contra a honra de outra pessoa é ilegal, mas nesse caso é preciso demonstrar que o que foi afirmado é falso. E o Gunnar disse que pode fazer isso. Se ele realmente puder, e se receber apoio, eu vou ser condenado. Além do mais há questões de privacidade, pelo que entendi. Mas só pode haver violação de privacidade se o que eu escrevi for verdade. É preciso levar em conta a liberdade de expressão e a liberdade artística. E o meu pai e a minha vó já morreram. Isso também conta. Nesse caso o meu tio se ofendeu por conta dos mortos.

— Então pense no que eu vou dizer agora. Você vai ter que apresentar testemunhas. Ele vai ter que apresentar testemunhas. A porra do livro inteiro vai ter que ser lida no tribunal. O julgamento vai levar semanas. Os jornais vão escrever a seu respeito todos os dias. Você vai ficar milionário, Karl Ove. O seu livro vai vender como água.

— Como pode aquilo que para mim parece ser o verdadeiro inferno na terra, o pior de tudo aquilo que existe, ganhar ares tão positivos quando você fala a respeito?

— Sei lá. Talvez por causa da minha visão sadia e desprovida de sentimentalismo no que diz respeito à vida?

— Mas e se ele apresentar testemunhas que digam que não é verdade? E se no fim eu for condenado?

— Tanto melhor! Todo mundo quer ler um livro cheio de mentiras sobre pessoas de verdade!

— Tente ser um pouco mais sério. O que está acontecendo é sério.

— Não há dúvida! Mas tudo bem. O que você quer que eu diga? Que vergonha, que vergonha! Buuuu! Você é uma má pessoa! Vamos lá. Temos a situação jurídica. É uma situação indefinida. Você pode ser condenado, mas também pode ser absolvido. É relativo. E além disso temos a situação humana. É por causa disso que você está sofrendo. O seu tio assumiu o lugar do seu pai, e você está com medo dele. Tudo isso está relacionado a você, à sua infância e à sua constituição psicológica, não ao romance. Você precisa aprender a separar as coisas. Na minha opinião essa sua angústia é quase patológica. De certa forma, você está destruído. Sem nenhuma ofensa! Mas é o que parece. Você escreve a respeito. E isso tem que vir de algum lugar, claro. Você escreve sobre a família da sua mãe, escreve sobre a família do seu pai. Você quer apenas compreender. Não há nada de errado nisso. E você não deve achar que há. Não há nada de errado. O fato de que essa situação está sendo um inferno para você é outro assunto. É mais ou menos assim que eu vejo essa história toda.

— É possível ver assim. Mas no instante em que o seu direito atinge outras pessoas tudo passa a ser diferente.

— Você vai publicar o livro?

— Vou.

— Nesse caso não existe mais nada a discutir. Você está resolvido. Você tomou uma decisão. Essa decisão vai atingir outras pessoas. Mas e daí? Por acaso você matou alguém? Bateu em alguém? Roubou de alguém? Não, você escreveu a respeito de outras pessoas. Você escreveu coisas erradas a respeito delas? Não. Você escreveu coisas bonitas a respeito do Gunnar. Tente dar a devida proporção ao que está acontecendo. O Gunnar não é o seu pai. Você não é uma criança.

— Não.

— Muito bem. Agora já chega de apoio e consolo. Você quer mais uma cerveja?

— Quero, obrigado.

Geir se levantou e passou por mim, o rosto dele estava branco em meio à luz escura da tempestade. Os pingos de chuva haviam diminuído de tamanho, e caíam mais juntos e mais rápidos pelo ar em frente à sacada e sobre a cidade. Ir ao encontro da fúria era uma coisa terrível em si mesma, porém não era nada quando comparada ao fato de que eu não sabia mais o que tinha acontecido. O que realmente era verdade. Eu não podia confiar em mim e na minha memória, saturada como estava pela escrita. Eu já sabia daquilo, que escrever sobre uma memória a transforma, de repente você não sabe mais o que pertence à memória e o que pertence à escrita. Eu não sabia mais o que era verdade. Para saber, eu dependia de referências externas. Ou seja, daquilo que as outras pessoas diziam e lembravam.

Um barulho tremendo soou acima da minha cabeça.

Que *porra* tinha sido aquilo?

Me levantei e entrei. Meu coração batia forte, como o coração de um bicho assustado. Eu nunca tinha ouvido um trovão tão forte. O raio devia ter caído muito próximo.

Geir estava de pé junto à janela da sala, olhando para a rua. Njaal estava dormindo na cama junto à parede.

— Você viu isso? — Geir me perguntou. — O raio caiu no hotel.

— Eu não vi. Mas eu ouvi.

— O raio e o trovão vieram ao mesmo tempo.

— Papai! — uma voz gritou do quarto das crianças. Fui até lá. Vanja e Heidi estavam sentadas nas camas. Heidi chorava. John estava deitado de lado, dormindo com a boca apertada contra o braço. Os cabelos dele estavam úmidos de suor.

— Eu estou com medo — disse Vanja.

— Eu também — disse Heidi.

— Mas não tem perigo nenhum, queridas.

— Eu não quero dormir sozinha — disse Vanja.

— Mas a Heidi e o John estão aqui! — eu disse.

— Não é a mesma coisa — ela disse. — Eu quero dormir com você.

— Eu também — disse Heidi.

Olhei para as duas.

— Tudo bem — eu disse. — Podem ir para o meu quarto.

Heidi estendeu os braços e eu a tirei do beliche. As duas se apressaram pelo corredor. Quando cheguei ao quarto, já estavam debaixo das cobertas.

— A gente não quer ficar aqui sozinha — disse Vanja.

— Vai ter mais trovões? — Heidi perguntou.

— Talvez — eu disse. — Mas não tem perigo nenhum. E eu também já vou me deitar. Tudo bem? Vocês conseguem ficar mais uns minutos sozinhas?

As duas fizeram um gesto afirmativo com a cabeça.

— Mas a porta tem que ficar aberta! — disse Vanja.

— Claro — eu disse. — Boa noite para vocês, então.

Fui até a sala. Não havia ninguém. Mas a porta para a sacada estava aberta, então eu saí.

— Tudo certo? — Geir perguntou, sentado no meu lugar.

— Tudo — eu disse, me sentando na outra cadeira. — Mas eu acho que não vou demorar muito para me deitar. O John às vezes inventa de acordar às cinco horas. E se eu não tiver dormido o bastante até essa hora vou ter problemas. Mas você pode continuar bebendo se quiser, lógico.

— Quanta generosidade — ele disse.

— O homem elefante passava muito tempo sozinho — eu disse.

— Ele não usava um saco de papel na cabeça?

— Não, não. Era um chapéu de papel. E ele também tinha uma flauta. Aqui está o homem elefante!, ele dizia, e então tocava a flauta enquanto andava pela rua. Sempre havia festa por onde ele passava.

— Talvez não seja uma ideia tão estúpida assim você ir dormir.

— Sim, é o que eu vou fazer — eu disse enquanto me levantava. — Você tem roupas de cama e tudo mais?

— Tenho, tenho.

— Então boa noite. Podem continuar dormindo mesmo depois que a gente acordar.

— Claro. Boa noite.

Voltei ao apartamento, parei em frente à porta da cozinha, resolvi deixar a louça para o dia seguinte, desliguei o telefone da tomada e entrei na penumbra do quarto onde Vanja e Heidi estavam deitadas de olhos fechados, com a respiração regular e pesada como dois bichinhos. Vanja estava atravessada na cama. Eu a levantei e a ajeitei em cima do colchão, pondo-a ao lado de Heidi. Ela não percebeu nada, nem ao menos se mexeu. Eu tirei a roupa ao lado delas. É inacreditável como as duas parecem baixinhas, eu pensei enquanto as olhava por um instante antes de fechar os olhos e sucumbir ao sono, essa noite do eu que parece enorme, praticamente infinita quando estamos nela, mas que jamais se torna maior do que nós mesmos.

Logo depois das seis horas John estava de pé, gritando em frente à cama, e eu precisei acordar. Vesti as roupas do dia anterior e fui com ele até a cozinha. Na rua o sol erguia-se acima do morro no oriente. Os raios de luz eram bem definidos e entravam horizontalmente na peça. Tudo era visível sob aquela luz, os restos de comida no chão, as manchas de café que começavam na bancada à direita e continuavam até a pia do outro lado, a panela cheia de água de salsicha com pérolas de gordura e as duas salsichas estouradas e molhadas lá dentro, as duas caixinhas de leite vazias ao lado, a embalagem aberta de margarina tão mole que era quase líquida e tinha uma coloração amarela bem mais profunda do que quando era retirada da geladeira. O esfregão da Wetex, que ficava duro como pedra quando secava, e que naquele momento estava em cima da borda de metal que separava o tanque da pia de lavar louça como uma espécie de ornamento, originalmente branco, mas naquele momento cinza e preto. Os copos, as canecas, os talheres e as tigelas que por assim dizer saíam de dentro das duas pias e espalhavam-se por cima da bancada, como uma planta invasiva de vidro e porcelana. Os dois vidros vazios de molho para espaguete ainda não lavados atrás da torneira, vermelhos de restos. A embalagem de plástico transparente do queijo marrom, que a um olhar distraído daria a impressão de que o rótulo com o logo estava flutuando sobre a tábua de cortar apoiada contra a parede. O suco de beterraba absorvido pela madeira. As plantas ressequidas no parapeito da janela, mortas havia meses, davam a impressão de combinar tão bem com a peça que ninguém mais pensava em jogá-las fora. A mesa cheia de copos e talheres, a jarra cheia de uma água repleta de pequenas bolhas de ar, os farelos secos ao redor dos lugares onde as crianças sentavam, as embalagens de fruta vazias, que se espalhavam como pequenos hangares de plástico em meio a pilhas de desenhos e blocos de desenho, pincéis atômicos e canetinhas, para não falar nas duas prateleiras ao lado da janela, que se avolumavam como um recife de corais que reunisse todas as pequenas coisas que as crianças haviam juntado nos últimos anos, de princesas e personagens da Disney saídos de máquinas operadas por moeda, potinhos com miçangas, tabuleiros de montar miçangas, bastões de cola, carrinhos e aquarelas a peças de quebra-cabeças, partes de Playmobil, correspondências e contas, bonecas e esferas de vidro com golfinhos dentro que Vanja tinha ganhado durante a nossa visita a Veneza no verão anterior. A prateleira era uma estação; quando as coisas eram postas lá, saíam de circulação e eram esquecidas. Tínhamos muitas dessas estações onde a vida das coisas cessava de repente, em especial na longa bancada do corredor — que provavelmente tinha servido como aparador antes de ser trazida à sala ao lado, uma vez que tanto acima como abaixo da bancada havia armários —, onde toda sorte de tralha e traquitana estava guardada com outras coisas que de fato poderíamos usar, mas nem sabíamos mais que existiam. A pilha devia ter um metro de altura e três metros de largura, e nela havia luminárias, lâmpadas novas e usadas, lampiões, pilhas de papel fotográfico, rolos de negativos jamais revelados, montes de fotografias, tanto dentro como fora dos respectivos envelopes amarelos, livros de receitas, roupas infantis, ou seja, meias-calças de lã usadas durante o inverno, pés avulsos de meias, mãos avulsas de luvas, um vestido rosa da Hello Kitty, camisetas, provavelmente pequenas demais, uma jaqueta com capuz, um blusão grosso, e além disso havia guardanapos, comprados em grandes quantidades na IKEA, vasos de plantas, cabos de computadores velhos, extensões, canetas e isqueiros, livros de bolso, toalhas de mesa lavadas, mas não passadas, convites e folhetos publicitários, revistas, velas festivas, uma lanterna de papel dobrada, um trem de aniversário com vagões numerados onde era possível colocar pequenas velas, balões e apitos, partes de uma ferrovia de brinquedo em madeira, uma ou outra estação ou locomotiva, blocos de desenho, DVDs, CDs, panos de prato — enfim, havia uma pequena montanha por lá, que às vezes causava surtos de pânico em Linda, era o sentimento de caos provocado, ela de repente não sabia como lidar com aquilo. Não raro ela chegava em casa com itens de organização que tinham como objetivo pôr ordem naquilo tudo; caixas diferentes para coisas diferentes, uma prateleira para as minhas correspondências, e uma para as dela, marcadas com os nossos nomes, como ela tinha visto na casa de outras pessoas, na casa de pessoas onde havia um pouco de ordem, mas os sistemas entravam em colapso em poucos dias, e tudo voltava a se espalhar como antes. Eu também me incomodava com aquilo, e talvez duas vezes por ano fazia uma triagem para me livrar daquele excesso de coisas, que obviamente começavam a se acumular mais uma vez ao fim de duas ou três semanas. Era como se os objetos tivessem vida, como se atraíssem outras coisas para crescer e se desenvolver.

Felizmente as crianças pareciam não reparar. Grandezas como o caos interno e o caos externo ainda não tinham importância para elas, a relação que mantinham com o mundo em geral não era uma relação problemática, e nisso, eu pensei, as crianças com certeza estavam certas. O mundo material era um lugar neutro, nós é que o colocamos em nosso panorama psicológico e o colorimos com os nossos conceitos. Enfim, o lugar era uma bagunça. Mas essa era uma questão prática, não moral. Não éramos pessoas ruins, mesmo que fôssemos desorganizados. Isso não era a expressão de um defeito moral. Eu podia dizer tudo isso para mim mesmo, mas não adiantava nada, os meus sentimentos eram mais fortes; quando eu andava em meio à bagunça, era como se ela me acusasse, como se nos acusasse, de sermos pais ruins e pessoas ruins.

— John, o que você acha de eu dar uma limpada por aqui enquanto você come?

Ele olhou para mim e fez um gesto afirmativo com a cabeça. Abaixei as persianas, sentei-o na cadeirinha, servi flocos de milho e leite, o que pareceu deixá-lo satisfeito, e comecei a esvaziar a máquina de lavar louça.

— Café, papai — disse John.

— Já vai — eu disse.

— Não. Agora! — ele disse, apontando com a colher para a cafeteira.

— Está bem, então — eu disse, pondo o café para passar. As sombras da persiana se projetaram como listras por cima da mesa, e entre uma e outra a luz brilhava com uma intensidade particular, quase explosiva, tão forte que as sombras não tinham limites definidos, mas davam a impressão de ter as bordas salpicadas de luz.

John olhava de vez em quando para a cafeteira, de vez em quando para mim, assim que esvaziei a máquina de lavar louça eu comecei a enxaguar os talheres e os copos, as canecas e as panelas antes de colocá-las na máquina, e quando a máquina ficou novamente cheia eu a liguei.

Do corredor veio o ruído de pés descalços no piso de linóleo. Era Heidi, ela parou em frente à porta e nos olhou com os olhos apertados.

— Oi, Heidi — eu disse. — Dormiu bem?

Heidi balançou a cabeça, entrou e sentou-se no lugar dela. Os cabelos dela estavam desgrenhados, o rosto estava um pouco marcado, como se ainda não tivesse recuperado a elasticidade do dia após a imobilidade da noite.

Coloquei uma tigela e uma colher na frente dela, a caixa de flocos de milho e a caixinha de leite. Peguei uma caneca para mim, despejei o café passado em uma garrafa térmica e a levei para a sacada, onde me sentei e acendi um cigarro com a porta entreaberta, para que eu pudesse ouvir o que acontecia na cozinha. Ao ver a paisagem de quilômetros de telhados, me lembrei do sonho que eu havia tido naquela noite. Eu estava sentado no mesmo lugar. O céu estava completamente preto, e repleto de aviões. Uns muito próximos, enormes jumbos, com todos os detalhes da fuselagem muito nítidos, outros apenas como luzes que deslizavam sob as estrelas. O sentimento tinha sido intenso e incrível. Incrível, incrível mesmo, e depois eu tinha acordado.

Me reclinei na cadeira e coloquei as pernas no parapeito. O sol, que ainda estava em uma posição horizontal, tinha aquecido bastante o ar ao meu redor, e os raios abrasavam o meu rosto, faiscavam na vidraça, na superfície da mesa e em especial no metal polido da garrafa térmica.

Aviões voando baixo, muitas vezes em meio aos prédios, às vezes até mesmo em meio a arranha-céus, eram um tema recorrente nos meus sonhos, e apareciam pelo menos umas duas ou três vezes por semestre. Às vezes eu estava a bordo dos aviões, às vezes eu estava longe. Mesmo nos sonhos eu pensava que aquela era uma visão bonita e irreal. Às vezes eu também presenciava desastres aéreos catastróficos, toda a sequência desde que a aeronave despencava no céu e atingia um prédio ou uma estrada e explodia. O atentado contra o World Trade Center em 2001 foi para mim como assistir a um sonho. Todos os elementos estavam lá. Os arranha-céus, os aviões grandes e reluzentes, a queda, as chamas. Mas, enquanto os meus sonhos eram sempre estranhamente concentrados, sempre ligados a determinado ponto, ao qual os meus sentimentos também pareciam estreitamente relacionados, o acontecimento real foi completamente aberto e abrangente, e ofereceu tanto a possibilidade de distanciar-se como a possibilidade de relacionar-se.

O verdadeiro trabalho desempenhado pelos terroristas foi o de se infiltrar em nosso subconsciente. Esse sempre foi o objetivo de qualquer escritor, mas os terroristas levaram-no mais um passo à frente. Foram os autores da nossa geração. Foi Don DeLillo quem escreveu essas coisas, muitos anos antes do Onze de Setembro de 2001. As imagens criadas pelos terroristas espalharam-se por todo o globo terrestre e colonizaram o nosso inconsciente. O resultado concreto do ataque em si, a quantidade de mortos e feridos e a destruição material não significavam nada. O importante eram as imagens. Quanto melhores e mais icônicas fossem as imagens, mais bem-sucedida seria a ação. O ataque contra o World Trade Center foi o mais bem-sucedido de todos os tempos. Não foram muitas vítimas, duas mil e poucas, apenas, contra por exemplo as cem mil que morreram nos dois primeiros dias da batalha de Flandres no outono de 1914, mas a imagem foi tão icônica e tão poderosa que a influência foi tão grande quanto a dessa batalha, ou talvez até maior, uma vez que vivemos em uma cultura que se orienta em função das imagens.

Aviões e arranha-céus. Ícaro e Babel.

Os terroristas quiseram entrar em nossos sonhos. Todos queriam chegar a esse ponto. Nosso íntimo era o derradeiro mercado. Quando fosse conquistado, seríamos vendidos.

Tomei mais um gole de café, sequei a boca com as costas da mão, me levantei, apertei uma das minhas narinas com o indicador e soprei um pouco de ranho seco que estava na outra por cima do parapeito.

— Estou vendo que você faz a toalete matinal ao ar livre — disse Geir. Ele estava junto à porta aberta, olhando para mim. — Que beleza!

— Bom notar que você soube apreciar — eu disse, me sentando mais uma vez. — Eu fiz a mesma coisa numa praia da Grécia quando eu tinha dezenove anos. Uma garota americana que estava lá disse para outra: *did you see that? How disgusting!*

— Ela tinha razão — disse Geir. — Mas será que você tem um café para mim também? — A voz dele estava um pouco rouca depois de ter repousado durante toda a noite.

— Claro — eu disse. — As canecas ficam no armário da cozinha. O café está aqui na térmica.

Na verdade eu tinha pensado em entrar e ver como estavam as coisas com Heidi e John, e além disso eu precisava acordar Vanja, mas continuei sentado, eu pareceria estar dispensando Geir se fosse embora no momento exato em que ele havia chegado. Empurrei a garrafa térmica para o outro lado da mesa, apaguei o cigarro na lateral do vaso de plantas, onde o vermelho--terracota estava praticamente tomado pelas cinzas pretas, como a parede de uma casa incendiada, e enfiei a bagana no pequeno furo na parte de cima. Mas eu não tinha feito aquilo direito, porque logo começou a sair fumaça pelo buraco. Pensei que a bagana acabaria por se apagar sozinha e acendi mais um cigarro assim que Geir entrou na sacada e sentou-se.

— Tudo certo lá dentro? — eu perguntei.

— Acho que sim — ele disse. Com os olhos apertados por causa do sol forte, Geir abriu a tampa da garrafa térmica e serviu-se de café.

— Você não precisa tirar a tampa a cada vez — eu disse. — Basta des-rosquear um pouco.

— Agora você também é engenheiro? — ele perguntou, reclinando-se na cadeira e levando a caneca aos lábios.

— Eu sou um engenheiro da alma — eu disse.

— Essa é a resposta mais convencida que eu ouvi em muito tempo — ele disse, fechando os olhos enquanto bebia o café. Logo Geir abriu os olhos e me olhou enquanto largava a caneca em cima da mesa. — Eu diria que você está mais para um lixeiro da alma.

— Ou pelo menos um encarregado pela melhoria da alma — eu disse. — Você sabe que aqui na Suécia chamam o quartinho do lixo de "sala do meio ambiente". "Ambientalista da alma" seria o título mais acertado, como você bem sabe.

— Consultor ambiental da alma.

— Aí está.

— O seu cinzeiro está pegando fogo, aliás — ele disse.

— Estou vendo — eu disse. — Eu estava torcendo para que o fogo se apagasse sozinho. Mas não está com jeito.

Levantei o vaso e todas as baganas que estavam no interior daquelas grossas paredes se espalharam no prato logo abaixo. Duas estavam fumegan-do um pouco, e eu as apaguei com força contra o prato antes de tentar reco-locar o vaso no lugar. O monte de baganas não me deixava ajeitar o vaso, que acabava se apoiando no amontoado irregular de baganas no prato, mesmo quando eu por assim dizer tentava colocá-lo no lugar com uma sacudidela.

Por fim eu levantei o vaso, amontoei as baganas em uma pilha, coloquei o vaso com um dos lados apoiado sobre o prato, empurrei os cigarros que haviam caído lá para dentro com os dedos, por baixo, e por fim tudo estava como antes.

— Parece que o dia vai ser bonito — disse Geir. — O que a gente vai fazer? Você tem alguma sugestão?

— A gente pode ir para um lugar qualquer, não? — eu disse. — Depois que eu deixar as crianças na escola?

— Podemos, claro. Mas não para uma praia. Isso eu não aguento.

— Uma cidade? Lund? Trelleborg?

— Eu sempre quis ir a Lund. Podemos ir para lá.

— Combinado — eu disse, e então me levantei, apagando o cigarro meio fumado contra a lateral do cinzeiro. — Só preciso entrar para vestir as crianças e essas coisas todas.

Quando eu cheguei ao corredor, Heidi estava de pé em cima do banquinho branco em frente ao armário, mexendo nas prateleiras mais altas. Ela era a única que escolhia as próprias roupas. Naquele momento ela tinha escolhido a blusa azul com florzinhas brancas, uma saia jeans, pelo que eu tinha entendido, e um par de meias-calças da Hello Kitty.

— Vai ficar legal — eu disse para Heidi, que desceu do banquinho minúsculo e enfiou as mãos nos buracos da blusa sem mangas.

— Depois ponha o banco no lugar — eu disse, olhando de relance para a cozinha, onde Njaal estava sentado sem camisa e com as pernas balançando no banco, comendo flocos de milho, enquanto Geir escorava-se na bancada da pia com os braços cruzados e o observava, antes de entrar na sala, onde John estava sentado no sofá derrubando, pegando e derrubando a locomotiva a seu lado.

— Você precisa se vestir — eu disse. — Fique aí, eu vou buscar umas roupas.

Do armário, peguei uma camiseta amarela com uma joaninha vermelha e uma calça verde de pirata amarrada com cadarço ao redor da cintura e busquei uma fralda nova no banheiro, onde também umedeci um pano com água morna e o esfreguei com sabonete, para então passá-lo em John, que permanecia escarranchado no chão à minha frente, e assim tirar o cheiro fraco mas ao mesmo tempo acre e salgado de urina que as fraldas deixavam. Aquele era um cheiro estigmatizante, que pertencia às crianças filhas de pais não muito cuidadosos no que dizia respeito à higiene. Quando terminei, entrei no banheiro e joguei a fralda suja na lixeira debaixo da pia, levei a toalha comigo, sequei-o, coloquei a fralda e vesti as roupas e passei a mão pelos cabelos dele.

— Pronto! — eu disse.

— *Strumpor!* — ele disse.

— Podemos calçar sandálias hoje, porque o dia está bonito. Você não precisa de meias.

— *Jag vill ha!* — ele insistiu.

Fui ao quarto das crianças e comecei a procurar um par de meias iguais na cômoda. Devia haver umas quarenta meias lá, mas por mais inacreditável que pareça eu quase nunca encontrava duas idênticas. Peguei-as todas e as espalhei em cima da cama de Heidi, como se fossem mercadorias em um tabuleiro, e comecei a fazer uma triagem sistemática. Amarelo, verde, azul, vermelho, cor-de-rosa, lilás, turquesa, marrom, branco, preto, cinza, laranja e todas as nuances entre uma coisa e outra. Listradas, com bolinhas, com florzinhas. Umas com estampas de carros, outras com coelhos, cachorros ou gatos. Mas todas eram diferentes. O jeito seria entrar no quarto e começar uma busca na pilha de roupas que havia por lá. As meias ficavam sempre no fundo, porque deslizavam pelo meio de outras peças maiores, como se quisessem conscientemente chegar ao chão, e assim que juntei cinco pés avulsos eu as levei de volta para o quarto para ver se alguma das meias que estavam lá fazia par com outra das novas. Dei sorte. Eu tinha um par de meias lilás. Mesmo que estivessem no limite do que seria feminino para John, pelo menos na minha opinião, eu as levei à sala e as coloquei nos pés dele.

Peguei um blusão rosa-escuro com mangas longas e uma estampa do que parecia ser um unicórnio com chifre comprido e olhos grandes e uma calça verde-água de algodão fino e levei tudo para o quarto, onde Vanja ainda dormia com o edredom meio destapado. A coluna revelava-se como uma delicada elevação sob a pele das costas levemente curvas, a partir de cuja parte superior as omoplatas curvavam-se suavemente em ambos os lados dos cabelos loiros que cobriam de forma tão bonita a cabeça e o pescoço, feitos de um material radicalmente diferente em relação à pele. Os cabelos mantinham com o corpo uma relação similar àquela que existe entre as pétalas e o talo de uma flor, talvez se pudesse pensar.

Sentei-a no meu colo. A pele dela estava quente após a longa noite de sono. Eu a abracei, estendi o blusão com as mãos e o enfiei pela cabeça dela. Vanja enfiou as mãos nas mangas e sacudiu-as para que tudo ficasse no lugar, em seguida ajeitou o forro na altura da barriga. Enfiei a calça nas pernas dela, primeiro uma, depois a outra, e puxei-a até o quadril, quando ela se levantou um pouco, para que eu pudesse ajeitar também a parte de trás.

— Pronto — eu disse. — Você quer um *macka* antes de sair para a escola? Um que você possa comer no caminho?

Ela balançou a cabeça.

— Uma nectarina — ela disse.

— Não temos nectarina — eu disse. — Pode ser uma maçã?

— Pode — ela disse.

Eu a acompanhei pelo corredor. Ao longo de uma das paredes havia armários com as cores — eram todos marrom-claros — e os puxadores típicos dos anos 1950. Uns estavam tão abarrotados que roupas ou sapatos desmoronavam assim que as portas eram abertas. Eram macacões, botas, blusões grossos, tudo que dizia respeito ao inverno estava lá, bem como outras coisas que não usávamos todos os dias. Por trás das jaquetas penduradas na chapeleira, na parede, havia ganchos que utilizávamos para guardar nossas sacolas e mochilas, que nos últimos anos tinham atingido uma quantidade e uma dimensão tão grandes que mais pareciam estar acumuladas umas sobre as outras do que penduradas. Nas pequenas mochilas lisas das crianças havia potes com comida dentro, que mais tarde, uma vez que havíamos esquecido de esvaziá-los, mofavam e estragavam, e esse detalhe, o fato de que as coisas orgânicas seguiam as regras orgânicas mesmo sob as profundezas de sucessivas camadas de material sintético, como que por conta própria, sem nenhum contato externo, para mim era fascinante, pelo menos depois que os potes eram redescobertos, o conteúdo era esvaziado e as superfícies plásticas eram cuidadosamente limpas. Por todo o chão, e em especial junto às paredes, de um lado sob a fileira de armários, do outro sob o espelho e uma longa bancada branca, diversos brinquedos e bonecas espalhavam-se aleatoriamente, como objetos deixados por um desastre aéreo. Em geral eu arrumava todo o apartamento para receber visitas, mas como se tratava de Geir eu não tinha arrumado. Além do mais, eu estava completamente fora de mim. Mas naquele dia Linda e Christina também chegariam, então eu precisava dar um jeito em tudo. Depois que as crianças estiverem no jardim de infância, pensei, acompanhando Vanja até a cozinha. O sol já parecia mais alto e mais distante, mesmo no pouco tempo desde o nosso despertar, e já não brilhava mais na cozinha, na horizontal, mas estava um pouco mais enviesado, iluminando a parede onde ficavam a bancada e a máquina de lavar louça. Vanja abriu o armário, pegou uma das grandes maçãs vermelhas que estavam na cesta plástica verde onde costumávamos guardar frutas e a entregou para mim.

Era uma maçã Red Delicious, provavelmente manipulada geneticamente, já que a polpa clara não escurecia em contato com o ar, como as maçãs da minha infância faziam, e parecia não estragar nunca. Aquilo era assustador e representava uma ruptura total em relação aos meus conceitos de certo e errado. A explicação para que eu mesmo assim as comprasse relacionava-se ao fato de que na minha infância as maçãs Red Delicious eram produtos de luxo, realmente especiais, que em geral víamos apenas no Natal, quando reluziam com um brilho vermelho e mágico na fruteira, e ao mesmo tempo eram rígidas, crocantes e suculentas, uma combinação que não existia em nenhuma outra maçã.

— O que eu faço com isso? — eu perguntei.

— O adesivo — ela disse, colocando o dedo sobre o minúsculo rótulo com o logo da companhia de frutas, uma pequena joaninha vermelha contra um fundo branco.

Peguei a maçã e raspei a unha contra o rótulo, porém minha unha estava tão curta que não consegui levantar a ponta do adesivo, e assim precisei apertar a própria casca da maçã para removê-lo.

— Você estragou a maçã! — disse Vanja quando eu entreguei a fruta para ela. — Eu quero outra!

— Nem sonhe com uma coisa dessas!

Minha reação foi tão peremptória que ela desistiu na mesma hora, largou a maçã em cima da mesa e saiu marchando da cozinha. Eu a segui, mas enquanto ela entrou no quarto das crianças eu entrei na sala, onde Heidi estava sentada no sofá, desenhando, John estava deitado no sofá com os pés no encosto, olhando para o teto, e Njaal estava agachado, olhando para o chão e montando trilhos para os trenzinhos Brio. Pressenti que Geir devia estar na outra sala, então fui até a porta de correr e olhei para o interior da peça. Ele estava de pé em frente à estante de livros, com um volume aberto nas mãos.

— O que você encontrou? — eu perguntei.

— Um livro sobre o Joyce — ele disse, mostrando-me a capa.

— Ah, esse — eu disse. — Esse livro foi escrito por um sujeito que conheceu o Joyce em Trieste. Um capitão de navio, acho eu. Enfim, um sujeito que não tem nada de literário, pelo que eu me lembro. Os dois fizeram amizade e depois ele escreveu esse livro sobre o Joyce.

Olhei para Heidi.

— Agora vamos — eu disse. — Vá até o corredor e calce as suas sandálias.

— O Njaal vai junto? — ela perguntou.

Balancei a cabeça.

— O Njaal está de férias. Não é mesmo, Njaal?

Ele não respondeu, mas pareceu um pouco sem jeito com aqueles olhos castanhos.

Heidi se levantou. Eu a acompanhei até o corredor e escovei os dentes, primeiro os dela, depois os de Vanja e os de John, antes de nos despedirmos de Njaal e Geir e sairmos para o corredor, não sem a participação dos vizinhos, segundo imaginei, porque o nível de ruído das crianças era sempre alto no prédio, e os barulhos ecoavam nas paredes entre os diferentes andares. Muitas vezes eu as ouvia no sétimo andar quando estava no primeiro, esperando o elevador.

Agora a família daquele norueguês está saindo, os vizinhos talvez pensassem. Parece que hoje estão um pouco atrasados. Ou melhor, lá vão aquele norueguês desgraçado e os filhos dele outra vez.

No portão do jardim de infância, Vanja digitou o código de acesso, eu abri a porta. As crianças que já estavam lá pedalavam em triciclos e os funcionários estavam sentados nos bancos. Heidi se espremeu contra o meu corpo e se agarrou às minhas pernas.

— Eu tenho que ir agora. Hoje é a mamãe que vem buscar vocês.

— A mamãe vem? — Heidi perguntou.

Fiz um gesto afirmativo com a cabeça.

— E amanhã e na sexta-feira também. Ela vai dar sorvete para vocês.

Levantei a mão e cumprimentei os funcionários, apertei o botão que destrancava a porta, abri a porta e desci pelo mesmo caminho por onde tínhamos acabado de chegar.

O sol estava quente, mas nos grandes espaços de sombra por onde eu passava o ar era fresco e também parecia um pouco úmido, como se o outono tivesse chegado um pouco cedo demais e houvesse decidido esperar naquele lugar para não perturbar o grandioso verão, mestre das estações do ano.

Dobrei à direita na altura do Hemköp e entrei pelas portas que se abriram automaticamente, peguei um cesto antes de passar pela cancela, que também se abriu automaticamente, e olhei de relance para o monitor que ficava acima do balcão de frutas, onde vi uma imagem minha, olhando para a direita, algo que Heidi e Vanja nunca tinham compreendido muito bem, por que os olhos delas apareciam virados para o lado quando as duas estavam olhando diretamente para a tela? Vanja e Heidi estavam quase dançando pelo supermercado, enquanto John abanava para si mesmo do carrinho, como se fôssemos uma trupe de circo viajante completa, com anões e tudo mais. Coloquei tomates em um saco plástico que não era bem transparente, mas um pouco acinzentado, como se estivesse cheio de fumaça. Os tomates eram da Holanda e ainda estavam presos às ramas verdes, ao contrário dos tomates suecos ao lado, que estavam colados uns aos outros, redondos e reluzentes, sem ramas nem galhos, o que supostamente era o que fazia com que custassem cinco coroas a mais por quilo. Depois de largar o saco na cesta, coloquei um pepino embalado em plástico ao lado e fui até o balcão de queijos, onde hesitei entre um gouda dinamarquês comum, que era barato, um Grevé sueco, que Linda preferia, e um Norvegia norueguês, que tinha mais ou menos o mesmo gosto do Grevé, mas custava praticamente o dobro. Pensei que receberíamos visitas, seria mesmo aquele o momento de economizar? Além do mais, o adiantamento pelo romance seria pago em seguida. Que diferença fariam quarenta coroas nesse caso?

Com o queijo Norvegia na cesta, fui até a padaria. Era uma das maiores seções da loja; cinquenta ou setenta variedades de pão, ou talvez até mais, estavam dispostas ao longo de prateleiras que se erguiam do chão como uma pequena ilha. Na Suécia os pães vinham fatiados e embalados em plástico. Eles duravam bastante, mas eram macios e não tinham nem a crocância nem o gosto agradável e característico de pão fresco. Mas, além dos pães ensacados, na Hemköp havia também uma prateleira com pães frescos, a maioria deles com nomes que sugeriam uma existência mais simples e mais natural, palavras como "rústico", "colonial" ou "camponês" apareciam nas embalagens de quase todos, e havia também uma ênfase particular no tipo de grão usado, ao contrário dos pães fatiados e embalados em plástico, que enfatizavam palavras como "esporte", "energia" e "saudável". Na minha infância, uma época que para os meus filhos pareceria tão distante quanto os anos 1950 dos meus avós tinham sido para mim, o pão era vendido em sacos de papel, e o sabor e a consistência mudavam de um dia para o outro, desde o sabor incrível e fresco do pão recém-assado, com a casca crocante e os farelos macios e úmidos, até que a última casca dura e seca fosse comida dois ou três dias mais tarde, com todos os sabores e consistências entre uma coisa e a outra. Muitas das outras famílias guardavam o pão em um saco plástico assim que chegavam em casa, eu tinha visto isso, porque assim o pão não perdia umidade, mas ao mesmo tempo a casca ficava mole. Na minha casa, guardávamos o pão em um saco de papel; assim a casca estava sempre crocante, enquanto a umidade se perdia. Na época não havia muitos tipos diferentes de pão, eu me lembrava apenas de cinco: Kneipp, pão integral, Wittenberg, pão sovado e um outro tipo de pão que apareceu quando eu tinha oito ou nove anos, chamado Graham. Isso era tudo.

Eu havia me tornado um homem dos velhos tempos. E tinha sido bem rápido, pensei enquanto eu me virava em direção às prateleiras de pão fresco. Eles vendiam sete pãezinhos por dez coroas, e eu peguei um dos sacos de papel feitos para as baguetes francesas e o enchi com os sete pãezinhos, enrolei a ponta, coloquei-o na cesta e segui em direção aos laticínios, pegando um pacote de café e uma garrafa de um litro e meio de Pepsi Max no caminho.

Também me lembrei do supermercado onde os pães eram comprados. Me lembrei da parte de fora, e também da parte de dentro. Me lembrei de quando o haviam construído, de como primeiro haviam montado uma enorme superfície de concreto a umas centenas de metros da nossa casa, e da loja que aos poucos foi sendo erguida em cima daquilo, tendo ao lado o orgulhoso nome, como se fosse um barco: B-Max. Quando vimos aquilo, o lugar passou a ser "Bemáquis", um lugar como todos os outros nas redondezas, como "Ubekilen", "a montanha", "Storveien", "Gjerstadholmen", "o cais", "a ponte". Mesmo depois que a loja mudou de nome, ela continuou a ser Bemáquis. Foi o meu primeiro supermercado; antes dele, não havia nada. Nem uma única lembrança de outro mercado. Eu devia ter uns cinco anos quando o supermercado apareceu. Só Deus sabe onde os meus pais faziam compras antes disso.

Depois da Bemáquis veio a Stoa, aonde íamos duas ou três vezes por ano fazer compras em grandes quantidades. Sacos de dez quilos de açúcar para a época dos sucos e conservas no outono, um engradado de refrigerante para o Natal ou para as férias de verão, pacotes enormes de farinha, essas coisas. O meu pai gostava daquilo, eu acho, gostava de comprar comida, não no supermercado mais próximo, onde podia ser reconhecido e onde se compravam apenas coisas insignificantes, isso ele deixava a cargo de Yngve ou da minha mãe, mas dos supermercados fora do centro, onde se comprava em grandes quantidades, ele gostava. Sim, nessas horas era preciso lidar com dinheiro, nessas horas era preciso ser homem, devia ser isso. Se não fosse justamente o contrário, a segurança que havia em reunir e guardar, o que ele buscava.

Parei em frente à seção de laticínios e peguei uma caixinha de leite, era para as crianças, então escolhi o que tinha a maior concentração de gordura, três e meio por cento, continuei e peguei uma caixa de meia dúzia de ovos "de galinhas soltas criadas em ambiente fechado", segundo a embalagem, e então deixei meu olhar correr para ver se eu encontrava outra que dissesse "de galinhas maltratadas criadas em gaiolas minúsculas", mas não encontrei, e assim segui em direção ao balcão, ao longo dos corredores vazios em meio aos congeladores e às prateleiras de xampu, passando por uma pequena seção de "guloseimas ecológicas" e depois por aquele inferno de doces reluzentes que ocupava uma parte tão grande da loja quanto a padaria.

Mas, de todas as vezes que eu havia estado na Bemáquis, pois era de lá que saía o ônibus escolar, e era para lá que eu corria com o dinheiro do meu pai ao menos duas vezes por semana ao longo de muitos anos, eu tinha apenas uma lembrança. Era de uma vez em que eu tinha ido até lá com a minha mãe. Eu tinha visto uma placa anunciando que os potes amarelos de Nesquick, ou seja, de chocolate em pó, custavam apenas uma coroa. Era tão barato que talvez a minha mãe pudesse comprar. É só uma coroa, é só uma coroa, eu dizia enquanto a puxava pela mão até onde o anúncio estava pendurado. Mas o anúncio diz menos uma coroa, ela disse. Como?, eu disse. Custa uma coroa! Não, ela disse, está custando uma coroa a menos que o normal. É diferente. E assim eu acabei sem nenhum pote de Nesquick. Mas esse episódio não saiu da minha cabeça.

Por que justamente esse? Havia miríades, sim, toda uma constelação de acontecimentos daquela época.

Parei em frente ao caixa da esquerda. Havia duas pessoas na minha frente, e as duas tinham tão poucas compras que as carregavam nas mãos, como era comum naquela hora do dia. À tarde o lugar estava sempre cheio, e todos puxavam os novos cestos com rodinhas às costas. Era uma das visões mais tristes que eu conhecia, porque toda a dignidade humana desaparecia no mesmo instante em que as pessoas começavam a puxar cestos às costas. Havia um elemento de fraqueza e de falta de caráter no ato de puxar os cestos em vez de carregá-los. Aquelas rodinhas pequenas e limpas, os longos puxadores pretos, os cestos que seguiam as pessoas como se fossem cachorros. O rumor das rodinhas, que se tornava ensurdecedor assim que você começava a prestar atenção a ele.

Eu ficava desanimado só de pensar naquilo.

A vida não devia ser notada, era para isso que nos esforçávamos, mas por quê? Para que pudéssemos escrever "Aqui jaz uma pessoa que gostava de dormir" nas lápides?

Quando entrei no apartamento, tudo estava em silêncio. Por um instante me perguntei onde estariam todos, mas logo ouvi um barulho no quarto das crianças e imaginei que Njaal estaria lá brincando enquanto Geir lia em outra peça.

— Olá? — eu disse.

— Aí está você — Geir disse na sala.

— Eu comprei uns pães, caso vocês estejam com fome — eu disse, e então tirei os sapatos, guardando-os no armário, peguei a sacola e fui à cozinha. Notei que a máquina de lavar louça tinha acabado o ciclo, larguei a sacola em cima da mesa, desliguei a máquina e abri a tampa, vi que o vapor saiu em direção ao meu rosto e instintivamente me encolhi para trás.

Peguei a tábua de cortar grande e a coloquei em cima da mesa, retirei um cesto de pães do armário e derrubei os pães lá dentro. Pães frescos com muita manteiga e queijo, seria impossível imaginar coisa melhor. Eu tinha gostos muito simples no que dizia respeito à comida. Mas o gosto salgado do queijo e da manteiga, combinado ao gosto suave de trigo e somado à casca fina mas dura e crocante que se desfazia em farelos assim que você a mordia era uma coisa da qual eu não enjoava nunca. Sendo assim, foi com água na boca que cortei um dos pães e cobri a superfície com manteiga e com três fatias de queijo.

— O Njaal também quer um pão — disse Geir, parando em frente à mesa.

— Podem se servir — eu disse.

— Não fale com a boca cheia — disse Geir.

— Eu já contei para você qual é o argumento da Vanja quando ela faz uma coisa errada? — eu perguntei.

Geir balançou a cabeça.

— Ela diz que a culpa é nossa. De que não demos a ela uma boa educação. E, como se não bastasse, ela também diz que agora é tarde demais.

— Pode ser que ela tenha razão — disse Geir, passando a faca diagonalmente sobre a superfície da margarina, que se acumulou em volta do fio como as morainas de um glaciar.

— Claro. Mas o fato de que parecesse tão óbvio para ela foi meio inesperado.

Geir passou a margarina no pão, pegou a plaina de queijo e cortou uma fatia.

— Nada de pôr o dedo no queijo! — eu disse.

— Você está falando sério? — ele perguntou. — Existe uma regra contra isso?

— Imagino que exista, não? — eu disse. — Mas, enfim, o sociólogo é você.

— Pelo visto estou bancando o sociólogo com uma frequência impressionante por aqui.

— Mais ou menos. Eu mencionei esse detalhe uma vez ontem e uma vez hoje.

— São duas vezes a mais do que o desejável — ele disse, e então levou as duas metades do pão para a sala. Eu o segui, enfiando o último pedaço do meu pão na boca.

— Pensei em ajeitar um pouco a casa antes de a gente sair. Pode ser? — eu perguntei.

— Eu posso ajudar se você quiser.

— Ótimo — eu disse.

Njaal estava sentado com os cotovelos em cima da mesa e o pão em uma das mãos, olhando para mim enquanto mastigava.

— Quando é que a Vanja e a Heidi voltam? — ele perguntou.

— De tarde. Pelas três horas, eu acho.

— O que a gente vai fazer, então? — ele perguntou, olhando para o pai.

— Vamos a Lund — disse Geir.

Eu comecei a juntar todas as toalhas, calças, blusões e meias espalhadas pela sala.

— Posso levar a bicicleta? — Njaal perguntou.

— Claro — disse Geir, pondo talos de maçã em um prato e empilhando os copos de plástico. Entrei no banheiro e enfiei tudo nos cestos já abarrotados de roupa suja. Me levantei. Será que eu não deveria ver se havia um horário livre na lavanderia?

Não, seria complicado demais.

Tornei a sair do banheiro, juntei as bonecas que estavam espalhadas por todo lado e coloquei-as na cama de boneca no quarto das crianças. Uma delas tinha riscos azuis no rosto, pareciam tatuagens tribais ou coisa parecida, era uma visão sinistra, uma vez que o contraste em relação à aparência de bebê era enorme. Deixei-a deitada com o rosto para baixo. Depois juntei todos os bichos de pelúcia e os arrumei na ponta da cama de Heidi; ela era tão pequena que não precisava mais do que um terço do comprimento. Eram principalmente cachorros, gatos e coelhos, mas também havia espécimes de lince, panda, leão, tigre, papagaio, corvo, ovelha, vaca, elefante e crocodilo. Eu os dispus como se estivessem olhando para todos os lados do quarto, por cima e por baixo uns dos outros, e isso também provocou um efeito um pouco sinistro, talvez porque a combinação daqueles olhares com o silêncio tivesse um ar meio acusatório, ou porque aqueles objetos mortos dessem a impressão de estar me encarando desde o além com seus olhos e rostos. Depois peguei os brinquedos que estavam jogados no chão da sala e coloquei uma parte no pufe marrom e redondo, que era oco e tinha uma tampa, e outra parte nas três cestas de nylon que usávamos para isso, enquanto Geir juntava todos os livros infantis e revistas que encontrava pela frente.

— Eu também quero ajudar — disse Njaal.

— Você pode juntar os brinquedos que estão no corredor e colocá-los... bem, onde? — Geir perguntou, olhando para mim.

— Nessa cesta aqui — eu disse, pegando a cesta e apoiando-a no chão da sala. Mas, depois de guardar dois ou três brinquedos, Njaal começou a brincar com eles. Vi que Geir mexeu nos cabelos de Njaal quando passou com um par de sapatos plásticos lilás numa das mãos, eu dei um passo ao lado para deixá-lo passar e depois fui à cozinha esvaziar a máquina de lavar louça, onde o calor já havia se dissipado da porcelana, mas ainda podia ser percebido no metal dos talheres.

— Sempre parece muito pior do que é — eu disse para Geir, que estava na porta e dava a impressão de querer me perguntar como poderia continuar ajudando.

— Para mim a impressão de bagunça e a bagunça em si parecem bastante congruentes — ele disse. — Mas pode ser porque a nossa casa nunca está bagunçada. Eu guardo tudo na hora. A bagunça nunca tem chance de se espalhar.

— Eu gostaria muito de viver assim — eu disse. — Mas alguma coisa nos impede. Simplesmente não é possível.

— Eu gosto de estar aqui — ele disse. — A bagunça é relaxante.

— Porque não é na sua casa — eu disse.

— Exato — ele disse. — A Christina costuma dizer que eu preciso ter caos ao meu redor para conseguir fazer as minhas coisas. Como na guerra do Iraque. Tudo era o mais caótico possível. Assim eu posso organizar as coisas.

— Não é uma má teoria — eu disse, fechando o armário com os copos e as canecas e abrindo o armário ao lado, onde ficavam os talheres. — Você é completamente desprovido de caos interior, e por isso precisa de caos exterior. Eu tenho um caos absoluto dentro de mim, então preciso de ordem exterior. Mas eu não consigo.

— Você recria o caos, eu recrio a ordem. Somos feitos de geometria e psicologia em igual medida.

— É — eu disse. — Mas isso significa que as salas e o corredor já estão organizados?

— Não exatamente. Eu não sei onde pôr as coisas.

— Ponha tudo onde parecer apropriado. Assim podemos sair em seguida.

Com canecas, copos e talheres, facas, garfos e colheres no lugar, enchi novamente a máquina com tudo que havia restado, coloquei o sabão em pó no recipiente minúsculo, fechei a tampa, tranquei a máquina e liguei o programa de sessenta graus. Depois fui até a sala, tirei o aspirador de pó do lugar atrás da porta, estendi o fio, enfiei o plugue na tomada e apertei o botão de ligar. O saco do aspirador estava cheio, então ele quase não tinha força, eu precisava colocar a ponta exatamente em cima de tudo que fosse mais pesado que um grânulo de pó para conseguir aspirar. Miçangas, farelos de pão, pedaços de papel, uma ou outra pastilha, bolinhas e fragmentos impossíveis de identificar. Junto à parede havia um inseto; em sueco, chamava-se *silverfisk*, mas eu não tinha a menor ideia quanto ao nome norueguês e achava que eu nunca tinha visto aquilo antes de me mudar para a Suécia, aquilo parecia muito estranho, um inseto que só existia lá. Era um inseto com uma pequena cauda e patinhas minúsculas que morava em todos os lugares onde pudesse manter-se escondido; pilhas de roupa, estrados de cama, tapetes, cestos de roupa suja. Quando eu entrava no banheiro à noite, às vezes eles estavam no meio da peça, um ponto escuro contra o piso claro de linóleo, e no mesmo instante disparavam rumo ao esconderijo mais próximo, como os rodapés que corriam junto à parede. Eu matava todos os que encontrava, mas pelo visto aqueles insetos tinham recursos intermináveis, porque eu jamais notei que houvesse menos deles.

Silverfiskarna. Um romance de Vilhelm Moberg.

Enfiei o aspirador de pó embaixo do sofá e o passei de um lado para o outro algumas vezes, e depois foi a vez do lugar embaixo da mesa, que era o meu verdadeiro objetivo, já que as crianças faziam pelo menos uma refeição por dia sentadas lá. Quando terminei a mesa, aspirei a sujeira que se acumulava junto à soleira das portas, e também o pó atrás das portas, antes de desligar o aspirador, tirar o plugue da tomada e, como ponto alto da performance com o aspirador, apertei o botão que fazia com que o fio se recolhesse com um movimento rápido para dentro do aparelho.

— Está feito — exclamei, pondo o aspirador de volta no lugar de onde eu o havia tirado.

Geir saiu do quarto das crianças.

— Estamos prontos?

— Ainda não. Mas podemos ajeitar mais um pouco quando a gente voltar para casa.

— Não precisa. Já está bom. Vamos, então?

Fiz um gesto afirmativo com a cabeça.

— Só vou conferir os meus emails antes.

Por trás de Geir, Njaal chegou de mansinho. Ele deu um soco com toda a força na bunda de Geir. Geir se virou com um movimento brusco.

— Sua criaturinha do mal — ele disse, indo em direção a Njaal. Njaal dobrou o corpo enquanto ria e ria. — Eu vou pegar você! — disse Geir, segurando-o nos braços enquanto eu entrava no outro corredor e passava por todos os acessórios de praia que estavam apoiados na parede, um guarda-sol verde, duas cadeiras dobráveis, uma espécie de espreguiçadeira de praia, cestos com brinquedos e duas grandes malas nossas, uma rígida, de plástico, a outra macia, de tecido, respectivamente cinza e preta, e também pelos dois varais dobráveis que tínhamos, apoiados contra a parede com toalhas de banho amarelas e verdes penduradas desde o nosso último passeio à praia no fim de semana anterior, e com as roupas de banho das crianças. O quarto também estava às escuras, e o ar estava viciado, então abri uma fresta na porta da sacada antes de me sentar e ligar o PC. Ouvi gritos e risadas de Geir e de Njaal enquanto eu esperava que o computador inicializasse, olhando para as persianas, embora sem vê-las, porque era em Gunnar que eu estava pensando, e na volta de Linda, e no vinho branco que precisávamos comprar em um lugar qualquer antes de voltar para casa.

Pronto.

Abri a página dos meus emails.

Gunnar.

Será que eu devia esperar? Eu podia esperar, não? Para não estragar todo meu dia?

Por outro lado, se eu esperasse, eu não conseguiria pensar em mais nada.

Abri o email e comecei a ler.

Ele tinha assinado o email como o irmão do meu pai.

Passei um tempo em silêncio, sem me mexer.

— Você vem ou não vem? — Geir gritou do corredor.

— Já estou indo — eu respondi. Nem ao menos consegui erguer a voz. — Eu recebi um novo email.

Os passos de Geir se aproximaram.

— O que você disse? — Geir perguntou.

— Chegou um novo email — eu disse.

— Do Gunnar, imagino?

Fiz um gesto afirmativo com a cabeça.

— Posso ler?

— Por favor — eu disse.

Geir postou-se atrás de mim e começou a ler.

— Vamos, então? — ele disse. — Você não pode deixar que isso acabe com você. Não tem nada de novo.

— É verdade. Mas ele disse que entrou em contato com um advogado. E usou a expressão "vingança pessoal".

Me levantei.

— Isso está mesmo afetando você — disse Geir.

— Claro que está — eu disse.

— Mas vamos — ele disse. — Agora temos um passeio a dar em Lund.

— Primeiro eu preciso falar com o Yngve — eu disse.

— Tudo bem — disse Geir, indo comigo até a porta, onde Njaal nos esperava com a mão na maçaneta. Tirei o telefone da base e digitei o número

261

de Yngve, atravessei a sala e abri a porta da sacada assim que o telefone começou a chamar.

— Alô? — disse Yngve.

— Você recebeu o email? — eu perguntei.

— Recebi — ele disse. — Estou agora mesmo escrevendo uma resposta.

— Você vai responder?

— Vou.

— Tem certeza de que é uma boa ideia?

— O Gunnar veio com um monte de acusações contra mim. O que ele está fazendo é completamente descabido. Foi isso o que eu pensei em escrever.

— E o que você acha que pode conseguir com isso?

— Não sei. Mas quero dizer que ele extrapolou os limites, e que isso vai ter consequências. Ele não pode dizer o que bem entende, por mais bravo que esteja. E eu não sou você. A mãe também não é você.

— Eu me sinto mal por ter arrastado você para dentro dessa lambança — eu disse.

— O que você fez é o motivo para a reação dele, mas isso não pode respingar na gente. E o exagero da reação não é culpa sua.

— Mesmo assim eu me sinto mal.

— Perdemos um tio, isso é fato.

Tornei a entrar no apartamento, recoloquei o telefone no carregador e olhei para Geir, que havia se sentado no baú ou no que quer que estivesse no corredor àquela altura.

— Eu quero ler o email mais uma vez — eu disse.

— Mas você não vai — disse Geir. — Já chega, eu não estou disposto a passar o dia inteiro aqui sentado. Você já leu, porra!

Não respondi, mas entrei e me sentei mais uma vez em frente ao monitor.

— Estamos indo! — Geir gritou da porta.

— Me esperem — eu disse, e então me levantei, desliguei o computador e fui ao encontro dele e de Njaal, que já esperavam o elevador, calcei os sapatos, peguei os meus óculos de sol no escritório, me dei conta de que devíamos sair por trás e entrei na cozinha.

— Para onde você está indo agora? — Geir gritou para mim. Não respondi, tirei o saco de lixo da lixeira no armário debaixo da pia, dei um nó, peguei o saco de lixo que estava em cima de um jornal com a outra mão e fui até o elevador. Njaal, que estava usando um calção cáqui e uma regata branca, manteve o nariz tapado no caminho até o primeiro andar.

262

O elevador parou devagar no fundo do fosso e eu segurei os dois sacos em uma só mão enquanto abria a porta com a outra. Remexi o bolso da calça à procura da chave e no mesmo instante me dei conta de que eu havia esquecido de chavear a porta lá em cima. Mas o que tínhamos de valor? Três computadores, nada mais. A TV era dos anos 1980, então o ladrão precisaria ser um tanto nostálgico.

— O que foi? — Geir perguntou.

— Eu já volto — eu disse. — Me esperem.

Finalmente consegui pegar uma das chaves, tirar o chaveiro do bolso e passar o chip no leitor, que acendeu uma luz verde e fez um clique quando a fechadura se abriu. Eu mal consegui caminhar os quinze metros até a porta. Lá estava a escada, e uma nova porta que levava à "sala do meio ambiente".

Parei e apoiei a mão na parede fria, eu tinha vontade de encostar o rosto na parede também, e se eu estivesse sozinho talvez tivesse feito isso. Mas em vez disso levei a mão, que havia absorvido parte do frio da parede, à testa. Geir e Njaal pararam em frente à porta e ficaram me olhando quando voltei a caminhar.

— Não é aqui? — Geir perguntou.

— É aqui, sim — eu disse. — Levei várias semanas para encontrar no meio de tantas portas aqui embaixo.

— São quatro — ele disse. — Como pode ser tão difícil?

Não respondi, mas abri a porta e comecei a subir os degraus.

— Me esperem aqui — eu disse. — Só vou deixar o lixo na lixeira.

O lance de escadas no interior da pesada porta de metal era preto e por um motivo ou outro estava meio escorregadio, possivelmente por causa do líquido que escorre do fundo dos sacos de lixo, acumulado ao longo de meses ou anos de pequenos vazamentos. O cheiro lá dentro era ao mesmo tempo acentuado e discreto. Sob o teto havia os dutos de ventilação, mas todo o resto era de alvenaria. Abri a tampa da lixeira mais próxima, grande o bastante para abrigar quase uma família inteira, e joguei os sacos lá dentro. Eu estava enjoado e sentia dores por todo o corpo. Não era uma sensação atribuível a qualquer motivo concreto — como uma coisa que eu tivesse feito —, mas ao mesmo tempo era atribuível a tudo, à minha pessoa como um todo, e por isso não era passível de correção. Mesmo que eu desistisse da merda do meu livro, não adiantaria nada. Claro, Gunnar ficaria satisfeito, acharia que tinha me colocado no meu lugar, talvez até que tinha me destruído, e que assim a justiça estaria servida. As exigências dele eram razoáveis, a fúria dele era razoável, e era a essa força que eu não conseguia resistir, aquilo me prostrava no chão, acabava comigo, naquele contexto nem eu nem as minhas coisas tinham valor nenhum. Nenhum mesmo. Até os meus filhos desapareciam em meio àquela fúria, até eles perdiam o valor, porque eu era o único pai que eles tinham, e esse pai era uma pessoa que não conhecia o próprio lugar, que se intrometia em tudo e que sofria com uma falta de empatia profunda a ponto de arruinar por completo a vida de outras pessoas sem nem ao menos se dar conta.

Quando saí do quartinho do lixo, Geir e Njaal estavam na luz da porta aberta, me esperando. Ou melhor, Geir estava lá, segurando a porta aberta, enquanto Njaal tinha saído à praça do outro lado, que estava coberta pela sombra profunda do prédio em frente ao qual ele estava. Njaal estava observando uma pequena van de transporte que dava ré. Com certeza eram caixas de mercadorias para o restaurante chinês, que tinha uma porta logo ao lado; o entregador bateu com força na peça de metal que havia lá justamente para esse fim, e assim, caso desse sorte, um dos empregados apareceria depois de um ou dois minutos. Caixas com latas de refrigerantes, latas de conserva e macarrão.

Njaal correu pela praça e foi até a calçada, onde a luz quente se espalhava e reluzia.

— Cuidado! — Geir gritou. — Não vá para o meio da rua!

Njaal olhou-nos com ares de quem fora subestimado.

— Eu não ia para o meio da rua! — ele disse.

— Tudo bem, tudo bem — Geir disse. — Agora a gente sabe disso. Mas era o que parecia.

Ele enrolou o cordão do chaveiro no dedo.

— Você também vai começar a assoviar daqui a pouco? — eu perguntei.

— Como assim? — ele perguntou.

— A sua linguagem corporal está muito alegre.

— O dia está bonito. O sol está brilhando e eu estou de férias. Claro que eu estou alegre! E nem mesmo um deprimido como você pode arruinar minha alegria.

Geir começou a assoviar.

Quinze metros à nossa frente Njaal tinha parado ao lado do carro, um Saab vermelho da década de 1990. O modelo devia ter entre dez e vinte anos. Eu não entendia nada de carros, e para mim os anos 1990 tinham sido ontem. Era incompreensível que vinte anos houvessem se passado.

— Ai! — disse Njaal, que havia colocado a mão na carroceria.

— Você não pensou em estacionar na sombra? — eu perguntei.

— Porque é o que você teria feito? — Geir perguntou.

— Se eu tivesse um comportamento tão anal como você, é o que eu teria feito, sim.

Geir riu e destrancou o carro e prendeu Njaal na cadeirinha enquanto eu me acomodava na frente do cupê escaldante. Atrás dos três carros parados no estacionamento que ficava no fim da rua sem saída havia uma árvore, as folhas dela reluziam ao sol, e mais atrás ficava a Föreningsgatan, por onde cerca de duas horas antes eu havia passado com Vanja, Heidi e John.

Geir entrou, bateu a porta e enfiou a chave na ignição. Eu apertei o cinto de segurança, peguei os meus óculos de sol, que eu havia pendurado no bolso da calça, e coloquei-os no rosto. Era um simples par de óculos da Polaroid, eu os havia comprado no Lido durante a nossa visita a Veneza no verão anterior, mas eu gostava deles, porque tinham um design levemente anos 1970. Vanja tinha dito que eu parecia um ladrão com aqueles óculos. "Você parece um ladrão!" Eu tinha gostado disso, também.

Geir estendeu a tira e apertou o cinto de segurança, soltou o freio de mão, engatou a marcha e deslizou lentamente em direção à rua. Havia algo de displicente na maneira como ele dirigia; não que dirigisse depressa ou corresse risco, estava relacionado aos movimentos dele no banco do motorista, à forma como olhava de repente para o lado na hora de trocar de pista, à forma como, sem nenhum aviso prévio, como se tivesse acabado de pensar naquilo, dava o sinal, ou ainda à forma como parecia estar à espreita durante os longos períodos que passava olhando através do para-brisa para o caminho à frente. Quase todas as pessoas que eu conhecia dirigiam como se elas e o carro fossem uma coisa só, como se os diferentes equipamentos e instrumentos do carro fossem uma extensão do próprio corpo, enquanto Geir dirigia como se operasse uma máquina estranha.

— Por onde vamos? — ele perguntou.

— Não sei direito — eu disse. — Eu costumo seguir reto até chegar a uma placa quando quero sair de Malmö. Em geral dá certo; as autoestradas saem da cidade, e de qualquer uma tem sempre um jeito de ir para a outra.

— Acredito — ele disse. — Mas eu prefiro saber para onde estou indo. Mas podemos dar a César o que é de César.

— Então dê a ele um pote de molho para salada.

— Me recuso a rir. Não vou sequer abrir um sorriso dessa vez.

Passamos em frente à Konserthuset e seguimos ao longo da estrada larga que levava ao Värnhemstorget, cheia de carros que refletiam a luz do sol em pontos variados; um aro de roda ou um para-brisa aqui, um para-choque ou uma maçaneta acolá.

Geir apertou um botão na porta e a janela do meu lado se abriu. O ar entrou como se entrasse numa faringe.

— Que tecnologia sofisticada — eu disse. — De quando é?

265

— De 2001.

— 2001? Achei que era dos anos 90. Isso só tem oito anos?

Geir fez um gesto afirmativo com a cabeça. Eu olhei para as placas ao longo da pista.

— Lá estão as autoestradas — eu disse. — Pegue uma que no fim vai dar tudo certo.

— Para Gotemburgo, Estocolmo, Ystad, Copenhague ou Trelleborg?

— Qualquer uma. A pior coisa que pode acontecer é a gente ter que fazer um retorno.

Geir suspirou.

— Pegue a estrada para Gotemburgo, então, se você faz questão de um nome — eu disse.

— Está bem.

Chegamos mais perto do grande cruzamento onde quatro estradas se encontravam, todas elas com várias pistas. Olhei para os rostos nos carros ao lado, todos pareciam estar em um mundo próprio, como que alheios ao fato de que se encontravam a apenas cinquenta centímetros de outras pessoas, e de que estavam separados por apenas uma fina camada de vidro transparente.

O semáforo abriu, os primeiros carros puseram-se em movimento e instantes depois o movimento havia chegado até nós. Toda a fila de carros entrou na autoestrada, onde os componentes individuais aumentaram a velocidade conforme suas preferências, de maneira que logo os carros estavam todos espalhados ao longo de várias centenas de metros. Geir estava na fila mais à direita, dentro do limite de velocidade, de maneira que o tempo inteiro éramos ultrapassados enquanto percorríamos o trajeto, e o cenário do lado de fora ia das construções próximas da cidade, quase desprovidas de vegetação, até os terrenos abertos separados por cercas onde ficavam as zonas industriais e as revendas de automóveis.

— Eu não tinha dito? — eu disse, fazendo um gesto com a cabeça em direção à placa que indicava um acesso a Lund um quilômetro à frente.

— Eu nunca disse que você não tinha sorte — disse Geir. — Como você está aí atrás, Njaal?

— Bem.

— Você quer tomar um sorvete em Lund?

— Quero.

Chegamos primeiro às zonas industriais, depois às regiões repletas de casas com grandes pátios e por fim ao centro da cidade, bastante menor que o centro de Malmö; os prédios eram mais baixos, as ruas mais estreitas, a tranquilidade maior. A cabeça de Geir ia de um lado para o outro entre a janela lateral e o para-brisa, ele estava à procura de um lugar para estacionar, e ao mesmo tempo devia também estar de olho no tráfego ao redor.

— Se eu não me engano tem um estacionamento grande bem no centro — eu disse. — Se você seguir reto por ali, com certeza vamos chegar lá.

Em vez de fazer como eu havia sugerido, Geir olhou para a direita.

— Está lá! — eu disse. — Você não viu? Depois daquela esquina?

— O acesso é proibido por aqui. Você não viu a placa redonda?

— É isso que aquela placa significa?

Geir me encarou.

— Você está brincando?

Quando balancei a cabeça, ele riu.

— Eu fiquei impressionado quando descobri que você passou uma noite estudando para o exame teórico. Agora entendo um pouco melhor.

— Eu sempre achei que precisava estudar um pouco as placas. Mas eu não aguento. E além do mais eu já tenho a carta de motorista.

— Veja — disse Geir, dando sinal para a esquerda, atravessando a pista, subindo um pequeno morro de aclive suave e entrando em um estacionamento.

Depois da ventania ao longo da estrada, quando descemos o ar parecia bastante estagnado. Pouco acima do asfalto o ar tremulava com o calor, mas a não ser por isso estava tão parado quanto as águas de uma baía, no fundo da qual nesse caso nos encontrávamos.

Um dia no meio do século XIX, em uma das casas ao longo dos fiordes de Vestlandet, na época da fenação, enquanto o sol brilhava como brilhava naquele instante e todos estavam na rua cortando feno, ocorreu uma catástrofe. Todos morreram, e assim não sobrou ninguém para contar o que tinha acontecido. As pessoas foram encontradas no dia seguinte. Um menino que ia trabalhar para o tio descobriu tudo. A casa estava em silêncio quando ele chegou, ele entrou, a esposa do tio estava morta no chão da cozinha, o rosto dela estava desfigurado e quase irreconhecível, com os olhos arregalados e sangue a escorrer do nariz e dos ouvidos. O menino saiu correndo. Subiu a encosta íngreme, onde o feno já estava meio cortado, e, no ponto onde um grupo de homens parecia estar descansando, houve a revelação de que na verdade estavam mortos, provavelmente atingidos por uma morte repentina com os mesmos sintomas da esposa na casa. Olhos arregalados, sangue nos orifícios do corpo.

Era o começo de um romance. Alguma coisa tinha acontecido, ninguém sabia o quê, e gerações mais tarde aquilo era apenas uma história que nos últimos tempos, na nossa época, tinha desaparecido por completo.

Mas depois a mesma coisa voltou a acontecer. E uma pessoa ou outra, o protagonista do romance, talvez, descobria a antiga história e percebia a relação entre os dois acontecimentos.

Sim. As profundezas enormes do fiorde sob a superfície azul-esverdeada, as encostas verdejantes dos vales, de uma intensidade profunda, os cimos trajados de branco sob o céu azul e límpido. A grama que fazia cócegas na pele suada, o zumbido dos insetos. A foice que cantava na grama, o rumor na orla da floresta, o pressentimento de que havia um silêncio por trás de tudo aquilo, causado pelo céu e pelas montanhas e pelo fiorde. E então a catástrofe.

Eu fiquei olhando para a estrada mais abaixo enquanto Geir abria o porta-malas, pegava a bicicleta amarela e sem pedais de Njaal e a montava. Minha calça jeans preta estava grudando nas minhas pernas, e os meus pés, embrulhados primeiro no material sintético preto, fechado e elástico das meias, e depois no couro preto dos sapatos, estavam tão quentes e escorregadios de suor que era como se não fossem parte do meu corpo, mas uma coisa que vivia uma vida à parte lá embaixo. Os dois irmãos caldeireiros, vermelhos e suados.

Njaal sentou-se na bicicleta minúscula com as mãos firmes sobre o guidom e os pés firmemente plantados no chão. A bicicleta tinha a aparência de um leão, com o rosto pintado no guidom e uma pequena cauda na parte de trás.

— Muito bacana essa sua bicicleta, Njaal — eu disse.

Ele ficou tão orgulhoso que não sabia para onde olhar.

— É — ele disse por fim.

Depois começou a andar com os pés enquanto as rodas deslizavam cada vez mais depressa ao longo do estacionamento. Geir conferiu se as portas do carro estavam trancadas, enfiou o chaveiro no bolso e começou a caminhar.

— Não vá tão na frente, Njaal! — ele gritou. — E fique na calçada!

Quando chegou ao meio-fio, Njaal parou de repente, fincando os dois pés no chão.

— Uma técnica impressionante — eu disse.

— É, ele sabe fazer isso — disse Geir.

— Para onde vamos agora? Você está com fome?

— Não podemos ver a catedral antes? E depois almoçamos?

— Por mim tudo bem.

Era o ar que havia desaparecido. Tinha sido tragado do chão com uma espécie de rumor, que veio primeiro como o som distante de um trovão, e depois cada vez mais alto, ao mesmo tempo que o vento começou a soprar, e então, enquanto as pessoas olhavam curiosas ou confusas umas para as outras, de repente tudo ficou em silêncio. Não havia mais barulhos. As pessoas se olharam, e tudo estava em silêncio, e elas não conseguiam mais respirar. Todos caíram de joelhos. Todos levaram as mãos ao pescoço. O sangue começou a pulsar cada vez mais depressa. As barrigas se contorceram. Os olhos se arregalaram. As pessoas caíram no chão e rolaram de um lado para o outro como vermes. Tudo aconteceu em silêncio total. E então a vida as deixou, uma após a outra, até que todos estivessem imóveis. Todos que estavam na encosta e todos que estavam nas casas. Todos os pássaros e todos os bichos. E assim, talvez sete, talvez dez minutos depois, o ar voltou, com um rumor, mais ou menos como uma barragem se abre e a água corre com força pelo leito seco do rio.

Mas e depois?

O que poderia acontecer depois, e por quê?

Njaal andava um pouco à nossa frente, um pouco atrás de nós enquanto seguíamos rumo à catedral, que se erguia de maneira clara e inconfundível em meio aos telhados das casas. Ao nosso redor as pessoas andavam com sacolas de compras, e no mercado que atravessamos sentavam-se em bancos e cadeiras de cafés, umas com bicicletas, estudantes, possivelmente, enquanto os carros passavam devagar com os pneus trepidando sobre os paralelepípedos. A cidade tinha uma atmosfera tranquila e silenciosa, quase soporífera. Seria difícil imaginar que Malmö estivesse a poucos minutos de trem, porque a vida por lá transcorria de maneira fundamentalmente distinta. Malmö era uma antiga cidade operária, que não tinha sido construída nem para os olhos nem para os sentidos, mas para o corpo, com aquelas longas fileiras de prédios, e a atmosfera nas ruas era repleta de vida e de contradições. Lund era uma cidade pronta, que provavelmente sempre tinha sido assim, porque tinha sido construída ao redor de estruturas fixas, ou seja, de tudo aquilo que a igreja e a universidade trazem consigo, as instituições que dizem respeito aos cuidados, enquanto Malmö tinha sido construída ao redor da produção. Em Lund era a cidade que formava as pessoas, em Malmö eram as pessoas que formavam a cidade. O fato de Bergman ter colocado o personagem de seu melhor filme, *Morangos silvestres*, justamente em Lund talvez não fosse uma coincidência, porque a viagem é uma viagem rumo à morte, e, enquanto a vida é mutável, a morte é imutável e estática, e dentre as cidades na Suécia Lund devia ser a que mais se aproximava desse estado. Claro que as pessoas em Lund eram tão vivas quanto as de Malmö, e a cidade era cheia de vida; a diferença estava na expectativa, naquilo que está pronto de antemão, e que as pessoas simplesmente preenchem, e isso se cria a cada novo instante. Era uma questão relacionada a formas e a papéis.

269

* * *

— As pessoas que moram na sua colônia de jardins fugiram justamente dessas coisas todas em Malmö — Geir disse enquanto atravessávamos a praça junto à catedral. — Construíram uma Lund por lá. Você tem razão ao dizer que aquilo é a morte.

— A média de idade por lá deve ser setenta anos — eu disse.

— Putz — ele disse. — Eu nunca vou entender como você foi estúpido a ponto de comprar uma casa de bonecas por lá. É justamente daquele tipo de coisa que eu tentei me afastar durante toda a minha vida.

— Mas sem conseguir — eu disse.

Paramos e olhamos para o muro da catedral, que com o peso da arquitetura romanesca não parecia se estender rumo ao céu, como as enormes catedrais góticas faziam, como se não quisessem nada senão justamente aquilo, mas assim mesmo dava a impressão de tirar o maior proveito possível do lugar onde se encontrava. A oposição não era entre em cima e embaixo, mas entre dentro e fora.

— Que catedral incrível — disse Geir.

— Vamos entrar?

— Vamos. Você sabe onde fica a entrada? Por lá, será?

— A gente entrou pelo outro lado quando estivemos aqui — eu disse.

Começamos a caminhar. Geir se virou e chamou Njaal, que estava talvez a quarenta metros de distância, empurrando a bicicleta leonina e amarela com os pés. Do outro lado da rua havia um parque. As árvores verdes erguiam-se da grama verdejante e mantinham-se imóveis com as copas frondosas, por onde nenhum vento passava. Às nossas costas, Njaal chegou de bicicleta.

Onde estavam as crianças? Será que eu as tinha esquecido? Será que estavam sozinhas no apartamento?

Não. Eu as tinha deixado no jardim de infância.

Ou será que isso tinha sido no dia anterior?

Não. De jeito nenhum. Tínhamos limpado o apartamento depois que eu cheguei em casa. As crianças não estavam lá, mas no jardim de infância.

— Tem uma entrada lá — disse Geir. — Mas não pode ser a entrada principal.

— Não, nos velhos tempos a entrada principal costumava ficar na parte da frente — eu disse.

— Essa ironia só pode dizer respeito a você mesmo — disse Geir. — É você quem já esteve aqui. — E então: — Njaal!

— O que foi? — disse Njaal, que estava um pouco longe, no caminho que atravessava o parque.

— Venha para cá! — Geir gritou. — Nós vamos entrar na catedral.

— Está bem — disse Njaal, vindo de bicicleta em nossa direção. Olhei para os enormes blocos de pedra, que em outras épocas tinham sido claros, mas que naquele momento eram quase pretos em certos pontos. Na parte mais baixa havia também uma coloração esverdeada.

— Deixe a bicicleta aqui para a gente entrar — disse Geir.

— Eu quero levar a bicicleta junto — disse Njaal.

— Não tem como, seu marginalzinho. Nada de bicicleta na casa de Deus!

— Pelo menos nada de bicicletas sem pedais — eu disse. — Se fosse uma bicicleta normal, a situação seria outra.

— Como? — perguntou Njaal, olhando para mim.

— O Karl Ove está brincando — disse Geir. — Deixe a sua bicicleta aí e venha para cá!

Njaal fez como Geir havia pedido e entramos na catedral, que parecia bem maior e bem mais espaçosa por dentro do que por fora. Lá havia anseio suficiente.

Eu não estava em clima de igreja, então simplesmente andei um pouco de má vontade de um lado para o outro, olhando, e depois de um tempo me sentei num banco, mas nem ao menos tentei me deixar influenciar pela visão de mundo que aquele cenário expressava. Geir e Njaal sumiram de vista, e quando tornaram a aparecer foi para me dizer que tinham descido à cripta. Saí para fumar um cigarro, Geir quis ver mais um pouco, eu me sentei sozinho na escada e fiquei olhando para o parque tendo a fumaça como uma pequena e fina nuvem ao redor da cabeça enquanto eu pensava na minha nova ideia de romance, em como aquilo poderia eventualmente ser integrado ao pouco que eu já tinha pronto. Distopia. Mundos que jamais existiram. O homem que cresceu num lugar onde o nazismo representava a ordem social. Por que o nazismo? Não muito tempo atrás eu tinha visto uma ilustração, era um cartaz de propaganda nazista onde se via uma ponte que atravessava um panorama de montanhas, e aquilo era tão bonito e me fez sentir um anseio tão grande que eu resolvi pesquisar mais um pouco. Criar um mundo como aquele. Que o horror pequeno-burguês da colônia de jardins encaixava-se à perfeição nesse cenário eu soube na mesma hora. Eu tinha lido um artigo qualquer no *Dagens Nyheter* que falava sobre a manipulação genética dos animais, em parte sobre um experimento feito na década de 1960, no qual um grupo havia colocado eletrodos no cérebro de um boi e assim conseguido ligar e desligar o boi: uma imagem mostrava como o boi, que tinha corrido em direção ao pesquisador, havia parado de repente quando ele acionou o interruptor de uma caixa que tinha na mão; em parte sobre um experimento ainda em andamento com uma mosca, que havia recebido o gene sensível à luz de uma enguia, capaz de governá-la, mesmo que não de maneira precisa e controlada: mas, toda vez que uma luz era apontada na direção da mosca ela alçava voo. O que essas pesquisas representavam era repulsivo e abalava as profundezas do meu âmago. O problema era que essas coisas pertenciam à nossa época, em termos estruturais, políticos, sociais e mentais, e que todos os significados desapareceriam se eu as colocasse numa outra realidade contra-histórica. Talvez fossem dois romances distintos. Eu descobriria com um pouco mais de tempo, pensei. O mundo era tão grande e variado que o tempo inteiro havia forças opostas em movimento, não havia jamais um resultado dado de antemão, o futuro era sempre aberto e incerto, e se o sol se pusesse seria para nós, e não para as pessoas que ainda estavam por vir: para elas o sol haveria nascido.

— Então é aqui que você está, seu pobre-diabo sem amigos? — Geir disse às minhas costas.

Olhei para ele.

— Vamos comer, então? — eu perguntei.

Ele fez um gesto afirmativo com a cabeça e eu me levantei. Era como se as minhas pernas estivessem tremendo, mas não passava de uma impressão. Joguei o cigarro no cascalho enquanto Njaal montava na bicicleta e então descemos, eu com meu espírito arrasado e Geir provavelmente com o espírito alegre, porque voltou a balançar o chaveiro e começou a dizer que dentro da catedral era muito bonito. Sem amigos, ele tinha dito, e a situação em que eu me encontrava de repente voltou. Aqueles emails terríveis. Os advogados que estavam lendo o meu manuscrito. O processo judicial que me esperava, as manchetes de jornal.

— Você parece estar meio cabisbaixo — disse Geir.

— É — eu disse. — Me desculpe. Não sou a melhor companhia que existe.

— E agora você vai se lamentar por isso também? Isso é problema meu. E por mim você pode ficar tão emburrado quanto quiser. É uma coisa que também tem seu valor.

— De fato a disposição dos outros não chega exatamente a se infiltrar e a deixar marcas em você — eu disse. — Você é sempre você, independente do que aconteça.

— O que você está dizendo é que eu tenho a pele grossa. Você já tinha dito isso ontem.

— Mas você tem mesmo.

— O que você acha, vamos comer aqui? — ele disse, apontando com o rosto para um restaurante a cerca de vinte metros na travessa por onde passávamos.

— Vamos procurar um restaurante com mesas na rua? — eu disse. — Assim eu posso fumar.

— Pode ser. No mercado, talvez? Por lá tinha uns cafés com mesas na rua.

Fomos até lá e escolhemos uma mesa dentro de uma zona isolada na calçada. Uma garota de vinte e poucos anos estava sentada a duas ou três mesas da nossa com uma mulher que imaginei ser a mãe dela, que devia ter uns cinquenta anos, mas além delas não havia mais ninguém por lá. A garota teclava no telefone celular, a mãe fumava e olhava para o mercado.

— Você quer pizza ou espaguete? — Geir perguntou para Njaal, que de um lugar ou de outro havia tirado um carrinho com o qual brincava no canto da mesa, com a cabeça apoiada em uma das mãos e o cotovelo apoiado na mesa.

— Espaguete — ele disse.

— Muito bem — disse Geir. — E você?

— Não sei direito. Mas acho que uma massa à carbonara.

— Boa escolha. Eu também vou querer uma.

Geir largou o cardápio em cima da mesa. A garçonete se aproximou e fizemos o nosso pedido. Enquanto aguardávamos a comida, Geir discorreu sobre os conceitos de sensibilidade e insensibilidade. Disse que estranhava que eu, que pretendia escrever sobre coisas autênticas, e que tinha escrito sobre a morte e o corpo, não escrevesse a respeito de sexo. Ele achava que eu era pudico.

— Eu sou apenas discreto — eu disse. — Além do mais, o sexo tem uma proporção errada em nossa cultura, da maneira como eu vejo as coisas.

— O sexo tem uma proporção errada?

— É. Você se lembra daquela vez em que me contou uma história sobre um sujeito que foi apanhado por uma avalanche e que ficou soterrado sob vários metros de neve?

— Claro. Você costuma voltar sempre a essa história.

— Lógico, porque o que ele fez lá embaixo foi bater punheta. Essa é uma boa imagem do impulso sexual.

— De que o impulso sexual aparece em toda parte, independente das circunstâncias?

— Não. De que é uma coisa muito pequena. Incrivelmente pequena. Uma pequena ejaculação num mar de neve. O elemento sexual tem a proporção completamente errada, a gente dá um espaço enorme para o sexo e o sexo confere sentido à nossa vida, mas na verdade não é nada. Está realmente no limiar do nada absoluto.

— *I may be a fool, but I'm not an idiot!* Estamos falando sobre como as coisas são. Não sobre como gostaríamos que fossem. Você gostaria que a vida fosse grandiosa e repleta de significado. Nobre, talvez. Me desculpe. Mas *na verdade* a vida é pequena e vazia. Melhor do que esse orgasmo na neve é impossível. Sexo e morte, não existe nada além disso.

— Então por que você se dá o trabalho de falar comigo? Você não devia estar em casa batendo punheta? Ou não devia enfiar a cabeça num balde e se dar um tiro na boca?

— Muitas vezes eu bato punheta enquanto falamos no telefone.

— É daí que vêm todos aqueles barulhos esquisitos no fundo? Achei que era o seu cachorro comendo.

— A gente não tem cachorro.

— É mesmo. A verdade é sempre outra coisa.

— Bem lembrado — Geir disse com um sorriso, com aquele jeito quase prestes a explodir como as pessoas que no fundo estão satisfeitas consigo mesmas às vezes sorriem.

A garçonete andou por toda a extensão do bar com um prato de massa em cada mão. Olhei para a mesa, lá havia um cesto com pães e uma pequena garrafa de azeite; será que ela tinha posto tudo aquilo na mesa sem que eu percebesse?

— Duas massas à carbonara — ela disse, colocando os pratos à nossa frente. — O seu já está vindo! — ela disse, olhando para Njaal.

— Coma uma fatia de pão enquanto isso — disse Geir, largando uma fatia na frente de Njaal. Ele deu uma dentada, acompanhou com os olhos um pombo que andava por entre as mesas e depois olhou para mim.

— Estamos falando sobre a diferença entre ser e dever ser.

— Você se lembra do que o Fernando Pessoa escreveu? "Como posso eu encarar com seriedade e com pena o ateísmo de Leopardi se sei que esse ateísmo se curaria com a cópula?"

— Mas é justamente isso. Eu aceito fazer certas reduções para chegar a uma forma ou outra de verdade, mas não entendo por que as reduções precisam sempre acabar em sexo.

— Você não entende porque é um espírito de luz. Não quer saber das coisas baixas. Não quer saber do corpo. Você sabe o que o Lutero escreveu?

— Não.

— "Os sonhos mentem. Quem caga na cama é que conhece a verdade."

* * *

Quando terminamos de comer, fomos ao jardim botânico. No meio do parque havia um pequeno lago artificial, cheio de nenúfares, e ao lado havia um café onde nos sentamos, na sombra trêmula de uma árvore, cada um com uma xícara de café na mão. Havia uns patos por lá, e os filhotes deles — que durante a minha última visita ao parque com Linda, no início do verão, eram pequenos e fofos — haviam crescido, ao mesmo tempo que mantinham um aspecto juvenil, aquele jeito desengonçado que os filhotes dos bichos e os filhotes de gente compartilham, de maneira que, por conta do tamanho, um elemento quase monstruoso havia tomado conta deles.

Njaal obviamente não se importou nem um pouco com isso, simplesmente os seguiu por um tempo, tentando afagá-los, mas os patos se afastavam toda vez que ele chegava perto, com as cabeças imóveis no alto dos pescocinhos finos, e por fim Njaal perdeu o interesse e começou a jogar cascalhos no lago, até que Geir pediu que parasse com aquilo e ele se sentasse no cascalho ao lado da mesa e começasse outra vez a brincar com o carrinho.

Pensei numa coisa que Vanja volta e meia me perguntava, por que os adultos não brincam. Ela não conseguia entender que para nós as brincadeiras pareciam chatas, e a conclusão que tirou disso foi que não queria crescer nunca. A vida consistia em correr e dar risada, brincar com pôneis de crina comprida e bichinhos japoneses de olhos grandes, brincar de gangorra, andar de carrossel, trepar em árvores, se atirar em piscinas e brincar de baleia, tubarão ou peixe. Não em ficar sentado numa cadeira lendo o jornal com uma expressão sombria. Ou, como naquele instante, ficar sentado junto à mesa conversando, com longas pausas durante as quais não se dizia nem se fazia nada.

As pessoas nas outras mesas, quase todas mais velhas, conversavam a meia-voz, de vez em quando deixavam escapar um tilintar ou outro, ora de um garfo contra um prato, ora de uma colher contra uma xícara, mas de um instante para o outro sucumbiam novamente à atmosfera silenciosa sob a copa das árvores.

Era como se estivéssemos nas profundezas do verão. Como se fôssemos personagens de uma pintura impressionista ou coisa parecida, uma vez que ninguém havia capturado aquela sensação melhor do que os impressionistas, e a questão era se na verdade não tinham sido eles a inventá-la. O fato de que aquela sensação não existia no mundo antes que os impressionistas, cheios de ideias a respeito de cores, luz e sombra, e cheios de ideias sobre como reproduzir aquele instante preciso, a descobrissem. Toda a pintura antes do impressionismo tinha sido geométrica, e portanto estava sempre relacionada ao aspecto sólido das pessoas e dos objetos, e aos limites entre essas coisas. O que essas pinturas exploram é o que está aqui, como essa presença se relaciona ao restante, e o que está lá, ou seja, para além daqui. Mas num mundo mergulhado em sombras, repleto de luzes fugazes e sobrepostas, as perguntas são outras. O que é visível e o que é invisível, o que é claro e o que é escuro, o que podemos ver e o que não podemos ver e, ainda, que sensação intensa é essa que toma conta daquilo que vemos? Um escritor como Marcel Proust seria impensável sem o impressionismo, porque toda a obra dele gira em torno das relações entre a lembrança e o esquecimento, a luz e a sombra, o visível e o invisível, e a sensação intensa que o mundo, em particular o esquecido, mas também o próximo, desperta nele foi moldada, se não criada, pelo olhar dos impressionistas. Quando se olha para um Cézanne, a pergunta é: o que há para ver? Quando se olha para os impressionistas, a pergunta é: o que há para vivenciar e ver? Infelizmente a radicalidade dos impressionistas desapareceu por completo da consciência coletiva, hoje restam apenas as belas cores e todas aquelas flores, um destino do qual Proust foi poupado, uma vez que no caso dele as belas cores e flores foram escritas, o que elimina qualquer suspeita de que pudesse ter comprado a beleza ao reproduzir um motivo bonito, que é uma das definições possíveis do kitsch. O fato de que a arte tenha se tornado cerebral a ponto de que tudo que diga respeito aos sentimentos possa ser descartado como ingênuo talvez seja o melhor argumento contra o progresso, pura e simplesmente porque essa atitude, que supostamente encontra-se na vanguarda da experiência humana, é completamente limitada e estúpida, e no fundo a verdadeira atitude ingênua. Quando se aboliu a exigência da habilidade manual na arte, isso foi feito a partir da suposição de que essa prática estaria relacionada à reprodução mais exata possível do mundo, uma ideia ultrapassada, e portanto desnecessária. Então a exigência foi abolida. Mas não é preciso pensar muito para compreender que não era por esse motivo que os pintores e os escultores usavam todo o tempo de que dispunham durante os cruciais anos de formação na juventude copiando ou fazendo reproduções mecânicas de modelos ou objetos. Eles não faziam aquilo para aprender a copiar a realidade, porque a reprodução da realidade tem um valor-limite que qualquer aluno minimamente talentoso alcança depressa. Eles faziam aquilo para aprender a não pensar. Esse é o aspecto mais importante de toda a arte e de toda a literatura, mas praticamente ninguém sabe disso, ou sequer conhece essa ideia, porque ela não é mais difundida. Hoje se acredita que a arte está ligada à razão e à crítica, e que se encontra relacionada a ideias, e por isso as pessoas leem teoria da arte nas escolas de arte. Isso representa decadência, e não progresso.

Geir afastou a cadeira e se levantou.

— Quer que eu pegue um copo d'água para você também? — ele me perguntou.

— Pode ser — eu disse. — Você não se importa de pegar mais um café também? Levantei a xícara e a entreguei a ele. A xícara estava cheia de marcas de café pelo lado de fora, quase todas redondas, embora também houvesse listras, e por um motivo ou outro era sempre aquele o aspecto das minhas xícaras de café, embora eu não soubesse direito por quê.

As xícaras dos outros em geral estavam perfeitamente limpas no lado de fora. Eu posicionava os lábios de uma forma que levava um pouco de café a escorrer o tempo inteiro entre eles e a louça, porém mesmo sabendo disso eu não conseguia fazer nada para evitar; independente da pressão que eu aplicasse sobre o meu lábio inferior, minha xícara estava sempre manchada quando eu terminava de esvaziá-la.

— Papai, onde você está indo? — Njaal perguntou, olhando para Geir.

— Só vou buscar mais água.

Njaal se pôs de pé e seguiu Geir, pegando a mão dele. Tirei o telefone celular do bolso e liguei para Linda.

Ela atendeu logo em seguida.

— Oi, é o Karl Ove — eu disse. — Você já está em casa?

— Já. Acabei de entrar no apartamento. Onde você está?

— Em Lund. Estamos no jardim botânico.

— Que delícia!

— É, está bem agradável. Mas você busca as crianças hoje, não?

— Busco. Eu já estou indo.

— Eu só queria ter certeza. Mas logo a gente está voltando para casa, então em seguida nos vemos.

— Você já comprou os camarões e o vinho?

— Vou comprar na volta.

— Se você quiser eu posso comprar.

— Não. A gente compra. E nos vemos em seguida.

— Tudo bem, então. Até!

— Até — eu disse, apertando o botão vermelho e guardando o telefone no bolso ao mesmo tempo que Njaal e Geir saíam da pequena construção em formato de pavilhão onde o café ficava. Njaal trazia um copo com as duas mãos e andava com passos curtos por causa daquela importante tarefa, enquanto Geir vinha atrás dele com uma xícara de café numa das mãos e um copo d'água na outra.

— Obrigado — eu disse. — Eu pago essa água, já que você pagou o almoço.

— Ha ha.

Ele sentou-se, pegou o copo que Njaal havia trazido e o esvaziou em um só gole. O rosto de Geir brilhava de leve por conta do suor.

— Já está quase na hora de a gente ir embora, não? — ele perguntou.

— Já — eu disse. — Agora mesmo eu falei com a Linda. Ela acabou de chegar em casa.

Geir olhou para o relógio do celular.

— A Christina também deve estar chegando logo. Assim que você terminar o café nós vamos.

— Mais um cigarro — eu disse. — Aí nós vamos.

Njaal levantou a bicicleta dele e sentou-se no selim. Eu peguei o último cigarro da carteira, acendi-o e amassei a embalagem, e então olhei para o café para ver se havia uma lixeira no lado de fora. Não havia.

— Você não pode andar de bicicleta aqui — disse Geir. — Espere até a hora de ir embora.

— Por quê? — Njaal perguntou.

— Porque as pessoas estão comendo, ora! Você não gostaria que outras pessoas andassem de bicicleta em cima da sua comida, ou por acaso gostaria?

— Não — ele disse, rindo um pouco.

Geir olhou para mim.

— E então? — ele perguntou. — Por que você ficou tão quieto de repente?

— Lembro que essa era a pergunta que o Arvid sempre me fazia. Em Bergen. Você está tão quieto, por acaso se cagou nas calças?

— Lá vamos nós outra vez.

— É. Me desculpe.

— Mas eu pensei sobre aquilo que a gente conversou ontem. Sobre ser pai.

— O que tem?

— O meu princípio é que a pessoa que mais deseja determinada coisa tem que realizá-la. E que a pessoa que faz isso decide tudo. Quando o Njaal nasceu, a Christina não dormia à noite, porque ela não queria perder nada. Ela tinha um emprego incrível na Ópera, mas pediu demissão para ficar o maior tempo possível ao lado do Njaal. Ela acabou cuidando de todas as coisas práticas não por ser mulher, mas porque isso tem significado para ela. Se ela quisesse outra coisa, a situação seria diferente.

— É — eu disse.

— Ela não apenas se envolve bem mais do que eu, mas também recebe bem mais coisas em troca. Tudo é repleto de sentido para ela.

— Eu lembro que uma vez fui correndo devolver um filme quando a Vanja era recém-nascida, e que eu voltei correndo. Eu também não queria perder nada.

— Mas você se imagina passando três anos em casa a tempo integral por causa disso?

— Não.

— É fácil demais se deixar envolver pela leveza e pela ternura, é fácil demais permitir que isso se transforme em tudo que existe. Mas nesse caso não criamos nada, a não ser leveza e ternura. Para mim é uma atitude preguiçosa. É por isso que eu não sinto nada além de desprezo em relação às pessoas que sem perceber se deixam levar por isso. Elas recebem elogios, mas o que fazem, na verdade, é fugir de uma responsabilidade. De uma responsabilidade maior. Nesse ponto eu concordo com a Karen Blixen quando ela diz que não se pode ir em busca do graal com um carrinho de bebê. Ou uma coisa ou a outra. Só existe uma masculinidade. As pessoas são ou mais ou menos masculinas. Fim de papo. Não existem tipos de masculinidade. Eu não suporto essa palavra. Fico enjoado só de ouvi-la. Existem palavras que reúnem em si tudo aquilo de que não gostamos em determinada época. E masculinidade é uma palavra dessas. Eu não a suporto. Mas claro que a mesma coisa vale também para as mulheres. Só existe uma feminilidade. Mas no fundo, se estivéssemos vivendo nos anos 60, quando todos os homens trabalhavam fora e todas as mulheres ficavam em casa, poderia muito bem ser que eu quisesse ter ficado em casa com o Njaal. O que eu não aguento é a ideia de que uma ideologia dominante, o consenso vigente, possa determinar a minha vida.

— Mas se é mesmo assim, não passa de um protesto. Quer dizer, se você simplesmente faz o contrário do que os outros fazem. Nesse caso você está tão refém quanto todos os outros.

— Quanto a isso você tem razão. Retiro o que eu disse. A questão é que me parece completamente absurdo que outras pessoas decidam sobre a maneira como eu devo me comportar em relação ao meu filho. Sabe, quando eu estava no Iraque durante a guerra, no meio dos bombardeios, eu fui entrevistado por um jornalista do *Aftonbladet*. Você sabe o que ele se prestou a me perguntar?

Balancei a cabeça.

— Quem lavava a louça na nossa casa! Você consegue imaginar?

— O que foi que você respondeu?

— Me neguei a responder. E além disso temos máquina de lavar louça em casa.

— Você chama aquela coisinha que vocês têm de máquina de lavar louça?

— Não a subestime. Nunca brigamos tanto quanto na hora de resolver quem seria responsável por lavar a louça. Depois compramos a máquina e tudo foi resolvido.

— Pequenos problemas, pequenas máquinas de lavar louça.

— Por que você acha que ele fez essa pergunta? O que ele queria saber era se eu era uma pessoa boa ou uma pessoa má. Se eu cuidasse das lidas domésticas, eu seria uma pessoa boa. Se não, eu seria uma pessoa má.

— Sei — eu disse. — Mas vamos indo? Eu estou pronto.

Nos levantamos, saímos do café e fomos andando ao longo do parque. Eu parei em frente a um toco de árvore e li a placa que estava afixada ao lado. A placa dizia que a árvore tinha morrido de uma doença que havia matado quase todas as árvores daquele tipo em Skåne.

Puta que pariu.

Apressei o passo e alcancei Geir e Njaal junto à porta de entrada. Seguimos por um tempo a calçada ao longo da cerca, mas depois atravessamos a estrada e entramos numa pequena rua pitoresca com pequenas casas baixas decoradas com flores nas paredes. A proximidade do carro, e portanto do apartamento, fez com que a agitação crescesse em mim, porque no apartamento estava o romance. Fumei, porque era uma ação, e as ações tiravam o foco dos meus pensamentos, se não muito, ao menos um pouco, o que já era melhor do que nada. Fumei, olhei para as coisas que existiam ao meu redor, tentei pensar naquilo e olhei para o celular, que nunca recebia ligação nenhuma.

— Quando que a Linda ia buscar as crianças? — Geir perguntou quando o estacionamento se encontrava uns cinquenta metros adiante.

— Mais ou menos por agora, acho — eu disse. — Por quê?

— Para saber se vai ter alguém em casa quando a Christina chegar.

— Mas ela tem celular, não?

— É verdade.

— Ela vai pegar o trem de Båstad?

— Não, pelo que eu entendi ela pegaria uma carona com alguém.

Christina tinha feito um curso para fotógrafos escolares e passaria o outono inteiro fotografando crianças em Estocolmo e arredores. Ela tinha feito o mesmo no outono anterior, e o dinheiro ganho durante aqueles meses tinha servido para os gastos da família durante o ano inteiro. Geir já não tinha mais emprego na universidade, nem o seguro-desemprego que havia ganhado por um tempo. E o livro em nome do qual ele havia sacrificado tudo, que ainda não estava pronto, mas que eu o tinha aconselhado a enviar primeiro para uma editora, depois para outra, para que os editores se envolvessem o quanto antes no processo, tinha sido recusado pelas duas. Eu não sabia como eles faziam para sustentar a família, mas Geir já havia me dito que era uma questão de disciplina. Eles só faziam compras no Willys, a loja de atacado, e para tudo mais que compravam, como livros, CDs e DVDs, Geir passava horas procurando o melhor preço na internet. Em relação às roupas eu não sabia qual era a situação, mas Christina era formada como designer, e eu imaginava que ela fizesse compras em brechós e depois reformasse as peças.

Geir apertou o botão da chave e as luzes do carro piscaram todas ao mesmo tempo em que se ouviu um breve sinal. Abri a porta e me sentei no banco do carona enquanto ele abria o porta-malas para guardar a bicicleta de Njaal. Inclinei a cabeça para trás e fechei os olhos. Do lado de fora, o barulho do movimento no porta-malas era normal, um barulho qualquer que surgia e se espalhava, mas do lado de dentro do carro a impressão era outra, nesse caso o barulho era uma coisa que acontecia dentro do carro, e que parecia fazer parte do carro. A diferença era grande. Era como se estivéssemos a salvo do que acontecia no lado de fora, mas indefesos em relação ao que acontecia no lado de dentro.

Do outro lado dos vidros Malmö começou a ganhar forma. Os grandes blocos residenciais na periferia do centro, que em Malmö com frequência eram construídos em alvenaria levemente amarelada, revelaram-se. Fileiras de janelas, fileiras de sacadas, e em meio a elas estacionamentos e gramados. A região das casas com pátios onde as pessoas ricas moravam localizava-se no outro extremo da cidade, junto ao mar. Era o que o dinheiro proporcionava: lugares grandes e distância. Mas não um lugar grande demais, e não uma distância excessiva: no meio da floresta era possível comprar um terreno do tamanho que se desejasse, a dezenas de quilômetros do vizinho mais próximo, mas nunca uma pessoa com dinheiro pensaria em morar num lugar desses. Um lugar grande e distância eram valiosos apenas se houvesse outras pessoas nos arredores que morassem em lugares pequenos e grudadas umas nas outras.

Supermercados, revendas de automóveis, shopping centers, postos de gasolina, e logo em meio às paredes dos prédios, ao lado de vitrines onde primeiro se avistavam objetos simples e baratos, e depois, à medida que nos aproximávamos do centro, objetos cada vez mais caros e exclusivos. As pessoas que andavam pelas calçadas ao longo das vitrines, os carros que avançavam ao longo das calçadas, com os vidros também como vitrines, cruzamentos e faixas de segurança, praças e cafés com mesas na rua, parques pequenos, parques grandes, um canal, uma estação de trem. Hotéis com bandeiras em frente à entrada, empresas esportivas, empresas têxteis, empresas calçadistas, empresas de eletricidade, lojas de móveis, lojas de artigos de iluminação, lojas de tapetes, ópticas, livrarias, empresas de computação, casas de leilão, lojas de móveis para cozinha. Lojas de molduras. Restaurantes chineses, restaurantes tailandeses, restaurantes vietnamitas, restaurantes mexicanos, restaurantes iraquianos e iranianos, restaurantes turcos e gregos, restaurantes franceses e italianos, McDonald's, Burger King, pizzarias. Cafés, cinemas, salas de espetáculos. Teatros, óperas, jardins de infância, lojas de música, rodoviárias. Escritórios de segurança social, lojas de produtos para cama, hospitais, casas de repouso, consultórios médicos. Oftalmologistas, otorrinolaringologistas, cardiologistas e pneumonologistas. Dentistas, ortopedistas, psicólogos, psiquiatras, firmas de encanamento. Funerárias, lojas de artigos para construção, lojas de decoração, lojas de fotografia, bancos, lojas de artigos para ioga, cervejarias, floriculturas, lojas de produtos naturais, fliperamas, quiosques de tabaco, lojas de artigos esportivos, lojas de roupas infantis, lojas de artigos para recém-nascidos, institutos de massagem, empresas de locação de carros, lojas de artigos para animais de estimação, empresas de brinquedos, igrejas, mesquitas, escolas, escritórios de informação. Institutos de transplante de cabelo, escritórios de advocacia, agências de publicidade. Salões de cabeleireiro, estúdios de manicure e pedicure, farmácias, lojas de roupas para gordos, lojas de sapatos ortopédicos, lojas de uniformes profissionais, lojas de jardinagem, agências de câmbio. Empresas de equipamentos musicais, lojas de jogos para computadores, quiosques de cartões para o transporte público, lojas de equipamento de som, rádio e televisão, quiosques de salsichas, quiosques de falafel, lojas de malas e bolsas. Todo aquele mundo enorme, com uma miríade de detalhes, encontrava-se dividido em sistemas complexos e infinitamente refinados que se mantinham separados uns dos outros, primeiro em função da repartição em setores, por força da qual os reparos de torneira eram vendidos por lojas que não vendiam cordas de nylon para violão, e um romance de Danielle Steel ficava em uma seção diferente de um romance de Daniel Sjölin, como uma espécie de pré-seleção grosseira, e depois em função do valor atribuído aos diferentes produtos e serviços, avaliados de uma forma que nunca era ensinada em lugar nenhum, e que portanto devia ser aprendida por conta própria, longe de qualquer escola ou instituição, e que ainda por cima tinha um valor flutuante. Em que consistia a diferença entre um jeans da McGordon comprado na Dressman e um jeans da Acne, ou entre um jeans da Tommy Hilfiger e um jeans da Cheap Money, Ben Sherman ou Levi's, Lee ou J. Lindeberg, Tiger ou Boss, Sand ou Peak Performance, Pour ou Fcuk. Que tipo de sinal um romance de Anne Karin Elstad enviava em relação a um romance de Kerstin Ekman, e que tipo de relação os dois mantinham com uma coletânea de poemas de Lars Mikael Raattamaa, por exemplo. Por que era um pouco mais refinado, porém não muito, ler Peter Englund em vez de Bill Bryson. O que fazia com que já não se pudesse mais externar qualquer tipo de fascínio e entusiasmo em relação a Salman Rushdie sem parecer culturalmente atrasado e perdido no final dos anos 1980, ao passo que fazer o mesmo em relação a V. S. Naipaul ainda era perfeitamente aceitável. Desse conhecimento que me permitia ir à loja de roupas que vendia calças jeans ou ternos que naquele momento conferiam maior prestígio, embora não em todas as pessoas, escolher os livros que me davam maior credibilidade cultural na livraria, comprar música considerada mais sofisticada do que a média na loja de música, mesmo naquelas especializadas em tradições e estilos musicais sobre os quais eu não sabia muita coisa, como jazz e música clássica, eu tinha conseguido adquirir o suficiente para saber me virar, e talvez, em um momento feliz, até mesmo dar a impressão de ser um verdadeiro connaisseur. E assim era com praticamente tudo. Que tipo de sofá enviava que tipo de sinal eu sabia, e a mesma coisa valia também para chaleiras e torradeiras, tênis de corrida e mochilas. Até mesmo barracas eu saberia avaliar de forma bastante precisa em relação ao tipo de sinal que enviavam. Esse conhecimento não estava escrito em lugar nenhum, e mal era reconhecido como um tipo de conhecimento, era mais um tipo de consciência sobre a situação das coisas, e flutuava de acordo com as camadas sociais, de maneira que uma pessoa da classe alta poderia desaprovar as minhas preferências quanto a sofás, da mesma forma que eu poderia desaprovar o gosto para sofás das pessoas que pertenciam a grupos sociais inferiores ao meu, não como um menosprezo às pessoas em si, porque eu nem pensaria numa coisa dessas, mas em relação aos sofás delas. Eu talvez não dissesse nada, já que não gostaria de parecer preconceituoso, mas eu pensaria, pelo amor de Deus, que sofá de merda. Esse conhecimento sobre quase todas as marcas e o significado social e prático de cada uma delas era enorme e, às vezes eu pensava, na essência não se distanciava muito do conhecimento que as pessoas ditas primitivas tinham em outras épocas, quando não apenas conheciam o nome de cada planta, árvore e arbusto da região onde moravam, mas também que tipo de propriedades tinham e para que serviam, ou do conhecimento que

283

as pessoas do nosso círculo social detinham gerações atrás, por exemplo nos anos 1970, quando a maioria das pessoas também conhecia o nome de todas as plantas e árvores das proximidades, e o nome de todas as pessoas no vilarejo onde moravam, tanto as pessoas ainda vivas da família quanto as pessoas mortas das gerações mais recentes, e também o nome de todos os pequenos e grandes locais próximos. Claro que essas pessoas também conheciam o nome de todas as ferramentas que usavam, e de todas as atividades em que se envolviam, e de todos os animais e de todas as partes e órgãos dos animais. Esse conhecimento não era nada a respeito do que pensassem, não era demonstrado, porque essas pessoas sabiam que existia de uma forma profundamente ligada àquilo que eram. O mesmo vale para o enorme conhecimento que detemos sobre por exemplo a diferença entre uma mostarda suave e uma mostarda forte, uma salsicha grelhada e uma salsicha frita, uma salsicha com recheio de queijo ou enrolada em bacon, pão ou *lompe* e cebola crua ou frita quando pedimos uma salsicha em um posto de gasolina, ou sobre a diferença entre os diferentes tipos de mostarda nas mercearias, como a mostarda Dijon francesa e a mostarda inglesa da Colman's ou a mostarda de Skåne, para não falar dos vinhos, que têm uma expressão cultural muito rica e extremamente carregada de significado social. Tampouco pensamos sobre todo o conhecimento necessário para viver um dia comum, simplesmente não o vemos, porque ele é parte de nós, é aquilo que somos. Esse é o nosso mundo: Blaupunkt, não blueberry, Rammstein, não ramalhada, Fiat, não fiacre.

Uma das três vagas de estacionamento no fim da Brogatan, próxima à entrada dos fundos, estava vazia quando chegamos, aquilo não acontecia quase nunca, eu disse para Geir que era uma sorte do caramba e pedi que deixasse o carro lá.

O sol, que na hora em que saímos batia no prédio onde ficava a agência de empregos, naquela altura estava acima do banco, e os raios, que caíam enviesados em nossa direção, eram filtrados pela copa da árvore que crescia nos metros quadrados sem nome que ficavam entre a Brogatan e a Föreningsgatan, e assim o teto e a lataria do carro pareciam ondular devido ao jogo entre luz e sombra, que se revelava como diferentes nuances de vermelho, desde o matiz claro e reluzente até o escuro e opaco.

Peguei a chave do bolso da calça e atravessei a praça em frente ao prédio, que passava quase o dia inteiro na sombra e por isso tinha uma temperatura notavelmente mais baixa do que aquela que fazia poucos metros adiante, passei o chip laranja sobre o leitor, puxei a porta na minha direção e a segurei aberta até que Geir e Njaal tivessem entrado. Desci a escada atrás deles e os dois pararam em frente à porta do corredor, que abri da mesma forma. O ar estava frio e tinha cheiro de alvenaria, com um odor de coisa podre e terrosa, como tudo que fica debaixo do solo. Assim que começamos a caminhar, a polonesa que morava dois andares abaixo veio caminhando em direção a nós, em uma das mãos ela trazia uma sacola da IKEA, na outra o neto. Cumprimentei-a com um aceno de cabeça, mas ela não nos viu, ou fez que não nos viu, e então chegamos à escada, onde apertei o botão do elevador, que estava no andar logo acima, e assim chegou deslizando em poucos segundos.

— Agora vamos descobrir se a mamãe já chegou — disse Geir.

— E a Vanja e a Heidi — disse Njaal.

O carrinho de John estava em frente à porta do apartamento, e quando eu a abri o tapete do lado de dentro estava ocupado por um pequeno monte de sapatos.

— Olá! — eu disse.

— Olá — Linda disse da cozinha. Dei uns passos à frente para dar espaço a Geir e Njaal.

Quando me inclinei para tirar os sapatos, primeiro Linda e depois Christina saíram da cozinha. Njaal passou depressa por mim. Linda estava com a aura que tinha quando estava feliz, notei logo ao entrar, parecia extrovertida e entusiasmada, o que era particularmente visível no olhar, que parecia mais intenso, mas também na pele das bochechas, que tinha um leve matiz avermelhado. Ela sorriu com o corpo inteiro. Me levantei e nós dois nos abraçamos.

— Estava com saudade de você — ela disse baixinho.

— Que bom ter você em casa — eu disse, quase no pescoço dela, onde eu tinha o meu rosto.

— Oi, Karl Ove — Christina disse olhando para cima, porque tinha se agachado na frente de Njaal e perguntado o que ele havia feito naquele dia.

— Oi — eu disse. — Bom ver você.

Ela se pôs de pé e nós dois trocamos um rápido abraço. Às nossas costas, Linda e Geir fizeram o mesmo. Njaal puxou a blusa dela, queria levá-la até a sala, pelo que pude entender. Ela sorriu para mim como que pedindo desculpa e o acompanhou.

— Tudo certo para buscar as crianças? — eu perguntei.

Linda respondeu com um aceno de cabeça e pôs a mão na minha cintura.

— Quando foi que vocês chegaram em casa?

— Uma hora atrás, talvez. Eu dei um sorvete para cada um.

— Bem que você fez — eu disse. — Eu ainda não comprei o camarão. Pensei em sair para comprar mais tarde.

Entrei na cozinha e levei o bule e o porta-filtro até a pia, onde eu esvaziei o filtro velho na lixeira antes de jogar fora o café que havia sobrado do dia anterior, enxaguei o bule e o enchi de água nova, que vista através do vidro não parecia tão nova assim, porque ganhava uma coloração levemente amarelada.

Linda sentou-se na cadeira junto à mesa e pegou uma das maçãs que estavam na tigela grande, azul e quase chata que uma vez havíamos pegado emprestada do irmão dela e nunca mais devolvido. Era uma tigela de cerâmica com um padrão meio árabe em preto, que embelezava em particular maçãs amarelas e bananas.

— A Helena e o Fredrik mandaram cumprimentos — ela disse, fincando os dentes na maçã.

— Obrigado — eu disse. — Eles estão bem?

Linda acenou a cabeça enquanto mastigava.

Mais para o fundo do corredor, do outro lado da porta, estava Geir, que olhou de relance para nós e, a dizer pelo barulho, sentou-se no sofá da sala.

— Como é bom voltar para casa — ela disse. — Eu nunca tinha passado tanto tempo longe das crianças.

— Que loucura — eu disse. — Foram três dias, não? Não é nada!

— Mas foi o suficiente. Aliás, eu vim conversando com um homem no trem. Ele é diretor de uma escola. Disse que gostaria que eu desse umas aulas como professora temporária na escola onde trabalha. Eu peguei o número de telefone dele. Isso quer dizer que eu arranjei um emprego!

Pus a água na cafeteira, encaixei o porta-filtro, coloquei um filtro lá dentro, medi seis colheres bem cheias e liguei a cafeteira.

— É isso que você quer, então? — eu perguntei. — Achei que você ia escrever. E fazer programas de rádio, não?

— Mas eu nunca começo isso de verdade. É muito custoso tocar um programa de rádio sozinha. Eu preciso de coisas mais simples. De coisas que tenham limites claramente definidos. Como professora temporária eu vou para a escola, dou aulas, volto para casa.

— E você vai dar aulas de quê?

Linda deu de ombros.

— Do que me pedirem. É só ler o livro adotado pela escola antes.

— É — eu disse.

— Você acha que não? — ela perguntou.

— Mais ou menos — eu disse. — Seria incrível se você conseguisse um trabalho fixo, claro.

Peguei uma maçã eu também e me sentei do outro lado da mesa, em frente a Linda.

— Mas você não pensou em muita coisa além daqueles emails — ela disse.

— Não — eu disse.

— Tente não se preocupar com isso.

— Não tem como. Eu sinto no meu corpo. É totalmente irracional, claro. Mas é como se alguém tivesse morrido. Enfim, a intensidade. Uma coisa terrível que está comigo e simplesmente não vai embora. Mesmo quando não estou pensando no assunto, isso está lá.

— Você precisa sair dessa. Não pode escrever quatro romances em um ano e ainda por cima ficar obcecado com essa história.

— Não é assim tão simples. Eu já disse que não consigo.

— Você quer que eu leia os emails? Será que assim não fica mais fácil de conversar?

— Claro, pode ler.

Me levantei e fui ao quarto, onde o computador estava ligado, larguei a maçã em cima da escrivaninha e abri o meu navegador. Linda entrou assim que o primeiro email apareceu no monitor.

— Aqui está o primeiro — eu disse, pegando novamente a maçã. — Você está vendo onde estão os outros, não?

Ela fez um aceno de cabeça e sentou-se. Eu fui até a sala, onde Vanja e Heidi estavam brincando com Playmobil na cama que usávamos como uma espécie de divã junto à janela, coberta por uma capa de estampa floral azul e branca, enquanto Njaal estava de pé com uma espada de plástico na mão, duelando com Christina, que virou o rosto para mim e abriu um sorriso, meio forçado, segundo me pareceu.

— Você sabe onde o John foi parar? — eu perguntei.

— Acho que ele está dormindo — ela disse. — Pelo menos era o que estava fazendo agora há pouco.

Njaal relacionava-se apenas com Christina, provavelmente como defesa em relação a todas as complicações trazidas pela companhia de Vanja e Heidi. Elas tinham uma à outra, ele não tinha ninguém senão a si mesmo, e assim continuou a duelar com a mãe.

— Acho que tem um tapa-olho de pirata naquele pufe — eu disse. — E também um gancho para a mão. Não é mesmo, Vanja?

— Não sei — ela disse.

— Você não pode dar uma olhada?

— A gente está brincando!

— O Njaal pode buscar — disse Christina. — Não é mesmo, Njaal?

— Rá! — ele disse, acertando a coxa de Christina com a lateral da espada. Aquilo não era feito de plástico nem de madeira, mas de um material qualquer que parecia espuma de borracha, porém um pouco mais firme, embora já tivesse começado a se esfarelar ao longo do "fio".

Entrei na outra sala, onde Geir folheava um livro.

— Você quer um café? — eu perguntei.

— Quero — ele disse.

— Eu já trago — eu disse, e então me sentei na cadeira do outro lado da mesa enquanto mastigava o último pedaço da maçã. Eu costumava comer as maçãs inteiras, com o talo e tudo, fazia assim desde pequeno, e alguma coisa naquilo, principalmente o gosto amargo e a consistência áspera do talo e das sementes, me lembrava sempre, por um motivo ou outro, da minha infância, como se esse desvio, porque eu o concebia como um pequeno desvio, abrisse mais espaços do que a regra, que era o gosto da polpa clara e suculenta da maçã. Mas não era um grande espaço que se abria, eram mais como pequenos rasgos do passado na consciência, como dedos correndo pelo tecido de uma jaqueta estofada azul-escura na estrada em frente à minha casa no final da tarde, ou a chuva que começa a cair numa manhã de domingo enquanto flocos de neve acumulam-se aqui e acolá à beira da estrada e as rodas da bicicleta atravessam uma pequena represa de água cinzenta da sujeira que se estende sobre a estrada de cascalho.

— O que é que você está lendo? — perguntei, colocando os braços nos apoios da cadeira e, já que Geir não estava olhando para mim, olhando para a janela, ou melhor, para o pequeno pedaço da sacada e dos telhados mais atrás que se revelavam por entre as frestas da persiana.

— Daniel Defoe. O livro sobre a peste de Londres. Você já leu?

Geir levantou o rosto e eu olhei para ele.

— O que você acha? — eu perguntei. — A chance de você pegar um livro que eu já li dessa estante não é grande.

— Njaal, está aqui! — eu ouvi Vanja dizer em outra peça.

— Obrigado — disse Njaal.

No instante seguinte Heidi apareceu junto à porta de correr. Ela vestia um vestido de verão branco com estampa vermelha.

— Papai, a gente pode ver um filme? — ela perguntou.

— Não enquanto temos visitas. Vá brincar com o Njaal! Logo a gente vai comer uma comida bem gostosa.

— O quê?

— Camarão.

— Camarão?

— É.

— E é bom?

— É, não?

Ela me olhou com uma expressão cética. Eu adorava aquela expressão.

— O Njaal está brincando com a Vanja — ela disse.

— Ah, pare com isso — eu disse. — Dois segundos atrás era você que estava brincando com a Vanja. Não pode ter acontecido tanta coisa nesse tempo. Trate de se enturmar.

— Quê?

— Vá brincar com eles.

Ela se virou e olhou para a outra peça. Eu me levantei e fui à cozinha, onde o café preto já enchia o bule. Desliguei a cafeteira, para que não escorresse quando eu retirasse o bule, e coloquei o café na garrafa térmica, uma Stelton vermelha que Axel e Linn tinham nos dado de presente em uma ocasião que já esqueci qual seria. Linda chegou pelo corredor.

— Você quer um café? — eu perguntei quando ela entrou.

Linda respondeu com um aceno de cabeça. O rosto dela estava bem menos aberto do que parecia minutos antes. Estava como que privado de sentimentos, e também mais pálido.

— É realmente terrível — ela disse. — Como ele pode escrever aquelas coisas? Estou com medo por você, Karl Ove. Que alguém possa dar um tiro em você.

— Relaxe! — eu disse. — Ele só está bravo.

— Não. Ele é louco. Ele perdeu completamente o juízo. E isso é perigoso. Ele é completamente imprevisível.

— Não, não. É muito desagradável, isso sim. Mas não perigoso. Eu juro. Vai dar tudo certo. Mas você quer um café, afinal?

Linda respondeu com um aceno de cabeça, e então me ocorreu que ela tinha acabado de fazer outro aceno de cabeça para responder à mesma pergunta. Peguei quatro xícaras, que eram marrons por fora e tinham uma coloração levemente avermelhada por dentro, e os respectivos pires, que também eram marrons. Na verdade eu achava que eram xícaras para um negócio de café italiano, mas funcionavam igualmente bem para café passado, e, ainda que essa escolha pudesse revelar minha falta de conhecimento no assunto, não seria para ninguém além de Geir e Christina, que eu nunca suspeitei que dessem risadas às nossas costas ao ir embora da nossa casa. Mas, claro, não havia como ter certeza.

Não, eu tinha certeza.

Levei a garrafa térmica e as xícaras para a sala onde Geir estava, coloquei tudo em cima da mesa e me sentei. Me ocorreu que Linda devia querer um pouco de leite, e então me levantei e na geladeira da cozinha peguei a caixinha de leite, que segundo a indicação vencia naquele mesmo dia, então eu a abri e cheirei enquanto na sala Geir perguntava a Linda se ela tinha lido os emails, e, como não parecia haver nada de errado com o leite, levei a caixa de volta para a sala e a larguei ao lado da térmica em cima da mesa, enquanto Linda falava sobre a impressão terrível que os emails haviam causado.

— E se isso for parar na justiça? — ela disse. — Talvez você tenha que passar o outono inteiro na Noruega! O que eu vou fazer se isso acontecer? Como vão ficar as coisas? Eu vou ter que passar todo esse tempo sozinha com as crianças? E como você vai fazer para lidar com tanta pressão?

Geir abriu um dos sorrisos mais sarcásticos que tinha e olhou para mim enquanto ela falava. Claro que Linda percebeu aquele olhar e foi tomada por uma fúria repentina, que no entanto não podia ser expressa porque tínhamos convidados, e assim manifestou-se como uma sombra no olhar. Ela me olhou com olhos pretos antes de se levantar mais uma vez para ir ao corredor. Lancei um olhar de reprovação na direção de Geir, mas tive a impressão de que ele o interpretou como uma reprovação a Linda, porque ele sorriu outra vez, ou simplesmente continuou sorrindo por causa da situação como um todo.

— Pode se servir de café — eu disse, indo atrás de Linda, que já tinha entrado no quarto quando a alcancei.

Na primavera em que começamos a namorar eu e Linda saímos duas ou três vezes com Geir e Christina, estávamos completamente perdidos um no outro, nos beijando, nos acariciando, sempre andando de mãos dadas, e mesmo quando eu encontrava Geir sozinho, por exemplo no meu apartamento, eu continuava perdido nela, com o rosto corado de alegria, ouvindo o que Geir falava sem prestar atenção em muita coisa, porque eu já não era mais uma pessoa, era o que parecia, eu era uma criatura que flutuava pelo céu, acima do mundo e das coisas mundanas. Eu era o homem celeste. Ela era a mulher celeste, e juntos teríamos uma prole celeste. Mas depois veio a queda. O que havia de celeste passou, e outra coisa teve início.

Linda escreveu a respeito disso em um conto, dois amantes ficavam na cama, conversando juntos, uma vez a mulher tinha visto um pássaro estranho na infância, ela descrevia o pássaro para o homem, dizia que desde então nunca mais tinha visto um pássaro como aquele, e ele dizia que também tinha visto um pássaro como aquele na infância, porque com o homem celeste e a mulher celeste era assim, tudo estava muito bem amarrado e tudo fazia sentido. Mas no conto aquilo era o fim de alguma coisa, e a mulher comparava esse fim com o último dia em uma casa de veraneio, quando tudo é guardado, as janelas são fechadas e a porta é trancada. E foi assim mesmo. Tínhamos estado em um lugar repleto de luz, mas depois nos vimos em um lugar diferente. Ela tinha medo disso, porque era um lugar mais escuro. E, como tinha medo disso, ela tentava se agarrar a mim. Foi uma sensação nova, até então desconhecida para mim, e eu também senti medo. Começamos a discutir, e o apartamento dela, para onde eu tinha me mudado, tornou-se cada vez menor. Nossas discussões a transformavam no meu pai, porque eu tinha medo da voz alterada e da fúria repentina, eu não sabia como responder, eu me subordinava àquilo, e quando tudo passava eu estava sempre atento, tentando fazer com que ela se sentisse bem, procurando sinais que pudessem indicar o contrário, e foi essa subordinação, o fato de que eu sempre tentava alegrá-la e agradá-la, que tornou o nosso relacionamento cada vez mais difícil, porque ao mesmo tempo eu tentava me distanciar daquilo, conquistar a minha independência, tornar-me uma pessoa à parte, arranjar um apartamento à parte, e eu comecei a sentir a mesma fúria que ela durante as discussões, talvez uma fúria até maior, porque era de mim mesmo que eu precisava me libertar, das amarras dentro de mim. Ela ia para a escola, eu tentava escrever, nos fins de semana a gente tentava fazer com que as coisas fossem como tinham sido. Num domingo eu encontrei Geir e Christina em um restaurante, depois eu encontraria Linda, eu os convidei para ir junto, eles aceitaram, aos bufos Linda cochichou no meu ouvido que Geir tinha feito aquilo de propósito, será que eu não via que ele tinha feito de propósito?, ele queria arruinar o nosso relacionamento. Eu não entendi nada, nós dois passávamos juntos quase o tempo inteiro, será que aquilo não era o bastante para ela, será que não podíamos ficar ao lado de outras pessoas também?

Uma vez Geir tinha subido ao apartamento dela, a gente ia sair, ele ficou andando de um lado para o outro e olhando detidamente para tudo que havia lá dentro, como se quisesse demonstrar que podia lê-la como se ela fosse um livro aberto. Eu vi que Linda ficou brava, aquilo era uma provocação, mas eu não sabia o que fazer, devia ser possível ter um amigo e uma namorada sem que necessariamente uma coisa tivesse que arruinar a outra, não? Geir tinha crescido com uma mãe atormentada pela angústia, ela tinha perdido o pai ainda pequena e durante todo o resto da vida tinha mantido as pessoas próximas demasiado perto de si, e era mestre nisso, segundo Geir ela se valia de todos os meios disponíveis para atingir esse objetivo, e fazer as pessoas sentirem-se culpadas era um dos métodos mais brandos. Em função disso, o fato de que de repente começou a ser difícil me encontrar, o fato de que de repente eu precisava estar em casa o tempo inteiro, foi interpretado por ele de acordo com esse mesmo padrão. Geir tinha precisado se libertar, e por isso abominava tudo aquilo que estava relacionado à intimidade, tudo que dizia respeito a laços e a exigências. Ao mesmo tempo ele havia trazido Christina para junto de si. E Christina era parecida comigo em vários aspectos, ela era uma pessoa que aguentava até o fim e não desistia, que fazia as vontades dos outros, ao mesmo tempo que, como eu, era uma solipsista ou solitária, ela podia ser a última pessoa na terra e se dar por satisfeita com isso. Eu também. Em mim havia uma grande distância em relação às outras pessoas, ao mesmo tempo que eu era extremamente suscetível a elas, e muito propenso a deixar que me prendessem sem depois conseguir me afastar. Uma amizade não prende ninguém, porque se faz isso não é uma amizade. Mas um relacionamento prende, porque tem fundações mais profundas, nos sentimentos, enfim, no próprio centro da vida, e um relacionamento consiste nessa ligação; se as pessoas não estão presas uma à outra, não se trata de um relacionamento, mas de uma amizade. Quando eu assumia um compromisso em outro lugar, Linda me perguntava: e eu, você já pensou em mim, eu vou ficar sozinha, como vai ser? Mesmo quando estávamos sozinhos eu tinha recusado convites porque ela não conseguia ficar sozinha, e quando tivemos filhos essa dificuldade foi redobrada, porque a partir de então Linda precisava ficar sozinha com as crianças, e se eu me afastasse a responsabilidade seria minha, tanto pela solidão dela como pela lida com as crianças, e eu me tornaria um homem que abandona os filhos, um daqueles homens que só pensa em si mesmo e na carreira. Eu não queria nada disso, então eu recusava os convites e ficava em casa. Mesmo os passeios curtos ficaram mais difíceis, como por exemplo as duas horas de futebol que eu jogava aos domingos; quando Linda não estava bem, ela ficava brava comigo quando eu saía, era injusto que ela tivesse de ficar sozinha com as crianças, o fardo dela era injustamente pesado, ela não aguentava mais, estava exausta, realmente no limite do que podia fazer. Eu dizia que o futebol era a única coisa que eu fazia fora do apartamento. Eu nunca saía à noite, nunca ia ao cinema, nunca encontrava os meus amigos, eu estava junto com ela e as crianças o dia inteiro, e esperava ansioso durante a semana inteira por aquelas duas horas de futebol. Mas ela nunca fazia nada sozinha, ela dizia, não tinha esse luxo, de simplesmente sair por conta de uma coisa qualquer. Era um argumento ruim, porque eu podia dizer que não era por minha causa. Fique à vontade, eu dizia. Você pode passar três dias por semana fora de casa se quiser. Eu cuido das crianças sozinho. Não é nenhum problema. Vai dar tudo certo. Então às vezes ela dizia que para mim era mais fácil, porque as crianças exigiam menos coisas de mim do que dela e eu podia me sentar para ler o jornal mesmo com todas elas ao meu redor, enquanto no caso dela as crianças não paravam de puxá-la e de cutucá-la. É verdade, eu às vezes respondia, mas você acha que isso é um bom argumento? O que você está dizendo é que mesmo que a gente passe o mesmo tempo com as crianças, mesmo que a gente esteja em uma situação idêntica, o seu fardo é assim mesmo mais pesado, porque você está com as crianças de uma maneira distinta e um pouco mais exigente? É justamente isso o que eu estou falando, ela dizia. E o que vamos fazer, então?, eu perguntava. Eu vou ficar com as crianças setenta por cento do tempo e você trinta para que no fim pareça igual? Por mim tudo bem. Eu posso cuidar das crianças cem por cento. Posso cuidar delas o tempo inteiro. Não tem problema. E você sabe disso. Talvez não tenha problema para você, ela dizia, mas para as crianças tem. E assim ela mudava de assunto, e dizia que eu saía para jogar futebol aos domingos, quando as crianças não estavam no jardim de infância e nós devíamos fazer coisas todos juntos. É verdade, eu respondia, mas eu volto para casa ao meio-dia e depois a gente pode fazer coisas juntos durante o resto do dia. Além do mais, estávamos todos juntos durante os outros dias da semana também, a não ser pelas horas que as crianças passavam no jardim de infância, então aquelas duas horas não fariam mal nenhum. Mas a questão era outra, ela dizia, porque o nosso cotidiano era cheio de deveres, e nos fins de semana tínhamos a oportunidade de fazer coisas juntos, como uma família. Sem aquilo, pelo que entendi, não éramos uma família. E assim por diante. Às vezes eu ficava tão bravo que não ia ao futebol, para castigá-la, para deixá-la com a consciência pesada e mostrar como tudo podia ser ruim quando era feito por obrigação, mas não era ela que eu castigava, eram as crianças. Às vezes eu ia, apesar de tudo, e o preço era saber que eu era uma pessoa ruim que tinha traído a família e abandonado as obrigações, e ao voltar, na maioria das vezes, eu encontrava uma casa cheia de caos e de choro, como se Linda dissesse: veja, é assim que as coisas são quando você é egoísta. Num domingo desses, em que eu havia jogado futebol em meio a uma chuva leve por duas horas e estava me acomodando na bicicleta para voltar pedalando para casa, oprimido por esse simples pensamento, de voltar para casa, de repente me ocorreu, com uma força quase libertadora, que Linda não estaria em casa. Era a mãe dela que estava lá. E aquilo, o fato de que era um alívio chegar ao nosso apartamento quando a mãe dela, e não ela, estava em casa, foi o mesmo que dizer para mim mesmo que não havia mais jeito. Um homem não pode sentir-se mal ao voltar para casa. Eu precisava deixar Linda. Eu me sentia péssimo, não sozinho, mas com ela, e por que eu haveria de me sentir péssimo? Se estivesse apenas mal eu poderia me virar, mas péssimo? Havia épocas em que eu fazia praticamente tudo em casa, ao mesmo tempo que trabalhava, o que Linda não fazia, e tudo que ela dizia era que não dividíamos as coisas, porque, mesmo que eu fizesse a metade, a metade dela era mais trabalhosa. Mas além disso eu trabalho!, eu às vezes tinha vontade de gritar. Além disso eu sustento a casa! Linda também poderia fazer a mesma coisa, mas em função dos nossos três filhos ela tinha passado tanto tempo longe do mercado de trabalho que era praticamente impossível voltar. Essa era uma região sensível onde eu precisava tomar cuidado. Era verdade que Linda tinha passado os seis primeiros meses em casa com Vanja, mas nos seis meses seguintes eu havia assumido esse compromisso. Ela também havia ficado em casa com Heidi e com John, mas a essa altura já tínhamos vários filhos, e ela ocupava todo o tempo com o caçula, então havia coisas de sobra para mim, e como se não bastasse eu tinha o meu escritório em casa, o que significava que eu estava sempre disponível e acabava com um dia de trabalho de cinco horas, porque no fundo Linda não respeitava o que eu fazia. Eu não era um piloto ou um cirurgião com horários marcados e deveres claros a cumprir, eu era um escritor que tinha passado anos escrevendo sem chegar a lugar nenhum. Que Linda chamasse aquilo de investir na carreira era uma ofensa contra as pessoas de carreira. E que ela tivesse acabado fora do mercado de trabalho, e que naquela altura não conseguisse encontrar uma forma de voltar, como se tivesse sido posta à margem por uma sociedade de homens misóginos, tampouco era verdade, porque ao menos durante o tempo em que havíamos nos conhecido ela nunca tinha estado no mercado de trabalho. Ela era escritora e tinha formação como documentarista de rádio, mas o fato de que não tinha feito nenhum rádio-documentário desde a graduação não estava relacionado apenas ao fato de que tinha passado um tempo em casa, porque naquela altura as crianças já estavam no jardim de infância, e mesmo assim ela não tinha feito rádio-documentário nenhum. A vida ao lado das crianças exauria as forças dela, ela não conseguia trabalhar, mas nós dois passávamos o mesmo tempo com as crianças, e eu conseguia trabalhar. Seria um ardil feminino? Será que ela gastava mais energia para trocar uma fralda ou ir a uma pracinha do que eu? Linda achava que sim, e a despeito do que eu fizesse, a despeito do quanto eu me esforçasse, tudo era e continuaria a ser insuficiente. Essa frustração dominava a minha vida, e a vergonha correspondente também era grande, não era uma coisa que eu pudesse dizer para ninguém que eu conhecia, as pessoas não acreditariam em mim, não acreditariam que eu vivia um relacionamento no qual eu não podia jogar futebol duas horas na semana, e no qual mesmo os minutos que eu passava sentado na sacada para fumar um cigarro me eram negados por Linda, ou pelo menos eram um detalhe que ela usaria como argumento para dizer que eu só pensava em mim, porque ela não tinha aqueles minutos livres, ela tinha que estar o tempo inteiro no apartamento, enquanto eu a qualquer momento podia sair e fazer todas as pausas que eu quisesse. Me ver sujeito a essa situação, preso nessa situação, era humilhante para mim, não era um assunto que eu gostaria de discutir. A não ser com Geir. Ele ouviu tudo. Linda pressentiu tudo, claro, e deve ter imaginado que Geir havia me dado conselhos no sentido de seguir o meu próprio rumo, já que ele vivia uma vida completamente oposta, alçada muito acima dos pequenos deveres do cotidiano, porque o que ele dizia, o que ele passava o tempo inteiro me lembrando, era que o que contava era a angústia, e não Linda. A angústia devora as pessoas de dentro para fora, é maior do que qualquer um de nós, uma coisa monstruosa, impossível de aplacar, e ela devora também os relacionamentos, porque a única coisa que quer é que todos passem o tempo inteiro muito juntos e muito próximos.

— É a angústia, e não a Linda — ele me dizia. — A Linda é uma mulher inteligente, capaz e talentosa. Ela sabe de tudo isso. A minha mãe também ficava orgulhosa de mim quando eu me libertava. Ela também ficava orgulhosa quando eu pulava de paraquedas ou sumia para encher a cara. Era uma das facetas dela. Mas a angústia era bem maior. Ela se sentia aterrorizada e fazia todo o possível para me ter ao lado dela. Eu não podia ter nenhum tipo de consideração no que dizia respeito a esses sentimentos, mesmo que ela chorasse o bastante para encher uma banheira. Essa história toda foi um pouco além da minha empatia. Felizmente o meu pai não sofre de angústia. Na verdade, acho que ele nem sabe o que é isso. Eu nunca o vi preocupado ou com medo. Mas esses são eles dois. Eu não casei com a minha mãe e não tive filhos com ela. Eu podia ir embora, e essa era a coisa certa a fazer. Com você é diferente. Vocês são casados. Quando a Linda está bem, você pode fazer o que bem entender. Quando ela sofre com a angústia, ela precisa de você. Isso dilacera você. Mas você continua ao lado dela.

Era assim que ele falava. Para mim era bom ver a situação de fora, perceber as diferenças entre os nossos papéis e as nossas personalidades. Porque o tempo inteiro era Linda que estava lá, a pessoa por quem eu mais tinha me apaixonado em toda a minha vida, e com quem eu tinha três filhos incríveis, e que quando estava bem não via problema com nada, nessas horas ela era a generosidade em pessoa, pode ir, ela dizia então nas manhãs de domingo, meu lindo jogador de futebol, nós vamos ficar bem, talvez a gente vá à casa da Jenny ou da Bodil ou alguma coisa do tipo, talvez a gente vá dar uma volta no parque, será que você pode ligar quando estiver vindo para casa, assim a gente pode se encontrar e fazer uma coisa bem legal todos juntos? Se você não preferir trabalhar um pouco, claro? Quando ela estava bem, também não era problema nenhum se eu quisesse trabalhar, nesse caso ela escrevia enquanto as crianças estivessem no jardim de infância, e eu lia os escritos dela, sempre leves e exagerados como ela, e com as mesmas profundezas escuras, que eu em geral já não via mais, porque desapareciam em meio às tarefas cotidianas, mas que, quando eu as via, fosse nos escritos dela ou nela própria, quando estávamos juntos, fazia com que aquilo tudo que ela era desse a impressão de voltar de repente. Mas não havia nenhum equilíbrio entre essas duas grandezas na vida dela e na nossa vida, porque a frustração a respeito de uma delas só fazia crescer, eu vivia uma vida marcada por obrigações, e se essas obrigações eram internas ou externas não fazia diferença nenhuma para o meu sentimento, eram obrigações, eram deveres, não era o que eu queria, e esse não era o que eu queria tornou-se cada vez mais um não era o que eu podia. O limite estava cada vez mais próximo, e na verdade eu estava à espera do último fator decisivo. Em nossas discussões eu tinha começado a fazer essa ameaça, a de deixá-la. Nesse caso dividiríamos tudo exatamente pela metade, ela poderia ficar com as crianças cinquenta por cento do tempo, eu os outros cinquenta por cento, e ela teria de arranjar o próprio dinheiro, e eu o meu. Quando eu disse isso ela desabou, implorou para que eu não fizesse assim. Não vá embora, não faça isso. Eu não fiz, porque afinal eu sabia que isso destruiria a vida dela, como Linda faria para se virar sozinha? E então, quando a discussão acabava, sempre havia esperança. Sempre havia uma promessa de mudança.

A reação de Linda naquele dia em agosto de 2009, ao perceber o olhar que Geir tinha lançado para mim, estava relacionada a isso. O olhar de Geir tinha dito: eu entendo o que você quer dizer, Karl Ove. Ela está relacionando os emails com ameaças a si mesma, como vai ser para mim, como eu vou me virar, e a ideia subjacente é, como você pode fazer uma coisa dessas comigo. Linda reconheceu a minha perspectiva naquele olhar e sentiu-se desmascarada. Eu e Geir estávamos juntos contra ela. Não era nada disso, mas ela estava desmascarada, na medida em que eu havia contado muita coisa para ele. Aquilo não era uma traição, porque em um lugar ou outro eu tinha o direito de falar com uma pessoa de fora, mas eu senti como se fosse uma traição, porque havia se tornado visível. Também me ocorreu que ela devia estar reagindo ao fato de que eu havia deixado Geir exercer uma forte influência sobre mim, ao fato de que as opiniões dele haviam se tornado as minhas opiniões, e ao fato de que ele havia de certa maneira feito uma lavagem cerebral em mim, e ao fato de que a distância entre mim e Linda, surgida por causa da minha frustração, também estava relacionada a isso. Ao fato de que Geir cochichava no meu ouvido certas coisas a respeito da minha vida e do papel desempenhado por Linda que no fim me levariam a abandoná-la. Eu não sabia se ela realmente pensava assim, ou se era a minha paranoia que havia criado essa imagem, mas não havia maneira de descobrir, porque não podíamos falar sobre essas coisas, a não ser no ápice das nossas discussões, quando ela por exemplo gritava que não entendia por que eu não tinha ido morar com Geir, já que eu falava o tempo inteiro com ele no telefone, o que tão logo fazíamos as pazes, Linda chorosa, eu com a minha raiva petrificada no peito, ela dizia que tinha dito apenas da boca para fora. Na verdade ela gostava de Geir. Eu acreditava nela, porque finalmente, depois de sete anos, eu havia começado a entendê-la. Linda gostava dele quando estava bem, havia um exagero nela que lhe permitia ser pródiga com tudo, inclusive com os sentimentos que nutria em relação a mim, mas quando não estava bem a situação era muito diferente, porque nessas horas ela tinha medo de que tudo pudesse desaparecer, de que pudesse perder tudo aquilo que tinha, e esse sentimento era tão dominante que chegava a influenciar as ideias, as opiniões e os juízos dela. Então a bem dizer não existia nada além da angústia ou da alegria, nela grandezas tão enormes que eram capazes de transformar o bem no mal e o mal no bem em um piscar de olhos. Isso havia dilacerado tantas coisas que já não me importava mais, porque eu havia empregado tantas forças para enfrentar essa situação, para mim totalmente desprovida de sentido, que de repente não aguentei mais: ela chorava e se desesperava o quanto um ser humano é capaz de se desesperar, e eu simplesmente a encarava e dizia que não falaria com ela enquanto ela não parasse de chorar. Ela gritava comigo, eu dizia: você já acabou? E isso, o fato de eu não estar mais envolvido com aqueles sentimentos, de eu me colocar do lado de fora e simplesmente observá-los, fazia-a sentir ainda mais medo, e era um medo justificado, porque logo eu não aguentaria mais, eu estava no limite do que eu poderia suportar, porque eu estava tão distante da vida que eu gostaria de levar que mal conseguia pensar em outra coisa.

Depois vieram os emails, a pressão que os acompanhou, e de repente eu não estava mais de costas para ela e para a minha família, olhando para fora, eu me virei depressa, de um momento para o outro, dei as costas ao mundo e vi Linda e as crianças pela primeira vez em muito, muito tempo. Ela foi à casa de Helena, eu senti falta dela, porque precisava dela, precisava tê-la ao meu lado. Ver que tudo isso tinha sido destruído pelo olhar de Geir e por tudo que carregava me encheu de desespero, de repente eu senti como se fosse tarde demais, como se a dinâmica da queda tivesse continuado, mesmo que eu tivesse parado. Eu tinha parado tarde demais, eu tinha me virado tarde demais, aquilo continuaria descendo por conta própria. Esse era o sentimento que eu tinha quando segui Linda até o quarto naquela tarde de agosto de 2009, porque era mais, bem mais: eu tinha escrito toda a minha frustração, ela enchia um romance inteiro, um romance sobre nós, sobre ela e eu, e mesmo que de repente eu sentisse necessidade dela outra vez, mesmo que de repente eu quisesse tê-la outra vez, mesmo que de repente eu quisesse viver minha vida naquele lugar outra vez, o passado, a minha frustração e o meu anseio por estar em outro lugar logo se colocariam entre nós, porque logo ela haveria de ler o romance, que seria publicado em seguida.

Linda estava sentada na frente do computador quando eu entrei no quarto. O olhar estava fixo no monitor, como se ela estivesse profundamente concentrada, mas eu o reconheci, aquele era justamente um sinal do contrário, de uma conflagração interior que ela tentava ocultar.

— O que houve? — eu perguntei, me sentando na cama.

— Nada — ela disse.

— Mas então por que você veio para cá?

— Eu queria conferir os meus emails.

Pensei em me levantar e pôr a mão no ombro dela, mas eu sabia que ela reagiria ao gesto como se fosse uma coisa estranha, que simplesmente deixaria a minha mão lá, para me mostrar como estava distante de mim, em vez de, como faria em outra situação, já que as minhas demonstrações de afeto havia tempo eram poucas e sempre pareciam surpreendê-la, simplesmente aceitá-la.

Foi uma punhalada no coração. Eu havia negado a Linda a única coisa que ela realmente precisava.

— Foi o olhar do Geir que incomodou você? — eu perguntei.

Ela olhou depressa para mim, mas em seguida voltou a atenção mais uma vez ao monitor.

— Não, não mesmo — ela disse. — Não percebi olhar nenhum.

— O que foi, então?

Linda suspirou.

— Eu fiquei preocupada com aqueles emails. E estou vendo que você está totalmente obcecado com aquilo. Pensei apenas no outono que vamos ter pela frente. Se isso vai acabar com um processo judicial. Nesse caso não haveria vez para mais nada. E além disso você e o Geir estavam lá de certa forma... se jogando de cabeça no assunto.

— A gente não se jogou de cabeça — eu disse.

— Você perguntou o que era. Era isso. Eu não quero discutir esse assunto.

— Tudo bem — eu disse, me levantando. — Amigos?

Linda acenou a cabeça.

Coloquei a mão no ombro dela. Ela continuou sentada, imóvel.

— Vai passar — eu disse. — É só agora que está difícil. E eu não vou conseguir sem a sua ajuda. Não consigo lutar em duas frentes de batalha ao mesmo tempo. Eu acabaria em frangalhos.

— Eu vou dar o meu melhor — ela disse, olhando para mim e pondo a mão em cima da minha.

— Que bom — eu disse.

Njaal e Vanja chegaram correndo pelo corredor. Linda afastou a mão.

— Eu vou comprar o camarão — eu disse. — Você quer mais alguma coisa? Vinho, pão, limão, maionese, camarão.

— Maionese a gente tem, não tem? Na geladeira?

— Deve ser uma maionese muito velha — eu disse. — Vou comprar uma nova. Mas tem mais alguma coisa que você queira?

As crianças começaram a pular em cima da cama.

— Talvez aquelas frutas amarelas que eles têm por lá, sabe? — Linda disse. — Aquelas que são vendidas numas cestinhas. Eu não lembro o nome daquilo. Você sabe do que eu estou falando?

Fiz um gesto afirmativo com a cabeça. Em um lugar ou outro, Heidi devia estar se aborrecendo, pensei.

— Está bem — eu disse. — Acho que vou comprar sorvete e morango também.

— E compre picolé para as crianças.

— Está bem — eu disse, saindo ao corredor. Parei junto à porta do quarto das crianças; John estava dormindo de bruços com as pernas escarranchadas e a cabeça apoiada num dos braços, todo úmido de baba. Olhei para ele por dois ou três segundos e fui à sala, onde Heidi estava sentada no pufe, que Christina devia haver tampado, com uma boneca numa das mãos e um pente azul de brinquedo na outra.

— Heidi, você quer ir às compras comigo? — eu perguntei.

Ela balançou a cabeça.

— Ora, vamos lá! — eu disse. — Vai ser divertido.

— Eu já disse que não — ela disse.

— Tudo bem — eu disse com um sorriso, e então fui à sala de jantar, onde Geir lia no sofá enquanto Christina folheava um livro de fotografia do outro lado da mesa.

— Eu vou sair para comprar o camarão — eu disse.

— Eu vou junto — Geir disse, se levantando.

— Não precisa — eu disse. — Eu só vou comprar camarão.

Eu não queria que ele fosse comigo, assim passaríamos tempo demais juntos em vista daquilo pelo que Linda estava passando. Mas eu não podia dizer expressamente não. Geir teria que entender por conta própria.

— Vai ser bom dar uma volta — ele disse, olhando para Christina. — A gente precisa de alguma coisa?

— Acho que não — ela disse.

Linda se aproximou pelo corredor. Pela expressão do rosto e pela maneira como ela se movimentava, percebi que já não estava mais agitada.

Talvez ela e Christina pudessem conversar um pouco enquanto eu e Geir não estivéssemos em casa.

— Vou sair para fazer as compras, então — eu disse.

— Você pode levar a Heidi ou a Vanja junto? — Linda me perguntou.

— A Heidi não quis. Mas eu posso perguntar mais uma vez.

Enfiei a cabeça na porta.

— Coloque os sapatos. Vamos às compras.

Ela olhou para mim.

— *Måste jag?* — ela perguntou.

— Sim, precisa — eu disse.

— *Varför måste inte Vanja då?*

— Porque eu quero levar você junto. Vamos lá.

Ela se levantou e passou por mim, enfiou os pés nas sandálias e se postou junto à porta enquanto eu calçava os sapatos, batia no bolso de trás da calça para me certificar de que o pequeno porta-cédulas com os meus cartões, ou como quer que fosse que aquilo se chamasse, estava no lugar, passei a mesma mão na parte interna do bolso da frente, avolumado pelo ninho de metal formado pelas chaves, peguei os meus óculos na chapeleira e abri a porta.

Heidi teve vergonha de Geir no elevador e ficou olhando para o chão. Ela às vezes ficava com vergonha de mim, também: se eu encontrava os olhos dela e sorria, podia acontecer de ela desviar o rosto, tímida e com um pequeno sorriso nos lábios. Heidi não se envergonhava praticamente nunca em ocasiões sociais, nas quais desde o início havia se mostrado destemida, mas apenas em situações opostas, ou seja, íntimas, quando recebia toda a atenção de uma única pessoa. Com Vanja era o contrário, ela era receptiva à atenção de uma única pessoa, apreciava e cultivava aquilo, enquanto em situações mais sociais parecia tímida e introvertida.

A timidez é um mecanismo de defesa, e o interessante é que serve para proteger diferentes coisas. Essas coisas deviam ser protegidas porque eram particularmente frágeis ou porque eram particularmente valiosas?

Também era interessante notar que as duas se protegiam desviando o olhar, baixando a cabeça, virando-se de costas. A timidez estava diretamente relacionada ao olhar, e era sempre o olhar que acabava escondido. Elas respondiam se alguém lhes dirigisse a palavra, mas respondiam olhando para baixo. Mas o que era aquilo contra o que se protegiam, oculto no olhar? Não era o fato de serem vistas em si, porque o corpo delas continuava presente, mas era o fato de serem vistas como as pessoas que eram, e isso estava no olhar. Alguém que elas não conheciam poderia ver dentro delas. E aquilo que estava dentro delas, cuja entrada se dava através do olhar, era o que queriam esconder. Os filhotes de animal se comportavam de outra forma; se você entra num lugar onde estão filhotes de gato, por exemplo, eles tentam esconder o corpo, porque é o corpo que está exposto, que pode ser morto e devorado. Talvez o instinto das crianças em relação ao desconhecido seja o mesmo, porém mais refinado, transferido do físico para o social, do corpo para a alma, que estremecia de medo com a simples ideia de ser alcançada.

Quando chegamos ao primeiro andar, Geir abriu a porta do elevador, Heidi pegou a minha mão e percorremos os poucos metros até a porta do prédio, que se abriu devagar por conta própria, com um rumor quase imperceptível, porque os sons da rua, de carros que passavam no cruzamento, de vozes das pessoas que estavam sentadas nas cadeiras em frente ao restaurante chinês de fast-food com uma caixinha de macarrão ou de arroz, e das vozes e passos das pessoas que caminhavam para um lado ou para o outro na cidade, abafavam-no.

— Vamos por lá — eu disse, apontando para a diagonal oposta da praça. O dia estava quente, e o sol erguia-se enviesado acima do Hilton com uma cor um pouco mais intensa, como se o amarelo estivesse um pouco mais escuro em relação a horas antes no mesmo dia.

— Eu me sinto bem aqui em Malmö — disse Geir. — Gostaria de morar aqui.

— Então se mude — eu disse.

Ao meu lado, Heidi deu um pulinho. Eu apertei a mão dela duas ou três vezes, e ela me olhou e sorriu.

— Para isso a gente precisa de dinheiro. E o dinheiro é um artigo em falta, como você sabe.

— É muito mais barato aqui — eu disse.

— É verdade — ele disse. — Mas nesse caso precisamos trocar de apartamento, e não comprar, e isso está fora do nosso alcance.

— É — eu disse.

Descemos os degraus e atravessamos a praça em frente ao chafariz, avançamos pela rua onde os táxis e ônibus passavam e entramos na primeira rua à esquerda, onde ficava a loja aonde íamos. A loja chamava-se [Delikatessen], e além de camarões vendia lagostas, ostras, mexilhões, peixes e caranguejos, e também carnes de fornecedores cuidadosamente selecionados, tanto de aves como de caça e também cortes maturados de gado, e queijo, bem como tudo mais que se pode associar a uma boa refeição, como azeites exclusivos e vinagres de vinho tinto e branco, azeitonas, especiarias, flores de sal da França, pães rústicos e baguetes recém-assados. Nas manhãs de sábado o lugar estava sempre cheio, era quando a burguesia de Malmö, que eu imaginava serem aquelas pessoas, saía às compras para as festividades da tarde, mas naquele momento, quando entramos pela porta, o lugar estava completamente vazio, a não ser por dois funcionários com chapéus de cozinheiro e aventais brancos que preparavam a loja para o movimento da tarde, pelo que eu podia ver.

— Eu quero sentar aqui — disse Heidi, apontando para as altas cadeiras de bar ao redor de uma mesa junto à vitrine.

Eu puxei uma das cadeiras e a levantei ao mesmo tempo que acenava a cabeça para um dos funcionários, que já havia se postado em posição de largada atrás do balcão de vidro.

— A gente quer um pouco de camarão — eu disse.

— Claro — ele disse. — Quanto você pensa em levar?

— Estamos em quatro adultos e quatro crianças — eu disse. — As crianças não comem muito, então talvez dois quilos e meio ou três? Algo assim?

— Eu acho que dois quilos e meio chega — ele disse, pegando um saco branco de uma pilha que ficava na parte interna do balcão com uma das mãos e a colher que parecia um bartedouro com a outra.

— Vamos de dois quilos e meio generosos, então — eu disse.

— Tudo bem — ele disse, e então começou a pôr os camarões no saco enquanto eu lançava um olhar para Heidi, que estava sentada com as duas mãos em cima da mesa, olhando para o atendente. Geir estava com as mãos nas costas em frente ao balcão de queijos.

Fui até Heidi, coloquei-a no chão e a levei até o balcão enquanto o atendente punha o saco na balança reluzente. A seta subiu até um quilo e meio e por um instante ficou lá, tremendo.

— Você está vendo as lagostas ali? — eu perguntei. — Elas moram no fundo do mar.

— Eu sei — ela disse.

— Elas não são bonitas? — eu perguntei.

Heidi fez um gesto afirmativo com a cabeça.

Tiradas das profundezas do mar e colocadas lá, com aqueles olhinhos de pimenta-do-reino e as longas garras cozidas e vermelhas.

— O que é aquilo? — Heidi perguntou, referindo-se às redinhas plásticas vermelhas com mexilhões expostas em cima de uma camada de gelo quebrado.

— São mexilhões — eu disse.

— Quê? — ela disse.

— *Musslor* — eu disse. — *Blåmusslor.*

— Eles estão vivos?

— Estão.

— Mas eles não têm olhos! — ela disse.

— Não — eu disse. — As conchas são a casa deles. Eles nascem lá dentro.

O atendente pôs o segundo saco na balança. Pesava 1,3 quilo. Ele tinha uma precisão impressionante, eu pensei, colocando Heidi no chão e indo até o caixa, que ficava no balcão do outro lado da pequena loja.

— Mais alguma coisa? — ele perguntou.

— Talvez um pouco de pão. Uma daquelas baguetes. E também um daqueles, talvez, eu disse, apontando para um dos grandes pães que mais pareciam uma pedra.

— É para já — ele disse, pondo cada um num saco à parte. Peguei meu cartão no bolso de trás da calça.

— Você lembra de mais alguma coisa? — eu perguntei a Geir.

— Não — ele disse. — A não ser que a gente vá comer *crème brûlée* de sobremesa.

Eu balancei a cabeça.

— Vamos ter frutas e sorvete.

— Como de costume — ele disse.

— Você está começando a se cansar disso? — eu disse, olhando para o atendente, que digitava na máquina registradora.

— Eu? Não. Eu sou um tradicionalista. Quem me dera comer uns daqueles biscoitos que você costumava comprar.

— Não vendem aqui em Malmö. Era um negócio de Estocolmo.

— Essa não — disse Geir.

O atendente me disse o total.

— Tudo bem — eu respondi, enfiando o cartão no leitor. Digitei a senha, que já não era mais 0000, embora ainda fosse quase tão fácil quanto, já que consistia dos quatro números no alto e à direita do teclado, ou seja, 2536, peguei as duas sacolas que o atendente me entregou, esperei a confirmação de que a transação havia sido aprovada no mostrador da maquininha, tirei o cartão e o guardei no porta-cédulas minúsculo enquanto o atendente pegava a nota fiscal e a entregava para mim.

— Até mais — eu disse, guardando-a no bolso de trás, que funcionava como uma espécie de arquivo para as minhas notas fiscais.

— Até mais — ele disse.

— Venha, Heidi — eu disse, ela ainda estava em frente ao balcão de crustáceos olhando e de repente disparou na minha direção, pegou minha mão e saímos para a rua, onde o ar em meio aos prédios de quatro andares estava quente e estagnado.

— Para onde vamos agora? — Geir perguntou.

— Comprar bebidas no Systembolaget. E depois vamos ao Hemköp — eu disse.

— Você não precisa gastar todo o dinheiro que tem com a gente — disse Geir.

— Não tem problema — eu disse. — Além do mais, eu gosto de gastar dinheiro. Quanto mais, melhor.

— Eu sei — ele disse.

— Não é mais que uma salsicha na época do abate — eu disse. — Lembro que a minha mãe costumava dizer isso quando saíamos para fazer as compras de Natal e eu queria uma coisa qualquer. Ela sempre teve pouco dinheiro, mas se eu precisava de alguma coisa, como roupas, por exemplo, na época de colegial ou quando eu estava na universidade, eu sempre ganhava dinheiro. Nunca entendi direito. Se ela não tinha dinheiro, como de repente arranjava dinheiro para essas coisas? Hoje eu entendo. O dinheiro é uma grandeza relativa. Uma coisa extremamente vaga. Quando eu compro roupas para as crianças eu faço logo uma pilha, afinal elas precisam de roupas. E então eu aproveito e já compro uns CDs, porque eu preciso de música enquanto escrevo, é da minha escrita que vem o dinheiro. Ou então compro sapatos incríveis que custam milhares de coroas. O que acontece é que de repente eu não tenho mais dinheiro na conta, ou então tenho muito pouco. Nessas horas eu vasculho todos os bolsos e todos os armários e prateleiras e junto tudo que eu encontro pela frente, ou então devolvo uns cascos ou coisa parecida, e então compro leite, pão e espaguete e não pago as minhas contas. Umas semanas depois chega um aviso de cobrança, e se tenho dinheiro eu pago, se não tenho, espero mais um aviso. Não faz muito tempo que alguém tocou na nossa porta com uma cobrança de dívida que eu tive que assinar. Depois chegou um pedido de penhora. Mas já tinha se passado tanto tempo que eu tinha dinheiro e pude pagar. Eu nunca penso nas roupas das crianças ou nos meus CDs em relação à nossa falta de dinheiro, ou às leis de penhora, para mim é como se fossem coisas totalmente distintas.

— A gente nunca conseguiria viver assim — disse Geir. — Na nossa casa tudo é feito com organização e planejamento.

— Não me espanta — eu disse. — Assim tudo fica bem mais fácil. É difícil viver sem nenhum tipo de ordem.

Voltamos à praça, e Heidi soltou a minha mão para correr até o chafariz. Eu e Geir a seguimos.

— Não tenho bem certeza — ele disse. — Eu gostaria muito de não dar a mínima para essas coisas. Mas não consigo.

— Mais ou menos. Você não quer — eu disse.

Heidi tinha largado uma embalagem de sorvete na superfície, e o papel ficou ondulando nas marolas formadas pela água que escorria. Eu reconheci o papel, era o papel do sorvete que se chamava Strawberry não sei das quantas. Strawberry Delight? Strawberry Dream? Um sorvete cor-de-rosa coberto por uma camada de chocolate.

— Querer é precisar querer, como o Ibsen disse — disse Geir.

— Agora é importante calar a boca!, como ele também disse. Mas existe um ditado no qual eu acredito. Ou melhor, não é bem um ditado, mas uma superstição. Que é um bom sinal perder dinheiro, quer dizer que você vai ganhar ainda mais. Eu acredito nisso com todas as minhas forças. Quanto mais você aperta a economia, mais estreitos tornam-se os canais por onde o dinheiro corre. Se tudo fica aberto, há lugar para todos.

— Se um dia você ganhar o Prêmio Nobel, com certeza não vai ser em economia — ele disse.

— Mas essa não é uma teoria ruim, ou por acaso é? Eu acho que podia dar em alguma coisa! Escrever sobre os sentimentos da economia, não sobre a matemática da economia.

— Você é a pessoa mais otimista que eu conheço — ele disse. — Um otimista deprimido. Esse é você.

— Não tem nada a ver com otimismo. Trata-se de aceitar uma situação. As coisas são como são. Ou você tem dinheiro, e então pode comprar, ou você não tem dinheiro, e então não pode comprar.

— Mas você agora mesmo estava falando sobre as coisas que você compra quando não tem dinheiro.

— Mas eu tenho! Se eu tivesse guardado para quitar as contas que vencem em uma semana eu não teria.

Heidi arrastou o papel de sorvete por toda a volta do chafariz. Quando ela reapareceu do outro lado, chamei-a com um gesto.

305

— Venha, a gente tem que ir — eu disse.

— Eu me molhei — ela disse.

— Já vai secar no sol — eu disse, pegando-a pela mão e seguindo em frente bem na hora em que um ônibus de dois andares parava em frente à entrada do Hilton.

— Me lembro do sentimento incrível que eu tive em Bergen quando descobri um caixa eletrônico que não tinha contato com o meu banco, porque assim eu podia sacar dinheiro mesmo sem ter limite. Foi como o Natal. Ou quando alguém inesperadamente me emprestava duzentas ou quatrocentas coroas.

— Para não falar de vinte mil.

— Eu vou pagar você de volta quando receber o adiantamento. Fique calmo.

Eu tinha pegado vinte mil coroas emprestadas de Geir, de uma poupança que ele tinha, mas nunca movimentava, porque estava reservada para tempos difíceis. Linda tinha pedido um empréstimo do mesmo valor para os amigos dela, que também faziam essas reservas para o futuro. Quando Linda e eu abrimos uma conta conjunta, agendamos uma transferência automática para uma poupança uma vez por mês, porém o saldo era sempre baixo demais para que a transferência pudesse ser concluída ou então gastávamos tudo já no mês seguinte.

Linda queria muito que tivéssemos uma poupança para o nosso futuro e para o futuro dos nossos filhos. Isso tinha um valor simbólico muito grande para ela. Era assim que as famílias direitas faziam, e ela queria acima de tudo que a nossa família fosse uma família direita. Os sonhos românticos de Linda diziam respeito a coisas triviais.

Paramos em frente ao cruzamento. Junto ao Hilton, os aposentados do ônibus começavam a se deslocar pela calçada. Um homem obviamente americano desceu a Södra Förstadsgatan com o motor roncando. Em Arendal, nos anos 1970, os americanos eram os mais durões entre todos os durões. Mas em Malmö pareciam simplesmente estranhos, pessoas que não tinham entendido nada do que se passava no mundo e que tinham orgulho de se mostrar assim mesmo para que todos pudessem ver.

— A Linda tem razão também — eu disse. — Mesmo que eu saiba que você acha que não. Mas se essa história toda for um inferno para mim, vai ser um inferno para nós todos.

— Por que eu acharia que não?

Dei de ombros.

O sinal ficou verde e começamos a atravessar a rua desapressadamente em meio ao pequeno fluxo de pessoas.

— Eu vi como você me olhou quando ela começou a falar sobre como seria ruim para ela — eu disse. — Era naquilo que eu estava pensando.

— Eu olhei de um jeito especial para você naquela hora?

— Si-im. Foi um olhar muito eloquente.

— Você acha mesmo que eu lançaria um olhar eloquente a você sobre um assunto relacionado à Linda na frente dela? Nunca me ocorreria uma coisa dessas.

— Eu vi o que vi — eu disse, soltando a mão de Heidi e secando a palma na perna da calça, e então pegando a mão dela mais uma vez. — E acho que ela também viu. Foi por isso que ela saiu de repente.

Abri a porta do Systembolaget, dei-lhe um empurrão extra para que Geir também pudesse entrar, peguei um dos cestos cinzentos com alças pretas e atravessei a pequena cancela eletrônica enquanto observava os letreiros para descobrir onde ficava o vinho branco.

— Claro que eu entendo que não vai ser nem um pouco divertido para ela se a Noruega inteira odiar você e se você tiver que responder a um processo no tribunal como se fosse um canalha qualquer. Mas, apesar de tudo, a pessoa mais atingida não vai ser ela. Nesse sentido você tem razão em relação ao que eu penso.

— Papai? — disse Heidi.

— O que foi? — eu disse.

— *Är det läsk?*

Heidi estava apontando para um expositor redondo e giratório onde, entre outras coisas, estavam garrafas de Jäver, a cerveja sem álcool.

— Não, não é refrigerante — eu disse. — É cerveja. *Vil du ha läsk?*

Heidi fez um aceno de cabeça.

— Então vamos comprar no Hemköp. Tudo bem?

Ela fez mais um aceno de cabeça. Paramos em frente às prateleiras de vinho branco, que estavam organizadas por faixa de preço, com os vinhos mais baratos à direita, e vinhos cada vez mais caros à medida que se caminhava para a esquerda. Para mim era ótimo; eu não entendia nada de vinho, quando tínhamos visita eu simplesmente pegava uma garrafa do meio, um pouco mais para a esquerda, e torcia pelo melhor.

Coloquei três garrafas de *chablis* no cesto e olhei para Geir.

— Você acha que chega?

— Claro.

Olhei ao redor, procurando os conhaques. Vi que estavam numa das prateleiras perpendiculares mais próximas ao caixa, fui até lá, deixei meu olhar correr por todos os rótulos, sem me lembrar da diferença entre os diferentes graus de qualidade, expressos por aqueles X e O, e simplesmente coloquei no cesto uma garrafa pequena de uma marca que eu nunca tinha provado antes de entrar na fila atrás de um homem de cerca de cinquenta anos que emanava aquela mistura característica de esportividade, que uma camisa polo e uma bermuda cáqui podem conferir a um corpo bronzeado, e alcoolismo, que os traços desgastados do rosto e os olhos pálidos insinuavam de maneira inconfundível. Ele estava comprando duas caixas de vinho branco.

— Primeiro vieram os vulcões, depois os dinossauros — disse Heidi.

— É isso mesmo! — eu disse.

— E depois vieram as pessoas.

— É.

— Mas os dinossauros não sabiam que se chamavam dinossauros.

Eu olhei para Heidi. Ela estava olhando para um homem numa cadeira de rodas que esperava na outra fila com um cesto no colo. Aquilo tudo soava como algo que eu poderia ter dito. Mas eu não lembrava de ter dito.

— Quem foi que disse isso? — eu perguntei.

— O quê? — ela disse.

— Essa história dos dinossauros.

— Ninguém. Por que aquele homem está sentado numa cadeira? Ele está doente?

Da última vez em que havíamos voltado de Jølster para casa na época de Natal, Heidi tinha ficado muito doente no caminho, e quando chegamos ao aeroporto de Flesland ela estava com tanta febre que tivemos de pegar uma cadeira de rodas para ela. Ela ainda falava de vez em quando sobre o que tinha acontecido. Tinha sido uma das circunstâncias marcantes na vida dela.

— Não sei — eu disse, pondo o cesto no pequeno espaço na ponta do caixa enquanto o homem à minha frente colocava o separador na esteira, depois da última caixa dele.

— Pensando melhor, camarão não deve ser grande coisa para você — eu disse para Geir, que estava indo para o outro lado do caixa, sem dúvida para guardar as garrafas de vinho, que já deslizavam pela esteira, na sacola que as acompanhava. — Afinal, é isso que você come o tempo inteiro em Hisøya quando está por lá.

— Só agora você foi pensar nisso? — ele disse.

— Você vai pagar com cartão? — me perguntou o caixa.

— Vou — eu disse.

— Seiscentas e doze coroas — ele disse.

— É, foi um pouco de burrice mesmo — eu disse, inserindo o cartão no leitor. — Mas você podia ter falado.

— A gente veio até aqui para estar com vocês. Você podia nos oferecer cebola cozida e daria na mesma. Pelo amor de Deus, cara.

Duas pessoas da fila começaram a olhar para nós.

Eu não gostei daquilo e me virei um pouco mais, para que só vissem as minhas costas.

Estávamos falando norueguês, devia ser esse o problema. Isso se não achassem que éramos um casal gay passeando com a filha tida graças a uma barriga de aluguel. Ou então com a nossa sobrinha. Afinal, os casais gays tinham um relacionamento próximo com as sobrinhas, não?

— Obrigado — disse o caixa.

Mas por que as pessoas pensariam isso?

Tudo bem que eu parecia um idiota com a minha barba e os meus cabelos compridos. Eu parecia um músico de heavy metal falido perto dos quarenta anos. Ah, o rosto flácido, as bochechas gorduchas, os sulcos profundos e uma barba desgrenhada.

Heidi de repente se espremeu contra as minhas pernas. Eu olhei ao redor. Havia um velho terrier junto à parede, preso ao pé de uma cadeira.

— Não tem perigo — eu disse. — Venha para este lado e vamos passar.

Ela fez como eu havia pedido. Assim que saímos da loja ela mudou outra vez de lado.

Andamos ao longo das lajes ensombrecidas da calçada, em meio ao ar quente que parecia ainda mais quente depois do ar-condicionado no interior do Systembolaget, e saímos à luz do sol por uma travessa ladeada por árvores decíduas. As árvores eram invisíveis da mesma forma que todos os carros estacionados, eram coisas às quais em geral ninguém prestava atenção, a não ser pelos dias no fim de abril e no início de maio, quando todas davam flores e pareciam estar brancas de neve.

Minha angústia de repente intensificou-se, foi como se entrasse por todas as extremidades do meu corpo e se concentrasse na barriga, e eu olhei para Heidi, que andava ao meu lado com os passinhos curtos, e olhei para as vitrines do shopping center do outro lado. Aquilo era doloroso demais, terrivelmente doloroso. Era como se tudo tivesse se dissolvido. Mesmo que eu soubesse de onde aquilo vinha, de tudo que eu havia escrito e da reação à minha escrita, eu não sabia por que os sentimentos eram tão intensos, era como se tivessem se desprendido daquilo que lhes havia dado origem para viver uma vida própria. Era a anatomia da culpa. A culpa dava uma certa coloração a tudo, espalhava-se como uma nuvem no corpo, como se trouxesse em si a queda, e tudo ao redor, tudo que via e tudo que pensava, também passava a trazer em si a queda. A culpa não podia mais ser traçada de volta ao que eu havia feito de horrível, mas governava por direito.

Passamos em meio aos cartazes de promoção em um dos lados da calçada e os suportes de bicicleta no outro, e entramos na loja, onde no lado direito havia um balcão forrado de papelão com o nome de uma companhia telefônica, 3, com dois jovens por volta dos vinte anos que tentavam chamar a atenção das pessoas que passavam e perguntavam que companhia de telefone elas usavam. Quando falaram comigo eu balbuciei qualquer coisa para dispensá-los, mas não gostei de fazer aquilo, eles tinham uma energia infinitamente jovem e positiva, enquanto a minha era contrariada e negativa. Quem eram aqueles?, Vanja costumava perguntar nessas ocasiões. O que eles disseram? O que eles queriam?

De repente os dois estavam lá, falando com uma mulher de uns cinquenta anos, e nós pudemos passar sem mais obstáculos e entrar no grande espaço que tinha de um lado os caixas e do outro uma combinação de quiosque, fliperama e agência de correio. Peguei um cesto e passei pela cancela com Heidi, que olhou para o monitor de televisão afixado no teto, por onde nós dois passávamos.

— Você quer uma banana? — eu perguntei.

Ela fez um gesto afirmativo com a cabeça, largou a minha mão e ficou olhando para a reação do monitor enquanto levantava primeiro uma mão e depois a outra. Peguei uma das velhas bananas com a casca sarapintada de marrom que haviam colocado para as crianças em uma pequena caixa ao lado das bananas normais, firmes e amarelas, descasquei-a e a entreguei para ela.

— Precisamos comprar limão, maionese, refrigerante e água mineral — eu disse.

— Não se esqueça do sorvete e das frutas — disse Geir.

— É verdade — eu disse.

— Parece que você não está muito bem agora — disse Geir.

— Dá para notar?

Geir riu.

— Você parece atormentado.

— Está tudo bem — eu disse. — O problema é que eu não quero nada disso. Não quero provocar ninguém. Não quero afrontar ninguém. Não quero destruir a vida de ninguém.

Guardei cinco limões em um dos sacos fumês, que subordinou-se a eles e perdeu a coloração suave para dar lugar ao amarelo das frutas nos lugares em que se avolumavam contra o plástico, revelando até mesmo os poros da casca.

— Eu sei — disse Geir. — Mas agora você já fez tudo isso.

— É doloroso — eu disse, olhando para Heidi. — Filha, venha para cá!

Ela veio, pôs a mão na minha e foi andando ao meu lado pela loja, passando em frente ao balcão da peixaria e ao balcão de rotisseria, queijaria e fiambreria, cheio de queijos com o tamanho de uma pedra de *curling* e salames que mais pareciam tacos de beisebol, em frente à ilha de pães, ao longo da orla de pacotes de bolacha e seguindo até a encosta íngreme de engradados de refrigerante, onde coloquei duas garrafas de um litro e meio de água mineral Loka, uma com sabor de limão, outra sem sabor, no cesto, e também quatro garrafas de vidro de Fanta.

— Não adianta você dizer que eu não fiz nada de errado — eu disse. — Eu posso dizer isso para mim mesmo. Eu escrevo sobre mim e sobre a vida com o meu pai, o que pode haver de tão horrível nisso? Eu me digo isso. Mas não adianta nada. É como se não dissesse respeito ao assunto. Os argumentos não ajudam. Os argumentos jurídicos não ajudam. Os argumentos literários não ajudam. Eu ultrapassei um limite, e sinto isso no meu corpo.

— Se a sociologia tivesse compreendido isso, talvez a disciplina tivesse futuro — disse Geir.

— Se tivesse compreendido o quê? — eu perguntei, olhando alternadamente para os tubos de maionese, que me lembravam da minha infância, e para os vidros de maionese, que eram um pouco mais sofisticados.

— Os limites da esfera social, que a regulam e que possibilitam a vida em sociedade, não são abstratos. Não são pensamentos. São concretos, como você está dizendo. Se você ultrapassa os limites sociais, você se machuca. É isso que você está percebendo.

— Percebendo? Caralho, eu sinto como se tivesse matado outra pessoa. Não apenas isso, eu sinto como se tivesse matado uma pessoa próxima. Esse é o meu sentimento. De que aconteceu uma coisa para a qual não existe conserto.

Olhei ao redor. Heidi tinha desaparecido.

— Vidro ou tubo? — eu perguntei. — Original ou light? Francesa ou sueca?

— Pegue um de cada — ele disse. — Um tubo de maionese sueca light e um vidro de maionese francesa original.

— Genial — eu disse. — Essa ideia nunca tinha me ocorrido.

— Onde está a Heidi? — Geir perguntou.

— Ou na seção de sorvetes, ou então na de bichos de brinquedo.

Fomos até o corredor mais ao fundo. Uma criança gritou em algum lugar, mas era um bebê de colo, com no máximo seis meses de idade. Quando demos a volta no corredor eu olhei para a frente. Lá estava Heidi, como eu havia imaginado, com um bicho de brinquedo nas mãos, um daqueles que apitam ao ser apertados, e ela logo tratou de apertá-lo.

— Venha, Heidi — eu disse. — Vamos pagar e ir embora.

Ela largou o bicho e veio correndo na nossa direção.

— Podemos ter um coelhinho? — ela perguntou.

— A gente já teve um coelhinho — eu disse. — Não deu muito certo.

— Mas a gente pode ter outro, né? — ela perguntou. — Um mais bonzinho?

Eu ri.

— Você tinha medo dele — eu disse.

— Nã-ão. Eu não tinha medo.

— Um pouquinho — eu disse.

— Não.

— Vamos pensar — eu disse.

Tínhamos arranjado o coelho com uma das funcionárias do jardim de infância. Foi Linda quem o encomendou. O coelho e a gaiola foram entregues no nosso apartamento e colocados no fundo da cozinha. O coelho tinha medo, e nós também. Ninguém tinha coragem de tirá-lo da gaiola. John enfiou um monte de coisas lá dentro. Dois dias mais tarde precisamos devolvê-lo. Eu torcia para que a experiência não tivesse deixado nenhuma marca em Vanja e em Heidi. Dissemos a elas que pegaríamos o coelho emprestado para ver como seria, então quando o devolvemos a derrota não foi completa, como tinha sido com os nossos peixes de aquário, que morreram um atrás do outro ao longo da primavera.

Era doloroso pensar naquilo. As coisas que fazíamos haviam de ser a infância delas.

Parei em frente ao balcão de sorvetes, peguei um Carte d'Or com baunilha de verdade, ou seja, com pedacinhos pequenos e pretos, que no sorvete amarelo tinham a forma de pequenas farpas, de vagem de baunilha, e o coloquei no cesto. Olhei para Heidi.

— Você pode escolher um para vocês. Lá, naquele — eu disse, apontando para o outro balcão, onde ficavam os picolés. — Olhe para aquela placa. Qual que você quer?

Heidi deixou o olhar correr de um lado para o outro, por todos os picolés.

— Esse — ela disse, apontando para um Piggelin. — Não, esse — ela disse, apontando para um picolé de chocolate Daim.

— É o maior picolé de todos — eu disse. — Você tem certeza?

Ela fez um gesto afirmativo com a cabeça, e eu coloquei três picolés de chocolate Daim em um sanduíche de sorvete no cesto.

— Pronto — eu disse. — Agora vamos pagar.

— Frutas? — disse Geir.

— Eu compro em frente ao apartamento. As frutas são mais baratas lá. E também melhores.

Entramos na fila, onde estavam talvez dez pessoas. Depositei o cesto no chão.

— Esperem um pouco aqui — eu disse. — Esqueci dos biscoitos.

Caminhei depressa até o outro lado da loja, procurando o corredor de biscoitos, devia haver umas cinquenta marcas diferentes lá, mas nenhum dos biscoitos com bordas onduladas que eu queria, pelo menos eu não encontrei nenhum. Do outro lado, talvez? Lá, na parte mais baixa de uma prateleira para onde eu nunca tinha olhado antes, colocada noventa graus em relação à outra, mas separada por uma passagem de dois metros de largura, estavam os biscoitos belgas em embalagens de papelão azul e branco que até então eu só tinha visto em Estocolmo.

Perfeito.

Peguei duas caixas na mão e voltei depressa para a fila do caixa, onde Geir e Heidi estavam no sexto lugar.

— Seu dia está salvo — eu disse, largando as caixas no cesto. — Waffel belga!

— Agora eu fiquei contente — ele disse.

Peguei o cesto e o segurei na mão enquanto avançávamos devagar, passo a passo; por nada no mundo eu queria me acabar como uma daquelas pessoas que empurram o cesto no chão com o pé enquanto leem um jornal que não compram, mas põem de volta no mostruário quando chega a vez delas. Peguei quatro lâmpadas da prateleira junto ao caixa; me ocorreu que aquela que ficava do lado de fora da cozinha tinha queimado, e também a que ficava acima do vaso, no banheiro.

Heidi se esgueirou até o outro lado do caixa antes da nossa vez, subiu na pequena prateleira que os clientes usavam para largar as sacolas já cheias enquanto terminavam de empacotar as compras e olhou para mim, para ver se eu faria um gesto negativo com a cabeça. Eu não fiz, e assim ela sentou-se e olhou para as compras do estranho, que passavam em meio à enchente de mercadorias na esteira preta e por fim deslizavam pelo metal imóvel, empurradas pelas mercadorias que vinham logo atrás, em um padrão de movimento que lembrava aquele que os gravetos e objetos plásticos descrevem nas pequenas lagoas ao fim de uma corredeira, embora mais lento.

O homem largou o separador em cima da esteira, aquele era o sinal de que a pista estava livre, então coloquei o cesto no lugar designado para esse fim e comecei a pôr as nossas compras uma por uma na esteira; as garrafas de pé, para que pudessem ser escaneadas com maior facilidade, porém o movimento as levou a balançar e em seguida a cair uma contra a outra, como dois amigos bêbados. O caixa era o rapaz com voz estranha e bengala, ele mal olhou para mim ao dar um "oi" mecânico. Tentei dar um pouco de sinceridade no meu "oi", baseado na ideia vaga de que aquilo poderia conferir à situação dele, a toda aquela realidade da esteira rolante, um toque humano, mas não levei em consideração minha linguagem corporal introvertida e desinteressada, que apagou por completo a ternura na voz.

— Oi — eu disse, pegando o meu cartão Visa.

— Cento e sessenta e cinco e noventa — ele disse.

— Tudo bem — eu disse, e então vi a parte superior do cartão da Hemköp, que eu tinha passado dias sem usar, tirei-o do porta-cédulas e o passei no leitor. Por quê, eu não saberia dizer ao certo, mas era quase um gesto obsessivo, pois mesmo que eu tivesse feito compras de valor muito elevado nos últimos anos, e acumulado um monte de pontos, que me eram informados por correspondência todos os meses, eu nunca havia feito o resgate, e, como os pontos venciam após um certo período, passar o cartão era uma ação desprovida de sentido. Por outro lado, eu poderia começar naquele instante.

Passei o outro cartão, digitei a senha e confirmei a transação.

— Não seria mais prático com uma sacola? — Geir perguntou.

— Puta merda, é verdade — eu disse, procurando o olhar do caixa, que no entanto não demonstrou nenhum interesse em olhar para mim.

— Uma sacola, também — eu disse.

Será que ele diria que tudo bem e faria um gesto generoso com a mão ou será que registraria a sacola e me faria passar o cartão mais uma vez?

— São duas coroas — ele disse.

Vá se foder, seu filho da puta.

Eu compro aqui todos os dias.

— Tudo bem — eu disse, passando o cartão mais uma vez, digitando a senha mais uma vez e confirmando a transação mais uma vez. Enquanto eu fazia isso, Geir e Heidi tinham arrumado as compras dentro da sacola, e assim pudemos sair mais uma vez ao sol de fim de tarde.

Depois que compramos morangos na praça, Heidi levou uma das cestinhas com todo o cuidado até o elevador, enquanto eu e Geir a seguíamos com as nossas sacolas. Enquanto subíamos no elevador me ocorreu que eu tinha esquecido de comprar flores. Um buquê de rosas brancas teria ficado bonito na mesa ao lado do vermelho-claro dos camarões e do amarelo dos limões. Mas tudo bem. Eu não aguentaria sair mais uma vez, mesmo que a floricultura ficasse já no lado oposto da praça.

Quando o elevador parou eu empurrei a porta com o cotovelo e a segurei aberta para Geir e Heidi, que ainda levava a cestinha de morangos nas mãos como se aquilo fosse um bichinho que pudesse escapar a qualquer momento. Geir abriu a porta do apartamento e assim que entrei eu larguei as sacolas ao lado da fileira de sapatos e fui até o banheiro dos fundos.

— Mamãe, mamãe, eu trouxe os moranguinhos! — Heidi gritou.

Senti uma breve efervescência de alegria no peito ao vê-la daquele jeito, registrei que Vanja e Njaal ainda estavam no quarto e baixei a maçaneta da porta do banheiro. Baixei as calças e me sentei no vaso. Ao lado estava uma edição da revista sueca de futebol *Offside*. A Argentina jogaria na Cordilheira dos Andes, onde o ar era tão rarefeito que não era incomum os jogadores desmaiarem, e eles tinham cilindros de oxigênio em campo!

No cômodo ao lado eu ouvi a voz de Vanja, e logo a de Njaal. Imaginei que Vanja estaria mostrando a ele um dos jogos de computador que ela tinha ganhado de aniversário. Era um jogo sobre cachorros, e o jogador precisava levá-los a fazer diversas coisas. A maioria das partes ainda era muito difícil para ela, mas em algumas ela conseguia se virar, como por exemplo no caso do cachorro que pulava para cima e para baixo de um toco de madeira pegando vários objetos que voavam pelo ar. Heidi tinha ganhado um jogo similar, porém com gatos, mas ainda era pequena demais para aproveitá-lo, e além disso parecia achar que ver a irmã mais velha jogando era diversão suficiente.

Um pequeno *silverfisk* estava no meio de um dos azulejos, talvez vinte centímetros à frente dos meus pés. Parecia um trilobita ou outro daqueles pequenos animais fossilizados de tempos ancestrais. Era uma forma muito simples. Tinha um jeito rústico e material, como se fosse um respingo de barro ou uma lasca de pedra que tivesse criado pernas.

Me inclinei para a frente e estava prestes a esmagá-lo com o dedo quando ele saiu correndo em direção à parede, onde sumiu por uma falha no revestimento.

Debaixo dos cestos de roupa suja devia haver outros. E no pó da janela no canto também, garantido. Uma pequena colônia de *silverfiskar*.

Ouvi passos no corredor, e como Vanja e Njaal ainda estavam no quarto, devia ser Heidi. As crianças quase nunca usavam aquele banheiro, então mesmo que a porta estivesse destrancada eu não precisava temer que pudessem abri-la. Acontecia de vez em quando, porque as crianças não eram criaturas absolutamente previsíveis, mas não com muita frequência. Com Linda era diferente, quando eu ouvia os passos dela eu pegava a maçaneta e a empurrava para cima, caso ela tentasse abaixá-la. Na primeira visita de Yngve ele havia pedido uma chave, para ele era impensável ir ao banheiro sem poder trancar a porta. Para mim também era no mínimo uma coisa profundamente estranha, e durante as primeiras semanas eu havia me sentido nu e desprotegido, mas aos poucos me acostumei. Por um motivo ou outro, eu sempre sabia onde os outros estavam, e quando se aproximavam eu ouvia a chegada. Não tínhamos chave por causa de Vanja e Heidi, para que não inventassem de se trancar lá dentro. Era praticamente a única medida de segurança que havíamos tomado em relação a elas; todas as tomadas estavam expostas, nenhuma prateleira e nenhum armário eram fixos no lugar, o fogão tampouco, e numa das gavetas mais baixas da cozinha ficavam todas as facas e tesouras, prontamente acessíveis. Tudo havia dado certo até aquele momento, e continuaria dando certo, porque os pais têm uma ideia razoável em relação àquilo que se encontra no horizonte de possibilidade dos filhos, o que eles podem inventar de fazer e o que não, e uma das coisas que eu sabia que não veria nunca era Vanja ou Heidi com uma faca de cozinha enorme nas mãos, ou então John pendurado como um pequeno babuíno no fogão. Além do mais, eu sabia o tempo inteiro onde todos estavam e quase sempre o que estavam fazendo. Claro que tudo podia acabar de repente, em um minuto de horror, mas não me parecia possível, e eu estava sempre tranquilo em relação a esse assunto.

Do lado de fora Heidi passou e abriu a porta do quarto. Eu peguei a revista e comecei a ler. Uma vez pescamos uma maruca no mar próximo a Torungen, eu lembrei de repente. Ventava, mas estava quente; devia ter sido no verão. Estávamos usando o barco que o meu pai havia comprado quando eu tinha onze ou doze anos, um Rana Fisk de sete pés com um motor de popa Yamaha de vinte e cinco cavalos. Yngve estava junto, com os cabelos soprados para o lado, e também o meu pai, o vulto escuro dele, que me deixava pisando em ovos. As ondas repentinas que quebravam sem aviso contra o casco de plástico amarelo. A maruca que deu um salto quase invisível pelo ar e depois caiu na água azul. Os primeiros relances de um peixe, que de repente confeririam mais intensidade à cor azul, mais ou menos como as primeiras estrelas no céu ainda claro no final da tarde. Um vulto esverdeado que ora aparecia lá, ora cá, e que parecia cada vez mais branco a cada puxão do meu pai.

O que era aquilo?

Um corpo normal e comprido, cinza-amarelado e branco, com uma cara feia e olhos esbugalhados.

— É um peixe de águas profundas — meu pai tinha dito. — Uma maruca, acho eu.

Cheio de perguntas e de compaixão, olhei para o peixe. O peixe tinha explodido, ele disse, atirando-o no assoalho do barco, onde permaneceu imóvel, e então jogando a linha mais uma vez, e eu me dei conta de que eu também tinha uma linha entre os dedos, e que eu a segurava com força.

O sentimento de flutuar na superfície de profundezas enormes.

Meu pai.

O que eu havia feito contra ele?

Uma onda de infelicidade e medo atravessou meu corpo. Quando no instante seguinte eu abri a torneira e me olhei no espelho, não percebi nenhum vestígio do meu interior despedaçado. Se eu não tivesse visto aquele rosto e aqueles olhos tantas vezes, e se eu não os associasse de maneira tão próxima a mim, poderia muito bem ter pertencido a outra pessoa.

Os olhos pareciam tristes. Os traços eram rígidos, e com os profundos sulcos nas bochechas e na testa, mais pareciam uma máscara.

Torci a pequena haste com um botão na ponta que servia para abrir e fechar a persiana e olhei para o hotel, acima do qual o sol brilhava enviesado, para as pessoas que estavam sentadas na escada que levava para a pequena praça e para a mureta de cinquenta centímetros de altura onde as minhas filhas costumavam se equilibrar a caminho do parque, que ficava mais para trás do quarteirão, ao mesmo tempo que eu pegava a toalha do cabide e secava as mãos. Era impossível evitar o sentimento de culpa, que desde o início havia saído da realidade abstrata da consciência, onde podia ser combatido com meios abstratos, para entrar na concretude do corpo, onde não podia ser combatido, porque o corpo não tinha meios para enfrentar aquilo, a não ser o próprio corpo, que podia andar, correr, sentar, comer, dormir e não muito mais do que isso. Era como se eu fosse um cômodo, e como se uma coisa terrível estivesse comigo nesse cômodo. Não adiantava correr, porque se eu corresse o cômodo inteiro corria junto comigo. Eu não tinha como escapar daquilo porque aquilo *existia*. Não importava se eu tinha ou não razão, se eu tinha ou não permissão, porque aquilo *existia* de forma incontestável, inevitável, e eu não podia fazer nada além de esperar até que passasse a ser uma coisa que tivesse existido.

A porta atrás de mim se abriu, e eu me virei.

Era Heidi. Ela tinha lágrimas nos olhos.

— O que houve, *lilla tjejen*? Hein, minha pequena? — eu perguntei, pendurando a toalha de volta no lugar.

Ela chegou mais perto e abraçou as minhas pernas. Peguei-a no colo e dei-lhe um beijo no rosto.

— Eles não quiseram brincar com você, é isso? — eu perguntei.

Heidi fez um gesto afirmativo com a cabeça, com o olhar fixo à frente.

— Venha comigo, vamos preparar a comida.

— *Vill inte* — ela protestou.

Saí do banheiro, levando-a nos braços.

— Se não quer preparar a comida, você quer ver um filme, então? — eu perguntei. — Ou assistir a *Bolibompa*? Já vai começar.

Heidi acenou a cabeça.

Atravessei o corredor e fui até a sala, onde a deixei sentada no sofá — eu podia ouvir Linda, Christina e Geir conversando na outra sala —, e então olhei ao redor, procurando o controle remoto. Quase sempre eu o encontrava na estante de livros, em um lugar tão alto que as crianças não alcançavam. Mas não daquela vez.

Ah, puta que pariu.

No quarto, John começou a chorar. Ouvi quando Linda se levantou na outra sala, e no instante seguinte pressenti a passagem dela em frente à porta enquanto eu deixava o olhar correr pelo comprido parapeito que se estendia ao longo de toda aquela parede. Também não estava lá.

Heidi olhou para mim.

— Não estou achando o controle remoto — eu disse.

Heidi olhou para a mesa à frente dela. Estava lá, meio escondido por baixo do jornal que Linda devia ter lido enquanto estávamos na rua e depois largado naquele lugar.

— Aí está — eu disse. — Vamos ver, então!

Linda entrou com John nos braços. Ele tinha se encolhido como um macaquinho e tinha a cabeça apertada contra o pescoço dela.

— Você põe *Bolibompa*? — ela perguntou.

— Estou colocando — eu disse.

Quando o som soou e a imagem apareceu na televisão, John se virou. Linda o havia sentado ao lado de Heidi, e ele aceitou sem protestar. A TV era como um narcótico para as crianças.

— Quando você pensou em jantar? — Linda me perguntou.

— O que você acha? — eu disse. — Umas sete horas?

— Como vamos fazer com as crianças? Com certeza elas não estão interessadas em descascar camarão.

— Você está certa — eu disse. — Mas eu não pensei nisso quando fomos às compras. A gente tem alguma coisa em casa? Eu mesmo posso conferir.

Njaal e Vanja chegaram apressados pelo corredor.

— Está passando *Bolibompa*? — Vanja perguntou aos gritos.

— Já vai começar — eu disse, entrando na cozinha e abrindo a porta da geladeira. Tínhamos ovos. Cenouras, batatas, um brócolis meio amarelado. Meio saco de bolinhos de peixe. No freezer ao lado havia principalmente pratos feitos pela mãe de Linda, e diferentes carnes que ela havia comprado, além de sacos de ervilhas, uns sacos quase vazios de coxas de frango e dois ou três pães que havíamos congelado e esquecido. Mas ó, júbilo, na prateleira mais de baixo havia uma pizza! Olhei para Linda, que estava logo atrás de mim.

— Pizza é festivo o bastante para as crianças, não? — eu perguntei.

Linda acenou a cabeça.

— Então eu já vou pôr no forno — eu disse. — Assim elas podem comer assistindo à TV.

Tirei a caixa da pizza e a coloquei em cima do balcão, liguei o forno, peguei a tesoura na gaveta, puxei o lacre de papelão que ia de um lado ao outro da caixa, inclinei-a de maneira que a pizza, redonda e surpreendentemente pesada, deslizasse até a minha mão e cortei o plástico transparente no qual vinha envolta, que estava rígido e como que mais frágil, nada parecido com o plástico em que as frutas vinham embaladas, aqueles sacos com um jeito meio tremulante, ou com o plástico fino e grudento que vinha em rolos e servia para embalar comidas que seriam armazenadas na geladeira. E tampouco parecido com o plástico grosso e meio viscoso em que vinham as embalagens com três latas de milho ou seis latas de cerveja.

— Mas então a gente pode muito bem comer depois que as crianças estiverem na cama — disse Linda.

— Claro, boa ideia — eu disse, tirando a pizza pela abertura que eu havia cortado e deixando-a repousar sobre a palma de uma das mãos, que fazia as vezes de tábua de servir, enquanto com a outra mão eu abria a porta do forno na parte inferior do fogão e pegava uma fôrma marrom-escura, quase preta, na qual primeiro larguei a pizza e então a pus no forno, para em seguida amassar o plástico da embalagem interna e jogá-lo na lixeira sob a pia, que estava cheia, de maneira que precisei usar os punhos e empurrar o lixo para baixo a fim de criar um pouco mais de espaço. Assim que terminei de fazer isso, quando estava prestes a fechar a tampa, pensando que o lixo já tinha começado a se expandir mais uma vez, o telefone tocou.

Fui devagar até o corredor. Alguém tinha entrado no nosso apartamento, ele ou ela estava lá naquele instante, deixando a vontade soar pelo ambiente.

Parei junto à mesa em frente ao espelho e atendi. O número começava com 04. Uma ligação de Malmö, portanto.

— Alô? — eu disse.

— Olá, aqui é o Stefan.

— Oi, Stefan!

— Como você está?

— Bem — eu disse, percebendo as duas sacolas de compras que eu havia largado ao lado dos sapatos e esquecido. — E você?

— Ah, normal. Mas a gente pensou em tomar um banho de praia amanhã. Vocês não querem ir junto? Também podemos levar só a Vanja, se vocês dois não puderem.

— É uma ótima ideia — eu disse. — Mas agora estamos com visitas aqui em casa, então temos que fazer alguma coisa com elas.

— Ah, claro. Eu entendo. Foi meio em cima da hora, mesmo. Mas bem, pelo menos fizemos o convite.

— Fica para uma próxima.

— Claro. Nos falamos depois, então.

— Combinado. Tudo de bom para você e até mais!

— Obrigado e até mais. Tchau!

— Tchau.

Desliguei, levei as duas sacolas de compras para a cozinha e coloquei-as em cima da mesa, larguei os sacos de papel cheios de camarão na geladeira, os dois pães na tábua de cortar grande, me abaixei e vi a pizza que estava dentro do forno, iluminada naquele pequeno espaço, como se estivesse na TV, mas claro que ainda não estava pronta, tinham se passado apenas uns poucos minutos.

Da sala veio o jingle de *Bolibompa*. Fui até a porta. Christina estava sentada numa cadeira com Njaal no colo, Linda no sofá com John no colo e Heidi ao lado, enquanto Vanja estava sentada em uma cadeira. Todas as persianas estavam abaixadas, mas assim mesmo havia tanto sol na peça que a imagem da TV não parecia bem nítida.

Eu devia me sentar lá, com Vanja no colo. Mas com Geir também em casa eu não podia deixá-lo sozinho. Tentei me ver com os olhos deles, cada um de nós sentado com um filho no colo, e a imagem não era nada boa.

Cheguei por trás da cadeira, apoiei a mão na barriga de Vanja e dei-lhe um beijo na cabeça. Ela nem ao menos olhou para mim, porque tinha a concentração focada na televisão, e então passei em frente à mesa da outra sala, onde Geir estava em frente à estante de livros.

— Você vai fumar? — ele me perguntou se virando.

— Exato — eu disse. — Você vem junto?

Geir acenou a cabeça, serviu café na caneca e saiu pela porta. Eu enchi a minha caneca com o resto do café e o acompanhei. Mais uma vez, Geir havia pegado o meu lugar, e mais uma vez o meu âmago protestou contra tudo que havia de errado com a perspectiva assim que eu me sentei. Talvez fosse o fato de eu estar sentado de costas para a porta que me deixava tão desconfortável. Apoiei as pernas no parapeito e acendi um cigarro.

— O Njaal e a Vanja estão se acertando — eu disse.

— É — ele disse. — Que bom. A Christina também está feliz.

— É mesmo?

— É. Ela está feliz por estar com vocês. E por ver que o Njaal está se divertindo.

— Eu não entendo — eu disse. — A parte de estar aqui, eu quero dizer.

— Eu também gosto de estar aqui.

— Deve ser por causa da bagunça.

— É, é justamente isso. Esse lugar é relaxado. Livre.

— Que bom que você pensa assim — eu disse. — Porque eu me sinto o oposto exato de relaxado.

— Mas você não está estressado com a nossa presença aqui, ou por acaso está?

— Não, não, pelo contrário. É só por causa dessa história com o Gunnar.

— Você não pode fazer mais nada. Largue isso de mão. Vai acontecer o que tiver que acontecer.

— É — eu disse.

Os vizinhos no sótão do prédio um pouco mais além estavam comendo na sacada. Estavam a talvez vinte metros de distância, mas lá em cima, em meio aos telhados, aquilo pertencia à esfera da intimidade, porque quando eu estava sozinho e eles sentavam na sacada eu podia ouvir o que eles diziam se eu me concentrasse e eles não tivessem baixado o tom de voz, como eles talvez fizessem também quando sabiam que eu estava sentado na minha sacada. Do outro lado, nos fundos do prédio onde morávamos, eu podia olhar para dentro da janela da cozinha de um casal mais velho, eles costumavam sentar-se lá para fumar, e passados três anos eu conhecia os hábitos deles quase tão bem quanto os meus. Eu imaginava que eles deviam ter a mesma impressão a meu respeito, porque às vezes os nossos olhares se encontravam e nós sempre desviávamos o rosto. Esses conhecidos de olhar eram um fenômeno estranho, porque às vezes ocupávamos os pensamentos uns dos outros, ou pelo menos eles ocupavam os meus, e de certa forma nos encontrávamos próximos, no sentido de que passávamos o tempo inteiro entre ver e saber ou desviar o olhar e não querer saber. Do lado oposto, nos apartamentos que ficavam no mesmo prédio do casal do sótão, eu também podia ver a vida íntima de famílias, casais e moradores solitários, quase sempre sem nenhum tipo de curiosidade, eram apenas cenas que eu registrava, mas de vez em quando acontecia uma coisa ou outra que insistia em me ocupar, como por exemplo quando aquele casal, de quem eu via apenas a parte mais distante da cozinha, de repente teve um filho. Quando o bebê estava lá, meio sentado, meio deitado numa cadeira de bebê, era como se dirigisse os pais, porque tudo que eles faziam estava de uma forma ou de outra ligado à criança, e aquilo era uma situação completamente nova para eles.

— Você não fez nada de errado — disse Geir.

— Fiz, claro que fiz — eu disse. — Mas eu estou tentando viver com isso.

— O seu pai morreu. A sua vó morreu.

— A sua empatia também morreu.

— Olhe quem está falando.

— Imagine que existe uma vida depois dessa — eu disse. — Leve essa ideia a sério por um instante. É só o corpo que morre. Nossa alma continua no além, de uma forma ou de outra. Imagine que realmente é assim. Estou falando sério. Foi o que me ocorreu uns dias atrás. E se houver uma vida depois da morte? Puta que pariu, nesse caso o meu pai vai estar lá me esperando. Enlouquecido de raiva.

Geir riu.

— Você pode relaxar. Ele está morto de verdade.

— Mas o Gunnar não está.

— E o que ele pode fazer? Claro, ele pode processar você. Mas pelo quê? Porque você profanou o nome do seu pai? Ele não era Jesus Cristo.

— O Gunnar escreveu que eu sou um Judas. Então o meu pai talvez seja mesmo Jesus. Porque é ele que eu estou vendendo.

— Se o seu pai era Jesus, a sua vó deve ter sido a Virgem Maria. E o seu vô o carpinteiro José. Além do mais, Jesus não teve nenhum filho que o vendeu.

— Fiquei me perguntando se na verdade o Gunnar não estaria pensando em Brutus. Ele era meio que um filho. Brutus, filho de Júlio. Um cara do barulho.

— Você não precisa dizer em voz alta tudo que você pensa. São as crianças que fazem isso. Os adultos têm a possibilidade de fazer um controle de qualidade sobre tudo o que dizem.

— Me lembro que eu chorei quando li a respeito de Júlio César. Sobre a morte dele. Eu fazia isso em todas as biografias. Porque todo mundo acabava morrendo, sempre. Thomas Alva Edison. Henry Ford. Benjamin Franklin.

Marie Curie. Florence Nightingale. Winston Churchill. Louis Armstrong. Theodore Roosevelt.

— Você leu a biografia do Theodore Roosevelt quando era pequeno?

— Li, foi uma série daquelas. Tinha no mínimo uns vinte volumes. Um sobre cada pessoa. Quase todos eram americanos. Muitos presidentes. Lembro também que tinha uma biografia do Walt Disney. E do Robert Oppenheimer. Não, não, estou brincando. Mas tinha uma do Lincoln. E quando as pessoas morriam, não importava como, eu chorava. Mas era um choro bom.

— Porque não era você!

— Não, não, nada disso. Aquelas pessoas tinham vencido todas as injustiças ao longo da vida e atingido tudo o que queriam. Triste de verdade seria apenas se tivessem morrido antes de fazer o que queriam. Como o Scott na expedição à Antártida. Eu me senti mal, fiquei desconcertado por vários dias.

— Ele também, sem dúvida.

— Mas a morte do Amundsen foi mais ambígua. Ele tinha feito o que queria. E havia algo de bonito no fato de que ele havia desaparecido tentando salvar os companheiros.

Apaguei o cigarro e me levantei.

— Mas o que foi afinal que o Nansen fez? Em termos de conquistas? Ele inventou alguma coisa? Foi o primeiro a chegar em algum lugar? Eu nunca entendi direito.

— Eu é que pergunto — eu disse, me levantando. — Ele atravessou a Groenlândia de esqui, e ficou preso no gelo com o *Fram* durante um inverno inteiro.

Abri a porta e entrei no apartamento.

— Eu também passei um inverno preso em casa — eu disse por cima do ombro. — A casa estava muito fria.

— E também teve aquele negócio dele com o passaporte dos refugiados — Geir disse às minhas costas. — E com o Quisling, claro.

— Lá vamos nós outra vez. O Gunnar também me chamou de Quisling.

— Mas nesse caso, quem é o Nansen?

— Deve ser ele mesmo — eu disse, sentando-me na cadeira. — Não poderia ser o meu pai. Ele mal sabia andar de esqui.

Quando *Bolibompa* terminou, eu levei a cama de acampamento da IKEA, onde Njaal tinha dormido na noite anterior, para o quarto das crianças, para que pudéssemos ficar na sala noite adentro sem nenhum temor de acordá-lo. Depois comecei a preparar a comida, enquanto Linda e Christina punham as crianças para dormir e Geir tentava conversar comigo, sentado em uma cadeira na cozinha. Coloquei os camarões em uma grande tigela verde, parti os limões e os dispus em uma bandeja verde, cortei os pães e arrumei as fatias em um cesto, peguei quatro pratos e quatro taças de vinho, tirei a margarina e a maionese da geladeira e levei tudo junto para a sacada que dava para a frente do prédio, onde o sol ainda brilhava daquele jeito distante e quase sobrenatural característico das noites de verão, quando as sombras ficam compridas e o dia chega ao fim, mas o ar permanece quente. Quando as pessoas terminam os afazeres e voltam para casa, e o sol continua a arder no céu, baixando devagar em meio à imensidão azul.

As vozes das crianças vinham da janela entreaberta do quarto e chegavam até a sacada. Elas riam e gritavam e estavam agitadas como ficavam apenas no final da tarde. Depois de pôr a mesa, passei um instante com as mãos na balaustrada de metal branco, olhando para a praça lá embaixo. As sombras dos prédios à frente estendiam-se por quase todo o lugar. Mas a parede abaixo de mim ainda estava iluminada, e os vidros das janelas cintilavam.

De volta à cozinha, lavei os morangos e os coloquei em uma tigela branca, peguei os copos de vinho e tirei da geladeira as garrafas de água mineral.

— Está tudo pronto — eu disse. — Vamos tomar um copo de vinho enquanto a gente espera?

Geir respondeu com um aceno de cabeça e me acompanhou até a sacada. Quando abri a porta para sair, uma porra de uma gaivota enorme saiu voando de cima da mesa, se retorcendo toda ao mesmo tempo que batia as asas, e no instante seguinte estava no ar, já longe da sacada. Ela tinha um camarão no bico, e outros camarões estavam espalhados pela mesa ao lado da tigela, e também nas tábuas do assoalho.

— Você viu isso? — eu perguntei.

— Claro que vi.

— Que bicho atrevido do cacete.

— O que você esperava? Camarões numa sacada vazia do sétimo andar? Claro que a gaivota não teve escrúpulo nenhum.

Me sentei, enfiei a rosca do saca-rolhas na rolha, girei-o umas quantas vezes e o puxei em direção a mim, fazendo com que se soltasse do gargalo com um *plop* discreto. O vidro verde-escuro estava suado. Era uma cor muito bonita. Verde-frio, verde-garrafa, verde-fiorde. E depois o amarelo-pálido do vinho branco no vidro reluzente.

— Saúde — disse Geir.

— Saúde — eu disse, tomando um gole e acendendo um cigarro. O sabor que preencheu minha boca assim que estendi o rosto em direção à chama do isqueiro, cuja chama ardia completamente imóvel, me lembrou das noites de verão em Kristiansand durante a minha adolescência, e me fez ansiar por beber até cair.

— O vinho é bom — eu disse.

— É mesmo — disse Geir.

Era uma das coisas de que Gunnar tinha me acusado, de que eu bebia e fumava haxixe na minha época de colegial em Kristiansand. Em parte ele devia achar que aquilo era um sinal de mau caráter, que por conta daquilo eu era uma pessoa indigna de confiança e talvez mesmo incapaz, mas de qualquer forma uma pessoa desprezível, e em parte devia achar que aquilo explicava o ódio que eu sentia pela minha avó, profundo a ponto de me levar a escrever seis romances para arrastar o nome dela na lama. Eu entendia as coisas que ele escrevia, tudo seguia uma lógica com a qual eu de uma forma ou de outra tinha intimidade, mas ele não tinha escrito para mim, ele tinha escrito para a editora. Será que ele achava que a editora podia desistir de publicar um romance porque o autor tinha bebido cerveja na época de colegial e talvez fumado um pouco de haxixe também, e por isso não era uma pessoa direita? Pelo menos era assim que eu sentia, que eu não era uma pessoa direita, mas eram os sentimentos que não tinham aflorado desde os meus dezesseis anos, e não o juízo. Com juízo, tudo parecia muito diferente. Eu sabia quem eu era e sabia o meu valor. Eu também sabia que ser uma pessoa era ser insuficiente, nunca ser tão bom quanto se gostaria. Quando eu olhava ao meu redor, era isso que eu via. Fraqueza por toda parte, falhas e defeitos por toda parte, muitas vezes cristalizados no caráter como uma forma de arrogância. Se havia uma característica que eu via toda hora nas pessoas era essa arrogância, e também presunção e soberba. Quanto à humildade, uma palavra que todos empregavam em público, praticamente ninguém mais sabia o que poderia significar. Somente nas pessoas que tinham motivos para ser presunçosas, ou seja, as pessoas que tinham problemas, não havia traços de presunção, e somente elas eram humildes. Essa presunção e essa arrogância eram uma defesa sem a qual as pessoas seriam esmagadas sob o peso da própria fraqueza, das próprias falhas e defeitos, e esse era um mecanismo subjacente em praticamente todas as discussões que eu acompanhava, fossem orais ou escritas, em jornais ou na televisão, mas também ao meu redor, na esfera privada. Essa fraqueza não podia ser admitida, muita coisa poderia vir abaixo nesse caso, e até mesmo o formato das discussões, e também o poder da mídia, suprimia-a ao lhe conferir força. Era por isso que as opiniões eram tão importantes na sociedade, através delas as pessoas ganhavam uma força e uma independência que na verdade não tinham. Essa era a função das formas, erradicar a fraqueza do indivíduo. Todas as alianças, fossem alianças em torno de uma moral, alianças em torno de uma burocracia, alianças em torno de uma ideologia, erradicavam a fraqueza dos participantes individuais. Eu sabia disso, porque era o que eu via, mas quando eu me deparava com essas grandezas a minha consciência era completamente esmagada pelos sentimentos, que de forma mecânica davam-lhes razão e assim me lançavam no pesadelo que era sentir-se culpado ou menosprezado. Quando eu tinha que lidar com a Receita Federal, ou com as instituições bancárias, ou com instituições de recuperação de crédito, eu me sentia cheio de culpa. Quando eu andava pela colônia de jardins, eu me sentia cheio de culpa. Quando eu levava e buscava as crianças no *dagis*, eu me sentia cheio de culpa. Eu sabia que eu não era uma pessoa pior ou com defeitos maiores do que aquelas que eu encontrava por lá, porém elas não representavam a si mesmas, mas a um sistema onde havia regras, um sistema simples: quem o seguia era boa pessoa, quem não o seguia era má pessoa. Eu tentava seguir as regras, mas, como eu não conseguia me organizar para nada, com frequência eu as desrespeitava. Eu mesmo sabia por quê, não era por ser mau, preguiçoso ou relapso, mas esse "eu mesmo sabia" era infinitamente mais fraco do que aquilo que o olhar do sistema via: uma pessoa que não seguia as regras, e que estava incorporada ao meu ser. Quando eu admirava uma obra artística de verdade ou lia literatura de verdade, tudo isso era posto de lado com brutalidade, pois havia uma outra dimensão na esfera humana, uma coisa totalmente distinta, de grandeza totalmente outra, a dignidade e o sentido, tudo aquilo que havia levado as pessoas da Idade Média a erguer catedrais enormes, ao lado das quais tornavam-se aquilo que de fato eram: vermes desprezíveis e insignificantes. Como um bando de merdinhas. Mas tinham sido essas pessoas os construtores das catedrais! Eram ao mesmo tempo criadores de uma beleza incrível e celestial e um bando de merdinhas. Essa era a verdade sobre o humano. Havia partes essenciais e partes não essenciais. A fraqueza era essencial, e a grandeza era essencial. Mas não aquilo que se encontrava no espaço entre uma coisa e outra. Essa fraqueza que se escondia na multidão, que acreditava ser uma força e que não via nem fraqueza nem grandeza, foi aquilo pelo que eu, acuado de um lado para o outro, me deixei intimidar e também aquilo a que me subordinei. A vontade de beber até cair era a vontade de fugir de tudo por algumas horas, e a vontade de escrever coisas incríveis, coisas realmente únicas, coisas de uma beleza celestial, fazia parte da mesma tendência. Não era uma fuga do trivial, porque a vida é trivial, mas uma fuga da invasão feita pela vida trivial ao meu próprio eu, daquilo que o tempo inteiro dizia para mim que eu não era uma boa pessoa, que eu não era uma pessoa direita, que eu era um cretino cheio de si mas assim mesmo insuficiente, e que vinha me dizendo essas coisas todas desde os meus dezesseis anos, quando eu tinha começado a beber em Kristiansand, sob o olhar atento do meu tio interior. O que eu queria, e que no entanto não sabia, embora tenha descoberto vinte anos mais tarde, e que além do mais era um desejo completamente irrealizável, era aquilo que Hölderlin tinha expressado ao escrever uma simples exortação: "Venha para o aberto, meu amigo".

O que era "o aberto"?

Era a liberdade, a utopia.

Mas quais eram as implicações disso?

Não que devíamos falar sobre tudo, explicar tudo, apagar os limites entre nós mesmos, os outros e o mundo, porque bastava colocar os limites em outro lugar e deixar que o elemento humano fosse tudo, e o que aconteceria nesse caso, e que estava prestes a acontecer, era que a realidade desapareceria.

Ninguém mais sabia o que Hölderlin tinha querido dizer. Hölderlin era como todos os outros românticos filhos da Revolução Francesa; ideias de liberdade, igualdade e fraternidade, e para eles a subversão da velha ordem social deve ter sido uma abertura por onde algo para além daquilo que já existia se apresentasse como possibilidade. Aquilo que já existia era caracterizado por ser a única coisa possível, a própria ordem social ou ordem mundial, que existe com um grau tão alto de obviedade que todas as outras formas possíveis de organização da vida parecem arriscadas, disruptivas ou ameaçadoras, e portanto não se apresentam como alternativas reais, até que aquilo que existe seja derrubado por força das próprias contradições internas e a nova ordem passe a ser aquilo que existe, e que não deve ser mexido por nada no mundo. Mas ao ler Hölderlin é difícil interpretar "o aberto" como uma categoria política, relacionada a classes, relações de produção ou condições materiais. Não, o aberto de Hölderlin era, segundo eu imaginava, uma categoria existencial. Hölderlin era poeta, e a utopia de um poeta, ainda segundo eu imaginava, era o mundo sem língua. A poesia tentava adentrar o espaço que havia entre a língua e o mundo para deparar-se com o mundo em si, mas para que essa ideia, que talvez fosse a mais antiga de todas as ideias, fosse escrita ou difundida seria necessário o emprego da língua, e assim tudo aquilo que haveria a ganhar estaria perdido nesse mesmo instante órfico. Em um mundo fora da língua somente era possível estar sozinho.

Mas que tipo de mundo era esse?

Um mundo sem língua era um mundo sem categorias, onde cada coisa, por mais humilde que fosse, haveria de apresentar-se nos próprios termos. Era um mundo sem história, onde existia apenas o instante. Um pinheiro nesse mundo não seria um "pinheiro", não seria nem ao menos uma "árvore", mas um fenômeno sem nome, uma coisa que crescia do chão e se balançava ao vento que soprava. Do alto de uma gandra seria possível ver aquelas coisas vivas se mexendo de um lado para o outro quando o vento soprava planície afora, e ouvir o rumor que faziam. Essa visão, e esse barulho, seriam incomunicáveis. E portanto seria como se não existissem. Mas existiriam mesmo assim, e de fato existem. Bastaria dar um passo ao lado e o mundo estaria transformado. Um passo para o lado, e você estaria no mundo sem nome. O mundo é cego, e você vê a cegueira. O mundo é caótico, e você vê o caos. O mundo é bonito, e você vê a beleza. O mundo é aberto, é o aberto, e o mundo é sem sentido, é o sem sentido. E o mundo também é divino, sim, é o divino. A pequena caixa azul com o céu vermelho e as laterais pretas e ásperas, em cujo interior os fósforos brancos com as cabeças de enxofre repousam como em uma cama, é divina onde descansa na prateleira da cozinha, rodeada por uma fina camada de pó, levemente iluminada pela luz do dia no lado de fora da janela, que aos poucos escurece enquanto uma muralha de nuvens pretas desliza pela cidade, e as primeiras descargas elétricas acontecem em velocidade alucinante, por caminhos imprevisíveis, e o trovão estrondeia pelo céu. O vento que ganha força e a chuva que começa a cair são divinos. A mão que pega a caixa, empurra a pequena cama com o indicador e pega um dos palitos é uma mão divina, e o clarão de luz que surge quando raspa a cabeça vermelha de enxofre contra a superfície áspera, e que no instante seguinte queima com uma chama constante, é a chama do divino. Mas essa chama queima de maneira oculta para a língua, de maneira oculta para as categorias, de maneira oculta para todos os contextos e todas as associações que poderia estabelecer. A ideia de que uma vez existiu um estado de inocência humana, uma espécie de presença no mundo imediata, naquilo que na mitologia é chamado de Jardim do Éden, o lugar de onde viemos e pelo qual ansiamos, porque lá éramos um com as coisas ao nosso redor e com Deus, numa espécie de estado natural original, é traiçoeira, porque pressupõe tempo, um antes e um agora, ao passo que na realidade existe apenas um agora, na realidade existe apenas um tempo, para tudo: a chama do divino queima agora, o Jardim do Éden existe agora, basta dar um passo ao lado para lá estar. Mas esse passo é impossível para nós, porque somos humanos, e esse passo nos conduz para um estado que não é humano.

Ser humano é ser muitas pessoas. É ser social. O social é uma coletividade. Os limites da coletividade são os limites da língua. Quando Hölderlin finalmente saiu rumo ao aberto, ele desapareceu para todos; acabou louco. Nos poemas ele não é louco, mas os poemas tampouco estão no aberto, estão no social, olhando para o aberto. É o que a religião sempre fez. Olav Nygard chamou a coletânea de poemas dele de *Ved vebande*, ou seja, junto ao sagrado. Não no sagrado, mas nos limites do sagrado. Quando a religião é condenada como superstição e a poesia é marginalizada e deixa de acreditar na própria importância, o aberto desaparece da esfera humana, que se fecha em si mesma, já que de repente não existe mais nada no lado de fora.

Seria uma perda? Enquanto a humanidade externa permanecer inalcançável, enquanto o mundo em si não puder aparecer para nós, mas apenas revelar-se através da língua e das categorias, ou, em outras palavras, como uma coisa dentro dos limites do humano, e o mundo da humanidade externa, desprovido de língua, permanecer como uma utopia no sentido verdadeiro da palavra, como um não lugar, por que buscá-lo? Por que não simplesmente lhe dar as costas?

Porque viemos de lá, e é para lá que ainda vamos retornar. Porque o coração é um pássaro que rufla as asas em nosso peito, porque os pulmões são duas focas por onde passa o ar, porque a mão é um caranguejo e os cabelos um monte de feno, porque as veias são riachos e os nervos relâmpagos. Porque os dentes são um muro de pedra e os olhos maçãs, porque as orelhas são conchas e as costelas um portão. Porque no cérebro tudo está sempre escuro, e também em silêncio. Porque somos terra. Porque somos sangue. Porque vamos morrer.

A morte, essa grande restituidora do silêncio, também pertence à humanidade externa, e nunca pode surgir para nós, porque assim que nos alcança nossa existência termina, mais ou menos como a língua termina assim que alcança o não linguístico. A morte demarca o limite do humano, o não linguístico demarca o limite do mundo humano, e é contra essa escuridão que nós e o nosso mundo brilhamos. A morte e o mundo material são absolutos, inacessíveis para nós, porque assim que nos transformamos neles já não somos nós mesmos, mas uma parte deles. Nosso mundo, que brilha contra essa escuridão, não é absoluto, mas relativo e mutável. As ciências naturais são relativas, a moral é relativa, a sociologia, a filosofia e a religião são relativas, tudo que se encontra na esfera do humano é relativo. O limite entre a descoberta e a invenção não é grande e, no que diz respeito às consequências, é até mesmo inexistente. Existiam glóbulos vermelhos e glóbulos brancos no século XVII? Claro que existiam, mas não para a consciência humana. Em outras palavras, eram parte do mundo, mas não parte da realidade. Essa realidade é o nosso mundo, e é por isso que o mundo do século XVII era diferente do mundo de hoje, mesmo que o céu e a terra e as estrelas cintilantes tivessem a mesma aparência e fossem feitos da mesma matéria. Darwin escreveu um livro, e enquanto a natureza biológica antes de Darwin desenrolava-se no espaço, a partir de Darwin começou a desenrolar-se no tempo. O mundo era o mesmo, porém a realidade se transformou. Descrever o mundo é criar a realidade. É esse mesmo pensamento que Harold Bloom expressa ao escrever que foi Shakespeare quem criou o humano. Quando os personagens entram em cena e argumentam consigo mesmos, como que ao lado dos acontecimentos, mas assim mesmo como parte deles, atormentados pelo desespero ou ardendo de paixão, em luta consigo mesmos ou surpresos consigo mesmos, o humano não é apenas uma criatura dotada de capacidade para agir que serve como repositório para uma série de emoções, mas também um lugar onde essas emoções deparam com um eu reflexivo. O surgimento desse eu foi a novidade trazida por Shakespeare, segundo Bloom, que assim pode dizer com certa dose de razão que Shakespeare foi responsável pela invenção do humano, pois é apenas quando se torna visível para outras pessoas além do indivíduo que determinada coisa se torna real. A realidade, a realidade humana, consiste em tudo aquilo que é visível e reconhecível e se encontra entre nós. Toda vez que isso muda, a realidade também muda. É por isso que a Antiguidade grega foi e continua a ser o ponto de referência da civilização ocidental há mais de dois mil anos; um grande número das nossas ideias acerca do mundo e do humano surgiu naquela época. A história, a filosofia, a política, as ciências naturais, tudo veio de lá. A única coisa da nossa cultura que não veio de lá é a religião, que é judaica, e a máquina, que é nossa. Que uma cultura tão soberana como a grega, com tantos desenvolvimentos teóricos, visse a religião com leve desprezo não é estranho, mas que os gregos, com o trabalho manual altamente refinado que desenvolveram depois de um tempo, se mostrassem tão indiferentes em relação à tecnologia, é, pelo menos à primeira vista. Mas se aceitarmos a ideia apresentada por Arendt, de acordo com a qual os gregos buscavam a liberdade em sociedade, e encontravam a verdadeira natureza humana naquilo que podia ser posto à vista de todos, enquanto em tudo aquilo que dizia respeito à manutenção da vida, que se relacionava às necessidades materiais do homem, viam escravidão e necessidade, a ausência de interesse pela mecânica, pela tecnologia e pelo conhecimento prático em geral torna-se fácil de compreender. Os gregos inventaram a democracia, mas foram incapazes de conceber o vaso sanitário. Igualmente estranho é o fato de terem inventado a história, mas não conhecerem os diários. Mas não era como se tudo aquilo que dissesse respeito à vida cotidiana estivesse relegado à sombra, como se fosse uma zona não articulada da realidade, como se apenas as coisas que ocorriam em público tivessem uma existência verdadeira porque eram formuladas para todos, pois também havia um palco para a vida privada na Antiguidade, nomeadamente o drama, e de forma mais específica a comédia, que se ocupava com as coisas vis e baseava-se no princípio do reconhecimento. A liberdade que existe no riso tem um caráter totalmente distinto daquela que existe no desenvolvimento das virtudes, e talvez seja por esse motivo que Arendt a menciona, porque não tenta alcançar nada, não cria nada, não muda nada, não caracteriza nada, mas simplesmente existe por um instante, sem nenhum outro fundamento que não o de tornar o mundo um lugar suportável.

Do que as pessoas riem na comédia? Lá se encontra tudo aquilo que classificamos como trivial, e que via de regra escondemos; a vida do corpo, o excremento, a cópula, as máculas e todas as características humanas que se apresentam como diferentes daquilo que são, porque não podem ser admitidas; a inveja, a presunção, a avareza, a santimônia, a subserviência, a falta de escrúpulos, as ambições, a sede de honra sem nenhuma vocação para a honra. Tudo que pretende ser diferente daquilo que é serve como tema para a comédia. A comédia revela, e o cômico mantém-se a uma distância reveladora, entre o mundo como deveria ser e o mundo tal como é. Nessa revelação há uma consciência de que o social é um jogo que segue regras predeterminadas, certas coisas são escondidas, certas coisas são mostradas, e de que vivemos de certa forma em uma ilusão. O jogo depende da participação de todos, a ilusão, de que todos acreditem nela. A comédia quebra esse contrato, e desse modo torna-se o mais verdadeiro e o mais realístico de todos os gêneros. É um gênero libertador na medida em que diz: esse é o verdadeiro humano, e nós somos todos humanos. Mas por outro lado é também um gênero comprometedor, porque prejudica todos aqueles que acreditam ser possível erguer-se acima desse mundo de trivialidades, de excremento, cópula, inveja, presunção e constantes mal-entendidos, ou seja, todos aqueles que insistem em *devia ser* ou *podia ser* em vez de *é*. A risada é, nesse sentido, uma força social poderosa, um dos mais fortes mecanismos de correção que existe; poucas coisas são mais humilhantes do que ser motivo de riso em público, e para evitar essa situação o jeito é não se destacar, mas permanecer onde todos os outros estão. Assim, o riso por um lado revela o jogo social, e pelo outro o mantém. O riso é contrarrevolucionário e antiutópico: quem ri de tudo ri também da ditadura do proletariado, e se todos riem dos revolucionários, a revolução não é feita. Se todos tivessem rido de Semmelweis, as mães e os recém-nascidos ainda morreriam de febre puerperal. Se os alemães tivessem rido de Hitler, ele e as ideias dele não seriam perigosos. Mas ninguém riu, as pessoas mantiveram-se sérias, porque tinham uma vontade, uma vontade sublime, mas no reino do sublime é a tragédia que governa, e dela ninguém ri.

Mas se a comédia é o mais verdadeiro e o mais realístico de todos os gêneros, aquele que coloca a tudo e a todos no mundo de verdade, do corpo e da realidade desprovida de ilusões, como então compreender a tragédia? Os temas da tragédia são os mesmos da comédia: a ascensão e a queda. Então por que a queda é cômica na comédia e trágica na tragédia? Por que não rimos do rei Édipo? Ele imagina ser uma coisa que na verdade não é. Por que não rimos de Hamlet? Ele não sabe quem é nem o que deve fazer; a ignorância e a inquietude precipitam seu fim. Por que não rimos de Hedvig Ekdal quando ela se mata com um tiro? Será que ela entendeu tudo errado?

Naquilo que é uma só coisa consigo mesma não existe distância, e uma vez que a distância é o ponto de partida do riso e da comédia, que a ausência de identidade é sua condição, esse é o único tema que não pode ser tocado pela comédia ou pelo riso: a identidade. Aquilo que não faz parte do jogo, aquilo que não é outra coisa, aquilo que é o que é. A obra-prima de Dostoiévski, o romance *O idiota*, trata justamente disso. O romance começa como um gênero cômico, no estilo do *Dom Quixote* de Cervantes, que permite que as próprias ideias acerca de um mundo grandioso e sublime se desenrolem num mundo pequeno, ou seja, no mundo como ele é, cheio de moinhos, ovelhas, pangarés, burricos e ladrões bêbados, percorrido a cavalo por um velho magro e adoentado e seu pequeno companheiro gordo. Com *Madame Bovary*, Flaubert levou adiante essa faceta realística e desmistificadora do romance; são ideias acerca do amor romântico que se chocam contra o mundo como na verdade é, e que precipitam a morte da protagonista. Tanto *Dom Quixote* como *Madame Bovary* são romances cínicos, porque não acreditam, mas desmascaram as pessoas que acreditam. Dom Quixote e Madame Bovary evidentemente acreditam em ilusões, de maneira que o romance se põe do lado da verdade, e o fato de que ambos sejam desmascarados com ternura, ou seja, com plena consciência de que as fraquezas e as fugas da realidade são grandezas humanas, não altera nada. *O idiota* é o oposto de *Dom Quixote* e *Madame Bovary*. *O idiota* é uma anticomédia. O romance inverte por completo a lógica da comédia, porque é o cinismo do mundo que é revelado, são as pessoas que riem do vazio do mundo que são desmascaradas através do confronto com uma pessoa não hipócrita. Ah, mas que tipo de qualidade é a ausência de hipocrisia numa pessoa, que põe todos ao redor em desespero, faz a inquietude aumentar e eleva o caos a níveis ameaçadores, sem no entanto fazer nada além de existir para que tudo isso aconteça? O príncipe Míchkin acredita que aquilo que vê, aquilo que as pessoas mostram, é o que é, e que aquilo que é dito é dito com sinceridade. Ele não sabe nada a respeito de pensamentos ocultos, não entende ironias, não compreende a interpretação de papéis. Não tem a menor ideia de que a vida em sociedade é um jogo. Ele é um consigo mesmo, e parte do princípio de que todas as outras pessoas são assim. Mas elas não são, e o fato de que ele não sabe disso é o bastante para virar o jogo, porque Míchkin oferece a essas pessoas um lugar de onde podem observar tudo isso, um ponto fora da vida em sociedade, a partir do qual o próprio jogo torna-se visível, e com ele a arbitrariedade do jogo. Os papéis fazem sentido no contexto do jogo, mas, quando o jogo é reconhecido como aquilo que é, eles perdem a razão de ser. Quem são as pessoas a partir desse momento? Elas mesmas? Que grandeza é essa? O príncipe Míchkin é ele mesmo. Ele é legítimo. Um ser indivisível, sem gêmeos nem duplos. Mas em consequência disso ele também está condenado a permanecer fora da esfera humana. Uma sociedade composta por pessoas legítimas que mantêm uma relação de um para um com tudo aquilo que é dito e mostrado é uma sociedade onde nada pode ser escondido, nada pode ser ocultado, e nenhuma diferença real pode ser criada. Em outras palavras, o legítimo é o oposto do social. O social divide, exclui, oprime, exalta. O social é um sistema de diferenças, um mundo onde tudo e todos são avaliados e diferenciados. O idiota acaba com todas as diferenças, no reino dele todos são iguais. Não é a bondade dele que cria problemas enormes para o social, mas a autenticidade. Em uma perspectiva literário-revolucionária, na qual a complexidade do personagem literário se desenvolveu a partir da esperteza simples e arcaica de Odisseu e por assim dizer explodiu no eu sensível, desvairado e contraditório de Hamlet, que prenunciou o homem moderno da maneira como o conhecemos, o príncipe Míchkin de Dostoiévski representa uma guinada para trás, um acontecimento reacionário e contramoderno, para não dizer francamente arcaico, quase um homem pré-homérico, para quem tanto a argúcia de Odisseu ao enganar o ciclope com o trocadilho relativo à identidade quanto a metáfora da caverna de Platão haveriam de perder-se. Na verdade, será que Míchkin não se parece um pouco com o ciclope, o gigante de um olho só que se encontra preso a uma compreensão literal da língua, e não está em condições de entender que Odisseu não está sendo sincero ao dizer que se chama Ninguém? Dostoiévski era um escritor profundamente reacionário, em primeiro lugar porque buscava o sentido, com absoluta seriedade e com os olhos bem abertos, em segundo lugar porque não o buscava na política ou na ideologia, na ciência ou na filosofia, mas na religião, e também porque o encontrou nas coisas simples. A grande ameaça em todos os romances de Dostoiévski é o niilismo, o ruidoso e reluzente parque de diversões do social em plena festa da ausência de sentido sob a noite escura do vazio, e ele se protege contra isso tudo com unhas e dentes, por repetidas vezes, valendo-se do sagrado e da simplicidade do sagrado. Dostoiévski exalta a simplicidade. Por quê? Os romances dele são enormes e caóticos, um redemoinho de pessoas e vozes, não existe um único instante de paz, nenhum adormecer vagaroso e nenhum dia de verão aberto e indolente em que praticamente nada acontece, como há por exemplo em Proust; em Dostoiévski tudo é atropelado, uma sequência de cenas intensas e quase histéricas, nas raias da loucura, mas na descrição desse mundo violento e descontrolado aparece sempre, nos melhores livros dele, mais cedo ou mais tarde uma luz, e ao redor dessa luz um silêncio. Essa luz dostoievskiana não é difusa e suave como a luz de uma lamparina a óleo, nem dura como as lâmpadas fluorescentes modernas, que sugerem uma sala de dissecação, mas branca e quase ofuscadora, como a luz de magnésio incandescente, pode-se imaginar, uma luz que destrói as nuances e os detalhes, e provoca o sentimento de que o importante não é a coisa iluminada, mas a luz em si. Essa diferença entre a luz e o iluminado é a diferença entre a realidade pré-moderna e a realidade moderna, e, enquanto a primeira é simples e una, a segunda apresenta uma complexidade absolutamente barroca. Dostoiévski voltou-se para essa luz, quis crer nela, mas esse "quis", conhecido apenas por aqueles que vivem na complexidade do iluminado, fez com que tudo se tornasse impossível, uma vez que é o oposto da crença. Querer crer é impossível, é uma contradição nos próprios termos. Se ele tivesse acreditado, não teria escrito. Mas ele não sabia de nada disso.

O que ele sabia, o que ele queria? O que é a luz nos romances de Dostoiévski? É a misericórdia. E a misericórdia é a ausência de diferenças. Não pode ser abarcada pela linguagem, porque a linguagem por definição estabelece diferenças. Nesse sentido, a misericórdia de Dostoiévski se aproxima do aberto de Hölderlin, mas, enquanto o aberto de Hölderlin diz respeito ao mundo material de rios e nuvens, a misericórdia de Dostoiévski diz respeito ao mundo social. A misericórdia acaba com todas as distinções nesse mundo, na misericórdia são todos iguais. Essa radicalidade é grande e praticamente inconcebível. Mas é a isso, e não a outra coisa, que o cristianismo se resume. As diferenças entre as pessoas não existem. A pior pessoa do mundo vale o mesmo que a melhor. Jesus disse: se alguém lhe bater numa face, ofereça também a outra. Ele é uma pessoa como você, ele é você. Não bata nele. Esse não é um pensamento humano, porque foi pensado fora da esfera social. É um pensamento divino. Adolf Hitler vale tanto quanto os judeus mortos nas câmaras de gás. E assim a nossa identidade se desmancha, porque foi criada com base nas diferenças, e é isso o que torna o cristianismo uma ideia irrealizável, porque não podemos deixar de pensar em nós, assim temos muito a perder, isso é tudo o que temos. Tampouco podemos ser iguais sem perder uns aos outros. A ausência de diferença não é uma categoria, é um lugar onde todo o sentido desaparece; independente do que você possa ter e do quão valioso possa ser para você — isso não tem valor nenhum. Não existe ninguém capaz de conceber essa ideia. E, independente da intenção que Dostoiévski pudesse ter quando escreveu essa obra-prima, é isso que o príncipe Míchkin traz consigo, uma coisa que ninguém quer, praticamente uma visão de terror. O idiota é ele, que fica de boca aberta e ri junto com as pessoas que riem dele, com uma expressão questionadora no olhar. O idiota é a antípoda dos cínicos. Entre uma coisa e a outra existe a escolha. O cínico pergunta: quem vai perdoar? O idiota responde: eu.

*

O sol, que batia na sacada onde nos encontrávamos, estava tão quente que gotas de suor escorriam da minha testa, do ponto onde começam os cabelos, mesmo que já fosse noite há tempos, e tão claro que pensei em entrar no apartamento e pegar os meus óculos de sol. Também pensei se eu não devia pegar dois ou três dos camarões que estavam em cima da mesa, porque o leve cheiro de salmoura, acompanhado pela visão daquelas criaturas rosadas e por assim dizer blindadas, despertava um desejo pelo sabor fresco e marítimo que guardavam. Mas eu resolvi deixar de lado. Fazer uma refeição de óculos escuros era mau estilo, e começar a comer antes que todos estivessem sentados à mesa era ainda pior.

— Muito bem — disse Geir.

— O que é isso? — eu perguntei. — Você está se queixando?

— Eu? Não! Você que é o homem das queixas.

Acendi mais um cigarro e me inclinei para a frente na cadeira, apoiando os antebraços no colo.

— Eu admito que me queixo um pouco — eu disse. — Mas será que posso tentar compensar as queixas com uma piada?

— Piadas e queixas são dois lados da mesma moeda no que diz respeito a você.

— Você sabe o que o Stevie Wonder disse quando estava andando pela zona portuária e passou por uma traineira de camarão?

— Não.

— *Hi girls!*

Geir sorriu e estendeu as pernas no parapeito. Eu me inclinei mais uma vez para trás na cadeira e limpei o suor do rosto com o médio e o anular enquanto tomava cuidado para que o cigarro aceso, que eu segurava entre o indicador e o médio, não chegasse muito perto.

Os barulhos no quarto haviam diminuído de volume; provavelmente estavam lendo para as crianças. Tomei um gole de vinho. Eu nunca tinha dito a ninguém que preferia refrigerante. Nem que com camarão eu preferia beber chá, mesmo no verão, já que eu tinha passado toda a minha infância e toda a minha adolescência comendo camarão com chá, e desde então achava que um era o acompanhamento perfeito para o outro.

O olho de um dos camarões havia se desalojado da cabeça, e estava caído na borda da tigela. Parecia uma pimenta-preta. As antenas deles, que apontavam para todos os lados, por cima e por baixo dos corpos compactos, mais pareciam escovas. Que os camarões fossem pálidos e praticamente sem cor, quase transparentes enquanto vivos, mais ou menos como uma janela suja, era quase inacreditável para quem os via cozidos, porque a cor era muito característica e muito bonita, e era difícil acreditar que a natureza fosse desperdiçar uma coisa daquelas com a morte. Mas as lagostas, por outro lado, com exoesqueletos que pareciam de aço, não muito diferentes das armaduras usadas na Itália renascentista, pretas e articuladas, eram sem dúvida mais bonitas vivas do que quando sentiam a vida cessar na água fervente com um estalo, e assim a coloração vermelha e quase alaranjada surgia na carapaça. Claro, assim elas pareciam mais refinadas e mais elegantes, mas comparado à beleza negra, associada à força e ao poder, o refinamento do vermelho não era nada. Com os camarões era diferente. Vivos, pareciam burocratas do mar; mortos, pareciam uma companhia de balé.

Na rua mais abaixo um ônibus parou no sinal vermelho. Os carros chegavam pela rua, que acabava no gramado junto à praia, freavam e paravam do outro lado do semáforo. O trânsito estava livre para os carros que vinham do norte, mas a rua estava vazia. A faixa de pedestres, que começava a fazer cliques ao mostrar o homenzinho verde, ou a pessoazinha verde, como agora devia se chamar, também estava vazia. Um fragmento da sensação que eu às vezes tinha à noite, quando o sinal mudava de cor em uma rua vazia e não havia ninguém lá para ver aquilo, foi como que enfiado na minha consciência, como um envelope por baixo da porta. O que eu imaginei naquele momento, e que pude ver em uma imagem nítida, foi o mundo sem as pessoas. Todas as casas vazias, todas as ruas vazias, nada de carros, nada de ônibus, somente os sinais que mudavam do vermelho para o verde e vice-versa, lá embaixo e em todos os outros cruzamentos da cidade. Haveria movimento, porque a vegetação tomaria conta de tudo, com o ritmo vagaroso de sempre, surgiria no cimento e no asfalto e aos poucos cobriria tudo, e pelas ruas haveria animais selvagens. Mas nenhum deles se deixaria regular pelas luzes e pelos cliques do sinal. Essas coisas pertenceriam a um sistema vazio. As criaturas que em outras épocas o haviam ocupado com os próprios corpos, que haviam construído aqueles semáforos para que regulassem a si mesmas, não existiriam mais e não haveriam de retornar jamais.

Me inclinei para a frente e apaguei o cigarro num dos balaústres do parapeito, e na falta de um cinzeiro deixei o filtro cair próximo ao meu pé, que era o lugar menos constrangedor que eu pude encontrar. O filtro permaneceu lá, como um homem sob a copa de uma árvore, eu pensei, e então esvaziei o copo de vinho, larguei-o ao lado do prato e levantei o rosto: na lateral da sacada, a dez metros de distância, a porta se abriu. Era Christina. Ela sorriu e acenou para nós, como se não pudéssemos entender que ela estava vindo simplesmente ao ver o corpo dela, e por isso ainda precisássemos de um sinal.

Ela fechou a porta com uma das mãos enquanto ao mesmo tempo colocava os longos cabelos para o lado com a outra, e então veio em nossa direção.

— Como é bonito aqui de cima — ela disse. — E ainda poder sentar na rua!

— O Njaal está dormindo? — Geir perguntou.

Christina balançou a cabeça e sentou-se na cadeira junto à parede, com os olhos apertados.

— Mas ele está na cama, pelo menos. Para ele é uma aventura dormir com outras três crianças.

— Você quer um gole de vinho? — eu perguntei, estendendo a garrafa em direção a ela.

— Não, obrigada — ela disse. — Mas eu aceito um pouco de Ramlösa.

Larguei a garrafa de vinho, peguei a garrafa de água mineral e servi o copo dela. Reluzente e cheia de borbulhas, com um barulho levemente sibilante, a água depositou-se no interior da parede de vidro transparente. Algumas das bolhas quebravam a superfície da água e se erguiam quatro, cinco centímetros pelo ar, visíveis na luz do sol, que as fazia brilhar.

Christina levou o copo até os lábios e bebeu.

— Os nossos filhos também estão deitados? — eu perguntei.

Ela fez um gesto afirmativo com a cabeça, engoliu e baixou o copo, mas não o largou em cima da mesa; continuou segurando-o na mão, com o cotovelo apoiado no joelho.

— Estão — ela disse. — Mas o John está de pé no berço porque quer estar junto com todo mundo.

Christina tinha um ar meio introvertido, não pelas coisas que falava ou sobre as quais falava, mas por causa do jeito; era como se não quisesse que os gestos a deixassem, eu às vezes pensava. O mesmo valia para as expressões do rosto, que pareciam ser objeto permanente de controle; não porque fossem forçadas ou pensadas, porque não era nada disso, era mais como se ela não quisesse se mostrar demais, como se mostrar-se demais fosse perigoso, e portanto ela sempre guardava uma parte de si, das coisas que tinha em si, para si mesma. De certa forma ela era o oposto de Geir, porque ele era mais despreocupado consigo, tanto na linguagem corporal como nas expressões do rosto; o controle era exercido sobre o mundo exterior, claramente organizado, tanto no plano material, onde nada era deixado para o acaso, como no imaterial, no mundo das ideias, onde se via incapaz de escrever o que quer que fosse sem justificar de onde aquilo vinha em uma nota de rodapé.

Christina estava sempre vestida com roupas bonitas, não muito chamativas, mas de raro bom gosto. Não chegava a ser estranho, afinal ela tinha formação em design de moda. Eu sempre olhava para as roupas dela quando nos encontrávamos, para mim era uma espécie de conforto, talvez por causa da confiança absoluta, a maneira como tudo se harmonizava, sem que no entanto a harmonia se tornasse visível, porque isso seria uma demonstração de bem vestir, e a maneira como os detalhes, como um cinto ou uma echarpe, conseguiam realçar ao máximo as outras partes, colocando-as por assim dizer em relevo, enquanto ao mesmo tempo estavam no primeiro plano, porque a fivela era grande, por exemplo, e também no plano de fundo, já que o tamanho servia para realçar todo o restante. Cores, cortes, tecidos, estampas; tudo em harmonia, graças a uma confiança que só podia ser intuitiva. Era uma coisa que ela sabia fazer, e que não lhe custava esforço nenhum. Assim ela conseguia aquilo que praticamente ninguém consegue: apagar as diferenças entre o que era novo e o que era usado, o que era caro e o que era barato, deixando de lado as características para ver o que determinada peça de roupa ou determinado acessório eram em si mesmos. As marcas não existiam; eu nunca tinha sequer me perguntado de que marca seriam as roupas dela. Dentre as que eu tinha visto, indisputavelmente a minha favorita era uma jaqueta de couro marrom-clara, era uma peça muito atraente, sem que eu soubesse direito no que consistia essa atração. Que tipo de sentimento aquilo despertava? Eu a associava de maneira vaga aos anos 1970, mesmo que não houvesse nada de típico daquela época. Talvez fosse por causa do corte e da tonalidade quentes, ao mesmo tempo que a jaqueta tinha um ar meio agressivo, como todas as jaquetas de couro, e essa combinação era possivelmente aquilo que me atraía. Botões grandes. Uma peça feminina, mas sem nenhum fru-fru. Elegante. Sim, a palavra era essa. Aquela jaqueta era elegante.

Ela vestia Njaal da mesma forma. Quase todas as crianças usavam roupas da Hennes & Mauritz, ou da KappAhl, as roupas seguiam as coleções e o gosto das lojas, inclusive no caso dos nossos filhos. Se Njaal usava roupas da Hennes & Mauritz, elas nunca pareciam ser da Hennes & Mauritz, mas eram por assim dizer engolidas pelas outras roupas, escolhidas com independência e combinadas de maneira sutil. Ele também era um menino elegante, porém não como um pequeno lorde, pelo contrário, ele parecia uma criança do nosso tempo, mas com um jeito próprio, assim como Christina era uma mulher do nosso tempo, mas com um jeito próprio. Em vinte anos, quando víssemos as fotografias dessa época, ela e ele, mãe e filho, pareceriam pessoas dos anos 2000, como todas as outras, não haveria como escapar disso, porém de um jeito mais bonito e mais puro, mais ou menos como John F. Kennedy e Jacqueline Kennedy parecem ser pessoas dos anos 1950 e 60, porém com uma força e uma elegância totalmente diferente em relação aos nossos pais, tios e tias da mesma época, por mais que todos fossem evidentemente parte de uma mesma coisa.

A confiança na maneira como Christina se vestia não era correspondida pela maneira como se comportava, no sentido de que esse comportamento não parecia evidente e bem definido, ou sequer independente. Eu não a conhecia bem e nós dois nunca tínhamos falado sobre qualquer assunto interno ou externo relativo a ela, claro, mas, pelo que eu tinha visto, eu imaginava que a relação entre o interior e o exterior não se encontrava em harmonia, no sentido de que a vida interior devia ser muito maior e muito mais abrangente do que o exterior levaria a crer. Christina era cuidadosa em relação a tudo aquilo que mostrava, não necessariamente de caso pensado, não, provavelmente não, mas aquele elemento constantemente introvertido sugeria isso; ela não queria que o próprio interior fosse visível para os outros, não queria que fosse uma coisa que o olhar e os pensamentos dos outros pudessem explorar. Por quê? Será que tinha coisas a esconder? Será que tinha vergonha de uma coisa ou outra? Ou será que era apenas uma pessoa especialmente discreta?

Eu me reconhecia nessa característica. Não seria possível dizer se esse reconhecimento era relevante, porque até onde eu sabia Christina podia sentir e pensar de forma diferente em relação a tudo, mas, se aquilo que ela expressava fosse mesmo aquilo que eu achava que ela expressava, então eu sabia do que se tratava. Nesse caso ela tinha sido criada em uma família na qual parte do que tinha dentro de si não podia ser mostrada, mas tinha de permanecer oculta. Nesse caso o crescimento dela como pessoa estaria relacionado a se libertar disso, ou seja, a ser e a agir por conta própria, a aceitar as partes ocultas e permitir que se revelassem em público, mas essa dinâmica é tão

339

forte, tão integrada na própria identidade, no próprio eu, que é praticamente impossível livrar-se dela: ela é você. Porque o que acontece, ou pelo menos o que aconteceu comigo, é que aquilo que não pode ser expresso, aquilo que precisa ser escondido, vive uma vida própria, uma vida íntima, e essa vida íntima, à qual você se acostuma, transforma-se em uma forma de viver, uma coisa boa, você não precisa dos outros, você tem mais do que o necessário em você mesmo. A extroversão transforma-se em introversão. Geir, com quem Christina era casada, não tinha nenhum desequilíbrio entre o que pensava e o que dizia, entre o que fazia e o que sentia. Ele era uma pessoa marcadamente social, vivia a vida com os outros, mesmo quando estava sozinho. Por isso Geir precisava de Christina em um grau mais elevado do que Christina precisava dele. Pelo que eu via, ela poderia viver uma vida inteira sozinha, se necessário. Geir não; sem as trocas entre os sentimentos íntimos e o exterior, entre o eu dele e o mundo social, ele pereceria. Geir precisava do mundo exterior, Christina não; ela tinha tudo aquilo de que precisava em si mesma. Ela era uma cumpridora do dever, fazia o que tinha de fazer, Geir não, ele fazia o que queria. Eu também era uma pessoa cumpridora do dever, grosso modo era isso o que o mundo exterior representava para mim, uma obrigação, enquanto minha vida interior representava a liberdade em um grau bem mais elevado. Somente em anos mais recentes eu havia compreendido que a retração rumo ao íntimo era um perigo, algo que me afastava da vida. E somente em anos mais recentes eu havia compreendido que esse era um traço de personalidade que eu compartilhava com o meu pai. Ele foi uma pessoa fundamentalmente solitária durante toda a minha infância e toda a minha adolescência, tanto no que dizia respeito a manter-se isolado dentro de casa, no estúdio dele, como no que dizia respeito ao fato de que não tinha amigos próximos. O social era um jogo que ele dominava por completo, mas do qual não participava; talvez não encontrasse nada para si naquilo tudo, e, segundo eu suspeito, talvez não encontrasse nada para si em lugar nenhum. Acredito que aquilo que faz a diferença, que é repleto de importância e sentido, não existia na vida dele. Meu pai era marcado pela distância em tudo aquilo que fazia, e a única coisa capaz de eliminar essa distância eram os acessos de raiva e de fúria que tomavam conta dele, e que de uma maneira ruim o aproximavam de mim, no plano físico e psicológico, e que, talvez se pudesse pensar, da parte dele talvez existissem justamente para afastá-lo, para manter a distância.

Em um diário que encontramos em meio às coisas dele depois que morreu ele havia escrito sobre "as pessoas solitárias". Havia escrito que era capaz de distinguir as pessoas solitárias das outras, e era evidente que se considerava uma dessas pessoas. Também havia escrito a respeito da convivência entre as pessoas nos países do sul, que eram mais inclusivos e mais sociais do que os países da Escandinávia, e era impossível ler aquilo de outra forma que não como um sinal de que ansiava por uma vida dessas. Talvez ele tivesse começado a beber em busca dessas coisas. Liberdade, ausência de compromisso, companhia. A mudança mais radical no estilo de vida dele, depois que abandonou a nossa família, foi, além do alcoolismo, a grande quantidade de pessoas que de repente passou a fazer parte de sua vida. Aquilo era um recomeço, uma última tentativa, mas o álcool não era apenas uma bênção, uma dádiva de misericórdia, porque logo ele começou a sentir o desejo de beber já ao acordar, não exatamente um desejo, mas uma necessidade, uma obrigação. Nos fins de semana ele bebia desde a hora que se levantava até a hora de ir dormir, durante a semana no início ele conseguia se conter, não bebia pela manhã, mas começou a ir para casa no horário de almoço para beber um pouco, e depois bebia a tarde inteira, tornou-se cada vez mais difícil resistir àquilo, e por fim, passados muitos anos, ele desistiu por completo e mandou tudo para o inferno. Mas tudo começou no estúdio dele, essa necessidade de solidão, de manter-se longe do mundo, impossível de conciliar com o anseio pelo social, que não podia ser admitido ou reconhecido, a não ser no fim, quando tudo já estava perdido. Ele se viu num impasse cada vez mais insolúvel, e no fim perdeu tudo, também por causa da agressividade e da destrutividade à flor da pele, que, segundo entendi, no fim ele direcionou para dentro, e foi assim que acabou, totalmente à margem da sociedade, de volta à casa onde tudo começou, sozinho com a mãe em um caudaloso rio de bebida. O pastor que presidiu o enterro disse uma coisa que eu nunca vou esquecer. Ele disse que é importante manter o olhar num ponto fixo. É importante manter o olhar num ponto fixo.

É importante manter o olhar num ponto fixo.

Ele podia ter dito que as pequenas coisas são importantes; mas não foi o que disse. Ele podia ter dito que o amor ao próximo é importante; mas não foi o que disse. Ele tampouco disse em que ponto devemos manter o olhar fixo. Disse apenas que devemos manter o olhar fixo.

Isso fez sentido para mim na hora, naquela manhã em que eu estava na capela chorando e o corpo do meu pai estava no caixão a poucos metros de mim, e faz sentido ainda hoje, enquanto escrevo estas palavras. Eu sei o que quer dizer ver uma coisa sem manter o olhar fixo. Tudo está lá, as casas, as árvores, os carros, as pessoas, o céu, a terra, mas assim mesmo falta alguma coisa, porque essas presenças todas não significam nada. Podiam igualmente ser outras coisas, ou então nada. Esse é o aspecto do mundo sem sentido. Também é possível viver no mundo sem sentido, a questão nesse caso é aguentar, e as pessoas aguentam enquanto precisam. Esse mundo pode ser bonito, mesmo que não saibamos em relação a quê, uma vez que é tudo que temos, sem que no entanto isso faça qualquer diferença, porque você não se importa. Você não manteve o olhar fixo, você não está ligado ao mundo, e pode, em última análise, simplesmente abandoná-lo. Os laços que o prendem, que fazem você se enfurecer nas correntes, estão ligados aos deveres e às expectativas, encontram-se relacionados às exigências que o mundo faz a você, e mais cedo ou mais tarde você percebe o desequilíbrio que existe no fato de que você atende a todas as exigências do mundo, enquanto o mundo não atende às suas. Nesse momento você está livre, você pode fazer o que bem entender, mas aquilo que serviu para libertar você, a ausência de sentido, também esvazia o sentido da liberdade.

Mas se o mundo é desprovido de sentido, de que adianta manter o olhar fixo nele? Que tipo de falcatrua estúpida e pequeno-burguesa é essa?

A questão é saber o que é o sentido. Se aceitamos a exortação para manter o olhar fixo a sério, precisamos aceitar que o importante não são as coisas em si mesmas, que o importante não são as pessoas em si mesmas, mas que de fato poderia ser qualquer coisa e qualquer pessoa, a qualquer tempo, em qualquer lugar. Que o essencial é o olhar, e não aquilo que esse olhar vê. A própria ligação entre aquele que vê e aquilo que ele vê, independente do que seja. Assim é, porque nada significa nada em si mesmo. Somente quando uma coisa é vista ela passa a ser uma coisa. Todo o sentido nasce no olhar. O sentido não é uma característica que o mundo tem ou não tem; o sentido é uma característica atribuída. O olhar transforma o externo em interno, mas, como o externo permanece externo para o olhar, uma coisa fora do eu, este eu com frequência acha que o sentido que vê pertence à coisa ou ao fenômeno em questão, e então o condena, o exalta ou mantém-se indiferente, sem compreender que está a condenar, exaltar ou manter-se indiferente a uma parte de si mesmo. É graças a essa internalização do mundo que o sentido torna-se possível. Todo significado nasce no olhar, todo sentido no coração. Atribuir sentido ao mundo é próprio do homem, somos criaturas que atribuem sentido, e essa não é apenas uma responsabilidade nossa, é também um dever. Meu pai não cumpriu com o dever dele, e esse foi o motivo da queda. Não como um castigo, mas como uma consequência. É mais ou menos assim que eu vejo a situação hoje, treze anos depois da morte dele. Acho que o pastor tinha razão, realmente o importante é manter o olhar fixo, mas eu também acho que essa exortação se encontra relacionada àquela outra de que devemos ser pessoas boas. Todo mundo concorda com isso, mas para muita gente é uma aspiração irrealizável, que se encontra relacionada ao apelo bem mais popular e difundido de que o importante é ser rico. Claro. É fácil ser rico para quem tem muito dinheiro, é fácil ser bom para quem é íntegro, mas para aqueles que não são íntegros a bondade simplesmente não se encontra no horizonte, talvez nem ao menos exista um horizonte, nada de acima e nada de abaixo, nada de bem e nada de mal, apenas ira ou dor ou sofrimento, porque uma parte dessas pessoas está destruída, completamente fodida de uma vez por todas, e elas se encontram muito envolvidas com diversos sentimentos insondáveis e de costas para o mundo, lutando pela própria vida, isso quando não se resignam e por fim se entregam. Então muita gente luta pela vida, muita gente se entrega, e as outras pessoas, que não conhecem a dor e a ira, sentam-se para assistir à TV e sentem-se bem em relação à própria bondade. Quando penso nessas coisas, naquilo em que transformamos o mundo, uma enorme sala de estar onde nos sentamos todos juntos e ficamos olhando para o que os outros estão fazendo, me lembro daquilo que o meu pai disse uma vez, cheio de ironia, quando eu e a minha mãe grelhávamos salsichas no pátio, a própria imagem do aconchego e da felicidade em família: Que cena mais linda, vocês dois! E quando me lembro disso eu penso que ele tinha razão. Para o inferno com o sentido, para o inferno com tudo, eu vou beber até cair. Vou beber até me perder na neblina, vou beber até me perder na escuridão, vou beber até me perder no vazio, porque o vazio deve ser afastado com o vazio. Eu bebo e caio, eu caio e bebo. Tudo é estúpido, tudo é uma merda, as pessoas são cretinas, para o inferno com elas, eu vou beber e ser ainda mais idiota. Tudo é pequeno, eu vou beber e me tornar ainda menor. Porque enquanto eu bebo e me torno cada vez menor, minha sombra, que se projeta na parede, torna-se cada vez maior, até o instante em que eu morrer sentado de nariz quebrado e com sangue no rosto e no peito da camisa, e a partir desse dia eu não sou mais ninguém e a minha sombra passa a ser tudo.

Meu pai não mantinha o olhar fixo e não era uma boa pessoa. Mas ele era um homem à maneira dele, e se tivesse querido fixar o olhar e ser uma boa pessoa, eu acho que não teria conseguido. Uma parte dele já estava destruída desde o início. Para mim nada disso importa, esse era o jeito dele. Eu nunca consegui ver o meu pai como uma pessoa à parte, como vejo a mim, ele existe apenas por força da relação comigo, como pai, e as ações dele são misteriosas, mas soberanas. Não me relaciono com o fato de ele ter sofrido ou não. Meu pai era um rei sem país, e quem pode compreender que o rei sofre? O fato de que tenha morrido como um palhaço, com o nariz vermelho de sangue na cadeira da mãe, não muda nada. Para mim ele vai continuar sendo o rei até o dia em que eu morrer. Ele ainda surge para mim em sonhos, com todo o esplendor de outrora, o terrível déspota do estúdio, pois no inconsciente as razões de nada valem; é como uma daquelas caixas cheias de gelo em que se transportam corações, rins, pulmões e fígados ainda vivos do hospital onde o doador morreu para o hospital onde um corpo ainda vivo os espera. Nessa caixa de sentimentos mortos, de onde os sonhos se erguem à noite, os órgãos continuam a viver longe do corpo que outrora habitavam, e é lá que por vezes o meu pai ainda reina.

A relação entre pais e filhos é mais ou menos como aquela entre os agentes da alfândega e os passageiros no aeroporto; os agentes veem os passageiros na área de desembarque através de uma janela e podem acompanhar cada movimento deles, mas quando os passageiros olham para a mesma janela, pelo outro lado, só veem a si mesmos. Uma criança não pode aprender nada com os pais; o máximo que pode esperar é não repetir os erros deles. Meu pai escreveu no diário que tinha sido tanto uma pessoa que apanhou como uma pessoa que bateu. Um comentário desses pode ser usado como argumento contra a ideia de que as pessoas seriam criaturas racionais e dotadas de juízo. Se ele achava que apanhar machucava, por que então bater nos outros? Pode ser que a própria capacidade de empatia, a capacidade de perceber que as outras pessoas sentem como nós sentimos, e que esses sentimentos podem ser tão importantes e devem ser levados tão a sério quanto os nossos, tenha sido destruída. No ponto de partida estamos todos próximos do mundo, acredito eu, mas se a confiança é traída as pessoas refugiam-se nos lugares mais recônditos de si mesmas, como que para separar-se do que acontece no lado de fora, e a distância assim estabelecida só pode ser vencida à base de muito esforço. Mas uma relação dessas, entre ofensas na infância e uma grande distância em relação ao mundo na personalidade tardia, revela-se óbvia apenas como raciocínio de um sistema onde as regras do raciocínio são válidas, e não na realidade, que permanece aberta em um grau muito diferente, e onde não existem linhas traçadas. Quando repugno a intimidade e todas as manifestações de sentimento, e em todos os relacionamentos em que estive eu mais cedo ou mais tarde busquei uma posição neutra, discreta e sossegada, não é porque essa repugnância seja falsa, sintoma de uma relação paterna ou materna despedaçada. Não, eu repugno a intimidade e as manifestações de sentimento porque de fato *repugno* a intimidade e as manifestações de sentimento, eu não quero saber dessas coisas, não quero estar perto delas, e a distância que almejo é um bem, e às vezes o maior bem que existe. O desejo sexual é a única coisa capaz de afastar essa necessidade de limites e distância, somente através dele eu consigo transcender a angústia da intimidade e o anseio por distância e me aproximar de outra pessoa. Ao mesmo tempo, e talvez nem fosse preciso dizer isso, a angústia em relação à intimidade volta com força redobrada quando é em relação à pessoa de quem estou mais próximo, à pessoa com quem eu divido a minha vida, que o desejo sexual precisa transpor uma distância, porque nesse caso já não existe mais distância, e assim a esfera sexual se enche de resistência. Na esfera social eu consigo transpor a distância em relação às outras pessoas quando estou bêbado, nessas horas ela desaparece, mas esse é o único jeito. Para mim, um abraço é uma abominação, um tapa no ombro ou nas costas é uma ameaça. Mas nesses casos não é com a distância que eu tenho problemas, nesses casos a falta de empatia não é um defeito meu, pelo contrário, o problema é a intimidade, e com isso quero dizer que, de fato, eu não quero nada disso, e o mesmo vale para a empatia. Por que as pessoas não podem simplesmente manter-se longe e me deixar em paz?, eu penso nessas horas. Seria pedir demais? Não conheço a solidão sobre a qual o meu pai escreveu. Nesse sentido eu sou ainda mais destruído do que ele em relação ao que se espera em termos de proximidade e empatia, porque eu não anseio por essas coisas, o que, segundo acredito, torna as coisas mais fáceis para mim do que eram para ele, e provavelmente diminui muito a chance de que um dia eu siga os passos dele e beba até morrer. Por que raios eu beberia se tivesse todo o tempo do mundo para ficar sozinho?

Umas andorinhas voaram de um lado para o outro nas alturas da abóbada celeste. Eu sabia que aquilo era um sinal meteorológico, mas não sabia o que significava. Quando as andorinhas voavam nas alturas, o tempo ficava bonito, ou então chovia. Pelo menos era o que eu sabia. Eu também sabia que elas voavam a aquela altura toda porque os insetos também estavam por lá. Mas será que os insetos voavam mais alto por causa de um aumento ou de uma diminuição na pressão atmosférica? E o que estariam fazendo lá em cima, afinal?

— Como está indo o seu romance, Karl Ove? — Christina me perguntou. — Você já terminou tudo?

— Está indo bem — eu disse. — Só preciso trocar uns nomes.

— E depois você precisa escrever outros quatro volumes — disse Geir.

— Mas surgiram umas pequenas complicações — eu disse, olhando para ela. — O Geir não contou para você?

— Um parente seu que não quer que o livro seja publicado?

— É. Ele mandou emails para a editora, ameaçando procurar os jornais e entrar com um processo judicial. A teoria dele é que a minha mãe está por trás de tudo isso, que foi ela que me convenceu a escrever o livro para se vingar da família dele, já que o meu pai a abandonou.

Christina abriu um sorriso contido e largou a taça em cima da mesa, empurrou o prato um pouco para o lado a fim de abrir espaço para a base, que logo desapareceu atrás da borda levemente elevada do prato, enquanto a haste estreita e esbelta que a ligava ao recipiente propriamente dito erguia-se como uma coluna de luz graças aos raios do sol.

— Mas ninguém vai dar ouvidos a essa história, imagino?

— Não, não. Enfim, isso não passa de uma teoria dele, e não é a questão principal. A questão principal é que na opinião dele o romance constitui um crime contra a honra. E também que é um romance mentiroso. Em suma, ele diz que as coisas que eu escrevi não são verdadeiras.

— E ele está furioso — disse Geir.

— É, está mesmo — eu disse.

Na ponta da sacada, a porta se abriu mais uma vez. Linda saiu e, quando fechou a porta atrás de si, levou uma das mãos abertas à testa, como uma viseira, enquanto olhava por um instante para nós. Ela estava usando uma blusa listrada azul e branca e um calção azul-escuro; essas roupas, junto com o deque de tábuas rústicas e o movimento solene, foram o bastante para conferir-lhe ares de marinheiro. Eu sorri.

— Mas existe alguma chance de que ele realmente possa impedir a publicação? — Christina perguntou.

— Acho que não — eu disse. — Mas eu não sei, ele pode tentar. — Linda parou à nossa frente.

— Que bonito que ficou — disse Linda, puxando uma cadeira do outro lado da mesa.

— Então vamos comer — eu disse. — Por favor, sirvam-se.

— Obrigada — disse Christina. — A cara está muito boa.

— Ah, pare com isso — eu disse. — É só um prato de camarão.

— Eu ainda não comi camarão nesse verão — disse Christina. — A gente tem por hábito comer sempre.

Ela riu e olhou para Geir. — O seu pai costumava servir para a gente.

— É — disse Geir. — Dá muito camarão mais para o sul.

— Mais para o norte — eu disse. — Vocês estão muito ao sul agora.

— Vocês estavam falando sobre o seu livro? — Linda perguntou.

Christina pegou um punhado de camarões e colocou-os no prato. As cascas eram tão lisas e tão escorregadias que eles pareciam deslizar um pouco além do que seria esperado, e um acabou parando com a parte espiralada na outra borda do prato, do lado oposto àquele em que ela os havia largado. Geir pegou um pão, correu os olhos pela mesa à procura da manteiga, pegou-a também. Eu peguei a garrafa de vinho e servi a taça de Linda enquanto acenava a cabeça.

— Na verdade é terrível — eu disse.

346

— Obrigada — ela disse.

— Você não tinha se preparado para nada do tipo? — Christina perguntou.

Balancei a cabeça, coloquei uma fatia de pão no meu prato e tomei um gole de vinho enquanto eu esperava que Geir terminasse de usar a manteiga.

— Não — eu disse. — Não mesmo. Eu achei que talvez ele pudesse ficar bravo, mas não imaginei nada disso. Fui muito ingênuo. Achei que as coisas sobre as quais eu escrevi pertenciam ao passado e que ninguém diria nada a respeito. As pessoas podiam ficar bravas, eu tinha pensado nisso, e até em que talvez alguém não quisesse ter o nome publicado no livro, mas não que pudesse tentar impedir a publicação. Nem que pudesse ficar tão enfurecido.

— Eu li os emails — Linda disse para Christina. — Ele parece um homem realmente muito perigoso. Eu estou com medo, pelo menos.

— Ele não é perigoso — disse Geir. — Se fosse, já tinha metido o machado no porta-malas e vindo para cá há muito tempo.

— Não fale assim! — disse Linda.

— Mas o pior de tudo é que ele escreveu que nada é verdade. Enfim, que as coisas não aconteceram da maneira como eu as descrevi. E ele não se refere apenas a trechos imprecisos, mas a trechos em que estou mentindo. E disse que ele tem provas.

Geir pegou um punhado de camarões e os largou no prato. Peguei a manteigueira e a coloquei na minha frente, deslizei a faca na minha direção sobre a superfície amarelo-escura e amolecida pelo sol e passei a minúscula bola de manteiga que havia se formado na lateral lisa sobre a fatia de pão. A casca era marrom-escura, totalmente lisa na parte de fora, com um pequeno véu de farinha em certas partes, mas porosa na parte cortada, até onde o miolo branco chegava. Ergui a fatia para conseguir um melhor ângulo em relação à faca, de onde eu pretendia tirar o último resquício de manteiga, quando um dos três elevadores do hotel de repente começou a deslizar para cima pelo tubo transparente que subia até o alto do prédio. Christina estava inclinada como se estivesse a debruçar-se por cima de uma costura, limpando os camarões dela. Eu conhecia a sensação de ter os dedos cheios de pequenas ovas farelentas, elas tinham uma consistência bem característica, não muito diferente de areia molhada, e eram igualmente difíceis de limpar, embora um pouco mais grudentas. Linda, que ainda não parecia disposta a concentrar-se na refeição, mas dava a impressão de preferir um breve descanso afastada daquilo, talvez por ainda trazer em si o barulho de todas as vontades das crianças, levantou a taça.

— Saúde, e sejam muito bem-vindos! — ela disse.

347

— Saúde — disse Geir.

— Obrigada — disse Christina.

Tocamos as bordas das taças e bebemos. Larguei minha taça em cima da mesa e encontrei rapidamente os olhos de todos, conforme eu tinha aprendido ao chegar à Suécia sete anos antes, com a consciência de que durante todos os anos anteriores as pessoas tinham encontrado os olhares umas das outras depois do brinde, a não ser o meu, porque eu continuava sentado sem demonstrar nada, desmascarado sem nem ao menos saber.

— Não quero estragar a noite falando do meu tio o tempo inteiro — eu disse, registrando que o elevador havia parado, que a porta havia se aberto e que um homem gordo e uma mulher um pouco menos gorda entraram na cabine ao mesmo tempo que os outros elevadores começaram a deslizar para cima. — Mas eu gostaria de terminar o que comecei a dizer. A história sobre ele ter provas de que eu estou mentindo.

Peguei um punhado de camarões e os deixei ao lado da fatia de pão, peguei um deles entre os dedos, pressionei o polegar e o indicador sobre a divisão entre a cabeça e o corpo e arranquei-lhe a cabeça.

— De repente foi como se eu não soubesse mais ao certo o que era e o que não era verdade. Foi muito desconfortável. Incrivelmente desconfortável. Afinal, trata-se de coisas que eu mesmo vivi, não é mesmo? De repente eu comecei a me perguntar se eu realmente tinha vivido essas coisas todas. Você entende?

Christina fez um gesto afirmativo com a cabeça. Apertei o indicador e o polegar sobre a casca que recobria o ventre, que cedeu sob a pressão das ovas, que escorreram, retirei quase tudo e coloquei na borda do prato antes de segurar a casca pela parte dorsal e levantá-la, como quem levanta um visor, e também deixá-la de lado.

— A única certeza que eu tenho é que o meu pai bebeu até morrer. Se eu tivesse escrito apenas isso, não haveria problema nenhum. Em termos factuais, digo. Mas eu também descrevi em detalhe o lugar onde tudo aconteceu. E esse lugar é a casa onde o meu pai cresceu. Eu descrevi a minha vó em detalhe, e a minha vó é a mãe dele. Os cômodos onde ele cresceu. Claro que isso é invasivo, porque é um espaço pessoal. É o espaço dele. Então eu apareço, passo uns dias por lá e depois escrevo uma merda de um romance a respeito. Que talvez seja um romance mentiroso, ainda por cima. Ou pelo menos um romance que apresenta uma realidade distorcida. Eu não confio em mim. Não sei o que é e o que não é verdade. E depois apronto essa. Para cima do irmão dele. Eu sempre o tive em alta conta, enfim, ele sempre teve grande importância na minha vida, sempre foi alguém para mim.

Passei o polegar sobre a parte ventral da carne do camarão, que mais parecia uma larva, para limpar as últimas ovas, coloquei-as bem no canto da fatia de pão e comecei a descascar outro.

— É por isso que está sendo realmente terrível para mim. Porque tudo que ele diz de certa forma reverbera em mim. Já estava lá. E quando essas coisas também vêm de fora passam a ser tudo.

— Mas o que vai acontecer em termos práticos? — Linda perguntou. — Você vai trocar todos os nomes, claro. Mas tem mais alguma coisa que você precise fazer?

— Não.

— Eu não acho sequer que você devia trocar os nomes — disse Geir. — Por que você faria uma coisa dessas?

— Isso você pode entender se pensar mais um pouco — eu disse. — É o nome dele. Eu não tenho o direito de usá-lo para os meus próprios fins

— Talvez no que diz respeito ao nome dele — Geir prosseguiu. — Mesmo que eu ache que você devia levar tudo adiante como está. Mas o nome do seu pai? E da sua vó? Isso não está certo.

— Esse é justamente o limite — eu disse, largando o segundo camarão ao lado do primeiro. Era estranha aquela transformação de uma criatura em lixo, com o pequeno amontoado de fragmentos de casca, cabeças, ovas e antenas ao lado daqueles belos e esbeltos crustáceos.

— Digamos que no fim haja mesmo um processo — disse Geir. — No que vai consistir a acusação contra você? Em dizer que você escreveu a respeito do seu pai? Por que diabos ele deveria ser protegido contra isso? Por que o nome dele deveria ser mantido limpo e imaculado? O que aconteceria se uma vítima de incesto tivesse escrito um livro sobre o pai? Por acaso a publicação devia ser proibida porque o irmão do pai não gostaria de ver o nome dele ser arrastado na lama? Como se o nome já não estivesse sujo devido aos próprios atos do pai?

— Mas nesse caso você está falando de um crime — eu disse. — É diferente.

— Você tem razão. Mas o seu pai fez o que fez com você. E você não tem o direito de falar a respeito disso porque o assunto pode contaminar o seu tio através do parentesco? É absurdo. O que é pior, um ato ou a descrição desse mesmo ato? Será que a descrição do ato pode ser criminosa, mas o ato em si não?

— Acho que não é isso que o Karl Ove está querendo dizer — disse Christina. — Ele está dizendo que a própria descrição desse espaço é invasiva. O fato de que a porta que dá acesso a tudo isso vai estar aberta, e que todos os interessados vão poder olhar lá para dentro.

349

— Mesmo assim, isso não explica a fúria dele — disse Linda. — Deve haver outra coisa.

— Por que ele acha que a sua mãe está por trás de tudo? — Christina perguntou. A fatia de pão dela estava quase toda coberta pelos camarões brancos e alaranjados. Estavam lá, descansando sobre a fina camada de manteiga como pessoas deitadas à beira da praia, vistas de um avião durante a aterrissagem.

— Não tenho a menor ideia — eu disse. — Mas ele era pequeno quando a minha mãe e o meu pai começaram a namorar. Devia ter uns dez anos. O irmão mais velho dele se casou e saiu de casa. É uma mudança e tanto para o irmão caçula. Quem a minha mãe foi para ele? Provavelmente, a mesma pessoa que foi para os pais dele. Imagino que eles não queriam que o meu pai se casasse com a minha mãe, porque ela não era boa o suficiente para ele, embora fosse. Em todo caso, depois veio o casamento deles. Isso foi uma afirmação e tanto. Lembro que o meu pai retomou o assunto quando se casou pela segunda vez, e os pais dele mais uma vez não compareceram. Isso calou fundo. Significou muito para ele. Essa recusa e o motivo para essa recusa devem ter sido internalizados pelo Gunnar. Talvez não como ideias claras e argumentos, mas como sensações, e portanto como verdade: assim era a situação com ela. E, depois que os dois se casaram e tiveram filhos, deve ter ficado claro para a família toda que o meu pai não estava bem. Pelo menos hoje parece muito claro para mim, quando eu penso a respeito. E, como o meu pai era parte da família e vinha da família, deve ter parecido evidente para eles que a culpa era da minha mãe.

— Então ele perdeu o irmão? — Linda perguntou.

— Perdeu — eu disse, colocando mais um camarão na fatia de pão, que logo estaria cheia. Eu tinha água na boca e os descascava o mais depressa que podia. — E depois perdeu o irmão outra vez quando ele começou a beber.

— E depois pela terceira vez quando você escreveu a respeito — disse Geir.

— Eu não tinha pensado nisso — eu disse. — Mas você tem razão. Eu o peguei para mim, disse que ele era meu e que as coisas aconteceram assim e assado.

— Como era o relacionamento entre a sua mãe e os pais do seu pai? — Christina perguntou. Ela levou a fatia de pão à boca e deu uma mordida, e o movimento foi tão pequeno que por um instante ela pareceu um esquilo, até que, talvez porque eu tivesse olhado para ela, talvez simplesmente porque estivesse alegre, enfim sorriu e fez com que toda aquela pequenez se desfizesse.

Eu também sorri.

— Posso fazer uma pergunta a você? — Linda disse.

Christina fez um gesto afirmativo com a cabeça.

— Por que você não bebe vinho?

Christina riu e tapou a boca com a mão. Geir abriu um sorriso enorme. E Linda também sorriu.

— Estamos esperando um bebê! — disse Christina.

— Eu sabia! — disse Linda.

— É sério? — eu disse, olhando para Geir. — Por que você não me disse nada?

— Estamos dizendo agora — ele disse.

— Dá para ver — Linda disse. — A sua barriga cresceu.

Christina olhou para baixo e colocou uma das mãos na barriga. O olhar quando ela voltou a nos encarar era feliz.

— É para quando? — Linda perguntou.

— Fim de dezembro — disse Christina.

— Que incrível! — disse Linda.

— Meus parabéns — eu disse, erguendo a taça.

— Foram vocês que nos inspiraram — disse Geir. — Quando viemos aqui no Ano-Novo e vimos o John. Pensamos em ter mais um. Ele parecia muito contente e não parava de estender os braços para a gente.

— Vai ser muito bom para o Njaal — disse Linda.

— É — disse Christina. — Vai ser bom para ele virar o irmão mais velho.

— Vocês já contaram para ele? — Linda perguntou.

Christina balançou a cabeça.

— Já contamos para os meus pais. E para os pais do Geir.

— E vocês já sabem se vai ser menino ou menina? — Linda perguntou.

— Não — disse Christina. — A gente prefere não saber.

— Queremos manter o suspense — disse Geir.

— Eu não acredito que você passou dois dias aqui sem dizer nada — eu disse. — Quer dizer, na verdade eu acredito. Você se lembra de quando eu contei que a gente teria a Heidi?

Geir acenou a cabeça.

— Vocês estavam esperando o Njaal. Mesmo assim você não disse nada. Dois meses mais tarde veio a notícia.

— Mas o que tem? — disse Geir.

— É disciplina demais para mim. A gente não consegue guardar segredo. Quantos dias se passaram antes que a gente contasse para todo mundo? — eu perguntei, olhando para Linda.

— Dois, acho — ela disse.

351

— É como se a família Stray estivesse olhando para a família Hamsun — disse Geir.

— Vocês são a família Stray, imagino? — eu perguntei.

— Claro — disse Geir. — A gente vê de olhos arregalados tudo que vocês fazem. Mantemos tudo em ordem.

— Eu fico tão feliz por vocês! — disse Linda, olhando para Christina.

Quando olhei para ela, para a chama interior que naquele instante se revelava nos olhos, tudo fez sentido; claro, *aquele* era o motivo! Christina estava voltada para si mesma, não como se desse as costas para o mundo, não como se estivesse a se afastar, mas como se houvesse uma coisa boa lá, dentro dela.

— Já escolhemos os nomes, até — disse Geir, olhando para Christina.

— E vocês ainda vão esperar seis meses para nos contar quais são? — eu perguntei.

— Se for uma menina, vai se chamar Frøydis — disse Geir. — Se for um menino, vai se chamar Gisle.

Enquanto permanecíamos sentados naquela pequena sacada acima da cidade, comendo e bebendo, o sol baixou devagar, cada vez mais vermelho, ao mesmo tempo que a escuridão começava a aumentar de forma quase imperceptível ao redor, primeiro lá embaixo, nas ruas, onde o ar parecia tornar-se mais áspero e as cores em tudo que havia por lá, como carros, pessoas e prédios, aos poucos tornavam-se cinza. Falamos sobre o filho que eles esperavam, sobre os filhos que já tinham vindo, falamos sobre aqueles que já haviam se tornado os velhos tempos, os anos em que havíamos morado em Estocolmo, e falamos sobre os emails de Gunnar. Na verdade eu não queria, porém minha inquietude era tão grande que eu precisava aplacá-la, e a única maneira eficaz que eu conhecia era falar. Quando o vinho acabou e todos disseram-se satisfeitos, eu e Linda tiramos a mesa. Na cozinha, preparei café e tirei o sorvete da geladeira.

— Que noite agradável — disse Linda.

— É verdade — eu disse.

— Você está bem? — ela perguntou.

— Estou — eu disse. — Quer dizer, sim e não. Mas é bom estar aqui. — Dei um abraço em Linda. Passamos um instante assim, então ela saiu para buscar o lampião que uma vez tinha me dado como presente de aniversário, um daqueles lampiões de metal com revestimento de vidro, no interior dos quais se acende uma vela grande, ou, em nosso caso, já que as velas grandes tinham acabado, diversas velas pequenas.

Fiquei na sala e a vi passando com o lampião aceso nas mãos em meio à penumbra. Depois levei o sorvete, as frutas, o biscoito e o café em uma bandeja, junto com xícaras, pires e colheres, de volta para a cozinha.

A escuridão de agosto é a mais bela de todas as escuridões. Não é aberta e clara como a escuridão de junho, não é por assim dizer repleta de possibilidades, mas tampouco é fechada e hermética como a escuridão do outono ou do inverno. Aquilo que já passou, a primavera e o verão, permanece aberto na escuridão de agosto, enquanto aquilo que ainda há de passar, o outono e o inverno, são apenas coisas que você pode enxergar, sem no entanto fazer parte delas.

A luz do lampião bruxuleava em cima da mesa, reluzia em rostos e olhares. A escuridão se adensou, e as ruas mais abaixo haviam silenciado. Os elevadores subiam e desciam, as luzes dos semáforos trocavam de cor, de vez em quando as pessoas vinham andando pela rua de passeio, eram famílias que davam uma volta no final da tarde ou jovens que saíam, talvez rumo a um parque, onde haveriam de sentar-se para beber, talvez rumo a um café com mesas na rua. Havia uma tensão ao redor desses jovens, ou então em mim, porém despertada por eles, uma vez que faziam aquilo que eu tantas vezes havia feito e em relação ao que ainda sentia uma forte atração: sair à noite e sentir que qualquer coisa pode acontecer.

Mas essa sensação também estava na escuridão de agosto, pensei. Também nela havia uma promessa e uma expectativa. Certas coisas se fecham, outras coisas se abrem. A vida é vivida. Durante o outono e o inverno, a primavera e o outono, com mais substância a cada reiteração. Claro, não foi isso o que aconteceu? A escuridão de agosto nunca tinha parecido tão carregada como naquele momento.

Mas carregada com o quê?

Com a beleza do tempo que passa.

Quando terminamos de comer e eu já tinha buscado o conhaque e bebido um copo, entrei para mijar. No trajeto, enfiei a cabeça para dentro do quarto das crianças, onde todos respiravam como bichos, completamente fechados em si mesmos. As vozes das minhas três companhias na sacada mal chegavam até lá, eu ouvi a voz e a risada de Linda e pensei em como era ser criança e dormir ao som da voz dos pais. Ao som da vida deles, fora deles. Mijei, foi bom, e me olhei no espelho enquanto eu lavava as mãos. Nem as rugas profundas na testa e ao longo das bochechas nem as pequenas rugas que haviam surgido no canto dos meus olhos estavam lá quando Vanja tinha nascido. Mas o sentimento que eu tinha, e que sempre havia me acompanha-do, era o mesmo de quando eu tinha vinte anos, e talvez por isso eu não visse um homem de quarenta anos no espelho, mesmo que a idade fosse evidente e marcada, mas apenas eu mesmo, Karl Ove.

Sequei as mãos na toalha, entrei no quarto e abri os meus emails, como sempre com o coração batendo forte e um intenso desconforto físico.

Havia um email da Amazon e outro de Tonje.

Abri esse último.

Querido Karl Ove,

Me desculpe não ter mandado notícias antes. Você estava certo quanto às suas pressuposições. Passei três dias com uma dor de cabeça latejante e tremores na pálpebra enquanto eu lia o romance. Depois fiquei tentando entender por que eu havia levado isso tão a sério. Em primeiro lugar, foi por medo da exposição. Logo a própria leitura tornou-se um fardo. Todas as pequenas histórias que eu havia esquecido de repente voltaram, junto com você e a pessoa que você foi para mim.

Depois de ler tudo eu relaxei um pouco. O Tore tem razão, eu pareço mesmo uma princesa — no livro, que fique bem claro. Mas eu também gostaria de tentar uma abordagem sistematizada em relação a isso tudo, se possível. Afinal, eu não sei o que você pretende escrever a meu respeito no volume cinco. E não posso dizer que tudo está bem desde que você escreva coisas boas a meu respeito. Sendo assim, decidi não interferir de nenhuma forma no que você está fazendo. Esse é um projeto seu. Use o meu nome completo e seja o que tiver de ser. Com certeza você entende que eu não estou em posição de oferecer qualquer tipo de perspectiva em relação ao livro. Mas a leitura me deixou de coração apertado. Meu querido, querido Karl Ove.

Tudo de bom,
Tonje.

Senti um alívio tão grande, e a última linha foi tão cheia de ternura, que senti meus olhos se umedecerem. Fechei o email e passei um tempo sentado em frente ao PC. Eu queria que os meus sentimentos se acomodassem um pouco antes de voltar à companhia dos outros. O simples fato de ter recebido um email de Tonje já parecia uma traição a Linda. Senti como se eu tivesse uma vida secreta longe da minha família. E de fato eu tinha, porque eu tinha uma vida antes deles, e, mesmo que em geral eu não pensasse nisso, era o que eu tinha feito durante a escritura do primeiro romance. Eu tinha despertado para a vida essa vida pregressa, dentro de mim eu tinha despertado para a vida

354

todas as pessoas a quem eu estava ligado naquela época, e assim, com o passado desperto, eu tinha passado na companhia deles todos, da minha família, sem dizer nada, sem demonstrar nada de nenhuma forma, mas assim mesmo tudo isso estava lá, em meio a nós.

Talvez dez minutos depois eu me levantei e atravessei o apartamento. Eu precisaria encaminhar o email de Tonje para a editora, em parte porque eles precisavam saber como todos estavam reagindo, uma vez que o alarde por conta do manuscrito já era grande, em parte porque eu queria que eles vissem que eu não era de todo insincero, pois, mesmo que os emails de Gunnar fossem ensandecidos, eu suspeitava de que na editora as pessoas achavam que onde havia fumaça havia fogo, e que devia haver mais que um simples grão de verdade nas acusações de Gunnar. Afinal, eu era escritor, eu me sustentava inventando coisas, então provavelmente, eu achava que eles achavam, a reação de Gunnar à minha descrição das circunstâncias reais devia estar marcada por esse meu temperamento romanesco, ou seja, exagerado, e talvez bastante exagerado. Eu suspeitava especialmente de Geir Berdahl no que dizia respeito a esses pensamentos. O amor pela verdade do auditor versus a insinceridade do escritor. O fato de que Tonje não tinha reagido daquela forma, e de que havia demonstrado confiança suficiente em mim para me deixar completamente livre no que dizia respeito às descrições relativas a ela nos livros seguintes não provava nada, mas pelo menos sugeria uma tendência diferente.

Mas eu deixaria o assunto para o dia seguinte. Naquele momento eu voltaria à sacada com Linda, Christina e Geir, iluminados pela luz do lampião, beberia conhaque e falaria sobre qualquer assunto que aparecesse.

Quando me aproximei, Linda estava no meio de uma história. Tinha sido durante o nosso primeiro verão em Malmö. Quando o apartamento, a sacada e a cidade eram todos novidades. Praticamente todas as noites nos sentávamos lá depois de pôr as crianças na cama. O verão parecia não acabar nunca; ainda em setembro podíamos passar as noites lá. Tínhamos comprado um monitor para as crianças, o transmissor ficava no quarto delas, o receptor na mesa entre nós dois. Quando as crianças se mexiam, ou faziam qualquer outro barulho, o receptor se ligava sozinho e podíamos ouvir. Numa das noites em que se ligou, uma das crianças estava chorando. Eu entrei no quarto, mas ela — eu não sabia se Vanja ou Heidi — devia ter voltado a dormir, porque quando entrei as duas estavam dormindo quietinhas. Saí do quarto. Do receptor, mais uma vez saiu o som de choro. Dessa vez foi Linda quem entrou. A mesma coisa aconteceu; as duas estavam dormindo. Era um tanto sinistro, porque havia uma criança chorando no receptor. Um choro rouco e

355

distante. Eu pensei que devia ser uma criança morta, uma criança chorando no além, e que as frequências desse choro estavam sendo captadas pelo receptor. Eu não disse nada a respeito desse pensamento, porque Linda estava fora de si, ela se apressou até o quarto das meninas com o receptor na mão, para que pudesse ver com os próprios olhos que o choro no aparelho não vinha das filhas dela. Enquanto ela estava longe eu entendi o que estava acontecendo. Estávamos na cidade, havia centenas de pessoas ao nosso redor e logicamente algumas delas tinham o mesmo tipo de monitor.

Expliquei tudo para Linda quando ela voltou. Ela se acalmou. Porém um instante depois ela me olhou e disse: mas ninguém foi cuidar dessa criança.

Quando ela contou a história, a percepção de um acontecimento sinistro que tivemos na época havia sumido. Aquilo tinha se transformado em uma simples história. Mas Linda tinha acabado de escrever um conto relacionado a esse episódio. No conto o elemento sinistro permanecia intacto, talvez até mesmo amplificado. Porque Linda era assim, esse era o talento dela, concentrar a vida em pontos de intensidade e significado enormes. Muitas vezes meus olhos se enchiam de lágrimas quando eu lia os escritos dela, como nesse caso, porque nessas horas ela de repente se revelava como a pessoa que era.

— O monitor que a gente comprou antes de viajar para Gotland — eu disse. — Você lembra? Daquele passeio?

— Lembro — ela disse. — Eu lembro que você foi correndo até a loja com a sua mochila para fazer compras pela manhã.

— Correndo? — Geir perguntou. — De que distância estamos falando?

— Eu corria dez quilômetros — eu disse. — Teve uns meses em que eu estava com um preparo físico realmente incrível. Mas eu não sabia de nada disso. Tudo é relativo. Quando você consegue fazer uma coisa, tem sempre outra que você não consegue. Então eu me foquei nisso.

— Sair de férias com crianças e sem carro é um gênero à parte — disse Linda.

— É o soneto da infância — eu disse. — Não fica mais difícil do que isso.

— Mas foi bom — ela disse. — Eu estava grávida da Heidi. E a Vanja ainda era muito pequena! A gente achava que ela era grande. Mas ela não passava de um pingo de gente!

— É verdade — eu disse. — Puta merda, o tempo passa muito depressa! Eu sinto como se tivesse acontecido na minha infância.

Tínhamos passado duas semanas por lá, alugando uma casa na orla da floresta, e no meio da floresta, que de todas as maneiras possíveis me fazia lembrar da floresta próxima a Hove, que era composta de pinheiros e descia até o mar, no meio dessa floresta havia colunas naturais de calcário. Ah, que anseio eu senti com aquela visão! Todas as tardes, enquanto Linda e Vanja ficavam em casa, eu corria até lá para vê-las. Pareciam estátuas. Altas como um homem e brancas em meio àquela exuberância de pinheiros. De certa forma pareciam totens, essa era a associação que eu fazia, a índios e a um mundo sem carros, sem asfalto, sem cimento, sem vidro, sem máquinas. Apenas as coisas que cresciam, e as pessoas que viviam em meio às coisas que crescem. Eu corria até lá, via as colunas naturais de calcário, elas me enchiam de sentimentos e depois eu corria de volta para a minha pequena família.

Isso não tinha acabado de acontecer, mas tinha acontecido muito tempo atrás, como também aquela noite na sacada; dentro de não muitos anos, seria um acontecimento que eu relembraria como uma parte isolada da minha vida presente. Uma lembrança é uma projeção na rocha que forma a montanha da consciência, onde nos sentamos para brindar e conversar, enquanto na projeção mais abaixo o meu pai está sentado numa cadeira, morto e com o rosto cheio de sangue. E numa projeção ainda mais abaixo estamos todos sentados em um paradouro no interior de Agder, o meu pai, a minha mãe, Yngve e eu; passamos a manhã inteira colhendo frutinhas, e naquele momento estamos sentados fazendo o nosso piquenique, e logo ao lado corre um riacho, a água é branca e verde e muito fria; vem da montanha às nossas costas, e do outro lado, na beira da estrada, está o nosso Kadett todo empoeirado.

Mas assim mesmo ainda não era uma lembrança, não era passado, tínhamos chegado somente até aquele ponto, até aquela noite, que se aproximava do fim.

— Você está cansada? — Linda perguntou a Christina, que fez um gesto afirmativo, sim, ela estava, e esse comentário trouxe o fim, porque estávamos todos cansados, e as crianças acordavam na pior das hipóteses às cinco horas, na melhor das hipóteses às cinco e meia, então o jeito era tirar a mesa, colocar tudo na máquina de lavar louça, apagar as luzes, escovar os dentes e dormir.

Fiquei deitado de costas na cama, no escuro, esperando que Linda saísse do banheiro. Quando ela deitou, e por assim dizer afundou na cama, como em um lago, eu a abracei com força e senti o corpo dela contra o meu, o calor dela, e o cheiro.

— Eu te amo — eu disse. E por um motivo estranho ou outro eu comecei a chorar quando disse isso. Mas foi um choro silencioso, foram apenas os meus olhos que se encheram de lágrimas, ela não percebeu.

No dia seguinte fomos à praia. Linda fritou almôndegas e aprontou sanduíches abertos, eu fiz uma omelete, passei café e preparei suco, pusemos tudo em uma sacola térmica, colocamos na bagagem uma toalha de praia grande, toalhas e roupas de banho e as boias de braço essenciais para as meninas, vestimos as duas com sandálias e vestidos de verão, cada uma com um boné, passamos protetor solar nelas, acomodamos John no carrinho e saímos. Até aquele verão Riebersborg tinha sido sinônimo de praia para nós, mas não havia sombra em lugar nenhum por lá, e Linda, que não suportava o sol e escondia-se por baixo de grandes chapéus e grandes óculos de sol durante todo o verão, além de sempre escolher o lado das ruas que estava na sombra e sempre sentar-se debaixo de guarda-sóis quando escolhíamos um café ao ar livre, ao contrário de mim, que sempre queria tomar tanto sol quanto possível, nos levou à praia de Sibbarp no começo do verão, e se por um lado o lugar era bastante longe, por outro havia árvores junto à praia, com folhagens que projetavam as mais profundas sombras, e desde então era para lá que íamos quando queríamos tomar um banho de mar. Era longe demais para ir a pé, e assim tínhamos que tomar o ônibus que saía da Bergsgatan, perto da Konserthuset; de lá, o trajeto até Sibbarp levava pouco menos de meia hora. Njaal, Heidi e Vanja andavam à frente, depois vinha Linda com a sacola térmica pendurada no ombro, Christina com uma mochila nas costas, Geir com uma bolsa na mão e por último eu, empurrando o carrinho de John com uma bolsa enorme apinhada de tralhas e traquitanas. Estava quente e no ponto de ônibus não havia sombra, então foi um alívio quando o ônibus chegou após minutos. O ônibus estava quase cheio. Geir e Christina conseguiram lugares bem na frente e Njaal sentou-se no colo de Christina, enquanto Vanja e Heidi sentaram-se no primeiro assento depois do espaço aberto bem no meio do ônibus, e eu e Linda nos sentamos atrás delas, Linda com John no colo. Atravessamos a cidade, deixamos para trás o hospital e entramos na grande região atrás do Pildammsparken, onde ficava o particularmente bonito estádio antigo, que tinha a forma de uma tigela alongada e remontava à época do funcionalismo, infelizmente já pouco adequado ao futebol, uma vez que tinha pistas de corrida largas e pouca inclinação nas arquibancadas, o que havia levado à construção ainda em progresso de um novo estádio bem ao lado. Na mesma região também ficava o Baltiska Hallen, além de um grande campo fechado com grama sintética. Eu tinha estado lá algumas vezes durante o primeiro inverno que passamos em Malmö, havia uns jornalistas que jogavam futebol no meio da tarde duas vezes por semana, e eu tinha me juntado a eles.

Enxuguei o suor da testa e descobri que tínhamos atravessado a Bellevuevägen. Eu conhecia tão pouco a cidade que nem ao menos sabia direito como as diferentes partes se encaixavam. Devíamos estar perto da colônia de jardins, pensei. A simples lembrança daquele lugar foi o bastante para obscurecer meus pensamentos. Olhei para Linda e John. O rosto dele estava úmido, os olhos se abriam e fechavam como as bocas de dois peixes moribundos. Em poucos segundos ele não conseguiria mais resistir ao sono, que parecia ter uma força enorme naquela idade.

Vanja se virou, olhou para mim e perguntou quanto faltava para a gente chegar. Mais uns minutos, eu disse. Quanto tempo leva um minuto, ela perguntou. Sessenta segundos, eu disse. Quanto tempo leva um segundo, ela perguntou. Entre agora e agora, eu disse. É bem rápido, ela disse. Mas por favor não comece a contar, eu disse. Vanja olhou para mim. Por que não?, ela perguntou. Dei de ombros. Você pode contar se quiser, eu disse. Ela começou a contar. Quando ela chegou a trinta e doze, eu a corrigi. Chegamos ao centro de Limhamn, a rua principal estava cheia de carros, as calçadas de ambos os lados estavam cheias de pessoas. O que vem depois de trinta e nove, papai? Quarenta, eu disse, olhando para Linda. Ele dormiu?, eu perguntei. Ela fez um gesto afirmativo com a cabeça. Estávamos andando pelo lado da praia, logo enormes gramados surgiram à nossa frente, com grupos de árvores decíduas de folhagem verde espalhados aqui e acolá, e de repente o ônibus dobrou e chegou ao fim da linha. Linda levou John até o carrinho, ele acordou e começou a chorar, eu tirei o carrinho do ônibus, Linda tentou colocá-lo lá dentro, ele começou a espernear, eu assumi o controle e ele se entregou em cerca de vinte segundos, então pude acomodar as pernas dele no carrinho, levantar a bolsa e seguir os outros enquanto ele inclinava a cabeça para trás e caía no sono outra vez. Apressei o passo até alcançar Linda. Vanja, Heidi e Njaal iam à nossa frente, alegres como três vira-latas. Pequenos barcos no porto, um quebra-mar cheio de gente. Também pelo gramado por onde andávamos havia pessoas, umas caminhando, outras brincando, de um lugar qualquer ouvia-se o zumbido de um avião radiocontrolado, ainda outras sentadas nas toalhas de praia. O ar estava repleto de joaninhas, duas delas pousaram na minha camiseta, eu as afastei com um peteleco. Atravessamos o gramado, passamos em frente ao quiosque e seguimos o caminho de cascalho que avançava ao longo da parte mais afastada da praia até a parte norte, onde ficavam as árvores. Passamos por uma mulher em trajes de banho, ela andava com o jeito cauteloso de quem não está acostumado a estar de pés descalços, e por três rapazes por volta dos vinte anos que tinham as cuecas visíveis sob os calções de banho que cobriam apenas a parte mais baixa do quadril. Linda andava ao lado de Christina enquanto as crianças mais uma vez corriam muito à frente, querendo ser as primeiras a chegar. Geir parou e assim eu pude alcançá-lo.

— Você a viu? — ele me perguntou.

— Quem? — eu disse.

— A mulher que passou com roupa de banho. A roupa estava totalmente molhada na altura dos seios. Encharcada. Mas seca em todos os outros lugares. Então ela não tomou banho. Aquilo era leite. Do peito dela.

— Não vi nada — eu disse.

Ouvi um estalo sob os meus pés e parei a fim de ver o que seria. Eram joaninhas. Estavam por toda parte. A trilha e a grama estavam cheias de joaninhas mortas. O ar também estava cheio delas. Continuei em direção à árvore, estendi a toalha de praia na sombra e comecei a ajudar Heidi a vestir a roupa de banho e as boias de braço enquanto Linda ajudava Vanja. John ficou dormindo no carrinho com o queixo apertado contra o peito e o chapéu por cima dos olhos. Havia três joaninhas na camiseta dele e uma na minúscula aba do chapéu. Eu as percebi no meu cabelo também, e balancei a cabeça.

— Você quer tomar banho com as crianças? — eu perguntei, e então Linda fez um gesto afirmativo com a cabeça e começou a se trocar enquanto eu ajeitava a comida. A toalha de praia estava cheia de joaninhas. Olhei para cima. Revoadas enormes não paravam de chegar. Olhei para o meu peito, quatro joaninhas haviam pousado em mim. Afastei-as mais uma vez com um peteleco, segurei a toalha de praia e a balancei, coloquei-a mais uma vez no chão, comecei a ajeitar a caixa térmica com os sanduíches abertos, as almôndegas, a salada, a omelete e as azeitonas.

— Puta merda, tem muita joaninha por aqui — eu disse.

Geir ficou parado, desferindo golpes no ar. Christina estava a caminho do mar com Njaal nos braços. Depois de saber, pude enfim ver que ela estava grávida. Ela também desferiu um golpe contra o ar. Njaal imitou o movimento. Linda agitou os cabelos. Heidi e Vanja estavam de mãos dadas junto à margem, olhando para longe. A esteira estava cheia de joaninhas outra vez.

— Não vai dar para comer aqui — eu disse. — Esses bichos estão por toda parte. Vejam só — eu disse, apontando para a revoada que se aproximava.

— Talvez esteja melhor para lá — disse Geir. — O lugar é mais aberto e tem mais vento.

Fomos até lá, para o fim do gramado, mas o lugar também estava cheio de joaninhas no chão e no ar.

— Bem, podemos ficar onde estamos — eu disse. — Afinal elas não são perigosas.

Voltamos à sombra, onde tentei ignorar as joaninhas o máximo possível. Acendi um cigarro, servi uma caneca de café. Segundos depois uma joaninha estava flutuando no meu café. Eu a tirei com os dedos, traguei o cigarro e exalei uma nuvem densa à minha frente, para o caso de as joaninhas serem como os mosquitos, que se afastam da fumaça do tabaco. Geir tinha ido até a margem, naquele momento estavam todos lá. Linda entrou na água devagar, com Heidi e Vanja ao lado. As duas batiam mais ou menos na altura dos quadris dela. A pele era branca como mármore. O ar estava repleto de pontinhos escuros. As joaninhas tinham pousado em todas as caixas térmicas, e por toda a toalha de praia. Estavam caminhando por cima dos meus sapatos, dos meus calções e da minha camiseta. Era uma cena sinistra. Afinal, as joaninhas eram uns dos insetos mais bonitos que existem. Aquela beleza elegante, quase floral, era o exato oposto da monstruosidade. Os mosquitos às vezes chegavam em revoadas enormes e acabavam em todo lugar, não havia nada de estranho nisso, mas quando as joaninhas faziam o mesmo parecia uma coisa ameaçadora, era como se aquilo estivesse errado, como se algo que devia estar fechado estivesse aberto, e quando eu olhei para o estreito, onde a estrutura gigantesca da Östersundbroen se erguia a uma proximidade perturbadora no noroeste, e os contornos da usina nuclear de Barsebäck revelavam-se no sudoeste, e o ar azul acima da superfície azul e reluzente do mar estava repleto de pontinhos escuros que eu sabia serem joaninhas, pensei que era daquele jeito que o mundo devia acabar.

O NOME E O NÚMERO

Meses atrás eu recebi uma ameaça pelo correio, a correspondência estava endereçada ao meu irmão, então eu recebi uma cópia, embora o meu irmão não fosse tratado pelo sobrenome real, mas pelo sobrenome de solteira da nossa mãe. A carta estava endereçada a Yngve Hatløy. O missivista achou que ele não merecia mais o nome Knausgård, e então lhe deu outro nome. Quanto a mim, o missivista sequer me deu um nome, preferindo referir-se a mim através de títulos irônicos. Eu era "o poeta".

Além disso, o missivista escreveu:

É bastante amargo pensar que um aborto em 1964 poderia ter proporcionado um cotidiano mais simples para tantas pessoas em 2010. Assim teríamos sido poupados da linhagem dos Hatløy. E o seu pai estaria vivo até hoje.

Yngve tinha nascido em 1964, essa era a alusão feita pelo missivista. O fato de que o aborto de Yngve teria sido uma boa saída naquela época e o fato de que o meu pai ainda estaria vivo se isso tivesse acontecido não eram informações prestadas pelo missivista somente a Yngve. Ele também havia mandado cartas para a filha de Yngve, uma criança. Foi o livro que escrevi que fez com que deixássemos de merecer o nome Knausgård. Eu, o meu irmão, os nossos filhos.

Grande é a força de um nome.

O estranho é que sempre houve um problema com nomes na minha família. Durante a infância e a adolescência, meu pai experimentou diversas formas de grafar o próprio nome; o primeiro nome era grafado ora com "i", ora com "y", ora com "aa", ora com "å", como pude ver nos livros e nas revistas que ele deixou. Quando chegou à idade adulta ele trocou de sobrenome, e nos últimos dez anos da vida passou a se chamar de outra forma. Minha mãe assumiu o nome do meu pai quando os dois se casaram, mas depois voltou ao nome de solteira. Assim, quando eu tinha dezoito anos, tanto a minha mãe quanto o meu pai tinham um sobrenome diferente do meu e do meu irmão.

Quando comecei esse romance eu queria escrever sobre o meu pai, e como a natureza da ficção é fazer com que aquilo que diz respeito ao indivíduo diga respeito a todos, de maneira que determinado pai se transforme em "pai", determinado irmão em "irmão", determinada mãe em "mãe", eu usei o nome real dele. Primeiro o nome real da família, depois o nome de família que ele tinha inventado. Passado um tempo eu enviei o manuscrito para as pessoas a quem o livro dizia respeito. A família do meu pai, representada pelo irmão do meu pai, queria seguir pela via judicial e impedir a publicação do livro, a não ser que os nomes fossem alterados. Eu fiz as alterações pedidas e troquei o nome do meu tio, da família dele e de todas as outras pessoas da família do meu pai. Mas o nome do meu pai eu não poderia mudar. Se eu o chamasse de "Georg Martinsen", por exemplo, eu já não estaria mais escrevendo a respeito dele, da maneira como ele tinha sido para mim, um corpo de carne e de sangue que também era a minha carne e o meu sangue, pois o nome é a única realidade que pode existir inalterada fora do romance, todo o restante são referências a outras coisas, uma casa ou uma árvore que não são em si mesmas uma casa ou uma árvore; somente o nome próprio pode ser o mesmo no romance e na realidade. Eu podia mudar o nome de todas as outras pessoas, mas não o nome dele. Também porque eu estava escrevendo a respeito de mim mesmo e da minha própria identidade: em quem eu me transformaria se o nome do meu pai fosse Georg Martinsen? O que aconteceria com o meu nome e a minha identidade nesse caso? Por isso eu me neguei. No dia da coletiva de imprensa anual da editora eu tive uma reunião com Geir Berdahl, o diretor, ele tinha escrito um email para o meu tio detalhando todas as alterações que havíamos feito no romance como resultado da pressão exercida por ele. O último item afirmava que o nome do meu pai não seria usado. Na tarde anterior o redator de cultura do *Bergens Tidende* havia ligado para Berdahl, os dois já se conheciam, mas ele tinha acabado de receber notícias sobre a ameaça feita pelo meu tio em relação a um processo judicial. Eu tinha sido descuidado e mencionei o assunto num email para uma pessoa que eu conhecia bem e que trabalhava na redação do jornal, e que por sua vez havia contado a história para o redator. Essa era a situação quando Berdahl leu o email em voz alta para mim. Até então eu havia me negado a abandonar o nome do meu pai. Mas naquele instante eu não consegui mais aguentar, porque atrás da porta do escritório onde estávamos a sala começou a se encher de jornalistas, e eu estava com tanto medo das consequências relacionadas a tudo que eu havia escrito que a única coisa possível foi dizer, tudo bem, pode mandar esse email, eu troco o nome do meu pai.

Mas eu não podia trocá-lo. Eu não podia chamá-lo por outro nome. Então eu resolvi essa questão deixando de mencionar o nome dele. Nem o nome nem o sobrenome aparecem no romance. No romance o meu pai é um homem sem nome.

*

Quando eu vejo o nome das pessoas com quem eu cresci, sinto despertar não apenas todo o cenário do lugar, todas as manhãs e tardes que passamos correndo por lá, preenchidas pela escuridão pesada do outono ou pela claridade leve da primavera, mas também as pessoas da maneira como eram. Geir Prestbakmo, Karl Martin Fredriksen, Dag Lothar Kanestrøm, Marianne Christensen, e mais tarde Per Sigurd Løyning, Arne Jørgen Strandli, Jan Vidar Josephsen, Hanne Arntsen. O nome representa essas pessoas e a época em que eu as conheci, é uma espécie de cápsula da memória, onde várias coisas essenciais e inessenciais são guardadas. Mas esse é o nome dessas pessoas visto pelos meus olhos. Para elas, o nome é outra coisa. Quando elas pronunciam ou escrevem esse nome, é a si mesmas que se referem. Esse "si mesmo" é diferente daquilo que todos os outros veem quando as pessoas se mostram, é a parte interna daquilo que é visto, repleta de sentimentos e pensamentos aos quais ninguém mais tem acesso, a própria vida íntima que se desenrola desde o nascimento até a morte.

O nome mantém relações estreitas com tudo que há de secreto e de próprio, sim, o nome é parte tão integral da própria identidade que as pessoas imaginam que o nome é delas, embora não seja dado com esse objetivo aparente, já que as pessoas não precisam nomear a si próprias, mas sirva para representar o que aquela pessoa é em relação aos outros. Em vez de dizer "aquele menininho chorão com dentes saltados", as pessoas diziam "Karl Ove". E, como o nome próprio volta-se tanto para o exterior como para o interior, essa é uma grandeza de enorme sensibilidade. Existe um resquício de pensamento mágico nisso, de que a palavra "é" aquilo que designa. Eu "sou" o meu nome, o meu nome "é" eu. Se alguém fizer mau uso dele, estará fazendo mau uso de mim. A forma mais simples de bullying entre as crianças é distorcer o nome da criança que desejam provocar, elas sabem que isso mexe profundamente com ele ou com ela. Uma das piores gafes sociais que se pode cometer é revelar que não sabemos o nome de outra pessoa, porque mesmo sabendo muito bem quem é aquela pessoa, conhecendo o rosto, a maneira de falar, os gestos e a linguagem corporal, e lembrando de vários episódios vividos juntos, não adianta; quando você não se lembra do nome, você não se lembra dela, porque sem o nome ela não é ninguém.

A maioria das pessoas que vemos não tem nome, são todas as pessoas que sentam atrás de nós no ônibus ou no metrô, que passam por nós na rua, que esperam à nossa frente na fila do supermercado. Sabemos que elas têm um nome, porque todos nós temos um, mas não sabemos que nome é esse. Se uma dessas pessoas se aproxima de nós e nos tornamos amigos, essa pessoa emerge das profundezas sem nome e adentra o círculo de pessoas com nome que rodeia a todos nós. Mas existe um círculo fora desse, composto de nomes que todos conhecem. São as pessoas famosas. A respeito delas, costuma-se dizer que "são nomes conhecidos". Um nome desses não pode ser reivindicado, trata-se de uma coisa dada, como se percebe na expressão "ganhar nome", e isso só acontece quando as pessoas se destacam de uma forma ou de outra. Se uma pessoa corre, pedala ou anda de esqui rápido o suficiente, ela ganha nome, se uma pessoa canta ou toca guitarra bem, ela ganha nome. Se uma pessoa se destaca dentro da sua área de estudo, como por exemplo história das ideias, ela ganha nome, e se uma pessoa ocupa uma posição de destaque na sociedade, ela ganha nome. Esse nome não representa acima de tudo a individualidade dessa pessoa, mas as conquistas feitas ou o papel desempenhado por ela. Mas, assim que o nome de uma pessoa torna-se público por causa de uma conquista, ele também passa a despertar curiosidade em relação aos outros aspectos representados por esse nome, em relação ao indivíduo. Uma das características da nossa época é que todas as pessoas públicas cada vez mais se apresentam também como indivíduos, que assim também se tornam públicos. Isso não é um sintoma de decadência da sociedade, como muitas vezes se afirma, mas um mecanismo regulatório absolutamente necessário em uma sociedade midiática.

A necessidade maior de uma pessoa, além do aspecto material, é a necessidade de ser vista. Uma pessoa que não é vista não é ninguém. O pior castigo na antiga cultura nórdica era ser declarado um fora da lei, ou seja, uma pessoa proibida de estar onde as outras pessoas estavam. Se o fora da lei aparecia, todas as outras pessoas viravam o rosto. Podiam matá-lo, se quisessem, porque ele não era ninguém, não tinha importância nenhuma se ele vivia ou morria, mas por que matá-lo se podiam simplesmente dar-lhe as costas? Sempre tivemos o desejo de ser vistos. Mas ser visto pode incluir várias coisas; ser visto em uma sociedade campesina é diferente de ser visto em uma sociedade midiática. Quem é visto numa sociedade midiática é visto por todos. E quando ser visto é sinônimo de ser visto por todos, isso passa a ser um desejo impossível, porque ser visto por todos é privilégio de poucos. Quando esses poucos não apenas mostram aquilo que os destaca, e que é inatingível para a maioria das pessoas, ou seja, a faceta pública, mas também a faceta privada, que não é inatingível, mas, pelo contrário, é comum, é aquilo que todas as pessoas vivem, a pessoa pública deixa de ser inatingível, passa a ser não apenas objeto de admiração e desejo, mas também uma fonte de identificação, e assim a separação entre a vida comum e privada, na qual o nome designa o indivíduo e nada mais, e a vida pública desaparece quase por completo: no fundo essas pessoas são como nós. Vemo-nos nelas, e essa também é uma forma de sermos vistos. A segurança está nisso, pois mesmo que o desejo de ser visto seja grande em todas as pessoas ele se defronta com uma força igualmente poderosa, que puxa o indivíduo na direção oposta: o desejo de ser como todo mundo. Quando se é como todo mundo, o indivíduo passa a ser mais um na multidão, e quando se é mais um na multidão existe segurança. Quando nos apresentamos como um rebanho diante do perigo, como a humanidade fez durante boa parte da existência, o mais importante é não ser visto, não chamar atenção. Ser visto é vital, mas não ser visto também. Nada parece mais perigoso do que ser exposto à atenção e ao olhar de todos. Quando através do nome revela-se a esfera privada, o cotidiano que todos compartilham, as pessoas são ao mesmo tempo uma parte da sociedade e um dos poucos escolhidos e vistos por todos.

Essa ideia quanto ao que é ser visto, ser visto por muitas pessoas, na mídia, como um nome rodeado por uma aura, é tão dominante que praticamente todas as pessoas que eu conheço começaram a tratar o próprio nome como uma coisa que não apenas designa a elas próprias, uma coisa repleta de significados em relação aos quais não detêm nenhum poder, mas como uma propaganda das ideias que têm quanto à pessoa que são, uma vez que criam páginas no Facebook, onde atribuem uma aura determinada ao próprio nome ao fazer determinadas associações, não muito diferente da maneira como uma marca comercial ou uma estrela do pop são construídas. Estar rodeado pela mídia não significa apenas que vemos fotografias de outras pessoas em outros lugares e que assim nos mantemos orientados em relação ao que acontece mundo afora, isso também afeta a maneira como vemos a nós mesmos, e se infiltra de forma imperceptível em nossa identidade, que aos poucos orienta-se em relação à expectativa de um olhar, de um "todo mundo", que ofusca o olhar concreto na situação concreta, onde tudo é tangível, com as consequências que isso traz para a nossa autoimagem.

Enquanto a expectativa em relação ao olhar concreto do outro, como por exemplo o vizinho, ou o bicho do vilarejo, como Tor Jonsson descreveu essas pessoas, pode ser mantida longe de maneira puramente física, ao se baixar a cortina, ou pode ser interrompida ao irmos embora, a expectativa em relação a esse outro abstrato, ao todo da sociedade, é impossível de extinguir, porque trata-se de uma grandeza interna com a qual as pessoas mantêm uma relação contínua, mesmo nos lugares mais privados, que são decorados de forma a corresponder às expectativas, de maneira que a cozinha, que antes era um lugar para consumir e preparar comida, hoje em dia é objeto de reformas caríssimas para que se torne um lugar mais parecido com um local de exposições, que no entanto poucos veem. Esse todo mundo internalizado, com uma chama mantida permanentemente acesa graças à presença da tela da televisão em todos os ambientes, que faz com que as pessoas sejam o tempo inteiro vistas e por assim dizer vigiadas por si mesmas, também faz com que nos tornemos mais iguais, pois é o próprio deus ao qual nos subordinamos e a cujas exigências atendemos, em um sistema de controle social ainda mais refinado do que aquele sobre o qual Orwell refletiu em sua famosa distopia.

O nome sempre esteve entre o concreto e o abstrato, o individual e o social, mas quando começa a ser criado e montado em lugares dissociados da realidade física e assim se insere no universo da ficção, mesmo que não seja visto pela maioria, ao mesmo tempo que o mundo da ficção se expande e ocupa uma parte cada vez maior da nossa vida — pois hoje a televisão não está apenas em nossas salas, mas também nas paredes do metrô e sob a prateleira de bagagens dos aviões, nos consultórios médicos e nos bancos, e até mesmo nos supermercados, e além disso nós as levamos conosco na forma de pequenos computadores e telefones celulares, de maneira que de fato vivemos em duas realidades, uma abstrata, figurativa, onde todos os tipos possíveis e imagináveis de pessoas e lugares se revelam, mesmo sem ter qualquer aspecto em comum além do fato de que se encontram em um lugar diferente daquele onde nos encontramos, e uma concreta, física, que é a realidade em que nos movimentamos e com a qual mantemos contato permanente — quando a situação chega a esse ponto, no qual tudo ou é ficção ou é visto como ficção, o dever do romancista já não pode ser o de escrever mais ficções. Era esse o sentimento que eu tinha; o mundo estava desaparecendo, porque estava sempre em outro lugar, e a minha vida estava desaparecendo, porque também estava sempre em outro lugar. Se eu fosse escrever um romance, teria de ser um romance sobre a realidade como era de fato, vista por um homem feito prisioneiro da realidade por força do corpo, mas não dos pensamentos, que estavam fixos em outra coisa, em um desejo profundo de transcender a opressão da trivialidade e atingir o ar límpido e puro da grandeza. Essa transcendência era a arte, a ficção, a abstração, a ideologia; a prisão estava no mundo do corpo e das coisas, nesse universo carnal e futuramente pútrido constituído por todos nós. Essa era a ideia, ou o impulso: um mergulho no real. Porém o signo dessa realidade, a única grandeza transferível, era o nome. Não o nome como sonho ou imagem, mas o nome como símbolo da pessoa. Eu sabia que um romance, por definição, é feito de signos, não pode jamais ser a realidade, mas apenas evocá-la, e que a realidade evocada seria tão abstrata quanto aquela da qual eu queria me afastar, mas ao mesmo tempo eu sabia também que um romance pode, talvez como uma de suas características mais importantes, atravessar o véu do costume e da familiaridade simplesmente ao descrever uma coisa de forma um pouco diferente, por exemplo através de uma insistência, como o uso de uma página inteira para a descrição de uma chupeta, o que faria com que uma chupeta da realidade se apresentasse de forma diferente da próxima vez por força da chupeticidade, aquilo que nos leva a ver somente a função, e não a forma, uma combinação sensacional de borracha moldada na forma de uma gota e plástico duro para o pegador, essa mistura de imitação de mamilo e brinquedo, criada para atender o desejo das crianças, que gostam de morder e chupar, e também de objetos com cores simples e formas arredondadas, ou através da justaposição de coisas que em geral não se apresentam uma ao lado da outra, porque não era a realidade que havia desaparecido, porém minha atenção em relação a ela. Não posso abandonar a realidade, esse era o meu pressentimento, ou a minha explicação para a ausência fundamental de sentido que eu percebia na minha vida, e pode ser que fosse apenas uma explicação, apenas uma teoria, abstrata em si mesma, porém não era assim que eu sentia, e se existe uma coisa na qual aprendi a confiar ao longo dos quarenta e dois anos que vivi, essa coisa são os sentimentos. No romance que eu comecei a escrever, portanto, os nomes autênticos eram a própria chave. Eu entendia que muita gente não poderia ser chamada pelo nome, porque não queria ter qualquer tipo de relação com os acontecimentos narrados, o meu tio era uma dessas pessoas, e eu não tinha problema nenhum em renunciar a esses nomes, mesmo que eu tivesse resistido um pouco quando um deles não quis aparecer em absoluto no livro, nem mesmo sob outro nome, porque naquela época eu não tinha a menor ideia sobre o que aconteceria com o romance na esfera pública, mas encarava-o como um experimento realista que chegaria apenas a uns poucos leitores interessados e seria jogado na parede com aborrecimento e frustração por todos os outros que tentassem fazer a leitura. Por outro lado eu tinha uma grande relutância em relação a trocar os nomes das pessoas que se encontravam no círculo imediatamente externo, aquelas com quem eu havia brincado quando era pequeno, por exemplo, ou que tinham sido colegas de colegial. Afinal, o objetivo do romance era descrever a realidade da maneira como era. Uma juventude marcada pelo garoto que morava lá e fazia aquilo, pela garota que morava lá e fazia aquilo, pelo garoto sobre o qual eu tinha ouvido falar aquela vez, pela garota em quem eu tinha dado uns amassos na noite de sexta-feira, não envolta no manto da literatura, não iluminada por luzes artificiais no estúdio escuro da prosa, mas descrita em plena luz do dia, envolta em realidade. Eu queria atingir o que há de cru e de arbitrário na vida, e nesse sentido os nomes eram inestimáveis. Estava claro para mim que a realidade se transformava em outra coisa assim que era descrita, porém minha esperança era que o aspecto fantástico desse fenômeno, de existir lado a lado com determinado grupo de pessoas onde todos conheciam ou pelo menos tinham ouvido falar uns dos outros, determinada época determinada região geográfica, onde a princípio tudo podia acontecer, mas onde por fim aconteceu somente aquilo que aconteceu de acordo com os ditames de exatidão e precisão exigidos pela realidade, que um pouco disso, desse brilho estelar da passagem entre a adolescência e a vida adulta pudesse revelar-se para além do aspecto literário. A cada nome que deixava de ser real para ser fictício, esse sentimento se enfraquecia e arrastava o romance em direção ao véu da mesma realidade débil que tinha sido escrito justamente para combater. Geir G. disse que não faria diferença nenhuma para os leitores, que de qualquer modo não fariam associação nenhuma com os nomes, e não saberiam se eram autênticos ou não. Mas a autenticidade é um som, impossível de copiar.

Em um romance, o nome é como um rosto; a primeira vez que você o encontra, ele é desconhecido e estranho, mas quando você passa um período suficiente perto dele começa a associar a ele certas características, e depois, se o nome persiste e continua a estar próximo ao longo do tempo, uma história e por fim uma vida inteira, da mesma forma como os rostos conhecidos reúnem tudo o que você sabe e conhece a respeito deles, sem que você necessariamente pense; se um velho amigo vem caminhando na sua direção, esse conhecimento é óbvio, encontra-se estampado no rosto, é tudo aquilo que constitui "ele" ou "ela" para você. Na melhor das hipóteses um nome romanesco é tão preciso que traz em si aspectos essenciais da época em que a história se passa, e em certos casos pode tornar-se um símbolo da experiência humana compartilhada por todas as pessoas. A vida inautêntica de Emma Bovary, a ambição sem limites de Julien Sorel, a perda de sentido em Hamlet, a intransigência ideológica em Brand. O escritor austríaco Ingeborg Bachmann afirmou em um ensaio que é notável que a literatura do nosso tempo não tenha mais nomes como esses. Don DeLillo é um dos melhores romancistas da nossa época: quantos lembram o nome de qualquer um de seus muitos personagens? Bachmann afirma que Thomas Mann foi o último grande mago dos nomes. Hans Castorp, Adrian Leverkühn, Tonio Kröger, Serenus Zeitblom; os nomes abarcam qualidades e significados que pertencem não apenas ao personagem, mas também à cultura de onde vêm. Thomas Mann foi o último grande escritor burguês, e junto com Marcel Proust constituiu o ponto final de toda uma época, e possivelmente, o que no caso de Proust é uma certeza, também o seu ocaso. Em nenhuma obra do período burguês o nome desempenha um papel tão importante como em *Em busca do tempo perdido*. Mas nessa obra o nome já não é mais um meio, já não é mais uma parte evidente do interior do romance; em *Em busca do tempo perdido* o nome é um dos grandes temas, e assim perde a própria inocência. No entanto, não foi apenas o nome que perdeu a inocência; enquanto Proust escrevia *Em busca do tempo perdido* em Paris, Kafka escrevia seus contos e romances em Praga, e neles o nome sofreu uma transformação radical; o personagem de Kafka chama-se Josef K ou simplesmente K. A redução do nome afasta tudo aquilo que o nome via de regra traz consigo, o individual e o local, que assim tornam-se visíveis através da ausência. O individual e o local são aquilo com o que podemos nos identificar; um nome suscita acima de tudo uma forma de confiança, e, quando a confiança de um nome desaparece, a confiança que depositamos na pessoa também desaparece, passa a estar rodeada de coisas incertas e enigmáticas; o nome de Kafka é um antinome. Ao mesmo tempo, o personagem que o enverga suscita uma impressão muito clara, esse personagem é "alguém", e não "ninguém". A redução não é arbitrária, as coisas definidas que desaparecem junto com o nome, tudo que liga o personagem a outras pessoas e a si mesmo, e também a lugares, representa sua história. Quando a história desaparece resta apenas o instante, e o que é uma pessoa no instante? O que é um personagem sem história? O que é essa coisa que pressentimos, essa impressão de uma outra pessoa, quando não está relacionada a nenhum tipo de acontecimento ou de origem? A questão não é completamente adequada para aquilo que se passa na prosa de Kafka, como se pode ver ao compará-la com a obra de um escritor um pouco anterior, Knut Hamsun, que no romance de estreia também escreve sobre um homem sem história e sem lar, e que se movimenta em um ambiente com o qual no fundo não tem nenhuma ligação. O personagem de Hamsun não tem nome, mas isso não significa que não seja uma pessoa, significa apenas que o nome não pode ser fornecido. A diferença entre o personagem inominado de Hamsun e o personagem antinominado de Kafka é tangível e decisiva para a forma como esses romances devem ser lidos. O impulso individual de Hamsun era grande, em certos casos exageradamente grande, e aquilo a que ele mais se opunha durante a primeira fase era a redução de tudo que era individual operada pela literatura, o fato de que o único nunca podia ser único, mas era sempre o símbolo de uma coisa geral e universal, e o fato de que essas duas grandezas estavam ligadas a fórmulas e a esquemas. "Um homem que cuida de cavalos", ele escreveu no manifesto intitulado "Sobre a vida espiritual subconsciente", "um homem que cuida de cavalos não é nada além de um cuidador de cavalos. Ele é um cuidador de cavalos a cada palavra. Ele não pode ler uma aventura ou falar sobre flores ou interessar-se pela pureza; não, ele precisa se gabar o tempo inteiro, bater com a mão na carteira, praguejar como um bárbaro e cheirar a estábulo." A literatura, tal como Hamsun a via, era simples, esquemática, estrutural, coesa, harmônica, clara, enquanto a vida que via ao redor era complexa, assistemática, incoesa, arbitrária, desarmônica e obscura. Como fazer a linguagem movimentar-se para fora do sistema rumo à vida como é vivida? Essa foi a questão levantada por Hamsun no outono de 1890 em Lillesand. Foi um libelo contra o realismo, ou uma tentativa de alcançar um novo realismo, mais verdadeiro, e o que ele fez para alcançá-lo foi excluir todas as categorias que estabeleciam determinadas associações e que por si mesmas determinavam a compreensão do personagem — nada de infância, nada de pais, nada de lar, nada de amigos, nada de ambiente, nada de história — e nada de nome. Hamsun estava em busca do único, e assim se aproximou do instante, compreendido como o mundo *antes* da construção do sentido, *antes* da interpretação dos signos, e portanto sempre inexplicado. Se o nome é o rosto do personagem no romance, o personagem de Hamsun não devia ter rosto, mas ele tem, o "eu" dele é tão forte, tão voluntarioso e tão concentrado que passa a ser como um nome, uma coisa com a qual logo estabelecemos uma relação de confiança,

374

sem que no entanto se deixe encaixar nos emblematismos desprezados por Hamsun. Ele não queria que o personagem pudesse representar determinado tempo ou determinada época, mas apenas a si mesmo, e se havia traços de representação nisso, eram traços de uma representação do indivíduo como um indivíduo único. O intuito de Kafka ao afastar a ideia de origem, história e ambiente do personagem foi quase o oposto exato, ele não queria mostrar o desenvolvimento único e a individualidade de uma pessoa, mas as forças que a prendiam e a governavam, não na esfera próxima e íntima, mas na esfera comum e geral, onde pareciam tão desprovidas de rosto quanto o protagonista. K é como uma venda nos olhos. Josef K, dizemos, e não pensamos na forma de uma pessoa, como fazemos ao dizer Otelo ou Odisseu, mas em uma situação escura, labiríntica, insondável, desprovida de rosto.

O protagonista do romance seguinte de Hamsun era tão desligado da realidade quanto o narrador de *Fome*, e sentia-se igualmente deslocado no ambiente em que se encontrava, mas, ao contrário dele, pelo menos tinha um nome. Esse nome, Nagel, no entanto, não lhe fazia pertencer a grupo nenhum, fosse em termos de classe social ou de geografia, e possivelmente era acima de tudo um anagrama, ou pelo menos essa parece ser uma possibilidade razoável, que insinuaria a loucura do personagem ao dar-lhe um nome formado pelo rearranjo das letras que formam a palavra *galen*. Enquanto o destino de Emma Bovary é trocar o romantismo pela realidade, o destino de Nagel é ver através do romantismo, ver através da arte, ver através do teatro encenado na vida do pequeno vilarejo e no mundo como um todo: tudo é representação, eis a descoberta que faz. Também a morte a que essa descoberta o leva parece encenada, não na forma de uma tragédia, porém mais como uma farsa. O fato de que nada pode ser levado a sério é um ponto de partida bastante estranho para um romance, que em um nível ou outro precisa se levar a sério para que possa ser escrito. *Mistérios* talvez não seja um romance bem-sucedido, mas traz passagens excepcionais, nas quais Hamsun tenta ir ainda mais fundo no instante e chega a descrever os movimentos praticamente espontâneos que ocorrem na consciência em um instante definido, porém arbitrário. De tudo aquilo que se movimenta na consciência de Nagel, não há muito que possa ser rastreado de volta a um eu definido, ou melhor, seria difícil afirmar no que consiste esse eu, também porque muito do que o atravessa vem de fora, primeiro porque é feito de linguagem, que é a mesma para todo mundo, depois porque é composto de diversos fragmentos de cultura geral, e o que se revela então, talvez pela primeira vez, porque eu nunca vi um fluxo de consciência representado com tudo aquilo que contém de alto e baixo, importante e desimportante, é a maneira como o mundo atravessa

375

o indivíduo, em um grau tão elevado que se torna necessário perguntar se o indivíduo realmente existe, e, nesse caso, de que formas se manifesta. E, se não existe, então o que um nome representa?

Names! What's in a name?, Joyce pergunta no nono capítulo de *Ulisses*, que se passa no interior da Biblioteca Nacional em Dublin, onde Stephen Dedalus, o jovem com esse nome de sonoridade pouco realística, discute Hamlet e Shakespeare com funcionários intelectuais. A questão acerca do nome foi originalmente formulada por Shakespeare. Shakespeare, diz Stephen, não era Hamlet, mas o pai de Hamlet, o rei morto que se revela para o filho como um espectro. A mãe de Hamlet, a rainha Gertrude, seria nesse caso Anne Hathaway, a esposa de Shakespeare, que segundo Stephen era infiel — enquanto Hamlet seria Hamnet Shakespeare, o filho morto de William Shakespeare e Anne Hathaway. Por baixo de toda essa discussão encontra-se o fato de que o romance abre com uma descrição da conversa de dois jovens no alto de uma torre, e de que um deles, no caso, Stephen, acaba de perder a mãe. O outro jovem, Buck Mulligan, diz para ele: *The aunt thinks you killed mother*, e Stephen responde: *Someone killed her*. A torre é Elsinore, a baía de Dublin é o lugar entre a Dinamarca e a Suécia, Stephen é Hamlet. Mas Stephen também é Telêmaco, em busca do pai Odisseu, ou seja, do judeu Leopold Bloom. E Leopold Bloom é, além de Odisseu, também Virgílio quando à noite anda ao lado de Stephen, ou seja, Dante, através das ruas de Dublin, ou seja, do inferno, e o escritor Henry Flowers, que em segredo envia cartas atrevidas para uma mulher que conheceu através de um anúncio. Mas ele também é pai de um filho que morreu, o que nesse mundo significa Shakespeare, pai de Hamnet. E a esposa dele não é apenas Penélope, que se encontra cercada de homens durante a ausência de Odisseu, ela também é Anne Hathaway, ou seja, a rainha Gertrude, uma vez que logo após as quatro horas daquele dia ela está com o *impresario* fazendo Bloom de corno. *Ulisses* é um romance sobre transformação, mas é também um romance sobre tudo ser eternamente a mesma coisa, e a dimensão com que melhor trabalha, o mistério contra o qual sempre atenta, é o tempo. A ação se passa ao longo de um dia em Dublin, e o instante é como uma porta aberta para o passado, que por sua vez surge e desaparece imperceptivelmente em tudo e em todos, e também para o futuro, que serpenteia através de tudo que acontece. *Hold on to the now*, Stephen pensa na biblioteca, *the here, through which all future plunges to the past*. Essas palavras encerram tanto uma visão de mundo quanto uma poética. Quando discutem Platão e Aristóteles lá dentro, Stephen imagina que Aristóteles teria considerado as ruminações de Hamlet sobre a morte, esse "monólogo improvável, insignificante e adramático", tão rasas quanto as de Platão. Em relação à apoteose das ideias, esse céu amorfo do espírito, Stephen permanece alheio, pois acredita no mundo material e na substância, e o que Joyce faz em *Ulisses* é investigar como as ideias e o mundo imaterial se manifestam no mundo material, a partir da ideia de que isso é tudo que existe, no momento, nos corpos e nos objetos que nesse exato instante se encontram aqui. Se a vida é uma viagem através do tempo, o passado é um fantasma. *What is a ghost?*, Stephen se pergunta. *One who has faded into impalpability, through death, through absence, through change of manners.* O fantasma é aquele que desapareceu a ponto de tornar-se intangível. Segundo o senso comum, isso é causado pela morte, e por conseguinte pela ausência, pode-se dizer em uma expansão lógica do mesmo raciocínio, mas na última parte o raciocínio abandona a morte individual e adentra a esfera coletiva: fantasma é tudo aquilo que foi abandonado pelo tempo. Esse é o grande tema de Joyce, primeiro tratado em um formato pequeno e relativamente íntimo, se comparado a Ulisses, no conto "Os mortos". No fim do conto ele usa a mesma expressão que mais tarde atribuiria a Stephen: *His own identity was fading out into a grey impalpable world,* diz o texto. O mundo cinzento e impalpável em que o eu desaparecia era o mundo dos mortos. Até mesmo o mundo tangível que esses mortos outrora construíram e no qual viveram se desfez e sumiu. Em *Ulisses* esse pensamento é por assim dizer posto no mundo, tirado da moldura e do teatro de câmara e levado à vida fervilhante num dia comum em uma cidade absolutamente comum, onde age em todos os planos e todos os níveis, sem no entanto dominar nenhum deles, pois como a ação se desenrola ao longo de um dia, e o texto se encontra o tempo inteiro presente no instante, não existe nada de onipresente, uma vez que tudo se encontra diluído no agora. Isso se aplica à história, isso se aplica à mitologia, isso se aplica aos mortos, isso se aplica à filosofia, isso se aplica à religião e isso se aplica também, e talvez acima de tudo, à identidade. Nenhuma dessas unidades se encontra desfeita ou fragmentada, são apenas vistas através do prisma do instante, capaz de enxergar apenas uma parte por vez. Um vislumbre da mãe morta aqui, o cheiro no quarto onde ela estava, um pensamento de Tomás de Aquino acolá, um raio de sol refletido numa vidraça, o rumor das ondas, um cavalo de cervejaria andando pela rua, uma frase de jornal, um fragmento de ária, um bibliotecário obsequioso, um pensamento sobre os livros nas prateleiras como se fossem caixões. Assim é estar no mundo. Para compreendê-lo, ou pensar a respeito dele, é preciso dar um passo atrás. E assim é também com *Ulisses*. Todos os pequenos fragmentos, todas as estruturas diluídas no agora, reúnem-se em uma imagem maior, que é a resposta de Joyce à pergunta: o que é ser uma pessoa? O romance tem três personagens principais: Stephen Dedalus, o jovem em ascensão; todas as forças que ele usa, ele usa para desvencilhar-se daquilo que o prende, o pai, um mulherengo bêbado, a mãe, cuja morte o deixa com a consciência pesada, os amigos, com quem ele compete, e a formação, que é a intimidade com o pensamento dos outros — a aventura pela mediocridade de Hamlet é uma forma de se erguer rumo àquilo que de forma um pouco resignada podemos chamar de presunção juvenil, mas que na verdade é uma força necessária; Leopold Bloom, o homem de meia-idade (que hoje em dia seria visto como relativamente jovem e andaria pelas ruas de tênis e com a cabeça raspada; ele tem trinta e oito anos), no meio da vida, vendedor de anúncios, sem grandes aspirações, um homem comum que faz o melhor que pode; e Molly Bloom, uns anos mais jovem que o marido, cantora, uma mulher que passa quase o dia inteiro deitada na cama e em relação a quem existem apenas referências, a não ser no final do romance, encerrado com sua própria voz em um longo monólogo interior, completamente distinto de tudo o que veio antes. Leopold Bloom é de várias maneiras o oposto de Stephen Dedalus; enquanto o jovem é apresentado no alto de uma torre, acima do mundo, e relacionado a Hamlet, à Grécia antiga e à cristandade, o homem de meia-idade é apresentado em pleno cotidiano, em uma cozinha, e desde o início é estreitamente relacionado a tudo que há de telúrico e a todos os prazeres carnais; primeiro, o leve cheiro de urina que sai dos rins de carneiro grelhados, depois o agradável odor do próprio excremento quando ele senta no vaso para cagar. Quando mais tarde, no mesmo dia, ele entra num museu e olha para as estátuas lá dentro, fixa-se em Afrodite, mas não por qualquer razão artística e sublime. A mente de Leopold Bloom é repleta de fragmentos de realidade imaterial, porém sempre uma realidade na forma mais baixa, como aparece nos jornais e anúncios, placares e panfletos, ele entende muita coisa de maneira errônea, com frequência é ingênuo, mas, ao contrário de Stephen, é uma pessoa acabada, uma pessoa completa, uma pessoa legítima, então, quando os dois enfim se encontram e andam pela cidade juntos à noite, ele realmente é Virgílio em relação ao Dante de Stephen Dedalus. O fato de Molly Bloom estar deitada na cama acima deles quando os dois sentam-se na cozinha é desconhecido a ambos, bem como o fato de que ela é superior a ambos, no sentido de que ela vê o próprio marido infinitamente melhor do que ele a vê, e no sentido de que ela vê Stephen como o filho do pai, um aluno estudioso.

Seria difícil encontrar, na história da literatura, personagens descritos em maior complexidade do que esses três. Mas o romance não podia ter carregado o nome de nenhum deles, não podia chamar-se *Leopold Bloom*, como o romance de Flaubert chamou-se *Madame Bovary* ou a peça de Shakespeare chamou-se *Hamlet, príncipe da Dinamarca*, porque o romance é maior que eles, ou seja, não são eles o ponto central do tema. Todos conhecem o conflito de Madame Bovary, o conflito de Dom Quixote, é nisso que pensamos quando ouvimos o nome deles, mas quem conhece o conflito de Stephen Dedalus? Ele é mais inteligente que Hamlet, percebe os pensamentos de Hamlet sobre a morte como rasos, e a orientação dele é mais abrangente, ao mesmo tempo que também perdeu a mãe e sente-se culpado por isso, embora seja um fato que, como personagem literário, ele não chega aos pés de Hamlet. Seria porque a Inglaterra elizabetana tinha outra relação com a grandeza quando comparada à Dublin do início do século xx? Joyce envidou esforços para descrever a vida de pessoas absolutamente comuns, e o contraste em relação à grandeza de Odisseu e de Hamlet é o tempo inteiro uma questão; se o mesmo acontece em *Ulisses*, acontece em menor escala. As transformações impressionantes de Prometeu são representadas em Dublin por um cachorro e pela imaginação de Stephen, conforme afirmou Olof Lagercrantz. A vida pequena, entendida como a vida comum e próxima da realidade, é a razão de ser de *Ulisses*, o ambiente por onde os grandes personagens e temas movimentam-se como fantasmas. Mas que uma pessoa comum e pequena aos olhos dos outros possa se tornar um grande personagem de romance é um fato conhecido, Emma Bovary não é nenhuma princesa e nenhuma baronesa, ela é a esposa rejeitada de um médico provinciano. A diferença é que madame Bovary, Dom Quixote e Hamlet encontram-se na história, enquanto com Leopold Bloom, Molly Bloom e Stephen Dedalus acontece o contrário, é a história que se encontra neles. É no enfraquecimento radical e quase osmótico da fronteira entre o eu e o mundo ao redor que se encontra a novidade trazida por Joyce e pela literatura modernista. Os personagens tornam-se de certa forma maiores, porque abraçam tanto a história como todo o fluxo de acontecimentos presentes, mas também menores, porque o que há neles de único e de extraordinário, reunido no nome, a pessoa que *são*, se dispersa.

Porém, mesmo que Joyce tenha ganhado essa percepção, e que ao mesmo tempo elas tenham sido ganhas também em vários outros campos da cultura, nunca foram para todos, como por exemplo a *Odisseia* outrora foi para todos, como podemos imaginar, algo que tanto crianças como adultos, tanto pobres como ricos ouviam. *Ulisses* sempre foi lido por poucos, assim como outras obras pioneiras do modernismo, não apenas literárias mas também filosóficas e psicológicas, como por exemplo as obras de Husserl e de Freud, pois, mesmo que muitas das ideias deles tenham se espalhado e se tornado públicas, isso aconteceu sem a precisão da qual dependem e que somente pode ser oferecida por uma leitura direta. *Ulisses* transformou-se no mito do livro difícil, oitocentas páginas sobre um único dia, Freud está associado ao inconsciente, a deitar-se no divã e falar sobre a infância e a piadas sobre charutos e trens passando por túneis, Husserl é o predecessor de Heidegger e Heidegger era nazista. Que Joyce tenha escrito sobre essas coisas, sobre como todas as expressões da cultura são derrubadas e vivem em nosso meio como melodias entoadas em voz baixa, mal-entendidos, suposições, meias-verdades, mitos e ideias prontas, pedaços de uma coisa e fragmentos da outra, como que para mostrar que isso é o que no fundo é uma cultura, o que de fato é o elemento vivo e humano, Deus como um grito na rua, pode talvez parecer irônico, já que o próprio Joyce transformou-se no símbolo do elitismo e do escapismo literário, mas não incompreensível, já que para alcançar esse ponto, para chegar tão fundo, ele renunciou a todas as formas de comunicação dessa mesma cultura cotidiana.

No que essas formas consistem torna-se claro na maneira como o escritor americano William Faulkner emprega o nome. No romance *O som e a fúria*, aparecem de modo praticamente direto, pressupõe-se que sejam plenamente conhecidas, quase não há associações com qualquer tipo de origem ou característica; em relação ao nome de Faulkner, permanecemos como estranhos.

No ensaio que escreveu sobre o nome literário, Ingeborg Bachmann discute Faulkner, e os exemplos que colheu são eloquentes: num instante lemos a respeito de alguém que está chamando Caddie, no instante seguinte a respeito de alguém chamado Caddy sem qualquer tipo de explicação, um está ligado ao verbo "bater", talvez seja um jogador de golfe chamando o caddie, mas há também outra coisa despertada; mais tarde surge o nome Caddy, a época é outra, a relação não é clara. Depois se faz menção a um personagem chamado Quentin, num instante o nome se refere a uma mulher, no instante seguinte a um homem. Faulkner de certa forma vai mais longe do que Joyce nessa aproximação à realidade, ele tenta descrever o mundo tal como surge para os personagens, e não faz nenhum esforço para descrever os personagens para nós, o olhar deles é nesse sentido imediato, e nisso está o realismo. Ler *O som e a fúria* é como entrar na casa de uma família desconhecida, que fala sobre as pessoas próximas sem levar você em conta, você ouve uma série de nomes ligados a episódios e acontecimentos que todos conhecem, e que portanto nunca são narrados por inteiro, mas apenas mencionados. Não, é como entrar na cabeça de uma das pessoas que está lá sentada e fazer parte da vivência dele ou dela na conversa, onde as alusões aos episódios são ainda mais evidentes; afinal, ninguém explica o que já sabe. Os nomes permanecem fechados para nós, embora não como em Kafka, onde são privados de seu ambiente e de sua história, pelo contrário: em O *som e a fúria* os nomes são parte integrante do ambiente e da história, e, uma vez que estes se encontram fechados para nós, os nomes também se encontram fechados. Essa falta de abertura aponta diretamente para o cerne do romance, para aquilo que ele passa o tempo inteiro circundando; certa vez aconteceu uma coisa, uma coisa sobre a qual não se pode falar, nem mesmo pensar, mas que assim mesmo se encontra presente nos diferentes fluxos de consciência. Essa coisa não pode ser comunicada, não pode ser confrontada, precisa ser escondida. A palavra incesto aparece, a história tem a ver com isso. A interdição do incesto é um dos tabus mais antigos, e todo o romance, toda a atmosfera criada, também se reveste de um certo elemento arcaico. O passado em Faulkner apresenta-se como um abismo obscuro, radicalmente diferente do passado de Joyce, que acima de tudo é formado pela cultura, por ideias e criações, Odisseu e Circe, Dante e Shakespeare. Esse passado relaciona-se com o intelecto, enquanto o passado na obra de Faulkner é inominado e indizível, e pode apenas ser intuído ou pressentido. Essa diferença também se reflete nos títulos. Os dois títulos são intertextuais, Joyce buscou o dele em Homero, Faulkner buscou o dele em Shakespeare, mas enquanto Joyce usa um nome, Ulisses, e assim desperta toda uma cultura para a vida, Faulkner usa um fenômeno do mundo, o som/barulho/alarido, e outro da humanidade, a fúria/raiva/ira, ambos fenômenos atemporais. O nome não se relaciona com o arcaico, mas com o social. Faulkner estabelece essa distância entre o arcaico e o social através da estranheza que rodeia o nome, através da negação da intimidade. E assim evoca uma profundidade existencial da qual nem Joyce nem Kafka chegaram perto. Não se trata da presença ou da ausência do contemporâneo, e a expressão "profundidade existencial" na verdade é enganadora, porque o arcaico não está por trás de nada, não está em nada, a diferença não está no nível, mas no olhar e por conseguinte na vivência, que permanece inatingível para a linguagem, e assim precisa ser evocada. O segredo em si não é inatingível em O *som e a fúria*, ele não pode ser nomeado por motivos psicológicos e sociais, mais ou menos como o segredo se apresenta nas peças de Ibsen, com a diferença de que nesse caso ele sobe em direção à superfície e é reconhecido, numa espécie de solução que no entanto permanece inatingível para os personagens de Faulkner. Os livros de Faulkner, Joyce, Flaubert, Proust e Kafka se desenvolvem na esfera social, o romance é uma forma literária do social, trata de relações interpessoais e de como a realidade que constituímos e que nos rodeia é comunicada. Até mesmo em Dostoiévski é assim; nunca é o mistério ou o sagrado em si mesmo que constitui o cerne do romance, mas as reações que acontecem no entorno. Esse é o único limite real do romance: ele se encontra ligado à vida na esfera social, às pessoas tais como se apresentam umas para as outras, porque no instante em que abandona o humano e se aventura no inumano ou no supra-humano, o romance morre. Enquanto Dante escreve sobre o inferno onde as pessoas estão, o épico dele é vivo; assim que avança rumo ao céu e começa a descrever o divino, no entanto, a obra morre em seus braços. A música pode expressar essas coisas, e a pintura pode expressar essas coisas, porque têm uma forma desprovida de palavras, a linguagem delas é outra, sem nome, tão pouco relacionada ao eu que a usa e ao eu que a concebe como os números em uma equação matemática. Ler um romance depois de ouvir as sonatas para violoncelo de Bach é como virar as costas ao pôr do sol e descer a um porão. O romance é a forma da vida pequena, e quando não é assim o romance está mentindo e não é um romance de verdade, porque não existe um eu que não seja também pequeno. A única forma literária capaz de transcender essa limitação é a poesia. Ela se relaciona com o canto e encontra-se num lugar entre a música e a palavra, ou seja, está em condição de sobrepor-se à palavra, e dessa forma libertar-se do social, que nada mais é do que o mundo tal como o conhecemos. Por isso a poesia também está relacionada à religião, que sempre esteve na esfera humana com o olhar voltado para a esfera inumana, para o desconhecido absoluto em cujo sopro gélido somos desconhecidos, não apenas uns para os outros, mas também para nós mesmos.

Um poema de Rilke começa da seguinte maneira:

Tinham se habituado a ele. Mas quando
o lampião da cozinha ardeu espavorido
ao vento, mostrou-se o Desconhecido
de todo desconhecido.

O poema descreve o ato de lavar um cadáver, e termina da seguinte forma:

E aquele sem nome
jazia limpo e nu, ditando leis.

O nome é aquilo que liga o nosso corpo à vida social, no nome se encontram reunidos todos os juízos e todas as ideias relativas a essa personalidade específica, e o que acontece quando uma pessoa morre é que o nome deixa de se relacionar com o corpo, que apodrece e some, enquanto o nome permanece vivo na esfera social.

Pode-se imaginar uma pessoa sem nome?

Nesse caso, a ideia diria respeito a um ser totalmente distinto em relação ao que significa ser uma pessoa. Sem nome, esse ser não seria mais do que um lugar para os batimentos do coração, o inspirar e o expirar e a tempestade dos pensamentos, com uma identidade que não iria além do momento, como um bicho.

Mas nós também somos bichos.

O cadáver de Rilke sempre tinha sido desconhecido, mas somente quando estava morto e sem nome pôde ser visto como desconhecido. E as leis dadas por esse cadáver foram as leis para a vida fora da esfera social. As leis da carne, da terra, da água.

Essa perspectiva está sempre presente na poesia de Rilke, ele não foi sem motivo um discípulo de Hölderlin, o poeta da perspectiva divina, onde o social não existe; em Hölderlin tudo é existencial, e que ele por fim tenha abandonado o social para sempre e desaparecido na loucura, onde estava fora do alcance do eu, é difícil de compreender a não ser como uma consequência da visão de mundo que os poemas dele expressavam. Rilke se encontra mais próximo do social, os poemas dele entram e saem o tempo inteiro desses dois mundos, e o fato de que tenha escrito tanto a respeito de anjos deve ser visto à luz disso, porque os anjos são justamente as figuras intermediárias entre o divino e o humano. Em uma das *Elegias de Duíno* ele escreve:

Parece que tudo nos
oculta. Vê, as árvores *são*; as casas
que habitamos ainda estão de pé. Nós apenas
passamos por tudo, como uma troca de brisas.
E tudo concorda em calar-nos, meio talvez
como vergonha, meio como esperança inefável.

O poema se movimenta entre aquilo que é, o mundo silencioso e sem nome, e nós, que o vemos. Que esse mundo silencioso nos mantenha escondidos significa que nos conhece; ele faz isso porque viemos dele, o que mais uma vez quer dizer que o abandonamos, ao mesmo tempo que ainda pertencemos a ele, nosso coração bate sem dizer uma única palavra e, segundo penso, é esse o movimento que ele descreve, rumo à existência e depois novamente para longe. A religião toma o rumo da existência, e a arte também. A religião e a arte se encontram no anjo. "Todo anjo é terrível", escreveu Rilke. Mas por que o anjo é terrível? Porque a presença dele revela a inautenticidade do humano, da mesma forma que a morte. Sim, o anjo nos encara com um olhar repleto de morte. Os anjos de Rilke não têm nada a ver com o cris-

383

tianismo, porque o cristianismo não tem nada a ver com o divino. Em Cristo, Deus se fez homem, e tudo que ele abriu foi aberto no social: o próximo é você mesmo, ofereça a outra face, todos têm o mesmo valor. O social consiste em criar e manter diferenças. De um só golpe, Cristo derrubou tudo isso. O perdão é a indiferenciação divina implantada na esfera humana. É como se o olhar se voltasse das estrelas para os olhos.

Mas, assim como não podemos viver na indiferenciação divina, tampouco podemos viver no perdão. Somos pequenos, arrastamo-nos e rastejamos para dentro e para fora das nossas casas e ruas, por um instante horrorizados com o vazio da morte, afastamos isso de nós, continuamos a rastejar, para dentro e para fora das nossas casas, para cima e para baixo das nossas ruas, plenos de uma força vital que não pode brilhar como a luz do bem que a tudo ofusca, mesmo que seja esse o nosso desejo, pois nesse ponto a força vital se choca contra uma parede, é jogada contra um teto, desaba novamente contra o chão, e somos levados a andar para lá e para cá com os pequenos movimentos quase espasmódicos que caracterizam não apenas o corpo humano, mas também a mente e a alma.

Perdemo-nos, e perdemo-nos uns nos outros.

Quando li o poema de Rilke, foi no meu pai que eu pensei, na vez em que o vi morto no catafalco de uma capela em Kristiansand no verão de 1998.

Tinham se habituado a ele. Mas quando
o lampião da cozinha ardeu espavorido
ao vento, mostrou-se o Desconhecido
de todo desconhecido.

Foi isso que eu vi, não que ele fosse um desconhecido, mas que sempre tinha sido um desconhecido. Se eu tivesse dito o nome dele naquele instante, ele não teria reagido, o nome passaria em branco, porque não pertencia mais a ele. Ele era um corpo, e isso se encontrava fora do nome. O corpo havia se afastado do nome, e estava lá na condição de inominado. Durante todo o restante daquela semana eu via em breves relances tudo que eu tinha ao meu redor da mesma forma, como um conjunto de coisas separadas do próprio nome. Era um mundo secreto, esse que eu via, e, se não compreendi isso na época, hoje eu compreendo, o parentesco entre a morte e a arte, e a função que desempenham na vida, que é a de evitar que a realidade, a nossa concepção de mundo, venha abaixo com o mundo.

* * *

Muita coisa a respeito do meu pai estava concentrada no nome. Ele o grafava de maneira diferente quando era mais novo, mudou-o aos quarenta e poucos anos e, quando estava lá morto e sem nome, o nome entalhado pelo entalhador na lápide fora grafado errado. Essa lápide está hoje lá, no cemitério de Kristiansand, com o nome grafado errado, recobrindo a urna com os restos das cinzas do corpo dele. E quando passados dez anos eu comecei a escrever sobre ele, não pude chamá-lo pelo nome. Antes disso eu nunca tinha pensado sobre o que um nome era, e o que significava. Mas agora eu pensei, bastante influenciado por tudo que aconteceu na esteira do primeiro romance, e comecei a escrever este capítulo, primeiro sobre o nome em si, depois sobre diferentes nomes literários e a função que exercem na literatura, partindo de uma argumentação de Ingeborg Bachmann sobre a decadência do nome literário que eu descobri em um breve ensaio publicado em um livro da Pax uns anos atrás. O ensaio sobre o nome começava na página da direita. No lado esquerdo estavam impressas linhas de verso pelas quais deixei o olhar correr ao acaso quando certa vez me sentei com o livro na primavera para descobrir se coisas que eu havia escrito podiam ter saído inconscientemente de lá.

> Então
> ainda há templos. Uma
> estrela
> talvez ainda possa luzir.
> Nada,
> nada está perdido.

eu li. Imaginei que fosse um poema de Paul Celan, porque eu sabia que Paul Celan e Ingeborg Bachmann tinham sido amigos e que por isso sentiam um certo parentesco literário. Esse tipo de coisa que às vezes sabemos, mas que não significa nada, uma relação não muito clara que simplesmente temos nos pensamentos. Como por exemplo que Paul Celan conheceu e trocou correspondências com Nelly Sachs, e que Nelly Sachs se mudou para Estocolmo durante a guerra, e lá ficou pelo resto da vida. Os dois eram judeus, e os dois escreveram poemas relacionados ao extermínio dos judeus. Os dois no exílio: Celan em Paris, Sachs em Estocolmo. Eu tinha lido os poemas deles, a não ser pela "Fuga da morte" de Paul Celan, que para mim foi uma descoberta de beleza chocante quando aos dezenove anos fui apresentado a ele na Skrivekunstakademiet em Hordaland. "Leite preto da aurora bebemos à tarde",

"A morte é um mestre vindo da Alemanha", nesse poema que mais tarde eu sentiria vergonha por ter achado tão bonito, já que não tinha por tema o belo e o sublime, mas o oposto do belo e do sublime, o extermínio dos judeus.

Voltei umas páginas no livro de Bachmann. Era Paul Celan, claro. As seis linhas citadas no final do ensaio eram de um poema chamado "Stretto". Eu nunca tinha ouvido falar a respeito desse poema, mas eu tinha uma coletânea de poemas de Paul Celan na tradução de Øyvind Berg que estava na minha estante desde a metade da década de 1990 sem nunca ter sido lida, e então a peguei. Aquelas seis linhas tinham chamado a minha atenção. Talvez fosse a formulação "nada/ nada está perdido", que parecia muito positiva à primeira vista, mas que depois parecia distorcer-se para se transformar no próprio oposto; "nada está perdido" pode significar que tudo continua a ser como antes, quando lido direto, ou seja, no sentido de que nada se perdeu, mas quando se lê de maneira a dizer que foi o "nada" o que se perdeu, o poema se abre para uma direção completamente outra, porque "nada" não é apenas nada, mas também o ponto final do misticismo — os cabalistas escreveram que Deus repousa nas profundezas de seu nada. A ideia de que Deus seja nada pertence ao misticismo negativo; somente ao dizer o que o divino não é podemos nos aproximar dele sem reduzi-lo. Eu não tinha a menor ideia de que o poema de Paul Celan pudesse estar relacionado a isso, mas nas linhas anteriores havia menções a templos, a casa da religião, e a estrelas, que existem apenas na escuridão. "Uma/ estrela/ talvez ainda possa luzir." Por que "talvez", por que "ainda"? O templo também estava relacionado a "ainda". Será que estaria relacionado ao poema de Rilke? Ele também tinha usado a palavra de maneira fora do comum ao escrever "as casas/ que habitamos ainda estão de pé". Tudo isso tornava o poema potencialmente interessante, porém a grande razão para que eu o tivesse encontrado e lido meio às pressas era procurar qualquer coisa que eu pudesse usar no meu ensaio sobre o nome. E eu encontrei.

> O lugar onde eles jaziam tem
> um nome — não tem
> nenhum.

eu li.

A coisa tinha um nome, mas que nome era esse não estava mencionado, e assim o fato de que a coisa tinha um nome era como que retirado.

Com isso diante dos olhos, registrei que não havia um único nome no poema inteiro. Não havia nomes de pessoas, não havia nomes de lugares e não havia nomes de épocas.

De onde viria aquilo?

Me senti atraído pela ideia, pois aquele não era um mundo onde o nome não era nomeado por não ser essencial, ou seja, não era a realidade essencial e sem nome, o mundo além da linguagem, verdadeiro e autêntico; aquele era um mundo onde o nome não era nomeado porque não podia ser nomeado. Era como se a própria fundação do nome tivesse sido destruída.

Qual era a fundação do nome?

De que maneira tinha sido destruída?

Eu li o poema, mas não entendi nada, ele se manteve fechado num silêncio quase total. Essa não era uma experiência rara para mim. Eu não sabia ler poesia, nunca tinha sabido. Ao mesmo tempo, desde que fui apresentado aos grandes poetas modernistas na Skrivekunstakademiet, eu sempre tinha considerado a poesia a mais elevada forma de literatura. Aquilo com que a poesia se relacionava não era uma coisa com a qual eu me relacionava, e o respeito que eu tinha pelos poetas não conhecia limites. Não se trata de exagero. Eu já escrevi isso antes nesse romance, que a poesia, que eu sabia ser a mais elevada forma de literatura, não se abria para mim. Quando fiquei mais velho, comecei a ter intimidade com todos os nomes da poesia, eu sabia o bastante para nomeá-los naquilo que eu dizia ou escrevia, como fiz acima com Paul Celan; ele nasceu na Romênia, os pais dele morreram num campo de concentração nazista, ele morou em Paris e escreveu em alemão e cometeu suicídio nos anos 1960 afogando-se no Sena. Os poemas dele eram enigmáticos, de certo modo pertenciam à mesma tradição que Hölderlin e Rilke, porém mais para o fim dessa tradição, porque em Celan a linguagem se fragmenta.

Eu sabia quem eram os poetas, mas não o que escreviam.

Seria possível que os poetas e os leitores de poesia pertencessem a uma seita esotérica? Seria possível que somente os iniciados pudessem ler poesia?

Por um motivo ou outro, era justamente o que me parecia. O sentimento de que certas pessoas têm acesso a uma coisa que eu nem ao menos sei o que é, de que existem pessoas que podem, pessoas que sabem, marcou toda a minha vida adulta em praticamente todos os campos com os quais tive contato. E, penso eu hoje aqui sentado, já perto dos meus quarenta e três anos, provavelmente é assim mesmo. Tenho a impressão de que existem áreas enormes na vida erótica sobre as quais eu nada sei, áreas que associo à escuridão e à violência, um refinamento infinito em que várias outras pessoas, se não todas, foram iniciadas. Se eu encontro outra pessoa, muitas vezes penso que aos olhos dele ou dela eu devo parecer ingênuo e inocente, uma criança. Esse é o mesmo sentimento que tenho em relação à poesia. Ela expressa os segredos mais íntimos da vida e do mundo, com os quais certas pessoas mantêm uma relação simples, mas dos quais outras se encontram totalmente excluídas. O fato de que eu não entendia nada dos poemas que lia servia apenas para confirmar isso. Os poemas eram praticamente cifrados. Havia também muitas outras linguagens das quais eu me encontrava totalmente excluído, como por exemplo a matemática, mas a linguagem da matemática não vinha revestida de uma aura que parecia levar ao graal, não era rodeada por escuridão e penumbra, por rostos escondidos, sorrisos zombeteiros e olhares ardentes. Essa vivência de estar excluído do essencial era humilhante, porque me tornava ingênuo e tornava a minha vida superficial. A maneira como resolvi esse problema foi fechando os olhos, ou seja, não me preocupando com isso. Os segredos mais profundos da vida erótica e as revelações esotéricas da poesia existiam para outras pessoas, enquanto eu, refém da leviandade estúpida da minha vida, relutava em aceitar que a vida fosse assim, estúpida e leviana. Ao mesmo tempo aconteceu uma coisa quando cheguei à metade dos meus trinta anos, surgiu uma nova certeza na minha relação com a literatura, seria difícil explicar o que era, acima de tudo era um sentimento de enxergar mais longe, de pensar mais longe, e de que aquilo que antes estava fechado de repente havia se tornado possível de abrir. Mas não de maneira incondicional; eu podia ler *A morte de Virgílio* de Broch com proveito, mas não *Os sonâmbulos*, do mesmo autor; eu ainda não tinha entendido sobre o que era esse livro. Nessa época eu arranjei um trabalho como consultor de estilo em uma revisão do Antigo Testamento, e como eu não sabia nada a respeito de linguagem, cultura ou religião, fui obrigado a trabalhar duro e com afinco, nada daquilo vinha fácil para mim, e o que descobri então, enquanto eu lia a primeira frase do Gênesis palavra por palavra, por exemplo, foi a maneira como toda uma visão de mundo podia estar numa vírgula, num "e", num "que", e nesses momentos, a maneira como a descrição do mundo parece diferente com uma construção coordenada, por exemplo, em relação a quando se encontra subordinada a uma metáfora, ou a maneira como uma palavra não tem apenas um sentido lexical, mas também empresta as próprias cores aos contextos em que aparece, um conhecimento que os autores da Bíblia aproveitaram ao máximo por exemplo ao fazer com que uma palavra dissesse respeito à relação entre o sol e a terra, e deixar que a mesma palavra, várias páginas adiante, dissesse respeito à relação entre o homem e a mulher. A palavra aparece somente lá, nesses dois lugares, e a relação é praticamente invisível, mas assim mesmo decisiva. A Bíblia foi lida como uma escritura sagrada por vários milênios, o que significa que cada palavra foi encarada como sagrada, e que assim surgiu uma rede vertiginosamente complexa de diferentes significados e nuances de significados em relação à qual nenhuma pessoa sozinha é capaz de ter um panorama completo. O que aconteceu enquanto eu trabalhava com esses textos foi que eu aprendi a ler. Eu compreendi o que era ler. Ler é ver as palavras como luz, elas brilham na escuridão, uma depois da outra, e a leitura é seguir a luz cada vez mais fundo. Mas o que cada pessoa vê mantém relação com o que cada pessoa é; na consciência existem limites, esses limites são pessoais, mas também culturais, de maneira que sempre existem coisas que não vemos, sempre existem lugares aonde não chegamos. No entanto, se tivermos paciência suficiente, se examinarmos as palavras e os arredores das palavras com a atenção necessária, podemos encontrar esses limites, e o que se revela nesse caso é aquilo que se encontra fora do nosso ser. O objetivo da leitura é chegar a esses lugares. É isso que significa aprender: ver aquilo que se encontra fora dos limites do nosso ser. Envelhecer não é compreender melhor, é saber que há mais coisas a compreender. Mas os segredos do Velho Testamento a princípio eram tão distantes que não pareciam ameaçadores. Os segredos do erotismo e da poesia eram ameaçadores de uma forma completamente outra, porque estavam ligados à identidade, e aquilo a que negavam acesso não era uma cultura estranha, mas as profundezas da minha própria cultura, tudo aquilo que dizia respeito às coisas mais recônditas. Percebo que nesse ponto eu talvez pareça quase histérico, e não sei como formular essa ideia para que se torne claro o quanto esse sentimento de exclusão das coisas mais essenciais é restritivo. Mas para mim era justamente essa a aura que envolvia os poemas de Paul Celan. Esses poemas aboliam tudo que estava posto nas palavras, e por conseguinte tudo que estava posto no mundo. Assim, não era tanto a existência que era posta em jogo, mas a identidade. O nome precisa tornar-se visível no inominado, mais ou menos como o tudo torna-se visível no nada, eu pensava comigo mesmo, a partir das quatro palavras "nada/ nada está perdido" que eu tinha lido e cogitado. E assim devia ser com o poema inteiro. Aquilo não era feito de mistérios, mas de palavras. Então bastaria ler. Escrever todos os significados da primeira palavra, então da segunda, e assim observar as ligações entre elas.

A primeira palavra era "inserido".

Inserido no
cenário
do caminho inexorável:

grama, desescrita.

"Inserir" significa pôr ou levar uma coisa para o lado de dentro. Isso pressupõe que exista um lado de fora, um lugar a partir do qual aquilo que se insere possa ter vindo. O original alemão diz "verbracht", e nessa palavra existe um elemento de força. Em inglês, a palavra foi traduzida por "deported" em algum lugar, ou seja, levado embora ou deportado; em outro, foi traduzida como "driven", ou seja, levado ou expulso.

Uma coisa que estava fora foi levada para dentro, não de forma terna e cautelosa, mas de maneira peremptória, sem levar em conta os arredores, talvez até mesmo com modos duros e mecânicos; é assim que podemos entender "inserido". Mas levada para dentro do quê? Do "cenário do caminho inexorável". Esse podia ser o cenário do próprio poema, o lugar que cria simplesmente ao designá-lo, porém a designação feita refere-se a um lugar que já existe, onde aquilo que é inserido já se encontra inserido como parte do cenário.

Esse cenário caracteriza-se pelo "caminho inexorável". "Inexorável" tem, assim como "inserido", um caráter inflexível, decidido e final. Não há como se enganar em relação ao inexorável, não há como evitá-lo. Se "inserido" e "inexorável" são palavras que trazem elementos associados a uma ausência de consideração, e, portanto, o que bastaria por si mesmo, também trazem em si uma forma de violência, mesmo que apenas no sentido mais indireto das palavras, "desescrita" apresenta uma violência declarada, posto que algo foi destruído. Mas não se trata de uma violência física, é uma violência na linguagem. É, portanto, a maneira como a grama é vista que é destruída, não a grama em si.

Essa forma de ver destruída é introduzida no cenário já existente, caracterizado por um caminho inexorável, e, podemos supor, destrói também a forma de ver desse cenário; é isso o que é introduzido.

As três primeiras linhas não são apenas desprovidas de nomes, são também desprovidas de pronomes. Somente as ações são descritas, como se acontecessem por si próprias, ao mesmo tempo que o elemento de força ou de violência que impregna as palavras "inserido" e "desescrita" associa-as a uma vontade, a uma origem definida, a um acontecimento não contingente. Essas ações desprovidas de pronome em geral se encontram ligadas ao tempo. "Está chovendo", dizemos, "está ventando", "está nevando". Quem chove, quem venta, quem neva? A chuva, o vento, a neve; mas esses fenômenos são a própria causa de si mesmos, neles o sujeito e a ação coincidem. Em norueguês esses verbos têm como sujeito um pronome que aponta para uma

força que se encontra fora de nós e fora de nosso controle. Quando os acontecimentos da esfera humana não têm pronomes, como nesse poema, as ações
revestem-se em parte dessa mesma ideia, de que têm origem numa força fora
de nós, fora de nosso controle; no próprio impessoal e no próprio inominado.
"Foi inserido", "foi escrito".

> grama, desescrita. As pedras, brancas
> com sombras de palha:
> Não leias mais — olha!
> Não olhes mais — anda!

O objeto seguinte, as pedras brancas com sombras de palha, pertence ou
àquilo que foi inserido, ou ao cenário que já existia antes; provavelmente o
primeiro, existe uma ligação entre as duas coisas, a grama e a palha são quase
a mesma coisa, e a escrita e a sombra também se encontram ligadas, pois o
que é a sombra da palha senão a palavra "palha"?

As cinco primeiras linhas criam um espaço, um espaço ambivalente,
porque trazem elementos que ao mesmo tempo criam esse espaço e solapam
aquilo a partir do que o espaço foi criado, nomeadamente a escrita.

Em que tipo de cenário pode-se inserir "grama desescrita"? Não é para
um cenário de fato concreto, que existe no mundo, cheio de objetos tangíveis
e materialidade física, porque nesse cenário a grama desescrita também seria
um objeto, letras numa folha. Mas ela pode ser inserida na contemplação
desse mesmo cenário, naquilo que vem antes do olhar que vê e empresta
suas cores à nossa percepção. No cenário contemplado a grama desescrita
pode ser posta, e também no cenário como memória. No poema, o cenário
é uno antes da desescritura da grama, e uno após a desescritura da grama. Ao
mesmo tempo, o próprio poema é escrita, ele próprio traz aquilo que destrói.
Mas somente a grama foi desescrita. E é somente nesse cenário aberto pelo
poema que essa grama desescrita e essa contemplação destruída valem. Ela
não foi inserida em todos os cenários, mas nesse, caracterizado pelo caminho
inexorável. Então que tipo de cenário é esse? Onde está o poema?

A abertura desenha um cenário e uma situação, e desemboca numa
exortação. Não leias mais, diz o poema. Por quê? Porque aquilo que lemos,
a escrita, desescreve o mundo? Em vez disso, olhe. Mas logo a exortação
continua, não devemos mais olhar, por quê? Talvez porque ver seja um ato
intimamente ligado a ler. Tanto a escrita como o olhar são lugares onde o

mundo se revela. Para o olhar, o mundo existe apenas no instante, que desaparece. Aquilo que o olhar vê é único, jamais se repete. A linguagem fixa o olhar e o transforma em outra coisa. A linguagem não é a própria coisa que designa, e jamais poderia ser, mas constitui sempre um mundo de aparências, a partir do qual se aponta para o mundo, então quando lemos, o que vemos é a linguagem, não o mundo. A questão é determinar se a linguagem não empresta as próprias cores ao olhar, e portanto ao mundo. Assim, o fato de que a grama está desescrita não significa necessariamente apenas que a grama foi destruída na escrita, mas também quando você tira os olhos da página e olha para o mundo. E assim a exortação continua. Não leia, não olhe, mas ande. Ler e ver são de certa maneira atos passivos, o mundo é recebido; andar é ativo, o mundo é atravessado. Não vamos contemplar o mundo, mas agir nele. Não vamos ler, não vamos ver, vamos andar. Rumo a uma coisa que ainda não sabemos o que é.

> Anda, tua hora
> não tem irmãs, tu estás —
> estás em casa. Uma roda, devagar,
> rola por conta própria, os raios
> sobem,
> sobem pelo campo preto, a noite
> prescinde de estrelas, em lugar nenhum
> perguntam por ti.

Tua hora não tem irmãs. O que significa isso? Que cada instante é único e se encontra sozinho, ou que somente aquela hora é assim? E portanto é a última? Está escrito "tua" hora, não é uma hora comum, não é uma hora enquanto tal, mas a sua hora, uma hora que pertence a você, e que não tem irmãs. Ela está sozinha, é única, pode talvez ser a hora da morte, mas essa também pode ser caracterizada de outra forma.

"Tu estás —", diz o texto, com o travessão como uma pequena hesitação ou incerteza, como se ainda houvesse coisas em aberto. "Estás" como marca da existência? Claro, mas logo temos outra coisa. Se a hora que não tem irmãs é a última, ela morre no "estás", essa é a conclusão, sua hora não tem irmãs, você está morto. E essa é a possibilidade que o travessão deixa no ar. Mas você não está morto — está em casa. É como se essa afirmação fosse postergada, tanto pelo travessão como pela repetição de "estás". Tu estás — estás em casa. Será o fato de que você está em casa uma outra forma de dizer que você está morto? Que voltamos para casa ao morrer, para a escuridão de onde um dia saímos? Por que não dizer isso sem rodeios, você está morto, você está em casa? Será que o poema não pode dizer "morto"? Se não, por que motivo? Porque ninguém sabe o que a morte "é"? Porque não "é" uma coisa, mas o nada, cuja designação, a morte, transforma-a em uma "coisa"? Ou será que você está simplesmente em casa? Nesse caso, onde? Na memória, na própria memória, ou na linguagem, nesta linguagem?

As linhas a seguir aprofundam o cenário. Nelas existe uma roda que rola devagar por conta própria, os raios sobem pelo campo preto. A noite prescinde de estrelas, diz o poema; isso significa que as estrelas estão lá, porém são supérfluas, uma vez que a noite de que se fala é mais profunda e tem uma natureza distinta daquela que pode ser atravessada pela luz, ou significa que não há estrelas nessa noite, somente escuridão?

Depois da roda e da noite se lê: em lugar nenhum perguntam por ti. Ou você foi esquecido ou você é uma pessoa sobre quem não se podem fazer perguntas. Porque você está morto? Porque aqueles que não perguntam vão esquecer você? Ou porque estão mortos?

Em lugar nenhum perguntam por ti.

Quem é você quando você não existe na consciência dos outros? Aos seus olhos você está sozinho, aos olhos dos outros você não é ninguém. Mas por que "em lugar nenhum perguntam", por que não apenas "ninguém pergunta"? "Em lugar nenhum perguntam por ti" — nessa frase não há menção a nomes ou a pessoas, apenas a lugares onde não "perguntam". E o que é que se pergunta, quando se pergunta a respeito de alguém? Um nome, não existe outra forma de se fazer uma pergunta senão pelo nome. Mas tampouco se pergunta a respeito desse nome: ele não é mencionado.

Até esse ponto não existe uma única pessoa no poema, a não ser por você, que anda — um caminho, grama desescrita, pedras brancas com sombras de palha, uma roda que rola, um campo preto, uma noite que prescinde de estrelas, lugares onde não perguntam por você —, mas as pessoas estão lá mesmo assim, como a força por trás daquilo que insere, daquilo que desescreve, daquilo que não pergunta. Assim é a casa do "tu".

Em um poema tão pobre de palavras, onde não se menciona quase nada do mundo, cada palavra e cada elemento mencionado adquire um peso assombroso. Uma roda mencionada em *Ulisses* não significa praticamente nada. Uma roda mencionada nesse poema insiste em um significado. Mas qual? A roda é um dos símbolos mais antigos que conhecemos. É o sol, é a repetição, é a cobra que morde o próprio rabo, é o tempo que se encerra em si mesmo, é a eternidade. No poema a roda é mencionada logo após o tempo, porém as duas coisas não se encontram ligadas, mas ao lado uma da outra, a roda rola por conta própria, existe em si mesma, sobe pelo campo preto. O que torna a imagem da roda notável é o fato de ser posta em movimento num cenário determinado, ainda que vago, porque isso evoca um tempo determinado, uma cena vista naquele instante, em um lugar determinado, uma cena vista naquele lugar. Como símbolo ou alegoria a roda representa outra coisa, e é essa outra coisa, a coisa para a qual a roda aponta, que nesse caso é a essência, aquilo que a roda "é". Quanto mais concreta e específica for a roda, mais se enfraquece essa força simbólica, porque a concretude a individualiza até que, no extremo do realismo, torne-se somente aquela roda, como se apresenta naquele lugar naquele momento, sem nenhum outro significado além daquele que lhe é próprio. A roda nesse poema encontra-se entre a generalidade do símbolo e a unicidade do real. Não se trata nem de uma roda puramente simbólica, porque ela rola sozinha pelo campo à noite, nem de uma roda puramente real, porque na realidade nenhuma roda rola sozinha pelo campo à noite.

Como entender uma coisa dessas?

A roda é evidentemente outra coisa que não uma roda real, ela traz em si mais significado além daquele que lhe é próprio, e talvez o efeito disso, essa condensação do sentido nessa roda nesse poema, de certa forma individualize o significado simbólico, transformando-o num símbolo idiossincrático, que vale somente nesse lugar, nesse poema, cujo sentido assim surge e passa a ser regulado pelo contexto em que se apresenta: em meio às outras palavras e às outras imagens do poema.

Mas o espaço aberto pela ambivalência entre o realismo e o simbolismo já tinha sido aberto, com frequência em obras de períodos convulsionados por crises, que se encontravam entre duas visões de mundo ou dois paradigmas estéticos antagônicos, que muitas vezes são apenas duas faces da mesma moeda. Um exemplo próximo disso é o livro de Ezequiel no Antigo Testamento, a descrição da revelação divina.

Primeiro Ezequiel descobre uma nuvem flamejante na qual vê quatro criaturas, todas as quatro têm forma humana, todas as quatro têm asas, todas as quatro têm cascos de bezerro e todas as quatro têm quatro rostos: um rosto humano, um rosto de leão, um rosto de boi e um rosto de águia. Há fogo entre elas, e o céu relampeja. Eu vi os animais, ele escreve, e eis que havia uma roda na terra junto aos animais, para cada um dos seus quatro rostos.

Durante todo esse tempo as criaturas estavam flutuando no céu, mas de repente aparecem ao lado quatro rodas no chão. As rodas são altas e assustadoras e cheias de olhos. Davam a impressão de ser feitas de um material parecido com a turquesa, segundo ele escreve, andavam pelos quatro lados e não se viravam quando andavam. Acima dessas rodas místicas há um firmamento, acima do firmamento uma coisa que se parece com um trono de safira, e no trono a semelhança de um homem, rodeada de fogo e de resplendor. É Deus. Mas o que são as rodas? São elementos claramente alegóricos, cheios de olhos, mas também são presenças concretas que rolam de um lado para o outro por conta própria.

Nos textos do Antigo Testamento as revelações de Deus se dão sempre na forma de fenômenos externos. Deus mostra-se como sarça ardente, como coluna de nuvem, como coluna de fogo e como um homem que surge na planície em frente à tenda de Abraão. A revelação que Ezequiel testemunha também é descrita como um fenômeno externo, como algo que acontece no céu, mas em primeiro lugar o que ele vê não é uma coisa através da qual o divino se revela, como no caso da sarça ardente, mas o próprio divino, e em segundo lugar logo a seguir vêm outras revelações que claramente são visões internas: enquanto se encontra deitado no chão, de olhos fechados, Ezequiel é conduzido ao templo de Jerusalém, onde vê as mesmas quatro criaturas e as mesmas quatro rodas. É isso o que torna a revelação de Ezequiel tão estranha e tão ambivalente: o que ele vê não é nem uma grandeza interna nem uma grandeza externa, e essa grandeza não apenas simboliza o divino, mas ao mesmo tempo é o próprio divino. Ezequiel se encontrava entre dois modos de vivenciar a religião, em um ponto onde para trás existia um abismo entre o humano e o divino, e onde para a frente existia uma ligação entre os dois, através da experiência interior, ou seja, do misticismo. É no ponto exato onde esses dois modos se encontram que as rodas com olhos existem e rolam de um lado para o outro sob o trono de Deus.

Mas haveria elementos suficientes no poema de Paul Celan para justificar a introdução da antiga visão de Ezequiel na leitura? O que, num poema, decide se a associação feita pelo leitor é relevante ou forçada?

A ideia central do poema é de negação. Não tem irmãs, prescinde de estrelas, lugar nenhum. Nada designa a ausência de nada. Na ausência, naquilo que não é, encontra-se aquilo que é em si mesmo. Você, uma roda, os aros, o campo, a noite. Essas coisas são marcadas pela ausência, surgem tendo a ausência como pano de fundo. A noite se caracteriza pela ausência de estrelas. A roda rola por conta própria, esse é um detalhe enfatizado; mas não faz parte de qualquer tipo de contexto. E o céu sob o qual rola lentamente está vazio. Lido de forma positiva, como aquilo que é, não existe relação nenhuma entre a roda desse poema e a roda na visão de Ezequiel. Porém, lido de forma negativa, como aquilo que falta, a roda é um símbolo descontextualizado, em que a falta de contexto e o céu vazio expressam uma característica absolutamente essencial, ligada à negação do tempo, à negação da noite, à negação do lugar: determinada coisa já não existe mais. E por conseguinte: determinada coisa já não é mais possível.

A roda que rola devagar, por conta própria, e que se encontra ligada à escuridão da noite e ao vazio do céu, também precisa vir de um lugar, e esse lugar, podemos imaginar, era um lugar onde havia um contexto e um sentido. No aqui do poema, onde quer que se encontre, o "tu" está sozinho, a roda está sozinha e o céu está vazio, e, se o contexto encontra-se ausente, não é por estar desescrito, como a grama inserida, aquele cenário girava em torno da escrita e do olhar, pois a grama desescrita é deixada de lado; o "tu" não leu para chegar até esse ponto e não viu para chegar até esse ponto, mas andou. Esse não é o cenário do caminho inexorável: é a casa do "tu".

O que é uma casa? É o lugar ao qual pertencemos, o lugar com que temos intimidade, muitas vezes o lugar de onde viemos. Essa casa é o lugar aonde o "tu" chega. Há portanto um retorno; o tempo passou. Existe um antes e existe um agora. Essa casa está vazia, e não existe ninguém que conheça o "tu". Em lugar nenhum perguntam por ti. Onde estão aqueles que deviam ter perguntado por você, e quem eram essas pessoas? A maneira como são mencionadas, sem pronome, sem nem mesmo um "eles", liga-as às pessoas que inseriram e que desescreveram, no sentido de que se encontram à mesma grande distância.

"Em lugar nenhum perguntam" — qual é o sujeito dessa ação? Por um lado chove, por outro lado uma coisa é introduzida; por um lado venta, por outro lado perguntam. A presença humana é tão distante quanto poderia ser, sem no entanto desaparecer por completo. A própria pergunta feita sobre o "tu" na verdade não é feita, e torna-se visível somente através da negação. Em lugar nenhum perguntam por ti; é assim que as pessoas que não perguntam aparecem. Mas subentende-se que outrora estiveram lá; outrora perguntaram a respeito do "tu". No agora não há nada além de uma roda, um campo, uma noite sem estrelas. O vazio do cenário e a ênfase na ausência fazem com que o único objeto designado adquira um peso enorme. A roda que rola por conta própria.

Na *Divina comédia* de Dante também existem rodas, ele está no paraíso terrestre e vê uma procissão; trata-se de uma alegoria. Ele vê vinte e quatro velhos, que representam os livros do Antigo Testamento, vê quatro animais, que representam os quatro evangelistas, vê um grifo, que representa Cristo, vê uma carruagem, que representa a igreja universal, vê duas rodas, que representam os dois testamentos, ou a vida ativa e a vida contemplativa, ou a justiça e o temor a Deus. Mas a alegoria não é uma figura abstrata, é um acontecimento concreto, a procissão vem na direção dele como uma realidade física, sim, tão física que as rodas deixam marcas no chão. A imagem é uma espécie de deformação poética, pois quando a alegoria se concretiza e surge em um momento definido e em um lugar definido, o grifo não representa em primeiro lugar Cristo, mas um grifo, as rodas não representam em primeiro lugar os dois testamentos, mas rodas. O que acontece em Dante é que a representação atemporal do mundo que vigorava na Idade Média, aquele sistema estático e esquemático em que todas as coisas e todas as forças encontram-se ordenadas, presente na *Divina comédia* como os círculos do inferno e as esferas celestiais, sempre relacionadas ao número três, é posto em um momento determinado em um lugar determinado, onde o nível simbólico impregna-se de concretude numa equação impossível.

O cenário na abertura do poema de Celan encontra-se, como o cenário no épico de Dante, ligado à morte e à não existência, mas somente de forma insinuada e implícita, na formulação "tua hora não tem irmãs", e na cesura entre "tu estás — " e "estás em casa". Mas, se interpretarmos esse cenário preto e desprovido de estrelas como o cenário da morte, atravessado pelo "tu" do poema, a roda se revela. Na poesia sobre o reino da morte esse é um *topos*: aquele que vaga pelo reino da morte vê uma coisa e essa coisa é mostrada àquele que vaga, para que ele possa contar a respeito do que viu quando retornar ao reino dos vivos. Aquilo que o andarilho vê é repleto de sentido. Nos quinze primeiros versos do poema de Celan talvez a característica mais evidente seja o arcaísmo, o fato de que tudo aquilo que é mencionado refere-se a grandezas atemporais — o cenário, o caminho, a grama, a pedra, a sombra da palha, a roda, o campo, as estrelas. Não se pode estabelecer uma época ou uma cultura, e tampouco as coisas designadas relacionam-se a qualquer época ou cultura. Encontramo-nos naquilo que é sempre igual a si mesmo. E talvez por isso a roda que rola por conta própria em uma noite vazia de pessoas pareça tão sinistra ou prenhe de destino. Uma roda que rola por conta própria não devia parecer estranha a nós, pois estamos cercados de rodas que rolam por conta própria, desde as rodas dentadas nos relógios e máquinas antigas até as rodas dos carros e trens. O aspecto sinistro vem do fato de que se trata de uma roda, de que esse é o único movimento, enfim, a única coisa que existe nesse cenário, que no mais parece muito arcaico. A roda rola por conta própria. Isso suscita associações com a roda de Deus, vista por Ezequiel, que assim como essa roda também tinha uma existência concreta em um cenário concreto. Isso suscita associações com a carga cultural da roda; a roda da vida, que rola inexoravelmente para a frente, e a roda que ordena o caos e dá forma àquilo que é amorfo. Mas nesse caso é tudo; aqui está uma coisa, rodeada por tudo. Também suscita associações com a roda mecanicamente empurrada para a frente, que nesse caso não apenas é uma imagem do tempo, mas do nosso tempo. A roda é arcaica e religiosa, mas não para nós, para nós o elemento arcaico da roda desapareceu na modernidade em que a roda agora está, e nesse ponto os dois níveis se encontram, porque a roda solitária no cenário atemporal é a roda arcaica, enquanto o movimento à frente, que não está relacionado ao divino, porque o céu acima está vazio, causa estranheza em relação ao arcaico, e essa ambivalência faz com que a imagem pareça sinistra. Porque é sinistra. Não há nada a governá-la, não há ninguém a controlá-la, ela rola devagar "por conta própria". Encontra-se fora da esfera humana. A grama desescrita e aqueles que não perguntam por você encontram-se além do nome, não têm rosto, são quase como forças, mas não de todo, porque ainda pertencem à esfera humana. A roda não.

Será que deixa rastros no chão, como a roda de Dante?

Não há menção nenhuma a isso. Mas um "caminho" é mencionado poucas linhas acima. "O caminho inexorável", diz o poema. Um caminho é ao mesmo tempo uma coisa em si mesma e um símbolo de outra coisa. Um caminho é uma linguagem. Em geral o caminho é fugaz, enquanto aquilo que simboliza é duradouro. O rastro de um bicho na neve ou na areia; o vento sopra e o apaga. Esse caminho é diferente, é inexorável, inevitável, como por exemplo o caminho seguido pelos trilhos de trem é inexorável. O poema não fala em trilhos de trem, e tampouco que a roda que rola por conta própria rola por conta própria como uma roda de trem. Não há nada sobre máquinas, nada sobre mecânica. Leem-se apenas as palavras "inexorável" e "por conta própria". E que a grama está desescrita, ou seja, que alguma coisa foi destruída. O movimento vai daquilo que está destruído para aquilo que está em casa, onde uma roda solitária se movimenta, a noite reina e ninguém pergunta por aquele que chegou. Esse é o cenário do poema, a casa do "tu", que no verso seguinte aprofunda-se:

*

Em lugar nenhum
    perguntam por ti —
O lugar onde eles jaziam tem
um nome — não tem

nenhum. Eles não jaziam lá. Havia
algo entre eles. Eles
não viam o outro lado.

Não viam, não,
falavam sobre
palavras. Ninguém
acordou, o
sono
venceu-os.

Essa é a primeira vez que outras pessoas além de "tu" aparecem explicitamente no poema. Essas pessoas não têm nome, mas têm um pronome, "eles". Quem são "eles"?

E o que significa dizer que eles "jaziam"? Que estavam mortos, enterrados, ou que estavam deitados, dormindo? Nesse caso, onde? O lugar tem um nome, mas o nome não é mencionado, e assim retira-se o próprio fato de que o lugar tem um nome — "não tem nenhum", diz o poema. Nem mesmo "eles" são chamados pelo nome. Essa ausência de nome sob a forma de uma denominação de "eles" é perturbadora, pois, enquanto aquilo que inseriu e que desescreveu e que não perguntou encontra-se a uma distância tão grande que não é possível fazer qualquer tipo de associação, o pronome traz "eles" para mais perto, e essa ausência de nome, que na linguagem é a ausência de um rosto, torna-se ameaçadora de uma forma totalmente distinta, mais ou menos como os olhos de um cego, podemos imaginar, a ausência de humanidade no olhar humano. E também é perturbadora porque "eles" estão rodeados de negações — não, nenhum, ninguém —, é como se quase não existissem, como se estivessem no limiar do apagamento, ao mesmo tempo que a naturalidade, a distância no tratamento impessoal, confere à presença deles uma aura de representação quase solene e ritual, como se fossem reis ou deuses. Mas "eles" não são deuses, não veem, praticamente não existem, porque se diz a respeito deles que "ninguém acordou", o que significa que já estavam adormecidos antes que o sono os vencesse. O sono do sono é a morte. Mas não está escrito morte, nem sono do sono, porém: ninguém acordou, o sono venceu-os — por quê?

"Eles" tinham uma ligação próxima uns com os outros, dormiam em vida, não viam, e tampouco acordaram desse estado antes que um outro sono os vencesse. O fato de que não viam encontra-se em oposição direta ao fato de que falavam sobre palavras: eles não viam o mundo real, mas o mundo que aponta para o real, o mundo das palavras. Isso pode ser compreendido no plano existencial, como se tivessem uma existência ilegítima, como se não vissem a verdade, mas no espaço entre "ninguém acordou" e "o sono venceu-os" pode haver nas entrelinhas um "já era tarde demais". Isso, e a ausência de visão, "não viam o outro lado", a repetição "não viam", a ênfase "falavam sobre palavras"; tudo sugere uma omissão, e a consequência dessa omissão é que esse outro sono os venceu. Os mortos, mas o poema não pode enunciar isso, porque assim a morte se transforma em algo e os mortos transformam-se em alguém. A morte é o nada e os mortos são ninguém, e esse é o elemento absoluto dessa perda, o que há de total e irreversível naquilo que precisa ser preservado nessa linguagem, pois esse é o dever que assumiu, ao mesmo tempo que precisa ser fiel em relação ao único e ao individual, ou seja, separá-lo da indiferenciação do nada, sem que a linguagem ao mesmo tempo mantenha essa identidade e a transforme em uma coisa que "é". O poema se encontra nos limites da linguagem e do enunciável, mas não é para isso que aponta, não se trata de um jogo de palavras; o poema se encontra na noite de todas as noites para evocar o inevocável, aquilo que é tão frágil e tão fugaz, tão sonambulamente vago que a simples presença do olhar ou do pensamento faz com que desapareça, sim, é justamente esse movimento que de certa forma articula.

A questão do poema passa então a ser: como dar nome àquilo que é nada sem transformá-lo em uma coisa? Essa questão é uma negação da grande questão religiosa, a saber: como dar nome àquilo que é infinito sem transformá-lo em finito? Até mesmo "tudo" é finito. Como dar nome ao extra-humano sem trazer junto o elemento humano, uma vez que a linguagem é em si mesma o elemento humano? Como designar a Deus?

No judaísmo ortodoxo o nome de Deus é impronunciável, ou melhor: só pode ser pronunciado pelo alto sacerdote no templo de Jerusalém, que já não existe mais. E, se for escrito, não pode ser apagado nem destruído. O nome está revelado no Tanach, nos textos que para os não judeus compõem o Antigo Testamento, sob a forma de quatro letras, YHWH, conhecidas como tetragrama, "as quatro letras". Em vez de ler o nome deste Deus nas orações, deve-se ler "Adonai", que significa "meu senhor", e quando se discute o nome de Deus deve-se dizer "Hasham", que significa "o nome". Adonai e Hasham são portanto o nome do nome. "O nome tem um nome!", como o filósofo judeu Emmanuel Levinas exclama em uma reflexão sobre o nome de Deus. O nome encontra-se revelado e ao mesmo tempo oculto. É como se o próprio nome fosse Deus. Um nome comum é o nome de uma coisa, mas nesse caso o nome é além disso também a própria coisa. "Deus" em hebraico é Elohim; YHWH é o nome do Deus uno, o nome próprio de Deus. Como deve ser pronunciado já ninguém mais tem certeza; o mais antigo alfabeto hebraico não tinha vogais, que foram acrescentadas mais tarde aos textos, mas não a YHWH. Mas isso não importa, porque o nome não deve ser pronunciado. Mesmo assim, o que diz o nome que não pode ser dito?

Na Bíblia, encontra-se traduzido por "eu sou o que sou" e "eu sou", e também pode ser traduzido como "eu sou aquilo que sou". O crítico canadense Northrop Frye escreveu que certos estudiosos acreditam que uma tradução mais correta seria "eu hei de me tornar que hei de me tornar". O importante é que esse nome deriva de uma palavra hebraica para "ser" — de um verbo, portanto. O nome daquilo que não pode ser nomeado é oferecido pelo próprio Deus a Moisés sob a forma de uma chama de fogo que surge em uma sarça ao pé do monte Horebe: "E apareceu-lhe o Anjo do Senhor em uma chama de fogo, no meio de uma sarça; e olhou, e eis que a sarça ardia no fogo, e a sarça não se consumia". Moisés se aproxima. De repente já não é mais o anjo do Senhor que se revela, mas o próprio Senhor, pois é ele quem grita: Moisés, Moisés! Não te chegues para cá!, Deus diz para Moisés. Tira os teus sapatos de teus pés; porque o lugar em que tu estás é terra santa. Eu sou o Deus de teu pai, o Deus de Abraão, o Deus de Isaque e o Deus de Jacó. Então Moisés esconde o rosto, porque não se atreve a olhar para Deus. E assim, com os pés descalços e o rosto baixado, Moisés recebe a incumbência de levar os filhos de Israel para fora do Egito. Moisés responde: quem sou eu, que vá ao Faraó e tire do Egito os filhos de Israel? Certamente eu serei contigo, responde a voz de Deus. E então ele diz que Moisés vai receber um sinal de que Deus é com ele; depois que houver tirado o povo de Israel do Egito, eles vão servir a Deus naquele monte. Porém Moisés não precisa de um sinal depois da fuga do Egito, mas antes, porque Moisés não é ninguém para os filhos de Israel, e assim como há de convencê-los? Então Moisés diz: "eis que quando vier aos filhos de Israel e lhes disser: O Deus de vossos pais me enviou a vós; e eles me disserem: Qual é o seu nome? Que lhes direi?". Deus então diz a Moisés: eu Sou o Que Sou. Assim dirás aos filhos de Israel: Eu Sou me enviou a vós.

O nome que Deus dá a Moisés não é um nome, porque não delimita nada, não localiza nada, mas é assim mesmo um nome para aquilo que não se deixa delimitar nem localizar nem definir. A inexauribilidade desse nome, que não é um nome, instaura um forte contraste em relação ao ambiente em que é dado a conhecer. Como em muitas passagens do Antigo Testamento, há um certo elemento cômico na ação, porque o que há de mais elevado, de mais sagrado e de mais extra-humano chega muito perto do humano e se deixa mais ou menos capturar. A revelação de Deus ou do divino como um fenômeno celeste pode ser sublime, mas não como uma sarça ardente, que parece uma visão quase trivial: poderíamos observá-la com surpresa, mas não estremecer de temor. O pedido de Deus para que Moisés tire os sapatos torna a revelação ainda menor: pode-se dizer que a dicotomia calçado/descalço é essencialmente humana. E quando Moisés fala com Deus, surge um mal-entendido: Moisés pede um sinal capaz de fortalecer sua credibilidade no encontro com os filhos de Israel, Deus promete-lhe um sinal quando tudo estiver acabado, então Moisés precisa se explicar um pouco melhor, dizendo: "eis que quando vier aos filhos de Israel e lhes disser: O Deus de vossos pais me enviou a vós; e eles me disserem: Qual é o seu nome? Que lhes direi?". A maneira como Moisés procede faz pensar em um subterfúgio, ele tenta descobrir o nome de Deus ao fazer uma pergunta hipotética que os filhos de Israel talvez lhe façam. A resposta, o nome, aponta para longe do trivial, rumo à natureza do divino. Esses dois níveis se encontram por muitas vezes no Antigo Testamento, como quando Deus cose roupas de couro para Adão e Eva no Jardim do Éden, ou quando Deus acaba se envolvendo num pequeno bate-boca com Sara, a esposa de Abraão. O mesmo fenômeno surge em outros textos antigos, como por exemplo na *Ilíada* e na *Odisseia* de Homero, onde os deuses e o divino movimentam-se para dentro e para fora da esfera humana, não em sentido metafórico, mas concreto, com corpos físicos na realidade física.

Gershom Scholem escreveu sobre as três fases da religião. A primeira surge quando o próprio mundo é divino, repleto de deuses que podem ser encontrados por toda parte, e que podem ser cooptados para fins próprios sem nenhum temor; o humano e o divino não se encontram separados em um nível fundamental. Tudo encontra-se ligado: a humanidade, a natureza e os deuses. Assim é na obra de Homero, onde os nomes dos deuses não são impronunciáveis, pelo contrário: eles parecem florescer. A segunda fase surge com o advento das grandes religiões. De acordo com Scholem, são as religiões que instituem entre o divino e o humano o abismo intransponível que somente pode ser atravessado pela voz. Em parte a voz de Deus, instrutiva e legisladora, em parte a voz das preces.

Certos textos do Antigo Testamento trazem fragmentos de períodos anteriores, como o que há de fabulesco no episódio em que Jacó encontra um estranho ao entardecer e luta com ele durante toda a noite, até que o estranho pede a Jacó que o deixe ir, porque a alva sobe. Jacó se nega e dispõe-se a deixar o estranho partir apenas se este o abençoar, e então o estranho o abençoa e diz que o nome de Jacó passa a ser Israel, porque ele lutou contra Deus e prevaleceu. E então, mesmo que o estranho tenha se dado a conhecer como Deus, Jacó pergunta o nome dele. Deus responde: Por que perguntas pelo meu nome?, e então o abençoa e desaparece. Que Deus seja um homem com quem se pode topar e lutar, de maneira concreta — porque o elemento concreto é sublinhado quando a juntura da coxa de Jacó é deslocada no decorrer da luta —, leva os pensamentos rumo ao mundo compartilhado por homens e deuses sobre o qual Scholem escreveu, e o desejo de dar a luta por encerrada porque a alva sobe põe o episódio na antiga realidade do mito e da fábula, na qual o *troll* se estilhaça com a luz do sol. Northrop Frye escreveu que esse mundo se caracteriza por aquilo que ele chama de linguagem metafórica, uma linguagem na qual as palavras também são uma coisa em si, com uma ligação real à coisa ou ao fenômeno que designam, mais ou menos como os hieróglifos, e com uma força que pode ser usada em encantamentos e invocações, como se vê por exemplo no Gênesis, quando a palavra de Deus transforma-se em realidade. Faça-se a luz, e a luz foi feita. Os nomes podem criar, e os nomes podem governar. Num mundo desses, saber o nome de Deus seria uma força sobre o divino, pode-se imaginar, pois não pode ser por acaso que Jacó tenha medido forças com Deus e conseguido subjugá-lo pouco antes de perguntar-lhe o nome. Dá-me a saber teu nome!, diz Jacó, como que tomado pela soberba, por que perguntas pelo meu nome?, diz Deus, e então some nas sombras da noite.

De acordo com Scholem, o misticismo surge na terceira fase, quando a religião já adquiriu expressão clássica em uma forma de vida baseada na fé e no convívio em sociedade, e quando os impulsos religiosos que surgem já não se expandem para fundar uma coisa nova, mas erguem-se no interior da antiga religião, onde o abismo entre o divino e o humano passa a ser visto como um mistério que a vivência interior do divino é capaz de transpor.

O misticismo não se relaciona com os aspectos práticos da religião, com a moral e os deveres e a forma de se portar, mas volta-se por completo à vivência do divino, à própria essência do divino. As revelações originais, como por exemplo a sarça ardente vista por Moisés, ou as criaturas aladas com cabeças de animal vistas por Ezequiel, parecem ao místico coisas obscuras e subdesenvolvidas, de acordo com Scholem.

A definição da experiência mística é apresentada primeiro através de uma citação de Rufus Jones, como "o tipo de religião que enfatiza a percepção imediata da relação com Deus, a consciência direta e íntima da presença divina", e depois através de Tomás de Aquino, que a definiu como *cognitio Dei experimentalis*; um conhecimento acerca de Deus adquirido pela experiência vivida. Essas grandes revelações canônicas são comparadas à vivência pessoal do mesmo fenômeno. Nas palavras de Scholem:

> Sem jamais negar a Revelação como fato histórico, ao mesmo tempo o místico considera que a fonte de conhecimento e de experiência religiosa que brota de seu coração tem a mesma importância para o conceito de verdade religiosa.

O coração é a imagem daquilo que há de mais íntimo, de tudo que é sentido com maior agudez, o oposto do intelecto e da racionalidade, e também o oposto de tudo aquilo que é externo. E é nesse ponto, nesse reconhecimento e nessa meditação sobre a natureza do divino, presente no próprio ser por meio de um êxtase interior, que a linguagem se torna um problema para a religião. O êxtase é repleto de sentimentos arrebatadores, inefáveis, irrepresentáveis, indescritíveis, irrepetíveis, fechados em si mesmos e existentes apenas na vivência absolutamente específica de que a presença de Deus é uma realidade. O que se revela então, o que se vivencia, a saber, o divino, encontra-se fora da esfera humana, para onde a linguagem o traz pelo simples fato de ser linguagem. Em consequência disso, o misticismo tem uma longa tradição de empregar negações; apenas ao dizer o que o divino não é torna-se possível aproximar-se dele sem reduzi-lo. Pode-se dizer que Deus é vivo?, Scholem pergunta, citando Maimônides. Essa não seria uma limitação da infinitude da essência divina? Nesse caso, a frase "Deus é vivo" só pode ter o sentido de "Deus não está morto", ou seja, de que é o contrário de tudo aquilo que é negativo, a negação de todas as negações. Mas o que ele é? Pode-se dizer que Deus realmente é o que quer que seja? É a esse movimento que pertence a afirmação feita pelos cabalistas, segundo a qual Deus repousa nas profundezas de seu nada. Deus é nada. Mas com isso não se pretende dizer que o poema de Celan explora uma forma de experiência mística, apenas que a linguagem compartilha certos traços com a linguagem do misticismo, porque a maneira de formular o problema é a mesma: como se aproximar daquilo que não é sem transformá-lo em uma coisa que é? No entanto, se na religião existe uma lacuna entre o humano e o divino, que somente a ausência de linguagem — o coração, o êxtase, o arrebatamento — pode transpor, e se o desafio dos textos místicos portanto consiste em pôr em palavras uma presença inefável, o desafio no poema de Celan é aproximar-se de uma ausência inefável. A palavra que não pode ser proferida no poema não é Deus, mas morte, uma vez que a morte é o nada, porém o nome do nada é uma coisa. A consciência em relação à impossibilidade da representação é fundamental no poema, é como se a relação entre o mundo e a representação linguística tivesse sido destruída, e o poema ao mesmo tempo escrevesse no interior dessa destruição, como uma ruína, e sobre essa destruição. A desconfiança fundamental em relação à linguagem se revela primeiro na imagem da grama desescrita, logo na abertura, e depois na contradição entre ver e falar: eles não viam, eles falavam sobre palavras. As palavras encontram-se entre eles e a realidade, e eles não podem ver o outro lado, eles veem as palavras, e falam a respeito delas. Tudo isso está novamente relacionado ao sono.

> O lugar onde eles jaziam tem
> um nome — não tem
> nenhum. Eles não jaziam lá. Havia
> algo entre eles. Eles
> não viam o outro lado.
>
> Não viam, não,
> falavam sobre
> palavras. Ninguém
> acordou, o
> sono
> venceu-os.

Mas o poema mesmo é constituído por meio de palavras, o poema mesmo "fala". Seria difícil entendê-lo de outra forma que não como se a imagem da grama desescrita e dos adormecidos que falam sobre palavras não fosse uma expressão de misologia; não é em relação à própria linguagem, como fenômeno, que essa desconfiança vale, mas em relação às ideias que a impregnam, ao fato de que não apenas fazem despertar aquilo que designam, mas também o próprio conceito a que se referem, que pertence à "palavra", e portanto à coletividade da linguagem, e não à "coisa" ou ao "fenômeno". Essa característica se faz notar especialmente quando a linguagem designa aquilo que não existe, como o passado, que ressurge por força da linguagem, e a morte, que a linguagem transforma em uma "coisa". Esse último aspecto torna-se vantajoso para o poema, visto que, uma vez designado, o nada surge como uma coisa e passa a existir no texto, para então ser retirado, porque afinal não existe, e assim passa a estar e a não estar no texto ao mesmo tempo. Na primeira vez a estratégia é empregada em relação ao nome, àquilo que transforma o aberto, o indefinido e o múltiplo em uno, o emblema do lugar, o nome do lugar, que por assim dizer abarca tanto o cenário como a história do cenário, e assim torna-se uma grandeza na linguagem, ou seja, na cultura, e não no mundo. "O lugar onde eles jaziam tem um nome — não tem/ nenhum." O lugar ao mesmo tempo tem e não tem um nome. O fato de que tenha ou não tenha um nome não é mais relevante do que o próprio nome, que no entanto não pode ser nomeado. Se o nome for nomeado, tanto o lugar como aqueles que lá jaziam transformam-se em uma coisa que não são. Nesse caso também o poema estaria a falar sobre palavras, e portanto adormecido.

Até esse ponto o poema diz respeito a um "tu" em um mundo onde outras pessoas primeiro se tornam visíveis como forças apronominais, e mais tarde, durante o movimento do "tu" em direção à "casa", como "eles". Esses "eles" surgem indeterminados no espaço; primeiro estão no "lugar onde eles jaziam", mas depois essa afirmação é retirada, "eles não jaziam lá". Mas "eles" estão determinados no tempo, pois enquanto o "tu" do poema é descrito no presente, rodeado pelo cenário em que se encontra, "eles" são descritos no passado. Eles jaziam, eles não acordaram, o sono venceu-os. Assim torna-se possível ler a presença deles como uma recordação, uma coisa em que o "tu" pensa. "Eles" encontram-se em um tempo separado do "tu", mas o lugar onde jaziam/não jaziam encontra-se no mesmo tempo, porque "tem" um nome.

> O lugar onde eles jaziam tem
> um nome — não tem
> nenhum. Eles não jaziam lá.

Então vem a primeira virada do poema. Até esse ponto, tudo se manteve em movimento constante, desde o cenário com o caminho, passando pela exortação de não ler, não olhar, mas andar, até o cenário reminiscente do reino da morte, onde o pensamento a respeito "deles" que existiram no passado é pensado. No verso seguinte um "eu" fala pela primeira vez, e, assim como o "tu", fala sobre "eles" no passado.

> Sou eu, eu,
> eu jazia entre vocês, eu estava
> aberto, estava

406

audível, eu toquei em vocês, ouvi a respiração
de vocês, ainda
sou eu, vocês
dormem afinal.

*

Ainda sou —

"Ich bins", diz o original alemão; é uma contração de *Ich bin es*, uma expressão carregada de oralidade, é assim que se atende o telefone, *Ich bins*, "Sou eu". Depois das estrofes enigmáticas da abertura, a partir das quais praticamente nenhum sentido deixa-se extrair, a informalidade na apresentação do "eu" é notável, e parece ter um caráter quase infantil. Passa a ser quase uma insistência: "eu" aparece três vezes em uma sequência de apenas quatro palavras. *Ich bins, ich, ich*, ao mesmo tempo que o tempo verbal muda, *ich bins, ich lag, ich war* — eu sou, eu jazia, eu estava — e depois muda outra vez, *ich bin es noch immer*: ainda sou eu. O movimento passa de "eu sou" para "eu estava" e depois novamente para "eu sou". Presente, passado, presente.

Peter Szondi, que fez a leitura clássica e talvez mais exaustiva desse poema, naquilo que passou a ser uma leitura-padrão, afirma que é o tempo que fala e que se encontra personificado. Pode muito bem ser, mas também pode ser que quem escreve seja o "eu", e que a situação descrita, onde o "eu" jazia entre "vocês" e estava aberto, seja uma lembrança. Tanto a presença subitamente infantil no texto como a formulação "eu jazia entre vocês" me levam a pensar numa criança deitada entre os pais. Está claríssimo que o tempo é um aspecto essencial do poema, mas também o "eu", cuja presença é reforçada de modo particularmente intenso através da repetição eu, eu, eu. Independente de como esse "eu" seja compreendido, aqueles em meio aos quais jazia podem ser os mesmos "eles" mencionados na estrofe anterior, onde se lê "havia algo entre eles". Eles dormiam, e o movimento do "eu", de "sou" para "estava" para novamente "sou", exclui "eles"; "eles" ainda "estão", porém adormecidos, ou seja, mortos. Aquilo que "é" passa a dizer "estava" através do eu, que o transforma novamente em "sou" graças à evocação de uma memória — como na evocação da realidade levada a cabo pelo poeta, essas duas grandezas, o passado e o escrito, a memória e a literatura, coincidem nesse ponto —, mas a possibilidade não existe para aqueles com quem ele aquela vez esteve junto, eles estavam e continuam a estar adormecidos, o "ainda" deles tem outro caráter, imutável, indistinto, ligado à morte e à atemporalidade. A morte não é uma situação ou uma característica, mas uma ausência de situações e de características, e portanto não tem nenhum tempo, mas apenas um atempo. Esse atempo tampouco é, posto que não tem existência, a não ser na linguagem, que abstrai o mundo, e nessa abstração também o nada pode ganhar forma. O olhar somente pode existir no "é", no agora, enquanto a linguagem pode se aproximar do "foi", através da memória, onde as diferenças entre o tangível e o intangível são apagadas: na memória o espaço é o mesmo, porém o mundo e as pessoas desapareceram até se tornarem intangíveis, que era a definição de Joyce para um fantasma.

Se deixarmos de lado o "eu" e o "eles", bem como a questão sobre quem são e que tipo de relação existe entre ambos, ou melhor, quem "eles" são para o "eu", uma vez que o "eu" não é nada para "eles", o elemento mais importante nessa estrofe é o tempo que perpassa os verbos, e por conseguinte o "eu". Ninguém pode banhar-se duas vezes no mesmo rio, afirma um dos fragmentos de Heráclito, o fragmento de número 91, as palavras mais conhecidas desse filósofo, que se tornaram quase um clichê. Mas existe um outro fragmento dele sobre o mesmo tema, o de número 49, que expressa a mesma ideia de outra forma, e assim diz uma coisa diferente, a saber:

No mesmo rio entramos e não entramos, estamos e não estamos.

O tempo e a identidade encontram-se em "estamos", ambos são, embora não o mesmo, mas nesse caso o que significa "ser"? No poema de Celan o tempo abre a mesma distância que o eu, que não diz eu sou, eu estava, eu sou, mas cria nuances e complicações empregando meios pequenos, impossíveis de reproduzir em uma tradução, porque fazem uso do jogo entre *ich bin* e *es*. *Ich bins* precisa ser traduzido como "Sou eu", esse é o sentido idiomático da frase, mas existe também um sentido sintático, que pode ser visto quando não se presta atenção ao sentido da tradução, mas àquilo que diz literalmente. "Eu sou isto", leríamos, depois "eu sou isto ainda", e por último "sou isto ainda". Essa última nuance é importante, porque transforma o trivial "sou eu" em "sou isto", e assim chama atenção para a parte dessa construção que está relacionada ao sujeito. O que é que "é"? "Sou eu", claro, mas o que é aquilo que é o "eu"? Essa questão nos joga de volta para a abertura, que já não parece mais trivial, existe um "isto" no "eu". Em alemão o verso diz:

Ich bins, ich,
ich lag zwischen euch, ich war

offen, war
hörbar, ich tickte euch zu, euer Atem
gehorchte, ich
bin es noch immer, ihr
schlaft ja.

*

Bin es noch immer —

Se traduzimos a primeira frase como "Sou eu", mantemos a característica de oralidade do original, o que há de óbvio e de pouco problemático nesse enunciado, que mantém o "eu" dentro da esfera social: "Sou eu". Porém, estritamente falando, a última linha deve ser traduzida como "Isto é ainda". Nesse caso enfatizamos "isto", e o enunciado passa a estender-se para além do social. "Eu sou isto." Assim a frase aponta para um elemento além do "eu" que se pega a si mesmo. Rimbaud escreveu "Eu sou um outro", porém, mesmo que dissolva a noção de identidade, essa afirmação ainda se encontra dentro da esfera social. "Eu sou isto" vai para fora da esfera social, para fora do nome, rumo ao inominável: "isso" é a marca do impessoal. "Isto dorme", "isto chora", "isto está de luto" — não se designa pessoa nenhuma dessa forma, porque "isto" está fora da esfera humana. Mas ao mesmo tempo não: existe um "eu" que é "isto". Visto de maneira positiva, "isto" pode ser a coisa através da qual a existência se revela, a coisa que é comum a todos, ligada a tudo que há de próprio, ao contrário de tudo que faz parte da existência humana e que se relaciona com o social, como as hierarquias, as leis, as regras e as normas, aquilo a que Heidegger chamava de Man, o alguém, o dependente e inautêntico, justamente em oposição ao independente e autêntico que reside na existência pura. Essa identidade pura de Heidegger, aberta em relação à existência, novamente se relaciona à identidade do místico, àquilo que encontra o divino na abnegação, e portanto ao eu desprovido de eu. Não há dúvida de que o eu do poema está relacionado a isso, porém não de maneira positiva; o "eu" é aquilo que resta de uma pessoa quando o nome desaparece, o "eu" é aquilo que morre quando a pessoa morre e o nome continua vivo. O "eu" não se apaga no êxtase repleto de sentido vital, mas em seu oposto; apaga-se na sombra da morte, repleta de ausência de sentido.

Isto é eu.
Isto é.
Isto.

Mas não é "isto" que é invocado no poema, é "eu". Por três vezes a palavra soa em sequência, eu, eu, eu, quase como se quisesse desvencilhar-se de seu "isto". Que "isto" é, enquanto "eles" eram, é outra forma de dizer que eu estou vivo e que eles estão mortos. As grandezas são as menores possíveis: tu, eles, eu, isto, é, foi. Ser e não ser. O ser é uma questão de existência, nesse caso o ser é em si mesmo. Essa é a pergunta feita por Hamlet, *to be or not to be*, uma questão relacionada ao ser desprovido de identidade. Nesse caso é-se algo. Essa é a diferença entre ser algo e não ser nada. Mas o ser também é uma questão de identidade. Nesse caso é-se alguém, e a diferença passa a ser entre ser alguém e não ser ninguém. Algo/alguém, nada/ninguém. A primeira, algo/nada, é tudo aquilo que se encontra fora do nome e do social, a segunda, alguém/ninguém, encontra-se no interior do nome e do social. Pode-se ser algo em relação ao nada. Mas não se pode ser alguém em relação a ninguém; pode-se ser alguém somente em relação aos outros. Um "tu" e um "eles", que juntos formam um "nós". Aqui não há um "nós", mas apenas um "eu/tu" e um "eles". O "eles" encontra-se ausente, e ninguém pergunta pelo "tu/eu". É isso que está em jogo aqui; quem é o "tu" quando ninguém faz perguntas a esse respeito, quando ninguém o conhece nem sabe nada a respeito dele? Nesse caso não se trata de alguém, mas de ninguém/algo.

Quem é "eu"? Será que faz parte de "vocês", será que pertence ao grupo deles, será essa a "casa"? Será o contexto o que foi perdido? O importante no verso é aquilo que separa o "eu" de "vocês", que é o tempo: outrora o "eu" e o "vocês" estavam juntos num "estamos", mas agora é somente o "eu" que "estou", o "vocês" está num "estavam". Esse tempo, essa divisão, essa lacuna se aprofunda no verso seguinte.

Anos.
Anos, anos, um dedo
tateia para cima e para baixo, tateia
ao redor:
suturas, palpáveis, aqui
se abre por inteiro, aqui
cicatrizou — quem cobriu?

*

Cobriu —
quem?

A insistência, a repetição da palavra por três vezes, estabelece uma associação entre "eu" e "anos". O espaço entre "é" e "era" foi aberto, no ou pelo "eu". Agora é lá que o "eu" entra. Anos, anos, anos; o tempo aqui é um espaço, um elemento dentro da mesma coisa, o movimento vai para cima, para baixo, ao redor. O dedo que tateia está ligado àquilo que toca na estrofe anterior, segundo a leitura do poema feita por Aris Fioretos; o original *ticken* tanto pode significar "fazer cócegas" como "tocar com o dedo". Esse dedo liga a compreensão do "eu" como aquele que escreve à compreensão do "eu" como a voz do tempo. O dedo tateia, e portanto existe. Mas o que existe? Suturas. O que é uma sutura? É aquilo que costura as feridas. A ferida cicatrizou, e portanto está ausente, mas assim mesmo presente, não é mencionada, mas existe graças à menção feita àquilo que cobre. A ferida não se mostra na forma verdadeira, praticamente nada se mostra assim no poema, mas de qualquer modo no caso da ferida é diferente, porque aqui "alguém" a cobriu, o ato de cobrir é ativo, e a questão diz respeito a quem cobriu as feridas, não a uma coisa.

"Cobrir" é colocar uma coisa entre uma coisa e outra, e até esse ponto do poema essa imagem foi expressa através da grama desescrita, e da falação sobre palavras, e do tempo que separa o "eu" de "vocês". A atenção dirigia-se ao quê, ao próprio ato de cobrir, mas aqui a atenção não se dirige ao quê, mas a quem.

Quem cobriu? E por que é tão importante perguntar a respeito de "quem"?

Assim, de forma cautelosa e sem nomear nada que possa jogá-lo de volta à escuridão fantasmagórica de onde foi retirado, o poema se aproxima do centro, ou do ponto zero.

> Veio, veio.
> Veio uma palavra, veio,
> veio através da noite,
> queria luzir, queria luzir.

A invocação da palavra tem a mesma intensidade observada em "eu" e "anos": por três vezes ouvimos "veio". E a repetição é reforçada, porque o verbo é mencionado mais duas vezes. Veio, veio, veio, veio, veio. Soa como um encantamento, ou como uma súplica. A palavra vindoura representa o oposto da cobertura, porque há de vir "através" da noite, ou seja, através daquilo que cobre, ou que torna igual, e assim a neutraliza. A palavra é o oposto do nada, a palavra é capaz de surgir contra o nada da escuridão, e por isso é invocada.

Trata-se portanto de uma palavra diferente daquela sobre a qual "eles" falavam, porque aquela palavra os impedia de ver, era o próprio impedimento. Havia uma contradição entre o ver e a palavra, uma relação negativa: aqueles que falavam, falavam sobre palavras, e não viam. Aqui a semelhança se dá entre o ver e a palavra, em uma relação positiva: a palavra queria luzir na noite. E a luz torna visível. Mas a palavra na verdade não luz, ela queria luzir, e assim a luz permanece como possibilidade não realizada. A palavra pode luzir, mas não aqui, o poema dá a impressão de dizer.

Por que não? O que é que impede a palavra que pode luzir de luzir?

É a noite.

Que tipo de noite é essa? Nas primeiras linhas ela foi descrita como uma noite que prescinde de estrelas. Essa é uma noite diferente daquela que acaba com o raiar da aurora; podemos concebê-la quase como uma imagem da morte: essa noite prescinde de estrelas e prescinde de luz, porque não há nada a iluminar, há somente o nada. Essa noite tem outro feitio: existe nela uma coisa que as palavras não têm força suficiente para iluminar. A noite é a escuridão, a escuridão é a ausência de qualquer distinção, o oposto da palavra, que na própria essência estabelece distinções e diferenças. Enquanto a primeira noite prescindia de estrelas e de luz, essa segunda noite não faz o mesmo. Por quê? O poema se manteve o tempo inteiro em movimento, e nesse movimento aproximou-se de uma coisa, e durante a aproximação essa coisa, a princípio distante, ganhou contornos cada vez mais claros, e assim, nessa revelação gradual daquilo que ainda não sabemos o que é, a intensidade aumentou e nesse ponto atinge um grau tão agudo que as palavras são invocadas com uma força quase encantatória. Veio, veio, veio, veio, veio. A invocação surge logo depois da constatação de que a ferida, que não é mencionada, e não é mostrada, mas encontra-se presente apenas por meio das palavras "aqui", "se abre" e "cicatrizou", está coberta, e a questão passa a ser quem a cobriu. As palavras invocadas se encontram em um tempo diferente do tempo em que a invocação é feita: "veio uma palavra", diz o verso, no presente do poema, no tempo do tu e do eu, enquanto a vontade de luzir das luzes e a incapacidade de luzir das luzes estão no passado: elas queriam luzir.

Será porque a noite é a própria força que transforma o presente em passado, porque é disso, da escuridão da perda que se fala, que nesse caso abarca a luz das palavras e transforma o quero em queria, uma vez que são palavras, e assim as paralisa e as transforma, inevitavelmente, em uma coisa passada? Ou será que a noite estaria relacionada ao cobrir da ferida e à desescrita da grama, ou seja, ao fato de que a linguagem é parte da noite, parte daquilo que cobre — uma coisa que se encontra na descrição daqueles que "falavam sobre palavras" e que "não viam"? Ao fato de que por esse motivo as palavras não podem luzir, ou seja, tornar a visão possível, uma vez que elas próprias são responsáveis pelo obscurecimento? O desejo manifesto em "queria luzir, queria luzir" sugere que não é a linguagem em si a responsável por esse obscurecimento, mas determinada linguagem, que "eles" falavam, e que existe uma outra linguagem, mas que mesmo essa outra linguagem é incapaz de atravessar essa noite. Essa noite está relacionada a acontecimentos, a aqueles que não acordaram antes de serem vencidos pelo sono e a aqueles que abriram uma ferida, e "eles" dizem respeito ao "eu" que antes havia entre "eles" e que abre o espaço entre a ausência da ferida no presente e a presença da ferida no passado.

"Veio uma palavra, veio através da noite" é uma súplica não atendida, a palavra queria luzir, mas não luz. A vontade da palavra é desprovida de sujeito, no poema lê-se apenas "queria luzir, queria luzir", a ênfase é na vontade forte, porém fadada ao fracasso.

Queria luzir, queria luzir.

Por que a palavra não pode luzir nesse trecho? O que torna a noite tão indistinta que nenhuma palavra é capaz de fazer diferença nessa escuridão?

Cinzas.
Cinzas, cinzas.
Noite.
Noite-e-noite. — Anda
até o olho, até o úmido.

As cinzas surgem três vezes, e noite três vezes, porém sem verbo, sem "veio", não há invocação nenhuma, nem qualquer outro movimento, nada de "através".

Cinzas, cinzas, cinzas.

As cinzas são a forma daquilo que foi queimado, sem qualquer semelhança com aquilo que foi queimado, as cinzas não são nada, mas aquilo que resta das coisas que já desapareceram, e ao mesmo tempo são uma coisa em si mesma, uma espécie de pó cinza-escuro, sempre igual para o que quer que se queime. Num poema em que o nada é invocado desde os limites do nada, as cinzas podem ser lidas como a concretização daquilo que não é, como a forma física da ausência. E podem ser interpretadas como a expressão material da ausência de qualquer diferença. As cinzas são nada, mas são também uma coisa, sempre igual para tudo.

Depois das cinzas, noite-e-noite que segue a noite. Nessa noite a própria ausência de diferença das cinzas é afetada pela ausência de diferença.

Cinzas.
Cinzas, cinzas. Noite.
Noite-e-noite.

Porque "e" noite? Quando separadas por vírgula, aquilo que se designa, noite, noite, noite, pode ser uma insistência, uma evocação, mas com "e" a coisa é posta em uma relação, ou seja, em uma relação de diferença, e portanto em um processo: à coisa acrescenta-se outra coisa. Noite-e-noite. Uma nova noite segue a noite anterior, porém tão de perto que os hifens transformam-nas em uma única palavra, "noite-e-noite", não existe nada entre as duas, nenhuma luz, nenhuma aurora, nenhum dia.

E então "anda", a exortação da abertura, é retomada. Antes, era uma exortação aberta, geral, um simples "anda", em vez de "lê" e "olha". Agora o "anda" encontra-se definido — "até o olho". Mas não para por aí, há mais uma definição adicional quando lemos "até o úmido". Esse trecho se encontra no fim da quinta estrofe do poema, e como o poema é composto de dez estrofes, encontra-se exatamente no centro e no cerne do poema.

Veio, veio, veio uma palavra, veio, veio, queria luzir, queria luzir, cinzas, cinzas, cinzas, noite, noite-e-noite, anda até o olho, até o úmido. Da palavra, do geral e de sua luz impossível, para as cinzas e a noite e o úmido, mas não para o olho que vê, o verso continua, até o úmido.

Não leias, olha, não olhes, anda, anda até o olho que chora.

"Cinzas" e "noite" entram para a lista de palavras que ganham peso ao serem repetidas três vezes, e que instituem no poema certos lugares em que o sentido torna-se mais denso. Eu (identidade), anos (tempo), veio (súplica), cinzas (ausência, aniquilação), noite (indiferenciação). Essas palavras formam um eixo de sentido no poema. Outro eixo é formado pelos pronomes, tu-eu-eles-quem. Um terceiro é formado pelos imperativos, lê, olha, anda, que primeiro nos levam de volta à sugestão da morte e ao cenário vazio de pessoas e de estrelas, mergulhando no passado e retornando ao agora, onde aponta para uma direção clara pela primeira vez. O olho que chora é o ponto central do poema, o ponto ao redor do qual todo o poema se articula, pois depois do olho, e do longo caminho que leva até ele, o caráter do poema sofre uma mudança radical.

Até aqui, o elemento humano é composto de um "tu", um "eu" e um "eles". O importante na relação entre "eu" e "eles" é o fato de que foram separados. Pelo tempo, pelo sono, pela morte, pela escuridão. E também o olhar e a palavra se encontram separados do mundo. Essa última separação, em relação à ferida inominável, que já não é mais uma ferida, mas foi coberta por alguém, vem acompanhada por uma súplica que invoca a palavra e a luz da palavra. A súplica não foi atendida. Não se pode distinguir nada em meio às cinzas e à noite, a não ser as cinzas e a noite. Não há nada para ler, não há nada para ver. Mas há o que sentir. Esse olho não se distingue, não se aparta, não se encontra acima de tudo ligado às coisas externas e à visão, mas às coisas internas e aos sentimentos, parece difícil interpretar "até o olho, até o úmido" de outra forma.

A fonte mística da verdade mais íntima é o coração, lugar de um êxtase de pertencimento em relação a tudo aquilo que existe. O olho de Celan pode ser entendido como lugar do êxtase ao contrário, onde aquilo que se condensa na ausência de palavras não é o júbilo e a expansão da consciência, mas o luto e a implosão da consciência. Esses dois lugares encontram-se fora da esfera social, e também fora do nome.

O coração se preenche de tudo aquilo que existe, o olho se preenche de nada. O coração, repleto daquilo que é, é cego e nada vê; o olho, repleto daquilo que não é, vê, e vê o nada.

Aqui, no lugar do luto e do olho que chora, o poema se afasta do próprio agora e volta-se em direção ao passado, não àquilo que cicatrizou e que foi uma ferida, mas ao que veio antes disso. O tempo antes de "nós".

Furacões.
Furacões, de sempre,
turbilhão de partículas, o outro,
tu
sabes, claro, nós
lemos no livro, havia
opinião.

Havia, havia
opinião. Como
nos
seguramos — com
essas
mãos?

Os furacões aqui são definidos de duas formas. Primeiro como furacões, de sempre, ou seja, arcaicos, imutáveis, sempre iguais a si mesmos. Depois como uma tempestade de partículas, uma coisa que "tu sabes", porque "nós" lemos "no livro": havia opinião. Na estrofe seguinte há uma ênfase no aspecto passado dessa opinião. Havia, havia opinião.

O que é um furacão? Ventos fortes, forças naturais, arbitrárias, violentas, destruidoras, caóticas, parte da agência que venta quando dizemos, "venta". Mas também "o outro", o turbilhão de partículas, a explicação que parece haver nisso, o tom científico em "partículas", uma coisa desfeita em suas partes mais elementares, e portanto concebida, porém não de forma absoluta; "turbilhão" é aquilo que rodopiou até se transformar em uma coisa além da compreensão. A palavra "partículas" sugere coisas que não são visíveis, mas que mesmo assim sabemos estarem lá. Essa forma de pensar tem origem em Demócrito e na teoria atômica dos gregos, desenvolvida por Lucrécio no poema *Da natureza das coisas*, no qual a poesia e a ciência se encontram; o poema explica um fenômeno, e apresenta o domínio e as limitações desse fenômeno, ao passo que a palavra "furacão" indica um fenômeno. A importância expressa através dessa diferença torna-se clara no trecho a seguir: o turbilhão de partículas estava "no livro", havia "opinião". O saber está ligado à leitura, que por sua vez está ligada à opinião e portanto ao sentido. Porém insinua-se que esse sentido já não existe mais, através da ênfase no passado motivada pela repetição. Havia, havia. Opinião, opinião. O desafio no sentido de não ler mais pode orientar-se em direção a esse tempo; outrora, o que estava escrito era opinião. Subentenda-se: essa opinião foi perdida, e assim também o sentido. Porém a ênfase não é tanto na leitura, mas no "tu" e no "nós" que leram. Existe uma companhia aqui, e o fato de que essa opinião pertence ao passado, e talvez já não valha mais, vem acompanhado por uma pergunta que diz respeito à relação entre aqueles que compunham o "nós", e é difícil não interpretar o trecho senão como se o aspecto de coesão social da opinião e do sentido estivesse em jogo, o espaço compartilhado pelas pessoas de uma cultura: fomos "nós" que lemos, fomos "nós" que nos seguramos.

Quem é "nós"?

A referência é abertamente feita em relação a um passado, a uma companhia que já não existe mais, e que agora é difícil de compreender. Como nos seguramos? Essa é a pergunta, que no entanto não acaba aí, mas continua com uma concreção — com essas mãos? Essas mãos existem agora; aquilo que seguraram, e que constituía o "nós", existe apenas no passado, uma vez que o verso emprega "seguramos" como passado, não como presente, e é sobre esse abismo que a pergunta é formulada. "Tu", "vocês", "eles", "nós" e "nosso" são passado, apenas o "eu" é presente, então o que acontece é que um elemento daquilo que foi perdido se destaca. A diferença entre ser um "eu" e olhar para outros eus que outrora foram e ser um "eu" que olha para o "nós" outrora composto pelos vivos e pelos mortos é grande. Não apenas a companhia daquelas pessoas se perdeu no tempo, mas tudo aquilo que outrora a tornava possível, as condições daquela companhia, também se perderam. Essa perda encontra-se inscrita no poema. É como se aquilo que contém, tudo aquilo que o "nós" representa, não pudesse ser dito antes da exortação para ir até o olho, até o úmido, somente então o "nós" perdido pode ser nomeado; essa é a maior de todas as dores.

Outro fragmento de Heráclito, o vigésimo sexto, diz respeito à relação entre os vivos, os adormecidos e os mortos, reunidos no verbo "segurar".

> O homem segura à noite uma luz, morto para si com os olhos extintos; vivendo, segura o morto no sono, com os olhos extintos; desperto, segura o adormecido.

As circunstâncias excluem-se umas às outras — quando dormimos, não podemos estar mortos, quando estamos despertos, não podemos dormir —, mas assim mesmo encontram-se relacionadas graças ao movimento, e graças à ambivalência dessas circunstâncias, ao terreno limítrofe em que se encontram. O homem está na noite, ou seja, no escuro, nada é visível ou distinguível. Ele segura uma luz, mas a luz não revela nada, porque aquele que a segura tem os olhos extintos, não vê, é ele próprio a escuridão. O homem está morto para si mesmo, não se vê a si mesmo, não conhece a própria existência, mas em "para si" reside o fato de que não está morto para os outros; em outras palavras, ele dorme. E adormecido segura o morto. Será o morto o mesmo que a luz? A luz da noite, vista pelos olhos extintos do adormecido. O próprio adormecido é segurado pelo desperto, que permanece longe do sono, e ainda mais longe da morte, porém o limite não é absoluto, movimentamo-nos como o texto, em meio a circunstâncias variadas, nossa consciência aumenta e diminui, e, quando diminui, uma outra coisa revela-se, uma coisa desconhecida para o desperto: as plagas da morte.

Mas esse movimento existe apenas em uma direção, da vida para o sono e do sono para a morte; os mortos não olham para trás.

Existe outro fragmento de Heráclito que também fala sobre a morte e o sono, o fragmento número 21.

Morte é tudo o que vemos despertos, tudo o que vemos dormindo é sono.

Nos dois fragmentos o ato de ver é central; no primeiro, como oposto implícito de segurar, que é ver com os olhos apagados; no segundo como clareza, e em ambos encontra-se relacionado ao sono e à vigília, à vida e à morte. Os dois fragmentos são obscuros, e à primeira vista cada um deles parece apontar em uma direção distinta. No primeiro, o desperto pode segurar o adormecido, mas não o morto. No segundo a morte é tudo que o desperto vê, enquanto o adormecido vê apenas sono, e portanto aquilo que é seu, e não o que é alheio. Mas também é possível entendê-los como duas expressões distintas da mesma ideia. Quando estamos despertos, vemos a morte, compreendida como a ausência e o nada; quando dormimos, não a vemos, no sono a morte também é sono. Também pode se tratar de uma diferença qualitativa relativa ao ato de ver; estar acordado é ver com clareza, ver a verdade, nesse caso vemos que a morte encontra-se em toda parte e que é nossa condição por excelência, enquanto dormir é ver sem clareza, ver apenas aquilo que é nosso, o sono que nos embala. A vida legítima, que reconhece a morte, e a vida ilegítima, que vive como se a morte não existisse.

No poema de Paul Celan todos esses níveis estão presentes, tanto aqueles que estabelecem diferentes gradações entre os despertos, os adormecidos e os mortos como aqueles que estabelecem gradações entre o legítimo e o ilegítimo. Na abertura:

O lugar onde eles jaziam tem
um nome — não tem
nenhum. Eles não jaziam lá. Havia
algo entre eles. Eles
não viam o outro lado.

Não viam, não,
falavam sobre
palavras. Ninguém
acordou, o
sono
venceu-os.

Nada os segura, eles escapam. Primeiro escapa-nos o lugar onde eles jaziam: o lugar tem um nome, depois não tem mais, e depois eles não jaziam lá. É isso o que "eles" são para aquilo que escreve, que desperto tenta segurá-los.

418

Depois vem aquilo que "eles" são em si mesmos: incapazes de ver. Não viam porque falavam sobre palavras, era um sono. Aquilo que escreve está desperto, e se quiser segurá-los não pode falar sobre palavras. O nome do lugar é uma palavra dessas, uma coisa posta no meio. Existiu, e existe, mas não para "eles", e portanto não para o poema, que ao nomeá-la teria acabado por incluí-la. O mundo do nome é o mundo do sentido, pertence ao "nós" que era, mas já não é mais. Aqui o mundo do nome cessa, é desativado, porque sua razão de ser, o "nós", já não é mais possível, ou então precisa ser recriado. O silêncio do nome existe em dois níveis diferentes. "Em lugar nenhum perguntam por ti", diz o poema; nesse caso o "tu" é uma coisa oculta, mantida fora da linguagem. A ferida está coberta, também por uma coisa desconhecida ao "eu", porque mantida coberta. Em ambos os casos por forças que se encontram fora do cenário aberto pelo poema. No primeiro caso, quando "em lugar nenhum perguntam por ti", pode ser porque o "tu" está morto, ou porque todos os outros no cenário por onde o "tu" se desloca estão mortos, e assim não perguntam mais pelo "tu", já não sabem mais que o "tu" existe. Mas a cobertura não tem essa mesma ambivalência, é apenas incerta. O outro nível encontra-se na relação entre aquilo que escreve e as coisas descritas, entre "tu" e "eles", "eu" e "nós". "Eles" não viam, "eles" falavam sobre palavras. "Tu" sabes, claro, nós lemos no livro, havia opinião. Havia, havia, opinião, opinião. E então:

Falou, falou.
foi, foi.

Falar é existir na linguagem, e a desconfiança em relação àquilo que o poema expressa em todos os níveis está ligada à existência. Será que diz respeito à linguagem sobre a existência? Ou será que são duas coisas separadas?

Sim.
Furacões, tur-
bilhão de partículas, restava
tempo, restava,
para experimentar junto da pedra — ela
foi hospitaleira,
não cortou a palavra. Como
estávamos bem:

Granuloso,
granuloso e fibroso. Caulífero,

denso;
uval e radial; renal,
achatado e
grumoso; rami-
ficado —: aquele, aquilo
não cortou a palavra, mas
falou,
falou de bom grado a olhos secos, antes de fechá-los.
Falou, falou.
Foi, foi.

Furacões, turbilhão de partículas, essas coisas todas integram a companhia de sentido do livro e da sociedade; esse é o tempo no qual "nós" fazia
sentido, e era bom. Aconteceu antes da perda do sentido, e antes do luto por
essa perda, mas foi escrito depois, e transformado não no instante do "eu",
mas no instante do poema. Encontra-se nos limites do sentido, não porque
não tenha sentido em si mesmo, uma pedra não tem sentido nenhum, apenas
existência, mas porque não tem nenhum sentido a não ser para o "eu".

Mas experimentar o que junto da pedra? Como a pedra pode ser hospitaleira? O que significa dizer que não cortou a palavra? As pedras são objetos
extremamente frequentes e ao mesmo tempo pouco carregados de sentido;
uma pedra é uma pedra, uma coisa neutra e em boa parte das vezes inespecífica, uma pedra é parecida com outras pedras. Em si mesma, a pedra é imutável, ou transforma-se em um ritmo lento ao extremo, sem trazer indícios
da idade a não ser para os geólogos, e encontra-se assim fora da cultura, da
história e do tempo, ou num tempo diferente do nosso tempo histórico, mas
isso, o fato de que quando vemos uma pedra estamos diante de uma coisa
infinitamente mais antiga do que a humanidade, e que estava lá antes mesmo
do início da vida na terra, é um pensamento que praticamente nunca nos
ocorre, uma pedra é apenas um fenômeno cotidiano da natureza, não, nem
ao menos um fenômeno, mas uma espécie de ferramenta da natureza, uma
coisa que atiramos contra a superfície d'água para fazê-la saltar para os nossos
filhos, por exemplo, ou sobre a qual nos sentamos para tomar café durante
um passeio à floresta.

Nas antigas religiões as pedras eram usadas como símbolo da permanência; erguidas em círculos em certos lugares, serviam para delimitar o sagrado,
e com frequência eram associadas aos corpos celestes. Os mandamentos que
Moisés recebeu do Senhor vieram escritos em pedra, porque assim a escrita
transitória e as ordens dadas às pessoas tornavam-se imutáveis e eternas. Na

vida religiosa, a pedra era o oposto da árvore: enquanto a árvore simbolizava a vida e a renovação da vida, a pedra era a imagem da existência perene. Não resta muito desse mundo na época em que vivemos, a árvore e a pedra já não representam mais opostos a partir dos quais compreendemos a vida, mas existem resquícios desse pensamento concreto aqui e acolá, como por exemplo no ritual do sepultamento, quando ainda colocamos uma pedra em cima do morto, enquanto o caixão é de madeira. Na pedra, entalhamos o nome do morto. Enquanto o corpo apodrece na terra mais abaixo, o nome permanece na pedra, não apenas como parte da esfera social, mas também como parte da matéria.

Mas não há nenhum traço ritual ou religioso no poema, pelo contrário, a pedra está rodeada de trivialidade, é uma coisa junto da qual devemos "experimentar", é "hospitaleira". "Experimentar com a" teria levado em conta o aspecto pétreo da pedra como objeto que movemos ou compartilhamos, ao passo que "experimentar junto da" faz da pedra o mais importante, atribui--lhe uma proximidade maior. "Hospitaleira" é uma antropomorfização radical, nem mesmo os bichos podem ser hospitaleiros, mas assim é a pedra nesse poema. Ser hospitaleiro é mostrar-se aberto aos outros. Nesse caso, "nós". Foi o fato de que a pedra "não cortou a palavra" que a tornou hospitaleira, ou seja, aberta a "nós". Mas será que "não cortou a palavra" equivale a dizer que não tomou parte na conversa que acontecia no lado de fora, e, portanto, na lógica desse poema, que não foi vista através das palavras? Será, nesse caso, graças à característica de permanência absoluta, ao fato de que se encontra fora da transitoriedade da companhia humana? Ao fato de que não cortou a palavra dessa linguagem com sua diferença radical? Também "nós" participamos dessa diferença, pois em nosso interior não apenas bate um coração, mas há também um esqueleto, aquilo que resta de nós quando morremos, junto com o nome entalhado na pedra. A pedra faz parte do "isto", do aspecto não humano do mundo — será isso o que não corta a palavra? Porque se encontra entretecido no véu da linguagem? O enigma se aprofunda com a repetição, o poema diz:

> aquele, aquilo
> não cortou a palavra, mas
> falou,
> falou de bom grado a olhos secos, antes de fechá-los.

Em outras palavras, aqui falar é o contrário de cortar a palavra. Não é apenas a pedra que fala; ela também é posta na esfera do "aquilo", que deve se referir a tudo o que vem depois; grãos, uvas, rins. São essas coisas que "falam".

Antes, o poema havia colocado falar em situação de igualdade com não ver, e com dormir, que é outra forma de não ver, porém mais forte, uma vez que o adormecido está completamente alheio ao mundo em que se encontra deitado. Mas dormir e não ver são ações ligadas às pessoas; não cortar a palavra, ou seja, falar, aqui aparece ligado às coisas. Aquilo com que as coisas falam são olhos. Falar com olhos é ser visto. Mas não como os despertos veem, porque eles não cortaram a palavra. São vistos enquanto dormem. Os olhos que veem estão secos, ao contrário do olho no centro do poema, que era úmido. Isso acontece antes do luto, no "nós" do poema. Mas ir até o olho, até o úmido, pode naturalmente ser lido de forma menos sentimental, o úmido pode referir-se a uma característica daquilo que é úmido, ao fato de que flui, escorre, não se prende a uma forma fixa, nunca é o mesmo. A oposição entre o seco e o úmido existe também noutras partes do poema, como por exemplo entre o "caminho inexorável" e o "aquífero" do fim. Um caminho é aquilo que aponta para outra coisa, uma impressão, e essa impressão precisa ser durável para ter sentido. A água não tem essa durabilidade, ela ganha uma nova forma a cada instante que passa, então um aquífero contém ao mesmo tempo o caminho e a desintegração do caminho. O poema inteiro reside nesse ponto, entre os caminhos no tempo e a ausência de caminhos no tempo. Os caminhos não são em si mesmos aquilo que foi, mas símbolos daquilo que foi, ao mesmo tempo que são também uma coisa em si mesmos. Quando o caminho é água, a transitoriedade dos caminhos, a ausência de inexorabilidade, aumenta drasticamente. Mas o caminho não é meramente água, é um aquífero, e portanto uma coisa que existe sob a terra, que se preenche com aquilo que esteve acima, com tudo aquilo que escorreu pela terra. O úmido, o líquido, pertence ao olho, àquilo que vê o instante, enquanto o que fixa e dá forma pertence à escrita. Para o olho o que acontece é que ele nunca vê a mesma coisa, que o visto está sempre em transformação, uma ideia presente em diferentes níveis do poema, não somente através dos caminhos e dos caminhos de água, mas também, por exemplo, através da forma como os substantivos deixam de ser coisas e transformam-se em características das coisas — não grão, mas granuloso, não uva, mas uval, não rim, mas renal. São descritas como aquilo que são, em si mesmas, não como uma coisa a que pertencem, uma classe, uma categoria. Juntas, formam um "isto", que assim como a pedra não corta a palavra, mas fala com olhos secos antes de fechá-los.

Por que os olhos estão secos? Porque não tomam parte no luto, porque veem somente o imutável? Será por isso que as uvas e os grãos e a pedra não cortam a palavra? Elas não cortam a palavra, aquilo falou, a fala sobre palavras é antes comparada ao sono, e o fato de que fecham os olhos secos

422

também pode ser o sono, ou a morte, ou apenas um piscar de olhos, mas independentemente do que seja está relacionado a não ver. "Aquilo" é ativo, e "fecha" os olhos secos; o não visto fecha o olho do não ver, que transforma-se em "aquilo" — a morte? Mas se os olhos secos estão fora de "aquilo", o mesmo não se pode dizer a respeito do poema, que evoca "aquilo" em um tempo e em uma forma próprios do poema. O poema vê. O poema vê o olhar adormecido, que é seco, mas também bom, na pedra, no grão, na uva, mas também vê a pedra, o grão, a uva.

É bom, mas será também verdadeiro?

A pergunta que o poema não faz, mas em relação à qual pode ser lido como uma resposta, é como representar a realidade quando a linguagem, em função da própria natureza, confere um aspecto geral a todos os objetos e a todos os fenômenos, privando-os do tempo e assim ocultando o que há de único a respeito deles, e além disso liga-se a uma sociedade e à história de uma sociedade que já procedeu a vagarosos movimentos de carga e descarga de sentidos, compreendidos como visões de mundo, e que não apenas toca em questões existenciais, e que não apenas toca em questões sociais, mas é justamente aquilo que torna o existencial social. Porque "sangue" não é apenas sangue, "terra" não é apenas terra. Uma forma de escapar disso seria criar uma linguagem própria, livre de história, com uma capacidade limitada de generalizar, mas isso não seria uma linguagem; nada daquilo que é propriamente único pode ser comunicado, é preciso uma companhia, o "tu" que cria um "nós"; essa é a fundação da linguagem. O próprio poeta entenderia o poema, e ninguém mais, e nesse caso a pergunta é o que o poeta entende nesse mundo de solipsismo.

Outra forma de escapar disso seria trocando de linguagem. Mas em primeiro lugar todas as línguas são generalizantes e carregadas de cultura e de história, e em segundo lugar esse poema chega tão longe no particular que é difícil lê-lo como se fosse expressão de uma língua específica, a saber, do alemão, ou de uma cultura específica, a saber, a alemã; a crise chega mais fundo, até a própria base da nossa compreensão acerca do que é uma pessoa, o que é uma língua, o que é a realidade, o que é uma lembrança, o que é a morte, o que é o tempo. Essas perguntas não podem ser feitas nem respondidas na linguagem sobre a qual a noção corriqueira desses conceitos reside sem perder o próprio caráter e a própria radicalidade. Mas tampouco se pode sair da linguagem e fundir-se ao próprio caráter e à própria radicalidade, porque nesse caso nada seria mostrado para ninguém. É através da linguagem que a realidade se mostra, não como é, mas como se revela através da linguagem, e se essa linguagem pretende ser verdadeira precisa mostrar a realidade própria, através da linguagem própria, mas sem que a ligação com a realidade ou a ligação com os outros na linguagem seja cortada. "Stretto" existe justamente nesse limite. E, quando estamos no limite do sentido, inexoravelmente surge a pergunta quanto ao que é o sentido, ao mesmo tempo que cada palavra ganha um peso enorme. Esse peso não vem do sentido, mas das bases do sentido. "Pedra" é uma dessas palavras. Está lá, quase como uma pedra no poema, sem qualquer relação com o ambiente, mas se tentamos recorrer a aspectos relacionados à ligação da pedra com o humano, para dessa forma atribuir-lhe um sentido, o poema não "responde". O sentido está na linguagem, mas assim mesmo fora de qualquer tipo de contexto da linguagem.

No único encontramos o próprio, e no próprio o privado; a estrada para longe do comum também atravessa esse mesmo ponto. E talvez a pedra no poema esteja carregada com uma coisa que o leitor não conhece e não consegue sequer imaginar. No posfácio à tradução norueguesa, Øyvind Berg escreveu que os pais de Celan, Friederike e Leo, judeus falantes de alemão que viviam na Romênia da época, morreram em um campo de concentração alemão na Ucrânia chamado Cariera de Piatră — em romeno, "pedreira". "Nesse ponto somos lembrados de poemas como 'Stretto'", escreve Berg, "ao mesmo tempo que o importante é manter um distanciamento entre o fundo biográfico e os poemas que o transcendem: leituras historicizantes tornam os versos desinteressantes." O que Berg sinaliza é a questão fundamental da hermenêutica: onde se encontram os limites entre o que está no poema, o que está no autor e o que está no leitor? Celan escreveu "pedra". Será que estava pensando nos pais? Será que os pais dele existem na palavra "pedra"? Jamais vamos saber. Hoje eu sei que os pais de Celan morreram numa pedreira, e posso ver essa ligação na palavra "pedra", mas seria correto fazer essa leitura ou eu estaria impingindo ao poema uma coisa que não está lá? O que se encontra fora e o que se encontra dentro do poema?

As palavras centrais do poema, além de "ninguém" e "nada", são "noite", "palavra" e "cinzas". Quando Celan escreveu, "veio uma palavra através da noite, queria luzir", será que estava criando uma relação com a abertura do evangelho de João? Nessa passagem surge a clássica ligação entre a palavra e a luz, na qual a palavra é Deus, Deus é a vida e a vida é a luz dos homens que brilha na escuridão. Se fez mesmo isso, será que essas coisas todas "existem" no poema, em oposição ao que aconteceria se não tivesse feito? Se não, e se portanto essas coisas não "existem" no poema, mas apenas em mim, como leitor, será que minha compreensão é "errada"?

No princípio, era o Verbo, e o Verbo estava com Deus, e o Verbo era Deus. Ele estava no princípio com Deus. Todas as coisas foram feitas por ele, e sem ele nada do que foi feito se fez. Nele, estava a vida e a vida era a luz dos homens; e a luz resplandece nas trevas, e as trevas não a compreenderam.

Veio, veio.
Veio uma palavra, veio,
veio através da noite,
queria luzir, queria luzir.

Quem ouve o eco do evangelho de João nessas quatro linhas ouve também o eco de Deus na palavra invocada, e que quer, mas não pode, luzir. Mas Deus não é apenas verbo, ou seja, palavra, ele também é vida, e a vida era a luz dos homens; nesse caso, o eco também preenche as palavras; assim como a luz é a palavra que não penetra a indiferenciação da noite, pode ser que os homens não penetrem a indiferenciação da morte. Mas a abertura do evangelho de João não apenas aproxima a palavra de Deus e Deus da luz dos homens: acrescenta também "no princípio", que é a história da criação. É um eco da história da criação no Antigo Testamento, que também começa com as palavras "no princípio". Mas enquanto a criação do Antigo Testamento faz parte do mundo material, do céu e da terra, que primeiro encontra-se vazio e deserto em meio a um mar de escuridão, e aos poucos ganha luz, terra e vida, e como todas as histórias de criação passa do caos à ordem, o começo do evangelho de João não é o raiar da aurora e a terra que surge de uma escuridão infinita no mundo material, mas a palavra. É o mundo dos homens que começa, e esse mundo surge na palavra, que estabelece diferenças onde não havia diferenças, sentido onde não havia sentido, ordem onde havia caos. Se uma pessoa abandona a linguagem, abandona também o mundo. Um mundo desprovido de linguagem é um mundo sem diferenças, e um mundo sem diferenças é um mundo sem sentido. É o caos, a expansão e a ruína de todas as coisas. Mas a linguagem não é uma coisa que se estende sobre o mundo e as pessoas no mundo, um sistema de pastas de arquivo de diferenças, mas uma coisa que existe em cada pessoa, na qual cada um entende a si mesmo, bem como às outras pessoas e ao mundo. A linguagem *é* a humanidade. É na linguagem que existo, mas apenas se também existir um "tu" em relação a quem o "eu" possa relacionar-se em uma ação linguística, pois de outra forma como o "eu" poderia separar-se e ganhar uma forma definida? Esse "eu" sem "tu" é todos e ninguém.

Como é uma linguagem sem outros? Não como os monólogos interiores de Joyce, porque mesmo que nesses casos a linguagem finja vir daquilo que há de mais próprio, ao mesmo tempo a linguagem preexistente é levada em conta, e é essa presença no silencioso fluxo de lembranças, pensamentos, fragmentos de uma vida e de um eu que correm pela consciência, como por exemplo no monólogo final de Molly Bloom em *Ulisses*, que constitui o outro com quem o segredo íntimo se relaciona, e assim deixa de estar fechado em si mesmo. O ganho de Joyce foi justamente mostrar a que ponto o eu interior encontra-se ligado ao outro e à cultura através da linguagem, e o romance seguinte seguiu ainda mais longe pelo mesmo caminho, um caminho onde a linguagem já não é mais lida pelo indivíduo, ele escreveu sobre um "todos", ou melhor, em um "todos", ou seja, a respeito da linguagem em si mesma, sem emissor e sem receptor, sem "eu" ou "tu", mas apenas com um "nós" enorme, que se espalha por todos os lados, uma vez que cada palavra individual faz parte de outra, todas elas abrem-se umas para as outras, e tudo aquilo que encerram em termos de história e cultura e séculos de sentido atravessa-as, e encontra-se portanto no outro limite do sentido: o primeiro é aquele onde o "eu" desaparece naquilo que é único, que não pode ser comunicado sem perder o caráter de unicidade e assim tornar-se o outro, e que portanto, levado às últimas consequências, é inefável. O outro limite, junto ao qual *Finnegans Wake* é escrito, é aquele onde o "eu" desaparece na própria linguagem. Caso se cruze o primeiro limite, o "tu" cessa, e o "eu" transforma-se nele; caso se cruze o segundo limite, o "tu" cessa, e o "eu" desaparece no "todos"; em ambos os casos o sentido desparece da linguagem, torna-se um enigma.

Mas o que é um enigma? É aquilo que não se deixa compreender. Mas o que há para compreender? Podemos "compreender" uma pedra? Podemos "compreender" uma estrela? Podemos "compreender" a água? O conceito mais importante no evangelho de João é o *logos*, a palavra. É uma palavra grega, e na cultura grega, desde Platão, a linguagem é mais abstrata do que na cultura judaica, onde a palavra, *dabar*, é compreendida em sentido mais concreto, por assim dizer mais próximo daquilo que designa, quase como ações ou coisas em si mesmas, de acordo com Northrop Frye, se bem o entendi. Se o evangelho de João não se encontra presente no poema de Celan, então a cultura grega está, e não somente por força da alusão a Demócrito, onde o mundo físico decompõe-se nas partes mais elementares, mas também por força do mundo linguístico abstrato, relacional, omnicoesional que era a condição para o "nós" que já não é mais possível: a pedra resta isolada na linguagem. O que significa a pedra? Essa é uma pergunta a ser feita para a linguagem, para a "pedra". Sabemos que aspecto tem, sabemos como é feita e sabemos quais são suas características. Mas não temos conceitos que digam respeito ao que ela é, em si mesma. "Isto", podemos dizer. "Isto é uma pedra." "Isto é uma estrela." "Isto é água." O que é "isto"?

É aquilo que não tem nome.

A compreensão e o sentido não são a mesma coisa. O sociólogo israelense-americano Aaron Antonovsky define o sentido como um sentimento ou uma vivência de coerência. A religião estabelece coerências desse tipo, traz a pedra e a árvore para a esfera humana, onde as duas são aquilo que são, concretas em si mesmas, e representam aspectos relacionados ao sagrado ou ao divino, ou seja, àquilo que se encontra fora da esfera humana. O conhecimento, que mais tarde ocupou o lugar da religião, também estabelece coerências desse tipo ao pôr a pedra e a árvore num enorme sistema de diferenças e semelhanças que a humanidade ao mesmo tempo criou e integra. E a esfera social estabelece coerências, um sistema complexo que reúne o que é permitido e o que é proibido, o que é desejável e o que é indesejável, o que pode e o que não pode ser dito numa hierarquia na qual o indivíduo pode subir ou descer, conforme os diferentes níveis da sociedade sejam mais ou menos próximos. O sentido não é uma coisa em si mesma, mas um sentimento desperto, e o contexto que o desperta é relativo: pode ser baseado em entendidos e mal-entendidos, crenças fundadas e infundadas, realidades e ilusões, moral e falta de moral. O sentido é um sentimento de coerência, e quanto maior a coerência, maior o sentido. O pertencimento ao universo e ao divino, vivido no êxtase, é o sentimento mais intenso de coerência que uma pessoa pode experimentar. O amor é um sentimento criador de coerência. E o sentimento de companhia que surge quando estamos juntos com outros em função de determinada coisa também promove a coerência e fomenta o sentido. A grande perspicácia do autor que escreveu o evangelho de João foi perceber que não apenas o mundo humano surgia na palavra, mas também a própria humanidade, e que todo o sentido que existe no mundo vem da palavra. A palavra é uma luz, ela ilumina o nosso mundo, fora dela está a escuridão, e assim é justamente porque a palavra cria diferenças e a escuridão é indistinta. No poema de Paul Celan, a escuridão e a indistinção não são coisas que pertencem ao universo extra-humano, ao nosso limite, à fronteira da qual nos aproximamos ao depararmos com a morte ou com o sagrado, mas coisas que adentraram a própria esfera humana, que a partir dessa forma de compreender são o mesmo que a linguagem.

Se a linguagem rui, a escuridão penetra em nosso mundo e o inunda como um mar.

Mas o que significa a ruína da linguagem? Como uma linguagem pode ruir? Ou, formulado de outra forma: por que a palavra não vem quando é invocada, por que não brilha, mas surge como negação, queria luzir, queria luzir? No evangelho de João a palavra é Deus, uma afirmação que pode ser compreendida no sentido de que Deus é aquele ou aquilo que dá sentido à palavra, o ponto onde o sentido reside e de onde emana, e portanto o garantidor da coerência. Nesse poema não existe nenhuma coerência que assegure o sentido. A palavra sobre o mundo destrói o mundo, a grama está desescrita, e a roda rola por conta própria, sem qualquer relação com o cenário ao redor, um símbolo isolado, no qual o próprio isolamento talvez seja o essencial, ou pelo menos um aspecto destacado, uma vez que o céu sob o qual rola é desprovido de estrelas. As estrelas são luzes na escuridão, a luz é a palavra, a palavra é Deus. Quando a palavra logo em seguida é invocada como luz, deve ser entendida como a invocação de outro tipo de palavra, o desejo de estabelecer uma outra coerência que não aquela que se fragmentou, e quando esse desejo não se concretiza o poema se desmancha em cinzas, cinzas, cinzas, noite, noite-e-noite, e na exortação para ir até o olho, não o olho que vê e distingue, mas aquele que chora.

A coerência ou o sentido, no entanto, não se encontra apenas no lugar de onde a palavra vem, mas também no lugar para onde a palavra vai, que é rumo a um "tu". Para esse "tu" a ausência de sentido também é um sentido. Sem esse "tu" o poema permaneceria calado por completo. Não teria se desmanchado em cinzas e noite, que são o quase-inefável, mas no inefável. O "tu" é a esperança do poema, o futuro do poema, a utopia do poema. Mas o "tu" do poema não é o mesmo que eu, que leio o poema agora: trata-se de uma grandeza que eu posso ou não resgatar. Se eu quiser resgatá-la, preciso agir com cautela, pois é nisso que a leitura consiste, em abandonar o próprio eu e entregar-se à voz do outro, obedecê-la, uma voz que nesse caso foi criada por um homem, um Paul Celan, morto há muito tempo, mas que aqui, nessas palavras e nessas nuances delicadas, surge com seu próprio eu, voltado para um tu, que eu, mais de cinquenta anos após a escritura do poema, tento resgatar. Se eu chego com um excesso daquilo que é meu, recrio o "tu" do poema como o meu "eu", e o poema assim torna-se um espelho, com possibilidades de reconhecimento limitadas pelos meus próprios limites, porque eu sei o que sei. Esse viés funciona não apenas em relação a mim, mas também em relação à cultura como um todo, que também faz parte do meu eu-leitor e é absolutamente necessária; sem ela, eu me encontraria como uma tábula rasa diante de cada palavra. O "tu" que existe no poema de Paul Celan, aquele a quem o poema se dirige, é negado por todas as palavras que criam esse tipo de viés comum, justamente porque o espaço de reconhecimento em que se inscreve diz respeito à insuficiência dos vieses em relação ao mundo que tenta alcançar, e é por isso que o poema é tão difícil de apreender; ele se afasta dos pontos comuns, e mesmo quando deles se aproxima é por assim dizer privado das associações e das caixas de ressonância comuns: uma pedra é uma pedra. A idiossincrasia é o método poético empregado para escrever sobre outra coisa que não palavras que despertam palavras, o que obriga o leitor a ler de forma idiossincrática, ou seja, dificulta todas as relações entre a imagem do poema e aquilo que a imagem "representa", aquilo que "na verdade" expressa. O poema expressa-se a si mesmo. Mas faz isso com as palavras da companhia. Em função disso torna-se difícil de interpretar, mas não de compreender, porque se aquilo que as palavras despertam em termos de associações tem espaço negado e é rejeitado pelas palavras ao redor, essa mesma rejeição não atinge o que as palavras despertam em termos de atmosfera e de sentimentos. Antes, o que ocorre é que é lá que se encontra o verdadeiro e último sentido do poema, além da linguagem, no coração e no olho que chora. É para lá que o "tu", na medida em que pode ser interpretado como uma personificação do leitor, é exortado a ir. Não leia, não veja, mas ande até o olho, até o úmido. Por outro lado, o olho que não vê, mas que chora, é de certa forma um equivalente da luz que queria luzir em meio a essa imagem escura de impotência, de ruína da linguagem. A linguagem está arruinada porque o "nós" a partir do qual surge e que ao mesmo tempo constitui está arruinado, mas o poema não se escreve apenas para mostrar isso, porque é em si mesmo uma tentativa de encontrar uma saída, e de assim estabelecer um sentido, mesmo que somente aqui, nesse poema, e mesmo que apenas de forma negativa, ao tornar visível a perda de sentido. A figura da perda não é a noite, que esconde, ou a ausência de força da palavra, que não pode, mas as cinzas, nas quais tudo desapareceu. As cinzas são a forma da ausência. A religião, que por meio de leis e regras transforma tudo aquilo que existe no mundo humano em coisas relacionadas a Deus e portanto dotadas de sentido, também incorporou as cinzas no estabelecimento de limites entre a realidade social, a realidade física e a realidade divina; as cinzas recebem menção especial na Lei de Moisés, da maneira como foi oferecida aos filhos de Israel através de Moisés, onde é objeto de certas regras especiais. Não as cinzas em si, mas as cinzas como parte de um sacrifício. O sacerdote deve estar vestido com trajes de linho para limpar as cinzas, e deve pôr as cinzas ao lado do sacrifício. A seguir, deve vestir outros trajes antes de levar as cinzas para longe do acampamento, rumo a um lugar puro. O ritual do sacrifício consiste em transições, um animal é morto no mundo e levado para a esfera sagrada, torna-se sagrado, passa a pertencer a Deus. As cinzas ainda se encontram no sagrado, e são portanto sagradas. O fato de que o sacerdote troca de vestes marca uma transição, que se completa assim que as cinzas são retiradas do templo e do acampamento; assim passam a ser novamente parte do mundo. Porém mesmo na diferenciação do sagrado as cinzas são um resquício, que ao contrário da vida não pode acabar — porque já está morto — e que é levado para fora e assim torna-se não sagrado.

A questão é saber que dimensão das cinzas encontra-se relacionada ao poema de Paul Celan. Cinzas, cinzas, cinzas, diz o poema, como se insistisse no fato de que são apenas cinzas, nada mais. Ao mesmo tempo o sacrifício do qual as cinzas são resquícios chama-se holocausto em grego. E, num poema escrito por um poeta alemão e judeu em 1959, parece difícil fazer uma leitura de "cinzas" e "holocausto" como grandezas neutras. Mas será que essa leitura é uma leitura historicizante? Para formular o problema de outra forma: a que as "cinzas" e a ferida que aponta para "suturas" e "cicatrizou" estariam relacionadas, senão ao Holocausto? Seria essa uma leitura reducionista? De certa forma, pois é justamente essa redução do nome que o poema inteiro tenta evitar com uma violenta força negativa, pelo simples motivo de que isso fecharia justamente aquilo que o poema se esforça por manter aberto. Mas ao mesmo tempo é justamente isso, e não outra coisa, o que acontece no poema. Ele se relaciona com uma coisa totalmente específica que não pode ser nomeada, e desse modo vai além daquilo que é específico, daquilo que vale para o tempo histórico, para adentrar as categorias existenciais fundamentais, onde o mais importante é a relação entre a língua e a realidade. Sem a catástrofe humana que foi o Holocausto, sem dúvida o poema poderia ter especulado acerca da diferença entre palavras e pedras, e poderia ter girado em torno do nada da morte — mas parece-me difícil acreditar que pudesse ter suplicado em vão para que a luz mais elevada, a luz do divino, brilhasse.

"Stretto" manifestamente não é um exercício linguístico, manifestamente não é um exercício acadêmico relacionado à presença e à ausência, mas uma elegia e um réquiem, uma homenagem aos mortos, mas também a tudo aquilo que se perdeu com a morte "deles", ou seja: "nós". Foi na própria língua de Celan, na língua materna dele, o alemão, que os judeus foram separados do "nós" e transformados em "eles", e depois, já nos campos de concentração, em "isto". Os judeus foram privados do nome, no nome não estava apenas a identidade deles, mas também a humanidade, eles tornaram-se um "isto", simples corpos, que podiam ser contados, mas não nomeados. Eles se tornaram ninguém. E depois nada. A única coisa que restou foram cinzas.

430

* * *

Um tempo atrás eu assisti *Shoah*, o documentário de Claude Lanzmann sobre o extermínio dos judeus. O documentário se fixa exclusivamente no que sobrou, exclusivamente naquilo que ainda existe hoje; nada de antigas fotografias, nada de antigos filmes, somente pessoas de hoje, que falam, uma atrás da outra, sobre o que viram ou viveram naquela época. Trens, florestas, rostos. Certas pessoas falam com facilidade sobre o que viram sem compreender, porque não sabiam o que estavam vendo; outras se mantêm em silêncio, ainda outras têm crises de choro sob o peso de uma lembrança insuportável que volta de repente. Como observador eu pude entender aquilo, o que tinha acontecido, e aquilo tinha acontecido, eu podia avaliar os relatos das diferentes pessoas e relacioná-los a tudo que eu sabia, e também à própria psicologia e personalidade delas, mas somente duas vezes ao longo desse filme de nove horas eu percebi de fato o que tinha acontecido, em todo o horror, como um lampejo de compreensão, ou seja, nesses instantes eu compreendi com os sentimentos, não com a razão. Esses instantes duraram dois, talvez três segundos, e então passaram. Um desses lampejos eu relacionei ao poema de Paul Celan.

Um funcionário da ferrovia que havia trabalhado na estação próxima a um campo alemão na Polônia em 1942 falava sobre a experiência que havia tido certa tarde. O campo tinha estado em construção já havia um tempo, e os funcionários conversavam sobre o que poderia ser aquilo, talvez ele tenha perguntado a um dos alemães, eu não me lembro, mas de qualquer jeito o funcionário imaginou que fosse um campo de trabalhos forçados para os judeus. Naquela tarde ele estava prestes a ir embora do trabalho quando um trem chegou à estação e ao campo. Era uma composição com muitos vagões, todos cheios de judeus que, quando o funcionário pegou a bicicleta para ir para casa, enchiam o campo. A estação ferroviária era próxima do campo, e todas as pessoas que trabalhavam lá ouviam claramente os judeus, porque os sons daquela grande concentração de pessoas se espalhavam pela região ao entardecer: gritos, choro de crianças, conversas, balbucios. Quando o homem voltou na manhã seguinte para começar o dia de trabalho estava tudo em silêncio. Ele não conseguia entender. Para onde tinha ido toda aquela gente? Ele sabia que não tinham seguido viagem, portanto deviam estar por lá, pelos arredores do campo, mas como podiam tantas pessoas estar em tamanho silêncio?

Esse silêncio, do qual todas as diferenças humanas foram apagadas, foi aquilo sobre o que Paul Celan escreveu. Esse silêncio é o nada, mas nesse nada existem coisas, existem todas as pessoas que nele desapareceram. Esse silêncio, e a escuridão nesse silêncio, é o que faz com que o eu-lírico faça uma súplica para as palavras luzirem, e o que faz com que escreva queria luzir, queria luzir, e depois cinzas, cinzas, cinzas, noite, noite-e-noite. Todas as diferenças são apagadas, o tudo se transforma em nada, e aquilo que existia não pode ser reevocado, está perdido para sempre, e não pode ser reevocado sequer na escrita, porque no imenso vazio desse nada desprovido de diferenças uma palavra não faz diferença nenhuma. A única coisa que resta é o silêncio, ou seja, o inefável, ou seja, novamente, a noite, e as cinzas. Todo um mundo de diferenças: cinzas. O passado, o futuro: cinzas.

Talvez se possa dizer, com certo cinismo, que vida é vida, e que não é mais terrível saber que uma criança morreu na câmara de gás do que saber que outra criança morreu num acidente de carro; a dor para os que ficam é a mesma; luto é luto, e não aumenta com a quantidade, porque as pessoas não são números, o luto não é uma régua. E tudo isso está correto. Perder uma criança é sempre a mesma coisa. Mas a quantidade representa mais do que a mera soma de um com o outro, porque os elementos dessa soma formam uma companhia entre si, um coletivo. Quando uma pessoa morre na sociedade, a memória dela continua a viver entre os outros, e as posses materiais dela são divididas entre as pessoas mais próximas. Assim o "nós" perde um "tu", que na morte se transforma em "isto".

No Holocausto, toda a sociedade foi exterminada ao mesmo tempo, de maneira que não somente aquilo que as pessoas eram virou nada, mas também tudo que haviam sido. Todas as memórias e todas as histórias também foram exterminadas. Com todas as pessoas mortas, o próprio "são" cessou, mas também o "foram", e esse nada, que é um nada absoluto, onde não resta ninguém nem nada, cria uma distinção na relação entre "são" e "foram" que a morte em si não resolve, porque o "nós" não morre nunca, mas continua a viver, todas as nossas instituições, tudo aquilo que fazemos e construímos serve para fomentar a continuação desse "nós", que é mais perene do que qualquer uma de suas partes individuais, porque as partes morrem e passam um tempo guardadas na memória recente do "nós", que então morre novamente, até que o "nós", que em um nível fundamental é sempre o mesmo, seja inteiramente composto de novos indivíduos.

Isso é uma cultura.

A cultura não apenas tolera a morte do "tu" e do "eu", mas existe justamente para superá-las. E o elemento mais importante nessa superação é a linguagem. A linguagem é o "nós", é o "nosso", mas aquilo que expressa é a nossa individualidade. Essa individualidade, que a linguagem expressa repetidas vezes ao longo dos séculos, é a cacofonia do "nós". Na linguagem e na cultura nós vencemos a morte, e essa talvez seja a função primordial da linguagem e da cultura. Quando o poeta francês Mallarmé escreveu poemas sobre o filho e a morte do filho, a escrita dele se movimentou rumo aos limites do nada, olhou para dentro da escuridão, mas o fato de que nesse caso a linguagem desmanchou-se estava relacionado à presença do poeta nos limites absolutos da linguagem, justamente no ponto em que esta se fragmentava, era justamente em relação a isso que se mostrava impotente, embora não em si mesma, porque se a linguagem se afastasse de lá rumo ao centro, rumo à vida e à esfera social, estaria novamente repleta de sentido e completa. Mallarmé lembrava-se do filho. No Holocausto morreram tanto a criança quanto as pessoas que se lembravam da criança.

Mas não é isso que diferencia o poema fúnebre de Celan do poema fúnebre de Mallarmé, mesmo que a ausência de memória torne a indistinção do nada maior. Não, o que os diferencia é o fato de que a dissolução do sentido no poema fúnebre de Celan não vale para a zona mais longínqua da linguagem, para aquilo que a linguagem não consegue apreender, ou seja, para a negação da problemática do nome de Deus, mas para a linguagem enquanto linguagem, para a linguagem em si mesma. Não para as palavras avulsas da linguagem, como pedra ou grama, mas para a fundação da coerência de sentido que o "nós" da linguagem constrói, uma vez que foi esse "nós" que havia separado um "tu" atrás do outro para assim transformá-los em "eles", e depois em "isto", e por fim excluí-los da linguagem e da esfera humana.

Será que o "eu" que testemunhou essas coisas pode ainda dizer "nós"? E, se não puder, como então escrever e falar?

A linguagem é uma atividade social, toda a linguagem exige um "eu" e um "tu", que juntos formam um "nós".

A realidade da linguagem é portanto uma realidade social, a realidade do "eu", do "tu" e do "nós". Mas a linguagem não é uma grandeza neutra que expressa coisas preexistentes, tanto o "eu" como o "tu" e o "nós" matizam e são matizados pela linguagem que criam e na qual são criados. Identidade é cultura, cultura é linguagem, linguagem é moral. O que tornou os horrores do Terceiro Reich possíveis foi o fortalecimento extremo do "nós", e o enfraquecimento do "tu" que continha, a resistência reduzida contra a exclusão e a desumanização graduais do "não nós", ou seja, dos judeus, o que novamente fortalecia ainda mais o "nós". A desumanização se deu na linguagem, em nome do "nós", onde também reside a moral, e a voz da consciência na Alemanha levou poucos anos para ir de "não matarás" a "matarás", como afirmou Hannah Arendt.

Foi nessa linguagem, onde a moral, a ética e também a estética eram pervertidas, que Paul Celan disse "eu". Se ele dissesse "morte" nessa linguagem, estaria a dizer outra coisa que não ausência de vida, estaria a dizer outra coisa que não o nada, pois o nazismo, que havia permeado todos os aspectos da cultura, era um culto à morte, então ao dizer "morte" ele não diria o nada, mas sacrifício, pátria, grandeza, sinceridade, orgulho e coragem. Se dissesse "terra", estaria a dizer história, pertencimento, linhagem. Se dissesse "sangue", estaria a dizer raça, pureza, sacrifício, morte. A morte nas câmaras de gás era uma outra morte, cujo nada era diferente, nomeado como as pessoas nomeiam o extermínio de insetos ou de animais daninhos, uma eliminação de coisas indesejadas e não humanas, e como nomear essa morte desprovida de identidade sem despertar a bandeira despregada ou a infestação de ratos que residia na palavra "morte"?

Sete anos antes, em 1952, Paul Celan havia publicado um outro poema relacionado ao Holocausto, talvez seu poema mais conhecido: "Fuga da morte". O tema é o mesmo, porém o mundo descrito é consideravelmente outro, em especial por conter nomes. A Alemanha é mencionada cinco vezes, Margarete com os cabelos dourados quatro vezes, Sulamita com os cabelos cinzentos três vezes. A morte é personificada como um mestre da Alemanha, a violência é exemplificada, "ele pega o ferro do cinto e o brande os olhos dele são azuis", "ela te acerta com balas de chumbo te acerta em cheio", "ele solta os cachorros em cima de nós", a violência é associada aos judeus e à música, "ele assovia para chamar os cachorros/ assovia para juntar os judeus faz com que cavem um túmulo na terra/ ele ordena toquem agora para a dança", e acima dele, do mestre da Alemanha, as estrelas cintilam. "Fuga da morte" é um poema sugestivo e hipnótico, de uma beleza desvairada, que pode ser comparada à beleza dos poemas de Hölderlin. E nada disso é uma inverdade, o nazismo foi mesmo um desvario bárbaro e completamente, carnavalescamente grotesco, que buscava o sublime através de bandeiras e uniformes e desfiles e placas, evocando a história e as profundezas da história, levando à frente a cultura alemã, inclusive Hölderlin, enquanto o "eu" se diluía no "nós" da multidão, e era uma dissolução boa, era como desfazer-se em uma coisa maior do que si, longe da estreiteza do conceito de classes e rumo ao orgulho de tudo, ao sangue, à pátria, à Alemanha, e de repente a noite caía, de forma brutal e perversa, iluminada por um incêndio de violência e destruição.

Esse mal, em igual medida vil e sublime, preenche "Fuga da morte". A identidade não está destruída, mas concentrada em três nomes, Alemanha e Margarete dos cabelos dourados contra os cabelos cinzentos de Sulamita, o arianismo contra o judaísmo. A morte não é o nada, o passado não se encontra ausente, não é impossível de representar, a linguagem não está destruída, ela ainda é capaz de criar sentido. Tudo isso desaparece em "Stretto". O tudo caiu por terra. Em "Stretto" está tudo em silêncio. Não restam nomes. O poema ocupa o lugar entre o nome do mundo e o mundo, não em busca da existência pura, entendida como liberdade em relação à civilização e à cultura, e portanto daquilo que se costuma chamar de autenticidade, porque a ausência do nome é uma perda no poema, como a ausência da força criadora do nome é uma perda, uma coisa pela qual o poema faz uma súplica, mas que não é possível. Até mesmo a própria natureza, da forma verdadeira e autêntica como se apresenta, por assim dizer por trás da linguagem, é matizada pela ideologia e pelo projeto de criação de sentido fomentado pelo "nós", inclusive pelo "nós" dos nazistas, onde era uma das ideias dominantes, conforme se pode ver no *Mein Kampf* de Hitler, onde a ideia da natureza em si mostra-se talvez como uma das grandezas mais importantes, mas também na filosofia de Heidegger, com a qual Celan aliás se ocupava em um grau tão elevado que chegou a encontrá-lo pessoalmente, o que se revelou um tanto problemático, uma vez que Heidegger tinha sido nazista e membro do partido nazista, de maneira que sequer o pensamento sobre o mundo da maneira como "é", fora da esfera da linguagem, escapou à ideologia e à visão de mundo, que se entremeavam em tudo, e essa falta de inocência, ou essa descoberta da perda da inocência, é, de acordo com a minha leitura, o ponto de partida para o poema de Celan.

A grande diferença entre "Fuga da morte" e "Stretto" é obviamente uma consequência dos anos que os separam, embora não apenas resultado do amadurecimento, desenvolvimento e aprofundamento de Celan como escritor, porque também aconteceram coisas relativas à compreensão da cultura, e portanto do "nós", acerca do nazismo e do Holocausto com o passar dos anos, e se em 1952 isso ainda estava em aberto, como um horror incompreensível numa sociedade completamente em ruínas, em 1959 encontrava-se completamente fechado, como um fato ao qual se fazem referências, um fato histórico, no qual todos os acontecimentos individuais, todas as vidas individuais, todos os instantes individuais encontravam-se presos no emblema do nome, como no caso de Auschwitz, por exemplo.

"Quem cobriu?", o poema pergunta. A denominação é uma outra forma de desaparecimento. Por isso o poema não pode descrever a deportação dos judeus, o transporte nos vagões de animais em meio às paisagens da Polônia, a chegada aos campos de concentração, o desnudamento, o corredor polonês no caminho até a câmara de gás, a morte na câmara de gás, onde as pessoas em pânico amontoavam-se em frente às portas que, ao serem abertas, despejavam os mortos, a queima nos fornos ou nas grades acima das valas, as cinzas. Essa descrição, que poderia ser entendida como uma série de fatos conhecidos, e que associamos à palavra "Auschwitz", não tem nada a ver com a realidade, entre outros motivos porque a perspectiva sob a qual se apresenta indica um processo completo, que é uma ficção pelo simples motivo de que nenhuma pessoa viu essa sequência por inteiro, mas apenas em partes, e também porque as pessoas envolvidas com o processo ou estão mortas e nunca falaram sobre aquilo que viveram ou, caso tenham sobrevivido, viveram-na como uma experiência interna, ao passo que a descrição sempre vê os acontecimentos como fatos externos.

A perspectiva nunca existiu, é uma coisa que pertence à escrita e somente é possível na escrita. Auschwitz, da maneira como o concebemos, não existe, pertence ao passado, que foi perdido, e tampouco existiu em outra época, porque o que imaginamos ter acontecido lá, da maneira como nos foi contado, não aconteceu dessa maneira, o relato histórico é falso, porque suprime o indivíduo, cuja perspectiva é a única possível e a única verdadeira, e porque foi justamente a supressão do indivíduo que tornou o extermínio possível.

*

Quando eu era pequeno, e aos dez anos brincava no interior dos bunkers alemães na floresta de Tromøya, ou me sentava nas casamatas com as pernas balançando e olhava para o mar, fazia apenas trinta e poucos anos desde o último emprego real daquelas estruturas. Mas o mundo em que eu brincava era ordeiro e pacífico, e quando estive pela primeira vez em Flensburg, aos nove anos, nos calcanhares do meu pai, que andava muito depressa e tinha uma expressão muito estranha no rosto enquanto passeávamos por uma rua estreita cheia de mulheres com pouca roupa em pequenas cabines de ambos os lados, e que provavelmente eram o motivo pelo qual eu me lembrava da cidade, a mesma paz e a mesma ordem também existiam lá. Se atravessássemos a montanha para visitar os meus avós em Vestlandet, a maioria dos turistas que encontrávamos eram alemães. Muitos já deviam ter estado lá, durante a guerra. Aprendíamos sobre isso na escola, principalmente sobre o que tinha acontecido na Noruega, mas depois também sobre os acontecimentos no restante do mundo. Nos jornais o assunto também se fazia presente, visto que cada vez mais criminosos de guerra eram encontrados mundo afora e acusados. As revistas, talvez em especial a *Vi Menn*, traziam várias histórias sobre tesouros de guerra, o chamado ouro nazista, e sobre criminosos de guerra alemães que haviam fugido para a Argentina e para o Brasil. Porém minha grande fonte de conhecimento sobre o nazismo foram as séries em quadrinhos *På vingene* e *Vi vant*. Nessas séries os alemães, ou Fritzes, como os chamavam, eram maus e implacáveis, e os japoneses ou "japas" eram ainda piores. Tudo isso, os livros, as histórias em quadrinhos, os artigos de jornal e as histórias nas revistas, bem como as aulas de história na escola, aconteceu em um tempo radicalmente diferente, em um lugar radicalmente diferente, mais próximo da floresta em que João e Maria desapareceram que daquela que se tornava cada vez menor e menos densa à medida que se aproximava da praia de cascalho, e por fim acabava, em Hove, onde os alemães tinham casamatas.

Na primavera do sétimo ano, quando eu tinha treze anos, eu vi fotografias dos campos de extermínio pela primeira vez, eu estava na biblioteca que ficava no porão da escola, e aquilo foi para mim um choque absoluto, eu me enregelei por dentro, mas não foi a quantidade de mortos ou todo aquele sofrimento que suscitou essa reação, porque eu já tinha aprendido sobre o Holocausto e sabia o que era aquilo, foi a própria fotografia, uma mulher tão emaciada que já nem se parecia mais com uma pessoa, ela estava nua, mas não havia nada de sexual naquela figura, e além disso havia uma fotografia de uma pilha de cadáveres, empilhados como achas de lenha, a fotografia tinha sido tirada de longe, e os braços, pernas e cabeças misturavam-se mas assim mesmo eu podia ver claramente que eram pessoas. O gelo que aquilo criou em mim, o horror que atravessou meu corpo, e que me pôs em uma situação de estranheza em relação ao mundo por muitas horas a seguir, não tinha nada a ver com o sofrimento daquelas pessoas ou com o horror da situação, mas apenas com os corpos, com a maneira como estavam dispostos e com o que aquilo expressava, uma coisa que eu nunca tinha visto e sequer imaginava que pudesse existir.

Na universidade eu tornei a encontrar a guerra e o Holocausto de maneira totalmente distinta, como por exemplo na *Dialética do iluminismo* de Horkheimer e Adorno, quando os dois, para entender o colapso da civilização na barbárie suprema, analisam a *Odisseia*, segundo entendi para mostrar a forma como a luz e a escuridão estão sempre juntas, que a luz tentou se libertar da escuridão, e por muitas vezes esteve prestes a conseguir, mas sempre foi tragada de volta. Que o iluminismo tornou-se cego para si mesmo, que aquilo que começou como um desencantamento da realidade, para libertar as pessoas e torná-las senhoras de si mesmas, acabou como um reencantamento, ao mesmo tempo que todas as tecnologias e conquistas do progresso continuaram, tolhendo a liberdade das pessoas e transformando-as em escravas, para no fim entrar em colapso total.

A solução de Adorno era mais iluminismo, pelo que eu havia entendido. "O iluminismo deve aperceber-se de si mesmo para que as pessoas não sejam completamente enganadas", como ele escreveu. E: "Trata-se aqui não da preservação do passado, mas da realização de uma esperança passada". No que consistia a relação entre a luz, a escuridão, o iluminismo, o mito, o nazismo e Bergen — que era a cidade onde eu morava, e todo o meu mundo — eu não entendi, porque não havia uma formulação do problema. Tudo tinha seu lugar naquela época. Adorno era um lugar, a *Odisseia* era um lugar, minha vida era um terceiro, a guerra era um quarto. Quando tudo se misturava, como por exemplo na tarde em que eu me sentei em Sørbøvåg para assistir à TV com o meu avô, que de repente apontou para a TV e disse: o que esse judeu está fazendo aí? — era Jo Benkow —, eu não sabia que tudo estava misturado, não pensava no iluminismo, não pensava no mito, não pensava em Adorno, não pensava em Arendt, mas no meu avô, sabendo que ele nunca tinha sido nazista, e que o preconceito dele pertencia à época em que havia nascido, e que não expressava nada de essencial a respeito da pessoa que era.

Que nos anos a seguir eu tenha lido muitos livros sobre o nazismo estava menos relacionado a uma tentativa de compreender e mais relacionado ao enorme fascínio que os acontecimentos daquela época exerciam sobre mim. O ilimitado era um conceito em voga na época, um conceito vago e teórico, usado em textos, na maioria das vezes modernistas, enquanto o ilimitado na vida real, assim como o inédito, outra palavra com lugar de honra em círculos intelectuais e acadêmicos, no fundo era uma ideia a respeito da qual ninguém queria saber. Afinal, o que havia de ilimitado e de inédito em nossa cultura? Os drogados eram ilimitados, eles se valiam de todos os meios disponíveis para conseguir drogas, e a pornografia era inédita, assim como o rumo político que não agradava a ninguém, o pseudoliberalismo burguês do Fremskrittspartiet, e como o racismo e a glorificação da violência.

O que era ilimitado na literatura? O que havia de transcendente e de inédito? Acima de tudo os gêneros: a expressão do tradicionalmente baixo começou a aparecer no tradicionalmente alto, a filosofia começou a aparecer em textos criativos e a poesia se aproximou da prosa. Quanto a mim, pessoalmente, o transcendental estava ligado em parte a um enorme sentimento de liberdade, em parte a uma enorme vergonha, mas a região onde tudo isso se passava era tão pesada e tão pouco sofisticada quanto duas cervejas além da conta e duas horas de acontecimentos indesejados a rédeas soltas como resultado. Era uma coisa pequena, mesquinha e vazia, mesmo que não necessariamente se apresentasse assim, enquanto os crimes perpetrados durante o Terceiro Reich eram inéditos e transcendentais de uma forma radicalmente distinta e a bem dizer incompreensível, mas evidentemente fascinantes. Era como se tivessem ultrapassado os próprios limites do humano. Como tinha sido possível? O fascínio da morte, o fascínio da ruína, o fascínio da destruição absoluta, no que consistia tudo isso? O mundo ardia, os nazistas rejubilavam-se.

Eu refletia sobre as minhas leituras, sem jamais deixar de sentir um certo fascínio, sentado na minha cadeira em Bergen, distante da guerra e da morte, da destruição e do genocídio, rodeado por todos os meus livros, quase sempre com um cigarro na mão e uma caneca de café em cima da mesa ao lado, com o rumor cada vez menor do tráfego no final da tarde, às vezes com um gato quentinho dormindo no meu colo. Eu li sobre os últimos dias de Hitler, sobre a atmosfera completamente ensandecida lá embaixo da terra, onde ele morava com os criados e as pessoas mais próximas, enquanto a cidade na superfície, completamente destruída pelos bombardeios russos, ardia em meio a um inferno de labaredas. Uma vez Hitler saiu para inspirar uns soldados da Juventude Hitlerista, eu assisti ao filme gravado nessa ocasião, ele parece doente, tenta esconder os tremores numa das mãos enquanto vai de um menino ao outro, aquilo devia ser Parkinson. Mas nos olhos há brilho, uma ternura inesperada.

Mas seria mesmo possível?

Quando meu pai morreu, Yngve e eu encontramos um alfinete nazista em meio às coisas dele, ou seja, um alfinete com uma águia alemã para colocar na lapela do paletó. De onde ele havia tirado aquilo? Ele com certeza não era do tipo que compraria uma coisa daquelas, então devia tê-la ganhado ou conseguido de outra forma. Quando minha avó morreu, seis meses depois do meu pai, e fomos à casa dela para dividir a herança, encontramos um exemplar de *Minha luta* no baú da sala. O que aquilo estava fazendo lá? Devia estar guardado desde a guerra. Era um livro comum naquela época, vendido aos milhares, e talvez o tivessem ganhado de presente, sem que o livro em si tivesse qualquer tipo de significado para eles, mas assim mesmo era estranho que não tivessem se livrado daquilo depois da guerra, porque com certeza sabiam que o livro trazia um estigma. Depois do primeiro momento de sensação causado pela descoberta, não pensei muito a respeito do assunto. Afinal, eu sabia quem eram os meus avós, e eu sabia que vinham de um outro tempo, regido por outras regras. Cerca de um ano depois comecei a ler de maneira um pouco mais sistemática acerca do nazismo, foi um assunto do qual eu me aproximei, assim como antes eu tinha me aproximado de outras épocas e de outros lugares. Li a obra de Shirer sobre o nazismo, o primeiro livro de Kershaw sobre Hitler, o livro de Gitta Sereny a respeito de Speer, os diários de Speer em Spandau e as memórias dele, *Inside the Third Reich*. Essas eram as minhas leituras na época em que eu e Tonje nos separamos e eu me mudei para Estocolmo. Lá, sozinho num apartamento de um ambiente com decoração afeminada em Söder, li o livro de Gitta Sereny sobre Treblinka, *No meio das trevas*, o livro me deixou mal por duas semanas, e depois eu parei de ler a respeito do assunto, não era mais possível continuar por aquele caminho, onde tudo parecia se fechar, tudo parecia se esvaziar.

Sete anos depois, na primavera passada, eu mesmo comprei o *Minha luta* de Hitler. A essa altura eu já tinha feito meu nome como escritor, e como a atenção dispensada a esse nome era muito grande, não me arrisquei a encomendar *Minha luta* pessoalmente no sebo, eu estava paranoico com a ideia de que essa informação pudesse vazar, então pedi ao meu melhor amigo, Geir A., que fizesse isso por mim. Ele pagou as duas mil coroas que os volumes custavam e me enviou tudo pelo correio. Abrir o embrulho e pegar aquilo nas mãos me causou mal-estar, para não falar do sentimento quase nauseante que tomou conta de mim quando comecei a ler o primeiro volume, e assim deixei as palavras e os pensamentos de Hitler adentrar a minha consciência e fazer parte dela por um tempo. Eu partiria rumo à Islândia dentro de dois dias e tinha pensado em ler o livro durante o voo, porque ao voltar para casa eu começaria a escrever o primeiro volume desse romance, e como ele também se chamava *Minha luta*, e como o livro de Hitler e o alfinete nazista pertenciam aos mistérios da história, ou melhor, talvez não aos mistérios, mas àquelas partes do passado que se revelavam no presente e que eu não conseguia associar a nada do que eu conhecia, eu tinha decidido escrever umas páginas a respeito do livro de Hitler.

Tenho por hábito sempre cheirar os livros que eu compro, tanto os novos como os antigos, eu baixo a cabeça em direção às páginas e aspiro o cheiro dos livros, porque associo esse cheiro, e em particular o cheiro dos livros antigos, a coisas boas, a coisas que na minha infância eram incondicionalmente boas. Fábulas, transportes a outros mundos. Mas eu não podia fazer isso com *Minha luta*. De um jeito ou de outro, esse livro era mau. Eu também não poderia guardá-lo na estante de livros, ou deixá-lo em cima da escrivaninha, mas teria de guardá-lo na gaveta de baixo. Ler aquele livro durante o voo, como eu havia pensado, seria impensável, segundo compreendi no mesmo instante em que me sentei na cabine do avião. Uma das comissárias me parabenizou pelos meus livros, a outra piscou-me o olho e disse que sabia muito bem quem eu era, enquanto dois passageiros sentados à minha frente liam artigos do *Aftenposten* a meu respeito. O fato de que eu era uma pessoa de visibilidade tornava impossível ler o livro de Hitler, mas essa seria uma leitura impossível mesmo que eu não fosse, porque o livro em si é estigmatizante, e se descobrissem que um passageiro no avião estava lendo esse livro um mal-estar generalizado tomaria conta do voo, porque certamente haveria alguma coisa errada comigo. Deixei o livro na mala durante toda a viagem, e também quando me deitei para descansar no hotel antes do evento, eu preferi assistir à TV, porque o fardo daquele livro era simplesmente grande demais. Mas por quê? Eu tinha lido o Marquês de Sade, outro autor estigmatizante, mas aquilo é literatura, literatura aclamada como transgressora e revolucionária por todos os grandes filósofos franceses do pós-guerra, e usada como ponto de partida para análises sobre poder, sexo, linguagem e morte. Com o livro de Hitler é diferente. Já não se trata mais de literatura, porque o que aconteceu desde então, o que ele fez desde então, com base em pressupostos que se encontram no livro, é de uma natureza capaz de alterar a literatura, de transformá-la em uma coisa má. *Minha luta* de Hitler é o único tabu absoluto que existe na literatura. Afirmar que isso torna o livro interessante é impossível, mesmo que seja verdade, porque seria falta de respeito em relação às pessoas que o sistema criado diretamente a partir do livro levou à morte. Seis milhões de judeus, apenas quarenta e cinco anos atrás. Quase toda a literatura é apenas texto, mas não *Minha luta*, esse livro é mais do que texto. É um símbolo da maldade humana. Nesse livro a porta entre texto e realidade é escancarada de uma forma como não acontece em outros livros. Na Alemanha, o livro continua sendo proibido. Na Noruega, nenhuma edição foi publicada desde a guerra.

Logo depois do fim da guerra, em 1947, saiu o livro de um filólogo alemão e judeu, Victor Klemperer, chamado *LTI — Lingua Tertii Imperii*; a linguagem do Terceiro Reich. Klemperer era professor de línguas românicas na escola técnica de Dresden, um judeu assimilado, casado com uma ariana. Quando os nazistas ascenderam ao poder em 1933 ele ainda se considerava seguro o bastante para continuar no país. Mas aos poucos ele perdeu o emprego, perdeu a casa, perdeu o direito de retirar livros da biblioteca, foi proibido de ouvir rádio, foi proibido de ler jornais, foi proibido de ler livros de autores não judeus e por fim proibido de falar com não judeus, e também proibido de escrever. Ele vivia sob a ameaça constante de uma deportação, o que no entanto conseguia evitar por causa da linhagem da esposa e por ter lutado pela Alemanha como voluntário durante a Primeira Guerra.

LTI é um testemunho pessoal do Terceiro Reich visto por dentro, não sobre como a vida endureceu e foi brutalizada ao longo dos anos 1930 e 40, mas sobre a transformação da linguagem durante esse período. Klemperer manteve um diário, as primeiras entradas remontam à primavera de 1933, quando ele ainda era professor, ainda estava no meio da sociedade, e essas anotações já estão repletas de apreensão, mas é uma apreensão contida, mais como uma surpresa. O judaico é separado do alemão, o alemão é enfatizado por toda parte. Em Leipzig surge uma comissão para a nacionalização da universidade. No mural onde Klemperer trabalha, um aviso diz "Se um judeu escreve em alemão, está mentindo". A palavra "povo" é usada em toda parte, em todos os contextos imagináveis. Festa do povo [*Volksfest*], companhia do povo [*Volksgemeinschaft*], próximo do povo [*volksnah*], estranho ao povo [*volksfremd*], originado no povo [*volkentstammt*]. Hitler é chamado de chanceler do povo, e essa ascensão nacional transforma-se na revolução nacional-socialista. Uma cerimônia é celebrada junto ao túmulo dos "eliminadores de Rathenau" [*Rathenaubeseitiger*]. Nas anotações do verão, Klemperer afirma ter percebido um cansaço no que dizia respeito a Hitler entre as pessoas, como se estivessem saturadas de tanta propaganda. No dia 22 de agosto ele escreve:

> A sra. Krappmann, substituta da faxineira e casada com um carteiro, disse: "Professor, o sr. deve saber que no dia 1º de outubro a associação de lazer dos funcionários do serviço postal da A19 há de ser uniformizada [*gleichgeschaltet*]. Mas os nazistas não vão conseguir dinheiro nenhum; os senhores vão oferecer um jantar de salsichas grelhadas seguido por um café para as senhoras". Annemarie, com a falta de cerimônia médica costumeira, me contou sobre a declaração de um colega com uma suástica no braço: "O que podemos fazer? É como o tampão sanitário das mulheres". E o merceeiro Kuske falou sobre a última prece no final da tarde: "Permite-me, Deus, para sempre calar, para não ter de a Hohenstein lealdade jurar". Será que engano a mim mesmo quando vejo esperança nisso tudo?

Três dias mais tarde, Klemperer escreve que o diretor da escola pediu amigavelmente que se abstivesse de publicar um artigo que acabara de escrever; ele procura outra editora, que recusa o artigo com a justificativa de que falta-lhe uma perspectiva nacional [*völkische Gesichtspunkte*]. No dia 28 de agosto, Klemperer escreve que não acredita que as pessoas consigam aguentar muito tempo. Escreve a respeito de uma excursão de ônibus que fez com outras oitenta pessoas, a companhia mais pequeno-burguesa que se pode imaginar, segundo escreve; durante o intervalo do café os guias da excursão fazem uma pequena apresentação, o conferencista declama um poema em homenagem ao líder e salvador da Alemanha, um poema sobre a nova sociedade do povo, e as pessoas se mantêm caladas e apáticas, o aplauso a seguir não tem nenhum entusiasmo. Depois Klemperer conta uma anedota; ele tinha ido ao cabeleireiro, uma senhora judia queria ter o cabelo frisado por lá, mas não conseguiu, porque o cabeleireiro disse: "No âmbito do boicote aos judeus, o Führer declarou solenemente que nem mesmo um único fio de cabelo de judeu pode ser frisado na Alemanha". A seguir, vários minutos de gargalhadas e aplausos. Três semanas depois Klemperer faz referência a três cenas das *Reuniões de Nuremberg*, que ele tinha assistido no cinema. Hitler abençoa os novos integrantes da SA deixando-os tocar a *Blutfahne*, a bandeira sangrenta de 1923. Cada vez que as bandeiras se tocam, ouve-se um tiro de canhão. Klemperer reflete sobre o nome *Blutfahne*. Sobre como tudo aquilo que diz respeito ao partido nacional-socialista é elevado da esfera política para a esfera religiosa. Ele descreve as pessoas da plateia, que mantêm a respiração suspensa enquanto assistem ao espetáculo que se desenrola diante de seus olhos. Um comício político como culto, ele escreve, o nacional-socialismo como religião. Ele ouve histórias a respeito de colegas judeus que foram demitidos. Alguém pergunta se ele e a família poderiam receber um hóspede que havia passado uma temporada na prisão como ameaça ao Estado e que de repente tinha sido libertado. O homem tinha escrito sobre Marx, e fora descrito como "politicamente desleal" [*politisch unzuverlässig*]. Klemperer afirma que os periódicos acadêmicos de filologia estavam tomados pelo jargão do Terceiro Reich. "O conhecimento de base nacional-socialista", "o espírito judeu", "os homens de novembro". De repente descontam-lhe do salário um "auxílio voluntário de inverno"; ele reflete sobre as diferenças entre as palavras "imposto" e "auxílio", sobre como essa última faz um apelo aos sentimentos. No dia 29 de novembro, uma ordem inesperada: todas as terças-feiras à tarde, os estudantes deviam reunir-se para exercícios militares [*Wehrsport*] em vez de assistir às aulas. Logo Klemperer reencontra a mesma palavra como nome de uma marca de cigarro: *Wehrsport*. Ouve histórias a respeito de comunistas mandados para um campo de concentração. E reflete sobre a palavra "campo de concentração". Klemperer escreve que, quando era pequeno, a palavra tinha uma sonoridade exótica, colonial e pouco alemã, relacionada à Guerra Boer dos ingleses, e desde então tinha caído em desuso, para então ressurgir como o nome de uma instituição alemã, uma instituição permanente que, em tempos de paz, era voltada para os alemães, e conclui que para todo o sempre essa palavra há de estar ligada à Alemanha de Hitler.

Ele se pergunta se não seria cruel, se não seria o resultado de uma tendência um tanto limitada ao professoralismo o fato de que sempre retornava a essa filologia da miséria. Então, segundo escreve, ele começou a examinar a própria consciência, e chegou à conclusão de que não era cruel, mas uma questão de autopreservação.

Um número preocupantemente baixo de alunos comparece às aulas ministradas por ele. Os alunos judeus têm um cartão amarelo, os apátridas um cartão azul, os alemães um cartão marrom. As aulas dele são em francês, uma língua nem um pouco nacional, e ele é judeu; é preciso coragem para comparecer a essas aulas, ele escreve. Além do mais, os alunos estão cada vez mais ocupados com os "exercícios militares", e isso quando não estão ajudando com a propaganda eleitoral ou participando de encontros e manifestações relacionados à eleição cada vez mais próxima. Klemperer debocha da "Lista Unitária" [*Einheitsliste*] de Hitler e conclui que aquilo significa efetivamente o fim do Reichstag como parlamento. Todos usam broches com "sim" na lapela, segundo ele escreve, e não é possível dizer não a um vendedor de broches sem parecer suspeito. Ele trata a situação toda como um "estupro da coletividade" tão enorme que somente poderia funcionar contra os próprios objetivos. Mas isso é o que ele já vinha acreditando desde muito tempo; Goebbels fala para uma massa embevecida, enquanto Klemperer é um intelectual e interpreta todos os sinais de maneira equivocada. Ele faz menção a um café que preparou para receber o casal judeu "K". Klemperer acha a mulher esnobe e desprovida de senso crítico, uma pessoa que simplesmente reproduz a cada instante a opinião aceita, mas demonstra respeito pelo marido. Quando o marido afirma que ele, assim como os demais membros da associação de cidadãos judeus, vai votar pelo "sim" na eleição, Klemperer perde a compostura e dá um murro na mesa, tomado pela raiva. Aos gritos, pergunta ao homem se não considera as políticas do governo criminosas. O homem responde cheio de dignidade, afirmando que Klemperer não tinha o direito de fazer essa pergunta. A mulher diz que é preciso reconhecer que o Führer é uma personalidade genial, cuja aura singular é inegável e inescapável. Depois Klemperer pede desculpas por esse comportamento e escuta opiniões similares de outros judeus no próprio círculo de convivência, de todas as camadas sociais, inclusive as mais intelectualizadas.

444

"Há em curso uma espécie de nebulosidade que nos influencia a todos", ele escreve.

Os nazistas estão no poder há poucos meses.

A novidade não chegou de fora, mas de dentro, e não veio como uma coisa desconhecida, mas como um fortalecimento daquilo que já era conhecido. E não veio como uma força negativa, não estava relacionada à destruição e à morte; quando se leem descrições da Alemanha no início dos anos 1930, a característica que mais se destaca é o otimismo evidente. Uma nova fase teve início, a atividade social é intensa, e o fato de que um novo partido assumiu o poder cria a possibilidade de novas carreiras para novas pessoas. Há muito a experimentar, há muito a criar pelo caminho; ao se ler *Por dentro do III Reich*, o livro de memórias de Albert Speer, a força e o sentimento de liberdade no livro são claros; como arquiteto recém-formado, ele se filia ao Partido Nacional-Socialista, recebe a tarefa de promover as ideias do partido na província, executa-a a contento, recebe outras tarefas, é notado, assume responsabilidades maiores, é escolhido pelo núcleo do partido e um dia se vê frente a frente com Adolf Hitler. O otimismo que existe na criação do próprio futuro sopra como uma lufada de vento por toda a descrição daquela época. Os nazistas estavam naturalmente à procura de jovens talentos, e as posições a serem ocupadas eram muitas. O otimismo e a força espalhavam-se também a partir dos desfiles, das marchas e de outros eventos públicos que eram promovidos, os nazistas transformaram o espaço público em um lugar de espetáculo, e o que se via nessas cenas tampouco era uma coisa externa, diferente e alheia, mas apenas eles mesmos, aquilo que eram na companhia, que ganhava forma nessas apresentações.

Não é que as pessoas tenham sido enganadas, não é como se não soubessem que aquilo era propaganda e que por trás de tudo que viam e ouviam havia uma vontade e um sentido claros, e que tinha por objetivo atingi-las para que agissem ou pensassem de determinada maneira. Esse aspecto era tão evidente que seria impossível não percebê-lo. Era como a publicidade do nosso tempo; sabemos muito bem que tentam nos manipular e nos induzir a comprar determinado produto, mas isso não nos impede de prestar atenção; pode haver ideias boas ou engraçadas, interessantes ou simplesmente idiotas, porém, mesmo que não gostemos do que vemos, não sentimos que não gostamos da publicidade em si, e mesmo sabendo que não existe diferença nenhuma entre esse produto e aquele produto, e que todo o glamour associado a esse e não àquele pertence somente a uma imagem, e não ao produto em si, que pode estar muito, muito longe do que a publicidade nos mostra, preferimos comprar o associado ao glamour independentemente de qualquer outra coisa. Sabemos que certas pessoas o desejam, e sabemos que a relação entre o produto e a publicidade é arbitrária, então o fato de o comprarmos ou não é uma escolha nossa. Ninguém nos enganou.

O que há de particular em relação à publicidade é que ela ao mesmo tempo funciona e não funciona. O mesmo valia também para a propaganda nazista na Alemanha de Hitler. Os alemães sabiam que aquilo era propaganda, e tinham uma postura de rara proximidade com tudo o que se passava, segundo revelam as anotações de Klemperer, as pessoas viam aquilo mais como um fenômeno, segundo parece, um fenômeno facilmente perceptível, mas assim mesmo atraente, e, no que dizia respeito aos judeus, tratava-se de um exagero e de uma rusga pessoal de Hitler, como todas as pessoas sensatas percebiam, sem no entanto distanciar-se de todo o resto. Klemperer abominava a propaganda, mas também foi influenciado por ela; mesmo que a razão dissesse não, os sentimentos também reagiam, será que havia mesmo algo de errado com ele? Klemperer também é interessante porque era ao mesmo tempo judeu e alemão, ou seja, tinha nascido em um contexto judaico, porém mais tarde havia se convertido ao protestantismo, e assim podia observar tudo que acontecia ao redor na condição simultânea de cidadão intelectual alemão e judeu.

É assim que ele descreve uma das manifestações concretas da propaganda em 1933:

Tarde de 10 de novembro. Percebi o nível a que a propaganda chegou enquanto hoje escutava o rádio de Dember. (Nosso físico judeu que já foi demitido, mas que agora encontra-se em tratativas para uma carreira de professor universitário na Turquia.) Dessa vez o evento de Goebbels, que atuou pessoalmente como apresentador, foi de fato uma obra-prima. Tudo se relacionava ao trabalho e à paz como pressupostos para um trabalho pacífico. Primeiro, sirenes ululando por toda a Alemanha, e depois o minuto de silêncio por toda a Alemanha — sem dúvida uma lição aprendida com os Estados Unidos e com as solenidades de paz no fim da Primeira Guerra Mundial. Nesse ponto, talvez não muito original (vide a Itália), mas conduzida de forma absolutamente perfeita como pano de fundo para o discurso de Hitler. Uma sala de máquinas em Siemensstadt. Por minutos a fio não se ouviu nada além do ruído industrial de atividade, marteladas, rumores, batidas, apitos e rangidos. Depois as sirenes e o canto, e por fim a entrada vagarosa do silêncio à medida que as engrenagens param. Depois, a voz profunda de Goebbels, que surge tranquila do silêncio e começa a ler a mensagem do arauto. E depois Hitler, por quarenta e cinco minutos ELE. Foi a primeira vez em que ouvi um discurso inteiro dele, e minha impressão foi em boa parte como tinha sido antes. Durante quase todo o tempo, uma voz exageradamente exaltada, forçada, com frequência rouca. Mas dessa vez muitas passagens estavam impregnadas pelo tom plangente de um líder sectário durante a pregação. ELE prega a paz, ELE faz propaganda em nome da paz e afirma que não existem motivos relacionados a qualquer tipo de aspiração pessoal para que a Alemanha vote pelo "sim", mas tão somente proteger a paz contra os ataques perpetrados por um bando internacional de aproveitadores itinerantes que, movidos pela ambição desenfreada, atiçam milhões de pessoas umas contra as outras...

Tudo isso em meio aos gritos bem ensaiados ("Judeus!") que eu já conhecia bem. Mas, apesar da banalidade, apesar da mendacidade tão escancarada que até mesmo os surdos podem notá-la, o todo, graças à abordagem original do trabalho preliminar feito por meio da propaganda, revestiu-se de um efeito diferente e novo que eu considero ser a coisa mais impressionante e mais decisiva que eles conseguiram fazer. Nos anúncios escritos e orais, dizia-se: "Celebração entre as 13h e as 14h. Na décima terceira hora, Adolf Hitler fará um pronunciamento aos trabalhadores". Todos veem que essa é a linguagem do Evangelho. O Senhor, o Salvador, dirigir-se-á aos pobres e aos desesperados. O refinamento chega até mesmo à indicação da hora. As treze horas — "a décima terceira hora" — parece ser tarde demais, mas ELE vem para operar um milagre, para ELE nunca é tarde demais. A *Blutfahne* no comício do partido fazia parte do mesmo gênero de coisas. Porém dessa vez a rigidez da cerimônia religiosa foi quebrada, os paramentos antiquados foram postos de lado e a lenda de Cristo viu-se transportada ao presente imediato: Adolf Hitler, o Redentor, visita os trabalhadores de Siemensstadt.

O presente de repente está carregado com o peso e a força sugestiva do mito, as coisas próximas, em geral triviais, tornam-se essenciais e, quando levadas às últimas consequências, sagradas. O mundo comum passa a ser um mundo mágico. Torna-se elevado. Assim como Klemperer, podemos notar tudo, mas não sem nos vermos igualmente afetados. O som das sirenes de bombardeio aéreo é poderoso; uma vez por mês ele soa por aqui também, e nessas horas é difícil não parar o que se está fazendo e olhar para a rua quando se está dentro de casa, ou para o céu quando se está na rua; o som atravessa tudo, corta o firmamento quase como se fosse o juízo final. Ele chama por alguém, por nós, que o ouvimos. O silêncio coletivo faz parte da mesma ideia, pois nele nunca se está sozinho.

Ao fim das duas invocações deste grande "nós" chegam os discursos de Goebbels e de Hitler. Os clipes dos discursos de Hitler a que assisti, duas gerações depois, mostram via de regra um homem que grita e agita os braços, com uma expressão contorcida no rosto e palavras cuspidas, dirigindo-se a um público que recebe tudo que ele tem a dizer com enorme entusiasmo. Essa imagem faz parte de um processo, existe um antes e um depois, que mostra outra coisa. Certa vez assisti à íntegra de um dos discursos de Hitler, o discurso começava com Goebbels gritando palavras de ordem e agitando os braços com os olhos cheios de brilho, como que em um exercício de aquecimento, e quando ele anunciava Hitler o júbilo aumentava. E de repente lá está Hitler, completamente imóvel no palco. Ele balbucia uma frase de cortesia no microfone, senhoras e senhores, talvez, ou então meus caros compatriotas, uma coisa assim. Parece estar desconfortável, dá a impressão de que preferia não estar lá. Ele mexe na pilha de papel sobre a mesa ao lado, bebe de um copo d'água, ajeita as calças. Mas não diz nada, mantém o olhar fixo no chão logo à frente, tudo diante da multidão enorme que o rodeia como centro de todas as atenções. O silêncio de Hitler é quase insuportável, o que é aquilo, será que ele não tem coragem de falar? Será que está tão nervoso assim? Por que não fala nada? Nesse ponto ele toma mais um gole d'água. E então se inclina em direção ao microfone. Ele fala devagar, com uma voz baixa, hesitante. Mas todos o escutam, o silêncio é total, todos desejam que ele consiga. Eu também quis que ele conseguisse. Hitler cria um sentimento de identificação consigo próprio antes mesmo de começar a falar, o público está todo do lado dele, ele é parte daquela mesma multidão. A partir desse ponto as coisas só podem acabar de um jeito, o discurso eleva-se cada vez mais, arrebata uma pessoa atrás da outra, logo ele tem todos nas mãos, as pessoas reagem ao menor movimento e ao menor pensamento dele, ele poderia dizer qualquer coisa que as pessoas haveriam de concordar com aquilo, haveriam de concordar com qualquer coisa, porque estão dispostas a dar tudo o que aquele homem pedir. O importante nos discursos de Hitler não era o que ele dizia, os argumentos que apresentava, mas o fato de que conseguia levar as pessoas para o lado dele. As pessoas tinham um sentimento especial em relação a ele.

Albert Speer tinha vinte e oito anos quando encontrou Hitler pela primeira vez, em Hasenheide, uma cervejaria em Berlim onde Hitler faria um discurso aos estudantes universitários. Em sua autobiografia, Speer escreve que havia esperado uma caricatura, um demagogo histriônico e maneirista com uniforme militar e braçadeira de suástica. Mas o que viu foi outra coisa. Hitler usava um belo terno azul, causou uma impressão respeitável e, quando começou a falar, tinha a voz baixa, quase tímida, segundo Speer, e as coisas que dizia pareciam-se mais com uma aula de história do que com um discurso político. Sóbrio, tímido, respeitável — são essas as palavras de Speer a respeito de Hitler. Aos poucos, esse jeito tímido e cauteloso foi desaparecendo, a voz dele ganhou força, ele passou a falar de maneira enfática e com um poder de persuasão cada vez mais hipnótico, e o entusiasmo afastava todas as objeções e todo o ceticismo, porque Hitler já não falava mais para convencer, mas dava a impressão de expressar justamente aquilo que os ouvintes esperavam dele. Speer escreve que já tinha esquecido tudo que Hitler havia dito poucas horas depois, enquanto a atmosfera de entusiasmo e otimismo que permeava o encontro permaneceu com ele: tinha enfim visto o novo, o futuro. Isso tudo foi escrito *a posteriori*, com a intenção de inocentar Speer, de mostrar que se havia deixado influenciar por coisas de menor importância, e que portanto havia sido, de certa forma, enganado — e ao mesmo tempo existem várias outras fontes que fazem a mesma afirmação: Hitler tinha outras facetas que diziam coisas diferentes da caricatura legada para o futuro.

O próprio Hitler sabia que jamais poderia convencer as pessoas à base de argumentos. A palavra escrita era imprestável para ele, porque não levava a nada. Hitler buscava a ação, queria promover uma transformação, e essa transformação acontecia no instante, através das pessoas. Uma coluna no jornal contra isso ou aquilo, que pudesse receber uma resposta em uma discussão que continuasse para lá e para cá seria desprovida de sentido, porque não passaria de um amontoado de palavras. Mesmo no livro *Minha luta*, Hitler retorna o tempo inteiro à desconfiança relativa à palavra escrita. *Minha luta* é um livro sobre como uma sociedade inteira pode se transformar desde a base, e nesse sentido não é um livro fanático, mas prático.

> A dificuldade de derrubar preconceitos ligados aos sentimentos, às atmosferas, às emoções etc. e substituí-los por outros, o número de fatores e condições dificilmente mensuráveis dos quais o sucesso depende, tudo isso pode ser medido por um orador sensível a partir da constatação de que até mesmo a hora do dia em que o discurso é proferido pode contribuir de forma decisiva para o efeito causado.

É assim que Hitler escreve. Trata-se justamente disso: de fazer com que outros pensamentos atravessem a muralha erguida pelos nossos preconceitos, ou seja, por todas as opiniões gerais sobre as quais ninguém reflete. Essa muralha mostra-se impenetrável a argumentos, porque não é construída a partir de argumentos. É construída a partir de um sentimento relativo ao que é certo e ao que é errado, ao que é decente, ao que é aceitável. Para chegar até esse ponto, onde as opiniões existem e podem ser mudadas, é preciso atravessar os sentimentos. É necessário ter consciência acerca da posição em relação aos outros, não se pode atentar contra a autopercepção das pessoas, aquilo que se diz não deve parecer estranho — porque nesse caso seria repelido —, mas sabido, como se já pertencesse às pessoas, como se fosse elas. Hitler escreve:

O mesmo discurso, feito pelo mesmo orador sobre o mesmo tema, tem um efeito completamente distinto às dez horas da manhã, às três da tarde ou ao anoitecer. Quando assumi, determinei que as assembleias ocorressem sempre pela manhã, e lembro-me claramente de um comício que fizemos no Münchner Kindl-Keller como protesto "contra a opressão das regiões alemãs". Na época, essa era a maior sala em Munique, e a ousadia pareceu demasiado grande. Para facilitar o acesso dos entusiastas do movimento e de todos os outros interessados, marquei o comício para as dez horas da manhã de um domingo. O resultado foi decepcionante, mas ao mesmo tempo deveras educativo: a sala estava cheia, a impressão causada foi realmente profunda, mas a atmosfera parecia gélida; ninguém parecia disposto a deixar-se inflamar, e eu mesmo, como orador, senti-me profundamente infeliz por não conseguir manter empatia com os ouvintes, nem mesmo um mínimo de contato. Não acho que eu tenha falado pior do que em outras ocasiões; mas o efeito parecia ser nulo. De todo insatisfeito, mas tendo ganhado em experiência, deixei o comício. Outros testes feitos mais tarde e nas mesmas condições produziram o mesmo resultado.

Não chega a ser uma surpresa. Basta ir ao teatro assistir a uma peça às três horas da tarde e depois assistir à mesma peça com o mesmo elenco às oito horas da noite para surpreender-se com a diferença do efeito e da impressão causada. Uma pessoa com a sensibilidade e a capacidade necessárias para tomar consciência dessas sutilezas logo chega à conclusão de que a apresentação vespertina nem de longe causa uma impressão tão profunda quanto a apresentação noturna. Esse raciocínio aplica-se até mesmo a uma obra de cinema. Essa última observação é importante, porque no caso do teatro poder-se-ia dizer que os atores interpretam seus papéis com menos desvelo à tarde. O filme, no entanto, é sempre o mesmo, tanto à tarde como às nove horas da noite. Não, nesse caso é o próprio tempo que exerce uma influência determinada, exatamente da mesma forma que o espaço me influencia. Existem lugares que fomentam a frieza por motivos quase insondáveis, que a qualquer tentativa de criar uma atmosfera contrapõem uma resistência ferrenha. Também as memórias e conceitos tradicionais, que as pessoas trazem em si, permitem que se determine uma impressão de maneira decisiva. Por esse motivo uma encenação de "Parsifal" em Bayreuth sempre provoca um efeito distinto daquele causado por uma encenação em qualquer outro lugar do mundo. O misterioso encanto da casa sobre a colina onde ocorre o festival daquela antiga cidade não se deixa substituir nem superar.

Minha luta foi publicado em 1925, depois de *Os frutos da terra*, *Juvikfolke*, *Kristin Lavransdatter*, *Ulysses* e os primeiros volumes de *Em busca do tempo perdido*, mas antes de *O castelo*, *Ser e tempo* e *O som e a fúria*. É o livro mais famoso do nosso tempo, não por causa daquilo que contém em si, mas por causa daquilo que contém e que foi posto em prática na realidade, e é impossível ler *Minha luta* hoje sem sentir um profundo mal-estar, porque existe algo de terrível e de repulsivo a respeito desse livro, como se tivesse sido escrito pelo próprio demônio. Mas, na época em que escreveu o livro, o autor, Adolf Hitler, era um homem comum, não tinha assassinado ninguém, não tinha ordenado o assassinato de ninguém, não tinha roubado nem queimado nada. Se não tivesse ascendido ao poder na Alemanha nove anos mais tarde, nada do que escreveu teria qualquer carga ou significado especial, provavelmente seria apenas mais um livro esquecido que, sob a forma de um pequeno número de exemplares, estaria acumulando pó em bibliotecas universitárias, para de vez em quando ser retirado por um doutorando interessado naquela época, já que o livro ilustrava muitas das características mais típicas, inclusive o ódio paranoico contra os judeus. Mas Hitler chegou ao poder em 1933, e *Minha luta* passou a ocupar uma posição única na literatura, totalmente aberta para a realidade: não apenas aquilo que o livro contém foi posto em prática na realidade, mas o que aconteceu na realidade também empresta as cores àquilo que o livro contém; não é possível ler ou citar uma única frase sem que se pense no extermínio industrial dos judeus levado a cabo pelos nazistas, e sem que se pense nos milhões que tombaram durante a Segunda Guerra. É quase impossível ler esse livro da maneira como existiu outrora, como a obra de um político fanático que escreve sobre a própria formação, analisa a sociedade e descreve o que precisa ser feito para colocá-la no caminho que ele julga desejável. Não há nada particularmente atraente no livro, nada de hipnótico ou de sugestivo, e o pouco que há sobre o autor e sua vida logo se transforma em uma longa elucubração política ao fim de poucas linhas. O livro tem um ar de santimônia, pois independentemente do assunto discutido pelo autor, parece haver qualquer coisa de errado com aquilo, e o autor sempre sabe exatamente o que há de errado e o que é preciso fazer para consertar o problema. Mesmo as críticas desenfreadas aos poucos revestem-se de um ar mecânico. *Minha luta* é um livro escrito num tom de fúria justificada, e esse tom é tão forte que espanta todos aqueles que não sentem a mesma fúria em relação às mesmas situações.

O livro tem a forma de um *Bildungsroman*, no qual o leitor acompanha o autor desde o nascimento, através da infância e dos primeiros anos de formação do caráter, através da juventude e rumo às descobertas e às revelações fundamentais da idade adulta, está relacionado a tudo isso; Hitler se apresenta como indivisível em relação à política, como indivisível em relação a seu papel; aquilo que ele pensa e aquilo que ele é são duas grandezas inseparáveis. Hitler cria uma persona em *Minha luta*, essa é a plataforma política dele. Ele veio do povo, essa é a mensagem, e portanto sente os problemas do povo no corpo e desenvolve aos poucos uma solução política abrangente, uma visão, que dessa forma encontra-se atrelada tanto ao povo como a ele próprio, concentrada em um nome, o signo da obra, Adolf Hitler.

Todas as experiências pessoais que ele descreve estão relacionadas à política, e se existem linhas autobiográficas nessa obra, estas são observadas a partir de uma distância tão grande que tudo que é pessoal e privado, tudo aquilo que diz respeito somente a ele, à pessoa e ao caráter dele, a tudo aquilo que é idiossincrático, torna-se invisível. As frases de abertura do livro são assim:

Hoje percebo que foi um feliz acaso que o destino tenha me designado justamente Branau am Inn como local de nascimento. Essa pequena cidade localiza-se na fronteira entre os dois estados germânicos cuja reunificação nós, jovens, vemos como sendo nossa missão de vida, uma missão que precisamos envidar todos os esforços para cumprir! A Áustria Alemã precisa voltar a ser a antiga pátria germânica, embora não por considerações econômicas de qualquer natureza. Não, não: mesmo que, do ponto de vista econômico, essa reunificação seja indiferente, e talvez até mesmo prejudicial, faz-se mister levá-la a cabo. O lugar de pessoas de mesmo sangue é no mesmo reino. O povo alemão não tem nenhum direito moral à atividade política colonizatória enquanto não puder reunir os próprios filhos em um Estado comum. Somente quando os limites do reino abarcarem todos os alemães, e a terra já não puder oferecer-lhes a certeza do alimento, a necessidade do povo faz com que surja o direito moral de procurar solos e terras alheias. Nessa hora a espada é o arado, e das lágrimas da guerra surge o pão das gerações vindouras. Por isso aquela pequena cidade fronteiriça é para mim o símbolo de uma grande missão.

Como um livro de memórias ou uma autobiografia qualquer, esse livro também começa com o nascimento do protagonista. Porém mal o nascimento é mencionado e esse "eu" desaparece em um "nós", uma grandeza tão importante que a primeira coisa que faz é definir os próprios limites.

"Nós" é o povo, e esse "nós" encontra-se acima do "nós" do Estado, que o separou. A necessidade da reunificação encontra-se acima das considerações políticas, e fundamenta-se na moral, que busca as próprias forças no corpo, no extralinguístico, no não argumentativo, no concreto e no físico: o sangue. É importante que a reunificação ocorra, apesar dos prejuízos que possa causar. Quando isso, que é a utopia desse livro, for concretizado, as consequências práticas, manifestas nos prejuízos causados, no fato de que a pátria não consegue oferecer pão ao povo, seriam resolvidas por meio da autoridade moral conferida a um povo unificado, ou seja, da autoridade para conquistar novas terras. Em menos de meia página, Hitler explicou seu programa político e estabeleceu uma forte ligação com esse programa; ele nasceu em Braunau am Inn, Braunau am Inn é uma cidade fronteiriça que simboliza essa grande missão, a reunificação do povo de dois países, uma missão que ele, o filho da cidade fronteiriça, há de levar a cabo. Esse objetivo superimpõe-se a qualquer outra consideração, e reveste-se de uma força simbólica e moral tão intensa que é capaz de transformar espadas em arados, lágrimas em pão, guerra em paz.

Depois de uma página inteira nesse tom, o texto retorna ao ponto de partida, e continua a narrativa de origem.

> Foi nessa pequena cidade às margens do rio Inn, dourada pelos raios do martírio germânico, de sangue bávaro e governo austríaco, que meus pais moraram no fim dos anos 80; meu pai era um funcionário público diligente, enquanto minha mãe dedicava-se às tarefas domésticas e acima de tudo a nós, crianças, com um amor e um cuidado que jamais falhava.

Hitler nasceu em 1889, em uma cidade esquecida pelo mundo, provinciana e insignificante em todos os sentidos, numa família que pertencia às camadas inferiores da burguesia. Ele não tinha nenhum outro tipo de ligação com a cidade; a família se mudou de lá quando ele tinha três anos. O fato de que o texto seja iluminado pelo sol do martírio, com o sangue bávaro correndo nas veias, significa que estamos em parte no mundo escuro e mágico da mitologia, em parte na província austríaca no final do século XIX. A descrição da mãe, que acima de tudo dedicava-se "a nós, crianças, com um amor e um cuidado que jamais falhava", é o único detalhe mencionado a respeito dela.

Não se diz nada sobre o fato de que era parente próxima do marido, ou de que estava grávida quando se casou com ele seis meses após o enterro da esposa de número dois. Nem que os três filhos que teve antes de Adolf morreram todos, uma delas, uma menina, aos dois anos, ou que o menino a que ela deu à luz depois de Adolf, Edmund, morreu aos seis anos. Não se diz nada sobre quantos irmãos Hitler tinha, quais eram os nomes deles e que tipo de relação mantinham. Todos são mencionados apenas como "nós, crianças". O pai é a única pessoa da vida de Hitler, os trinta e cinco primeiros anos da vida dele são descritos em poucas palavras, e é o único a ganhar uma biografia. Ele não é mencionado pelo nome, como todas as demais pessoas próximas de Hitler que aparecem em *Minha luta*.

Sobre o pai, Hitler escreve que nasceu em uma família humilde, que era filho de um camponês pobre e que fugiu de casa aos treze anos, decidido a se tornar alguém na vida, aquilo que de maior conhecia, um funcionário público, o que conseguiu fazer aos quarenta anos, para dezesseis anos mais tarde aposentar-se e comprar uma pequena propriedade em Lambach, na Alta Áustria. Não se diz nada sobre o tipo de relação que ele mantinha com a família, ou que a família mantinha com ele. Enquanto a mãe era pródiga em amor e cuidados, ou seja, vista em relação aos filhos, o pai era "diligente", ou seja, visto em relação ao trabalho. A jornada social desse homem, da casa de um camponês pobre ao posto como funcionário público, é descrita em termos sentimentais. Ele é "o rapaz pobre do interior", "o rapaz pobre", "o pequeno rapaz" ou simplesmente "o rapaz". Ele também nasceu fora do casamento, e era portanto um bastardo, o que na prática quer dizer que não era ninguém. Hitler não nega as condições precárias nem o baixo status social, mas usa-os para contar uma história de força de vontade e independência. Não escreve nada a respeito de o pai ser um bastardo, claro. Quando Hitler termina a história escrevendo que o pai, ao fim de toda uma vida longa e dedicada ao trabalho, retornou ao lugar de origem de toda a linhagem familiar, essa narrativa faz parte do processo de mitificação, assim como a cidade dourada pelo martírio germânico em que ele próprio nasceu. "Linhagem" significa apenas parentesco, que alguém nasceu de alguém, a princípio não existe nenhum julgamento qualitativo nesse conceito, e tampouco na expressão "sangue do mesmo sangue", porque o sangue corre nas veias de todos, e todos são nascidos em uma linhagem. Os conceitos de "linhagem" e "sangue" criam uma igualdade, e nesse sentido são transcendentais, porque neles desaparecem as condições precárias e o baixo status social comumente associados a um bastardo, e é esse o sentido que essas palavras mais tarde adquirem na política de Hitler, quando apagam todas as diferenças sociais e transformam todos em uma parte do todo. Linhagem e sangue fazem parte da natureza, enquanto classe e status fazem parte da cultura; mas na visão de mundo de Hitler os primeiros são dominantes. Como ele escreve mais tarde, ao descrever o problema do grande crescimento populacional:

> Enquanto a natureza, ao oferecer total liberdade à procriação, sujeita a prole às mais duras provações e a partir de um grande número de indivíduos escolhe apenas os mais aptos a continuar vivendo, ou seja, permite apenas a estes que perseverem e deem continuidade à espécie, o homem limita a procriação, mas envida todos os esforços possíveis para manter vivos a qualquer preço todos aqueles que um dia vieram ao mundo. Essa correção da vontade divina parece-lhe ao mesmo tempo sábia e humana, e o homem alegra-se por ter mais uma vez subjugado a natureza e demonstrado suas falhas. Que assim se possa de fato limitar o número, mas consequentemente também o valor do indivíduo, no entanto, é um fato que o caro macaco de Nosso Senhor dificilmente gostaria de ver ou ouvir.
>
> Pois se a procriação em um primeiro momento é limitada e o número de nascimentos diminui, a batalha natural pela existência, que permite apenas que os mais sadios e os mais fortes sobrevivam, é substituída por uma compreensível obsessão por "salvar" a qualquer preço mesmo os mais fracos e os mais doentes, o que lança a semente de uma linhagem cada vez mais digna de pena à medida que persiste essa zombaria contra a natureza e a vontade da natureza.

Nessa passagem as pessoas são vistas como números. O número de pessoas é a força principal e decisiva, porque expressa a vontade da natureza, que é o mesmo que a vontade divina, e esses indivíduos sem nome que sucumbem à fome e à doença não têm direito à vida. Manter esses indivíduos vivos é "humano", ou seja, uma transgressão às leis da natureza. Essa perspectiva não era característica de Hitler, mas encontrava-se por toda parte na época dele, e não teria sido possível sem Darwin e a enorme influência exercida por *A origem das espécies*, um livro onde todas as criaturas eram vistas a partir da mesma perspectiva, a perspectiva evolucionária, essa força enorme que, graças a leis muito simples, tinha levado a vida desde o princípio unicelular no oceano do mundo até a complexidade humana. Os mais aptos sobrevivem, e assim as características mais essenciais à vida são refinadas, e, como a vida é uma batalha constante, os mais aptos são com frequência também os mais fortes, e essa ideia, transferida para a esfera social e civilizatória, é um dos pilares de *Minha luta*, uma das premissas inafastáveis de onde vem todo o restante da ideologia de Hitler. A cultura encontra-se subordinada à natureza. Na natureza, os doentes morrem, os fracos morrem, os lentos morrem, os feridos morrem. O que há de brutal e de terrível em ver o mesmo princípio como central também na cultura deve-se à diminuição radical no valor de tudo aquilo que é humano. Uma vida humana não vale grande coisa em *Minha luta.*

Mas o que tem valor, então? O ideal que uma pessoa pode expressar, ou do qual pode ser uma expressão, vale mais do que a vida. É isso que justifica que se vá ao encontro da morte em nome de uma causa, porque existe uma coisa maior, *em nome da qual se vive,* e essa coisa tem uma importância tão grande que é possível sacrificar a própria vida por ela.

A vida não é o mais importante.

Isso foi escrito em 1924, portanto seis anos depois de quatro milhões de rapazes chacinarem-se uns aos outros nas trincheiras da Europa; uma sombra obscureceu tudo o que foi pensado e escrito nos anos a seguir. No outono de 1914 uma vida humana valia infinitamente menos do que valia no outono de 1913. A Primeira Guerra foi um abismo, uma crise quase sem fim na civilização, e uma das coisas mais importantes que tiveram de ser tratadas e entendidas quando enfim acabou foi justamente o valor da humanidade. Para entender *Minha luta* é preciso entender isso.

O livro aborda e se deixa guiar por essa grande perspectiva social, mas também existe uma perspectiva pessoal, o "eu" que escreve tudo aquilo, o mundo próximo em que Hitler cresceu e do qual está impregnado, com o pai, um trabalhador diligente, e a mãe, que rodeava a ele e aos irmãos "com um amor e um cuidado que jamais falhava". Nesse mundo, a morte não era tampouco uma coisa distante, pois, mesmo que os três irmãos que morreram antes do nascimento de Hitler não fossem um assunto recorrente durante a infância e a juventude, esses acontecimentos devem ter estado presentes o tempo inteiro nos pais dele, e em especial na mãe, descrita em outras fontes da época como uma pessoa séria e triste. A mortalidade infantil era elevada naquela época, perder três filhos não era incomum, e também August Kubizek, o amigo de juventude de Hitler, teve três irmãos que morreram antes do nascimento dele, e isso, o fato de que a morte vinha com mais leveza, deve ter ao mesmo tempo causado um aumento e uma diminuição no valor da vida. Diminuição no sentido de que a morte era um acontecimento com o qual todos precisavam contar; quando os três primeiros filhos de um casal morrem, a morte do quarto é uma possibilidade próxima. Aumento no sentido de que o filho que sobrevivia tornava-se único, absolutamente inestimável.

456

Adolf Hitler era o quarto filho de Klara Hitler, ele tinha uma saúde frágil, mas assim mesmo vingou, enquanto a mãe, segundo o amigo de infância Kubizek, estava sempre temerosa e preocupada. Quando o quinto filho, Edmund, morreu, Hitler tinha onze anos, idade suficiente para se enlutar pelo irmão e para relembrá-lo pelo resto da vida.

De acordo com a ideologia expressa em *Minha luta*, o irmão caçula morreu porque era fraco e portanto não merecia viver. Ninguém pode saber o que Hitler pensou aos onze anos, mas não parece desarrazoado supor que a morte do irmão deve tê-lo afetado, nem que tenha se perguntado por que aquilo tinha acontecido. Por que justamente o irmão dele, e não esse ou aquele menino? Na adolescência, Hitler se afastou da igreja; a mãe ia à missa todos os domingos, o amigo dele e a família do amigo também, mas Hitler não, ele costumava esperar do lado de fora, e portanto não estava em busca de explicações religiosas para a brutalidade da existência.

Em *Minha luta*, tudo que pertence à biografia de Hitler encontra-se relacionado à sua ideologia. Não é a vida do pai em si mesma que tem sentido, ou seja, a pessoa que ele foi na realidade, aquele homem que tinha aquele cheiro particular, que caminhava e punha-se em pé de formas particulares, que se expressava precisamente assim e que preenchia o espaço em que se encontrava com uma aura completamente particular, mas aquilo que ele representou por meio da vida. O pai lutou e venceu as condições adversas em que havia nascido, e portanto integra o grupo dos fortes, e assim Hitler transforma aquilo que havia de problemático em sua origem social numa vantagem, ao mesmo tempo que esconde aquilo que havia de privado, que destrói qualquer trajetória e qualquer conquista pelo simples fato de se desenrolar na realidade material em meio a pessoas que não apenas formam uma linhagem, mas também arrotam e cagam e gritam e se esmurram e discutem e bebem até cair com relativa frequência, pessoas que comem sem modos e cospem e fedem a mijo e a suor, que agarram os filhos pelos cabelos ou pelas orelhas e os arrastam para lá e para cá, o que na casa de um trabalhador alfandegário no fim do século XIX com certeza não pode ter sido incomum — tudo isso também desaparece no círculo hereditário fechado pelo movimento do pai, que foi de filho de um camponês a proprietário de terra.

Mas ainda que seja assim, ainda que Hitler tenha feito da vida do pai um exemplo de força e de energia vital, existe também um outro lado da história, que Hitler, como escritor, não tem a sensibilidade necessária para controlar. Quase tudo que se lê em relação ao pai a partir de então diz respeito a contrastes entre ele e o filho. O conflito é fortemente abafado, mas assim mesmo ocupa uma superfície considerável, e essa assimetria fomenta uma tensão.

Todas as minhas atividades ao ar livre, o longo caminho à escola e em particular o convívio com outros meninos robustos que tantas vezes causou amargas preocupações à minha mãe fizeram de mim o oposto de um menino caseiro. Muito embora na época eu não tivesse pensamentos sérios a respeito do meu chamado na vida, desde o princípio estava claro para mim que as minhas tendências não me levariam a seguir o curso da vida do meu pai.

Nessa autorrepresentação, Hitler é uma criança que passa muito tempo ao ar livre, ele brinca com meninos "robustos", é difícil de controlar e "qualquer coisa, menos 'bem-comportado' no sentido corriqueiro da palavra", segundo escreve. Em outras palavras, ele é raivoso, desobediente, recalcitrante, talvez até mesmo agressivo. Tudo isso é voltado para o pai — nenhuma outra pessoa é mencionada no texto —, que tem dificuldade de entender e olha com preocupação para o filho. Ou seja, o pai tenta subjugá-lo e submetê-lo à própria vontade à base de surras e de brutalidade. E a isso tudo soma-se um outro aspecto.

Eu havia me tornado um pequeno agitador que aprendia com facilidade e absorvia bem o conhecimento da escola, mas em outras situações era de trato um tanto difícil. Uma vez que, no meu tempo livre, eu tomava aulas de canto na abadia de Lambach, por diversas vezes tive a oportunidade única de embeveceer-me na opulência esplendorosa das celebrações religiosas. Não seria natural que, assim como outrora sucedera ao meu pai em relação ao humilde padre do vilarejo, o abade parecesse-me o mais elevado ideal a ser alcançado? Pelo menos por um tempo foi assim. Mas, como o meu pai, motivado por razões compreensíveis, não valorizava o talento que o filho pugnaz exibia para a oratória a ponto de tirar conclusões favoráveis para o futuro do filho, tampouco pôde desenvolver uma compreensão relativa a esses pensamentos da juventude. Ele certamente via com preocupação esse conflito na natureza do filho.

Essa vontade passageira de lançar-me a essa carreira passou depressa e logo deu lugar a uma esperança mais afeita ao meu temperamento. Ao tirar o pó da biblioteca do meu pai eu havia encontrado diversos livros de conteúdo militar, entre os quais se encontrava uma edição popular sobre a guerra franco-prussiana de 1870-1871. Eram dois volumes de um periódico ilustrado daquela época, que a partir de então passaram a ser minha leitura favorita. Não demorou para que aquela grande e heroica batalha passasse a ser minha vivência interior por excelência. A partir daquele momento eu ansiava cada vez mais por tudo aquilo que de uma forma ou de outra relacionava-se à guerra ou aos soldados.

Mas isso também adquiria um outro significado para mim. Pela primeira vez eu me perguntei, naturalmente de forma ainda pouco clara, se haveria uma diferença, e nesse caso em que consistiria essa diferença, entre os alemães que haviam lutado naquelas batalhas e os outros. Por que a Áustria também não havia lutado naquela guerra? Por que o meu pai e todos os outros não haviam lutado?

Essas duas fascinações são um encantamento da realidade. Toda a opulência esplendorosa das celebrações religiosas, na qual Hitler se embevecia, é o encantamento como encenação ou teatro, uma coisa que acontece no exterior, enquanto as histórias sobre o heroísmo na guerra são uma transformação interior, são as características dos soldados, a coragem e o sacrifício, que fazem brilhar uma realidade em todos os demais aspectos trivial e cotidiana, não em si mesma, mas por meio da vivência do heroísmo que os livros sobre a guerra propiciam, o olhar sobre a paisagem que são capazes de criar, de maneira que até mesmo um cenário ordinário pode transformar-se em um lugar de significado extraordinário. Essas duas fascinações estão ligadas ao pai; a primeira como uma naturalização do fato de que Hitler tinha como ideal o padre de um vilarejo; afinal, o pai dele havia feito a mesma coisa. O ideal masculino para um menino de dez ou onze anos é o ideal de uma figura paterna, e para o pai de Hitler nada poderia ser mais natural, uma vez que ele não tinha pai. Mas Hitler tinha, e a idealização de um padre de vilarejo deve ser vista sob essa perspectiva. Há um "conflito na natureza do filho" que o pai "via com preocupação". Hitler venera aquilo que se encontra mais distante do pai. Ao descrever a paixão da guerra, essas duas realidades distintas — aquela em que Hitler vivia e aquela com que sonhava — são postas lado a lado, num dos momentos em que o texto mais se aproxima de uma acusação, sem no entanto romper o véu de eufemismo que estende sobre todas as coisas próximas. Por que a Áustria não lutou? Por que o pai dele e os outros não lutaram?

A acusação é infantil, existe um sem-número de boas razões para que o pai não lutasse, mas essa acusação infantil indica que se encontra muito próxima do tempo sobre o qual Hitler escreve; nada mais nessas três ou quatro páginas indica essa proximidade, uma vez que tudo é controlado pelo mesmo punho e pelo mesmo tom usado ao longo de toda a obra.

O conflito insinuado acirra-se quando chega a hora de escolher que tipo de escola Adolf Hitler deve frequentar aos onze anos. Ele queria estudar latim, enquanto o pai queria que frequentasse a *Realschule*.

Mal tendo completado onze anos, vi-me obrigado, pela primeira vez na vida, a enfrentar um conflito. Por mais rígido e austero que o pai fosse na execução dos planos que tinha em mente, o filho era igualmente teimoso e obstinado na recusa de ideias que pouco ou nada lhe diziam.

Eu não queria ser funcionário público.

Nem conselhos nem ideias "sérias" foram capazes de vencer minha resistência. Eu não queria ser funcionário público de jeito nenhum. As tentativas de despertar minha vontade ou meu interesse em relação a essa carreira por meio de histórias sobre a vida do meu pai tinham justamente o efeito oposto. Eu sentia-me nauseado de aborrecimento ao pensar que um dia estaria sentado em um escritório como um homem privado de liberdade: não como senhor do meu próprio tempo, mas obrigado a forçar o conteúdo de uma vida inteira para dentro de formulários a preencher.

O mais estranho é que não há nenhuma menção ao que aconteceu depois, a como esse conflito acabou. A resposta surge de maneira indireta onze linhas adiante, onde se lê: "O fato de que eu havia passado a frequentar a *Realschule* teve pouco efeito".

Hitler descreve portanto um conflito absolutamente insolúvel, ele tem onze anos e tem o primeiro atrito com o pai, um homem rígido e severo e autoritário, a quem nada consegue demover — e de repente, como se nada tivesse acontecido, Hitler já cedeu e se encontra no meio daquilo que havia rejeitado com todas as forças da alma.

O texto evidentemente reprime alguma coisa, mas o quê? Seria a própria derrota e as consequências que haveria trazido para a relação de Hitler com o pai? O pai subjugou a vontade de Hitler, e como ele havia medido forças e feito uma oposição declarada, a derrota deve ter sido humilhante. Mesmo assim, essa descrição parece estranha. Que um pai faça planos em relação ao futuro do filho é simplesmente natural, mas que o filho seja tão previdente em relação à vida futura a ponto de *aos onze anos* envidar todas as forças para opor-se à vontade do pai por conta de um objetivo tão distante no futuro como um trabalho no funcionalismo público soa um tanto peculiar.

Por que foi tão importante para Hitler escrever que foi mandado para a *Realschule* em Linz contra a própria vontade? Essa era uma escola renomada, Ludwig Wittgenstein, nascido no mesmo ano que Adolf Hitler, estudava lá, e ele vinha de uma das famílias mais ricas e mais cultas da Áustria, e a bem dizer da Europa como um todo. Tanto para Wittgenstein como para Hitler a escola foi uma experiência ruim, embora pior para Hitler, que foi reprovado em diversas matérias do primeiro ano, tendo assim que repeti-lo, para depois

460

ser novamente reprovado no terceiro ano, de maneira que não pôde continuar na escola, mas precisou melhorar as notas em outra escola de menor prestígio. Será que a explicação poderia ser tão simples quanto afirmar que Hitler inventou a obrigação imposta pelo pai simplesmente para dizer que podia ter conseguido notas boas se quisesse, mas que preferia outra coisa e portanto não se via obrigado a esforçar-se? Parece um desvio bem longo a se tomar.

No texto, o conflito em relação ao funcionalismo público acirra-se mais ainda. Hitler frequenta a *Realschule* contra a própria vontade, curva-se porque se vê obrigado, mas continua a ser, conforme escreve, "teimoso e obstinado", e assim, em vez de insistir na oposição entre o aprendizado de latim e a *Realschule* do pai, um ano depois ele dá mais um passo à frente e agrava esse antagonismo.

Como foi que aconteceu, nem eu mesmo sei ao certo, mas houve um dia em que tive certeza de que eu queria ser pintor, um pintor de quadros. Meu talento para o desenho já era um fato conhecido, e fora esse um dos motivos para que o meu pai quisesse enviar-me à *Realschule*, embora jamais lhe tivesse ocorrido deixar-me seguir por este caminho em termos profissionais. Muito pelo contrário. Quando, após essa nova rejeição de ideias caras ao meu pai, fui indagado pela primeira vez sobre o que eu gostaria de ser e respondi de imediato com a decisão firme tomada nesse meio-tempo, a princípio o meu pai ficou mudo.

"Pintor? Pintor de quadros?"

Achou que eu tinha perdido o juízo, ou talvez que havia me escutado mal ou me entendido de maneira equivocada. Quando por fim compreendeu o que eu havia dito e notou a seriedade com que eu falava, ele se opôs a mim com toda a determinação de que dispunha. A decisão quanto ao assunto era deveras simples, e qualquer discussão acerca dos meus possíveis talentos estava totalmente fora de questão.

"Pintor de quadros, jamais, não enquanto eu viver." Mas como o filho, além de outras características, havia também herdado uma obstinação similar, a resposta que veio foi também similar. Mas o sentido, claro, era justamente o oposto.

E assim permanecemos, cada um de nós firme em sua convicção. Meu pai não desistiu do "jamais", e eu insisti no meu "apesar de tudo".

A bem dizer, o resultado não foi muito aprazível. O velho senhor tornou-se amargo, e eu, por gostar muito dele, também. Meu pai rejeitava toda e qualquer esperança de que um dia eu pudesse me formar como pintor. Eu, de minha parte, fui um passo além e disse que não queria aprender mais nada. Como essas "declarações" foram naturalmente a gota d'água, visto que a partir de então aquele velho senhor resolveu fazer sua autoridade sentir-se com punho de ferro, passei a manter-me calado, mas assim mesmo passei a concretizar minha ameaça na realidade.

Edmund, o irmão de Hitler, morreu de sarampo em fevereiro de 1900. Hitler começou a frequentar a *Realschule* em Linz em setembro do mesmo ano. Não é possível saber que tipo de influência a morte do irmão teve sobre ele a partir daquilo que escreve a respeito dessa época. Em certas biografias pode-se ler que houve uma transformação próxima de uma mudança de personalidade, que ele deixou de ser alegre e extrovertido e passou a ser teimoso, mal-humorado e introvertido, mas ainda que isso seja mesmo verdade, não podemos saber de onde "veio", mas apenas constatar que por volta dessa época Hitler mudou de ambiente, saiu de uma pequena escola em uma pequena cidade para entrar numa grande escola em uma grande cidade, onde não conhecia e não conheceu ninguém, e que o irmão dele tinha morrido poucos meses atrás. Mas ah, não, a morte desse irmão caçula, claro que isso abre um buraco na existência, claro que obscurece os pensamentos e a vida dele. Pois tudo aquilo que o irmão caçula era em si mesmo, o fato de que ele para de existir e simplesmente não está mais lá, talvez seja mais difícil de aceitar que de compreender para um menino de onze anos. E quando uma criança morre numa família a tristeza dos pais é infinita; é nessa tristeza que aqueles que não morreram continuam a viver. Os pais deviam ter estabelecido com ele uma relação completamente distinta daquela que tinham com os filhos mortos ao nascer, o futuro devia estar entremeado no olhar com que o viam. Uma criança que morre é uma crise maior do que qualquer outra, e o que um menino de onze anos pode achar a respeito disso, a não ser que é injusto? Essa história tem reflexos naquilo que acontece com Hitler durante os anos na *Realschule*, na falta de vontade de aprender, no atrevimento e no convencimento, ele é um garoto que sabe o que quer, não tem nenhum motivo para não mandar tudo para o inferno, a não ser por aquilo que o pai representa quando tenta pôr juízo no filho à base de bofetadas. Para o boletim de notas isso não pode ter desempenhado nenhum papel, a surra que havia levado era uma das contingências sob as quais vivia, como muitas outras crianças, e talvez até a maioria, viviam naquela época, pelo menos naquele ambiente. Hitler não escreve nada sobre a mãe, nada sobre os irmãos, nada sobre os amigos, mas apenas sobre o pai. Se o que escreve é verdade, se de fato sabotou a escola para mostrar que o pai não tinha razão, há um elemento destrutivo nisso tudo. Somente a consciência obscurecida de uma criança pensa assim, ele vai ver só, eu não vou aprender nada para mostrar a ele o que fez comigo, quando não existe outra forma de vingança, quando não existe outra forma de atingir a pessoa que se odeia. Mesmo que toda essa operação contra o funcionalismo público tenha sido implementada como uma desculpa para justificar as notas sofríveis e a frequência errática de Hitler, ele também descreve uma distância entre o pai e o filho que se encontram presos em uma situação insolúvel, e não existe motivo para crer que essa seja uma situação inventada, uma vez que opera em diversos níveis e além disso é confirmada por outras fontes. "O velho senhor" é uma forma bastante digna de se referir a um funcionário da alfândega irritável e amargo que bate nos filhos até que percam a consciência, mas essa não é uma representação do pai de Hitler, mas do "pai", uma grandeza na vida de todos, uma figura que deve ser admirada e respeitada, daí o título, "o velho senhor".

Alois Hitler, nascido com o sobrenome Schicklgruber, não era um homem a respeito do qual havia muitas coisas boas a se dizer. No livro *A Viena de Hitler*, Brigitte Hamann cita um dos conhecidos dele, Josef Mayrhofer, que o caracterizou assim: "Na taverna ele era muito voluntarioso, muito inflamado… Em casa era rígido e nada delicado; a esposa não tinha motivos para dar risada na companhia dele". Mas essa imagem não é unânime; segundo Hamann, o obituário publicado no *Tagespost* de Linz descreve o bom humor desse homem em contextos sociais em termos quase juvenis e alegres, e menciona o gosto que tinha pelas canções. "Mesmo que de vez em quando uma palavra rude saísse-lhe da boca, por trás de uma aparência rústica escondia-se um bom coração", dizia. Alegre por fora, um demônio em casa: assim parece ter sido. Para a secretária, mais tarde Hitler afirmou que não amava o pai, mas que tinha medo dele. "Ele era irascível e não hesitava em bater. Minha pobre mãe sempre temia por mim." O irmão mais velho de Hitler, Alois Jr., oferece um retrato idêntico do pai, acrescentando que Adolf recebia inúmeros carinhos e agrados da mãe, a madrasta de Alois Jr., que passava o tempo inteiro a fazer-lhe mimos. Mas Alois também conta que Adolf apanhava, e que certa vez apanhou tanto que ele acreditou que o irmão tinha morrido.

Indiscutivelmente a fonte mais importante relativa à juventude de Hitler em Linz, e em parte também em Viena, é o livro *Adolf Hitler: Meu amigo de juventude*, escrito por August Kubizek e publicado em 1953. Kubizek era nove meses mais velho que Hitler, e os dois se conheceram no teatro de Linz quando tinham dezesseis anos. Sendo assim, Kubizek nunca conheceu o pai de Hitler, mas tornou-se amigo da família, e escreve que o pai ainda era uma pessoa muito presente. Um grande retrato do pai ficava pendurado em lugar de destaque na sala; os longos cachimbos que costumava fumar permaneciam na estante da cozinha, e Kubizek escreve que eram como que um símbolo do pai; muitas vezes, quando a sra. Hitler falava sobre o finado marido, ela apontava para os cachimbos "como se assim pudesse obter uma confirmação da maneira fidedigna como representava sua personalidade".

Kubizek escreve que os colegas do pai descreviam-no como um perfeccionista dedicado e austero, orgulhoso da posição que ocupava, embora não fosse um superior muito popular. O traço mais notável a respeito do pai de Hitler e enfatizado por Kubizek é uma enorme inquietude. Ele trocou de endereço doze vezes durante os anos em que morou em Braunau, duas vezes quando morou em Passau e, uma vez aposentado, mudou-se outras sete vezes. O próprio Adolf lembrava-se de sete endereços e de cinco escolas diferentes. Esse hábito não tinha relação nenhuma com a qualidade da moradia, uma vez que muitas vezes ele se mudava para endereços piores. A explicação de Kubizek é que a personalidade dele exigia mudanças constantes, e, como o trabalho o obrigava a manter uma certa estabilidade, ele precisava dar vazão a essa necessidade de outra maneira. Kubizek interpreta da mesma forma o fato de que o pai de Hitler constituiu três famílias ao longo da vida; quando estava casado pela primeira vez, com uma mulher consideravelmente mais velha, ele a traiu com aquela que viria mais tarde a se tornar sua segunda esposa, e o mesmo aconteceu quando ele começou o relacionamento com a mãe de Hitler.

> Esse hábito incomum e estranho do pai, que consistia em alterar constantemente o ambiente que o cercava, torna-se ainda mais notável quando coincide com períodos tranquilos e agradáveis de estabilidade burguesa, nos quais, para quem olha de fora, não havia qualquer razão para mudança.

Kubizek percebe essa mesma inquietude e essa mesma intranquilidade no caráter de Hitler aos dezesseis anos, e é sob essa perspectiva que interpreta o conflito com o funcionário público a que Hitler deu tanto destaque em *Minha luta*. O que havia de indômito na natureza do pai era mantido a rédeas curtas pelas exigências do trabalho, a disciplina conferia ao caráter instável dele uma direção e um sentido, o uniforme de funcionário público agia como um abafador da vida privada tempestuosa; a autoridade a que dessa forma ele subordinava-se tornava possível evitar os escolhos e os bancos de areia mais perigosos no curso da vida, nos quais de outra forma podia ter encalhado, segundo Kubizek. O pai deve ter percebido os mesmos traços no filho, e foi isso que causou uma preocupação maior do que o normal em relação à sua carreira futura. Parece incerto que o pai conhecesse as motivações íntimas desse processo, segundo Kubizek, mas a convicção e a insistência relacionadas ao assunto demonstram que deve ter compreendido o quanto estava em jogo para o filho. "Até esse ponto ele compreendia o filho", escreveu Kubizek.

Essa ideia promove uma imagem do pai de Hitler um pouco mais favorável do que o normal, e não parece inverossímil nem inacreditável, pelo contrário, que o que os pais têm mais dificuldade de aceitar nos filhos são com frequência os traços mais parecidos consigo próprios, sempre existe um elemento de autorrejeição na brutalidade contra os filhos, e esse elemento pode se manifestar mesmo que a pessoa em questão não esteja ciente disso, e talvez particularmente nesses casos, quando os sentimentos que surgem revelam-se tão intensos e tão dominantes que toda a razão desaparece. No caso de uma vontade tão forte como essa, quando o pai emprega todo o peso que tem, existe também um cuidado, mas é quase impossível para uma criança compreender ou reconhecer esse tipo de esforço, uma vez que em primeiro lugar consiste em uma tentativa de obrigá-la, sem ouvir aquilo que tem a dizer nem colocar-se na situação da criança, e em segundo lugar abandona a linguagem através da qual em geral o amor é comunicado. Mas não há como saber até que ponto esse amor existiu ou não. Os sentimentos de Hitler pelo pai encontravam-se em um lugar entre o ódio, o medo e o respeito pela autoridade. As inúmeras mudanças, as traições e a grande diferença de idade em relação às esposas sugerem uma disposição inquieta e atormentada, e é provável que ele tenha reconhecido essas características na maneira de ser do filho. A ideia de que o pai sabia quem era o filho melhor do que o próprio filho afasta todo o conflito da esfera do dever e da subordinação, ou pelo menos dos aspectos mecânicos do dever e da subordinação, e leva-o rumo a um lugar necessário e desconhecido para os envolvidos, que viram-se impotentes em relação a si mesmos.

De onde veio a ideia de virar pintor de quadros? Não havia nenhum artista na família, e mal havia um ou outro ao redor; o contato mais estreito de Hitler com arte devia ter ocorrido na igreja e durante a leitura de livros. Mas é isso que ele quer ser quando crescer. Não soldado, não padre, não professor, não funcionário público, mas o absoluto oposto do funcionário público: um artista. Que Ludwig Wittgenstein se tornasse filósofo não era estranho nem surpreendente; o mundo dele transbordava de arte e de cultura, de todas as coisas mais refinadas que a contemporaneidade tinha a oferecer. Mas Hitler sabia desenhar, talvez esse talento tenha recebido incentivo, e assim ele desejou um mundo totalmente distinto daquele que o rodeava, talvez a arte pudesse alçá-lo de lá.

O pai morreu de um derrame súbito quando Hitler tinha treze anos.

A questão relativa à minha profissão foi resolvida mais depressa do que eu poderia esperar. No meu décimo terceiro ano de vida, perdi repentinamente o meu pai. Um derrame acometeu esse senhor ainda robusto e pôs fim à sua caminhada sobre a terra da forma mais indolor possível, deixando-nos contudo em uma profunda tristeza. Aquilo que mais desejava — ajudar o filho a garantir a própria subsistência, para assim poupá-lo das amarguras que havia enfrentado na carreira profissional — na época pareceu-lhe não ter dado certo. Mas, embora de maneira de todo inconsciente, ele havia plantado a semente de um futuro que nem ele nem eu havíamos compreendido então.

Aqui Hitler emprega mais uma vez o adjetivo "robusto", o que faz dessa uma das palavras mais importantes no texto. Na primeira vez em que é usada, relaciona-se aos "meninos robustos" com quem Hitler brincava, e é usada em oposição à mãe, que sofre com "amargas preocupações", e à vida sedentária de um "menino caseiro". Quando usada em relação ao pai, essa palavra designa sua força vital, ele é "esse senhor ainda robusto", que não se encontra de nenhuma forma doente ou enfraquecido.

No texto o pai aparece como o oposto da arte, e nesse caso o padrão é: dentro/ler/mãe/menino caseiro versus fora/vida ao ar livre/amigos/vontade de lutar, e opulência eclesiástica/arte/liberdade versus pai/obrigações/vigor/força vital. "Robusto" é palavra honorífica, apresentada como uma característica positiva, mas sob essa força corre tudo aquilo que não é robusto. O único lugar em que existe uma ponte entre os dois é na descrição das leituras sobre a guerra, nesse ponto há um encontro de tudo o que há de ativo, de prático e de robusto na vida heroica dos soldados com tudo o que há de passivo, de sonhador e de caseiro e materno na leitura e na arte.

O pai morre, mas Hitler não abandona a escola na primeira oportunidade, a mãe quer que ele continue, até que, segundo escreve, uma doença vem em seu auxílio, uma doença nos pulmões que leva o médico a "insistir com veemência em que a minha mãe em nenhuma hipótese colocasse-me a trabalhar num escritório". Esse pedido, feito "com veemência", indica que a mãe precisou ser convencida, e a necessidade desse convencimento indica que Hitler não se entregou. A doença devia ser tratável, e também um pretexto, ao qual a mãe no entanto cedeu. Não é estranho que a mãe tenha cedido à vontade do filho, afinal ela já tinha visto o marido bater nele sem ter a força necessária para interferir; o marido tinha o dobro da idade dela e era um homem autoritário, e ela já tinha perdido quatro filhos. Hitler era o sobrevivente, e nada seria bom demais para ele.

> Aquilo com o que eu por tanto tempo havia sonhado em silêncio, aquilo pelo que eu sempre havia lutado, tornou-se enfim realidade por meio desse ocorrido, quase por conta própria.
> Ainda impressionada pela doença, mais tarde minha mãe por fim concordou em tirar-me da *Realschule* e permitir que eu começasse a frequentar a academia.

Quando a Alemanha anexou a Áustria em 1938, Hitler ordenou à Gestapo que retirasse todos os documentos relativos a ele e à família dele dos arquivos públicos. Claramente, Hitler queria destruir todos os resquícios de seu passado. Mas assim mesmo existe uma grande riqueza de material sobre a vida dele nesses anos, e seria difícil encontrar uma pessoa do círculo dele que não tenha sido entrevistada. O passado não se deixa controlar, mas continua vivo em lembranças, histórias, boatos, correspondências, diários — e como essas coisas em geral não podem ser reunidas, uma vez que pertencem às pessoas em separado, espalhadas da maneira como o destino espalha as pessoas de uma geração, o progresso de uma única pessoa pode reuni-las e mantê-las reunidas, e assim foi com Adolf Hitler. É certo que *Minha luta* não é uma narrativa confiável, mas o fato de que oferece um retrato feito por Hitler da situação como gostaria que tivesse sido em 1924 diz ao mesmo tempo muita coisa. Hitler descreve a própria infância como devia ter sido, porém com elementos da infância tal como foi, intactos, no sentido de que certas características e acontecimentos centrais estão presentes, mesmo que não sejam todos nem necessariamente os mais importantes. Os cinco anos passados entre a morte do pai e a da mãe são abordados em dezenove linhas, os dois anos passados em Linz com a mãe e a irmã sem que frequentasse a escola são abordados em uma única frase.

> Foi uma época tão feliz que eu tinha a impressão de estar em um sonho; e na verdade não passava mesmo de um sonho. Dois anos mais tarde, a morte da minha mãe pôs um fim repentino a todos os meus belos planos.

O livro que Kubizek escreveu sobre Hitler trata justamente desses dois anos felizes, porém silenciosos em *Minha luta*. Essa é indisputavelmente a fonte mais importante relativamente à vida de Hitler na época entre os dezesseis e os vinte anos, e ao mesmo tempo o documento que oferece o melhor insight sobre a personalidade de Hitler, uma vez que Kubizek foi o único amigo de verdade que Hitler teve ao longo da vida.

Assim como acontece a todos os demais contemporâneos que se pronunciaram a respeito de Hitler, a motivação e a veracidade do relato de Kubizek precisam ser avaliadas com extrema cautela, e foi assim que sucedeu. Depois de apontar pequenos erros factuais, Brigitte Hamann conclui da seguinte maneira:

> No geral, Kubizek é confiável. Seu livro constitui-se como uma fonte rica e — no que diz respeito à juventude de H. — também deveras singular, mesmo sem levar-se em conta as reproduções de cartas e cartões-postais do jovem H.

Ian Kershaw, que escreveu uma biografia de Hitler em dois longos volumes, *Hubris* e *Nemesis,* é um pouco mais crítico; ele escreve:

> As memórias de Kubizek devem ser tratadas com cuidado, tanto no que diz respeito a detalhes factuais como no que diz respeito à sua interpretação. Trata-se de uma versão estendida e embelezada de lembranças originalmente encomendadas pelo Partido Nazista. Mesmo em retrospecto, a admiração que Kubizek continuou a nutrir pelo velho amigo tem influência sobre a maneira como o percebe. Para além disso, no entanto, Kubizek simplesmente inventou uma porção de episódios, criando passagens baseadas no relato pessoal de Hitler em *Mein Kampf* e lançando mão de recursos similares ao plágio de maneira a amplificar a própria memória limitada. No entanto, apesar de todas essas fraquezas, essas memórias revelaram ser uma fonte mais confiável a respeito da juventude de Hitler do que antes se pensava, em especial quando se referem a experiências relacionadas ao interesse do próprio Kubizek pela música e pelo teatro. Não há dúvida de que, apesar de todas as deficiências, a obra traz reflexões importantes acerca da personalidade de Hitler e evidencia o embrião de características que haveriam de revelar-se preponderantes nos anos vindouros.

Esse tipo de raciocínio é típico da obra de Kershaw, estragada pela circunstância de que descreve tudo, e refiro-me de fato a tudo que diz respeito a Hitler, como fortemente negativo, mesmo quando diz respeito à infância e à juventude, como se a vida inteira dele estivesse manchada por tudo aquilo que haveria de tornar-se e fazer vinte anos mais tarde, pelo fato de que haveria de tornar-se como que uma encarnação do mal, ou como se o mal fosse o próprio núcleo de Hitler, uma coisa inevitável e incurável, que assim explicaria por que tudo acabou como acabou. Essa compreensão de Hitler é imatura, e torna os livros dele, considerados a biografia definitiva de Hitler, praticamente ilegíveis. Será mesmo possível que *tudo* que uma pessoa faz, mesmo aos dezesseis anos de idade, seja ruim e terrível? Kershaw não para de espalhar palavras de sentido negativo ao redor da pessoa de Hitler, mesmo na época da juventude. Escreve sobre a má vontade do pai em relação à "existência indolente e despropositada" do filho, escreve que o pai havia, "através do empenho, da diligência e do esforço, vencido a origem humilde e conquistado uma posição de dignidade e respeito no funcionalismo público" enquanto "o filho, nascido em situação mais privilegiada, teve por bem não fazer nada além de passar o tempo desenhando e sonhando". Ver o pai apresentado como herói e o filho como canalha, mesmo quando temos evidências de que o pai batia no filho até deixá-lo inconsciente e era um verdadeiro tirano em casa, parece bastante indigesto.

A transformação no caráter de Hitler ocorrida entre a infância e a juventude é descrita por Kershaw da seguinte maneira: "O menino alegre e brincalhão da escola primária havia se transformado em um adolescente inútil, ressentido, rebelde, mal-humorado, teimoso e imprestável". Em relação ao período entre os dezesseis e dezoito anos, ele escreve: "Nesses dois anos, Adolf levou uma vida de vadiagem parasitária — financiado, sustentado, cuidado e protegido por uma mãe que o enchia de mimos".

> Ele passava os dias desenhando, pintando, lendo ou escrevendo "poesia"; os fins de tarde eram dedicados ao teatro ou à ópera; e o tempo inteiro ele sonhava acordado e fantasiava a respeito do próprio futuro como um grande artista. Ele ficava de pé até tarde e se levantava tarde da manhã. Não tinha nenhum objetivo claro à vista. A vida indolente, a grandiosidade da fantasia, a ausência de disciplina para qualquer tipo de trabalho sistemático — todas essas características do Hitler mais tardio — podem ser observadas nesses dois anos em Linz.

Quanto desprezo não há nas aspas ao redor de "poesia!" E como soa burguesa a conotação negativa dada ao fato de que ele ficava de pé até tarde e dormia até tarde pela manhã! Com que frequência o texto afirma que ele era "indolente", que a existência dele era "despropositada" ou "parasitária", e como soam negativas as expressões "sonhar acordado", "fantasiar" e "sonhar", o que, somado ao fato de que o desenho é visto como uma forma de "passar o tempo", expressa justamente a postura e a mentalidade contra as quais a vida de Hitler, naquela época, era um protesto declarado. Se trocarmos o nome "Hitler" por "Rilke", por exemplo, e imaginarmos que alguém houvesse escrito dessa forma sobre Rilke, afirmando que era indolente, parasitário, cheio de sonhos e fantasias a respeito do próprio futuro como um grande artista, incapaz de qualquer tipo de trabalho sistemático, que ficava de pé até tarde e que demorava a se levantar pela manhã quando tinha dezesseis anos, se tivéssemos lido essa paródia condenatória em uma biografia de Rilke, teríamos questionado a visão do biógrafo sobre as pessoas e sobre a arte. Tudo aquilo que se relaciona à arte é visto por Kershaw como negativo, por tratar-se do oposto do trabalho real. Hoje pode-se dizer que Hitler não era um artista de verdade, porque esse julgamento se concretizou, mas quando um garoto tem dezesseis anos ninguém sabe o que ele vai ou não vai ser quando crescer, e não parece nem um pouco certo que a principal diferença entre Hitler e Rilke, quando tinham dezesseis anos, tenha sido o talento artístico.

A imagem que Kubizek apresenta de Hitler é a imagem vista por dentro dessa realidade condenada por Kershaw, e é a imagem de um jovem arrebatado. Hitler deixa-se arrebatar pela ópera, pelo teatro, pela música, pela poesia, pela pintura, pela arquitetura. Escreve poemas, desenha, pinta aquarelas e desenha construções, da maneira como as vê por fora e também como as vê em seu âmago. Em vez de se perguntar que interesse tão profundo é esse, e o que expressa, uma vez que é tão notável na vida de Hitler e tão presente durante seus primeiros vinte e cinco anos de vida, Kershaw os vê como uma expressão das características pessoais e portanto indesejáveis de Hitler. Mas ele tem dezesseis anos, claro que a poesia que escreve não tem nada de especial, e os desenhos de prédios, feitos com grande atenção aos detalhes, não se comparam aos projetos de arquitetos formados, claro que ele é um diletante, mas quem não é, aos dezesseis anos?

A descrição que Kubizek oferece da amizade que tinha com Hitler, bem como da época e do ambiente em que essa amizade se desenrolou, onde a música, a arte e a literatura eram o centro da vida, faz pensar na imagem que Stefan Zweig ofereceu de Viena em seu livro de memórias *O mundo de ontem*. Zweig era dez anos mais velho que Hitler, e o que escreve a respeito da Áustria daquela época até o início da Primeira Guerra Mundial, que o país vivia uma época de ouro em termos de liberdade e de segurança, devia valer para a vida em Linz nos anos 1905-1906.

Na descrição dessa juventude em Viena, Zweig enfatiza a atividade quase frenética em todos os campos relacionados à cultura. Há filas em frente a todas as estreias de teatro, as capas dos livros escolares trazem poemas de Rilke, os alunos leem Nietzsche e Strindberg em aula, todos acompanham os debates e as críticas literárias e, se alguém topa com Gustav Mahler na rua em uma noite qualquer, toda a escola fica sabendo no dia seguinte.

> Uma estreia de Gerhart Hauptmann irritou nossa classe inteira por várias semanas antes das provas; aproximávamo-nos de atores e pequenos figurantes para obter em primeira mão — antes dos outros! — informações sobre o enredo e o elenco; cortávamos o cabelo (não me furto contar nossos absurdos) no barbeiro do teatro apenas para ouvir novidades secretas a respeito de Sonnenthal e Wolter, e um aluno de uma classe anterior era mimado e subornado por nós, mais velhos, com toda a sorte de atenção, simplesmente porque era sobrinho de um dos técnicos de iluminação da ópera e graças a ele com frequência éramos contrabandeados secretamente até o palco durante os ensaios — esse palco que nos inspirava um arrepio maior do que aquele sentido por Dante quando ascendeu aos círculos sagrados do Paraíso.
>
> O esplendor da fama era para nós tão intenso que, mesmo depois de atravessar sete círculos, ainda despertava nosso sentimento de reverência; uma senhorinha parecia-nos — por ser sobrinha-neta de Franz Schubert — uma criatura sobrenatural, e até mesmo para o mordomo de Joseph Kainz nós olhávamos com respeito ao vê-lo na rua, porque tinha a alegria de estar pessoalmente ao lado desse ator querido e genial.

Stefan Zweig era judeu e nasceu nos mais altos círculos da burguesia de Viena. Escreveu suas memórias à sombra do governo brutal e implacável do nazismo antes de pôr fim à própria vida, "desesperado com a ruína da cultura europeia", segundo afirma a capa da edição norueguesa de *O mundo de ontem*. Poucos foram os que ofereceram uma imagem mais nítida e mais fascinante da realidade do pré-guerra do que Zweig nesse livro. É a época de ouro da burguesia, um período tão marcado pelo bem-estar, pela continuidade, pela cautela, pela harmonia e pela segurança que o ideal dos jovens é a meia-idade; Zweig escreve que todos aqueles que desejavam subir de posição precisavam mascarar a própria juventude de todas as formas imagináveis. Rapazes de vinte e cinco anos cultivavam barbas e barrigas protuberantes, andavam com ternos e bengalas e chegavam a usar óculos mesmo sem necessidade.

O romance de estreia de Thomas Mann, *Os Buddenbrook*, publicado em 1901, pinta o mesmo retrato de época oferecido por Zweig; de um lado, o bem-estar baseado no comércio e a regularidade da vida burguesa; do outro, esses filhos da burguesia e a atração que sentem pela arte e pela cultura dos grandes sentimentos, que no universo de Mann revestem-se sempre de um aspecto frágil e quase destrutivo. O burguês e o artista são as duas grandezas apresentadas por Mann e Zweig. A Munique de Mann e a Viena de Zweig estão entre os grandes centros de cultura na Europa do início do século XX, mas embora mais tarde fosse viver em ambas, ao mesmo tempo que Zweig em Viena e ao mesmo tempo que Mann em Munique, Hitler encontrava-se afastado como que por um abismo da cultura na qual os dois participavam. A Viena de Hitler era um cortiço, e a Munique de Hitler não era muito melhor. Mas, apesar dessas grandes diferenças sociais, Hitler também estava ligado ao mesmo mundo; em Viena, também assistiu a diversas encenações de Wagner feitas por Gustav Mahler, que foram admiradas e apreciadas, e, quando chegou à cidade, tinha consigo uma carta de recomendação do célebre Alfred Roller, que não apenas era professor da Kunstgewerbeschule, mas também colaborador próximo e cenógrafo de Mahler, e portanto uma daquelas pessoas que poderiam chamar a atenção de Zweig e de seus amigos na rua. A recomendação tinha sido obtida graças à proprietária do apartamento onde a família Hitler morava em Linz, que tinha se afeiçoado a Hitler; ela conhecia o irmão de Roller e escreveu a seguinte carta a respeito do jovem para uma amiga que morava em Viena, citada em A *Viena de Hitler*:

O filho de um de meus inquilinos quer ser pintor, estuda em Viena desde o outono e queria entrar na Academia de Artes Pictóricas da K.K., mas não foi aceito e a partir de então começou a frequentar uma instituição privada (Panholzer, acredito eu). Trata-se de um rapaz sério e dedicado, com 19 anos de idade, bastante maduro e íntegro para a idade, digno e gentil, de uma família do mais fino trato. A mãe faleceu aos 46 anos de câncer de mama pouco antes do Natal, e era viúva de *Ober-Offizial* da mais importante alfândega local; eu gostava *muito* dessa mulher; ela morava na porta ao lado da minha no segundo andar; a irmã e a filhinha dela, que estuda no liceu, estão morando temporariamente no apartamento. A família chama-se Hitler; o filho, em cujo nome faço esse pedido, chama-se Adolf Hitler. Por acaso falávamos recentemente sobre arte e artistas, e, entre outras coisas, ele mencionou que o professor Roller é uma celebridade entre os artistas, não apenas em Viena, mas no mundo todo, e que tem verdadeira adoração pelas obras dele. Hitler não tinha a menor ideia de que eu conhecia o nome de Roller, e, quando lhe contei que eu havia conhecido um irmão do famoso Roller e perguntei se por acaso seria útil em seu progresso dispor de uma recomendação do cenarista da Ópera, os olhos desse jovem homem se iluminaram; ele corou profundamente e disse que seria a maior alegria de sua vida se pudesse conhecer *este homem* e dele receber uma recomendação! Eu gostaria muito de ajudar a esse rapaz, que não dispõe de ninguém que possa dizer coisas boas a seu respeito ou oferecer-lhe ajuda e conselhos; ele chegou completamen-

472

te sozinho a Viena e precisou ir a toda parte sem qualquer tipo de orientação para ser aceito. Ele tem muita vontade de aprender! Até onde o conheço, não acredito que pudesse "fazer corpo mole", uma vez que tem um objetivo claro diante dos olhos; espero que não tenhas de dedicar tempo a uma pessoa indigna!

Roller respondeu com uma carta de três páginas. Entre outras coisas, escreveu: "Basta que o jovem Hitler venha e traga junto seus trabalhos, para que eu possa analisar a situação. Disponho-me a aconselhá-lo da melhor forma possível. Ele pode me encontrar diariamente em meu escritório na Ópera, entrada da Kärnthnerstraße, andar da direção, entre 12h30 e 18h30".

Mas Hitler nunca apareceu. Mais tarde diria que faltou-lhe coragem. Ele tinha ido à Ópera poucos dias após a chegada a Viena, mas não teve coragem de entrar, e deu meia-volta. Após grandes batalhas internas ele venceu o medo e voltou, porém com o mesmo resultado: não teve coragem. Na terceira vez chegou a estar em frente à porta do escritório de Roller, mas alguém lhe perguntou o que desejava e ele balbuciou qualquer coisa e foi embora às pressas. Depois disso ele destruiu a carta de recomendação e nunca mais tentou fazer uma visita a Roller. Nessa época ele tinha sido rejeitado pela Academia, então muita coisa estava em jogo; um encontro com Roller seria claramente inestimável para um adolescente da província que queria ser pintor. Mesmo que não pudesse ajudar em mais nada, ele poderia ver os esboços e os quadros de Hitler e dizer-lhe no que deveria trabalhar, o que estava bom e o que estava faltando, para que assim estivesse preparado quando eventualmente chegasse a hora de um novo exame de admissão na Academia. O problema de Hitler era que ele era autodidata e tinha tido pouco ou nenhum contato com outros artistas e outros ambientes artísticos. Como resultado, provavelmente não conseguia se orientar em relação àquilo que era exigido no exame, não sabia o que era importante; e, se queria entrar nas grandes instituições, esse seria um defeito fatal, pois eram essas as instituições que decidiam o que era importante.

Mesmo assim, ele não teve coragem. Por quê? Em parte Hitler era tímido, e Roller era uma pessoa que admirava; Hitler tinha assistido a duas encenações de Wagner feitas por Mahler nas quais Roller havia trabalhado, *Tristão e Isolda* e *O navio fantasma*, e falar com ele devia ser como falar com um deus; e em parte Hitler deve ter sentido medo de ser rejeitado. A identidade de artista era muito importante para ele, ele havia lutado contra muita coisa para defendê-la, primeiro tinha contrariado a vontade do pai, depois havia contrariado a vontade da mãe e, quando os dois morreram, contrariou a vontade da família e do curador. Todos esperavam que ele arranjasse um emprego comum, crescesse, ganhasse o próprio dinheiro e tivesse uma família. Pouco antes de ir para Viena, um parente ofereceu a Hitler um posto no escritório de correios. Ele tinha rejeitado a oferta, certamente com um pouco de desprezo, pois havia sempre desprezo na voz de Hitler quando ele falava nesses "trabalhos de pão", segundo Kubizek. O que Hitler tinha contraposto a essa existência burguesa era a arte, e esse sonho de arte era tão forte que ele não podia arriscar-se a ouvir de Roller que não tinha talento nenhum e que seria melhor voltar a Linz e arranjar um emprego comum. Hitler não podia olhar essa situação nos olhos, mesmo que fosse verdade; nesse caso era melhor continuar a viver no sonho.

Esse é um dos traços típicos do jovem Hitler, que se revela em muitos dos episódios narrados por Kubizek. Ele tem uma vida interior bastante intensa, fortemente marcada por fantasias, e ao mesmo tempo faz de tudo para evitar confrontá-las com a realidade. Talvez o acontecimento mais característico nesse sentido sejam os quatro anos de amor a distância por Stefanie, uma garota de Linz que ele tinha visto por diversas vezes no centro, na região de passeio, onde os moradores de Linz andavam de um lado para o outro durante a tarde para ver e ser vistos, detendo-se para falar com pessoas conhecidas, olhar as vitrines das lojas e viver a vida da província como em geral era vivida naquela época. Certa tarde em 1905, enquanto os dois passeavam como de costume, Kubizek escreve que Hitler o agarrou pelo braço e perguntou se estava vendo a garota esbelta de cabelos claros que caminhava de braços dados com a mãe pela Landstrasse.

Eu estou apaixonado por ela, ele diz.

Na realidade, Hitler nunca tinha falado com ela. Os passeios ao longo da Landstrasse eram uma ocasião para flertes, olhares e sorrisos, as regras eram muito rígidas; para falar com ela, primeiro Hitler precisaria ser apresentado, mas essa apresentação estava fora do alcance dele, segundo Kubizek. Hitler perguntou ao amigo o que fazer, Kubizek respondeu que ele devia se aproximar e cumprimentar a mãe, apresentar-se e pedir-lhe permissão para dirigir-se à filha e acompanhá-la.

> Adolf lançou-me um olhar hesitante e passou um tempo refletindo sobre a minha sugestão. Mas por fim ele a rejeitou. "O que vou dizer se a mãe perguntar sobre o meu trabalho? Afinal, eu preciso dizer qual é o meu trabalho ao me apresentar. O ideal seria mencioná-lo logo após o nome. 'Adolf Hitler, pintor acadêmico' ou algo parecido. Mas eu ainda não sou um pintor acadêmico. Então não posso me apresentar. Para uma mãe, o trabalho é provavelmente mais importante do que o nome!"

Hitler nunca deu esse passo, nunca se aproximou da mãe para se apresentar, e a consequência foi que jamais trocou sequer uma palavra com essa menina durante os quatro anos a seguir, quando, segundo Kubizek, ela foi o grande amor do amigo. Hitler dava-se por satisfeito vendo-a à distância. De vez em quando os olhares de ambos se encontravam, de vez em quando ela sorria para ele, e esses detalhes davam-lhe a certeza de que os sentimentos que ela tinha por ele eram tão intensos quanto aqueles que ele tinha por ela. Hitler planejou o futuro deles nos mínimos detalhes, chegando mesmo a desenhar a casa onde haviam de morar; e por um tempo essa ideia o ocupou por inteiro. Hitler escreveu poemas para ela — um deles chamava-se *Hino à minha amada*, segundo Kubizek. Stefanie era uma mulher de perfeição quase onírica, completamente idealizada, similar às heroínas mitológicas de Wagner, e quando a realidade, detentora de uma força que não pode ser contida para sempre, intervinha, ele reagia com acessos de fúria. Hitler pediu a Kubizek que investigasse a vida de Stefanie, e ele falou com um conhecido que era amigo do irmão da menina. Kubizek descobriu que ela pertencia aos círculos mais altos da burguesia, que morava com a mãe viúva e que gostava de dançar; no inverno anterior, tinha participado dos bailes mais importantes da cidade em companhia da mãe. E ela não tinha noivo. Hitler mostra-se satisfeito com o relatório, a não ser por um detalhe: ela gosta de dançar. Em primeiro lugar, isso não se adequa à imagem que ele tem de Stefanie; e, em segundo lugar, não se adequa à vida que ele vive.

Kubizek descreve Hitler como uma pessoa excepcionalmente séria e dedicada às coisas pelas quais se interessa, que na maior parte das vezes relacionam-se à arte e à arquitetura. Não bebe, não fuma, não se interessa por esportes e não se interessa pelo aspecto social da vida provinciana. A dança é profundamente estranha para ele. Que Stefanie goste de dançar, e que portanto seja parte da realidade social da cidade, é para ele um tormento.

Finalmente surgia uma chance para que eu, que sempre fora o saco de pancadas dele, pudesse enfim revidar. "Adolf, você precisa aprender a dançar!", eu disse, totalmente sério. E assim a dança transformou-se em um dos grandes problemas dele. Lembro-me vivamente de que nossas perambulações solitárias já não eram mais ocupadas com discussões sobre temas como "o teatro" ou "a reconstrução da ponte sobre o Danúbio", mas dominadas pelo problema da dança.

Como acontecia em relação a tudo aquilo com que não sabia relacionar-se de imediato, ele começou a fazer considerações genéricas. "Pense em um salão de dança lotado", ele me disse uma vez, "e imagine por um instante que você é surdo. Você não ouve a música que faz as pessoas se movimentarem. E então você observa aquela série de movimentos despropositados, que não levam a lugar nenhum. Essas pessoas não pareceriam loucas de atar?"

"Não adianta, Adolf", eu respondi. "Stefanie gosta de dançar. Se você pretende conquistá-la, precisa dançar de maneira tão estúpida e despropositada como todos os outros." Foi o quanto bastou para tirá-lo do sério. "Não, não, jamais!", ele gritou no meu rosto. "Eu jamais vou dançar, ouviu bem? Stefanie dança apenas porque a sociedade da qual depende infelizmente a obriga. Assim que for minha esposa, ela nunca mais vai sentir a menor vontade de dançar!"

Excepcionalmente, nessa ocasião ele não se deixou convencer por suas próprias palavras, uma vez que voltou em diversos momentos à questão da dança. Eu suspeitava que, a portas fechadas, ele praticasse em casa na companhia da irmã, com passos cautelosos.

Para escapar desse tormento, Hitler teve a ideia de raptar Stefanie. Kubizek escreve que a ideia foi apresentada totalmente a sério. Como por volta desse período Stefanie deixa de lançar olhares para Hitler, mas passa por ele como se não existisse, ele começa a fantasiar a respeito do suicídio — uma fantasia tão detalhada quanto todos os outros planos que fazia. Quando, durante um desfile no festival de flores, Stefanie atira uma flor para Hitler, Kubizek escreve que nunca o tinha visto tão feliz como naquele instante.

Ainda escuto aquela voz trêmula de emoção em meus ouvidos: "Ela me quer bem! Você mesmo viu. Ela me quer bem!".

Quando vai para Viena após o falecimento da mãe em 1908, dois anos e meio mais tarde, levando junto a carta de recomendação para Roller, Hitler envia um cartão-postal para Stefanie. Escreve que vai entrar na Academia, e que ela deve esperá-lo, uma vez que tem a intenção de pedir a mão dela em casamento assim que terminar os estudos e retornar a Linz. Mas ele não assina o cartão, e Stefanie não tem a menor ideia sobre quem poderia ser o remetente.

A ambivalência expressa pela falta dessa assinatura é a mesma que se observa no que diz respeito à carta de recomendação para Roller: Hitler não consegue dar o passo decisivo. O mundo com que sonha, o futuro como artista e o futuro com Stefanie, existe em parte dentro, em parte fora — porque ele se dirige a ela, ele a vê, ela existe, é possível, e ao mesmo tempo ele de fato pinta e desenha, e apresenta esses trabalhos durante a prova de admissão da Academia — mas não tem a coragem de estabelecer a ligação decisiva entre esses dois níveis de realidade. O que a realidade faz, de maneira brutal, é corrigir. E um dos traços mais evidentes no caráter do jovem Hitler é justamente a contrariedade em relação às correções. Isso é para ele a pior coisa que existe. Ao falar com Kubizek, ele não admite ser contrariado. As menores discordâncias deixam-no amargurado e exasperado.

É difícil encarar essa intensa vida interior e a expressão que assumiu como outra coisa que não uma defesa. Mas contra o quê? Evidentemente, contra o social. Hitler não integra a vida social de nenhuma forma, não tem o menor interesse por isso, sente apenas o mais puro desprezo em relação às pessoas de sua idade que se divertem, que bebem e dançam e praticam esportes e flertam. E também não tem amigos; Kubizek é uma exceção, mas essa amizade é praticamente monológica: Hitler fala, Kubizek escuta. Hitler é superordenado, Kubizek é subordinado. Kubizek tem consciência disso, mas aceita essa situação porque admira Hitler e sente-se privilegiado com essa amizade, e além disso compreende, segundo escreve, que Hitler precisa dele.

> Não tardei a compreender que nossa amizade perseverou em boa medida porque sou um ouvinte paciente. Mas eu não me sentia infeliz nesse papel de passividade; foi justamente assim que percebi o quanto eu era necessário ao meu amigo. Ele também era uma pessoa completamente sozinha.

Quando Kubizek vai ao enterro de um antigo professor de violino, Hitler surpreendentemente o acompanha. Mas Hitler não conhecia o professor, então o que estava fazendo lá? Hitler responde: "Não consigo tolerar que você conviva e converse com outras pessoas jovens".

Hitler quer ter Kubizek para si, e de certa maneira isso é comovente, porque revela uma fragilidade enorme, mas também é um pouco sinistro, porque é como se quisesse adonar-se do amigo.

Mas o que há em Hitler que Kubizek admira?

Talvez seja acima de tudo o fato de que ele era muito diferente dos outros rapazes de sua idade, de uma forma que a Kubizek pareceu radical. A maioria dos outros conhecidos tinha a vida arranjada aos dezesseis anos, porém não Hitler, com ele ocorria "justamente o contrário". "Com ele tudo permanecia incerto." A relutância em levar uma vida burguesa e comum parecia atraente a Kubizek, que trabalhava na oficina de móveis do pai e tinha a expectativa de assumir o negócio dentro de poucos anos, enquanto o desejo que mal ousava confiar a outras pessoas era formar-se como músico e regente. Quando mudou-se para Viena, Hitler insistiu em que Kubizek o acompanhasse, e chegou até mesmo a falar pessoalmente com os pais do amigo na tentativa de convencê-los a deixar que partisse.

Em suma, Hitler representava tudo aquilo que o próprio Kubizek queria ser. Mas eles não eram iguais. Kubizek praticamente não falava quando estavam juntos, e não tinha a mesma energia frenética do amigo, mas por outro lado tinha uma paciência que faltava a Hitler: Kubizek praticava, e foi aceito no conservatório musical de Viena aos dezoito anos, enquanto Hitler nunca praticava coisa nenhuma, porque não tinha paciência, mas estava sempre às voltas com projetos grandiosos que não se concretizavam nunca, e nunca foi aceito na Academia em Viena.

O traço mais marcante de Hitler era, segundo Kubizek, uma necessidade de falar ininterruptamente sobre tudo aquilo que via e que pensava, e na maioria das vezes esse hábito estava ligado a uma forma de transformação, ao fato de que uma construção em determinado estilo devia ser demolida para dar lugar a uma nova construção em outro estilo, por exemplo, ou de que se devia construir uma ferrovia subterrânea através de Linz, ou de que as regras de aposentadoria deviam mudar, ou de que se devia estabelecer uma espécie de ópera itinerante para difundir a obra de Wagner pelos distritos. Aparentemente não havia limites para os interesses e para as opiniões dele. Ao descrever essa faceta do amigo, Kubizek enfatiza a inquietude que tudo isso expressava, a necessidade constante de que determinada coisa acontecesse, e assim dá a impressão de que Hitler era de certa forma perseguido, de que estava fugindo, e como tudo a respeito do que falava era sempre externo, sempre uma coisa à qual parecia estar aferrado, é fácil pensar que devia haver qualquer coisa em seu íntimo que estivesse evitando ou negando. O que chama atenção naquilo que se revela da vida interior de Hitler em *Minha luta* e nas memórias de Kubizek é o distanciamento da realidade, a natureza quase onírica do todo, voltado sempre a uma outra época, a um outro lugar, às vezes motivado pelas intensas vivências que os amigos tinham na ópera, que os dois frequentavam a intervalos regulares e habituais, às vezes por aquilo que lia sobre a história da Alemanha ou mitologia germânica e às vezes pelo que dizia a respeito da própria vida, o que no entanto nunca estava relacionado à vida como ela era, mas apenas à vida como um dia seria. O fato de que Hitler era associal, ou seja, desinteressado pela vida social, encaixa-se nesse mesmo quadro, juntamente com sua inconfundível seriedade.

Muitas vezes me foi perguntado, inclusive por Rudolf Heß, quando uma vez me convidou para visitá-lo em Linz, se Adolf, da maneira como eu o recordava, havia demonstrado ter senso de humor. Essa ausência era perceptível, segundo as pessoas que o rodeavam. Afinal de contas, Hitler era austríaco, e devia ter um pouco do famoso senso de humor austríaco. Sem dúvida a impressão causada por Hitler, particularmente após um primeiro contato breve e superficial, era a de um homem profundamente sério. Essa enorme seriedade parecia obscurecer todas as demais coisas. E o mesmo acontecia quando ele era jovem. Ele se aproximava de todos os problemas que o ocupavam com uma seriedade mortal, que em nada correspondia ao que se espera de um rapaz de dezesseis ou dezessete anos. E o mundo tinha milhares e milhares de perguntas a seu respeito. Ele tinha a capacidade de amar e admirar, de odiar e desprezar, tudo com a mais absoluta seriedade. Mas era totalmente incapaz de fazer pouco-caso de um assunto qualquer com uma risada.

Kubizek percebe a mesma seriedade na mãe de Hitler. Quando a conheceu ela tinha quarenta e cinco anos. Kubizek escreve que ela ainda se parecia com a única fotografia conhecida dela, mas que "o sofrimento aparecia de forma ainda mais clara [em seu rosto], e os cabelos estavam grisalhos". Ele simpatizou com ela, e escreve que sentiu despertar em si uma vontade de ajudá-la. "Eu me alegrava a cada sorriso daquele semblante triste", ele escreve. Ela não gostava de falar a respeito de si e de suas preocupações, mas abria o coração no que dizia respeito à insegurança que sentia em relação ao filho e ao futuro dele.

A preocupação com o bem-estar do único filho a sobreviver tornava sua disposição ainda mais lúgubre. Muitas vezes eu me sentei com a sra. Hitler e Adolf na pequena cozinha. "Seu pobre pai não tem paz nem mesmo no túmulo", ela costumava dizer a Adolf, "porque você se nega a fazer tudo que ele sempre quis para você. A obediência é a marca maior de um bom filho. Mas você não é obediente. É por isso que você não avançou nos estudos e é por isso que não chega a lugar nenhum na vida."

A família morava em um pequeno apartamento de dois quartos. Hitler dispunha de um quarto inteiro para si, enquanto a mãe, a meia-irmã e a irmãzinha dividiam o outro. Ele nunca ajudava com as tarefas domésticas; a mãe fazia tudo pelo filho, e não há nenhuma dúvida quanto ao fato de que era mimado. Hitler queria aprender piano, então a mãe comprou um piano para o filho e pagou-lhe lições de piano, para o que, segundo tudo indica, provavelmente não havia dinheiro. Quatro meses depois Hitler abandonou os estudos de piano por sentir-se frustrado com a imbecilidade dos "exercícios para os dedos" em que as aulas consistiam da forma como as via. A música dizia respeito à inspiração, e não a exercícios para os dedos, ele disse, então desistiu. Pôr a culpa pela sua incapacidade no professor de música era para ele uma forma típica de agir. Hitler lia tudo o que podia encontrar a respeito de Wagner, e identificava-se de maneira quase total com ele; as adversidades com que se deparou na juventude eram as mesmas que Wagner havia enfrentado. "Como você vê", ele às vezes dizia ao citar uma carta, um ensaio ou coisa parecida, "até mesmo Wagner passou pelo que estou passando. O tempo inteiro ele precisava lutar contra a ignorância do mundo." Kubizek achava que era um exagero, afinal Wagner tinha vivido uma vida longa e criativa, repleta de altos e baixos, enquanto Hitler tinha apenas dezesseis anos e não havia passado por quase nada. Mesmo assim, falava como se fosse vítima de uma perseguição, como se houvesse enfrentado seus inimigos e sido mandado para o exílio.

Há um certo elemento poseur nessa faceta de Hitler, no sentido de que aquilo que parece atraí-lo é o papel em si, e de que ele não se encontra apto a desempenhá-lo com tudo aquilo que pressupõe em termos de exercícios e de talento, o que a maneira como se vestia, como um jovem dândi de terno preto, camisa branca, bengala de passeio com um castanhão de marfim e até mesmo uma cartola preta, evidencia, mas assim mesmo não é tão simples quanto parece, porque ele não faz isso em determinado círculo, para ser visto, mas está praticamente sozinho na empreitada, e a intensidade com que vive os acontecimentos das óperas a que assiste na companhia de Kubizek, por exemplo, não parece fingida nem voltada para o exterior, mas de fato algo que o preenche por inteiro. O mesmo se aplica ao frenesi que demonstra enquanto desenha os projetos arquitetônicos que lhe enchem o quarto. Ele realmente queria essas coisas, é em nome delas que se deixa arrebatar, e está disposto a deixar todo o resto de lado para consegui-las. Por quê? Tanto Hitler como Kubizek acreditam que a arte é a coisa mais sublime na vida de uma pessoa, e isso expressa um aspecto bastante típico na postura daquele período, que na província estava acessível somente a uma parcela reduzida de jovens, mas que em Viena e em outras metrópoles era bem mais difundido. A partir do retrato que Kubizek oferece de Hitler, tem-se a impressão de que não se trata apenas de um arrebatamento, mas de uma ligação estreita com o próprio caráter que torna essa crença necessária. "A maneira intensa de a tudo absorver, analisar, recusar, rejeitar, a enorme seriedade e o intelecto sempre ativo precisavam de um contrapeso", escreve Kubizek. "E era somente na arte que ele o encontrava."

A quantidade de elementos relacionados a um tipo de mania presentes nas descrições que Kubizek faz de Hitler é notável; Hitler fala sem parar, mostra-se impaciente e irritável, tem planos grandiosos e jamais põe em dúvida a própria capacidade de realizá-los, e além disso é capaz de trabalhar nesses projetos freneticamente por várias noites em sequência. Por outro lado, uma vez que o sublime tem sempre um outro lado, existem períodos durante os quais Hitler simplesmente não fala, mas afasta-se de tudo e faz longos passeios sozinho nos arredores de Linz, visivelmente abatido. A arte é um lugar fora de tudo isso, e Hitler aspira chegar até lá, ao que tudo indica, tanto para se deixar preencher por outras coisas como também para nele se expressar.

Outro motivo evidente para a importância atribuída à arte já na adolescência foi o fato de que essa era a única maneira de transcender a classe social de onde vinha. Isso fica claro no amor a distância por Stefanie. Por que Hitler não a contatou? Ele era tímido e retraído, claro, e simplesmente não se atreveu. Mas talvez não pudesse e não quisesse aproveitar essa chance, porque em um nível ou em outro compreendia que uma eventual rejeição faria com que a realidade penetrasse o sonho, e a perfeição e o ideal do sonho são melhores que a insuficiência da realidade. A isso tudo soma-se o fato de que ele não era ninguém. Quando Kubizek o pressionou, a resposta foi que, para se apresentar para a mãe, teria de ser alguém, ter um trabalho, e não um trabalho qualquer, porque um carteiro não haveria de impressionar a viúva de um funcionário público de alto escalão, mas um pintor acadêmico talvez a impressionasse.

De certo modo a arte não tem classe, no sentido de que é acessível a todos; na Linz da primeira década do século XX não havia TVs, rádios, gramofones ou cinemas, a música existia apenas em apresentações ao vivo, mas os bilhetes não eram caros, esses dois adolescentes da camada mais baixa da burguesia frequentavam o teatro, a ópera e salas de concerto e tiravam disso enorme proveito, saíam inflamados ao final da apresentação e conversavam sobre aquilo que tinham visto; a entrada nos museus de arte também não custava grande coisa, e além disso havia os livros. De outro modo, a arte também é uma questão de classe. O fato de que existe para todos não significa que esteja acessível para todos; se uma pessoa cresce num ambiente onde não existem livros, onde não existem quadros, onde não existe música, em meio a pessoas que nunca falam sobre arte e não se importam com isso, e que talvez achem até que a arte é um desperdício de tempo e de dinheiro, seria preciso muita coisa para que resolvesse procurá-la por vontade própria. E, mesmo nesse caso, faltariam à pessoa em questão todos os demais atributos dos membros das classes superiores, a familiaridade com que percebem as expressões da cultura. Hitler, que vinha de um ambiente sem livros e sem qualquer interesse por arte, venceu o primeiro obstáculo, mas jamais conseguiu vencer o segundo. O gosto dele para arte e a compreensão que tinha em relação à arte mantiveram-se por todo o restante da vida provincianos e pequeno-burgueses, mesmo que na época, no lugar provinciano onde vivia e lutava com todas as forças contra a pequena burguesia, deva ter parecido radical, dadas as circunstâncias.

Esse elemento radical também é a primeira coisa que Kubizek enfatiza ao descrever o primeiro encontro com Hitler. Os dois se encontram na ópera, põem-se a conversar e logo é como se Hitler tivesse poder sobre o amigo. Se Kubizek chega atrasado para um encontro, Hitler o procura na oficina de móveis do pai, sem nenhuma consideração pela necessidade que Kubizek tem de trabalhar, exigindo a companhia dele, os dois precisam sair juntos, provavelmente para que Hitler fale a respeito de si mesmo.

Kubizek surpreende-se com todo o tempo livre de que Hitler dispõe, será que ele não trabalha? Claro que não, Hitler retruca. Ele é bom demais para um "trabalho de pão". Essa resposta impressiona Kubizek, mas ele não a compreende muito bem. Será então que ele vai à escola? Escola?, Hitler debocha, mostrando pela primeira vez o temperamento que tem. Ele tem raiva da escola, mencionar a escola para ele é como desfraldar um pano vermelho. Ele odeia a escola, odeia os professores, odeia os colegas.

Kubizek diz que tampouco fez sucesso na escola.

Por quê?, Hitler quer saber, visivelmente contrariado ao saber que o novo amigo não se saía bem na escola. Essa contradição deixa Kubizek confuso, mas ele logo se acostuma a isso; as contradições são um traço característico de Hitler. Nesse primeiro episódio relativo à oficina de móveis, no entanto, não há nada de enigmático. A contradição surge quando dois enunciados irreconciliáveis põem-se lado a lado, e nesse caso é fácil identificá-los: as experiências de Hitler dizem respeito somente a ele, pertencem a ele, são talvez caras e inestimáveis, uma vez que o definem, ele odeia a escola e tudo aquilo que a escola representa, é isso que faz dele a pessoa que é, uma pessoa à parte, que não precisa daquilo que a escola tem a oferecer porque não tem planos de integrar a sociedade que a origina, o mundo pequeno-burguês de Linz, mas de ir mais além, sair mundo afora. Que Kubizek pudesse fazer parte dessa mesma experiência tornaria Hitler menos único, e isso ele não tolera.

Não que essa percepção exista como um insight, já que o próprio Hitler permanece cego em relação a tudo; para Kubizek, as regras que valem são outras, Hitler não o vê na mesma luz em que se vê, mas enxerga-o totalmente por fora, e nessa luz externa não sair-se bem na escola representa um fracasso.

Será que o amigo dele é um fracasso? Um fracasso aos olhos dos professores, e um fracasso aos olhos dos colegas? Não, não, não é nada bom que Kubizek não se saia bem na escola.

O que se revela graças a esse pequeno episódio é a distância entre o interior e o exterior de Hitler, a distância que os separa, e essa é uma constatação importante, porque transforma aquilo que é interno em uma coisa inalcançável e incorrigível. O insight pessoal é a capacidade de permitir que a perspectiva externa valha no interior, é a presença da voz ou do olhar de um outro indefinido dentro do próprio eu, e se essa presença é impedida passa a não haver relação nenhuma entre as duas coisas, passa a não haver distância nenhuma no eu, que acaba relegado a si mesmo, e isso, esse eu relegado a si mesmo, faz com que a compreensão e a vivência dos outros aconteçam sempre no exterior, ou seja, sem qualquer tipo de empatia, sem qualquer tipo de envolvimento do eu, que é a primeira e a bem dizer a única condição da empatia.

Hitler não era desprovido de empatia, mas era uma empatia débil; tudo que Kubizek escreve sugere isso. Ele também era movido pelos sentimentos, praticamente um refém da violência dos sentimentos, que eram capazes de vencê-lo e subjugá-lo por completo; isso tudo integra o padrão do eu relegado a si mesmo. O fato de que era associal também. Mas Hitler não era somente associal, ele também evitava todos os pontos onde sua vida interior corria o risco de confrontar-se diretamente com a realidade externa, conforme demonstram os episódios com Stefanie e Roller. Tampouco aceitava qualquer discordância vinda de Kubizek ou da mãe. Por outro lado, tinha apenas dezesseis anos e estava naquele ponto da vida onde talvez mais busquemos o nosso desenvolvimento, e onde se encontra a menor estabilidade.

Mais tarde Hitler afirmaria que esses dois anos passados em Linz tinham sido os mais felizes de sua vida. Assim como Kubizek frequentava a casa de Hitler, Hitler também frequentava a casa de Kubizek. A mãe dele gostava de Hitler, um menino cortês e bem-educado, mas o pai era um pouco mais cético, ele esperava que o filho cultivasse amizades mais sólidas e mais estáveis, pois via muito bem que o filho estava tomando um outro rumo, e que a oficina de móveis talvez não fosse a escolha se a música surgisse como alternativa.

Aos fins de semana Hitler e Kubizek saíam juntos para dar longos passeios, muitas vezes os dois encontravam os pais de Kubizek no meio da tarde, os dois tomavam o trem até um lugar previamente combinado e pagavam o jantar dos amigos em uma estalagem por lá. Hitler gostava deles e importava-

-se com eles; ainda em 1944 mandou um presente por ocasião do aniversário de oitenta anos da mãe de Kubizek.

A vida no pré-guerra da província descrita por Kubizek parece tão segura e tão vagarosa quanto as descrições de Zweig em relação à juventude em Viena dez anos mais cedo. Há passeios vespertinos ao longo da principal rua da cidade, há Schiller no teatro e Wagner na ópera, há pavilhões com orquestras militares, há longas caminhadas na zona rural nos arredores da cidade. Não há carros, não há aviões, mal existem motores, não há telefones, não há rádio nem TV, mal existem lâmpadas elétricas. Mas eles não são ricos; o pai de Kubizek tem de se esfalfar para que a pequena empresa possa sustentar a família, a mãe de Hitler vive com parcimônia para que sua pensão de viúva possa cobrir as despesas da casa. A pobreza não é uma ideia abstrata, não é uma coisa que diz respeito aos outros: A mãe de Hitler tinha uma origem humilde em um dos distritos mais pobres da Áustria, como uma entre doze irmãos. O ódio que o jovem Hitler sentia pela pequena burguesia deve ter surgido a partir de uma intensa mas certamente inarticulada consciência de classe; ele vinha de uma família diferente da família dos outros colegas da *Realschule*, o caminho que tinha de percorrer até lá levava uma hora, ele tinha um jeito campesino e interiorano, e mesmo quando se mudou para Linz com a mãe evitava a todo custo falar com eles — Kubizek narra um episódio em que Hitler é abordado por um antigo colega que lhe pergunta como vão as coisas, e Hitler responde aos bufos, dizendo que não é da conta dele — mas a superioridade em relação a essas pessoas, que representam a burguesia da cidade, que terminam os estudos e passam a exercer uma profissão comum, precisa ser articulada de uma forma ou de outra, e esse é um problema: como erguer-se acima de uma coisa que no fundo não se conhece, como deixar para trás um nível para o qual no fundo ele jamais foi suficientemente qualificado? Hitler veste-se como um estudante ou um jovem artista, e jamais há de aceitar um trabalho comum enquanto viver, quanto a isso ele tem certeza. Ele despreza a burguesia, mas ao mesmo tempo é refém dela.

> Adolf investiu toda a sua honra em boas maneiras e em um comportamento adequado. Adolf mantinha um bom comportamento e uma forma exata e precisa. Observava com atenção minuciosa todas as regras do convívio social, apesar da pouca importância que a sociedade tinha para si. [...] Deveras revelador é o fato de que o jovem Hitler, que rejeitava a sociedade burguesa com absoluto desprezo, mesmo assim, nessa relação amorosa, respeitava as leis e as normas sociais desse mundo de burguesia tão desprezado com mais rigor do que inúmeros membros dessa mesma burguesia [...]. Isso se revelava no vestuário bem

cuidado e na maneira correta de se portar, bem como no decoro natural, que minha mãe tanto apreciava. Eu nunca o ouvi empregar uma palavra de gosto duvidoso ou contar uma história engraçada.

O jovem Hitler conhecia a importância que têm o vestuário e a maneira de portar-se sobre a maneira como as pessoas são avaliadas, e, mesmo que estivesse se lixando para a sociedade, ao mesmo tempo não podia se lixar por completo, porque não tinha envergadura para tanto: caso se vestisse como um campesino estudioso ou como o filho ignorante de um pai da baixa burguesia, não haveria nada a separá-lo dessas coisas, nesse caso ele seria essa pessoa aos olhos dos observadores, não sem razão, e assim, para se alçar ao status que imaginava merecer, não tinha outro meio senão a correção e a meticulosidade, que com um pouco mais de esforço talvez pudesse conferir-lhe o ar de um jovem artista dândi e esnobe.

Adolf Hitler: Meu amigo de juventude foi publicado mais de quatro décadas após os fatos narrados. Como Ian Kershaw observa, ninguém poderia recordar com exatidão, quatro décadas mais tarde, tudo aquilo que foi dito, o que Kubizek visivelmente faz ao oferecer citações de Hitler e de sua mãe. Mas livros de memórias não são uma ciência exata, todos aqueles que os leem sabem, graças à própria vida, que acontecimentos ulteriores podem causar transformações e distorções em relação ao que uma vez aconteceu, que podem lançar uma nova luz sobre fatos passados, tudo conforme a situação em que a pessoa que rememora se encontra na vida. É preciso estar alerta quando uma sequência de acontecimentos começa a formar uma narrativa, porque as narrativas pertencem à literatura e não à vida, e também quando os acontecimentos do passado atendem às expectativas do futuro, porque o verdadeiro presente está sempre aberto e ainda desconhece as próprias consequências. Sendo assim, quando Kubizek faz com que a história sobre o amor a distância de Hitler por Stefanie coincida com a morte da mãe, em uma cena em que o cortejo fúnebre passa em frente à casa de Stefanie e justo naquele instante ela abre a janela para ver o que está acontecendo, passamos a ter motivo para duvidar de que as coisas tenham ocorrido dessa forma. E quando Kubizek descreve a profunda impressão que a ópera *Rienzi* de Wagner, que narra a história de um líder popular de Roma, teve sobre Hitler —

Adolf parou à minha frente. E logo pegou minhas duas mãos e as apertou. Foi um gesto que eu nunca tinha visto. Pela força que exercia, pude sentir que estava profundamente comovido. O olhar estava tomado pela febre da emoção. As palavras não lhe saíam dos lábios a intervalos regulares, como de costume, mas escapavam aos poucos, roucas e baixas. Pela voz, percebi ainda melhor o quanto aquela experiência o tinha abalado.

Aos poucos a voz se acalmou. As palavras voltaram a fluir. Nunca antes e nunca desde então ouvi Adolf Hitler falar como naquela hora, quando estávamos sozinhos sob as estrelas, como se fôssemos as únicas criaturas da terra.

— não há dúvidas de que os dois assistiram a essa ópera, e que o espetáculo causou uma forte impressão sobre ambos, mas esse momento cabal e definidor de todo um destino, no qual Hitler por assim dizer viu o futuro e descobriu seu chamado na vida, é claramente uma construção mais tardia, como Kershaw observa. Boa parte do que Kubizek escreve a respeito de Hitler toma emprestadas as cores daquilo que ainda estava por acontecer, o que não significa que aquilo que descreve não aconteceu, mas que nunca foi pesado daquela maneira, contra um destino que nenhum dos dois conhecia ou sequer poderia conceber. Mas a vantagem do livro de memórias de Kubizek é que o período que os dois passam juntos é curto o bastante, e as circunstâncias são pequenas e cotidianas o bastante para dificultar a elaboração de uma narrativa maior, ao mesmo tempo que a limitação temporal, imposta pelo fato de que Kubizek conheceu Hitler quando tinha dezesseis anos, e tornou a revê-lo somente trinta anos mais tarde, funciona como uma moldura que encerra as circunstâncias e as põe em destaque. A presença de Hitler foi um acontecimento único e breve na vida de Kubizek, e Hitler tinha um caráter singular o bastante para que seja verossímil que Kubizek o lembre com tanta nitidez. Nessas memórias, Hitler surge como uma figura de rara ambivalência, o que Kubizek escreve não é de forma alguma uma hagiografia, e os traços que descreve em relação ao amigo coincidem em boa medida com aqueles oferecidos por outras fontes, embora pareçam mais claros, porque ninguém até então e ninguém desde então foi mais próximo de Hitler do que Kubizek. Mesmo que apresente Hitler em uma posição elevada, mesmo que o veja através do véu da admiração, por assim dizer, o retrato continua a ser multifacetado e ambíguo. A descrição a seguir é bastante típica:

Porém mesmo que com frequência se mostrasse frio, volátil, ríspido e pouco afeito a conciliações, nunca guardei rancor, uma vez que esses aspectos desagradáveis do caráter eram todos ofuscados pelo brilho da chama de uma alma arrebatada.

Hitler sumiu da vida de Kubizek no verão de 1908, e a partir de então Kubizek não o viu nem teve qualquer notícia do amigo até 1933, quando Hitler tornou-se chanceler e Kubizek escreveu-lhe uma carta, respondida meses depois.

Meu caro Kubizek,

Somente hoje recebi a sua carta de 2 de fevereiro. Em vista das centenas de milhares de correspondências que recebi desde janeiro, não chega a ser uma surpresa. Tanto maior foi minha alegria ao receber notícias suas e ter novamente o seu endereço após todos esses anos. Eu apreciaria muito — quando essa árdua luta tiver chegado ao fim — reviver as memórias daqueles que foram os anos mais belos da minha vida.

Talvez você possa fazer-me uma visita. Desejo tudo de bom para você e para a sua mãe, e trago sempre comigo as lembranças de nossa velha amizade.

Cordialmente,
Adolf Hitler

Em 1938, durante a anexação da Áustria, Hitler atravessa a fronteira por Braunau am Inn, onde havia nascido, e assim leva a cabo o objetivo que havia estabelecido na abertura de *Minha luta*. A atenção à força do simbolismo é típica da maneira como agia. Na mesma tarde Hitler faz um discurso na sacada da prefeitura de Linz. Kubizek não participou do evento, mas quando Hitler retornou, em abril do mesmo ano, Kubizek foi visitá-lo no Hotel Weinzinger. Havia uma enorme concentração de pessoas no lado de fora, os guardas acharam que ele estava louco quando disse que estava lá para fazer uma visita ao chanceler, mas depois de mostrar-lhes a carta ele foi levado à recepção, onde a atividade frenética fazia pensar em uma colmeia, segundo escreve. Generais, ministros, simpatizantes do partido nazista e outras figuras uniformizadas andavam de um lado para o outro, todos atentos a um único homem, Adolf Hitler, naquela altura separado de Kubizek pela muralha do poder. Kubizek é informado por um secretário chamado Albert Bormann de que o chanceler encontra-se um pouco cansado e de que portanto não pretende receber visitas naquele fim de tarde, mas que ele pode retornar na tarde seguinte. Logo o secretário pede a Kubizek que sente-se, porque gostaria de fazer-lhe perguntas.

O chanceler sempre dormiu até tarde da manhã?, ele pergunta. Hitler nunca se deita antes da meia-noite e dorme sempre até tarde, enquanto o séquito dele, que precisa manter-se acordado com o chanceler até tarde da noite, é obrigado a se levantar cedo na manhã seguinte. O secretário, irmão do famoso Martin Bormann, a seguir começa a queixar-se dos acessos de fúria de Hitler, que ninguém é capaz de conter, e da estranha dieta do chanceler, que recusa carne e consome muitos bolos e muito suco de fruta. Ele sempre tinha sido assim? Kubizek responde que sim, a não ser pela dieta, ele diz que antigamente Hitler também comia carne.

Quando Kubizek volta na tarde seguinte, o cenário é o mesmo, a cidade inteira está lá, segundo escreve, ele abre caminho em meio à enorme multidão em frente ao hotel e é acompanhado por outros secretários para o interior do perímetro isolado. Não espera receber mais do que um aperto de mão e um cumprimento, e está nervoso em função do protocolo, uma vez que a menor quebra poderia deixar Hitler furioso. Mas ele é recebido durante uma hora. Hitler chega caminhando pelo corredor, reconhece-o no mesmo instante e grita: é você, Gustl!, e então aperta-lhe a mão e olha-o nos olhos durante todo o encontro, o que deixou Kubizek tão comovido com o reencontro quanto o próprio Hitler, segundo escreve. Hitler leva-o até o elevador, que os conduz à suíte do chanceler no segundo andar.

O secretário pessoal abriu a porta. Nós entramos. O secretário desapareceu. Ficamos sozinhos. Mais uma vez Hitler pegou minha mão, olhou-me longamente e disse: "Você não mudou em nada, Kubizek. Eu teria reconhecido você em qualquer lugar. A única diferença é que você está mais velho". Depois ele me acompanhou até a mesa e me ofereceu uma cadeira para sentar. Assegurou-me de que sentia uma alegria enorme ao rever-me passados tantos anos. Meus votos de sucesso tinham sido motivo de particular alegria, porque eu sabia melhor do que ninguém como o caminho dele tinha sido difícil. As circunstâncias não eram propícias para uma conversa longa, mas ele manifestou a vontade de que houvesse uma oportunidade para isso no futuro. Ele havia de me contatar. Escrever-lhe diretamente não era aconselhável; muitas vezes essas correspondências não lhe chegavam às mãos, porque eram triadas previamente a fim de poupar seu tempo.

"Já não tenho mais vida particular como antigamente, e não posso fazer as coisas que eu quero, como os outros podem." Com essas palavras ele se levantou e se aproximou da janela, que dava para o Danúbio. A antiga ponte de treliça de aço, que tanto o havia irritado durante a juventude, ainda estava lá. Como eu havia esperado, logo ele fez um comentário a esse respeito. "Que ponte feia!", exclamou. "E continua aqui. Mas garanto que não por muito tempo, Kubizek." Com essas palavras ele se virou e sorriu. "Apesar de tudo eu gostaria de dar um passeio com você pela antiga ponte. Mas já não posso, porque aonde quer que eu vá, todos vão atrás. Mas acredite, Kubizek: eu ainda tenho muitos planos para Linz." Ninguém sabia disso melhor do que eu. Conforme o esperado ele puxou da memória todos os planos que o haviam ocupado durante a juventude, como se não trinta, mas no máximo três anos tivessem se passado desde então.

Depois de passar em revista todos os planos que tinha para Linz, Hitler começou a fazer perguntas sobre a vida de Kubizek, sobre o que ele havia se tornado. A resposta, "Stadtamtsleiter", desagradou-o muito. "Então você acabou virando um funcionário público, um burocrata! Isso não serve para você. O que você fez com o seu talento musical?" Kubizek respondeu que a guerra o havia desestabilizado, e que para não passar fome tinha precisado repensar certas coisas. Sério, Hitler fez um aceno de cabeça. "Sim, a guerra perdida." Então olhou para ele e acrescentou, "Você não vai acabar a sua carreira como funcionário público, Kubizek". Hitler perguntou sobre a orquestra que Kubizek regia e disse que bastaria dar notícias sobre qualquer coisa que estivesse em falta para que tudo fosse providenciado. Hitler pergunta se o amigo teve filhos. Kubizek responde que teve três filhos.

Três filhos!, Hitler exclamou, tomado de sentimento. Ele repetiu as palavras por diversas vezes, sempre com um semblante grave. "Kubizek, você tem três filhos. Eu não tenho família. Sou uma pessoa sozinha. Mas gostaria muito de ajudar os seus filhos." Tive de falar longamente sobre os meus filhos. Ele queria ouvir todos os detalhes. Alegrou-se ao saber que todos os três tinham o dom da música e que dois eram ótimos desenhistas.

"Eu quero financiar a formação dos seus três filhos, Kubizek", ele me disse. "Não gosto quando jovens talentosos são obrigados a seguir pelo caminho que seguimos. Você bem sabe pelo que passamos em Viena. Mas para mim a pior época veio depois que os nossos caminhos se separaram. Não se pode deixar que jovens talentos se percam em função da necessidade. Onde puder ajudar pessoalmente, eu ajudo, mesmo que sejam os seus filhos, Kubizek!"

Devo mencionar que o chanceler de fato solicitou a seu escritório que pagasse a formação dos meus três filhos no Brucknerkonservatorium em Linz, e que por ordem dele os desenhos do meu filho Rudolf foram avaliados por um professor da Academia em Munique.

Mais tarde os dois voltam a se encontrar quando Hitler o convida para assistir a obras de Wagner no Festival de Bayreuth, tanto em 1939 como em 1940. A questão é saber em que medida as descrições desses encontros são fidedignas, e em que medida o retrato de Hitler corresponde à realidade. Não havia mais ninguém por lá, não dispomos de nenhum outro testemunho além daquele oferecido por Kubizek. Mas uma coisa é certa: o retrato de Hitler não é oportunista. Se o livro de Kubizek tivesse saído enquanto os nazistas ainda estavam no poder, em 1938 ou em 1942, por exemplo, nossa visão seria outra, nesse caso haveria razão para desconfianças, uma vez que a situação tornaria a simples menção a quaisquer traços negativos ou ambivalentes de Hitler impossível, ou pelo menos difícil e perigosa. Mas o livro saiu em 1953, quando a situação era justamente o oposto disso; o oportuno seria demonizar Hitler, enfatizar os traços negativos, ao passo que escrever a respeito de sua afabilidade, por exemplo, podia ser interpretado como uma manifestação de simpatia ao nazismo, uma pecha que ninguém gostaria de ver atribuída a si depois da guerra.

Kubizek foi contatado pelo partido nazista em 1938 e incumbido de escrever suas memórias relativas à época da juventude de Hitler para o arquivo do Partido Nacional-Socialista. Ele se afiliou ao partido nazista em 1942, foi praticamente ordenado por Martin Bormann a escrever essas memórias e em 1943 passou a receber um salário mais alto por causa dessa tarefa. Quando a guerra terminou, no entanto, ele tinha apenas cento e cinquenta páginas. Ele foi preso pelos americanos por causa da relação que tinha com Hitler e passou dezesseis meses encarcerado, sujeito a constantes interrogatórios. O manuscrito das memórias e os papéis relacionados a Hitler estavam ocultos em sua casa. O manuscrito foi o cerne do livro que Kubizek publicou em 1953, embora com diferenças significativas, segundo Hamann. Todas as passagens que expressam admiração pelo "Führer" foram cortadas, enquanto todas as passagens que descrevem a vida de ambos em Linz e em Viena foram mantidas. Certas histórias encontram-se ampliadas e revistas, como por exemplo o caso do amor a distância por Stefanie; muitas datas estão equivocadas, e em certos pontos a memória parece havê-lo traído — Kubizek escreve que a senhoria de Viena era polaca, enquanto na verdade era tcheca, e que ela morava no número 29, e não 31, onde de fato morava — porém no mais tudo aquilo que se podia conferir estava correto. A exceção fica por conta dos episódios em que transparece o antissemitismo de Hitler. Nenhuma fonte afirma que Hitler era antissemita na juventude; pelo contrário, ele tinha conhecidos judeus na época em que morava em Viena, quando havia manifestado interesse pela cultura judaica. Mahler, que Hitler admirava, também era judeu. Os episódios antissemitas no livro de Kubizek não existem no manuscrito original, mas foram acrescentados à versão mais tardia. Hamman escreve:

490

Nesse ponto, contudo, Kubizek obviamente fala em causa própria. No campo de prisioneiros de guerra, os americanos o haviam interrogado à exaustão no que dizia respeito ao próprio antissemitismo, e seria preciso manter uma linha de defesa coerente. Assim, Kubizek afirma que H. havia entrado na Liga Antissemita em 1908 e preenchido um formulário também em nome dele, mesmo sem permissão. "Esse foi o ponto máximo das violações políticas que eu aos poucos havia me acostumado a esperar dele. Fiquei ainda mais surpreso porque Adolf sempre evitava tornar-se membro de qualquer tipo de associação ou organização."

Mas antes de 1918 não havia nenhuma Liga Antissemita na Austro-Hungria. Os antissemitas austríacos eram tão desunidos, tanto em termos políticos como nacionais, que uma organização nos moldes da Liga Antissemita Alemã de 1884 não chegou a ser criada. Kubizek somente poderia ter se envolvido com a Liga Antissemita Austríaca a partir de 1919 — e nesse caso em caráter voluntário, sem a ajuda de H. Essa é uma questão importante, pois, entre todas as testemunhas oculares que merecem ser levadas a sério, Kubizek é o único a apresentar um retrato do jovem Hitler como um antissemita, e justo nesse ponto ele não é uma fonte confiável.

Outro detalhe notável que diferencia as duas versões é o fato de que a primeira, publicada durante o regime nazista, é relativamente mal-escrita, enquanto a segunda, publicada oito anos depois da guerra, é relativamente bem-escrita. Kershaw sugere a interferência de um "ghostwriter", Hamann a mão de um "editor talentoso". No entanto, os dois concordam em que essas memórias são a fonte mais importante relativa aos anos da juventude de Hitler. E se parece suspeito que o círculo se feche de maneira tão perfeita quando Hitler volta a Linz e decide transformar a cidade de acordo com os planos traçados na juventude, é um fato incontestável que durante os últimos momentos no bunker, enquanto o mundo ardia e os russos chegavam ao centro de Berlim, poucos dias antes de se matar com um tiro, Hitler passava horas admirando um modelo de Linz que o arquiteto Hermann Giesler havia construído de acordo com as instruções recebidas, e que ele mostrava para as visitas que recebia independentemente da hora. Um campanário de cento e cinquenta metros de altura com um mausoléu contendo o túmulo dos pais de Hitler junto ao pé, um hotel gigante que podia receber 2 mil hóspedes, uma escola de música chamada Escola de Música Adolf Hitler e uma ópera que seria a maior do mundo, com lugar para 35 mil pessoas, seriam as principais construções do projeto, segundo escreve Bengt Liljegren. Além disso, uma universidade técnica e uma enorme arena com capacidade para 100 mil espectadores, condomínios para trabalhadores e artistas, lares para inválidos da ss e da sa, uma estação de trem com ligações para o metrô e acesso para a autoestrada e ainda uma região de indústria pesada, com metalúrgicas e fábricas de produtos químicos. O ponto central dessa nova cidade havia de localizar-se em frente ao mausoléu com o campanário: seria um enorme museu de arte. Hitler estava tão obcecado com a ideia de que sua enorme coleção de pinturas fosse doada para a cidade de Linz que chegou a fazer essa vontade constar no testamento que escreveu antes de cometer suicídio, de acordo com Liljegren. E, durante todo o tempo em que Hitler esteve no poder, Linz foi priorizada em detrimento de Viena. Hamann cita a entrada do dia 17 de maio de 1941 no diário de Goebbels: "Linz está a custar-nos muito dinheiro. Porém é muito importante para o Führer". Ao contrário de Viena, que enquanto Hitler estava no poder não tinha nenhum tipo de prioridade. Novamente o diário de Goebbels, 21 de março de 1943: "O Führer não tem planos especialmente grandiosos para Viena... Pelo contrário: Viena já tem coisas demais, e mais do que receber acréscimos, precisa sofrer decréscimos".

Hitler deixou claro para Kubizek que iria para Viena praticamente desde o primeiro momento em que os dois se encontraram. Linz era pequena e provinciana demais. Ele fez uma primeira visita breve em maio de 1907 e encantou-se com o que viu. Quando volta a Linz após essa estadia de quatro semanas na capital ele parece inalcançável, passa o tempo inteiro em um silêncio contemplativo, vaga pelos arredores da cidade por dias e noites, talvez em crise, e certamente decidido a mudar-se de vez para Viena quando tudo volta à normalidade cerca de duas semanas mais tarde.

A ideia de que, como um jovem de dezoito anos, ainda tivesse de ser sustentado pela mãe havia se tornado insuportável para ele. Adolf encontrava-se em um dilema doloroso que com frequência me dava a impressão de fazê-lo sentir um mal-estar físico. Por um lado ele amava a mãe acima de tudo; ela era a única pessoa de quem sentia-se próximo em todo o mundo — um sentimento que a mãe correspondia com o mesmo tipo de amor, embora fosse enorme a tristeza causada pelo temperamento pouco habitual do filho, que no entanto também podia enchê-la de orgulho, como se percebe quando dizia: "Ele não é como nós".

Por outro lado, ela sentia que tinha o dever de realizar os desejos do finado marido e garantir que Adolf tivesse carreira segura. Mas o que seria uma carreira "segura", dado o caráter singular do filho? Ele tinha abandonado a escola e rejeitado todos os desejos e sugestões da mãe. Um pintor — era isso que havia declarado que gostaria de ser.

A mãe não conseguia imaginar um futuro satisfatório a partir de uma declaração como essa, posto que, em sua humilde compreensão, tudo relacionado à arte e aos artistas parecia leviano e sem qualquer tipo de garantia.

Raubal, o cunhado de Hitler, queria que ele começasse a trabalhar, como os outros jovens, e assim tentou ganhar o apoio da mãe. Ele via Hitler como um rapaz bastante mimado, que tinha as vontades sempre feitas pela mãe, e que precisava ser tratado com pulso firme e aprender um trabalho de verdade. "Esse fariseu está destruindo o meu lar", Hitler disse a respeito dele. Raubal faz um apelo à consciência da mãe e surge como que em nome do falecido pai, para ela é difícil não imaginar o ex-marido e os argumentos dele ao escutá-lo. Afinal, Hitler dorme até tarde da manhã, não ganha um centavo, passa os dias vagando e sonhando acordado, ela não pode bancar esse tipo de vida, assim ele nunca vai aprender a cuidar de si e de uma família, e é por ele mesmo que eu digo essas coisas, tenho certeza de que você entende. Mayrhofer, o curador de Hitler, queria que ele fosse padeiro, e chegou a providenciar-lhe uma vaga. Os outros inquilinos da pensão tinham opiniões variadas, segundo escreve Kubizek; mas ninguém tomava o partido de Hitler. A mãe se desesperou com a situação. Para Hitler seria impensável tornar-se padeiro, ele está decidido, não existem alternativas, mas apenas Viena e uma carreira de artista.

> Ele acabara por detestar com todo o coração aquele mundo pequeno-burguês em que vivia. Ao fim de horas solitárias passadas em meio à natureza, era preciso que fizesse um esforço consciente para retornar a esse mundo estreito e limitado. Seu âmago estava em um constante estado de ebulição. Ele era uma pessoa impassível e obstinada.

O sentimento de que todos estavam contra si não era novo na vida de Hitler. Mas ele também era muito próximo da mãe — por maior que fosse a pressão externa, ela era incapaz de negar ao filho o que quer que fosse. Ela também estava doente: em janeiro daquele ano os dois fizeram uma visita ao médico da família, o doutor Bloch, que descobriu um tumor no seio dela. Ela precisou ser operada, e como não tinha nenhum tipo de seguro-saúde, as despesas, das quais Hitler, na época com dezessete anos, se encarregou, devem ter causado um grande estrago na economia de ambos. Ela passou um mês internada; Hitler a visitava todos os dias. Quando a mãe recebeu alta, os dois precisaram se mudar; ela não conseguia mais subir os degraus até o apartamento onde moravam. Nesse novo apartamento, que ficava no primeiro andar de uma pequena casa próxima ao centro da cidade, morava a mulher que meses mais tarde arranjaria a carta de recomendação de Hitler para Roller. Pois, a despeito de toda a resistência e de todas as ameaças, naquele verão Hitler se mudou para Viena para tornar-se um artista.

Kubizek escreve que Hitler lhe fez uma visita na tarde anterior para solicitar a companhia do amigo até a estação de trem, porque não queria que a mãe o acompanhasse.

Eu sabia como seria doloroso para Adolf despedir-se da mãe na frente de outras pessoas. Nada o repugnava mais do que demonstrar sentimentos em público. Prometi acompanhá-lo e ajudá-lo com o transporte da bagagem.

No dia seguinte tirei folga do serviço e fui à Blütengasse buscar o meu amigo na hora combinada. Adolf tinha preparado tudo. Eu peguei a valise, que estava bastante pesada em razão dos livros que não queria deixar para trás, e me apressei em sair para não servir de testemunha à cena da despedida. Mas não me foi possível evitá-la de todo. A mãe dele chorou, e a pequena Paula, com quem Adolf nunca havia se preocupado muito, dava soluços de partir o coração. Quando Adolf me alcançou na escada e pegou na valise para me ajudar, notei que os olhos dele também estavam úmidos.

Hitler foi a Viena candidatar-se à Academia de Artes, e, certo do próprio talento, acreditava que a aprovação no exame seria uma questão de mera formalidade. Mas não foi o que aconteceu: ele foi reprovado. Com a pressão que havia ao redor, com todos os que achavam que aqueles sonhos de arte não passavam de uma bobagem e que ele devia arranjar um emprego de verdade, essa rejeição deve ter parecido avassaladora, mas ele não contou o que tinha acontecido para ninguém. Nem Kubizek nem a mãe de Hitler tiveram notícias durante as primeiras semanas, ele não mandou uma palavra sequer, e Kubizek, preocupado, fez uma visita à mãe para saber se ela o havia contatado. Ela convidou Kubizek para sentar-se e conversar e abriu-lhe o coração.

"Se ele tivesse estudado de verdade na *Realschule*, logo estaria prestando o exame final. Mas não se pode dizer uma coisa dessas." E acrescentou, literalmente: "Ele é cabeça-dura como o pai. Por que essa viagem feita às pressas a Viena? Em vez de economizar a pequena herança que tem, ele a desperdiça. E depois? A pintura não vai dar em nada. Escrever contos não resulta em nada. E eu não posso ajudá-lo. Já tenho a pequena. Você mesmo sabe que ela é uma criança frágil. Mas assim mesmo vai ter uma educação direita. Adolf não pensa em nada disso. Continua pelo caminho que escolheu como se estivesse sozinho no mundo. Já não vou mais vê-lo levar uma vida independente...".

A sra. Klara pareceu-me estar mais angustiada do que nunca. O rosto dela tinha sulcos profundos. Os olhos estavam velados, a voz soava exausta e resignada. Tive a impressão de que naquele momento, quando Adolf já não estava mais lá, ela havia desistido de si mesma, e parecia mais velha e mais doente do que nunca. Com certeza havia silenciado acerca da situação em que se encontrava para que a separação não fosse tão penosa ao filho.

A sra. Hitler ficou ainda mais doente enquanto o filho dela estava em Viena: segundo Hamann, ela voltou ao médico no dia 3 de julho, e depois mais uma vez no dia 2 de setembro. Kubizek tem muita coisa a fazer; quando não está trabalhando na oficina do pai, dedica todo o tempo livre a ensaiar, e como Hitler não está mais na cidade ele torna a ver a mãe do amigo somente no fim do outono. A visita é um choque. Ela está acamada, magra e pálida, com o semblante arruinado. Logo começa a falar sobre as cartas do filho, claro que tudo está bem com ele. Kubizek pergunta se ela contou a Adolf sobre a situação em que se encontra. Não, ela não queria ser um fardo para o filho, mas se não melhorasse ela de fato seria obrigada a escrever. O médico disse que não havia mais nada a fazer a não ser interná-la no hospital. Antes de ir embora, Kubizek a faz prometer que escreveria para o filho. Quando volta para casa, ele conta aos pais o que aconteceu. A mãe queria ajudar a sra. Hitler, mas o pai acha melhor não, a não ser que ela pedisse expressamente por ajuda.

Segundo Hamann, no dia 22 de outubro Eduard Bloch, o médico, informa a família de que a doença é incurável. A família é composta por Klara, Adolf e a irmã Paula. No dia seguinte Hitler aparece na oficina de móveis. Ele tem um aspecto horrível, segundo Kubizek. O rosto está tão pálido que parece quase transparente. Os olhos estão baços, e a voz, rouca. Ele não cumprimenta o amigo, não fala nada a respeito de Viena, não pergunta a respeito de Stefanie. Diz apenas: "É incurável, segundo o médico".

Os olhos foram tomados pelo fogo. A ira surgiu com toda a força. "Incurável — o que significa isso?", ele gritou. "Não que a doença é incurável, mas apenas que os médicos não sabem curá-la. A minha mãe nem ao menos é velha. Quarenta e sete anos não é uma idade na qual as pessoas morrem. Mas, como os médicos não sabem o que fazer, dizem que é incurável."

Hitler disse que pretendia ficar em Linz e cuidar da mãe e da casa. Kubizek perguntou se ele ia conseguir, porque conhecia o pouco valor que o amigo dava a essas ocupações, que eram necessárias, mas que os outros sempre faziam por ele; conhecia o desprezo que nutria em relação a tudo isso. Hitler respondeu que as pessoas são capazes de fazer tudo quando surge a necessidade. E durante o mês seguinte ele fez como havia prometido. Nenhuma palavra sobre aquilo a respeito do que costumava falar incessantemente, política, arquitetura, arte, nada disso permanece nele, restam apenas a mãe às portas da morte e a tristeza da perda. Hitler põe a cama dela na cozinha, que é o cômodo mais aquecido da casa, e passa a dormir em um divã ao lado. Ele lê para ela, prepara as refeições dela, faz os deveres de casa com a irmã. Um dia Kubizek o vê esfregando o chão, e a sra. Hitler abre um sorriso cheio de orgulho pelo filho e diz: "Como você está vendo, Adolf sabe fazer tudo".

> Eu nunca tinha visto tanto amor e ternura. Não podia acreditar nos meus olhos e nos meus ouvidos. Nenhuma palavra dura, nenhum comentário ranzinza, nenhuma insistência para que as coisas fossem feitas à sua maneira. Ele se esqueceu por completo de si mesmo durante aquelas semanas e viveu apenas para cuidar da mãe. [...] Com certeza isso se devia em parte ao fato de que havia passado os últimos quatro anos sozinho com a mãe. Mas era evidente que entre mãe e filho havia uma singular harmonia espiritual que jamais tornei a ver desde então. Tudo que os separava foi deixado para trás. Adolf nunca mencionou a decepção que havia sofrido em Viena. Naquele momento, todas as preocupações relativas ao futuro haviam desaparecido. Uma atmosfera de bem-estar tranquilo, quase alegre rodeava aquela mulher às portas da morte.

Dezembro foi um mês frio e inóspito, com a neblina a pairar constantemente sobre o rio; mesmo durante as poucas horas em que o sol brilhava, não havia calor. Kubizek passou a visitar a família Hitler todos os dias; houve uma ocasião em que não foi recebido, mas em vez disso Hitler saiu para explicar-lhe que a mãe estava padecendo com dores terríveis. A neve caía, as ruas e os telhados estavam brancos, logo o Natal chegaria. No dia 21 de dezembro pela manhã, Hitler apareceu na casa de Kubizek. Pela aparência exausta e perturbada do amigo, ele percebeu de imediato o que havia ocorrido. Ela morreu, ele disse. O último desejo dela foi ser enterrada ao lado do marido em Leonding. Hitler estava tão fora de si que praticamente não conseguia falar.

Kubizek não escreve nada sobre a presença do médico durante as últimas semanas de vida de Klara Hitler, mas ele esteve diariamente na casa da família desde o dia 6 de novembro, segundo Hamann. Ele aplicava-lhe injeções de morfina e a tratava com iodofórmio, "um tratamento típico da época e extremamente doloroso" — aplicava-se uma compressa de iodofórmio sobre a ferida aberta para "queimá-la", segundo escreve Hamann, e isso causava uma sede dolorosa e impedia o paciente de engolir.

O doutor Bloch escreveu em 1941 um artigo para a *Colliers Magazine* sobre a evolução e as circunstâncias que diziam respeito à doença, onde consta que o tratamento da mãe parecia ser uma tortura para o filho, que demonstrava gratidão ao médico pelas aplicações de morfina. A versão de Bloch confirma a narrativa de Kubizek.

> Por força da minha profissão é natural que eu tenha presenciado muitas cenas como essa, mas assim mesmo nenhuma outra deixou uma impressão tão profunda quanto essa. Nos meus quase quarenta anos de atividade profissional, nunca vi uma pessoa tão destruída pela tristeza e tão repleta de sofrimento quanto o jovem Adolf Hitler.

Bloch também oferece um breve relato sobre a impressão que teve em relação a Hitler:

> Muitos biógrafos o representaram como um valentão insolente e desleixado, como um jovem vândalo que personificava tudo aquilo que existe de antipático. Dito de maneira simples, nada disso corresponde à verdade. Quando jovem, Hitler era quieto, bem-educado e bem-vestido. Era alto, tinha uma tez amarelo-pálida e parecia mais velho do que era. Não era nem robusto nem doentio. Uma descrição adequada talvez fosse "delicado". Os olhos, herdados da mãe, eram grandes, tristes e contemplativos. Esse rapaz vivia em boa parte dentro de si mesmo. Não sei quais eram os sonhos que tinha.

No dia 23 de dezembro Kubizek e a mãe foram ao apartamento da família Hitler. O tempo havia mudado, as ruas estavam cheias de neve derretida, o ar estava repleto de neblina. A mãe, já morta, estava deitada na cama, com o rosto como que de cera; Kubizek escreve que a morte devia ter chegado como um alívio a todas as dores. Paula, que tinha onze anos, estava chorando, mas não Hitler. Todos saíram para a rua. O corpo foi posto no caixão, que então foi levado para fora. O padre fez a extrema-unção da falecida e por fim o pequeno cortejo fúnebre pôs-se em movimento. Hitler seguiu logo atrás do caixão, vestido com um sobretudo comprido e preto e luvas pretas, carregando numa das mãos uma cartola preta. Estava sério e composto. À esquerda ia o cunhado, Raubal, e entre os dois, Paula. A meia-irmã dele, Angela, que estava grávida e prestes a dar à luz, ia sentada em um carro fechado que seguia o cortejo. O restante do cortejo era composto de uns poucos vizinhos. Kubizek descreve o enterro como "miserável".

O dia seguinte era véspera de Natal, e Kubizek convidou Hitler para ir à sua casa, mas ele recusou. Para a casa do cunhado Raubal e da irmã Angela, que a partir de então tomaria conta de Paula, ele tampouco quis ir, preferindo vagar pelas ruas de Linz durante a noite inteira, se pudermos acreditar no relato posterior oferecido por Kubizek.

Em *Minha luta*, praticamente nada disso se encontra presente. No que diz respeito à morte da mãe e às circunstâncias que a rodearam, Hitler escreve o seguinte:

> Foi o fim de uma longa e penosa doença, que desde o primeiro momento deu-lhe pouca esperança de convalescer. Mesmo assim, esse foi um golpe terrível para mim. Eu tinha admiração pelo meu pai, mas pela minha mãe eu sentia amor.
>
> A necessidade e a dura realidade obrigaram-me a tomar uma decisão rápida. A pequena herança deixada pelo meu pai havia sido em boa parte consumida pela grave doença de minha mãe; e o subsídio que eu recebia do Estado como órfão não era o suficiente nem ao menos para comer, de maneira que me vi obrigado a ganhar meu próprio pão de um jeito ou de outro.
>
> Com uma pequena valise de roupas na mão e uma vontade inabalável no coração, pus-me a caminho de Viena. Eu também esperava tirar do meu destino aquilo que meu pai havia conseguido cinquenta anos atrás; eu também queria "ser alguém" — mas de jeito nenhum funcionário público.

Aquele pequeno "mas" na frase sobre a mãe e o pai, "mas pela minha mãe eu sentia amor", mais do que insinua que Hitler não amava o pai, e quando dedica tão poucas palavras à morte da mãe, fazendo com que o texto de imediato aponte para o futuro, e ainda por cima com otimismo, de uma forma que fecha o círculo da infância, pelo menos a julgar pelo conflito principal e dominante em *Minha luta*, a saber, o fato de que Hitler não quer ser um funcionário público, a impressão causada é a de que o luto pela perda da mãe foi passageiro, uma impressão que o fato de que ela praticamente não é mencionada no texto, e de que os dois anos que mãe e filho passaram juntos aparecem mencionados em uma única frase, reforça. A impressão causada é a de presença de espírito e vontade de agir, e esse é um novo começo, com as duas mãos vazias e sem ninguém a quem recorrer. No capítulo seguinte, Hitler volta no tempo e escreve:

> Naqueles últimos meses de sofrimento, fiz uma viagem a Viena para prestar o exame de admissão da academia. Equipado com um grosso pacote de desenhos, eu havia me posto a caminho com a absoluta certeza de que seria aprovado no exame com enorme facilidade. Na *Realschule* eu era sem dúvida o melhor aluno de desenho; desde então esse talento havia se desenvolvido de forma extraordinária, e assim minha própria satisfação levava-me a esperar pelo melhor resultado, cheio de alegria e orgulho.

Hitler passa pelas provas iniciais, mas é reprovado na última. "Eu tinha tanta certeza do sucesso", ele escreve, "que fui atingido como que por um raio súbito vindo de um céu claro quando recebi a notícia da reprovação. Mas assim foi."

Isso tudo se passou antes do falecimento da mãe, e como o texto já descreveu esse episódio, e como o capítulo anterior se encerrou com a ida a Viena, a descrição é prejudicada pela renúncia a uma descrição da chegada a Viena logo após o falecimento da mãe, de maneira que a reprovação no exame da Academia e o falecimento da mãe surgem no texto em ordem invertida, separados um do outro. Assim, a impressão causada é de que o falecimento da mãe foi um golpe duro, mas assim mesmo trouxe uma libertação, porque permitiu que o futuro se abrisse, ao passo que a realidade deve ter sido muito diferente: a mãe está no leito de morte, Hitler vai a Viena prestar o exame de admissão, é reprovado, tem os sonhos destruídos e, já ciente desse resultado, volta para ver a mãe, que então morre. Não há nenhum tipo de abertura nisso, muito pelo contrário: é como se toda a vida dele se fechasse. A mãe era o porto seguro de Hitler, e ele era o porto seguro da mãe. A situação da mãe piora cada vez mais, Hitler chega de Viena, os dois sabem que ela vai morrer, ela está preocupada com o futuro dele e ele nunca conta a ela que não foi aprovado no exame de admissão da Academia.

*

Os primeiros dezoito anos da vida de Hitler são descritos em apenas catorze páginas de *Minha luta*, e mesmo assim essas páginas são cheias de elucubrações sobre nacionalismo e história e repletas de teorias próprias sobre os mais variados assuntos. A época em que Hitler morou em Viena, os cinco anos compreendidos entre 1908 e 1913, ocupam noventa páginas inteiras.

Mesmo assim, mal existem frases a respeito de sua vida pessoal, e o pouco que existe é genérico.

> Viena, a cidade que para tanta gente é a própria imagem de uma alegria inocente, um lugar festivo onde se reúnem pessoas realizadas, infelizmente é para mim apenas uma lembrança viva da época mais triste de minha vida.
>
> Ainda hoje essa cidade traz-me apenas pensamentos tristes. O nome dessa cidade de feácios encerra para mim cinco anos de sofrimento e miséria. Foram cinco anos em que tive de ganhar o meu próprio pão, primeiro como trabalhador braçal e depois como um humilde pintor; e esse pão era tão parco que nunca chegava a saciar-me a fome. Na época a fome era minha fiel escudeira, a única que por assim dizer nunca me abandonava, e que compartilhava de todas as minhas coisas. Cada livro que eu arranjava era compartilhado por ela; uma noite na ópera fazia com que me fizesse companhia por dias a fio; era uma luta constante com essa amiga implacável. Mesmo assim, nessa época aprendi mais do que aprendi desde então. Afora a arquitetura e as poucas vezes que eu ia à ópera depois de ter passado fome para juntar dinheiro, os livros eram minha única alegria.
>
> Naquela época eu lia muito, e lia profundamente. O tempo livre que o trabalho me permitia era totalmente dedicado ao estudo. Em poucos anos lancei as fundações de um conhecimento que ainda hoje me acompanha.

Nada disso é falso. Hitler era pobre, com frequência passava fome e ganhava a vida pintando para os turistas ou para moldureiros. Claro que era uma vida de "sofrimento e miséria". Em *Minha luta*, Hitler apresenta essa época como um período de aprendizado necessário em que, a partir da posição que ocupava na camada mais baixa da sociedade, aprendeu o que era a pobreza, o que era a miséria social, viu como os valores se deturpavam e o império dos Habsburgo desmoronava. Ele se apresenta como um trabalhador braçal, descreve como se envolveu com a política dos trabalhadores, com a violência e a repressão de opinião que existem nesse ambiente, e então expõe sua visão a respeito de como todos esses problemas podem e devem ser resolvidos. Ele conta sobre a visita que fez ao Parlamento, e foi a partir dessa visita que aumentou o desprezo que sentia pelo parlamentarismo e pela democracia. E conta sobre os primeiros encontros com judeus, não de maneira pessoal, mas como se os judeus fossem vultos estranhos que via pela rua. Hitler oferece a imagem de um mundo em colapso em todos os níveis e de todas as formas possíveis. Tudo que vivencia, inclusive a miséria em que vive, passa assim a estar repleto de sentido: ele vê, vive, lê, pensa e, mesmo que esteja em uma situação terrível, essa é uma educação que não teria recebido de outra forma. Ele está na escola da vida, nada do que aprende pode ser aprendido na universidade, ele não está ocupado escrevendo a respeito de teorias, mas a respeito da realidade prática.

"A escola da vida" é um eufemismo, pelo menos quando se leva em consideração a vontade enorme que Hitler sentia de ser aceito na academia de arte, e também uma racionalização tardia. Tudo aponta para a pessoa que era no instante em que escreveu o livro. Mas, para compreender a vida que levou durante esses cinco anos, o futuro precisa sair de cena. Nada do que ele fez apontava para outra coisa. A miséria em que vivia era pura miséria. Hitler foi visto em filas de sopa para os pobres, e provavelmente dormiu em bancos de praça durante um período. Ele não tinha amigos, praticamente não tinha conhecidos e o pouco convívio social que tinha restringia-se a homens que encontrava em um albergue. E os cinco anos durante os quais viveu assim foram talvez os mais decisivos na vida de uma pessoa, aqueles entre os dezoito e os vinte e três anos. Hitler estava humilhado, nenhuma das expectativas dele havia se concretizado, nenhum dos sonhos dele havia se realizado, ele era uma pessoa rejeitada por todos e imprestável para todos. Tinha perdido totalmente o contato com a realidade, e estava praticamente à deriva. Se tivesse morrido congelado dormindo ao relento durante uma noite fria, ninguém teria se importado. Ele não era ninguém. Tinha desaparecido em uma anonimidade total na camada mais baixa da sociedade.

Mas tudo isso havia começado de outra forma. Tudo havia começado bem. Quando chegou a Viena, Hitler tinha o dinheiro da mãe, que poderia durar um ano se ele fosse parcimonioso. Ele poderia refazer o exame de admissão da academia. E não estava sozinho na cidade grande; Kubizek tinha-o acompanhado.

Na biografia que escreveu de Hitler, Ian Kershaw descreve a sequência de acontecimentos da seguinte maneira:

> Quando retornou a Viena, em fevereiro de 1908, não foi para se dedicar com todo o empenho ao conjunto de ações necessárias para tornar-se um arquiteto, mas para entregar-se mais uma vez à vida de indolência, vadiagem e capricho que havia levado antes da morte da mãe. Desta vez, chegou a exercer influência sobre os pais de Kubizek, que, mesmo relutantes, permitiram que August deixasse o trabalho na estofaria da família para juntar-se ao amigo em Viena e estudar música.

No que diz respeito a Kubizek, o sucesso de Hitler em convencer os pais a deixá-lo fazer o que queria, ou seja, estudar música, foi motivo de gratidão pelo resto da vida. A certeza de estar sempre certo era indiscutivelmente um dos traços mais característicos de Hitler, mas também a força eruptiva e quase maníaca que o levava a praticamente se jogar de cabeça naquilo que a cada instante o ocupava com um ímpeto avassalador era seguida por épocas marcadas pelo desânimo, embora também nessas horas à inquietude se mostrasse presente. O que Kershaw talvez insinue é que as coisas sobre as quais Hitler se jogava de cabeça nunca tinham um objetivo claro, nunca seguiam um curso ou plano predefinido. Os parentes de Hitler poderiam ter subscrito a descrição da "vida de indolência, vadiagem e capricho", mas o próprio Hitler via tudo isso com outros olhos, porque eram coisas que desejava e coisas que buscava, e que no entanto jamais alcançou, ou que jamais realizou por completo, o que não é muito incomum quando se trata de um rapaz de dezoito anos com pretensões artísticas. Hitler era um típico autodidata em todos os aspectos possíveis, e como muitos autodidatas desenvolveu características imprevisíveis, em parte porque estava sozinho e nunca procurava a companhia de outras pessoas; ele tinha um banco próprio em um dos parques de Viena, era um banco abandonado onde costumava sentar-se para ler, isso quando não se sentava em um dos muitos cafés da cidade para ler os jornais gratuitamente, ou então trabalhava em um de seus projetos no quarto que alugava, fossem estes projetos arquitetônicos de prédios e habitações, óperas e salas de concerto, ou ainda contos e peças de teatro — todas essas coisas em que se envolvia nessa época, todas essas coisas inacabadas, tudo testemunhado por Kubizek, que vivia ao lado dele.

Kubizek chegou à estação ferroviária de Viena em um fim da tarde no inverno. Hitler estava lá, vestido com elegância e com uma bengala de passeio na mão, à espera do amigo, visivelmente blasé e acostumado a todo aquele caos; já é um homem da cidade grande. Os dois se cumprimentam com um beijo no rosto, pegam a bagagem de Kubizek e saem andando pela cidade — "um barulho era tão formidável que não era possível escutar a si mesmo" — até chegar a uma ruela, a Stumpergasse, onde ficava a casa em que Hitler alugava um quarto.

> No pequeno quarto de que dispunha ardia uma miserável lamparina a querosene. Eu olhei ao redor. O que primeiro chamou-me a atenção foram os desenhos espalhados em cima da mesa, em cima da cama, por toda parte. Tudo causava uma impressão de pobreza e necessidade. Adolf desocupou a mesa, forrou-a com jornal e pegou uma garrafa de leite que estava na janela. A seguir, buscou

pão e fiambre. Ainda posso ver o rosto pálido e sério de quando empurrei tudo para o lado e abri minha bolsa. Presunto cozido, sonhos recheados e outras iguarias. Tudo que ele disse foi, "Assim é ter uma mãe". Comemos como dois reis. Tudo sabia a estar em casa.

Kubizek está cansado da viagem, confuso pela quantidade de novas impressões e já é tarde da noite, mas assim mesmo Hitler insiste em levá-lo para ver a cidade. Como um recém-chegado a Viena poderia ir para a cama sem ter visto a ópera? E assim os dois vão para lá. Kubizek escreve que teve a impressão de haver chegado a outro planeta, de tão intensa que foi a impressão recebida. Depois os dois foram à Catedral de Santo Estêvão. A neblina era tão densa que não era possível ver o coruchéu. "Pude distinguir apenas a massa pesada e escura da nave, que se erguia de maneira inconfundível em meio à monotonia cinzenta da neblina com um aspecto quase sobrenatural, como se não tivesse sido construída pela indústria humana", ele escreve.

Kershaw descreve o mesmo episódio da seguinte forma:

> Naquela noite, Adolf encontrou o exausto Kubizek na estação e levou-o à Stumpergasse, onde haveria de passar a primeira noite, mas, como de costume, insistiu em levá-lo de imediato para dar um passeio em Viena. Como alguém poderia chegar a Viena e ir para a cama sem primeiro ver a ópera? Assim, Gustl foi arrastado para ver a ópera, a Catedral de Santo Estêvão (que mal podia ser vista em meio à neblina) e a linda igreja de Santa Maria am Gestade. Já era mais de meia-noite quando os dois retornaram à Stumpergasse, e ainda mais tarde quando Kubizek, exausto, adormeceu ouvindo Hitler discursar sobre a magnificência de Viena.

A única fonte de Kershaw para essa noite é o livro de Kubizek. E nesse livro não consta que Kubizek tenha sido "arrastado" ou que Hitler tenha começado a "discursar"; a impressão de estar em outro planeta causada pela ópera, e de que a catedral parecia sobrenatural em meio à neblina, segundo Kubizek escreve, o que reveste a descrição de um elemento infinitamente positivo, é ignorada por Kershaw; na versão dele, a neblina é um elemento negativo, já que torna a catedral quase impossível de ver, e isso acontece porque assim a imagem de Hitler passa a ser a de um jovem desarrazoado, caprichoso e egoísta, indiferente às vontades do amigo. Mas, se tudo foi assim, exclusivamente negativo, por que Kubizek escreveu sobre esse episódio? Kubizek é um amigo, a chegada dele foi muito esperada, Hitler quer mostrar-lhe tudo aquilo que viu, tudo que há de incrível naquela cidade, e como poderíamos criticá-

-lo por isso? Como poderíamos dizer que o engajamento e o entusiasmo de Hitler eram *na verdade* um sinal de que não enxergava o amigo, quando o próprio amigo descreveu o encontro como uma vivência positiva? Será que Kubizek foi enganado? Será que era burro demais para ver que Hitler o usava? Será que não compreendia que ver a catedral envolta em neblina era na verdade uma experiência fracassada, e não sobrenatural?

Ou, vendo-se a situação como um todo pelo lado oposto, o que permite a Kershaw contestar a veracidade da única fonte de que dispõe com uma versão de como as coisas "na verdade" foram?

O problema da biografia como gênero, que também afeta as autobiografias e os livros de memórias, é que o autor tem o livro de respostas, ele ou ela sabe como tudo acabou, e nessa situação é quase impossível não atribuir uma grande importância a todos os sinais, ou seja, a todos os traços de caráter e a todos os acontecimentos que apontam naquela direção, mesmo que na época não fossem mais do que um traço de caráter ou um acontecimento entre tantos outros que não se destacava de forma nenhuma. Claro que não podemos chegar à verdade sobre como as coisas realmente se passaram, porque essa verdade pertence ao instante e não pode existir fora do instante, mas é possível olhar ao redor, iluminar o que aconteceu a partir de vários ângulos, pesar a probabilidade de uma coisa e a probabilidade da outra, e nessa tentativa esforçar-se de maneira consciente para desviar os olhos daquilo que mais tarde aconteceu, ou seja, esforçar-se para não ver determinado traço de caráter ou determinado acontecimento como um sinal de outra coisa que não aquilo que de fato é em si mesmo.

Esse "em si mesmo" é ao mesmo tempo o enigma e a chave. Se olharmos para Hitler como uma pessoa "ruim", dotada de qualidades incondicionalmente negativas desde menino e desde rapaz, sendo que todas essas apontavam para uma "maldade" que mais tarde se agravaria em muito, Hitler passa a pertencer à categoria dos "outros", ele não é um de nós, e nesse caso temos um problema, porque assim não temos nenhum tipo de responsabilidade em relação às atrocidades que Hitler e a Alemanha perpetraram mais tarde, porque isso seria uma coisa que "eles" fizeram, e que portanto não representa mais risco nenhum para nós. Mas o que é essa "ruindade" da qual não fazemos parte? O que é o "mal" que não expressamos? Assim pensamos as pessoas em diferentes categorias, o que podemos muito bem fazer, porém não sem compreender os riscos envolvidos. Na noite da patologia e do determinismo não existe livre-arbítrio, e sem livre-arbítrio não existe culpa.

Independentemente do quão devastada uma pessoa esteja, independentemente do quão arrasada sua alma esteja, ela continua a ser uma pessoa capaz de fazer escolhas. São essas escolhas que nos tornam humanos. Somente assim o conceito de culpa adquire sentido.

Kershaw e com ele quase duas gerações inteiras condenam Hitler e tudo aquilo que ele foi, como se mencionar a inocência dele aos dezenove ou aos vinte e três anos, ou mencionar algumas das características positivas que evidenciou ao longo de toda a vida, fosse uma defesa dele e das atrocidades que cometeu. Na verdade ocorre o contrário: somente essa inocência pode dar o devido peso à culpa.

No dia seguinte à chegada de Kubizek, os dois amigos saem por Viena à procura de um quarto que ele possa alugar. É uma tarefa difícil, pois em geral os quartos eram pequenos demais para acomodar o piano que ele pretende ter, e naqueles que eram grandes o bastante os senhorios não queriam saber de piano nenhum. A impressão que Kubizek tem de Viena não é boa, a cidade parece estar cheia de pessoas desinteressantes e antipáticas, portões inóspitos, pátios e escadas estreitos e mal-iluminados. Tomado pelo desânimo e pela desesperança, Kubizek vê uma nova placa de "Aluga-se" na Zollergasse, os dois tocam a campainha, uma criada abre a porta e os acompanha a um quarto elegantemente mobiliado com duas camas incríveis.

"A madame vem logo", disse a criada, que então fez uma mesura e se retirou. Nós dois sabíamos que o lugar era sofisticado demais para nós. De repente a "madame" surgiu junto à porta, como uma verdadeira dama, não muito jovem, mas assim mesmo deveras elegante.

Vestia um robe de seda e pantufas decoradas com pele. Cumprimentou-nos abanando-se com um leque, examinou Adolf, depois a mim e então pediu que sentássemos. Meu amigo perguntou qual era o quarto disponível para aluguel. "Este mesmo!", ela respondeu, apontando para as duas camas. Adolf balançou a cabeça, "Nesse caso uma das camas precisaria ser retirada, porque o meu amigo precisa ter lugar para um piano", disse. A dama revelou evidente frustração ao compreender que era eu, e não Adolf, que estava à procura de um quarto, e perguntou-lhe se já tinha um quarto para si. Quando ele respondeu com uma afirmativa, a dama sugeriu que eu, com o piano de que eu precisava, mudasse-me para o quarto dele, e que ele ocupasse aquela habitação. Enquanto fazia essa sugestão a Adolf com palavras efusivas, o cordão que mantinha o robe fechado desprendeu-se. "Ah, desculpem-me, senhores", ela exclamou, tornando de imediato a fechá-lo. Mas aquele instante bastou para mostrar-nos que, por baixo da camada de seda, ela não usava nada além de um par de calçolas.

Adolf se virou, vermelho como um tomate, agarrou-me pelo braço e disse: "Gustl, vamos embora!". Não me lembro de como saímos da casa. Lembro-me apenas do que Adolf disse, furioso, quando já estávamos de volta à rua: "É como a esposa de Potifar!". Mas, segundo tudo indicava, experiências também faziam parte da vida em Viena.

O que Kubizek descreve são dois estudantes provincianos na cidade grande; todas as características de cosmopolitismo que atribui a Hitler desaparecem nesse rosto vermelho, que também revela a pudicícia e o medo que tinha das mulheres. Ele tem dezoito anos e nenhuma experiência no assunto; Kubizek escreve que não houve nenhuma mulher na vida de Hitler durante os cinco anos que os dois passaram juntos, e que ele tampouco se masturbava. Claro que não há como verificar essa última afirmação, que no entanto encaixa-se perfeitamente com as demais características da sexualidade de Hitler, que podem ser obtidas em *Minha luta* e em outras fontes próximas. As mulheres e a feminilidade encontravam-se ligadas à pureza e à nobreza, faziam parte do mundo ideal que Hitler cultivava, e todos os relacionamentos que teve mais tarde foram com mulheres jovens e ainda virgens. Essa obsessão pela pureza e pela relação que mantinha com a sexualidade mostra-se em diversos episódios no livro de Kubizek. Certa vez, depois que os dois tinham assistido a uma peça de teatro descrita nos jornais como indecente, Hitler pegou Kubizek pelo braço e o levou à zona de prostituição, para que visse com os próprios olhos a que nível haviam chegado a imoralidade e a depravação das pessoas. As prostitutas estavam sentadas num quarto iluminado em uma casa baixa um pouco mais além; homens passavam de um lado para o outro para vê-las, escolhiam uma e a luz era apagada. Hitler e Kubizek andam por toda a extensão da rua sem parar, mas quando chegam ao fim Hitler quer voltar. "O poço da iniquidade" era um dos conceitos a que sempre retornava, e quando Kubizek sugere que ver aquela cena uma única vez já seria o suficiente, Hitler faz com que veja tudo outra vez. As prostitutas tentam chamar a atenção deles, uma abaixa a meia-calça e mostra-lhes as coxas nuas enquanto passam, outra tira a blusa e, quando os dois chegam ao fim do quarteirão, Hitler mostra-se revoltado com essas "artimanhas de sedução". Em casa, de volta ao quarto da Stumpergasse, Hitler começa a palestrar sobre o que os dois viram naquela noite e o que aquilo significa. A partir daquele momento, Kubizek passou a conhecer os costumes do amor comercial, e o propósito da visita estava cumprido.

O episódio revela três maneiras como o jovem Hitler se relacionava com a realidade; primeiro ele está nessa realidade, cheio de sentimentos difíceis de controlar, relativos à atração e à repulsa, ao desejo e à vergonha; depois começa a vociferar contra a realidade; e por fim, quando os dois já se encontram longe, põe-se a analisá-la. Esse último comportamento é o preferido. O distanciamento é um dos traços mais marcantes de Hitler, e não pode ser subestimado.

Hitler e Kubizek moram em uma das maiores cidades do mundo, têm dezoito anos, logo vão completar dezenove e pelo menos Hitler encontra-se totalmente livre, no sentido de que tanto o pai como a mãe dele já morreram, ele não tem nenhuma família a prendê-lo, e assim pode em tese fazer o que bem entender. As possibilidades são muitas, o mundo está aberto. Mas ele não encontra ninguém, não olha para nenhuma mulher, não participa de nenhuma parte da vida que o rodeia. Essa seriedade é enorme, ele despreza todos aqueles que se divertem, porque a diversão é uma coisa superficial e ligada à falta de dignidade. Ele vê uma grande miséria ao redor e tem uma profunda consciência social, fala muito a respeito dos menos favorecidos e da pobreza; certa vez fez uma espécie de excursão à região mais pobre de Viena para ver aquilo sobre o que falava, mas não quis saber dos pobres, ou seja, das pessoas que viviam na pobreza, não quis falar nem se aproximar delas, o medo dessa proximidade é enorme e notável. O mesmo acontecia em relação às mulheres: Hitler fala a respeito delas como criaturas idealizadas e desmoralizadas, mas não quer tê-las perto de si, chegando até mesmo a expressar alívio em relação ao fato de que as mulheres não têm acesso à seção da ópera que ele e Kubizek costumam frequentar.

Hitler ao mesmo tempo defende e vive essa moral estrita, e essas regras duras, que renegam o corpo, foram evidentemente a forma que encontrou para controlar o próprio âmago, que segundo tudo indica era profundamente caótico. Quando o exterior também é caótico, ou seja, complexo e expansivo, como eram tanto a cidade como a cultura nas primeiras décadas do século XX, repletas de pobreza extrema, turbulência política, prostituição e liberação sexual — é preciso lembrar que na mesma época Freud escrevia nessa mesma cidade, e Gustav Klimt lá pintava —, não chega a parecer estranho que Hitler pretendesse que as regras de controle e abstinência que valiam para si também valessem para a sociedade como um todo, pois essas duas grandezas se encontravam e se equalizavam nos sentimentos, que no caso dele eram muito intensos. Quando bufa um comentário sobre "a esposa de Potifar" ou sobre as "artimanhas de sedução", está claro que essa fúria é causada pelos sentimentos despertados nele, desejo e repulsa, talvez, que ele pretende que valham para a sociedade como um todo, que por sua vez está afundando. Ele tem uma obsessão maníaca por asseio e limpeza e está sempre bem-vestido — outra forma de controlar o caos interior. E deve ser por isso que tanto se interessa por arte, porque assim consegue horas de paz, durante as quais se alça a outro mundo, um mundo organizado, grandioso e belo.

> Quando ouvia a música de Wagner, Hitler transformava-se. Toda a exasperação desaparecia, ele tornava-se calmo, tratável, sereno. A inquietude desaparecia de seu olhar. Tudo aquilo que em geral o ocupava desvanecia. Seu próprio destino, por mais pesado que fosse, era apagado. Já não sentia-se mais como uma pessoa à margem da sociedade, um fracassado, um solitário.

Esses sentimentos, que o enlevam, também pertencem a ele, não pertencem à música, nem a Wagner, mas a ele próprio, e isso, esse arrebatamento promovido pela música e pela linguagem cenográfica, embeber-se naquela beleza, é tão importante para Hitler que ele chega a deixar de comer para ter o dinheiro necessário aos bilhetes de ópera.

É difícil interpretar a enorme atividade desse rapaz, que Kershaw entende como indolência, uma vez que se desenrola fora do contexto acadêmico, e a bem dizer também fora do contexto do sentido, de acordo com o mesmo padrão, uma vez que no momento de maior dedicação a um projeto, de repente Hitler desaparece, e restam apenas os planos e os esboços relativos a tudo aquilo que o ocupava. É uma atividade eruptiva, obsessiva, nos limites do normal. Porque mesmo que a moral pessoal e social de Hitler nessa época seja repleta de barreiras, a atividade artística dele não conhece qualquer tipo de barreira. Simplesmente não existem limites para o que ele está disposto a tentar, nada é capaz de impedi-lo, tudo está aberto. "O que conta não é a sabedoria dos professores acadêmicos, mas o lampejo genial", ele diz a Kubizek, e então começa a compor uma ópera. Ele não sabe tocar nenhum instrumento, não tem nenhum conhecimento acerca de harmonia ou de orquestração, mas assim mesmo põe todas essas limitações de lado como meras tecnicalidades, Hitler deseja alcançar toda a intensidade dos próprios sentimentos e expressá-los na linguagem que mais admira. Ele desenvolve um sistema no qual tenta combinar notas e cores, claro que o projeto não tem futuro nenhum, e então pede a opinião de Kubizek. Kubizek diz que o tema principal é bom, mas é impossível escrever uma ópera inteira baseado somente naquilo, e que Hitler podia muito bem aprender a teoria necessária. "Você acha que sou louco?", Hitler vociferou. "Para que você acha que serve? Antes de qualquer outra coisa você vai anotar precisamente aquilo que eu tocar no piano."

Os dois fazem dessa forma. Kubizek tenta explicar ao amigo que deve se ater a determinada escala. "Quem é o compositor, você ou eu?", Hitler brada. Ele tem a ideia de que a ópera, inspirada por uma pequena história dos heróis germânicos, devia ser tocada em instrumentos daquele período. Ele pergunta a Kubizek que tipo de música sobreviveu desde aquela época, Kubizek responde que nenhuma, a não ser por uns instrumentos simples, como tambores, flautas e alaúdes. Hitler diz que os escaldos cantavam fazendo-se acompanhar por instrumentos similares a harpas, e que eles também podiam fazer aquilo. Para tornar a ópera suportável ao ouvido humano, segundo Kubizek escreve, ele demove o amigo dessa ideia. De volta aos instrumentos de sempre, os dois fazem um progresso modesto. Hitler desenha em detalhe todo o cenário, todo o figurino e escreve todo o libreto. Não come, não dorme, mal bebe. Exige o tempo inteiro não apenas que Kubizek participe, mas que seja tão obstinado quanto ele próprio, e repreende-o a intervalos regulares. Hitler é um companheiro de quarto saído do inferno.

Teria sido fácil para mim usar uma de nossas frequentes discussões como pretexto para mudar-me. As pessoas do conservatório prontamente teriam me ajudado a encontrar outro quarto. Por que eu não fiz isso? Muitas vezes eu havia reconhecido para mim mesmo que nossa estranha amizade não era boa para os meus estudos. Quanto tempo e quanta energia não me custavam as desnecessárias atividades noturnas do meu amigo? Por que eu não o deixava? Porque eu tinha saudade de casa, claro, eu tinha plena consciência disso, e porque Adolf representava para mim justamente uma parte de tudo aquilo que eu tinha em casa. Mas, ao fim e ao cabo, a saudade de casa é uma situação tolerável para um rapaz de vinte anos. O que seria, então? O que me segurava?

Com toda a sinceridade, eram justamente momentos como aqueles que eu então vivia que resultavam numa proximidade ainda maior em relação ao meu amigo. Eu conhecia os interesses que moviam as pessoas da minha idade: flertes, prazeres superficiais, brincadeiras despropositadas e uma série de pensamentos levianos e desprovidos de sentido. Adolf era o exato oposto de tudo isso. Nele havia uma seriedade inacreditável, uma profundidade, um interesse legítimo e repleto de sentimento por tudo aquilo que acontecia, e além disso — o que me fazia permanecer a seu lado e, passados os momentos de exaustão completa, tornava a colocá-lo em um estado de equilíbrio — uma entrega total à beleza, à opulência e à magnitude da arte.

Como muitos outros projetos de Hitler, essa ópera não deu em nada. Ele se mostrou irrequieto demais e não teve a paciência necessária para aguentar um trabalho de tão longa duração, e além disso pode-se supor que a frustração pela falta de talento e de conhecimento deve tê-lo exaurido.

Outro projeto começado nesse período foi uma tentativa grandiosa de resolver a crise de habitação em Viena, para o qual ele não apenas redesenhou a cidade, mas também desenhou os apartamentos dos trabalhadores como os havia concebido. Hitler também achou que a música que tanto apreciava tinha de ser levada para as pessoas fora da cidade grande, e assim teve a ideia da "Orquestra itinerante do reino", uma orquestra itinerante com uma atividade e um repertório que ele planejou até os mínimos detalhes, como as cores das camisas dos integrantes e o repertório exato, segundo Kubizek. Todos esses projetos foram castelos no ar, distantes da realidade e no fundo desprovidos de sentido, mas dizem muita coisa a respeito do caráter de Hitler, sobre o quanto era dedicado, sobre a enorme confiança que tinha nas próprias habilidades e sobre a maneira como, em meio a tudo isso, encontrou uma forma de estabelecer uma relação entre a sua vida interior e o mundo exterior sem precisar recorrer à via social, que provavelmente temia ou desprezava, mas que assim mesmo destruía seus sonhos ao confrontá-los com o mundo exterior, ou, dito de outra maneira, ao atribuir-lhes consequências na realidade. A realidade interna é abstrata, a realidade externa é concreta, e nesses projetos grandiosos mas irrealistas as duas grandezas se encontravam de uma forma com a qual ele conseguia lidar.

Kubizek e Hitler moraram juntos em Viena por cinco meses durante a primavera e o verão de 1908. Hitler nunca contou para Kubizek que tinha sido reprovado no exame da Academia, e vivia de uma forma que levava o amigo a acreditar que estava matriculado lá. Os dois acabaram dividindo um quarto; após o incidente com a esposa de Potifar, decidiram que seria o melhor. Hitler fez um pedido à sra. Zakrey, a senhoria, e ela concordou em mudar-se para o antigo quarto de Hitler, enquanto os dois se mudaram para o quarto dela. Kubizek prestou o exame do conservatório no dia seguinte. Ele foi aprovado, mas Hitler não se mostrou particularmente alegre ao receber a notícia. "Eu não sabia que tinha um amigo tão brilhante" foi o comentário que fez. Com frequência estava irritado e irritadiço por volta dessa época, e Kubizek achou que era porque Hitler não queria saber dos estudos do amigo. Ele acha que muita coisa parece estranha, como por exemplo o fato de que Hitler emprega o próprio tempo fazendo toda sorte de coisas, menos pintando; ele escreve peças de teatro e lê livros sem nenhuma relação com pintura, e Kubizek percebe que as coisas não estão bem como deviam estar, mas afinal de contas está habituado aos caprichos e à excentricidade de Hitler e acha que aquela é apenas mais uma forma de expressão dessa mesma tendência, somada à perda recente da mãe.

O humor dele me preocupava cada vez mais, dia após dia. Eu nunca o tinha visto atormentar-se daquela forma. Muito pelo contrário! De acordo com a minha experiência, a questão era antes excesso do que falta de confiança. Mas de repente tudo parecia estar virado de ponta-cabeça. Ele afundava-se cada vez mais na autocrítica. Mas bastava a menor alteração — como um movimento leve da mão acende a luz e de repente põe tudo aquilo que estava escuro às claras — e essas autocensuras transformavam-se em censuras contra o tempo, contra o mundo inteiro. Em vociferações implacáveis de ódio, ele jogava todo o presente de encontro a sua ira, sozinho e solitário, contra toda a humanidade, que não o compreendia, que não o reconhecia, pela qual sentia-se traído e perseguido. Ainda o vejo à minha frente, tomado por uma profunda agitação, andando pelo quarto estreito com passos amplos e largos, abalado até as profundezas da alma. Eu estava sentado ao piano com os dedos imóveis sobre as teclas enquanto o escutava, perturbado com aquele hino ao ódio, mas também preocupado em meu âmago [...].

Durante as primeiras semanas, os dois brigam um pouco sobre qual seria a melhor forma de dispor do apartamento; Kubizek quer estudar piano, Hitler quer ler; quando chove e os dois precisam ficar em casa, a atmosfera fica tensa. A certa altura Kubizek pendura na parede uma tabela de horários seus e pede a Hitler que faça o mesmo, para que os dois sempre possam saber quando o quarto está livre. Mas Hitler não tem uma tabela de horários, ele não precisa daquilo, porque tem tudo na cabeça. Kubizek dá de ombros, resignado. Hitler trabalha de forma pouco sistemática, via de regra à noite, e pelas manhãs ele dorme. Não devia ser nada fácil testemunhar o sucesso do amigo. E naquele momento, com a tabela de horários do amigo pendurada na parede como símbolo desse progresso, Hitler explode.

"Essa Academia", ele gritou, "não passa de um bando de servidores do Estado reprimidos e antiquados, de burocratas ignorantes, de funcionários públicos cretinos! Toda a Academia devia ser explodida pelos ares!" O rosto dele tinha a palidez de um cadáver, com a boca apertada e os lábios quase brancos. Mas os olhos brilhavam. Eram olhos sinistros! como se todo o ódio de que ele era capaz estivesse concentrado naqueles olhos chamejantes. Eu estava prestes a dizer que as pessoas da Academia que ele tanto condenava naquele ódio incontido eram ao fim e ao cabo os professores dele, com quem certamente podia aprender muitas coisas. Mas ele se antecipou a mim: "Eles me recusaram, me excluíram, me expulsaram…".

Fiquei em choque. Então era aquilo o que tinha acontecido. Adolf simplesmente não frequentava a Academia. De repente compreendi muitas das coisas que me haviam causado estranheza. Solidarizando-me com aquele resultado, perguntei se ele havia contado à mãe sobre a reprovação no exame da Academia. "O que é que você acha?", ele retrucou. "Eu não podia dar mais essa preocupação à minha mãe no leito de morte!"

Fui obrigado a concordar. Por um tempo o silêncio dominou o ambiente. Talvez Adolf estivesse pensando na mãe. Então eu tentei dar um rumo prático à conversa. "E agora?", eu lhe perguntei.

"E agora? E agora?", ele repetiu, irritado. "Você também vai começar com isso — E agora?" Ele devia ter feito a pergunta a si mesmo milhares de vezes, pois com certeza não havia discutido o problema com mais ninguém. "E agora?", ele debochou da minha pergunta angustiada, e, em vez de responder, sentou-se à mesa e espalhou vários livros ao redor. "E agora?"

Ele ajeitou a lamparina, pegou um dos livros, abriu-o e começou a ler. Fiz menção de ir até a porta do armário retirar a tabela de horários. Ele ergueu a cabeça e disse com uma voz calma: "Não se preocupe com isso".

Que Hitler construa essa mentira e se esforce para nela viver, em vez de simplesmente admitir para o amigo que fracassou, diz muita coisa sobre o talento para negar a realidade em favor da ilusão, mas acima de tudo diz muita coisa sobre orgulho próprio. A amizade de ambos baseia-se no fato de que Hitler fala e Kubizek escuta, de que Hitler age e Kubizek o acompanha, em suma, de que Hitler domina e Kubizek sujeita-se. No decorrer da primavera essa estrutura fundamental sofre uma transformação, pois não apenas Kubizek é aprovado no conservatório enquanto Hitler é reprovado na Academia; Kubizek também desempenha muito bem o papel que lhe é atribuído. Logo passa a lecionar, e nas festividades de encerramento ele rege o concerto da primeira noite, enquanto três canções orquestrais que havia composto são executadas na segunda noite, bem como o excerto de um sexteto de cordas. Hitler encontra-se presente e testemunha os cumprimentos e os desejos de sucesso que Kubizek recebe dos professores e do próprio diretor do conservatório. Hitler mostra-se entusiasmado e cheio de orgulho, mas, como Kubizek escreve, é difícil imaginar "o que se passava em seu coração". O sucesso do amigo põe o fracasso de Hitler em marcado relevo. De fato Hitler pode mostrar-se dominante em relação a Kubizek quando os dois estão juntos, e assim parecer completamente soberano, mas no fim das contas, naquilo que realmente importa, ele foi ofuscado e deixado para trás.

É verão, os dois passaram cinco meses morando juntos e Kubizek está prestes a voltar para Linz e passar as férias com a família, para depois prestar oito semanas de serviço militar na reserva do Exército austro-húngaro antes de retornar a Viena e dar continuidade aos estudos. Hitler vai continuar no apartamento, sem dinheiro para viajar para onde quer que seja e sem ninguém que possa visitar. Ele escreve cartas e cartões para Kubizek ao longo do verão, tudo está bem, acima de tudo ele se ocupa com os projetos de arquitetura que estão sendo executados em Linz e deseja que Kubizek lhe dê informações a esse respeito. Kubizek manda as informações pedidas, ele trabalha na oficina do pai, manda a parte que lhe cabe do aluguel para a senhoria, vai para o Exército e manda notícias quando chega a Viena, para que Hitler possa encontrá-lo e ajudá-lo com a bagagem. A essa altura já é novembro.

Conforme eu havia escrito para Adolf, tomei o trem da manhã para ganhar tempo e cheguei à Westbanhof às três horas da tarde. Imaginei que o encontraria à minha espera no lugar de sempre, junto à catraca. Assim ele poderia me ajudar a carregar a pesada valise, que encerrava um presente da minha mãe para ele. Será que eu não o tinha visto? Voltei, mas ele de fato não estava junto à catraca. Fui à sala de espera. Olhei ao redor, em vão. Adolf não estava lá. Talvez estivesse doente. Afinal, na última carta ele havia escrito que mais uma vez padecia do velho problema da bronquite. Larguei a valise no guarda-volumes e me apressei, bastante preocupado, até a Stumpergasse. A sra. Zakrey alegrou-se ao me ver, mas em seguida disse-me que o quarto fora alugado por outro inquilino. "E o meu amigo Adolf?", perguntei, surpreso.

Com o rosto marcado por rugas e sulcos, a sra. Zakrey me encarou de olhos arregalados. "Então você não sabe que o sr. Hitler se mudou?"

Não, eu não sabia.

"Para onde ele se mudou?", eu quis saber.

"O sr. Hitler não disse nada."

"Mas ele deve ter deixado uma mensagem para mim — uma carta, talvez, ou um bilhete. De outra forma, como hei de encontrá-lo?"

A senhoria balançou a cabeça. "Não, o sr. Hitler não deixou nada."

"Nem mesmo um cumprimento?"

"Ele não disse nada."

Passariam outros trinta anos até que Kubizek tornasse a ver Hitler. Ele tinha desaparecido e não queria ser encontrado. Se quisesse fazer contato,

Kubizek pensou, Hitler poderia conseguir o endereço dele com a antiga senhoria, com os pais dele em Linz ou no conservatório de música. Como nunca fez nada disso, não havia dúvidas de que desejava ser deixado em paz. Kubizek fez uma visita à meia-irmã de Hitler quando retornou a Linz, mas ela tampouco sabia onde ele estava morando ou o que estava fazendo.

Havia diversos motivos para que Hitler adotasse essa forma drástica de interromper o contato com a única pessoa que existia em sua vida. O mais plausível era o orgulho: enquanto Kubizek estava no Exército em setembro, Hitler havia prestado um novo exame de admissão na Academia, novamente sem obter a aprovação; dessa vez ele tinha sido reprovado logo após o exame preliminar. A julgar pelo que Kubizek revela do caráter e da natureza do amigo, não seria desarrazoado pensar que dessa vez a derrota teria sido grande demais para que pudesse comunicá-la a Kubizek. Outro motivo também estaria ligado ao orgulho: passado um ano em Viena, interrompido pelos meses passados em Linz em função da morte da mãe, o dinheiro de Hitler estava acabando, ele não tinha mais condições de morar na Stumpergasse, e além disso não tinha nenhuma perspectiva de ganhar dinheiro sem humilhar-se sujeitando-se àquilo que sempre havia chamado com desprezo de "trabalho de pão"; mais uma derrota de seu prestígio em relação a Kubizek. A última razão possível estaria relacionada ao fato de que Kubizek era o único contato que Hitler ainda mantinha com Linz e com a família que tinha por lá; graças aos pais do amigo, todos podiam ficar sabendo onde Kubizek, e por extensão Hitler, morava. Ao sumir dessa forma, os laços com a família, ou seja, com a família da meia-irmã, estariam cortados de vez.

Com Kubizek fora de cena, não se conhece praticamente nada a respeito da vida de Hitler durante o ano seguinte. Essa não é uma constatação leviana, uma vez que a vida dele é uma das mais bem documentadas e mais discutidas de todo o século passado. Graças aos arquivos públicos, sabemos que se mudou da Stumpergasse para um quarto mais barato não muito longe de lá, na Felberstrasse. Ao fazer o registro da mudança de endereço na autoridade policial, descreveu-se como "estudante" — ao passo que, ao se registrar logo após a chegada a Viena, havia se descrito como "artista". Hitler morou na Felberstrasse por um ano, até o verão seguinte. O que fez durante esse ano inteiro, ninguém sabe. A única informação disponível é que ele se desfiliou da associação de museus de Linz no dia 4 de março, talvez para economizar a soma irrisória de dinheiro que essa associação lhe custava. Em agosto de 1909, ou seja, passado um ano, Hitler se mudou para um quarto ainda mais barato na periferia da cidade, na Sechshauser Strasse, onde se registrou como "Schriftsteller", ou seja, escritor e/ou jornalista. Morou lá por três semanas antes de mudar-se novamente, e a partir de então todos os rastros desaparecem. No formulário de registro consta a anotação "mudou-se — endereço desconhecido". Pelo que tudo indica ele havia se tornado um sem-teto, e portanto um mendigo, ao longo daquele outono e daquele inverno. Não era possível alugar um quarto sem registrar-se junto à polícia, e mesmo que tudo aquilo que dizia respeito a Hitler nos arquivos da Áustria tenha sido removido pelos nazistas depois da anexação, esses documentos não foram destruídos, mas guardados nos arquivos do Partido Nacional-Socialista, e lá não consta nada a esse respeito. Outro indício de que Hitler teria passado a morar na rua consiste em uma observação feita a respeito dele, a única dessa época, por uma familiar da primeira senhoria, a sra. Zakrey. Ela reconheceu Hitler em uma fila de sopa para desabrigados. "As roupas estavam muito esfarrapadas", disse, "e eu tive pena dele, porque antes era um rapaz muito bem-vestido."

A próxima menção a Hitler surge nos arquivos da polícia em 1909, quando passou a noite em um albergue para moradores de rua em Meidling. Lá, encontrou um vagabundo com várias condenações por roubo e estelionato que mais tarde haveria de escrever um livro de memórias. Esse homem chamava-se Reinhold Hanisch, e escreveu que Hitler, na época com vinte anos, parecia triste, exausto e faminto, e tinha os pés machucados. A chuva e o desinfetante, que todos no albergue eram obrigados a usar nas roupas para evitar os piolhos, haviam transformado o terno azul dele em lilás. Ele não tinha nenhum pertence, e devia ter vendido tudo que havia levado de Linz. Segundo Hamann, Hitler contou para Hanisch que havia sido expulso pela senhoria e passado duas ou três noites em cafés, até que o dinheiro acabasse por completo, para então começar a dormir em bancos de parque. Não tinha comido nada por vários dias, e contou que certa noite havia se dirigido a um homem embriagado e pedido dinheiro, mas o homem o havia insultado. Nesse momento ele ganhou pão de um dos outros homens que estavam por lá, e também conselhos sobre onde conseguir sopa e auxílio médico gratuitos.

Essa não é a Viena em que Stefan Zweig e Ludwig Wittgenstein cresceram; e se Hitler já se encontrava na camada mais baixa da sociedade na época em que alugava o quarto na Stumpergasse com Kubizek, nesse ponto havia chegado ao fundo do poço. Não seria possível descer mais baixo. Ele não tem trabalho, não tem moradia, não tem dinheiro, não tem comida e não tem amigos nem conhecidos. Não tem pertences, as roupas dele encontram-se esfarrapadas, ele passa frio e fome. A pecha de preguiçoso e vadio oferecida por Kershaw não parece adequar-se à presença de Hitler nesse lugar. Ser preguiçoso é sentir-se confortável, ser preguiçoso é escolher o caminho mais fácil. A vida que leva nesse momento, baseada no mínimo necessário à existência, entregue à boa vontade dos outros, não é uma vida confortável: é a vida mais dura que se pode imaginar. Quando sabemos que Hitler recebeu ofertas de emprego ao sair de Linz, tanto de um dos antigos vizinhos como do curador, e que tinha uma família no campo que ele visitava com a mãe durante o verão, e que o cunhado era um funcionário público com estabilidade no emprego que morava em uma casa onde ele sem dúvida poderia ter passado um período, e que talvez fosse capaz de ajudá-lo a fazer progresso, se estivesse simplesmente disposto a baixar a cabeça, encontrá-lo nessa situação de absoluta necessidade aponta para o oposto do conforto, da preguiça e da vadiagem. Esse "não" dito à vida burguesa não foi um "não" confortável, foi um "não" absoluto, que Hitler está disposto a pagar caro para manter.

Por quê?, podemos nos perguntar. O que ele queria? Ele já prestou duas vezes o exame da Academia, segundo John Toland foram três, porque também haveria repetido o exame em setembro daquele ano, mas a despeito de qualquer outra coisa foi nesse sentido que ele orientou a própria vida. "Artista", Hitler se declarou no primeiro apartamento, "estudante" no segundo e "escritor" no terceiro. Ele falou muito a respeito de ser pintor, depois falou muito a respeito de ser arquiteto, e entre essas duas coisas tentou escrever peças de teatro, contos e uma ópera. Não conseguiu nada disso, o que não queria dizer que ainda não pudesse conseguir; um outro rapaz de vontade inquebrantável das camadas mais baixas da sociedade com uma confiança ilimitada, que parecia aos outros despropositada, viveu um dia de cada vez sem nenhum outro objetivo em vista que não o de virar escritor, o que conseguiu fazer aos trinta anos, quando estreou com o romance *Fome*. Van Gogh foi outro artista da época que viveu na pobreza extrema e não queria fazer mais nada senão pintar, mesmo que durante a vida inteira não tenha vendido um único quadro. Se era isso que Hitler queria, não há ninguém que possa dizer, mas caso não tivesse uma vontade dessas, esse "não' seria ainda mais pungente e ainda mais obstinado, pois nesse caso seria um "não" à própria sociedade e à vida que trazia consigo, de trabalho, carreira, casamento e família. Em vez de tornar-se parte disso, Hitler preferiu viver na sarjeta. Essa não é uma expressão de preguiça, mas de uma coisa muito diferente. Será que podia ter se deixado levar? Não parece que haja lutado como se tivesse um objetivo definido; parece antes que havia estabelecido certos limites para a própria vida, que aos poucos, mas de forma certeira, levaram-no ao subterrâneo. Porque o albergue de Meidling de fato era no subterrâneo. As pessoas que lá se amontoavam eram habitantes do subterrâneo. Mendigos, vagabundos, pedintes, bêbados, criminosos, desempregados, pobres, vigaristas e biscateiros.

*

Os problemas sociais de Viena na virada para o século XX foram enormes. A pobreza era terrível, havia uma grave escassez de moradia, centenas de milhares de pessoas viviam em situação absolutamente indigna e esse número aumentava a cada dia, uma vez que ondas de imigrantes do grande império chegavam de todos os cantos à capital. O preço dos imóveis teve um aumento vertiginoso, os senhorios passaram a especular de forma brutal; em Favoriten, o distrito dos trabalhadores, moravam em média dez pessoas em cada apartamento, sem água corrente, segundo Hamann. A mortalidade infantil era quatro vezes mais alta nessas partes de Viena do que nos distritos mais bem-conservados. Quase todos os porões eram usados como apartamentos, e as camas que não eram usadas ao longo do dia eram alugadas para as pessoas conhecidas como *Bettgeher*; eram pessoas desabrigadas que tinham direito a usar as camas por no máximo oito horas, mas que não tinham o direito de estar no apartamento durante o restante do dia. Em 1910 havia oitenta mil pessoas nessa situação em Viena. Não havia nenhum tipo de segurança social, o único cuidado que existia em relação aos pobres dependia da beneficência, eram diversas cozinhas de sopa, salas quentes, albergues e abrigos para crianças, todos em regime privado, com frequência mantidos por filantropos judeus. Necessitados previamente escolhidos podiam servir-se dos restos de tavernas e de hospitais, e quando um padeiro dispunha-se a dar o pão que não havia vendido, as pessoas chegavam em hordas, segundo Hamann, e por vezes havia pancadarias. A falta de moradia tornou-se cada vez mais grave, e as chamadas "salas quentes", que durante o dia estavam lotadas de *Bettgeher*, começaram a abrir também durante a noite. Mas o pior de tudo eram os apartamentos ilegais. Hamann cita a descrição de um jornalista da época sobre as condições nesses lugares. São apartamentos completamente lotados de pessoas que não se conhecem, com muitas crianças, por vezes dormindo todas na mesma cama, infestadas por todo tipo de bicho, em um cômodo onde se preparava comida, lavava-se a louça, vivia-se, dormia-se, estudava-se e trabalhava-se para ganhar dinheiro. Ele escreve a respeito de uma estrebaria, considerada inabitável por animais, onde moravam dez pessoas, entre as quais três crianças. Em apartamentos de três ou quatro cômodos localizados em propriedades condenadas às vezes moravam oitenta ou mais pessoas, homens e mulheres, doentes e sadios, alcoólatras e prostitutas, e também crianças. "Tudo ao meu redor era uma massa de pessoas, trapos e lixo. O cômodo inteiro parecia uma enorme bola de sujeira." Lugares assim eram cheios de ratos, e as doenças espalhavam-se a grande velocidade: cólera, tuberculose, sífilis. Era quase impossível ganhar dinheiro pedindo esmola, e assim em muitos casos a única saída era a prostituição, comum também entre as crianças.

Do lado de fora do albergue em Meidling, que recebia cerca de mil pessoas, onde portanto Hitler apareceu em dezembro de 1909, todas as tardes formavam-se longas filas de desvalidos, vigiados por guardas, que impediam os protestos daqueles que não conseguiam lugar. Os jornais noticiavam o assunto somente no caso de um acontecimento realmente extraordinário, como uma criança que morresse de frio às portas do albergue, um suicídio ou então uma pessoa que morresse por causa dos cuidados médicos de que precisava mas não havia obtido. Em 1908 a oposição no governo da cidade quis montar abrigos e abrir estações de trem para os desabrigados, mas as autoridades invocaram as providências que já haviam sido tomadas, a bem dizer nenhuma, e alegaram que ninguém poderia estar desabrigado em Viena a não ser por culpa própria, segundo Hamann. Não havia providência nenhuma, e nesse inferno social sem regras os imigrantes, ou seja, nesse caso os imigrantes eslavos e os judeus do Leste europeu, ocupavam o lugar mais baixo na escala de valores; muita gente desejava que os hospitais atendessem somente os nativos, à exclusão de todos os demais.

O próprio Hitler descreve as circunstâncias dos alojamentos de trabalhadores ocasionais da seguinte maneira:

> Ainda hoje sinto calafrios ao pensar nas terríveis cavernas em que as pessoas moravam, nos alojamentos e albergues, nessas imagens sombrias de lixo, imundície abjeta e de tudo aquilo que existe de pior.

Na época essa era a situação em todas as grandes cidades da Europa, e assim tinha sido desde que a industrialização e a urbanização haviam ganhado força na primeira metade do século XIX. Era uma nova forma de pobreza, concentrada nas grandes cidades, onde as pessoas das classes mais baixas moravam tão amontoadas e eram tão numerosas e desprovidas de rosto que com frequência eram descritas como bandos, hordas ou exércitos em fontes da época.

O escritor americano Jack London publicou em 1903 um livro-reportagem sobre os cortiços na zona leste de Londres, chamado *O povo do abismo.* Ele chama essas regiões de guetos, "notavelmente sórdidos e vastos, onde dois milhões de trabalhadores amontoam-se, procriam e morrem". Um milhão e oitocentas mil pessoas vivem abaixo da linha de pobreza em Londres, segundo escreve, e mais um milhão vive com apenas uma semana de renda entre o dia de hoje e a pobreza. A desesperança que London descreve é difícil de aceitar e de compreender, mas as consequências dessa taxa de mortalidade extremamente alta e das condições habitacionais extremamente precárias são de qualquer modo evidentes: nos guetos dos pobres, a vida tem um valor bem menor que no lado de fora. E tem menor valor porque a morte está sempre presente, e porque as circunstâncias indignas em que as pessoas vivem na prática não podem ser vencidas. Na zona oeste, dezoito por cento das crianças morrem antes de completar cinco anos; na zona leste, cinquenta e cinco por cento das crianças morrem antes de completar cinco anos, segundo escreve. Ou seja, uma em cada duas crianças.

> E existem ruas em Londres onde, de cada cem crianças nascidas, cinquenta morrem no primeiro ano de vida, e das cinquenta que restam, vinte e cinco morrem antes de completar cinco anos. Carnificina!

E se as crianças conseguem sobreviver à infância, o que lhes espera é um trabalho não apenas perigoso, mas de fato letal. No ramo têxtil, durante a preparação do linho, os pés e as roupas úmidas provocam uma incidência anormal de bronquite, pneumonia e reumatismo extremo; ao passo que nos departamentos de cardagem e fiadura o pó fino provoca doenças na maioria dos casos, e a mulher que começa a cardagem aos dezessete ou dezoito anos entra em colapso e arruína-se aos trinta. Os trabalhadores da indústria química, escolhidos entre os mais fortes e mais robustos homens que se pode encontrar, vivem, em média, menos de quarenta e oito anos. No ramo de cerâmica, o pó acumula-se ano após ano nos pulmões, a respiração torna-se mais e mais difícil, e por fim cessa.

Jack London escreveu esse livro em 1903, portanto trinta e cinco anos depois da edição do primeiro volume de *O capital* de Karl Marx, mas apenas dezoito e nove anos, respectivamente, depois da publicação póstuma dos volumes dois e três. Jack London era socialista, e *O povo do abismo* era uma tentativa de despertar opiniões ao adentrar um mundo que era visto apenas de longe e descrevê-lo a partir de dentro. O livro não traz nenhum tipo de análise, porém muitos sentimentos; a indignação e a resignação são dominantes. *O capital*, por sua vez, é uma análise das condições básicas para a miséria que Jack London descreve, a saber, a mercadoria, o trabalho e o capital. Por mais teórica que seja a obra, há também longas descrições baseadas em estatísticas sobre as condições vigentes em meio à classe visitada por London, que nos anos de 1850 e 1860 não se distinguiam muito das condições vigentes na primeira década do século XX. No capítulo intitulado "A lei geral da acumulação capitalista", Marx pretende mostrar em que circunstâncias ocorreu o aumento inebriante da riqueza e do poder trazido pela industrialização às classes dominantes, e não as circunstâncias no local de trabalho — que eram por si mesmas chocantes, com expedientes de dezesseis, dezessete horas ou até mais, em locais exíguos mal-iluminados e mal-ventilados —, mas a situação fora do local de trabalho, a alimentação e o alojamento dos trabalhadores mais humildes. Em 1855 a lista pública de necessitados contava com 851 369 nomes de pessoas que não tinham trabalho e portanto dependiam da caridade pública para sobreviver, ao passo que em 1864, por conta da crise na indústria do algodão, esse número tinha aumentado para 1 014 978 nomes. Eram pessoas que viviam com menos do que o mínimo necessário à existência.

Essas grandezas imensas eram completamente insustentáveis para a sociedade, pois a revolução nas condições de produção que as haviam criado, ou seja, a enorme industrialização que havia ocorrido, não tinha qualquer tipo de correspondência no planejamento social ou no governo; essa pobreza sem fim, centrada em enormes regiões habitacionais que mais pareciam guetos, surgiu ao longo de poucas décadas, e muita gente via o fenômeno como resultado de uma força da natureza ou de uma lei da natureza, reforçada pela descoberta de Darwin e pela ideia difundida também na esfera social em relação à "sobrevivência do mais forte", e pela evidente decadência moral e espiritual resultante da inferioridade humana criada, ou pelo menos incuravelmente disseminada, entre as classes mais baixas.

Foi como se uma sociedade ou uma ordem social completamente nova tivesse surgido no seio da antiga sociedade, e a enorme pressão que passou a exercer nas estruturas preexistentes não pode ser menosprezada. Antes da industrialização, na sociedade rural, não havia classes, mas guildas ou corporações de ofícios, e a pobreza tinha expressões muito diferentes, que eram tratadas de forma totalmente distinta. As análises de Marx, como ferramentas para compreender essa violenta revolução social, foram naturalmente imprescindíveis. Ele tinha vivido na pele as consequências da pobreza: três de seus filhos morreram ainda em criança, e ele tinha visto a miséria com os próprios olhos em grandes localidades industriais na Inglaterra, de onde se espalhou de forma quase sistemática e ordeira mundo afora.

O industrialismo não conhecia limites, a miséria seguia em sua esteira, e a violenta batalha política que surgiu na Europa durante o início do século XX deu-se entre uma solução horizontal, ou seja, transfronteiriça, e uma solução vertical, ou seja, nacional. Em outras palavras, a identificação com determinada classe ou com determinado local. Hitler, que vinha de um ambiente pequeno-burguês em uma cidade relativamente homogênea, de onde todos os ideais que nutria se originaram, atribuiu grande importância à pobreza em *Minha luta*, um livro escrito muito tempo depois, quando já não estava mais ameaçado pela decadência que o rodeava naquela época. Ele compreendia a pobreza acima de tudo como um problema estrutural:

> Na época, para não perder a confiança nas pessoas que me rodeavam, tive de aprender a distinguir entre a existência e a vida exteriores e as razões daquele processo. Somente assim era possível suportar aquilo tudo sem perder a esperança. Assim, o que surgia da infelicidade e da miséria, da sujeira e da degradação, não eram mais *pessoas*, mas tristes consequências de tristes leis, embora as vicissitudes de minha própria luta não menos ferrenha pela vida tenham me impedido de sucumbir com sentimentalismo patético à degradante etapa final desse processo.
>
> Não, não é assim que se deve compreender!

A pobreza era encarada como um grande problema político por Hitler, que se mostrou tão abalado pelas condições indignas que promovia quanto Karl Marx e Jack London, embora em Viena a pobreza não afetasse somente uma classe trabalhadora mais ou menos homogênea, como em Londres; além disso, lá havia um intenso movimento imigratório de pessoas em busca de trabalho vindas de todos os cantos do império, e os conflitos étnicos que se revelavam em toda parte durante aquela época representaram um momento decisivo na maneira como Hitler compreendia o ambiente e o período em que vivia. Ele nasceu alemão na Áustria, o pai era um nacionalista alemão, porém moderado, uma vez que era leal acima de tudo ao imperador, enquanto muitos dos professores na escola e a maioria dos alunos cultivavam uma forma mais radical de nacionalismo, e essa postura de que a nação é uma grandeza superordenada não apenas de um ponto de vista constitutivo, mas também de um ponto de vista quase metafísico, impregna todos os pensamentos apresentados em *Minha luta*, e, a dizer pelo livro de memórias de Kubizek, todas as ideias que Hitler teve acerca de política durante a juventude. Ao se deparar com grandes injustiças sociais, Hitler não via acima de tudo uma relação entre classes para as quais se devia buscar uma solução, mas uma relação entre diferentes tipos de pessoas. No grande reino germânico com que sonhava, a divisão não se daria entre trabalhadores e burgueses ou entre burgueses e aristocratas, mas entre germânicos e não germânicos. Esse era o fundamento para que aos dezoito anos já fosse um antimarxista ferrenho. A orientação internacional do marxismo vai contra tudo aquilo em que Hitler acredita. Ele era anticapitalista pela mesma razão. O fato de que viveu com a pobreza no corpo e viu suas consequências desumanizadoras justamente em Viena tampouco poderia ser descartado como irrelevante para a forma de encarar a miséria social expressa em *Minha luta*, uma vez que na obra esse problema extrapola os limites da estrutura de classes para ser entendido como uma consequência da decadência da monarquia dupla e do capitalismo internacional. Que essa meticulosidade e essa grande necessidade de controle mais tarde pudessem ser vistas como uma encarnação do desejo de limitar e localizar até mesmo as maiores estruturas em unidades mais administráveis, ao mesmo tempo que o medo de tudo aquilo que se espalha, tudo que atravessa fronteiras, que contamina e conspurca, pudesse ser visto como uma encarnação de todas as grandes forças e tendências postas em movimento no presente em que vivia, que não conheciam fronteiras territoriais, não parece uma ideia tão exagerada e forçada quanto talvez soe, pois, se existe um aspecto que pode ser observado em *Minha luta*, esse aspecto é justamente a leitura do mundo exterior a partir das sensações e do temperamento do âmago do autor.

Na virada do século, Viena estava entre as cidades com as piores condições sociais. O contraste entre a riqueza opulenta e a pobreza abjeta era extremo. No centro e nas zonas do interior da cidade era possível sentir as pulsações de um reino com 52 milhões de pessoas em todo o duvidoso esplendor que acompanhava o Estado de nacionalidade composta.

A corte de brilho esplendoroso agia como um ímã sobre tudo aquilo que existia no país em termos de riqueza e inteligência. Além disso, a própria monarquia dos Habsburgo era fortemente centralizada.

Essa monarquia era a única força capaz de manter essa caldeirada de diferentes povos em uma forma coesa. Mas a consequência disso foi uma concentração exagerada de autoridades cada vez mais importantes na capital.

Viena não era apenas o centro político e espiritual da antiga monarquia do Danúbio, mas também o centro econômico.

Contra o exército de altos oficiais, funcionários públicos, artistas e acadêmicos havia um exército ainda maior de trabalhadores; contra a riqueza da aristocracia e do comércio estava uma pobreza atroz. Em frente aos palácios da Ringstrasse passavam milhares de desempregados, e sob essa Via Triumphalis da antiga Áustria os desabrigados viviam em meio à penumbra e à sujeira dos canais.

Dificilmente haveria uma cidade alemã que oferecesse melhor oportunidade para se estudar a questão social do que Viena. Mas não podemos nos deixar enganar. Esse "estudo" não pode ocorrer de cima para baixo.

Quem nunca sentiu o abraço dessa serpente assassina jamais conhece suas presas venenosas. Nada resulta disso a não ser falatório superficial e sentimentalismo hipócrita. As duas coisas são prejudiciais.

A primeira, porque nos impede de chegar ao cerne do problema, e a segunda porque o põe de lado.

Não sei o que é mais danoso: a ausência de preocupação com a necessidade social, como diariamente observamos na maioria das pessoas que foram beneficiadas pela sorte ou conquistaram uma posição graças aos próprios méritos, ou a condescendência esnobe, com frequência insolente e desprovida de tato, porém sempre generosa de certas mulheres da moda que "sentem as dores do povo", seja de saia ou de calças.

Essas pessoas pecam mais do que são capazes de conceber através dessa compreensão deficiente.

Por isso o resultado da "conscientização social" que promovem é sempre nulo, e com frequência resulta em uma rejeição indignada, o que por sua vez é interpretado como prova da ingratidão das pessoas.

Que esse tipo de coisa não tenha relação nenhuma com o ativismo social, e que não justifique qualquer expectativa de gratidão, uma vez que o verdadeiro ativismo social não consiste em distribuir misericórdia, mas em assegurar direitos, é o tipo de ideia que dificilmente ocorre a essas cabeças.

Eu fui poupado de aprender sobre a questão social dessa forma. Não fui tragado para esse inferno de sofrimento por meio de um convite ao "aprendizado", mas por meio de um teste em que eu era a cobaia. Não era à questão social que eu tinha a agradecer porque o coelho apesar de tudo havia resistido com vigor e saúde à operação.

Esse trecho muito característico de *Minha luta* começa com uma descrição da diferença entre a enorme riqueza e a enorme pobreza de Viena, vistas à distância, como se percebe em "era possível sentir", ou seja, de forma genérica, porém não neutra; o Estado nacional composto tem "duvidoso esplendor", e os vários tipos de pessoas que a força central mantém unidos são "uma caldeirada". A conclusão temporária é que nenhuma cidade seria mais adequada ao estudo da questão social. Mas esse projeto só pode ser levado adiante de uma única forma, a saber, pessoalmente, e não apenas isso, mas também por uma pessoa que tenha sentido pessoalmente "o abraço dessa serpente assassina"; em outras palavras, alguém que tenha vivido como pobre. O texto diz: eu estive lá, eu sei do que estou falando, ao contrário de quase todos os outros. E assim cria um éthos próprio. Esse éthos é invocado a intervalos regulares na abertura do livro, e aos poucos, por força da nítida insistência e da ausência fundamental de outra perspectiva, passa a funcionar como uma confirmação de si mesmo, não mais "isso é verdade porque eu, que digo essas coisas todas, via-as com os meus próprios olhos", mas "isso é verdade porque sou eu que estou dizendo".

E para que o texto usa essa legitimidade? Não há nenhuma análise, pelo contrário, apenas um acesso repentino contra mulheres da sociedade que dão esmolas sem compreender que essa atitude humilha as pessoas que as recebem. Hitler compartilhava essa visão sobre as esmolas com Marx, mas em Hitler, a julgar pela densidade do temperamento, e pela ligação próxima que tem com o eu presente no texto, que logo antes surge pela primeira vez nessa passagem, essa característica extrapola a experiência pessoal e mistura-se a uma misoginia generalizada, "mulheres da moda, de saias ou de calças". A conclusão de que a verdadeira atividade social não consiste em distribuir misericórdia, mas em assegurar direitos, Hitler também compartilhava com Marx.

Quando Jack London descreve a vida nos guetos pobres de Londres, as condições são duras e brutais e sórdidas, palavras como "bárbaro" e "primitivo" surgem no texto, e para as pessoas que vivem nesse meio, no lugar mais baixo do mundo, na mais absoluta necessidade, para essas pessoas que batem em mulheres e negligenciam crianças, ou que apanham, ou que perdem os filhos pequenos para a doença e levam a vida a tossir e a passar frio e fome, não existe espaço suficiente entre si mesmas e a miséria para que possam dar-se ao luxo de ter uma perspectiva generosa e pensamentos grandiosos acerca dos próprios semelhantes, ou ainda para lutar em nome dos ideais humanistas, como Jack London constata ao andar de um lado para o outro enquanto olha para aquelas pessoas todas como se pertencessem a um terrível espetáculo de horrores da terra. A solidariedade exige um mínimo de bens materiais. Como Mackie Messer diz em *A ópera dos três vinténs* de Bertolt Brecht: "Erst kommt das Fressen, dann kommt die Moral" — primeiro a comida, depois a moral. O mesmo vale para a solidariedade. Porque o que acontece nesses enormes cortiços é que a vida das pessoas passa a valer menos, tanto no ambiente em que vivem como para as pessoas de fora. Jack London escreve o seguinte:

Não pode haver na terra espetáculo mais desalentador do que aquele representado pelo "terrível Leste", com Whitechapel, Hoxton, Spitalfields, Bethnal Green, Wapping e East India Docks. A vida tem cores cinzentas e desoladas. Tudo é desalentador, desesperançoso, abandonado e sujo. Banheiras são completamente desconhecidas, tão míticas quanto a ambrosia dos deuses. As próprias pessoas são sujas, e qualquer tentativa de limpeza torna-se uma farsa ridícula, quando não lamentável e trágica. Estranhos odores errantes chegam com o vento gorduroso, e a chuva, quando cai, se parece mais com graxa do que com água caída do céu. Os próprios calçamentos são besuntados de gordura. Em suma, este é o reino de uma sujeira interminável e satisfeita, que não pode ser abolida por nada menos do que um Vesúvio ou um Monte Pelée. Nesse lugar mora uma população tão apática e desprovida de fantasia quanto os longos quilômetros de calçamento imundo. A religião praticamente não existe mais, e reina um materialismo apático e estúpido, fatal para tudo aquilo que se relaciona com o espírito e os instintos mais refinados da vida.

Costumava-se dizer com orgulho que o lar de cada inglês era seu castelo. Mas hoje isso é um anacronismo. As pessoas do Gueto não têm casas. Não conhecem a importância e a sacralidade da vida em um lar. Até mesmo as habitações municipais, onde moram os trabalhadores das classes um pouco mais elevadas, são acampamentos superlotados. Eles não conhecem a vida em um lar. A própria linguagem faz prova disso. O pai chega do trabalho e pergunta ao filho onde está a mãe; e a resposta é: "No prédio".

Uma nova raça surgiu, uma raça de pessoas da rua. Elas passam a vida inteira no trabalho e na rua. Têm covis e tocas onde se enfiam para dormir, mas isso é tudo. Não se poderia deturpar o sentido da palavra chamando-se tocas e covis de "lar". O inglês tradicional e reservado desapareceu. As pessoas das calçadas são barulhentas, volúveis, nervosas, sobressaltadas — enquanto jovens. À medida que envelhecem, acabam cada vez mais impregnadas e entorpecidas pela cerveja. Quando não têm mais nada a fazer, ruminam como as vacas ruminam. Encontram-se em toda parte, pelas sarjetas e pelas esquinas, com o olhar fixo no vazio. Observe um desses homens. Ele há de permanecer lá, imóvel, por horas, e, quando você for embora, há de deixá-lo ainda com o olhar fixo no vazio. É absolutamente fascinante. Ele não tem dinheiro para a cerveja e o covil serve apenas para dormir, então o que mais lhe resta fazer? Ele já resolveu os mistérios do amor de uma garota, e do amor de uma esposa, e do amor de um filho, e descobriu tratar-se de fraudes e ilusões, fugazes e insignificantes como as gotas do orvalho, que evaporam perante os atrozes fatos da vida.

Marx cita uma pesquisa sobre o padrão de vida realizada em 1863, oferecida por um certo dr. Simon:

"[...] É preciso lembrar que a falta de comida somente pode ser tolerada com enorme relutância, e que via de regra a deficiência alimentar chega somente após outras privações anteriores. Muito antes que a escassez de comida torne-se relevante por motivos de saúde, muito antes que o fisiólogo pense em contar os grãos de nitrogênio e carbono que decidem sobre a vida e a morte, a casa estaria privada de todo conforto material. As roupas e o aquecimento seriam ainda mais pobres do que a alimentação. Não haveria mais proteção contra as intempéries; a lotação das residências chegaria a um ponto em que as doenças começariam a surgir ou tornar-se-iam cada vez mais preocupantes; quase não haveria mais utensílios domésticos e móveis, e a limpeza tornar-se-ia cara ou difícil. Se alguém, por amor-próprio, tenta manter a ordem, cada uma dessas tentativas é feita às custas da alimentação. As pessoas moram onde o custo de um abrigo é o mais baixo; em bairros onde o serviço de inspeção sanitária traz o menor temor, onde o saneamento é o mais deplorável, onde há o menor tráfego, a maior quantia de lixo a céu aberto, o mais lamentável abastecimento de água e, nas cidades, o pior acesso à luz e ao ar fresco. São esses os riscos à saúde inevitáveis trazidos pela pobreza quando a essa pobreza soma-se a escassez de comida. Mesmo que o acúmulo de todos esses males assuma uma dimensão terrível na vida, a escassez de comida é medonha em si mesma... São pensamentos dolorosos, em particular quando lembramos que aqui não se trata da pobreza resultante da vadiagem. Esta é a pobreza dos trabalhadores. E, no que diz respeito aos trabalhadores das cidades, o trabalho que serve para comprar a parca comida estende-se quase sempre para além de toda a medida do razoável. Mesmo assim, apenas com enormes reservas poder-se-ia dizer que esse trabalho é uma garantia de subsistência... Ao fim e ao cabo, a subsistência nominal pode não ser mais do que um caminho um pouco mais curto ou pouco mais longo rumo à pobreza."

A relação interna entre a fome dos trabalhadores mais empenhados e o esbanjamento grosseiro ou refinado dos ricos, baseado na acumulação capitalista, revela-se apenas quando se conhecem as leis econômicas. A situação do alojamento é diferente. Qualquer observador neutro percebe que, quanto maior a centralização dos meios de produção, maior a correspondente aglomeração de trabalhadores em um mesmo espaço; isso significa que, quanto mais rápida a acumulação capitalista, piores as condições de alojamento dos trabalhadores. As "melhorias" (*improvements*) que fomentam o avanço da riqueza nas cidades, com a demolição de quarteirões mal-construídos, a construção de palácios para bancos, lojas etc., o alongamento de ruas para o tráfego comercial e os carros de luxo, a introdução de uma faixa para os cavalos etc., claramente empurram os pobres rumo a masmorras cada vez mais pobres e mais superlotadas. Por outro lado, é um fato conhecido que o preço dos imóveis mantém uma relação inversamente proporcional com a qualidade e que essas minas de miséria são exploradas pelos especuladores imobiliários com mais lucro e menos custos do que as minas de Potosí jamais foram. O caráter antagônico da acumulação capitalista e portanto de todas as relações de propriedade capitalista torna-se assim a tal ponto tangível que até mesmo os relatórios oficiais da Inglaterra encontram-se repletos de invectivas heterodoxas contra "a propriedade e seus direitos". O desenvolvimento da indústria, o acúmulo de capital, o crescimento e o "embelezamento" das cidades tanto agravaram esse mal que o medo de doenças contagiosas, que tampouco perdoavam a "virtude", levou à promulgação de nada menos do que dez leis relacionadas ao serviço de inspeção sanitária no período entre 1847 e 1864, e também a que a burguesia apavorada de cidades como Liverpool, Glasgow etc. interviesse por meio de autoridades municipais. Mesmo assim, o dr. Simon conclui no relatório de 1865: "Em termos gerais, as condições insalubres na Inglaterra encontram-se fora de controle".

E assim escreve Hitler:

Em dois cômodos úmidos no porão mora uma família trabalhadora de sete pessoas. Dentre as cinco crianças, uma é um menino de cerca de três anos. É nessa idade que as primeiras impressões se fixam em uma criança. Em pessoas bem-dotadas pela natureza, mesmo na idade avançada é possível encontrar resquícios deixados pelas memórias dessa época. Os cômodos exíguos e lotados não propiciam condições favoráveis. Por esse motivo, as brigas e discussões surgem com grande frequência. As pessoas não apenas moram juntas, mas espremem-se umas contra as outras. O menor desentendimento, que numa habitação mais espaçosa poderia resolver-se por conta própria, bastando para tanto que as pessoas se afastassem uma da outra por um breve período, resulta nesses casos em um conflito terrível e constante. Entre as crianças, esse tipo de coisa é natural e suportável; afinal, nessas condições elas brigam o tempo inteiro, e esquecem depressa. Mas quando a disputa se dá entre os pais, com frequência quase diária, sob formas que muitas vezes não deixam nada a desejar em relação à brutalidade interior, é inevitável que mais cedo ou mais tarde o ensino pelo exemplo tenha resultados visíveis sobre as crianças. As pessoas que não conhecem esse tipo de ambiente dificilmente podem conceber esses resultados quando as altercações mútuas assumem a forma de violência bruta do pai contra a mãe ou culminam em maus-tratos cometidos durante uma situação de embriaguez.

Aos seis anos, a pobre criaturinha pressente coisas que despertariam horror até mesmo num adulto. Com a moral envenenada e o corpo subnutrido, e com a pobre cabecinha cheia de piolhos, esse pequeno "cidadão" entra na escola pública. A escrita e a leitura, aprendidas com muito custo e muita dificuldade, são praticamente tudo o que leva consigo. Mas não se cogita estudar em casa. Pelo contrário. Mesmo na presença das crianças, o pai e a mãe falam sobre os professores e a escola de uma forma indigna de reproduzir, e preferem tratar os filhos com grosseria a colocar as pequenas crias no colo e incutir-lhes juízo. No mais, aquilo que o pequeno ouve em casa tampouco é adequado para fortalecer a consideração pelo mundo ao redor. Nada serve o bem da humanidade, nenhuma instituição escapa, desde o professor até o mais alto nível do governo. Independentemente de tratar-se de religião e de moral, de Estado e de sociedade, o resultado é sempre o mesmo, tudo é invariavelmente ridicularizado, zombado e arrastado da forma mais bárbara possível na lama de uma consciência vil. Quando esse jovem de catorze anos sai da escola, é complicado decidir que força tem mais poder sobre ele: a inacreditável estupidez no que diz respeito aos conhecimentos e às habilidades reais ou o atrevimento mordaz do comportamento, que já nessa idade faz-se acompanhar por uma amoralidade capaz de pôr os cabelos em pé.

Mas que lugar pode ocupar na vida que nesse momento prepara-se para adentrar uma pessoa para quem já nada é sagrado, que não aprendeu grande coisa, mas que por outro lado pressente e conhece todos os abismos da vida?

Aquela criança de três anos transformou-se em um rapaz de quinze que despreza todo e qualquer tipo de autoridade. Esse jovem não conhece nada além da imundície e da podridão, e ainda não descobriu nada capaz de fazê-lo arder de entusiasmo por um ideal grandioso.

Mas é apenas nesse momento que entra na escola da vida.

E a partir de então a vida transcorre da mesma forma que ele tinha aprendido com o pai ao longo da infância. Ele vaga por toda parte e só Deus sabe quando volta para casa; para variar um pouco, agora é ele quem aplica surras na pobre criatura que outrora foi sua mãe, pragueja contra Deus e o mundo e por um motivo ou outro acaba sendo condenado e mandado para um reformatório.

Lá, recebe os toques finais.

Enquanto isso, os burgueses afáveis demonstram espanto em relação à ausência de "entusiasmo nacional" nesse jovem "cidadão".

Eles veem de que forma o veneno no teatro e no cinema, na literatura de baixa qualidade e na imprensa marrom dia após dia é derramado por cima das pessoas, e impressionam-se com o baixo "conteúdo moral" e com a "indiferença nacional" das massas. Como se injeções de cinema kitsch, imprensa marrom e similares pudessem oferecer uma base para a compreensão da grandeza da pátria.

Hitler não esteve próximo a nenhuma família de trabalhadores em Viena; na época em que viveu fora da história, no sentido de que não existe qualquer testemunho a respeito, ele primeiro morou sozinho em um quarto durante um ano, e depois, durante as semanas ou meses durante os quais não estava registrado em endereço nenhum antes de aparecer no albergue para homens, morou provavelmente em parques, não em uma casa de trabalhadores superlotada. A descrição é um exemplo, uma concretização de uma ideia abstrata: a decadência da juventude trabalhadora determinada pelas circunstâncias sociais. Hitler oferece muitos exemplos em *Minha luta*, mas praticamente nenhum exemplo narrativo, como esse, e de qualquer modo nunca se põe no lugar das pessoas, como aqui, um trecho onde também apela à compaixão, um conceito profundamente estranho ao tom predominante nessa obra. Há também um elemento de identificação.

Ian Kershaw insinua que pode haver traços autobiográficos nessa passagem. Ele escreve:

> Há uma passagem em *Mein Kampf*, na qual Hitler descreve as condições de uma família de trabalhadores em que as crianças testemunham as surras aplicadas pelo pai bêbado à mãe, que pode muito bem ser parcialmente baseada em vivências reais da infância. O legado disso tudo para a forma como o caráter de Hitler desenvolveu-se mais tarde há de permanecer como objeto de especulação. Mesmo assim, parece difícil negar que o impacto tenha sido profundo.

Caso a passagem seja de fato a expressão de uma recordação de infância, como se ao abrigo da neutralidade do exemplo Hitler pudesse escrever a respeito de si próprio, trata-se de um caso único na obra.

O respeito pela vida não precisa diminuir quando se tem uma perspectiva tão baixa como a de Hitler em Viena, mas assim mesmo pode, e foi isso o que evidentemente aconteceu no caso de Hitler, ainda que em *Minha luta* ele enfatize que as pessoas individualmente consideradas não têm culpa nessa miséria, que é criada por um sistema miserável. Mas como ele expressa isso tudo?

> Assim, o que surgia da infelicidade e da miséria, da sujeira e da degradação, não eram mais *pessoas*, mas tristes consequências de tristes leis [...].

É uma declaração traiçoeira, não apenas característica de Hitler, mas da época como um todo. Ao afirmar que a culpa pela rispidez e pelo embruteci-mento não deve ser atribuída às pessoas individualmente consideradas, mas ao sistema a que pertencem, Hitler expressa uma posição humanista, que consiste em afirmar que a ausência de dignidade não se encontra nas pessoas em si, mas nas circunstâncias em que vivem. A consequência, no entanto, é que assim passa-se a ver o conjunto de pessoas individualmente consideradas como uma classe, mas se a classe é importante o valor do destino individual cai, uma vez que passa a ser visto em relação a um objetivo comum. Não mais um rosto e um nome, porém uma massa e um número. A redução das massas ou o devoramento do indivíduo foi um fenômeno novo, que surgiu em consequência direta da industrialização e da urbanização, e que trouxe mudanças drásticas: multidões de miseráveis em meio às quais os indivíduos não expressavam mais a si, mas apenas sua pobreza; hordas de trabalhadores que marchavam para dentro e para fora dos portões das fábricas, de manhã e de tarde; exércitos de manifestantes nas ruas, reunidos como um mar de gente em protestos realizados em praças e parques. Baudelaire ocupou-se com os rios de pessoas na cidade grande, onde o *flâneur* por assim dizer se banhava, Chaplin justapôs imagens da massa de trabalhadores com rebanhos de ovelha em *Tempos modernos* enquanto Hamsun, que acima de tudo era um individualista, e portanto não desprezava o trabalhador, mas a massa de trabalhadores, onde os trabalhadores eram todos e não eram ninguém, eram a escória da sociedade, fez com que August, seu protagonista na década de 1920, perecesse em meio a um mar de ovelhas. Um motivo recorrente na literatura produzida na República de Weimar era a massa, e com frequência se empregava uma perspectiva distante, de onde a humanidade parecia um enxame de insetos ou um conjunto de pequenas criaturas amontoadas. Essa redução da humanidade e de tudo aquilo que representa não era unívoca, pois também naquela época começou-se a entender a força que havia nas massas e o potencial que detinham como meio para uma transformação.

Outra consequência da perspectiva de massa é a precipitação da huma-nidade rumo à biologia, a uma humanidade biológica. As perambulações de Jack London pela cidade grande em 1903 criaram a imagem das pessoas como cabeças de gado e, para dizer que os melhores iam embora, ele usou a metá-fora do sangue perdido. Era uma forma de pensar corriqueira, essas imagens estavam por toda parte, ninguém as considerava suspeitas nem sentia-se pi-sando em ovos ao deparar-se com elas, porque ainda não estavam carregadas de horror, mas de certa forma ainda se mantinham neutras. O fato de que justamente o sangue acabasse por se tornar o símbolo do movimento nacional-socialista está ligado tanto à ideia da humanidade como massa como à ideia de uma humanidade biológica, pois o sangue é igual para todos, é o mesmo nos ricos e nos pobres, nos cultos e nos incultos, e, por estar associado ao povo, cuja expressão institucional era o Estado nacional, o sangue ao mesmo tempo excluía todos aqueles que não pertenciam ao povo, de acordo com os ensinamentos raciais da época, que tampouco eram suspeitos, pelo contrário, eram criados nas assim chamadas sedes do conhecimento, as universidades.

Hitler nunca escreveu um manifesto ideológico, a não ser pelas ideias que surgem através dos vários raciocínios, suposições e análises que constituem *Minha luta*, e que a bem dizer não podem ser extraídos da obra a não ser que a transformemos em outra coisa, uma vez que a característica mais decisiva desse livro é o fato de ser tão idiossincrático e tão ligado ao autor por meio do temperamento, e à época por meio do conjunto de pensamentos transportados de um lado para o outro, e ao mesmo tempo tão dedicado a construir uma persona através dessa estranha balada em homenagem a tudo que há de baixo, por assim dizer, repleta de indignação, particularismo e fúria inata, que qualquer tentativa de elevação revela-se falsa, porque não, não há nada de elevado aqui, a força centrífuga da mesquinhez e da baixeza é grande demais para tanto.

A linguagem relaciona-se com as circunstâncias sociais de forma completamente distinta em relação a essa imagem, e se a encenação dos nazistas se vale da atração exercida pelo passado e pela mitologia, e assim concretiza uma ideia de nação a partir da qual emana todo o sentido, a linguagem de Hitler atém-se às experiências que existem em tudo aquilo que é baixo, ou seja, em toda a realidade linguística ebuliente e fervilhante que o rodeava em Viena, onde por exemplo o ódio contra os judeus era expresso diariamente nos jornais antissemitas, e onde além disso a agitação política e a propaganda estavam no ar, como se as grandes questões políticas da época tivessem sido levadas às ruas, afastadas da perspectiva do Olimpo e compreendidas como manifestações de tudo aquilo que havia de próprio, de local e de privado: O que esses tchecos estão fazendo aqui? O que esses judeus estão fazendo aqui? Há escassez de moradia, pobreza, inflação enorme. Há manifestações constantes, protestos, janelas e lâmpadas quebradas, bondes e carros destruídos, o Exército é posto em ação, a violência se espalha pelos distritos de trabalhadores. O que pode acontecer se os trabalhadores realmente fizerem a revolução? O nível de violência é alto, tanto em sentido concreto, nas ruas, entre os manifestantes, entre a polícia e os manifestantes, entre a polícia e os pobres e mendigos e no seio das famílias, mas o nível de violência estrutural também é alto, e apresenta-se sob a forma de uma ordem social que cuida dos abastados e está se lixando por completo para todos os outros. O Parlamento não funciona e praticamente se dissolveu em uma mixórdia interminável de partidos dos mais variados países e culturas da dupla monarquia, e portanto não consegue tomar decisões; segundo Hamann, os representantes sopram trompetes infantis e tocam sinetas, o que Hitler observa durante o primeiro ano em Viena, quando, na companhia de Kubizek, passa dias inteiros no Parlamento, e segundo o amigo chega a dar pulos de entusiasmo com aquilo que vê. Hitler lê muito a respeito de política, acima de tudo jornais, panfletos e periódicos, e é através dessa forma secundária e popular de conhecimento que tem contato com os grandes e polêmicos intelectuais da época, como Darwin, Nietzsche, Chamberlain e Schopenhauer, segundo Hamann. Uma parte importante do espírito do tempo era que o conhecimento acadêmico e científico não tinha um valor muito elevado, e que pensadores idiossincráticos e autodidatas, cheios de suspeitas em relação ao establishment, floresciam, e aquilo que sabemos quanto às preferências de Hitler, segundo as revelou mais tarde, veio, segundo Hamann, quase exclusivamente dessas figuras heterodoxas que, do ponto de vista científico, não passavam de charlatães. Então, no ano durante o qual morou sozinho em um quarto, sem nenhum convívio com outras pessoas, foram provavelmente esses os escritores que leu, e sem nenhum contexto acadêmico, aliás, sem nenhum contexto de qualquer tipo, tudo estava à mercê da sensibilidade e do instinto, e esse caráter de incorrigibilidade talvez fosse o mais característico do universo mental de Hitler. Os poucos livros que poderia ter devem ter sido vendidos quando o dinheiro acabou, pois quando Hanisch o encontra em Meidling, em dezembro de 1909, Hitler não tem nenhuma posse além das roupas que traz no corpo.

Nessa tarde, quando após um ano e meio distante da luz da história Hitler novamente ressurge ao entrar na fila em frente ao albergue de homens, duas horas e meia a pé desde o centro da cidade, e assim tem o nome registrado no arquivo da polícia, cansado, com frio e com fome, trajando um terno lilás puído, com vinte anos de idade, pálido e magro, com olhos que segundo Kubizek dominavam-lhe a aparência por causa do olhar penetrante, que a mãe de Kubizek julgava quase assustador, ele não é todos, mas tampouco ninguém, pois, se por um lado é insignificante aos olhos dos outros e encontra-se praticamente apagado da sociedade, não há motivo nenhum para crer que o que havia de grandioso na imagem que fazia de si mesmo, aquela confiança ilimitada na própria capacidade, tivesse-o deixado por completo. A situação é delicada, porque esse é o ponto mais baixo a que chegou na vida, absolutamente intolerável para um jovem com a autoimagem e o orgulho de Hitler, mas no relato oferecido por Hanisch ele parece derrotado e passivo.

O albergue também desempenhava uma importante função social; lá era possível conseguir dicas sobre bons lugares para manter-se aquecido durante o dia, bons lugares para dormir, bons lugares para esmolar e locais para arranjar um emprego. Para Hitler, Hanisch ofereceu justamente esse tipo de ajuda; os dois começaram a andar juntos. Durante o dia, saíam à procura de trabalho; à tarde, dirigiam-se a diferentes locais de pernoite, havia uma sala quente mantida aberta durante a noite toda em Edberg e outra em Favoriten, por exemplo, e depois os dois talvez pudessem voltar a Meidling. Segundo Hanisch, Hitler era inapto para qualquer tipo de trabalho físico; ele escreve que alguém precisava de homens para cavar uma vala, mas desaconselhou Hitler a executar o serviço porque seria excessivamente pesado para ele. Em vez disso, Hitler ia à estação de trem carregar valises, ou à cidade limpar terrenos quando nevava. Mas ele não tinha roupas de inverno, e por isso passou frio e contraiu uma tosse e não limpou neve em mais do que duas ou três ocasiões, segundo Hanisch escreve. Hitler era tão fraco e tão patético que parecia miserável até em comparação a outros moradores de rua, que pelo menos podiam trabalhar em troca de uma féria diária. Hitler podia imaginar-se fazendo qualquer tipo de trabalho, mas era "fraco e atrapalhado demais para fazer trabalho duro".

Essa descrição encontra-se em oposição direta ao que o próprio Hitler escreve sobre essa época em *Minha luta*.

> Naquela época não me era particularmente difícil encontrar trabalho em si, uma vez que eu não era um artesão experiente, mas tinha de procurar vagas como ajudante ou muitas vezes como trabalhador ocasional para ganhar o pão de cada dia.
>
> Assim me coloquei no lugar de todos aqueles que sacudiram dos pés a poeira da Europa com a determinação implacável de também fundar uma nova existência em um novo país, de conquistar uma nova pátria. Libertas das paralisantes ideias-feitas acerca da ocupação e da posição na vida, do ambiente e da tradição, essas pessoas aferram-se a todas as oportunidades de ganhos que se oferecem, aceitam toda sorte de trabalho, cada vez mais próximas da ideia de que o trabalho honrado nunca é motivo de vergonha, independentemente da forma que assuma. Também eu estava assim decidido a saltar com os dois pés rumo àquele mundo para mim novo e recomeçar.
>
> Logo aprendi que sempre havia algum tipo de trabalho, embora tenha aprendido igualmente depressa sobre a facilidade com que era possível perdê-lo.

A incerteza quanto ao pão de cada dia em pouco tempo passou a ser um dos mais difíceis e sombrios aspectos de minha nova vida.

Não é mentira, mas quando sabemos que Hitler ganhava dinheiro carregando valises na estação de trem e limpando neve de terrenos, um jovem que dedicou toda a vida adulta a tornar-se artista, mas fracassou, e que se afastou das outras pessoas, atormentado e profundamente humilhado, um perdedor aos olhos dos outros, a comparação com os imigrantes que foram para os Estados Unidos, que trabalharam na terra e cultivaram o solo e construíram casas, parece um pouco estranha. Mas assim é *Minha luta*; Hitler descreve a pobreza em uma linguagem que se mantém longe de suas consequências, e assim não a renega, mas apresenta-a como uma coisa incrivelmente poderosa e recompensadora e entretece-a em uma visão política que ganha boa parte das forças e é praticamente fundada nessa desfiguração de sua vida.

Foi justamente uma pessoa assim, em quem um forte sentimento de nobreza interior cria uma distância em relação à sordidez externa, que Knut Hamsun descreveu no romance *Fome*, publicado setenta anos depois da existência mínima de Hitler em Viena. Como Hitler, o protagonista de *Fome* vive um dia de cada vez na cidade grande, onde não conhece ninguém, não tem amigos e não tem trabalho nem qualquer tipo de renda, a não ser pelo pouco dinheiro que ganha de vez em quando ao escrever um artigo de jornal. O protagonista de *Fome* sonha em tornar-se escritor, e é isso que o mantém de pé. Ele é recusado quando tenta conseguir emprego numa estação de incêndio, abandona todos os esforços nesse sentido, passa os dias andando pelas ruas, tenta escrever, pensa, muda-se para endereços cada vez piores, repugna-se com a pobreza ao redor. Ele nunca menciona o lugar onde nasceu nem histórias da infância e da juventude nem os pais ou irmãos; é como se essas coisas não existissem. Não tem mais ninguém, mas, embora se encontre na mais absoluta situação de necessidade material, nunca duvida de si.

Hitler tinha essa mesma autoconfiança, e um pouco dessa mesma fantasia febril; de acordo com Liljegren, no albergue ele teria alegado que a ciência logo conseguiria anular a força da gravidade para que grandes blocos de ferro pudessem ser transportados sem qualquer esforço, e também que no futuro a humanidade poderia alimentar-se exclusivamente de comprimidos.

A maneira de sobreviver também lembra o herói de Hamsun; em vez de pequenos artigos de jornal, pinturas de pequenas dimensões vendidas em tavernas e outros lugares onde as pessoas juntavam-se para beber.

A ideia das pinturas foi de Hanisch. Hitler mentiu para ele, dizendo que havia frequentado a Academia, e Hanisch sugeriu que ele pintasse para ganhar o sustento. Hitler comprou materiais de pintura e pôs-se a trabalhar; como as salas aquecidas estavam sempre lotadas, ele pintava em cafés, enquanto Hanisch vendia as pinturas, e o plano dá certo, pouco depois os dois se mudam para um albergue permanente para homens que não recebe pessoas em situação de pobreza extrema, onde pagam um pequeno valor semanal por uma cama em um pequeno cubículo e uma refeição. O albergue é grande e abriga cerca de quinhentas pessoas; há quem more por lá em caráter permanente, mas para a maioria dos que lá se encontram aquela é uma solução temporária. Cerca de setenta por cento dos moradores têm menos de trinta e cinco anos. Setenta por cento são trabalhadores e artesãos, e além disso há cocheiros, vendedores de loja, garçons, jardineiros, pessoas sem qualificação e desempregados, artistas fracassados e homens divorciados e arruinados, segundo Hamann. A bagagem étnica dos moradores é igualmente variada. Foi nesse ambiente que Hitler viveu durante três anos. Ele tinha um cubículo próprio, que podia ocupar entre as oito horas da noite e as nove horas da manhã. Além disso, havia uma sala de refeições e duas salas de leitura, uma para fumantes e outra para não fumantes. Havia jornais e uma pequena biblioteca para os inquilinos. Esse era o lugar onde Hitler passava a maior parte do tempo, segundo Hanisch. Ele lia jornais pela manhã, pintava ao longo do dia e à noite lia, ou então se envolvia nos muitos debates e discussões que estavam sempre em curso no albergue, como em todos os demais lugares da cidade onde os problemas políticos da cidade eram muito grandes e muito visíveis. Os negócios andavam relativamente bem, os dois ganhavam dinheiro suficiente para bancar o aluguel e a comida, mas não para comprar roupas, por exemplo, e, de acordo com o relato de Hanisch, Hitler passou um tempo andando de sobretudo dentro do albergue porque as calças dele estavam furadas na parte de trás e ele não tinha camisa. Para fazer com que tudo funcionasse, Hitler precisava terminar uma pintura por dia. Hanisch o importunava o tempo inteiro, e por fim Hitler mostrou-se tão incomodado que meio ano depois, em junho de 1910, voltou-se a outro morador do albergue para ajudá-lo a vender as pinturas, o menino Josef Neumann, de onze anos, com quem Hitler anteriormente tinha feito passeios durante uma semana sem dar qualquer tipo de satisfação a Hanisch, e com quem provavelmente mantinha uma boa relação. Segundo Liljegren, os dois tinham visitado diferentes museus de arte.

Neumann era judeu, então mesmo que Hitler fosse antissemita já nessa época, essa não era uma ideia dominante em seus pensamentos, como mais tarde passaria a ser. Provavelmente não era. Mas a visão política era nacionalista, ele era contra a social-democracia e antimarxista, e segundo Hanisch não tinha nenhum respeito por trabalhadores que "não se preocupavam com nada além de comida, álcool e mulheres", ou seja, com trabalhadores que não tinham olhos para os valores espirituais da vida, mas apenas para os valores materiais. Quanto a si, Hitler não pode ter sabido exatamente o que era; durante esses anos, efetivamente terminou setecentas ou oitocentas pinturas, mas isso não é motivo para acreditar que a façanha viesse acompanhada de qualquer tipo de prestígio, uma vez que as pinturas eram feitas exclusivamente tendo o dinheiro em vista; em 1939, Hitler proibiu a venda dessas obras, provavelmente constrangido e desconfortável com o alcance que tinham obtido.

Mas, se ele não era um artista, não era um arquiteto, não era um trabalhador e não era um vadio, o que era, então? Será que via esse período como uma fase intermediária, com a qual se ocupava à espera de dias melhores? Nesse caso, o que o futuro traria?

A diferença entre o jovem alter ego de Hamsun em *Fome* e Hitler é que o primeiro mais tarde escreve o livro com que sempre havia sonhado e consegue tornar-se escritor, enquanto no caso de Hitler nada acontece. Por quê? Porque lhe falta talento? Porque lhe falta ambição? Será que não era forte o bastante para suportar a exclusão de certos ambientes e assim mesmo manter aceso o desejo de tornar-se pintor? Será que desistiu e simplesmente se deixou levar apaticamente para onde quer que o destino o levasse?

O arrebatamento da juventude pela arte talvez fosse um arrebatamento pelo papel de artista; ao contrário do papel de um empregado, o papel do artista é uma expressão de individualidade, as pessoas tornam-se artistas por força de si mesmas e do próprio talento, e essa ideia deve ter parecido atraente. Hitler não precisaria trabalhar para conseguir o que quer que fosse; bastaria que fosse a pessoa que era. Na cultura burguesa havia somente um papel capaz de romper com a vida burguesa, de alçar-se acima dela, e do qual ao mesmo tempo se esperava que fizesse justamente isso; esse papel era o de gênio. O indivíduo contra a quantidade das massas. Essa ideia surgiu a partir de uma compreensão de que o indivíduo poderia liderar a cultura das massas, como uma idealização, como uma coisa que todos poderiam almejar e desejar, para então destilar a visão das massas em uma essência única e superordenada: assim é a nossa vida nesse mundo. Esse é o mandato de Goethe e de Wagner. O que aconteceu na arte do fim do século XIX foi que esse papel, do indivíduo, do gênio artístico, teve o caráter alterado. O indivíduo já não representava mais o todo, mas contrariava-o. Munch é um exemplo disso. Ele transcendeu o social — não de forma positiva, mas negativa. Encontrou apenas desprezo e escárnio. De maneira a conseguir isso, não fazer parte do todo, mas expressar-se apenas a si mesmo, como um desvio em relação ao comum, seria preciso ou desafiá-lo, o que exigiria uma força enorme, ou manter-se à margem. Munch, como tantos outros artistas, manteve-se à margem, ele viveu longos períodos da vida recolhido em si mesmo, tendo pouco ou nenhum contato com a família e nenhum amigo. Somente assim a transcendência foi possível, afinal Munch não era como Hans Jæger, não tinha a força e a vontade dele. Jæger vivia na sociedade, brincava com a sociedade, afundava na sociedade. Munch afastava o rosto, mantinha os sentimentos trancados em si, pintava. A solidão e o isolamento não eram muito diferentes da situação em que Hitler viveu durante aqueles anos, embora a transcendência da burguesia, no caso de Hitler, tenha acontecido somente na esfera social, e não artística. A estética dele, pelo contrário, era idêntica à estética burguesa, que ansiava por uma arte bela, edificante, ideal.

O principal formador dessa visão de arte, que para muitos era e continua a ser tão evidente a ponto de funcionar quase como uma lei, foi G. E. Lessing, que a expressou no *Laooconte* de 1766, um livro no qual escreve sobre a diferença entre o belo e o feio na arte. As formas do feio "atentam contra nossa visão, opõem-se a nosso gosto pela ordem e pela harmonia e despertam repulsa, sem nenhuma consideração relativa à real existência do objeto em que as percebemos". Lessing divide a arte em dois tipos, a arte imitativa, que tenta reproduzir a realidade como ela é, e a arte que busca o belo. "A pintura, como talento imitativo, pode expressar o feio; a pintura como bela-arte não deseja expressá-lo. Àquela pertencem todos os objetos visíveis; a esta restringem-se apenas os objetos visíveis capazes de despertar sensações agradáveis." Para Lessing, o feio na arte representava uma ameaça também à ordem e à harmonia na sociedade como um todo, e ele quis proibir as representações da feiura para ter uma arte que representasse apenas a beleza. "O fim último da arte é o deleite; e o deleite é supérfluo. Sendo assim, cabe ao legislador estabelecer que tipos de deleite são permitidos, e qual a medida justa para cada um desses tipos."

Em razão do realismo em voga no meio do século XIX, que representava tanto o bonito como o feio, tanto o odioso como o belo, a visão artística de Lessing começou a morrer na cultura, embora não a ponto de impedir que a burguesia reagisse com insatisfação e raiva ao desenvolvimento da pintura na virada do século, que já não era mais arte, uma vez que não era agradável nem elevada, mas a expressão da doença do artista.

Hitler, ao pretender transcender a burguesia seguindo pelo caminho do artista, encontra-se repleto dessa mesma visão burguesa de arte. Assim escreve sobre a arte contemporânea em *Minha luta*:

> Em quase todas as áreas da arte, e em particular no teatro e na literatura, começou-se a produzir, na virada do século, menos novidades de relevo, para assim diminuir a Antiguidade e apresentá-la como menor e ultrapassada, como se essa época de pequenez vergonhosa fosse capaz de "ultrapassar" o que quer que fosse. Nessa batalha para afastar nosso olhar do passado, no entanto, a vil intenção desses "apóstolos" do futuro revelou-se de maneira nítida e clara. Nisso deveríamos ter reconhecido que não se tratava apenas de concepções definidas, ainda que falsas, sobre a cultura, mas de um processo que visava destruir as próprias fundações da cultura como um todo, da trama de um embuste contra a sensibilidade artística saudável — e de uma preparação espiritual para o bolchevismo político. Pois, enquanto a época de Péricles encontra-se corporificada no Partenon, o bolchevique do presente manifesta-se como uma desfiguração cubista.

Em 1907 e 1908, quando Hitler prestou os exames de admissão para a Academia, a pintura buscava sua expressão de formas até então inéditas, como no expressionismo de Munch, Kirchner e Nolde, no fauvismo de Matisse, Derain e Vlaminck, no cubismo de Braque e Picasso, nas simplificações radicais e abstrações incipientes de Klee, Burliuk e Kandinsky e no primitivismo de Jawlensky, para dar apenas uns poucos exemplos das correntes radicais que atravessavam a cultura europeia naquela época, quando Viena era uma das cidades mais importantes do mundo.

A questão levantada é que tipo de relação existe entre o presente e a arte, será que a arte não passaria de uma realidade ao sabor do vento, uma ocupação similar à moda, na qual o importante é fazer tudo exatamente como os outros fazem, porém sem conceber "os outros" como quem quer que seja, mas como uma elite que toma as decisões, *the happy few*, os arautos da cultura, aqueles que são o assunto de todas as conversas de café, de forma que a cultura não passaria de um lugar para imitadores baratos?

Hitler via o desenvolvimento ocorrido durante esses anos como uma decadência, a última, a mais recente, a próxima, aquilo não tem nada a ver com arte aos olhos de Hitler, para ele a arte expressa uma ideia perene e atemporal. A relação inescapável entre o constante e o atemporal na arte e o atual e o social no mundo, e a importância que essa dinâmica estabelecida entre os vivos e os mortos tem para a expressividade e a importância da arte é incompreensível para Hitler, provavelmente em função das mesmas razões que o impedem de ocultar o que há de baixo e de mesquinho a respeito de si enquanto escreve, a saber, um baixo desenvolvimento da consciência em relação à forma, para a qual o conteúdo e os sentimentos despertados são a única coisa que realmente importa.

Mas não foi por não estar em contato com o espírito da época que ele fracassou como pintor. O fato de que nenhuma dessas correntes seja visível nos quadros de Hitler não é particularmente surpreendente, e não diz nada a respeito dele, senão que veio da baixa burguesia e que foi mantido longe de tudo o que acontecia no centro da cultura, ou preferiu manter-se longe disso, uma vez que se manteve apegado ao gosto de sua classe, que não era nem rechaçado nem obrigatoriamente ultrapassado; a Academia onde prestou exames, uma instituição reconhecida, esposava a mesma estética neoclássica e realística a partir da qual Hitler pintava. O fato de que não foi aceito como aluno da Academia deve estar relacionado à falta de expressividade de suas pinturas, ao fato de que eram quase exclusivamente decorativas, e não tinham nada de próprio. Por outro lado, ele tinha apenas dezessete anos de idade quando prestou o exame, e era apenas dois ou três anos mais velho quando concluiu as outras pinturas. Uma comparação relevante poderia ser feita com as tentativas incipientes de Hamsun de escrever um romance, como por exemplo *Bjørger*, que, de maneira análoga, é uma obra pouco independente e desprovida de alma, uma imagem daquilo que o autor via como literatura, na qual a literariedade se encontra entre ele e o mundo, mais ou menos como a ideia de Hitler quanto ao que a arte era e o que devia ser encontrava-se entre ele e aquilo que pintava. A presença dessa ideia é destrutiva o bastante em si mesma, porém no caso de Hitler e de Hamsun era agravada por ser uma ideia popular e provinciana. O ponto de partida social de ambos não era muito diferente, embora Hamsun tenha nascido em uma camada social ainda mais baixa, os pais dele eram miseráveis, não tinham nenhuma formação e o próprio Hamsun, ao contrário de Hitler, não tinha sequer terminado a escola. Hamsun aprendeu tudo o que podia aprender sozinho, como Hitler, porém, enquanto Hitler desistiu da pintura, Hamsun manteve-se firme na escrita, e por fim tornou-se escritor. O que faltou a Hitler como pintor, e o que Hamsun conseguiu obter como escritor, foi a intimidade com a forma. A fraqueza de Hitler como pintor era que ele não tinha meio de expressão para aquilo que lhe era próprio, e nenhuma vontade de ir ao encontro disso; pode ter sido por isso mesmo que desistiu e passou a usar a pintura como simples meio de garantir a própria subsistência.

Mas, nesse caso, o que lhe era próprio?

O escritor Ernst Jünger, vinte anos mais jovem que Hitler, vindo de uma família de alto status social, que no período entreguerras pertencia à extrema direita antiliberal e antidemocrática, e que publicou ensaios nos periódicos nazistas, em 1929 escreveu o seguinte:

> Assim, contudo, também sei que a minha vivência fundamental, aquilo que sempre volta a se expressar durante o transcorrer da vida, é a experiência típica da minha geração, uma variação ligada ao motivo da época, ou talvez uma espécie à parte, que no entanto não extrapola de nenhuma forma os limites das características do gênero.

Quando se leem várias biografias de uma mesma época, surgem padrões, certos tipos e contextos retornam, e talvez fosse a isso que Jünger se referisse ao falar de "uma variação ligada ao motivo da época", uma vez que as opiniões e a estrutura social dominantes constroem espaços praticamente idênticos, e as pessoas que vivem nesses espaços têm as mesmas experiências, que para elas são típicas. Hitler não foi o único durante a monarquia dos Habsburgo a ter um pai autoritário e uma mãe amorosa, nem o único a ter irmãos que morreram e a nutrir o sonho de artista que o levou à metrópole. Não; era uma época repleta de pessoas assim. Um exemplo é Alfred Kubin, nascido em 1877, portanto doze anos antes de Hitler, e crescido em uma pequena cidade austríaca chamada Zell am See. Ele tinha um pai autoritário a quem odiava, uma mãe amorosa que morreu ainda jovem e foi à cidade grande para ser artista.

O fato de que haja tantas semelhanças entre a biografia de Hitler e a de Kubin pode levantar suspeitas de que semelhanças no histórico pessoal talvez possam criar semelhanças de temperamento, e que portanto essas situações, cheias de falhas e defeitos, anseios e ambições, experiências e predileções, esperanças e temores, invocados e compreendidos por ambos como se fossem únicos, na verdade sejam apenas variações sobre um mesmo tema, surgidas, de acordo com a interpretação de Jünger, a partir de uma época, de um lugar e de uma classe. Não que os dois fossem semelhantes em termos de disposição, talento ou caráter, mas aquilo que lhes perpassava os sentimentos, aquilo que revelavam ou guardavam para si, aquilo que rejeitavam ou abraçavam, parecia-se, ou talvez, em certos casos particulares, fosse de fato o mesmo. É um pensamento tentador nesse caso, porque as obras da juventude de Kubin são repletas de morte e de medo em relação às mulheres, e apresentam um grau muito elevado de distanciamento em relação à humanidade que representam, cujos corpos são apresentados como corpos biológicos, dotados de um elemento repulsivo ou repugnante, como se estivessem a expressar diretamente aquilo que Hitler evitava e reprimia com todas as forças.

Hitler queria glorificar o mundo, Kubin queria mostrá-lo tal como era, ou seja, como o percebia, ou seja, nas profundezas do inferno, como no desenho em que uma mulher forte se encontra de pé, nua, com as duas mãos erguidas, ela espalha qualquer coisa ao redor, a barriga dela é grande, ela tem um aspecto grotesco, talvez esteja grávida, ao redor dela há cabeças cortadas, todas cabeças de homens, algumas com a boca aberta. É a mãe terra.

Outro desenho traz um enorme sexo feminino em direção ao qual um homem se atira a partir de um joelho, que em relação a ele é grande como uma montanha. Há também desenhos do inferno, para onde se deslocam massas de pessoas, vistas de uma distância tão grande que nenhum elemento individual pode ser distinguido, e há desenhos da morte como um enorme esqueleto debruçado por cima de uma casa, espalhando o pó de um saco; esse desenho se chama "Epidemia". Há a imagem de um macaco que abraça uma mulher e toca o sexo dela com uma das mãos, há imagens de homens com cabeças de pássaro, uma que traz um enorme grupo de soldados reunidos sob a escultura colossal de um touro, há imagens de carcaças de animais esquartejados, de cabeças decapitadas e empaladas, do Estado como um rolo compressor em um terreno, de suicidas e cachorros que espumam pela boca, de um homem com a cabeça enterrada no ventre de uma mulher, ela se encontra deitada num caixão e é magra como um esqueleto, e de uma outra mulher que é um esqueleto, a não ser pela barriga de grávida, que se avoluma como um ovo. São imagens do *fin de siècle*, mas encontram-se repletas de um medo do corpo, de um isolamento e de uma atmosfera de humanidade massificada que diferem radicalmente de outras imagens do *fin de siècle*; Kubin seria inconcebível na Inglaterra, por exemplo, e também nos Estados Unidos, e mesmo que certas gravuras façam pensar no pintor francês Odilon Redon, a atmosfera é radicalmente outra, e encontra semelhantes apenas em outros artistas do expressionismo alemão da época, à exceção dos desenhos mais negros e mais apocalípticos de Goya, que certamente devem ter inspirado Kubin.

Kubin também deixou marcas na literatura da época através de seu único romance, *Das andere Seite*, publicado em 1908. A narrativa se passa em uma espécie de reino dos sonhos, são sessenta e cinco mil almas que moram em uma cidade chamada Perle, localizada muito a leste do Uzbequistão, separada do mundo por uma enorme muralha e governada por uma figura divina chamada Patera. Os habitantes eram do mundo inteiro, muitos vindos de sanatórios e outros locais de cura, pessoas especialmente sensíveis e delicadas, cheias de ideias fixas, hiper-religiosas, obcecadas pela leitura ou pelo jogo, neurastênicas ou histéricas; sendo desabrigados na realidade, essas pessoas fugiram para o mundo da fantasia, para o qual essa cidade é uma expressão física e concreta. Mas a presença de Patera, que governa esse mundo com punho de ferro, transforma o mundo do sonho numa espécie de submundo, um reino da morte sem nenhuma esperança, a não ser como um Estado livre para pessoas avessas à realidade.

Kubin escreveu o livro após a morte do pai, e a presença do pai nesse nome — "Patera" se parece com "pater", e portanto com "Vater", "pai" —, bem como a onipresença dessa figura, somadas ao fato de que dificilmente se deixa encontrar e confrontar, obviamente também é uma imagem da existência autoritária do pai.

Não chega a parecer surpreendente que Kafka tivesse Kubin em alta conta e que tenha se deixado influenciar por ele; afinal, tanto o aspecto onírico do mundo, tudo o que há de inescrutável nos processos burocráticos e em todos os adiamentos, sempre vagos e intangíveis, quanto a autoridade paterna são temas centrais na obra de Kafka.

Kafka era seis anos mais jovem que Kubin, e seis anos mais velho que Hitler, mas Praga pertencia ao mesmo império e, como germanófono, Kafka se relacionava com a mesma cultura que os outros dois. Muitas vezes ele se refere a Kubin nos diários. No dia 26 de setembro de 1911, por exemplo, Kafka escreveu sobre o encontro entre Kubin e Hamsun.

O desenhista Kubin recomendou-me o laxante Regulin, um pó de alga que se expande no intestino, fá-lo tremer, e também desencadeia um efeito mecânico, ao contrário de outros laxantes com efeito químico e nocivo, que simplesmente rompem as fezes, deixando-as penduradas nas paredes do intestino.

Ele encontrou-se com Hamsun na companhia de Langen. Ele (Hamsun) dava sorrisos zombeteiros sem nenhum motivo: durante a conversa, sem interrompê-la, colocou o pé em cima do joelho, pegou uma grande tesoura de papel que estava em cima da mesa e cortou os fiapos na barra das calças. Vestido de forma desleixada, com certos detalhes elegantes, como por exemplo a gravata. Histórias de uma pensão de artistas em Munique, onde moravam pintores e médicos veterinários (a escola desses últimos situava-se nas proximidades) e onde tudo era tão desregrado que na casa em frente as janelas com as melhores vistas eram alugadas. Para satisfazer os espectadores, com frequência um dos pensionistas subia no parapeito e, na posição de um macaco, tomava às colheradas a tigela de sopa. Um fabricante de antiguidades falsas, que provocava o desgaste usando chumbinho e que afirmou diante de uma mesa: precisamos ainda beber café três vezes em cima dela, e então poderá ser enviada ao Innsbrucker Museum. Quanto a Kubin: muito forte, porém com o rosto um pouco monótono, ele descreve as coisas mais variadas com a mesma expressão: parece alternadamente velho, grande e forte, conforme esteja sentado, de pé, apenas de terno ou com o sobretudo.

Kafka leu tanto Kubin como Hamsun, tendo os dois se encontrado em Munique, na companhia de Langen, o editor de Hamsun, provavelmente em 1896. Kubin conheceu Jünger e trocou correspondências com ele por uma década, enquanto Hamsun conheceu Hitler em 1943 e escreveu o célebre obituário dele em maio de 1945. Dentre todos eles, Hamsun era o que tinha origem na classe social mais baixa, porque vinha de uma família dos confins da Europa e pertencia à geração anterior, enquanto dentre os demais, que pertenciam todos à mesma geração e à mesma área linguística, Hitler era o que tinha origem na classe social mais baixa, tendo acima de si Kubin e depois Kafka e Jünger, com o pai dono de fábrica, a classe mais alta da sociedade. No que dizia respeito à experiência dominante daquela geração, nomeadamente a Primeira Guerra, tanto Hitler como Jünger tinham servido no front como parte do Exército alemão, o primeiro como cabo e ordenança, o segundo como tenente das tropas de assalto, enquanto Kafka e Kubin foram dispensados. Quando os nazistas assumiram o Reichstag, Hitler ofereceu a Jünger um posto, que ele no entanto recusou. Tanto Hitler como Jünger, Kubin e Hamsun eram radicais de direita, o que de certa forma deixou marcas em tudo o que escreveram, enquanto Kafka mantinha-se a uma grande distância da política e a uma grande distância da ideologia, o que fica evidenciado no próprio tom dos diários, tão perdidos no dia a dia e em trivialidades como o episódio envolvendo Kubin, quando a referência a um laxante concretiza-se na descrição de que outros laxantes "simplesmente rompem as fezes, deixando-as penduradas nas paredes do intestino", uma frase que nem Hitler nem Jünger nem Kubin nem Hamsun poderiam ter escrito. Essa tranquilidade na intranquilidade, a proximidade em relação à própria vida, tal como realmente é, o ponto a partir do qual tudo, mesmo as sequências de acontecimentos mais fantásticas, surge, faz com que os textos de Kafka pareçam válidos em grau bem mais elevado quando lidos fora da época em que foram escritos, e além disso melhores do que os textos de Jünger e de Kubin, embora talvez não melhores do que os textos de Hamsun, um autor que ele também admirava. Em termos de caráter e temperamento, Hamsun e Hitler não eram muito diferentes, em particular no que dizia respeito à grandiosidade e ao autodidatismo, porém Hamsun, que graças ao próprio empenho venceu condições totalmente adversas, obteve uma vitória social significativamente maior e desenvolveu um talento artístico sem qualquer termo de comparação. Quando conheceu Hitler, poucos anos antes da queda, Hamsun o viu como um semelhante e tratou-o como qualquer outra pessoa por quem tivesse respeito, mas não medo, o que para Hitler foi uma ofensa, uma vez que somente Göring podia contradizê-lo, e jamais sem receber uma torrente de impropérios como resposta, embora fosse sempre perdoado; Hitler mostrou-se indignado quando Hamsun foi embora. Hamsun pertencia à geração do pai de Hitler, e era igualmente obstinado e autoritário, portanto não causa nenhum espanto saber que Hitler mostrou-se indignado. Kafka, Hitler e Kubin tinham problemas com a autoridade do pai, eram solitários, evidenciavam medo de se relacionar com as pessoas e tinham, cada um a seu modo, problemas com figuras femininas. E também pertenciam todos, apesar da individualidade de cada um, a um certo tipo cultural. A psicologia também muda conforme a época, e também o estilo do temperamento se altera com o passar dos anos.

Hitler morou no albergue para homens em Viena durante três anos. O fato de ter morado lá por tanto tempo não significa que estivesse satisfeito; no instante mesmo em que, aos vinte e quatro anos, recebeu a última parte da herança do pai, foi à cidade, comprou roupas novas, buscou seus poucos objetos pessoais e pôs-se em um trem para Munique. Essa atitude tão determinada sugere que Hitler já havia pensado muito a respeito do assunto, que assim que arranjasse dinheiro trataria de abandonar a cidade que, passado um tempo, começara a odiar com todas as forças, como se fosse a culpada por sua desgraça. No trem, que, é provável que imaginasse, haveria de conduzi-lo a uma existência mais cheia de progressos no país que amava, ao mesmo tempo que o afastava de uma convocação iminente para o Exército austríaco, ele tinha consigo Rudolf Häusler, um conhecido do albergue de dezenove anos que compartilhava do interesse de Hitler pela arte, uma espécie de Kubizek júnior que lhe oferecia a oportunidade de palestrar e impressionar, e cujos pais, ou seja, cuja mãe, tinha simpatia por ele. Os dois passaram a dividir um quarto em Munique, na casa da família Popp, onde Hitler se registrou como "pintor arquitetônico".

Em Munique, a vida de Hitler seguiu o mesmo curso que havia seguido em Viena; assim que a herança deixada pelo pai acabou ele voltou a pintar, e à noite ia de uma cervejaria à outra para vender as pinturas. Häusler mudou-se ao fim de poucos meses, e Hitler mais uma vez começou a viver praticamente sozinho; quando era convidado a jantar com a família da casa, recusava sempre. A sra. Popp o via como um "encanto austríaco", segundo Toland, mas também um mistério: "nunca era possível saber no que ele estava pensando", segundo ela afirmou. Até onde lembrava, Hitler jamais tinha recebido qualquer tipo de visita. Ele pintava durante o dia e lia à noite. Certa vez a sra. Propp lhe perguntou o que todos aqueles livros tinham a ver com pintura, e Hitler respondeu: "Minha cara sra. Popp, por acaso existe alguém que saiba o que pode e o que não pode ter utilidade nessa vida?".

Por um ano, Hitler viveu assim em Munique, e então a Primeira Guerra teve início. Hitler se alistou no mesmo dia em que a guerra eclodiu e foi mandado para as trincheiras no front da França, onde permaneceu durante quatro anos.

Isso mudou tudo.

Um das mais conhecidas fotografias de Hitler foi tirada por volta desses dias, no verão de 1914. Ele está sorrindo no meio de uma enorme concentração de pessoas na Odeonsplatz, em Munique, como uma das milhares de pessoas que lá se reuniram após a declaração de guerra no dia 2 de agosto, reconhecido e ampliado depois de tornar-se chanceler da Alemanha na década de 1930, mas na época ainda completamente anônimo. Um jovem que segura o chapéu na mão erguida, vestido com uma camisa branca e um terno preto, maçãs do rosto altas, um bigode grosso e preto e uma evidente alegria no olhar. A fotografia é eloquente, pois Hitler aparece como parte da massa, um rosto em meio a milhares, um destino em meio a milhares, tomado pelo entusiasmo coletivo que se espalhava pelas cidades e vilarejos da Europa no verão de 1914. No que dizia respeito a si, naturalmente já estava repleto da própria vida e do próprio destino, um meio artista de vinte e cinco anos sem amigos e sem rumo na vida que morava em Munique, mas com um ímpeto que naquele momento se revelou, próximo como estava do grande jogo político que o ocupava desde o início da juventude, e também da declaração de guerra, que de forma inesperada deu a ele e a todas as outras pessoas daquela geração a chance de agir de acordo com os sonhos e os ideais nutridos desde a infância, o que a sociedade burguesa, em meio às garantias e às seguranças, às maneiras de agir e de se portar, nunca lhes havia permitido.

O verão de 1914 foi excepcionalmente bonito na Europa por conta da alta pressão atmosférica que se instalou no continente por meses a fio. Sob o céu azul e o sol reluzente as florestas eram frescas e verdejantes, de acordo com Stefan Zweig, que estava na pequena cidade de Baden nos arredores de Viena quando chegou a notícia do assassinato do arquiduque Franz Ferdinand. Hitler dá uma impressão de leveza e ausência de luto. Ninguém sabe o que pode vir da guerra iminente, e mesmo que alguém pudesse saber, mesmo que alguém pressentisse que se desenrolaria com uma força destrutiva a ponto de exterminar praticamente uma geração inteira de homens europeus, a escuridão que envolvia o futuro não duraria mais que um instante na duradoura paz de séculos que se erguia de todas as coisas; os bosques de árvores decíduas à margem dos rios, os campos ondulantes, os muros frios das igrejas nos vilarejos, cujos sinos repousavam como capas acústicas acima das antigas casas, como Marcel Proust descreveu a vida no interior da França em um livro publicado um ano antes, em 1913. Vacas e ovelhas que pastam, carretas puxadas a cavalo, plumas de fumaça que se erguem das locomotivas rumo ao céu. O cheiro de terra quente e de grama quente, o gosto seco e ácido de vinho branco fresco ou o gosto amargo e adocicado da cerveja fria degustada sob os guarda-sóis no terraço de um hotel ou sob a copa de uma árvore à beira da estrada. A poeira na estrada, as correntes pretas na água que corre sob a ponte, o vislumbre repentino de um peixe dardejante. A maneira como o verão se relaciona com todos os verões anteriores, o peso e a plenitude da repetição e que o cenário, as construções e as pessoas emanam na esfera social, e que torna aquilo que é radicalmente distinto em uma coisa difícil e até mesmo impossível de conceber, mesmo que esteja a poucas semanas de distância.

Stefan Zweig sai de Baden e vai a Le Coq, um pequeno balneário no litoral da Bélgica. As pessoas por lá mostram-se totalmente despreocupadas, deitam-se à beira da praia, tomam banhos de sol e de mar, as crianças empinam pipas, os jovens dançam à noite no dique. Ele segue viagem para visitar um amigo, o pintor Verhaeren, a tensão aumenta, a ameaça da guerra se intensifica.

> De repente um vento frio de medo soprou na praia e a esvaziou. Milhares deixaram os hotéis, os trens foram invadidos e até mesmo os otimistas começaram a fazer as malas às pressas.

A Áustria declara guerra contra a Sérvia, Zweig chega à Alemanha no último trem. Do outro lado da fronteira o trem para em meio ao crepúsculo, e diante dos passageiros atordoados começa a passar vagão atrás de vagão, e sob as lonas é possível entrever canhões. Zweig prossegue:

> Pela manhã seguinte na Áustria! Em todas as estações viam-se os cartazes que davam a conhecer a mobilização geral. Os trens enchiam-se de recrutas re-

cém-convocados, bandeiras tremulavam. A música reverberava, e Viena estava transformada em uma vertigem. O primeiro susto com a guerra, que ninguém desejava, nem os povos, nem o governo, essa guerra, com a qual os diplomatas na época jogavam e blefavam, tinha-lhes escapado das mãos inábeis contra a própria vontade, havia se transformado num entusiasmo repentino. Fileiras organizaram-se nas ruas, de repente as bandeiras desfraldaram-se, havia fitas e música por toda parte, os jovens recrutas partiam marchando em triunfo, com expressões radiantes, porque as pessoas os encorajavam, a eles, os homenzinhos do cotidiano, que no mais ninguém percebia ou comemorava.

Em honra da verdade, devo reconhecer que nessa primeira manifestação das massas havia algo de grandioso, irresistível e até mesmo sedutor a que seria difícil escapar. E, apesar de todo o meu ódio e de toda a minha repulsa pela guerra, eu não gostaria de perder a lembrança desses primeiros dias de guerra em minha vida: como nunca dantes, milhares, centenas de milhares de pessoas sentiram aquilo que deviam sentir melhor em tempos de paz: que estavam todos unidos por uma causa.

Que Zweig, um opositor ferrenho da guerra durante toda a vida, não quisesse perder a lembrança da solidariedade nos primeiros dias da guerra em agosto de 1914 pode nos dar uma ideia da força com que a guerra chegou. Não foi apenas Adolf Hitler que levantou o chapéu com os olhos brilhando. O entusiasmo era grande em toda a Europa, a guerra era uma novidade que trazia alegria para quase todos e era exaltada por quase todos. Segundo o historiador das ideias Svante Nordin, que no livro *Filosofernas krig* revisita a relação de intelectuais com a guerra e com a eclosão da guerra, Sigmund Freud escreveu no dia 26 de julho o seguinte:

Talvez pela primeira vez em mais de trinta anos sinto-me austríaco e disposto a oferecer a esse império pouco esperançoso uma nova chance. A moral é impressionantemente alta por toda parte.

O embaixador inglês em Viena ofereceu um relato desses mesmos dias:

O país foi tomado por uma alegria ensandecida com a perspectiva de guerra contra a Sérvia, e postergá-la ou evitá-la sem dúvida seria uma grande decepção.

O poeta Rainer Maria Rilke, dez anos mais velho do que Hitler e também nascido na Austro-Hungria, exaltou a eclosão da guerra:

Pela primeira vez vejo-te despertar
célebre distante inacreditável Deus da Guerra

Mesmo um autor sóbrio e equilibrado como Thomas Mann, catorze anos mais velho do que Hitler, seis meses depois escreveu o seguinte a respeito daqueles dias:

> Os corações dos poetas colocaram-se em chamas, uma vez que haveria guerra. [...] Como o artista, o soldado no artista, não havia de louvar a Deus pelo colapso de um mundo em paz, que tanto, tanto o enfastiava? Guerra! Foi uma purificação, uma libertação que sentimos, e uma esperança enorme.

Também Kafka se deixou levar. No dia em que a guerra eclodiu ele constatou de maneira sóbria: "A Alemanha declarou guerra à Rússia. — À tarde aula de natação", porém quatro dias mais tarde escreveu nos diários: "Não sinto nada além de mesquinhez, hesitação, inveja e ódio em relação aos combatentes, a quem desejo todo o mal de coração", e por fim, em uma carta para Felice sete meses mais tarde: "No mais, sofro com a guerra acima de tudo porque eu mesmo não estou lá".

Mas claro que nem todos receberam a guerra de braços abertos. Max Brod, o amigo de Kafka, cinco anos mais velho do que Hitler, desesperou-se ao refletir sobre a indiferença política que havia provocado a surpresa com a declaração da guerra, e escreveu:

> A guerra estava para nós no mesmo nível de outros ideais sonhados e já meio esquecidos pela humanidade, como o *perpetuum mobile* ou a pedra filosofal, a tintura vermelha dos alquimistas, e o elixir da vida eterna. [...] Na época, os únicos a se envolver com política eram aqueles poucos que tinham um nome pelo qual zelar. As discussões sobre a música de Richard Wagner, sobre as fundações do judaísmo e do cristianismo, sobre pintura impressionista etc. eram bem mais importantes para nós. E de repente essa época de paz chegou ao fim, de um dia para o outro. Fomos simplesmente estúpidos [...]. Mas de qualquer forma não éramos sequer pacifistas. Porque o pacifismo tem um pressuposto básico: que a guerra existe, e que portanto é necessário defender-se contra ela, ter uma defesa preparada.

Essa indiferença política era disseminada, inclusive nos meios acadêmicos, onde uma eminência como Martin Heidegger, por exemplo, nascido no mesmo ano que Hitler e Wittgenstein, e portanto um homem de vinte e cinco anos quando a guerra eclodiu, não permitiu que tivesse qualquer tipo de consequência sobre os estudos de nominalismo medieval que o ocupavam na época.

Ludwig Marcuse, um de seus colegas, descreveu a atmosfera na universidade de Freiburg durante aqueles dias de julho de 1914 da seguinte maneira, de acordo com a citação feita por Safranski em sua biografia de Heidegger:

> No fim de julho encontrei meu respeitabilíssimo colega de seminário, Helmuth Falkenfeld, na Goethestraße. Ele disse, desesperado: "Você já sabe o que aconteceu?". Eu disse, cheio de desprezo e devoção: "Já. Sarajevo". Ele disse: "Não. Amanhã não vamos ter o seminário com Rickert". Eu disse, assustado: "Ele está doente?". Ele disse: "Não, por causa da guerra iminente". Eu disse: "O que o seminário tem que ver com a guerra?". Ele deu de ombros com uma expressão de lástima.

Falkenfeld é mandado para o front poucas semanas depois, de acordo com Safranski, e de lá escreve uma carta para Marcuse:

> Estou bem como de costume, embora a batalha em que participei no dia 30 de outubro, com os estrondos de uma bateria de 24 canhões, tenha deixado meus ouvidos quase surdos. Apesar disso... mantenho a opinião firme de que a terceira antinomia de Kant é mais importante do que toda essa guerra mundial, e de que a guerra está para a filosofia assim como a sensibilidade está para a razão. Simplesmente não acredito que os acontecimentos desse mundo corpóreo possam atingir sequer minimamente nossos componentes transcendentais, e não acreditaria nisso mesmo que um fragmento de granada francesa penetrasse meu corpo empírico. Viva a filosofia transcendental!

Essa indiferença em relação à política, no entanto, não é a mesma que Max Brod relatou e da qual se distanciou. Brod mantinha relações muito próximas com a vida cultural da época, e simplesmente afastou-se da política como um fator, sem que por isso tivesse posto o mundo inteiro de lado. Essa indiferença dos estudantes era ideológica em um grau completamente distinto, eles concebiam a filosofia como o oposto da vida em sociedade, um lugar onde a verdade se revelava, por trás do verniz social e fora da história. De acordo com o livro *The Crisis of German Ideology*, de George L. Mosse, o ambiente acadêmico produzia intelectuais "cujo ideal era contemplar o mundo *sub specie ateternitatis*" — ou seja, à luz da eternidade, o lema de Schopenhauer. "Dificilmente as preocupações deles relacionavam-se a assuntos mundanos do cotidiano." Essa posição ideológica fundamental, segundo a qual a sociedade, a política e tudo que dizia respeito à vida coletiva não passavam de fenômenos superficiais, uma fachada por trás da qual estariam ocultas coisas diferentes e mais essenciais, pelo menos em potencial, era disseminada na cultura alemã do pré-guerra, que acima de tudo ansiava por completude e autenticidade. Manifestou-se nas pinturas desvairadas dos expressionistas, que através da subjetividade forte pretendiam alcançar a vida que existia por trás desse verniz de civilização e cultura, onde os impulsos dominavam. Mas também se manifestou numa orientação diferente, quase oposta, na qual a resposta para a forte agitação e instabilidade social trazida pela industrialização e pela modernidade foi procurada e sintetizada em representações contundentes e a-históricas que diziam respeito ao povo e a suas raízes. Essa alienação trazia consigo uma perda de sentido que a esfera material não poderia evitar: se havia uma coisa que impregnava o pensamento daquela época, essa coisa era o desconforto com o pragmatismo e com tudo aquilo que Wagner chamou em um ensaio de "materialismo desalmado". A modernidade foi caracterizada pelo racionalismo, e assim as pessoas aproximaram-se daquilo que não era racional, não dizia respeito ao juízo, não tinha objetivo, mas alçava-se acima de tudo isso e encontrava sentido em grandezas atemporais e apragmáticas. O povo era uma dessas grandezas, e reunia em si o local, a natureza, a cultura e o espiritual, conceitos de núcleo imutável constantemente solapados pelas mudanças trazidas pela modernidade, e também profundezas invocadas a partir da história, da mitologia e da religião, em relação às quais a indústria de entretenimento e o comercialismo pareciam indignamente superficiais e banais.

A paixão pela arte que Zweig afirmou ter preenchido sua juventude, e que também marcou a juventude de Hitler, não era uma ocupação descompromissada, mas tinha certas implicações. Wagner, Hölderlin, Rilke, Hofmannsthal, George, todos os poetas admirados pela juventude alemã, cantavam a grandeza, a divindade, a autenticidade, e cantavam a morte, que estava por trás de tudo. "Stirb und Werde", morra e torne-se — somente ao ter um motivo para morrer pode-se ter um motivo para viver. O povo, a terra, a guerra, o herói, a morte. O local, o próprio, o grandioso, o eterno. Esses eram os conceitos articulados na cultura alemã antes da eclosão da Primeira Guerra Mundial, e dentre aqueles que a viram chegar não foram poucos os que a encararam como uma purificação, um desfecho bom e desejado.

Um detalhe impressionante nesse entusiasmo manifestado por tantos foi o fato de não estar ligado a nenhuma questão política, mas existencial. Thomas

Mann alegrou-se ao saber que o mundo em paz, tão repleto de fastio, havia entrado em colapso. Freud recuperou a crença na Áustria como nação. Rilke escreveu sobre a guerra como deus. Kafka invejou os soldados no front. Simmel viu a guerra como uma grande oportunidade para a Alemanha, e proclamou seu amor incondicional à pátria. Mas nem Mann nem Freud nem Rilke nem Kafka nem Simmel participaram da guerra; esse era o entusiasmo do observador descomprometido. Ernst Jünger, por outro lado, no início da guerra com apenas dezenove anos, alistou-se voluntariamente, como Hitler. Ele manteve um diário ao longo de toda a guerra, e em 1920 publicou aquele que talvez seja o melhor livro sobre a Primeira Guerra, *Tempestades de aço*. É assim que Jünger descreve a atmosfera em meio às pessoas de sua geração em 1914:

> Tínhamos deixado auditórios, bancos escolares e mesas de trabalho e ao fim de curtas semanas de treinamento estávamos transformados em um grande corpo entusiasmado. Tendo crescido em uma época de segurança, todos sentíamos um anseio em relação ao extraordinário, em relação ao grande perigo. A guerra nos pegou como um êxtase. Fomos recebidos com uma chuva de flores, na atmosfera inebriante de rosas e sangue. A guerra haveria de nos proporcionar tudo aquilo: grandeza, força, celebração. Parecia-nos um feito másculo, um alegre combate de atiradores em campos floridos e ensanguentados. "Não há morte mais bela no mundo…" Ah, não apenas ficar em casa, mas enfim participar!

A guerra como possibilidade de grandeza e celebração foi o cerne de tudo. Disparos em campos ensanguentados, eis a visão. Thomas Nevin deixa entrever um pouco da origem dessa mentalidade em sua biografia de Jünger, *Into the Abyss*, quando menciona o exercício de estilo aplicado no exame do colegial no distrito de Hannover durante o verão de 1914, quando os alunos podiam discorrer sobre os seguintes temas: "As palavras do imperador, 'Sou um cidadão do Reino Germânico', palavras de orgulho e compromisso"; "A guerra é terrível como pragas vindas do céu, mas assim mesmo é boa, porque também é um destino"; "Quão verdadeira é a afirmação de Frederico, o grande, segundo a qual 'Viver significa ser um soldado?'"; "O arco só revela sua força sob tensão"; "Meu herói favorito de *O anel do Nibelungo*"; "Uma nação não vale nada quando não aposta tudo na preservação da própria honra".

As ideias de Jünger sobre a guerra, segundo Nevin, vinham principalmente das leituras de Homero, que o diretor da escola, dr. Joseph Riehemann, também mencionou no discurso aos alunos recém-formados, quando disse que, "a não ser pela luz da cristandade, nada vai acompanhar a vida de vocês com um brilho mais forte e mais claro que o sol de Homero".

A paz reinava na Europa desde 1871, e na guerra que acabou nesse ano, entre a França e a Alemanha, quando as metralhadoras ainda eram desconhecidas e todo o transporte era feito por carros puxados a cavalo ou navios a vela, cerca de 150 mil homens morreram. A maioria das pessoas acreditava que a nova guerra transcorreria da mesma forma, e acabaria ao fim de poucos meses.

*

Durante esses primeiros dias no fim do verão, o principal temor de Hitler foi que a guerra transcorresse sem ele. Em *Minha luta*, ele escreve:

> E assim, como para todos os alemães, começou também para mim a maior e mais inesquecível época de minha vida terrena. Em relação aos acontecimentos dessa enorme batalha, todo o passado reduzia-se a um nada insignificante. Mesmo que os acontecimentos formidáveis por dez vezes já tenham completado anos, ainda hoje penso com uma melancolia cheia de orgulho nas semanas que marcaram o início da heroica luta de nosso povo, da qual o piedoso destino concedeu-me participar.
>
> As imagens sucedem-se umas às outras como se tudo houvesse acontecido ontem, vejo-me fardado no círculo de meus prezados colegas, depois as fileiras, os exercícios etc., até que chegou o derradeiro momento da marcha rumo ao campo de batalha.
>
> Uma única tristeza me atormentava naquela época, bem como a muitos outros: a possibilidade de chegarmos tarde demais ao front. Por muitas e muitas vezes esse pensamento impediu-me de encontrar paz. Assim, cada júbilo vitorioso motivado por um novo feito heroico escondia uma discreta gota de amargura, pois cada nova vitória elevava o risco de que chegássemos demasiado tarde.

Duas semanas depois de a Alemanha declarar guerra à Rússia, Hitler foi incorporado ao 16º regimento de infantaria da reserva em Munique, onde recebeu um treinamento militar intensivo de sete semanas. Antes de ser mandado para Augsburg para dar continuidade ao treinamento, ele passou na casa dos senhorios para solicitar que avisassem sua irmã Angela caso tombasse em combate. Se ela não quisesse herdar as poucas coisas que tinha, os Popp podiam ficar com tudo. Ele abraçou as duas crianças e a sra. Popp chorou quando ele foi embora, segundo Liljegren. O regimento marchou por onze horas ao oeste, debaixo de um aguaceiro, e Hitler escreveu em uma carta para a sra. Popp que tinha sido acomodado em uma estrebaria, completamente encharcado, sem quaisquer condições para dormir. No dia seguinte os soldados marcharam por treze horas e dormiram ao relento, em um frio tão intenso que novamente Hitler passou a noite sem dormir. Quando chegaram ao destino no dia seguinte, estavam todos "mortos de cansaço, à beira do colapso", escreve Toland. Lá, no acampamento de Lechfeld, eles treinam por duas semanas, até o dia 20 de outubro, quando à tarde embarcam num dos trens que os levariam ao front em Flandres. "Sinto uma alegria enorme", Hitler escreveu nesse dia para a sra. Popp. "Assim que chegarmos ao nosso destino, hei de escrever para a senhora para informar-lhe o meu endereço. Espero que possamos chegar à Inglaterra."

Em *Minha luta* não há nenhuma menção a isso, nenhum nome é nomeado, nenhum rosto está presente, nenhum detalhe é descrito. Existe apenas Hitler e a guerra que ele adentra.

Enfim chegou o dia em que deixamos Munique para levar a efeito o cumprimento de nosso dever. Pela primeira vez eu vi o Reno, enquanto ao largo daquelas ondas silenciosas rumávamos a oeste a fim de proteger o rio de todos os rios alemães contra a avareza de nosso velho inimigo. Quando, em meio ao delicado véu da névoa matutina, os raios suaves do sol nascente fizeram com que o Niederwalddenkmal reluzisse, a antiga "Guarda do Reno" surgiu das intermináveis composições de trens sob o céu da manhã, e senti meu peito apertar-se.

Depois veio uma noite fria e úmida em Flandres, durante a qual marchamos em silêncio, e quando o dia começou a desprender-se da neblina, de repente uma saudação de ferro soou acima de nossas cabeças e os estampidos das pequenas balas surgiram em meio a nossas fileiras, açoitando o solo úmido; porém antes que a pequena nuvem se houvesse dissipado o ribombar de duzentas gargantas saudou esse primeiro arauto de morte. Mas logo se ouviram estalos e ribombares, cantos e uivos, e com olhares febris todos avançaram, cada vez mais depressa, até que de repente, em meio a plantações de beterraba e cercas-vivas instaurou-se a batalha, a batalha de homem contra homem. De longe, no entanto, a melodia de uma canção chegava-nos aos ouvidos e parecia aproximar-se cada vez mais, pulando de companhia em companhia, e então, quando a morte já havia se instaurado em nossas fileiras, a canção chegou a nós, e assim continuamos a propagá-la: *Deutschland, Deutschland über alles, über alles in der Welt!*

Retornamos ao fim de quatro dias. Até mesmo a forma de caminhar havia se transformado. Rapazes de dezessete anos assemelhavam-se já a homens.

Os voluntários na lista do regimento talvez não houvessem aprendido muito bem a combater; sabiam apenas morrer, como todos os soldados.

Esse foi o começo.

553

A lista do regimento a que Hitler se refere era composta de 3600 homens quando chegou a Lille no dia 23 de outubro. Após a batalha dos quatro primeiros dias em Ypres, restaram 611. Isso significa que cinco em cada seis soldados morreram. A chance de morrer enquanto seguiam em marcha era infinitamente maior do que a chance de sobreviver. O que uma perda dessa magnitude faz aos soldados que sobrevivem, quando veem um camarada atrás do outro tombar morto ao redor, e quando sabem que cada minuto pode ser o último, pode ser compreendido apenas por aqueles que estiveram pessoalmente na guerra. A batalha de Ypres foi uma das maiores na primeira fase da guerra; os ingleses que tentaram avançar em outubro e em novembro perderam 58 mil homens. Em uma carta escrita para Hepp, um conhecido em Munique, Hitler descreve as primeiras batalhas em mais detalhe.

As primeiras granadas assoviam logo acima de nós, explodem na orla da floresta e rompem as árvores como se fossem fios de palha. Observamos tudo, curiosos. Ainda não temos uma ideia exata do perigo. Nenhum de nós tem medo. Todos aguardam ansiosos o "Avante". [...] Arrastamo-nos pelo chão até a orla da floresta. Acima de nós ouvem-se uivos e assovios, lascas de troncos e galhos voam ao nosso redor. Logo as granadas voltam a explodir na orla da floresta e erguem ondas de pedras, terra e areia, arrancam mesmo as árvores mais pesadas desde as raízes e sufocam tudo em um vapor amarelado, malcheiroso e terrível. Não podemos ficar aqui para sempre, e se temos mesmo de sucumbir é melhor que seja ao livre. [...] Por quatro vezes avançamos e temos de retroceder novamente; do meu grupo inteiro resta apenas um além de mim, e por fim também ele tomba em batalha. Um tiro arrancou todo o braço direito da minha jaqueta, mas como que por milagre permaneço são e salvo, por volta das 2h avançamos pela quinta vez e finalmente conquistamos a orla da floresta e as fazendas.

O comandante do regimento é morto, o próximo em comando recebe ferimentos graves. O novo comandante, o tenente-coronel Engelhardt, avança com Hitler e mais um soldado para o front a fim de avaliar o panorama, os três são descobertos e recebidos a rajadas de metralhadora, mas Hitler e o outro soldado puxam Engelhardt para dentro de uma cratera. Por causa disso, os dois receberiam a cruz de ferro, mas no dia seguinte Engelhardt sofre um grave ferimento, uma granada inglesa atinge a tenda dos oficiais atrás do front, matando três e ferindo outros três. Pouco antes, Hitler tinha estado lá com três outros soldados, mas todos precisaram dar espaço para outros oficiais recém-chegados, e assim escaparam. "Foi o momento mais terrível da minha vida", Hitler escreveu a Hepp. "Todos nós venerávamos o tenente-coronel Engelhardt."

O novo próximo em comando, o segundo-tenente Wiedemann, recomenda a condecoração da cruz de ferro de primeira classe a Hitler. Ele não a recebe, mas no dia 2 de dezembro é condecorado com a cruz de ferro de segunda classe, e escreve para o sr. Popp, dessa vez para dizer que aquele foi o dia mais feliz em toda a sua vida. "É fato que os camaradas que também a mereciam estão quase todos mortos." Ele pede a Popp que guarde os jornais que descreviam a batalha. Hitler é promovido a cabo e começa a trabalhar como ordenança, e assim permanece durante os quatro anos que a guerra perdura. O trabalho consiste em levar mensagens dos quartéis-generais atrás do front até os soldados na linha de batalha. É um trabalho perigoso, tanto por ser executado em terreno aberto, de bicicleta ou a pé, quando, ao contrário dos soldados entrincheirados, não se tem nenhum tipo de proteção, como também por serem os ordenanças alvos valiosos para o inimigo. O perigo não é nem de longe tão alto quanto aquele enfrentado pelos membros das tropas de assalto, que atacam o inimigo na terra de ninguém, mas assim mesmo é um perigo considerável; já no dia 15 de novembro, três dos oito ordenanças do regimento tinham sido mortos, segundo Kershaw, e um quarto tinha sido ferido. Sempre que possível as mensagens eram mandadas com dois ordenanças, porque dessa forma a chance de que chegassem ao destino era a maior possível. Mesmo assim, não era apenas nas trincheiras ou nas investidas feitas pelas tropas de assalto que a morte atacava; as granadas explodiam por toda parte, e também nos acampamentos os soldados eram retirados para descansar em vilarejos rurais distantes vários quilômetros do front, e nos vários quartéis-generais provisórios onde se hospedavam os oficiais de alta patente.

Dentre todas as descrições que existem sobre a guerra das trincheiras, *Tempestades de aço* de Ernst Jünger é a mais detalhada e a mais próxima, e portanto a mais terrível, ao lado de *Goodbye to All That* de Robert Graves, que observa os mesmos acontecimentos a partir do outro lado. Jünger descreve todos os eventos à altura do olhar, desde o momento em que chega ao front até o momento em que o deixa quatro anos depois, e o sentimento de caos jamais abandona a narrativa, trata-se de um mundo sem nenhum ponto de vista privilegiado, um mundo sem qualquer tipo de panorama, de onde a morte constantemente arranca as pessoas.

Quando chega ao front de Flandres em dezembro de 1914, Jünger não sabe de nada, e assim o olhar dele torna-se o nosso. A tropa em que o colocam é enviada para Orainville, uma região de marcha em um vilarejo rural atrás do front, cinquenta casinhas pobres ao redor de uma casa grande em um parque. Com olhos arregalados ele observa a vida naquele lugar, onde se amontoam soldados em andrajos com rostos castigados pelas intempéries, a cozinha de campanha onde se prepara sopa de ervilha, os copeiros que esperam com ruidosos baldes nas mãos. Ele é alojado em um galpão, e no dia seguinte os soldados estão tomando o desjejum numa escola quando de repente ouvem-se vários roncos profundos nos arredores. Os soldados experientes saem correndo, os recém-chegados seguem-nos sem compreender por quê. Zunidos e ruflares soam pelo ar, as pessoas ao redor dele se atiram no chão. "Tudo tinha um aspecto quase ridículo", escreve Jünger, "como quando vemos pessoas a fazer coisas que não compreendemos ao certo." Pouco depois ele vê grupos escuros surgirem nas ruas vazias, os vultos carregam pesados fardos em tiras de lona. "Com um estranho e angustiante sentimento de irrealidade, olhei para um vulto ensanguentado com uma perna solta do corpo em uma posição estranha, que repetia incessantemente 'Socorro!' com uma voz rouca, como se tivesse a morte iminente na garganta."

Isso acontece muito atrás da linha do front, em um local de recreação e descanso, e é a primeira amostra que Jünger tem da guerra.

Tudo era muito enigmático, muito impessoal. Dificilmente pensava-se no inimigo, essa criatura misteriosa e traiçoeira que se escondia em um lugar qualquer. Essa vivência completamente fora da experiência prévia causava uma impressão tão forte que era custoso apreender a coerência do todo. Era o surgimento de um fantasma em plena luz do dia.

Uma granada havia explodido o alto do pórtico do castelo e catapultado uma nuvem de pedras e de fragmentos em direção à entrada no momento exato em que os ocupantes assustados pelos tiros saíram correndo pelo acesso da torre. O ataque fez treze vítimas, entre as quais se encontrava o maestro Gebhard, uma figura a mim bem conhecida dos concertos em Hannover.

As ruas estavam tingidas de vermelho por grandes poças de sangue; elmos perfurados e cintos espalhavam-se ao redor. O portão de ferro do pórtico fora amassado e atravessado por fragmentos, e o meio-fio estava manchado de sangue. Senti meus olhos serem atraídos como que por um ímã a essa visão; ao mesmo tempo operou-se uma profunda mudança em mim.

Eles vão para as trincheiras, onde a vida entre uma batalha e a outra é fria, úmida, barrenta, insone, repetitiva, dura e tediosa. Em um rio próximo repousavam havia meses os cadáveres de soldados de um regimento colonial francês que ninguém podia buscar; a pele, constantemente lavada pela água, havia se transformado quase em pergaminho. Mortos de cansaço e desacostumados ao trabalho duro, como a maioria das pessoas, eles cavam trincheiras cada vez mais fundas, e as escaramuças despreocupadas nos campos orvalhados de sangue não poderiam estar mais longe. Passados quatro meses eles participam da primeira grande batalha, em Les Éparges. Um projétil é disparado logo à frente deles, e assim que chegam até lá encontram trapos ensanguentados e fibras de carne nos arbustos próximos à explosão — "uma visão estranha e opressiva, que me fez pensar no picanço-de-dorso-ruivo, que empala as presas em espinheiros".

No combate a seguir, Jünger recebe o primeiro ferimento de batalha. O fogo da artilharia se intensifica, as chamas irrompem sem parar ao redor, o ar está repleto de nuvens causadas por explosões e de roncos ensurdecedores. Jünger descreve a confusão que sente como se estivesse em outro planeta, ele não consegue distinguir entre os diferentes canhões e granadas, tudo é um caos, ao redor estão vários feridos que gemem e gritam, e é fácil conceber tudo aquilo como um inferno completamente separado do mundo conhecido, até que de repente ele descreve o canto de um pássaro, que persiste e talvez chegue até mesmo a tornar-se mais enfático durante o bombardeio, e então torna-se claro que a batalha se desenrola em uma floresta comum, na periferia de um vilarejo rural absolutamente comum, durante um dia absolutamente comum.

Esse breve relance da realidade externa, que permanece como antes, obedecendo a suas regras e costumes, deixa claro que tudo aquilo não passa de uma encenação, que a floresta, que em seguida é consumida pelas chamas, os pássaros que cantam, o sol no céu e a grama no chão são a natureza, e que a onda de destruição até então jamais vista que se desenrola em meio a essa natureza é a civilização, a despeito das profundezas desvairadas e primitivas que possa ter aberto nos soldados, e a despeito da cegueira dessa chuva de metal que cai por toda parte.

Eles marcaram um encontro, cada parte de um lado de uma linha imaginária, uma risca invisível, uma metamorfose teatral da realidade, da qual os lugares-comuns são eliminados e a vida é levada ao limite extremo, que o tempo inteiro é transcendido de formas quase divinas, uma vez que aquilo que aguarda do outro lado é a morte, ou seja, a natureza. O fato de que existe um interior da guerra, onde as vidas esvaziam-se no nada, e um exterior da guerra, onde a vida permanece como antes, junto com a mecanização das armas, que no limite estabelece uma ligação entre a guerra e a cultura, em uma grande industrialização e modernização das formas da morte, fortalece essa impressão. Trens cheios de corpos são enviados, destruídos, enterrados, novos trens com novos corpos são enviados, destruídos, enterrados. Ao todo, oito milhões de corpos sucumbem a essa celebração da morte, ocorrida sob o sereno curso do sol.

De certa forma, isso é sublime. Afinal, nada é mais caro que a vida, e nesse lugar a vida tomba ao chão como o granizo durante uma chuva de granizo. Trata-se claramente de um sacrifício, de uma ordem de grandeza jamais vista antes, mas um sacrifício em nome de quê? Os pássaros encontram-se em uma realidade que para eles mesmos é completa, ocupada pelo repertório definido de ações que executam todos os dias e todos os anos, em um jogo mútuo entre acontecimentos e instintos que não têm nenhum outro sentido a não ser mantê-los vivos e fazer-lhes bem. Eles veem o mundo, e também o sentem, mas apenas como consequência, não como causa. O sol é quente, a chuva é úmida, as camadas de ar são o ambiente em que se deslocam. Estão todos presos em sua passaridade, através da qual o mundo se revela.

O fato de estarmos analogamente presos em nossa humanidade foi um pensamento que esteve sempre próximo, é a partir disso que a religião nasce e tenta definir o lado de fora, tudo aquilo que permanece oculto a nós, mas visível por meio dos efeitos, por meio de imagens que tornam o invisível visível. Nenhuma dessas imagens se aplica nesse caso. Não existem deuses que deixem as alturas para adentrar o clamor e o tumulto da batalha humana, tampouco um filho unigênito para cujo céu a morte seja uma porta de entrada. Nesse caso o único elemento extra-humano são as árvores em chamas, o rio que corta o solo e a floresta, os pássaros que cantam na copa das árvores, os chamados e o júbilo triste que os soldados escutam nas raras pausas em meio ao trovejar das armas.

E então Jünger é atingido na coxa por um fragmento de granada, o sangue escorre, ele larga a mochila e corre até a trincheira, aonde os feridos chegam de todos os lados, como raios.

Horas depois o encontram e o levam de trem até um hospital em Heidelberg, onde se recupera por dois meses antes de passar um breve período de férias em casa para então ser mandado novamente ao front.

Jünger tinha vinte anos, e tinha ido para a guerra praticamente direto da escola. O que ele viu e vivenciou por lá, em particular as grandes batalhas materiais, que tinham uma grandeza como as forças da natureza, era tão radicalmente distinto da vida cotidiana que passaria a marcar para sempre o olhar que tinha sobre essa mesma vida. O que Jünger viu na Primeira Guerra Mundial desenrolou-se com uma força tão enorme que para ele deve ter parecido impossível pensar que aquilo não era essencial, que expressava apenas uma dimensão periférica da humanidade, que não passava de um acidente isolado, contingente e excepcional. Pelo contrário: durante a guerra ele se encontrava justamente no centro absoluto da humanidade, da maneira como se apresentava quando praticamente tudo no mundo externo havia se afastado e restavam apenas as grandezas mais simples e mais fundamentais: a vida e a morte. Não é difícil compreender que tenha se sentido dessa forma, porque em um momento ele era um rapaz de dezenove anos que vivia em um mundo de amigos e família, escola e livros, uma que outra paixão efêmera, um pai enxadrista que assoviava Mozart no banheiro e uma mãe que lia Ibsen e de fato o havia conhecido, e que levou os filhos em uma peregrinação à Weimar de Goethe; no momento seguinte vivia em um mundo de barro, lodo, frio, fome, cansaço e morte súbita, sob um céu repleto de fogo e metal. O primeiro continha o segundo na forma das guerras sobre as quais ele lia e a respeito das quais ouvia falar, que não eram poucas, uma vez que a cultura germânica era tão clássica quanto militarista, de maneira que um rapaz de dezenove anos como ele conhecia Homero e César tão bem como Napoleão e os generais alemães da guerra contra a França em 1870, enquanto o segundo, o mundo das trincheiras, não continha o primeiro. *Tempestades de aço* não se ocupa com nada que diga respeito à estrutura hierárquica da guerra, nem mesmo no mais alto nível, como os aspectos políticos que diziam respeito ao todo, o motivo para que a guerra fosse travada, ou os aspectos táticos e militares, que a levaram de um lado para o outro, mas apenas com as experiências próprias e concretas do autor, com aquilo que ele mesmo vê e sente. É ele quem precisa tomar a decisão de se levantar e correr em meio à chuva de balas; nenhum Estado, nenhum órgão militar, nenhum imperador, nenhum general pode fazer isso por ele. E é ele quem recebe uma bala no peito e, com a boca cheia de sangue, cai no interior da cratera aberta por uma granada e, com a certeza da morte, descobre-se tomado por um sentimento de felicidade intensa e reluzente em meio àquele inferno de explosões, fogo de artilharia, brados de batalha e gritos de medo. O que ele vê está da mesma forma ligado a ele, no sentido de que é ele quem precisa compreender essas coisas, e assim reconhecer ou negar a existência de um sentido. A morte é o pano de fundo sobre o qual a vida surge. Se a morte não existisse, não saberíamos o que é a vida. A guerra é a única atividade criada pelo homem que se aproxima desse limite de olhos abertos. Mesmo que os processos que levam a uma guerra sejam um jogo, não se pode dizer o mesmo sobre a própria guerra, porque a morte é absoluta.

A morte não é moderna.

Por meio do pensamento tentamos nos livrar dessa condição fundamental, que se vê interrompida pela morte e revela-se inevitável. Mas por trás dos esforços transcendentais do pensamento, por trás dos anseios do pensamento em relação ao céu e ao supraterreno, que se revela por meio de expressões que variam de acordo com a época e a cultura, existe sempre a morte. Mas também o coração, que assim como a morte é sempre o mesmo. O coração tampouco é moderno. O coração tampouco é razoável ou desarrazoado, racional ou irracional. Ele bate, e depois não bate. Isso é tudo.

Essa é a revelação da guerra. Todo o pensamento sobre a existência, toda a busca pela verdade surge a partir disso. Quando a morte se instaura, abre-se uma outra realidade na realidade. Essa é nossa condição existencial, mas ocultamos o portão aberto pela morte. Não é o que acontece na guerra. Na guerra esse portão se abre repetidas vezes, por toda parte. No fim os soldados acostumam-se a isso, a morte passa a ser normal, aparece em qualquer lugar, a qualquer momento. É como se a distinção entre a vida e a morte fosse mínima nessa zona, como se não consistisse em nada além do fato de que as coisas vivas se mexem e as mortas não, e que graças ao movimento as coisas vivas são livres em relação à terra, enquanto as coisas mortas por assim dizer tornam-se presas à terra e por ela são aos poucos trabalhadas.

No momento em que escrevo passaram-se noventa e sete anos desde a eclosão da Primeira Guerra Mundial. Vista com esse distanciamento, a guerra parece completamente desprovida de sentido. A Segunda Guerra Mundial não: em boa medida, essa guerra foi uma defesa contra o nazismo. Mas a Primeira Guerra foi o quê? Do ponto de vista político, foi uma guerra sem nenhum sentido, não havia motivo para que a Inglaterra e a Alemanha se tornassem inimigos reais, esses países não estavam lutando entre si, pelo contrário, ambos teriam muito a ganhar com um trabalho conjunto. Do ponto de vista territorial, também foi uma guerra sem nenhum sentido, nada foi conquistado, e se um dos países conseguisse um avanço significativo e conquistasse o outro, seria incapaz de tirar qualquer proveito disso; o que a Inglaterra faria com a Alemanha, ou a Alemanha com a Inglaterra? Por conta disso, foi também uma guerra sem nenhum sentido do ponto de vista humano; aqueles que sacrificaram a vida sacrificaram-na por nada.

Essa ausência de sentido encontra-se nas grandes estruturas, enquanto naquilo que havia de mais próximo, na vida dos soldados, surgem zonas de sentido tão concentrado que chegam a queimar todas as perguntas sobre a justificativa da guerra ou a legitimidade da matança. São três as coisas que Jünger vê. A primeira é o arcaísmo, a imutabilidade do ser humano, o sol de Homero, que levado às últimas consequências é a morte, e que se apresenta como uma grandeza geral e extra-humana. A segunda são os valores de que dependem para sobreviver, ou seja, coragem, vontade, resistência à dor, o que novamente significa força de viver e talvez seja uma grandeza geral na esfera humana, mas que somente pode se concretizar pelo indivíduo, e quando vista dessa forma é individual. A terceira são as novas máquinas e o elemento mecânico que cada vez mais se apossa da guerra, uma expressão da civilização.

Isso, eu, nós/eles.

Estas são as grandezas fundamentais na vida, que do esconderijo na complexidade da civilização surgem na simplicidade da guerra, e que, por estarem relacionadas à essência, precisam ser reconhecidas. Se forem reprimidas, a vida transforma-se em não vida, em uma fuga da verdadeira razão da vida, que é séria e essencial. Por que alguém desejaria fugir para longe das condições da existência, poderíamos indagar, por que alguém desejaria o inessencial? Porque o preço é infinitamente alto. Caso se ponha a vida individual como o valor mais elevado, a vida passa a ser entendida como uma grandeza quantitativa, uma coisa que precisa ser mantida tanto tempo quanto possível, nesse caso a morte é o grande inimigo e a morte é absolutamente desprovida de sentido e absolutamente indesejável. Caso não se ponha a vida individual como o valor mais elevado, mas em vez disso uma coisa dentro dessa vida, como uma qualidade, ou uma coisa fora dessa vida, como uma ideia, a vida passa a ser vista como uma grandeza qualitativa, algo maior do que a soma de células e de dias vividos, ou seja, como se existisse algo maior do que a própria vida, e se a equação for simples então tudo bem ir ao encontro da morte por conta disso.

Mas o que poderia estar acima da vida individual? A vida de todos, nesse caso compreendida como a vida do próprio todo, poderíamos imaginar, ou pelo menos essa é a legitimação usada na maioria das guerras. Mas ao mesmo tempo é também uma abstração, que não significa nada quando uma pessoa se levanta para correr em meio a uma chuva de balas.

Participar de um avanço contra as trincheiras do inimigo enquanto se vê os amigos tombando ao redor não é o tipo de coisa que poderia ser feita a partir de uma representação abstrata da realidade. Na primeira edição das memórias de Jünger constam poucas coisas sobre patriotismo e nada sobre a preservação de outros grandes valores. Na segunda edição ele acrescentou umas linhas ao fim, nas quais está sentado em um trem, a caminho da Alemanha depois que a guerra acabou para ele, e é tomado pelo "sentimento melancólico e orgulhoso de estar intimamente ligado à pátria através do sangue derramado na batalha em nome de sua grandeza", e mais além, segundo o biógrafo Nevin, também pelo sentimento "de que a vida somente atinge o sentido mais profundo através do empenho em nome de uma ideia, e de que existem ideais em relação aos quais a vida do indivíduo e mesmo do povo como um todo não desempenha papel nenhum". Essa segunda edição termina com a seguinte afirmação: "A Alemanha vive e a Alemanha não há de perecer!". Tudo isso desaparece na terceira edição, publicada em 1934, quando a retórica nacionalista foi usurpada e desacreditada pelos nazistas, pelo menos no que dizia respeito a Jünger, que não queria nenhum tipo de relação com eles. Mais uma vez a guerra surge como expressão de um sentimento profundamente íntimo:

> As verdadeiras fontes da guerra nascem nas profundezas de nosso peito, e todo o horror que por vezes se derrama sobre o mundo não passa de um reflexo da alma humana que se revela em meio aos acontecimentos.

Minha luta foi escrito em 1923, à sombra da grande guerra, e é impossível compreender o livro sem levar isso em consideração. Não havia uma única família em toda a Alemanha que não tivesse sido afetada, que não tivesse perdido um filho, um pai, um tio, um vizinho, um colega ou um amigo. A tristeza não era visível, mas afetou a todos. Visíveis eram os inválidos da guerra, eles existiam às centenas de milhares, nas ruas viam-se rostos com bochechas dilaceradas, corpos sem pernas ou braços, olhos brilhando de medo por causa de barulhos repentinos e movimentos repentinos, homens profundamente confusos que falavam em voz alta consigo mesmos. Os sobreviventes tinham experiências que não podiam ser compartilhadas com mais ninguém, a não ser com outras pessoas que tivessem igualmente estado na guerra, porque era impossível falar a respeito das coisas que tinham vivido. As coisas que tinham visto marcaram-nos pelo resto da vida, não apenas como imagens escuras ou reprimidas que surgiam nos sonhos ou quando menos esperavam no dia a dia, mas também em relação à maneira como viam tudo aquilo que a partir de então os rodeava. Para uma pessoa que passa anos vendo outras pessoas morrerem às pencas, a vida já não vale tanto quanto para uma pessoa que não viu nada disso. As pessoas que morreram não eram qualquer um, eram pessoas com quem os sobreviventes haviam morado, convivido, se divertido e talvez compartilhado fotografias da família, na proximidade social e nas relações estreitas que a guerra também promove, enfim, camaradas, que tombavam um após o outro, de maneira repentina e arbitrária. Depois de viver uma coisa dessas, não é mais possível estabelecer laços como antes, porque, mesmo que essas pessoas saibam que a morte já não chega do nada, essa vivência de perder um amigo de um instante para o outro, e de saber que a qualquer momento o mesmo pode acontecer a outros amigos, e também à pessoa em questão, é tão profunda que nem mesmo uma vida inteira em paz consegue afastá-la. E assim a pessoa se afasta, porque há muito a perder. A invalidez da alma e a mutilação dos sentimentos não eram tão visíveis quanto a tristeza dos pais, e portanto não era discutida, mas assim mesmo estava lá, a catástrofe fora demasiado grande e demasiado brutal para não deixar marcas nas pessoas que a tinham vivenciado. A Primeira Guerra Mundial tinha sido o grande acontecimento que eclipsava todos os demais para a geração nascida entre 1880 e 1900, e a questão que se impunha era saber qual fora o sentido de tudo aquilo. Milhões de rapazes haviam morrido, e em nome do quê? Em nome disso? Em nome da indústria de entretenimento, dos cabarés, dos filmes e da arte individualista? Teria sido em nome da própria ausência de sentido no sistema que haviam sacrificado a própria vida? Seria esse o resultado da guerra? Hitler acreditava que sim, e não estava sozinho.

Os combatentes tinham explorado os confins da vida, vivido na zona difusa entre o tudo e o nada, e a intensidade que os havia preenchido lá, somada à destruição violenta que haviam presenciado, não poderia ser desprovida de sentido, não poderia ter se resumido a nada; se os combatentes tinham uma certeza, era essa. Quando os aspectos políticos eram analisados, restavam apenas duas conclusões possíveis: ou que nunca mais poderia haver um desperdício de vida como aquele, ou que uma nova guerra seria necessária para dar sentido ao sacrifício de dois milhões de soldados alemães. Para Hitler, somente essa última alternativa era possível. Se tudo que acontecera antes da guerra tinha sido reduzido a nada por conta dela, o mesmo raciocínio se aplicaria também a tudo que acontecesse depois. Hitler escreveu:

> Mesmo que milênios se passem, jamais será possível falar sobre heroísmo sem recordar o Exército alemão na guerra mundial. E então, do véu do passado, tornar-se-á visível a muralha de ferro formada pelos capacetes de aço, imperturbáveis e impassíveis, um memorial à imortalidade. Mas, enquanto houver alemães, estes hão de lembrar que esses homens de outrora eram filhos do mesmo povo.

Trata-se da guerra como mitologia, uma narrativa sobre heróis resgatada das profundezas do tempo à maneira homérica ou wagneriana, que era a forma de concentração de sentido que Hitler conhecia e cultivava, e era por isso que também a buscava, não somente em relação à guerra, mas ao mesmo tempo em relação a tudo, o que nessa perspectiva, a perspectiva das profundezas de tempos imemoriais, era exaltado e revestia-se de coerência, que é o mesmo que sentido. Que justamente esse tipo de sentido inexistisse na guerra para as pessoas que lá estavam é uma certeza, pois se havia coisas que as circunstâncias da guerra impediam de se expressar, essas coisas eram a unidade e a coerência, mas não há motivo para crer que Hitler a descreves-se assim de maneira calculada, enquanto há todos os motivos para crer que tenha vivenciado a guerra como uma experiência profundamente repleta de sentido. Ele arriscou a vida pelos ideais em que acreditava, em uma grande companhia na qual recebeu ofertas de camaradagem incondicional, que não exigiam proximidade nem intimidade, uma situação em que todos lutavam pela nação alemã, à qual havia sonhado em pertencer desde pequeno e pela qual provavelmente — se dermos crédito às passagens de *Minha luta* em que ele escreve sobre a impressão causada pela leitura da obra sobre a guerra fran-co-prussiana encontrada na biblioteca do pai — também lutava.

A mitologização da guerra não é nenhum sonho, mas uma essencializa-ção, e o fato de que nessa situação não existe o menor vislumbre do cotidiano é típico do eu romântico, representa a exaltação do exterior pelo interior, o que é evidenciado de maneira impressionante pela lírica de Hölderlin, tam-bém vazia de cotidiano e de trivialidades, nessa poesia tudo é exaltatório e en-contra-se saturado de existência, o tempo inteiro nos limites do êxtase, como a vida se apresenta quando se preenche de sentido quase até explodir. A paixão é capaz de preencher uma vida dessa forma, e as revelações místico-religiosas, e também a morte. Todas essas três situações dizem respeito à transcendência do eu. O sentimento de uma existência quase divina na poesia de Hölderlin está ligado a isso, a fronteira entre o mundo e o eu praticamente não existe, essas duas coisas são praticamente a mesma com as descrições de profundas sombras esverdeadas, sóis escaldantes, com o trovão que ribomba acima dos morros e os rios de águas geladas que descem pelas montanhas, e portanto tudo é repleto de sentido: a identidade entre o eu e o mundo é o sentido final. Se isso não é uma identidade, o mundo é estranho, e diante do estranho o eu mostra-se isolado e apartado, rejeitado, por assim dizer, e assim também estranho para si mesmo, pois o estranho é um ponto do qual pode ver-se a si mesmo, sua não pertencença. Para os bichos o mundo não é estranho, já que eles não se veem e não conhecem a distância entre si e o ambiente em que se encontram. É disso que trata a segunda história da criação, da queda causada pelo conhecimento, da queda rumo ao desconhecido. O anseio pela natureza e pelas coisas naturais é um anseio pela identidade, pela completude, pelo sentido absoluto de indiferenciação. O eu solitário do romantismo e a fome pela transcendência do eu são a expressão desse sentimento, que passou a ser agudo depois que a visão religiosa do mundo dissolveu-se e restou apenas a humanidade. O conceito de alienação do jovem Marx é existencial, não político; a relação com o trabalho específico e mecânico sob o capitalismo veio somente mais tarde. As histórias heroicas de Wagner e as enormes tempestades de sentimento dizem respeito às mesmas coisas: exaltação e transcendência do eu. O eu em *Minha luta* expressa-se de acordo com esse modelo, exalta a guerra e a vida individual até transformá-las em abstrações inatingíveis pelo cotidiano, grandezas que têm valor em si mesmas, porém, à diferença de Hölderlin, Rilke, Trakl, Wagner, Beethoven e praticamente todos os artistas alemães do romantismo e do romantismo tardio, o eu de Hitler é limitado pela ausência de maestria no manejo da forma, ou seja, pela ausência de capacidade de transformar a forma em uma expressão do eu e dos sentimentos que o preenchem, tudo o que ele consegue fazer é copiar as formas dos outros, do jeito mais simplório possível, como clichê. "E então, do véu do passado, tornar-se-á visível a muralha de ferro formada pelos capacetes de aço", ele escreve, e "um memorial à imortalidade." Hitler também é limitado em termos de pensamento, porque se mantém no interior da cultura em que sempre viveu, cheia de preconceitos e de outras opiniões aproximativas, meias verdades, boatos e especulações, que segundo Hamann têm origem nos jornais e revistas populistas de Viena, de maneira que aquilo que para Hitler foi vivido como um acontecimento grandioso e repleto de sentido não é comunicado dessa forma, como acontece por exemplo em Hölderlin, mas, pelo contrário, parece inautêntico, uma vez que a noção de grandeza, ou a vontade de grandeza, é o único elemento de grandeza que se pode de fato entrever, muito embora aponte diretamente para a pequena burguesia do próprio eu, que através de sua presença desqualifica toda e qualquer forma do sublime. Ler as tentativas de exaltação em *Minha luta* é como ver uma pintura malfeita de uma montanha íngreme e extraordinariamente bonita.

Mas o fato de que tudo se apequena no texto não equivale a dizer que os sentimentos de Hitler por aquilo que descreveu eram pequenos, ou que aquilo que descreveu era pequeno. O talento de Hitler estava em outro campo, segundo ele mesmo ressalta por diversas vezes em *Minha luta*, a inferioridade da palavra escrita em relação à palavra falada, que ele dominava por completo e sabia empregar para fazer com que seus partidários sentissem aquilo que sentia, ou aquilo que gostaria que sentissem. Havia também a mitologização daquilo que de partida, em si mesmo, é trivial, e a exaltação da realidade, em que o trabalho dos trabalhadores, essencialmente monótono, aborrecido e incansável, tornava-se grandioso e heroico, em que o passado repetidas vezes era relembrado sob a forma de desfiles com cavalos e bandeiras medievais, sob a forma de honras e rituais e construções e praças esplendorosas que remetiam à Antiguidade, em uma sublimação do presente, um reencantamento da sociedade, no qual os elementos estéticos eram em grande medida buscados no universo militar e bélico; uniformes, bandeiras, desfiles, tudo aquilo que promovia união. Os trabalhadores tornavam-se trabalhadores-soldados, as classes escolares crianças-soldados, os astros dos esportes em atletas-soldados, e o elemento único disso tudo era que a realidade era exaltada e tornada essencial não por meio de uma recriação artística, ou da seleção artística de elementos individuais, ou seja, do mundo lido como poesia, ouvido como música, admirado como pintura, mas por meio de uma recriação da própria realidade, imediata e direta. Hitler transformou a Alemanha em um teatro. O que o teatro expressava era coesão, por meio disso identidade, e por meio disso autenticidade. Não se tratava de inventar uma coisa qualquer e de construir uma identidade com a ajuda de uniformes, bandeiras e desfiles; tratava-se de expressar uma coisa que havia existido desde sempre, mas que a sociedade moderna havia reprimido e dissolvido, e foi por isso que tantos elementos vieram da história: houve uma restauração.

Hitler tampouco era um diretor de teatro fanático e militarista que impunha sua vontade às pessoas; as forças com que jogava eram reais, os sentimentos despertados existiam em todos. Todos os que assistiram aos desfiles na Alemanha de Hitler conhecem o tipo de sentimento despertado, as enormes forças libertadas pela companhia uniformizada, o poder da ausência de um eu, pois, ah, como ansiamos por fazer parte daquele nós! Certas fotografias da época revelam uma beleza quase irrefreável, como aquela com os soldados postados, tirada na altura dos olhos, um mar de capacetes de aço que se espalha para além, perfeitamente simétrico, a mesma pessoa repetida e repetida quase até o infinito. Ou o silêncio quando Hitler percorre o trajeto de centenas de metros em direção à chama crepitante sob o monumento em homenagem aos mortos, rodeado por centenas de soldados em posição, de uniforme e capacete, imóveis. Tudo aquilo que ele pretendia evocar por meio de descrições em *Minha luta*, onde fracassou, foi concretizado com esses quadros humanos. Lá se ergue um front de capacetes de aço, eles *despertam* o passado à vida, mas encontram-se no presente, e são imortais. Como um dos soldados gritou durante as reuniões em Nuremberg: "vocês não morreram, vocês continuam a viver na Alemanha".

Quem não quer fazer parte de uma coisa maior do que si? Quem não quer sentir que a vida tem sentido? Quem não quer ter uma causa pela qual morrer?

Essa paz, a saciedade e a tranquilidade que preenchem nossa vida, ou com as quais tentamos ao máximo preenchê-la, na qual a satisfação é o objetivo máximo e na qual praticamente não existem nuvens no céu, assemelha-se à existência descrita por Stefan Zweig em seu livro de memórias *O mundo de ontem*, que chegou a um fim deveras brusco em agosto de 1914. A pergunta que devemos nos fazer, portanto, é se a guerra surge a partir de certas relações políticas e de condições sócio-históricas, o que pareceria impensável em nossa sociedade pós-guerra, ou se deve ser atribuída à libertação de forças que sempre existiram no ser humano, como uma parte daquilo que nos compõe, e que portanto pode ser novamente libertada a qualquer momento. Nesse caso, a única coisa que podemos dizer com certeza a esse respeito é que a guerra virá de outra maneira, sob outra forma, uma vez que já identificamos as formas que assumiu em 1914 e 1939 e as bloqueamos por completo. Então nada de desfiles pelas ruas e nada de mar de capacetes nas praças. Mas no meu íntimo, aqui onde estou sentado durante a primavera em um cômodo em Glemmingebro, nos arredores de Ystad, com os raios de sol a se derramarem sobre o panorama vicejante, que tranquei do lado de fora pondo um cobertor na janela para conseguir ficar em paz com o meu trabalho, embora não sem continuar a ser distraído pelas crianças, que correm para dentro e para fora da casa com a mesma alegria e o mesmo entusiasmo que eu lembro da minha própria infância, enquanto a minha mãe permanece no lado de fora capinando os canteiros, Linda está fazendo compras para o jantar de Páscoa, o irmão dela está pregando o telhado da varanda que cedeu com o peso da neve durante o inverno e a mãe dela trabalha ao lado, erguendo um enorme arbusto que também caiu no inverno, eu posso sentir um anseio por outra coisa, e esse anseio, segundo me parece, também deve existir em outras pessoas, pois seria possível imaginar pessoas tão diferentes na mesma cultura a ponto de determinado sentimento existir apenas em uma delas? Não sei o que esse anseio representa, mas sei que não inclui nenhum tipo de distanciamento em relação àquilo que está aqui, e que eu tenho, ou no que vivo, não é nada disso, eu não desprezo nada, e compreendo o valor da regularidade dessa existência e compreendo o quanto é necessária. Mas, assim mesmo, é um anseio. Pelo quê?

Ou, talvez mais do que um anseio, seja uma falta. Um sentimento de que existe uma coisa que não está aqui. Bem no centro da vida e do viver, como que levado pelo canto e pelo ruflar de asas de todos os pássaros que constroem ninhos nas proximidades, sob o sol, rodeados por vegetação por todos os lados, existe uma coisa que falta.

Será que essa falta está em mim? Será que sou eu que não consigo vencer o meu próprio tempo e o meu próprio lugar, ver o que está aqui, o que realmente está aqui, compreender que isso é tudo e permitir que a alegria tome conta de mim? Afinal, um mundo inteiro se descortina até mesmo na menor planta que nos dispusermos a admirar, ela vive e está ligada a todo o restante das coisas que vivem, e cresce nos confins do abismo vertiginoso do tempo, onde também nos encontramos. Será minha responsabilidade tornar esse mundo válido e preenchê-lo de sentido? Será possível? Ou será que o mundo é vazio, ocupado apenas por um crescimento seriado, que se copia a si mesmo e depois se copia a si mesmo outra vez, rumo ao infinito? Um vazio que também constitui a razão para a nossa existência biológica, o humano? Nesse caso, por que reproduzimos o vazio serial na cultura que produzimos? Não seria o caso de instituir diferenças, aquilo em que todo o valor repousa e a partir do que emana, e portanto todo o sentido? Será que esse sentido não existe? Ou será que está oculto? Oculto do quê? Oculto do social, cujas diferenças existem para manter tudo no lugar, não para libertar, e que nos mantêm no lugar em determinada vida, a vida costumeira, a partir de cuja perspectiva o mundo inteiro se desmancha e torna-se o mesmo?

Mas, se for assim, de onde vem a ideia de que tudo pode ser diferente? Afinal, não acreditamos em Deus, o que significa que Deus não existe, e que jamais existiu. Se for assim, ele viveu apenas nas ideias das pessoas, como uma espécie de ferramenta existencial, e a condição para que isso tivesse sentido era que o elemento instrumental não chegasse à consciência. Mas foi o que aconteceu quando a realidade material foi identificada como instrumental, e a partir de então não havia mais volta, pois o sentido exclui o logro de olhos abertos, crer é saber, e, assim como as pessoas sabiam que Deus é uma realidade, nós sabemos que Deus não é uma realidade. A relação com o verdadeiro que havia no êxtase foi rompida, porque já não existia mais nada verdadeiro; também o êxtase, o sentimento mais profundo na esfera humana, era falso, era uma ofuscação.

Mas o sol brilha, a grama cresce, o coração bate no escuro.

"Mas o sol brilha, a grama cresce, o coração bate no escuro."
Por que eu escrevi isso?

Essa linguagem é vazia. Parece a linguagem dos nazistas. Claro, o sol de fato brilha, e a grama de fato cresce e o coração de fato bate no escuro, mas os fatos não são o essencial nessa linguagem, o essencial é tudo aquilo que é invocado, a exaltação do sol, da grama e do coração, de certa forma, a transformação em bem mais do que aquilo que são, como que em portadores da realidade verdadeira. É a mesma linguagem que afirma que a civilização está livre dos impulsos, das paixões e do gênio, enquanto o sol, a grama e o sangue estão ligados àquilo que é verdadeiro, cujas duas expressões são a guerra e a arte, como Mann escreveu em 1914.

Essa linguagem é vazia, e foi a linguagem dos nazistas, mas será mesmo ilegítima?

O poema de Paul Celan foi uma resposta a essa linguagem, que havia destruído toda a cultura. Essa linguagem não surgiu em *Minha luta*, mas foi reunida e concentrada nesse livro, e graças ao autor de *Minha luta* espalhou-se por toda uma sociedade que ele quis transformar desde as bases. Livramo-nos de tudo que essa linguagem trazia consigo. Todas as ideias acerca de grandeza e todos os pensamentos acerca da autenticidade foram eliminados. Vivemos em um mar de coisas, e passamos a maior parte de nosso tempo em vigília na frente de monitores. Escondemos a morte tanto quanto é possível. O que fazer se a partir disso tudo surge um anseio por outra coisa? Por uma realidade mais real, por uma vida mais autêntica? Nesse caso estaríamos tratando de uma noção equivocada, porque todas as vidas são igualmente autênticas, e a grandeza é uma ideia a respeito da vida, não a vida em si. O anseio pela realidade, o anseio pela autenticidade não expressa nada além de um anseio por sentido, e o sentido nasce a partir da coesão, da maneira como nos sentimos ligados uns aos outros e também ao ambiente em que vivemos. É por isso que eu escrevo, eu tento esclarecer as ligações em que me envolvo, e, quando sinto uma atração pela autenticidade, é também essa a ligação que preciso esclarecer. Quanto à relação entre a arte e a guerra, sobre a qual Mann escreveu em 1914, embora depois tenha naturalmente abandonado essa posição, parece-me ser uma relação efetiva, uma vez que ambas se aproximam do limite extremo da existência, que é a morte, em relação à qual a vida reluz e de repente torna-se uma coisa valiosa e inestimável, ou seja, repleta de sentido. Sempre tive essa experiência com a arte, um profundo sentimento de ter encontrado sentido, que no entanto é raro em relação à arte moderna, quase sempre esse sentimento é despertado por quadros pintados entre o século XVII e o fim do século XIX, com umas poucas exceções marcantes, como por exemplo os quadros de Anselm Kiefer, em relação aos quais sempre me senti muito próximo. Mas quatro anos atrás, durante uma viagem

569

a Veneza, foi como se de repente tudo houvesse desabado. Eu vi os quadros na Accademia e eles não "diziam" nada, era como se estivessem em um espaço separado do espaço em que eu vivia. O que valia antes já não valia mais naquele instante. E foi estranho, porque a morte é a morte, a vida é a vida, as pessoas são pessoas independentemente de como a cultura se configura, não? Tínhamos andado depressa pelas salas por causa da paciência limitada das crianças, mesmo que Vanja estivesse fascinada com tudo que havia de sinistro naquele ambiente, como as caveiras, os cavalos empinados e os vultos crucificados, e quando saímos do museu e fomos a um café tranquilo que dava para a laguna e bebíamos Sprite com gelo, fui tomado pela ideia de que toda aquela grandeza, toda aquela beleza que durante tantos anos eu havia procurado e admirado, porque a beleza naquilo não me parecia apenas necessária, mas também vital, *talvez no fundo não valesse nada*. Aquilo não passava de um fardo que carregávamos, uma sombra que se projetava sobre nós, morta e fria. A beleza de que se revestia era a beleza da morte, e as revelações que despertava em nós eram uma revelação da morte, nada mais.

No mesmo dia eu vi a única coisa realmente sublime em toda essa viagem. Eu estava andando com John pelos arredores do nosso apartamento, em meio às vielas estreitas, úmidas e escuras, onde pequenos sacos de lixo amarrados com nós estavam em frente a todas as portas, e as roupas lavadas estendiam-se em varais que se entrecruzavam em meio às casas, a tarde estava quase no fim, nos aproximamos da praça junto à laguna, onde os vaporettos atracavam, e de repente um navio enorme revelou-se acima dos telhados. Ele deslizava aos poucos. Chegamos à praça, onde o mar se abria e aquela estranha luz que estava sempre lá, tanto no sol como na chuva, tanto no outono como na primavera e no verão, fazia com que tudo, as paredes e os telhados, as calçadas e a superfície da água, cintilasse.

O navio que chegou era enorme, se elevava acima da cidade, e todos os deques estavam lotados de gente. A voz de um alto-falante que discorria sobre a cidade logo abaixo ribombava. Por toda parte os flashes reluziam. Dentro de mim, alguma coisa se ergueu. Senti um calafrio nas costas.

— Você viu, John? — eu disse, me agachando na frente dele. John sorriu, acenou com a cabeça e apontou para um dos muitos pombos desengonçados que andavam pela praça. "Dé!", ele disse. Me levantei, lancei um último olhar em direção ao navio, que nesse instante estava suficientemente longe para que eu não pudesse distinguir as feições da multidão que ocupava os deques, mas apenas as sombras e os flashes que a iluminavam, e então virei o carrinho, retornei à viela e fui até um café minúsculo, onde pedi um sonho para John e uma xícara de espresso para mim.

* * *

Por que a visão de um cruzeiro tinha me dado calafrio nas costas? O que havia me levado a pensar que aquilo era sublime?

Na estética clássica, o sublime era uma visão que, por força da grandeza ou da estranheza, abalava o observador. Uma erupção vulcânica, um naufrágio, uma montanha imponente e inóspita, em cuja presença ou em cujo desenrolar o observador tivesse o nítido sentimento de ser pequeno ou irrelevante. O belo, que desde a Antiguidade era sinônimo de bem-proporcionado e harmônico, e que portanto encontrava-se sob o controle humano, foi durante o romantismo absorvido pelo sublime, talvez porque a noção do divino já não fosse mais um ponto central evidente no mundo, um lugar de onde e para onde todas as ideias e todos os pensamentos se movimentavam. Mas o sublime e o divino não são a mesma coisa, a revelação da estranheza da natureza é diferente da revelação da presença do divino, porque o que se encontra na presença do divino não é apenas a distância que se revela, não é apenas a terrível compreensão arrepiante quanto à natureza cega e inumana da natureza, mas também o oposto, a promessa de coesão e pertencença. A promessa de um nós. O divino ou o sagrado aponta um limite para esse nós, ao mesmo tempo que lhe confere sentido, não individualmente, mas como um coletivo, um todo. E a forma dessa revelação também deve ter sido radicalmente outra, porque a experiência do divino ou do sagrado era a experiência daquilo que transcendia as leis ordinárias da realidade, e podemos imaginar o quão terríveis e assustadoras essas revelações devem ter sido. Ver-se diante de uma criatura onipotente, que não é humano nem animal, que se esconde, mas assim mesmo está lá, no mesmo lugar que você. Rudolf Otto escreveu que o sentimento religioso é capaz de preencher a alma com uma força quase desvairada, e tentou descrever todas as fases pelas quais passa esse processo. A atmosfera leve e tranquila de uma entrega reverencial, que pode dar lugar a um estado de fluidez na disposição da alma, que dura por muito tempo sob a forma de vibrações persistentes e por fim se abafa e permite que a alma regresse ao profano. O sentimento que de repente transborda da alma, aos trancos e borbotões. O sentimento que leva a situações raras de exaltação; embriaguez, arrebatamento, êxtase. O sentimento que se transforma em um pavor enregelante e quase fantasmagórico. Segundo Otto, o sentimento religioso tem estágios brutos e bárbaros, que aos poucos se desenvolvem e dão lugar ao refinamento, à melhoria e à transfiguração. "Isto pode transformar-se no tremor e no silêncio reverentes da criatura perante — ah, perante o quê?"

Quando leio Rudolf Otto ou Mircea Eliade, escritores que circundam a vivência do sagrado e do divino, tanto para entendê-la como para defini-la, e quando leio os escritos dos místicos ou dos pastores da igreja, impregnados de êxtase, vejo-me diante de uma coisa totalmente estranha, uma coisa que não tem lugar nenhum na minha vida, nem na vida ao meu redor, a não ser por raros vislumbres de assembleias carismáticas na TV. Que seja assim não altera em nada minha convicção fundamental de que a vida sentimental das pessoas é constante, de que as paixões que correm através de nós sempre correram através de todas as pessoas, e de que é por isso que ainda faz sentido para nós admirar até mesmo as obras de arte mais antigas, ou ler até mesmo os textos mais antigos. Penso que ser uma pessoa sempre foi a mesma coisa, a despeito de todas as transformações pelas quais a cultura passou. Mas esse tipo de experiência, que outrora tinha uma importância absoluta, meditações acerca de Deus e do divino, rituais e culturas ao redor do sagrado, visões e êxtases que surgiam em vidas oferecidas em caráter total e completo a Deus e ao mistério de Deus, essa vontade de encontrar sentido, essa intensidade violenta, com todo o espectro de pressentimentos, atmosferas e sentimentos, não é mais buscada, e quando é, tudo acontece completamente na periferia, à margem da sociedade, longe da nossa atenção, talvez de vez em quando nos vejamos na condição de testemunhas de um acontecimento estranho e antiquado, como entretenimento na TV, você é *monge*? Como é não fazer sexo? Quando fechamos a porta à religião, fechamos a porta também a nós mesmos. Não apenas o divino desapareceu, mas também os sentimentos fortes que eram a ele associados. A ideia do sublime é um eco longínquo da vivência do sagrado, sem o mistério. O anseio e a melancolia expressos na arte romântica são justamente o anseio por esse tipo de vivência, e o luto por sua perda. Pelo menos é assim que entendo a atração que sinto em relação ao elemento romântico na arte, às breves mas intensas tempestades de sentimento que isso é capaz de desencadear, e a canção de alegria e tristeza que de repente surge em mim como um céu quando vejo algo inesperado, ou algo perfeitamente comum de maneira inesperada. Um cruzeiro tomado de pessoas, um panorama industrial coberto de neve, o sol avermelhado que o ilumina através de uma membrana de névoa. Um velho de macacão azul que atira uma caixa de papelão em uma fogueira, também num panorama industrial, onde tudo permanece imóvel e em silêncio, a não ser pelos movimentos do velho, que eu tão bem conheço, porque ele é o meu avô materno, e as chamas bruxuleantes da fogueira. Ah, chamas, fogo, incêndio, o que são a não ser coisas que se abrem no mundo? Coisas que surgem, existem e então desaparecem? Sempre parecidas, nunca as mesmas. Quando vejo essas coisas, de repente estou lá com todo o meu ser, torno-me consciente da minha existência, por um instante aquilo me preenche por inteiro, e não com os problemas que eu tenho, com as coisas que fiz ou tenho de fazer, com as pessoas que eu conheço, conheci ou ainda vou conhecer, não, tudo que me liga ao mundo social de repente se afasta. Talvez por cinco segundos, talvez por dez, talvez por até vinte ou trinta segundos seja assim, eu me encontro no centro do mundo e vejo uma fogueira arder e um homem dá um passo para trás, em um panorama silencioso coberto pela neve, e então tudo desaparece, o feitiço é quebrado, tudo é como antes, inclusive eu.

Mas uma experiência dessas é pequena e ínfima em comparação aos êxtases dos místicos, tamanha a mediocridade da minha busca por sentido, eternamente distraída por outras coisas se comparada à devoção constante dos místicos. Meus rituais em frente à TV são patéticos comparados àqueles que antigamente existiam no mundo. Ah, eu mal aguento mencionar a diferença entre os sentimentos de exaltação que me preenchem quando um norueguês vence uma prova olímpica de esqui e os sentimentos de uma pessoa que se ajoelha perante o divino e sente a alma enlevar-se.

Puta que pariu: afinal de contas, o que eu sei de verdade sobre o divino? Com que direito eu uso esse conceito? Eu, um ocidental secularizado de quarenta anos, ingênuo e inculto, uma das muitas pessoas banais e desespiritualizadas do mundo? Por acaso eu não estava sentado apenas dois dias após a visão do cruzeiro em um restaurante ao ar livre em Veneza e deixei o garfo cair no chão, o que fez com que o garçom trouxesse um garfo novo para mim, quando então o dispensei, não, eu não preciso de outro garfo, o meu está aqui, você não vê?, sem levar em conta que o meu garfo tinha caído no chão, e que portanto aos olhos dele estava impuro e imprestável? Sim, foi isso que eu fiz, ainda por cima na companhia de Espen e Anne, que deram um sorriso meio culpado em função da cena, antes que Espen dissesse meio tímido que achava que o garçom tinha querido me dar um garfo novo porque eu havia deixado o meu cair no chão. Será mesmo que uma criatura tão desajeitada e desengonçada devia sequer pronunciar a palavra "divino"? Uma pessoa que além do mais não acredita na existência de Deus, e portanto também não acredita que Jesus foi o filho de Deus? Por que afinal de contas essa criatura deveria tocar nesse assunto?

Afinal, o que eu estava procurando?

Sentido. Era simples assim. No dia a dia eu estava tomado por um certo fastio, sempre tolerável, nunca ameaçador nem destruidor, era mais como uma sombra que pairava sobre a minha vida, cuja máxima consequência era uma espécie de anseio passivo pela morte, quando a bordo de um avião, por exemplo, eu imaginava que eu não teria nada contra o avião cair, sem que no entanto eu jamais sonhasse em fazer o que quer que fosse para me destruir. No meio desse fastio, de repente certas coisas podiam explodir de sentido. Era como se eu me visse diante de uma coisa radicalmente plena de sentido, que por um instante me incorporava, e logo tornava a me expulsar. Como se o sentido estivesse lá o tempo inteiro, de forma constante, e somente *eu* e a *minha* forma de ver as coisas me separassem dele.

Seria mesmo assim? Será que havia uma coisa lá fora, uma coisa objetivamente real e verdadeira, uma vida e uma constância de viver, que estivessem sempre lá, mas à qual somente em momentos raros, praticamente nunca, eu tinha acesso?

Ou seria apenas uma coisa em mim? Eu podia ter me ajoelhado de mãos postas e feito preces e queixas trêmulas a Deus, Nosso Senhor, mas eu vivia na época errada, porque quando olhava para o céu eu via apenas um enorme espaço vazio. E quando olhava ao redor eu via uma sociedade completamente dedicada a nos manter em um estado de estupor, a nos fazer pensar em outras coisas, a nos entreter. Conforto e comodidade; maciez, calor e aconchego; era isso que desejávamos, e era isso que recebíamos. Nesse caso, o único lugar onde ainda se podia encontrar a seriedade de viver era a arte. E na arte era apenas isso, a plenitude do ser, que eu buscava. A beleza e a plenitude do ser. Às vezes eu as encontrava e me deixava arrebatar, mas isso não levava a nada, talvez não fosse nada além da simples descarga de uma alma tensa, um pequeno relâmpago na escuridão do espírito.

Eu vejo um cruzeiro lotado de pessoas deslizar acima dos telhados em uma cidade antiga e em processo de naufrágio e sinto calafrios nas costas, mas e daí? Será que não havia nada além disso?

James Joyce, criado em um ambiente católico, próximo dos grandes líderes da Igreja, chamou esses momentos de epifanias, uma palavra originalmente usada para designar a revelação da natureza divina de Cristo para os três sábios naquela noite estrelada em Belém, mas que para ele significava as revelações da vida mundana nas ruas por onde passava. No romance esboçado e inacabado *Stephen Herói*, Joyce define a epifania como "a sudden spiritual manifestation". O ponto de partida é a definição de beleza segundo Tomás de Aquino, ou seja, o que deve estar presente em um objeto para que o achemos belo, mas essa abordagem logo afasta o foco das qualidades do objeto em si para a nossa compreensão, em uma operação tripartite: primeiro o objeto é separado de todo o restante e observado como *uma* coisa (a "integritas" de Aquino); depois essa coisa deve ser analisada, como um todo e como um conjunto de partes, em relação a si mesma e a outros objetos, ou seja, como uma *coisa* (a "consonantia" de Aquino); e então, por último, no instante da epifania, essa coisa é vista *como aquilo que é* (a "claritas" de Aquino). Joyce chama isso de alma da coisa, de quididade.

O ponto de partida para essa reflexão, que Stephen apresenta durante uma conversa com o amigo Crane, é um pequeno interlúdio que ele observa em uma certa tarde na Eccles Street, no qual uma moça está na escada em frente a uma casa e um rapaz está apoiado em um corrimão logo abaixo.

A Moça (com a fala levemente arrastada) —...Ah, sim... eu es... ta... va... na... ca... pe... la...
O Rapaz (incompreensível) —...eu... (novamente incompreensível)...eu...
A Moça (com voz suave) —...Ah... mas você... é... mui... to... mal... va... do.

Empregar um conceito que designa a revelação da divindade de Cristo para uma cena como essa é blasfêmia, em razão da enorme distância entre as duas regiões, porém há uma distância igualmente grande entre a cena e a estética escolástica que Joyce usa para elevá-la, ele ridiculariza a lacuna entre a realidade e a interpretação da realidade feita pelos eruditos, ao mesmo tempo que sem dúvida aproxima-se de um elemento essencial em sua própria estética. É o mundo próximo que descreve, aquilo que acontece ao redor, aqui mesmo, agora mesmo, que ele deseja adentrar, porque tudo é local, para todo mundo, sempre. Mas nas epifanias de Joyce não há nada de "mais", é justamente isso que as caracteriza, elas são expressões de si mesmas, e a tarefa do escritor é vê-las dessa forma, em sua individualidade. Os exemplos de epifanias oferecidos por Joyce são determinadas mudanças de rumo em conversas, determinadas formas de gesticular, determinados pensamentos que se oferecem à consciência — em outras palavras, encontram-se profundamente ligadas ao humano, e de forma um pouco mais precisa ao social, e portanto à vida como a vivemos em relação uns aos outros. Há portanto um elemento quase antiessencialista nessa estética, ela não se interessa pela autenticidade, nem pela transcendência, mas busca significado e sentido no rio de movimentos e de linguagem que diariamente corre pelas nossas vidas. A linguagem em que Joyce apreende essas coisas é em si mesma um rio, que como todos os rios tem uma superfície, aquilo que vemos em um breve lance de olhos, e também profundezas, palavras sob as palavras, frases sob as frases, movimentos sob os movimentos, personagens sob os personagens. Tudo em *Ulisses* é também outra coisa, não porque o mundo seja relativo, mas porque a linguagem através da qual o vemos é. A transcendência em *Ulisses* vai contra a linguagem, abre um abismo no instante, que por conseguinte deixa de ser epifânico — não é nem isolado, nem completo nem individual —, e se a representação de mundo feita por Joyce é verdadeira em sua relatividade e em sua intertextualidade maciça, é também cerebral e no fundo erudita no desejo de sistematização e de coesão, infinitamente afastada da realidade física e do romance realista, mais ou menos como os líderes da Igreja na Idade Média se afastaram da Bíblia e da proximidade concreta, atuante e física em relação à realidade para adentrar o céu incomensuravelmente abstrato e incorpóreo de especulações e reflexões que estenderam sobre as próprias vidas. É possível perder-se nesse céu, como é possível perder-se em *Ulisses* e em todas as outras grandes obras modernistas, com toda a fruição intelectual e todo o conforto estético que oferecem, pois a virada em direção à forma e em direção à linguagem transforma-as em grau ainda mais elevado em obras individuais, em coisas à parte, ao mesmo tempo que também perdem com isso, pois, como Henry James escreveu certa vez, *o sentido da arte são os sentimentos.*

Quando a arte é vista a partir dessa perspectiva, a forma em si não significa nada, mas tem sentido apenas como veículo de outra coisa, e o modernismo, ou seja, o peso-pesado daquilo que aconteceu na arte desde o início do século anterior até hoje, renunciou a essa dimensão. Os escritores que não agem dessa forma apresentam traços românticos nas próprias obras, como Hermann Broch, por exemplo, com *A morte de Virgílio*, um dos romances modernistas mais exuberantes do século, cuja abertura, um Virgílio moribundo em um barco, a caminho do porto de Roma, é um dos melhores trechos em prosa escritos na Europa durante os últimos dois ou três séculos:

> Cerúleas e leves, movidas por um contravento suave e quase imperceptível, as ondas do mar Adriático seguiam contra a esquadra imperial, enquanto esta, com as falésias da costa calábrica assomando gradualmente à esquerda, fazia caminho rumo ao porto de Brundisium, e então, quando a solidão ensolarada e no entanto funérea do mar transformou-se numa alegria satisfeita de atividade humana, quando o mar, suavemente iluminado pela proximidade da presença e da existência humana, populou-se com navios vários, que igualmente esforçavam-se por chegar ao porto, então, quando os navios pesqueiros de velas marrons já por todo o quebra-mar deixavam os diversos vilarejos e assentamentos ao longo da orla de espuma branca para fazer a pesca vespertina, quando a água

estava quase espelhada; como madrepérola, a concha do céu abriu-se, a noite caiu, e o fogo dos lares, assim como as notas da vida, uma martelada ou um chamado, ainda de lá eram soprados e trazidos.

Sinto uma estranha forma de alegria surgir dentro de mim toda vez que leio essa passagem. É sublime. Mas por quê? O que exatamente há nessa passagem que é capaz de despertar sentimentos tão intensos? O que a frase descreve, um navio que se aproxima de um porto no final da tarde, é trivial e reconhecível, pelo menos para qualquer pessoa que tenha crescido à beira-mar, ao mesmo tempo que se desenrola na Antiguidade, um mundo para nós perdido e inacessível. Então a explicação é essa? A alternância entre o geral, ou seja, aquilo que existe em todos os portos, e o específico, aquilo que existe apenas nesse porto, que foi perdido? Sim, isso desperta uma alegria, memórias dos cheiros e dos barulhos e da luz e também do vento durante as horas de sol junto à orla, o sentimento de exuberância que por vezes essa paisagem desperta, mas nada disso é sublime. O sublime não surge do igual, mas daquilo que é oposto ao igual. O sublime nessa frase é o movimento do mar rumo à terra, ou, conforme o texto: "e então, quando a solidão ensolarada e no entanto funérea do mar transformou-se numa alegria satisfeita de atividade humana".

A solidão do mar, ensolarada, e no entanto misturada a um pressentimento de morte — nunca pensei no mar dessa forma, mas devo ter sentido assim, pois quando leio a passagem uma parte de mim a reconhece, de forma vaga, como que à distância. O reconhecimento de uma coisa que eu não sabia o que era. E um reconhecimento da estranheza, da força, de tudo aquilo de extra-humano que se relaciona à morte. O movimento de lá até a atividade humana alegre e satisfeita é o que a frase descreve, e também liberta, pois se vale aqui, na cena portuária imaginada por Broch em algum momento do último século antes de Cristo, profundamente ligada à realidade física que a frase também evoca, vale também no lugar onde me encontro hoje, 2 de julho de 2010, quatro e um da tarde, no escritório do apartamento no sétimo andar acima do Triangeln Torg em Malmö, rodeado pelos barulhos da atividade humana ao meu redor, ou seja, os carros que passam na estrada lá embaixo, as pessoas que de vez em quando gritam, as cornetas estridentes dos estudantes do último ano do colegial e os aparelhos de som que vibram e ribombam enquanto provavelmente dão uma volta pela cidade, o velho saxofonista negro que se acomoda ao lado de um poste e toca sempre a mesma passagem. Na abertura de *A morte de Virgílio* a atividade humana, e portanto social, é uma coisa à qual chegamos, e quando apresentada dessa forma, em um crescendo vagaroso, até esse ponto somente através de sons e cheiros, podemos vê-la como aquilo que é, mais especificamente, um abrigo, um porto. Na época sobre a qual Broch escreve as pessoas eram poucas, as distâncias entre as cidades e as culturas eram grandes e percorrê-las era um processo lento e perigoso. Hoje tudo é diferente, a atividade humana, nosso abrigo contra o universo indiferente e mortal, já não é mais local e limitada, mas onipresente. Já não se trata mais de um lugar ao qual chegamos como em uma viagem, mas de uma coisa que nos rodeia o tempo inteiro, independentemente de onde nos encontramos e do que fazemos. Isso não significa que as condições mudaram desde aquela época, mas que a nossa percepção acerca dessas condições mudou. Por isso a frase de Broch parece tão impetuosa, porque direciona nossa atenção a uma condição fundamental para a qual cada vez mais damos as costas. Que consiga isso de maneira tão simples, ao associá-la a um panorama concreto no mundo, um momento concreto no tempo, um entardecer no porto de Brindisi, cujos elementos, o cerúleo do mar ensolarado, o matiz rosáceo do céu, a costa de espuma branca, o cintilar das casas por lá, trazem à tona momentos parecidos na memória do leitor, faz com que o momento e tudo aquilo que abarca em termos de reconhecimento possível seja *vivido*. Uma vivência é aquilo que foi visto, matizado pelos sentimentos. Um raciocínio vira as costas para os sentimentos, dirige-se exclusivamente aos pensamentos e à razão, mas para os pensamentos e a razão o fato de que uma infinidade de pessoas viveu e morreu por nós, e de que nós que hoje vivemos também vamos logo morrer, é uma revelação banal, algo que sabíamos desde os nossos cinco anos. Somente ao ter essa vivência, ao sentir o abismo que se abre mesmo nos cenários mais triviais, podemos *compreender*. Somente assim temos a revelação. Essa revelação é praticamente inarticulável, porque envolve muita coisa. E, por ser tão fundamental, tão absolutamente central, Broch podia ter escrito páginas e páginas a respeito disso, claro, dissertando sobre todos os aspectos possíveis da morte na natureza e do nosso abrigo contra essa morte, porém Broch escreveu essas linhas quando estava no ápice de sua forma como escritor e sabia que aquilo que o texto expressa e aquilo que o texto desperta são duas coisas totalmente distintas. Ele escreveu sobre o mar que estava misturado a um pressentimento de morte, e sobre a atividade humana alegre e satisfeita rumo à qual o navio deslizava de forma tão simples que podemos ver o que são essas duas partes, e com um grau tão elevado de precisão na concretude que a imagem consegue adentrar a imaginação do leitor e expandir-se com toda uma riqueza de atmosferas e sentimentos que são acrescentados lá.

O dia cede a vez à noite, e logo estamos na última hora, que é a época do romance. No navio atrás do navio do imperador está Virgílio, o poeta da *Eneida*, com a marca da morte inscrita na testa. A presença dele é aguda e impregna todo o restante, que logo há de desaparecer para ele. O dia cede a vez à noite, tudo chameja pela última vez. Na imaginação nórdica o reino da morte chamava-se Hel, uma palavra derivada do verbo *hylja*, que significa cobrir ou ocultar, e provavelmente chamava-se assim porque o reino da morte permanece longe do nosso olhar, embora, segundo penso agora, também possa significar o oposto, que é o mundo que se esconde dos mortos. Poucas semanas antes de viajarmos para Veneza estávamos em Vestlandet, e, antes de fazer uma visita à minha mãe e batizar John, um dia pegamos o carro e fomos visitar Jon Olav, o meu primo, ele tinha comprado uma casa de verão não muito longe do vilarejo onde havia se criado, era na verdade uma pequena propriedade desativada com vista para o Flekkefjorden, com um terreno, uma floresta e uma pequena orla. Fomos visitá-lo pela manhã, foi um dos muitos dias incríveis naquele verão, nos quais o céu estava completamente azul, as encostas completamente verdes e a luz do sol banhava todo o panorama. A água nos fiordes e nos rios cintilava, a neve no alto dos fiordes reluzia, as folhas nas árvores brilhavam e rebrilhavam nas poucas vezes em que um sopro de vento as punha em movimento. Minha mãe foi no carro da frente com Linda e Heidi a bordo, enquanto eu as segui com Vanja e John no banco de trás. Praticamente não havia tráfego na estrada. O carro que eu estava dirigindo tinha sido emprestado por Kjellaug, uma das irmãs de minha mãe e mãe de Jon Olav, era um antigo Toyota, e depois dos carros novos de autoescola e de locadoras que eu havia dirigido, minha impressão era de estar conduzindo um veículo de outra época, do mecanístico século XX. Eu estava como que acima da estrada, tudo tremia e roncava, e até mesmo as menores alterações de velocidade se faziam sentir no corpo. Os outros carros que eu tinha dirigido eram escuros e frescos e pareciam quase saídos de um videogame, como se o tráfego ao nosso redor na verdade fosse uma projeção sobre uma tela, e a velocidade, fosse cem, cento e dez ou cento e trinta quilômetros por hora, não passasse de uma sequência de números em um mostrador. Mas aquilo era completamente outra coisa, e eu gostei da sensação. Fizemos uma curva, e lá estava a água fria e esverdeada de uma corredeira, que de repente partia-se em redemoinhos brancos e espumantes. Atravessamos um túnel e lá estava um fiorde abaixo de nós, azul e amplo, com propriedades espalhadas de um lado, e montanhas íngremes, nuas e azuladas do outro. Não havia uma pessoa à vista, apenas construções antigas e desgastadas, e uma que outra casa opulenta do século XIX, equipamentos agrícolas estacionados, gramados, florestas, fiordes, montanhas. E a voz de Vanja no banco de trás.

— *När är vi framme, pappa?*

— Já estamos quase chegando. Aguentem mais um pouco aí atrás!

— *Men det är så tråkigt, pappa!*

— Não é chato, não. Olhe ali. Do outro lado tem uma cachoeira!

— *Ja, jag ser.*

— Você quer que eu ponha música para tocar?

— Quero.

Coloquei Dennis Wilson, que Vanja chamava de "música do carro" toda vez que eu o escutava em casa. Pelo espelho vi que ela se reclinou no assento e ficou olhando para o vazio. John estava sentado ao lado dela.

Chegamos a Dale, que com dois postos de gasolina era a definição de uma cidade grande naquele condado amplo e despovoado, e onde havíamos passado muitas semanas de verão durante a nossa infância. Saímos pelo outro lado do centro um minuto depois, tendo à nossa direita a encosta íngreme de onde a propriedade de Kjellaug e Magne dominava o panorama. Um denso renque de árvores em ambos os lados da subida íngreme, propriedades que mais pareciam montanhas, morros íngremes que desciam rumo ao fiorde do outro lado. Quando saímos do carro dez minutos depois, tudo ao redor estava em silêncio. De repente ouvi o zumbido de todas as vespas e abelhas e mamangavas, que ora aumentava ora diminuía. Abri a porta para Vanja, soltei o cinto de segurança, ela desceu e olhou para mim. John estava dormindo e começou a chorar quando me inclinei por cima dele e comecei a mexer nos cintos e presilhas, mas acalmou-se assim que eu o peguei e repousou a cabeça no meu ombro. A casa ficava um pouco mais adiante, na parte alta de um gramado inclinado, em cuja parte baixa as águas do fiorde chapinhavam preguiçosamente. As árvores da floresta no outro lado reluziam.

Passamos o dia inteiro lá. Me joguei na água fria só de cueca enquanto Vanja e Heidi ficaram num escolho me olhando, fizemos um passeio de barco a remo, conduzidos por Johannes, o filho mais velho de Jon Olav, e no início da tarde levei Vanja para pescar com uma vara que eu tinha pegado emprestada. Vanja nunca tinha pescado, eu queria ensiná-la, e para que ela não ficasse muito decepcionada, já que nem o tempo nem a hora eram ideais para pescar, eu repeti várias vezes que não era certo que a gente fosse conseguir um peixe, você entende? Claro, ela entendia. Abrimos caminho por entre as moitas, equilibramo-nos no alto de uma pequena montanha íngreme e paramos no extremo de um promontório, de onde fiz o lançamento. A isca brilhou no ar, caiu na água com um pequeno chapinhar e, quando começou a afundar, eu entreguei a vara a Vanja e disse a ela que podia girar o molinete. Assim, papai?, ela me perguntou, isso, assim mesmo, eu disse, está fisgando!, ela disse, você está brincando?, eu disse, é sério? Dois minutos depois um lindo bacalhau se debatia em meio às algas logo abaixo. Na primeira tentativa!, eu disse para Vanja, que estava radiante de orgulho. Mas não houve mais fisgadas. Em casa, Linda tirou fotografias de Vanja com o peixe nas mãos. Pela primeira vez me senti como um pai de verdade. Liv e Jon Olav estavam preparando o jantar, toda a família estaria lá, tanto Ann-Kristin com as duas filhas como Magne e Kjellaug. Éramos portanto oito crianças, cinco pais e três avós quando uma hora depois, com o sol pairando sobre as árvores a oeste, sentamo-nos na rua com o prato no colo para comer refogado de linguiça com arroz. Vista de fora, a cena pareceria um encontro de família comum e agradável, mas não era nada disso. Magne, com quem eu havia me relacionado durante a vida inteira, estava com uma doença mortal. Eu me lembrava dele como um homem forte e decidido que sempre ocupava espaço onde estivesse, com uma aura poderosa, uma daquelas pessoas com as quais era impossível não se relacionar. Porém lá, sentado no gramado, ele parecia irreconhecível. Fisicamente não havia diferença nenhuma, mas a aura havia se transformado. Ele não ocupava lugar nenhum, praticamente não tinha presença, e eu notava aquilo com todo o meu ser, o tempo inteiro, mesmo quando ele estava fora do meu campo de visão, eu não podia compreender aquilo, como uma mudança tão completa era possível, porque eu pensava que aquela aura era *ele*. Magne era uma sombra de si mesmo. Ele falou pouco, comeu pouco, admirou pouco o fiorde, rodeado pelos filhos e netos naquele que pode muito bem ter sido o dia mais bonito de verão naquele ano.

Tudo que estava vendo logo desapareceria para nunca mais voltar.

Não apenas a família, a respeito da qual ele nunca mais teria notícias, mas também o fiorde e a montanha, a grama e os insetos que zuniam. E, ah, meu Deus, o sol. Ele nunca mais veria o sol.

Essa ideia marcou tudo o que vi naquela tarde. A beleza do mundo tornou-se maior, mas também mais terrível, porque um dia também desapareceria para mim, e continuaria a existir para os outros, como vinha acontecendo desde o princípio dos tempos. Quantas pessoas não haviam sentado onde estávamos para admirar aquele mesmo cenário? Uma geração antes da outra, cada vez mais para trás, e naquele dia todos haviam desaparecido.

Quando estávamos prestes a voltar para casa naquela tarde, Vanja quis ir no mesmo carro que Heidi e Linda, então dirigi sozinho com John, que dormia, por uma hora e meia, ao pé daquelas montanhas com a altura do céu, em meio a vales onde as sombras da noite iminente se adensavam, ao longo de corredeiras turbulentas e cachoeiras exuberantes, e o tempo inteiro eu fui cantando, ébrio de sol e de morte.

O que mais eu poderia fazer? Eu estava tão feliz!

Era o mesmo sol a respeito do qual Broch havia escrito na década de 1930, quando se punha no mar nos arredores de Brundisium naquele entardecer do ano 19 a.C. E era o mesmo sol que Turner havia feito resplandecer sobre a imagem de um porto da Antiguidade, em uma tela pintada cerca de um século atrás. Turner havia pegado o motivo da *Eneida*, o poema épico de Virgílio, e mais especificamente da história de Dido, que se apaixona por Enéas e põe fim à própria vida quando o herói vai embora. Apesar disso, a preocupação de Turner não são os acontecimentos dramáticos, mas o lugar onde se desenrolam. A imagem mostra o porto de Cartago, na costa setentrional da África, e é marcada pelo romantismo, tanto no exotismo como na estética das ruínas, das várias construções monumentais porém ao mesmo tempo decrépitas que caracterizam essa pintura. Pelo menos foi isso o que eu pensei na primeira vez em que a vi. Mas depois, pensando melhor a respeito do assunto, compreendi que não eram ruínas, mas justamente o contrário. Aquelas grandes construções brancas e antigas estavam na verdade sendo construídas, o que a pintura mostra é o surgimento, não o desaparecimento de uma cidade. É uma imagem extraordinária. Em um dos lados, uma escarpa completamente tomada pela vegetação desce até um rio, que um pouco mais adiante dá lugar a um porto. Do outro lado há uma construção inacabada, e abaixo dela um grupo de pessoas, pequenas em comparação às proporções das construções e das montanhas. Uma mulher de branco, Dido, rodeada por homens, um dos quais, trajado de soldado, aparece de costas — provavelmente Enéas. Ao redor deles estão os materiais de construção, e ao fundo uma fileira de homens transporta coisas retiradas dos barcos. À margem do rio, como que separado dessas circunstâncias todas, há um grupo de meninos, estão todos nus, e se não acabaram de entrar na água estão prestes a entrar. Mas, ainda que estejam separados das outras circunstâncias, não estão separados dos arredores, pelo contrário, o sentimento que tenho ao olhar para essa pintura é o de que tudo se encontra de certa forma relacionado, de que os meninos relacionam-se com a vegetação e com a água, com as pessoas mais atrás e com as construções altas, e os mastros dos barcos ao fundo praticamente se fundem à névoa que paira sobre o panorama daquele dia.

Enquanto a luz fria confere a tudo uma aparência clara e nítida, bem como uma separação exata, a luz quente faz com que os contornos sejam borrados e as coisas pareçam misturar-se umas às outras. Era acima de tudo esse aspecto que interessava a Turner, segundo imagino, pois é assim em muitas outras pinturas dele, como por exemplo a do trem envolto quase por inteiro em uma tempestade de neve, mal parece haver uma única linha ou contorno claro, tudo é fluido, tudo se encontra em transição. Quando vemos em cores é isso o que vemos, nesse caso as coisas, ou as funções das coisas, desaparecem, e esse olhar, que põe de lado tudo aquilo que sabe, que põe de lado todo o conhecimento preexistente, é aquele que consegue ver o mundo de novo, da maneira como se apresenta como se fosse a primeira vez. Turner interessava-se pela relação entre o mutável e o imutável, o sólido e o fluido, e dessa forma o trem não se apresenta como a expressão de outra coisa, como uma das muitas outras categorias em que poderia encaixar-se, e que se encontram relacionadas à modernidade, ao industrialismo, à civilização e à atividade humana, mas apenas como aquilo que é em si mesmo, uma coisa puramente física, um enorme objeto de metal que avança sobre dois trilhos de ferro, como que envolto pela tempestade, que teria envolvido igualmente qualquer outra coisa: um navio a vela, uma parelha de cavalos, um cortejo fúnebre, um urso. No que diz respeito à pintura *Dido erguendo Cartago*, o interesse reside de forma análoga nas maneiras quase infinitas em que a luz influencia o panorama, desde o reflexo na água até a névoa que a engole no horizonte, e esse enfoque naturalmente influencia a cena que se desenrola por lá. Dido vê Enéas talvez pela primeira vez, é um começo, mas ao mesmo tempo um fim, porque aquilo que ela vê há de precipitar sua morte. A diferença mínima entre aquilo que se constrói e aquilo que desaba, ou seja, o fato de que as construções em andamento são praticamente indistinguíveis de ruínas, intensifica esse movimento. A vegetação tropical também está relacionada a isso, porque cresce de forma descontrolada e cega, porém com uma força e uma velocidade que ameaçam a civilização, limpa e ordenada de uma forma que faz pensar na morte. Tudo isso está na pintura de Turner, mas assim mesmo não é seu ponto central; o motivo principal dessa pintura é o sol que lá se encontra.

Quando vi o quadro pela primeira vez, na National Gallery em Londres, fui tomado por uma onda de sentimentos, eu praticamente não conseguia ficar parado na frente daquilo, porque a impressão causada foi muito grande. Em parte porque a pintura é muito bonita, claro, mas também por causa da maneira como o sol é representado, da ofuscação que proporciona. O motivo do quadro é o sol, que paira acima de todo o panorama, com raios que chegam a toda parte, iluminam todas as superfícies, seja de maneira direta ou indireta, criam todas as cores, aquecem o ar e o tornam denso e indistinto, reúnem todos os elementos do panorama, de certa forma, embora sem que as pessoas que se movimentam lá embaixo notem ou percebam o que acontece. Como é possível?, pensei enquanto eu estava diante do quadro. Como pode alguém se movimentar sob uma coisa tão grande e tão poderosa, um princípio indomável e criador de vida como esse, uma enorme bola de gás que não para nunca de arder no céu, e não ser marcado por isso? As pessoas não veem o sol, mas Turner viu, e através dele nós também o vemos. O sol dessa pintura domina tudo de uma forma que nos induz a pensar que seria uma coisa sagrada, e que Turner o adorava. O próprio Turner tinha essa pintura em muito alta conta, e aliás em tão alta conta que em um antigo rascunho de seu testamento ele manifestava o desejo de usá-la como mortalha para ser enterrado. Depois Turner abandonou esse desejo bizarro e em vez disso resolveu doar a pintura para a National Gallery, com a condição de que fosse exposta ao lado de uma das pinturas que representavam antigos portos da autoria de Claude Lorrain, um pintor que admirava e em relação ao qual sua pintura servia de comentário. E assim foi: na sala número 15 da National Gallery a pintura do porto antigo de Turner hoje se encontra exposta ao lado da pintura de um porto antigo pintado por Claude. As semelhanças entre as duas pinturas são inúmeras. Ambos os motivos são clássicos e centrados em uma figura feminina — no caso de Claude, a rainha de Sabá —, e ambos se passam em portos ao lado de construções antigas, muito abaixo daquilo que também domina ambas as pinturas: o sol e o céu. Mas, com elementos tão similares, as diferenças tornam-se mais marcantes e mais importantes. A mais notável é o fato de que o porto de Claude se abre para o mar, enquanto o mar na pintura de Turner não é visível, e o porto dá a impressão de estar preso ao rio. E, enquanto a luz de Claude é nítida e clara, a luz de Turner é densa e sempre um pouco difusa. Esses detalhes fazem com que as duas pinturas tenham auras completamente distintas. Em Turner, a vida parece estar presa no lado de dentro, o quadro tem um aspecto estático no sentido de que parece erguer-se e baixar-se no mesmo lugar, de que parece não haver qualquer saída. Isso enfatiza o motivo, que por um lado é a morte — Dido está enterrando o marido —, e por outro lado é a vida: Enéas, o grande sobrevivente, chegou, e com ele o amor, ou seja, a vitalidade e o futuro, o que para Dido, a mulher que havia ficado para trás, repleta de sentimentos, por fim transforma-se em morte.

O ambiente fechado e hermético é essencial para a sensação ou a compreensão da vida que a pintura manifesta ou procura. O sol faz parte disso, a imobilidade que lhe diz respeito é amplificada, e, mesmo que forneça luz a todas as coisas, também é ele que faz com que tudo apodreça. Já no porto de

Claude, representado em uma hora um pouco mais avançada do dia, e no qual uma brisa de fim de tarde sopra do mar, tudo parece estar aberto e em movimento. O motivo é a partida da rainha de Sabá, mas ao redor disso há uma série de outras coisas acontecendo; barcos a remo deslizam de um lado para o outro, marinheiros sobem em mastros e apoiam-se em balaustradas, as pessoas caminham pelo porto, conversam de duas em duas, olham para o séquito real ou para o filho que corre poucos metros à frente dos pais, sempre com o mar aberto e cintilante delineado no horizonte. Tanto as construções majestosas e pseudoantigas como as pessoas suntuosamente vestidas e as muitas embarcações no porto mais além são claramente separadas umas das outras. Esse detalhe altera a situação central do quadro, a partida da rainha, que passa a ser apenas mais um dentre outros acontecimentos, importante no local onde se passa e para as pessoas que dele participam, que se encontram lá, mas não em outro lugar, a atmosfera torna-se cada vez mais leve à medida que o olhar se afasta desse ponto, até desaparecer por completo por exemplo quando mudamos a perspectiva para o mar ou para a cidade. Isso, o fato de que determinada coisa desaparece em um panorama aberto, ou seja, existe apenas naquele local, é um fenômeno bastante frequente nos quadros de Claude.

Não muito tempo atrás estive no Metropolitan Museum em Nova York e lá havia uma pintura dele chamada *The Trojan women setting fire to their fleet*, portanto uma cena da Eneida, na qual justamente esse aspecto talvez seja ainda mais evidente. A pintura mostra a esquadra de guerra ancorada em uma praia, há mulheres com tochas, algumas delas encontram-se a bordo de um barco, rumo aos navios, porém o que há de dramático e de expressivo nessa cena toda, que parece encerrar um destino, é algo que acontece somente lá, entre aquelas pessoas, enquanto o panorama se estende para todos os lados, sem evidenciar qualquer tipo de influência recebida dessa situação, perdido em um sono profundo em que nada acontece, e acima daquelas pessoas paira o céu imutável com o fulgor do sol constante. Será que a viram assim na época em que foi pintada, quatrocentos anos atrás, na época de Claude? Para nós, justamente o elemento local de um grande acontecimento parece estar sempre perdido, tanto porque tudo que lhe diz respeito parece focalizado, ou seja, reportado, como também porque causa a impressão de existir em todos os lugares.

Independentemente de onde se estivesse em 11 de setembro de 2001, todas as pessoas viram ou ouviram as mesmas coisas sobre os dois aviões jogados contra as torres gêmeas. Isso estava na consciência de todos, não havia um lado de fora — a não ser o lado de fora onde cada uma das pessoas se encontrava, com o próprio corpo, onde quer que fosse no mundo. Essa operação bifurcada, tão característica do nosso tempo, na qual por um lado a coisa em questão torna-se focalizada em termos quase absolutos, e por outro lado espalha-se de forma quase absoluta, era naturalmente desconhecida na época de Claude, o tecnologicamente primitivo século XVII, no qual determinado acontecimento existia apenas para as pessoas que por acaso estivessem presentes quando ocorresse. Ao imaginar a cena da *Eneida*, Claude a comunica a partir de uma perspectiva que não é muito diferente daquela que um fotógrafo jornalístico assume em nossa época, ou seja, como uma testemunha — o fato de que no primeiro caso trate-se de uma testemunha factual, e no segundo de uma testemunha fictícia não tem importância no que diz respeito à forma —, mas nesse caso Claude testemunha simultaneamente outra coisa, a saber, aquilo que está relacionado ao tempo e ao espaço do acontecimento. Rodeado pelo enorme panorama em que nada acontece, torna-se evidente que o evento em questão transcorre somente no aqui e no agora, e que essa é a característica fundamental e a essência de todos os eventos. De fato é uma revelação simples e óbvia, mas saber como uma coisa se comporta é diferente de vivenciar esse comportamento. Só podemos compreender até que ponto a verdadeira natureza dos acontecimentos tornou-se oculta para nós quando vemos um evento completamente inesperado transcorrer diante dos nossos olhos. Nessa hora percebemos em primeiro lugar que são poucos os acontecimentos inesperados em nosso mundo, que todos os nossos movimentos são incrivelmente regulados e sistematizados, mesmo nas grandes cidades, e em segundo lugar, e talvez essa seja a revelação mais importante, que os acontecimentos somem no instante mesmo em que surgem.

Anos atrás, quando morávamos em Estocolmo e eu tinha um escritório na Dalagatan, eu estava caminhando na rua com Linda, nós dois tínhamos almoçado juntos, ela estava indo para casa e eu estava pensando em ir a uma loja de discos antes de continuar a escrever. Nevava, a rua por onde andávamos estava cheia de neve derretida, o céu mais acima era cinza e pesado. Todos os carros com faróis amarelos e luzes vermelhas de freio, os motores que roncavam, os limpa-vidros que deslizavam de um lado para o outro e todas as pessoas que andavam com o rosto virado para baixo ao longo da calçada, sob as paredes verticais dos prédios, conferiam ao momento um aspecto praticamente cacofônico, sem que no entanto eu me desse conta disso, tudo estava como devia estar. Mas de repente alguma coisa aconteceu, eu ouvi um baque e meu olhar foi atraído para o meio da pista. Um carro freou, e por cima dele um homem flutuava no ar. O homem caiu no asfalto, pesado como um saco, e um pouco além uma bicicleta caiu no chão ao mesmo tempo que o carro parou. Logo atrás, outros carros pararam. Nos dois lados da calçada os pedestres estavam parados, olhando para o meio da pista. O homem, que trajava uma grossa jaqueta estofada azul, ergueu o corpo lentamente. A cabeça dele era grande, e ele tinha os cabelos raspados. Ele sentou-se e ficou olhando para a frente. O sangue escorria da testa e do nariz dele. Grandes flocos de neve rodopiavam ao redor. Pensei que eu devia fazer alguma coisa e abri minha bolsa para pegar o telefone, mas um rapaz logo à nossa frente já tinha o telefone no ouvido e disse que tinha acontecido um acidente, então larguei mais uma vez o meu telefone no exato instante em que a porta do carro se abriu e um homem saiu lá de dentro. Ele se agachou ao lado do ciclista, disse alguma coisa para ele, colocou os braços ao redor dele, ergueu-o, acomodou-o no banco do carona, prendeu o cinto de segurança, fechou a porta do carona, sentou-se no banco do motorista, bateu a porta e partiu.

A rua tinha se aberto como uma anêmona, e naquele instante havia tornado a se fechar. A não ser pela bicicleta, que continuava no meio da pista, tudo estava como antes.

O rapaz do telefone disse que não era mais preciso mandar uma ambulância.

Olhei para Linda.

— O que foi que aconteceu? — eu perguntei.

— Não sei direito — ela disse. — Foi muito rápido. Mas ele levou o ciclista para o hospital?

— Deve ter levado — eu disse.

O rapaz do telefone se virou para nós.

— Ele o levou junto — ele disse.

— É — eu disse.

— Eu tinha ligado para chamar uma ambulância. Mas agora não precisa mais.

— É verdade — eu disse.

— Ele tocou por cima do cara. Foi culpa do motorista. E não é certo que ele o tenha levado para o hospital. Pode ser que o largue em um lugar qualquer, apenas para escapar.

— Não, acho que não — eu disse.

— Por que mais ele agiria com tanta pressa? — o rapaz perguntou, e então foi até a bicicleta, apoiou-a contra um poste de luz, ergueu a mão para mim e para Linda e desapareceu por um lado enquanto nós seguíamos pelo outro. Linda foi para casa, e eu voltei para o escritório.

587

Eu me sentia abalado. Mas pelo quê? Não havia nada de incompreensível na cena que eu tinha visto, nem de espetacular. Tinha sido apenas um pequeno acidente, um motorista que havia atropelado um ciclista durante o rush do almoço. No dia seguinte eu li o jornal com atenção para ver se havia qualquer tipo de nota sobre o ocorrido. Naturalmente não havia nada. Absolutamente nada. Mesmo assim, eu me sentia abalado. Não por comiseração, nem pelo sangue que havia corrido, era outra coisa, uma coisa relacionada ao próprio caráter do que ocorrera. Cinquenta metros à frente ninguém sabia o que tinha acontecido, e, para as poucas pessoas que haviam presenciado a cena, o acidente tinha desaparecido no mesmo instante em que havia surgido. Por que eu me sentia abalado? Se tivesse saído uma nota no jornal eu provavelmente me sentiria mais tranquilo, porque nesse caso a ordem teria sido restaurada. Afinal, os jornais são compostos de descrições desse tipo, relativas a todos os acontecimentos que fogem do normal, é isso o que lemos nesses veículos, e é isso que confere aos acontecimentos uma constância que não têm na realidade, onde desaparecem no mesmo instante em que surgem, e nenhuma das testemunhas consegue entender o que realmente aconteceu. Essa constância é uma ficção, mas nós a percebemos como real, e assim controlamos a realidade, esse é nosso abrigo e nosso porto seguro. O acontecimento é retirado dos arredores concretos e do momento definido e deixa de ser uma coisa sem continuidade para tornar-se parte de um sistema contínuo, o chamado fato jornalístico. Tudo que não pode ser explicado, ou seja, todos os acidentes imprevistos, todas as mortes repentinas e todas as maldades incompreensíveis são reunidos nesse sistema, sob a forma de pequenas histórias, e o simples fato de que sejam contadas nos conforta; existe uma ordem. É um sistema completamente irracional, porque essa ordem é fictícia, e desse modo se assemelha a outros sistemas irracionais que as pessoas muito provavelmente criam desde sempre. A ordem funciona na esfera social, mas relaciona-se com aquilo que se encontra fora do social. O medo dessas coisas, que se encontram ligadas às forças da natureza, tanto em termos orgânicos como inorgânicos, foi sempre contido, e uma vez que a humanidade é conhecida e essas forças são desconhecidas, elas foram trazidas à esfera humana como uma coisa estranha, mas uma coisa estranha na esfera humana. A imagem disso é a de um espectro, de um morto-vivo, de um morto com aparência humana. Um dos lugares onde o aspecto na relação entre a humanidade e a natureza torna-se mais claro é nas obras de Olav Duun. Um dos livros mais importantes dele chama-se *Menneske og maktene*; os temas do livro são justamente a humanidade e as forças mencionadas no título. Sua obra-prima, o romance *Juvikfolke*, é permeado por essas coisas. Mesmo que Duun fosse apenas dez anos mais velho do que Broch, e que os dois tenham escrito e publicado romances ao mesmo tempo, *Juvikfolke* é tão diferente de *A morte de Virgílio* que seria possível imaginar que as duas obras foram produzidas por civilizações distintas se não conhecêssemos o real estado de coisas. Existe um longo caminho entre a abertura do romance de Broch, com a esquadra imperial no mar Adriático e um Virgílio moribundo, e a seguinte passagem:

> O primeiro *juviking* de que se tem notícia veio do sul, de Sparbun ou Stoe ou de onde quer que fosse. O nome dele era Per. Tinha sido casado, segundo diziam, e tido posses e terras, e trouxe junto a mãe. Só Deus sabe o que o havia levado a ir embora. Ele arrendou um terreno ao pé de Lines.

Enquanto o romance de Broch se passa em meio à força, tendo o grande poeta do Império como protagonista, onde se explora a relação entre ética e estética, política e literatura, o romance de Duun desenrola-se às margens da civilização, em uma sociedade minúscula e em todos os aspectos pouco significativa na costa norte de Trøndelag em plena Noruega pré-industrial, com uma família de campesinos e pescadores humildes como protagonistas, onde as grandes transformações da política e da mentalidade ao redor do mundo vão dar às praias da região como se fossem destroços da história. Claro que os personagens não veem as coisas dessa maneira, para eles aquele lugar é o centro do mundo, e Duun chega tão perto deles que essa passa a ser também a situação do leitor, que enquanto acompanha o relato dessa família passa a ser testemunha de como uma existência e uma sociedade são criadas e mantidas. A terra é capinada e cultivada, casas são erguidas, crianças nascem. Essa é a base da vida deles, da qual poderiam sempre depender, se não fosse o campo de força que existe entre eles, a esfera invisível de sentimentos, amargura e ciúme, amor e abnegação, avareza e arrogância, egoísmo e angústia, desconfiança e abertura infinita, que os levam ora para um lado, ora para o outro, e que se amontoam em grandes emaranhados, soltam-se, amontoam-se, soltam-se, amontoam-se outra vez. Em vista do horizonte estreito em que tudo isso se passa, e do longo período de tempo que cobre, é como se o próprio lugar se mostrasse nas pessoas, como se as pessoas expressassem o lugar mais do que se expressam a si mesmas, ao contrário do que acontece em Hamsun — talvez o escritor mais comparável a Duun —, onde jamais se poderia encontrar uma situação parecida. Os personagens de Hamsun são forasteiros, não pertencem a lugar nenhum, são como que turistas da mente, sem passado nem origem. Simplesmente chegam de repente. Os sentimentos são coisas que surgem no interior das pessoas, não entre as pessoas, como acontece em Duun. A diferença também se revela na compreensão da irracionalidade. Tanto Duun como Hamsun se interessam por isso. Em Hamsun o irracional é com frequência bonito e delicado, um produto da nobreza dos nervos, uma coisa romântica e desatinada que parece tão rica quanto bonita. Em Duun o irracional está ligado a ideias folclóricas, superstições, mal-entendidos e obscuridades, coisas que acontecem em geral entre pessoas necessitadas e humildes. Quando Per Anders, o primeiro na série de protagonistas, morre, Duun descreve sua morte da seguinte maneira:

> As criadas não conseguiram se deitar naquela noite. Ficaram sentadas na sala e adormeceram. Porque ouviam os balidos no lado de fora. Ouviam o barulho de passos na antiga sala. Ane se escondia no xale. Ela leu o versículo de um salmo, ou talvez o próprio Pai-Nosso.
>
> Então ele se levantou e escutou: "Ouçam o cabrito!". Mas logo tornou a se deitar, sorrindo: "Ah, é só a corda na bétula. Isso não me assusta".
>
> Havia uma coisa estranha no outro lado da parede; todos notaram. Havia uma coisa ruim cavalgando no telhado. Era uma noite de maus agouros.
>
> Per Anders estava fazendo uma travessia difícil, cheia de engasgos e estertores. Então ele disse: "Ane, venha. Dê-me a bengala".
>
> "Reze a Deus, reze a Deus!", ela sussurrou com ardor.
>
> "Ã-ã. Eu já não tinha rezado antes, então —"
>
> Foram suas últimas palavras. Ane abriu a porta, para que a alma pudesse seguir viagem, e então preparou o corpo da maneira como devia fazer. Estava atenta ao menino Anders, que se encontrava junto à porta. Valborg também o viu no mesmo instante, e as duas perguntaram: Anders, o que você está olhando?
>
> O menino apontou para os pés da cama: Quem era o homem que estava ali?
>
> Ali? As duas se olharam. As duas sentiram as pernas fraquejarem. Valborg levou o menino de volta à cama.

A morte em Duun é rodeada de medo e de superstição. As criadas abrem a porta para dar passagem à alma do morto e veem um fantasma sentado nos pés da cama do morto — se não for o próprio demônio que veio buscá-lo. Na manhã seguinte elas queimam palha, e quando o vento sopra em direção à propriedade as duas sentem medo, porque entendem aquilo como um aviso: há uma nova morte à espreita. Quando o filho faz o sino da igreja repicar em homenagem ao morto, o sino parece lento e pesado, o que sem dúvida é um mau sinal, mas ele mente e diz para a mãe que foi tudo muito fácil. O corpo está em um leito de palha, na antiga sala, com o livro de salmos debaixo do queixo e uma moeda em cima de cada pálpebra, mas uma delas escorrega, o morto olha diretamente para os presentes e duas mulheres soluçam de medo. O morto está lá há uma semana, aguardando o banquete e o enterro. "As mulheres mal conseguiam atravessar a porta depois que a noite houvesse caído, era como se tivessem sempre um vulto branco nos calcanhares, aonde quer que fossem; e ouvia-se toda sorte de barulhos estranhos à noite." No dia do banquete um corvo pousa no telhado da antiga sala, as mulheres o afugentam, mas ele sempre volta; e claro que elas interpretam aquilo como um sinal de que mais alguém deve morrer na propriedade. Mas o morto também provoca outras revelações além daquelas relacionadas a fantasmas e mortos--vivos. Per, o filho de Per Anders, ia ver o corpo uma vez por dia.

> Tinha a impressão de que ele queria alguma coisa. Mas, quando chegava lá, não queria grande coisa. Apenas dormia como antes.
>
> É, ele pensava, aqui está o último. O último deles.
>
> E ao sair ele viu: é assim que a montanha acaba junto ao mar. Ela não consegue seguir adiante. E, assim como a morte levou esse rosto, assim a noite ergue as colinas e montanhas em direção ao céu: caladas como pedras e mortas como pedras, muito além da vida e de tudo aquilo que vive e se movimenta.

Duun oferece uma descrição do pôr do sol, quando a noite se ergue sobre o panorama e tudo se torna escuro e silencioso. O pressentimento de morte que Broch empresta ao mar reluzente atinge a redenção e torna-se absoluto, mas sem que a beleza do panorama se perca. "Assim a noite ergue as colinas e montanhas em direção ao céu." Que as pessoas encontrem-se ligadas ao silêncio e à escuridão, e que por assim dizer percam-se em meio a tudo isso ao morrer, é o mais antigo dentre todos os mistérios, pois aquilo que estava ao nosso lado um instante atrás de repente não está mais, e nunca mais há de estar, mas permanece lá para sempre, perdido em um mundo cego e mudo por todo o sempre. O que os personagens de Duun tentam é fazer com que esse mundo cego e mudo fale, para assim trazer o desconhecido para a esfera do conhecido. A fumaça da palha queimada é um sinal, porque "diz" certas coisas. O sino lento diz certas coisas. O corvo preto diz certas coisas. E o corpo, quando a moeda escorrega de cima da pálpebra, diz certas coisas. Quando o mundo silencioso fala, se estabelece uma ligação entre os vivos e os mortos que tem sentido em si mesma. Tudo que há de inexplicável, como uma pessoa no auge da vida, rodeada pela realidade humana, que cai de repente, sem que ninguém possa controlar isso, para então morrer ou recuperar-se, confere importância aos sinais: a fumaça da palha que sopra em direção à casa é um aviso sobre o que vai acontecer. Existe uma ordem, nada no mundo é por acaso. A ordem que Duun descreve é composta pelo cristianismo, pelo paganismo e por uma espécie de crença caseira no destino, e muito do valor da história está na forma de mostrar como as grandes estruturas, que existem independentemente das pessoas, são adaptadas à vida concreta no lugar onde estão, como que postas em prática num cotidiano de arados, redes de pesca, animais domésticos e latrinas que as transforma. Na forma mais pura, os mitos constituem representações completas da realidade e encontram-se fechados em si mesmos, mas a maneira como funcionam e aquilo que fazem assemelham-se àquilo que fazem os personagens de Duun. Os mitos conferem ao desconhecido um rosto, um corpo, um lugar, um momento, e estabelecem relações entre a humanidade e a natureza, entre a vida e a morte, entre o passado e o futuro, entre a criação e a ruína. Quando uma figura como Odin, por exemplo, pendura-se em Yggdrasil, em parte morto, em parte vivo, para assim obter conhecimento, ou quando Eva é levada pela serpente a comer da árvore do conhecimento e torna-se mortal, em ambos os casos se estabelece uma relação entre a árvore, a morte e o conhecimento. Mas no que consiste essa relação? As raízes na terra, os galhos no céu, esse é o universo e essa é a vida, sempre eternos, sempre ressurgindo a partir dos restos mortos. O conhecimento vem dos mortos, tudo aquilo que sabemos foram os mortos que nos ensinaram. A vida é a vida do indivíduo e a nossa vida coletiva. A morte é a morte do indivíduo e a nossa morte coletiva. O sol é o tempo inteiro visto pela primeira vez, sempre há alguém novo que abre os olhos para vê-lo, e é o tempo inteiro visto pela última vez, sempre há alguém que fecha os olhos e o perde de vista para sempre. Essas relações são aquilo que os mitos e os rituais protegem ou administram, e o mesmo vale para eles, que já estão lá para nós. Trata-se de uma linguagem, uma outra linguagem, e aquilo que comunicam não pode ser comunicado de outra forma. Nesse sentido o Iluminismo, baseado na ideia de que os mitos, os rituais e a religião não passavam de uma forma de superstição, representou uma queda. Chamamos essa representação mitológica do mundo de não esclarecida, e claro que nós, que vivemos quase quatrocentos anos depois do Iluminismo, sabemos mais sobre o mundo material e as maneiras como funciona do que as pessoas que viveram antes. Sabemos infinitamente mais. Mas o que há a saber? Que valor isso tem, na verdade? Ao longo de todo o *Völuspá*, a pergunta da profetisa se repete como um refrão da contrariedade: *e então, quereis saber mais?* O conhecimento é uma coisa oculta, ligada a Hel, aos mortos e ao passado, longe dos olhos, e o acesso a isso tem sempre um preço. E então, quereis saber mais?, diz a profetisa, e a pergunta leva em conta todos aqueles que ouvem, a avidez pelo conhecimento, que ela ironiza. Para beber da fonte de Mímir, Odin oferece um de seus olhos, uma decisão para nós incompreensível, uma vez que aquilo que sabemos tem ligações estreitas com aquilo que vemos. Para nós o conhecimento resulta da visão, esse era um dos pressupostos da revolução feita pelo Iluminismo, libertar-se da autoridade dos antigos textos religiosos e filosóficos para ver por conta própria. Nos mitos não há nada disso, pelo contrário, o conhecimento está ligado àquilo que não vemos, àquilo que se encontra oculto e escondido. E o custo para adquirir esse conhecimento é alto. No mito de criação da Bíblia, conforme sabemos, a humanidade sofre com a queda após provar o fruto da árvore do conhecimento. "Nossas mais antigas tradições religiosas percebiam o conhecimento como culpado, enquanto nós o pensamos como inocente", escreveu o filósofo francês Michel Serres. Todos os rituais, mitos e sagas que passaram de geração para geração, desde o momento até o qual nossa memória coletiva pode voltar no tempo antes de cair na escuridão da história, sobre cuja vida nada sabemos, são chamados por ele de tecnologias sociais ou culturais, indústrias que retiraram o tempo da terra em que essas diferentes tradições se revelam. A linguagem, cuja existência parece natural, em outra época foi cultivada a partir do nada. A revelação de que o coletivo segue vivo mesmo que os indivíduos morram, cuja existência nos parece natural, foi cultivada a partir do nada. A responsabilidade por um futuro do qual não faziam parte não parecia natural, mas foi adquirida. Existe uma luz nisso tudo, que no entanto aponta para o que significa ser uma pessoa, e não para as partes que compõem uma pessoa ou para a maneira como funcionam. Os mitos veem as pessoas no tempo, o Iluminismo vê as pessoas no espaço.

Nosso mundo em boa medida diz respeito ao espaço e praticamente toda a tecnologia, toda a indústria e todo o conhecimento voltam-se para isso. Esse espaço é visto, mapeado e explicado, e acelera a uma velocidade cada vez maior. O antigo espaço que Duun descreve, marcado pelas repetições através das gerações, no qual as pessoas ganhavam o sustento com o suor do rosto, amavam, tinham filhos e morriam, em outras palavras, o espaço em que se sentiam em casa, mas que ao mesmo tempo temiam, rodeadas como estavam pela escuridão do não saber, esse espaço, que não se encontra muito longe de nós, uma vez que os pais dos meus avós em Vestlandet, que eram pescadores e camponeses, viveram nele, esse espaço hoje desapareceu. Não acreditamos em sinais, não acreditamos em deus, não acreditamos em coisa nenhuma — simplesmente sabemos. Sabemos que a direção do vento é definida por fenômenos meteorológicos e que a fumaça que sopra em direção à casa não significa nada, a não ser isso mesmo, um movimento nas camadas de ar que pode ser explicado pela relação entre o ar quente e o ar frio. Sabemos que a alma morre quando morremos e portanto não abrimos a porta para dar-lhe passagem. Sabemos que não existem fantasmas e que não existem demônios; se um menino vê um homem sentado aos pés da cama na penumbra, isso é produto da fantasia. Sabemos que um sino lento não tem influência nenhuma sobre como o ano há de ser. Sabemos que os pássaros não trazem mensagens acerca de nada; se um corvo pousa na casa de um defunto, isso acontece por acaso, por um capricho do corvo; talvez a visão lá de cima seja boa? Tudo tem uma explicação razoável e racional, é isso o que sabemos e é a partir dessa perspectiva que vivemos a nossa vida. Por isso não temos medo do escuro, e por isso não temos medo da morte.

Mas o que sabemos, na verdade?

No mundo de Duun todos acreditavam em Deus, era uma obviedade, e qualquer outra coisa seria impensável. Mas pouquíssimas pessoas sabiam exatamente no que acreditavam, pouquíssimas pessoas conheciam a religião a fundo, para isso havia os pastores, que sabiam tudo que havia a saber a respeito das Sagradas Escrituras. Para as pessoas, bastava saber que existia um deus, e um filho de deus que havia assumido o pecado de todos, e que havia uma vida após a morte. Assim é também para nós. Sabemos como tudo funciona e como tudo se articula, não existe um único aspecto da realidade que não tenha sido explicado. Mas pouquíssimas pessoas sabem exatamente o que sabemos, e pouquíssimas pessoas conhecem as ciências de perto. Sabemos que existem átomos e elétrons, sabemos que existem a teoria da evolução e o Big Bang, mas não sabemos explicá-los por conta própria, embora, desde que exista alguém que saiba, estejamos dispostos a confiar que o mundo realmente é dessa forma, e assim nos sentimos em segurança. O mundo de Duun gira em torno da repetição, o tempo era místico e estático, enquanto o nosso mundo gira em torno do novo, avançando sempre. O novo está gravado em tudo; todas as coisas que usamos, por exemplo, são redesenhadas o tempo inteiro, existe uma grande diferença entre um talher dos anos 1980 e um talher dos anos 2000, ou entre uma casa dos anos 1950 e uma de hoje, mas a transformação vale para os olhos, é apenas visual, e não funcional: uma faca tem um cabo e uma lâmina em 2010 da mesma forma que tinha em 1710 ou em 1310. Numa compreensão mitológica da realidade não são os olhos o que conta, o sentido está naquilo que os olhos não veem, enquanto a compreensão racionalista da realidade é visual, e esse afastamento, ocorrido entre as décadas de 1950 e 60, constitui o próprio cerne da revolução trazida pelo Iluminismo. As tecnologias mais importantes desenvolvidas na época do

Iluminismo foram o telescópio e o microscópio; sem esses dois instrumentos ópticos as descobertas feitas gradualmente pela ciência seriam impensáveis. Não seria importante compreender o peso do design em nossa época a partir dessa perspectiva? O tempo é invisível, o tempo não se deixa aumentar nem diminuir, escapa a todo o espaço da tecnologia, uma vez que é invisível, enquanto no design ele é captado e se mostra: esse era o visual dos anos 1970, esse era o visual dos anos 1980, esse era o visual dos anos 1990. O velho transforma-se em novo, em um sistema que a princípio é o mesmo composto pelos rituais, onde cada primavera era um recomeço, com a importante diferença de que não vemos a mesma coisa, não vemos repetição, mas apenas o novo. O mesmo vale para as notícias, que retiram todos os acontecimentos do tempo e do lugar originais e os colocam em um fluxo de outros eventos, de um dia para o outro, de um mês para o outro, de um ano para o outro, porque sempre cai um avião, sempre uma pessoa é morta, sempre acontece uma greve, um acidente de carro, um desastre naval, uma eleição, uma fome, e nessa continuidade, na qual os acontecimentos são diferentes, porém a forma é sempre a mesma, o tempo é também estático e místico. Ah, claro, nosso mundo é o mundo mitológico, acima de nós temos um céu de imagens no qual nada jamais se transforma e tudo é sempre a mesma coisa. Transformamos a realidade em um mito, porém, ao contrário das pessoas que viveram em nossa concepção mitológica do mundo, não sabemos disso, mas acreditamos que aquilo que vemos e aquilo com o que nos relacionamos é a própria realidade, o mundo como ele é. É nessa perspectiva que compreendo a vivência do sublime, da epifania, ou seja, de que determinado elemento do mundo se ergue acima dos outros graças à concepção que temos a respeito dele, e de que por um instante se revela como é. As coisas estão todas como sempre estiveram, é a nossa percepção que se altera, porque as coisas, ao tornarem-se grandiosas, inesperadas ou de qualquer outra forma notáveis, por breves momentos escapam à perspectiva de nossa expectativa. É por isso que o sol de Turner ou o acontecimento de Claude, ou o mar e o porto de Broch, parecem tão intensos e despertam sentimentos tão repletos de vida. Essa é a verdade da arte. A verdade da ciência tem uma natureza diversa, encontra-se presa ao tempo em um grau completamente distinto; praticamente toda a pesquisa científica feita nos séculos XVIII e XIX, por exemplo, é ilegível hoje, ou pelo menos perdeu quase toda a relevância, enquanto as obras de arte dessa mesma época ainda nos dizem coisas e encontram-se repletas de sentido. Claro que essas obras nos dizem coisas a partir do outro lado do abismo que separa o conhecido do desconhecido; uma gruta com desenhos feitos dezenas de milhares de anos atrás nos impressiona, e de certa forma não pode ser superada, e o mesmo vale para as primeiras histórias da criação que conhecemos, mesmo que não tenhamos nenhuma informação sobre as pessoas que as escreveram e a forma como viviam. Comparados às ondas de gerações que viveram ao longo de centenas de milhares de anos antes que a filosofia do Iluminismo começasse a vigorar, quatrocentos anos de visão racional do mundo são apenas uma leve agitação na parte mais externa da superfície, um risco na rocha de uma montanha, e nesse tipo de perspectiva as ideias de "racional" e "irracional" não se mostram particularmente úteis. Trata-se de diferentes maneiras de se relacionar com o desconhecido. Conseguimos afastar boa parte do desconhecido e nos sentimos muito confortáveis, porque afinal somos a primeira cultura da história a não estremecer diante das contingências da vida, que se encontram sob controle. Mas o preço desse conforto é alto, porque é a presença na vida. E isso se revela na morte. Não temos mais medo da morte, tudo que se relaciona a isso foi erguido a um céu de imagens que paira acima de nós, pois se existe uma coisa que nos domina, essa coisa são os mortos. No mundo as pessoas morrem o tempo inteiro, com tiros na cabeça e no peito, com quedas de penhascos e cachoeiras, com afogamentos e acidentes de carro, com desastres de avião ou de helicóptero, as pessoas morrem em campos de batalha ou são vitimadas por homens-bomba suicidas em frente a uma estrada fechada no Oriente Médio ou no Iraque, são furadas com *piolets* ou punhais, golpeadas com espadas ou espetadas por lanças, morrem sufocadas por gás, congeladas ou queimadas. As pessoas tropeçam e batem a cabeça na borda da banheira e morrem, caem numa pista de esqui e morrem de hemorragia quando cortam uma artéria, morrem em berços, em leitos de morte, de câncer e peste e derrame e infarto. Morrem na cruz, na cadeira elétrica, no cadafalso e amarradas a uma mesa com veneno injetado nas veias. Essa morte, que é visual e não tem nem tempo nem lugar, mas paira como que livre e sem peso em um céu de imagens, é a representação da morte verdadeira, que assume todo o medo e toda a angústia, enquanto a morte verdadeira, a morte física do corpo, que acontece em um lugar definido em um momento definido, é escondida tanto quanto é possível. Quando aparece dessa forma, quando alguém a encontra na realidade, como de fato é, quando cai do céu à terra em um anseio ctônico, em um desejo de bolor e de pântano, de escuridão e umidade, e o cadáver está lá, diante dos nossos olhos, morto e rígido, é como se um véu de repente fosse levantado, e então não somos mais tão modernos, somos antigos como todos os morros e montes de pedra, parentes da grama e das árvores, das larvas e lesmas, que se arrastam da melhor forma possível, e um dia simplesmente aparecem imóveis sob o céu, para então dissolver-se e sumir, como parte de todos os confins e extremos do mundo, redemoinhos e formas, feitos de pó, desfeitos em pó, parte da terra até a medula dos ossos, com as mãos e os pés presos ao instante, instante esse que um dia, apesar de todas as promessas em contrário, abandonamos. Mas não abandonamos a morte, a morte não nos decepciona, a morte vem sempre ao nosso encontro, e com ela a vida.

Eu vi um cruzeiro lotado de pessoas deslizar suavemente por uma cidade que afunda, a voz de um alto-falante ribombou, os flashes reluziram, e para mim essa foi uma visão da morte?

Sim, e foi uma visão sublime. O sublime é o todo, uma grandeza quase extinta hoje, quando tudo é dividido. Vivemos sob o domínio das partes, e também a morte é classificada de acordo com esse sistema. A morte do indivíduo é o que importa, pegamos um por um, escondendo uns dos outros, e é a morte específica que importa. Não a Morte, mas a morte das artérias obstruídas e do coração sobrecarregado, a morte dos neurônios condenados, a morte dos pulmões tomados pelo câncer. Da mesma forma acontece com o belo. Os grandes livros de arte têm praticamente sempre o detalhe de uma pintura na capa, uma mão, um olhar, um pássaro, um céu, uma figura do segundo plano, e apenas em raríssimos casos uma pintura inteira. No interior do livro as pinturas são reproduzidas muitas vezes acompanhadas de vários detalhes, e com frequência acompanhadas por imagens de raio X, para que assim possamos ver o processo que levou à pintura acabada. Ah, então ele mudou o chapéu? Se a pintura é conhecida, mostram-se outras imagens do mesmo período, e nos ensaios que apresentam as obras a problematização é com frequência social — que tipo de roupa as pessoas usavam nas pinturas do Renascimento? A que classe pertenciam? Em que sistema econômico o pintor se inseria? De onde obtinham as tintas? Será que deixaram impressões digitais em algum lugar? Que tipo de alteração de mentalidade ou de alteração social tornou essa perspectiva possível ou necessária? Será que o pintor era homossexual, e de que forma essa característica sedimentou-se naquilo que pintou? Por que havia tão poucas pintoras, e o que isso fez com a percepção do que era uma obra de qualidade? Essa fragmentação do todo, que também é uma consequência da primazia da visualidade, já que aquilo que conta não é mais a impressão que a arte, a morte ou o divino evocam, mas o aspecto que têm — no caso do corpo, que tipo de alterações ocorrem logo antes da morte; no caso da arte, não a impressão em si mesma, mas as condições dessa impressão. Essa fragmentação, que Broch e muitos outros imaginavam representar uma decadência, mas que naturalmente também pode ser vista como uma enorme revitalização de uma cultura que afundava aos poucos, conforme testemunham as pinturas do período barroco, nas quais o mundo quase explode em detalhes, e a beleza própria da realidade física, manifestada em tudo, de uma pena de faisão a lebres mortas, maças, bacamartes, crânios e conchas — é confrontada por um outro movimento visivelmente contrário, a universalidade do conhecimento, *una scientia universalis*, como disse Francis Bacon no século XVII, uma compreensão atingida graças aos princípios da observação, da plausibilidade e da verificabilidade. É impossível conceber um conhecimento local, ou seja, que um fenômeno ou objeto, por exemplo, apresentaria certas características válidas somente em determinado lugar, ou em determinado instante. A discussão do século XVII sobre os prodígios ou milagres, nos quais até então as pessoas tinham uma crença total e absoluta, coisas improváveis que aconteciam uma única vez, em um único lugar, para nunca mais se repetir, talvez seja a melhor demonstração da nova linha traçada, bem como das consequências que trouxe. Em *Religio medici*, de 1635, Thomas Browne escreve:

> Que os Milagres tenham acabado, não posso nem provar, nem tampouco negar em absoluto, e ainda menos definir o período e a época dessa cessação; que tenham sobrevivido a Cristo é um fato manifesto no registro das Escrituras; que tenham perdurado depois dos Apóstolos também, e não há como negar que tenham sido revividos na conversão das Nações, muitos anos depois, se não quisermos questionar aqueles Escritores cujo testemunho não contradizemos em assuntos que dizem respeito à nossa própria opinião; por conseguinte, pode haver um pouco de verdade naquilo afirmado pelos Jesuítas em relação aos Milagres operados nas Índias; eu gostaria que fosse verdade, ou que houvesse outro testemunho além daquele deixado por suas penas.

Por um lado Browne defende a autoridade incontestável das Escrituras; quanto ao fato de que os milagres existem como fenômeno ele não tem dúvida nenhuma, afinal tudo se encontra descrito na Bíblia, e portanto tem de ser verdade; por outro lado ele tem dúvida quanto à existência de milagres na época em que vive, e nesse caso as Escrituras não chegam, para ter certeza ele precisa de testemunhas independentes. Essa nova razão baseada na observação pouco a pouco foi deixando a fé e o sagrado de lado, mas apesar disso guardava semelhanças com essas coisas, pois a grande característica do sagrado, de excluir tudo aquilo que não é sagrado, é também a grande característica da racionalidade, que exclui tudo aquilo que não é racional. E ainda é assim. A religião e a arte trazem em si o fato de que não mais se encontram no centro do reconhecimento, mas na periferia, desprovidas de força e de influência. Enquanto a religião tornou-se uma questão de foro íntimo, uma coisa fechada e particular — se uma pessoa é cristã, essa pessoa é cristã em termos estritamente pessoais —, a arte passou a se ocupar da problematização daquilo que aparece no espaço social em que nossas vidas se desenrolam, e nas poucas vezes em que se atreveu a explorar o centro de significação onde o mundo se define, ou seja, o laboratório e o observatório, acabou se mostrando sempre desajeitada e quase indigna. Meio sem querer, meio cheia de si, a arte se posta lá e balbucia qualquer coisa sobre a teoria das cordas ou a física quântica, seria esse um novo caminho para o romance? Para a humanidade? Será que alguém me acompanha depois da festa?

Ainda pequeno eu queria ser cirurgião. Esse desejo provavelmente veio dos programas médicos a que eu assistia por volta daquela época, a década de 1970 na Noruega, quando a televisão exibia longas gravações de cirurgias que me deixavam completamente fascinado. O corpo nunca era mostrado por completo, via-se apenas a parte a ser cortada, todo o restante era coberto por um material do mesmo tipo e da mesma cor que os aventais e as máscaras dos médicos e enfermeiros. Era um material liso e limpo, sem dobras nem vincos, e perto daquilo a pele branca, que se revelava como uma cratera no meio, parecia quase obscena por conta das muitas imperfeições. Quando a pele era cortada com o bisturi por um médico sem rosto, sob a luz forte do refletor, era como se uma pequena vala se abrisse. Aquela vala, presa por pinças, estava cheia de líquidos e de órgãos pulsantes, inidentificáveis e indistinguíveis uns dos outros, mas que assim mesmo brilhavam como membranas sob aquela luz, e parecia haver uma ordem naquilo, pois os dedos revestidos de borracha trabalhavam com agilidade e desenvoltura. E assim eu via o coração, esse bicho cego que se movimenta em nosso peito, e o sangue em que se banhava. Muitos dos desenhos que fiz nessa época tinham cirurgiões cortando pacientes, com o sangue jorrando, minha mãe ficava preocupada, será que eu não estava bem? Mas a cirurgia fazia parte de um padrão; meus outros interesses eram mergulho e viagens espaciais, realidades que expandiam o mundo, a primeira para dentro do corpo, a segunda para o fundo do mar, a terceira para as alturas do espaço. Eu me sentia atraído pelas coisas do mundo que permaneciam ocultas aos nossos olhos, queria explorar os espaços secretos — em outras palavras, o desconhecido. Dentre todos esses, talvez o interior do corpo fosse o menos emocionante, porque aquele tipo de estranheza existia em mim, e em todas as pessoas que eu via, aonde quer que eu fosse, mas ao mesmo tempo não existia, porque o interior borbulhante e vermelho do corpo permanecia fora do meu alcance, como um lugar aonde era impossível chegar. A superfície do mar era penetrada todos os verões, quando víamos a vida ondulante e dardejante que havia por lá. O espaço negro, com pontos de luz faiscante, revelava-se para nós em todas as noites claras do inverno e do outono, e até mesmo alguns planetas eram visíveis nessas horas. Somente o espaço do corpo era totalmente fechado. Os pulmões, aqueles pequenos sacos cinzentos, o cérebro, aquele órgão em forma de cogumelo, com a medula fazendo as vezes de talo, e os canos que levavam o sangue de um lado para o outro através da carne e dos tecidos, eu não via nunca. O mais próximo que cheguei disso foram as imagens das operações na televisão. Não tenho ideia de quantos programas como aquele foram transmitidos, tenho a impressão de que os assisti durante toda a minha infância, mas provavelmente não devem ter sido mais do que dois ou três. A impressão foi duradoura, a fascinação pelo interior do corpo e por aquela estranheza não me abandonou jamais, mas passado um tempo se tornou ambivalente, misturou-se a uma certa repulsa; a visão do interior do corpo era ao mesmo tempo atraente e repugnante. Já na idade adulta eu me ocupei com as pesquisas feitas durante o Renascimento sobre o corpo, quando pela primeira vez foi mapeado de forma sistemática, acima de tudo por meio da dissecação de cadáveres frescos, com frequência os corpos de condenados à morte, por vezes corpos simplesmente roubados de cemitérios e cortados em segredo, outras vezes em contextos totalmente públicos, como palestras de medicina nas faculdades, nos chamados teatros anatômicos. Era o conhecimento de ponta daquela época. Thomas Browne, o autor de *Religio medici*, foi da Inglaterra para o continente no início do século XVII para estudar anatomia em Montpellier, cirurgia em Pádua e farmacologia em Leiden. Mas também havia espetáculos e entretenimento popular, o interior do corpo era uma sensação, um parque de diversões de carne e sangue.

Quatrocentos anos depois, o estranho a respeito de tudo isso não é o fenômeno em si, mas o fato de não ter ocorrido antes. O que impedia as pessoas da Antiguidade e da Idade Média de explorar o interior do corpo? Os egípcios conheciam-no bem graças à arte do embalsamamento, mas nunca se preocuparam em saber como os órgãos funcionavam e dependiam uns dos outros, tudo naquilo que faziam era voltado à morte e ao respeito aos mortos. Os gregos, que fizeram com que o trabalho dos médicos deixasse de ser parecido com feitiçaria para tornar-se uma ocupação racional, baseavam os conhecimentos que detinham a respeito do interior do corpo humano naquilo que podiam ver e compreender a partir do interior do corpo dos animais, e, podemos imaginar, naquilo que se revelava em acidentes e na guerra, quando o corpo se abre de diferentes maneiras. O cérebro num crânio esmagado, os intestinos num abdômen estourado, ossos e veias e tendões visíveis na superfície de um pé ou de um braço amputado. Jamais lhes ocorreu que poderiam cortar um cadáver e, na mais absoluta paz e tranquilidade, estudar o que havia lá dentro. Esse pensamento deve ter sido impossível, porque faltava-lhes a vontade de saber.

Por que era um pensamento impossível?

Talvez porque os gregos vissem o corpo e a vida como um todo, de forma que dividir o corpo pareceria desprovido de sentido; talvez porque não compreendessem que a vida de determinado corpo poderia ser prolongada caso se pudessem obter conhecimentos mais detalhados cortando-se outro; talvez porque não percebessem nenhum valor em uma vida prolongada. Ou talvez porque vissem o interior do corpo simplesmente como inviolável. Independente do motivo, os gregos não cortavam pessoas mortas e sabiam pouco sobre as funções dos órgãos internos. Os textos de medicina e de biologia que escreveram, cheios de suposições e adivinhações, que no entanto impressionam por serem corretas, tendo-se em vista a completa falta de empirismo, foram adotados como norma por séculos, até o Renascimento, quando ainda tinham um peso tão grande que tanto os estudos anatômicos de Dürer como os de Leonardo, feitos na presença de um cadáver, apresentam erros, detalhes que pertencem à literatura médica e não ao corpo médico, o que em outras palavras significa que aquilo que sabiam sobrepunha-se ao que de fato viam. O mesmo ocorreu com os desenhos anatômicos feitos por Charles Estienne em 1546, nos quais se veem detalhes dos textos de Galeno que não existem na realidade. Mas o novo paradigma logo substituiu o antigo, e os melhores desenhos anatômicos do século XVII são tão precisos que ainda hoje poderiam ser usados em aulas de anatomia. Uma mudança tão violenta na esfera humana obviamente não poderia ocorrer sem resistência. No meio do século XVI, por exemplo, Paracelso escreveu o seguinte a respeito da dissecação:

> Não basta que o corpo do homem seja assim visto, e então cortado e novamente observado, e então cozido e novamente visto. O ver, em si mesmo, é o ver do camponês que vê um livro de salmos: vê somente as letras. Nesse caso não há mais nada a dizer.

A alternativa de Paracelso era a magia. Somente na ligação entre o celeste e o terreno, entre o secreto e o evidente revelava-se a verdadeira essência das coisas. Paracelso argumentava a partir de uma compreensão de realidade medieval, de um mundo que consistia de uma série de correspondências entre coisas visíveis e invisíveis, entre o microcosmo humano e o macrocosmo universal, um livro divino onde tudo era símbolo de outra coisa e nada era uma coisa em si mesma. Descrever aquilo que se via do mundo material era desprovido de sentido até que se pudesse libertar aquilo que se via ao criar-se ou demonstrar-se uma ligação com o mundo imaterial. Paracelso, com sua mistura para nós caótica de ciências naturais, moral, metafísica e magia, em um mundo repleto de espíritos variados, relacionados respectivamente ao fogo, à terra, à água e ao ar, ligados ao elemento humano por um sem-número de formas, não compreendeu o significado da anatomia para as ciências médicas, e à luz de seus textos a prática de uma figura como Leonardo da Vinci, por exemplo, duas gerações mais velho que Paracelso, dá a impressão de não ter passado de um exercício em futilidade, enquanto para o próprio Leonardo deve ter sido como que uma aventura, uma segunda criação do mundo.

Em seus cadernos de anotações, Da Vinci parece quase obcecado pela necessidade de penetrar a realidade física, e não faz nenhuma diferenciação entre o humano e o material, entre o vivo e o morto; queria apenas descrever, apreender e compreender tudo. Como pode ser que existam fósseis de conchas e de animais marítimos no alto de montanhas? Por que as pessoas mais velhas enxergam melhor à distância? Por que o céu é azul? O que é o calor? Da Vinci quer descrever as causas do riso, e também do choro. O que é o espirro. O que é o bocejo. Epilepsia, espasmos, paralisia. O que é tremer de frio e o que é suar. O que são o cansaço, a fome, a sede, o desejo. Ele quer descrever o princípio do homem no útero e saber por que um feto de oito meses não vive. Quer descrever que músculos desaparecem quando uma pessoa engorda, e que músculos surgem quando uma pessoa emagrece. Especula sobre os motivos que levam as manchas na superfície lunar a se alterarem quando observadas ao longo de um tempo, e oferece uma explicação segundo a qual as nuvens surgidas dos lagos lunares, ao flutuar entre o sol e os lagos, privam a água dos raios do sol, e assim tornam-na escura e incapaz de refleti-los. O traço comum às observações de Da Vinci é que todas partem daquilo que ele vê com os próprios olhos e nada mais. Da Vinci descreve um mundo sem transcendência, mas esse mundo não parece fechado, pelo contrário, pois não apenas a riqueza naquilo para o que volta o olhar parece tremenda, mas o próprio olhar é tão novo que tudo aquilo que vê, inclusive o sol e a lua, os rios e as planícies, dá a impressão de participar dessa argúcia e dessa novidade. O mundo antigo, com sua transcendência vertiginosa, encontra-se de todo ausente, mas assim mesmo perceptível graças à vontade desse novo olhar. Pouco ou nada daquilo de que se afasta é expresso, mas existe no próprio sentimento de afastamento, que é um sentimento de liberdade.

As pinturas de Da Vinci parecem-me completamente alheias a esse sentimento, por mais estranho que seja; são de fato obras-primas, mas ao mesmo tempo parecem satisfeitas consigo mesmas; o sentimento predominante é de harmonia e esclarecimento, a técnica de arredondar as figuras e permitir que por assim dizer misturem-se ao ambiente em que se encontram, sem que no entanto percam o volume e a solidez, talvez esteja relacionada a isso, mas há também a regularidade das composições, tão perfeita que o todo chega a tornar-se falto de tensão e... enfim, um pouco *insosso*. Não arregalo os olhos diante das pinturas de Da Vinci como faço ao ler as anotações dele. Isso talvez se explique pelo simples fato de que Da Vinci como pintor encontra-se inserido numa tradição e vê com os olhos da tradição, pinta com as técnicas da tradição, enquanto Da Vinci como anatomista, biólogo, físico, geólogo, geógrafo, astrônomo e inventor encontra-se à parte. "As lágrimas vêm do coração, não do cérebro", ele de repente escreve. Ou, conforme uma das estranhas profecias que fez: "As pessoas vão sair de suas covas transformadas em criaturas aladas, e vão atacar outras pessoas, tirar-lhes a comida da mão ou da mesa". Esse tom, esse temperamento, que não está livre de um certo desvario, e que é tão imprevisível quanto preciso, encontra-se totalmente ausente nas pinturas, com uma notável exceção: *Dama com arminho*. Eu comprei um pôster dessa pintura durante a viagem à Itália que fiz com Espen mais de dez anos atrás, ainda o tenho pendurado na sala e não me canso de vê-lo. O motivo é simples, uma jovem segura um arminho contra o peito, o arminho olha para o mesmo lado que ela, à direita, e a jovem tem uma das mãos no dorso do animal. Essa pintura é perturbadora. Por quê, eu não saberia dizer, mas o segundo plano é totalmente preto, não existe nada além dessa mulher e desse bicho, e talvez a perturbação se encontre justamente nessa justaposição. O rosto da mulher é mais definido do que praticamente todos os outros rostos femininos pintados por Da Vinci, e a mão que a jovem tem pousada no dorso do arminho é magra e ossuda, e um pouco desproporcional em relação ao que vemos da parte superior do corpo, um pouco grande demais, e, mesmo que a modelo usada de fato tivesse mãos daquele tamanho, o olhar é constantemente atraído para essa mão, que, juntamente com a cabeça do arminho, forma o ponto focal da imagem. A mão também evidencia a inquietude do animal, e está lá para suprimi-la. O fato de a mão ser um pouco ossuda realça seu aspecto fisiológico, o que também é raro nas pinturas de Da Vinci, que quase sempre ocupam-se mais das cores, das formas e da saturação, e esse detalhe, somado à intensa presença não humana do arminho, que parece ocorrer fora da zona de atenção da jovem, faz com que aquele corpo pareça dividir-se ao meio diante dos nossos olhos, em uma parte que pertence à fisiologia, à biologia, à animalidade, na qual as unhas, por exemplo, correspondem às garras nas patas do arminho, e na qual a cor dos olhos do arminho revela-se a mesma cor dos olhos da jovem, e em uma parte que pertence à humanidade, a saber, tudo que diz respeito à tranquilidade da mulher, o fato de que o animal encontra-se longe da consciência dela, ocupada como está com outras coisas, talvez com aquilo que observa, talvez com uma coisa dentro de si mesma, mas, independente do que seja, ela se encontra repleta de um sentimento delicado e tranquilo. As roupas, o colar de pérolas, a touca que envolve os cabelos, tudo pertence a essa esfera, que não inclui o arminho. Parte da perturbação deve-se à precisão com que Da Vinci retratou o arminho, que é totalmente distinto de outros animais por ele pintados, como por exemplo leões, cavalos e carneiros. O arminho não é um animal bíblico, não é um animal mitológico, não pertence à batalha nem ao idílio, mas simplesmente existe por si mesmo, como esse animal concreto. Pode-se imaginar uma tematização sob a forma de faunos, meio homens meio bichos, como uma figura ao estilo de Pã ou talvez como centauros, afinal a mitologia é repleta de criaturas que se encontram no meio do caminho entre o humano e o animal, mas isso seria uma ilustração, que é justamente o que Da Vinci não fez nesse quadro, ilustrar um pensamento ou uma ideia: a pintura *é* a ideia.

Os esboços anatômicos de Da Vinci não têm nada dessa aura, mesmo que o encontro que representam, entre a arte e o corpo, seja o mesmo que ocorre na pintura da dama com o arminho. Talvez seja porque nos esboços haja uma coincidência, porque os esboços representam o corpo, enquanto a pintura vive justamente no espaço entre essas duas grandezas. A diferença entre aquilo que se encontra desenhado e o desenho naturalmente não é grande em nenhum dos casos, mas no que diz respeito aos esboços do corpo, desde a época de Da Vinci uma quantidade incontável foi produzida, e o que naquela época parecia um fenômeno novo hoje é tão comum que sequer os percebemos como fenômeno, ou como desenhos que têm origem numa pessoa determinada, e assim os desenhos juntam-se todos na torrente de ilustrações de livros didáticos e de manuais de instruções que adentramos pela primeira vez ainda na infância, e da qual a bem dizer nunca mais saímos, um lugar onde tudo que existe e tudo que acontece é comunicado através de esquemas, como por exemplo os componentes e a organização das moléculas, a produção de clorofila nas árvores, a órbita dos planetas ao redor do sol ou a anatomia do ouvido. Definitivamente não era assim na época de Da

Vinci, ele desenha tudo como que pela primeira vez, e a prática de desenhar o interior do corpo humano por meio do estudo de cadáveres é tão nova e tão polêmica que ele sente a necessidade de se defender já na abertura das anotações sobre anatomia, dirigindo-se a um interlocutor fictício que alega ser mais proveitoso assistir a uma dissecação do que examinar os desenhos.

> E tu, que afirmas ser melhor ver a anatomia em prática do que ver esses desenhos, dirias bem caso fosse possível ver todas as coisas que nesses desenhos são mostradas em uma única figura, na qual, mesmo com todo o teu engenho, não verias e não terias conhecimento senão de poucas veias; enquanto eu, para obter conhecimento pleno e verdadeiro, desfiz mais de dez corpos humanos, destruindo-lhes os membros e removendo em minúsculas partículas toda a carne que no entorno dessas veias se encontrava, sem causar sangramento, a não ser pelo sangramento insignificante das veias capilares. E, como um mesmo corpo não durasse muito tempo, foi preciso trabalhar passo a passo em diversos corpos até atingir a plena cognição, a qual repeti por duas vezes a fim de ver as diferenças.
> E, mesmo que tenhas amor a essas coisas, talvez fosses impedido pelo estômago; e, se este não te impedisse, talvez fosses impedido pelo medo de encontrar-te em templos noturnos na companhia de mortos esquartejados e esfolados e terríveis de ver.

Da Vinci argumenta a favor da utilidade da simplificação em um mundo que não conhece representações esquemáticas. O oponente fictício afirma que seria melhor acompanhar as dissecações enquanto acontecem, porque esse é um conhecimento mais próximo da realidade, enquanto Da Vinci afirma que a realidade, nesse caso a realidade do corpo, é demasiado complexa, e que pode ser compreendida da melhor forma possível se comunicada em sua essência: foram necessários dez cadáveres para que ele conhecesse as veias bem o suficiente a ponto de desenhá-las. Esse movimento parte do caos e da complexidade da realidade para a ordem e a funcionalidade da representação esquemática, mas também da verdade do caso específico, ou seja, do local e do concreto, nesse caso o corpo, para a verdade de todos os casos, ou seja, o universal e o geral, todos os corpos. Os desenhos de Da Vinci não são representações esquemáticas, ele não simplifica aquilo que vê, pelo contrário, ele tenta representar tudo exatamente como é, mas para atingir esse objetivo precisa isolar os elementos constituintes, para que se revelem de forma mais clara, e assim ele ao mesmo tempo se afasta e se aproxima da realidade que representa, num movimento que se assemelha a uma lei: quanto mais se aproxima de uma representação verdadeira do mundo físico, mais esse mundo físico se afasta.

O que torna os desenhos anatômicos de Da Vinci tão interessantes é o fato de que se encontram no início desse movimento, ou de que podem até mesmo tê-lo iniciado, ao mesmo tempo que também se encontram em uma outra linha divisória, aquela entre a arte e a ciência.

O que acontece quando uma pintura como *Dama com arminho* gera toda sorte de sentimentos e de atmosferas, e parece manter-se aberta em relação ao observador, que após mais de seiscentos anos não pode deixar de vê-la como uma obra carregada de sentido, enquanto um desenho do interior do corpo, feito pelo mesmo artista, na mesma época, é vivenciado como uma coisa neutra, um fato encerrado em si mesmo, a não ser pela vaga aura daquela época que se deixa pressentir, e sobre a qual o próprio artista não decidia?

A arte é aquilo que a instituição define como arte, foi o que se disse no modernismo, mas essa diferença não serve nesse caso, porque, mesmo se dissermos que os desenhos anatômicos são arte, isso não elimina a diferença radical em relação a *Dama com arminho*, que evidentemente é uma coisa de todo distinta. Não se poderia dizer que a qualidade é maior numa obra do que na outra, nem que uma é reducionista, ao passo que a outra não, pois em *Dama com arminho* a redução também é notória, também nessa obra, que tem o segundo plano todo preto, o motivo é retirado do contexto, e somente os elementos mais centrais, a parte superior do corpo da mulher e o animal, são representados. Mesmo assim, podemos ficar olhando, olhando e olhando, porque a imagem vive no olhar, é inexaurível, enquanto os desenhos do interior do corpo saturam nossos sentidos de uma forma completamente distinta, limitando nosso olhar e os sentimentos que surgem a seguir: aquilo que vemos é aquilo que há para ver. Em outras palavras, existe algo mais na pintura. Mas o que é esse "algo mais"? O que torna essa pintura tão carregada, que inexiste nos desenhos?

Em *Ficções*, a famosa coletânea de Jorge Luis Borges, há um texto curto chamado "Pierre Menard, autor do Quixote". De acordo com o narrador, Pierre Menard era um recém-falecido escritor menor da França, simbolista e amigo de Paul Valéry. O narrador deseja honrar a memória desse autor, que já começa a desaparecer, e lista as poucas obras dele, uns poucos sonetos e monografias, entre as quais se encontram uma sobre o *Characteristica universalis* de Leibniz e outra sobre a *Ars magna generalis* de Ramón Lulls Arts, o que funciona como um apontador para a direção a ser tomada por Borges, que logo se

606

concentra na principal obra de Menard, descrita como sendo talvez a mais importante de nosso tempo, nomeadamente os capítulos 9 e 38 da primeira parte do *Dom Quixote*, bem como um fragmento do capítulo 22. Menard não se limitou a copiá-los, porque afinal isso não seria arte, ele os recriou por completo, uma proeza caracterizada pelo narrador como heroica, e indiscutivelmente maior do que aquela realizada por Cervantes quando escreveu seu romance. Uma coisa é parodiar o romance de cavalaria e fazer com que um velho nobre saia cavalgando por vilarejos rurais da Espanha do século XVII sendo espanhol e vivendo no século XVII; outra coisa é fazer o mesmo sendo francês e vivendo no início do século XX. Nesse segundo caso, o próprio texto se torna melhor, de acordo com o narrador, que então faz uma comparação entre duas breves passagens de ambas as obras. Primeiro o próprio Cervantes, que escreveu:

A verdade, cuja mãe é a história, êmulo do tempo, repositório de ações, testemunho do passado, exemplo e aviso do presente, advertência do porvir.

Redigida no século XVII, redigida pelo "ingenio lego" Cervantes, essa enumeração é um mero elogio retórico da história. Menard, por outro lado, escreve:

A verdade, cuja mãe é a história, êmulo do tempo, repositório de ações, testemunho do passado, exemplo e aviso do presente, advertência do porvir.

A história, mãe da verdade; a ideia é assombrosa. Menard, contemporâneo de William James, não define a história como uma indagação da realidade, mas como sua origem. A verdade histórica, para ele, não é o que sucedeu; é o que julgamos que sucedeu.

Ao conciliar a noção de originalidade com a noção de repetição, que é impossível, e portanto, claro, tem importância maior do que a renovação, Borges re-hierarquiza a relação entre o novo e o mesmo, e dessa forma revela essas duas grandezas em plena luz. A ideia de que é impossível escrever *Dom Quixote* outra vez é tão óbvia que provavelmente nunca tinha sido pensada antes que Borges escrevesse seu texto a respeito da façanha de Menard, e por isso mesmo o texto é essencial: óbvio é tudo aquilo que vemos mas não pensamos que vemos, o mundo invisível de leis e regras em que nos movimentamos e pelo qual nos deixamos guiar, o tempo e o espaço de tudo aquilo que está dado, ao mesmo tempo nossa jaula e nossa casa. Borges nos lembra de que a arte é aquilo que não pode ser repetido, e nesse sentido a arte assemelha-se ao milagre. Que outro artista por acaso pintasse *Dama com arminho* exatamente como Da Vinci a pintou é um pensamento impossível, mas não que outra pessoa desenhasse a mesma imagem do coração ou da caixa torácica ou do braço com os tendões e as veias expostos. A pintura tem um tempo e um lugar, desenrola-se em um instante determinado, presente em todos os detalhes da imagem, enquanto os desenhos do corpo são independentes de um tempo e de um lugar. Na pintura, o importante são aquela jovem específica e aquele animal específico, o único e o local; nos desenhos, o importante são todos os corpos, o geral e o universal.

A arte é única e local, e sempre busca o único e o local, lutando contra tudo aquilo que possa afastá-la disso. Todo o valor da arte repousa nisso. Até mesmo uma pintura de Málevitch, com figuras geométricas simples ou superfícies monocromáticas, que se aproxima daquilo que existe de mais genérico, é também única e local: não representa as superfícies geométricas em si, mas a imagem que Málevitch fez destas, e essa presença humana prende a pintura ao tempo, porque não poderia ter sido pintada por mais ninguém. Quando isso acontece, porque afinal acontece, qualquer estilo marcante é adotado por outras pessoas, a arte torna-se menos única, menos local, e portanto mais fraca. As pinturas dos cubistas suecos e noruegueses são todas mais fracas do que as pinturas de Picasso e Léger. É dessa perspectiva sobre o único que trata "Pierre Menard, autor do Quixote". A arte é aquilo que não pode ser repetido, mas, à diferença do milagre, a duração da obra de arte estende-se pelo tempo e pelas gerações, e é esse espaço que Borges permite a Menard adentrar quando, graças a essa estratégia astuta, encontra uma saída do presente rumo ao passado sem perder nada de vista, e assim consegue a proeza de transformar a cópia em original sem alterá-la, simplesmente porque toda a mentalidade do século xx o acompanha enquanto olha para trás e recobre as frases outrora escritas por Cervantes, transformando-as a partir de dentro, uma vez que aquilo que sabemos inevitavelmente transforma aquilo que vemos. O narrador de Borges mostra-se tão entusiasmado com esse progresso que chega a sugerir que o método seja empregado em outras obras, e termina com o seguinte questionamento: "Atribuir a Louis Ferdinand Céline ou a James Joyce a *Imitação de Cristo* não seria uma renovação suficiente desses tênues conselhos espirituais?".

Nada é deixado ao acaso em Borges, nem mesmo a escolha dessa referência. *Imitação de Cristo* é uma coletânea de textos do século xv, atribuída a Tomás de Kempis, um dos livros mais lidos da cristandade, expoente de uma postura que se afasta da vida e renuncia ao mundo ao mesmo tempo que toma a vida de Cristo como ideal, o que se reflete no título, baseado em um versículo de Mateus:

Então, disse Jesus aos seus discípulos: Se alguém quiser vir após mim, renuncie-se a si mesmo, tome sobre si a sua cruz e siga-me; porque aquele que quiser salvar a sua vida perdê-la-á, e quem perder a sua vida por amor de mim achá-la-á. Pois que aproveita ao homem ganhar o mundo inteiro, se perder a sua alma? Ou que dará o homem em recompensa da sua alma? Porque o Filho do Homem virá na glória de seu Pai, com os seus anjos; e, então, dará a cada um segundo as suas obras.

A ideia de renunciar a si mesmo e viver a vida como imitação de outra é ainda mais radical e impossível que a ideia de Menard, porém ao contrário desta última proposta foi de fato tentada, não em todos os detalhes, claro, mesmo que certas chagas tenham aparecido milagrosamente em mãos e flancos durante a Idade Média, mas em espírito, e essa dedicação da própria vida em nome de outra é o maior sacrifício que uma pessoa é capaz de fazer. Que Céline ou Joyce, os dois grandes idiossincráticos da literatura do século passado, pudessem ter escrito essa obra é evidentemente uma piada, pois se houve autores que investiram o próprio eu nos textos que escreveram, e se houve autores que não sabiam o que era modéstia, foram esses dois. Mas claro que os dois tinham a alma ferida.

Para nós a vida verdadeira é a vida própria, a vida única e individual, enquanto a imitação representa a falsidade e a subordinação. Em *Imitação de Cristo* o ideal é esse, e afastar-se de tudo para dedicar-se em caráter completo e integral a Cristo era sempre uma possibilidade, era sempre uma busca de grande valor, e jamais uma fraqueza ou uma excentricidade. E mesmo que a Bíblia estivesse acima de tudo e norteasse a compreensão de tudo, tanto em termos materiais como imateriais, mesmo que fosse a forma à qual tudo devia se adequar, em nome da qual todo um sistema de contextos e correspondências de abrangência vertiginosa foi desenvolvido, em um universalismo sem igual, o corpo estava o tempo inteiro lá, no centro de tudo, o corpo de Cristo, a carne e o sangue do Filho do Homem, que, embora tenha se diluído no texto e na linguagem, era o ponto a partir do qual emanavam todas as abstrações teológicas. Essa característica se revela nas relíquias que preenchem as igrejas, os claustros e as catedrais da Idade Média. Essas relíquias eram ordenadas de acordo com um sistema baseado em proximidade física: as de primeira ordem eram aquelas que vinham diretamente do corpo dos santos ou dos discípulos, como cabelos, unhas, fragmentos de ossos ou esqueletos completos, as de segunda ordem eram os objetos que essas mesmas pessoas tinham usado, as de terceira ordem eram objetos que as haviam tocado ou que tivessem sido guardados na proximidade de relíquias de primeira ordem. O lugar mais alto era ocupado pelas relíquias associadas ao corpo e à presença terrena de Cristo, de maneira que as mais sagradas dentre todas as relíquias sagradas eram aquelas relacionadas à crucificação; lascas da cruz, espinhos da coroa de espinhos, a ponta da lança que lhe perfurou o flanco, lenços e toalhas das pessoas que testemunharam a cena e, claro, o sudário. A adoração dessas relíquias, que por vezes assumia a forma de histeria, visto que muitas eram associadas a curas e milagres, constitui-se como o cerne do cristianismo, expressa sua verdade mais íntima e sua essência mais verdadeira, a saber, o fato de que Cristo fez-se homem, nasceu no mundo dos homens, um corpo vivo que por trinta e poucos anos esteve *aqui*, em *nosso* mundo. A ideia é tão radical que resulta impossível assimilá-la, e ainda mais impossível compreendê-la, a não ser em um momento súbito e intenso de revelação. As relíquias abriram a possibilidade dessa revelação, o divino era local, estava ligado a lugares que se podia visitar e ver com os próprios olhos, e a pessoas identificáveis que certa vez, não muitas gerações atrás, de fato existiram. O Antigo Testamento também era local, praticamente todos os lugares mencionados ainda existem, e quem fosse visitá-los percebia como eram próximos uns dos outros. O rio Jordão, o deserto de Sinai, o mar Morto, o monte Gilboa, o ribeiro de Zerede, o deserto de Moabe. Jerusalém, Belém, Hebrom, Gaza, Bersebá, Eziom-Geber, tudo dentro de uma região que regula de tamanho com um condado norueguês. Para nós o elemento local desaparece no exotismo e na distância, tudo na Bíblia se passa em um local distante, é um livro que diz respeito aos outros e ao país dos outros. Mas e se dissesse respeito a nós e ao nosso país? Nesse caso o local tornaria a se revelar. Nesse caso Moisés e os filhos de Israel poderiam ter chegado a Setesdalen depois de vagar por quarenta anos em Hardangervidda. Nesse caso Moisés poderia ter recebido as tábuas de pedra com os mandamentos em Gaustatoppen, e a terra prometida, que Moisés viu, mas não chegou a pisar, seria Aust-Agder. A fala do Senhor com Moisés a respeito da terra prometida, após o episódio do bezerro de ouro, poderia ter sido assim: "E enviarei um Anjo adiante de ti (e lançarei fora os setesdalenses, e os arendalenses, e os frolandeses, e os hisøyanos, e os tromøyanos), a uma terra que mana leite e mel; porque eu não descerei no meio de ti, porquanto és povo obstinado". E o grandioso final do Deuteronômio poderia ter sido assim:

Então, foi Moisés das campinas de Hardangervidda a Setesdalen, ao cume dos urzais, que estão defronte a Valle; e o Senhor mostrou-lhe toda a terra: Bygland, Evje e Åmli ele viu, e Birkenes e Hægebostad e toda Agder até a Arendal e ao mar do sul, e Grimstad e Lillesand, toda a terra do sul até Kristiansand. E disse-lhe o Senhor: Esta é a terra de que jurei a Abraão, Isaque e Jacó, dizendo: À

610

tua semente hei de dá-la; mostro-ta para que a vejas com os teus olhos; porém para lá não passarás. Assim, morreu ali Moisés, servo do Senhor, na terra de Setesdalen, conforme o dito do Senhor. Este o sepultou em Setesdalen, defronte de Bykle; e ninguém tem sabido até hoje a sua sepultura.

Mas não é somente a geografia que leva os textos do Antigo Testamento rumo ao local, as pessoas sobre as quais se fala também fazem o mesmo. Essas pessoas, que tinham em comum o fato de que Deus se revelou para elas, são mencionadas pelo nome, com características e personalidades distintas, do ansioso Ló ao astuto Isaque, e mesmo que já não exista mais ninguém que possa dar um testemunho a respeito dessas pessoas fora dos textos, isso não se deve necessariamente ao fato de que eram criaturas mitológicas, surgidas nas profundezas da fantasia popular, mas ao fato de que a época em que viveram encontra-se muito distante. A maneira como se fala a respeito dessas pessoas enfatiza o caráter local e temporal, pois não existem abstrações nem sistemas, não existe praticamente nenhuma construção fabulesca ou mitológica, tudo que os textos comunicam é comunicado por meio de descrições concretas de acontecimentos concretos em um mundo concreto. Terra, areia, estradas, casas, sangue. Viagens, nascimentos, batalhas, fugas.

As explicações são ausentes nesses textos, o sentido deve ser apreendido a partir dos acontecimentos, que não são relativos, apenas inescrutáveis. Por que inescrutáveis? Os acontecimentos não são uma linguagem, mesmo que sejam comunicados através da linguagem. Quando compreendemos um acontecimento, o que compreendemos é a cultura em que o acontecimento se desenrola. Se a cultura desaparece, também desaparece a compreensão, e os acontecimentos permanecem como as estátuas na Ilha da Páscoa. As histórias da Bíblia são antiquíssimas, e trazem resquícios de histórias ainda mais antigas.

Quando comecei a frequentar a escola primária de Sandnes, em 1975, religião era uma das matérias mais importantes, junto com ciências e estudos sociais, norueguês e matemática, e na maioria das aulas nossa professora, a sra. Helga Torgersen, contava ou lia histórias da Bíblia, e depois nós as desenhávamos ou conversávamos a respeito daquilo que tínhamos escutado. Éramos levados a um mundo pastoral, um lugar muito dramático, mas também muito iluminado. Ser cristão consistia em ser uma pessoa boa e gentil. Era o que todos nós desejávamos, mas logo nos desvirtuamos, um atrás do outro, à medida que chegávamos à puberdade. Eu me aguentei por muito tempo, para mim os *mopeds* eram maus, as máquinas de jogo eram más, sim, até mesmo uma Coca-Cola com amendoim tinha uma certa aura má. Ainda hoje

611

percebo desvios como esses; se dirijo rápido demais, passo dias sofrendo por conta dessa transgressão; se mato uma mosca, ou se uma das plantas do apartamento morre porque esqueci de regá-la, sinto o coração apertado, porque o meu desejo de ser uma pessoa boa manteve-se vivo em mim ao longo de todos esses anos. O que sei hoje, que eu não sabia na época, é que existem certas forças em nós que não conhecem nem o bem nem o mal, e que existem sentimentos tão fortes que ofuscam todo o resto, sem que nós mesmos nos demos conta de que estamos sob o poder deles, porque o eu, essa estreita franja de luz que existe como um nascer do sol nos limites da consciência, abriga toda a nossa identidade e matiza a nossa compreensão de todas as outras forças, vontades e sentimentos que existem, mais ou menos como o presente matiza a nossa compreensão do passado, uma vez que não existe nada de natural no lado de fora, seja no corpo ou na sociedade, um lugar de onde possamos ver-nos a nós mesmos, ou a época em que vivemos, isso exige um esforço, e é um grande esforço, porque as forças que agem na consciência do eu e no presente não são forças gravitacionais, que puxam tudo para baixo, mas forças centrípetas. Mas a Bíblia é uma coisa externa, em particular os textos do Antigo Testamento, que são ao mesmo tempo próximos e distantes, familiares e estranhos. São textos antiquíssimos, e as vidas sobre as quais oferecem testemunho se encontram separadas de nós por um abismo de milhares e milhares de anos. Ao mesmo tempo, pertencem à nossa cultura, nossos avós, bisavós e trisavós, e também à geração anterior a eles, até o ano 1000, todos leram esses mesmos textos, que fizeram parte da formação das pessoas e da cultura em que ainda vivemos, mesmo que de outra forma. Uma história como a de Caim e Abel não traz em si apenas uma época antiga, mas também o século xv de Agostinho, o século xiii de Tomás de Aquino e Dante, o século xvii de Shakespeare e Bacon e também a nossa infância e o nosso presente. Se a narrativa for traduzida para uma linguagem moderna, boa parte da estranheza desaparece; se for traduzida de maneira próxima ao texto original em hebraico, por outro lado, torna-se praticamente incompreensível. Uma tradução intermediária poderia soar assim:

E o homem esteve próximo de Eva, sua esposa, e ela concebeu e teve Caim, e disse: eu recebi um filho de Javé. E ela teve outro filho, irmão dele, Abel, e ele foi Abel, um pastor de ovelhas, e Caim foi lavrador de terras. E o dia estava no fim e Caim levou os frutos da terra como um sacrifício para Javé. E Abel levou os primeiros cordeiros nascidos, dentre os mais gordos, e Javé olhou para Abel e o sacrifício que havia oferecido. Para Caim e o sacrifício que havia oferecido ele não olhou. Caim ardeu por dentro, e o semblante dele voltou-se para baixo.

E Javé disse para Caim: por que ardes por dentro, e por que teu semblante voltou-se para baixo? Se queres fazer o bem, ergue-o, e se não queres fazer o bem, o pecado há de acumular-se à tua porta, desejoso de ti, e tu hás de governar sobre ele. E Caim falou com Abel, seu irmão, enquanto estavam no campo, e ele, Caim, ergueu-se contra Abel, seu irmão, e o matou. E Javé disse para Caim: Onde está Abel, teu irmão? E ele disse: acaso sou o guardião de meu irmão? E ele disse: o que fizeste? A voz no sangue de teu irmão grita por mim da terra. E agora tu estás banido da terra que abriu a boca para sorver o sangue de teu irmão das tuas mãos. O cultivo da terra não dará mais frutos para ti, e hás de tornar-te um andarilho e um fugitivo sobre a terra. E Caim disse para Javé: meu castigo é grande. Vê, tu levaste-me para longe da superfície da terra, e quero manter-me oculto ao teu semblante, e quero tornar-me um andarilho e um fugitivo sobre a terra, e todos os que me encontrarem hão de matar-me. E Javé disse-lhe: portanto, todos aqueles que matarem Caim serão castigados sete vezes, e Javé marcou Caim com um sinal para que aqueles que o encontrassem não o matassem. E Caim afastou-se do semblante de Javé e fixou-se em Node, a leste do Éden.

É uma história simples, mas estranha. Um homem mata o próprio irmão, Deus o bane e ao mesmo tempo coloca-lhe um sinal para indicar aos outros que não o matem. O que significa isso? Ah, aqui o sangue e a terra significam tudo. Javé olha para os cordeiros, para o sacrifício de sangue, não para os frutos da terra. Caim mata Abel, o sangue é derramado, Javé bane Caim, mas não o mata, e tampouco quer que qualquer outra pessoa o mate, pois Abel está morto, e é Caim que vive e leva o sangue adiante. E o sangue está ligado à terra, em primeiro lugar através do pai, que carrega o nome da terra, *adamá*, em hebraico, ou seja, através de uma criatura, e em segundo lugar através do derramamento, da morte, do retorno do sangue à terra. A voz do sangue grita da terra, a boca da terra se abre para recebê-lo. Mas nem o sangue nem a terra movem a narrativa; são apenas as duas grandezas entre as quais a narrativa se move. O que move a narrativa são o semblante e o olhar. O senhor olha para Abel. Javé o adverte: se não o erguer, o pecado há de se acumular à porta dele. Caim não lhe obedece e mata o irmão, e a partir de então passa a estar oculto ao semblante de Javé. E como a palavra para "semblante" e "superfície" é a mesma em hebraico, o banimento da superfície da terra pode também ser lido como um banimento do semblante da terra, ou seja, um banimento do mundo.

Caim ardeu por dentro e baixou o semblante.

Caim não é visto — esse é o ponto de partida da história. Como não é visto, ele não é ninguém, e como não é ninguém, ele está morto, e como está morto, ele não tem nada a perder. O que teria a perder? A honra? A honra já está perdida. Há um ponto crítico entre o momento em que o semblante de Caim não é visto e o momento em que ele baixa o semblante e lamenta o fato de que não foi visto. O semblante voltado para baixo encontra-se diretamente ligado ao mal, pois Deus diz: "Se queres fazer o bem, ergue-o". Veja, portanto, e seja visto. Caso contrário "o pecado há de acumular-se à tua porta, desejoso de ti, e tu hás de governar sobre ele". Desviar o semblante, que não apenas significa não ver, mas também não ser visto, é perigoso, porque nesse espaço, nesse espaço incorrigido, o pecado se acumula.

E o semblante dele voltou-se para baixo.

Ergue-o.

O semblante é o outro, e é nessa luz que passamos a existir. Fora desse semblante não somos ninguém, e quando não somos ninguém, e portanto estamos mortos, podemos fazer qualquer coisa. Com esse semblante, que nós vemos e que nos vê, não podemos fazer qualquer coisa. O semblante é um compromisso. É por isso que Deus diz: ergue-o. Assume esse compromisso. Mas Caim não ergue o semblante, ele não assume esse compromisso, mas transgride os limites do social e mata. Essa transgressão extrapola o social, porque ele mata o próprio irmão, que nesse mundo arcaico é seu próprio sangue. Essa violência latente é a mais perigosa, porque é quase impossível proteger-se contra ela; trata-se de uma violência surgida no nós, não no estranho, não no eles, mas no tu com o semblante voltado para baixo.

O fratricídio segue acontecendo ao nosso redor, um irmão mata outro em um lugar qualquer da África, da Ásia, em um lugar qualquer da Europa, ontem, hoje, amanhã; isso acontece e logo o acontecimento some. Desde os tempos bíblicos não houve nenhuma transformação na esfera humana, todos nascemos, amamos e odiamos, e morremos. Mas o que há de arcaico em nós e tudo aquilo que fazemos é por assim dizer tragado pelo dia a dia na cultura contemporânea que criamos e constituímos, na qual a realidade é acima de tudo uma realidade horizontal, e a possibilidade de vislumbrar e reconhecer o vertical surge apenas em casos excepcionais. Para ter ideia disso basta olhar para cima, pois lá em cima o sol arde, e é o mesmo sol que ardia para Caim e Abel, Odisseu e Enéas. As montanhas diante dos nossos olhos fazem parte da mesma antiguidade vertiginosa. O fato de que somos apenas a última ramificação de uma linhagem que se estende por milhares de gerações para trás, e de que todos os nossos sentimentos são idênticos, uma vez que o coração que batia nessas pessoas é o mesmo que bate em nós, não é uma perspectiva

614

que possamos ou queiramos reivindicar para nós, porque assim apagamos o elemento único para nos transformarmos em um *locus* de ações ou de sentimentos, mais ou menos como a água é o *locus* das ondas ou o céu é o *locus* das nuvens. Sabemos que cada nuvem é única, que cada onda é única, mas assim mesmo vemos apenas nuvens, apenas ondas. Os mitos apontam justamente para essa direção, porque dizem respeito ao indivíduo, mas aquilo que expressam diz respeito a todos. Caim arde por dentro, e o semblante dele se volta para baixo. Caim é tomado pelo ódio e torna-se cego, ele ataca o próprio irmão e o mata. O mito diz respeito às forças humanas que não se encontram subordinadas à identidade do indivíduo nem ao social, mas que fogem ao nosso controle e causam destruição. Esse descontrole também diz respeito à esfera humana, que tememos e que nos faz tremer, mais ou menos como quando reagimos ao encontrar o sublime na natureza. Esse é o sublime na natureza humana, o elemento descontrolado e destruidor que nem o indivíduo nem a sociedade podem controlar, manifestado em uma pessoa determinada que representa todos nós. É o sublime no indivíduo. Por outro lado o sublime também existe no todo, quando a quantidade de pessoas torna-se enorme. O barulho de um estádio de futebol, o movimento nas ruas durante uma grande manifestação. O que há de comum entre esses dois casos de sublimidade humana é que ambos encontram-se no ponto exato onde o individual e o próprio, o eu humano, de repente cessa. No ponto exato onde o humano liga-se às demais forças da natureza e perde o controle sobre si mesmo. Esse é o limite do eu, e esse é o limite da cultura, temido com razão. Quando o elemento arcaico é tragado pelo cotidiano e o sol que arde no firmamento passa a ser o nosso sol, estamos vivendo no interior da cultura, que o tempo inteiro confirma determinadas ideias, o tempo inteiro atrai tudo para junto daquilo que já é conhecido, enquanto a arte, de maneira totalmente distinta, volta-se para tudo aquilo que se encontra fora dos limites do eu e da cultura, para o desconhecido e para o que nos antigos tempos chamava-se divino. A morte é o portão que dá acesso a esse país, de onde viemos e para onde mais cedo ou mais tarde havemos de retornar. Esse lugar se encontra fora da linguagem, fora do pensamento, fora da cultura, e não se deixa apreender, mas apenas pressentir, por exemplo quando nos voltamos a tudo que há de cego e mudo em nós mesmos. E isso está sempre lá, mesmo quando tomamos o café da manhã em uma manhã qualquer de terça-feira e o café está meio forte demais e a chuva escorre pela vidraça e o rádio está sintonizado no noticiário das sete e o chão da sala está coberto de brinquedos, mesmo nessas horas nosso coração — o músculo arcaico por excelência — bombeia o sangue pelo corpo. A cultura existe para que possamos fugir dessa perspectiva, para que possamos afastar os olhos do abismo sempre ao nosso lado, mas a cultura contemporânea, que tem apenas a perspectiva de duas ou três gerações sobre a vida e que se relaciona com a história recente, com aquilo que antigamente se chamava de memória viva, nunca foi dominante, sempre existiu também um outro tempo na cultura, aquele tempo em que nada muda, em que tudo é sempre o mesmo, o tempo dos mitos e dos rituais. Que esse aspecto da compreensão da realidade tenha desaparecido não significa que tenha desaparecido da realidade. O que Hitler fez quando se isolou na juventude? Ele não via ninguém, ninguém o via. Mesmo na idade adulta ele não se relacionava com nenhum tu; quando era visto, era visto pelas massas, pelo todo, pelo nós, e quando escrevia tudo acontecia da mesma forma: em *Minha luta* existe um eu, e existe um nós, e existe um eles, mas não existe um tu.

E o semblante dele se voltou para baixo.

Ergue-o.

A história de Caim e Abel diz respeito à perda do eu como causa da violência, e o leitor pode parar nesse ponto, ou continuar ainda mais fundo, pois a história não diz respeito apenas a um irmão que mata o outro, mas também está relacionada a um sacrifício: Caim mata Abel depois que Deus elogia o sacrifício de Abel, que é o sacrifício de um animal, e ignora o sacrifício de frutos da terra oferecido por Caim. O antropólogo francês René Girard lê a história como uma expressão da função do sacrifício em relação à violência. O sacrifício evidencia a violência e entra em cena como um substituto, como uma forma de controlar essa força de outra forma incontrolável na sociedade; Caim encontra-se fora do sacrifício e acaba por matar o irmão. A função substitutiva do sacrifício torna-se clara na história de Abraão, que está prestes a sacrificar o filho Isaque a Deus quando Deus intercede e pede a ele que em vez disso sacrifique um carneiro. Esse carneiro, segundo Girard, é, de acordo com a tradição islâmica, o mesmo carneiro que Abel havia sacrificado outrora. O sacrifício é um ritual, um acontecimento coletivo, e compreende a violência como um acontecimento coletivo.

O pensamento a respeito do sacrifício é místico, central nas culturas primitivas, caído em desuso naquelas mais evoluídas, como a nossa, uma cultura em que a violência é compreendida como um fenômeno individual, surgido em uma situação específica em meio a pessoas específicas, para então ser devidamente tratado pelo sistema judiciário, que pune o indivíduo responsável. O objetivo mais importante do processo socializador em uma sociedade é que o próprio indivíduo controle seus impulsos, sentimentos e ações, para assim evitar aquilo que derruba e destrói as estruturas e alianças, ou seja, a violência latente, e se o indivíduo não atinge esse objetivo, mas em vez disso mata um de seus semelhantes, esse comportamento é punido por meio da coletividade, através de todo o aparato legal. A interdição da violência latente vale para toda a sociedade, e não se pode conceber uma sociedade onde não exista. Nas sociedades primitivas a diferença entre o eu e o nós não é muito clara, não existem instituições para fomentar diferenças e estabelecer regras, e a compreensão sobre o perigo da violência latente, da violência íntima, talvez seja maior justamente por esse motivo, porque as alianças sociais encontram-se ainda mais vulneráveis às consequências que esse comportamento traria. Girard acredita que o desejo de lidar com a violência latente é o que se encontra por trás de todos os tabus, que seriam maneiras de evitar tudo aquilo que poderia avivá-la. Os rituais, nesse caso, representariam justamente o contrário, seriam pontos onde as forças se encontram sob controle, uma vez que as repetições dos rituais eliminam as contingências e sobrepõem-se aos sentimentos.

Mas a repetição também é abrangida pelos tabus; o igual e a cópia, a imitação, a mimese, também se encontram ligados a um certo perigo, e segundo Girard representam o que há de mais fundamental. Em muitas culturas primitivas há um interdito contra os gêmeos; um ou ambos são mortos logo após o parto. Os espelhos também são associados ao perigo; existem culturas em que é proibido imitar outras pessoas, seja através de gestos ou de repetições daquilo que foi dito; o duplo é uma figura que sempre despertou temor; e em muitas religiões há uma interdição contra representações do divino.

Seria possível imaginar que o medo da reprodução, da cópia e da imitação se encontra ligado à identidade, que dessa forma o individual perde-se no outro, cuja identidade é uma grandeza instável, aberta para o mundo, com um eu permeável, mas Girard acredita justamente no contrário, ou seja, em que o igual representa uma ameaça contra a coletividade porque não pensa a violência de forma individual, não a segue até a origem no indivíduo e não a segue até o resultado do exercício de violência, e assim a vê como uma coisa fechada em si mesma, porém com um olhar muito atento em relação ao processo, no qual observa uma simetria e uma igualdade: o um está contra o outro, e entre os dois há um objeto, o objeto dessa contenda, e em ambos os lados as partes são iguais. Essa igualdade é recriada sequencialmente se não for parada através de represálias, nas quais os representantes do primeiro retribuem a violência perpetrada contra representantes do segundo, e essa violência, a violência da vingança de sangue, pode estender-se por gerações, ao longo das quais o conflito original encontra-se há muito tempo esquecido, ou desaparecido na sequencialidade.

Em uma pequena sociedade essa escalada surge como uma verdadeira catástrofe, o um contra o outro, uma situação que cria o tabu contra a multiplicação, o medo evidente e mesmo assim místico em relação às simetrias. A violência é imitativa e repetitiva. Se os tabus a evitam, o sacrifício a confronta, não apenas ao mostrar-se como uma imitação da violência, e ao recriá-la em série através do ritual, mas também na própria estrutura, em que o sacrifício encontra-se de um lado e os membros da sociedade do outro, embora não divididos; o sacrifício toma essa divisão para si, como bode expiatório; do outro lado, estão todos reunidos contra um, que então é morto. Quando tudo está acabado, restam apenas todos, reunidos, uma coletividade estável.

Por outro lado, a imitação também é um fenômeno desejável em uma cultura, praticamente todo o aprendizado e todo o desenvolvimento se dão através de repetições ou de imitações, por vezes diretas, através da reprodução de modelos, porém nunca sem um maior ou menor grau de ambivalência, pois quando um imita o outro é porque deseja ter aquilo que o outro tem, e isso, que Girard chama de desejo mimético, não é uma grandeza estável. Quando o último mandamento do Antigo Testamento afirma que não devemos desejar a mulher, o jumento ou qualquer outra coisa que pertença ao próximo, claro que é porque esse tipo de situação gera conflitos, duas pessoas diante de um objeto que ambas desejam; no desejo mimético, quando essas duas pessoas encontram-se uma diante da outra, o objeto transforma-se em sujeito, apropriado por meio da imitação ou da reprodução, uma semelhança que institui um desequilíbrio na relação, seja porque a imagem ofusca a reprodução ou pelo motivo contrário. Que a imitação passe assim a estar ligada ao poder e à submissão, e no fundo à violência, é, segundo Girard, o motivo para o ódio que Platão nutria contra a mimese; o fato de essa grandeza permanecer inexplicada, somado ao colapso catastrófico entre o "nós" e o "eu" ocorrido na esquizofrenia, é interpretado como uma expressão da ausência de capacidade de imitar os outros, capacidade essa ao redor da qual a sociedade inteira se orienta, e seria justamente a ausência desta o que se revela nos exageros por vezes grotescos e paródicos que os esquizofrênicos manifestam.

O pensamento de Girard em relação ao sacrifício e à imitação é não psicológico, não busca as explicações no eu, mas na coletividade, e pensa a violência como uma grandeza estrutural. Esse aspecto da violência desapareceu quase por completo nos dias de hoje, quando o controle da violência consiste em atribuir tanto a violência como os sentimentos que a despertam ao indivíduo, como parte de um sistema em que a coletividade aparece no instante em que ocorre a transgressão da violência para exercer controle e impedir qualquer tipo de escalada, o que nos leva a encará-la como uma grandeza individual e nos torna cegos para os aspectos coletivos. Mas sempre que um grupo da sociedade estabelece um valor fora do eu que não se identifica com a força do Estado, ou em regiões onde a força do Estado é frágil, a violência ressurge de maneira simétrica e serial; a máfia na Sicília e as cidades na costa nordeste dos EUA são exemplos de ambientes onde em tempos recentes a vingança de sangue ocupou um lugar central, e as gangues juvenis nos grandes centros urbanos semiabandonados matam-se umas às outras com base no mesmo princípio de retribuição. Destroem-se por completo e não detêm qualquer tipo de poder sobre esse ímpeto destruidor, que foge do controle, era justamente essa falta de controle que as culturas primitivas buscavam trabalhar através de tabus e rituais que muitas vezes acabavam com um sacrifício. Os mitos, e passado um certo tempo a religião, eram a expressão do coletivo, tratavam do todo e diziam respeito ao todo, de maneira cada vez mais sofisticada à medida que a cultura se desenvolvia. Os livros do Pentateuco são a narrativa desse desenvolvimento, desde o surgimento do humano, desde a separação ocorrida entre a cultura e a natureza, até o estabelecimento de uma unidade social homogênea e civilizada, com leis, regras, governo e religião. O que o sacrifício faz é instituir diferenças na cultura. Entre a vida e a morte, o animal e o humano, o humano e o divino, mas também diferenças no humano, onde o ímpeto destruidor do idêntico é separado e tratado de maneira a torná-lo diferente. O sacrifício é uma linguagem sem palavras, na qual o não dito se mostra, não para ser reconhecido, mas antes para ser controlado ao ter sua existência instituída. O sacrifício é uma forma de nomear o inominável, de dar forma ao informe. O informe é o idêntico, e esse é o lugar onde começam todas as criações, inclusive a criação da ciência. O primeiro capítulo do Gênesis afirma: "E a terra era sem forma e vazia; e havia trevas sobre a face do abismo; e o Espírito de Deus se movia sobre a face das águas". O vazio encontra-se nos limites do nada, o vazio é o nada, as trevas são o idêntico, a face do abismo é o ilimitado, o Espírito de Deus é o universo, e a face das águas é a ausência de diferença. E então, por meio de um enunciado, a terra é separada do mar, o dia é separado da noite, o sol é separado da lua. Deus disse, faça-se a luz, e a luz se fez. Quando tudo que faz parte do mundo material foi separado, Deus criou os animais que nadam no mar, os animais que andam na terra e os animais que voam no céu.

Como é essa primeira imagem da vida?

"Produzam as águas abundantemente répteis de alma vivente", diz a Bíblia, e "E Deus criou as grandes baleias, e todo réptil de alma vivente que as águas abundantemente produziram conforme as suas espécies, e toda ave de asas conforme a sua espécie."

A ênfase está na quantidade e no movimento, as palavras são "abundantemente", "alma vivente", "todo". Em contraste a essa exuberância de vida encontra-se o organizador "conforme a sua espécie", mas a vida é descrita de maneira tão inespecífica, quase somente através dessa qualidade exuberante, que as palavras tornam-se secundárias, mais ou menos como a rede nas armadilhas repletas de lagostas rastejantes trazidas a bordo de um barco, poderíamos imaginar.

Depois anoitece, depois começa a manhã do quinto dia e Deus cria os animais da terra, e cria as pessoas. Às pessoas, Deus diz: "Frutificai, e multiplicai-vos, e enchei a terra, e sujeitai-a; e dominai sobre os peixes do mar, e sobre as aves dos céus, e sobre todo o animal que se move sobre a terra".

Mesmo que a mensagem nessa ordem seja a de que o homem encontra-se acima de todos os animais, e também separado destes, por ser uma criatura claramente distinta, os paralelos no emprego do vocabulário associam-no à vida exuberante: "Frutificai", diz o texto, e "multiplicai-vos", e "enchei a terra"; em outras palavras, o homem é visto como uma quantidade, rodeado por outras quantidades de vida, caracterizadas pelos movimentos, são vidas que se movimentam, que abundam, que se arrastam e rastejam.

E disse Deus:

> Eis que vos tenho dado toda erva que dá semente e que está sobre a face de toda a terra e toda árvore em que há fruto de árvore que dá semente; ser-vos-ão para mantimento. E a todo animal da terra, e a toda ave dos céus, e a todo réptil da terra, em que há alma vivente, toda a erva verde lhes será para mantimento. E assim foi. E viu Deus tudo quanto tinha feito, e eis que era muito bom.

A ênfase na expansão é violenta no primeiro capítulo do Antigo Testamento, e essa propagação é representada como sendo a condição fundamental da vida. Essa disseminação encerra também a repetição, aquilo que se propaga é sempre a mesma coisa, a vida em suas formas variadas, e estas transformam-se em uma; as folhas das árvores decíduas que brotam a cada primavera são a mesma folha, sempre repetida, e estas transformam-se em todas; as árvores decíduas que brotam umas ao lado das outras, cada vez mais fundo em enormes florestas. O humano faz parte dessa expansão, e também precisa e deve multiplicar-se e preencher a terra, esse é o próprio impulso da vida, crescer, e o homem, nesse sentido, é descrito como uma vida idêntica a todas as outras vidas.

Mas de repente surge uma novidade. No segundo capítulo do Gênesis a narrativa abandona o distante e passa a tratar de tudo aquilo que é próximo, já

620

não diz mais respeito a um todo abstrato, à terra em termos genéricos e ao céu em termos genéricos e à vida em termos genéricos, mas a este lugar concreto, a esta terra concreta, a este céu, à criação destas duas pessoas específicas. Adão, cujo nome está relacionado à terra, e Eva, cujo nome está relacionado à vida. Depois de ter-lhes dado o sopro da vida, Deus coloca-os no jardim do Éden, na banda do oriente. Através desse jardim correm quatro braços de rio: Pisom, Giom, Hidéquel e Eufrates. Depois de tudo que acontece no jardim do Éden, quando Adão e Eva comem da árvore do conhecimento e são expulsos, surge uma lista de nomes. O filho Abel, que foi morto, e a linhagem do filho Caim: Enoque, Irade, Meujael, Metusael, Lameque, Ada, Zilá, Jabal, Tubalcaim, Naamá. Depois a linhagem do terceiro filho, Sete: Enos, Cainã, Maalalel, Jarede, Enoque, Metusalém, Lameque, Noé, Sem, Cam e Jafé. Durante a época desses últimos quatro, toda a vida sobre a terra foi extinta no dilúvio, e uma nova linhagem começou. Na linhagem de Jafé, Gomer, Magogue, Madai, Javã, Tubal, Meseque, Tiras, Asquenaz, Rifate, Togarma, Elisá, Társis, Quitim, Dodanim. Na linhagem de Cam, Cuxe, Mizraim, Pute, Canaã, Sebá, Havilá, Sabtá, Raamá, Sabtecá, Sabá, Dedã. Na linhagem de Sem, Elão, Assur, Arfaxade, Lude, Arã, Uz, Hul, Geter, Más, Salá, Éber, Pelegue, Joctã, Almodá, Selefe, Hazar-Mavé, Jerá, Hadorão, Uzal, Dicla, Obal, Abimael, Sabá, Ofir, Havilá, Jobabe. Na linhagem de Pelegue, Reú, Serugue, Naor, Tera, Abrão, Naor, Harã.

Os nomes ligam o tempo histórico ao tempo místico, por assim dizer iluminam as trevas da história e abrem um caminho que segue até o momento da criação. E essa ligação é real, se não factual, pois deve ter havido um momento concreto e um lugar concreto em que o humano surgiu. Visto em relação à idade da terra, nada disso se passou há muito tempo, são mais ou menos duzentos mil anos, aproximadamente dez mil gerações. Tudo aconteceu em um panorama definido, no continente africano, onde por milhões de anos tinham vivido criaturas similares ao homem, e por um tempo as duas espécies devem ter vivido lado a lado — uma coexistência que pode haver chegado ao fim apenas quarenta mil anos atrás. As primeiras pessoas não podem ter sido muitas, uns poucos bandos, apenas, e devem ter se mantido em lugares bem definidos, até que cem mil anos atrás certos indivíduos tenham resolvido se deslocar, e assim se espalharam aos poucos pela terra.

Quando o material genético humano foi identificado e mapeado nos anos 1990, foi possível seguir os passos desse deslocamento, que se encontra gravado nos corpos vivos de hoje, graças a uma cadeia incompreensivelmente longa de sobrevivências, que por assim dizer fecha a história ao redor de nós e nossos corpos, ou, pelo contrário, abre-os para as profundezas da história: não somos apenas como eles, mas de certa forma também somos eles.

* * *

O princípio da humanidade foi uma atração local, acontecida em uma região determinada; a ideia de um Jardim do Éden e de uma expansão a partir desse lugar não expressa nada além disso. Umas cavernas, umas planícies, umas florestas, uns lagos ou rios.

Quando a narrativa chega a Abrão, encontramo-nos no meio do caminho entre o tempo histórico e o abismo de a-historicidade representado pelo não tempo, e o que se revela através dele é a fundação de uma linhagem, de um povo e de uma nação, todos reunidos sob a vontade de um Deus, que passado certo tempo entrega-lhes leis e mandamentos, ou seja, a civilização e a religião. A relação entre o sagrado e o não sagrado, entre o humano e o mundo e entre o humano e o humano regula-se através desses sistemas. E o futuro é uma promessa de descendência, pois Deus guia o caminho de Abrão e diz: Olha agora para o céu e observa as estrelas e, se puderes, conta-as. Eis como será tua linhagem. Quando Abrão, que após esse pacto recebeu o nome de Abraão, mais tarde está prestes a sacrificar o único filho e Deus intercede, é novamente com a mesma promessa: "Deveras te abençoarei e grandissimamente multiplicarei a tua semente como as estrelas dos céus e como a areia que está na praia do mar".

As estrelas do céu e a areia da praia são a quantidade, o muito, mas também o idêntico. Essa promessa não vale para todas as pessoas, não é toda a humanidade que há de se espalhar de maneira incontável, são Abraão e sua linhagem, portanto um nós, o próprio, e é isso que transforma essa promessa em utopia, porque essa expansão da família, do clã, do povo, traz consigo a força e o bem-estar. Por meio do grande número, terras podem ser conquistadas e riquezas podem ser ganhas. A imagem negativa do incontável na Bíblia é o enxame de gafanhotos, as enormes nuvens de insetos que devoram tudo o que encontram pelo caminho, inextermináveis e implacáveis.

Esse limite entre o nós e o eles reveste-se o tempo inteiro de uma grande importância na Bíblia, afinal, todo o Antigo Testamento pode ser encarado como uma narrativa que surge a partir das tensões criadas por essa atração pelos limites. Todos os descendentes de Abraão devem ser circuncidados, esse é o símbolo de pertencença à linhagem, ao "nós" deles, e no pacto que firma com Deus a promessa de um país futuro e próprio é a utopia buscada por essa linhagem, uma utopia enfim concretizada quando Moisés vê a terra prometida, onde manam o leite e o mel, morre e então o povo que liderava atravessa o rio para conquistá-la. Os hebreus eram escravos no Egito, impotentes nas mãos dos outros, e numa situação como essa, em que não têm nada de próprio e não decidem sobre a própria vida, nem mesmo sobre os próprios filhos, a única coisa que os mantém juntos é a ideia de uma coisa própria, para eles garantida por um Deus, que é o Deus uno.

Os egípcios matam todos os meninos hebreus que nascem, mas quando Moisés nasce ele é posto em um cesto e deixado à margem do rio para ser encontrado pela filha do Faraó, que o cria como um filho. Moisés pode não apenas levar uma vida tranquila em meio aos egípcios, mas também aproveitar toda sorte de privilégio como parte da família real, praticamente divina, porém o laço que o une ao povo de onde vem, aos escravos, é tão forte que ele se afasta de tudo isso, não de forma calculada ou planejada, não, ele se afasta com raiva, com o sangue fervendo, porque vê um egípcio matar um hebreu, e então o mata, enterra-o na areia e foge do país, quando então Deus se revela e forja com ele um novo pacto. Liderados por Moisés, os hebreus fogem do Egito e seguem rumo ao deserto. Uma vez lá, recebem os mandamentos e os rituais que devem observar a partir de então. E lá são contados.

O fato de que tenham recebido leis não é particularmente notável, porque afinal essa é a narrativa de uma fundação, mas o fato de que tenham sido contados, e de que essas contagens sejam mencionadas, é. Talvez pudéssemos imaginar uma espécie de levantamento, um impulso arcaico de oferecer uma explicação precisa da situação, caso em que a quantidade deve ter desempenhado um papel importante, tanto porque os hebreus estavam no deserto a essa altura, num ambiente onde comida e bebida eram recursos muito escassos, o que deve ter feito da quantidade um elemento fundamental, como também porque os hebreus estavam prestes a invadir um país onde a quantidade de soldados seria um dos fatores mais decisivos para o resultado. Porém, mesmo que tenha sido assim, a exatidão dos números parece estranha, porque aquele tipo de exatidão não é comum no texto, que em outros lugares narra o sofrimento de um povo ao longo de séculos ou a destruição de uma cidade inteira em uma única frase.

O único outro lugar onde o texto exibe esse tipo de exatidão absoluta, sem deixar que nem mesmo o menor detalhe escape, é na apresentação das leis e dos rituais a serem observados pelos sacerdotes. Mas as leis são universais e imutáveis, e hão de servir por todos os tempos; os números são o oposto, são o registro de uma grandeza em constante mudança em determinado ponto do tempo, e valem apenas para os hebreus, lá, quando Moisés inspeciona o povo de Israel no deserto de Sinai. São muitos, porém não como as estrelas do céu e os grãos de areia da praia: no total, são seiscentos e três mil quinhentos e cinquenta homens prontos para a batalha, divididos em doze casas, da seguinte maneira:

Casa de Rúben: Quarenta e seis mil e quinhentos.
Casa de Simeão: Cinquenta e nove mil e trezentos.
Casa de Gade: Quarenta e cinco mil seiscentos e cinquenta.
Casa de Judá: Setenta e quatro mil e seiscentos.
Casa de Issacar: Cinquenta e quatro mil e quatrocentos.
Casa de Zebulom: Cinquenta e sete mil e quatrocentos.
Casa de Efraim: Quarenta mil e quinhentos.
Casa de Manassés: Trinta e dois mil e duzentos.
Casa de Benjamin: Trinta e cinco mil e quatrocentos.
Casa de Dã: Sessenta e dois mil e setecentos.
Casa de Aser: Quarenta e um mil e quinhentos.
Casa de Naftali: Cinquenta e três mil e quatrocentos.

Quando vista de fora, como é vista ao conquistar a nova terra e matar todos aqueles que aparecem pelo caminho, essa é uma horda sem rosto, mas, quando vista de dentro, todos os integrantes estão ligados àquilo que é conhecido, em linhas que regridem na família e na história, e que em suma perfazem todo aquele povo.

Quando lemos esse texto antiquíssimo hoje, talvez o mais curioso seja a forma estranha como a fundação da religião e da sociedade se mesclam e assim causam a impressão de ser duas facetas de uma única coisa. Pois o congelamento das multidões em determinado instante observado nos números é apenas uma parte disso, o que os números representam em si mesmos é um outro, e é esse outro que estabelece o vínculo entre o número e a lei. O número se abre para o ilimitado, o incontrolável e o anônimo, a infinitude das estrelas do céu e da areia na praia; os nomes limitam e controlam tudo isso na identidade do nome, que é o rosto da linguagem. A lei limita e controla as ações das pessoas de maneira similar; matar é proibido, é uma transgressão contra a vida, mentir é proibido, é uma transgressão contra a verdade, trair é proibido, é uma transgressão contra o matrimônio. O castigo é a expulsão da vida, ou seja, a morte, ou, se a transgressão não for muito grave, um sacrifício que assume o lugar da morte. E o limite que assim se revela, que separa esse povo e sua existência do sagrado, é o mais importante de tudo; a riqueza de detalhes no texto ao descrever os diferentes rituais é testemunho da exatidão que se exige quando o sacerdote adentra o sagrado e derrama o sangue na pedra sacrificial ou queima animais ou pássaros ou grãos ou óleo. O sacrifício não é apenas uma lembrança do preço cobrado pela transgressão, não é apenas uma ação simbólica, mas é um preço em si mesmo, assim como o boi que tem a cabeça cortada não é apenas um símbolo da vida e do sangue, mas a própria vida e o próprio sangue. Que a linguagem do Antigo Testamento seja tão concreta, tão ligada à realidade física e aos acontecimentos que nela decorrem com o corpo, e não com o espírito, é indubitavelmente outro aspecto desse mesmo princípio. Aquilo que existe do outro lado do sagrado, o ilimitado e o infinito, é também o inominável, o indefinido, e essa identidade se encontra ligada ao verbo, ou seja, a uma ação ou a um movimento. Eu sou aquilo que sou. A imagem da pessoa sem nome é o grão de areia ou a estrela, onde a perda da identidade nas massas é apenas uma ilusão, pois a quantidade de estrelas ou a quantidade de grãos de areia não é infinita, mas finita, e essas coisas parecem idênticas somente à distância, pois quando vistos de perto cada grão de areia é distinto, cada estrela é diferente das outras. Podem ser contadas e nomeadas. A imagem de um Deus sem nome, pelo contrário, é infinita e idêntica, porque é o fogo. O fogo surge sempre como o mesmo — dar nome a um incêndio seria desprovido de sentido, mas não dar nome a determinado grão de areia —, mas parece diferente a cada vez que surge. O fogo não se deixa contar, não se deixa nomear, não se deixa limitar; quando o apagamos em um lugar do mundo, ele continua a arder em outro. Os grãos de areia e as estrelas expressam o pensamento de um e de todos, do indivíduo e da massa, enquanto o fogo estabelece a identidade entre essas duas grandezas por ser ao mesmo tempo o indivíduo e todos. Fora dos limites da lei e dos rituais e mandamentos encontra-se o Deus ilimitado, e fora do nome encontra-se a vida biológica ilimitada, em ou por cujas profundezas somente um esforço contínuo pode nos impedir de desaparecer ou sucumbir.

O elemento religioso, que o tempo inteiro reúne em torno de si os rituais, cujo peso o mantém sempre estável no mesmo ponto, encontrava-se durante essa antiguidade rural muito próximo do elemento social, cujo horizonte de tempo naturalmente estendia-se apenas umas poucas gerações para trás e para a frente, mas cuja prática, ligada ao solo e às estações do ano, encontrava-se ao mesmo tempo profundamente ligada à repetição. Os dois separaram-se em relação ao local e ao universal, onde aquilo que dizia respeito a todos, aquilo que por exemplo regulava o conjunto da população da terra, encontrava-se fora do alcance humano e era identificado com forças e com o destino, tão poderosos que nem mesmo a ideia de que seria possível controlá-los de outra forma que não através de preces e sacrifícios oferecia-se. Contra secas, enchentes, frio e epidemias, as pessoas eram vulneráveis, frágeis e indefesas. A relação entre o local e o universal, entre o indivíduo e o todo, era unilateral, no sentido de que eram sempre as forças, enormes e impessoais, que influenciavam a vida do indivíduo, e nunca a vida do indivíduo que influenciava o universal. O universal era uma grandeza religiosa, não social.

Quando a ciência passou a ser a linguagem através da qual a humanidade compreende o mundo material e a religião perdeu espaço e passou a dizer respeito tão somente à faceta espiritual da vida, a relação entre o local e o universal sofreu uma perturbação radical, ao mesmo tempo que o desenvolvimento técnico que teve a fundação lançada por essa mudança, que em um período surpreendentemente curto transformou por completo as condições de produção e distribuição, levou a quantidade de pessoas a explodir, em um forte contraste com a imobilidade demográfica que havia reinado durante os séculos e os milênios anteriores. Se em 1350 havia entre 250 e 400 milhões de pessoas na terra, e em 1650 havia entre 465 e 545 milhões, em 1800 havia entre 835 e 915 milhões, em 1850 entre 1 bilhão 91 milhões e 1 bilhão 176 milhões, em 1900 entre 1 bilhão 530 milhões e 1 bilhão 608 milhões, em 1950 2 bilhões 416 milhões, em 1980 por volta de 4 bilhões e no momento em que escrevo, em 2011, 6 bilhões. Em verdade enchemos e sujeitamos a terra, conforme a admoestação feita na narrativa da criação, e tornamo-nos muitos, como os grãos de areia na praia ou as estrelas no céu.

De certa maneira, esse aumento radical na quantidade de pessoas não muda nada. São apenas mais do mesmo. Mais nascimentos e mais óbitos, mais corpos e mais comida, mais roupas, mais casas, construídas mais próximas e ocupando zonas mais amplas. O humano expande-se mais ou menos como se expande uma floresta, para cujas árvores a quantidade de outras árvores não muda nada. O local não deixa de existir como grandeza, mesmo que a partir dele passem a existir ligações com o global, como por exemplo o mercado mundial surgido graças à revolução industrial, em cujo seio uma coisa é produzida em um lugar para então se espalhar mundo afora, pois conforme o sociólogo Bruno Latour escreve no livro *Jamais fomos modernos*, ao acompanhar cada passo do processo, "jamais cruzamos as misteriosas fronteiras que deviam separar o local do global". Quando o trem parte do local rumo ao global?, La-

626

tour pergunta, para então responder: nunca. Todas as grandes organizações e associações são constituídas por unidades locais, os exércitos, por exemplo, são organizados de maneira similar à maneira como os exércitos eram organizados no tempo dos romanos, a única diferença é a escala, e o mesmo vale para a burocracia, para o Estado, para as grandes companhias comerciais internacionais. Todas essas instituições são compostas de pessoas que suam o sovaco da camisa e usam gravata torta em um prédio de escritórios, porém vezes mil, ou vezes cem mil. Não é a quantidade de pessoas em si mesma que mudou as condições do humano, mas a ideia que temos a respeito dessa quantidade.

Na década de 1680, sir William Petty, um professor de anatomia de Oxford, escreveu um livro chamado *Political Arithmetic*, no qual fez uma tentativa de compreender ou abarcar a sociedade como um todo a partir de pressupostos matemáticos — em outras palavras, uma tentativa de medir e quantificar o humano. Ele queria postular leis que regessem o humano, mais ou menos como Newton havia postulado leis para a natureza. A ideia de que havia uma ordem absoluta, regras absolutas em vigor no mundo por trás do aparente caos de mudanças e contingências, tão precisas e previsíveis que podiam ser calculadas e explicadas a partir de modelos matemáticos, era um pensamento irresistível no século XVII, que também servia para reafirmar a grandeza de Deus; era como se houvesse um plano oculto que se relacionasse com o mundo da mesma forma que um projeto se relaciona com uma invenção, em um sistema no qual todos os movimentos davam-se de acordo com padrões fixos que não poderiam ser alterados de nenhuma forma, no qual todas as partes articulavam-se umas com as outras para juntas expressar a totalidade do universo. O homem, como parte do universo, era parte desse sistema. Tanto por si mesmo, como ser dotado de sangue e pulmões, cérebro e sistema nervoso, músculos e tendões, que à maneira de cabos permitiam que os braços pudessem ser levantados e baixados, e que as pernas pudessem caminhar, como também pela quantidade representada nas estruturas em que as pessoas inseriam-se, como vilarejos, cidades e estados, nos quais a quantidade podia ser determinada com exatidão, tanto em relação aos vivos como aos mortos e aos recém-nascidos — pois bastaria observar uma totalidade como essa para se ver que era governada por regras.

A quantidade de nascimentos e óbitos anuais, por exemplo, não era aleatória; claro que sofria variações para mais e para menos, porém sempre a partir de parâmetros que podiam ser identificados e definidos. O mesmo valia para uma grandeza como a expectativa de vida.

Mas o que movia a sociedade, o que movia as pessoas, o que definia as formas de agir, o que levava aqueles corpos a fazerem isso e não aquilo? Será que havia regras válidas para todos?

Mesmo que a comparação entre o corpo e a sociedade e a relojoaria, adotada em termos explícitos tanto por Descartes como por Hobbes, pareça-nos uma simplificação quase brutal, já que o relógio não é uma máquina particularmente sofisticada para nós, a forma de pensar assim expressa por um lado lançou as fundações da medicina, para a qual o corpo é feito de partes funcionais que podem ser trocadas ou consertadas por meio de intervenções puramente mecânicas, e por outro lado lançou as fundações da estatística e do planejamento social, áreas em que toda a atividade humana pode ser medida, quantificada e fixada em números, o que resulta em um dos mais importantes materiais de análise para a tomada de resoluções políticas. A lista de fenômenos fixados em número em nossa sociedade é quase interminável e pode ser lida segundo diversos métodos, de maneira que as tendências possam ser interpretadas e ou prevenidas, caso indesejáveis, ou incentivadas, caso desejáveis. Também é possível estabelecer relações entre as diferentes partes. Essa estatística tem um limite; seria desprovido de sentido levantar estatísticas a respeito de mortes causadas por acidentes de trânsito ou câncer em determinada família, por exemplo, porque nesse contexto os acontecimentos não podem ser interpretados como uma expressão de grandezas quantitativas, porque talvez Johannes, o filho da casa, pertencesse justamente ao grupo de jovens mais exposto à morte em um acidente de trânsito, mas para a família ele não era representante de coisa nenhuma, mas apenas Johannes, que numa tarde qualquer um mês atrás pegou as chaves do carro de cima da mesa no corredor e nunca mais voltou. Nem mesmo em uma sociedade pequena, como num dos muitos vilarejos ao longo da costa norte da Noruega com duzentos ou trezentos habitantes, onde todo mundo se conhece, isso faria sentido do ponto de vista estatístico; aquele rapaz era Johannes. Mas em um ponto ou outro a estatística deixa de ser inválida para tornar-se válida. Esse é o ponto em que o "nós" não pode mais ser visto pessoalmente, o ponto em que os indivíduos na multidão não se deixam mais separar para a pessoa que se relaciona com eles; o professor em uma escola grande, onde estudam, digamos, quinhentos alunos, conhece todos os alunos de sua classe, mas não todos os alunos da escola, e ao passo que seria desprovido de sentido fazer estatística sobre o primeiro grupo, uma vez que o professor sabe quem tirou que nota em que matéria, no segundo caso o nível das notas na escola em geral teria um sentido estatístico. A transição entre a pessoa individual e a pessoa na multidão é a transição entre o eu e o nós, mas não o nós pessoal, nesse caso trata-se de um outro nós, maior e impessoal, já não mais representado por um nome, mas por um número, que assim, por força dessa característica, aproxima-se mais de um "isto".

Se imaginarmos uma escala da humanidade, ela deveria começar no impessoal, na materialidade do corpo, onde todas as partes a princípio são substituíveis, uma vez que são iguais para todos, e onde não faz sentido falar em individualidade — ou seja, o humano começa no eu não humano, no "isto" do eu, continua no eu pessoal, depois no nós pessoal e a partir de então passa ao nós impessoal, ou ao "isto" do nós, à humanidade como massa, à humanidade como número.

Tanto os limites do eu como do nós em relação ao isto são fluidos e pouco claros, mas assim mesmo reais, pois nas zonas do isto o humano se caracteriza pela igualdade, pela previsibilidade e por uma regularidade quase matemática, ao passo que nas zonas do eu e do nós mostram-se livres e próprios de uma forma marcadamente distinta. O mundo interior do isto é a biologia, cujos pensamentos são células que reagem umas com as outras, e cujos sentimentos são impulsos químicos e elétricos que percorrem a rede neural, que existem lado a lado com todos os demais processos inalcançáveis do corpo, que são incapazes de pensar ou sentir por si próprios, mas apenas se a comunicação entre a hélice de DNA e a célula não for uma forma de comunicação no nível mais fundamental da vida, a repetição do um em outro um, mas, independentemente do nome usado, esse processo ocorre em profundezas tão inatingíveis que não o sentimos, não o percebemos, não o compreendemos e não o vemos, a não ser como resultado, ou seja, como aquilo que cresce dentro de nós.

Esses sistemas são iguais, o que vale para um vale para todos, e são também contínuos, no sentido de que são passados através das gerações sob a forma de cópias... Trata-se de um processo mecânico, uma espécie de indústria biológico-material, infinitamente refinada, mas de qualquer forma material, de maneira que o tempo inteiro trata-se de uma mera questão de tempo para que o desenvolvimento da indústria criada pelo homem e pela técnica mecânica torne-se refinada o suficiente para que também possa voltar-se para dentro, para nós mesmos. Tudo começou meio aos trancos na Idade Média e acelerou a uma velocidade alucinante a partir do momento em que a religião deixou de oferecer explicações para a natureza e as pessoas começaram a internalizá-la, a familiarizar-se com as leis e os princípios naturais, cujos primeiros resultados práticos foram máquinas grosseiras ao estilo Prometeus, colossos de aço que recebiam carvão e expeliam nuvens de vapor e fumaça, mas que logo foram aperfeiçoadas e miniaturizadas até alcançarem um nível de sofisticação que permitia não apenas isolar células e cadeias de DNA e mapear todo o nosso material genético, mas também intervir para modificá-lo, transformá-lo e por fim também criá-lo. Esses sistemas, que constituem a fundação de nossa individualidade e de nosso espírito, são mortais, e neles o eu morre sem ter dito "isto": pode ser que vivenciemos o coração como nosso, mas já ficou provado que, se o coração der problema, podemos substituí-lo pelo coração de uma pessoa morta e continuar a viver com este outro. Não somos o nosso coração, não somos o nosso braço; basta decepá-los e vê-los em cima da mesa para que pensemos, o que esse negócio ensanguentado poderia ter a ver comigo? Somos condicionados pelo caráter sombrio da carne e pela luz desses olhos, pelo pulsar insensível do coração inocente e pela atividade constante dos pulmões, esses gêmeos cinzentos que não param de encher-se e esvaziar-se de ar, somos incapazes de nos conceber sem eles, mas eles têm uma vida própria, não nos conhecem, não conhecem nada, para os músculos não faz diferença se os espasmos que provocam acontecem num corpo vivo ou num corpo morto.

A diferença entre o "isto" do eu e o "isto" do nós é grande, pois enquanto o primeiro transcorre na esfera material, o segundo transcorre na esfera relacional, e enquanto o primeiro portanto é morto, o segundo é imortal no sentido de que continua a viver mesmo quando o indivíduo morre. O que têm em comum é a previsibilidade e a regularidade, que, cada uma a seu modo, excluem a individualidade, e que, cada uma a seu modo, encontram-se ligadas ao extra-humano, caracterizado por forças ou fenômenos que permeiam os grandes conjuntos, antigamente entendidos como forças, no primeiro caso aquilo que provocava o surgimento e a evolução da vida, no segundo caso o destino que a governava.

Quando o aqui passa a ser lá?, pergunta Michel Serres. A esse questionamento podemos acrescentar: quando o nós passa a ser eles? O local é uma grandeza geográfica, mas também social. A grandeza geográfica, o espaço local, faz-se acompanhar por divisões internas. As muralhas de uma cidade são um exemplo desse tipo de divisão. A cerca nos limites de uma propriedade. E o direito de propriedade estabelece ligações entre as pessoas e o lugar: o cômodo, a casa, o jardim, o terreno. Meu, teu, nosso, deles. Em tempos imemoriais o mundo humano era rural, e consistia de pequenas sociedades claramente divididas nas quais as estruturas sociais giravam em torno do local, nas quais as pessoas via de regra morriam no mesmo lugar onde haviam nascido, sem deslocar-se por mais do que umas poucas dezenas de quilômetros ao longo da vida. Numa sociedade dessas, como era por exemplo um vilarejo alemão no século XIV, o conhecimento também era local, pois, como apenas um número muito pequeno de pessoas sabia escrever, o conhecimento era transmitido por meio da tradição oral e da prática, existia na memória da lembrança e na memória dos acontecimentos, ligado às condições vigentes naquele panorama determinado, fosse a ocorrência de determinado tipo de pedra em uma pedreira ou em uma mina ou diferentes composições de solo ou tipos de árvore na floresta. Que uma forma qualquer de atividade relacionada às ciências naturais surgisse nesse contexto, em um desses lugares, num vilarejo alemão do século XIV, ou que uma forma qualquer de máquina, como por exemplo uma construção similar a um motor, uma máquina de costura ou um forno de micro-ondas fosse produzido nesse contexto é uma ideia absolutamente impensável, justamente por causa do elemento local e da maneira como dava forma ao conhecimento. Estando ligada às limitações da memória do indivíduo, a teoria necessária seria impossível de obter, todo mundo precisaria recomeçar do zero, a partir de pressupostos individuais, e praticamente todo o conhecimento adquirido seria perdido quando da morte do detentor desse conhecimento. Todos os escritos, toda a teoria e toda a filosofia desse mundo estavam no poder de poucos, todos os manuscritos eram copiados à mão e somente em uns poucos lugares, quase sempre em claustros, e a partir do século XIII nas universidades recém-fundadas nas grandes cidades. Foi nesses ambientes que os alquimistas surgiram, os homens que, assim como Paracelso, mexiam com um pouco de tudo, e que se associavam à figura itinerante de Fausto, com um conhecimento que talvez fosse sistemático, mas que operava em uma companhia tão limitada que todos os progressos experimentais eram levados a cabo na solidão, sem qualquer ligação com outras pessoas, o que não poderia levar a nenhum outro resultado que não a repetição de erros já cometidos por outros.

O novo precisa ser exigido ou desejado, precisa trazer vantagens claras, e quando surge o impulso pelo novo precisa haver uma companhia capaz de desenvolvê-lo e sustentá-lo. No local, o novo se apaga como uma cinza em uma laje de pedra. Somente nas estruturas em que o local se desfaz o novo passa a ser possível. No que diz respeito ao conhecimento, a grande transformação se deu graças à invenção da imprensa na Alemanha durante o século XV, uma vez que essa invenção tornou possível copiar todos os livros e todas as dissertações e difundi-los simultaneamente em todo o mundo, o que fez com que tudo deixasse de estar nas mãos de um único indivíduo ou de um pequeno grupo de pessoas. O conhecimento pôde ser acumulado de formas até então desconhecidas, e atingiu uma magnitude tal que logo ninguém mais era capaz de se apossar sequer de uma fração do que existia no decorrer da vida. Uma teoria proposta em um lugar podia ser corroborada ou contestada em outro, já não era mais necessário começar sempre do zero, e esse sistema abrangente, tão logo os princípios básicos da verificabilidade e da universalidade foram estabelecidos, ou seja, princípios relacionados à igualdade, pôde criar aquilo que nenhuma pessoa jamais poderia ter conseguido fazer por conta própria, como por exemplo o trem ou a metralhadora. A natureza foi separada da religião, o conhecimento foi separado do local e as forças assim libertadas sopraram como uma brisa por toda a humanidade.

"Todas as pessoas" deixou de ser uma grandeza religiosa e passou a ser uma grandeza biológica e social. O reconhecimento da igualdade biológica, da materialidade do corpo, feito de partes calculáveis e portanto manipuláveis, aberto a intervenções instrumentais e a seguir químicas, não representava nenhum tipo de problema, não ameaçava a antiga separação religiosa entre o corpo e a alma, pelo contrário, servia para fortalecê-la; o eu era uma grandeza na carne, e se a vida pudesse ser prolongada através de uma incisão feita no peito a fim de limpar o cálcio que obstruía as artérias que envolvem o coração, tanto melhor. O reconhecimento da igualdade social, da humanidade como massa, também feita de unidades calculáveis e portanto manipuláveis, também aberta a medidas e intervenções, por outro lado, não se deu sem problemas, uma vez que a ameaça que representava para o eu não dizia respeito à moderação, mas à extinção, e assim, de maneira um tanto inusitada, pôs conceitos anteriormente esclarecidos, como o valor e a bondade, em terreno movediço.

Todas essas correntes ao longo dos séculos, bem como o resultado a que levaram, que grosso modo pode ser descrito como a dissolução do local, foram bens em si mesmas. Mas, com tudo isso, no meio do humano surgiu uma sombra, um elemento que não era bom. As estruturas sociais se transformam, as cidades crescem, a criança que nasceu e que a cada ano completou um aniversário faz as malas e vai tentar a sorte na cidade, como se costuma dizer, e isso acontece por toda parte. Eles tomam essa decisão um a um, mas juntos formam uma massa, tornam-se mais um rosto na massa de rostos que vão e voltam das fábricas, onde realizam um trabalho que qualquer um pode realizar, ou então vão e voltam dos quartos que habitam, parecidos quase a ponto de serem idênticos. A fumaça das fábricas é expelida e paira sob a forma de nuvens acima das cidades, as ruas estão cheias de pessoas, muitas delas pobres, e nas partes da cidade onde habitam, que em certos pontos mais parecem cortiços, reinam por vezes as circunstâncias alarmantes da fome e a mais absoluta necessidade. A fome não é uma novidade, tampouco a impotência em relação a ela, mas antigamente a fome era uma coisa que vinha de fora, sob a forma de enchentes, secas ou frio intenso, cujas forças localizavam-se no destino ou na providência e eram vistas como parte integrante da condição humana. Mas essa nova condição humana, essa nova necessidade, vem diretamente das pessoas, e por isso o destino e a providência são por assim dizer subjugados pelo elemento humano que de certa forma assume a responsabilidade por ambos: uma doença não precisa ser mortal, mas pode ser curada graças à intervenção humana; as epidemias podem ser evitadas; uma fome catastrófica não precisa significar um golpe terrível para determinada população, uma vez que cada vez mais existem diferentes técnicas para cultivar a terra de maneira eficaz, o que permite aumentar a produção de comida em grau tão elevado que passa a existir inclusive uma margem de segurança, fortalecida ainda mais pela infraestrutura melhorada, que faz com que as pessoas tornem-se menos dependentes das condições locais. A pobreza não é culpa da providência, mas das pessoas. Essa culpa não é identificável, não se pode dizer que pertença a determinada pessoa ou a determinado grupo de pessoas, tampouco localizá-la em um lugar determinado, pois as consequências não apenas passam das ações de uma pessoa para as ações de todas, mas também passam do local para o global, como a invenção da máquina de fiar, por exemplo, a princípio uma circunstância local, implementada por um pequeno número de pessoas em um lugar determinado na Inglaterra, de forma totalmente inocente, apesar das consequências dramáticas que trouxe para todas as esferas da sociedade, que se fizeram notar por todo o Ocidente, onde a mesma coisa segue acontecendo: o número de pessoas aumenta, as cidades crescem, o trabalho se torna cada vez mais mecanizado e o mercado se globaliza — todos esses processos que não podem ser parados, controlados nem ignorados, mas que simplesmente acontecem. A culpa pela pobreza, pela necessidade e pela doença não pertencia a ninguém, mas estava no sistema, e para se impedir ou alterar as consequências ocasionadas seria necessário identificar e alterar o próprio sistema.

Foi justamente isso o que Marx e Engels fizeram, nomeadamente, identificar o sistema, ancorá-lo à história e abri-lo em direção a um futuro utópico. Mas um sistema não é uma pessoa, não tem rosto, e "todos" não é uma grandeza desprovida de problemas, nem mesmo quando a dividimos em classes. Não há dúvida de que a pobreza e a necessidade foram estruturalmente condicionadas numa situação em que o trabalho de uma grande parcela da sociedade beneficiava uma pequena parcela da sociedade — pois se "todos" é uma grandeza superordenada, sendo "todos" compreendido como uma classe de pessoas que vive sob as mesmas condições e circunstâncias, ou seja, definida a partir daquilo que as pessoas têm em comum, a partir da igualdade, se o que importa é o bem de "todos", se as condições de vida de "todos" precisam ser transformadas e melhoradas, medidas estatisticamente como expectativa de vida média, mortalidade infantil média, renda média, média de horas trabalhadas, média da superfície habitada e média do consumo de alimentos, que são os parâmetros usados em *O capital* para mostrar e fundamentar as condições desumanas em que vivia a classe trabalhadora, então as condições do indivíduo passam a ter uma importância menor, porque o que vale é o bem da coletividade, dos trabalhadores individuais entendidos como uma classe ou uma soma, e assim todas as intervenções feitas mais tarde em nome do comunismo sob o regime de Lênin, Stálin ou Mao foram apenas uma consequência, ainda que imprevisivelmente brutal, desse pensamento. A coletivização do uso da terra era um bem que devia ter beneficiado a todos, e o eventual sofrimento do indivíduo sob esse regime tinha uma importância menor. No caso da realocação dos intelectuais durante a contrarrevolução, o mesmo raciocínio se aplicou.

Como a ideia de uma sociedade onde todos são iguais e têm os mesmos direitos pode levar à criação dos Gulags? Seria loucura a tristeza que Jack London sentiu ao ver a enorme pobreza nos cortiços de Londres? Não devemos ter solidariedade com as outras pessoas e ajudá-las na necessidade?

Quando ultrapassa um certo limite, a necessidade torna-se inadministrável para o indivíduo: mesmo que London ou Marx tivessem empregado todo o tempo disponível para melhorar as condições dos cortiços e doado até o último tostão de que dispunham para esse fim, esses esforços não teriam passado de uma gota no oceano. A pobreza, a violência e a necessidade eram estruturais, e somente poderiam ser administradas e combatidas no nível estrutural. A premissa do marxismo era que os enormes problemas da sociedade, na qual uma grande parte da população vivia em condições indignas, estavam relacionados à distribuição dos bens sociais, e portanto tinham um caráter fundamentalmente materialista, inclusive no que dizia respeito às possíveis soluções. O problema não eram as formas de produção em massa, mas quem detinha o poder sobre os meios de produção, o que não apenas determinava as condições e diferenças econômicas no padrão de vida, mas também a alienação do indivíduo, determinada pelo grau de autonomia que tinha sobre o próprio trabalho. A ideia era que uma mudança radical nas condições de produção seria capaz de provocar uma mudança radical nas condições sociais, onde todas as desigualdades deviam ser extintas e todos os privilégios deviam ser divididos de maneira igual para que assim as pessoas pudessem tornar-se iguais. Se o problema fundamental do industrialismo, por outro lado, não estivesse relacionado à distribuição dos bens materiais, mas a uma redução do elemento humano, em um estranho processo de atração pelos bens materiais que praticamente tomava conta da vida das pessoas, então a solução do marxismo não era utopia nenhuma, mas apenas um prolongamento desse pesadelo através de outros meios.

O marxismo era portanto uma questão de identidade, na qual a ligação do eu ao nós não se dava no âmbito local, não obedecia a limites geográficos, mas na nova classe trabalhadora, que na metade do século XIX tinha se espalhado para todos os países do Ocidente, e nesse caso o objetivo também era que a revolução, o processo que tinha como objetivo derrubar o "eles" e trazê-lo de volta ao "nós", ocorresse em todo o mundo. O "eu" comunista encontrava-se entre o "nós" internacional dos trabalhadores e o "eles" nacional da burguesia, pois, ainda que o dinheiro das classes abastadas e dominantes não tivesse limites, as identidades tinham — não é por acaso que o eu romântico, que transborda de si mesmo, o gênio e o único, surge no início do século XIX, junto com o princípio do industrialismo: as pessoas tornam-se mais numerosas e mais iguais, o único e o local se enfraquecem, o conceito do homem massificado começa a aparecer e, contra essa ameaça ao indivíduo, insurge-se o grande eu. As histórias góticas de horror escritas nessa mesma época dizem respeito ao mesmo fenômeno.

E.T.A. Hoffmann, que como poucos outros tinha acesso às profundezas do temor coletivo, escreveu a respeito de autômatos tão humanizados que os personagens chegavam a se apaixonar por eles, e também sobre duplos; Bram Stoker escreveu sobre um homem que não podia morrer; Mary Shelley escreveu sobre um cientista que criava um homem. O temor de que o idêntico atravesse a fronteira que o separa do único é o temor de que o inumano atravesse a fronteira que o separa do humano, e de que a não vida atravesse a fronteira que a separa da vida. As fronteiras criam diferenças, as diferenças criam sentido, e é por isso que o medo primordial do homem é o medo de uma ausência de diferença, em que sua essência própria é destruída. Encarar a importância descomunal atribuída pelo romantismo ao eu único, ao qual pertence também a construção do gênio, como uma forma de ao mesmo tempo compensar a ausência de Deus no mundo e resistir à pressão exercida pela crescente ideia de uma ausência de diferença, é sem dúvida uma especulação, mas nem por isso uma especulação injustificada; tanto os livros de Stoker como os de Shelley e os de Hoffmann, que também expressam a época em que foram escritos, dizem respeito à fronteira que separa o humano do não humano, e tratam o humano como uma grandeza ameaçada.

Esses dois grandes movimentos identitários no século XIX, de um lado rumo ao particular e ao único, do outro rumo ao geral e ao igual, eram mutuamente exclusivos, uma equação impossível. Não em relação ao eu e ao nós em si mesmos, mas às perspectivas que traziam em relação ao humano. A humanidade compreendida como massa ou quantidade, uma situação em que o igual é enfatizado, surge no exterior e é comunicada por meio de uma linguagem exterior, como as linguagens da matemática e das ciências naturais, enquanto a humanidade como grandeza e unicidade surge no eu interior e em sua linguagem. A importância do elemento nacional entra no mesmo complexo identitário, em que o povo e a nação não apenas limitam o nós a um todo ordeiro, mas também o tornam grandioso ao apontá-lo no rumo da história, que sempre foi heroica. Essa é uma espécie de resposta direta à dissolução das estruturas do local, pois é disso que se trata, de que o heroico, ou seja, o grandioso, ocorreu aqui e não lá, no povo ao qual pertencemos, como parte do nosso nós, e não daquilo que ocorreu lá, em meio a eles.

O eu grandioso do romantismo é um fortalecimento do nome. A humanidade massificada do industrialismo é um fortalecimento do número. Essa contradição sempre existiu; o movimento da vida rastejante e exuberante para duas pessoas chamadas pelo nome diz respeito a isso: distinção, criação de diferenças, atribuição de sentido. A função do sacrifício tem um caráter distinto, porque não divide o coletivo, não se direciona ao individual, como o nome faz, mas, pelo contrário, estabelece uma diferença no coletivo visto como um todo e faz com que este revista-se de sentido. Mas a função do sacrifício também se altera. O que há de primitivo no sacrifício de Abel e no fratricídio cometido por Caim, que em uma imagem simples expressa a violência surgida no igual, torna-se intrincado e complexo na história do sacrifício do filho de Abraão, já não há mais nada de absoluto a respeito do sacrifício ou do Deus para o qual é oferecido, pois Deus cancela o sacrifício, e o que é um sacrifício cancelado? Há muitos indícios de que nas culturas primitivas os sacrifícios eram inicialmente pessoas, que depois foram substituídas por animais, mas não um animal qualquer, eram sempre os animais mais próximos do homem. Na história de Abraão é como se testemunhássemos o próprio surgimento dessa transição. Mas acontece também outra coisa. Não há nenhum coletivo envolvido; tudo acontece somente entre Abraão, o filho dele e o Deus de ambos. Deus, a criatura mais sublime que existe, fundador e expressão do universo, que ao exigir um sacrifício humano institui um imperativo desumano, e Abraão, que tem a intenção de levar o sacrifício do próprio filho até o fim, dessa forma põem uma outra coisa acima da morte, o nome e a glória de Deus, e assim vencem a morte ao não permitir que esta seja o fim. Existe na vida uma coisa maior do que a morte, portanto a vida pode ser oferecida em sacrifício. Se Abraão tivesse sacrificado o filho, teria sido por amor. A Deus, mas também ao filho. Quando Deus cancela o sacrifício do filho, e Abraão deixa de praticá-lo, deixa de oferecer o que há de mais precioso em nome do que há de mais sublime, e o filho não morre, mas continua a viver, um novo amor os espera, o amor entre pai e filho, que não se concentra em uma coluna de fogo em um ponto ardente no centro da vida, mas que por assim dizer espalha-se por um sem-número de dias, ao longo de tanto tempo que o tempo inteiro parece estar prestes a se apagar, e de maneira tão próxima que se torna difícil de ver, pois no filho o pai se reconhece, e no pai o filho se reconhece, nem sempre é fácil decidir o que pertence a cada um, e o que estava abaixo um dia sobe, e o que estava acima um dia desce.

A história do sacrifício do filho é uma das mais estranhas narrativas da Bíblia, não apenas porque é insondável, afinal de contas todas as narrativas da Bíblia são mitológicas, mas porque se afasta do absoluto, que no mais é uma condição fundamental para as narrativas místicas e religiosas, e esse afastamento ocorre não apenas na periferia da história, mas revela-se justamente no ponto central. Deus é uma grandeza absoluta, e o sacrifício é um ato absoluto. Mas nesse caso o sacrifício não é um ato absoluto, porque é cancelado. Deus faz aquilo como um teste para Abraão, mas logo o essencial deixa de ser o sacrifício em si e passa a ser a disposição em fazer o sacrifício, ou seja, passa da ligação entre o humano e o divino para o humano. O sacrifício tampouco é exclusivamente uma perda, alguma coisa também é sempre ganha com um sacrifício, mas se é assim o que foi que Abraão perdeu quando o sacrifício foi cancelado? Perdeu o absoluto, e perdeu a vitória sobre a morte. Em outras palavras, perdeu o sentido último da vida. Mas o que ganhou? Ganhou o sentido mais íntimo da vida, a vida do filho, de fato inestimável, embora num mundo onde o "de fato" encontra-se oculto diante dos olhos de todos, e não dado, como o sacrifício, mas como uma conquista a ser feita. Essa também é uma conquista, uma conquista do valor do humano, que é também uma das leituras possíveis para o Antigo Testamento. O fato de que a relação entre o divino e o humano seja tão ambivalente, e que a terra e a gravidade terrena, que por assim dizer atraem o divino para si em um redemoinho antiabsoluto de areia e pó, que também pode ser visto como o próprio oposto, como a luta do trivial contra o transcendental, sempre parado em pleno voo, cancelado, meio cotidiano, meio solene, meio homem, meio deus, ora mesquinho, ora todo-poderoso, é o que faz do judaísmo uma religião da dúvida, da hesitação e da abnegação — e da ambivalência, porque as forças opostas também estão sempre presentes na simetria da mais clara imagem da vingança: olho por olho, dente por dente.

Se, como Girard, entendermos a narrativa da vida e dos ensinamentos de Jesus como o fim da longa história contada no Antigo Testamento, é particularmente nesse sentido que o movimento se encerra, pois se há uma ideia que o Novo Testamento encerra, essa ideia é a cessação do pensamento vingativo e o fim da violência incontrolável. Oferece a outra face, diz Jesus, essa é a simetria do bem, e um já não se põe mais diante do outro, mas do próximo, ou seja, do outro compreendido não mais como perigo ou ameaça, mas como um indivíduo de fato.

A cena do Novo Testamento que pode ser comparada à cena de Caim e Abel ou à cena de Abraão e Isaque é a cena em que Jesus, como indivíduo, põe-se diante da multidão, de todos, do coletivo, enquanto as pessoas estão apedrejando uma mulher que transgrediu a lei. Para Girard, essa passagem representa o domínio final sobre as forças da violência mimética. Jesus encontra-se na posição de um bode expiatório, o um rodeado por todos, mas em vez de ser aniquilado ele se volta para as pessoas e as desfaz, como multidão, graças a uma simples frase. O apedrejamento é a expressão da retribuição, e baseia-se na repetição, tanto ritual, no sentido de que o apedrejamento é usado contra todas as transgressões de determinado tipo, como individual, no sentido de que todas aquelas pessoas atiram pedras. A frase de Jesus é muito simples, ele diz: "Aquele que dentre vós está sem pecado seja o primeiro que atire pedra contra ela". Assim ele redireciona a culpa para cada uma daquelas pessoas, e o coletivo se desfaz. Já não há mais um todo, apenas indivíduos, que respondem individualmente por seus atos.

Mas o bem, pois o cuidado com o próximo e a dissolução da vingança através do perdão são o maior bem que existe, não é uma expressão da civilização, mas algo radicalmente distinto. O bem não resolve o problema da violência, não é uma grandeza instrumental, como são as regulamentações impostas pela lei e pelas instituições civilizadas, mas justamente o contrário, uma força capaz de desfazer o social. O oposto da violência não é o bem, mas o social. Mas essa equação não fecha, porque existe uma violência intrínseca no social, sedimentada nas diferenças em que se baseia a sociedade, mas isso é o melhor que temos, e a violência a partir da qual Girard entende os tabus e os rituais, a violência latente que esfacela a sociedade a partir de dentro, encontra-se controlada, nosso sistema se encarrega desse problema, que assim deixa de representar um perigo real. O controle da violência latente tornou-se possível através da transferência da responsabilidade para o indivíduo, o que fez com que o conhecimento sobre o coletivo desaparecesse, porque já não era mais necessário, mas quando a população aumentou como em uma maré alta no fim do século XIX e se espalhou ao longo das novas estruturas inauguradas pelo industrialismo, a violência coletiva, que era enorme nesse sistema — pois jamais na história do mundo houvera uma repressão tão ampla e tão sistemática como a que houve no fim do século XIX —, fugiu por completo ao controle, espalhou-se a partir do individual, em si mesmo um ponto insignificante e inofensivo, um fanático que atirou no príncipe que havia herdado o trono, primeiro para o regional, causando uma crise na Áustria-Hungria, e a seguir para o nacional e o internacional, e em poucas semanas a Europa toda viu-se envolvida por uma guerra que ninguém queria, que ninguém precisava e que tinha efeitos profundamente destrutivos para todos os envolvidos, sem que ninguém pudesse evitá-la, tudo estava muito além do alcance de uma pessoa individual, e a violência resultante teve uma forte escalada e também se mostrou fora de controle. As pessoas que antes trabalhavam juntas, ou que tinham interesses ou objetivos em comum, passaram a aniquilar umas às outras com um afinco e uma loucura, e em uma quantidade tão grande, que logo todas as guerras anteriores foram ultrapassadas — e, quando esta finalmente acabou, tinha levado consigo oito milhões de pessoas. Foi uma tempestade de destruição, impossível de controlar, como se estivesse fora do alcance do humano, embora não estivesse, pois o que se revelou foram justamente as forças do ser humano, que as antigas culturas temiam mais do que qualquer outra coisa, porque, quando se permite que tomem forma, essas forças tendem a se reproduzir e se alastrar e podem trazer a destruição do todo. Era a violência latente, porém em uma escala até então jamais vista e acompanhada por armas industriais que transformavam a morte em uma morte industrial.

*

O Hitler que conhecemos foi criado durante a Primeira Guerra Mundial. Nada daquilo que Hitler fez e tornou-se desde então pode ser explicado sem a guerra como pano de fundo. A guerra foi um lar para ele; Hitler não tirou licença das trincheiras, não porque não pudesse, mas simplesmente porque não quis.

Quando a Alemanha capitulou, em outubro de 1918, ele se encontrava em um hospital militar na Pomerânia. Hitler reagiu à notícia com exasperação. Ele queria lutar até o último homem; qualquer outra coisa seria uma traição a tudo aquilo em que acreditava. A paz instaurada sem que os alemães tivessem sido fisicamente derrotados não poderia ser para ele outra coisa que não uma traição. É assim que ele descreve o ocorrido em *Minha luta*:

Os dias a seguir vieram, e com eles a mais terrível certeza de minha vida. Os rumores eram cada vez piores. O que eu imaginava ser uma situação local era supostamente uma revolução geral. Além disso, havia as notícias humilhantes do front. A capitulação era desejada. Seria mesmo possível?

No dia 10 de novembro o pastor chegou ao hospital militar para fazer um breve pronunciamento; assim nos inteiramos de tudo.

Fiquei completamente transtornado, mesmo durante a breve manifestação. Aquele senhor digno e vetusto parecia trêmulo ao comunicar-nos que a casa Hohenzollern não poderia mais usar a coroa do império, que nossa pátria havia se tornado uma "república" e que era preciso suplicar ao Todo-Poderoso para que não negasse bênçãos à mudança ocorrida e que não abandonasse o nosso povo durante os tempos vindouros. Ele não poderia ter agido de outra forma, era preciso exaltar a casa real em poucas palavras, mostrar apreciação por todos os benefícios que havia trazido à Pomerânia, à Prússia, não, a toda a pátria germânica e — nesse momento o pastor começou a chorar em silêncio — na pequena sala um profundo sentimento de pesar tomou conta de todos os corações, e acredito que nenhum de nós tenha sido capaz de conter as lágrimas. No entanto, quando esse provecto senhor fez menção de continuar o relato e começou a afirmar que precisávamos dar um fim àquela longa guerra, enfim, que no futuro nossa pátria, uma vez que a guerra tinha sido perdida e que nos encontrávamos à mercê dos vencedores, estaria sujeita a uma pesada opressão, e que o cessar-fogo tinha sido declarado com plena confiança na generosidade daqueles que até então tinham sido nossos inimigos — nesse ponto eu não pude me conter mais. Para mim tornou-se impossível permanecer lá. Enquanto mais uma vez minha visão obscurecia-se, fui tateando e tropeçando de volta ao quarto de dormir, atirei-me em minha cama e enterrei minha cabeça quente nos lençóis e travesseiros.

Desde o dia em que me vi diante do túmulo da minha mãe eu não havia mais chorado.

A fúria e a desgraça causadas por aquilo que Hitler vivenciou como uma traição construíram o motor de ódio que mais tarde haveria de dominar suas ideias e decisões políticas, que de outra forma seriam impensáveis. A cena em que Hitler enfia a cabeça nos travesseiros e chora aos poucos cede o lugar a uma sinistra imagem das consequências da traição:

> Naquele momento tudo foi em vão. Em vão todos os sacrifícios e privações, em vão a fome e a sede de meses com frequência intermináveis, inúteis as horas em que nós, assaltados pelo medo da morte, apesar de tudo cumpríamos nosso dever, e inútil a morte de dois milhões de homens que morreram ao cumpri--lo. Acaso não deviam se abrir as sepulturas dessas centenas de milhares de soldados, que por acreditar na pátria haviam partido outrora para nunca mais voltar? Acaso não deviam se abrir e devolver à pátria esses heróis silenciosos, manchados de terra e de sangue, como espíritos de vingança, uma vez que o maior sacrifício que um homem pode fazer nesse mundo em nome do povo a que pertence fora traído com tanto desprezo?

Essa horda de espíritos, esses dois milhões de soldados mortos manchados de terra e sangue de fato assombraram a Alemanha, foi para restaurar a honra deles e dar sentido ao sacrifício feito que Hitler preparou o país durante a década de 1930; essa perda seria vingada, os inimigos daquela época e os traidores da paz seriam destruídos, mas também porque a guerra em si tinha sido repleta de sentido para ele e para muitas pessoas daquela geração. O nazismo também era um culto à morte e um culto aos guerreiros; essa terrível imagem da vingança, as sepulturas que se abrem e os soldados que se levantam, sujos e ensanguentados, para assombrar o povo a que pertencem, encontrou outra expressão nos símbolos de caveiras usados mais tarde pela ss.

Ao contrário da maioria dos outros, Hitler não tinha nada para o que voltar quando a guerra acabou, então o que fez foi continuar no Exército, que além de sentido e de um rumo na vida havia lhe fornecido comida, abrigo e um trabalho definido por outras pessoas ao longo dos últimos quatro anos. Hitler voltou para Munique e se alistou no batalhão reserva do regimento em que havia servido durante a guerra.

Uma vez em Munique, o primeiro trabalho dele foi como vigia em um campo de prisioneiros durante dois meses. Depois foi vigia na Hauptbanhof de Munique, também na condição de representante de sua companhia. Na primavera de 1919, nos dias após a situação de guerra civil na cidade, Hitler foi selecionado por Karl Mayr, oficial responsável por um departamento de informação do Exército; a tarefa era vigiar elementos políticos suspeitos, ou seja, integrantes da esquerda radical, e também combater esse mesmo tipo de comportamento dentro do Exército. Segundo Kershaw, entre outras coisas, Hitler fez um "curso de instrução" antibolchevista, e foi lá que seu talento como orador foi notado pela primeira vez. Von Müller, o professor do curso, mencionou o fato a Mayr, que já o havia percebido. Em relação a Hitler, Mayr afirmou: "Quando o encontrei pela primeira vez, ele parecia um vira-latas à procura de um dono", e acrescentou que Hitler "mostrava-se disposto a se entregar por completo a qualquer pessoa que lhe desse uma demonstração de gentileza", segundo Toland. O mais notável na descrição de Hitler por volta dessa época, no entanto, é que estava "totalmente desinteressado no povo alemão e no que o destino lhe guardava". Não devia ser bem assim; o que Mayr observou foi que Hitler não falava a respeito disso. Arredio, discreto, atormentado, pálido, perdido — um vira-latas em busca de gentileza. Mayr lhe ofereceu justamente isso, ou pelo menos um pouco de direção: no fim do verão, o próprio Hitler ofereceu um "curso" pró-nacionalista e antibolchevista em um acampamento militar nos arredores de Augsburg. Nas palavras do próprio Hitler:

> Certo dia me ofereci para dar uma palestra. Um dos participantes julgou necessário tomar o partido dos judeus, e assim começou a defendê-los com longas elucubrações. Essa atitude levou-me a fazer uma contestação. A grande maioria dos participantes do curso presentes alinhou-se com o meu ponto de vista. O resultado, no entanto, foi que dias mais tarde passei a fazer parte do regimento em Munique composto pelos chamados "oficiais de formação".
>
> [...]
>
> Comecei cheio de entusiasmo e amor. Enfim oferecia-se a mim a oportunidade de falar diante de uma plateia maior; e aquilo que antes eu sempre havia simplesmente feito sem dar por mim, movido pelo mais puro instinto, de repente fez sentido: eu sabia "falar". Minha voz também estava tão melhor que pelo menos naquela pequena sala eu consegui me fazer ouvir claramente por toda parte.
>
> Nenhuma tarefa poderia deixar-me mais feliz do que essa, uma vez que assim eu poderia empregar o tempo que restava antes da minha dispensa para prestar serviços na instituição que eu trazia em meu coração: o Exército.
>
> Eu também poderia falar a respeito do sucesso: ao longo de minhas palestras, trouxe centenas, milhares de camaradas de volta ao seio de nosso povo e de

nossa pátria. Eu "nacionalizava" a tropa e assim também ajudava a fortalecer a disciplina geral.

Além do mais, durante esse tempo conheci uma grande quantidade de camaradas com ideias afins, que mais tarde viriam a liderar o novo movimento.

Hitler nunca foi um oficial de formação, e portanto exagerou em muito a quantidade de soldados que frequentaram seus cursos; jamais se poderia falar em milhares, mas é certo que a atividade que desempenhou foi um sucesso e que ele de fato conseguia trazer as pessoas para seu lado simplesmente ao falar. O professor Von Müller descreve assim o primeiro momento em que viu Hitler falar:

> Todos pareciam estar fixados no homem que se encontrava no meio e falava sem parar com uma estranha voz gutural, tomado por um arrebatamento cada vez maior: tive o singular pressentimento de que a agitação era obra dele, e que ao mesmo tempo dava-lhe a voz. Vi um rosto pálido e magro sob umas mechas de cabelo pouco soldadescas, com bigode curto e olhos extraordinariamente grandes, azuis e fanáticos que reluziam com um brilho frio.

A tarefa de Hitler era portanto oferecer cursos aos demais soldados e observar a profusão de partidos políticos que havia em Munique naquela época. Foi por força dessa última tarefa que, no outono de 1919, compareceu à assembleia de um pequeno partido chamado Partido dos Trabalhadores Alemães, cujo programa político era uma mistura de nacionalismo, socialismo e antissemitismo. O combate ao internacionalismo e ao judaísmo eram os dois princípios mais importantes. Passado um tempo, Hitler filiou-se ao partido, que passou a adotar o nome de Partido Nacional Socialista dos Trabalhadores Alemães e deixou de ser o pequeno partido com meia dúzia de membros a que Hitler tinha se associado para tornar-se o maior partido político da Alemanha em pouco mais de uma década.

Quatro dias depois da filiação, Hitler foi encarregado por Mayr de responder a um questionamento sobre a "questão judaica" que o setor havia recebido de um participante do curso. Hitler deu uma resposta longa e detalhada. Escreveu que os judeus eram uma raça, não uma religião, e que o antissemitismo não devia basear-se em sentimentos, mas em fatos. Uma reação instintiva levaria a pogroms, enquanto uma reação racional levaria necessariamente a uma redução sistemática dos direitos assegurados aos judeus. "O objetivo último, no entanto, deve invariavelmente ser o afastamento definitivo dos próprios judeus."

＊

Três anos mais tarde, no outono de 1922, o embaixador americano na Alemanha enviou um emissário a Munique para escrever um relatório sobre o novo e bem-sucedido partido nacional socialista e seu líder, Adolf Hitler. O emissário era o capitão Truman-Smith, e as instruções que recebeu eram de marcar um encontro com Hitler e fazer uma avaliação de caráter, personalidade, talentos e fraquezas pessoais, bem como analisar a força e o potencial do NSDAP, o partido a que pertencia. Do cônsul em Munique, Robert Murphy, o capitão ouviu que Hitler era "pura e simplesmente um aventureiro" e "uma personalidade capaz de explorar toda a insatisfação latente", mas que por outro lado não era "grande o bastante para assumir o comando do movimento nacionalista alemão". Depois de receber um convite de Scheubner-Richter, que se encontrava no círculo de Hitler e garantiu que o antissemitismo do partido não passava de propaganda, o capitão acompanhou uma inspeção das tropas de assalto feita por Hitler em frente ao novo quartel-general do partido:

> Uma visão insólita. Mil e duzentos dos mais robustos grosseirões que vi em toda a minha vida são inspecionados por Hitler enquanto fazem o passo de ganso sob a bandeira do Reich usando braçadeiras vermelhas com suásticas. Hitler, ao fim da inspeção, faz um discurso… e então brada, "Morte aos judeus" etc. etc. Um entusiasmo frenético tomou conta do lugar. Eu nunca tinha visto nada parecido em toda a minha vida.

Três dias mais tarde, na manhã do dia 22 de novembro, Truman-Smith teve um encontro pessoal com Hitler, que então detalhou a política do partido. Hitler disse que "somente uma ditadura poderia colocar a Alemanha novamente de pé", e que seria

> muito melhor para os Estados Unidos e para Inglaterra que a guerra definitiva entre a nossa civilização e o marxismo fosse travada em solo alemão, e não em solo americano ou inglês. Se os Estados Unidos não apoiarem o nacionalismo alemão, o bolchevismo tomará conta da Alemanha. Nesse caso não haveria mais nenhuma compensação a fazer, e, a fim de se preservarem, a Rússia e o bolchevismo alemão estariam obrigados a atacar os países do Ocidente.

Quanto aos judeus, Hitler não disse nada, de acordo com o livro de Toland, antes que Truman-Smith fizesse a respeito desse tema uma pergunta direta, respondida por Hitler de maneira desconcertante, uma vez que afirmou que defendia apenas que os judeus perdessem a nacionalidade e fossem excluídos da vida pública. Ao fim do encontro, Truman-Smith estava convencido de que Hitler seria um fator de poder na política da Alemanha. De Rosenberg, secretário de imprensa do partido, recebeu um bilhete relativo a uma reunião que Hitler haveria de presidir na mesma tarde. Mas o capitão não poderia comparecer, porque havia sido chamado de volta à embaixada e precisaria viajar rumo ao norte no trem noturno, e assim entregou o bilhete a Ernst Hanfstaengl, um contato que Warren Robbins, da embaixada, tinha em Munique; os dois haviam estudado juntos em Harvard. Hanfstaengl era filho de pai alemão e mãe americana, sendo ambos membros das mais altas classes dos respectivos países. A mãe era de uma conhecida família da Nova Inglaterra, a avó materna era prima do general Sedgwick, morto na guerra civil, e o avô materno era o general William Heine, nascido em Dresden e também envolvido na guerra civil, e um dos generais que haviam carregado o caixão de Abraham Lincoln. A mãe lembrava-se tanto da cerimônia fúnebre como das visitas de Wagner e Liszt que o pai recebia em Dresden. O lado paterno da família Hanfstaengl tinha sido conselheiro dos duques de Sachsen-Coburg-Gotha durante três gerações e havia produzido célebres mecenas; o avô dele tinha fundado uma firma de reprodução de obras de arte e fotografou, entre outros, três imperadores alemães, Moltke, Liszt e Wagner, bem como Ibsen, e a casa da família em Munique recebia visitas de pessoas de destaque, como Richard Strauss, Fridtjof Nansen e Mark Twain. Em outras palavras, Hanfstaengl era uma pessoa para quem o mundo estava aberto, ele pertencia à elite cultural de Munique e à elite cultural do nordeste dos Estados Unidos, e durante o tempo que esteve em Harvard encontrou dois presidentes, o presidente em exercício, Theodore Roosevelt, e o presidente seguinte, Franklin D. Roosevelt, bem como o poeta T.S. Eliot, sendo que não fazia segredo de nada disso, conforme deixa claro na pretensiosa introdução ao seu livro de memórias, *Unheard Witness*, lançado em 1957.

Foi ele quem, naquela noite de novembro de 1922, acompanhou Truman-Smith até o trem em Munique, onde mais tarde encontrou Rosenberg, que a princípio entregou-lhe o bilhete para o evento da tarde e depois o acompanhou até lá. Hanfstaengl descreve Rosenberg como "um sujeito enfermiço e desleixado que parecia meio judeu de maneira desagradável". Os dois pegam um bonde até a cervejaria Kindlkeller, que está lotada. Hanfstaengl senta-se junto à mesa reservada para a imprensa e pergunta aos jornalistas onde Hitler está. Ele aponta; Hitler está sentado ao lado de Max Amann, sargento de seu antigo regimento, e de Anton Drexler, fundador do partido a que Hitler tinha se afiliado três anos antes. A primeira impressão de Hanfstaengl foi a seguinte:

> Com as botas pesadas, o terno escuro e o colete de couro, com a gola meio engomada e o pequeno e estranho bigode, ele não parecia muito imponente — tinha a aparência de um garçom em um restaurante de estação ferroviária.

Quando Drexler apresenta Hitler, o júbilo se acirra. Hitler se levanta, passa ao lado da mesa de imprensa e sobe ao pódio com "passos rápidos e controlados, um inconfundível soldado em roupas civis". A atmosfera é elétrica, segundo Hanfstaengl, e o discurso que Hitler faz é absolutamente incrível.

> Ninguém que julgue a capacidade dele como orador a partir das aparições nos anos tardios pode ter uma impressão genuína dos talentos que tinha. À medida que o tempo passava, Hitler embeveceu-se com a própria oratória diante de grandes plateias e a voz dele perdeu o antigo caráter devido ao emprego de microfones e alto-falantes. Nos primeiros anos ele tinha um controle sobre a voz, as frases e o efeito que jamais foi igualado, e naquela noite estava em sua melhor forma.
> [...] Em um tom contido e reservado, ele pintou um retrato de tudo que se passara na Alemanha desde novembro de 1918; o colapso da monarquia e a capitulação em Versalhes; a fundação da república e a humilhação da culpa pela guerra; a falácia do marxismo internacional e a perda de rumo do pacifismo; o eterno motivo da guerra de classes e o impasse resultante entre trabalhadores e patrões, entre nacionalistas e socialistas.
> [...] À medida que sentia o público manifestar interesse por aquilo que tinha a dizer, ele virou cuidadosamente o pé esquerdo para o lado, como um soldado que assumisse a posição de descanso em câmera lenta, e começou a usar as mãos e os braços em gesticulações variadas, das quais tinha um repertório expressivo e diverso. Não havia nada parecido com os latidos e os relinchos que passou a usar mais tarde, e ele tinha um humor ácido e espirituoso que era eloquente sem ser ofensivo.

Hitler critica o imperador por ser fraco e critica os republicanos de Weimar por terem aceitado as exigências dos vencedores e assim privado a Alemanha de tudo, a não ser dos túmulos daqueles que morreram na guerra. Ele compara o movimento separatista e a exclusividade religiosa da Igreja católica na Baviera com a camaradagem entre os soldados entrincheirados, que jamais perguntavam a um camarada ferido qual era a religião dele antes de oferecer ajuda. Fala longamente sobre patriotismo e orgulho nacional, e aponta Kemal Atatürk na Turquia e Benito Mussolini na Itália como exemplos. Ataca todos aqueles que se beneficiaram da guerra, e é recebido com aplausos ao criticar o uso de moedas estrangeiras valiosas para importar laranjas da Itália enquanto a inflação leva metade da população a passar fome. Ataca os judeus que lucram com essa situação lamentável, e ataca os comunistas e os socialistas por desejarem interferir nas tradições alemãs.

Olhei para o público ao meu redor. Onde estava a multidão indiferente que eu tinha visto apenas uma hora atrás? O que de repente havia cativado aquelas pessoas, que, na situação desesperadora em que o marco cada vez mais desvalorizado as deixava, continuavam a travar uma luta diária para manter a dignidade? Os cochichos e o tilintar de canecos haviam desaparecido; todos pareciam sorver cada palavra. A poucos metros de mim, uma jovem tinha os olhos fixos no orador. Transfigurada como se estivesse em êxtase, ela havia deixado de ser a pessoa que era para entregar-se de corpo e alma à crença de Hitler na grandeza futura da Alemanha.

Ao fim do discurso, Hanfstaengl foi ao encontro de Hitler, que permanecia no pódio.

Ingênuo, mas assim mesmo poderoso, receptivo, mas assim mesmo intransigente, ele estava lá, com os cabelos e o rosto úmidos de suor, e a gola meio engomada, presa com um alfinete quadrado que imitava ouro, transformada em uma massa indiscernível. Ao falar ele secava o rosto com aquilo que outrora fora um lenço e olhava com uma expressão angustiada para as muitas saídas abertas por onde soprava o vento frio da noite de novembro.

— *Herr* Hitler, eu sou Hanfstaengl — eu disse. — O capitão Truman-Smith mandou-lhe lembranças.

— Ah, sim, o grande americano — ele respondeu.

— Ele me pediu que eu viesse até aqui para ouvir o seu discurso, e posso dizer que fiquei impressionado — eu prossegui. — Concordo com noventa e cinco por cento de tudo o que o senhor disse e gostaria muito de falar sobre o restante um dia desses.

— Ora, claro — disse Hitler. — Certamente não precisamos discutir por causa desses outros cinco por cento.

Ele causou-me a impressão agradável de um homem modesto e amistoso. Depois apertamos as mãos e eu fui para casa.

647

Existem muitas descrições sobre os discursos feitos por Hitler nessa época. As descrições de Hanfstaengl são especiais porque ele pertence à camada mais alta da sociedade, e não ao público de cervejaria que era a plateia cativa de Hitler, e o fato de que ele também percebe um talento extraordinário no caráter de Hitler sugere que o traço brutal, simplório e de gosto duvidoso presente em *Minha luta* não é o elemento mais importante quando ele fala. Hanfstaengl percebe que Hitler é um pequeno-burguês, mas também que o orador não se vê limitado por essa circunstância, que, por meio do fascínio que exerce e do talento para a oratória, por meio do carisma quase hipnótico que detém, ele se ergue acima disso e assume uma posição que lhe permite cativar praticamente todos, independente da classe a que pertençam. Ao mesmo tempo, o decisivo é justamente esse aspecto pequeno-burguês, pois, conforme Hanfstaengl escreve a respeito daquela noite, quando se deitou sem conseguir pegar no sono depois de ver e ouvir Hitler pela primeira vez:

> Enquanto todos os nossos políticos e oradores de viés conservador tinham fracassado redondamente em estabelecer contato com as pessoas comuns, esse autodidata, Hitler, evidentemente obtinha sucesso na apresentação de um programa não comunista justamente para as pessoas de cujo apoio precisávamos.

Quando Hitler ganha confiança e é convidado a fazer discursos, e descobre que é capaz de fazer isso, e que as pessoas têm interesse em ouvir o que tem a dizer, pela primeira vez sente-se livre em relação às próprias capacidades. Ele sente que pode usar aquilo que tem dentro de si sem ter de passar pela cabeça, apenas mantendo-se no lugar em que já se encontra, e o sentimento de domínio, de maestria e de competência deve tê-lo preenchido por completo. Ele tem trinta anos e ainda não obteve nenhum progresso em nada daquilo que tentou fazer. Pelo contrário: fracassou em tudo, deu errado em tudo, até o momento em que sobe ao pódio e olha para a massa que estava reunida no local. A enorme sensibilidade de Hitler, que ele corta por completo em relação às outras pessoas, seja ao mostrar-se retraído, evitando o olhar dos outros, mantendo-se calado, seja ao falar sem nenhuma pausa para assim manter as pessoas longe de si, essa enorme sensibilidade, com a qual é tão difícil de lidar em relação ao tu, pode enfim se manifestar, talvez pela primeira vez na vida dele, pois se por um lado Hitler está ciente do tu a ponto de querer trancá-lo do lado de fora com a obstinação de um autista, a consciência em relação ao nós não pode ser menor, e essa é uma grandeza para a qual ele pode se abrir, uma vez que não representa ameaça. Hitler abre-se para o nós, passa a reagir ao nós, pressente cada nuance do espírito coletivo e sabe como jogar com isso, pois ele mesmo não faz parte desse nós, mas se mantém do lado de fora para despertá-lo, alçá-lo, levá-lo ora para um lado, ora para o outro, e ele consegue fazer isso por ter sempre estado do lado de fora. Para ver as coisas, é necessário estar do lado de fora.

Somente alguém que se encontra fora da esfera social pode saber o que é isso, uma vez que a esfera social está para as pessoas que se encontram lá dentro como a água está para o peixe. Hitler rejeita o tu e mantém-se fora do nós, mas assim mesmo anseia por encontrá-lo, e é esse anseio que o nós percebe quando ele fala, porque o anseio pelo nós é a fundação do humano, que ganha força em tempos de crise e ganha força em meio ao caos, como aconteceu na Alemanha durante a década de 1920, e em meio a tudo isso Hitler arde com uma força enorme. Não vamos ouvir o que ele tem a dizer, porque as pessoas tampouco ouviam, mas vamos ouvir a maneira como ele diz, os sentimentos que o fazem transbordar, pois é a essas coisas que as pessoas reagem, é isso que percebem, e é isso que bebem como se fosse água. Ah, esse é o anseio por companhia, o anseio por igualdade, o anseio por fazer parte de um grupo. As coisas mais simples são as mais verdadeiras, e essa é a verdade a respeito de Hitler, o anseio dele pelo nós encontrou-se em um nível muito profundo com o próprio nós — todos os relatos sobre os discursos que fez naquela época mencionam a forma como a multidão variada de pessoas que gritam e berram e clamam e brigam e riem de repente se acalma e torna-se uma só. As coisas mais simples são as mais verdadeiras, e o ódio contra os judeus representa a ideia mais simples de todas: a necessidade que o nós tem de um eles, a estrutura mimética fundamental da violência, do um contra o outro, reproduzida através do ritual, de um nós contra um eles, que é então sacrificado para que o nós permaneça, sozinho e íntegro. Essa necessidade também se acentua em períodos de crise, pois é uma das formas fundamentais da cultura, uma de suas condições, à qual sempre retornamos. Para Hitler o anseio pelo nós é também o anseio pela guerra, e o papel que a guerra desempenhou em tudo que aconteceu não pode ser subestimado.

Ernst Hanfstaengl foi um dos que viram esse aspecto com maior clareza. Ele escreveu:

> Todos conhecíamos, porém ignorávamos, as implicações mais profundas trazidas pelo fato de que o primeiro desabrochar de sua personalidade ocorrera na época de soldado.
>
> [...] Quando ele falava em nacional-socialismo, o que pretendia dizer na verdade era militar-socialismo, o socialismo inserido em uma estrutura de disci-

plina militar, ou, em termos civis, um socialismo policial. Não sei a que altura do caminho essa ideia se formou no intelecto dele, mas o germe estava lá o tempo inteiro.

Quando Hitler se filiou ao Partido dos Trabalhadores Alemães, esse grupo de pessoas mal formava um partido. Nas primeiras assembleias, ocorridas em 1919, quando Drexler, o líder do partido, falou, havia respectivamente dez, trinta e oito e quarenta e um afiliados presentes. Com Hitler no pódio, a situação sofreu uma transformação radical. Ele falou em mais de trinta eventos públicos em 1920, atraindo de oitocentas a 2500 pessoas em cada uma das vezes, segundo Kershaw, e o número de afiliados do partido teve um crescimento correspondente: foi de 190 em janeiro de 1920 para 2 mil um ano mais tarde, e para 3300 seis meses depois. Hitler foi visto — em um primeiro momento, pelos outros afiliados do partido, depois pelos habitantes de Munique. As pessoas que o viram nas primeiras assembleias do partido viram-no como uma pessoa útil e decidiram acompanhá-lo, o que serviu para libertá-lo ainda mais, ou seja, para ampliar seu raio de influência e permitir que tivesse cada vez mais encontros com pessoas novas, aparecesse cada vez mais em novos contextos. Um dos primeiros membros do partido foi particularmente importante nesse sentido: Dietrich Eckart, o tradutor de Ibsen, poeta, morfinômano e antissemita que logo manifestou interesse por Hitler e tornou-se seu mentor. Eckart era vinte anos mais velho, um homem culto e de formação sólida, mas também direto e bruto, que levou Hitler a fazer sua primeira viagem de avião, a Berlim, levou-o ao teatro, comprou-lhe um sobretudo, ensinou-lhe a escrever, publicou seus primeiros textos, apresentou-o a círculos sociais aos quais antes não tinha acesso e abriu-lhe todo o ambiente da extrema direita em Munique, e também ofereceu estímulos e argumentos para o antissemitismo e o anticomunismo dele. "Esse homem é o futuro da Alemanha", ele costumava dizer a respeito de Hitler, segundo Timothy W. Ryback. "Um dia o mundo inteiro vai falar a respeito dele." Eckart foi uma espécie de figura paterna para Hitler, que ao mesmo tempo sentia-se lisonjeado com a atenção que recebia e absorvia tudo aquilo que Eckart lhe ensinava. Três anos antes de ser apresentado a Hitler, Eckart teria dito em certa ocasião:

Precisamos ter à frente um sujeito que esteja acostumado ao som de metralhadoras. Alguém capaz de fazer medo às pessoas. Não preciso de um oficial; as pessoas perderam o respeito por essa gente. O ideal seria um trabalhador que saiba falar do jeito certo. [...] Não é preciso muito juízo, porque a política é a atividade mais estúpida do mundo. Qualquer vendedora do mercado em

Munique sabe tanto quanto um político. Prefiro um macaco cheio de si, que saiba dar respostas atravessadas aos vermelhos e não fuja tão logo alguém surja com uma perna de cadeira na mão, a uma dúzia de professores acadêmicos que sentam tremendo e com as calças mijadas para discutir fatos. E ele precisa ser jovem. Assim pegamos também as mulheres!

Poucos seriam mais adequados a essa descrição do que Hitler. Quando Hanfstaengl, nascido em 1887, e portanto dois anos mais velho que Hitler, conheceu-o, Hitler tinha trinta e quatro anos. Tinha conseguido fazer progresso pela primeira vez na vida, e pela primeira vez na vida tinha coisas a oferecer para os outros, e não apenas a si mesmo, mas nas descrições de Hanfstaengl ele aparece grosso modo como o mesmo personagem descrito por Kubizek na época de Linz e de Viena. Depois da primeira noite ele assiste a mais um discurso, e a impressão que tem de Hitler torna-se um pouco mais nuanceada, porque o orador vai mais longe nessa segunda ocasião, oferecendo a sugestão tresloucada de começar uma guerra de guerrilha contra a França, e Hanfstaengl pensa que aquela forma de falar é típica de um desesperado. A visão de Hitler no que diz respeito à política externa é classificada de alarmante, desproporcional e extravagante. Mas assim mesmo Hanfstaengl sente-se atraído por aquele homem e se pergunta o que pode haver nas profundezas daquele intelecto fascinante, e então, depois de assistir ao terceiro discurso, finalmente apresenta Hitler à sua esposa e à esposa do artista plástico Olaf Gulbransson e o convida para uma visita em casa. Logo Hanfstaengl passa a integrar o círculo que gira em torno de Hitler, em parte porque aquelas pessoas, graças à extensa rede de Hanfstaengl, consideram-no útil. Hanfstaengl financia novas imprensas para o semanário do partido, empenha-se na publicação de artigos sobre a situação de outros países e escreve que ele mesmo tentou influenciar a visão de Hitler em relação à política externa, que vê como demasiado continental, demasiado estreita e demasiado influenciada por Rosenberg e seu círculo, por quem Hanfstaengl nutre desprezo, para não dizer repulsa, uma vez que promovem o ódio contra os judeus e contra os russos. Hitler ouve com atenção a tudo aquilo que ele tem a dizer, segundo escreve Hanfstaengl, mas, no que dizia respeito aos EUA, por exemplo, Hitler estava mais preocupado com as dimensões dos arranha-céus e com os progressos na área técnica do que com a situação política, a não ser pela Ku Klux Klan, que Hitler imaginava ser um movimento político não muito diferente daquele que liderava, e por Henry Ford, não pela importância que tinha como fabricante de automóveis e inovador, mas como antissemita.

Na casa de Hanfstaengl, Hitler causou boa impressão, cortejou a esposa do anfitrião, mandou-lhe flores, beijou-lhe a mão, flertou com o olhar e brincou com o filho do casal, demonstrando o tipo de espontaneidade que as crianças admiram. Com o terno demasiado justo e o comportamento ao mesmo tempo cortês, humilde e formal, o histórico social veio à tona, segundo Hanfstaengl; Hitler falava como as pessoas de classe baixa falam com pessoas mais estudadas ou com títulos mais importantes. Os modos à mesa eram bons, mas ele tinha uma preferência incomum e estranha por tudo aquilo que era doce; Hanfstaengl escreve que nunca tinha conhecido alguém com tanta vocação para formiga quanto Hitler. A certa altura, Hanfstaengl serve "uma garrafa do melhor Gewürztraminer do Príncipe Metternich", sai da sala de jantar para atender o telefone e, ao voltar, vê Hitler despejando uma enorme colher de açúcar no vinho.

Hanfstaengl visita o apartamento da Thierschstrasse 41, onde Hitler mora como um burocrata pobre, em austeridade extrema: o apartamento tem um pequeno quartinho com uma cama grande demais para o canto que ocupa e com uma guarda que tapa parcialmente a janela estreita. O chão é revestido de linóleo barato e uns poucos tapetes que mais parecem trapos, e a parede no lado oposto à cama é ocupada por uma estante de livros, bem como por uma cadeira e uma escrivaninha. Isso era tudo. A sra. Reichert, a senhoria, que era também judia, considerava Hitler um inquilino ideal.

> Ele é um homem muito simpático, apesar das extraordinárias variações de humor. Há semanas durante as quais parece estar muito azedo e sequer nos dirige a palavra. Olha através de nós, como se não estivéssemos lá. E sempre paga o aluguel adiantado, mas no fundo é um tipo boêmio.

Na parede do corredor havia um piano, e certa vez, quando teve de ir ao tribunal como testemunha de um caso, Hitler pediu a Hanfstaengl que tocasse um pouco a fim de acalmá-lo. Hanfstaengl fez como ele havia pedido. Primeiro Bach, que não desperta o interesse de Hitler; ele simplesmente balança a cabeça de leve, de maneira vaga e desinteressada. Mas, quando Hanfstaengl começa a tocar o prelúdio de *Os mestres cantores de Nuremberg*, de Wagner, é como se Hitler de repente acordasse:

> Era aquilo. Aquele era o chão de Hitler. Ele conhecia a peça de cor e sabia assoviar cada uma das notas em um vibrato estranhamente penetrante, porém muito afinado. Ele pôs-se a marchar de um lado para o outro pelo corredor enquanto agitava os braços, como se estivesse dirigindo uma orquestra. De fato

tinha um sentimento notável pelo espírito da música, tão bom como o de muitos regentes. A música afetava-o fisicamente, e quando terminei a parte final ele estava de excelente humor; todas as preocupações haviam desaparecido e ele estava pronto para encarar o procurador.

Kershaw descreve o mesmo acontecimento, e, como se trata de uma cena ocorrida somente entre Hanfstaengl e Hitler, não existe nenhuma outra fonte a não ser o livro de Hanfstaengl. Kershaw o reproduz da seguinte maneira:

Hitler impressionou-se com o talento de Putzi como pianista, e em particular com a desenvoltura que evidenciava ao tocar Wagner. Acompanhou Putzi assoviando a melodia e marchando de um lado para o outro, agitando os braços como se fosse o regente de uma orquestra, relaxando visivelmente durante esse processo.

Nas partes em que Hanfstaengl é a fonte, Kershaw chama-o consistentemente pelo apelido pejorativo de "Putzi", e o interesse de Hitler por Wagner é apresentado como bizarro e vem acompanhado pelo irônico comentário de que estava "relaxando visivelmente durante esse processo", deixando subentendido que somente uma pessoa como Hitler poderia relaxar com uma coisa tão absurda. Hanfstaengl não retrata Hitler como um cretino, mas, pelo contrário, aprecia sua vivência e sua compreensão musical. O detalhe de que Hitler sabia assoviar sinfonias completas de Wagner parece inegavelmente um pouco estranho, porém o mesmo acontecia com Wittgenstein, que também sabia assoviar Wagner à perfeição e costumava entreter os convidados com esse talento, como uma espécie de número de salão. Em uma biografia de Wittgenstein, seria impensável que o biógrafo ridicularizasse a musicalidade desse grande filósofo, mesmo que a musicalidade se manifestasse sob a forma um pouco inusitada de um assovio, mas no que diz respeito a Hitler da maneira como Kershaw o descreve, tudo que ele faz torna-se suspeito ou ridículo. Outro exemplo. Hanfstaengl escreve:

As pessoas mais próximas de Hitler eram praticamente todas humildes. Depois que o conheci, passei a comparecer, nas segundas-feiras ao entardecer, à *Stammtisch* do Café Neumaier, um antigo café na esquina da Petersplatz com o Viktualienmarkt. O longo recinto irregular, com bancos e lambris ao longo das paredes, tinha lugar para cerca de cem convidados. Era lá que ele costumava reunir os mais antigos apoiadores, muitos deles casais de meia-idade que apareciam para consumir um jantar modesto e que muitas vezes já levavam consigo parte da refeição. Hitler queria falar *en famille* para experimentar a técnica e o efeito de suas ideias mais recentes.

Kershaw reproduz o mesmo trecho da seguinte maneira:

Quando Putzi Hanfstaengl, que era um homem culto e americano por parte de mãe, e que além disso viria a tornar-se Secretário de Imprensa Internacional, conheceu-o no fim de 1922, Hitler tinha uma mesa com reserva fixa às segundas--feiras ao entardecer no antigo Café Neumaier, junto ao Viktualienmarkt. [...] No longo cômodo, com fileiras de bancos e mesas com frequência ocupados por casais de velhos, os asseclas de Hitler discutiam política ou escutavam seus monólogos sobre arte e arquitetura enquanto comiam os quitutes que haviam levado de casa e bebiam litros de cerveja ou xícaras e mais xícaras de café.

Os apoiadores de Hitler nessas tardes, pessoas de meia-idade e casais humildes, transformam-se no livro de Kershaw em "com frequência ocupados por casais de velhos", ou seja, em primeiro lugar, não pessoas de meia-idade, mas velhos, e, em segundo lugar, pessoas representadas de maneira a sugerir que os casais de velhos lá sentados seriam clientes ocasionais que nem ao menos conheciam Hitler. Por quê? Porque casais humildes de meia-idade reunidos ao redor de Hitler em um restaurante agradável conferem a Hitler uma aura respeitável e decente que vai contra a imagem que Kershaw tem dele. Como resultado, na versão de Kershaw os convidados não jantam, mas comem "quitutes" acompanhados por "litros de cerveja", o que sequer é mencionado no texto-fonte, mas acrescentado por Kershaw, sem dúvida para causar a impressão de uma taverna — um acréscimo que não pode estar de todo errado, pois com certeza havia alguém bebendo cerveja por lá — e café, o que também é inventado e transformado em uma coisa suspeita com a frase "xícaras e mais xícaras de café".

Hanfstaengl continua com uma descrição das pessoas que integravam o círculo mais próximo de Hitler naquela época, todas presentes nesses encontros sociais e políticos ao entardecer de segunda-feira.

Mesmo que Hanfstaengl não seja a fonte mais confiável do mundo, uma vez que também passou uma década no círculo ao redor de Hitler e por isso ser chamado de nazista, com direito a tudo o que essa denominação traz em termos de rejeição, ele oferece um retrato bastante nuanceado de Hitler e de seus apoiadores pelo simples fato de não ser tendencioso. São justamente essas nuances nas descrições de Hanfstaengl que lhes dão credibilidade, e que também as tornam interessantes, tanto no que diz respeito ao retrato de Hitler e à compreensão do fascínio que exercia, que simplesmente não podia estar limitado ao apelo de um criminoso estúpido e pobre de espírito, mas também devia mostrar-se acompanhado de outros aspectos, pois de outra forma seria inconcebível que tivesse sucesso na empresa de arrastar consigo um povo inteiro rumo ao fundo do abismo. Hitler era humano, seus camaradas de convívio e de partido eram humanos. Isso não é o mesmo que dizer que eram bons; o mal e a brutalidade também são características humanas. Christian Weber, o calejado negociante de cavalos e agressor de comunistas, também tem um outro lado. Hanfstaengl escreve, por exemplo, que ele sentia-se lisonjeado ao entrar na casa de pessoas da classe alta; o que isso diz em relação ao sentimento de pertencença a uma classe social? O que ele mais deseja é ter um trabalho garantido e um pouco de decência na vida. E Hanfstaengl escreve que o endurecido Weber tem uma compreensão intuitiva do abismo sem fundo no pensamento de Hitler, e que pressente tudo aquilo que Hitler é capaz de fazer — ou seja, tudo parece estranho, pelo menos para uma pessoa que sabe, talvez por experiência própria, do que as pessoas são capazes, e como essas disposições se revelam. Outro que tem o mesmo pressentimento é Eckart, o mentor de Hitler, que "já tinha começado a se arrepender". Por quê? Há também Drexler, o representante do sindicato, que não se conforma com a violência cada vez mais difundida. Todos os que acompanham Hitler nessas tardes de segunda-feira andam armados, e o próprio Hitler tem uma pistola no bolso do paletó, mesmo durante os discursos. Essas tardes são estranhas justamente pela mistura de pessoas humildes e de fanáticos obcecados, um dos quais esteja talvez implicado no assassinato político de maior consequência na República de Weimar: a execução do ministro Rathenau. Hitler se encontra no centro desse grupo. Ele assovia sinfonias inteiras enquanto as rege, não tem coragem de se aproximar de mulheres com a sua idade, adora bolos e toda sorte de guloseimas, tem uma cruz de ferro de primeira ordem pela coragem em batalha, leva uma vida boêmia e misteriosa em um apartamento pobre, nunca faz aquilo que foi combinado, com frequência é visto em salões de exposição de vendedores de automóveis e, quando está acompanhado, fala sem parar. Não admite que outras pessoas dominem as situações de que participa, e nesses casos mente para reocupar o centro da atenção, ele é um sabichão, usa pantufas quando está em casa, faz boas paródias dos outros, em particular a imitação cômica mas fiel da esposa de Göring e do sotaque de sueca, e também imita os surtos de fúria de Amann e os ataques de Quirin Diesl contra um oponente político, mas seu número principal é o do nacionalista quase professoral com uma profunda consciência política que vocifera sobre a espada de Siegfried e a águia germânica de forma insuportavelmente pomposa, segundo escreve Hanfstaengl, acrescentando que Hitler também havia memorizado uma série de versos de um poema terrível que um admirador tinha escrito para ele, com incontáveis rimas em —itler, que ele recitava com enorme gosto e que fazia as lágrimas escorrerem pelos rostos da plateia. Além do mais, ele preenche os cadastros dos hotéis com o título de "escritor", não é um admirador da natureza, nunca lê romances, admira Cromwell, mas principalmente Frederico, o grande, sente uma forte atração pela morte, idealiza a guerra, escreve poemas sobre a mãe, detesta os judeus e tudo aquilo que é judaico, se interessa pela eugenia e lê tudo o que encontra a respeito de biologia racial, nunca leu Nietzsche, mas considera a prosa do filósofo o mais belo alemão que existe, leu Fichte e Schopenhauer e tem Leda e o cisne como motivo favorito na arte. É esse homem que nos fins de tarde de segunda-feira senta-se no Café Neumaier, rodeado por camaradas do partido e apoiadores, com uma pistola no bolso e uma tropa militarizada de jovens que batem em comunistas e em outras pessoas que pensam de maneira diferente. Ele escreveu uma carta afirmando que os judeus deviam ser afastados da sociedade e falou contra eles em todos os muitos discursos que fez. É uma opinião compartilhada por muitas outras pessoas, especialmente difundida entre aquelas que pertencem às classes mais baixas da sociedade; as camadas mais altas, onde o poder em geral se encontra, veem-na como inadequada e vulgar, como a transgressão a uma norma acima de tudo estética ou classista. Thomas Mann, que se encontra na mesma cidade, talvez a poucas ruas do Café Neumaier, não odeia os judeus, essa ideia lhe seria impossível. Ele recebeu a guerra de braços abertos, o sangue derramado representava uma coisa verdadeira e importante, o contrário da hipocrisia e da leviandade da civilização, e esse é um ponto de vista extremo em nossa época, mas assim mesmo dentro dos limites do aceitável, inclusive porque Thomas Mann o retirou ao fim da guerra. Mas Hitler e Mann estavam na mesma cidade, ao mesmo tempo. Será que Hitler é mau em relação a Mann? Mesmo antes que alguém faça qualquer coisa de errado? O que é o mal? O antissemitismo? O que fez com que Mann não fosse antissemita, e que Hitler fosse? A formação? Será que o antissemitismo é uma questão de classe? Ou será uma questão de moralidade pessoal, ou seja, uma diferença qualitativa e individual entre diferentes pessoas? O nazismo veio evidentemente do fundo, Drexler era ferreiro e sindicalista, Weber era negociante de cavalos, a maioria dos outros vinha, como Hitler, da parte mais baixa da classe média, da camada dos funcionários públicos e burocratas, e de uma forma ou de outra todos haviam fracassado na vida ou sido marginalizados. A exceção era

Eckart, mas ele era um dissidente, afinal não são muitos os poetas que foram morfinômanos e antissemitas, enquanto figuras como Rosenberg e mais tarde Himmler e Goebbels eram fanáticos. Os apoiadores, os casais de meia-idade, também pertenciam à classe trabalhadora e à camada mais baixa da classe média, ou seja, eram pessoas sem posses, aquelas que foram afetadas de forma mais dura pela crise que tomou conta da Alemanha. As pessoas levavam de casa parte do jantar que consumiam no restaurante. Era essa a situação ao redor de Hitler em 1922, antes que de fato tivesse aparecido e ganhado fama por todo o país. Mas o simples fato de que Truman-Smith foi enviado para encontrá-lo, e de que Hanfstaengl associou-se a esse círculo interno, significa que o movimento já havia começado. Todas as condições para o que aconteceu depois já estavam presentes àquela altura. Em Hitler, que se revelou um verdadeiro gênio como orador popular, mas que também deve ter revelado outras facetas percebidas como assustadoras, segundo Hanfstaengl escreve; em Drexler, que exige decência, e em Hanfstaengl, que deseja ter de volta o reino forte, alemão e estável, e em Rosenberg, que por conta da ascendência estoniana detesta a Rússia e nutre o antissemitismo típico do leste da Europa, que, segundo Sebastian Hafner, era expresso de maneira distintamente brutal e violenta em relação ao antissemitismo do oeste, e nos casais anônimos de meia-idade que vinham da baixa classe média. Em relação a esse círculo, Toland escreve:

> Assim eram os homens próximos de Hitler. O movimento chegava a todas as classes sociais, e assim todos os tipos encontravam-se representados — o intelectual, o brigão de rua, o fanático, o idealista, o vândalo, o aventureiro, o homem de princípios e o homem sem princípios, os trabalhadores e os nobres. Havia almas suaves e implacáveis, patifes e homens bem-intencionados; escritores, pintores, trabalhadores, lojistas, dentistas, estudantes, soldados e sacerdotes. O apelo que Hitler exercia era bastante amplo, e ele tinha uma mente aberta o bastante para aceitar um viciado em drogas como Eckart ou um homossexual como o capitão Röhm.

De acordo com Toland, Hitler jamais subestimava um apoiador, por mais que se tratasse de uma pessoa humilde ou mesmo pobre; ele abriu novos escritórios do partido para os apoiadores necessitados e os desempregados e para os membros do partido que precisavam de um abrigo contra o frio. Ao mesmo tempo, ele também olhava para cima e fazia visitas a diversos magnatas da indústria que simpatizavam com o movimento para obter apoio econômico, e graças a Hanfstaengl pôde adentrar o convívio social da classe alta.

Ele o apresentou a William Bayard Hale, ex-colega de aula do presidente Wilson em Princeton e na época correspondente-chefe da redação europeia dos jornais Hearst, ao artista Wilhelm Funk, que tinha um salão frequentado por pessoas como o príncipe Henckel-Donnersmarck, e a muitos outros empresários ricos de tendências nacionalistas, segundo escreve Hanfstaengl, que nunca esconde a atração que sentia pela nobreza e pela celebridade; mais adiante ele leva Hitler para conhecer a família de Fritz-August von Kaulbach, que se interessava por arte; Hanfstaengl tinha a esperança de que os dois se acertassem e de que assim Hitler se deixasse influenciar pela cultura da família. Depois levou-o para conhecer Bruckmann, que tocava uma grande editora em Munique e que, entre outros livros, publicava Chamberlain, o célebre antissemita. Elsa Bruckmann, nascida princesa Cantacuzène, tornou-se uma das protegidas de Hitler, mas, como também se ocupa de Rosenberg, Hanfstaengl decide cortar o contato por julgar indigno que a mulher de uma "família que havia recebido Nietzsche, Rainer Maria Rilke e Spengler" aceitasse um charlatão daquele calibre.

Hitler tinha um jeito ingênuo e meio apalermado nesses contextos, segundo escreve Hanfstaengl, particularmente depois de um jantar na casa da família Bechstein, quando Hitler sente-se desconfortável com toda a opulência do lugar, uma vez que usava o terno azul comum e meio apertado de sempre. A sra. Bechstein convence-o a comprar um smoking e sapatos de couro feitos sob medida, o que ele faz, embora praticamente nunca os calce, a não ser pelos sapatos, que passa um tempo usando sem parar depois de ser alertado quanto ao efeito que teria para o líder de um partido de trabalhadores apresentar-se daquela forma, com os trajes da classe dominante.

Tanto a sra. Bechstein como a sra. Bruckmann demonstram um cuidado maternal para com Hitler, e Hanfstaengl menciona duas ou três mulheres assim na vida de Hitler, com mais ou menos a idade que a mãe dele teria e pelas quais ele sente uma atração notável, talvez por serem ao mesmo tempo maternais e carinhosas, e também porque se revelam completamente inofensivas do ponto de vista sexual. Ele não conhece nenhuma outra mulher, não tem nenhum relacionamento e, segundo Hanfstaengl, nenhum tipo de vida sexual. Infatua-se por mulheres bonitas e toma-se de paixão por algumas delas, dentre as quais a própria esposa de Hanfstaengl, mas sempre de uma forma completamente platônica e descompromissada.

> Uma coisa que notei muito cedo foi a ausência de um fator vital na existência de Hitler. Ele não tinha uma vida sexual normal. Já mencionei que ele havia desenvolvido uma paixão pela minha esposa, que se manifestava por meio de

flores e beijos na mão e um brilho de adoração em seu olhar. Provavelmente ela foi a primeira mulher bonita de boa família que ele conheceu, mas por um motivo ou outro não parecia haver uma atração física. Essa particularidade devia-se em parte ao extraordinário talento de Hitler para a dramatização, em parte aos complexos ocultos e a uma insuficiência constante que podia ser congênita ou adquirida durante uma infecção por sífilis durante a juventude em Viena.

Nesse período inicial eu ainda não conhecia os detalhes, e não era possível fazer mais do que pressentir que havia um problema. Lá estava aquele homem com um acúmulo vulcânico de energia nervosa sem nenhuma válvula de escape conhecida, a não ser pelas aparições dignas de um médium na tribuna. A maioria das amigas e conhecidas dele fazia o tipo maternal, Frau Bruckmann e Frau Bechstein.

Havia uma outra amiga sexagenária que cheguei a conhecer, chamada Carola Hoffmann, uma professora aposentada com uma casinha em Solln, nos arredores de Munique, que Hitler e seus correligionários usavam como uma espécie de subquartel-general, onde essa boa senhora mimava Hitler e oferecia-lhe bolos.

A fúria de Hitler quando levou Kubizek para o bairro de prostituição em Viena, não sem um certo desejo, evidentemente tão repugnante quanto sedutor; a rejeição total de qualquer sugestão de bordéis e garotas francesas nas trincheiras, o duradouro amor à distância por Stefanie em Linz, que ele jamais se atreveu a revelar, as tiradas sobre a depravação sexual no presente, a abstenção de qualquer forma de masturbação, a repulsa por bactérias e contaminação e a retidão, para não dizer pudor, em relação a tudo que dizia respeito ao corpo e à moral. Na prateleira mais baixa do apartamento, Hitler tinha livros de natureza semipornográfica, de acordo com Hanfstaengl, e é disso que se trata, do feminino como uma coisa pura, do feminino como ideal, como uma coisa que ele pudesse admirar e com a qual pudesse sonhar, desde que se mantivesse à distância, mas que se transforma em uma grave ameaça assim que corre o risco de adentrar o mundo dele como uma realidade física. Hitler desenvolveu um grau muito elevado de fobia em relação a qualquer tipo de intimidade, o que também inclui a fobia ao sexo, ele não consegue lidar com os aspectos físicos e corpóreos, nem com a intimidade. A mulher como "isto", ou seja, como o belo nos sonhos dele, mas não como "tu", na intimidade dele. Todas as mulheres com quem Hitler se relacionou, que não foram muitas, tinham em comum o fato de serem bem mais jovens do que ele, por vezes quase menores de idade. Uma das meninas que ele cortejou foi Maria Reiter, que havia conhecido junto com a irmã em

1926, logo após a publicação de *Minha luta*; ela era muito jovem e os dois se conheceram em um parque enquanto passeavam com os cachorros. Falaram durante uma hora, Hitler as convidou para um de seus discursos, para uma plateia fechada, lançou diversos olhares para Maria enquanto falava, acompanhou-a até em casa, pôs as mãos nos ombros dela e tentou abraçá-la, mas os cachorros avançaram um contra o outro e Hitler, fora de si de tanta raiva, açoitou seu cachorro com o chicote que sempre carregava nessa época. Depois os dois voltaram a se encontrar em diversas outras ocasiões, de acordo com Liljegren; Hitler pediu a ela que lhe chamasse de Wolf, e ele a chamava de Mizzi. Os dois visitaram o túmulo da mãe dela e fizeram piqueniques e passeios de carro. Hitler tinha trinta e sete anos, ela tinha dezesseis. Maria conta que uma vez ele a beijou. No aniversário dela, ele deu-lhe um bracelete de ouro e os dois volumes de *Minha luta* encadernados em couro vermelho com a seguinte dedicatória: "Lê esses livros e hás de me entender". O pai dela, que era social-democrata, não gostou de saber que a filha tinha um relacionamento com o líder dos nazistas. Na época, Hitler escreveu a seguinte carta para ela:

> Mesmo quando os pais deixam de entender os filhos, porque estes se tornaram mais velhos, não apenas em anos, mas também em sentimentos, na verdade o que lhes desejam sinceramente é apenas o bem. Por mais feliz que o teu amor me faça, peço com todo o meu coração, por nós, que ouças o teu pai.

Pouco mais de um ano depois, Hitler começou a perder o interesse por Maria, e, quando esta descobriu que ele havia passado uma noite no apartamento de Munique sem contatá-la, tentou enforcar-se com uma corda de varal, mas foi salva pelo cunhado, segundo Liljegren. A relação era evidentemente platônica, assim como a relação que anos mais tarde Hitler teve com a sobrinha, Geli, de quem sua irmã Angela estava grávida quando os dois enterraram a mãe.

Geli tinha dezenove anos quando se mudou para Munique para estudar; ela apaixonou-se por Maurice, o chofer de Hitler, e os dois noivaram, o que deixou Hitler furioso. Em uma carta para Maurice, no entanto, Geli escreveu, "o tio A. me prometeu que vamos continuar a nos ver, e até mesmo com frequência. Ele é mesmo de ouro". Mas o chofer, que acompanhava Hitler desde 1921 e era uma espécie de ordenança e pau para toda obra, foi cortado. Mais tarde diria que Hitler "amava-a, mas era um amor estranho e inconfessado". O próprio Hitler mais tarde afirmou: "Não há nada mais belo do que arranjar uma jovenzinha para si; uma moça de dezoito, vinte anos é moldável como a cera". Quando Hitler mudou-se para um apartamento maior em 1929, Geli foi morar com ele. Ele a mimou, ela ganhava dele tudo que pedia, a não ser liberdade — quando saía, era sempre acompanhada, e nunca encontrava pessoas de sua idade, mas apenas os companheiros de partido de Hitler. Após dois anos vivendo assim ela pôs fim à própria vida; Hitler estava a caminho de Bayreuth quando Geli se deu um tiro no quarto com a pistola dele. O tiro foi no coração. Durante o interrogatório da polícia, Hitler disse que os dois haviam brigado antes de ele partir, ela queria ir a Viena estudar canto e Hitler negou-se a aceitar, mas ela estava calma e havia se despedido dele antes da viagem. A empregada Anni Winter, por sua vez, disse que Geli encontrara uma carta no bolso do paletó de Hitler enquanto as duas limpavam o quarto dele naquele mesmo dia. A carta era de uma outra jovem de aparência inocente que Hitler havia começado a cortejar. Ela tinha dezoito anos, era Eva Braun, que por fim também haveria de cometer suicídio.

Quando Hanfstaengl conheceu Hitler, ele não mantinha nenhum tipo de relacionamento; se isso significava que sofria de uma impotência física, como Hanfstaengl acreditava, seria impossível dizer, mas há muitos indícios de que sentia desinteresse ou até mesmo temor em relação ao sexo. A esposa de Hanfstaengl descreveu Hitler como assexuado ou assexual; essa é uma observação interessante sobre a aura dele, a corte dele se parecia mais com uma pantomima incorpórea, uma imagem de corte, uma imagem do desejo, não o desejo em si, que era completamente contido, ou seja, reprimido. Também havia um elemento feminino em Hitler, como se pode notar em várias filmagens dos discursos que fez, a gesticulação com frequência é muito feminina, a maneira como ele tira a franja para o lado idem, o corpo dele é magro e pouco másculo, a voz com frequência transita nos registros mais agudos. Ao mesmo tempo fora em um ambiente tipicamente masculino que ele enfim havia encontrado seu lugar, e sempre estava cercado de apetrechos masculinos, chicote, pistola, cachorro, botas e uniformes militares, o que não parece estranho, porque um ambiente másculo como o Exército não é um ambiente intimista, mas baseia-se na distância, concentra-se na ação e na resolução, sem abraços, sem toques, sem confidências, e portanto era perfeito para Hitler, uma vez que assim podia estar ao lado de outras pessoas sem ser tocado, fosse no sentido físico ou sentimental. Sua grande sensibilidade, que se revelava em caráter praticamente exclusivo por meio do fascínio insaciável e ilimitado que sentia por Wagner, pertencia também a esse aspecto feminino, bem como de certa forma todo o seu arrebatamento pela arte; sentar-se e pintar aquarelas por horas a fio no front de batalha não era exatamente a atitude de um soldado por excelência.

A esposa de Hanfstaengl pôs o dedo na ferida em relação àquilo que os dois percebiam como estranho em Hitler quando afirmou: "Putzi, estou dizendo a você, ele é assexual". A palavra que ela usou foi "neuter", que significa neutro em relação ao sexo, assexuado. Hanfstaengl continua a especular acerca desse tema e nota a "grande" quantidade de homossexuais que pertenciam ao círculo mais próximo de Hitler — eram três ou quatro, entre os quais se encontrava Röhm, que havia demonstrado um interesse "normal" por mulheres durante a guerra e passou a ser conhecido como homossexual somente a partir dos anos 1920 — e escreve:

> Mesmo que ele [Röhm] ainda não fosse um pervertido ativo, havia muitos outros ao redor que eram. Heines e mais um ou outro líder de organizações patrióticas tornaram-se notórios pelo gosto que tinham nesse sentido. E, quando pensei no meu primeiro contato com um agente de recrutamento nazista, ocorreu-me que havia muitos homens desse tipo ao redor de Hitler.

> Parte da estranha terra crepuscular que compunha a natureza sexual de Hitler, que somente aos poucos começou a me preocupar, era que, dito em termos bastante moderados, ele não tinha nenhuma aversão evidente contra os homossexuais.

Essa observação é interessante por vários motivos. Em parte, mostra a relação problemática que Hanfstaengl tinha com a homossexualidade — claro que essa era uma prática proibida na década de 1950, quando ele escreveu o livro, mas "pervertido ativo" e o conceito que ele cunha na frase seguinte para se referir aos homossexuais, "uma clique lunática de pervertidos sexuais", são cheios de repulsa —, e em parte mostra a relação nada problemática que Hitler tinha com a mesma coisa. O que causa a reação de Hanfstaengl é justamente o fato de Hitler não ter uma reação tão forte quanto a sua. Pelo contrário: Hitler prefere ter homens sem família em suas fileiras, já que esses homens podem fazer mais sacrifícios. Isso significa que Hitler é homossexual ou significa que é indiferente à sexualidade? Hanfstaengl tem razão ao dizer que é curioso, pois no mais as posições de Hitler são extremamente pequeno-burguesas, ele reage com ódio a qualquer desvio em relação a essa moral, é inimigo de tudo aquilo que a transgride, mas não daquilo que naquela época era um desvio tão grave, e que além disso era visto como o exato oposto da virilidade, um ideal sempre exaltado por Hitler. É provável que se comportasse assim porque o assunto simplesmente não lhe dizia respeito — o medo ou o desprezo por todas as outras transgressões, em particular no que estava relacionado à promiscuidade, restringia-se a si e à sua vida sentimental, como a relação entre o judaísmo e o sexo que estabelece em *Minha luta* ao escrever:

> O rapaz judeu de cabelos pretos observa por horas, com uma alegria satânica no rosto, a moça inocente a quem profana com seu sangue, e assim, em favor do seu, rouba-a do povo a que pertence.

Enquanto é Hanfstaengl quem não quer saber de homossexuais e Hitler aceita-os em suas fileiras, em relação aos judeus a situação é justamente o contrário, é Hanfstaengl quem acha que o antissemitismo é insuportavelmente condenável e repulsivo e é Hitler o antissemita fanático, mas essa relação não é unívoca, pois o desprezo de Hanfstaengl pelos antissemitas mais ferrenhos do partido é justificado com a explicação de que seriam "meio judeus".

Hitler cria uma situação profundamente desarmônica ao andar pelas ruas de Munique em 1922 com o sobretudo preto e o chapéu preto, sempre com a pistola Walter no bolso e um chicote na mão, em geral com o pastor-alemão Prinz de um lado e o guarda-costas Ulrich Graf do outro, cheio de ódio pelos judeus, cheio de medo das mulheres e cheio de anseio pela simplicidade. Nesse último quesito ele não estava sozinho, essa era uma característica da época, que parecia ter um excesso de complexidade e de obscuridade a acometê-la.

A dissolução das normas que provoca reações tão inflamadas nos discursos e em *Minha luta* não é uma coisa que acontece apenas do lado de fora, na cultura como um todo, mas também dentro dele. Existe em Hitler um abismo entre a vida sentimental e o comportamento externo, e as explicações racionais que oferece para seus atos e suas opiniões são claramente o resultado de outros motivos infundados, mas nem por isso menos sentidos.

O grande tema da República de Weimar, a alienação, foi iluminado e descrito a partir de todos os ângulos e perspectivas, tanto de esquerda como de direita, e a ideia da vida como uma batalha não ocorreu somente a Hitler. Walther Rathenau, o ministro social-democrata judeu de Weimar que foi morto por um grupo de extrema direita em 1922, escreveu em 1912 sobre a humanidade que constrói casas, palácios e cidades; constrói fábricas e armazéns. Constrói estradas, pontes, ferrovias, trilhos de bonde, navios e canais; usinas de água, gás e eletricidade, linhas de telégrafo, fiações de alta tensão e cabos; máquinas e fornalhas.

[...] Mas para que serve essa construção jamais vista? Em boa parte, serve diretamente à produção. Em parte serve ao transporte e ao comércio, e assim indiretamente à produção. Em parte serve à administração, aos órgãos de habitação e saúde, e assim predominantemente à produção. Em parte serve à ciência, à arte, à técnica, ao ensino, ao entretenimento, e assim, indiretamente [...] mais uma vez à produção.

[...] O trabalho já não é mais o exercício da vida, já não é mais uma adequação do corpo e da alma às forças da natureza, mas acima de tudo um exercício estranho ao objetivo da vida, uma adequação do corpo e da alma ao mecanismo.

[...] O trabalho já não é mais apenas uma luta contra a natureza, mas uma luta com a humanidade. A luta é no entanto uma luta da política privada; a empresa mais insidiosa que há menos de dois séculos foi praticada e protegida por um punhado de estadistas, a arte de adivinhar interesses estrangeiros e transformar os interesses próprios em úteis, de adotar uma visão global, interpretar a vontade da época, de agir, de forjar alianças, de isolar e de bater: essa arte é hoje indispensável não apenas ao homem de finanças, mas, guardadas as devidas proporções, também ao verdureiro. O trabalho mecanizado conduz à educação de um político.

É Peter Sloterdijk quem cita Rathenau desta forma no livro *Crítica da razão cínica*. A análise de Rathenau oferece ao homem duas possibilidades: ou deixar-se engolir pela produção e passar a fazer parte dela, como que igualado às máquinas e às esteiras, ou então afirmar a própria individualidade, ainda que por meio dos métodos políticos e econômicos do sistema, que dessa forma são retirados da estrutura superordenada e postos na esfera do indivíduo. Cem anos depois de Rathenau escrever o trecho acima já sabemos nos afirmar por meio da ligação entre o local e o global criada pela produção e pelo comércio mundial, claro, essa é a nossa vida, o estranho jogo que vivemos entre a individualidade e o consumo em massa. O problema da autenticidade, tão precário e tão sério desde a virada do século passado até o colapso da Alemanha em 1945, foi resolvido graças a uma manobra grandiosa de última hora, uma demonstração pragmática tornada possível justamente pelas duas guerras mundiais. Cada um de nós vive como se fosse um estadista de si mesmo, no centro do mundo, em uma posição a partir de onde imaginamos que tudo aquilo que pensamos tem um peso enorme, sem levar em conta o fato de que todos os outros pensam da mesma forma. Essa reverência profunda e inédita ao individual, que se passa em meio à maior cultura geradora de igualdade que o mundo já viu, é uma resposta a problemas que surgiram pela primeira vez no fim dos anos 1980, e que já naquela época foram compreendidos como novos. Simplesmente fechamos os olhos ao fato de que possa existir uma contradição entre a ideia predominante quanto à unicidade do indivíduo e a flagrante igualdade de todos. Na década de 1920 a igualdade de todos era uma distopia. A ameaça representada pelo indivíduo massificado expressou-se em todas as áreas da cultura sob a forma de rostos similares a máscaras e corpos uniformes rodeados por enormes engrenagens e máquinas incansáveis, onde todos os traços de individualidade eram apagados.

Rathenau:

> O espírito, ainda trêmulo com a agitação do dia, anseia por continuar em movimento e viver essas impressões em uma nova rodada de apostas, somente para que essas impressões sejam ainda mais cáusticas e corrosivas do que aquelas já vividas. [...] E assim as alegrias da arte e da natureza são rejeitadas com desprezo, e surgem prazeres de tipo sensacional, apressados, banais, pretensiosos e venenosos. Essas alegrias encontram-se nas raias do desespero [...]. [...] Uma imagem da observação degenerada da natureza é a caça aos quilômetros feita por um carro [...].
>
> Porém mesmo nessas loucuras e nesses excessos há um elemento maquinal.
>
> O homem, que no mecanismo como um todo desempenha ao mesmo tempo o papel de máquina e de operador da máquina, sob o calor e a tensão cada vez maiores entrega sua energia à engrenagem da atividade mundial.

A guerra que sobreveio dois anos depois de Rathenau ter escrito essas palavras resultou em uma pressão ainda maior sobre a noção do eu único, e a bem dizer constituiu-se como uma catástrofe para o individual, uma vez que aquilo graças ao que podia se afirmar, ou seja, o heroísmo, tornou-se impossível com a mecanização das armas; o heroísmo, a astúcia, a coragem e a resolução não tinham importância nenhuma diante das metralhadoras e dos bombardeios: a morte era contingente, suas forças eram incontroláveis, a morte do herói transformou-se na morte das massas. A guerra era uma guerra de máquinas, onde o homem era apenas mais um aparato entre outros tantos. Jünger descreveu em 1932 uma sociedade em que todos eram trabalhadores, todos eram subordinados às máquinas, em um mundo sem limites, sem individualidade, feito apenas de movimentos e dinâmica, corpos e máquinas: a vida no Estado total. De maneira estranha e paradoxal, é justamente contra esse mundo que Hitler e o partido se insurgem quando o movimento começa a crescer em 1921 e 1922. Estranha porque a desindividualização é justamente aquilo que Hitler teme no marxismo e no capitalismo, e que na opinião dele levou à decadência na cultura e ao caos na sociedade. O fato de ter vivenciado essa decadência de forma tão profunda significa que já não existe mais correspondência nenhuma entre os sentimentos dele em relação ao mundo tal como deveria ser e o mundo tal como de fato era. Se essa correspondência existe, a moral interna confere sentido ao mundo externo sem qualquer tipo de ruptura, o que nos leva a percebê-lo como natural, e as ações e os acontecimentos conferem sentido a tudo aquilo que há de íntimo. Se não existe, essa correspondência precisa ser instituída, e praticamente a qualquer preço, uma vez que representa uma ameaça direta contra a identidade, ou seja, contra a relação entre o eu e o nós.

Hitler é evidentemente uma pessoa ferida, talvez por um processo começado já na infância que, por causa de uma dinâmica inata, ganhou força na juventude e mais tarde na idade adulta, mas aquilo que se encontra ferido, que é a capacidade de se aproximar de outra pessoa, a capacidade de sentir com outra pessoa, ou seja, de ver-se nos outros e vê-los em si mesmo, colocou-o fora de si mesmo, tornou-o um estranho à vida dos próprios sentimentos, ou seja, criou um abismo intransponível entre os sentimentos e a compreensão destes, e assim colocou-o fora da esfera social.

Essa era uma ferida da época, e muitos daqueles que a tinham acabaram por tornar-se artistas, uma vez que na arte esse abismo podia ser transposto. Hitler tentou, não obteve nenhum tipo de confirmação, não se mostrou forte o bastante ou talentoso o bastante para vencer a resistência, e assim teria desaparecido no grande nada social se não fosse o fato de que em parte transcendeu o próprio eu na Primeira Guerra e depois na política, onde desde o primeiro momento obteve confirmação, recebeu ajuda e correspondeu a uma necessidade. Quando há um corte radical dos sentimentos, o íntimo torna-se caótico, e quando o íntimo torna-se caótico as pessoas buscam ordem, regras e limites. Essa ordem, essas regras e esses limites eram conhecidos por Hitler, eram aquilo com que havia crescido, aquilo que valia para a pequena burguesia de Linz, mas em parte eram um mundo que ele odiava desde os dezesseis anos, quando começou a se vestir como boêmio e artista, e em parte eram um mundo em pleno desaparecimento, cuja moral e cujas regras não valiam para aquilo que ele via e vivenciava em Viena e em Munique, cidades ainda mais impregnadas pelos novos tempos e pelos enormes problemas sociais dos novos tempos. A confusão provocada por tudo que é radicalmente novo foi particularmente forte para Hitler, que lia e pensava e lutava para estabelecer uma forma ou outra de concordância entre si e o mundo em que vivia, inflamado pelo ódio às transgressões daquela moral que no fundo era a expressão de uma forma de sociedade e de uma visão de mundo que ele odiava. Hitler instaurava todas as proibições do mundo para si, era um asceta e um negador da vida, passou longos períodos de depressão constante e foi tomado por uma necessidade de atividade quase maníaca durante longos períodos e viveu a própria essência somente na arte, nos sonhos e nos ideais, até chegar pela primeira vez na vida a um lugar a partir de onde podia tomar conta de tudo o que tinha dentro de si, nomeadamente o Exército, que promove uma simplificação radical da vida.

Ele ajudou a construir essa organização em Munique nos anos 1920, graças às tropas de batalha, aos uniformes e armas tornou-se um prolongamento do Exército, e a política que desenvolveu, com uma imagem forte do inimigo e uma agressividade enorme, era um prolongamento da guerra através de outros meios. O fato de que tinha um apelo enorme, de que atraía centenas de milhares de pessoas, sim, milhões de pessoas, é incompreensível para nós, porque lemos os argumentos e notamos os dois perigos, o idiotismo e o desprezo pela humanidade, mas não foi com argumentos que ele ganhou as pessoas, foi justamente graças ao abismo que dividia sua alma, ou àquilo que esse abismo gerava nele, pois o que Hitler expressava dessa forma, seu caos interno e o anseio para que cessasse, mantinha uma relação estranhamente simétrica com o caos interno da sociedade e o anseio desta para que também cessasse. A alma caótica de Hitler procurava os limites que havia recebido, ou seja, a moral da cidade de nascença e a ordem militar, em outras palavras, a ordem pequeno-burguesa e prussiana, ambas grandezas do passado, que na necessidade dos anos de Weimar eram a direção tomada por quase todos. Muitos agiram dessa forma, porém o que tornou Hitler especial foi a chama que fez arder em todos aqueles que o ouviram falar, o enorme talento que tinha para estabelecer uma companhia, graças ao qual todos os registros de seu âmago, todo aquele reservatório de sentimentos guardados e desejos reprimidos encontrava um meio de expressão e conferia a tudo aquilo que dizia uma intensidade e um poder de persuasão tal que as pessoas sentiam o desejo de estar lá, com o ódio de um lado, a esperança e a utopia do outro, o futuro brilhante, quase sagrado que estava ao alcance de todos, desde que o seguissem e prestassem atenção às suas palavras.

Hitler foi o grande simplificador, e essa aspiração deve ter correspondido ao seu anseio, embora ao mesmo tempo adotasse um comportamento cínico em relação a isso, no sentido de que usava a situação toda como um conceito fundamental de retórica e não apenas abraçava essa simplificação por meio das convicções políticas que tinha, mas também atacava tudo que havia de complexo e de sofisticado em seus discursos. Para Hanfstaengl ele chegou quase a fazer um pedido de desculpa por conta disso. Ao voltar para casa do Café Neumaier ele disse num fim de tarde em 1922:

> "Senhor Hanfstaengl", ele disse, "não fique decepcionado se nesses discursos vespertinos eu me limito a temas relativamente simples. A agitação política deve ser primitiva. Esse é o problema com todos os outros partidos. Tornaram-se demasiado profissionais, demasiado acadêmicos. O homem comum das ruas não consegue acompanhá-los, e mais cedo ou mais tarde é vitimado pelos métodos brutais da propaganda comunista."

Hanfstaengl via o papel que desempenhava em relação a Hitler como o da pessoa que o salvava de Rosenberg e dos outros fanáticos antissemitas, e também como o da pessoa que oferecia perspectivas maiores e internacionais do que o provincianismo representado por Hitler e por seus camaradas. Hanfstaengl acreditava que o radicalismo e a brutalidade na política estavam relacionados à falta de formação intelectual, que haveria de desaparecer assim que Hitler estabelecesse ligações com os círculos das camadas sociais mais altas, como o círculo dos industriais a que foi apresentado, cujo conservadorismo era o mesmo de Hanfstaengl e não adentrava o terreno da utopia mais do que a sociedade em que os pais e os avós deles tinham vivido. Eles acreditavam que podiam usar Hitler e a ajuda dele para chegar às profundezas do povo, mas não compreendiam que Hitler era uma personalidade incorrigível, um utopista revolucionário e um racista fanático. Havia uma ideia de que essa última característica, que na prática significava que Hitler era antissemita, perderia intensidade à medida que o poder e a influência dele aumentassem. Hitler ouvia Hanfstaengl e o considerava útil, mas não se importava com o que dizia. Se Hanfstaengl falava sobre uma aliança futura entre os EUA e a Alemanha, por exemplo, ou sobre outras questões de política internacional, Hitler sempre começava a falar sobre Clausewits, Moltke e o imperador Guilherme. A Europa da Primeira Guerra era o quadro de referência da política internacional para Hitler; para ele, o envolvimento da Alemanha em uma guerra depois que assumisse o poder não era uma questão de se, mas de quando, e essa já era a situação em 1922. Tudo que aconteceu na vida de Hitler depois da Primeira Guerra foi uma repetição do que tinha acontecido em sua vida até então, apenas em maior escala e na realidade, e o único objetivo verdadeiro que tinha, aquilo a que tudo conduzia, era uma nova guerra que haveria de completar a antiga. Que Hitler tenha-o atingido parece quase inacreditável quando se leva em conta o ponto de partida em 1918. Mas a quantidade de obstáculos que enfrentou, como por exemplo o fato de ser um pária, foi um fator importante, pelo menos nos últimos anos antes que se tornasse chanceler, porque na época vários partidos acreditavam que uma das coisas mais devastadoras para Hitler seria dar-lhe poder de verdade, para que assim estivesse morto politicamente ao fim de um curto período, uma vez que não passava de um charlatão, de um blefador, de um pequeno-burguês simplório. E claro que isso é estranho. Que justamente esse homem, que não conhece os próprios sentimentos a não ser como uma coisa que o atinge para cegá-lo ou toldar-lhe a alma e o ser, pudesse tornar-se o rei dos sentimentos de todos os alemães.

Hitler empregava de cinco a seis horas na preparação de cada discurso, que depois era comprimido em dez páginas com quinze ou vinte palavras escritas em cada uma. À medida que a aparição pública se aproximava, ele andava de um lado para o outro no quarto enquanto repassava o discurso na própria cabeça, segundo Liljegren. Falava a intervalos regulares com alguém que estivesse no local do evento a fim de perguntar quantas pessoas haviam chegado, qual era a atmosfera dominante, se havia opositores e nesse caso de que tipo. Continuamente dava ordens a respeito de como o público devia ser tratado enquanto o aguardava. Trinta minutos depois da abertura das portas ele pedia o sobretudo, o chapéu e o chicote, entrava no carro e seguia até o local com o guarda-costas e o chofer. No púlpito, largava o maço de anotações em uma mesa à esquerda, colocando cada uma das páginas à direita assim que terminava de cobrir aqueles assuntos. A pistola era guardada no bolso de trás. Ao fim do discurso, que em geral durava cerca de duas horas, o hino nacional era executado. Hitler cumprimentava as pessoas à esquerda e à direita e saía do local enquanto a música ainda tocava, e em geral já se encontrava novamente sentado no carro antes mesmo que o hino tivesse acabado. Quando fazia discursos fora de Munique, seguia direto para o hotel. Ao chegar, tomava um banho, trocava de roupa, descansava no sofá, às vezes enquanto Hanfstaengl tocava piano, com o restante do séquito no quarto ao lado. Não tinha nenhum contato com o público antes do discurso e nenhum contato com o público depois do discurso. A situação resumia-se a ele de um lado e todos do outro.

Hans Frank, na época um jovem estudante de direito, viu-o em 1919:

A primeira coisa que você sentia era: aquele homem falava com sinceridade e não tentava convencer ninguém a respeito de nada de que ele mesmo não estivesse absolutamente convencido.

Segundo Toland, Hitler falava de maneira simples e clara, e sabia tornar os assuntos compreensíveis até mesmo para as cabeças mais anuviadas. O *Münchener Post* publicou um artigo sobre um dos discursos de 1920 e divertiu-se com as imitações dos judeus:

Adolf Hitler comportou-se como um comediante, e o discurso foi como um número de vaudeville. [...] Não há como negar que Hitler seja o mais sagaz agitador do populacho a pregar esse tipo de peça em Munique.

Kurt Lüdecke o viu em 1922:

Meu senso crítico ficou de lado. Ele mantinha as massas, e também a mim, sob o efeito de um feitiço hipnótico operado pela enorme força de sua convicção [...]. O apelo à virilidade alemã foi como um chamado às armas, o evangelho que proclamava uma verdade sagrada. Ele parecia ser um novo Lutero [...]. Tive um sentimento de exaltação que somente pode ser comparado a uma conversão religiosa [...]. Eu havia encontrado a mim mesmo, ao meu líder e ao meu chamado.

O que nos discursos de Hitler tornava-os capazes de despertar sentimentos tão intensos? O importante era que parecia honesto e sincero, uma pessoa que, ao contrário dos outros políticos, enfim dizia as coisas tais como eram. A necessidade era evidente e a insatisfação era grande, no limite do desespero. Hitler deu um rumo a essa insatisfação. A vergonha de Versalhes, os criminosos de novembro, a conspiração mundial judaico-marxista: esses eram os três pontos ao redor dos quais Hitler concentrava seu ódio e sua fúria, e claro que não estava sozinho em relação a isso, mas tinha justamente o talento de despertar essa fúria e esse ódio nas pessoas que o ouviam de uma forma que não parecia nem um pouco manipulatória, mas verdadeira e evidente da mesma forma que tudo aquilo que as pessoas não conseguem explicar, mas assim mesmo sabem, parece verdadeiro e evidente. Era essencialmente envolto nessa aura de orador que ele surgia como uma pessoa capaz de dizer as coisas tais como eram, e a confiança que despertava naqueles que o ouviam, e que ao manifestar entusiasmo com Hitler manifestavam ao mesmo tempo entusiasmo consigo mesmos, o sentimento de unidade criado dessa forma era uma força enorme que, quase como um feiticeiro, Hitler descobriu-se capaz de levar para onde bem entendesse. Esse era o poder. Não o poder formal que vinha com a posição que uma pessoa ocupa, delimitado por leis e regras formais e informais, mas a própria essência do poder real, revolucionário e transgressor das leis. Pode ser que tenha percebido tudo aos poucos, uma vez que, como Sebastian Haeffner escreve, por um bom tempo Hitler deu-se por satisfeito com a posição de orador do partido, ou seja, como o mobilizador das massas, e a ideia de que também pudesse ser o líder único do partido e do país — uma ideia com uma longa pré-história alemã — manifestou-se pela primeira vez em *Minha luta*, e realizou-se na posterior refundação do partido em 1925.

Tão importante quanto dizer as coisas tais como eram, no entanto, era também a forma como Hitler as dizia. A linguagem que empregava era uma linguagem muito próxima do povo. Hanfstaengl escreve que não se trata de expressões vernáculas, a não ser quando as empregava para obter um efeito particular, mas do tom predominante na época, que vinha das pessoas ao redor. Ao descrever os problemas de uma dona de casa que não tinha dinheiro suficiente para comprar comida para a família no Viktualienmarkt, por exemplo, ele usava exatamente as mesmas formulações e giros de frase que a dona de casa teria usado para descrever o problema caso tivesse condições de formulá-lo, segundo Hanfstaengl.

O talento de Hitler era o excelente ouvido que tinha para diferentes vozes, entonações e socioletos que surgem na sociedade e que soam diferentes de uma geração para a outra. Foi assim que a sensibilidade dele atingiu a maturidade, quando pôde ao mesmo tempo escutar-se nas vozes da época e expressá-las para um público de maneira refinada, no sentido de que falava de forma diferente conforme o público que teria, se eram estudantes ou trabalhadores. Além disso, Hitler também era um bom improvisador, e sabia por exemplo parar quando alguém gritava um comentário para em seguida cruzar os braços sobre o peito e largar uma resposta satírica matadora que fazia os espectadores acharem graça. Estava o tempo todo no lado de dentro, expressava tudo que se encontrava no lado de dentro como que a partir do lado de dentro, com a linguagem do lado de dentro, e não de cima para baixo, como faziam outros políticos e oradores.

Em torno de um quarto do público que tinha era composto de mulheres, o que também foi usado de maneira vantajosa; com frequência Hitler era interrompido por gritos de opositores, e quando buscava apoio para silenciá-los e trazia o público como um todo para o seu lado, muitas vezes dirigia-se às mulheres, chamando atenção para os problemas do dia a dia, problemas muito próximos como a falta de comida ou de outras coisas que todos sentiam no próprio corpo, mas que na década de 1920 pertenciam à esfera feminina, e de acordo com Hanfstaengl era assim que com frequência recebia os primeiros gritos de "bravo", que serviam para quebrar o gelo entre ele e o público. Mas aquilo que Hitler diz e a maneira como o diz são coisas que pertencem ao universo da retórica, ou seja, da abordagem, onde a capacidade de alcançar a vontade do nós e surgir como a voz da justiça certamente era grande, mas não grande o bastante para explicar completamente o progresso que fez, nem naquela época, quando já em 1920 falou para 6 mil pessoas em Zirkus Krone, nem mais tarde, quando as pessoas reuniam-se em estádios lotados para escutá-lo. Mais importante do que aquilo que dizia e do que a maneira como o dizia deve ter sido o fato de que era *ele* a dizer tudo aquilo. Ou seja: a presença, a aura dele, tudo aquilo a que se chama de carisma.

O carisma é uma das duas grandes forças transcendentais na esfera social; a outra é a beleza. São forças sobre as quais raramente falamos, pois ambas emanam do próprio indivíduo e não são atributos que se possam aprender ou adquirir, e numa democracia, onde todos a princípio devem ser tratados como iguais, e onde todas as relações devem ser justas, essas características não podem ser reconhecidas como um valor, mesmo que todos conheçam-nas e saibam o valor que têm. Além do mais, associamos os valores humanos a tudo aquilo que é criado, produzido ou formulado, e não àquilo que é em si mesmo, ou seja, o que é criado, produzido ou formulado é importante, o que simplesmente existe não. Em uma sala de aula na universidade a atenção dos homens não se dirige à mulher que tem os melhores argumentos e que faz exposições relevantes e simpáticas a respeito de Adorno ou de Beauvoir, mas à mulher mais bonita, e assim ocorre em todos os recintos onde homens e mulheres se reúnem, em ruas e praças, em restaurantes e cafés, em praias e apartamentos, em filas de *ferry* e vagões de trem; a beleza ofusca todo o restante, põe todo o restante de lado, permanece sempre como aquilo que as pessoas veem e aquilo que as pessoas buscam, seja de maneira consciente ou inconsciente. Em relação a esse fenômeno existe um silêncio, porque não o reconhecemos como um fator nas interações sociais, mas tratamos de excluí-lo usando os mecanismos sociais de exclusão, afirmando que não passa de uma bobagem, de uma atitude tosca e imatura, talvez até mesmo primitiva, ao mesmo tempo que o admitimos na esfera comercial, onde o mesmo fenômeno nos espreita em silêncio independente do lado para onde olhamos: por toda parte há pessoas bonitas. Pessoas bonitas na TV, pessoas bonitas nas revistas, pessoas bonitas nos filmes, pessoas bonitas no teatro, na música pop, nos anúncios comerciais, enfim, todo o espaço social encontra-se lotado de rostos bonitos e corpos bonitos, que no entanto não reconhecemos como uma grandeza importante, pois afirmamos que não serve como expressão daquilo que é próprio, como expressão do interior do eu. A beleza pertence ao corpo e ao rosto, à expressão do exterior do eu, como uma espécie de máscara do eu, e o que há de imutável e de inevitável nisso, o fato de que não se trata de uma escolha, mas de uma coisa dada, é o que serve como desqualificador, uma vez que depois do nazismo não podemos mais levar em conta aquilo que é dado ao avaliar o valor de uma pessoa, uma vez que foi justamente a separação da humanidade em diferentes categorias daquilo que estava dado que por fim precipitou a catástrofe suprema. Em suma, nós damos valor a essas coisas, mas em silêncio. É como na relação entre o individual e o igual: trata-se de grandezas mutuamente exclusivas, mas somente quando a ligação entre as duas é traçada — e assim não a traçamos. É como se vivêssemos em duas culturas distintas mas paralelas. Uma é a cultura comercial, onde tudo se reduz à superfície, ao rosto, à beleza exterior, à uniformização, à igualdade, grandezas que associamos à impessoalidade, à aparência, a coisas que existem para o entretenimento; a outra é a cultura social, composta de indivíduos únicos, beleza interior, características mutáveis, desigualdade, todas essas grandezas que consideramos próprias, e todos esses valores que consideramos verdadeiros. O mundo falso é aquele em que sonhamos, o verdadeiro é aquele em que vivemos. Que o mundo falso cada vez mais tome conta de tudo, e que logo possa tornar-se exclusivo no mundo em que vivemos, é justamente o fator que gera a grande fome de realidade que aos poucos cresce na cultura ao nosso redor. Mas o que é real senão o corpo? E o que é o corpo senão a biologia? Na biologia estamos no reino daquilo que se encontra dado, e esse era o anseio vigente na época de Weimar, revelado pela primeira vez logo antes da Primeira Guerra Mundial, quando a pressão exercida por aquilo que era inautêntico, as inúmeras expressões novas e cada vez mais mecanizadas da civilização, foi posta de lado em favor daquilo que era autêntico, ou seja, daquilo que era dado, em outras palavras, o corpo, o sangue, a grama, a morte.

O carisma, que de certa forma se parece com a beleza no sentido de que não pode ser aprendido ou adquirido, independente do quanto se esteja disposto a ensaiar e a treinar, transcende a dicotomia simples entre o eu interior e o eu exterior, e entre as características biológicas e culturais das pessoas, e pode ganhar uma força tão grande que em certos casos põe todas as demais categorias de lado, ou seja, simplesmente as desfaz.

As pessoas carismáticas são as pessoas realmente únicas, absolutamente inimitáveis, não por força da aparência, não por força da inteligência, não por força da capacidade argumentativa, mas simplesmente por força da presença, e assim evidenciam a não unicidade dos outros, ou seja, a ordinariedade. Mas que tipo de valor é o carisma? E por que exerce sobre nós uma atração tão intensa? Se uma mulher carismática estivesse sentada ao lado daquela que falava sobre Adorno e De Beauvoir e daquela que era belíssima, teria sido ela a receber a atenção de todas as pessoas ao redor, e nesse caso não apenas dos homens, mas também das mulheres. O carisma é uma característica incomum, e é praticamente impossível dizer no que consiste, embora sempre o reconheçamos ao encontrá-lo. Se eu o percebo numa mulher, eu a desejo. Se eu o percebo num homem, eu também o desejo, de uma forma relacionada, porém não idêntica, pois o que um homem carismático desperta em mim é um desejo de estar lá, próximo a ele, e de me subordinar a ele. Existe um elemento de ternura nos sentimentos, porque existe um elemento não de fraqueza, a palavra não é essa, mas de uma coisa desprotegida, talvez, nessa aura de carisma. Desejo de proximidade, ternura, subordinação; sentimentos diretos e profundos. Mas não posso levá-los adiante, não posso manter-me próximo de um homem como se eu estivesse apaixonado por ele, e tampouco posso me subordinar a ele. Por isso, mantenho-me distante, embora não sem antes perceber como ele influencia todas as outras pessoas ao redor, e assim me vejo tomado de ciúme, às vezes um ciúme enorme, porque eu queria ser esse homem. Parto do pressuposto de que essa batalha interior é sempre travada ao redor das pessoas carismáticas, independente de esse ser ou não um fato reconhecido. O eu carismático é forte a ponto de ameaçar os demais eus ao redor, que assim precisam lutar para manter-se de pé, ou então renderem-se para se tornar... bem, o quê? Uma parte desse eu mais forte? Um discípulo, um acompanhante, uma pessoa que diz sim. Na aura das pessoas carismáticas há um elemento de desinteresse, um jeito não invasivo, uma independência quase soberana e displicente; ser visto por uma dessas pessoas carismáticas, ou ser admirado, é portanto um favor, uma dádiva livre de quaisquer segundas intenções, um acontecimento profundamente desejável. Sim, o carisma é livre de amarras sociais, encontra-se de certa maneira fora da esfera social, e esse pressentimento de infinitude é o que confere tanta força a essa presença: cada pessoa carismática é única.

Como todas as demais características, o carisma existe em diferentes graus; muitos têm pouco carisma, poucos têm muito, quase ninguém tem apenas. Jesus foi uma pessoa notavelmente carismática, tinha uma aura tão forte que esta chega a brilhar mesmo através dos evangelhos, escritos um século após a morte dele, e ao longo de todos os séculos que se passaram desde então. Jesus e tudo que aconteceu com ele seriam incompreensíveis sem levar esses detalhes em conta. As pessoas largaram o que tinham nas mãos para segui-lo. Multidões enormes se reuniam para ouvi-lo falar. Ele era capaz de dispersar uma multidão ameaçadora por força da simples presença. O favor dele é uma dádiva, o desgosto um castigo. Dos discípulos, exige que abandonem as famílias e os amigos, ou seja, todo o mundo social, para viver com ele. Quando a mãe e o irmão chegam para encontrá-lo, ele os manda embora. Ele se enfurece por causa de bagatelas, como quando amaldiçoa a figueira em Jerusalém, que segundo a narrativa logo seca, ou quando invade o templo e expulsa os vendilhões. A escuridão interior quando Jesus prostra-se e reza no jardim de Getsêmani, o impulso autodestrutivo que se torna cada vez mais forte e cada vez mais pesado durante aqueles dias de Páscoa em Jerusalém, nos quais durante o tempo inteiro se expõe a situações que o levam cada vez para mais próximo da morte e consistentemente recusa todas as aberturas que lhe são oferecidas, mas insiste no próprio caminho e na própria vontade até por fim expirar, ensanguentado e mutilado. Talvez Jesus tenha sido a pessoa mais carismática que já existiu. Alguém deve ter sido essa pessoa. Em todo caso, a aura dele continua a brilhar para nós, mesmo dois mil anos após sua morte. E não é a teologia que o mantém presente, pelo contrário, a teologia é essencialmente anticarismática em razão do caráter abstrato.

Nada do que aconteceu na vida de Hitler antes que completasse trinta anos indicava que tivesse uma aura digna de nota. Pelo contrário: nas descrições que existem a respeito dele, tanto do albergue para homens em Viena como do front em Flandres, ele parece apenas um sujeito meio esquisito acompanhado por um certo mal-estar. O capitão Meyr descreveu-o como um vira-latas à procura de um dono. Mas, quando Hitler começou a falar, houve uma mudança radical. É como se as descrições fossem a respeito de outra pessoa. A importância de Hitler também se transformou no plano social; Rosenberg, Hess, Streicher e mais tarde Goebbels passaram a ter grande admiração por Hitler e mostraram-se mais do que dispostos a subordinarem-se a ele. Mas o próprio Hitler não mudou em nada, o caráter e a maneira de ser foram sempre os mesmos ao longo de todos esses anos. Era como se a própria multidão despertasse aquilo pelo que se via atraída. Sem a multidão, Hitler não era ninguém, apenas um homem solitário e fracassado que de maneira completamente injustificada tinha pensamentos grandiosos a respeito de si mesmo, mas com a multidão, ao revelar-se para aqueles olhares todos, a solidão transformava-se em independência, o injustificado transformava-se em justificado, como em um pacto: ele dava aquilo que as pessoas queriam, o eu independente do nós, e as pessoas lhe davam aquilo que ele queria, o nós dependente do eu. As pessoas o viam e sentiam-se atraídas. E havia também um caráter erótico nessa atração, a tensão entre Hitler e a massa é abertamente sexual, embora não de forma unívoca, ele não se apresenta com uma masculinidade absoluta, tampouco com um vigor absoluto, porque assim pareceria arrogante, soberbo, fechado e inacessível, não, Hitler também era feminino, ou seja, ambivalente, e é nessa situação nebulosa que a tensão se institui e o jogo com as massas torna-se possível. Vê-lo era uma vivência pessoal.

É assim com o carisma: tudo de repente se torna pessoal. Quando vemos uma pessoa carismática no palco, como por exemplo Elvis, em uma gravação de quarenta anos atrás, essa vivência diz respeito a nós em um nível pessoal, não por causa do charme, do apelo sexual, da beleza ou da linguagem corporal de Elvis, mas por causa do carisma, daquela presença única, em relação à qual sentimos uma espécie de carinho, e à qual permitimos praticamente qualquer coisa quando estamos próximos. Mas pode ser que esses sentimentos sejam exclusivamente meus, que outras pessoas sintam coisas diferentes e menos emocionais ao ver por exemplo programas de TV de quarenta anos atrás com Elvis, porque eu tinha os mesmos sentimentos em relação ao meu pai, eu via nele a mesma mistura de uma coisa inatingível e ao mesmo tempo vulnerável, cuja inacessibilidade chegava a parecer vertiginosa, tendo-se em vista que naquela época moramos juntos durante muito tempo no espaço minúsculo da casa em Tybakken. Mas claro, havia uma parte quase desajeitada que pedia que cuidasse dela no meio daquela aura forte, dura e distante. Claro que eu queria chegar até aquele lugar, segundo me parece, mas quanto ao que eu teria feito caso o houvesse alcançado, não tenho a menor ideia. Mas ou a subordinação em que eu vivia na época, essa subordinação alegre, me leva a senti-la de leve toda vez que me aproximo de uma pessoa desinteressada e independente que se mostre totalmente inacessível, mas cuja aura ao mesmo tempo sugira o exato oposto, como a esperança de uma conciliação, o favor de uma dádiva, ou simplesmente estou treinado para ver dessa forma, e assim presto mais atenção a essas coisas.

Já é verão. Do lado de fora do apartamento, ruas quentes, parques verdes, pessoas com pouca roupa. Durante todo o inverno e toda a primavera eu me levantei às três ou quatro horas da madrugada para escrever e estar com tudo pronto no verão. Eu tinha prometido a Linda que o verão seria da família. No ano passado compramos uma viagem para a Córsega, mas Linda adoeceu e não pudemos ir. Eu sempre tinha querido ir à Córsega, então compramos a viagem outra vez. A ideia era viajarmos assim que o romance ficasse pronto. Agora parece que não vai dar. Mas a viagem está paga, e agora todos vão fazer o passeio sem mim, com a mãe de Linda no meu lugar.

Estou ouvindo Midlake, *The Courage of Others*, um álbum que venho escutando todos os dias nesses últimos meses, e da última vez que eu estava voltando para casa e o coloquei para tocar no carro a atmosfera do livro de Kubizek se espalhou em mim, como se tudo já fosse uma lembrança, e como se tudo aquilo viesse da minha própria vida. E de certa forma vem mesmo, porque os livros que li são uma parte tão inseparável da minha história quanto os acontecimentos de que participei. *Minha luta* de Hitler não é exceção. É um livro diferente de todos os outros que já li, de uma forma indefinível, mas assim mesmo evidente. O livro de Kubizek, no qual Hitler é o protagonista, não é. Nesse livro Hitler é visto de fora, e aparece como um jovem comum com uma vontade e uma seriedade profundas.

Quando o próprio Hitler escreve, e assim aparece por si mesmo, tudo que há de reconciliatório no olhar de Kubizek desaparece. Há uma certa mesquinharia em *Minha luta*, uma absoluta falta da grandeza que nos acostumamos a ver expressa na literatura, na filosofia e na arte, onde a revelação mais profunda e mais íntima, e com frequência mais difícil de obter, é justamente o perdão em relação a todos, o reconhecimento da humanidade de todos, a absoluta igualdade de valor entre mim e o outro. Mas esse tipo de universalidade inexiste no livro de Hitler, onde tudo é filtrado pela fúria dele, que faz e acontece sempre de acordo com os sentimentos despertados no âmago dele, e onde não existe um único rosto — compreendido nesse caso como uma pessoa única, e não o rosto que representa um tipo, um político ou uma função pública — a não ser o dele mesmo. Mas se desviamos o olhar, se nos deslocamos a esse lugar onde os traços próprios das outras pessoas já não se deixam mais distinguir, *Minha luta* passa a ser um livro em duas partes que foram publicadas respectivamente em 1924 e 1928, escritas por um homem nascido na baixa classe média em uma monarquia à beira do colapso em razão de profundas contradições étnico-culturais internas e de enormes desigualdades sociais, na qual os antigos valores, o conforto ocioso da realidade burguesa descrito com grande vivacidade por Zweig, contrastavam com a pobreza cada vez maior das classes baixas, que o autor desse livro, cuja confiança nas outras pessoas deve ter sido baixa a princípio, como muitas vezes acontece a crianças maltratadas na infância, e cuja crença no sentido e na justiça da vida deve ter sido abalada primeiro pela morte do irmão, depois pela morte da mãe, não apenas viu com os próprios olhos, mas também sentiu no corpo. Hitler não pode ter sentido que devia o que quer que fosse para quem quer que fosse. A misericórdia, o perdão, a compreensão e a solidariedade não podiam fazer parte de seu repertório. Um homem grandioso também poderia ter expressado essas coisas todas, mesmo tendo partido do mesmo lugar, mas

677

o autor desse livro não era um homem grandioso, era um homem amargo, vingativo, santimonioso e, assim que teve a chance, duro e implacável. Mas tampouco de uma forma grandiosa, como os heróis de Homero ou Shakespeare ou Snorri Sturluson podem ser duros e implacáveis; também nisso era mesquinho. Mas justamente por isso Hitler expressa em *Minha luta* uma coisa absolutamente essencial, pois se o livro é escrito por determinada pessoa com determinado caráter, acaba impregnado pela época e pelos problemas dessa pessoa, e o fato de que Hitler jamais se ergue acima de si e da época em que vivia, porque tem uma mente tão fechada e limitada que nem ao menos reconhece a possibilidade de fazer isso, faz com que tudo aquilo que era baixo e ruim naquela época impregne o livro como impregnava o autor. Hitler é um homem pequeno que escreve sobre uma grande época.

Mein Kampf teve uma recepção terrível. O livro foi alvo de críticas arrasadoras em todos os lugares em que foi resenhado. O *Frankfurter Allgemeine* descreveu-o como um suicídio político com a manchete "Fim de Hitler". Um jornal de Berlim manifestou incerteza quanto à estabilidade mental do autor, de acordo com Ryback. E o *Bayerische Vaterland* chamou o livro de *Sein Krampf*, ou seja, "Seu desatino". O livro de Hitler era motivo de deboche para as pessoas. Stefan Zweig escreveu nos diários que ninguém leu o livro e ninguém levou o conteúdo a sério porque se tratava de um livro excepcionalmente mal escrito.

O próprio Hitler orgulhou-se do livro e ofereceu exemplares autografados para todas as pessoas mais próximas, e também para sua família da Áustria, com quem não tinha contato desde antes da guerra. Parte da pena a que havia sido condenado era uma proibição de falar em público, então quando foi libertado ele não pôde se envolver em atividades políticas e alugou uma casa nos Alpes, onde escreveu uma continuação, *Minha luta II*. O livro foi terminado no verão de 1926 e ignorado pelos jornais, e um ano após a publicação tinha vendido apenas cerca de setecentos exemplares. Mas Hitler não parou de escrever, porque após a publicação dos dois volumes de *Minha luta*, lançados por uma editora local sem distribuição nacional, contatou os editores Elsa e Otto Bruckmann, talvez porque o livro que planejava não fosse um livro político, mas um livro de memórias sobre o tempo passado no front e inspirado por *Tempestades de aço* de Ernst Jünger, um livro que Hitler admirava. Jünger havia lhe mandado um exemplar com a dedicatória "Ao líder nacional Adolf Hitler!", e o exemplar se encontra repleto de trechos sublinhados por Hitler. Ryback, que pôde ver esse exemplar, escreve que aquilo em que Hitler estava interessado, a dizer pelos sublinhados, eram os aspectos sentimentais e espirituais da guerra, e não os aspectos concretos com descrições de ações, a não ser por dois trechos relacionados ao momento em que as impressões recebidas pelos sentidos tornam-se tão violentas que tudo estremece e todo o som desaparece. Em uma correspondência para Jünger, Hitler escreveu: "Li todos os seus escritos. Graças ao senhor pude apreciar um dos poucos criadores poderosos da vivência no front". Em agosto de 1927, Elsa Bruckmann escreve em uma carta para o marido que Hitler "nesse meio-tempo reflete consigo mesmo sobre a forma a dar ao livro sobre a guerra, e acredita que a ideia se torne cada vez mais viva e madura em si". Em dezembro, uma data de publicação é estabelecida para a primavera. Mas Hitler jamais entregou o manuscrito, que jamais foi encontrado. Provavelmente foi queimado na primavera de 1945, com todos os outros documentos pessoais que Hitler ordenou ao ajudante que juntasse e destruísse. O que Ryback encontrou, no entanto, foi um manuscrito de *Minha luta III*, mantido em um cofre na sede da Eher Verlag de Munique, onde no fim da guerra um funcionário entregou-o aos americanos, de acordo com Ryback. O manuscrito tem 324 páginas, encontra-se inacabado e provavelmente foi escrito no verão de 1928, quando Hitler tinha trinta e oito anos, pouco antes que as circunstâncias políticas na Alemanha se agravassem e Hitler e o partido nacional-socialista se aproximassem do centro do poder. Enquanto *Minha luta* trata da vida de Hitler até a filiação ao Partido dos Trabalhadores Alemães e *Minha luta II* trata do partido e da história do partido, o inédito *Minha luta III* trata do lugar da Alemanha na história, segundo Ryback. Depois de 1928 Hitler não escreveu mais, e sua autoimagem como escritor, que deve ter se mantido durante os quatro anos em que escreveu dois livros e começou outros dois, em um dos quais se esforçou por transcender a política, foi por fim vencida pela política, ao mesmo tempo que ele percebeu suas limitações como escritor. Para o advogado pessoal Hans Frank, certa vez Hitler teria dito que Mussolini falava e escrevia um italiano muito bonito, e que ele não estaria em condições de fazer o mesmo em alemão. "Os pensamentos fogem-me enquanto escrevo", conforme teria dito. E além disso, em outra ocasião, para o mesmo homem: "Se em 1924 eu imaginasse que podia me tornar chanceler do país, eu não teria escrito o livro".

Para um leitor moderno de *Minha luta*, e por leitor moderno eu me refiro a alguém que o leia hoje, como eu fiz, no dia 4 de maio de 2011, em nossa sociedade moderna, que de praticamente todas as formas possíveis encontra-se muito distante da sociedade em que *Minha luta* surgiu, mas que não deixa de ter certas características em comum — enquanto escrevo essas linhas hoje, o último soldado a ter participado da Primeira Guerra morreu. O nome dele era Claude Choules, ele lutou pela Inglaterra e tinha 110 anos. Faz três dias que Osama bin Laden foi morto no Paquistão pelas forças especiais americanas, um homem que sempre foi comparado a Hitler, o que se faz regularmente com todos os inimigos relevantes do Ocidente e dos valores do Ocidente, mas embora haja semelhanças, como por exemplo no ódio irredutível contra o capitalismo internacional, na forma de pensar em termos de sacrifício expressa pelo terrorismo, em que a causa é sempre maior do que o indivíduo — que não apenas sacrifica a vida pelo bem dessa causa, mas sacrifica-a com alegria —, as diferenças são ao mesmo tempo tão grandes que a comparação perde a relevância, para Bin Laden e para outros que representam e representaram o rosto do mal desde então, como Idi Amin, Papa Doc e Saddam Hussein. Sempre foram os outros, sempre foram aqueles que não fazem parte do nós, ao passo que Hitler era um de nós, ele obteve essa força no interior da cultura europeia, e fez isso como líder de uma companhia grande o bastante não apenas para começar uma guerra mundial, mas também para mantê-la durante cinco anos, até que vinte milhões de vidas fossem perdidas, e promover um genocídio quase total em que seis milhões de pessoas foram mortas, o que faz todo o resto empalidecer. O traço mais estranho não é o político, pois mesmo que o nacionalismo radical seja estranho, não é irreconhecível nem se encontra fora da esfera de relações humanas, mas o ódio aos judeus, por outro lado, representado com tanta virulência que torna difícil levá-lo realmente a sério, no sentido de que é difícil, quase impossível acreditar que alguém pudesse acreditar naquilo que Hitler escreve sobre os judeus e o judaísmo em *Minha luta*.

A segunda característica notável de *Minha luta* depende de maneira indireta da primeira, e se encontra relacionada ao estilo desconcertantemente vulgar e muitas vezes baixo, que em geral não se observa nos textos daquela época, ou seja, nos textos da época da República de Weimar. O estilo não é nada mais do que uma tomada de consciência, não em relação ao próprio eu, mas ao eu no texto, surgida no instante da representação implícita do outro contida no próprio ato da interpelação. Essa representação do outro existe como um horizonte de expectativas, em relação ao qual o eu se define e se cria, no interior do eu. O estilo está para o texto como a moral está para o comportamento: é o que determina os limites daquilo que pode e deve ser dito ou feito, e também como. Se escrevo "boceta", ultrapasso os limites impostos pelo estilo normal; mas se assim faço de propósito, esse passa a ser um recurso estético, ainda que não necessariamente de bom gosto; como provocação, a palavra soa vazia de sentido e remete à puberdade, e seria quase impossível empregá-la sem que ao mesmo tempo se fixasse ao eu do texto, isso caso não passasse a funcionar como um tipo determinado de emprego da língua, ou seja, como representação de um personagem, de maneira a "dizer" coisas a respeito desse personagem. (Depois de escrever o trecho acima, acrescentei "pau", para que o texto dissesse "Se escrevo 'boceta' e 'pau'", e fiz isso porque me ocorreu que "boceta" poderia levantar a suspeita de que sou hostil às mulheres, misógino, e talvez até mesmo que tenho medo de mulheres, já que foi exatamente a respeito disso que escrevi, como se fosse um assunto próximo de mim, e portanto capaz de estabelecer uma ligação indesejável entre mim e Hitler — indesejável porque daria a impressão de que eu mesmo não a percebia, de que eu era cego, e ao redor desse tema, a minha misoginia e o medo que tenho das mulheres, poderia ser tecida uma densa teia que no mais vem da minha falta de habilidade social e da minha solidão, e daquilo que escrevo sobre o sangue e a grama, que então levaria a um ponto de identificação: Hitler. Se isso acontece de uma forma que possa ser compreendida como cega ou inconsciente, toda a credibilidade do eu poderia desabar ou ao menos enfraquecer-se, mas se acontece de uma forma aberta e reconhecida, ou seja, calculada, pode ter o efeito contrário, de aumentar a relevância do vulto de Hitler, e até mesmo aprofundar o próprio eu nesse texto. Nesse espaço, em que o texto sabe e ao mesmo tempo não sabe a respeito de si, existe sempre uma tensão, que no entanto é menor nos textos em que o eu se encontra seguro do estilo, uma vez que corresponde perfeitamente a todas as expectativas criadas pelas palavras, tem-nas sob controle, sabe como jogar com elas, e esse jogo, que se dá entre o autor e o leitor, duas grandezas surgidas no próprio ato da escrita, torna-se cada vez menos visível à medida que o autor se torna mais sofisticado. Nem sempre é possível ver que se trata de um jogo a não ser passado certo tempo, quando aquilo que pertence a determinada época deixa de ser uma coisa dada e evidente, ou seja, quando o leitor do texto já não faz mais parte daquilo que o autor busca. Esse movimento de busca feito pelo autor, feito a partir das expectativas em relação ao eu, já não encontra mais nada no leitor, e o próprio gesto de buscar uma coisa num texto se torna visível. A atmosfera de época que todos os textos emanam com maior ou menor intensidade, aquilo que faz com que os textos dos anos 1950 se pareçam uns com os outros, por exemplo, deve-se a isso. Quando escrevi "boceta" e compreendi intuitivamente que a palavra seria lida de outra forma em relação ao tema do texto, ou seja, quando "senti" determinada postura em relação à palavra e "pressenti" que os pensamentos tomariam o rumo de uma misoginia latente ou reprimida, acrescentei "pau", visto que assim as palavras sinalizariam a transgressão meio idiota que eu pretendia, sem qualquer tipo de desequilíbrio sexual capaz de levantar suspeitas (possivelmente justificadas, mas esse é outro assunto) a respeito de outra coisa — até eu perceber que era justamente o processo descrito que se encontrava em ação, os limites impostos pelo próprio ato da interpelação, que ademais constituem a moral de um texto). Se além disso escrevo crioulo ou tição ou negro safado, quase todas as pessoas com um mínimo de formação intelectual vão se afastar de mim, porque isso é inaceitável, não porque aquilo a que essas palavras se referem não possa ser mencionado, no caso, as pessoas negras, mas porque não pode ser mencionado dessa forma, com palavras cheias de desprezo, que ou são usadas por pessoas que não sabem o que fazem, porque cresceram em camadas da sociedade onde a formação intelectual é baixa, talvez porque tenham sido negligenciadas e estejam cheias de agressividade contra tudo e todos, o que se revela em expressões como essas, ou então por pessoas com boa formação que sabem o que fazem, de maneira fria e calculada, ou seja, por uma espécie de maldade, o que no entanto praticamente nunca acontece, não existem textos científicos que usem a palavra "tição" para se referir aos negros, não existe nenhum ensaio ou artigo jornalístico que use a palavra "crioulo" e nenhum romance que use "negro safado", a não ser por aqueles que pretendem justamente criar a imagem dessas pessoas sem nenhuma formação intelectual, ou seja, das camadas mais baixas da sociedade. Caso uma pessoa das camadas mais baixas e menos instruídas da sociedade pretenda se manifestar em público, é preciso aprender a dominar o estilo necessário a essa situação, e esse domínio vem acompanhado de todos os julgamentos morais inerentes ao estilo, de maneira que todas as ideias e todos os pensamentos que existem no universo das pessoas sem formação acabam praticamente sempre excluídos e reprimidos, não como resultado de uma estratégia pensada, mas como resultado dos mecanismos que a sociedade aplica para controlar tudo aquilo que é indesejável sem jamais dar uma chance para que esse tipo de coisa surja no nível em que as decisões políticas são tomadas.

O limite entre aquilo que não pode ser dito e a maneira como não pode ser dito é tão difuso que por vezes as duas coisas chegam a parecer dois aspectos de uma única coisa.

Quase todos os textos da época de Weimar que ainda hoje são lidos, dentre os quais um número impressionante de clássicos foi escrito na Alemanha entre 1919 e 1933, são de bom gosto, encontram-se no mais elevado nível cultural do ponto de vista estilístico, e mesmo que as ideias que apresentam possam ser completamente inusitadas e peculiares, e para nós completamente inaceitáveis, como por exemplo a definição oferecida por Carl Schmitt da política como uma atividade que distingue os amigos dos inimigos, cuja última consequência sempre é e sempre deve ser a eliminação física do inimigo, ou como a ideia de Walter Benjamin sobre a violência divina, estamos dispostos a aceitá-las, estudá-las e discuti-las justamente como se não fossem inaceitáveis, dizendo simplesmente que essas são ideias perigosas, que são uma exceção e que surgiram em uma época de turbulência política. As ideias são perigosas, mas o estilo é de alto nível, então podemos aceitá-las.

Minha luta de Hitler não tem estilo nenhum, nem ao menos um estilo ruim; o eu do livro simplesmente expressa o que quer dizer sobre os mais variados assuntos sem nunca dar o mais remoto sinal de estar vendo a si mesmo, ou seja, mostra-se como ilimitado e infinito, porque não busca legitimidade em nenhum outro lugar a não ser em si mesmo, e assim pode dizer o que bem entende porque é aquilo que é, e não sabe fazer outra coisa além disso. O eu em *Minha luta* revela-se como um bajulador de si mesmo, como centrado em si mesmo, como uma justificativa de si mesmo, um eu descontrolado, mesquinho e repleto de ódio, mas se concebe como justo, razoável e grandioso, e deve ter sido essa característica que levou o livro a receber críticas tão ruins quando foi publicado, e a nunca ser levado a sério, porque Hitler sem querer mostrou o rosto sem dar por si, ele não passava de um bruto nascido em meio ao povo sem nenhuma cultura e sem nenhuma vergonha que, tendo uma compreensão limitada, pegou um pouco daqui e um pouco dali e misturou tudo para criar uma coisa que imaginava ser política, mas que não passava de uma série de preconceitos indecentes, anomalias opinativas e suposições pseudocientíficas. O forte antissemitismo era outra expressão desse mesmo aspecto. O antissemitismo era difundido, mas, como o próprio Hitler afirma, não existia nos bons jornais e nas boas revistas que prezavam pela qualidade, essas publicações estavam acima disso, por vezes em um grau tão elevado que se recusavam sequer a tocar no assunto, mesmo que essa fosse uma das questões centrais da época. Os jornais e as revistas em que o antissemitismo era expresso pertenciam às camadas mais baixas da sociedade, ao que havia de vulgar e de bruto, e com frequência, embora nem sempre, esse sentimento era expresso com desprezo pela intelectualidade e pela alta cultura, não a alta cultura burguesa, como Wagner, mas a vanguarda em expansão.

Quando a questão judaica surgia em níveis acima desses caldeirões de preconceito e estereotipia, era discutida sem nenhum ódio e nenhuma repulsa na linguagem, ou seja, sem quaisquer sentimentos visíveis, mas de forma puramente racional e argumentativa — em 1930, por exemplo, quando a época de Weimar chegava ao fim, o *Süddeutsche Monatshefte* publicou um número temático sobre "A questão judaica", segundo Heidengren, e justificou a escolha do tema afirmando que essa era uma das questões mais presentes e mais complexas do período pós-guerra: "A multiplicidade de explicações, interpretações e ataques que chegam aos judeus vindos de fora corresponde para o observador externo a uma desconcertante variedade de esforços e de opiniões no interior do próprio judaísmo".

A contribuição de Ernst Jünger, "Sobre o nacionalismo e a questão judaica", conclui que os judeus na Alemanha viam-se obrigados a escolher entre "ser judeu ou não ser", segundo Heidengren, e com isso Jünger queria dizer que o judaísmo precisava manter seu caráter próprio a fim de permanecer judaico, e que nesse caráter próprio havia um valor ameaçado pelo pensamento igualitário fomentado pelo liberalismo econômico. Jünger, como Hitler, via o capitalismo internacional e o marxismo como ameaças contra o germanismo; ambos eram nacionalistas, mas a diferença fundamental entre os dois era que para Jünger o próprio não era um valor que servia apenas para o que era próprio, ou seja, para o germanismo, mas para todos, inclusive para os judeus. Jünger defende o único e o diferente, aquilo que é próprio de um distrito, de uma cultura, de um povo, de uma nação, como um contrapeso em relação ao igual e ao uniforme, e de acordo com essa forma de pensar o problema é justamente a assimilação do judaísmo pelo germanismo, mais ou menos como a assimilação do germanismo pelo internacionalismo, e não o judaísmo em si mesmo. Mas também nesse ensaio breve, racional e estilisticamente bem--acabado, que se encontra tão longe da prosa de Hitler quanto seria possível chegar dentro do mesmo círculo cultural, existem traços antissemitas.

> Para que pudesse tornar-se perigoso, contagioso e destruidor, seria antes de tudo necessária uma situação que o viabilizasse sob uma nova forma, a forma do judeu civilizado. Essa situação foi criada pelo liberalismo, por essa grande declaração de independência do espírito, que não se dará por encerrada por conta de qualquer outro evento que não a derrocada completa do liberalismo.

Descrever um judeu como "perigoso, contagioso e destruidor" não era nada inédito em 1930, muito pelo contrário: era comum. Jünger associa esse fato a uma transformação na cultura, durante a qual os judeus abandonam a si mesmos e tornam-se alemães em consequência do liberalismo, e não com o que quer que seja no judaísmo em si, ou seja, na essência ou na natureza do judaísmo, e essa é a grande diferença entre essa manifestação e aquela feita por Hitler em *Minha luta*, mas assim mesmo é impossível não vê-las em um mesmo contexto, pois os elementos são os mesmos, o judaísmo é contagioso e se encontra ligado ao liberalismo, e apenas esse contexto — o fato de o judaísmo ser compreendido como um problema não apenas em meio ao populacho, mas também em meio às pessoas esclarecidas, ainda que não de forma generalizada, e também em meio aos próprios judeus, pois havia judeus antissemitas, e a identidade judaica, tudo aquilo em que consistia, foi continuamente discutida no período entreguerras — torna possível compreender que um homem como Hitler, que havia escrito um livro como *Minha luta*, no qual o antissemitismo era o centro a partir de onde tudo emanava, pudesse no fim tornar-se chanceler do país.

Se o pusermos ao lado de um dos intelectuais mais importantes da contemporaneidade, o filósofo judeu Theodor Adorno, é justamente esse o aspecto de *Minha luta* que se torna mais evidente, pois o que Adorno teria dito acerca disso? Ele não poderia ter respondido com argumentos racionais, elegantes, infinitamente precisos e nuanceados, porque não haveria a que responder — ora, Adorno se encontra em um nível tão acima de *Minha luta* que não poderia ter levado o livro a sério, e portanto não poderia tratá-lo como sendo uma coisa de igual valor. Se agisse dessa forma, estaria ao mesmo tempo elevando o livro a uma envergadura que não tinha, e assim estaria de certa forma a legitimá-lo. Ele podia ter ridicularizado *Minha luta*, e foi assim que o livro foi recebido por boa parte da sociedade, mas de nada adiantaria; a única estratégia razoável seria não se ocupar de nenhuma forma com aquilo. *Minha luta* era demasiado baixo para que se pudesse argumentar contra o livro, era uma obra que a bem dizer somente podia ser rejeitada sem nenhum tipo de argumentação.

Se Hitler não fosse autodidata, mas tivesse por exemplo estudado filosofia na época de Viena, e se tivesse formulado as ideias contidas em *Minha luta* nos limites desse horizonte, o livro podia ter sido discutido, analisado e dissecado, embora não sem ao mesmo tempo expressar outra coisa que não aquilo que expressava, porque o fator essencial no livro é o fato de que esse tipo de horizonte não existe, de que o eu não se dirige a um tu, mas apenas a um nós, em relação ao qual ele mesmo permanece alheio. É no tu que se encontra o dever, e é esse dever, capaz de constituir uma coletividade, que torna possível a discussão. O eu de Hitler é desprovido de tu, não tem dever com ninguém, e assim, quando levado às últimas consequências, torna-se imoral, ou desprovido de moral. Já o eu de Jünger pressupõe um tu, e isso significa que é possível argumentar contra ele, afirmando por exemplo que a palavra "contagioso" não apenas designa uma coisa que se espalha em meio às pessoas, mas que também tem a conotação de uma doença, de um processo patológico, e que a relação entre o liberalismo e o judaísmo é demasiado tênue para que o elemento patológico do raciocínio não fique atrelado ao judaísmo, ou aos judeus, que assim, em função disso, são apresentados como uma grandeza por si mesma destruidora ou por si mesma perigosa, ou ao menos postos nessa posição, o que em outras palavras significa que seriam qualitativamente diferentes de mim e de você, que não somos judeus, e você não pode alegar uma coisa dessas, pode? Claro que posso, Jünger poderia responder, ou então não, não foi isso que eu quis dizer, mas a despeito de qualquer outra coisa o texto e as opiniões expressas no texto poderiam ser discutidos, e Jünger e todos aqueles que estavam de acordo com ele poderiam, em princípio, aceitar os contra-argumentos e mudar de opinião, ou então tornar os argumentos mais nuanceados, para diminuir a chance de quaisquer mal-entendidos. Nesse processo, que deve ser compreendido não apenas de forma literal, mas também metafórica, como a reflexão consciente ou supraconsciente que todo e qualquer texto exige entre o próprio eu e o tu que lhe corresponde, são estabelecidos os limites do que pode ser dito e do que não pode ser dito em determinada época, é dentro desses limites que a contemporaneidade existe, e cruzar esses limites, que são também os limites do dever e da moral, somente é possível ao transcender-se o tu do eu, o que pressupõe que seja fraco ou inexistente. Jünger não o transcendeu; a afirmação dele era boa dentro dos limites impostos por aquela sociedade para o que era aceitável, mesmo que fosse duvidoso. Mas duvidoso em relação a quê? À lei? Ao direito? À opinião popular? Às normas sociais?

O fato de que uma afirmação é antissemita não pode ser relativo, mas a compreensão do que é antissemita pode ser. Podemos explicar que Jünger escreveu o que escreveu porque ele era um nacionalista de extrema direita, um adorador da guerra e uma das pessoas admiradas por Hitler, sem que por isso fosse um nazista, mas assim mesmo existe uma relação, e a partir dessa contextualização pensamos: claro, ele tinha uma moral dúbia, e assim vemos a afirmação sobre o judaísmo sob essa luz. Mas, nesse caso, de que forma compreender que outra pessoa da mesma geração, uma das figuras centrais na literatura do século xx, Franz Kafka, que era judeu, também escrevesse coisas ofensivas a respeito dos judeus? Na entrada do dia 6 de agosto de 1914 dos diários ele escreve:

> Desfile patriótico. Discurso do prefeito. Primeiro o sumiço, depois o reaparecimento e a exortação alemã: "Viva o nosso querido monarca!". Assisto a tudo com o olhar cheio de ódio. Esses desfiles são uma das consequências mais re-

pulsivas da guerra. Criados por comerciantes judeus ora alemães, ora tchecos, o que a bem dizer reconhecem, embora nunca o tivessem feito com tanto alarido quanto agora. Naturalmente os desfiles atraem muitas pessoas. Estavam bem organizados. E vão se repetir todas as tardes, e amanhã, domingo, por duas vezes.

A afirmação não é antissemita, mas os "comerciantes judeus" estão ligados a "cheios de ódio" e a "repulsivas", e essa identidade é apresentada como se fosse uma coisa escolhida de acordo com o que vale mais a pena, e isso, o fato de que os judeus são comerciantes dispostos a negociar qualquer coisa em nome do benefício próprio, inclusive a própria identidade judaica, é um dos lugares-comuns do antissemitismo, e mesmo que Kafka escreva que não vale para todos os judeus, mas apenas para esses comerciantes judeus específicos, a afirmação poderia muito bem ser interpretada como manifestação de apoio ao antissemitismo caso tivesse sido escrita por Jünger ou por Hamsun, por exemplo. Se estivesse em um livro de Jünger ou Hamsun, nós a julgaríamos inadequada, e, se tivéssemos apreço por esses escritores, talvez quiséssemos justificá-la por meio da ingenuidade política naquela época tão confusa, ao passo que, se tivéssemos desprezo por eles, haveríamos de interpretá-la como mais um sinal de que eram pessoas ruins e imorais, mas como a afirmação saiu da pena de Kafka estamos dispostos a compreendê-la de maneira diferente. Isso significa que a moral de uma afirmação não é absoluta, mas define-se também a partir do estilo e da assinatura da afirmação, e além disso se transforma quando o quadro interpretativo, ou seja, a cultura em que se encontra, igualmente se transforma. *Minha luta* não significava em 1924 o mesmo que significava em 1934, e não significava em 1934 o mesmo que significa hoje. Tanto as afirmações de Kafka como as de Jünger eram totalmente aceitáveis na época, não eram chocantes, enquanto as de Hitler com certeza eram. As afirmações não eram proibidas, e tampouco controversas, no sentido de criar um escândalo; eram simplesmente vulgares, simplórias, de mau gosto e mal-intencionadas.

A história de *Minha luta* é a história de como o livro deixa de ser uma coisa da qual era necessário afastar-se em 1925 para tornar-se uma coisa a ser implementada na vida prática em 1933. Como o próprio Hitler era imutável e manteve as mesmas opiniões em 1925, 1933 e 1943, quem mudou foram as pessoas ao redor dele, e essa mudança talvez seja o elemento mais importante do movimento popular nazista na Alemanha, o fato de que aquilo que antes era errado se tornou certo, de que aquilo que antes era imoral se tornou moral, e o fato de que isso não aconteceu por meio de alterações nas leis ou de qualquer outro instrumento formal de que dispunham as instituições e a sociedade, mas por meio de uma transformação na própria coletividade, ou seja, no nós da sociedade, cuja expressão individual é a consciência.

Mesmo que o eu de Hitler apresente um tu fraco, tanto na vida como na literatura, isso não significa que ele vive ou escreve no vácuo, mas apenas que tudo aquilo que faz, pensa, fala e escreve não tem nenhum tipo de compromisso em relação a quem quer que seja a não ser ele mesmo e aquilo que ele julga ser o certo. Hitler faz isso num sistema em que o outro existe apenas como os outros, seja no grande nós, o coletivo nacional, ou seja, os alemães, ou no grande eles, os inimigos da nação, ou seja, os judeus. No interior desse sistema circulam todas as ideias e conceitos do mundo, retirados das mais variadas esferas da vida em sociedade, compostos de maneiras completamente idiossincráticas e muitas vezes também idiotas, o que é uma das consequências da impossibilidade de correção — outra é o gênio —, e o que se manifesta dessa forma, em um texto que não presta atenção ao que se deve dizer, ao que é decente e ao que é ofensivo, é uma faceta cega da sociedade, tudo aquilo a respeito do que esta não quer saber, e que via de regra é mantido na escuridão pelas estruturas de força do estilo e do gosto. Em 1910 seria absolutamente impensável que o homem responsável por escrever um livro como *Minha luta* pudesse tornar-se chefe de Estado.

Os chefes de Estado eram ou monarcas, que na Inglaterra e na Alemanha, assim como os ministros que nomeavam, pertenciam às camadas mais altas da sociedade, vinham das melhores famílias e haviam frequentado as melhores escolas, e portanto eram pessoas com uma boa formação num contexto em que esse era um dos valores mais apreciados pela sociedade, ou então eram presidentes, escolhidos dentre os membros das mesmas classes altas e bem servidas do ponto de vista cultural e econômico. Era um sistema opressor, que jogava para baixo as pessoas das camadas mais baixas da sociedade, mas essa opressão não é simplesmente um mal da maneira como nos acostumamos a pensar; o exercício do poder não é o mesmo que o mau uso do poder, ou seja, o mau uso do poder tem outras funções além de perpetuar os privilégios de determinada classe social. Tudo aquilo que mantém do lado de fora é indesejado, e obviamente é indesejado porque solapa os privilégios da classe dominante, mas também porque destrói os valores e a estabilidade social promovidos pela classe dominante. Uma revolução joga por terra as estruturas sociais e faz ruir os valores sobre os quais se erguem, e faz essas coisas por meio da violência. A violência revolucionária pode ser compreendida como uma resposta à violência estrutural que existe numa sociedade — a pobreza, a necessidade e a enorme injustiça geradas —, mas assim mesmo é ilegal, uma vez que a violência revolucionária é também a violência latente, o que não pode ser tolerado por nenhuma sociedade, e a primeira coisa que ocorre quando os revolucionários chegam ao poder é que implementam novas leis, tão invioláveis quanto aquelas que pretendem substituir, e também com o mesmo objetivo: o controle da violência latente e a implementação da ordem e da estabilidade social. Foi o que aconteceu na França em 1789, na Rússia em 1917 e na Alemanha em 1933, com a diferença de que na Alemanha a revolução não apenas veio de baixo, e não apenas foi uma revolução de classe, mas estava ligada tanto à classe baixa como à classe média e à classe alta, principalmente à classe média baixa, e pôs a lei de lado sem batalha e sem derramamento de sangue. Isso foi possível porque a estrutura social já se encontrava em ruínas, ou pelo menos ruindo. O aparato estatal pertencia à velha monarquia, a democracia parlamentar era fraca e, quando a inflação e o desemprego subiram às alturas como resultado da depressão econômica, sem contar a humilhação constante por causa da derrota na guerra, a democracia tornou-se paradoxal, porque concordou com a própria dissolução, ou seja, entregou o poder a Hitler e ao partido nacional-socialista, que eram antidemocráticos. Fenômenos e correntes que apenas uma década antes corriam nos subterrâneos da sociedade de repente passaram a fazer parte da ideologia nacional do partido, não mais como ideias baixas e vis, mas como ideais dignos e sublimes.

Hitler expressava o que a maioria das pessoas pensava mas não dizia com uma convicção e um sentimento tão intensos que tudo ganhava legitimidade, e quanto mais pessoas o seguiam, no sentido de que aquilo que pensavam em silêncio, mas talvez tivessem receio de expressar, podia enfim ser expresso, maior se tornava essa legitimidade. As opiniões que Hitler expressava eram claras e definidas, ele não escondia nada, e essas opiniões podiam ser facilmente rejeitadas, porque ele e o partido não tinham influência nenhuma, o poder veio porque as pessoas davam-lhe ouvidos, e assim ouviam a si mesmas, à voz da própria consciência, àquela voz que dizia que as coisas eram daquela maneira. A tragédia da Alemanha foi que nada reprimiu essa voz da consciência, aquilo que as pessoas pensavam em silêncio, e nenhuma das estruturas que poderia rejeitar o que era vil funcionou.

Assim são as coisas, Hitler dizia, assim são as coisas, diziam as pessoas, e então aplaudiam Hitler, e ao mesmo tempo a si mesmas e aos seus. Podemos dizer que Hitler deu uma voz à santimônia, mas apenas se nos encontramos acima de tudo aquilo que essa santimônia expressa, ou seja, se tivermos melhor gosto e melhor juízo; apenas nesse caso trata-se de santimônia. Para quem está lá, é justiça. Mas quem decide onde se encontra o limite entre a justiça e a santimônia? Quem decide a moral de uma sociedade, o que é aceitável e o que não é? É uma tarefa que não cabe a nenhum indivíduo, mas a todos. E a moral não existe como uma grandeza fora da sociedade, fora das instituições, como uma coisa absoluta que podemos invocar na condição de pessoas; não, a moral faz parte de nós nesse exato momento, e era diferente para os nossos pais, e vai ser diferente para os nossos filhos, mesmo que não muito, porque o que há de mais desejável numa sociedade é que a moral seja a mais constante possível e pareça tanto quanto possível ser uma grandeza absoluta e extrassocial. Na verdade não é nada disso, conforme os aconte- cimentos do pós-guerra na Alemanha mostraram de maneira inconfundí- vel. A filósofa Hannah Arendt escreve justamente sobre esse tema no livro *Eichmann em Jerusalém*:

> Pois assim como o direito dos países civilizados parte da premissa tácita de que a voz da consciência de cada um diz: "Não matarás", justamente por ser pressu- posto que os impulsos naturais do homem são por vezes homicidas, o "novo" di- reito de Hitler exigiu que a voz da consciência de cada um dissesse: "Matarás", mesmo com a aceitação expressa de que as inclinações naturais do homem não o impelem de maneira nenhuma a necessariamente matar. No Terceiro Reich o mal havia perdido a característica segundo a qual a maioria das pessoas o re- conhece — já não se apresentava às pessoas como tentação. Muitos alemães e muitos nazistas, provavelmente a maioria, devem ter sentido a tentação de *não* matar, de *não* roubar, de *não* permitir a morte do próximo (pois naturalmente sabiam que a deportação dos judeus significava a morte, ainda que muitos não tivessem conhecimento acerca dos detalhes sórdidos) e de *não* tornar-se cúm- plice de todos esses crimes ao obter vantagens. Mas Deus sabe que aprenderam a lidar com as inclinações e a resistir à tentação.

A consciência é a expressão da moral no indivíduo. Para um indivíduo como Hitler, que foi intimidado e surrado pelo pai e além disso perdeu os irmãos e a mãe, que cresceu em uma sociedade cujas profundas transforma- ções liberaram forças que exerceram demasiada pressão sobre as estruturas e por fim levaram-nas ao colapso, que vivenciou a carnificina da Primeira Guerra Mundial e a turbulência social que a sucedeu, que tinha violência por todos os lados — para uma pessoa como ele a consciência não "dizia" o mesmo que diz para nós, que não vivenciamos nada disso. Mas dizia o mesmo para outras pessoas de sua geração, pois nenhuma das vivências de Hitler foi única, e nada do que ele escreveu em *Minha luta* era inédito, ou seja, tudo que existe em *Minha luta* existe também em outros lugares da sociedade da época. Uma das principais fontes de inspiração para Hitler quando escreveu *Minha luta* foi o livro de Henry Ford, *O judeu internacional*. Henry Ford, o magnata da indústria e fabricante de automóveis, era mundialmente famoso, e o livro dele chamou muita atenção quando foi lançado na Alemanha. O *New York Times* noticiou em 1922 que Hitler tinha uma grande fotografia de Henry Ford na parede ao lado da escrivaninha, segundo Ryback, e Hitler também fazia elogios a Ford nos discursos da época. Ryback cita Baldur von Schirach, que ainda era jovem quando o livro de Ford foi lançado, e que afirma ter se tornado antissemita ao lê-lo. "Este livro causou na época uma impressão muito profunda em mim e em meus amigos, porque víamos em Henry Ford o representante do sucesso, e também o representante do progresso social e político." Outro livro que Hitler leu antes de escrever *Minha luta* foi o infame *Rassenkunde des deutschen Volkes*, de Hans F. K. Günther, enquanto Otto Strasser, um dos colegas de Hitler, segundo Ryback associa os conceitos fundamentais de *Minha luta* a conversas que o autor teve com Feder, Rosenberg e Streicher, mas acima de tudo Eckart, nas quais os livros de Chamberlain e Lagarde ocupavam uma posição central.

Não há nada sobre isso em *Minha luta*, onde o antissemitismo e as teorizações que lhe dizem respeito são apresentados como sendo as conclusões do próprio Hitler, um bom tempo antes de ingressar na carreira política. Hitler descreve o antissemitismo como uma vivência similar a uma conversão, como se tivesse enfim feito com que todas as coisas se encaixassem, como se ele finalmente tivesse compreendido o que se passava. Em *Minha luta* ele situa essa conversão no primeiro outono em Viena, mas, como não existem indícios de antissemitismo na vida que levava naquela época, isso dificilmente poderia estar correto. Mas a própria estrutura do acontecimento, a maneira como se desenvolve, pode assim mesmo ser uma reprodução fidedigna de como ele mais tarde percebeu essa vivência. Hitler descreve-a da seguinte maneira:

> Hoje me é difícil, se não impossível, dizer quando foi a primeira vez que a palavra "judeu" levou-me a ter pensamentos singulares. Na casa do meu pai, não me lembro de ter ouvido a palavra sequer uma vez enquanto meu pai era vivo. Creio que esse velho senhor já teria vislumbrado uma defasagem cultural na singular menção a esse nome. Ao longo da vida ele cultivara um olhar mais ou menos burguês e cosmopolita, que mesmo em face da extrema disposição nacionalista havia não apenas se conservado, mas também matizado o meu olhar.

Tampouco na escola havia qualquer circunstância capaz de me conduzir a uma transformação dessa imagem transferida.

Na *Realschule* eu de fato conheci um menino judeu, tratado por todos nós com certa cautela, embora apenas porque, em razão de sua taciturnidade, com a qual tínhamos diversas experiências, não confiássemos muito nele; mas nenhum pensamento me acudiu, como tampouco aos outros.

Foi somente entre os meus catorze e quinze anos que passei a encontrar com mais frequência a palavra "judeu", em parte nos discursos políticos. Eu sentia uma certa aversão a essa palavra e não tinha como evitar o sentimento desagradável que sempre tomava conta de mim quando desentendimentos confessionais ocorriam na minha presença.

Mas na época eu não via a questão de qualquer outra forma.

Linz tinha muito poucos judeus. Com o passar dos séculos, a aparência exterior tornara-se europeizada e humana; eu chegava a tomá-los por alemães. O absurdo dessa concepção era-me pouco claro, porque a única característica diferente que eu percebia era a estranheza da confissão. Que fossem perseguidos por essa razão, segundo eu acreditava, muitas vezes fez com que minha aversão relativa a declarações desfavoráveis sobre os judeus se transformasse quase em repulsa.

Eu não fazia a menor ideia de que havia uma oposição planejada em relação aos judeus.

Então cheguei a Viena.

Tomado pela exuberância das impressões causadas na esfera arquitetônica e oprimido pelo fardo do meu destino, nos primeiros tempos eu não percebia a estratificação social naquela gigantesca cidade. Muito embora naquela época Viena já tivesse cerca de duzentos mil judeus em meio aos dois milhões de habitantes, eu não os via. Meus olhos e meus pensamentos ainda não tinham se habituado à torrente de tantos valores e tantos pensamentos durante as primeiras semanas. Somente quando a tranquilidade costumeira retornou e aquela imagem confusa se aclarou pude enfim olhar ao meu redor com maior atenção naquele mundo novo, e assim me deparei com a questão judaica.

Não pretendo afirmar que a forma e a maneira como a conheci tenham me parecido especialmente agradáveis. Eu ainda via apenas a confissão dos judeus e assim, por motivos de tolerância humana, mantinha-me fiel à minha aversão por qualquer disputa religiosa. Em razão disso, o tom, e acima de tudo aquele usado pela imprensa antissemita de Viena, parecia-me indigno da tradição cultural de um povo grandioso. Entristecia-me a recordação de certos eventos da Idade Média, que eu não gostaria de ver repetidos. Uma vez que os jornais mencionados em geral não eram tidos como particularmente bons — por quê, eu mesmo não sabia direito naquela época —, eu via neles mais o produto de uma inveja irritada do que o resultado de uma visão fundamental, por mais equivocada que fosse.

Essa convicção fortaleceu-se graças à forma infinitamente mais digna, segundo me pareceu, como a grande imprensa respondia a todos esses ataques, ou como — o que se me afigurou digno de elogio — simplesmente não os mencionava, limitando-se a manter silêncio.

Eu lia com fervor a assim chamada imprensa mundial (*Neue Freie Presse, Wiener Tagblatt* etc.) e surpreendia-me com a quantidade do que era oferecido ao leitor e com a objetividade das notícias individuais. Eu apreciava o tom elegante, e na verdade somente o estilo rebuscado por vezes causava-me uma certa insatisfação, ou mesmo desconforto. Mas isso talvez se devesse ao ímpeto da metrópole.

No entanto, esses mesmos jornais aos poucos começam a apresentar traços que desagradam a Hitler. Simpatizam com tudo aquilo que diz respeito à corte e agem "como tetrazes fazendo a dança do acasalamento" em relação ao imperador do império austro-húngaro, e assim envergonham a democracia liberal, segundo Hitler escreve. Os jornais também declaram guerra ao imperador alemão, Wilhelm II, "com rostos aparentemente preocupados, embora, segundo me parecia, também com um desprezo mal escondido". Ao ver que os mesmos jornais que "faziam as mais respeitosas mesuras mesmo para o pior asno da corte" manifestavam dúvidas em relação ao imperador alemão e cutucavam essa ferida a bel-prazer de maneira por assim dizer amistosa, Hitler logo perdeu a confiança, e então passou a adotar um dos jornais antissemitas, o *Deutsches Volkblatt*, como uma opção mais adequada no tocante a esses assuntos. Além disso, os grandes jornais veneravam a França, o que lhe parecia repugnante, uma vez que, segundo escreve:

> Parecia quase necessário envergonhar-se de ser alemão ao se deparar com esses doces hinos de louvor à "grande nação da cultura". Essa francesice lamentável por mais de uma vez levou-me a pôr de lado a "imprensa mundial". Por vezes eu recorria ao *Volksblatt*, que sem dúvida parecia ser bem menor, embora mais imparcial em relação a essas coisas. Eu não estava de acordo com o tom marcadamente antissemita, embora de vez em quando encontrasse argumentos que me levavam a refletir.

Quando chegou a Viena, Hitler tomou Karl Lueger, o prefeito da cidade, e o partido socialista-cristão a que pertencia por inimigos, segundo escreve, porque davam a impressão de ser "reacionários". Mas, à medida que foi conhecendo melhor a política, Hitler passou a julgar o prefeito de forma um pouco mais justa, e por fim a admirá-lo. Tanto Lueger como o partido eram antissemitas, e isso, somado à desconfiança em relação aos jornais, levou-o a mudar de opinião.

Se assim, aos poucos, também minhas opiniões em relação ao antissemitismo sujeitaram-se à passagem do tempo, esta deve ter sido a maior transformação em toda a minha vida.

Custou-me a maioria das batalhas travadas na alma, e foi somente ao fim de uma luta de meses entre a razão e a emoção que a vitória começou a desenhar-se no lado da razão. Dois anos mais tarde a emoção passou a seguir a razão, e a partir desse momento tornou-se seu mais confiável guardião e conselheiro.

Na época dessa luta encarniçada entre a educação anímica e a razão fria, o aprendizado das observações feitas nas ruas de Viena prestou-me um serviço inestimável. Chegou uma hora em que eu já não vagava mais às cegas pelas ruas daquela imponente cidade, como nos primeiros dias, mas de olhos bem abertos, vendo não apenas os prédios, mas também as pessoas.

Certa feita, enquanto assim eu caminhava pelo centro da cidade, de repente me deparei com um vulto de cachos negros com um longo cafetã.

Isso também é um judeu?, foi a primeira coisa que pensei.

A bem dizer, não era aquele o aspecto que tinham em Linz. Observei o homem com cuidado e cautela, porém quanto mais eu fitava aquele rosto estranho e analisava-lhe cada um dos traços, mais a pergunta inicial transformava-se em outra no meu cérebro: Isso é também um alemão?

Como sempre em casos similares, tentei sanar essa dúvida por meio dos livros. Na época comprei por uns poucos vinténs os primeiros panfletos antissemitas da minha vida. Infelizmente, todos partiam do pressuposto de que em princípio o leitor detinha pelo menos um certo grau de conhecimento, ou mesmo compreensão, acerca da questão judaica. Além disso, na maior parte das vezes o tom adotado fazia com que minhas dúvidas ressurgissem, em parte devido às provas demasiado pífias e extraordinariamente frágeis do ponto de vista científico que eram apresentadas para as alegações feitas.

Então eu sofria um lapso de semanas, por vezes de meses.

A questão me parecia tão monstruosa e as imputações tão infundadas que eu, atormentado pelo temor de cometer uma injustiça, novamente me sentia angustiado e inseguro.

O argumento decisivo que segundo *Minha luta* fez de Hitler um antissemita estava ligado ao sionismo e à postura dos judeus liberais em relação ao assunto, uma vez que não rejeitavam os sionistas como não judeus, como talvez houvessem feito caso se tratasse de uma questão de fé, mas em vez disso invocavam um "pertencimento interior".

Essa disputa de aparências entre judeus sionistas e liberais logo passou a me enojar; era uma coisa totalmente inverídica, portanto falaciosa e ademais pouco condizente com a sempre mencionada envergadura e pureza moral desse povo.

Acima de tudo, a pureza moral e também de outra ordem relativa a esse povo era um assunto à parte. Que não se tratava de pessoas que gostavam de água era possível ver já pelo exterior, infelizmente não raro tendo os olhos fechados. Mais tarde, por vezes o odor desses homens que trajavam cafetãs me causou enjoo. Além disso havia também as roupas sujas e o aspecto pouco heroico.

Tudo isso não podia causar uma impressão muito atraente; mas a repulsa de fato vinha quando de repente se descobria, para além da sujeira do corpo, a mácula moral do povo escolhido.

Nada havia me levado a tantas reflexões em tão pouco tempo quanto a gradual compreensão acerca da forma como os judeus agem em determinadas áreas.

Haveria uma única indecência, uma única desfaçatez de qualquer estirpe, principalmente na esfera da vida cultural, que não envolvesse pelo menos um judeu?

Desde que se fizesse uma incisão cautelosa em um tumor desse tipo, encontrar-se-ia, como o verme de um cadáver putrescente, com frequência ofuscado pela luz repentina, um judeuzinho.

Foi essa pesada sina que o judaísmo adquiriu aos meus olhos, à medida que eu me familiarizava com as atividades que promovia na imprensa, na arte, na literatura e no teatro. A partir desse ponto, as convicções ungidas serviriam para muito pouco, ou mesmo nada. Bastava observar um dos postes de anúncios, estudar os nomes dos criadores espirituais desses execráveis arremedos para o cinema e o teatro, sempre tão elogiados, para endurecer-se por um longo tempo. Era uma pestilência, uma pestilência espiritual, pior do que a peste negra que outrora infectava as pessoas. E em que quantidade esse veneno foi produzido e espalhado! Naturalmente, quanto mais baixo for o nível espiritual e moral desse produtor, mais farta resulta sua produção, até que um sujeito desses passe a fazer a própria desfaçatez respingar no rosto das outras pessoas como faria uma máquina centrífuga. Além do mais, deve-se pensar na infinidade dos números; deve-se pensar que para cada Goethe a natureza com ainda mais facilidade produz dez mil desses borra-tintas contemporâneos, que hoje envenenam as almas com os piores tipos de bactéria.

Era um fato terrível, mas assim mesmo evidente, que os judeus, em números incontáveis, tinham recebido da natureza essa predisposição ao opróbrio. Será que residiria nisso o caráter de escolhidos?

Hitler continua fazendo uma associação entre o judaísmo, a prostituição e o mercado de escravos brancos em Viena, e escreve que deixou de evitar a questão judaica, mas gostaria de tê-la evitado, e que, uma vez que havia compreendido o que procurar, não parava mais de encontrar novas ligações e novas relações, até deparar com o judaísmo no lugar onde menos esperava:

> Quando reconheci os judeus como líderes da social-democracia, foi como se escamas caíssem dos meus olhos. E assim uma longa batalha em minha alma chegou ao fim.
>
> [...] Aos poucos comecei a odiá-los.
>
> Mas tudo isso trouxe-me ainda um bem, pois, na medida em que passei a enxergar esses arautos ou pelo menos divulgadores da social-democracia, o amor ao meu povo cresceu. Afinal, como amaldiçoar a vítima desventurada caída na lábia diabólica desses tentadores? Como foi difícil, mesmo para mim, assenhorar-me das falácias dialéticas dessa raça!
>
> [...] Foi tão somente isso que me permitiu uma comparação prática da realidade com as falsidades teóricas dos apóstolos fundadores da social-democracia, uma vez que haviam me ensinado a compreender a linguagem do povo judeu; um povo que fala para ocultar ou ao menos velar os pensamentos, cujo verdadeiro objetivo não se encontra portanto nas linhas, mas repousa muito bem escondido entre as linhas.
>
> Para mim havia chegado a hora da grande revolução que em meu âmago eu sempre havia sentido. Eu havia deixado de ser um débil cidadão do mundo para tornar-me um fanático antissemita.

Os primeiros fenômenos que Hitler associa aos judeus estão ligados à decadência da cultura. A decadência na imprensa, a decadência na literatura, a decadência na arte, em outras palavras, a decadência em todo o espaço social. E essa decadência, que muitos julgavam ver ao seu redor, podia tanto ser vista como a expressão de uma decadência moral ou como a própria causa dessa decadência moral. Hitler era partidário dessa última opinião, e a associação que estabelece entre os judeus e essa circunstância pode ser igualmente compreendida de duas maneiras: como expressão da baixa moral do povo judeu ou como expressão de uma tentativa de corromper a moral vigente — em outras palavras, uma tentativa de destruir o povo de dentro para fora. Hitler parece achar que se tratava de uma combinação, e que era através da política social-democrata que o método e a sistemática que se podia observar em todas as áreas em decadência, mas que em outras áreas permaneciam ocultos, tornavam-se visíveis. Tanto opiniões como posturas e considerações morais, fossem expressas em público ou em privado, em uma obra de arte ou em uma manifestação política, eram, de acordo com essa forma de pensar, grandezas relativas, diferentes graus entre ruim e bom em uma escala moral. Essa diferença relativa é por fim levada ao absoluto, quando Hitler pergunta: "Será que temos o direito objetivo a batalhar por nossa subsistência ou isso também se encontra apenas subjetivamente inculcado em nós?". Em outras palavras, será que a cultura e a moral são relativas, coisas que podemos decidir, ou será que têm uma base objetiva? Uma base a partir da qual a moral possa ser decidida fora da moral, a partir da qual a cultura possa ser decidida fora da cultura? Enfim, uma coisa real, uma fundação sólida? É nisso que Hitler acredita, e assim fixa a diferença entre o nacionalismo e o marxismo, que no fundo é a expressão de uma diferença entre o germânico e o judaico, numa grandeza que chama de *Obra do Senhor*, ou seja: a natureza. Hitler escreve:

> O ensinamento judaico do marxismo rejeita o princípio da natureza e substitui a eterna primazia do poder e da força pela quantidade das massas e por seu peso morto. Nega à humanidade o valor das pessoas, questiona o sentido da nação e da raça e assim priva a humanidade das condições de sua própria existência e de sua própria cultura. Como fundação do universo, esse ensinamento levaria ao fim de toda e qualquer ordem concebível pela humanidade. E, assim como nesse grande organismo o resultado da aplicação dessa lei seria unicamente o caos, também na terra, para os habitantes dessa estrela, seria o próprio ocaso.
>
> Se os judeus vencerem os povos do mundo com o auxílio da confissão marxista, a coroação desse êxito será a dança da morte para toda a humanidade, e assim o planeta mais uma vez tornará a vagar deserto pelo éter, como fez outrora há milhões de anos.
>
> A natureza eterna vinga-se sem piedade de qualquer transgressão às suas leis. Creio portanto agir hoje segundo a vontade do Criador onipotente: *enquanto resisto aos judeus, luto pela Obra do Senhor.*

O mais importante conceito retórico nesse raciocínio, que é o cerne da ideologia política de Hitler da maneira como a formula em *Minha luta*, e que portanto é o ponto a partir do qual todos os atos mais tarde levados a efeito pelos nazistas, inclusive aqueles que talvez representem a maior catástrofe já ocorrida na esfera humana, o Holocausto, emanam, são os argumentos de que o antissemitismo não é uma grandeza baseada em sentimentos, mas justamente o oposto, um ponto de vista racional a que ele chegou graças ao emprego da razão. É uma distinção absolutamente decisiva. Em parte para si mesmo, pois se o ódio que sentia pelos judeus não tivesse nenhum motivo racional, ou seja, se não pudesse ser explicado a partir dos próprios judeus, somente poderia ter origem nele próprio, e assim haveria de caracterizar-se como uma expressão de sentimentos íntimos, grandeza cuja existência Hitler mal reconhecia. Mas também, para as pessoas às quais se dirigia — pois, ao escrever que o primeiro sentimento intuitivo que teve em relação aos judeus foi de que o antissemitismo era uma coisa terrível —, Hitler se adiantava em relação a uma objeção absolutamente essencial e universal: a de que os judeus eram pessoas como elas próprias, com alegrias e tristezas, filhos e pais, amigos e colegas, e de que não se podia odiá-los, não se podia voltar-se contra eles, isso não era justo nem certo. Você sente-se assim, diz Hitler, e não há nada de errado em sentir-se assim, eu também me sentia da mesma forma. O antissemitismo é grotesco. Os pogroms são uma coisa terrível. Mas esses sentimentos, que são profundamente humanos, escondem a verdadeira situação sob um véu. E sob a proteção desse véu, que é quase um disfarce, dá-se a atividade dos judeus, que consiste em destruir justamente aquilo que é bom, justamente aquilo que dá origem ao sentimento de que o antissemitismo é errado. Esse véu precisa ser levantado, o que somente pode acontecer com recurso a argumentos racionais, como aqueles que Hitler oferece ao longo do texto. Este é o cerne retórico: estou dizendo as coisas tal como realmente são. O germanismo encontra-se ligado à diferença: o indivíduo tem valor como pessoa, como integrante da raça e por extensão como parte da expressão política dessa raça, que é o Estado nacional. O valor germânico são os ideais espirituais.

O judaísmo, que é o mesmo que o marxismo, encontra-se ligado à igualdade: para os judeus não existem diferenças individuais entre as pessoas, que são portanto substituíveis, parte da massa; não existem diferenças relativas à raça, ou seja, não existe um povo, não existe um Estado nacional. O valor judaico-marxista é o valor material do dinheiro. Tudo é a mesma coisa no universo marxista, e essa indiferenciação, essa realidade indistinta, assemelha-se ao caos. O germanismo baseia-se nos valores que constituem a base de todas as distinções morais, o bem e o mal, ou seja, na qualidade, enquanto o judaico-marxismo baseia-se em números e em massas, ou seja, na quantidade. O germanismo busca sua legitimidade na natureza, ou seja, na parte viva da natureza, na biologia, que as ciências naturais dividiram em classes, famílias e espécies, cujo princípio, o próprio princípio da vida, é o instinto de sobrevivência, ou seja, a primazia do mais forte. O judaico-marxismo também busca sua legitimidade na natureza, mas na natureza inanimada, no mundo material, ou seja, na morte. A consequência do judaico-marxismo é o caos, ou seja, a ausência de diferença, e por fim a morte e o vazio absoluto, que é a derradeira ausência de diferença.

A forma de pensar biológica se manifesta em diversos níveis no texto; quando Hitler escreve sobre as áreas da vida cultural marcadas pelos judeus, estes são vistos como tumores onde se faz uma incisão, uma dissecação que revela um judeu, comparado a um verme em um cadáver putrescente. A atividade dos judeus também é comparada à pestilência, a uma peste ainda pior do que a peste negra, e a um veneno. Tudo isso, sujeira, peste, veneno, putrescência, são coisas que vêm de fora rumo à esfera humana para espalhar--se e destruí-la. Para Hitler o corpo é originariamente puro, tanto do ponto de vista moral como físico, porque mantém distância em relação aos outros corpos, em um sistema bem definido de limites observados pela moral. A sífilis, segundo Hitler escreve mais além, e portanto o sexo que espalha a doença, deve-se à prostituição do amor, mais uma vez atribuída aos judeus. "A judeização de nossa vida interior e a mamonização de nossos instintos reprodutores mais cedo ou mais tarde acabam por destruir nossa prole conjunta." O dinheiro transforma todos os valores em valores monetários, até mesmo os valores mais nobres, como o amor, e a consequência é não apenas uma decadência do espírito, mas também do corpo, onde a doença se espalha. A imagem do judeu como uma máquina centrífuga que respinga imundície no rosto da humanidade é muito adequada à concepção que Hitler tinha do mundo como um lugar onde a ameaça da transgressão, do contágio, da sujeira e do caos, como a pior coisa imaginável, encontra uma expressão simples e característica, porém de todo ambivalente.

Mas até esse ponto do raciocínio a diferença entre o judaísmo e o germanismo não é absoluta, porque a compreensão judaico-marxista da humanidade como uma grandeza que pode ser pesada e medida por meio de números e unidades ainda não é concebida como a expressão de sua natureza, ou seja, como parte da essência racial, mas como parte da cultura. O direito de lutar em nome da própria moral e da própria cultura contra a moral e a cultura judaicas Hitler encontra na natureza, onde o que vale é a sobrevivência do mais forte, de maneira que a luta passa a ser uma grandeza absoluta, mas ainda não aquilo contra o que se luta. Essa transformação ocorre somente quando ele começa a abordar as teorias raciais, o que acontece no fim do primeiro volume de *Minha luta*, após a dissertação sobre a capitulação na guerra e o ódio e a amargura que despertaram.

O que as teorias raciais fazem é transferir grandezas da natureza para a esfera da cultura. A natureza é o mundo biológico dos animais e das plantas, em que tudo é vivo, e não expressa nada a não ser a si mesmo, não aponta para nada a não ser para si mesmo; Hitler escreve sobre um universo sem deus, porém não desprovido de valores, porque os princípios que governam a natureza, as leis naturais da biologia, geram valores, dentre os quais a sobrevivência e a propagação da espécie são os mais elevados. Esse valor é preservado graças a dois princípios: o isolamento e a seleção.

Existem verdades tão evidentes que justamente por esse motivo não são vistas, ou pelo menos não são reconhecidas, pelo mundo como um todo. [...]

E assim as pessoas, sem nenhuma exceção, vagam pelo jardim da natureza e imaginam conhecer e saber praticamente tudo, muito embora, com poucas exceções, passem como que desapercebidas por um dos mais claros princípios da existência: o isolamento de todas as espécies de criatura que vivem sobre a terra.

Uma simples observação superficial evidencia, como lei quase fundamental de todas as incontáveis formas de expressão encontradas pelo impulso vital da natureza, uma forma de perpetuação e multiplicação restrita a si mesma. Cada animal cruza tão somente com parceiros da mesma espécie. O chapim macho procura o chapim fêmea, o canário macho procura o canário fêmea, a garça macho procura a garça fêmea, o rato procura a rata, o lobo procura a loba e assim por diante.

Apenas circunstâncias anômalas têm o poder de alterar essa ordem, como o fardo do cativeiro ou a impossibilidade de cruzar com um parceiro da mesma espécie. Porém mesmo nesses casos a natureza rebela-se com todos os meios de que dispõe, e o protesto mais visível consiste ou em negar à cria bastarda a capacidade de procriação ou em limitar a fertilidade da futura linhagem; na maioria dos casos, no entanto, a natureza rouba a capacidade de resistir a doenças e a ataques inimigos.

[...] A consequência desse impulso universal da natureza para a pureza da raça não representa apenas o limite claro das raças individuais em relação ao exterior, mas também uma forma de existência constante. A raposa é sempre uma raposa, o ganso sempre um ganso, o tigre sempre um tigre etc., e a única distinção possível encontra-se nas diferenças de força, energia, astúcia, destreza, tenacidade etc. entre um espécime e outro. Jamais se encontraria uma raposa, no entanto, que por uma predisposição anímica demonstrasse solidariedade para com os gansos, assim como nenhum gato demonstra qualquer inclinação amistosa em relação aos ratos.

Por esse motivo a luta entre semelhantes dá-se menos em consequência de uma animosidade inata do que em consequência da fome e do amor. Em ambos os casos a natureza observa tranquila, e até mesmo satisfeita. A luta pelo pão de cada dia faz com que os fracos e os doentes, bem como os pouco decididos, pereçam, enquanto a luta entre os machos para conquistar a fêmea garante tão somente ao espécime mais saudável o direito, ou pelo menos a chance, de procriar. No entanto, essa luta é sempre um meio para a promoção da saúde e da resistência da espécie, e portanto um motivo para o desenvolvimento desta.

Esse é um resumo dos pensamentos apresentados por Darwin em relação à sobrevivência do mais forte, porém carregado de valores. Isolamento, pureza, desenvolvimento — estes são os conceitos fundamentais de Hitler, que, uma vez estabelecidos no contexto da natureza, são transferidos para a cultura, tendo por base a concepção de que o homem é acima de tudo uma criatura biológica, mas também de que as ideias e os conceitos humanos estão ligados à biologia, de forma que apenas as raças dignas desenvolvem ideais dignos, e de que a chance de sobrevivência desses ideais encontra-se intimamente ligada à sobrevivência da raça. Um desses ideais é o altruísmo. Todos os organismos vivos têm um instinto de autopreservação, que nas espécies mais primitivas corresponde tão somente ao cuidado com o próprio eu. O que torna a raça ariana superior, de acordo com Hitler, não é a maior intensidade do instinto de autopreservação em relação às outras raças, mas a manifestação desse mesmo instinto de uma forma mais desenvolvida, uma vez que se ergue acima do egoísmo, permitindo que as próprias necessidades sejam relegadas a segundo plano de maneira a servir também aos outros, sacrificando-se pelos outros, e portanto trabalhando para uma coletividade maior do que o próprio eu.

> Os arianos não são os maiores por causa das características espirituais em si, mas em virtude da predisposição a empregar todas as capacidades de que dispõem para o bem da coletividade.
> Essa predisposição, que permite que o eu individual e seus interesses sejam relegados a segundo plano em favor da coletividade, é na verdade a condição fundamental para uma cultura verdadeiramente humana. Somente a partir disso podem surgir as grandes obras da humanidade, que pouco oferecem ao fundador, mas trazem à posteridade a mais próspera vitória. Somente a partir disso pode-se compreender como tantas pessoas conseguem levar com honra uma vida humilde, que lhes oferece apenas pobreza e necessidade, mas assim mesmo garante uma fundação sólida para a coletividade. Todo trabalhador, todo

camponês, todo inventor, todo funcionário etc. que cria, sem jamais dispor de meios para obter a felicidade e o bem-estar, é um arauto desse ideal elevado, ainda que o sentido profundo de suas ações permaneça-lhes para sempre oculto.

Contudo, aquilo que para o trabalho representa a base da subsistência humana e todo o progresso humano aplica-se em grau ainda mais elevado à proteção dessa humanidade e da cultura que lhe é própria. A abnegação da própria vida em favor da existência da coletividade representa a coroação de todo o sentimento de sacrifício. Somente assim é possível impedir que aquilo que é construído pela mão do homem seja novamente destruído pela mão do homem ou aniquilado pela natureza.

No entanto, justamente nossa língua alemã dispõe de uma palavra que expressa de maneira sublime a ação desempenhada com esse espírito: *Pflichterfüllung*, ou seja, não a satisfação das necessidades próprias, mas o serviço prestado à coletividade.

Em outras palavras, a perspectiva biológica acerca da humanidade não está relacionada apenas ao mundo físico, não está apenas relacionada à cor do cabelo, à cor dos olhos, à cor da pele, à altura e à força, mas também a características, e portanto a ideais, ou seja, aos aspectos tradicionalmente espirituais do homem: isso também é uma questão relacionada à biologia, à raça e ao sangue.

À objeção de que a natureza e a cultura são duas grandezas à parte, e de que a cultura subjuga a natureza ao usá-la para atingir seus objetivos, influenciá-la e dominá-la, Hitler responde com o seguinte argumento:

É a bem dizer nesse ponto que surge a petulante, mas assim mesmo estúpida objeção verdadeiramente judia do pacifista moderno: "Mas o homem subjuga a natureza!".

Milhões de pessoas repetem esse dislate judaico sem nenhuma reflexão, e por fim acabam de fato imaginando-se na condição de conquistadores da natureza, muito embora não disponham de nenhuma arma a não ser uma ideia, e ainda por cima uma ideia tão indigente que nem ao menos permitiria que se concebesse o mundo de acordo com seus princípios.

Porém mesmo sem levar em conta o fato de que o homem não subjugou a natureza em nenhum aspecto, mas na melhor das hipóteses encontrou e tentou levantar uma ou outra ponta do monstruoso e colossal véu de seus enigmas e segredos perpétuos, e na verdade nada encontrou, mas simplesmente descobriu que não domina nenhum aspecto da natureza, e apenas devido ao conhecimento de leis e segredos esparsos da natureza pôde tornar-se senhor de certas formas de vida às quais esses mesmos conhecimentos faltam — enfim, mesmo sem levar em conta esse fato, uma ideia não pode *sobrepor-se* às condições necessárias ao surgimento e à existência da humanidade, uma vez que essa mesma ideia depende do homem. Sem o homem não existiriam ideias humanas no mundo, e portanto essa mesma ideia encontra-se condicionada à presença do homem e por extensão de todas as leis que criaram as condições necessárias a essa existência.

Mas não se trata apenas disso! Certas ideias encontram-se ligadas a certas pessoas. Isso vale acima de tudo para aqueles pensamentos cujo conteúdo se origina não na verdade científica e exata, mas no mundo dos sentimentos, ou, como hoje em dia se costuma dizer com uma expressão muito bonita e muito clara, reproduz uma "vivência interior". Todas essas ideias, que não têm relação nenhuma com a lógica fria, mas representam manifestações de sentimento, conceitos éticos etc., encontram-se atreladas à existência do homem, a cujo poder imaginativo e criativo devem a própria existência. Sendo assim, no entanto, a preservação de certas raças e de certas pessoas é uma condição para a subsistência dessas ideias.

Se existem raças superiores, precisam existir raças inferiores. E se os ideais elevados e as qualidades positivas encontram-se associados à raça biológica, a falta de ideais e as qualidades negativas também. Nesse sistema, onde tudo se resume a biologia e a características herdadas, a grande ameaça é portanto a decadência da raça, que pode acontecer tanto de dentro para fora, quando os indivíduos de alto status têm filhos com indivíduos de baixo status, de maneira a causar o retrocesso da raça, como de fora para dentro, quando uma raça inferior se funde a uma raça superior. Um exemplo desse tipo de mistura de sangue e das consequências que pode ter é oferecido por Hitler quando aponta para as diferenças entre as culturas da América do Norte e da América do Sul; no primeiro caso, as pessoas são em grande parte compostas de elementos germânicos e não se misturaram a pessoas inferiores de pele escura, enquanto no segundo caso as pessoas descendem em boa parte de imigrantes latinos que com frequência se misturavam aos habitantes indígenas, segundo escreve Hitler.

Hitler classifica os povos em três categorias: fundadores de cultura, mantenedores de cultura e destruidores de cultura. Enquanto os arianos representam o primeiro grupo, o último é representado acima de tudo pelos judeus. Os judeus têm um instinto de autopreservação altamente desenvolvido, mas esse instinto somente em casos raríssimos ultrapassa a esfera do egoísmo. O sentimento de solidariedade, que parece tão grande, não é nada além do instinto de manada, segundo Hitler.

É um fato notável que o instinto de manada resulte em apoio mútuo somente na medida em que um perigo comum faça-o parecer necessário ou inevitável. A matilha de lobos que ataca a presa em conjunto dispersa-se em animais isolados tão logo a fome se encontre saciada. O mesmo vale para os cavalos, que tentam defender-se do atacante em grupo para, uma vez passado o perigo, tornar a separar-se.

Em meio aos judeus observa-se um comportamento semelhante. O sentimento de sacrifício próprio não passa de uma aparência. Mantém-se somente na medida em que a existência de cada indivíduo seja necessariamente exigida. No entanto, tão logo o inimigo comum seja vencido, o perigo que a todos ameaçava seja superado, os despojos estejam a salvo, a aparente harmonia dos judeus cessa para novamente ceder lugar à predisposição anterior. Os judeus entram em acordo somente quando um perigo comum os obriga a tanto ou quando uma presa comum os atiça; tão logo faltem esses dois motivos, a característica do egoísmo crasso readquire seu direito, e com um estalar de dedos o povo unido vira um bando de ratos em luta sangrenta.

[...] Portanto, é fundamentalmente errado, a partir da união evidenciada pelos judeus durante a guerra, ou, melhor dizendo, durante os saques que promoveram contra os próprios semelhantes, querer atribuir-lhes certos ideais de abnegação.

Também nesse caso os judeus não foram motivados senão pelo mais puro egoísmo individual. Por isso também o Estado judaico — que devia ser o organismo vivo para a perpetuação e a multiplicação de uma raça — não tem limites territoriais. O conceito espacial do mapa de um Estado sempre pressupõe uma disposição idealista na raça desse mesmo Estado, mas acima de tudo uma compreensão adequada do conceito de trabalho. Justamente na medida em que falta essa atitude, qualquer tentativa de construção e manutenção de um Estado com limites espaciais fracassa. E assim ruem também as fundações necessárias para que uma cultura possa surgir.

Dessa forma, apesar de todas as aparentes características intelectuais, o povo judeu encontra-se privado de uma cultura verdadeira, e em particular de uma cultura própria. O que hoje os judeus detêm de aparente cultura é o trabalho feito por outros povos, já em boa parte corrompido por suas mãos.

Nesse sistema, em que as características e as raças encontram-se ligadas umas às outras, e na qual também a cultura e os ideais se apresentam no fundo como expressões biológicas, a presença daquilo que existe de mais baixo, ou seja, do elemento judaico, naquilo que existe de mais elevado, ou seja, no elemento ariano, sem qualquer limite claro a separar essas duas grandezas biológicas, a mistura de raças representa o maior de todos os perigos, e relega todas as demais questões à sombra. A luta para manter a raça pura sobrepõe-se a todas as outras lutas.

> Tudo na terra pode ser melhorado. Cada derrota pode ser o pai de uma futura vitória. Cada guerra perdida pode tornar-se motivo de uma conquista futura, cada necessidade tornar-se frutificação da energia humana, e de cada opressão podem surgir as forças para um novo renascimento espiritual — desde que o sangue mantenha-se puro.
>
> Somente ao perder-se a pureza do sangue a alegria interior encontra-se para sempre destruída, o homem para sempre prostrado, e as consequências disso não podem jamais ser eliminadas do corpo e da alma.
>
> Se pesarmos e medirmos essa única questão contra todos os demais problemas da vida, veremos enfim como parecem ridiculamente pequenos ao serem considerados desta forma. Todos os demais problemas têm uma limitação temporal — mas a questão da pureza ou da impureza do sangue permanecerá enquanto existirem pessoas.

Em outras palavras, para Hitler a questão judaica era o mais importante assunto político na Alemanha de 1924, mais relevante do que o problema da pobreza, mais relevante que o acordo de paz e o Tratado de Versalhes, mais relevante que a inflação e o desemprego, porque, ao contrário desses outros assuntos, estava ligada à coisa mais verdadeira e mais fundamental de todas, à própria vida, à humanidade como um todo. Dessa forma, o corpo foi levado ao centro da política. O corpo era uma expressão do Estado, e era dever do Estado manter o corpo puro e cuidar para que se desenvolvesse da forma desejada no sentido físico e moral, e também para que não se misturasse a corpos inferiores. A perspectiva biológica era mais relevante do que a individual, o homem como corpo vinha antes do homem como pessoa, e as características do indivíduo não desempenhavam nenhum papel, pois independente do quanto um judeu pudesse ser bom ou abnegado, independente do quanto um judeu pudesse ser trabalhador e inocente, assim mesmo seria culpado por força de ser judeu. Dessa forma todos os judeus vistos individualmente eram absolvidos, porque não podiam fazer nada a esse respeito, enquanto os judeus vistos como um grupo eram condenados devido a uma longa sequência de características às quais não tinham como escapar, mesmo que não as expressassem como indivíduos.

É assim que sempre vimos os bichos, que são condenados a se expressar por meio das características da espécie, por meio de uma associação à qual não têm como escapar, um gato ou um rato sempre aparecem primeiro como um gato ou um rato antes de aparecerem como esse gato ou esse rato. Abrir um processo judicial contra um gato ou um rato não faria nenhum sentido, eles não têm culpa nenhuma, simplesmente representam a própria espécie, não há escolha, e não faria sentido aplicar um conceito de moral à vida dessas criaturas. Se fizessem qualquer coisa indesejável para nós, ou se de uma forma ou de outra nos incomodassem, nada nos impediria de afastá--los, uma vez que, não tendo nenhuma culpa individual, não têm tampouco qualquer direito individual. Os bichos encontram-se fora da alçada da lei, a não ser como uma coletividade, já que podem ser protegidos como espécie, a despeito das características próprias, mesmo que estas sejam diretamente prejudiciais ao homem.

A perspectiva biológica, segundo a qual o homem é visto primeiro como uma raça, uma coletividade dotada de certas características e ideais, depois como um grupo de indivíduos, formado por integrantes que têm ou não têm valor por força da raça a que pertencem, e somente por fim como pessoas com nomes e rostos determinados, precisaria, para tornar-se válida em um Estado futuro, desenvolver novas leis e uma nova ordem, uma vez que os conceitos de responsabilidade individual e culpa pessoal estariam fortemente estabelecidos na cultura, e teriam raízes que remontam aos princípios da civilização. A única exceção para a regra dessa civilização era a guerra; somente a guerra fazia cessar a responsabilidade e a culpa individuais, pois na guerra cada soldado do outro lado era primeiro um inimigo, um representante da coletividade, que podia ser morto sem mais delongas, e somente depois um indivíduo. É essa coletividade que os uniformes realçam e que as marchas expressam: o individual, o único, o nome e o rosto encontram-se o tempo inteiro subordinados à coletividade, ao todo, ao país e à bandeira. Essas duas facetas do humano em que o indivíduo é negado, uma por conceber o homem como biologia, como estreitamente ligado às leis da natureza, a outra por conceber o homem em estado de guerra, numa situação em que as leis da civilização veem-se interrompidas, são o que possibilita o raciocínio sobre os judeus apresentado em *Minha luta*. Ambas as perspectivas eram muito difundidas na sociedade em que Hitler escreveu, tanto de maneira direta como indireta. Ao lado de *O judeu internacional: o maior problema do mundo*, de Henry Ford, de *Rassenkunde des Deutschen Volkes* de Günther, dos escritos de Chamberlain, de Eckart e de Rosenberg, havia também o livro do escritor americano Madison Grant, *The Passing of the Great Race,* segundo Ryback, que escreve que Hitler chamava esse último livro de "minha Bíblia" e encontra diversos traços dessa obra em *Minha luta*.

Mas essas reflexões sobre raça eram mais do que uma teoria paranoica e pseudocientífica, porque também estavam presentes em ambientes sérios, científicos e acadêmicos, onde eram apresentadas como verdades objetivas, à maneira de outras verdades científicas, o que conferiu legitimidade às ideias de Ford, Grant e Hitler, pois, por mais que levassem as reflexões sobre raça às últimas consequências, estas eram baseadas na ideia aceita de que as raças eram uma distinção relevante para a humanidade, e de que havia pessoas de raça pura e de raça impura, tudo baseado em fatos que podiam ser expressos através de números. Em 1926, o ano depois da publicação de *Minha luta*, saiu um livro na Suécia chamado *The Racial Characters of the Swedish Nation*, escrito por pesquisadores da Universidade de Uppsala ligados ao Instituto Nacional Sueco de Biologia Racial, que o publicou como uma obra abrangente e prestigiosa que estabeleceu os parâmetros para obras similares que seriam publicadas em outros lugares do mundo. Em um dos artigos que compõem o livro, "An Orientating Synopsis of the Racial Status of Europe", Rolf Nordenstreng define o conceito de raça da seguinte maneira:

> O significado da palavra *raça*, do ponto de vista científico, é um grupo de indivíduos pertencentes a uma mesma e única espécie, que diferem de outros indivíduos dessa mesma espécie por exibir uma combinação peculiar de certos traços hereditários. Uma raça é sempre o produto de fatores seletivos em cooperação com outros fatores ainda desconhecidos, que de uma forma ou de outra transformam as características hereditárias. [...]
>
> Uma raça é um conceito puramente antropológico, que denota acima de tudo características físicas. Certamente também devem existir diferenças mentais entre as raças, e essas não são de forma nenhuma menos importantes; mas é extraordinariamente difícil observá-las e demonstrá-las. Atualmente essas observações são pouco mais do que palpites, e muito embora as tentativas feitas para determinar as características mentais das raças devam conter muitas verdades baseadas em observações boas e sólidas, também contêm uma parcela considerável de afirmações arbitrárias e preconceituosas. No devido tempo, talvez se desenvolva uma disciplina científica de psicologia mental — que hoje inexiste.
>
> Com razoável certeza, podemos nos aventurar a afirmar a existência das cinco grandes raças a seguir: 1) a raça *nórdica*, 2) a raça *báltica oriental*, 3) a raça *mediterrânea*, 4) a raça *alpina* e 5) a raça *dinárica*. A estas podem-se acrescentar, muito embora não sejam europeias no sentido próprio da palavra, mas principalmente asiáticas, a raça *anatólia (armenoide, ântero-asiática)* e a

raça semítica (araboide), sendo esta última uma designação inadequada, por ser também linguística, porém inevitável, uma vez que nenhuma denominação melhor foi sugerida.

O nome da raça nórdica não é muito apropriado, uma vez que esse adjetivo em muitos idiomas é também um termo linguístico que significa "escandinavo"; porém a maioria das pessoas dessa raça fala línguas que não são escandinavas. Mas o termo é corrente, e o norte da Europa, juntamente com o norte da Alemanha, é o centro de distribuição dessa raça; é nos países do norte, na Península Escandinava, que se encontra essa raça na forma mais pura. É essa a raça com frequência chamada de "teutônica" ou "germânica", e também chamada de "câmbrica". Os arqueólogos alemães por vezes chamam-na de *Reihengräbertypus*, ou "tipo das sepulturas enfileiradas". Suas características são uma pele clara, translúcida e rosada; cabelos claros, por vezes avermelhados, macios e com frequência ondulados ou crespos; uma barba cerrada; olhos azul-claros ou azul-acinzentados; estatura alta, com pernas igualmente longas e um modo de caminhar firme e elástico com as pernas estendidas; constituição robusta; rosto estreito e alongado com um nariz estreito, geralmente alto, reto ou levemente curvo, muitas vezes com uma saliência no ponto em que o osso nasal cede lugar à cartilagem; raiz nasal estreita e alta; maças do rosto pouco ou nada salientes; mandíbula insaliente com as fileiras de dentes em posição quase vertical uns contra os outros; lábios um pouco finos; queixo protuberante; testa estreita, levemente curva; arcada supraciliar suave, mas assim mesmo perceptível; olhos profundos; cavidade craniana longa e relativamente estreita (comprimento da cabeça de cerca de 195mm, com índice cefálico de 77) com uma linha coronária quase horizontal e um osso occipital marcadamente alongado. Deve-se observar, no entanto, que tanto a cor dos cabelos como a forma do nariz são muito variáveis. Praticamente todos os matizes claros de cabelo podem ser observados, do amarelo cor de linho ao castanho-claro, passando pelo amarelo avermelhado, e até o loiro acinzentado, passando pelo loiro cor de prata. E, além dos narizes retos e curvos, há também os arrebitados, com a ponta levemente voltada para cima e a ponte levemente baixa no meio — uma forma amplamente distribuída entre todos os membros dessa raça.

A raça *semítica*, que também poderia ser chamada de raça *araboide*, uma vez que suas características parecem ser mais frequentes nos árabes do que em qualquer outro povo, é considerada uma ramificação da raça mediterrânea. Mesmo assim, distingue-se dessa última raça por ter um nariz mais alto e mais curvo, mas também mais fino e mais estreito; lábios volumosos, embora não grossos; pele um tanto clara, embora jamais rosada; e olhos amendoados (com o ângulo interior mais arredondado, e o ângulo exterior mais agudo). A depressão entre o queixo e o lábio inferior é mais alta do que em outras raças. Há uma quantidade considerável de sangue semítico nos judeus sefarditas e menos nos asquenazes, embora muito provavelmente deva haver um pouco também na população da maioria dos países no sul da Europa.

O índice cefálico é a relação percentual entre a profundidade e a largura da cabeça, chamada em alemão de *Kopfindex*, que não deve ser confundida com a relação correspondente para o crânio, em alemão *Schädelindex*, conforme indica a introdução de um dos capítulos com tabelas que apresentam os resultados dos dados colhidos pelos pesquisadores ao redor do país. O índice cefálico pode ser consultado em *The Racial Characters of the Swedish Nation* em relação a todas as províncias da Suécia, todos os condados da Suécia, todas as regiões e as quatro maiores cidades da Suécia, em relação à base da alimentação, à classe social e aos outros países escandinavos, e o mesmo é feito com várias outras medidas — altura do tronco, comprimento dos braços, comprimento das pernas, largura da cabeça, altura da cabeça, largura do rosto, altura morfológica do rosto, índice morfológico do rosto, índice jugo-frontal e índice jugo-mandibular, nariz, orelhas, perfil da ponte do nariz, cor dos olhos, cor dos cabelos, cor das sobrancelhas, cor dos pelos pubianos, tudo separado em unidades geográficas e sociais, e depois, em uma seção à parte, consultadas umas em relação às outras, como por exemplo a relação entre a altura do rosto e o comprimento dos braços, os condados e as províncias. A última parte do livro é composta de fotografias de página inteira de espécimes nus de cada raça, homens, mulheres e crianças, como por exemplo o retrato de um camponês de Norrbotten que se encontra impresso na seção *Tipos bálticos orientais, relativamente puro*, ou de um nômade de Jämtland que se encontra impresso na seção *Protótipos dos lapões, relativamente puro*, ou um trabalhador da Lapônia impresso na seção *Tipos de raça mista, báltico oriental-lapão*.

A diferença mais importante entre esses textos e o texto de Hitler está relacionada ao estilo. Essa teoria racial é escrita no estilo objetivo e sóbrio da ciência, um estilo do qual a ciência ainda se vale, uma vez que tem conotações de verdade. É também o que acontece nesse caso. A verdade, a objetividade, a profundidade, a abrangência, a sabedoria, a revelação, tudo se encontra no estilo. Os números, as tabelas, as palavras latinas, tudo tem uma conotação de verdade e de absoluta confiabilidade. Tudo isso é reforçado graças à distinção feita pelo texto entre o que se pode dizer com certeza e o que não se pode dizer com certeza. Que exista uma relação entre raça e psicologia, ou seja, uma relação biológica, é provável, mas isso ainda não pode ser demonstrado. Dessa forma o texto diz que todas as outras afirmações que faz sobre raças podem ser demonstradas, ao mesmo tempo que se encontra aberto para a possibilidade de que a raça e a psicologia tenham uma relação biológica. Que a verdade se encontra ligada ao estilo, às figuras e aos recursos da retórica, é o que podemos ver agora, quando o conteúdo já se encontra em boa medida desacreditado — não por ser especulativo e anticientífico, mas também perigoso e no fundo maléfico.

Mas no que se encontra o mal para nós? No estilo científico existe também um cuidado, pois o que se apresenta é um conhecimento adquirido por esses cientistas, não por interesse próprio, mas pelo interesse da coletividade, e é justamente esse o conhecimento compartilhado nesses textos. O cuidado, e também uma noção clara de progresso; o campo de estudos é novo, ninguém jamais disse qualquer outra coisa a respeito disso, e talvez jamais tenha visto, mas graças aos progressos feitos na segunda metade do século XIX, com a grande teoria originária de Darwin, e antes dessa com a abrangente taxonomia de Linné, pudemos avançar com esse passo — a fundação do Instituto de Biologia Racial e de todo esse novo campo de pesquisa — rumo a uma compreensão mais aprofundada da humanidade, capaz de fornecer possibilidades evidentes de progresso futuro, pois muito próximo da nova biologia racial encontrava-se a nova eugenia, ou seja, a higiene racial, por meio da qual a saúde e a procriação de todo um povo podiam tomar o rumo desejado, ao promover-se por exemplo a esterilização de indivíduos indesejados, como esquizofrênicos graves, pessoas com deficiências mentais, criminosos contumazes, vagabundos e ciganos, o que foi efetivamente feito na Suécia, na Noruega, nos EUA e na Alemanha durante as décadas de 1920 e 30.

E isso aconteceu em razão dessa pesquisa, sob a égide do Estado e dessa noção expandida do que o Estado é e do que pode ser: o conceito de saúde pública remonta a essa época, porque a responsabilidade do Estado sobre a saúde das pessoas individuais não é uma coisa que se encontrasse dada de antemão. Tudo isso, todas essas ideias de promover mentes sãs em corpos sãos, de que a pobreza, a escuridão e a doença seriam erradicadas para que o sol pudesse chegar à pobreza, que se desfaria como um *troll*, de que as crianças pobres deviam ser mandadas para o campo durante o verão, de enfermeiras e campanhas de vacinação, tudo se relaciona ao fato de que o corpo e o Estado foram unidos. Isso foi feito por pessoas boas com boas intenções, e a ideia de que não seria bom esterilizar uma mulher que sofria com alucinações e era incapaz de cuidar de si mesma não era um pensamento óbvio, porque se ela tivesse filhos havia uma grande chance de que a doença fosse transmitida, o que não apenas traria sofrimento para os próprios filhos, mas seria também um fardo para a sociedade como um todo.

A separação entre pessoas de raça pura e pessoas de raça impura, ou seja, pessoas superiores e pessoas inferiores, relaciona-se ao mesmo paradigma, e é essa cientifização ou biologização do elemento humano, e não outra coisa, que tornou possível a teoria racial de Hitler, e mais tarde a política racial que implantou. Sem isso o antissemitismo é apenas um sentimento irracional, um desejo de encontrar um bode expiatório, uma paranoia cultural que pode ser levada mais ou menos a sério, mas jamais a base de um regime político. Hitler acompanhou as pesquisas sobre eugenia feitas na Europa e nos EUA tanto antes como depois de ser eleito chanceler. Hitler conhecia o trabalho dos principais eugenistas americanos como Leon Whitney, diretor da American Eugenic Society, Charles Davenport, um biólogo formado em Harvard que era um dos mais notáveis representantes para o programa de esterilização americano, e Paul Popenoe, da Human Betterment Foundation. Ryback cita as seguintes palavras de um discurso feito por Hitler no meio da década de 1930:

> Uma vez que conhecemos as leis da hereditariedade, torna-se possível evitar em boa medida o nascimento de pessoas doentes e deficientes. Estudei com interesse as leis de vários estados americanos sobre o impedimento à reprodução de pessoas cuja descendência seria desprovida de valor ou até mesmo prejudicial ao povo.

Segundo Ryback, além disso Hitler teve um encontro com o fervoroso eugenista e antissemita Lothrop Stoddard em 1939, na época em que este trabalhava como correspondente em Berlim, quando recebeu um convite pessoal do *Führer* devido ao trabalho feito no campo da eugenia. Ele prometeu a Hitler não fazer qualquer menção ao encontro, embora mais tarde viesse a dizer que Hitler tinha um aperto de mão forte, ainda que não o tivesse olhado nos olhos, e depois escreveu em linhas mais gerais sobre a relação que a Alemanha tinha com a higiene racial:

> A relativa ênfase dada por Hitler ao racialismo e à eugenia anos atrás prenuncia o interesse correspondente a esses dois assuntos na Alemanha de hoje. [...] Na Alemanha, o problema judaico é encarado como um fenômeno passageiro, em teoria já resolvido e prestes a ser resolvido de fato por meio da eliminação física dos judeus no Terceiro Reich. A regeneração da linhagem germânica é o assunto que mais preocupa a opinião pública, bem como as mais variadas formas de promovê-la.

A cientifização do pensamento racial, todo o aparato científico mobilizado ao redor disso, com instrumentos especiais para tirar por exemplo as medidas da cabeça, todas as tabelas, todas as expressões em latim e todo o vocabulário técnico a legitimavam, e mesmo que em *Minha luta* de Hitler não exista qualquer traço do estilo científico, é isso que não apenas torna possível a relação entre cultura e natureza, mas também entre o Estado e o corpo, a política e a biologia, um conceito central na ideologia de Hitler. *Minha luta* é uma versão extrema dessa forma de pensar, mas embora muitas pessoas tenham achado que o livro era exagerado e paranoico, e que Hitler não podia estar falando sério, pelo menos não quando se aproximava do núcleo do poder e parecia mais respeitável, não houve questionamentos em relação ao objetivo fundamental dessa política, que era a melhoria do povo como um todo, uma melhoria da raça e sua elevação rumo a um futuro de saúde extraordinária e moral irrepreensível.

O ódio aos judeus era antigo, já existia no mundo de Fausto, Martinho Lutero odiava os judeus, e a perseguição aos judeus também era um fenômeno antigo, praticamente arcaico, parte do próprio imaginário dos judeus e das culturas que os cercavam, uma ideia que parecia estar gravada nos antigos vilarejos e florestas como uma história mitológica, muito anterior ao Iluminismo, mas ainda operante nas grandes e pobres zonas rurais da Polônia, por exemplo, onde todos os velhos preconceitos envolvendo os judeus — segundo os quais eram ricos, logravam e enganavam as outras pessoas enquanto protegiam-se uns aos outros — eram ao mesmo tempo parte da cultura e explicação para a pobreza e a miséria que os rodeavam. O ódio aos judeus manifestado por Hitler e pelos nacional-socialistas era novo no sentido de que estava ligado à modernidade, às cidades grandes e ao homem massificado, não mais a Papst, o judeu viajante de Hamsun que negociava relógios de bolso, mas ao mercado financeiro internacional e ao marxismo internacional. A teoria racial também era nova e oferecia uma legitimação científica dessa forma de pensar, que a afastava mais ainda do misticismo para colocá-la em um contexto racional e moderno. O mais impressionante, no entanto, é a fusão do místico com o moderno na propaganda, onde as imagens do antigo ódio — judeus como ratos, judeus como avaros, judeus como representações do mal — são apresentadas sob a forma da nova tecnologia, através de imagens em movimento nos cinemas e de vozes ativas nos rádios, para então serem levadas ao mundo de carros, neons, fábricas, telefones e filmes, como sua imagem em negativo e fundação primitiva.

Em *Minha luta*, Hitler demonstrou em relação à propaganda o mesmo tipo de sinceridade que demonstrou em relação à crença que tinha no antissemitismo, na antidemocracia e nas ideias acerca do *Lebensraum*, que não poderiam ter outra consequência senão uma nova guerra. Mas se por um lado o antissemitismo e o nacionalismo eram grandezas idealistas, reunidas graças à ajuda da biologia racial, as ideias de Hitler acerca da propaganda eram pragmáticas. A propaganda era o veículo mais importante para atingir esses objetivos idealistas, e Hitler mostrava-se tão convicto em relação ao poder desse meio que nem ao menos tentou fazer segredo. Como Peter Sloterdijk escreveu, Hitler estava tão confiante no que dizia respeito aos efeitos da propaganda sobre as pessoas que pôde até mesmo revelar sua receita. Hitler chamava a propaganda de arma, "porque não passa de uma arma, e de uma arma verdadeiramente terrível na mão dos conhecedores".

A segunda questão de importância fundamental era a seguinte: a quem a propaganda deve se dirigir? À inteligência científica ou à massa pouco esclarecida?

Ora, deve sempre dirigir-se exclusivamente à massa!

[...]

A tarefa da propaganda não consiste na formação científica do indivíduo, mas em uma indicação feita à massa em relação a certos fatos, processos, necessidades etc. cujo sentido assim vem à tona no horizonte próprio da massa.

A arte reside apenas em agir de maneira sofisticada a ponto de promover o surgimento de uma convicção generalizada quanto à realidade de um fato, à necessidade de um processo, à justiça de uma medida necessária etc. Porém, como esta não é nem pode ser uma necessidade em si mesma, uma vez que, exatamente como os anúncios publicitários, tem por tarefa somente chamar a atenção da massa, e não ensinar aquilo que foi cientificamente comprovado ou aquilo que se busca através do aprendizado e da informação, o efeito da propaganda deve ser cada vez mais direcionado aos sentimentos, e apenas em casos muito específicos direcionado ao chamado intelecto.

Toda propaganda deve ter cunho popular, e seu nível intelectual deve estar de acordo com a capacidade de compreensão das pessoas mais limitadas dentre aquelas a quem pretende se dirigir. Assim, a envergadura intelectual deve ser tanto mais baixa quanto maior for a massa de pessoas a ser contemplada. [...]

A arte da propaganda reside justamente em compreender o mundo conceitual e sentimental da grande massa e assim encontrar a forma psicológica mais adequada para chamar a atenção e atingir o coração da massa em geral.

Que esse fato não seja compreendido por nossos sabichões apenas demonstra indolência mental ou excesso de presunção.

A capacidade de compreensão da grande massa é muito limitada e o entendimento é parco, mas a capacidade de esquecimento é grande. Em razão disso, qualquer propaganda bem-sucedida deve ater-se a um número muito reduzido de ideias e repeti-las como palavras de ordem por tempo suficiente para que inclusive os mais atrasados possam imaginar nessas palavras aquilo que se deseja. Assim que essa premissa é abandonada e se adota uma abordagem variada o efeito fracassa, uma vez que a multidão não consegue nem digerir nem guardar a substância. Assim o resultado torna-se fraco e por fim nulo.

O aspecto mais importante da propaganda, no entanto, não é ser tão simples a ponto de tornar-se compreensível até mesmo para o integrante menos esclarecido da multidão, mas apresentar-se de forma exclusivamente subjetiva, sem nenhuma objetividade ou factualidade, e evitar toda e qualquer tentativa de compreender o assunto de forma nuanceada.

O que as pessoas diriam, p. ex., sobre o anúncio de um novo sabão que ao mesmo tempo reconhece que outros sabões também são "bons"?

As pessoas balançariam a cabeça.

Com os anúncios políticos ocorre exatamente o mesmo.

A tarefa da propaganda não é portanto uma apresentação de direitos variados, mas a insistência exclusiva naquele direito que representa.

O que parece tentador nesse trecho de *Minha luta* é que Hitler diz as coisas sem nenhum tipo de filtro: a propaganda é uma manipulação que muitas vezes apresenta mentiras deslavadas, porém com uma frequência e uma insistência tão grandes que por fim acabam tornando-se verdades. Qualquer um imaginaria que escrever um texto como esse seria o fim da credibilidade de um político e resultaria em sua morte política, mas Hitler se atreve a agir dessa forma por duas razões: em parte porque a propaganda é um meio para atingir um objetivo, e esse objetivo é tão importante e tão justo, tão bom, que todos os meios são permitidos a fim de atingi-lo, inclusive a mentira — o pragmatismo existe para o idealismo, para servi-lo, e não o contrário —, e em parte porque tem uma convicção tão grande na força e na eficácia da propaganda que esta não poderia sofrer qualquer tipo de abalo com a explicação e a confissão oferecidas; claro, afinal o texto é justamente sobre isso, sobre a impossibilidade de que raciocínios complexos, objetivos e nuanceados che-

714

guem à grande massa e possam nela surtir qualquer tipo de efeito, o que vale também para o que ele mesmo escreve no livro.

A mesma dialética não parece estranha na época em que vivemos, pois todos sabem que a propaganda, que existe por toda parte em um grau tão elevado a ponto de quase preencher nossas vidas por completo, é falsa e manipuladora, que a imagem que a propaganda oferece do mundo é mentirosa, o que no entanto não nos impede de sofrer essa influência e agir de acordo com o que manda: sei que não vou me transformar em um jovem americano feliz se eu beber Coca-Cola, mas sempre prefiro essa marca em vez de Jolly Cola quando estou no supermercado, e sei que o sabonete Dove na verdade é igual a todos os outros sabonetes, tendo como única diferença a embalagem e o orçamento publicitário, mas que sabonete eu ponho na minha cestinha de supermercado, senão esse? É como se os anúncios fossem imunes à nossa percepção dessa essência e ao nosso senso crítico, exatamente como Hitler escreveu. Claro, nesse sentido os anúncios parecem estar relacionados à beleza e ao carisma: podemos desejar a complexidade e o conhecimento o quanto quisermos, mas, quando chega a hora, as mesmas forças simples e imutáveis ressurgem sempre. A diferença entre a nossa sociedade e a sociedade de Hitler é que transformamos essas forças e todas as associações que trazem consigo em uma parte inofensiva da sociedade, a menos comprometida com a realidade, o mundo da ficção e das imagens, ou seja, a cultura de entretenimento, e não as permitimos nas partes comprometidas com a realidade, como a política, o sistema educacional, a burocracia e a esfera privada, a não ser como presenças ilegítimas. O fato de que temos uma divisão clara entre o legítimo e o ilegítimo, que é o lugar da propaganda e do poder da propaganda, talvez seja o que nos protege de certas forças libertadas três gerações atrás na Europa. Mas não para sempre, pois existe um elemento não reconhecido em tudo isso, o sistema traz coisas que não podem ser ditas, mesmo que sejam verdadeiras, e podemos imaginar que um dia a força da verdade talvez acabe por virar a mesa da inverdade. Em uma sociedade em que não existem necessidades físicas, na qual a violência latente encontra-se controlada, é difícil conceber um acontecimento desses; nunca uma sociedade esteve mais longe da revolução do que a nossa sociedade de hoje, nunca as massas estiveram tão entorpecidas por bagatelas como estão hoje, mas ao mesmo tempo nosso mundo tem um outro lado, chamado de Terceiro Mundo, onde a violência estrutural é tão implacável e destruidora como foi outrora na Europa, e caso essa se voltasse contra nós, não é certo que o bem e o mal, a moralidade e a imoralidade, a verdade e a mentira pudessem ser distinguidos com a mesma clareza de hoje.

* * *

Hitler percebeu que os sentimentos são mais fortes do que os argumentos, e que a força que reside no "nós", o anseio, o sonho e o desejo de companhia, é infinitamente maior do que a força que reside na consideração por um "eles". A propaganda é dirigida aos sentimentos, não ao intelecto, que é afrontado, e uma parte dessa mesma dinâmica vale também para o que ele escreve sobre a primazia da fala sobre a escrita; a fala alcança diretamente, ou pelo menos é capaz de alcançar diretamente, os sentimentos e a vida sentimental, e assim provocar uma mudança de dentro para fora, porque aquilo que as pessoas sentem ofusca sempre aquilo que pensam, uma opinião baseada em sentimentos é vivida como se fosse uma verdade, uma coisa em relação à qual temos *certeza*, ao contrário de um pensamento racional, que se mostra relativo em um grau completamente distinto, uma vez que se mantém aberto a fatos e argumentos e portanto é passível de mudanças caso surjam novos fatos e novos argumentos.

A escrita é sempre complicadora, a fala é sempre simplificadora, pelo menos quando se dirige às impressões e aos sentimentos, o que a escrita, ou pelo menos a escrita de cunho político, não pode fazer. Por isso as formas artísticas de Hitler são em primeiro lugar a música, e em segundo lugar a pintura; ambas comunicam sem palavras, através dos sentimentos. A compreensão de Hitler acerca disso, somada ao uso político que fez desse conhecimento, foi o que o distinguiu de outros políticos do mesmo período.

Quando Hitler tornou-se chanceler em 1933 e os nacional-socialistas assumiram o poder na Alemanha, a linguagem pública sofreu diversas transformações. Tornou-se mais simples, e as mesmas palavras começaram a se repetir muitas e muitas vezes. Klemperer rastreia essa linguagem de volta a Hitler e à publicação de *Minha luta* em 1925, e assim foram estabelecidas todas as características da linguagem nacional-socialista. Como resultado da transferência de poder em 1933, tudo aquilo que antes tinha sido a linguagem de determinado grupo passou a ser a linguagem popular, segundo Klemperer, e o aspecto mais importante dessa transformação foi que a linguagem se apropriava da vida como um todo, tanto a vida pública como a vida privada. A política, o Judiciário, a economia, a arte, a ciência, a educação, o esporte, a família, os berçários, os jardins de infância e o Exército. Os nacional-socialistas fizeram intervenções em todas essas esferas usando uma linguagem própria. Era uma linguagem simples, uniforme e baseada na língua falada. Em primeiro lugar, as novas tecnologias como o rádio e o cinema possibilitaram a comunicação em tempo real entre um indivíduo e a massa — ao contrário da palavra escrita, que podia ser lida a qualquer momento, em qualquer lugar e tantas vezes quanto se desejasse —, e em segundo lugar essa comunicação alcançava a todos, inclusive as pessoas que não sabiam ou não queriam ler. Klemperer escreve sobre a forma como os nacional-socialistas acabaram com a distinção entre a linguagem escrita e a linguagem falada, sobre a forma como tudo na linguagem era transformado em fala, interpelação, exortação, agitação. Não existia diferença entre os pronunciamentos e os artigos do ministro da Propaganda. E logo não havia mais diferença nenhuma entre o público e o privado. É essa a situação descrita por Klemperer, uma situação em que não apenas a linguagem do Estado se transforma a partir de 1933, mas também a linguagem das pessoas e dos indivíduos. O Estado fala como *uma* unidade, como *uma* voz que penetra em todos, e logo os indivíduos que compõem essa unidade passam a falar como o Estado, a expressar o próprio Estado. Todos os jornais, todas as revistas, todos os programas de rádio, todos os romances, todos os poemas, todos os livros técnicos encontram-se marcados por essa linguagem, que no entanto não para nesse ponto, mas espalha-se por toda parte e atinge a todos:

> [...] ouvi os trabalhadores falando ao varrer a rua e na sala de máquinas: tanto na escrita como na fala, tanto nos cultos como nos incultos, eram sempre os mesmos clichês e o mesmo tom. Mesmo em meio às vítimas mais perseguidas e aos inimigos mortais do nacional-socialismo, mesmo em meio aos judeus, por toda a parte, na fala, nas correspondências e também nos livros que escreviam, na época em que ainda conseguiam publicá-los, tão onipresente quanto pobre, e onipresente justamente por causa dessa pobreza, reinava a LTI.

Como judeu assimilado, desde o primeiro momento Klemperer está do lado de fora; pois o que essa linguagem faz, ao construir um sentimento de coletividade infinitamente forte, um nós que perpassa todas as classes sociais e políticas ao incluir simultaneamente os mendigos mais pobres e as famílias mais abastadas das altas classes no mesmo grupo superordenado, a saber, a Alemanha e a cultura alemã, é excluir Klemperer e outros judeus, porque o nós não os inclui, mas, pelo contrário, expulsa-os de tantas maneiras quanto inclui os demais. Eles passam a ser judeus. Judeus com nomes germanizados foram obrigados pelo Estado a acrescentar um nome judeu extra, como por exemplo "Israel" ou "Sara", para que o judaísmo se tornasse visível em todos os contextos, enquanto com os alemães ocorreu o contrário: para eles os nomes judeus foram proibidos. Nenhuma criança alemã poderia chamar-se Lea ou Sara. Quando fosse necessário clarificar as letras pelo telefone, não se poderia mais dizer "D de Davi" — essa proibição foi instituída pelas autoridades em 1933. Passado um tempo os judeus foram obrigados a usar a estrela amarela de Davi, onde se lia a palavra "judeu" escrita em um tipo similar às letras do alfabeto hebraico. A letra J aparece em todos os documentos; Klemperer escreve que em seu cartão de racionamento tinha sido carimbada sessenta vezes. Os judeus foram segregados, e isso aconteceu primeiro na linguagem. O nome, o tipo, a letra. Os elementos alemães tornam-se ao mesmo tempo mais alemães; os nomes das crianças recém-nascidas se transformam, passam a soar mais alemães. Dieter, Detlev, Uwe, Margit, Ingrid e Uta são nomes que Klemperer retirou de uma página de nascimentos em um jornal de Dresden. Os nomes dos lugares também se transformam: todos os nomes eslavos são germanizados. Na Pomerânia foram 120 nomes eslavos de lugares, em Brandemburgo 175, na Silésia 2700, em Gumbinnen 1146. Além disso as ruas das cidades recebem novos nomes, com frequência ligados à história. Klemperer vê uma dessas ruas em Dresden, chamada Tirmanstrasse; sob o nome havia a inscrição "Professor Nikolaus Tirmann, prefeito, falecido em 1437".

Tudo que é alemão, local e histórico passa a ser idolatrado, e esse processo se dá através da linguagem, que graças às novas tecnologias e ao Estado total deixa de ser local e histórica, o que se revela por exemplo em certas palavras de ordem daquela época, onde o moderno e o medieval se encontram, como por exemplo em "Fallersleben, cidade da fábrica da Volkswagen" ou "Nuremberg, cidade das reuniões do partido". O antigo sufixo "-gau" passa a ser usado para denominar províncias, segundo escreve Klemperer, para assim estabelecer uma ligação com a história primitiva do povo alemão, e as regiões fronteiriças passam a receber a denominação de "-mark", como "Ostmark" para a Áustria e "Westmark" para a Holanda, para assim estabelecer um vínculo a esses países que mais tarde legitimaria a invasão e a ocupação. Tudo isso diz respeito à criação de uma identidade. Klemperer encontra-se fora dessa identidade, mas não por completo, uma vez que foi agraciado com uma mulher "ariana" e em teoria é um judeu assimilado, o que faz com que não se enquadre nem na identidade do "nós" nem na do "eles", e como resultado possa ver a formação de ambos os lados com enorme clareza. A transformação de identidade promovida através dessa linguagem uniforme e onipresente, dia após dia, semana após semana, mês após mês deixa-lhe marcas no corpo.

Em 1933 Klemperer ainda era professor universitário. Ele conta a história de uma das empregadas da universidade, chamada Paula von B., uma mulher inteligente e bondosa, já não muito jovem, que trabalhava como assistente de um outro professor no setor de alemão. Ela vinha de uma família militar que pertencia à antiga nobreza alemã. Klemperer escreve que sempre tinha imaginado que Paula fosse uma europeia de viés liberal com um certo anseio pelo antigo Império, mas que a política não era uma parte importante do mundo em que vivia. No dia em que Hitler tornou-se primeiro-ministro ele a encontrou no corredor. Paula, que em geral tinha o semblante fechado e sério, se aproxima dele com passos lépidos e o rosto corado.

— A senhorita está radiante! — diz Klemperer. — Por acaso recebeu notícias alegres?

— Notícias alegres? Seria preciso ainda mais? Sinto-me dez anos mais jovem... não, dezenove! Eu não me sentia assim desde 1914!

— É isso que a senhorita tem a me dizer? É isso que a senhorita tem a dizer, mesmo podendo ver e ler sobre a forma como pessoas até então próximas de si vêm sendo desonradas, como obras até então admiradas por si vêm sendo condenadas, como todas as qualidades espirituais que até então a senhorita...

Ela o interrompe um pouco chateada, mas com ternura, segundo escreve Klemperer.

— Meu caro professor, eu não contava com esse nervosismo de sua parte. O senhor devia tirar duas semanas de férias sem ler nenhum jornal. O senhor está se incomodando e deixando que o seu olhar se desvie do essencial por causa de pequenos constrangimentos e de outros pequenos defeitos inevitáveis no caso de mudanças tão grandes quanto essas. Em pouco tempo o senhor há de vê-las com outros olhos. Logo eu gostaria de fazer-lhe mais uma visita, tudo bem?

E com um sincero "mande lembranças para casa!" ela saiu pela porta como uma jovenzinha, segundo escreve Klemperer. Nos meses a seguir ele não tornou a vê-la, até que um dia Paula apareceu no setor. Sentia que era seu dever de alemã fazer uma confissão aberta diante do amigo, na esperança de que pudessem tornar a vê-la como amiga.

— A senhorita nunca tinha dito "dever de alemã" — Klemperer a interrompe. — O que o dever, alemão ou não, teria a ver com assuntos completamente particulares e humanos? Ou por acaso a senhorita veio fazer política?

— Alemão ou não, isso tem muito a ver com tudo, porque só isso é o essencial, e veja bem, foi isso que eu, foi isso que todos nós aprendemos ou reaprendemos com o Führer, depois de ter esquecido. Ele nos trouxe de volta para casa!

— E por que a senhorita está a nos dizer essas coisas?

— Os senhores precisam reconhecer, precisam compreender que eu pertenço totalmente ao Führer, mas não pensem que por isso estou abandonando o carinho que tenho pelos senhores...

— E como esses dois sentimentos podem ser conciliados? E o que o seu Führer diz ao seu adorado professor e antigo chefe Walzel? E como a senhorita concilia isso tudo ao conceito de humanidade que encontra em Lessing e em todos os outros autores sobre os quais a senhorita escreveu trabalhos durante os seminários? E como... enfim, seria inútil continuar perguntando.

Paula simplesmente balança a cabeça a cada frase de Klemperer e os olhos dela se enchem de lágrimas.

— Claro, parece mesmo inútil, porque tudo que o senhor me pergunta vem da razão, e os sentimentos que se encontram por trás disso são apenas a amargura e outros sentimentos não essenciais.

— E de onde deveriam vir minhas perguntas, se não da razão? E o que é o essencial?

— Eu já lhe disse: que estamos de novo em casa, em casa! E o senhor devia compartilhar desse sentimento, devia se entregar, e devia ter sempre presente a grandeza do Führer, e não as diferenças que o perturbam nesse exato momento... E quanto aos nossos clássicos? Não acredito que contradigam o Führer; basta lê-los com atenção — como Herder, por exemplo — enfim — com certeza todos acabariam convencidos!

— E de onde vem essa certeza?

— De onde vêm todas as certezas: da crença. E se isso não lhe diz nada, então — enfim, nesse caso o nosso Führer tem razão ao voltar-se contra os... (nesse ponto Klemperer escreve que ela engole "judeus" e continua a falar) contra a intelectualidade estéril. Porque eu creio nele, e me senti na obrigação de dizer ao senhor que creio nele.

— Nesse caso, minha cara senhorita Von B., a única coisa certa a fazer é postergar nossa conversa sobre crença e nossa amizade por um tempo indeterminado...

Klemperer torna a vê-la cinco anos mais tarde, em 1938, quando, ao entrar em um banco, o rádio transmite a notícia de que a Áustria se anexou à Alemanha. Segundo o relato, Paula estava completamente exaltada, com os olhos brilhando, a seriedade na postura dela não se parecia com a atenção solene dos outros, mas parecia mais um êxtase convulsivo. Mais tarde Klemperer ouve uma história, contada em meio a risadas, segundo a qual Paula seria a apoiadora mais devota do Führer, embora fosse totalmente inofensiva. A primeira mulher, que havia lhe dado uma maçã, tinha uma disposição neutra em relação aos nazistas, mas assim mesmo era influenciada pela linguagem deles, enquanto a outra, a assistente do professor, era uma crente recém-convertida. Eram pessoas comuns, e assim mesmo tornavam o nazismo possível. Klemperer não compreende, pois vê em Hitler apenas um monomaníaco histriônico, e no nazismo uma deturpação insuportável da humanidade. É o que também vemos. Mas está claro que na época as pessoas devem ter visto coisas muito diferentes, que traziam esperança e crença no futuro, e que despertavam um profundo entusiasmo.

Que Paula von B. compare os dias de primavera de 1933 aos dias de verão de 1914 não é nenhuma coincidência, porque o entusiasmo da Alemanha com a ascensão de Hitler ao poder talvez lembrasse o sentimento que tomou conta do país quando a guerra eclodiu. Na biografia que escreveu acerca do filósofo Martin Heidegger, Rüdiger Safranski descreve a atmosfera no ambiente universitário por volta dessa época, quando até mesmo os judeus haviam se deixado contagiar. Eugen Rosenstock-Huessy proferiu em 1933 uma palestra em que defendia a ideia de que a revolução nacional-socialista era uma tentativa feita pelos alemães de realizar o sonho de Hölderlin. E em Kiel, segundo Safranski, Felix Jacoby proferiu no verão de 1933 uma palestra sobre Horácio que começou com as seguintes palavras:

> Como judeu, encontro-me numa situação difícil. Porém, como historiador, aprendi a não analisar os acontecimentos históricos a partir de uma perspectiva pessoal. Desde 1927 tenho votado em Adolf Hitler, e considero-me um privilegiado por ter a oportunidade de oferecer uma palestra sobre o poeta de Augusto no ano da edificação nacional. Pois, em toda a história do mundo, Augusto é a única figura que pode ser comparada a Adolf Hitler.

Isso aconteceu depois do boicote às empresas judaicas, que entrou em vigor no dia 1º de abril, e depois da exoneração dos funcionários públicos judeus ocorrida em 7 de abril, segundo escreve Safranski. Heidegger, que juntamente com Wittgenstein foi um dos filósofos mais importantes e significativos do século, tornou-se nazista e afiliou-se ao Partido Nacional-Socialista dos Trabalhadores Alemães. O que ele e outros viam no nacional-socialismo e em Hitler era um movimento político que ultrapassava todas as camadas da política e chegava àquilo que havia de mais verdadeiro, aos aspectos mais profundos da humanidade, onde, para além da administração, da burocracia e do pragmatismo político do dia a dia, encontravam-se os sentimentos, a companhia, a verdade e os valores morais. Heidegger descreveu a sociedade como o oposto da autenticidade através do conceito *das Man*, a pessoa inautêntica que representa a média, em que a forma individual de ser é regulada pelos outros, e de certa forma desaparece nos outros. A isso Heidegger chamava de ditadura do *Man*.

> Nessa reserva e nessa indefinição o *Man* promove sua própria ditadura. Apreciamos e regalamo-nos como *Man* aprecia e se regala; lemos, vemos e analisamos a literatura e a arte como *Man* vê e analisa; e no entanto também nos afastamos da "grande massa" como *Man* se afasta; julgamos "ultrajante" aquilo que *Man* julga ultrajante. *Man*, que não é definido, e que todos, embora não como soma, são, prescreve a forma de ser corriqueira.
>
> O distanciamento, a uniformidade e o nivelamento como forma de ser de *Man*, que conhecemos como "o público em geral". Em primeiro lugar, é isto que regula todas as intepretações do mundo e da existência, e que tem razão em tudo. E não por força de uma relação notável e primária com as "coisas", não porque disponha de uma visão particularmente adequada ao ser-aí, mas por força de não "entrar nas coisas", uma vez que é insensível em relação a todas as diferenças de nível e de verdade. O público em geral obscurece a tudo e oferece essa obscuridade como algo conhecido e à disposição de todos.

Na ditadura do *Man* o único e o singular veem-se sancionados e reprimidos, trivializados a um nível em que todos podem falar coisas a seu respeito, mas de maneira que aquilo sobre o que falam torne-se irreconhecível, radicalmente diferente, homogeneizado e no fundo desprovido de toda e qualquer qualidade. Na sociedade de massas, graças à mídia de massas que se dirige à uniformidade, isso acontece dia após dia. Nessa perspectiva, trata-se de um jogo político em que todos olham para o próprio umbigo e cuidam dos próprios interesses, ao mesmo tempo que baixam o nível o suficiente para atingir o *Man*, de forma que nada possa ser único e singular — a própria arena do ilegítimo. O existencialismo de Heidegger, onde o ser, e portanto o ser verdadeiro e legítimo, se encontra fora da linguagem, e portanto também inacessível para a linguagem e para o pensamento racional, aproxima-se do misticismo, encontra-se "nos limites do santuário", para usar a expressão de Olav Nygard, ou seja, nas raias do sagrado. Nosso ser no mundo é um conceito apreendido por meio da razão, mas a razão o apreende ao imaginá-lo, e assim o ser que apreendemos é uma coisa imaginária. Os sentimentos que temos, que sempre fazem parte de nós, são outra maneira fundamental de nos relacionarmos com o mundo. Não sabemos de onde vêm nem o que significam, apenas que estão sempre conosco. Os sentimentos se encontram dados, assim como nossa existência se encontra dada. A fala, e portanto o *logos*, não é nesse sistema a linguagem ou a razão, segundo escreve Lars Hansen, o tradutor de Heidegger para o norueguês, mas a articulação daquilo que é compreensível, daquilo que pode ser compreendido. A fala não é o mesmo que a linguagem, mas o fundamento da linguagem. A linguagem é uma manifestação daquilo que já estava articulado na fala. Na fala também é possível calar, bem como ouvir. Nesse caso estamos completamente fora da esfera racional. As atmosferas, o calar, o escutar, tudo que a linguagem não pode articular, mas que assim mesmo existe na fala, na fala do ser. Foi lá, no legítimo, no extrarracional, no reino das atmosferas e dos sentimentos, no ponto limítrofe que avança rumo à religião e ao êxtase místico, muito, muito longe de líderes políticos solenes, desfiles de moda, cabarés e eventos esportivos, que Heidegger encontrou o nacional-socialismo. A vida verdadeira contra a vida falsa. A fala não linguística dos sentimentos contra a linguagem da razão.

Safranski descreve essa atmosfera da seguinte forma:

> Houve manifestações impressionantes desse novo sentimento de comunidade, juramentos coletivos trocados sob arcos de luz, celebrações de amizade nas montanhas, discursos do Führer no rádio — as pessoas reuniram-se com roupas festivas em lugares públicos para ouvi-los, no auditório da Universidade e em estalagens — e apresentações de corais nas igrejas para homenagear a tomada de poder. O general-superintendente Otto Dibelius disse, em 21 de março de 1933, o "dia de Potsdam", na Nikolaikirche: "Pelo sul e pelo norte, pelo leste e pelo oeste surge o novo desejo de um Estado alemão, um anseio por não passar sem aquilo que Treitschke chamou de 'um dos sentimentos mais sublimes na vida de um homem' — a saber, a visão enlevada de um Estado próprio". Seria difícil reproduzir a atmosfera daquelas semanas de acordo com o relato de Sebastian Haffner, que as vivenciou em primeira mão. Foram elas que lançaram as fundações do poder para o Estado vindouro do Führer. "Surgiu — não há como descrever de outra forma — um sentimento muito difundido de haver enfim se livrado e se libertado da democracia."

Esse aspecto do Terceiro Reich, todas as manifestações, as procissões com tochas, as canções e a companhia, que são todas um bem incondicional para as pessoas que se tornam parte disso, pode ser percebido quando se assiste ao filme de Riefenstahl gravado durante o comício do partido no ano seguinte, 1934, onde todos esses elementos se encontram presentes. São ambientes encenados, mas aquilo que contêm extrapola a encenação, porque os sentimentos são mais fortes do que toda e qualquer análise, e nesse filme os sentimentos são libertados. Não se trata de política, mas de uma coisa para além da política. E é uma coisa boa.

O filósofo Karl Jaspers visitou Heidegger em seu escritório em 1933 e descreveu a visita da seguinte maneira, de acordo com Safranski:

> O próprio Heidegger parecia estar transformado. Já quando da minha chegada surgiu uma atmosfera que parecia nos separar. O nacional-socialismo havia se tornado uma embriaguez para a população. Fui cumprimentar Heidegger no andar de cima, em seu aposento. "É como em 1914...", eu comecei, e pretendia continuar: "de novo essa embriaguez popular traiçoeira", mas ao ver que Heidegger parecia radiante e concordava com essas primeiras palavras, engoli o restante. [...] Ao ver que até mesmo Heidegger havia cedido àquela embriaguez, dei-me por vencido. Mas não lhe disse que estava no caminho errado. Eu já não acreditava mais naquele ser transfigurado. Senti na própria pele a ameaça em vista da violência de que Heidegger agora participava [...].

O desejo de simplicidade revelou-se tão grande em Heidegger como nos contemporâneos Hitler e Wittgenstein, mas enquanto o último estabeleceu o limite da realidade nos limites daquilo que pode ser dito na linguagem e compreendeu a qualidade matemática disso, Heidegger encontrou a verdade do outro lado desse limite, naquilo que é inarticulável pela linguagem. Em um discurso proferido no dia 30 de novembro de 1933, citado por Safranski, Heidegger afirmou o seguinte:

> Ser primitivo significa permanecer, movido por um ímpeto e um impulso interiores, no lugar onde as coisas começam, ser primitivo, ser movido por forças interiores. Justamente por ser primitivo, o novo estudante tem a vocação para corresponder às novas exigências do novo conhecimento.

No nacional-socialismo, a filosofia e a política coincidem em um ponto fora da linguagem e da razão, onde toda a complexidade se extingue, mas não a profundidade. É assim que a situação pode ser vista: o racional e o concreto, a análise e o argumento, ligados à escrita, movimentam-se no plano horizontal, entre as pessoas, estão sempre do lado de fora, sempre entre uma e outra, sempre em movimento por redes de complexidade vertiginosa e de uma enormidade tão grande que corrige e molda o eu em grau infinitamente maior do que o eu pode corrigi-la e moldá-la; enquanto o sentimento e a atmosfera, ligados à fala, à presença concreta do um em relação ao outro, são grandezas verticais que se encontram nas pessoas, no âmago das pessoas, coisas descontínuas, ligadas à biologia e portanto à morte, mas também a todas as demais coisas biológicas e mortais de formas que não podemos enunciar, mas que assim mesmo pressentimos: estamos sozinhos, estamos cada um por si, mas na voz, sempre concreta, sempre ligada a uma pessoa definida em um lugar definido, essa solidão é transcendida, essa é a promessa que nos é oferecida, e na voz, quando levada às últimas consequências, também a morte é transcendida. Todas as bandeiras, todos os símbolos e todos os rituais voltam-se em direção ao inefável. Uma tocha acesa na escuridão pode levar uma alma a tremer, um grito na multidão pode fazer erguer-se uma onda de felicidade, a felicidade de existir e de pertencer, que a multidão então sente e à qual reage. Ah, sabemos de tudo isso, é o coração que bate e o sangue que corre, é a vida e o mundo, os rios, as florestas, as planícies, o vento que sopra em meio às árvores. O que pode a razão fazer que se compare a essas coisas? Estou falando sobre a diferença entre um poema e as cem análises que foram escritas a respeito desse mesmo poema. Ou, como Hitler afirmou em um discurso proferido em Potsdam no dia 23 de março de 1933:

> O alemão, estilhaçado em si mesmo, discordante no espírito, fragmentado na vontade e portanto impotente na ação, perde as forças no sítio da própria vida. Sonha com a justiça nas estrelas e abandona o chão da terra [...]. No fim sempre restou ao alemão somente um caminho aberto. Como um povo de cantores, poetas e pensadores, sonhava com um mundo em que os outros viviam, e somente quando a necessidade e a miséria se abateram de maneira desumana talvez haja surgido na arte o desejo de uma nova ascensão, de um novo reino e assim também de uma nova vida.

Também a linguagem usada no Estado nacional-socialista dirige-se aos sentimentos; o importante na linguagem não era o sentido lexical, não era o aspecto analítico e argumentativo, mas todo o restante, tudo aquilo que dizia sem dizer, que se encontrava no tom da linguagem, na voz, na fala. "Você não é nada, seu povo é tudo", afirmava um lema nazista citado por Klemperer, e justamente essa mensagem era repetida inúmeras vezes de maneira direta e indireta. O povo ecoava por toda parte, a Alemanha ecoava por toda parte, nós, nós, nós ecoava por toda parte.

Quanto a mim, nunca me senti como parte de um nós; sempre, desde que eu era menino, senti-me à margem. Não que eu me sentisse melhor do que os outros e por isso à margem, não, foi sempre o contrário, eu sentia que não era bom o suficiente para ser parte de um nós, que eu não merecia. Também não sinto que pertenço a um lugar determinado; nos mudamos para Tromøya, onde eu cresci, então não tive nem tenho nenhum direito a dizer que sou de lá. O pior de tudo foi o sentimento de estar à margem no colegial, todo mundo via que eu não era bom o suficiente, e esse sentimento aumentava ainda mais o meu isolamento, havia algo de estranho comigo. Ah, como eu sentia a alegria fervilhar em mim quando eu fazia alguma coisa na companhia dos outros, como por exemplo no carro de formatura que tínhamos, mesmo sabendo que na verdade eu não estava com aquelas pessoas, mas apenas comigo mesmo. Sempre tive um único amigo de cada vez, nunca vários ao mesmo tempo, nunca houve um nós. Me acostumei a essa situação na minha época de estudante, perdi toda e qualquer esperança, eu passava o tempo inteiro às voltas com o meu irmão, tocava na banda dele e sabia que era por isso que eu estava participando. O papel de escritor me salvou; assim estar sozinho passava a ser legítimo, eu era uma grandeza à parte, um artista.

No verão tive a primeira experiência diferente. Foi paradoxal, uma vez que eu estava sozinho quando aconteceu. Mesmo assim eu me senti como parte de um nós, e o sentimento foi tão intenso e tão bom que eu chorei. Ou melhor, esse foi um dos motivos que me levaram a chorar. Havia muitos outros, pois aquilo a que me refiro foi o massacre em Utøya, a ilha onde um norueguês poucos anos mais jovem do que eu andou pela floresta abatendo crianças e adolescentes a tiro, um por um, sessenta e nove no total. Eu chorei, e eu não teria chorado se fossem sessenta e nove crianças e adolescentes mortos por uma bomba em Bagdá ou mortas num acidente em São Paulo, mas aconteceu no meu país, na minha casa, foi esse o sentimento que tomou conta de mim, e isso, o fato de que eu tinha uma casa, era para mim um sentimento inédito. Eu chorei quando me dei conta disso. Liguei para a minha mãe, liguei para Linda e liguei para Geir, que estava na Noruega. Não havia pensamentos nem sentimentos para qualquer outra coisa que não aquilo que tinha acabado de acontecer. De vez em quando eu percebia com uma força enorme o que tinha acontecido naquela ilha, e que tipo de consequências aquilo teria, mas logo o sentimento desaparecia. Era um sentimento rodeado de escuridão. A escuridão do luto, mas também a escuridão da atrocidade, e a escuridão da morte. Mas nas imagens que eram transmitidas de lá tudo parecia claro, e eu conhecia aquela luz, era a luz de um fiorde norueguês em um dia chuvoso de julho. Sim, todas as imagens transmitidas de lá eram familiares. Os pinheiros verde-escuros que cresciam à beira d'água, os escolhos cinzentos e a água que parecia pesada e imóvel, também cinzenta. E lá, no meio dessa paisagem conhecida, havia corpos mortos cobertos por sacos plásticos. Da terra vinham imagens dos sobreviventes. Uns estavam deitados recebendo atenção, uns subiam a bordo de ônibus, uns caminhavam para longe, enrolados em cobertores de lã. Uns estavam de pé se abraçando. Uns gritavam, uns choravam. Eram adolescentes noruegueses comuns. As ambulâncias eram ambulâncias norueguesas comuns. As viaturas eram viaturas norueguesas comuns. E, quando as imagens da pessoa que havia andado pela ilha abatendo crianças e adolescentes a tiro começaram a circular, eram também imagens de um rosto norueguês comum, com um nome norueguês comum. Foi uma tragédia nacional. E foi também a minha tragédia. Eu queria estar lá, era um desejo forte, porque o povo, o povo norueguês, reuniu-se em enormes manifestações silenciosas, centenas de milhares de pessoas nas ruas com rosas nas mãos. O que senti foi o anseio pelo nós, o anseio de estar no meio daquilo tudo, de fazer parte de uma coisa boa e importante. Mais democracia, mais abertura, mais amor. Era o que diziam os políticos noruegueses, era o que dizia o povo norueguês, era o que eu dizia para mim mesmo enquanto assistia a tudo aquilo na TV e chorava, era intenso demais, havia um anseio muito profundo nos sentimentos, e eram sentimentos verdadeiros, que vinham do coração, aquilo tinha acontecido na minha casa, as pessoas reunidas nas ruas eram o meu povo.

Agora que estou do lado de fora não consigo entender esses sentimentos. Parecem sentimentos falsos, sugeridos, eu não conhecia nenhuma das vítimas, como eu poderia me sentir de luto? E como eu poderia ter um sentimento tão forte de pertencença? Eram sentimentos invencíveis, que puseram todo o resto de lado pelos dias que aquilo durou.

Somente mais tarde compreendi que devia ter sido aquela força, aquela força enorme do nós que o povo alemão sentiu na década de 1930. Deve ter sido muito bom, a identidade oferecida às pessoas deve ter parecido muito segura. Todas as bandeiras, todas as tochas, todas as manifestações: é assim que deve ter sido.

Contra esse nós havia o eles dos judeus. Essa linguagem em que o nós era comunicado, que de certa forma também constituía o nós e que acima de tudo promovia uma identidade, pode ser compreendida de duas maneiras. Pode ser compreendida como uma língua que evoca a grandeza, todos os sentimentos que existem fora da linguagem, tudo aquilo que se relaciona aos ideais e à presença no mundo. Mas também pode ser compreendida como o oposto, como um gigantesco empobrecimento das possibilidades da linguagem, uma restrição violenta, um *stretto* em que o próprio elemento humano se cala. Era assim que Klemperer via a situação:

> E nesse ponto revela-se, para além do evidente, também um motivo mais profundo para a pobreza da LTI. Essa linguagem não era pobre somente porque todos precisavam forçosamente obedecer ao mesmo padrão, mas acima de tudo porque, nessa limitação autoimposta, somente um aspecto da existência humana podia ser expresso.
>
> Todas as línguas usadas livremente servem a todas as necessidades humanas; servem tanto à razão como à emoção, são ao mesmo tempo comunicados e conversas, monólogos e orações, pedidos, ordens e juramentos. A LTI serve apenas para as exortações. A despeito da esfera pública ou privada a que o tema pertença — não, não é verdade, a LTI conhece a esfera privada tão pouco quanto distingue entre língua escrita e língua falada —, tudo é fala, e tudo é público. "Você não é nada, seu povo é tudo", afirma um dos lemas que empregam. Isso significa: você nunca está sozinho, nunca está consigo, mas sempre diante do seu povo.

Certas coisas têm espaço negado na linguagem: por um lado o individual e o único, por outro lado tudo aquilo que é complexo, múltiplo, hesitante, incerto, devagar; e, quando tudo ligado a isso silencia e deixa de ter um espaço onde se articular, essas coisas desaparecem. A questão de saber se desaparecem apenas na linguagem ou se também aquilo que as cria desaparece, ou seja, deixa de existir, é uma das questões mais espinhosas levantadas pelo tempo que os nacional-socialistas estiveram no poder, uma vez que aponta diretamente para o problema da identidade, que não é em nenhum aspecto neutro, ou seja, técnico ou instrumental, mas encontra-se diretamente ligado à terrível sombra que o extermínio dos judeus lançou sobre a humanidade.

Ninguém é capaz de apontar qual foi o motivo para o extermínio dos judeus, uma ligação entre a brutalização dos sentidos ocorrida durante a Primeira Guerra, os movimentos populares alemães do pré-guerra, o nacionalismo arrebatado do entreguerras, o grande crash da Bolsa de Valores, a inflação e o desemprego em massa, o avanço da biologia racial, o ódio patológico e o carisma de Hitler, a humilhação da Alemanha promovida pelo Tratado de Versalhes e o extermínio dos judeus não pode ser estabelecida, porque não existe. O extermínio dos judeus foi um conceito surgido nessa sociedade, um acontecimento, mas ao mesmo tempo uma coisa a que a própria sociedade não podia ou não queria dar um nome; a partida dos primeiros trens com judeus rumo ao oeste foi um acontecimento quase irreal, uma coisa que acontecia nos confins da humanidade, silenciosa e praticamente invisível, pois se existe um traço em comum entre as pessoas que a testemunharam é o fato de terem desviado o olhar. Me refiro ao silêncio que foi ao encontro do trabalhador ferroviário entrevistado em *Shoah*. Aquele silêncio foi o extermínio dos judeus. O barulho de pessoas que de repente cessa, o silêncio que paira sobre a paisagem onde tinham acabado de ecoar. O vento que de vez em quando sopra em meio às árvores, o som de uma pessoa que martela ao longe, sons isolados. Como foi possível que tantas pessoas, milhares de pessoas, pudessem calar-se? Onde estavam? O silêncio é o nada, quando aquilo que era de repente não é mais, e é justamente isso que torna o acontecimento impossível de compreender, o extermínio de judeus é aquilo que não existe. É o nada. Como podemos nos relacionar com o que aconteceu dessa maneira? Se escolhemos uma pessoa para representá-lo, um indivíduo com nome e história, família e amigos, transformamos o que aconteceu em um destino, ou seja, conferimos-lhe dignidade, porque esse indivíduo teve dignidade apenas por ser um indivíduo, mas a dignidade era justamente o que não havia no extermínio, e foi essa ausência que o tornou possível. Se não escolhemos uma pessoa para representá-lo, não damos nomes às vítimas, mas a imaginamos como seis milhões, em termos genéricos, o que tampouco é verdade, porque o que se exterminou não foi um total de seis milhões de judeus, mas este, este e este, seis milhões de vezes. Essas duas perspectivas excluem-se mutuamente.

Shoah, que não abandona o dever relativo a esse problema por um instante sequer ao longo de nove horas e meia, resolve-o daquela que provavelmente é a única maneira possível, apresentando o extermínio dos judeus como um acontecimento contemporâneo, e portanto como se pudéssemos nos relacionar apenas com aquilo que ainda se encontra ao nosso redor, ou seja, com os lugares da maneira como existem hoje, todos destruídos a não ser por Auschwitz, e com as memórias ou não memórias das pessoas que se encontravam nas proximidades, como guardas, sobreviventes, vizinhos, maquinistas, burocratas e nada mais, apenas no presente do qual as memórias fazem parte. A ausência é portanto a própria forma, todos falam sobre aquilo que não existe naquilo que existe, e essa impossibilidade, em todos os níveis, é o próprio tema do filme. Como falar a respeito daquilo sobre o que não se pode falar? Sobre aquilo que escapa a toda denominação linguística, porque a própria denominação transforma o ocorrido numa coisa que não é?

729

O extermínio dos judeus ocorreu fora da linguagem, não foi nomeado, foi um acontecimento silencioso, e os próprios judeus estavam também fora da linguagem, banidos para dentro dos próprios corpos, para o "isto", o nada daquilo que não tem nome, que no fim também foi aniquilado. Uma das cenas mais reveladoras em *Shoah* é a entrevista com Czeslaw Borowi, que morou ao lado da estação de trem em Treblinka durante a guerra, na época um rapaz que todos os dias via os trens chegarem, cheios de judeus, via-os esperar em fila, e aos poucos compreendeu o que estava acontecendo a poucas centenas de metros. No meio da descrição de tudo que tinha visto, a certa altura ele começa a imitar a voz dos judeus dentro dos vagões lotados. Ra ra ra ra, ele diz. Ra ra ra ra. Parece o som de um bicho ou de um pássaro. Aquilo era a língua dos judeus para ele.

Richard Glazar, que estava a bordo de um desses trens, em um vagão de passageiros comum, com assentos, como se estivesse de férias, conta que depois da estação de Treblinka o trem avançou devagar, quase na velocidade de uma caminhada, em meio à floresta; era verão e o dia estava quente, e de repente todos viram um menino que fez um gesto para os passageiros. Ele passou a mão depressa pela garganta, como que para mostrar que tinha sido cortada. Glazar não entendeu o gesto. Duas horas mais tarde todos os demais passageiros estavam reduzidos a cinzas. Glazar foi poupado, os nazistas precisavam de força de trabalho, e ele sobreviveu.

Czeslaw Borowi também faz esse gesto durante a entrevista, passa a mão depressa pela garganta, e os dois irmãos que moravam lá, na propriedade ao lado do acampamento, e que ouviam os gritos e sentiam o cheiro de carniça e de carne queimada todos os dias enquanto aravam a terra e cuidavam dos bichos, já que o cheiro era perceptível em um raio de quilômetros, também fizeram esse gesto diversas vezes em sequência. Um desses irmãos deve ter feito o gesto para Glazar. O gesto, se não diretamente sádico, estava no mínimo repleto de alegria pelo sofrimento alheio, era a única comunicação que havia entre eles e os judeus. Ra ra ra ra era a língua dos judeus ao falar com eles, e o corte na garganta era a língua deles ao falar com os judeus. O que se percebe nessa cena é que as pessoas entrevistadas não sabem o quanto revelam. Os irmãos são claramente antissemitas, e mesmo que tenham estado entre as raríssimas pessoas que de fato presenciaram o extermínio, continuam sem saber o que aquilo significa, porque na esfera humana não existe absolutamente nenhuma perspectiva em relação à dimensão dessa catástrofe. E o fato de que revelam essa incompreensão sem fim é doloroso de ver, porque apenas se pode fazer isso na inocência. Eles não sabem.

Igualmente marcante é a cena em que moradores de Chełmno são entrevistados. Chełmno foi o lugar onde o extermínio de pessoas em escala industrial foi posto em prática pela primeira vez. O extermínio de pessoas não era um fenômeno novo, mas o que aconteceu em Chełmno era qualitativamente novo, uma coisa jamais feita antes. As pessoas a serem mortas foram transportadas até um castelo, onde foram obrigadas a se despir, para então serem perseguidas ao longo de um corredor que levava a uma rampa e por fim ao interior de um caminhão. As portas se fecharam e um tubo de escapamento foi ligado a um outro cano, de maneira que todo o compartimento de carga se enchesse de gás. Quando todos estavam mortos, o caminhão partiu rumo à floresta nos arredores da cidade. As portas se abriram e os corpos rolaram para o chão, espremidos contra as portas, para onde instintivamente todos haviam corrido. Os corpos foram jogados em sepulturas. Passado um tempo um enorme forno foi construído no local, e os cadáveres enterrados foram desenterrados e incinerados, e a partir de então todos os cadáveres recém-chegados passaram a ser incinerados. A novidade foi que isso não aconteceu somente uma vez, mas diversas vezes por dia durante um período que se estendeu por dois anos. Hoje o castelo está destruído, os fornos estão destruídos, a única coisa que resta são as ruínas de umas paredes em uma planície no meio da floresta.

Escura é a floresta, e também silente. Um rio corre pela cidade logo abaixo. Nesse ponto as chamas se erguiam até o céu, conta Simon Srebnik, que em 1941 tinha treze anos e trabalhava nos fornos. Mais caminhões foram empregados para aumentar a capacidade, e depois de um tempo os judeus que chegavam eram reunidos na igreja e não mais no castelo decrépito. É do lado de fora dessa igreja que os moradores do vilarejo são entrevistados e reúnem-se ao redor de Simon Srebnik, porque se lembram muito bem dele: era o garoto que cantava para os soldados alemães, quase um mascote, os soldados também lhe ensinaram músicas alemãs que ele cantava, e com todos ao redor de Srebnik, já um homem de meia-idade, surge uma atmosfera de alegria do reencontro. Todos começam a contar detalhadamente o que aconteceu naquela época, o que foi que viram. A igreja lotada de judeus, a sacristia lotada das malas que haviam trazido, a quantidade de caminhões necessária para esvaziar a igreja. Uma dessas pessoas se aproxima e conta a história de um rabino que disse que os judeus eram culpados pela morte de Jesus, e que por isso o sangue pairava sobre suas cabeças, e quando o entrevistador pergunta se esse homem acha que os judeus tinham mesmo culpa nisso, ele diz que está apenas repetindo o que o rabino disse na época. Todos oferecem recordações detalhadas do que aconteceu, e as pessoas tornam-se cada vez mais numerosas em frente à câmera, para onde olham com uma alegria e um interesse mal escondidos, como se fossem crianças. Passado um tempo uma procissão sai da igreja, e os moradores do vilarejo tomam cuidado para que ninguém fique na frente da câmera, afastam as crianças para que se possa filmar a procissão, que é o orgulho do vilarejo. As pessoas não têm ideia quanto ao que revelam, não têm ideia quanto ao que a câmera vê, não compreenderam nada do que aconteceu por lá, é uma coisa lamentável, claro, na medida em que puderam compreendê-la, mas não uma coisa que as deixou marcadas. Enquanto tudo isso acontece, em frente à igreja onde centenas de milhares de judeus passaram as últimas horas de vida, em meio ao bando de moradores do vilarejo, está Simon Srebnik. É impossível saber no que está pensando. A expressão do rosto mantém-se completamente insondável.

Mais tarde ele conta que tudo que desejava na época em que trabalhava nos fornos aos treze anos eram cinco fatias de pão. Ele também não entendia o que estava acontecendo, era jovem demais, segundo diz, e estava acostumado a ver pessoas morrerem no gueto, as pessoas caíam mortas o tempo inteiro. Quando foram embora, os alemães deram-lhe um tiro na cabeça, mas ele sobreviveu, e no filme volta pela primeira vez ao passado e, sentado em um barco no pequeno rio, canta as antigas canções dos soldados alemães. Em outro vilarejo as pessoas que hoje moram nas antigas casas dos judeus são entrevistadas, uma dessas pessoas mostra-se orgulhosa com a formação dos filhos, outra diz que as judias roubavam os homens do vilarejo e um dos homens afirma estar feliz por não haver mais judeus na área, mesmo que não esteja feliz com a forma como isso aconteceu. A impressão dominante é que essas pessoas estão lisonjeadas com a atenção que recebem. Todas estavam lá na época, foi para lá, para aquela sociedade local, que uma vez reunidos os judeus foram transportados, e foi naquele distrito que foram mortos em câmaras de gás e incinerados. As entrevistas foram feitas no fim dos anos 1970 e no início dos anos 1980. Já faz mais de trinta anos desde que tudo aconteceu, e aquele é apenas mais um acontecimento em meio a muitos outros. O antissemitismo evidente demonstrado por essas pessoas tem um lado inocente, já que não percebem em nenhum momento aquilo que estão revelando, ou melhor, para quem estão fazendo essa revelação. É um traço mesquinho, adquirido socialmente, que se encontra ligado à ausência de formação e à pobreza. Mas será mesmo o mal? Serão más as pessoas que ocuparam as casas dos judeus e se alegraram com a melhoria que isso proporcionou em relação à vida que levavam até então? Que se viram e apontam o lugar onde ficavam as malas dos judeus, alegres por estarem na TV? Essas pessoas não sabem o que fazem, são inocentes. Não poderiam ter condições de ver o que aconteceu. O extermínio dos judeus organizado e levado a cabo pelos alemães foi uma coisa qualitativamente diferente, ligada a um princípio diferente e muito maior do que o ódio popular contra os judeus.

Para organizar e levar a cabo um plano dessa magnitude seria necessário em primeiro lugar uma vontade enorme; sabemos a resistência que todas as pessoas têm em relação a matar, mesmo para os soldados armados na guerra é difícil, ainda que se trate de pessoas armadas e dispostas a matar, mas no caso em questão tratava-se de pessoas desarmadas que nunca haviam levantado a mão contra ninguém, e também crianças de dois ou três anos, meninas e meninos, moças e rapazes, idosos e doentes, em um número três vezes maior do que a quantidade total de alemães mortos durante toda a Primeira Guerra durante um período que mal chegou a dois anos. Isso não é um simples acontecimento, mas um acontecimento que somente ocorre como resultado de uma vontade enorme, pois é preciso vencer uma quantidade infinita de resistência humana para se chegar a esse ponto, mas quando olhamos para a sequência de acontecimentos, para a forma como tudo surgiu e mais tarde foi posto em operação, a vontade encontra-se quase ausente, é quase como se aquilo tivesse sido um acontecimento fortuito, sem qualquer tipo de força ou vigor, que simplesmente teve de ser tolerado.

Os camponeses do vilarejo polonês não tinham entendido o que acontecia e quais eram as implicações daquilo. A questão é saber se nós entendemos. Pois não foram os camponeses humildes do vilarejo polonês, com seu antissemitismo pouco esclarecido, que exterminaram os judeus. Foram os alemães, de Berlim, Munique, Dresden, Frankfurt, das grandes cidades da Europa, uma sociedade desenvolvida e esclarecida em todos os aspectos, que representava a culminação absoluta da tecnologia e da cultura, mesmo no que diz respeito à geração de Hitler, apenas três gerações mais velha que a nossa. Pode-se dizer que o círculo que governava a Alemanha na época era bárbaro, brutal e criminoso, como de fato era, mas essas pessoas não pareciam numerosas em relação aos sessenta milhões de habitantes do país, embora tenham chegado ao poder porque expressavam a vontade do povo, porque eram representantes do povo. Mas limitar o ocorrido à Alemanha e dizer que essa foi uma consequência da ruína do germanismo seria facilitar demais as coisas para nós. Como já foi dito, foram policiais noruegueses que identificaram, localizaram, reuniram e deportaram os homens, as mulheres e as crianças que foram incinerados em Auschwitz, e não alemães. E os homens, as mulheres e as crianças que foram incinerados tinham vizinhos, conhecidos, colegas, amigos. Eles desviaram o olhar, viram outra coisa, aquilo não existiu. Assim foi na

Noruega, assim foi na Alemanha, assim foi por todo o continente. Não existiu, ou quase não existiu. Ninguém sabia o que acontecia. Ninguém via. Quase não acontecia. E depois acabou. Quando vimos o que tinha acontecido, não era quase nada, pelo contrário, era uma coisa tão abrangente e tão extrema que nunca, jamais tinha acontecido qualquer coisa parecida, naquela escala.

Como devemos entender isso? O fato de que, enquanto acontece, quase não é nada, transcorre sem nome e sem chamar atenção, e as pessoas que veem não sabem o que veem, mas depois, quando já não existe mais, passa a ser compreendido como um ponto final na humanidade, nosso limite último, uma coisa que nunca, nunca mais pode se repetir? Como pode um mesmo acontecimento dar origem a duas perspectivas tão distintas? E como podemos ter certeza quanto àquilo que nunca, nunca mais pode se repetir se nem ao menos sabíamos o que estava acontecendo quando estava acontecendo? Como é que tudo foi visto apenas quando acabou, quando já não havia mais nada para ver? Quando todas as pessoas já estavam mortas, todos os fornos e campos de extermínio já estavam desmontados, quando as árvores já estavam plantadas e todos os rastros apagados?

Até hoje não sabemos quem morreu. As pessoas perderam os nomes, tornaram-se números, e isso não as trouxe de volta, porque ainda são números, seis milhões. Não sei o nome de uma única pessoa exterminada em Chełmno, primeiro morta com gás no interior de um caminhão, depois incinerada em um forno para ter as cinzas jogadas no rio, enquanto as partes que não queimavam, como os ossos grandes do corpo, eram trituradas até virar farinha de osso que depois também era jogada no rio, mas apenas o número, 400 mil. Tampouco sei o nome de qualquer uma das vítimas mortas nas câmaras de gás de Treblinka, apenas o número, 900 mil.

Por outro lado, sei o nome de todas as pessoas mais importantes do partido nacional-socialista alemão. Hitler, Göring, Goebbels, Himmler, Bormann, Hess, Speer, Rosenberg. Não apenas isso, mas conheço também o rosto deles, e sei um pouco sobre a vida e a personalidade de cada um. Essa disparidade é impressionante: Hitler é um dos nomes mais importantes que existem, um nome que todas as pessoas conhecem e associam a uma coisa. As pessoas que ele mandou exterminar somente puderam ser exterminadas ao serem expulsas da linguagem, ao terem o nome retirado, ao se verem igualadas ao próprio corpo, sem qualquer tipo de ligação com a sociedade, que é a própria humanidade, num processo reducionista que culminou quando se transformaram em nada, ou seja, em números, o que ainda são. A força que reside no nome torna-se visível quando colocamos essas duas grandezas lado a lado. Hitler de um lado, seis milhões de judeus do outro. Em *Minha luta*, Hitler fez com que dois milhões de alemães se erguessem do túmulo e voltassem à Alemanha, sujos de terra e de sangue, para lembrar os habitantes do país do sacrifício que haviam feito em nome deles. Se fizermos com que esses seis milhões de pessoas exterminadas durante a Segunda Guerra se ergam do túmulo em nossos pensamentos, se as reunirmos nas planícies da Polônia e pusermos Hitler no meio delas, a verdadeira relação entre as duas grandezas seria aparente, pois o nome dele seria apenas mais um em meio a milhões de nomes, a voz dele seria apenas mais uma em meio a milhões de vozes, a vida dele seria apenas mais uma em meio a milhões de vidas. Essa multidão enorme se transforma de acordo com a distância que mantemos. Se estamos longe, temos uma visão de cima, vemos apenas corpos, apenas membros, apenas cabeças, apenas olhos, apenas cabelos, apenas bocas, apenas orelhas, é a humanidade como criatura, a humanidade como biologia e materialidade, e foi essa visão que tornou possível incinerar essas pessoas, e o que essa incineração tornou visível, como uma nova perspectiva na humanidade, foi a ausência de valor, a possibilidade de substituição, a vida que surge de um poço. A vida humana como um amontoado de conchas num rochedo à beira-mar, a humanidade como besouros e vermes, a humanidade como um cardume de peixes que salta contra a corrente. No entanto, se chegamos perto demais, junto de cada um dos indivíduos, próximo o suficiente para ouvir o nome sussurrado de cada pessoa, e se as olharmos nos olhos, onde a alma do indivíduo se revela, inestimável e única, e ouvir a história de um dia na vida de uma pessoa rodeada pelos seus, por familiares e amigos, um dia comum num lugar comum, com toda alegria e fragilidade, toda inveja e curiosidade, toda rotina e espontaneidade, toda fantasia e melancolia, o que se revela é o oposto, o indivíduo, não como eu, mas como condição para o eu. Esse é o tu.

Quando Simon Srebnik, o rapaz de treze anos com uma bela voz, que carregava pessoas mortas para o enorme forno, com chamas que se erguiam ao céu, rodeadas pela escuridão da floresta, fantasiava a respeito do futuro, ele imaginava duas coisas. Uma eram cinco fatias de pão. Era tudo que ele queria. A outra coisa que imaginava, ao sair dessa situação, era que estava completamente sozinho. Que não havia uma única pessoa em toda a terra, a não ser ele. E ele estava lá, sozinho sob o firmamento, carregando um cadáver atrás do outro, ou cantando belas canções, sem nenhum sentimento, a não ser pelo sentimento de que, caso sobrevivesse, não poderia existir mais nada além daquilo. E Richard Glazar conta sobre o momento em que começou a incinerar os corpos em Treblinka, quando estava escuro e a floresta erguia-se como uma muralha nos arredores do campo de extermínio, e as chamas erguiam-se rumo ao céu, e um dos outros judeus que trabalhavam lá, que era cantor de ópera, cantava "Elia, Elia". Esse momento, que ele descreve em *No meio das trevas*, o livro que Gitta Sereny escreveu sobre Treblinka e Josef Stang, o comandante do campo de extermínio, e que também narra para Claude Lanzmann, não é perturbador no mesmo sentido em que as atrocidades são perturbadoras, porque essas, ao se revelarem incompreensivelmente repugnantes, pertencem aos outros, a um conceito que não pode ser reconciliado às possibilidades do próprio eu, àquilo que justamente em razão disso chamamos de mal; não, esse momento é perturbador de uma forma completamente distinta, porque em sua monumentalidade, em sua invocação a Deus e portanto em sua beleza, trai a verdade humana em favor do divino. É nesse ponto que Deus morre. Não porque Deus os tenha abandonado, mas porque o divino pertence à perspectiva que tornou o extermínio possível.

Percebo a força do tabu que envolve o extermínio dos judeus ao escrever sobre esse tema. É como se existisse uma relação de propriedade, como se nem todo mundo pudesse escrever sobre isso, de certa forma é preciso fazer por merecer, ou por se ter estado lá, ou por se ter entrevistado pessoas que estiveram lá, ou por ter escrito a respeito do assunto de maneira engajada e não ambivalente. É preciso ser irrepreensível ao escrever sobre esse tema; somente assim torna-se viável. Os motivos devem ser abnegados, não comerciais, não especulativos, bons e honrados. Pode-se dizer qualquer coisa a respeito de Deus em um romance, e talvez se possa acusá-lo de blasfêmia, porém não com absoluta seriedade, uma vez que a indignação moral que uma transgressão blasfema traz consigo já não existe mais. Mas, no que diz respeito ao Holocausto, não é possível de maneira nenhuma dizer o que se bem entende, esse é o único fenômeno em toda a nossa sociedade em relação ao qual é possível blasfemar no sentido de que a indignação suscitada por uma eventual transgressão é violenta e uníssona. Existe um limite. Mas que tipo de limite é esse? Para onde segue? E por que é tão frágil?

Quando condenamos piadas com tamanho peso moral é porque estamos protegendo e defendendo um valor que não pode ser transgredido. Mas o que defendemos nesse caso? O que ganhamos ao tornar esse tipo de ação inalcançável? De que tipo de valor estamos falando? O historiador inglês David Irving foi para a cadeia por acreditar que as câmaras de gás não existiram.

Esse é um ponto de vista, não uma ação. Que outros pontos de vista podem levar uma pessoa à cadeia? Não são muitos, e eu mesmo não consigo pensar em nenhum outro.

O Holocausto apresenta todas as características de um tabu. O tabu é a forma encontrada pela sociedade de se defender de forças indesejadas. É uma forma de torná-las visíveis por meio da negação, de cercá-las com um "não" e assim transformá-las em uma coisa fora do cotidiano, fora da zona em que a vida em geral se desenrola, justamente porque a vida se encontra na esfera do normal, que é uma possibilidade constante. O que existe de particular em relação ao Holocausto é o oposto daquilo em que o transformamos. O que existe de particular no Holocausto é que foi um acontecimento pequeno, próximo e local. Famílias foram separadas e reunidas. Trens partiram dos guetos na Polônia, na Alemanha, na Holanda, na Bélgica, na Grécia, na Tchecoslováquia, na Lituânia, na Letônia — todos esses países sob controle alemão — com destino ao leste da Europa, e pararam nas pequenas estações em vilarejos na Polônia. Treblinka, Sobibór, Auschwitz, Bełzec, onde ou eram perseguidos, caso viessem do leste da Europa, ou eram autorizados a descer, caso viessem do oeste da Europa. Ao chegar, imaginavam estar em um centro de realocação ou em um campo de trabalhos forçados. E então as pessoas eram separadas, mulheres e crianças para a direita, homens para a esquerda, eram obrigadas a despir-se e a seguir eram levadas ao longo de um corredor de arame rumo ao interior de uma câmara onde eram asfixiadas com gás para depois serem retiradas e incineradas ou enterradas. Esses campos eram pequenos, Treblinka media apenas seiscentos por quatrocentos metros, e as pessoas que trabalhavam lá eram relativamente poucas, 150 soldados ucranianos, cinquenta soldados da ss. Em Treblinka também havia milhares dos chamados judeus de trabalho, que faziam todo o trabalho braçal antes de serem também asfixiados por gás e incinerados. Em um dia comum naquilo que Glazar chamou de alta temporada os trens levavam dez mil judeus para o campo. Poucas horas depois os corpos deles tinham sido retirados das câmaras de gás. Essa atividade foi mantida por dois anos. E durante esse tempo entre oitocentas mil e 1 milhão e 200 mil pessoas foram mortas lá. Trata-se de um acontecimento e de um número que ninguém é capaz de conceber. Mas a atividade ocorria nas mesmas horas dia após dia, era uma rotina, o que eles mesmos chamavam de produção de morte. A produção de morte em Treblinka foi comparada em termos um tanto primitivos com aquela em Birkenau, segundo afirma Franz Suchomel, um dos soldados da ss no campo.

O que eu quero dizer com isso é que tudo foi real. E como real, foi também concreto. E como concreto, foi também local. E foi muito próximo do normal. Na verdade, foi tão próximo do normal que acontecia praticamente sem chamar nenhuma atenção. O horror se concentra justamente nisso. As primeiras pessoas mortas nas câmaras de gás do Terceiro Reich não foram judeus, mas deficientes físicos e mentais. Era o que se chamava de homicídio por compaixão, uma expansão da lei de esterilização, segundo a qual a partir de 1933 passou a ser permitido esterilizar pessoas com doenças hereditárias; de acordo com Sereny, os nazistas solicitaram um parecer técnico de mais de cem páginas a Joseph Mayer, um professor de ética teológica que lecionava na universidade católica de Paderborn, antes de colocar o programa de homicídio por compaixão em prática. Primeiro o parecer de Mayer oferecia um panorama histórico e em seguida apresentava argumentos contra e a favor, a seguir discutia o sistema moral dos jesuítas em relação a probabilismo, de acordo com o qual

> existem poucas decisões morais que sejam desde o princípio inequivocamente boas ou más. Os pontos de vista morais são na maioria dúbios. No caso dessas posições dúbias, se existirem motivos plausíveis e "fontes" plausíveis que defendam uma opinião pessoal, essa opinião pessoal pode adquirir uma importância decisiva — mesmo que outros motivos "plausíveis" e outras fontes a refutem

e por fim concluía que a eutanásia era defensável, uma vez que tanto havia motivos e fontes a favor como também contra. O documento, que segundo o relato de Sereny existia em cinco exemplares, nunca foi encontrado, não existe; como quase tudo relacionado a isso, ou foi destruído ou não passa de um boato criado para legitimar ou inocentar uma coisa ou outra. O silêncio que envolve essa morte e a administração dessa morte é quase total. Mas o programa de eutanásia foi assim mesmo posto em prática, mais de cem mil pessoas foram mortas, e uma fronteira foi cruzada. O conceito de pureza racial estava fundamentado do ponto de vista científico e jurídico; começou com a esterilização, continuou com as câmaras de gás, a princípio usadas em pessoas tão vulneráveis e tão indefesas que essas execuções chegavam a ser vistas como um alívio para elas mesmas e para as outras pessoas ao redor.

Em *Minha luta*, a questão judaica encontra-se em princípio na mesma esfera, as pessoas de raça pura contra as pessoas de raça impura, o controle estatal sobre o corpo biológico, a higiene racial e a saúde pública, mas enquanto a esterilização e a eutanásia se encontravam dentro dos limites do aceitável para as autoridades e a população, apesar das polêmicas, o extermínio de um povo inteiro era naturalmente um acontecimento absolutamente inédito e inconcebível. Quando a decisão relativa ao extermínio dos judeus foi tomada, provavelmente em um momento qualquer no final de 1941, certamente sob a forma de uma ordem verbal de Hitler para Himmler, e os primeiros campos de extermínio foram montados naquele inverno, a maioria das pessoas importantes foi buscada no programa de eutanásia. Nunca se haviam exterminado pessoas naquela escala e ninguém tinha experiência prévia com aquilo a não ser pelas câmaras de gás usadas no programa de eutanásia, que acabaram sendo usadas como um ponto de partida. Os assassinatos de judeus no front oriental, que eram execuções puras e simples, inclusive de mulheres e crianças, exigiam tempo demais e pessoas demais, e seriam um método simplesmente inviável do ponto de vista prático. A questão sobre a qual os nazistas se debruçavam era: como matar o maior número possível de pessoas com o menor número possível de pessoas, dentro do menor tempo possível? Foram necessários muitos experimentos e muitos fracassos até que o sistema se tornasse eficiente. Não havia orçamento para o extermínio, que era financiado através do confisco das posses das vítimas. Uma agência de viagens comum encarregava-se das questões relativas ao aluguel da ferrovia e dos trens, exatamente como se estivessem lidando com qualquer outro trem fretado. Funcionários comuns se responsabilizavam pelo planejamento do tráfego, imprimiam os horários em tabelas, forneciam informações ao sistema. Os campos foram construídos, as pessoas receberam ordens, a atividade começou. Alguns soldados devem ter sido escolhidos pela brutalidade, pois muitos revelaram-se sadistas contumazes ao receber carta branca para ir tão longe quanto desejassem, enquanto outros eram soldados comuns, em outros contextos homens ponderados que simplesmente faziam o trabalho que lhes era pedido.

Dois anos mais tarde houve uma tentativa de esconder todos os resquícios do que tinha acontecido; após desmanchar todas as construções em Treblinka, os nazistas construíram uma propriedade na região e instruíram as famílias ucranianas que foram realocadas para lá a afirmar que sempre haviam morado no local. O mesmo aconteceu com Sobibór, Bełżec e Chełmno: não havia resquícios. Nas proximidades desses lugares a vida continuava, como se nada tivesse acontecido.

O que tinha acontecido?

Acho que seria correto dizer que o que aconteceu não foi desumano, mas humano, e que é justamente isso que faz com que tudo pareça tão horrível para nós, e tão, tão profundamente ligado a nós e à nossa vida que, para enxergar e assim dominar o que aconteceu, precisamos colocar tudo longe de nós, fora da humanidade, como uma coisa intocável, que somente pode ser mencionada quando essa menção é feita de uma forma predefinida e minuciosamente controlada. Mas tudo começou em um nós, juntou-se em um eu, que então se concentrou em um livro, e a partir de então espalhou-se pela esfera social de maneira inconcebivelmente silenciosa, e assim deixou de ser um pensamento para tornar-se uma ação, uma coisa física e concreta no mundo, em relação à qual nenhum dos envolvidos falava, mas somente agia.

Trem após trem, carga após carga, pessoa após pessoa.

Tu-tum. Tu-tum. Tu-tum.

*

Nessas semanas durante as quais escrevi sobre *Minha luta* eu pensei bastante sobre o que sei a respeito do mal. Antes eu nunca tinha pensado no assunto, para mim era uma questão que pertencia à adolescência, ao período em que eu lia os livros de Jens Bjørneboe e me sentia pessoalmente responsável pela humanidade. A questão sobre a possível existência de Deus remonta à mesma época. Ainda me lembro de uma página do diário que eu mantinha aos dezesseis anos que começava com a pergunta "Existe um Deus?" e concluía com uma negativa. Hoje eu tenho quarenta e dois anos e estou de volta à estaca zero. Não sou mais o mesmo; a adolescência que há muito tempo me parecia próxima é hoje como a outra margem de um mar de tempo. E aquilo a que eu me apegava motivado pelos instintos ou pelos sentimentos, a esfera social, cuja força eu percebia quando ardia de vergonha ou me sentia queimar de raiva por alguma coisa que eu tivesse feito, e que fazia com que eu me sentisse insuficiente, inadequado, estúpido e cretino, mas também sujo, fraudulento e impuro, eu hoje vejo com mais clareza, em especial depois de ter escrito esses livros, que a cada frase tentam transcender o social ao comunicar os pensamentos mais íntimos e os sentimentos mais íntimos na esfera mais particular que existe, no meu próprio âmago, mas também ao descrever a esfera familiar privada, por trás da fachada que todas as famílias têm na sociedade, em uma forma pública, o romance. As forças que existem no social revelam-se apenas ao ser transgredidas, e são forças muito potentes, das quais é quase impossível — não, não: das quais é *absolutamente impossível* livrar-se. Eu tinha pensado em escrever exatamente o que eu achava, pensava e sentia, ou seja, em ser absolutamente sincero, as coisas são assim, como a verdade do eu, mas essa verdade mostrou-se tão incompatível com a verdade do nós, que é as coisas deviam ser assim, que o projeto naufragou ao fim de poucas frases. Assim eu compreendi o que é a moral, e onde existe. A moral é o nós no eu, ou seja, uma grandeza na esfera social, que se encontra acima da verdade. O dever moral é a voz da decência, capaz de nos salvar. Mas também é a voz limitadora do eu, o oposto da verdade e da liberdade, capaz de nos impedir. É a isso que Heidegger se refere com *das Man*, a ditadura do nós, a tirania da uniformidade, a pequena burguesia que converte tudo em si mesma. Que não tenha compreendido Hitler, um pequeno-burguês em tudo que fazia e pensava, nem o nazismo, uma revolução pequeno-burguesa, mas em vez disso se tenha deixado levar pelos símbolos de grandeza e pelas construções de legitimidade, sem ver que a grandeza e a legitimidade eram o mesmo que a morte, é de fato surpreendente. Quando Jaspers perguntou-lhe de que maneira um homem de formação deficiente como Hitler poderia governar o país, Heidegger respondeu como um apaixonado: *A formação é totalmente indiferente... olhe para aquelas mãos maravilhosas!* Somente a decência poderia ter salvado Heidegger, bem como a todos os outros que seguiram Hitler. Jaspers foi salvo pela decência, bem como Jünger e Mann. Mas não Heidegger. E tampouco Joseph Stangl, o comandante de Treblinka. Para Stangl, a decência consistia em manter-se no posto e garantir que todos os dias dez mil pessoas fossem mortas nas câmaras de gás e depois incineradas, para que não surgissem filas de espera no sistema. O caráter traiçoeiro da grandeza social revelou-se nele e em todos os outros alemães durante o regime nazista, juntamente com a força de que esse caráter se reveste. Se Stangl tivesse reunido a força necessária para romper os laços do social, jamais acabaria no inferno desvairado que criou, e jamais teria a morte de 900 mil pessoas a pesar-lhe na consciência. No Terceiro Reich, a consciência não dizia: é errado matar, mas dizia: é errado não matar, como afirma a escrita precisa de Hannah Arendt. Isso se tornou possível graças a um deslocamento na linguagem, que se mostra de forma pura em *Minha luta*, onde não existe um "tu", mas apenas um "eu" e um "nós", que é o que torna possível transformar "eles" em "isto". No "tu" reside a decência. No "isto" reside o mal.

Mas quem se envolveu em todas essas coisas foi o "nós".

Para nos proteger, usamos os mais poderosos marcadores de distância que conhecemos, as linhas demarcatórias que separam "nós" de "eles". Os nazistas tornaram-se o nosso grande "eles". Foram "eles" que, movidos pelo demonismo e por uma maldade grotesca, exterminaram os judeus e deflagraram um incêndio mundo afora. Hitler, Goebbels, Göring e Himmler, Mengele, Stangl e Eichmann. O povo alemão, que seguia "eles", também é "eles" para nós, uma grandeza quase tão grotesca na ausência de rosto e na humanidade massificada como esses líderes. A distância até "eles" é enorme, e lança as circunstâncias históricas próximas, conhecidas por nossos avós, em uma espécie de abismo medieval. Ao mesmo tempo sabemos, todos sabemos, mesmo sem admitir, que nós mesmos, se tivéssemos vivido naquela época, e não nessa, provavelmente teríamos marchado juntos sob o estandarte do nazismo. Na Alemanha de 1938 o nazismo era um consenso, era o certo, e quem se atreveria a questionar o que é certo? A maioria das pessoas acha o que todo mundo acha, faz o que todos fazem, e age assim porque esse "nós" e esse "todos" são aquilo que define tanto as normas como as regras e a moral de uma sociedade. Agora que o nazismo transformou-se em "eles" é fácil distanciar-se, mas não era assim quando o nazismo era "nós". Para compreender o que aconteceu, e como foi possível, esse é o primeiro aspecto que precisamos compreender. O segundo aspecto que devemos compreender é que o nazismo e os elementos do nazismo não eram grotescos em si mesmos, ou seja, não surgiram como uma coisa abertamente monstruosa e má, à margem de todas as correntes que fluem no interior de uma sociedade, mas pelo contrário: faziam parte dessas correntes. As câmaras de gás não foram uma invenção alemã; foram os americanos que descobriram que seria possível executar pessoas colocando-as em uma câmara estanque e enchendo a câmara de gás, e o procedimento foi realizado pela primeira vez em 1919. O antissemitismo paranoico tampouco foi um fenômeno alemão: o antissemita mais fanático do mundo em 1925 não era Adolf Hitler, mas Henry Ford. E a biologia racial não era uma disciplina suja, vil e indigna desenvolvida nas margens ou nos subterrâneos da sociedade; muito pelo contrário, era o que existia de mais avançado em termos de ciência, mais ou menos como a biologia genética é hoje uma disciplina rodeada de luz que traz uma grande esperança para o futuro. As pessoas decentes afastaram-se de tudo isso, mas não eram muitas, e vale a pena pensar a respeito disso, pois quem vamos ser no dia em que a nossa decência for posta à prova? Será que vamos estar dispostos a renegar o que todos pensam, o que todos os nossos amigos, vizinhos e colegas pensam, e insistir na ideia de que eles são indecentes, enquanto nós somos decentes? A força do nós é enorme, os laços que estabelece são quase impossíveis de cortar, e tudo que podemos fazer, na verdade, é esperar que nosso nós seja um nós bom. Porque se o mal surgir, ele não surge sob a forma de "eles", como uma coisa estranha que podemos evitar sem dificuldade, mas sob a forma de "nós". O mal surge como aquilo que é certo.

*

Ler os textos escritos nas décadas que antecederam a Segunda Guerra Mundial é como ler a legislação de uma sociedade antiga com leis que já não valem mais. Os pensamentos constituem um sistema compreensível e coeso, que no entanto não se relaciona a mais nada que exista na realidade prática. Os pensamentos acerca do que é uma pessoa, o que é uma sociedade e o que é importante já não valem para a sociedade em que vivemos. Hoje em dia nenhum colegial seria capaz de sacrificar a própria vida em nome do país, nenhum jovem de vinte e cinco anos seria capaz de perceber valor na morte de dois milhões de pessoas. O fenômeno é simplesmente impensável, a não ser como uma anomalia. Ninguém mais encara a democracia como decadente e o liberalismo como indigno, e quem sustentasse um ponto de vista desses seria exposto a um verdadeiro linchamento público. A antidemocracia é um tabu, compreendido no sentido original, ou seja, como uma coisa absolutamente intocável na sociedade. Quando apesar disso o tema da antidemocracia é abordado, é simultaneamente tratado de uma forma que nos protege do conteúdo assim trazido, mais ou menos como os rituais funcionavam nas sociedades primitivas, nesse caso porque os textos da época são elevados a textos que, da mesma forma que o sagrado exclui tudo aquilo que não é sagrado, excluem tudo aquilo que não é textual. Dessa forma torna-se possível abordar conceitos como a violência divina, que ocupa um lugar central no ensaio de Walter Benjamin escrito em 1921, e que, por ser ele um dos mais importantes pensadores da época de Weimar e talvez da modernidade como um todo, deve ser protegido das implicações antidemocráticas que traz, de maneira que possamos analisar as ideias sobre as arbitrariedades da lei sem que signifiquem nada, a não ser no universo do texto, onde as frases remontam à Antiguidade, a Platão e Aristóteles, ou até mesmo aos pré-socráticos, avançam até Nietzsche, voltam aos romanos e ao direito romano, avançam até Heidegger, voltam até Agostinho e Tomás de Aquino, avançam até Benjamin, voltam a Descartes e avançam até Kierkegaard, mas sem jamais alcançar o nosso tempo e a nossa sociedade, ou seja, jamais de maneira comprometedora, uma vez que as revelações oferecidas pelo texto não têm nenhuma consequência fora do texto. Os problemas são abordados, são mostrados, mas a validade fica restrita ao contexto próprio e limitado do texto original, exatamente da mesma forma que os rituais tratavam os abismos da sociedade. O melhor exemplo disso é Nietzsche, uma das figuras mais centrais das ciências humanas, um dos intelectuais a quem se faz mais referências no que diz respeito às questões relativas à sociedade e à cultura, mas a reavaliação de valores que ocorre na filosofia de Nietzsche, e que fascinou e continua a fascinar uma geração atrás da outra, nunca se reveste de um significado verdadeiro, no sentido de que não se estabelece nenhum dever entre o texto e a realidade do leitor. Todos os pensamentos relativos à antidemocracia, às diferenças qualitativas entre as pessoas, ao niilismo, à amoralidade e à arbitrariedade da lei são tratados como um texto, e o fascínio e a relevância do texto são transformados em uma questão de fascínio interno e relevância interna.

Essa distância entre o texto e o mundo se revela de forma exemplar em um ensaio de Girard, que lê *Hamlet* como uma tragédia sobre a tentativa de Hamlet de fazer com que a vingança, a imagem fundamental da violência mimética, cesse por completo. A partir disso surgem a postergação, a dúvida, a hesitação, a perplexidade, a incapacidade de agir. Dessa forma, Girard desqualifica praticamente todas as intepretações anteriores, e essa desqualificação torna-se por fim uma questão em si mesma: ele pergunta como é possível que tantos estudiosos de literatura ao longo dos últimos séculos tenham compreendido a ausência de vingança de Hamlet em relação ao pai como um defeito, como expressão de ausência de vontade e de capacidade deficiente, e como é possível que tenham patologizado a relutância de Hamlet. Quando esses textos sobre Hamlet forem lidos daqui a mil anos, em outra cultura, as pessoas vão inevitavelmente pensar que os acadêmicos e estudiosos de literatura eram um bando de gente sedenta de sangue e de vingança. Hamlet é a representação de uma pessoa, os acadêmicos e estudiosos de literatura também são pessoas, mas a identificação nas leituras nunca aborda esse aspecto, simplesmente não faz essa ligação, pois a moral e a ética em *Hamlet* são uma moral e uma ética para o texto, ou para o sistema de textos, não para as pessoas que leem os textos na vida pessoal delas. A questão que os estudiosos e acadêmicos de literatura deviam se fazer para compreender *Hamlet* era: o que eu teria feito se o meu pai morresse e eu tivesse uma suspeita de que ele foi assassinado? Será que eu teria procurado a pessoa que eu imaginava tê-lo matado, que se revelou sendo o meu tio, para então me vingar e matá-lo? Não, ninguém teria feito isso, seria uma forma de agir inconcebível, profundamente arcaica e absolutamente imoral. O que as pessoas teriam feito era denunciar o assassino à polícia, e então a lei seria aplicada. Esse é o dilema de Hamlet, segundo Girard, ele é um de nós, o que se convencionou chamar de homem moderno, em um sistema arcaico de violência e vingança. Para ele, esse sistema não está atrelado a nenhum absoluto, é apenas um sistema arbitrário, e se é arbitrário é também um jogo, e se é um jogo, claro, então todo o restante também é um jogo, a sociedade não é senão uma peça em um tabuleiro, que pode ser movida para cá se as regras em vigor forem essas, ou para lá se as regras em vigor forem aquelas. Essa arbitrariedade torna-se visível somente no instante em que saímos do sistema e nos colocamos do lado de fora, ou quando o sistema deixa de seguir determinado conjunto de regras para adotar outro. Tanto antes como depois da mudança, a sociedade e o sistema de regras são uma única coisa, são difíceis de separar um do outro, como se as regras não fossem dadas, mas viessem do interior, do próprio social, com o mesmo tipo de relação que existe entre as leis da natureza e a matéria da natureza.

A questão sobre o que eu teria pensado caso eu fosse Hamlet está ligada à identificação, e a identificação diz respeito à igualdade. O escritor francês Jean Genet escreveu certa vez um ensaio a respeito de Rembrandt, e nesse ensaio descreve uma viagem de trem durante a qual se viu sentado em uma cabine com um homem um tanto repugnante, que tinha dentes ruins, cheirava mal, cuspia tabaco no assoalho, e de repente Genet percebeu, do nada, com a força que os pensamentos revolucionários têm, que todas as pessoas têm o mesmo valor. Esse é um pensamento conhecido, somos ensinados a pensar dessa forma, porém o que Genet descreve é a revelação súbita do que isso realmente quer dizer, do caráter absolutamente radical desse pensamento. Será que aquele pobre-diabo repugnante valia *o mesmo* que ele? Será que você vale *o mesmo* que eu? É um pensamento impossível. Genet olha para o homem e os olhares deles se encontram. O que ele vê nos olhos do homem, o que se revela naqueles olhos, quando os olhares de ambos se encontram, leva-o a se perguntar se existe uma parte da nossa identidade, nas profundezas mais ocultas, que seja absolutamente igual. Uma coisa absolutamente idêntica. Genet em nenhum momento estabelece uma ligação entre esse pensamento e Rembrandt, mas eu sei que é uma ideia surgida a partir das pinturas; eu vi um autorretrato de Rembrandt, e a forte impressão de presença causada pelo olhar da pintura, que parece ter atravessado os quatro séculos desde que foi pintado para encontrar o nosso olhar, diz o mesmo que Genet diz. Mesmo que eu nunca tivesse formulado esse pensamento, eu tinha experiência com o sentimento.

Eu sou você.

Isso não está relacionado ao nós social; apenas o eu único pode expressar essa ideia, e toda a arte, por ser uma forma de comunicação, ou seja, daquilo que é comum a uma cultura, está relacionada a isso. A arte que expressa somente o nós social é a arte isolada pelo tempo; cem anos atrás não passava de uma expressão de sua época, daquilo que acontecia na esfera social naquele momento exato, e nada mais. O nós social foi o que o nazismo destruiu, e aquilo para o que o poema de Paul Celan funciona como resposta. "Stretto" é o fim do movimento começado em *Minha luta* de Hitler, um poema escrito sobre os restos da linguagem destruída pelos nazistas, nem tanto para revelar a destruição, mesmo que isso também deva ter parecido importante em 1959, mas para encontrar um novo caminho da linguagem para a realidade. Para atingir esse objetivo, Celan adentrou os menores componentes da linguagem, o próprio fundamento da linguagem, que é eu, tu, nós, eles, isto — e é, foi. Contra o nada da morte e da ausência, essas palavras fazem nascer um novo sentido, um sentido único, ou seja, inigualável, válido somente aqui, nesse poema. O limite do sentido são também os limites da coletividade, e somente o indivíduo pode ir até lá. O poema chega tão longe naquilo que é próprio e idiossincrático que o nome não pode ser nomeado, por ser uma superordenação, uma generalização, ambas imunes a qualquer tipo de influência do tempo, uma vez que o nome é sempre o mesmo, e repleto de tempo, uma vez que suas associações correm o tempo inteiro através deste. Assim Celan aproxima-se do "isto" do "eu", porém não sob a forma da ausência de nome do corpo, não sob a forma do silêncio da biologia, mas no "eu" que é o mesmo para todos. As características arcaicas desse poema, no qual acontecimentos históricos são tratados como coisas fora do nome, ou seja, na ausência de diferença, onde tudo permanece sempre idêntico, ou se encontra nos limites do idêntico, devem-se a isso. De maneira estranha, mas absolutamente essencial, a ausência do nome representa os judeus executados durante a Segunda Guerra, em uma relação diretamente contrária à ausência de nome no poema, que não está ligada ao corpo, não está presa no silêncio, mas, pelo contrário, busca dar voz ao silêncio entre o nada e o tudo, entre a representação do mundo na linguagem e o próprio mundo. Essa é a voz do indivíduo, e essa é a voz de todos. É eu, é tu, é nós, é eles, é isto, e o que corre em meio a tudo é o tempo.

Eu sou você.

O pensamento de Jesus foi: o próximo é como você mesmo. A consequência desse pensamento, de um radicalismo inédito, é que Hitler vale tanto quanto os judeus que ele se ocupou de asfixiar nas câmaras de gás e depois incinerar. O pensamento de Genet foi: o próximo é você mesmo. Tampouco pode haver exceções a essa ideia, nem mesmo em relação a um homem como Adolf Hitler. Somos contra tudo aquilo que ele representou, e com razão. Hitler é nosso oposto. Mas em relação ao que ele fez, não em relação à pessoa que ele foi. Nesse aspecto ele foi como nós. A juventude de Hitler se parece com a minha, a paixão à distância, o ímpeto desesperado de tornar-se grandioso, de libertar-se a si mesmo, o amor que tinha pela mãe, o ódio que tinha pelo pai, o uso da arte como um aniquilador do eu e como um lugar para todos os grandes sentimentos. Os problemas em relação a estabelecer laços com outras pessoas, a idealização e o medo das mulheres, a pudicícia, o anseio pela pureza. Quando vejo Hitler em uma gravação, ele desperta em mim os mesmos sentimentos que em outra época o meu pai despertava, isso também é uma semelhança. Sinto que em muitos aspectos ele representava a burguesia, a voz trêmula que diz: você não é bom o suficiente. Ele representa também a transgressão dessa mesma burguesia, o rapaz que dorme até tarde pela manhã e não quer saber de um trabalho comum, mas quer escrever ou pintar porque é mais e melhor do que as outras pessoas. Foi ele quem abriu o nós e disse você é um de nós, foi ele quem fechou o nós e disse você é um deles. Mas, acima de tudo, foi ele quem saiu do bunker enquanto o mundo pegava fogo e milhões de pessoas estavam mortas, como resultado de sua vontade, para receber um grupo de meninos, e quem fez isso com mãos trêmulas em razão da doença, e em quem nesse momento revelou-se um brilho nos olhos, um temperamento amistoso e alegre, a alma dele. Hitler era um homem pequeno, mas isso todos nós somos. Não devemos julgá-lo por quem foi, mas pelo que fez. O que fez, no entanto, ele não fez sozinho. Quem fez tudo foi um nós que, ao ser posto sob pressão, estourou e desmoronou. Somente aqueles fortes o bastante por si próprios conseguiram se opor. Eram pessoas obstinadas e desprovidas de solidariedade, que diziam não à ideologia, que é a ideia de uma coletividade sobre como o mundo deve ser. O poema de Paul Celan não é um poema não ideológico, mas expressa o oposto da ideologia. Até mesmo o nome expressa uma ideologia, uma ideia sobre uma pessoa, ao mesmo tempo que essa mesma ideia salva a pessoa em questão da extinção em massa: o nome é o indivíduo. Hitler transformou o próprio nome em todos, esvaziou-o de qualquer individualidade, como afirmou Hess: você é a Alemanha. Depois do extermínio dos judeus o nome dele perseverou, o rosto dele permaneceu, enquanto os seis milhões de judeus mortos continuaram sem nome e sem rosto, ou seja, como ninguém. O poema de Paul Celan relaciona-se a isso. Uma história chegou ao fim nesse ponto, porque é um ponto nulo, um nada, uma coisa vazia e terrível, a humanidade como nada, com o mesmo valor de nada. Uma história também começou nesse ponto, e essa é a nossa história. Quem cobriu, Celan pergunta em "Stretto", ou seja, quem ocultou o elemento humano e único dessa catástrofe na linguagem genérica, emblemática e ordinária? Essa linguagem não havia se estilhaçado?

Uma história chegou ao fim nesse ponto, mas foi nossa história sobre o mal. Todo o período entre o início do século XIX e o fim da Segunda Guerra Mundial foi um período em que as grandezas fundamentais da humanidade e as formas de organização da humanidade estavam em processo de transformação, para não dizer em processo de dissolução, e a radicalidade inédita desses cinquenta anos, que deu origem aos dois últimos movimentos utópicos, o nazismo e o comunismo, somente pode ser compreendida levando-se em consideração esse fundamento, o de que a ordem social de repente, como resultado da enorme e inédita pressão interna surgida com as mudanças extremamente comprimidas no tempo e extremamente expandidas em volume introduzidas pelo industrialismo, já não mais se oferecia, mas apresentava rachaduras e parecia arbitrária, ou seja, governada por regras impostas a partir de fora, em um sistema civilizatório que não coincidia mais com as pessoas, mas que parecia a todos, ou pelo menos a uma boa parte do todo, estranho. As pessoas que viveram nessa época procuraram uma nova fundação e, como esta não se oferecia, como a democracia e o liberalismo hoje se oferecem para nós, resolveram encontrá-la na humanidade que se oferecia, em outras palavras, no absoluto. No cerne, no âmago, no legítimo.

Nossa sociedade e nossa cultura, que não apenas me rodeiam por todos os lados enquanto me encontro aqui sentado na cidade de Malmö, no sul da Suécia, ouvindo Iron and Wine cedo da manhã, sozinho em casa, já que Linda e as crianças estão na Córsega, mas que também me preenchem por dentro, que preenchem a minha linguagem e os meus pensamentos, que deixam marcas nas minhas ideias e opiniões, que estabelecem os meus limites para o que é possível e o que é impossível de fazer e de pensar, em suma, aquilo que constitui o meu ser, e que me relaciona ao ser de todas as outras pessoas, teve as fundações lançadas sobre duas crises globais, dois períodos de mudanças estruturais comprimidas ao extremo na esfera humana, a primeira motivada pelos avanços do Iluminismo no século XVI, a segunda motivada pelos avanços do industrialismo no meio do século XIX, que provocaram no Ocidente uma crise de cinquenta anos que culminou com a queda da Alemanha de Hitler em 1945. A humanidade não existe como uma grandeza abstrata, mas apenas como uma grande quantidade de pessoas individuais, e foi em cada uma dessas pessoas que a transição da religião para o secularismo operou-se a partir do século XVI, portanto no próprio ser, ou seja, na compreensão que o eu tem de si mesmo em relação ao isto, ao nós e ao eles.

No século XIV era impossível cortar um cadáver para descobrir o que havia lá dentro, como os diferentes órgãos funcionavam e se organizavam. Não porque fosse um ato proibido, ou seja, punível; não havia medo de represálias externas que o tornassem impossível, simplesmente porque era inconcebível. No século XV, Leonardo cortou pessoas mortas e desenhou exatamente o que via lá dentro, de repente tornou-se possível, embora a duras penas; ele cortava os cadáveres à noite, em segredo, sozinho com os mortos, porém assim mesmo os cortava, uma vez que para ele esse era um limite transponível. Hoje a dissecação de cadáveres não apenas é uma prática institucionalizada como revela-se também uma das mais importantes fontes do conhecimento médico de maneira absolutamente incontroversa.

Isso aconteceu porque a ideia sobre o que somos transformou-se, e assim transformou a ideia sobre aquilo que podemos e devemos fazer. Essa não foi uma transformação instrumental, mesmo que as práticas que tenha originado o sejam; conforme Latour escreve, não existe uma coisa chamada ciência, apenas uma grande quantidade de cientistas, cada um deles pequeno e frágil quando visto na sua própria vida, são pessoas que caminham de um lado para o outro no laboratório com os pés enfiados em pantufas, do congelador para o microscópio e então para o tubo de reagente e o PC, tomam café com os colegas e depois do trabalho vão para casa e se perguntam se o melhor é grelhar salsichas no jardim de casa ou se as nuvens acima da montanha podem significar a chegada da chuva. O fato de que as coisas sejam assim significa que "a ciência" é uma grandeza que não se deixa localizar a não ser quando se executa uma violência contra a singularidade, mas que ao mesmo tempo evidentemente existe como soma da atividade desenvolvida por cientistas.

É nesse ponto, na passagem entre o um e o todos, que se encontra o grande problema da nossa época. Por um lado, vivemos numa sociedade em que todo um conjunto de juízos, tudo aquilo que de certa forma ameaça o *status quo* e se relaciona à violência, à revolução e à utopia é tratado como um tabu, no sentido de que somente pode se manifestar em contextos rituais, ou seja, em contextos que mantêm uma relação exclusivamente metafórica e não real com a realidade; por outro lado, vivemos numa sociedade que se transforma de maneiras que não podem ser encaradas de outra forma senão como revolucionárias, ao longo de uma trajetória diretamente ligada aos tabus, que por sua vez revestem-se de uma forma e de uma natureza que impedem que justamente essa ligação seja estabelecida. Uma dessas modalidades pode ser discutida, embora somente como uma coisa externa a nós mesmos que se encontra em um sistema fechado; a outra, que transcorre em nosso meio, dificilmente pode ser vista, uma vez que a unidade entre os acontecimentos e nossa compreensão a respeito de nós mesmos é infinitamente maior, e assim a porta que dá acesso à perspectiva externa se encontra fechada.

Na prática isso significa que vivemos numa sociedade que por um lado torna a utopia e a revolução impossíveis, e que se opõe a toda e qualquer transformação efetiva do sistema com base na premissa de que tudo já funciona da melhor forma possível, ou pelo menos de forma melhor do que aquelas oferecidas pelas demais alternativas, todas atingidas por um sistema de crescente ausência de humanidade que acabou sempre em catástrofe, mas que por outro lado transforma-se com uma velocidade e uma radicalidade no fundo revolucionárias, e que nos leva rumo à utopia, compreendida como um lugar que não é aqui. Essa jornada transcorre como que no mais absoluto sigilo, e transcorre assim porque é fundamentalmente antidemocrática, pois, mesmo que diga respeito a todos, as decisões tomadas no meio do caminho são tomadas sempre pelo indivíduo. O indivíduo não é utopista, não é revolucionário e não é antidemocrata, mas um bom democrata e um bom membro da sociedade, e se existem indícios de revolta, indícios de um anseio por mudança social, esses impulsos voltam-se para a divisão dos bens, que em diferentes momentos é mais ou menos justa. É assim, como um grupo, que nos movimentamos constantemente rumo a novas regiões, por vezes tão novas que novas leis precisam ser criadas, não de maneira a proibir ou a excluir, mas de maneira a incluí-las no antigo. Clonamos animais, mapeamos o genoma humano e alteramos os genes que o compõem, transplantamos corações e pulmões, geramos crianças fora do útero e chegamos até mesmo a criar novas espécies, criaturas sem origem com características definidas por nós.

Para nós essas coisas parecem ser pequenas, tanto porque a atividade que as tornou possível consiste em pequenas unidades que não envolvem outras partes da sociedade como também porque, depois que suspendemos a grandiosidade como grandeza depois do nazismo e do genocídio dos judeus, começamos a evitar sistematicamente os pontos em que muitos valores brilham sobre a mesma figura, como acontece com a ideia do gênio, com a ideia do sublime, com a ideia do divino e com a ideia do povo escolhido, numa concepção de mundo em que um conceito como a reverência não tem lugar, mas soa vazio, e ainda mais vazio no caso de reverência pela humanidade; sentimos que não passa de retórica, porque aponta para uma coisa maior do que nós, uma figura que em razão do nazismo revelou-se destrutiva.

A consequência é que já não existe mais nada maior do que nós, já não existe nada pelo que morrer e nada capaz de fazer surgir em nós um sentimento de reverência. Mas clonar um animal, manipulá-lo com a herança genética da humanidade e criar uma nova criatura não são coisas pequenas. Partir um átomo não é uma coisa pequena. Transpor um limite que até então nunca tinha sido transposto é interferir com os próprios componentes da vida, que não sabemos de onde veio nem como surgiu, embora sempre a tenhamos encarado como uma dádiva e um mistério, uma coisa inviolável. O mistério não se revela como resultado dessas manipulações, mas os limites são violados. Construímos toda a nossa sociedade em torno do fato de que a vida é inviolável. O que é violar uma vida individual? Matá-la, surrá-la, roubá-la, estuprá-la, torturá-la, assediá-la. Forçá-la a fazer o que não quer fazer. Esse limite é vigiado por meio dos laços sociais, e se esses laços são cortados e o limite é transposto acionamos um mecanismo de sanções.

Mas quem vigia esse aspecto inviolável da vida humana, entendido como uma grandeza não individual, a vida humana como vida coletiva, como todos? Antigamente era a religião e as leis da religião. Mas e hoje, quando a religião não está mais aqui? O Estado? O Estado é uma grandeza instrumental, uma direção mais ou menos pragmática da coletividade, cujo sucesso pode ser em boa parte medido através do produto interno bruto e da taxa de desemprego, e quando o conhecimento também é instrumental, e a transgressão lucrativa, não há nenhum motivo para que o Estado promulgue uma lei dizendo que a vida é sagrada e que seus limites não podem ser violados.

Abandonamos o absoluto, e fizemos isso porque essa se mostrou uma grandeza capaz de gerar certos atos até então impensáveis, mas sem o absoluto tudo é relativo, uma questão de argumentos bons ou ruins, uma coisa negociável nos templos da razão. A razão é para nós o mesmo que lucro. Mas, nesse caso, o que acontece com aquilo que se encontra fora da razão? A ausência de lucro não serve como argumento na terra da lucratividade, e o absoluto é aquilo que não é substituível, seja por dinheiro ou por argumentos. O absoluto não é razoável nem desarrazoado, mas aquilo que se encontra fora das categorias. O absoluto somente pode ser alcançado por meio dos sentimentos. O absoluto pertence à religião, à mitologia e à irracionalidade. O absoluto é aquilo que leva pessoas a morrerem por uma causa maior do que elas próprias, o absoluto é aquilo em relação ao que a lei foi outrora criada. O absoluto é a morte, o vazio, o nada, a escuridão. O absoluto é o fundo sobre o qual o relevo da vida se desenvolve.

O absoluto é a eternidade. O relativo é o dia a dia. Essas são as duas imagens fundamentais em nossas vidas. Mantemos o absoluto longe da vida, em primeiro lugar ao banalizar a grandiosidade, entendida como os limites da vida e da materialidade, o átomo e a carne, ou seja, ao deixar que as questões e os limites que dizem respeito a todos, ao grande coletivo, à humanidade em geral, sejam tratados em pequena escala; em segundo lugar ao ritualizar tudo isso em uma imagem de mundo irreal: para nós, a morte não é a morte corpórea, mas a morte metafórica, da mesma forma que a violência não é a violência corpórea, mas a violência metafórica. O heroísmo é impossível para nós, não existe nenhuma arena para esse tipo de demonstração, nós o encerramos porque o heroísmo pertence à grandiosidade indesejada, mas no mundo das metáforas, que todos nós podemos adentrar sempre que desejarmos, o heroico continua a existir: mundos e sociedades foram criados nos grandes jogos on-line, onde qualquer um pode se armar com uma metralhadora e sair mundo afora para atirar nos inimigos. Praticamente todos os filmes que vemos tratam desses temas: heroísmo, violência, morte. E as pessoas que vemos praticando atos heroicos em nosso nome, em nosso lugar, são todas bonitas ou carismáticas ou ainda as duas coisas. Esse mundo, que cresce e torna-se cada vez maior a cada ano que passa, celebra todos os valores que de outra forma renegamos. Beleza exterior, carisma, heroísmo, violência e morte e não relatividade, e pertence ao reino da pureza, da singeleza, da univocidade. A necessidade que temos disso, de ver coisas grandiosas que chegam aos limites do absoluto, é insaciável.

Mas como esses dois sistemas, a realidade relativizada e a pseudorrealidade absolutizada, são mutuamente exclusivos, e somente podem existir como grandezas separadas, a questão passa a ser o que acontece no momento em que ambas são colocadas em lados opostos da balança, ou seja, quando alguém não apenas usa a régua do absoluto para medir a realidade relativa, mas também para agir de acordo com essa medição. Foi o que aconteceu na Noruega no verão, quando um homem poucos anos mais jovem do que eu foi a uma ilha e começou a atirar e a matar crianças e adolescentes. Ele se comportou como se estivesse participando de um jogo de computador, mas o heroísmo, que aos olhos dele era mensurável, bem como as mortes causadas, não pertenciam ao mundo das imagens, não eram abstratos e desprovidos de consequências, não se passavam em outro lugar, completamente separado do tempo e do lugar do corpo; tudo era real, concreto, absoluto. Cada um dos tiros penetrou em carne, cada olho que se fechou era um olho real, que pertencia a uma pessoa que tinha uma vida real. Somente o distanciamento pode tornar um ato desses possível, uma vez que o distanciamento faz cessar a consequência, e o que temos de nos perguntar não é que tipo de opinião política esse homem tinha, nem se ele era um louco, mas simplesmente como esse distanciamento pôde surgir em nossa cultura. Será que ele tinha um anseio pela realidade, pela cessação da relatividade, pelas consequências do absoluto? Provavelmente. Será que eu também tenho esse mesmo anseio? Sim, tenho. Tenho o sentimento de que o mundo está desaparecendo, de que nossas vidas estão sendo preenchidas com imagens do mundo, e de que essas imagens se põem entre nós e o mundo, que assim torna-se cada vez mais leve e cada vez menos severo. Tentamos nos livrar de tudo aquilo que nos liga à realidade física, desde os bifes embalados a vácuo sem nenhum resquício de sangue nas prateleiras dos supermercados, carne industrialmente preparada de animais confinados, até a ocultação das doenças e da morte física na sociedade; desde os rostos femininos embelezados por meio de cirurgias estéticas, ou seja, desde os rostos femininos retificados, até a sequência infindável de imagens jornalísticas que passam por nós dia após dia, e que vistas todas, em conjunto, fazem desaparecer todas as diferenças e criam uma espécie de simulacro do mundo, tanto porque comunicam na mesma língua como porque a língua em que comunicam, ainda que lentamente, recria aquilo que comunica de maneira implacável. O símbolo desse movimento é o dinheiro, que transforma tudo em valor monetário, ou seja, em número. As coisas são produzidas em massa, ou seja, de maneira idêntica, todo o nosso mundo, que é um mundo comercial, tem como base um sistema de serialidade. Os valores que existem no céu imagético são os valores do nazismo, mesmo que todo mundo diga outras coisas sobre esses mesmos valores. Corpos bonitos, rostos bonitos, corpos sadios, rostos sadios, corpos perfeitos, rostos perfeitos, pessoas heroicas, mortes heroicas, são todas as mesmas imagens que apareciam naquela época, a única diferença entre as nossas imagens e as imagens dos nazistas é que não as colocamos em prática na realidade, e em vez disso as mantemos longe, sem estabelecer nenhum tipo de dever, e que dizemos que o que conta não é o valor imagético, mas o valor das pessoas, que é diferente. Mas a lacuna entre essas duas coisas é tão grande, e o anseio por autenticidade, que nesse caso é fictício, é tão grande, que mais cedo ou mais tarde o céu vai baixar à terra e fazer com que passe a valer aqui. Foi o que fez o assassino em massa de Utøya, ele não sentia nenhum tipo de dever para com a realidade, ou seja, para com aqueles corpos físicos, mas apenas para com a imagem da realidade, na qual não existem consequências reais. Segundo uma história contada nos dias logo após o atentado, houve um garoto que se virou em direção ao assassino em massa, olhou-o nos olhos e disse que não devia atirar nele. E o assassino não atirou nele. Atirou em todas as outras pessoas, mas não nesse garoto. Por quê? Ele viu aqueles olhos, e neles havia um dever. Há uma história parecida na vida de Hitler, contada por Liljegren. Na época de chanceler, Hitler se afeiçoou a uma criança, uma menina de olhos azuis chamada Bernhardine Nienau, que foi autorizada a visitá-lo para que ele lhe oferecesse morangos com nata, e Hitler gostou tanto dela e da conversa que teve que por fim disse que ela poderia visitá-lo sempre que desejasse. Os dois começaram a trocar correspondências após o primeiro encontro, porém Martin Bormann investigou a família dela e descobriu que a avó era judia. Hitler irritou-se, segundo Liljegren, e disse: "Existem pessoas com um verdadeiro talento para estragar todas as minhas alegrias!". Porém as correspondências prosseguiram até 1938, e ela o visitou várias outras vezes em Berghof, segundo o relato de Liljegren. Isso não diz nada sobre a maldade ou a bondade de Hitler, e não diz nada sobre a força do ódio que tinha pelos judeus, mas diz um bocado sobre a anatomia desse ódio: Hitler era um homem cheio de ódio, desde a infância tinha sido uma pessoa cheia de ódio, e criou um mundo onde muita coisa dependia de manter distância em relação aos outros, sem família, sem amigos próximos ou namoradas, em um sistema incorrigível onde todas as grandezas interiores eram criadas a partir do exterior, inclusive o ódio, que desde a derrota da Primeira Guerra ele havia voltado contra os judeus e o judaísmo e tudo que essas coisas representavam naquele sistema. Lá, no interior do sistema, o ódio era absoluto. Mas assim que uma coisa chegava a essa zona, assim que chegava ao espaço entre o eu e as convicções do eu, que a não ser por certas passagens desconhecidas por Hitler se encontrava praticamente vazio, o ódio deixava de valer. O ódio valia para os outros. Nesse espaço se encontravam por exemplo as memórias a respeito da mãe, e a força dessas memórias revela-se quando descobrimos que durante o Natal, que foi a época em que a mãe morreu, Hitler tornava-se uma pessoa calada e introspectiva, como em julho de 1915, quando estava no front, segundo testemunhas que lá estavam com ele, e era nesse espaço que tanto o médico judeu Bloch e a menina de dez anos se encontravam, e era daí que vinha o sentimento de ternura por eles. Para Hitler não existia distância até o olhar de Bernhardine, ela era real, estava no mesmo espaço que ele. O perigo não está no anseio pela realidade, pela autenticidade e pela natureza perigosa, que era a força do perigo durante o nazismo, mas no exato oposto, na distância em relação ao mundo e no nivelamento da humanidade que todo pensamento de cunho ideológico promove. Mas se nossa cultura afasta-se da realidade física ao cobri-la de imagens, para assim uniformizar as diferenças em um processo violento de serialidade, devíamos julgá-la como a Hitler, em relação àquilo que faz, não em relação àquilo que é. A questão é que nossa cultura não extermina pessoas em sentido literal ou figurado, não persegue pessoas nem as impede de erguer a voz, e a questão é saber se no fundo essa cultura não é uma resposta adequada a uma problemática sem qualquer tipo de solução na era moderna, que diz respeito à relação entre o indivíduo e todos. Existe uma diferença entre um país que declara guerra e tenta exterminar um povo inteiro em seu nome e um assassino em massa solitário que mata sessenta e nove crianças e adolescentes. Tentamos o tempo inteiro nos proteger do primeiro, mas não temos como nos proteger do segundo. Os dois encontram-se relacionados à violência latente, e os dois surgem em consequência da distância, mas nesse ponto as semelhanças acabam. A distância é o oposto da autenticidade, e o problema não é o anseio por autenticidade, mas a distância que o cria. O único é aquilo que não pode ser repetido, não pode ser copiado, e que se encontra em um lugar determinado em um momento determinado. É a arte do indivíduo, e a vida do indivíduo. O que aconteceu na Alemanha foi que o indivíduo se dissolveu no todos, o céu dos ideais baixou à terra e a imagem do absoluto, que não tem consequências, tornou-se uma coisa em relação à qual as pessoas agiram. O absoluto, nesse caso entendido como raça, biologia, sangue, terra, natureza, morte, não apenas foi posto contra o relativo, entendido como o mercado de ações, a indústria de entretenimento, o parlamentarismo democrático, como se fazia por toda parte antes da Primeira Guerra, mas também posto em prática na vida, como ação: a Alemanha nazista foi o Estado absoluto. O Estado em cujo nome os cidadãos podiam morrer. Quando assistimos ao filme de Riefenstahl sobre o comício do partido em Nuremberg, que mostra um povo digno do paraíso em razão da univocidade, reunido em torno dos mesmos ideais, e rodeado por símbolos e chamados de tudo aquilo que se encontra na esfera mais profunda da existência humana, tudo aquilo que se relaciona ao nascimento e à morte, e ao solo pátrio, ou seja, à origem e ao sentimento de pertencença, tudo parece ao mesmo tempo belo e insuportável, e tanto mais insuportável quanto mais assistimos, ou pelo menos comigo foi assim quando assisti a esse filme em uma noite na primavera, eu passei muito tempo pensando sobre o que me causava o sentimento de que aquilo era insuportável, sobre a irrequietude nas imagens daquele paraíso germânico, com tochas na escuridão, com vilarejos medievais intactos, pessoas rejubilantes, sol e bandeiras, pensando se eu estaria projetando outras características sobre todas essas coisas, uma vez que eu sabia de onde aquele paraíso havia surgido, sabia o quanto aquilo havia custado e como tinha acabado, mas cheguei à conclusão de que não era isso, de que o sentimento não estava em mim e no meu conhecimento acerca do que estava por trás do filme sobre aquele comício, mas nas próprias imagens, no fato de que o mundo que mostravam era um mundo insuportável. Não porque fosse um mundo falso, o que sem dúvida era em razão de todas as imagens do filme terem sido criadas desde o início para aquela ocasião, mas porque aquele mundo falso, que é uma das poucas utopias puras criadas no século passado, onde tudo era exatamente como devia ser, era insuportável. O insuportável estava na ausência de diferença. Tudo reafirmava o indivíduo, e quando tudo reafirma o indivíduo não existe o outro, e sem o outro o indivíduo se dissolve em si mesmo e desaparece. O indivíduo sem o outro não é nada. A sociedade retratada por Riefenstahl, essa utopia do indivíduo, precisava criar um outro para manter a simplicidade e a ausência de diferença interna, e é isso que se encontra por trás dessas imagens tranquilas e harmônicas e as enche de irrequietude: a inevitabilidade da guerra. Não foram os valores absolutos que levaram a Alemanha à guerra, pois o nascimento e a morte, a origem e o solo pátrio ocupam um lugar central para todas as pessoas de todos os povos; foi a utopia do indivíduo. Foi a degradação do nome em número, foi a degradação da diferença na ausência de diferença.

***

Se dissermos que as bases da cultura atual foram lançadas no século XVII, no sentido de que todos os elementos característicos do nosso tempo começaram a existir naquela época, os portões se abrem entre dois personagens icônicos: Hamlet e Dom Quixote. Os autores, Shakespeare e Cervantes, morreram no mesmo ano, e a compreensão que tinham acerca da humanidade, por mais distinta que pareça, estabelece dois polos opostos em relação à compreensão que temos de nós mesmos. Naquela época o absoluto, conhecido pelo nome de divino, foi levado cada vez mais para junto do relativo, ou seja, da interpessoalidade, que é outro nome para a sociedade. Hamlet duvida, e é como se descobrisse a dúvida, que logo toma conta de tudo. Dom Quixote não duvida, ele acredita, mas aquilo em que acredita, e aquilo que vê, uma vez que toma conta de sua visão, não é real, pertence à ficção, e não ao mundo. Ao ver ovelhas, ele baixa a lança e parte para o ataque, porque acredita ser um exército inimigo. Ao ver um moinho, ele baixa a lança e parte para o ataque, porque acredita ser um gigante. Dom Quixote é um herói num mundo sem heróis, ou num mundo onde os heróis e suas vidas absolutas pertencem a um pseudomundo que não pode ser conciliado à realidade relativa que pertence à vida cotidiana. Dom Quixote é um herói cômico. Hamlet também é um herói, embora pelo motivo diametralmente oposto: ele duvida e relativiza num mundo absoluto. Hamlet é um herói trágico. Dom Quixote vê o velho mundo como se fosse a última vez. Hamlet vê o velho mundo como se fosse a primeira vez. Por meio deles, vemo-nos a nós mesmos, pois nossa cultura é baseada na dúvida, e essa ponte estende-se da realidade cotidiana relativa ao céu dos conceitos grandiosos. Hitler eliminou a dúvida e fez o céu dos conceitos grandiosos descer à realidade do cotidiano, ou seja, introduziu a ficção na realidade material e transformou a realidade em uma encenação que prendeu o indivíduo a uma máscara.

Já em 1934, o filósofo judeu Emmanuel Levinas escreveu o seguinte a respeito de Hitler e do hitlerismo:

> O corpo não é apenas uma circunstância feliz ou infeliz que nos põe em relação com o mundo implacável da matéria. Sua aderência ao Eu vale por si mesma. É uma aderência à qual não se escapa, e nenhuma metáfora seria capaz de confundi-la com a presença de um objeto externo; é uma união em relação à qual nada poderia alterar o gosto trágico daquilo que é definitivo. Esse sentimento de identidade entre o eu e o corpo [...] jamais permitirá, àqueles que dele partem, reencontrar no fundo dessa unidade a dualidade de um espírito livre que se

volta contra o corpo ao qual estaria acorrentado. Pelo contrário: para estes, é no acorrentamento ao corpo que reside toda a essência do espírito. Separá-lo das formas concretas às quais já se encontra ligado é trair a originalidade do sentimento mesmo do qual convém partir. A importância atribuída a esse sentimento do corpo, com o qual o espírito do Ocidente jamais se deu por satisfeito, é a base de uma nova concepção do homem. O aspecto biológico, com tudo que comporta em termos de fatalidade, transforma-se em mais do que um objeto da vida espiritual: transforma-se em seu coração. As misteriosas vozes do sangue, os chamados da herança e do passado aos quais o corpo serve de enigmático veículo perdem a natureza de problemas sujeitos à solução de um Eu livre e soberano. Para resolvê-los, o Eu não traz mais do que as próprias incógnitas desses problemas. É a partir delas que se constitui. A essência do homem não está mais na liberdade, mas em um tipo de acorrentamento. [...] Acorrentado ao próprio corpo, o homem tem negada a possibilidade de escapar a si mesmo. A verdade não é mais para ele a contemplação de um espetáculo estrangeiro — mas consiste em um drama onde o próprio homem é o ator.

É sob o peso de toda a existência — que traz consigo circunstâncias inalteráveis — que o homem dirá seu sim ou seu não.

Esse é o homem reconciliado a si mesmo, uno e completo. O homem como indivíduo. Levinas, que se tornou o filósofo do outro, voltou-se nesse raciocínio contra Heidegger e também contra Hitler, segundo escreve o filósofo italiano Giorgio Agamben, que cita a passagem acima no livro *Homo Sacer: O poder soberano e a vida nua*. Pois é nesse ponto, na humanidade compreendida como una, reconciliada a si mesma e ao corpo, numa situação em que não se faz distinção entre a existência do eu e suas formas de existir, que Heidegger e Hitler se encontram, num lugar onde todas as distinções da antropologia — entre o corpo e a alma, a impressão e a consciência, o eu e o mundo, o sujeito e as características — de repente deixam de valer.

O *Dasein*, a existência que é o seu "lá", inscreve-se em uma zona de indistinguibilidade em relação a todas as circunstâncias tradicionais da humanidade, e simboliza o colapso definitivo desta última.

O que há de relativo na existência — tudo aquilo que se pode escolher — prende-se àquilo que não é relativo, mas absoluto e inequívoco, que no tocante ao eu é o corpo biológico. Nesse ponto o eu aproxima-se de seu "isto", o lugar onde todas as vozes se calam e onde a escuridão da ausência de diferença reina, e esse movimento, rumo ao absoluto da vida, que é o seu "isto", é o que possibilita distinguir aquilo que é judeu daquilo que é alemão, pois a distinção essencial entre as duas grandezas encontrava-se inscrita no corpo, ou seja, na raça, ou seja, naquilo que é inalterável, enquanto todas as outras distinções linguísticas, ideológicas e culturais, que podem ser aprendidas e transformadas, moderadas e discutidas, eram absolutamente inválidas. Tudo foi impingido ao corpo, tudo se concentrou no corpo, e a consequência última da humanidade reconciliada a si mesma, que podemos chamar precariamente de homem monofônico, que, reconciliado a si mesmo, encontrava-se ao lado de outros homens monofônicos em uma série interminável, uma vez que o próximo não era o outro, mas novamente o mesmo indivíduo, e a consequência última dessa orientação do eu em relação ao corpo, que é o mesmo, que é o igual, foi o extermínio dos judeus, pois nesse processo os judeus eram apenas corpos, apenas matéria, apenas pernas e braços. Quando chegaram aos campos de extermínio e foram retirados dos vagões de transporte de animais, os judeus não eram ninguém. Estavam privados de todos os direitos civis, estavam privados de todos os direitos humanos e estavam privados do próprio nome. Eram simplesmente "isto". Assim que saíam dos vagões, todos eram obrigados a se despir. Aqueles que eram forçados a seguir rumo à câmara de gás, que em Treblinka localizava-se no alto de um pequeno morro, não tinham nacionalidade, não tinham nome e não tinham roupas. Eram pessoas completamente nuas, despidas de tudo a não ser do próprio corpo, no meio daquilo que Agamben chama de "vida nua". O que se revela nessa imagem, que não é uma metáfora, mas um acontecimento real, é o que é uma pessoa, e as circunstâncias em que passa a existir. A humanidade completamente nua — não seria essa a verdadeira humanidade? A humanidade natural, a humanidade como criatura biológica, da maneira como existe sob todas as camadas de civilização e cultura? Se imaginarmos um mundo sem linguagem, sem países e sem nomes, teríamos nós todos vivido uma vida assim, na condição de corpos nus e sem nome em um mundo sem nome, até que a morte chegasse e transformasse esse corpo nu em um cadáver, que seria então jogado no mundo dos mortos, feito de decomposição e putrescência. Essa vida transcorreria no meio do mundo, rodeada pelas árvores do mundo, por lagos, montanhas e vales, sobre o solo do mundo e sob a abóbada do céu, mas assim mesmo seria uma vida do lado de fora. Do lado de fora do quê? Do lado de fora da humanidade. É isso o que se revela nessa imagem da humanidade nua: uma humanidade fora da lei, fora da sociedade, fora do nome. Somente assim, por meio da ausência, podemos ver o que são a lei, a sociedade e o nome. A lei regula a violência latente e situa a responsabilidade por essa violência latente no indivíduo, ao mesmo tempo que, para se manter, também a institucionaliza através da polícia e do Exército. A sociedade regula a coletividade; agrupa todos aqueles que inclui em uma série de nós, pequenos e grandes, formais e informais, enquanto o nome garante a individualidade de cada um quando na companhia de todos. Quem se encontra fora da lei pode ser morto. Quem se encontra fora da sociedade não é ninguém. Quem se encontra fora do nome não passa de um número. Os judeus que não foram imediatamente mortos em Auschwitz passaram a ser identificados por um número tatuado no braço. Mas não é tão simples quanto dizer que os judeus podiam ser mortos porque foram privados de tudo aquilo que pertence à humanidade, que de certa forma a civilização foi negada no que dizia respeito a eles e ao destino deles, porque as forças que os levaram até esse ponto, fora da comunidade humana, eram forças surgidas no interior da comunidade humana, ou seja, no interior da civilização, nosso nós. Essa junção do eu e da existência do corpo, que deixa a humanidade mais próxima do "isto" do eu, e assim a afasta tanto da história como do instante, faz com que surja uma máscara de igualdade, uma vez que o espetáculo, que sempre representou as possibilidades humanas, deixa de ser um espetáculo para tornar-se a própria vida da maneira como se desenrola. Essa junção surgiu paralelamente a uma aproximação correspondente do isto na coletividade, e pode ter sido possível justamente em consequência desse processo; também o nós foi atraído rumo ao isto, ou seja, ao número. Na burocracia a pessoa é um número, e na massa a pessoa é um número. Essa despersonalização do nós, capaz de reduzir o outro a um número, é necessária na guerra, para que seja possível matar o inimigo, e é necessária na administração de grandes números de pessoas, também hoje, pois um Estado moderno sem estatísticas é inconcebível, mas na Alemanha de Hitler o Estado foi totalizado, o nós fundiu-se ao Estado, os dois eram a mesma coisa, e assim como o eu estava ligado ao corpo e não havia nenhum espaço fora dele, o nós ligou-se ao Estado e não havia espaço fora dele, e assim como esse processo tornou possível empurrar os judeus rumo ao "isto", rumo ao corpo puro, tornou possível também empurrar o nós judeu rumo ao "isto", rumo ao número puro. Nem o eu do corpo nem o eu do Estado tinham um tu. Como resultado, milhões de judeus foram mandados para as câmaras de gás diante dos olhos de todos, sem que mais nada acontecesse a não ser que as pessoas olhassem para baixo e desviassem o olhar, pois o que havia para ver? Não havia nada para ver. As pessoas não viam nada, não ouviam nada, não diziam nada. O isto do corpo: a ausência de diferença. O isto do nós: a ausência de diferença. Fora da linguagem, os judeus foram transportados país afora, ao longo dos caminhos inexoráveis, e foram, na noite da ausência de diferença, transformados em cinzas.

Em lugar nenhum perguntam por ti, porque o "tu" não existe.

*

É noite. Estou em casa sozinho e Linda e as crianças ainda estão na Córsega com a mãe dela. Heidi perdeu um dos dentes da frente, segundo me contou cheia de orgulho pelo telefone. Mal posso esperar para ver esse sorriso quando ela voltar para casa. John tinha ganhado uma boia em formato de jacaré, caído e batido o joelho, pelo que entendi a partir do relato incoeso e ofegante. Vanja não quis falar ao telefone, mas chorou quando eu me despedi e me afastei na plataforma do trem, ela nunca tinha feito isso antes. Desde que todos foram embora, quatro dias atrás, escrevi sem parar durante a manhã e a tarde, e assisti a *Shoah* à noite, a não ser por ontem, quando li o livro de Sereny a respeito de Treblinka. *Shoah* não me comoveu, seja porque mantive distância em relação ao filme, seja porque é uma obra que funciona no plano da razão, não da emoção. Mas isso não é bem verdade, porque de repente, do nada, uma cena me fez chorar, uma punhalada de comiseração, que no entanto passou logo, e continuei a assistir. O livro de Sereny, que me deixou quase paralisado da última vez que o li, também me deixou indiferente. Mas isso quando estou acordado. Quando durmo, eu sonho com o livro.

Hoje mais cedo eu me sentei na sacada, fumei um cigarro e fiquei olhando para os telhados, como de costume. O céu estava azul-pálido, a cor típica de maio, e da cidade vinham os sons habituais: o rumor dos ônibus, o ruído dos freios, o sussurro dos pneus contra o asfalto e um ou outro grito. No teto dos apartamentos do outro lado uns poloneses trabalham, estão há vários meses construindo sacadas e terraços por lá. De repente uma criança riu em um lugar qualquer. Foi uma risada tão súbita, cativante e alegre, totalmente entregue à alegria do momento, que me senti tomado por aquilo. Eu sorri, e então me levantei para ver de onde vinha a risada. Era uma criança que, a julgar pela risada, devia ter três, quatro anos. Uma voz de homem também soava de vez em quando, e imaginei que fosse o pai, jogando o filho para cima repetidas vezes. Mas não havia ninguém na estrada mais abaixo, ninguém no estacionamento e ninguém em frente à garagem. A risada soou mais uma vez, e imaginei que vinha da pequena e estreita passagem que liga a rua de passeio à rua que passa atrás do nosso prédio, escondida pela fileira de prédios. Me sentei outra vez, servi o café morno da garrafa térmica e acendi mais um cigarro.

PARTE 9

Quando o alarme tocou ainda estava escuro na rua. Desliguei-o e me levantei. Linda estava deitada na cama com o rosto enfiado no travesseiro, quase escondido pelo cabelo que caía por cima. Eram 4h30, e o cansaço fazia o meu corpo inteiro doer, porque eu tinha ficado acordado até muito tarde antes de dormir. Isso quase nunca acontecia; se havia uma coisa que funcionava na minha vida, essa coisa era o sono. Eu costumava dormir como uma pedra. Eu dormia no chão sem nenhum problema, e dormia com crianças gritando a um metro de mim, pouco importava: quando eu dormia, eu dormia. Por um tempo achei que isso era sinal de que eu não era um escritor de verdade. Os escritores eram criaturas insones, atormentadas, que viam o dia raiar na janela da cozinha, atormentados por demônios interiores que jamais descansariam.

Quem tinha ouvido falar de um grande escritor que dormia como um anjinho?

O simples fato de eu ter pensado nisso era mau sinal, pensei. Porque amanhã sai o meu terceiro romance. Resenhas em todos os jornais.

Vesti as roupas que eu tinha separado na noite anterior e entrei no banheiro para tomar uma ducha. A visão das roupas despertou uma onda de nervosismo. A mão que segurou o chuveiro enquanto eu entrei na banheira tremia. Abri a torneira e senti uma onda de desconforto quando a água quente bateu na minha pele, que vinha da caverna do edredom e que preferia ter ficado lá. Mas logo o sentimento haveria de inverter-se, e ao fim de poucos minutos sair do chuveiro faria com que eu sentisse um calafrio.

Depois do ruído da água, tudo ficou em absoluto silêncio. Não havia um ruído nas ruas lá fora, não havia um ruído no apartamento ou nos apartamentos mais abaixo. Era como se eu estivesse sozinho no mundo.

Me sequei com uma toalha grande naquela luz dura, e quando minha pele estava mais ou menos seca limpei o vapor do espelho com a toalha e passei cera no cabelo e desodorante nas axilas enquanto eu olhava para a minha imagem no espelho, que aos poucos tornou-se novamente difusa à medida que as moléculas d'água ou o que quer que fosse grudavam-se à superfície do vidro.

Vesti minha camisa da Ted Baker, que se grudou às minhas omoplatas ainda úmidas e a princípio não queria saber de se ajustar ao meu corpo, depois vesti o jeans da Pour com bolsos enviesados, o que em geral eu não gostava em calças, aquilo me parecia careta, com todo aquele monte de calças da Dockers com bolsos enviesados, mas numa calça jeans havia tanta outra coisa que ia contra o que a Dockers representava que no fim o resultado era bom, porque aquilo se tornava o elemento de uma calça jeans como que em um desafio, e nisso havia uma certa tensão, não era uma tensão grande, mas num mundo onde todas as calças jeans eram iguais parecia o bastante para que aquela fosse um pouco diferente.

Sequei o chão com a toalha usada e larguei-a na borda da banheira, fui à cozinha, liguei a chaleira, coloquei um pouco de Nescafé numa caneca e olhei para fora da janela enquanto eu esperava que a água fervesse. A janela dava para o leste, e uma mancha um pouco mais clara havia começado a se erguer da escuridão. Impaciente, peguei a chaleira antes que a água tivesse começado a borbulhar, e o som cada vez mais alto do chiado se interrompeu e foi substituído por um gorgolejar discreto à medida que a água enchia a caneca, primeiro com uma tonalidade marrom-amarelada devido ao pó, visível como um montinho de terra no fundo, para nos instantes a seguir dissolver-se por completo e tornar a superfície completamente preta, com pequenas bolhas de espuma mais claras ao longo das bordas.

Com a caneca na mão eu fui até a sacada, me sentei e peguei um cigarro. Um avião deslizou pelo céu como uma bola de luz; ainda estava escuro demais para que eu distinguisse a fuselagem do céu que a rodeava. Por uma hora e meia eu ficaria sentado lá, pensei, e então pensei no conto de Cortázar que tantas vezes emergia do meu inconsciente enquanto eu estava sentado lá, porque o conto tinha uma mudança de perspectiva súbita e vertiginosa entre um homem numa cabine de avião e outro homem no solo, mais especificamente em uma ilha do Mediterrâneo. Cortázar era o mestre das mudanças vertiginosas de perspectiva, e mesmo que os contos dele por vezes lembrassem os de Borges, isso era uma característica exclusivamente sua.

O homem que lê sobre o homem que lê sobre o homem que lê. A sequência de rostos que desaparecia nas profundezas ilusórias do espelho quando eu, ainda pequeno, parava em frente a ele com um outro espelho que projetava a imagem. Cada vez menor, cada vez mais fundo, rumo ao infinito, porque aquilo não tinha fim, mas simplesmente tornava-se tão pequeno que já não era mais possível discernir a imagem.

Traguei a fumaça fundo nos pulmões. Senti frio; em parte por estar de camisa, em parte por estar cansado. E em parte porque eu também estava com medo.

Mas não havia motivo para ter medo, ou por acaso havia?

O avião não passava de um ponto a essa altura, enquanto a aurora se erguia em direção à cidade, e a escuridão no ar entre as construções mais abaixo se enchia com uma espécie de luz, tão vaga que era como se alguém houvesse por assim dizer tocado na escuridão, de maneira que a luz que se encontrava mais ao fundo tivesse se mexido e subido rumo à superfície.

Desde a minha adolescência eu pensava que o universo podia ser microscópico e encontrar-se no interior de um átomo, por exemplo, que por sua vez se encontrava no interior de outro átomo em outro universo, ad infinitum. Mas quando eu li Pascal pela primeira vez e encontrei esse mesmo pensamento lá, esse sentimento foi legitimado e autorizado como uma possibilidade real. Sim, talvez fosse mesmo dessa forma. O sistema fractal, que servia como base para tantas coisas no mundo, funcionava assim: uma imagem dentro de uma imagem dentro de uma imagem, ad infinitum.

Apaguei o cigarro no cinzeiro, joguei o resto do café para o outro lado da balaustrada e o ouvi chapinhar no telhado lá embaixo assim que abri a porta e entrei no apartamento. Larguei a caneca na bancada da cozinha, vesti meu paletó novo e calcei meus sapatos novos, coloquei o pote de cera para o cabelo, uma cueca extra e uma camisa extra na mochila, o passaporte, o bilhete, os cigarros e o isqueiro no bolso externo, pendurei a mochila no ombro por uma das alças e estava prestes a abrir a porta quando Linda apareceu.

— Você está indo? — ela perguntou.

— Estou — eu disse.

— Boa sorte — ela disse.

Nos demos um beijo tímido.

— Nos vemos amanhã! — eu disse.

765

— Claro, tudo vai dar certo — ela disse.

Fui até o elevador. Linda fechou a porta às minhas costas, evitei me olhar no espelho ao descer e acendi um cigarro assim que cheguei à rua. Havia dois táxis em frente ao hotel, e eu fui lentamente até o cruzamento, atravessei a estrada e me aproximei deles. O motorista do primeiro estava dormindo sentado. Me abaixei e bati no vidro com os nós dos dedos. Ele não acordou de sobressalto, como eu tinha imaginado, mas abriu os olhos enquanto o corpo e a cabeça mantinham-se imóveis, com uma espécie de realeza mal situada.

O vidro se abriu.

— Está livre? — eu perguntei.

— Está — ele disse. — Para onde você vai?

Abri a porta de trás e me sentei. Na verdade o meu plano era pegar o táxi até a estação de trem, e de lá pegar o trem até o aeroporto de Kastrup, mas em parte eu me sentia mal por tê-lo acordado para fazer uma corrida tão curta, que não daria mais do que cem coroas, em parte eu precisava do sentimento agradável de luxo e excesso que eu teria pegando um táxi por todo o caminho até o aeroporto, uma coisa que eu nunca tinha feito antes, a não ser por uma única vez com as crianças, quando viajamos às Ilhas Canárias e tínhamos bagagem demais para que aguentássemos carregar tudo aquilo para dentro do trem.

— Para Kastrup — eu disse. — Você faz preço fixo?

— Faço — ele disse, dando sinal para a direita.

Eram quatrocentas coroas a mais. Praticamente a mesma quantia que eu havia pagado pelo meu bilhete de avião. Mas puta que pariu, o meu romance saía no dia seguinte! Eu já tinha ganhado pelo menos sessenta mil. Eu podia gastar aquilo comigo mesmo. Além do mais eu daria muitas entrevistas, então era importante estar descansado e ter um orçamento razoável, porque afinal aquele era o meu trabalho.

Me inclinei no assento e olhei para a cidade, com as luzes a cintilar naquela aurora cinzenta, e uma nova onda de nervosismo tomou conta de mim.

Por quase dois anos eu havia trabalhado como consultor linguístico para a nova tradução da Bíblia, e nessa época era tão frequente eu voar de Kastrup para Gardermoen, indo e voltando no mesmo dia, que aquilo que eu até então tinha encarado apenas como uma coisa não demasiado especial, mas assim mesmo incomum, como uma espécie de festival de viagens, acabou se tornando tão corriqueiro quanto pegar um ônibus. Peguei o cartão de embarque de uma das máquinas no terminal de partida, subi ao segundo andar e fui até os longos corredores onde era feito o controle de segurança. Com a jaqueta pendurada no braço e o cinto na mão, quando chegou minha vez eu larguei a mochila em cima da esteira, peguei-a novamente do outro lado, rodeado por homens de terno com cerca de cinquenta anos e mulheres com jeito de empresárias, umas alegres e extrovertidas, outras meio que desaparecidas em si mesmas, como árvores. Imaginei que eu também devia ter aquela aparência, se as outras pessoas me vissem como eu as via. Coloquei meu cinto de volta ao lugar e vesti meu paletó enquanto eu passava pelo duty-free e me aproximava do café junto à entrada dos portões B, onde eu costumava me sentar, embora não antes de comprar jornais noruegueses e dinamarqueses na grande banca de revistas e de pedir um café no balcão.

Eu não tinha conversado sobre o romance com praticamente ninguém, a não ser com as pessoas mais próximas de mim, e essas pessoas viam a mim e a elas mesmas sem a objetividade criada por um romance tradicional, de maneira que eu sabia pouco sobre o aspecto que o romance tinha quando visto de fora, por pessoas que não me conheciam. Prever o que os jornalistas podiam me perguntar era difícil. Mas, assim que eles começassem, determinada maneira de olhar para o romance seria estabelecida, porque todos pensavam sempre da mesma forma, faziam sempre as mesmas perguntas e, quando eu dava uma resposta, eu começava a dizer a mesma coisa para os outros, porque aquilo se tornava uma plataforma para o livro, que então se tornava o próprio livro, uma vez que o que aparecia nos jornais no dia seguinte consolidava-se ainda mais em um círculo de leitores e interessados, que então passavam a discuti-lo a partir daquela mesma plataforma. Nas entrevistas seguintes os jornalistas teriam se preparado melhor, lendo as entrevistas e resenhas anteriores. Nesse processo, tudo, a não ser por um ou dois detalhes, era peneirado, ruminado e discutido até que o livro acabasse sem vida, morto em um depósito em um lugar qualquer nos arredores de Oslo.

Mas daquela vez uma coisa era certa: haviam de me fazer perguntas sobre os aspectos autobiográficos. Por que eu escrevia a respeito de mim? O que me tornava tão interessante para que eu escrevesse não apenas um, mas seis romances sobre a minha vida? Eu por acaso era narcisista? Por que eu usava nomes autênticos? Podia dar certo, essas não eram perguntas impossíveis, mas se começassem a me perguntar sobre nomes específicos, como o do meu pai e do meu avô materno, por exemplo, e sobre as famílias deles, e se quisessem falar sobre a representação da realidade no romance não de maneira genérica, mas específica, meu avô paterno e meu pai naqueles dias em Kristiansand, tudo logo podia tornar-se um pesadelo.

Eu já tinha uma ideia sobre o que interessaria os jornalistas em função das três entrevistas que eu havia feito antecipadamente em Malmö; uma para o *Dagbladet*, uma para o *Dagens Næringsliv* e uma para o Bokprogrammet da NRK. Tanto o *Dagbladet* quanto o *Dagens Næringsliv* haviam demonstrado interesse pelo que eu havia escrito a meu respeito, sobre a pessoa que eu era hoje. Minha ausência de amigos, minha falta de interesse pela sociedade e a minha tendência de beber até perder o controle. Tinha sido quase impossível falar sobre essas coisas. Quem quer dizer numa entrevista para o jornal que não tem amigos? Quando eu escrevia, não era problema nenhum, porque quando eu escrevia para mim as coisas eram daquele jeito no momento em que eu estava sozinho em casa. Meu romance era muito próximo de mim e das pessoas próximas a mim, mas assim que via a luz do dia se tornava outra coisa, porque nessa esfera privada, que pertencia a mim e às pessoas próximas a mim, de repente surgia uma distância violenta, que se transformava em um "assunto", uma coisa pública, enquanto na realidade não era nada, somente aquilo em que nos movimentamos sem qualquer tipo de formulação, embora no romance tivesse encontrado uma forma, mas a grande diferença entre um romance e um artigo de jornal era que o primeiro dizia respeito à esfera íntima, mantinha uma relação íntima com um eu, uma voz particular, que então era transcendida, uma vez que também se dirigia a um ou vários leitores, embora sem jamais abandonar aquilo que há de próprio e de pessoal, enquanto o artigo de jornal não tinha nenhum tipo de compromisso com o que há de próprio e de pessoal, e assim mudava o que estava no romance e transformava tudo em outra coisa, em uma coisa pública e genérica, com a força de uma sentença: Knausgård não tem amigos. Knausgård perde o controle quando bebe. Knausgård grita com os filhos. E assim era com tudo que eu havia escrito no romance. O romance era um gênero íntimo, e o íntimo não sofria nenhuma alteração de caráter mesmo que o romance fosse impresso em oito mil exemplares, porque era lido individualmente por uma pessoa de cada vez e jamais sairia da esfera privada. Mas quando os jornais escreviam sobre o que eu escrevia já não havia mais ligação à esfera privada, já não havia mais ligação à esfera íntima, de repente tudo virava uma coisa pública e objetiva, desprovida de eu, e, mesmo que ainda estivesse ligada a mim e ao meu mundo, tudo acontecia exclusivamente por meio do meu nome, pelo lado de fora, "Knausgård", um objeto dentre outros objetos — e assim o romance passava a ser tratado como uma "coisa".

Eu estava decidido a não ler nenhuma das entrevistas que eu desse, e nenhuma das resenhas, porque ver meu âmago pelo lado de fora, dessa forma, me deixaria cheio de ódio por mim mesmo, mas quando o jornalista do *Dagens Næringsliv*, um jovem sulista, insistiu em pedir que eu lesse o texto da entrevista antes da publicação, eu li e decidi que nunca mais faria aquilo.

768

Num email para ele eu comparei minha experiência com a de um animal que fica paralisado na frente dos faróis de um carro.

Fiz vários raciocínios na minha cabeça, tentei preparar uma resposta a tudo aquilo que pudesse aparecer em termos de pergunta — mas em parte eu olhava para fora da janela e via os aviões que estavam lá e os pequenos veículos do aeroporto que avançavam de um lado para o outro como brinquedos, tendo como pano de fundo o enorme céu, já perfeitamente azul, e o sol, que do outro lado fazia com que todos os vidros e todos os metais reluzissem com seus raios, em parte eu olhava para a multidão de pessoas que naquele exato momento tinha atingido o ponto culminante — até que chegou a hora de entrar no avião, quando me levantei, guardei os jornais na mochila e fui andando pelo corredor até o portão, onde uma agitação dos nervos colossal tomou conta do meu corpo assim que eu me sentei, como se fosse um córrego de angústia.

Eu não tinha dúvidas de que o *Fædrelandsvennen*, o jornal de Kristiansand, tentaria chegar o mais próximo possível da realidade. Era bem possível que estivessem irritados, porque a esfera privada era o tipo de coisa sobre o que não se deve escrever, e não era nada improvável que tivessem falado antes com Gunnar e estivessem dispostos a me fritar o máximo possível. Processo judicial, insinceridade, exploração implacável de pessoas inocentes em nome do ganho próprio.

Me levantei, era impossível ficar sentado, e fui ao banheiro, fiz um pouquinho de mijo amarelo-escuro, lavei as mãos e as sequei no secador de mão ou como quer que fosse o nome daquela máquina de ar quente que ficava presa à parede ao lado do espelho. Quando tornei a sair eu dei uma volta pelo corredor, fui até um quiosque do duty-free, passei um tempo olhando as mercadorias, voltei e descobri que já havia uma fila para o avião, porque do outro lado do balcão já tinham aberto a porta para o finger e estavam conferindo passaportes e lendo os códigos de barra dos bilhetes.

Quando o avião subiu rumo ao céu depois de ter deixado a pista para trás eu olhei em direção ao panorama do outro lado do estreito e procurei o prédio onde morávamos. Não devia ser difícil encontrá-lo, porque ficava em frente ao Hilton, que era o segundo prédio mais alto de Malmö. Era incompreensível pensar que apenas duas horas atrás eu estava sentado lá, olhando para o céu, e também que tudo lá embaixo parecia tão grande quando visto de cima, pois de cima eu não apenas via o lugar onde eu costumava me sentar, mas também todos os quilômetros quadrados de prédios ao redor, onde centenas de milhares de outras pessoas espertas olhavam para o mundo como se estivessem sozinhas por lá.

Linda e as crianças já deviam estar de pé, eu pensei, e reconheci primeiro Landskrona, depois Helsingborg mais abaixo, porém logo a paisagem tornou-se anônima, indiferente e por assim dizer genérica: campos, claro, estradas, claro, vilarejos, claro. Peguei os jornais e os li até que começasse a aproximação a Gardermoen, e então olhei para a região de florestas ao redor, ensolarada, verde-escura com os tons amarelos e vermelhos do outono que gritavam de certas árvores mais selvagens aqui e acolá, tomadas de anseio e alegria e mortas em meio aos paternais e tranquilos pinheiros e abetos.

Um rio, escuro, uns campos, amarelos. Uns carros que pareciam estar sozinhos, mesmo quando apareciam em longas filas. Tudo lá embaixo dava mostras de estar à espera do inverno, nem mesmo o sol implacável poderia vencer aquilo.

Do céu o avião baixou lentamente até que as rodas tocassem o chão e a aeronave começasse a andar enquanto a voz da aeromoça nos dava boas-vindas a Oslo e pedia que todos permanecessem sentados com os cintos de segurança afivelados, um pedido ignorado por quase todos os passageiros, afinal todos sabiam que já não havia mais nenhum perigo e que ninguém nos puniria se não obedecêssemos, e aquilo era liberdade.

Clique, clique, ouvia-se por todo o avião. Em geral eu esperava até que quase todo mundo tivesse deixado a cabine antes de sair, mas dessa vez eu não tinha muito tempo, então me enfiei no corredor, pendurei a mochila nas costas e liguei o telefone, o que todo mundo ao meu redor também fez. Claro que eu não tinha recebido nenhuma mensagem de texto, eu nunca as recebia, mas não havia como saber.

Guardei o telefone no bolso interno e encontrei o olhar de uma mulher de uns cinquenta anos, que tinha acabado de pegar uma bolsa da chapeleira e dobrar o corpo para colocá-la no chão.

— Os seus livros são incríveis — ela disse.

— Obrigada. Olhei estupefato para ela, sentindo o rosto quente e um sorriso meio sem graça nos lábios.

— *En tid for alt* foi o melhor livro que eu li em muitos anos — ela prosseguiu.

— Muito obrigado — eu disse. — Agradeço a gentileza. Fico realmente feliz.

Ela abriu um sorriso caloroso e então voltou o rosto mais uma vez para a frente.

Até então nenhuma pessoa estranha tinha comentado os meus livros comigo. Se aquilo não era um bom sinal, então eu não sabia o que era.

770

* * *

Uma hora mais tarde saí de um táxi na Kristian Augusts Gate, paguei e atravessei o portão que dava acesso ao prédio onde ficava a redação da Oktober. A editora tinha acabado de se expandir, e agora ocupava dois andares; eu suspeitava que o dinheiro ganho com os livros de Anne B. Radge havia tornado aquele crescimento possível. Toquei a campainha e por sorte abriram sem perguntar quem era, porque eu detestava ficar parado na frente daquela caixinha me apresentando. Quando cheguei ao segundo andar, Silje estava à minha espera. Ganhei uma caneca de café, subimos para o andar de cima e eu me sentei no sofá de couro próximo à porta de entrada, onde eu daria a primeira entrevista, e acendi um cigarro. Geir Berdahl apareceu para me cumprimentar, talvez porque o cheiro de cigarro tivesse chegado ao escritório dele no outro lado do corredor. Ele me disse que o livro ainda não havia chegado. Devia ter sido entregue no dia anterior, mas o caminhão de transporte havia sofrido um acidente na Suécia; pelo que ele tinha entendido, o caminhão tinha saído da pista e caído numa vala por conta de um javali na pista. Ele riu, eu sorri. Depois ele ficou sério, como em geral ficava, enfim chegando depois das cortesias iniciais, e me disse que aquilo não era nada bom, no dia seguinte o livro seria anunciado em todos os jornais sem que estivesse à venda nas livrarias. Mas ele pegaria o carro e iria pessoalmente às grandes livrarias de Oslo na manhã seguinte, segundo me disse, e então deu um sorriso breve e voltou ao escritório depois de ter me desejado sorte. Me sentei no sofá mais uma vez e Silje apareceu com uma térmica de café, uma caneca para o jornalista, água e copos d'água. Imaginei um caminhão carregado de livros em meio às árvores de uma floresta sueca, o motorista se levantando com o telefone celular apertado contra a orelha, a fumaça se erguendo do capô e o silêncio absoluto depois que a porta houvesse se fechado mais uma vez. Depois imaginei Geir Berdahl, com a barba e os cabelos desgrenhados, dirigindo pelas ruas de Oslo com um pequeno Toyota abarrotado de livros. Devia ser daquele jeito que ele tinha trabalhado nos anos 1970, quando a Oktober era uma editora marxista-leninista, que também tinha uma rede de livrarias próprias responsáveis por divulgar as traduções de Marx e Mao em meio ao povo norueguês. Eu não sabia praticamente nada sobre aquela época, tudo era rodeado de mitos, mas resolvi perguntar a ele quando a oportunidade se oferecesse. Comigo ele sempre tinha arranjado problemas; eu devia um monte de dinheiro para a editora, afinal eu não tinha escrito nenhum livro em cinco anos, sem nem ao menos saber quanto; podia ser qualquer coisa entre trezentas mil e setecentas mil coroas, e quando finalmente terminei um romance ele precisou lidar com o meu tio, que começou a mandar emails completamente delirantes e difamatórios para ele, e a fazer ligações para ele, além de ter que contratar uma firma de advocacia para ler o manuscrito do meu livro e discutir outros detalhes relativos ao caso. Que isso tivesse acontecido para mim era no mínimo inacreditável pra cacete, porque durante a minha vida inteira eu nunca tinha procurado briga, dentro do possível eu tentava ser um cara gentil, legal, cortês e ordeiro, eu queria simplesmente que todo mundo gostasse de mim, isso era praticamente a única coisa que eu queria, e de repente me vi no meio de uma tempestade de pessoas ofendidas e advogados, não por um infortúnio, mas como resultado direto das minhas ações. Eu queria apenas escrever e ser um escritor, então como eu podia ter acabado em uma situação em que advogados precisavam ler tudo que eu escrevia? Eu tinha os pareceres dos advogados na minha casa, junto com os pareceres editoriais de praxe que eu vinha recebendo ao longo do ano, e as diferenças nos pareceres dos advogados eram notáveis. Visto a uma certa distância isso também era interessante, porque a lei é uma linguagem, e colocá-la em prática não é uma coisa que acontece de maneira absoluta, havia sempre observações sobre juízos, que deviam ser formulados da forma mais precisa e exata possível. Os advogados precisariam descrever no que o caso consistia, ou seja, o que tinha acontecido, e no direito essa era justamente a disputa: o que aconteceu de verdade? E, uma vez que isso fosse determinado, por que motivos? E com que significado? Não era muito diferente do trabalho de um romancista.

A diferença era que os advogados precisavam entender o caso não apenas em relação a eles próprios, mas também em relação à lei, que também era um texto escrito, formulado a partir de uma expectativa acerca de circunstâncias futuras, ou seja, como uma espécie de hipótese — baseada em milênios de experiência com a humanidade, que afirmava que roubos, apropriações indébitas e homicídios ocorreriam no futuro, enquanto certas leis culturalmente específicas morriam assim que a cultura que as havia tornado necessárias também morria. O ato não envolvia a linguagem, mas a lei e a interpretação da lei eram linguísticas. Uma lei fora da linguagem seria tão impensável quanto um poema fora da linguagem. A lei e o poema estavam juntos, eram dois lados de uma mesma coisa.

Um dos outros editores passou, sorriu, me cumprimentou pelo livro novo e desapareceu no escritório. Silje recapitulou o esquema de entrevistas e eu a ouvi meio pela metade; fazia tempo que eu não sofria tanto com o que estava prestes a acontecer. A campainha soou, devia ser o jornalista, e eu fui ao banheiro mijar e passar um pouco mais de cera no cabelo, afinal de contas haveria uma sessão de fotos ao final da entrevista.

Quando saí, a jornalista da NTB havia chegado. Ela estava vestida de um jeito ou então tinha uma aura que me fazia pensar em motocicletas. Trocamos um aperto de mãos, ela disse que o fotógrafo logo estaria chegando, nos sentamos, ela começou a me fazer perguntas, tive a impressão de que tudo deu certo e as perguntas foram quase todas genéricas, a não ser por aquelas que diziam respeito à minha pessoa. Pouco mais de meia hora depois eu estava no quintal posando para as fotografias, e logo eu estava pronto para o número seguinte do programa, a entrevista por telefone com o *Bergens Tidende*. Passei os minutos restantes no escritório de Geir G., que havia chegado enquanto eu estava com a jornalista da NTB. Falamos sobre o romance seguinte. Havíamos editado juntos o primeiro manuscrito naquela sala, ele estava com o manuscrito, eu com o meu PC, e então conferimos juntos as sugestões dele, que na maior parte diziam respeito a cortes. A não ser pela abertura, que cogitamos tirar por ser muito diferente do restante no que dizia respeito ao tom, e pela longa passagem sobre a festa de Ano-Novo, que ele queria excluir, fiz tudo exatamente como ele havia sugerido. Vi na mesma hora que o livro ficava melhor. O texto ficou mais conciso, e assim ganhou mais força. Quando estávamos os dois novamente sentados naquele lugar, ele na cadeira de escritório com rodinhas, em frente à escrivaninha, eu numa cadeira posta junto à parede, perguntei quando faríamos a edição do segundo volume. O livro já estava pronto havia um tempo, mas quando a agitação em torno do primeiro volume teve início eu compreendi que o livro não poderia ser publicado da maneira como estava, era um livro demasiado agressivo e em certas passagens quase difamatório; eu estava frustrado e revoltado quando escrevi o livro, e a frustração e a revolta o perpassavam de maneiras que em certos pontos traz iam prejuízo para mim e para as pessoas a respeito de quem eu escrevia. Excluí as piores partes, mas ainda parecia faltar equilíbrio. A ideia era escrever sobre a minha vida atual, para então voltar no tempo, desde a minha infância, passando pela adolescência e pela vida adulta, para acabar no momento em que eu havia conhecido Linda na Suécia, de forma que nossa história de amor, que era uma história muito intensa, pudesse encher de luz tudo aquilo que tinha acontecido no segundo livro. Mas a paciência exigida por esse projeto era sobre-humana, a imagem que eu pintava de nós dois tornou-se muito pobre, e eu tinha a impressão de que aquilo que poderia acrescentar as nuances desejadas e conferir uma certa plenitude esclarecida se encontrava muito distante para que funcionasse. Então numa manhã uma semana antes eu havia me sentado e escrito a história do nosso encontro e de tudo que tinha acontecido entre nós. Praticamente vinte e quatro horas contadas mais tarde eu havia terminado, a história tinha ocupado cinquenta páginas e eu tinha a luz de que o romance precisava para que todo o restante não parecesse incompreensível. Eu tinha dormido uma hora e depois fiz uma caminhada e dei uma entrevista ao *Dagbladet* no café do Malmö Konsthall, exausto como eu me sentia apenas quando tinha bebido na noite anterior.

— Não precisamos fazer mais nada, acho — disse Geir. — O livro pode ser publicado assim como está.

— Você acha mesmo? — eu disse.

— Acho sim — ele disse.

— Tem certeza?

— Tanta certeza quanto é possível ter.

— Nada de cortes? Nada?

— O pouco que aparecer a gente pode ver na revisão.

— Eu preciso confiar em você — eu disse.

— Claro, pode confiar — ele disse, rindo. — Mas como foi a entrevista com a NTB?

— Acho que deu tudo certo. Mas a próxima entrevista é com o *Bergens Tidende*. Não quero nem pensar.

— Tudo vai correr bem — ele disse. — Eu já disse que falei ontem com o jornalista. Como é mesmo o nome dele? Tønder?

— É.

— Primeiro ele disse que queria saber um pouco mais sobre você. Mas logo eu percebi que ele tinha outro plano.

— Que plano?

— Ele estava interessado no aspecto biográfico.

— Ele sabia a respeito do Gunnar?

— Sabia. Sabia sim.

— E o que foi que você disse?

— Eu disse que eu não poderia falar sobre o seu livro nesses termos. Acho que ele entendeu. Depois ele simplesmente fez umas perguntas. Acho que você não tem motivo para ficar preocupado.

— Espero mesmo que não — eu disse.

Silje bateu na porta entreaberta e enfiou a cabeça para dentro do escritório.

— Você pode ligar para ele do escritório no andar de baixo — ela disse.

— Agora? — eu perguntei.

— É, ele disse que estaria à espera.

Me levantei e a acompanhei até as escadas. O escritório ficava no fundo, à esquerda. O bule de café e a minha caneca haviam se transportado magicamente para a escrivaninha de lá. Ao lado do telefone havia uma caneta e um bloco de anotações. Silje me entregou um papel com um número de telefone.

— Esse é o número dele — ela disse. — Disque zero na frente.

— Obrigado — eu disse, e então me sentei. Ela saiu e fechou a porta. Pensei que eu não tinha que ligar. Enquanto pensava nisso eu rabiscava o bloco. Depois me recompus, peguei o telefone e disquei o número.

A voz do outro lado da linha falava o dialeto de Bergen, e, toda vez que eu ouço outra pessoa falar o dialeto de Bergen desde então, ouço novamente aquela voz, e sinto minhas costas se enregelarem de desconforto. Foi uma das vozes mais desagradáveis que ouvi ao longo dos quarenta e poucos anos que vivi, e a conversa mais desagradável que eu já tive. Não era o que a voz dizia, porque eu nem me lembro direito, era o tom em que falava, que oscilava entre a lisonja e a condenação, mas sem nunca pôr de lado a santimônia, por mais insidiosa e oculta que fosse.

Nos dois anos que se passaram desde que o primeiro volume desse romance saiu eu me encontrei com vários jornalistas, e sempre tive coisas boas a dizer em relação a eles, sempre houve um traço conciliatório em cada um deles, independente do que escrevessem e de terem me descrito como idiota, vazio ou implacável, mas essa voz não tinha nada de conciliatório, era simplesmente rouca, e nunca mais quero voltar a ouvi-la. Quando a entrevista acabou eu me sentia enjoado e com nojo, porque aquela voz tinha estado dentro do meu ouvido, dentro da minha cabeça, e eu nunca tinha pensado nisso, que uma voz era uma coisa estranha capaz de entrar em nosso âmago e preenchê-lo com um outro ser. O pior mesmo era que essa voz tentava como que me atrair para uma armadilha, mais ou menos como se poderia imaginar que os policiais interrogam os suspeitos enquanto falam sobre coisas ordinárias, tanto para despertar um sentimento de confiança como também para oferecer-lhes oportunidades de dar com a língua nos dentes, falar mais do que deviam, o que de repente pode ser aproveitado com uma pergunta: mas você não estava lá, estava? Então na verdade você estava lá? Não é mesmo? Pode me contar, eu sei como são essas coisas.

Essa voz era assim. Me perguntou por que eu não havia escrito sobre a minha mãe no romance. É uma pergunta estranha a se fazer para um escritor que escreveu um romance sobre a relação que tinha com o pai e sobre a morte do pai. Por que Kafka escreveu apenas sobre o pai, e não sobre a mãe? A voz não fez essa pergunta porque gostaria de saber o motivo para que a minha mãe não estivesse lá, porque já sabia muito bem, e por trás da pergunta havia uma acusação não formulada, mas assim mesmo clara, e tudo que essa acusação queria era fazer com que eu confessasse. Logicamente eu não fiz nada disso, respondi que não era um livro sobre a minha mãe, mas sobre o meu pai e a morte do meu pai, e a voz, que não acreditou em uma palavra do que eu disse, guardou aquilo na memória, para usar mais tarde, quando eu começasse a me contradizer e a cair na armadilha. Foi um interrogatório, não uma entrevista. A voz me assegurou que realmente tinha gostado do livro, e então fez perguntas um pouco mais neutras. Queria saber de que forma o romance se relacionava com a realidade. Quando eu terminei de responder, o homem disse que eu afirmava que o romance se relacionava com a realidade, mas que não correspondia à realidade, e então quis saber como eu poderia explicar isso.

— Você escreveu que o seu pai morou dois anos com a sua avó paterna. Mas não foi o que aconteceu, foi? Ele morou lá por apenas dois meses, não?

— Mas eu não escrevi isso — eu disse. — Não está no livro. Não tem nada no livro sobre o tempo que ele morou lá.

— Tem sim. Consta que ele morou lá dois anos.

— Não. Eu cortei esse trecho. Você não pode ter lido isso. Não está lá.

A voz passou uns instantes em silêncio. E por fim disse, com ares de segredo:

— Como você está vendo, eu conversei com os seus familiares.

— Você falou com o Gunnar?

— Falei. Ele disse que o que você escreve não corresponde à realidade. No livro você é representado como se fosse um herói. Mas você é mesmo tão bom assim na realidade? Você não lavou aquela casa, lavou? Você nem sabe lavar direito uma casa, não é verdade?

Eu disse que tinha lavado a casa exatamente da maneira descrita, e que lavar uma casa era praticamente a única coisa que eu sabia fazer, mas que não seria adequado falar sobre o romance daquela forma, discutindo se tinha sido eu ou o meu tio a lavar a casa, e que na verdade seria impossível. Mais uma vez percebi que a voz não acreditou numa palavra do que eu disse, e que a imagem que tinha de mim era a imagem com que eu tinha vivido desde a minha puberdade, segundo a qual eu era um merdinha completamente indigno de confiança que imaginava ser alguém na vida, sem nenhuma moral, sem nenhum limite, sem um pingo da retidão necessária para ser uma pessoa decente. Segundo a qual eu havia escrito que lavei a casa da minha avó paterna quando o meu pai morreu para me representar de maneira boa e honrada, quando na verdade tinha sido o meu tio a lavar a casa. Segundo a qual eu havia exagerado a morte do meu pai de maneira grotesca e transformado aquilo que fora um simples infarto no resultado de um inferno de autodestruição, para, não satisfeito com isso, arrastar a minha avó paterna, sempre amigável e sempre bondosa, para dentro dessa imundície e dessa merda toda, que era a minha imundície e a minha merda, e não de outra pessoa. E por trás de tudo isso estava a minha mãe, sentada em um trono, a responsável pela vingança contra os Knausgård e por ter feito a cabeça do filho.

Por que eu não tinha escrito mais a respeito da minha mãe? Por que eu a havia descrito em termos sempre tão positivos, e o meu pai em termos sempre tão negativos? Por que tinha escrito que o meu pai havia morado na casa da minha avó por dois anos, quando na verdade ele tinha morado lá por mal e mal dois meses? Por que eu tinha escrito que havia lavado a casa inteira, quando eu mal sabia lavar e na verdade não tinha feito nada além de atrapalhar?

O problema não era apenas que a voz evidentemente acreditasse em tudo que Gunnar havia dito, inclusive a teoria segundo a qual minha mãe teria me doutrinado, o que me causou um mal-estar tão profundo que eu sentia enjoos sentado lá com o telefone na mão, mas também a maneira insidiosa como fazia essas insinuações, como por assim dizer me oferecia um certo reconhecimento por eu escrever bem ao mesmo tempo em que dizia que eu mentia e que eu era um mentiroso, uma pessoa imoral; sim, essa voz falava comigo como se eu fosse um criminoso. Que Gunnar fizesse isso era uma coisa, porque apesar de tudo ele tinha um profundo envolvimento no assunto, e esse envolvimento tinha sido causado por mim, contra a vontade dele, então, a despeito das acusações que ele fizesse, eu tinha uma parcela de culpa. Mas aquela voz não tinha nenhum envolvimento direto no assunto, nas acusações que fazia não havia nenhuma culpa da minha parte, mas assim mesmo a voz me julgava com toda a legitimidade moral e toda a santimônia que a posição de jornalista em Bergen lhe conferia, ao mesmo tempo que também queria certas coisas de mim e precisava de mim, por causa de uma matéria. A voz sabia: sem mim, não haveria matéria, e assim ela me condenava e implorava, em um único movimento repugnante.

Sim, era uma voz repugnante.

Compreendi que tinha acreditado em Gunnar. Berdahl, que também havia falado com Gunnar pelo telefone, disse que ele tinha dado a impressão de ser um homem centrado, razoável e composto. Era apenas nos emails que dava vazão à fúria. O repórter policial do *Bergens Tidende* havia falado com Gunnar no telefone e acreditado nele. Gunnar era auditor, um cidadão respeitável, assim como a própria voz, que, segundo eu imaginava, ao ler meu romance com esse detalhe em mente viu exatamente aquilo que Gunnar tinha visto: eu era uma pessoa mentirosa e indigna de confiança, que tinha escrito o romance porque odiava a família Knausgård, como vingança, a mando da minha mãe. Dessa maneira Gunnar havia tirado de mim toda a independência e toda a individualidade: eu não odiava por mim mesmo, mas pela minha mãe. Meu romance tinha sido reduzido a um deboche, uma coisa indigna e lamentável. O *Bergens Tidende* estava de acordo com Gunnar em tudo isso. Eu havia mentido, e o que eu havia escrito não era romance nenhum, mas uma coisa mesquinha e indigna para a sociedade, um ataque pessoal contra outra pessoa na forma de um livro.

Não pensei em nada disso enquanto eu falava com aquela voz insidiosa, meio suplicante, meio condenatória, porque ela tinha a vantagem, eu mal conseguia me defender, e nem depois que a conversa terminou eu pensei a esse respeito. A sensação de ser um criminoso e o medo das consequências trazidas pelo que eu havia escrito, que naquele instante começavam a se mostrar, impediam-me de pensar em qualquer outra coisa. Eram os mesmos sentimentos que haviam se apossado de mim no final do verão. Tomado por essa violência, com a alma em um movimento violento, como aquele que acompanha a iminência de uma tragédia que ainda não ocorreu, eu saí da sala, fui até o andar de cima e entrei no escritório de Geir. Eu me sentia enjoado e tremia por dentro. Mas sentar um pouco me ajudou a melhorar. Contei tudo que eu tinha ouvido, e quando Geir Berdahl chegou contei tudo outra vez. Geir disse que o jornalista tinha dito as mesmas coisas para ele no dia anterior, que o meu pai não tinha morado na casa da mãe por mais do que dois meses e que eu não tinha lavado a casa segundo havia escrito. Geir achou que aquilo era apenas uma coisa que o jornalista queria testar nele, e que não faria o mesmo numa entrevista comigo.

— Mas eu logo percebi que ele não tinha interesse pelo romance. Estava interessado nisso. A matéria era sobre isso.

— Por sorte eu disse a ele que gostaria de ler tudo que estivesse relacionado ao Gunnar — eu disse. — Então ele ficou de me enviar tudo por email ao longo do dia.

— Que bom — disse Geir. — Agora a matéria vai sair, e vamos ter que ver o que fazer. Mas talvez nem tenha grande importância.

— Quem estava cuidando dessa pauta era a Siri Økland — eu disse. — Filha do Einar Økland. Mas acabaram colocando esse sujeito no lugar. É uma artilharia mais pesada. Esse cara é um repórter policial da velha guarda, sabia?

— Você tinha dito.

— Puta que pariu — eu disse.

Geir riu.

— Karl Ove, vai dar tudo certo — ele disse.

— Foi a conversa mais desagradável que eu já tive. Ele me lisonjeava e me humilhava ao mesmo tempo. Ah, que merda, esse sujeito é cheio de lábia!

— Ele é mesmo uma pessoa desagradável. Eu tive a mesma impressão.

— E agora é a vez do *Fædrelandsvennen*. A entrevista que está me deixando mais angustiado. Se o *Bergens Tidende* ligou para a minha família, você imagina o que o *Fædrelandsvennen* deve ter feito?

— Nada de mais, acho eu — disse Geir.

— Espero que você esteja certo — eu disse, me levantando. — Essa entrevista com o *Bergens Tidende* foi a pior coisa que já me aconteceu.

Fui com Silje até a rua, onde o sol brilhava forte e claro, passei em frente à Nasjonalgalleriet e desci a Karl Johans Gate. No caminho, parei em uma banca de jornal e peguei um exemplar do *Morgenbladet*. Silje, que sabia no que eu estava pensando, disse que ainda não tinha saído nenhuma resenha. Coloquei o exemplar de volta no suporte e entramos no Grand Hotel, onde Ibsen costumava sentar-se com um espelho na cartola, e peguei o elevador até o bar no último andar, onde a jornalista e o fotógrafo do *Fædrelandsvennen* esperavam por mim. Me sentei com a jornalista em uma mesa no terraço. Ela usava óculos de sol e tirou vantagem disso, porque assim podia evitar olhar nos meus olhos. Ela disse que estava abalada por causa do livro. Da maneira como falou, entendi que esse não era um julgamento moral. Falei sobre o que ela queria falar da forma mais cautelosa possível, sob o céu completamente azul de setembro, e depois o fotógrafo tirou fotos minhas do outro lado do terraço. Fiz mais uma entrevista, dessa vez com um jornalista do *Morgenbladet*, fiquei lá sentado fumando e bebendo água mineral Farris e café enquanto respondia às perguntas dele. Ele se chamava Håkon, se me lembro bem, ou talvez Harald, tinha nascido praticamente no mesmo lugar que eu e tinha crescido do outro lado da ponte e queria falar sobre isso, o que foi bom, porque a distância em relação a mim e ao livro tornava-se grande.

Depois do almoço eu peguei um táxi até a redação da NRK. Cheguei vinte minutos adiantado, então me sentei numa pedra do lado de fora e acendi um cigarro ao sol quando de repente ouvi uma voz falando sueco, me virei e vi Carl-Johan Vallgren, o escritor sueco que eu tinha encontrado duas ou três vezes em Estocolmo, saindo de um táxi e seguindo em direção à recepção. Estava lá para lançar o último livro dele na Noruega. Apaguei o meu cigarro e fui atrás. Vallgren estava de costas quando eu entrei, eu coloquei a mão no ombro dele, o que eu nunca fazia com ninguém, mas que todas as circunstâncias me obrigaram de uma forma ou outra a fazer. Ele se virou e, ao ver quem era, sorriu. Ele estava de terno, e a camisa estilo anos 1970, com gola larga, estava aberta no pescoço. Trocamos um aperto de mãos, eu disse que tinha gostado do último livro dele e ele disse que todos os escritores de Oslo tinham falado a meu respeito desde que ele havia chegado, sempre com uma certa ponta de inveja. Ele riu quando me disse isso, e então se virou em direção ao corredor, aonde uma pessoa no mesmo instante chegou para buscá-lo. Nos vemos por aí, eu disse, claro, ele disse, e então eu saí para fumar mais um cigarro, e para ligar para Linda. O encontro tinha melhorado o meu humor, Vallgren deixaria qualquer um de bom humor, há pessoas assim, embora não muitas. Eu definitivamente não era assim.

Linda estava sentada na área externa de um café em Malmö, o tempo estava bom por lá. A manhã tinha corrido bem, ela disse, a mãe dela tinha aparecido e à tarde a minha mãe também apareceria. Eu disse que tudo havia corrido bem com as entrevistas e que eu ainda tinha mais duas antes de me encontrar com Axel e Linn. Ela achou tudo muito bom e disse que não via a hora de me reencontrar no dia seguinte. Eu disse que também não via a hora de reencontrá-la no dia seguinte, e então nos demos tchau e desligamos.

A entrevista com o *Søndagsavisen* foi boa. Depois da entrevista, Siss Vik me levou à recepção, e então subimos ao escritório dela para a entrevista do *Ordfront*. Foi a primeira vez naquele dia em que falei sobre literatura. As coisas que eu disse foram imprecisas e não muito boas, mas pelo menos eram sobre literatura, e isso fez com que eu me sentisse purificado. Mais ou menos como um encanador tímido que passasse o dia inteiro vendo-se obrigado a falar para a mídia a respeito de si mesmo e dos sentimentos que tem, da família e dos amigos, haveria de sentir-se quando finalmente, já quase no final da tarde, consegue falar sobre canos e vedações.

Da NRK eu peguei um táxi até a casa de Axel, que não ficava muito longe, e quando eu cheguei ele havia preparado *fårikål*, todo o apartamento estava tomado por aquele cheiro que me fazia reviver os outonos da minha infância. Axel disse que imaginou que eu não devia encontrar *fårikål* na Suécia, ou pelo menos tinha sido assim com ele na vez em que tinha morado por lá; era uma das coisas de que tinha sentido falta. Ele estava certo; a não ser por uma única vez no primeiro outono depois que comecei a namorar Linda, quando eu estava preocupado em mostrar para ela a pessoa que eu era e de onde eu vinha, e por isso havia preparado *fårikål* e *pinnekjøtt*, eu não tinha comido esse prato desde a mudança.

Junto com Erik e Johan, os filhos de Axel, me sentei na cozinha para comer *fårikål* e beber cerveja. Linn, a esposa dele, iria a um lugar ou outro depois do trabalho. Eu tinha combinado de passar na casa de Axel justamente por isso, porque estar na casa de uma família era um alívio para a alma, havia uma coisa boa naquele lugar, e talvez inocente também, ou pelo menos preservada. Se eu tivesse ido para um quarto de hotel depois das entrevistas, tudo que eu tivesse dito e feito ao longo do dia permaneceria comigo, batendo-se de um lado para o outro dentro de mim, e não pareceria impossível que eu tivesse me deitado na cama para chorar, porque isso já tinha acontecido antes. Geir Angell tinha dado risada quando eu contei essa história, ele disse que acontecia a mesma coisa com Oluf, ele pedia pão com leite no quarto do hotel e depois ficava lá chorando e comendo depois das apresentações. Eu também tinha dado risada, mas quando eu estava diretamente envolvido na situação eu não achava graça nenhuma, porque já era difícil o bastante simplesmente aguentar tudo aquilo. Eu não sabia no que consistia esse fardo, parecia uma coisa totalmente indefinida, mas era como se toda a maldade que eu tinha em mim se abrisse e tivesse livre curso num dia como aquele. Tudo que as entrevistas faziam era manter uma coisa no lugar, como se dessem forma a essa mesma coisa para mantê-la à distância, enquanto aquilo a que davam forma no exterior movimentava-se com um ímpeto cada vez maior dentro de mim. Uns anos atrás, quando um canal de TV fez entrevistas de um dia inteiro com certas pessoas, entre as quais estava Jan Kjærstad, na casa onde moravam, e eu discuti o assunto com Tore, ele disse que eu teria mantido a máscara se tivessem feito o mesmo comigo, que eu teria sido amistoso e cortês por vinte e quatro horas ininterruptas, mas que no mesmo instante em que os repórteres saíssem pela porta eu teria me deitado na cama e desatado a chorar. Eu nunca tinha contado para Tore que eu chorava depois de aparecer ao vivo na TV, e que volta e meia eu fazia a mesma coisa depois de eventos literários comuns, então olhei para ele meio surpreso, de onde ele havia tirado aquela ideia? Será que era tão fácil perceber?

Então aquilo, *fårikål* e cerveja, numa mesa de cozinha em Oslo, na companhia de Axel e dos filhos dele, com o sol baixo e o ar frio do lado de fora, era justamente do que eu precisava.

Eu tinha conhecido Axel em Estocolmo quatro anos atrás, certa noite os amigos de Helena que eram atores de teatro ligaram, eles tinham um time de futebol que precisava de mais gente, e perguntaram se Jörgen, o namorado dela, não queria jogar. Ele ligou para mim e perguntou se eu não queria me juntar ao grupo. Eu aceitei o convite. No meio de uma quadra em um lugar qualquer nos arredores de Estocolmo, em uma zona meio industrial, estava frio e escuro, e a iluminação da quadra era quase amarela. Eu tinha passado anos sem chutar uma bola e fui colocado na ala esquerda, onde eu causaria o menor estrago possível. O time era formado exclusivamente por atores de teatro, o que era divertido, porque nos intervalos todos falavam principalmente sobre as próprias jogadas, o que tinham feito e o que não tinham feito, totalmente alheios ao desempenho do time como um todo, numa cacofonia de egocentrismo. O treinador, um homem de cerca de trinta anos, que jogava como zagueiro, dava as instruções com um forte sotaque de Estocolmo. Ele e o outro zagueiro vieram falar comigo depois da partida e eu descobri que os dois eram noruegueses. O treinador chamava-se Axel e vinha de Østlandet, e o outro, Henrik, era de Kristiansand; os dois haviam frequentado aulas de teatro na Scenskolan de Estocolmo e moravam na cidade. Karl Ove, disse Henrik. Não seria Knausgård, por acaso? Seria, eu disse, e os dois riram, porque tinham lido os meus livros, os dois, e as chances de me conhecer naquele lugar, numa quadra malconservada nos arredores de Estocolmo em meio à escuridão de outono, eram um tanto baixas, segundo imaginaram. Continuei a jogar para o time, e num sábado recebi um sms de Axel, ele perguntava se eu não gostaria de aparecer para a festa de aniversário do filho dele. Eu tinha certeza de que ele havia se equivocado, mandado o sms para a pessoa errada, e recusei educadamente o convite. Mas não tinha sido equívoco nenhum, ele continuou mantendo contato de vez em quando, nos encontramos algumas vezes longe do futebol e, quando ele e a parceira Linn foram à festa de dois anos de Vanja, Linn parou em frente ao pôster de um curta-metragem para o qual Linda tinha escrito o roteiro e perguntou como aquele cartaz tinha ido parar lá. Linn tinha produzido o filme. As crianças deles tinham a idade das nossas, e assim começamos a nos ver com certa regularidade.

Axel era uma pessoa amistosa e cheia de consideração, mas em campo eu tinha visto que havia um outro aspecto na personalidade dele, uma agressão e uma pressão que não se revelavam em outros momentos, e certa vez fomos ao estádio de Råsunda assistir a uma partida e resolvemos pegar o metrô no meio da multidão, e quando um homem sentou-se no lugar onde eu estava prestes a me sentar, Axel praticamente se atirou em cima dele aos bufos. Eu não conseguia reconciliar esses pequenos vislumbres à pessoa que Axel era em todos os outros momentos, pois se havia um traço marcante naquela personalidade, esse traço era a doçura, e esse era um traço genuíno, parte da essência dele, segundo me parecia, e não uma coisa aprendida. Linn também era cheia de consideração, mas nela também havia uma certa rispidez, ela não tinha medo de dizer o que pensava com todas as letras, e mal se preocupava com o que os outros achavam a respeito do que dizia e pensava. No que dizia respeito à vida em família, os dois se encontravam em um nível muito diferente do nosso, porque tinham casa, carro e as finanças em ordem. Linn trabalhava como produtora assistente na svt, Axel era ator de teatro.

Os dois haviam se conhecido durante a filmagem de um comercial, foi uma das primeiras coisas que ele me contou. Às vezes almoçávamos juntos no restaurante que eu costumava frequentar ao lado do escritório, ou então nos encontrávamos aos finais de semana, e durante a temporada todas as segundas-feiras, quando jogávamos as nossas partidas de futebol. Mesmo depois que nos mudamos para Malmö e eles se mudaram para Oslo, mantivemos o contato, mesmo que fosse um pouco menos frequente. Os dois faziam o tipo generoso, e sempre nos convidavam para fazer todo o tipo de atividade, e ao mesmo tempo organizavam todas as coisas práticas. Houve uma Páscoa em que nos convidaram para passar na cabana de verão que a família de Axel tinha na montanha, e outra vez nos convidaram para viajar a Berlim, onde Axel tinha alugado um apartamento. Nós não os convidávamos para nada, porque não tínhamos cabanas nem casas em nossas famílias, nem dinheiro para alugar o que quer que fosse. Mas eu não tinha a impressão de que os dois fizessem contabilidade dessas coisas.

Depois da refeição nos jogamos no sofá, cada um com uma cerveja, à espera de que Linn chegasse do trabalho para sairmos juntos. Eu estava tão cansado que mal sabia o que eu dizia. Tinha sido um dia terrível. E no dia seguinte estaria tudo nos jornais.

Quando um pouco mais tarde descemos em direção ao centro pelas ruas do *vestkanten*, uma escuridão densa e repleta de estrelas já envolvia a cidade. Havia folhas caídas sob a copa de todas as árvores. O ar estava quase cristalino, mas assim mesmo não muito frio, o calor do dia ainda se fazia sentir e dissipava-se aos poucos. Sentamo-nos em uma mesa externa do Tekehtopa, que ficava perto do hotel, bebemos duas ou três cervejas e conversamos. Como eu faria uma leitura na Ópera no dia seguinte, e acima de tudo não queria estar de ressaca, decidi me deitar uma hora depois. Axel foi comigo até o hotel, porque Silje tinha prometido me entregar dois exemplares do livro assim que o carregamento chegasse, o que de fato fez; a recepcionista me entregou o pacote com um sorriso no rosto e espiou com o rabo do olho quando eu o abri. Autografei um dos livros e o dei de presente para Axel, me despedi e levei o outro exemplar comigo para o quarto, onde o guardei na mochila antes de tirar a roupa, ligar a TV e me deitar para assistir até não aguentar mais de olhos abertos e dormir. Devo ter acordado durante a noite e desligado a TV, porque quando acordei às seis horas da manhã a tela estava preta e silenciosa. Tomei um banho, me vesti e desci para tomar o café da manhã. Todos os jornais estavam à disposição dos hóspedes, mas deixei-os quietos, eu não queria saber de nada. Me servi de ovos mexidos, bacon, salsichas e umas fatias de pão, um pouco de suco e uma xícara de café, me sentei e olhei para a pilha de jornais.

O que eu não queria ver eram as entrevistas. Estavam na *Dagbladet Magasinet*, no *Dagens Næringsliv* e no *Dagsavisen*. Mas e as resenhas? Eu estava decidido a não ler as resenhas. Mas ao mesmo tempo eu precisava saber se o resultado seria uma catástrofe ou se tudo havia dado certo. Eu tinha combinado com Geir que ele me enviaria um SMS depois de ler o que tivesse saído nos jornais para me dizer qual era a situação. Mas ainda eram sete horas, e isso podia demorar bastante tempo.

Puta que pariu. Um lance de olhos nas primeiras linhas não podia fazer mal nenhum. Me levantei e peguei o *Dagbladet*, evitando cuidadosamente o suplemento *Magasinet*, e fui direto ao caderno de cultura.

Lá estava.

Me senti queimar por dentro à medida que meus olhos corriam pelas linhas.

Tudo estava bem.

Tinha dado certo.

Será que tudo estaria bem no *Dagens Næringsliv*? Coloquei o *Dagbladet* de volta no suporte e levei o *Dagens Næringsliv* comigo para a mesa e fiz a mesma coisa, pulei a entrevista e fui direto à resenha.

Mais uma vez, tudo estava bem.

Então era aquilo.

Com uma caneca de café na mão, saí para fumar um cigarro ao lado da porta do hotel e observar as poucas pessoas que andavam pela rua de manhã bem cedo. O céu estava tão azul quanto no dia anterior, e a luz do sol já banhava os telhados e os coruchéus.

O evento em que eu faria minha leitura era uma espécie de dia do livro na Ópera, organizado por clubes do livro. Eu não leria nenhum trecho do primeiro volume, mas em vez disso tinha escolhido uma passagem do segundo, que narrava a aula de ginástica rítmica para bebês de que eu certa vez tinha participado em Estocolmo, e eu havia escolhido essa passagem porque se tudo desse certo faria a plateia rir. Eu tinha lido trechos do primeiro volume em duas ocasiões diferentes, a primeira a convite de Ingvar Ambjørnsen, que era o poeta do festival em Bergen, quando li a abertura que eu tinha acabado de escrever; a segunda vez foi em um evento na Litteraturhuset, quando li a cena em que eu e Yngve chegávamos à casa em Kristiansand. Esses dois trechos estavam relacionados à morte, e se havia uma coisa capaz de tornar a atmosfera pesada em um ambiente, essa coisa era naturalmente ler trechos sobre morte e decomposição, e como se tratava de um romance autobiográfico, e não de uma história que eu havia criado, era como se eu estivesse impingindo o lado mais sombrio da minha personalidade sobre aquelas pessoas e destruindo a noite delas com a minha simples presença, e depois da última vez na Litteraturhuset eu tinha decidido não fazer mais aquilo. Por isso a comédia, por isso o trecho sobre ginástica rítmica para bebês. O segundo volume era uma comédia, mas uma comédia que estava muito, muito no fundo, porque o livro era sobre a vida de um homem preso nas próprias ideias a respeito de si mesmo, e sobre uma família também presa nas próprias ideias a respeito de si mesma, o que levava todos a lugares profundamente indignos, que teriam simplesmente desaparecido se tivessem olhado um para o outro e dito que essas ideias não se aplicavam, que a realidade era desse jeito e que não havia problema nenhum. Mas o casal não conseguia, a impossibilidade era justamente essa, os dois faziam o contrário, olhavam um para o outro e diziam que havia um problema.

O hotel ficava logo na esquina da editora, e logo me arrastei até lá para imprimir a cena; minha impressora de casa não tinha funcionado. Geir Berdahl estava lá, embalando os livros que pretendia distribuir de carro, junto com a filha Maria, que eu conhecia apenas de cumprimentar, e com quem eu nunca tinha conversado. O fato de que o livro não estaria disponível nas livrarias justamente no dia em que todos os jornais estavam cobertos de resenhas era irritante, pois aquela promessa e aquele interesse existiam somente naquele dia exato, e já na semana seguinte começariam a se dissipar, a não ser que o livro fosse indicado para um prêmio, nesse caso o interesse podia retornar mais à frente. Quando meu primeiro livro saiu a editora tinha imprimido uma tiragem pequena demais, e quando o livro se esgotou uma nova tiragem de apenas duzentos exemplares foi impressa, e assim as coisas se mantiveram, de maneira que em dezembro, o único mês em que realmente se vendem livros na Noruega, o livro não estava disponível em nenhuma livraria. As vendas em si não significavam nada para mim, mas o dinheiro sim, particularmente agora, quando havíamos nos tornado uma família de cinco e os royalties dos livros eram a única fonte de renda que tínhamos, afora o subsídio.

Guardei o manuscrito na mochila, me despedi de Geir e Maria e desci em direção à Ópera. Eu nunca tinha visto o prédio, a não ser pela fachada anônima visível a partir da estação de trem, e fiquei realmente impressionado quando me vi diante daquilo, era de fato uma construção sem igual. Toda a pedraria branca, que o sol fazia brilhar ainda mais, quase arder, contra o mar frio de onde se erguia. Subi pelo telhado, depois olhei para o mar enquanto eu fumava; ainda faltava mais de uma hora para a minha leitura. Apoiado contra a mureta de pedra, peguei uma garrafa de meio litro de Pepsi Max, bebi um gole, saquei o telefone celular do bolso e liguei para Linda. Ela disse que já estava com as malas feitas e que logo iria para Kastrup. Minha mãe também havia chegado, e naquele instante as duas estavam com as crianças em um parquinho. Eu disse que estava nervoso e que seria ótimo ir a Praga à noite. Linda me desejou sorte e então desligamos. Desliguei o telefone e o guardei na mochila. Certa vez, quando eu dava uma entrevista ao vivo no palco, meu telefone celular havia tocado, e o público tinha dado risada; esse era o tipo de coisa que levava o público a rir. O público queria rir, buscava tudo aquilo que era cômico, começava a efervescer quando o cômico surgia e, por mais insignificante que fosse, sempre havia risadas. Públicos acima de um certo número tinham uma dinâmica e uma psicologia próprias, quase independente das pessoas individuais que o constituíam. Aquilo que jamais teria levado certas pessoas individualmente consideradas a rir, e que essas mesmas pessoas jamais teriam achado engraçado, por ser parco demais, era capaz de provocar uma cascata de gargalhadas num auditório. E, quando as pessoas ficavam lá em silêncio, o silêncio era capaz de expressar atmosferas diferentes e absolutamente claras. Aborrecimento e desinteresse; nessas horas era como se tudo aquilo que era dito se espalhasse e se dissipasse como fumaça. Atenção e interesse: aquilo que era dito permanecia, e havia como que uma avidez no recinto, e falar para as pessoas trazia uma sensação estimulante e incrível. Eu costumava ler em geral os mesmos textos, mas a atmosfera nunca era a mesma; às vezes todos riam de determinada passagem, outras vezes todos permaneciam em silêncio enquanto eu lia. A mesma cena podia causar um anseio profundo e obscuro em determinada noite e parecer rasa e insignificante na noite seguinte. Parte disso estava relacionada ao meu comportamento; como eu parecia muito sério e por vezes também muito lúgubre, era como se minha presença reprimisse o elemento cômico, enquanto nas vezes em que eu tinha conseguido conversar um pouco antes de começar a leitura a risada parecia encontrar-se bem mais próxima do público. Mas a maior parte dependia mesmo do público, de sua composição específica, e da atmosfera do lugar.

Joguei o cigarro no chão, pisei em cima e desci em direção à entrada. A esplanada em frente à Ópera estava lotada de gente. Quase em frente à porta eu topei com Vetle Lid Larssen. Em outra época os nossos livros tinham sido publicados pela mesma editora, mas eu nunca tinha falado com ele nem o cumprimentado. O que eu devia fazer? Fingir que não o tinha visto? Pareceria arrogante ou hostil. Mas cumprimentá-lo não me parecia natural; afinal de contas, não nos conhecíamos.

— Olá — eu disse.

— Olá — ele disse. — Meus parabéns pelas resenhas!

— Obrigado — eu disse.

— Até mais — disse ele, entrando pela porta. Eu o segui, abrindo caminho por entre todas as pessoas lá dentro, encontrei uma garota que tinha cara de fazer parte da organização do evento, eu tinha razão, ela me pediu para esperar e chamou outra garota, que me acompanhou até o camarim. Passagens estreitas ao longo de paredes pretas, corredores súbitos cheios de gruas e guindastes, portas para lá e para cá, e por fim uma salinha provisória por trás de umas divisórias, onde havíamos de ficar. Lá havia uma tigela com frutas, umas garrafas térmicas com café e garrafas de água mineral Farris. Cathrine Sandnes, que seria a mediadora, estava lá, ela me recebeu com um abraço e disse alguma coisa e riu, porque ela era uma dessas raras pessoas que riem o tempo todo, e também Dag Solstad, que faria uma leitura depois de mim, estava lá sentado, junto com o presidente de um dos clubes do livro e outras pessoas que eu não sabia quem eram. Cumprimentei a todos e servi uma caneca de café para mim. Perguntei a Cathrine como estavam os filhos dela, ela falou um pouco a respeito deles e me mostrou umas fotografias no telefone celular, perguntou sobre os meus filhos, eu respondi que estavam todos bem. Já não me lembro mais da primeira vez que eu a encontrei, mas deve ter sido com Espen e Frederik, se não me engano a gente tinha ido assistir a uma partida de futebol e ela estava lá, e alguém me disse que ela era campeã norueguesa em uma arte marcial. Na época Cathrine trabalhava no *Dagsavisen*. Uma vez ela também havia me entrevistado; lembro que depois, enquanto caminhávamos de volta ao hotel, conversamos sobre o conceito místico de "estar em forma", essa onda de sucesso que por vezes eleva os esportistas e faz com que todos os obstáculos caiam, em comparação à escrita. Como escritor também é possível encontrar-se de repente em uma zona em que nada dá certo, para de repente entrar numa zona em que tudo dá certo. Tudo está na cabeça. Futebol, escrita, tae kwon do. Agora Cathrine era redatora do *Samtiden*, casada com Aslak Sira Myhre, que eu lembrava de Bergen, primeiro à distância, como um estudante politizado da esquerda radical, mas depois mais próximo, porque ele tinha sido o melhor amigo de Tore na adolescência dos dois em Stavanger, e obviamente um modelo para o personagem coadjuvante mais importante no romance que Tore havia escrito sobre Jarle Klepp. Eu havia escrito um ensaio para o *Samtiden*, e tinha trocado umas ideias com Cathrine na época. Ao longo dos anos em que de vez em quando topávamos um com o outro ela não tinha mudado nada. O traço mais importante do caráter, ou pelo menos o mais evidente, era a completa ausência de medo.

787

Cathrine permanecia totalmente fora da atmosfera de tensão que paira sobre a vida cultural. Mesmo lá, no meio daquela multidão de pessoas que falavam e riam, primeiro de um lado, depois do outro.

Ela me acompanhou até o palco e me explicou o que havia pensado: primeiro uma breve introdução, depois eu subiria ao palco, ficaria lá, ela faria uma pergunta jocosa sobre o título do livro, e então eu faria a minha leitura.

Senti a cabeça leve quando me vi no palco em frente ao auditório vazio. Meu rosto devia estar lívido de angústia. Voltamos por diversas passagens ao camarim provisório. Servi mais uma caneca de café e olhei cautelosamente na direção de Dag Solstad, que estava sentado em uma cadeira a dois metros de mim. Eu já o havia encontrado em várias outras ocasiões, quase sempre em contextos editoriais, mas nunca tinha conseguido dizer nada para ele, nem mesmo que o tempo estava feio ou bonito, como estava nesse dia. Eu não tinha medo dele, não era isso, a questão é que eu não conseguia vê-lo como uma pessoa. Ele já era escritor quando eu nasci, mas não era só isso, dentre todos os camaradas da geração dele, já naquela época ele era considerado o mais importante. Durante toda a minha vida ele tinha sido "Dag Solstad", o grande escritor; como grandeza na sociedade, portanto, tinha a mesma permanência dos seguros oferecidos pela Gjensidige Forsikring, da cerveja fabricada pela Ringnes Bryggeri ou da final da Copa do Mundo, uma característica compartilhada com Jan Erik Vold, que também estava lá desde sempre, na TV e nas salas de aula, os dois eram como que representantes de todos os escritores, e aquelas imagens irônicas — o homem de aparência suave com a voz esquisita, que lia poemas sobre pão branco, e o homem de óculos e cabelos desgrenhados que balbuciava e fungava quando lhe faziam uma pergunta — então havia uma distância enorme a ser vencida quando eu cresci e comecei a ler os livros deles a sério, como obras não representativas, mas relevantes no presente, e o que há de incrível na experiência que surge quando essas imagens icônicas ganham vida porque investimos a nós mesmos e aos nossos conhecimentos justamente nisso pode ser comparado ao que acontece com nossos pais e mães quando também nos tornamos pais e mães: de repente aquelas vidas distantes, o comportamento até então incompreensível, transformam-se na expressão de uma coisa mais profundamente humana e generalizada, e eles ganham vida. Foi assim que "Dag Solstad" ganhou vida, mas não como pessoa, apenas como escritor, porque se havia uma característica marcante na obra de Dag Solstad era a iconicidade dos livros, que expressavam coisas obscuras e invisíveis de forma clara e visível, não apenas uma vez, mas todas as vezes. Sendo assim, o desmascaramento de "Dag Solstad" promovido pela leitura dos livros dele levou apenas a uma outra máscara, pois devido ao caráter icônico os livros não expressavam o autor, mas a época em que vivia e que talvez estivesse também ajudando a construir. Um dos livros dele começa com uma pessoa que está sozinha e ergue as mãos para cobrir o rosto de vergonha. Quando li essa passagem, achei que eu a tinha feito de maneira mais bem-acabada e mais profunda no meu livro de estreia, em que o protagonista se envergonha o tempo inteiro e não é nenhum estranho àquele movimento das mãos e ao impulso que o desencadeia. Na minha arrogância, cheguei a suspeitar que Dag Solstad tivesse copiado a cena do meu livro. Na época eu não compreendia a importância de um ícone, era uma coisa estranha para mim, na minha vida e na minha escrita nada se condensava em imagens, tudo simplesmente transbordava. Hoje eu compreendo. O icônico é o ponto máximo da literatura, o verdadeiro objetivo perseguido o tempo inteiro: a imagem única que condensa tudo em si mesma, mas que ao mesmo tempo vive uma vida própria. Essa pessoa sozinha que ergue as mãos em direção ao rosto: a vergonha. O homem que encena a própria paralisia: a inautenticidade. E a mais carregada e terrível dentre todas as imagens icônicas de Solstad: o pai que testemunha o filho pegar dinheiro para levar os amigos a passear de carro. Que nos livros mais tardios Solstad ocupe-se com Thomas Mann e Henrik Ibsen talvez se deva ao fato de que esses foram os últimos dois grandes escritores icônicos. O sanatório de Mann em *A montanha mágica* é o cenário perfeito para um romance, ao mesmo tempo uma imagem e um lugar, assim como Peer Gynt e Brand são ao mesmo tempo imagens e personagens. Esse é o lugar a que toda a literatura anseia por chegar, a imagem única que diz tudo em si, e que ao mesmo tempo é tudo. *O coração das trevas*, *Moby Dick*, "Riverrun".

Levei a caneca em direção à boca e tomei um gole minúsculo de café, e quando tornei a baixá-la notei que, para minha insatisfação, pequenas gotas marrons escorriam pelo lado de fora. Olhei para o corredor do lado de fora, tomei mais um gole e tive vontade de falar com "Dag Solstad", mas eu não sabia a respeito do quê. Uma vez alguém disse que eu só queria falar com os grandes; desde então eu pensava nisso toda vez que me via diante de um dos "grandes". Seria verdade? Seria verdade que eu só queria falar com eles? Não "só", talvez, mas preciso admitir que eu queria, os grandes exerciam uma atração sobre mim; estar na posição de poder dizer coisas para essas pessoas era um privilégio, ou pelo menos era o que parecia. Por outro lado, também é bajulação. Não havia dúvida nenhuma quanto a isso. Bajulação e humilhação.

Procurei os olhos dele, e os encontrei.

— Afinal de contas, você tem alguma relação com o Peter Handke? — eu perguntei. Ouvi um som abrupto. Mas "Dag Solstad" não se deixou abalar.

Ele balançou a cabeça e respondeu que não. Tinha lido alguns dos livros dele, mas já fazia muito tempo, e ele nem ao menos poderia dizer que tinha um grande interesse por Handke, não.

— Eu estou lendo um livro incrível dele, sabia? — eu disse. — A tradução norueguesa se chama *Mitt år i Ingenmannsbukten*. Você já leu? Acho que o livro foi publicado na década de 80, ou talvez 90.

— Não, esse eu não li. Mas você diz que é bom?

— É, é bom.

Nada mais foi dito a respeito do assunto. Havia muita gente por lá, a conversa corria solta, as pessoas andavam de um lado para o outro e logo chegaria a hora de subir ao palco. Solstad continuou sentado, ele subiria ao palco apenas meia hora depois de mim, e depois que o técnico de som ajustou o microfone em mim me posicionei atrás da cortina, ao lado da mesa de mixagem iluminada, e esperei pela apresentação de Cathrine e pelos aplausos. Então atravessei o palco, Cathrine fez a pergunta dela, o público riu, eu disse qualquer coisa sem importância em resposta, ela deu uns passos para trás e eu comecei a ler. Quando terminei, voltei para os bastidores, tirei o microfone e fui depressa até o saguão, que ainda estava lotado de gente, atravessei a esplanada em frente à Ópera e avancei depressa ao longo da passarela, também lotada de gente, com certos pontos tão movimentados que tive de parar e esperar, até que já do outro lado, próximo à estação de trem, consegui pegar um táxi e dei para o motorista o endereço do estúdio de fotografia de Thorenfeldt, no *vestkanten*. Andamos pelas ruas brilhantes e ensolaradas do outono e, quando eu paguei e desci, um homem gesticulava para mim junto a uma porta cerca de cinquenta metros adiante. Caminhei depressa até lá e fui acompanhado a um estúdio, onde estavam Hanne Ørstavik e Ingvar Ambjørnsen, a primeira com um vestido vintage, talvez dos anos 1920, talvez dos anos 1930, e o segundo de smoking branco e cartola branca. O próprio Thorenfeldt também apareceu e apertou a minha mão, era um homem rotundo que provavelmente também ria o tempo inteiro, ou pelo menos era o que fazia naquele momento. Recebi uma pilha de roupas, todas brancas, entrei numa cabine e me vesti. A calça social ficou grande demais e parecia um saco, mas com os suspensórios não havia maiores problemas, o assistente disse quando eu saí, o jeito era tocar ficha. Nos preparamos, Thorenfeldt colocou para tocar um negócio tipo Frank Sinatra a todo o volume, rindo e gritando enquanto nós três nos juntávamos e posávamos com e sem chapéu, e no fim Hanne ganhou confete para jogar para cima num final apoteótico. Tudo acabou em dez minutos. As fotografias eram para uma rede de livrarias, pelo que eu tinha entendido, e por isso eu a princípio tinha hesitado, que era a minha forma de dizer não, aquilo não era para mim, eu tinha que pensar na minha credibilidade literária, que seria minada por aquilo. Eu não era esse tipo de escritor, pensei, mas no fim deixei que me convencessem, era importante para o livro, e "não" era uma das palavras que eu tinha mais dificuldade em dizer, eu era fraco demais para essa palavra, a ideia de decepcionar outras pessoas sempre pesava mais do que qualquer pensamento acerca da minha credibilidade, então lá estava eu, no estúdio de um fotógrafo de celebridades, vestido como um artista de cabaré literário. E tinha sido divertido. Tinha sido divertido me fantasiar, tinha sido divertido ser fotografado, tinha sido divertido posar em meio à cascata de música e de riso. Que eu estivesse fazendo aquilo justamente com Ingvar Ambjørnsen e Hanne Ørstavik ajudou, pois os dois eram autores que eu respeitava, e se eles estavam participando não podia ser tão mau assim. Eu tinha me vendido. Claro, mas exatamente em que sentido eu tinha me vendido? No sentido de vender a minha alma. Mas isso já estava perdido de qualquer maneira.

Depois da sessão de fotografia eu fui tomar um café com Hanne na área externa de um café próximo. Tínhamos nos conhecido pela metade dos anos 1990, eu havia entrevistado Rune Christiansen para a *Vagant* e ele tinha me convidado para o festival literário de verão promovido pela Oktober. Espen estava lá, ele era um autor da Oktober, meu tio Kjartan estava lá, ele era um autor da Oktober, e ao lado da mesa em que me colocaram estava Hanne, que também era uma autora da Oktober. Conversamos durante o jantar, mas, como eu me sentia derrotado por ser o único não escritor por lá, me sentei na mesa de Espen assim que o jantar terminou e passei o resto da noite grudado nele. Na vez seguinte em que nos encontramos Hanne tinha estreado, e ela lembrava de mim, por mais mal-educado que eu tivesse sido ao trocar de mesa, como se ela não fosse uma pessoa digna de receber atenção. Desde então tínhamos nos visto em vários eventos literários promovidos pela editora ao longo dos últimos anos, depois que eu havia saído da Tiden e ido para a Oktober. Hanne era uma romancista até os ossos, uma escritora que não aceitava nenhum meio-termo no que dizia respeito aos livros que escrevia, uma mulher impossível de corromper. São qualidades raras. Como pessoa, ela era sensível e tinha um jeito frágil, e talvez essa fosse a equação impossível, a recusa dos meios-termos e a incorruptibilidade somada à abertura demonstrada em relação ao mundo, que tornavam os romances dela tão completos e ao mesmo tempo tão desafiadores. Nunca havíamos conversado muito tempo, a não ser por uma vez semanas atrás, no jantar que a Oktober tinha oferecido ao fim de uma coletiva de imprensa, quando todo o constrangimento social de repente se desfez e todo mundo começou a dizer o que pensava. Eu falei sobre como a minha vida era de verdade, ela falou sobre como a vida dela era de verdade. Essa abertura tinha sido característica daquele momento, no café nós dois simplesmente conversávamos, sobre os nossos livros, na maior parte do tempo, e depois de quinze minutos eu me levantei, porque o meu avião partiria em breve, peguei um táxi até a estação de trem e de lá um trem para o aeroporto, onde no último instante fiz meu check-in no voo para Copenhague e pude afundar no meu assento, finalmente sozinho.

A correria na área de embarque tinha me lembrado da vez em que precisei correr para conseguir pegar um voo de volta para casa. Eu estava carregando Vanja no colo. Ela não podia ter mais do que um ano. Eu tinha recebido um convite para a confirmação do filho do meu tio, celebrada nos arredores de Oslo, e como Linda estava grávida de Heidi e não queria andar de avião, fiz a viagem junto com Vanja. Eu queria apresentá-la à minha família. Tudo havia dado certo, a não ser pelo voo de volta para casa, quando Vanja passou meia hora chorando ininterruptamente, para não falar do meu paletó úmido de suor. Naquele instante, quando essa lembrança foi reavivada porque eu novamente tinha pouco tempo, pensei que aquela devia ter sido a última vez em que eu tinha visto a minha família. Claro que eu tinha visto Gunnar e os filhos dele outra vez desde então, no jardim da minha mãe em Jølster, mas o encontro havia durado poucos minutos. A confirmação havia durado um dia inteiro, e todas aquelas pessoas, que eu tinha conhecido durante toda a minha vida, haviam se revelado de diferentes formas, com as quais eu mantinha uma relação de total e absoluta intimidade. A dinâmica entre os dois irmãos, todos os trocadilhos, todas as frases feitas. Os filhos deles, cada vez maiores. A maneira como eu senti que representava o meu pai, e como a presença de Vanja fazia disso uma coisa boa.

A sensação de Vanja, da pessoa que ela era, me preencheu por completo enquanto eu permanecia sentado e imóvel no assento do avião que esperava a vez para decolar. O amor por Vanja, como que concentrado em um ponto intenso e incontrolável, era uma sensação tão forte que as lágrimas brotaram em meus olhos, mas logo desistiram e voltaram ao lugar de onde tinham vindo assim que o avião começou a taxiar. O sol estava baixo, as sombras eram compridas, eu me deitei no banco e fechei os olhos na tentativa de dormir um pouco. Foi impossível, claro, porque coisas demais tinham acontecido nos dois últimos dias. Mas bastaria descer daquele avião, pegar outro, descer do outro, pegar um táxi para o centro e logo eu teria um outro mundo à minha volta.

* * *

Quando estávamos no ar e as florestas de Østlandet abaixo de nós tornaram-se cada vez mais distantes, a passageira do assento ao meu lado, uma mulher no fim dos vinte, talvez no início dos trinta anos, loira e com braços fortes, pegou um exemplar do *Dagbladet*, separou o suplemento *Magasinet* e começou a folhear as páginas. Assim que descobri aquele movimento eu virei o rosto para o outro lado e comecei a olhar para fora da janela. Segundos depois, quando numa manobra camuflada eu liguei a ventilação no painel acima do assento, olhei de relance para a folha que ela tinha diante do rosto e descobri, para meu desespero, que ela estava lendo o artigo a meu respeito. Vi de relance uma fotografia minha antes de virar o rosto novamente para o lado, envergonhado. A mulher não podia ter compreendido que o homem a respeito de quem lia uma entrevista estava sentado no assento ao lado, pois nesse caso ela teria olhado para mim e feito um comentário qualquer, não? Se ela me descobrisse durante o percurso, logo compreenderia por que eu tinha voltado o rosto para o outro lado de forma tão marcante, e surgiria uma situação constrangedora para nós dois; ela me teria desmascarado, eu teria sido desmascarado. Mas eu tampouco poderia tocar no ombro dela e dizer: ora, você está lendo uma entrevista comigo!, porque essa seria uma atitude totalmente cretina. Se a mulher simplesmente mudasse de página já não haveria tantos problemas, mas naquele momento ela lia cada uma daquelas palavras enquanto eu permanecia sentado bem ao lado, a centímetros dela, com o rosto virado tanto quanto possível para o lado oposto. Assim, quando ela terminasse de ler a entrevista eu teria de continuar a me esconder, porque aquela situação não acabaria só porque a leitura dela havia chegado ao fim.

Ela passou no mínimo dez minutos lendo a entrevista, segundo constatei depois de lançar vários olhares de esguelha em direção àquela porcaria de suplemento. Foi estranho que ela não tenha descoberto nada, porque o meu corpo devia estar dando todos os sinais de nervosismo imagináveis. Mas não, enquanto eu fiquei olhando para fora da janela durante a hora inteira que se leva para voar de Oslo a Copenhague, ela permaneceu sentada ao meu lado, tranquila, cuidando da própria vida, fazendo um lanche, lendo mais um pouco. Ah, como me senti aliviado quando o avião aterrissou, parou e aquela mulher se levantou e avançou pela cabine, e eu finalmente pude endireitar o pescoço, suspirar aliviado e relaxar.

Linda estava na área de chegada quando eu saí. Ela tinha se arrumado e estava feliz. Nos beijamos, fizemos o check-in e passamos a hora livre antes do novo voo decolar sentados no mesmo café onde eu havia me sentado na manhã anterior, bebendo cerveja. Aquilo parecia decadente, eu não costumava beber quando viajava, porque eu sempre viajava por causa de um compromisso ou de outro, e eu e Linda já quase não bebíamos juntos por sempre estarmos às voltas com as crianças.

O sentimento era de liberdade. Pelos dois dias a seguir, poderíamos fazer o que bem entendêssemos. Nada de crianças, nada de escrever, nada de leituras, nada de entrevistas. Apenas nós dois. A sombra que ainda pairava sobre isso tudo, o livro que eu havia escrito sobre nós dois, que Linda ainda não tinha lido, eu afastei para longe. Havia um tempo para tudo. Quando chegássemos de volta em casa eu entregaria o manuscrito para ela. Naquele momento Linda não sabia de nada, e era em meio a esse nada que passaríamos o nosso fim de semana.

O sol já havia se posto quando embarcamos no avião. A atmosfera na cabine iluminada era completamente diferente em relação ao voo de Oslo, tanto porque a língua em todos os painéis e em todos os pequenos anúncios era estrangeira e os rostos dos tripulantes eram de outro tipo como também porque a escuridão, que logo, assim que decolamos, por assim dizer nos envolveu e definiu o espaço de forma incrivelmente clara: estávamos lá, nas alturas, rumo ao centro da Europa, em direção a uma de suas mais antigas capitais, enquanto cidades desconhecidas e sem nome revelavam-se como pequenas águas-vivas de luz em meio ao mar de escuridão abaixo de nós, e o que esse espaço dizia era "viagem", da mesma forma que um vagão de trem dizia viagem e uma cabine de navio dizia viagem, e também como uma cabine de zepelim dizia viagem. Não viagem como deslocamento, mas viagem como mitologia. A viagem dos anos 1920 e dos anos 1930, a viagem dos anos 1950 e dos anos 1970. E a Europa não como geografia, mas como mitologia. O que havia de incrível em aquelas cidades terem estado lá durante a Idade Média e sido aquilo que era a Idade Média, aquilo que era o Renascimento, aquilo que era o Barroco, para não falar das guerras mundiais do século passado, continuava lá, espalhado pelo continente abaixo de nós, e também o fato de que eram muito diferentes entre si, de que tinham auras e significados muito diferentes, permeados pelo tempo, cada uma à sua maneira. Londres e Paris, Berlim e Munique, Madri e Roma, Lisboa e Porto, Veneza e Estocolmo, Salzburg e Viena, Bucareste e Manchester, Budapeste e Sarajevo, Milão e Praga, para mencionar apenas umas poucas. Praga era o Golem, o homem criado pelo homem, e também era Kafka. Era a Idade Média fáustica e a dupla monarquia oitocentista, o comunismo da década de 1950 e o capitalismo dos anos 2000 na variante vulgar e pouco sofisticada do Leste europeu.

Qual era a diferença entre a realidade e nossas ideias acerca da realidade? Se havia uma realidade, esta mantinha-se fora do nosso alcance, porque uma realidade sem ideias também era uma ideia.

O que significavam as atmosferas e as ideias despertadas por esses nomes todos? Não significavam nada. Mas tampouco nossas vidas significavam o que quer que fosse quando afastávamos todas as nossas ideias.

O hotel ficava às margens do rio, próximo à antiga ponte, e o quarto que pegamos tinha vista para a água. Não era um quarto luxuoso, não havia TV nem frigobar, mas era bonito da mesma forma que os hotéis antigos ao longo dos fiordes de Vestlandet são bonitos, aqueles que têm os interiores da outra virada de século ainda preservados, e também era assim onde estávamos, se aqueles interiores não fossem recriados. Largamos a nossa bagagem e saímos para comer. O relógio marcava quase dez horas, então pegamos o melhor restaurante, do outro lado da ponte, com as mesas à margem do rio, iluminado por pequenas lamparinas. Que de fato estivéssemos lá, ao lado daquela água escura que corria por sob os arcos da ponte antiga, com o castelo erguendo-se atrás de nós, parecia incompreensível, ao menos para mim, era como se tudo aquilo que se movimentava ao nosso redor estivesse em um lugar diferente de nós, mesmo que tivéssemos acabado de cruzar a ponte, pisando-a com nossos pés, o sentimento era esse.

Pedimos uma garrafa de vinho tinto e fizemos um brinde. O rosto levemente iluminado de Linda corou na escuridão diante dos meus olhos, os olhos dela brilhavam, ela pôs a mão em cima da minha e uma ternura se espalhou dentro de mim. A comida chegou, a gente comeu, mais atrás outras vozes conversavam em norueguês e o sentimento de estar completamente livre sumiu, de repente havia outras pessoas que podiam nos ver. Linda percebeu, me perguntou o que eu tinha. Eu disse que havia outros noruegueses por lá, e que eu tinha começado a medir tudo que eu dizia pela régua deles, a ouvir tudo que eu dizia com os ouvidos deles. Ela disse que tudo isso parecia terrível e que eu devia pôr essas ideias todas de lado. Eu respondi que tentaria. Depois contei a Linda sobre o episódio do avião. Ela riu de mim. Pagamos e demos um passeio curto pela cidade antes de voltar para o hotel. Na manhã seguinte acordamos cedo e não conseguimos dormir mais nem mesmo tentando, nosso relógio biológico estava completamente perturbado após cinco anos com crianças pequenas, e em vez disso tomamos o café da manhã e saímos para a cidade ainda vazia no início daquela manhã de domingo, tomamos café em um café com mesas externas e a caminho do hotel, umas horas mais tarde, compramos bilhetes para uma apresentação de balé na mesma noite, era *O lago dos cisnes* de Tchaikóvski, que imaginamos ser um espetáculo incrível no velho Leste europeu. À noite nos arrumamos, eu vesti uma camisa branca, uma gravata e um terno, Linda colocou um vestido preto e assim saímos rumo ao teatro. Eu imaginava escadarias de mármore, sacadas com pelúcia vermelha e pessoas com ternos e vestidos brancos de festa. Eu tinha arranjado um mapa para o teatro no PC da recepção, mas não o imprimi, e quando chegamos à região passei um tempo olhando ao redor sem encontrar a rua certa. Quando faltavam apenas dez minutos para o início do espetáculo, começamos a andar mais depressa. Linda pediu informações a uma mulher que estava num quiosque, ela não entendeu nada, Linda mostrou o bilhete, a mulher apontou mais para baixo, corremos naquela direção, mas não encontramos nada, chegamos a uma esplanada, nada de teatro, atravessamos a esplanada e corremos por uma ruela onde não havia nada além de apartamentos para alugar, demos meia-volta, retornamos correndo e fomos até o outro lado, onde Linda perguntou a outra pessoa, dessa vez um homem gordo que passeava com o cachorro, ele falava inglês e disse que o teatro ficava na rua paralela, então fomos para lá, encontramos o nome da rua, corremos mais um pouco e então chegamos, lá estava o teatro. Mas em vez da construção grande e palaciana que eu tinha imaginado, mais ou menos como a ópera do romance de Proust, vimo-nos diante de um prédio que parecia acima de tudo um cinema do tipo decrépito e lúgubre. Não podia ser lá, podia? Claro, o nome nos bilhetes elegantes e rebuscados coincidia com o nome acima da porta. Entramos e a impressão desleixada de teatro de variedades em relação ao prédio tornou-se ainda mais forte. A sala era pequena e decrépita, o palco era minúsculo, não havia fosso de orquestra e aliás não havia orquestra. O público era pouco e parecia consistir na maior parte de turistas desesperados, embora não houvesse ninguém tão desesperado quanto nós dois, que havíamos nos arrumado e não conseguíamos evitar os olhares curiosos enquanto andávamos ao longo da fileira de assentos dobráveis para encontrar nossos lugares. Essa não, eu disse para Linda, no que foi que a gente se meteu? Pode ser que os artistas dancem bem apesar de tudo, ela disse, e então pegou a minha mão enquanto esperávamos. Ao nosso redor começaram a baixar as luzes, e à nossa frente, no palco, a luz se acendeu ao mesmo tempo que começou a tocar o CD que serviria de trilha sonora. A música saía de dois alto-falantes, que estavam em suportes nas duas laterais do palco, e passados uns poucos minutos durante os quais nada aconteceu duas bailarinas entraram saltitando, deviam ter dezesseis ou dezessete anos, provavelmente alunas de balé, e daqueles corpos dançantes não vinha nada, todos os movimentos davam a impressão de permanecer nos corpos onde as duas meninas se contorciam e saltavam de um lado para o outro do palco com pesados baques no assoalho a cada passo que davam. Eu não tinha o menor interesse por balé, estava lá por causa de Linda, e comecei a me revirar no assento por conta da vergonha e de todo o constrangimento e toda ausência de graciosidade que acontecia bem à nossa frente. Linda, que havia passado tanto tempo em frente ao espelho para ficar bonita. Aquela era nossa única noite em Praga, e acabaríamos naquele lugar. Olhei para ela. Ela olhou para mim. Depois ela sorriu. Acho que é a pior coisa que eu já vi, ela sussurrou. E não é dizer pouco, porque eu já vi muita coisa ruim. Vamos embora?, eu sussurrei. Vamos esperar até o intervalo, ela sussurrou. Foi o que fizemos. Em vez daquilo, encontramos um bar onde passamos o resto da noite conversando e enchendo a cara. Na manhã seguinte dormimos até tarde, almoçamos num restaurante junto ao pé da elevação onde se localizava o castelo, em um pátio, e então subimos os morros que levavam ao castelo, entramos numa exposição de arte que havia por lá e depois nos sentamos em um café ao ar livre já no fim da região do castelo, com uma vista para a floresta mais abaixo. Estava quente como se fosse verão, bebemos uma cerveja gelada cada um, de repente Linda pegou uma caneta e escreveu a letra da música que havia cantado para mim no meu aniversário de quarenta anos, seis meses atrás, e a entregou para mim. Eu havia pedido a letra meses atrás, mas acabei me esquecendo do assunto. Eu tinha feito uma festa em nossa casa, éramos vinte e poucas pessoas e eu tinha avisado que não queria saber de nenhum discurso. Espen, Tore e Geir G. tinham ignorado o meu aviso, e quando Linda se levantou eu estava pronto para mais um discurso.

— A Vanja disse uma vez que não tem nenhum adulto nessa família — ela disse. — Mas eu acho que você está bem encaminhado e espero acompanhar você logo em seguida. Como não posso fazer um discurso, pensei em cantar uma música. E como eu nunca aprendi a tocar nenhum instrumento, pensei em tocar ukulele.

Linda deu uns passos para trás, para que eu não pudesse vê-la, e, quando reapareceu, tinha um ukulele nas mãos. Eu sabia que ela não sabia tocar ukulele, e temi pelo pior. Mas ela tinha aprendido a tocar com um dos outros pais do jardim de infância, tinha decorado os acordes daquela música e aproveitado para treinar sempre que eu saía de casa durante aquele mês.

Então Linda começou a tocar e a cantar uma música para mim. Foi essa letra que ela me entregou no café do castelo, e que eu li com lágrimas correndo pelo meu rosto.

Endast en gång såg jag den man
Mina ögon blev som förvända
Såsom vinden gångade han
Rask og orädd säker att segra
Han såg på mig och han log
Han såg min ros och log
Sen han gångade mig förbi
Men han gångade mig förbi

Sedan såg jag den mannen igen
Mina ögon blev som förvända
Såsom solen strålade han
All min levnad kom han att ändra
Han tog på mig och han log
Han tog min hand och log
Och han gångade ej förbi
Nej han gångade ej förbi

Alla dagar har blivit till år
och mina ögon är som förvända
Sådan man, sådan man är han
Att hans hand kan livet fullända
Han såg på mig och han log
Jag såg hans mod och log
Karl Ove min älskade
som jag älskar dig

*

A ideia de comemorar meu aniversário de quarenta anos não tinha sequer passado pela minha cabeça, sempre tinha sido uma coisa totalmente impensável. Mas no início do outono do ano anterior, ou seja, em setembro de 2008, quando fomos visitar Yngve em Voss, Yngve e Linda de repente começaram a falar a respeito do assunto. Estávamos os três sentados na varanda à noite, quando as crianças já estavam deitadas, cada um com um copo de vinho tinto na mão. O céu acima de nós estava completamente preto e vertiginosamente apinhado de estrelas. O ar estava frio e claro.

— A gente falou um pouco sobre os seus quarenta anos — disse Linda, olhando para mim sob a luz tênue da janela da varanda.

— É mesmo? — eu perguntei.

— É. E chegamos à conclusão de que você precisa dar uma grande festa e comemorar muito.

— Convide todo mundo que você conhece — disse Yngve. — A Lemen e a Kafkatrakterne podem tocar, por exemplo.

— Mas isso é a última coisa que eu quero — eu disse. — É simplesmente a pior coisa que eu consigo imaginar.

— A gente sabe muito bem — Linda disse. — Mas você já passou tempo suficiente escondido, não?

— Quem eu podia convidar?

— Muita gente — disse Yngve. — Você conhece mais gente do que imagina. É só pensar um pouco.

— Pode ser — eu disse, olhando para Linda. — Mas, se eu pudesse escolher, faria a comemoração na companhia de vocês, como um aniversário normal. Também me parece bom. Vocês entram com velas e presentes e cantam "Parabéns a você". Para mim já é comemoração suficiente.

— Claro — disse Linda.

— Mas não é por você — disse Yngve. — É para dar a todas as pessoas que você conhece uma chance de comemorar você. E de participar de uma festa. Se você mandar os convites com uma boa antecedência, para que as pessoas consigam se planejar, reservar um hotel e comprar uma passagem de avião, tenho certeza de que todo mundo vem. Eu pelo menos estou muito a fim.

— Não duvido — eu disse, sorrindo. — Mas você mesmo não fez essa comemoração.

— E me arrependo.

— O que você acha? — Linda me perguntou.

— Não — eu disse.

Mesmo assim a sugestão tinha parecido interessante, o que Linda tinha dito era verdade, eu tinha me escondido por tempo suficiente.

Por quê?

Era uma forma de me virar. Naqueles vinte anos terríveis eu havia tentado participar da vida ao meu redor, da vida comum, da vida que todos viviam, mas não tinha conseguido, e esse sentimento de derrota era tão intenso, esse vislumbre da desgraça, que aos poucos, escondido até de mim mesmo, comecei a mudar o foco, a colocá-lo cada vez mais na literatura, de maneira que meu afastamento não parecesse uma batida em retirada, como se eu procurasse um abrigo, mas pelo contrário, como uma exibição de força e de vitória, e antes que eu percebesse minha vida tinha se resumido a isso. Eu não precisava de mais ninguém, a vida com o meu escritório e com a minha família era suficiente, mais do que suficiente. Não era por ter problemas com a sociedade que eu me retraía, mas porque eu era um grande escritor, ou pelo menos queria ser um. Isso resolvia todos os meus problemas, e eu me sentia bem.

Mas se era mesmo assim, se eu de fato me escondia, era por medo de quê?

Por medo do julgamento alheio, e para evitá-lo eu evitava as pessoas. A ideia de que alguém pudesse gostar de mim era uma ideia perigosa, talvez a mais perigosa para mim. Eu nunca pensava nisso, porque nunca tinha coragem. Mesmo que minha mãe realmente gostasse de mim, eu evitava pensar nisso. Ou Yngve, ou Linda. Eu partia do pressuposto de que não gostavam de mim, não de verdade, mas de que os laços sociais e familiares que nos prendiam faziam com que fossem obrigados a me ver e a ouvir o que eu tinha a dizer.

Se dependesse apenas de mim, eu não teria sequer pensado a respeito da ideia. Eu daria um jeito de me virar, independente das circunstâncias. Mas eu tinha três filhos com Linda e não queria que eles crescessem num lar abandonado, achando que se esconder era uma forma adequada de encarar o mundo. A única coisa que eu podia oferecer às crianças era o que lhes oferecia naquele momento, e essa oferta não era feita com base no que eu dizia, mas com base no que eu fazia. Eu queria que as crianças se vissem rodeadas de pessoas, queria que fossem independentes e destemidas, capazes de se desenvolver ao máximo, ou seja, crescer de maneira tão livre quanto possível dentro dos limites da nossa sociedade nem sempre livre. E, acima de tudo, eu queria que estivessem bem consigo mesmas, gostassem de si mesmas, agissem de forma natural para si mesmas. Ao mesmo tempo, pensei que as crianças tinham os pais que tinham, e que não haveria como alterar as bases de nossas personalidades, o que seria evidentemente uma tentativa ao mesmo tempo estúpida e catastrófica; ter um pai e uma mãe que tentavam agir como se fossem outras pessoas traria apenas miséria. A questão eram as nossas circunstâncias. Estavam predeterminadas, mas não eram imutáveis. A maneira como eu me comportei durante os primeiros três ou quatro anos desde o nascimento da nossa primeira filha, um período em que minha frustração com frequência atingiu toda a família, deve ter deixado marcas na personalidade das crianças, a única coisa que uma pessoa qualquer, na situação de pai ou mãe, não pode foder por completo. Mas eu tinha deixado essa fase para trás, esse tipo de coisa já quase não acontecia, não discutíamos mais na frente das crianças e eu nunca mais perdia o controle nos meus surtos de raiva, mas em vez disso fazia uma prece silenciosa quase todos os dias pedindo que o que já tinha acon-

800

tecido não deixasse marcas, que o que eu tinha feito não fosse irremediável. Ah, eu imaginava os sentimentos das crianças a respeito de si mesmas como uma praia, eu tinha deixado as marcas da minha passagem, mas logo a água chegaria, enquanto o sol brilhava e o céu reluzia em azul, e a água, sempre maleável em qualquer ambiente, cobriria tudo e apagaria tudo, sempre fria, salgada e deliciosa.

Eu pensava nisso, mas sabia que jamais devia interferir de maneira direta, que eu jamais devia permitir que essas preocupações, que são as preocupações de todos os pais, ganhassem uma forma que as crianças fossem capazes de perceber e com a qual pudessem se relacionar. Vanja não tinha sequer um ano quando passou a fechar os olhos na presença de estranhos, e de onde vinha isso? Seria uma herança genética, uma timidez tão grande que a obrigava a manter tudo no lado de fora? Ou será que tinha aprendido aquilo conosco, graças à atmosfera da nossa casa, graças à maneira como eu me comportava em relação às outras pessoas? Aquilo perdurou, Vanja se escondia das pessoas estranhas e, quando isso não dava certo, fechava os olhos, uma vez quando ela tinha no máximo três anos e meio e estava passeando no carrinho encontramos um dos pais do jardim de infância, Vanja se deitou e fingiu que estava dormindo. Não teve mal nenhum, mas assim mesmo aquilo me incomodou, eu queria apenas que a minha filha se sentisse bem. A pior coisa que podia acontecer era que Vanja notasse a minha inquietude. Eu não queria amarrar as crianças a mim, não queria que as minhas preocupações fossem visíveis, queria apenas deixar tudo bem enquanto eu permanecia em silêncio. Eu teria de deixar para trás meu jeito arisco, meu olhar errante, minha indiferença em relação ao mundo, minha vida num espaço fechado.

Linda tinha muitas dessas mesmas coisas em si. Mas nela havia fases, um período introvertido, mal-humorado e passivo, durante o qual não conseguia fazer nada a não ser ficar deitada no sofá assistindo a filmes simples durante o dia, culminava em um período bem-humorado e extremamente ativo, durante o qual ela de repente dava voltas nas crianças como se fosse a coisa mais simples do mundo. Enfim, éramos duas pessoas com problemas para nos adaptar ao nosso ambiente. Mãe e pai. A mãe e o pai dos nossos filhos.

Quando nos casamos, na primavera de 2007, o casamento tinha sido o menor possível. Helena, a madrinha de Linda, Geir, o meu padrinho, Christina, a namorada dele, Ingrid, a mãe de Linda, e Sissel, a minha mãe. Além de Vanja e de Heidi, foram cinco as pessoas que testemunharam o casamento na prefeitura, encerrado em dez minutos. Foram cinco as pessoas que uma hora mais tarde encontravam-se reunidas conosco ao redor da mesa reservada em Västra Hamnen para fazer uma refeição. Nada de discursos, nada de dança, nada de atenção. Era assim que eu queria, uma das piores coisas para mim era estar no centro das atenções, mesmo que viessem de pessoas conhecidas.

Será que Linda também queria que fosse assim?

Foi o que ela disse, e eu achei que era o que ela sentia, porém mais tarde compreendi que talvez ela preferisse um casamento maior. Para mim o mais importante era o fato de estarmos nos casando, para ela o mais importante era a maneira de fazer isso.

À noite fomos a Copenhague sem as crianças, nos hospedamos no Hotel d'Angleterre, jantamos em um restaurante próximo de frutos do mar e no dia seguinte fomos com as crianças às Ilhas Canárias, Linda grávida de John, e passamos duas semanas lá em um resort de férias horrível feito para escandinavos, onde as TVs dos bares passavam as notícias do *Dagsrevyen* e vendiam o *Dagbladet* na recepção. Chegamos exaustos ao aeroporto e tivemos de carregar nossa enorme pilha de bagagem, com o carrinho duplo e as duas meninas, até o lugar onde o ônibus nos esperava, com fome, com sede e bufando de irritação, e então atravessamos o cenário inóspito, que mais parecia um deserto e em relação ao qual os shopping centers e os bunkers de férias tinham por assim dizer acabado com toda a nossa esperança, e uma hora mais tarde chegamos ao lugar onde havíamos de nos hospedar. Fileiras de construções de concreto com dois andares, um gramado seco, asfalto e dois grandes hotéis, tudo rodeado por cercas, ao lado de um monte de pedras, cheio de escandinavos e ingleses, aquele era o destino da nossa lua de mel. Eu estava tão cheio de frustração e Linda tão cansada que ela começou a chorar quando a repreendi por não encontrar a chave enquanto estávamos de pé em frente à porta. Vanja ficou brava comigo, disse que eu não podia falar daquele jeito com a mamãe. Heidi parecia assustada. Entramos, os dois quartos eram escuros, mas havia uma sacada, o que pelo menos era alguma coisa. Saí para comprar comida, havia uma espécie de supermercado nas proximidades. Quando voltei, tanto Heidi como Vanja estavam usando roupas de banho. Para as duas aquilo era uma aventura, então se eu tomasse jeito, tudo poderia acabar bem.

Para mim e para Linda era qualquer coisa, menos uma aventura. Para dizer a verdade, era o oposto de uma aventura. Nada era encantado, nada era mágico, não havia sequer o resquício de uma aura fantástica. Encontramos nosso ritmo: levantar às cinco e meia, quando Heidi acordava, colocar um filme no computador para matar aquelas primeiras horas em que nada acontecia, comprar o café da manhã assim que o supermercado vergonhosamente caro abria, comer, descer à piscina e tomar banho com as meninas até a hora do almoço, almoçar no restaurante, que recebia centenas de clientes e servia hambúrgueres, salsichas e espaguetes, além de oferecer garçons que nos odiavam, depois levar Heidi ao quarto para que pudesse dormir enquanto aquele que ficasse com Vanja sentava-se para tomar café em um café enquanto ela desenhava e tomava sorvete. Depois tomar banho de piscina outra vez quando Heidi acordava, brincar em um dos dois parquinhos, jantar num dos quatro restaurantes nos arredores e depois levar as meninas para o centro de recreação no fim da tarde. O centro de recreação consistia em um sueco alegre que devia ter dezenove anos e colocava músicas para as crianças cantarem num aparelho de som enquanto falava sobre um palhaço que logo chegaria e perguntava se todos estavam se divertindo. O palhaço era o ponto alto, ele chegava, dançava um pouco, entregava uma maçã do amor para cada criança e tornava a desaparecer. Por duas ou três vezes levamos as meninas ao clube do urso de pelúcia, as duas eram pequenas demais para ficar lá sozinhas, e tímidas demais para fazer qualquer outra coisa além de manter os olhos fixos naquela pessoa vestida de urso, ou então desenhar.

Em uma tarde no fim da primeira semana haveria uma festa, o palhaço estava de aniversário e todas as crianças foram convidadas. Vanja, que junto com Heidi ficava olhando para o palhaço com os olhos arregalados tarde após tarde, sem perceber que por trás daquela máscara havia um rapaz sueco que no máximo havia feito um curso de teatro no colégio, foi tomada de uma intensa alegria com a perspectiva da festa de aniversário. Vestiu a roupa mais bonita e, na companhia da mãe, foi cheia de expectativa até o local, enquanto eu dava um longo passeio de carrinho com Heidi pelo caminho asfaltado à beira-mar. A ideia era nos reencontrarmos no evento da tarde. Heidi estava calmamente sentada no carrinho, olhando para a frente. Os olhos dela eram grandes, nas fotografias o rosto parecia ser composto apenas de olhos e de bochechas, e ela tinha um jeito doce e extrovertido. Quando ela nasceu, Vanja se voltou com uma força violenta em direção à mãe e Heidi foi entregue para mim, era eu que a carregava pelo apartamento, primeiro em Estocolmo, depois em Malmö, e eu fazia isso tanto que na verdade ela nunca perdeu o costume, mas ainda preferia ser carregada. Eu também queria carregá-la, havia poucas coisas melhores do que tê-la nos braços, e mesmo que eu achasse que ela devia caminhar tanto quanto possível para se tornar uma criança autônoma e independente, raras eram as vezes em que eu precisava fazer mais do que estender os braços para logo tê-la no meu colo. E assim foi também naquela tarde. Com o carrinho numa das mãos e Heidi no braço oposto, andei em direção ao café do promontório, localizado a apenas uns vinte metros da rebentação, para onde tanto eu como Heidi olhávamos como que hipnotizados. Ao chegarmos ela ganhou um sorvete, e a concentração que dedicou à guloseima foi para mim um alívio, pois independente

803

do quanto eu me sentisse próximo de Heidi, sempre havia um elemento de preocupação ou talvez de constrangimento no que dizia respeito à minha relação com ela, o que também acontecia quando eu estava a sós com Vanja, embora de um jeito diferente, porque Vanja era mais velha e mais falante. Eu sentia como se o tempo inteiro precisasse fazer alguma coisa em relação a ela, como se não pudéssemos simplesmente caminhar juntos em silêncio, porque eu o preenchia com comentários e perguntas banais. O alívio que eu sentia quando Heidi dava uma risada! Mas logo essa exigência se renovava no silêncio que a seguia. Tudo isso eram sentimentos, porque com a razão eu sabia que não havia problema nenhum passar um tempo em silêncio na companhia das minhas filhas, que não precisavam ser entretidas o tempo inteiro, mas simplesmente aprender que não havia problema nenhum quando nada acontecia, e que as expectativas em relação a mais não vinham delas, mas de mim.

Quem é que se sente constrangido em relação aos próprios filhos? E o que isso podia fazer com as crianças?

Me aproximar delas, como fiz naquela tarde quando Heidi de repente apertou a bochechinha macia contra o meu rosto e sorriu, era completamente insuportável. Aumentei o ritmo e comecei praticamente a correr pela estradinha de asfalto sob as árvores tropicais, sentindo a brisa suave e fresca do Atlântico no rosto, enquanto as luzes da indústria de férias ardiam mais adiante, no crepúsculo cada vez mais escuro.

A festa de aniversário do palhaço, que tinha despertado o entusiasmo de Vanja durante a semana inteira, não tinha sido bem como ela imaginava. A princípio os funcionários tentaram impedir a entrada de Linda, um dos objetivos do evento era justamente que os pais não estivessem lá, afinal, também deviam ter um tempo para si mesmos, e se assim mesmo Linda dispunha de um tempo para estar com Vanja, não era lá que devia estar.

— Eles não queriam ser vistos — disse Linda. — Não queriam receber os pais porque seria comprometedor demais.

— O palhaço não estava lá, papai! — disse Vanja. — Ele não foi à festa de aniversário dele!

As crianças tinham ganhado um chapéu, sentado ao redor de uma mesa e feito desenhos para dar de presente ao palhaço aniversariante. Serviram refrigerante, salsichas e fatias de bolo, que as crianças beberam e comeram em silêncio. Quando perguntaram aos funcionários quando o palhaço chegaria, disseram que chegaria logo. Depois as crianças haviam brincado um pouco, sem o palhaço e sem alegria, já que não se conheciam, mesmo que os funcionários tentassem animá-las. Vanja não quis brincar, preferiu ficar no colo de Linda, e passou o tempo inteiro perguntando quando o palhaço ia chegar e por que o palhaço não chegava logo. Depois a festa acabou, todos saíram em fila e foram até o palco, onde todas as crianças do complexo esperavam pelo palhaço, que por fim apareceu e fez a performance habitual, com uma diferença: ele também recebeu os desenhos feitos pelas crianças que estavam na festa.

Vanja não conseguia entender aquilo, como o palhaço tinha perdido a festa de aniversário dele mesmo?

A resposta verdadeira, que os merdas dos responsáveis pelo resort estavam cagando para as crianças e não queriam gastar com elas mais do que o absoluto mínimo necessário, não podia ser dada, então dissemos que Coco, que era o nome do palhaço, tinha gostado dos desenhos, e o bolo devia estar gostoso, não?

Assim tinham sido os nossos dias em nosso lugar de férias. Porém, mesmo que eu e Linda tenhamos desenvolvido uma forte antipatia pelo lugar, foi lá que surgiu um sentimento que descobrimos apenas mais tarde, quando falamos a respeito, e a atmosfera dos finais de tarde, quando nos sentávamos na sacada para ler e conversar enquanto as crianças dormiam no interior do apartamento, de repente passou a ser um momento realmente aguardado, que gostaríamos de ter novamente. O rumor do mar, o grande céu escuro acima de nós, coalhado de estrelas, os sons da noite tropical. Eu estava lendo os diários de Gombrowicz, que eram incríveis, e tudo aquilo se misturou ao mundo de carrinhos de bebê escandinavos, pais exaustos de crianças pequenas e piscinas mornas de uma forma estranha e quase atraente: aquilo também era a vida. Também podia ser daquele jeito. Aceite-a! Mas, enquanto estávamos lá, o sentimento dominante era a tristeza, a não ser por dois momentos, um quando eu estava no safári de golfinhos com Vanja, em alto-mar, e aqueles lindos animais começaram a cortar a água para brincar conosco logo abaixo da balaustrada onde estávamos, e tanto eu como Vanja achamos que foi uma visão mágica. Depois, quando falamos a respeito do passeio, descobri que as lembranças dela haviam se fixado muito no homem que ficou com o rosto completamente pálido no caminho de volta para terra e que correu até a balaustrada para vomitar. Quanto a mim, eu lembrava muito bem de quando Vanja tinha encostado a cabecinha no meu peito e cochilado, do murmúrio de alegria que surgiu dentro de mim, e os golfinhos de Cnossos que eu certa vez tinha visto num museu em Creta, a alegria simples mas quase infinita que havia naquela imagem. Uma simplicidade como aquela seria impensável na arte produzida no norte da Europa durante o mesmo período, que era uma arte com outro grau de ornamentação, e a época antes dessa ornamentação, a Idade da Pedra, com os simples petroglifos, tinha uma simplicidade apenas na aparência, no traço, porque as pessoas e os animais encontravam-se ligados a um outro tipo de mentalidade, profunda e hoje para nós incompreensível, por trás da qual se encontrava o ritual e a magia, porém os golfinhos de Cnossos eram apenas golfinhos. Esse fato no fundo solapava a teoria que eu acabara de ler, e que eu tinha adorado porque virava toda a nossa concepção de mundo de ponta-cabeça, a saber, a ideia do engenheiro atômico e pseudo-historiador italiano Felice Vinci segundo a qual a *Odisseia* de Homero na verdade se passava no mar entre a Noruega, a Suécia e a Dinamarca. Vinci, como muitos outros, havia demonstrado surpresa em relação ao fato de que a geografia da *Odisseia* correspondia bastante mal à geografia real na região do mar Mediterrâneo, mesmo que os nomes fossem os mesmos. Ítaca era descrita de uma forma que não correspondia a Ítaca da maneira como existia, e assim era com tudo. Por um motivo ou outro, Vinci olhou para o norte e descobriu que a geografia de lá se encaixava nas descrições como dedos em uma luva. Ea era Håja, no norte da Noruega, a Trinácia era Mosken, em Lofoten, a Esquéria era Klepp, em Rogaland, o Peloponeso era Sjælland, na Dinamarca, Naxos era Bornholm, o norte da Polônia era Creta, Faros era Fårö e Ítaca era a pequena ilha dinamarquesa de Lyø. A partir de Lyø, era possível constatar que as descrições de Homero correspondiam perfeitamente à situação geográfica daquela ilha. A ideia era atraente e não podia ser rejeitada sem mais argumentos, uma vez que resolvia uma série de problemas relacionados ao épico de Homero, como por exemplo o fato de que as pessoas acendem lareiras em pleno verão, o que parece estranho quando se conhece o calor que faz na região do Mediterrâneo nessa estação do ano, ou o fato de que o mar é com frequência descrito em tons estranhos ao Mediterrâneo que conhecemos, porém comuns nas águas mais ao norte. Vinci também apresentava uma explicação para como essa transformação do norte em sul tinha se operado: o povo descrito por Homero vivera por muito tempo mais ao norte, mas então, por força das mudanças climáticas, viu-se obrigado a migrar para o sul, até o Mediterrâneo, que simplesmente nomearam com os nomes da antiga terra. Daí o descompasso geográfico entre a Ítaca do livro — que na realidade era Lyø — e a Ítaca real. Ítaca era "Ítaca", ou Nova Ítaca. Mas o que faltava a essa teoria, eu pensava naquele momento, com Vanja ainda respirando junto do meu peito e o vento soprando no meu rosto, rodeado por aquela mistura particular e ruidosa de gasolina e sal, um pouco mareado, porém assim mesmo contente, eram as diferenças entre as culturas dos lugares. Não é apenas o povo que define a cultura de um lugar, mas também o lugar que define a cultura de um povo. Existe uma linha que vai dos golfinhos no afresco de Cnossos aos cavalos no friso do Partenon, ou dos *kouros* sorridentes à magnífica estátua de um homem barbado, possivelmente Zeus, encontrada no fundo do mar nos arredores da Grécia em 1928, ou dos primeiros templos dóricos à filosofia de Aristóteles. Me refiro à alegria em relação ao mundo em si, como se apresenta aos olhos. Era isso que os gregos faziam: libertavam o mundo. A radicalidade da arte grega, que diz respeito ao mundo como ele é, sem qualquer tipo de ligação a um mundo oculto, a uma verdade mais profunda, pode assim ser comparada apenas à radicalidade presente na ideia de que um homem foi o filho de Deus. Um dos aspectos mais interessantes no desenvolvimento da arte grega foi a maneira como a exigência de autenticidade pareceu crescer, como se cada manifestação visível do mundo estivesse ligada de uma nova maneira ao invisível, que, uma vez descoberto, precisava ser descartado. As estátuas arcaicas de sorriso enigmático eram feitas sempre de acordo com o mesmo molde, e esse caráter idêntico e não individual é o não humano, e quando as imaginamos diante de um templo ou de um túmulo, no mundo, em meio às pessoas, e não em um museu, percebemos que deviam ter uma aura forte e assustadora, porque o não humano em forma humana é a morte, ou então o divino. O tempo daquelas estátuas não é o nosso tempo. O lugar daquelas estátuas não é aqui. As estátuas clássicas que os gregos fizeram séculos mais tarde são completamente individualizadas e não têm nenhum traço dessa não humanidade assustadora, não apontam nem para a morte nem para o divino, mas encontram-se por inteiro na esfera humana. No entanto, essas estátuas têm uma beleza e uma dignidade que de certa forma as coloca fora do tempo, são modelos, ideais e representações, e em linhas gerais uma noção muito combatida pelas gerações posteriores, na época do helenismo, quando a atenção se voltou a tudo que era diferente, e até mesmo para o feio e o repulsivo, e já não havia mais nenhuma transcendência, como no lutador barbado feito em bronze que se encontra sentado, e que com ferimentos nos braços e nas pernas e o nariz quebrado parece estar descansando ao fim de uma batalha, com a cabeça de lado, o olhar voltado para a direita, quase insistente e um pouco agressivo, como se tivesse acabado de ser interrompido por um grito ou um comentário sarcástico. Ele parece um pouco estúpido, mas a força do corpo e a brutalidade latente põem essa característica de lado, não é a estupidez que o define. Aqui, nessa estátua, feita por um Apolônio no último século antes de Cristo, nada aponta para um momento exato, o que vemos é tudo, não há nada oculto, nem a morte nem o divino nem o homem como ideia ou ideal, esse é o mundo como ele é, nem mais nem menos. Mas isso é arte?

O que é arte?

A contradição entre aquilo que sabemos e aquilo que não sabemos encontra-se articulada em toda a arte, é isso que a impele através do tempo, mas essa nunca é uma relação firme, nunca é uma relação estável, pois no momento em que passamos a saber uma coisa nova surge ao mesmo tempo uma outra coisa nova que ainda não sabemos. Os gregos foram os primeiros a ignorar tudo aquilo que não sabiam na arte que produziram, que se concentrava naquilo que sabiam. Não existe nenhum mistério na arte grega. As pirâmides são misteriosas, mas os templos dóricos e jônicos não. No palco esse assunto foi tematizado, o Édipo Rei de Sófocles é uma peça sobre um homem que não sabe e o que acontece com ele quando aos poucos se aproxima do que não sabe, e por fim passa a saber. Determinar se a tragédia estava em saber ou em não saber é um problema central, pois era essa a grande questão da cultura grega. Mas a peça apresenta tanto o que Édipo sabe como aquilo que não sabe, enfatiza a reação do protagonista àquilo que era segredo, não o segredo em si mesmo. E a mitologia grega, todo o panteão, era formada por deuses que não podiam ser levados completamente a sério, porque eram demasiado humanos, e o anseio rumo ao mundo subterrâneo e a tudo aquilo que lhe diz respeito, tão forte em outras mitologias, inclusive na mitologia nórdica, é quase insignificante na mitologia grega, onde os mortos são sombras, ou seja, uma escuridão conhecida. O que vemos é aquilo que somos. Mas e Platão, ele não tenta olhar para o mundo que existe por trás de tudo isso? Claro, de certa forma, mas aquele mundo afinal não é diferente, é o mesmo, apenas mais intenso, da mesma forma que um objeto é mais forte e mais autêntico do que a sombra que projeta.

Eu teria dificuldade de imaginar que uma arte como a grega pudesse ter surgido nas florestas polonesas ou nos urzais dinamarqueses. Por quê, eu não saberia dizer ao certo. Muitos já haviam se dado conta disso, eu mesmo tinha lido muitas dissertações sobre o temperamento do sul e o temperamento do norte na obra do grande poeta sueco Vilhelm Ekelund, e mesmo que não fosse mais de bom-tom falar nesses termos, afirmando que o clima influenciava a cultura, uma vez que as pessoas que apresentaram essa ideia quase sempre exaltavam a clareza e a simplicidade do norte em contraste com a lábia e a vaidade do sul, em silêncio eu sempre havia pensado que era assim mesmo, embora ao contrário: a clareza pertencia à cultura do Mediterrâneo, a ausência de clareza à cultura nórdica. O pensamento claro, simples e aberto não se adapta muito bem às florestas, onde tudo se esconde, tudo faz parte de um sistema complexo e tudo é o tempo inteiro o sinal de uma outra coisa. Como resultado disso, não parece nem um pouco estranho que a cultura nórdica tenha acabado repleta de filtros e ornamentos, e que a cultura indiana tenha acabado repleta de animais, sempre alheia às coisas em si, e assim toda a fascinante teoria de Vinci, segundo a qual Odisseu teria lutado no Skagerrak e no mar Báltico, vai por água abaixo. Foi assim que pensei naquele barco, enquanto uma voz dizia no sistema de som que havia uma baleia nas proximidades, que no entanto havia mergulhado poucos minutos antes, e provavelmente não voltaria à superfície antes que estivéssemos de volta ao porto. Contei tudo para Vanja quando ela acordou e estávamos prestes a deixar o barco, ela ficou decepcionada, queria muito ver uma baleia, mas no fim se conformou em saber que pelo menos a baleia tinha estado em alto-mar com ela. Eu a elogiei por ter resolvido dormir ao sentir-se enjoada, ninguém mais tinha feito isso, eu disse, e era uma ideia muito esperta, eu disse, e durante um ano inteiro ela recordou e fez várias referências a essa história, as outras pessoas não dormiram e no fim vomitaram, mas eu dormi, você lembra, papai?

Atravessamos o porto e fomos à minúscula praia no meio da cidade. Eu tinha as nossas roupas de banho na mochila, mas Vanja não quis tomar banho, ela queria voltar para casa para estar com Linda e com Heidi, então quando terminou o sorvete que eu havia lhe comprado em um café e ganhou de presente um par de óculos de sol em formato de coração, nos sentamos no ônibus e logo estávamos andando a grande velocidade pela estrada que serpenteava pelos diferentes níveis do rochedo sobre o mar, com o sol ardendo acima de nós. Antes de pagar pelos óculos eu os havia levado comigo até um suporte de roupas próximo à entrada da loja, e quando eu estava a caminho de lá a atendente gritou, quase aos berros, *the sunglasses, you have to pay for the sunglasses!* Aquilo me irritou, afanar não fazia parte da minha natureza, para dizer o mínimo, e eu tinha uma criança comigo, então por que ela achou que eu estaria roubando? Ela não pediu desculpa e eu não expliquei o ocorrido.

— Por que não tinha tubarões? — Vanja perguntou sem olhar para mim, olhando ainda para o mar, enorme, azul e inóspito, tremeluzente com os reflexos do sol.

— Eles deviam estar em outro lugar — eu disse. — E será que não têm medo dos golfinhos?

A ideia de que os golfinhos eram superiores em relação aos tubarões eu havia tirado do Fantasma. Afinal, ele tinha dois golfinhos na Ilha do Éden, sobre os quais andava como se fossem um par de esquis aquáticos. Um dos golfinhos chamava-se Nefertiti, e o outro? Golfi? Enfim, os tubarões apareciam e os golfinhos os espantavam.

— Por que eles têm medo dos golfinhos? — Vanja me perguntou.

809

— Eu não sei — eu disse. — Acho que os golfinhos são mais fortes.

Vanja se deu por satisfeita com a resposta. Passei um tempo a observá-la, vendo a cabecinha branca com os olhos levemente estrábicos que olhavam fixamente para o oceano. Será que estava pensando em tubarões, golfinhos e baleias? Nesse caso, o que estaria pensando? Vanja estava com três anos e meio, o vocabulário dela ainda era pequeno, e ainda havia uma quantidade infinita de coisas que ela não sabia ou não compreendia. Como era estar nessa situação?

Eu sorri e passei a mão nos cabelos dela, minha linda filha.

Vanja me olhou com um ar sério. Depois ela também sorriu, e então tornou a olhar para fora da janela.

Será que tinha feito aquilo para me agradar?

Olhei para a frente, em direção à encosta íngreme que se revelava como um filme nas janelas à minha direita. Os pensamentos de Vanja talvez fossem pequenos e próximos, mas deviam preenchê-la tanto quanto os meus pensamentos me preenchiam. Deviam ser tão importantes para ela quanto os meus pensamentos eram para mim. Se fosse assim, o importante a respeito dos pensamentos não seria o tanto que traziam de compreensão, o conteúdo objetivo, mas a interação que tinham com os sentimentos, com os sentidos, com a consciência. Tudo aquilo que estava ligado ao sentimento de um eu. Então por que pensar durante tanto tempo, e por que medir-se em função dos pensamentos? Inteligente, não inteligente, brilhante, não brilhante?

Enfim, que atendente de merda.

Coloquei o pé no corredor e inclinei o corpo para trás. O passeio tinha dado certo, Vanja estava contente e a inquietude que eu havia sentido pela manhã, temendo que ela talvez se aborrecesse e desejasse estar com Linda e Heidi, tinha desaparecido por completo.

Tive o pressentimento de que eu estava próximo de uma coisa importante.

O que seria?

Uma coisa que eu havia pensado.

Olhei pela janela.

Tinha alguma coisa lá fora.

O sol?

O mar azul-escuro?

O horizonte e sua leve curvatura? O sentimento de estar em um planeta, vagando pelo espaço sideral?

Não, não. O barco em que havíamos estado, a teoria sobre Homero.

Era isso.

O que podia haver de tão importante?

Vejamos...

O ônibus deu uma freada brusca, eu olhei para a frente e vi um caminhão branco logo à nossa frente, na curva. Começamos a dar ré.

— Papai, o que foi que aconteceu? — Vanja me perguntou.

— Temos que dar ré por causa de um caminhão — eu disse. — Você não quer um chiclete?

Vanja acenou a cabeça.

— Mas é um chiclete de adulto.

— Com gosto de pasta de dente? — ela perguntou.

— Isso mesmo — eu disse, largando o pequeno retângulo na mãozinha estendida dela. Coloquei três na minha boca enquanto o caminhão articulado passava lentamente do outro lado da janela. O sabor de hortelã espalhou-se como uma pequena tempestade na minha boca.

Claro. O fato de que a arte da região do Mediterrâneo havia se aproximado do mundo em si, de uma reprodução do mundo, e por assim dizer rompido todos os laços, tinha pouca importância para a teoria de Vinci. Se as vivências de Odisseu tinham se passado no norte, à escritura dessas vivências não era necessário que o mesmo tivesse ocorrido. E não era justamente essa a luta retratada na *Odisseia?* Uma luta entre o mundo do misticismo, representado pelo ciclope, por Circe, que transforma a tripulação em porcos, pelo canto das sereias, ou seja, por uma realidade re-encantada, e o novo mundo não mágico ainda não realizado, que Odisseu, valendo-se da razão e da astúcia, ao mesmo tempo representa e traz consigo? Horkheimer e Adorno entenderam essa relação contraditória como a própria dialética do Iluminismo, o lugar em que a razão se liberta, e a barbárie da Segunda Guerra como o lugar onde torna a sofrer uma queda. Os dois viram tudo de maneira clara, foi brilhante, mas eu nunca tinha aceitado muito bem a ideia implícita de progresso que havia nisso, de que o mundo iluminado era melhor do que o não iluminado, de que a razão era melhor do que a não razão, talvez apenas porque o meu próprio juízo fosse obscurecido, supersticioso, mas também claro, compreensível e razoável, de maneira que o irracional era sempre tão importante, ou sempre tão dominante, quanto o racional. Essas coisas batiam-se de um lado para o outro dentro de mim, e tudo que eu pensava, mesmo as ideias mais precisas, vinham sempre tingidas por impulsos e sentimentos. Ah, as sereias também cantam para nós, a morte também nos chama, a música da destruição e da decomposição não silencia jamais, porque em si traz o novo, aquilo que há de vir, porque essa é a ordem da vida. Podemos desenvolver culturas, podemos exaltar culturas, cada vez mais alto, e podemos tapar os ouvidos à canção das sereias. Mas as pessoas não são idênticas à cultura em que vivem, mesmo que seja fácil pensar dessa maneira, uma vez que nascemos e crescemos rodeados pela cultura. Uma cultura sofisticada precisa ser mantida nas alturas, exige grandes esforços da parte de todos, como se todos vivessem acima das próprias capacidades até que os sistemas da cultura possam tornar-se fortes o bastante para aguentar a si mesmos, o que pode ser traiçoeiro, uma vez que a posterior ausência de esforços torna a construção invisível, o que nos leva a por assim dizer fundir-nos à cultura em que vivemos. Então tudo passa a ser natureza, a única coisa possível, de repente não existe mais nada do lado de fora, que é o lugar das sereias, e então a barbárie parece incompreensível, maligna, desumana. Como pode um brilhante professor de literatura dos Bálcãs tornar-se um dos piores criminosos de guerra? É um mistério! Incompreensível!

Knut Hamsun sabia disso. Em quase todos os romances que escreveu, um mundo encantado se encontra lado a lado com um mundo desencantado, e a revelação assim trazida, segundo a qual tanto faz como tanto fez, é uma revelação sobre o vazio e a ausência de sentido na vida. Mas essa mesma revelação também pode ser celebrada, e talvez seja justamente isso o que os livros dele fazem.

— Papai, terminei — disse Vanja, tirando o chiclete da boca. Estendi a mão e ela pôs o chiclete lá dentro. Rasguei a parte externa da embalagem, enrolei o papel em volta do chiclete e o coloquei no meu bolso. Abaixo de nós havia uma pequena cidade recém-construída de hotéis e apartamentos de veraneio que reluziam brancos sob a forte luz do sol.

— Ainda falta muito? — Vanja me perguntou.

— Não — eu disse. — Meia hora, talvez?

— Quanto tempo é isso?

— É mais ou menos como a primeira parte de *Bolibompa*.

— O que foi que a Heidi fez?

— Eu é que não sei, ora! Passei o dia inteiro com você!

— Ela ganhou sorvete?

— Acho que sim. Mas você também ganhou.

— É.

Chegamos a uma cidade grande, cheia de casas brancas e sujas de alvenaria, letreiros em neon apagados e europeus dos países do norte com roupas de férias. As dunas de areia se revelavam entre as casas mais distantes, e mais acima surgia o mar, azul e plácido. Durante as últimas dezenas de quilômetros havia construções por todo o caminho; casas, supermercados, oficinas e hotéis, uma floresta de hotéis. O ônibus avançava depressa, logo chegamos ao pé do morro, já próximo à última baía antes do nosso hotel, para onde tínhamos ido em uma tarde quando já não aguentávamos mais ficar no resort, e onde havíamos descoberto um restaurante à beira-mar. As ondas quebravam ruidosamente contra o muro do terraço, o vento fazia com que tudo se agitasse e se batesse, as sombras estavam longas e bem definidas e a interação entre a luz do cenário e a esfera chamejante que lentamente baixava no céu era difícil de compreender. O restaurante, que ficava junto a um hotel, devia ter sido construído nos anos 1950 ou 60, e parecia decadente. Tanto eu como Linda gostamos daquilo, a atmosfera de um tempo passado e de uma lenta decadência era irresistível, escolhemos uma mesa e fizemos nosso pedido, mas as meninas estavam irrequietas e contrariadas, então o jeito foi botar a comida para dentro e sair de lá o mais depressa possível.

Os anos 1960 tinham passado havia quarenta anos. Não eram exatamente as profundezas da história. Mas até mesmo o turismo em massa ganhava a aura de um tempo passado.

Subimos o morro, entramos na fila dos veículos que fariam a conversão à direita e então descemos rumo à grande área hoteleira onde estávamos hospedados.

— Lá estão a mamãe e a Heidi! — Vanja gritou.

E de fato as duas vinham caminhando morro acima, Linda com a grande barriga empurrando o carrinho duplo, onde Heidi estava reclinada em um dos assentos com as perninhas balançando, usando um vestidinho colorido de verão. O ônibus parou, a gente desceu e Vanja correu em direção às duas. Eu estava um pouco tenso em relação ao que Vanja haveria de contar, muitas vezes acontecia de ela ter uma experiência muito diferente da minha, mas daquela vez disse apenas que tinha visto golfinhos, e que tinha dormido em vez de vomitar.

— E como foi com vocês? — eu perguntei, parando em frente às duas.

— Deu tudo certo — disse Linda. — A gente se divertiu.

— Você está cansada?

— Um pouco. Mas não muito. Eu dormi quando a Heidi dormiu.

— Tudo bem. Vamos comer, então?

Linda fez um gesto afirmativo com a cabeça e caminhamos sem pressa até o centro onde ficavam as lojas e os restaurantes. Todos ficavam dispostos ao redor de uma espécie de pátio meio coberto, onde havia uma pequena fonte no meio. O assoalho era o mesmo no interior das lojas e na parte externa do pátio, era um piso cerâmico marrom, e a ausência de diferença me desagradava mais ou menos como me desagradava a visão de um gramado sendo plantado. Nos sentamos no restaurante mais alto, pedimos espaguete à bolonhesa para as meninas, eu pedi um hambúrguer e Linda pediu uma

813

pizza. A luz do sol brilhava e reluzia nas estruturas de metal que envolviam os restaurantes. Pessoas em calções de banho, maiôs e biquínis, usando os calçados que os suecos chamam de *Foppatofflor*, andavam de um lado para o outro abaixo de nós, muitas delas empurrando carrinhos de bebê. Uma música tipo eurodisco tocava baixinho nas caixas de som acima de nós. Vanja bateu com a faca no copo, e então Heidi começou a fazer o mesmo. Pedi que as duas parassem. As crianças se entregam a tudo, inclusive ao som, para elas não há problema: se muitas crianças estiverem reunidas em um mesmo lugar, como por exemplo numa festa de aniversário, todas podem rir e gritar em uma absoluta cacofonia, em um nível de barulho insuportável para os adultos, mas que elas mesmas nem ao menos percebem.

Nos últimos anos eu havia me tornado cada vez mais sensível a todos os tipos de som, era como se a menor batida ou ruído atingisse diretamente a minha alma, que então tremia e estremecia, e certo dia me ocorreu que com o meu pai também devia ter sido assim, porque se havia uma coisa que ele rechaçava, se havia uma coisa que ele não tolerava, era ruído. Passos no assoalho, portas batendo, talheres chocando-se contra as panelas, lábios de criança estalando. Minha mãe, por outro lado, nunca havia se importado com isso. Talvez já não estivesse mais em si mesma, talvez estivesse mais alheia ao mundo, ou talvez simplesmente tivesse uma tolerância maior. Mas o meu pai estava o tempo inteiro sobressaltado, não havia paz dentro dele, e quando surgia um barulho repentino ele explodia.

E mais tarde eu me encontrava nessa mesma situação.

Não façam tanto barulho! Não, não, não! Chega! Você não me ouviu? Pare quieta!

Vanja deslizou para fora da cadeira e passou por baixo da cerca. Heidi a seguiu, e logo as duas estavam deitadas de barriga para baixo em frente à fonte, batendo as mãos na superfície da água. Peguei minha carteira de cigarro e acendi um. Linda me olhou com um jeito azedo.

— Você sabe que eu estou grávida — ela disse. — Será que você não pode ao menos fumar em outro lugar?

— Relaxe — eu disse. — Já estou indo.

Me levantei e fui para uma das mesas mais para dentro. Se eu era sensível a sons, Linda era sensível a cheiros. Era como estar casado com um cão farejador. Para ela, fumaça era uma tortura. Mas eu fiquei puto da cara ao ver que ela tinha ficado tão azeda. Não precisava ter ficado tão azeda, caralho! Eu mal tinha fumado durante o dia inteiro. Quantos cigarros eu tinha fumado, afinal de contas? Três? Sim. Um pela manhã, um no café com Vanja e um no restaurante.

814

Um garçom com uma bandeja numa das mãos parou em frente a nós e pôs os copos de água mineral e refrigerante em cima da mesa. Linda olhou para ele e sorriu.

Junto à fonte, Vanja e Heidi não paravam de soltar risadas. Vanja enfiou a mão na água e a fez espirrar na irmã, que já tinha o peito do vestido escuro de umidade.

— Vanja! — eu disse. — Vá com calma!

Vanja olhou para mim. Muitas outras pessoas também.

Mas de qualquer forma ela parou, e, quando tornei a olhar para as meninas, as duas estavam penduradas pelo braço na grade de metal do outro lado.

Depois da refeição fomos à saída, localizada no outro lado do centro, passamos em frente aos restaurantes, às lojas de roupa e às lojas de suvenires e paramos a pedido de Vanja em frente a um grande e escuro fliperama com simuladores de voo, simuladores de corrida, simuladores de guerra e caça-níqueis, passamos em frente a mais dois ou três locais vazios e paramos novamente em frente a um longo balcão onde bilhetes para diferentes atividades e passeios eram vendidos. Tínhamos pensado em sair do resort no dia seguinte, talvez para encontrar uma boa praia em um lugar qualquer. Um homem de aparência simpática mais ou menos da minha idade se aproximou de nós.

— *Do you know a good beach nearby?* — eu perguntei.

O homem conhecia. Ele pegou uma brochura e nos mostrou a fotografia de uma praia magnífica, disse que não ficava muito longe e que um micro-ônibus saía para lá na manhã seguinte. Perguntei quanto custava. Ele disse que era grátis. Grátis?, eu perguntei surpreso. Exato. A praia era propriedade do hotel, era uma praia nova, e tudo que a gente precisava fazer para ganhar a viagem e o empréstimo das cadeiras de praia sem pagar nada era prometer que visitaríamos o hotel e falaríamos a respeito dele para os nossos amigos ao voltar para casa. Isso também era opcional, claro, mas o homem disse que seria bom se pudéssemos ajudar, já que ele acabaria ganhando má fama se todos os clientes que mandava para lá fossem direto para a praia.

— *Take a look at the hotel, will you please, and then you can go to the beautiful beach!*

Olhei para Linda.

— O que você acha? Vamos? Para sair um pouco amanhã?

— Claro, por que não? — ela perguntou.

O vendedor apareceu com um formulário, informamos os nossos nomes e o nosso endereço, nos despedimos e voltamos a caminhar por aquela região, chegando por fim ao parquinho que se erguia como uma baia atrás do hotel principal, onde paramos um ao lado do outro e ficamos olhando nossas filhas descerem o escorregador enquanto outras pessoas com roupas de banho molhadas e toalhas de banho jogadas por cima dos ombros passavam em um fluxo constante. Em uma hora as mesmas pessoas tornariam a sair, casais vestidos com camisas e vestidos de algodão, com os rostos vermelhos por conta do sol e da atmosfera festiva, para jantar em um dos restaurantes no resort, uns com os filhos, outros sozinhos. A ideia de que muitas daquelas pessoas talvez considerassem aquilo um lugar incrível, praticamente um paraíso, e de que talvez houvessem guardado dinheiro para aquelas férias me comoveu um pouco, havia um aspecto bonito, mas ao mesmo tempo também era triste, porque era um lugar de última categoria, planejado especialmente para arrancar dinheiro dos escandinavos desesperados por sol, uma forma avançada de feudalismo. Mas o pior mesmo a respeito desse pensamento era aquilo em que me transformava. Será que eu, que desprezava aquelas coisas, seria melhor que as outras pessoas? Quem, senão eu, seria o verdadeiro idiota naquela história? As pessoas estavam felizes, eu estava infeliz, mas apesar disso havíamos gasto o mesmo dinheiro.

À noite, depois que as crianças dormiram, calcei meus tênis de corrida e corri morro acima, atravessei a passarela e avancei pela planície dourada e preta de rochas ígneas que se estendia atrás do grande cruzamento. A ideia era chegar às montanhas e correr um pouco encosta acima para ver outras coisas que não estradas e hotéis de veraneio. Segui por uma estradinha de asfalto. O calor desprendia-se do chão. O sol brilhava nas montanhas à minha frente. Não havia uma pessoa à vista. Minha forma física era ruim, e eu corria devagar. À minha frente um ônibus fez a curva e começou a descer a encosta. Quando passou, vi que estava cheio de turistas idosos. Onde diabos teriam estado? Com a respiração ofegante, continuei subindo; a estrada chegou à entrada de um túnel e mais um ônibus turístico veio em minha direção, com o ronco do motor ecoando nas paredes intocadas de rocha. Do outro lado havia um pequeno vale. Ainda mais ônibus estavam parados em um grande estacionamento de cascalho, próximo a uma região gradeada que abrigava uma cidade do Velho Oeste, como as que eu via na TV durante a minha infância. Se eu não soubesse onde estava, o panorama inóspito e crestado pelo sol, com as construções decrépitas de madeira, talvez me levasse a imaginar que eu estava em um recanto qualquer no oeste dos Estados Unidos, e não em uma ilha próxima ao litoral da África.

Segui correndo. Minha camiseta aos poucos ficou úmida de suor, o sol baixou no mar e, quando retornei àquela mesma região, o dia já estava praticamente escuro. Já no corredor, abri a porta que dava para o quarto, onde Vanja e Heidi dormiam. A respiração regular, os braços e as pernas relaxados pelo sono e o alheamento total em relação aos arredores, onde praticamente qualquer coisa podia acontecer sem que reagissem, tinham me fascinado desde os meus primeiros momentos com as duas. Era como se vivessem uma outra vida, como se estivessem ligadas a um outro mundo; à escuridão do sono, a um reino como o das plantas. Era muito evidente o lugar de onde vinham, a existência cega no interior do corpo da mãe, e mesmo após o nascimento foi assim por um bom tempo, as duas faziam pouca coisa além de dormir e dormir. A situação não era diferente da vigília, porque o coração batia, o sangue circulava, os nutrientes e o oxigênio eram distribuídos, as células sanguíneas eram criadas e destruídas e no interior do corpo pulsavam e gorgolejavam fluidos e órgãos, e até mesmo os nervos, o relâmpago da carne, varavam aquele firmamento escuro enquanto dormiam. A única diferença era a consciência, ou melhor, a consciência também estava presente durante o sono, mas voltada para dentro, e não para fora. Lembrei que Baudelaire havia escrito sobre o assunto nos diários, sobre a coragem necessária para dar aquele passo à frente e cruzar o umbral rumo ao desconhecido noite após noite.

As duas viviam como as árvores e, como as árvores, não sabiam disso. Na manhã seguinte, com os cabelos desgrenhados e ainda confusas de sono, as duas abririam os olhos para um novo dia, sem dedicar sequer um pensamento à existência que tinham vivido por quase doze horas. O mundo estava aberto, bastava sair correndo e se esquecer de tudo, pois o esquecimento é a condição da abertura. A memória cria rastros, padrões, periferias, muros, depressões e abismos, amarra-nos, prende-nos e nos torna pesados, transforma nossa vida em destino, e a partir desse ponto existem apenas dois caminhos, a loucura ou a morte.

Mas as minhas filhas ainda viviam num mundo aberto e livre. E então eu aparecia para impedi-las! Eu era rígido, dizia que não, dava-lhes broncas! Por que eu sentia um impulso tão forte de destruir o que tinham de melhor? E que seria perdido de qualquer maneira?

Fechei a porta, tirei os tênis e estava prestes a abrir a porta do quarto quando mudei de ideia e, em vez de tomar um banho, peguei uma cerveja na geladeira e fui até a sacada, onde Linda estava lendo. Ela pôs o livro de lado quando eu cheguei. Me sentei e acendi um cigarro, porém meus pulmões, que tinham acabado de fazer um esforço de verdade, não quiseram saber, e passei um bom tempo tossindo.

— Karl Ove, você não pode largar o cigarro? — Linda me perguntou.

Olhei torto para ela e tomei um gole de cerveja.

— Eu gostaria que as meninas tivessem pai pelo maior tempo possível — ela prosseguiu.

— Eu também — eu disse. — Minha vó uma vez disse que vou viver até os cem anos! Tenho uma fé inabalável nisso.

Finalmente os pulmões se acostumaram à fumaça e pude tragá-la fundo.

Passamos um tempo sentados falando sobre o que tinha acontecido naquele dia e o que faríamos no dia seguinte. Linda estava com sono, era a criança no ventre, aquela vida dupla cobrando o seu preço, e em seguida ela foi se deitar enquanto eu continuei sentado para ler um pouco. Eu estava lendo os diários de Witold Gombrowicz, e, mesmo que eu não tivesse passado o dia esperando por aquele momento, era uma ideia que havia passado o dia comigo sob a forma de uma expectativa vaga. Fui sublinhando trechos enquanto eu lia, eu já não fazia isso praticamente nunca, mas quase tudo naqueles diários me parecia essencial, e era uma qualidade tão estranha, uma coisa tão única, que o tempo inteiro eu pensava que teria de ler tudo outra vez para recordar e levar aquilo comigo. A intervalos regulares eu largava o livro, acendia um cigarro e olhava para cima, rumo ao enorme firmamento, ou para baixo, rumo às luzes da fileira de bangalôs, ou ainda para as árvores da aleia que levava às duas piscinas, cujos reflexos não eram visíveis de onde eu estava sentado, embora a simples ideia de que existiam parecesse tranquilizadora. O brilho das lâmpadas fazia com que o verde na copa das árvores parecesse estranho, como se naquele local também a natureza, e não apenas a arquitetura, fosse uma criação do homem. Mas os pensamentos não acompanhavam o olhar, não se fixavam em formas ou cores, ingleses bêbados ou pequenas famílias escandinavas que atravessavam o gramado a caminho de casa — movimentavam-se por conta própria, na escuridão que circunda a consciência, incensados por Gombrowicz, a respeito de quem não especulavam, mas antes tratavam como um cachorro trata o próprio dono após um longo dia de solidão. Abanos de rabo, lambidas, latidos bem-humorados. Mas eu sabia com toda a minha alma que aquilo era essencial, e que era rumo àquilo, ao futuro, ao vindouro, ao eterno porvir, que minha escrita precisava movimentar-se. Ou seja, eu precisava me esquivar, manter-me longe das ideologias, contra as quais somente podemos nos defender insistindo em nossa vivência da realidade, sem jamais negá-la, pois é isso que fazemos, o tempo inteiro, negamos a realidade vivida em favor daquilo que aprendemos, e em nenhum lugar essa traição contra o eu, o único e o particular, era maior do que na arte, uma vez que a arte sempre foi o lugar privilegiado de tudo aquilo que é único. Era quase como se a condição para a criação da arte fosse a renúncia total à arte. Nesse caso, essa seria a mais árdua empresa de todas, porque não se revestia de nenhum sentido a priori, e ninguém, nem mesmo o próprio artista, poderia ter certeza de que no fim não seria simplesmente um lixo o que sairia daquilo tudo, ou se seria uma obra própria e imprescindível. Van Gogh de repente surge nesse contexto: nos últimos anos de vida, durante os quais o enorme progresso que fez era visível de um quadro para o outro, e a luz, que nenhuma reprodução no mundo é capaz de representar, e portanto a existência, enfim se revelam em meio a um desvario e uma beleza quase doentios, que todos aqueles que veem essas pinturas reconhecem como verdadeiros, como verídicos: é exatamente assim. Van Gogh raramente pintava pessoas, os espaços e os panoramas dele são vazios, mas não vazios por acaso, é mais como se o observador estivesse ausente, ou seja, morto. Van Gogh pintava o mundo como seria visto por um morto. Para chegar a esse lugar, ao nada ululante de nossas vidas em meio àquele mundo de cores luminosas, Van Gogh renunciou a tudo. Como não queria fazer nada além de pintar, de fato renunciou a tudo para fazer isso. E quem poderia dizer, com a mão no peito, que estaria disposto a renunciar a tudo? Porque tudo é de fato tudo.

Ora, eu, pelo menos, não conseguiria, isso é certo.

Gombrowicz?

Não, nada disso. Muita coisa, mas não tudo. Ele escreve que a fuga da arte precisa encontrar uma contraparte na esfera da vida comum, assim como a sombra do condor se estende ao projetar-se. Escreve que não é com nosso intelecto que o nó górdio há de ser cortado, mas com nossa vida. Escreve que a verdade não é apenas uma questão de argumentos, mas de atração, ou seja, de uma força motriz. E escreve que uma ideia é e continua a ser um anteparo por trás do qual outras coisas mais importantes acontecem. Não eram verdades complicadas, pelo contrário, eram tão simples quanto possível, mas assim mesmo verdades fundamentais. E devem ter sido obtidas a um grande custo. O preço era alto, porque era o isolamento, mas o lucro também, porque era a liberdade de pensamento. Na radicalidade do pensamento, Gombrowicz pertencia à estirpe de Nietzsche e, como nos textos de Nietzsche, a descrição de um caminho oferecida por Gombrowicz não era o caminho em si. Se tivesse escrito sobre as escapadas sexuais com jovens trabalhadores portuários de Buenos Aires, as alegrias e humilhações dessas aventuras noturnas, a vergonha e o fascínio, sobre o domingo em que acordara no alojamento sujo com o sol sul-americano brilhando na janela, sobre os vários trabalhos, inclusive como bancário, sobre o orgulho ferido, sobre as fantasias de nobreza, em suma, se tivesse descrito todas as circunstâncias de onde os pensamentos, e por meio destes a alma, surgiam, na prática ligando tudo que havia de mais elevado (pois mesmo os pensamentos sobre as coisas mais baixas encontram-se nas partes mais elevadas dos diários) com tudo que havia de mais baixo, ou seja, com os fiapos de roupa no umbigo, a merda no rabo, o sangue no mijo, a cera nos ouvidos, ou apenas sobre um dia em que havia flanado por um dos parques de Buenos Aires com um livro de Bruno Schulz debaixo do braço, Gombrowicz seria um dos maiores escritores do mundo, o Cervantes e o Shakespeare de nosso tempo, em uma única pessoa.

Mas ele não conseguiu. O pensamento de Gombrowicz era livre, mas não a forma, não por completo.

Será que eu conseguiria?

Vá se foder, Karl Ove. Seu merdinha estúpido. Eu não chegava sequer à sola do sapato de Gombrowicz. A simples ideia de dizer, na literatura norueguesa, coisas tão sinceras e verdadeiras quanto ele havia dito na literatura polonesa me dava embrulhos no estômago. Minhas mãos começavam a tremer quando eu pensava que de fato poderia dizer as coisas como realmente eram, e que bastava apenas tomar essa atitude.

Que pensamento traiçoeiro!

"Apenas" o caralho!

Mas Gombrowicz apontava e dizia: por aqui é assim, talvez você queira ir mais para lá. Isso eu poderia fazer, não?

Ah, se eu tivesse passado uma temporada realmente marginal e transgressora na zona portuária de Buenos Aires, vivido no fundo, como um caranguejo, e me empanturrado de tudo aquilo que aparecesse na minha frente, de preferência tendo matado alguém com uma pedrada na cabeça, como Rimbaud pode ter feito, e tendo como ele fugido para a África e ganhado a vida como contrabandista de armas, ah, qualquer outra coisa que não isso, uma sacada de hotel nas Ilhas Canárias, com duas meninas pequenas e uma esposa grávida que dorme do outro lado da porta de vidro, e tudo o que essa situação traz consigo em termos de decência e responsabilidade.

Mas até mesmo nesse ponto Gombrowicz me deu um pouco de esperança, fez acender uma chama quase imperceptível na grande escuridão da minha universalidade, pois não é que escreveu: "Acontece que o conforto do corpo faz aumentar a severidade da alma, e que por trás das cortinas aprazíveis, nos sufocantes aposentos dos burgueses, surge uma dureza com a qual aqueles que atacam tanques de guerra usando coquetéis incendiários jamais poderiam sonhar".

Ah, para o inferno com tudo!

Já fazia quase quatro anos desde que o meu primeiro romance havia saído, e eu não tinha conseguido nada desde então. Merda nenhuma. Eu tinha passado quase um ano trabalhando na abertura de um romance em que Henrik Vankel, o protagonista do meu primeiro romance e o suposto autor do segundo, acorda no hospital depois de uma tentativa de suicídio. Eu o havia deixado na banheira de uma casa em uma ilha praticamente deserta no romance anterior, logo depois de cortar o rosto e o peito, e na época a ideia era fazer com que levasse o que havia começado às últimas consequências, cortando os pulsos e deixando que o sangue aos poucos se esvaísse, deixando que a vida também por assim dizer se esvaísse, eu escrevi sobre a forma como a visão se turvava, a maneira como as imagens difusas pareciam ter uma característica vegetal, que se espalhava nele e crescia nele, era a morte, e então se ouviam batidas na porta. Muito, muito longe, como que do lado de fora de um sonho. Mais tarde descobriu-se que era o filho do vizinho, um dos outros quatro habitantes da ilha, que havia aparecido para tomar uma caneca de café. Um navio da Marinha estava ancorado em um local próximo, ele fez contato, Henrik foi levado a bordo e assim teve a vida salva. Eu não acreditei por um instante sequer nessa história, a parte sobre o navio da Marinha era particularmente duvidosa e estúpida, mas realmente havia um navio como aquele ancorado quando eu morava na ilha, e aquilo tinha deixado uma impressão forte em mim, porque era uma visão desprovida de rosto, que ficava lá, fechada em si mesma, cheia de canhões, mas sem um único homem a bordo. Certo dia um pequeno bote de borracha apareceu por lá, chegou pela baía mais ou menos em frente à casa onde eu morava, quatro homens uniformizados puxaram-no para a terra e correram para o interior da ilha. O bote passou o dia inteiro lá, na terra. À noite havia sumido. No dia seguinte o navio também havia sumido. Tudo aquilo parecia estar carregado de sentido, pois tanto o navio quanto a tripulação do bote de borracha pareciam desproporcionalmente importantes comparados àquela vida pacata, destoavam de tudo, embora sem que eu soubesse no que consistia esse sentido. Os acontecimentos não tinham emissor, não vinham de nenhuma pessoa conhecida, e o que havia de enigmático naquela importância toda me fascinava, era como um poema. Na época um submarino russo tinha naufragado em um lugar qualquer no mar de Barents, a tripulação estava viva, mas o submarino não podia ser resgatado, e todos estariam mortos dias mais tarde. Enquanto eu escovava os dentes de pé e olhava para aquela ilha envolta em névoa, com grama amarela, rochas e escolhos marrom-escuros e a superfície da água escura e plácida ao meu redor, mais de cem jovens russos encontravam-se presos em uma armadilha mortal no fundo do mar. Naquele exato instante. Quando eu me sentava com o vizinho no barco dele para ir às compras na ilha principal, eu via as capas dos jornais como aberturas para o mundo. Kursk, Kursk. Todas as transmissões de rádio começavam com um boletim atualizado sobre a situação. A tripulação morreria em dias, horas, minutos. Eu andei pela ilha, me sentei e li, estavam todos presos nas profundezas. Não havia nenhuma esperança, os homens permaneceriam lá, todos eles, no fundo do mar, mortos como peixes. Será que teriam golpeado as paredes do submarino com as mãos nos últimos instantes de vida? Será que teriam gritado e vociferado de fúria e desespero, será que teriam permanecido em silêncio à espera do inevitável?

Os membros da tripulação morreram e então foram esquecidos, porque novos desastres e catástrofes tornaram-se o foco das atenções. Eu também me esqueci daquilo até começar a escrever sobre os últimos dias de Henrik Vankel na ilha. Foi quando pensei que os acontecimentos representavam dois fenômenos diametralmente opostos. Um representava a abertura de nossa época, onde somos orientados em relação a tudo, até mesmo em relação às pessoas que estão morrendo no fundo de um mar longínquo enquanto isso acontece. A sensação era de ausência de liberdade, de que nunca estamos em paz, de que estamos o tempo inteiro sendo vistos, de que já não existe nenhum lugar onde podemos estar sozinhos. A dramaturgia empregada na apresentação desses acontecimentos criava uma intimidade com tudo aquilo que acontecia. O outro acontecimento não tinha dramaturgia nenhuma, era apenas uma coisa que eu tinha visto, sem qualquer tipo de mediação, não havia intimidade nenhuma, e tudo permaneceu completamente enigmático. A partir disso tirei a conclusão de que a escrita deve buscar a ausência de intimidade, aquilo que conhecemos, mas não sabemos dizer o que é. Na verdade isso valia para tudo, pois mesmo que tudo fosse explicado e compreendido, as coisas seguiriam existindo como fenômenos, contidas em si mesmas, fechadas e herméticas.

O mundo precisava ser fechado novamente.

Mas eu não estava chegando a lugar nenhum. Comecei a escrever sobre o que aconteceu na casa da avó paterna quando o pai de Henrik Vankel morreu, e ele estava lá com Klaus, o irmão, mas eu não acreditei por um instante sequer nessa história, tudo parecia forçado e de faz de conta. Levei três semanas para escrever a passagem em que Henrik pegava a bagagem na esteira de Kjevik, o aeroporto de Kristiansand, quando Klaus aparecia para buscá-lo, depois joguei tudo fora.

Era o mais longe que eu tinha chegado. Ler Gombrowicz era humilhante por causa disso, o nível era alto demais, e ao mesmo tempo eu concordava com praticamente tudo que ele escrevia.

Peguei o livro e continuei a ler. Eu tinha chegado à última parte, quando Gombrowicz deixa a Argentina e se muda para a França. Toda a força, toda a tensão e toda a radicalidade sumiam da prosa, como se de repente o estilo perdesse a vivacidade, e o que resta de perspicácia apresenta-se como uma série de repetições cansativas e mecânicas.

O que foi que aconteceu? Seria a chegada da velhice ou seria a perda do elemento estrangeiro? A Europa é um continente antigo, e Gombrowicz tinha nascido lá, crescido lá, levava o continente em si. Na época ele conhecia a força, porque era jovem, então será que essa força, que no mais teria morrido quando a curiosidade dele morresse, o que em geral acontece perto dos quarenta anos, teria sido estendida pelo elemento estrangeiro? Ou será que ele simplesmente estava morrendo em uma cultura moribunda, como o compositor de *A morte em Veneza* de Thomas Mann?

Li por uma hora. Depois entrei e me deitei, ainda com as roupas de corrida, porque não tive paciência de fazer mais nada. Na manhã seguinte eu coloquei o filme *Spöket Laban* para Vanja e Heidi, tomei banho, fumei um cigarro na sacada e fui com outros hóspedes até a entrada do hotel, onde um micro-ônibus estacionou minutos depois. Mostramos os bilhetes que havíamos conseguido, guardamos o carrinho dobrável e a bolsa de praia no bagageiro e nos sentamos. Dois outros casais nos acompanhariam. Logo avançávamos depressa pela mesma estrada rochosa por onde eu e Vanja tínhamos andado no dia anterior. Ninguém disse nada, eu fiquei olhando para o mar com os olhos apertados. Heidi começou a chorar, o rosto dela estava completamente pálido, será que estava enjoada? Ela deitou a cabeça no colo de Linda, que acariciou os cabelos dela até que dormisse, enquanto Vanja por sorte deixou o ciúme potencial de lado e ficou olhando para o mar, que se estendia como um assoalho sob o teto do céu.

Em pouco menos de uma hora o micro-ônibus seguiu por uma rampa asfaltada que subia em direção a um hotel de luxo esplendoroso, ao longo de canteiros com flores, renques de palmeiras e gramados reluzentes e verdejantes. O motorista parou, abriu a porta e nós, a família desleixada de Malmö, descemos em meio ao calor já opressivo do dia. Uma mulher com crachá de identificação que estava em frente à entrada olhou para nós. Eu abri o carrinho, me envergonhei por causa das manchas na capa, olhei para ela e abri um sorriso cordial. *We are just going to the beach*, eu disse. *But we were supposed to take a look at the hotel first?*

Come right this way, will you please?, ela disse.

Vanja e Heidi ficaram olhando ao redor, um pouco desconfiadas naquele ambiente estranho. Linda tinha o olhar fixo em mim. Ela sorriu para mim quando encontrei os olhos dela.

Atravessamos a porta giratória e chegamos à recepção. O porcelanato escuro do piso reluzia com a luz que entrava pela enorme superfície das janelas, o ar estava fresco e as pessoas que trabalhavam atrás do balcão usavam ternos ou uniformes. O tempo inteiro o elevador subia e descia, não envolto por um duto invisível, mas do lado de fora das paredes, em tubos de vidro. Mais adiante havia uma espécie de rua de compras, com pequenas lojas de artigos exclusivos de ambos os lados. Parecia um barco, pensei, um daqueles enormes cruzeiros de luxo onde não se economiza em nada e tudo existe a bordo.

A mulher com o crachá nos acompanhou a uma área logo à esquerda da recepção, com sofás e cadeiras onde havia pessoas confusas usando roupas de férias, e um balcão onde preenchemos o formulário que tínhamos que preencher. Nome, endereço, telefone.

Para que serviria aquilo tudo, afinal?

Preenchemos nossos dados, entregamos a folha, disseram que podíamos nos sentar e aguardar um pouco, seríamos chamados quando chegasse a nossa vez.

Chamados?

Vanja e Heidi subiram no monte de pedras que corria ao longo da parte interna da janela, engatinharam por cima daquilo, de repente se levantaram como duas macaquinhas e apertaram as mãos contra o vidro. Não façam assim, eu disse, vocês vão deixar o vidro marcado. As duas me ignoraram, gritaram uma para a outra e continuaram a engatinhar. Constatei que as duas ainda não tinham chamado a atenção de ninguém e me sentei ao lado de Linda, que estava reclinada com as duas mãos em cima da barriga. Havia uma televisão pendurada em uma coluna um pouco mais adiante, a tela mostrava imagens de um lugar que devia ser o hotel onde nos encontrávamos, provavelmente um pouco mais para baixo, porque era uma praia, as pessoas eram todas magras e bronzeadas e davam a impressão de estar se divertindo, e mais atrás havia um prédio com sacadas, mostrado de longe. Um palácio, uma praia de areia dourada e, na água, um paraíso de esportes aquáticos.

Heidi ajoelhou-se na frente de um enorme vaso de flores e começou a pegar as esferas de vidro que havia lá dentro. Fui até onde ela estava, peguei-a no colo para tirá-la de lá e coloquei as esferas de volta no lugar, enquanto Vanja apertava os lábios contra o vidro, o que me obrigou a ir até lá e tirá-la da janela. Será que vocês podem ficar um pouco sentadas com a gente?, eu disse, mas elas não podiam, queriam ir até a outra ponta do corredor, onde começava a rua comercial, havia um aquário lá e eu as acompanhei, peguei-as no colo repetidas vezes para que pudessem ver os peixes de perto enquanto eu olhava de relance para a recepção de maneira a me orientar em relação ao que acontecia por lá. As pessoas que passavam por nós davam a impressão de ter dinheiro, e me perguntei por que eu teria pensado uma coisa dessas, porque era de manhã e aquelas pessoas estavam de férias e usavam bermudas e saias completamente normais. Será que era pela atitude segura? Independente do motivo, me senti inferiorizado e, com as pernas e os braços das meninas por toda parte, sem controle e sem dignidade.

É o papai!, disse Heidi, apontando para um peixe amarelo-escuro e imóvel com um enorme calombo na cabeça. E aquela é a mamãe!, disse Vanja, apontando para um peixe cor de laranja muito elegante com uma cauda que parecia um véu. E aquele sou eu!, gritou Heidi, apontando para um peixinho minúsculo azul e amarelo, belo como uma pedra preciosa. E aquele sou eu!, disse Vanja, referindo-se a um peixe-palhaço vermelho e branco. O Nemo! Eu sou o Nemo!

— Muito bem — eu disse. — Agora temos que voltar. Vamos, suas bobinhas.

As duas me acompanharam fazendo trajetos ilógicos pelo corredor, e pararam logo atrás do sofá onde Linda estava sentada, ou melhor, paralisaram por completo, porque lá, poucos metros à frente, havia uma criatura parecida com um bicho de pelúcia — com a altura de um homem e uma cabeça enorme — que, tão logo nos viu, começou a vir em direção a nós. Perturbadas e provavelmente com medo, mas também fascinadas e entusiasmadas, as meninas o encararam com os olhos azuis e as bocas abertas da infância. A criatura parou na frente delas e estendeu a mão, mas nem Heidi nem Vanja entenderam que deviam apertá-la. Ele manteve uma pata no ar, como se tivesse acabado de ter uma ideia, e então se virou, arrastou-se até uma mesa e voltou com duas câmeras fotográficas descartáveis, que entregou às meninas.

— Mamãe, mamãe, o que é isso? — Vanja perguntou quando a criatura se afastou.

— Uma câmera fotográfica, acho eu — disse Linda.

— Posso ver? — eu pedi.

Vanja me entregou a câmera. Era uma câmera descartável à prova d'água.

— Vocês podem tirar fotos debaixo d'água com isso — eu disse.

— É mesmo? — Vanja perguntou. — Eu quero! Quando vamos tomar banho?

— Logo — eu disse.

— Por que a gente ganhou isso? — Vanja perguntou.

— Não sei — eu disse. Ela ergueu a câmera até a altura do olho. Mais atrás, um homem de meia-idade vestindo calça jeans e blazer veio em nossa direção. Ele era meio calvo, tinha cabelos escuros nas laterais da cabeça e segurava uma pasta fina em uma das mãos.

— Linda e Karl Ove? — ele perguntou.

825

Fizemos um gesto afirmativo com a cabeça, ele parou e apertou nossas mãos e pediu em sueco com um leve sotaque estrangeiro que o acompanhássemos durante uma breve visita. Andamos pela rua comercial, ele parou em frente a uma parede cheia de fotografias, havia várias celebridades. Norueguesas, suecas e também americanas.

— Todas essas pessoas já se hospedaram aqui — ele disse.

— Não diga — eu disse.

Ele espalmou a mão e entramos num longo corredor. Porcelanato, espelhos, balaustradas douradas.

— Com o que vocês trabalham na Suécia? — ele nos perguntou.

— O Karl Ove é escritor — Linda disse.

— A Linda também — eu disse.

— Que interessante — ele disse. — Será que eu já posso ter ouvido falar de vocês?

— O Karl Ove é bem conhecido — disse Linda, sorrindo.

Por que ela disse aquilo? Puta que pariu, que idiotice!

— Ah! — disse o homem. — Então precisamos tirar uma fotografia de vocês e pendurá-la aqui na nossa parede de celebridades!

— Não estou muito convencido — eu disse.

O homem riu alto.

— Eu estava brincando, meu caro — ele disse.

Com o rosto vermelho de vergonha, fiquei olhando para o chão à minha frente.

— Eu entendi muito bem — eu disse.

— Mas talvez um dia você seja famoso, sabia? Aí podemos pendurar uma fotografia sua. Eu prometo. Quer dizer, se vocês se hospedarem aqui!

— Tudo bem — eu disse.

Ele parou em frente a um dos elevadores e apertou o botão, que começou a brilhar de leve. Heidi ficou olhando para a luz. Apertou o botão. No mesmo instante a porta se abriu, e uma expressão de medo espalhou-se pelo rosto dela.

A cabine do elevador era praticamente coberta por espelhos. Estando despreparado para aquilo, me vi por um segundo no espelho. Eu parecia um idiota. A camiseta branca, comprada por 49 coroas na Åhléns dois anos atrás, solta na gola e justa na cintura, onde a gordura se avolumava, e a calça capri verde-militar cheia de bolsos e cordões dependurados, também comprada na Åhléns por 149 coroas, que na minha fantasia eu havia transformado em uma peça de vestuário durona, e os tênis Adidas gastos, outrora brancos, mas naquela hora cinzentos, que eu havia calçado sem meias, transformavam-se

826

numa espécie de maldição naquele ambiente, porque era impossível não sentir-se inferior, e até mesmo indigno, enquanto o elevador descia.

— Onde vocês estão hospedados aqui na ilha? — o homem perguntou.

Linda mencionou o nome do complexo, o homem acenou a cabeça.

— Quanto vocês pagaram lá por tudo? Para todos vocês?

— Vinte e cinco mil — eu disse. — E além disso mais um pouco com refeições e outras coisas do tipo.

— Não é pouco — ele disse, assim que o elevador parou e as portas se abriram.

O calor nos acertou em cheio quando saímos. Estávamos ao pé do hotel, próximo à praia.

— Vamos por aqui — disse o homem. — Para aquela ilha. Ela foi construída junto com o hotel.

— É mesmo? — eu disse.

— É — ele disse. — Não economizamos em nada por aqui. Mas assim mesmo os nossos preços são baixos. É um novo conceito de férias. Em parte é um hotel comum, onde as pessoas podem reservar um quarto, e em parte é possível comprar um quarto ou uma suíte. Para sempre. Você paga uma parcela única e a partir de então pode se hospedar aqui todos os verões pelo resto da sua vida.

— Ah, é? — eu disse.

— É — ele disse. — É genial. Custa muito menos do que um apartamento custaria por aqui. E ao mesmo tempo você recebe muito mais em troca do investimento. Estou falando de luxo de verdade.

Heidi tinha parado. Ela estendeu os braços para Linda.

— Eu não posso carregar você, querida — ela disse.

— Bebê na barriga! — disse Heidi.

— Isso mesmo — disse Linda.

— Que idade têm as meninas? — o homem perguntou. — Como são bonitas e doces!

Vanja virou o rosto, eu peguei Heidi no colo e comecei a andar em direção à sacada, passando por um café italiano e um quiosque de sorvete, onde duas senhoras de pele bronzeada e enrugada, repulsivamente vestidas com biquínis, estavam sentadas bebendo café, as duas com óculos e chapéus de sol.

— A Vanja tem três anos e meio — eu disse. — A Heidi tem um e meio.

— E para quando é o bebê? Vocês estão esperando mais um, não?

— Estamos, sim — eu disse, olhando para Linda. — Meio de agosto, não?

Ela acenou a cabeça enquanto andava uns passos atrás de nós, segurando Vanja pela mão.

— E vocês moram na Suécia?

— Moramos em Malmö — disse Linda.

— É uma cidade agradável — eu disse. — Grande o suficiente, mas fora do circuito. Mas e você? Como foi que você aprendeu a falar sueco?

— Eu trabalhei na Suécia por muitos anos — ele disse. — Em Estocolmo.

— Ah! — eu disse. — Nós também! Onde você morou lá?

— Em Nacka — ele disse.

— Em Nacka! — eu repeti. — A gente conhece aquela região. Temos amigos que moram por lá.

— O mundo é pequeno — ele disse, sorrindo. — É um bom lugar. Eu adoro a Suécia.

— Muito bem — eu disse, colocando Heidi no chão. — Agora você tem que andar sozinha. Vamos para lá. Vanja, você pode levar a Heidi pela mão?

Quando chegamos à ilha, que era uma espécie de parque com árvores e chafarizes, o homem quis saber se já tínhamos ouvido falar daquele hotel. Não. E sobre o conceito, então? Era um conceito norueguês, ele disse, e então mencionou o nome do empreendedor responsável. Eu balancei a cabeça e, para minha surpresa, Linda disse que já tinha ouvido falar sobre aquilo. Olhei para ela. Será que tinha mesmo? O homem quis saber onde ela tinha ouvido falar sobre aquilo, se tinha sido através de amigos, e ela respondeu que tinha visto um programa de TV a respeito. Será que Linda estava mentindo? Nesse caso, por quê?

O homem começou a falar sobre o hotel, sobre como era elegante e luxuoso, começou a dizer que a areia na praia tinha saído das Bahamas, que as lojas e os restaurantes eram do mais alto nível, que todos os quartos eram únicos, mesmo os das categorias de preço inferiores, e que sempre havia muitos suecos e muitos noruegueses por lá. Enquanto o homem falava sob aquele céu matinal azul-escuro, onde o sol já ardia com uma força tão grande que era possível sentir os ombros, as bochechas e o nariz queimarem, e a luz por assim dizer apagava todas as nuances do panorama ao nosso redor, eu mantinha os olhos fixos em Vanja e Heidi, que andavam ora mais à frente, ora mais atrás, ao mesmo tempo que a sensação de estar sujo e desleixado aumentava na medida do tempo que ele gastava conosco. O homem era articulado e simpático, tinha uma personalidade marcante e podia muito bem ser, se não o gerente do hotel, pelo menos um representante. Saber que estava gastando todo aquele tempo para nos mostrar o hotel me fazia sofrer. A ideia era que falássemos a respeito do hotel para os nossos amigos. Mas eu não conseguia imaginar nenhum dos nossos amigos naquele hotel, pelo menos nenhum dos meus, então a gente estava desperdiçando o tempo dele. Eu não encontrava maneira de comunicar esse fato. Ao mesmo tempo, era como se tivesse confiança em nós, como se soubesse que a maneira como estávamos vestidos não era a verdade completa acerca das nossas qualidades, um sentimento que tentei reforçar agindo da forma mais jovial e simpática possível. E, eu dizia para mim mesmo, eu de fato mencionaria o hotel para certas pessoas quando voltássemos para casa. Era o mínimo que podíamos fazer por ele, pensei enquanto seguíamos caminhando devagar, lado a lado. O sol parecia não atingi-lo; a não ser por um discreto filme reluzente de umidade na testa e no lábio superior, o calor não o afetava.

Quando chegamos ao fim o homem se virou. Daqui vocês têm uma bela vista, ele disse. Os apartamentos mais luxuosos são os mais altos, todos com grandes sacadas, como vocês podem ver. Os mais acessíveis ficam na parte de baixo, mas todos são espaçosos e de alto padrão.

— São realmente bonitos — eu disse. — Realmente bonitos mesmo.

Linda olhou para mim.

— O que você acha? — eu perguntei.

— São bonitos — ela disse.

Havia uma nota contrariada naquela voz, e senti uma pontada de irritação. Mas o homem provavelmente não percebeu nada. As pequenas variações de humor e de atmosfera que emanavam o tempo inteiro de Linda eram percebidas e interpretadas apenas pelas pessoas mais próximas. Não, nem isso. Só eu era capaz.

— Talvez fosse uma boa ideia voltar — disse o homem. — Assim vocês podem ver um dos apartamentos por dentro.

— Talvez não seja necessário — disse Linda. — Já temos uma boa ideia agora.

O homem olhou para mim e eu abri um sorriso conciliatório.

— Não vai fazer mal nenhum — eu disse. — Podemos dar uma olhada rápida, não? Você não concorda?

Linda fez um gesto afirmativo com a cabeça, desgostosa, claro, mas assim mesmo concordou em nos acompanhar, e eu chamei as meninas, que naturalmente não queriam sair de lá. Vanja batia na superfície da água com um graveto que havia encontrado, e Heidi estava deitada de barriga com as mãos enfiadas na água.

— Ei, meninas! Hora de ir embora! Agora vamos ver um quarto. Depois vocês podem ganhar um sorvete.

— *Vill inte ha glass* — Heidi retrucou. Eu a peguei pela cintura e a levantei.

— Não! — disse Vanja, correndo para longe. Heidi esperneava. Coloquei-a em cima do ombro e saí correndo atrás de Vanja. Por sorte Heidi ria aquela maravilhosa risada efervescente que a tinha acompanhado desde os primeiros meses. Coloquei-a no chão, avancei mais uns passos apressados e peguei Vanja, que tinha conseguido ficar com ciúme da irmã.

— Eu quero a mamãe — ela disse.

Era o que Vanja sempre queria, a despeito do que eu fizesse. Às vezes eu pensava que era por eu ser demasiado rígido e desarrazoado com ela, às vezes eu simplesmente pensava que as coisas eram daquele jeito e pronto.

— Ela está lá! — eu disse. — Você só precisa caminhar!

Ela apertou os olhos por causa do sol e os lábios dela deslizaram para cima, como se estivessem ligados aos olhos em uma relação secreta e para ela desconhecida. Reconheci o movimento de Linda. Quando eu estava no auge da minha paixão e sentia meu interior arder como uma floresta em chamas, era como se aqueles pequenos movimentos dos lábios dela se espalhassem por toda a minha alma. Eu nunca tinha sido tão aberto como fui naquela época. O mundo inteiro corria dentro de mim.

Vanja se virou e correu em direção a Linda, pegou a mão dela e se aconchegou nela. Heidi tinha sentado no chão, então eu a peguei no colo e fui ao encontro delas.

No fim de um corredor na parte mais alta do hotel o homem pediu que aguardássemos para que ele conferisse se o quarto estava vazio e limpo.

— Eu quero tomar banho de mar — disse Vanja.

— Já vai — eu disse. — Só vamos olhar esse quarto.

— Por quê? — Vanja perguntou.

— Me diga você — disse Linda, sorrindo para ela.

No mesmo instante o homem reapareceu e fez um gesto para que o acompanhássemos a um dos quartos. Janelas abertas, cortinas levemente agitadas pela brisa do Atlântico, cores claras, piso de porcelanato reluzente, uma sensação de transgressão quando Heidi e Vanja se puseram a andar lá dentro, nada de sandálias em cima do sofá, ouviram bem?, não mexam aí, não, cuidado para não estragar! O homem nos acompanhou até a grande sacada, com o mar azul e pesado reluzindo ao sol, o céu enorme e profundo, os rochedos ao longo da costa mais ao sul envoltos pela sombra. Os carros na estrada pequenos e atarefados como insetos. Ele disse que tudo aquilo podia ser nosso se quiséssemos, sem que nos custasse uma fortuna. Perguntei qual era o preço. Ele repetiu que o pagamento era feito por meio de uma parcela única, e que a partir de então era possível usufruir do apartamento por umas semanas durante o ano. Era como comprar parte de um apartamento, ou parte de uma *hytte*, como ele disse em norueguês para mim com um sorriso nos lábios. Nada de cuidar da casa, nada de lavar o chão, tudo seria feito por nós, e teríamos férias de luxo garantidas pelo resto da nossa vida. Como pais de crianças pequenas, bem que merecíamos, ele disse. Morar num paraíso como aquele todos os verões. E se quiserem comprar um dos apartamentos menores, assim mesmo vocês têm direito aos mesmos serviços, claro.

Ele pediu que o acompanhássemos. O fato de ter voltado com uma proposta significava que de fato imaginava que teríamos dinheiro para uma coisa daquelas. Também era esse o motivo para que empenhasse tanto tempo naquilo. Pelo menos o homem não tinha imaginado que éramos um circo das pulgas itinerante, como Linda costumava nos chamar. No corredor ele nos disse quanto custava o apartamento mais barato, e também o mais caro. Não era um valor impossível, pelo menos no caso do mais barato.

Entramos em uma grande sala de conferência acarpetada, onde havia homens de camisa e gravata e mulheres de blusa atrás de computadores, muitos dos quais conversavam com outros clientes como nós. Havia muitas TVs com fotografias do hotel e da paisagem ao redor, havia um lounge com prospectos em cima de uma mesa baixa, o lugar era fresco, quase frio, e tinha uma atmosfera de profissionalismo e eficácia. O homem nos levou a uma mesa alta onde havia uma grossa pasta, que ele começou a folhear. Logo nos explicou que não era necessário ir para lá todos os anos, pois havia outros hotéis igualmente luxuosos ao redor do mundo onde, uma vez paga a parcela única, também poderíamos nos hospedar sem nenhum custo. Era uma oportunidade que não teríamos se comprássemos um apartamento de férias ou *hytte*. Ele pediu desculpas e disse que precisava cuidar de um assunto importante, mas que logo estaria de volta.

Folheei a pasta enquanto Linda cuidava das crianças. Passei um bom tempo olhando para um hotel nos Alpes. A fotografia tinha sido tirada no outono, antes que a neve caísse, e a visão daquela paisagem, das encostas íngremes com os pinheiros verdes e a melancolia das árvores decíduas mais abaixo, com cercas e estradinhas, e o antigo hotel pintado de branco fizeram despertar em mim um profundo anseio. Estar naquele lugar. Continuei folheando, havia hotéis no México, na Itália, na França. Poderíamos viajar pelo mundo inteiro, no verão ou no outono, a família inteira, e seria uma aventura, ao menos para as crianças. Minha mãe talvez pudesse ser fiadora, e assim podíamos conseguir um empréstimo. E será que eu não conseguiria negociar um adiantamento maior com a editora?

Chamei Linda e mostrei-lhe a fotografia do hotel nos Alpes. Ela deve ter visto muito bem que eu estava agitado por dentro, porque respondeu que era mesmo bonito, mas que não tínhamos dinheiro para aquilo. Não fale assim,

831

eu disse. Podemos dar um jeito. Na verdade a oportunidade é boa. Não esse hotel, necessariamente, mas todos os outros. E afinal de contas não é tanto dinheiro assim.

— Não temos dinheiro nenhum — disse Linda. — E esse é o problema desse lugar aqui. Já vi classismo suficiente para uma vida inteira.

Nós dois nos sentamos. Era como se estivéssemos em um grande e renomado escritório de advocacia ou no escritório europeu de uma companhia multinacional. O homem que havia nos acompanhado reapareceu minutos depois no outro lado e chamou-nos com um gesto. A relação entre nós se transformou no momento em que nos sentamos de um lado da mesa e ele, com um monte de papéis e uma pilha de pastas, sentou-se do outro. Passamos a ser clientes. Ele perguntou o que tínhamos achado da proposta, se poderia ser do nosso interesse. Então ele pensava mesmo que tínhamos dinheiro suficiente para nos interessar. Foi bom ver que ele sabia ver além das nossas roupas e do nosso estilo. Ele nos levou completamente a sério. Eu disse que com certeza era uma proposta do nosso interesse. Talvez não o hotel em si, mas todos os demais hotéis e a possibilidade de trocar entre um e outro. Era assim mesmo? Eu gostaria de ter absoluta certeza, eu disse. Sim, era assim mesmo, ele disse. Será que já não queríamos cuidar da parte financeira? Eu não tinha certeza. Muita coisa dependia de outros fatores. Vocês preferem que a gente veja todos os detalhes juntos?, ele perguntou. Tudo bem, pode ser, eu disse, enquanto as meninas começavam a se movimentar por aquele território que aos poucos tornava-se cada vez maior à medida que se sentiam mais seguras. Qual é a renda de vocês?, ele perguntou. Eu disse quanto eu ganhava, ou seja, o valor da bolsa somado aos honorários que eu recebia como consultor, e acrescentei que nas épocas boas, ou seja, quando um livro meu era publicado, minha renda era muito superior àquele valor. Nessas épocas eu posso receber centenas de milhares de uma vez só. Então um jeito de fazer isso seria tirar um empréstimo agora para depois pagar assim que o dinheiro entrasse. É uma possibilidade, claro, ele disse. Qual é a despesa mensal de vocês? Eu disse, ele anotou o valor e olhou para mim. Vocês têm economias guardadas? Se não tiverem, pode ser meio difícil conseguir um empréstimo. Não, não temos nada guardado, eu disse. Mas acredito que a gente possa arranjar um fiador. Vocês acham que teriam como resolver isso agora? Vocês podem ligar grátis daqui.

Olhei para Linda.

— Me parece meio estressante — ela disse. — Não podemos fazer isso quando a gente chegar em casa? Simplesmente levar os papéis e depois ler tudo com a devida calma?

O homem balançou a cabeça e sorriu.

— O que estou oferecendo para vocês agora é uma oferta especial. Vocês só estão recebendo essa oferta porque estão aqui. Mas vocês precisam se decidir logo. Temos muita gente interessada, e não podemos fazer nenhum tipo de reserva para vocês.

— Mas não temos como resolver isso daqui — eu disse.

— Você acha que é possível? Porque se você tiver certeza, vocês podem assinar agora e cuidar do financiamento quando voltarem para casa. Mas nesse caso vocês precisam ter certeza absoluta.

— Não temos dinheiro — disse Linda. — Nem perto.

O homem soltou um suspiro de resignação e voltou a sentar-se na cadeira.

Olhei para Linda.

— Podemos tentar — eu disse. — E vamos conseguir, se a gente quiser.

— Mas e por acaso a gente quer? Eu não consigo me imaginar passando todos os verões aqui pelo resto da minha vida. Parece um pesadelo, para ser bem sincera.

A grosseria do comentário foi como uma punhalada em mim.

— Eu achei esse lugar muito bonito — eu disse. — Mas a questão não é o hotel. São todas as outras coisas que vamos ter à nossa disposição. Na verdade, me parece uma ideia muito boa.

— Mas a gente não pode decidir isso agora! Precisamos de um tempo para pensar!

Olhei para o homem.

— Será que podemos pensar um pouco? E entrar em contato quando voltarmos para casa?

— Como eu disse, a oferta é válida somente hoje. Mas quem você achou que podia ser o seu fiador?

— A minha mãe, por exemplo — eu disse.

O homem empurrou o telefone para cima de mim.

— Você pode ligar agora — ele disse. — Assim podemos resolver o assunto de uma vez.

— Precisamos de mais tempo — eu disse. — Temos tão pouco dinheiro que uma compra dessas pode ter grandes consequências para nós. Somos obrigados a pensar.

Eu disse essas últimas frases em um tom quase suplicante, para que ele compreendesse que eu preferia que a situação fosse outra. Mas não adiantou. Quando terminei de falar, foi como se a personalidade dele se transformasse. Toda a simpatia desapareceu, o olhar gentil tornou-se preto e ele se levantou com movimentos tornados rígidos pela irritação.

— Se vocês não têm dinheiro, o que estão fazendo aqui, então? — ele perguntou.

— Me desculpe — eu disse.

— Saindo aqui pela direita vocês chegam a um terraço. Sentem-se lá e um dos meus colegas vai se ocupar de vocês.

Ele se virou e dirigiu-se a um dos outros empregados. Eu tinha vontade de correr atrás e mais uma vez pedir desculpas. Ou dizer que tudo não passava de uma brincadeira, claro que temos dinheiro, pode trazer o contrato para a gente assinar. Em vez disso, sem encontrar os olhos de Linda, que estava olhando para mim, peguei Heidi no colo e comecei a andar em direção à saída com a derrota queimando e doendo em mim.

— O que você acha de simplesmente irmos para casa? — Linda perguntou. — Não precisamos disso.

— Prometemos esperar pelo colega — eu disse. — No lado de fora, não?

Fiz um gesto com a cabeça em direção ao terraço atrás de uma parede de vidro. Fomos até lá e nos sentamos em uma das mesas. Ninguém apareceu, Heidi estava cansada, havia chegado a hora de ela dormir e ela ficou resmungando enquanto Vanja falava de sorvetes e banhos de mar.

— Vamos embora — disse Linda. — Agora.

— Não — eu disse. — A gente prometeu esperar. Vamos esperar.

O homem que se ocuparia de nós era jovem e usava óculos de sol da Prada, camisa branca e gravata. Ele carregava a mesma pasta que o colega mais velho, e então colocou-a em cima da mesa e disse em inglês que tinha uma oferta para nós. Poderíamos nos hospedar por duas semanas no hotel por um preço muito reduzido, praticamente metade do preço normal, ele disse.

— A gente veio aqui para tomar banho na praia — disse Linda. — Nos prometeram bilhetes para as cadeiras de praia hoje. Já estamos aqui há duas horas.

O homem olhou para mim.

— Não temos dinheiro, infelizmente — eu disse.

Era verdade, eu não podia ter mais do que cinco mil coroas na conta, e esse dinheiro seria usado durante os nossos últimos quatro dias.

O homem se levantou. Os movimentos dele também pareciam irritados.

— Então vou trazer os preciosos bilhetes das cadeiras de praia para vocês — ele disse, e então foi embora.

— Estou completamente exausta — disse Linda. — E com fome.

— Claro — eu disse. — A gente pode comer em um dos cafés lá embaixo, e depois você pode relaxar na praia. Afinal, a Heidi dormiu. E eu posso cuidar da Vanja.

O vendedor levou no mínimo meia hora para voltar. Sem uma única palavra e com uma expressão de zombaria no rosto, ele largou os bilhetes em cima da mesa e mais uma vez foi embora. Comemos, Heidi dormiu no carrinho e eu tomei banho de mar com Vanja, que bateu todas as poses do filme em meia hora. Mesmo que a areia fosse fina e dourada, e a água da baía fosse de um verde paradisíaco, a sensação era de estar lá de favor, como se a qualquer momento pudéssemos ser expulsos. Não tínhamos nos mostrado dignos. Mas não podíamos ir embora, pelo menos não antes que o transporte fosse buscar a nós e o outro casal sueco, que estava deitado a duas ou três cadeiras de distância e ao contrário de nós parecia estar aproveitando a vida.

— Nunca imaginei dizer que eu estaria feliz de voltar para cá — eu disse quando horas mais tarde o micro-ônibus saiu da estrada principal e entrou no acesso ao hotel. — Mas estou.

— Eu também — disse Linda. — E imaginar que você realmente pensou em comprar uma fração!

— É completamente inacreditável. Mas o pior foi que eu não entendi nada do que aconteceu. Só fui entender depois! Mas você entendeu na hora, não?

— Claro. Eu estava curiosa para saber o que você estava pensando.

— Eu caí como um patinho. Ah, como é doloroso pensar no que aconteceu! Que aceitamos os bilhetes sem perceber o resto. Uma hora de transporte, quem pagaria uma coisa dessas sem esperar nada em troca?

Linda riu.

— Pode rir à vontade — eu disse. — Mas não vamos contar essa história para ninguém, tudo bem?

— Tudo bem!

À noite, depois que assistimos ao espetáculo do palhaço Coco no palco junto às piscinas e depois que as meninas haviam se deitado, sentamo-nos na sacada e conversamos juntos pela primeira vez em muito tempo, eu com os pés apoiados na balaustrada e uma cerveja na mão, Linda com os dedos entrelaçados e as duas mãos em cima da barriga.

Decidimos que nunca mais tiraríamos férias como aquelas, não fazia nenhum sentido, nem eu nem ela gostávamos daquilo, tudo era feito para as crianças, a princípio devido a uma ideia preconcebida em relação à família e a tudo que era normal e saudável, a imagem do pai e da mãe e das duas meninas à beira da piscina, na praia, no restaurante espanhol, todos bronzeados e felizes, uma ideia que no entanto se desvanecia à medida que nos aproximávamos da realidade, e por fim, quando realmente chegávamos lá, desaparecia por completo. Devíamos ter alugado uma casa, eu disse, em um lugar qualquer onde nos sentíssemos bem, e passado duas semanas lá, não sairia mais caro. Eu concordo, disse Linda. Não estou gostando disso mais do que você. Mas o pior de tudo, eu disse, é que eu me sinto o tempo inteiro em dois níveis diferentes. Um nível é o das crianças, que estão realmente gostando, nem se dão conta do que está acontecendo, para elas o palhaço Coco é um palhaço de verdade, uma aventura. Elas não imaginam que o garçom nos despreza nem que o hotel fica passando programas da NRK na TV e vendendo o *Dagbladet* na banca de jornais, para elas este é um lugar incrível, e eu também me sinto obrigado a ver as coisas assim o tempo inteiro, se é que você entende o que eu quero dizer. É um mundo para as crianças, não para os adultos. E eu penso que praticamente toda a nossa cultura é assim. Que tudo na verdade é para as crianças.

Olhei para Linda.

— Você não se importa com isso?

— Claro. Claro que me importo. Eu parecia distante?

— Um pouco. Mas não tem problema. Você tem outras coisas no que pensar. Eu entendo.

— Não mesmo — ela disse.

— No que você estava pensando?

— Na Heidi. Parece quase injusto que ela tenha um irmão ainda tão pequena.

— Vai ser bom para ela.

— Talvez.

— Enfim, vai ser como tiver que ser — eu disse, me levantando para buscar mais uma cerveja na geladeira.

O efeito de tudo que eu já havia bebido era como um véu de bem-estar sobre a minha consciência, e mais uma cerveja, eu sabia, faria com que eu sentisse uma leve expectativa, que mais duas ou três por fim concretizariam; e então tudo estaria bem. Mais duas ou três cervejas e eu passaria da sensação à ação, levemente anestesiado contra razões e objeções, e então, se eu conseguisse sair, tudo em mim haveria de brilhar e cintilar.

Ah, eu adorava beber.

Adorava.

O anseio por beber surgia apenas quando eu já tinha bebido um pouco, era como se eu me lembrasse de como era, e me desse conta do que eu realmente desejava, que era beber copiosamente, beber até perder o juízo, a consciência, tão fundo na merda quanto possível. Meu desejo era beber para esquecer minha casa e minhas coisas, beber para esquecer minha família e meus amigos, beber para esquecer tudo aquilo que eu amava e queria bem. Beber, beber, beber. Ah, por Deus, apenas beber e beber, dia e noite, no verão e no outono, no inverno e na primavera.

Abri a porta da geladeira, peguei a garrafa fria e esbelta de cerveja, abri-a e tomei dois ou três goles um atrás do outro antes de voltar para a sacada.

— Você se lembra da primeira vez que a gente se viu? — eu disse enquanto me sentava. — O que você teria pensado naquela hora, caso soubesse que ia se casar e ter três filhos com aquele cara? Aquele norueguês idiota?

— Meu coração teria derretido — ela disse, sorrindo.

— Ora, pare com isso — eu disse.

— Mas é fato que você era "o norueguês". Ingmar tinha falado muito a respeito de você, só o que importava era você e o seu livro, então eu sabia que você ia aparecer.

— Mas você não quis saber de mim — eu disse.

— Claro que quis. Mas não naquela hora. Eu estava em outro caminho. Se tivesse acontecido naquela época, hoje eu não estaria aqui.

— Pode ser — eu disse. — Eu lembro que entrei na sala, aquela com a lareira enorme, todo mundo estava lá e eu tive que sair, porque não aguentei estar na mesma sala que você, quer dizer, eu não aguentei ver que você falava com outras pessoas e tinha uma vida além de mim.

— Eu nem ao menos conhecia você!

— Eu sei. Mas assim mesmo. Eu saí e me sentei na escada perto da cabana onde ficava o meu quarto e pedi a Deus que você viesse atrás de mim. Eu nunca peço nada a Deus, não rezo desde que eu era pequeno, mas naquela hora eu rezei. Faça com que a Linda saia e venha me encontrar aqui, eu pedi. Deus misericordioso, será que você pode fazer uma coisa dessas? E então a porta se abriu! E você saiu! Você lembra?

Linda balançou a cabeça.

— Eu achei que estava sonhando. Você saiu, fechou a porta e começou a atravessar a praça na minha direção. Naquela hora eu acreditei em Deus. Acreditei que aquilo era uma intervenção divina. Só que em seguida eu vi que você não dobrou em direção a mim, mas continuou reto, em direção ao lugar onde você morava. Você me deu oi. Você lembra?

— Não.

— Você só ia buscar uma coisa qualquer.

— Ah, Karl Ove! — ela disse. — Agora você me deixou com a consciência pesada!

— É o que você merece.

837

— Se eu tivesse encontrado você naquela hora a gente não estaria aqui hoje.

— Tem certeza?

— Tenho.

— Porque você ficou doente? Porque você foi internada?

— É.

— Talvez eu tivesse passado o tempo inteiro lá. Você já pensou nisso?

— Pode ser. Mas eu não queria. Eu era outra pessoa naquela época.

— Era mesmo. Quando eu reencontrei você em Estocolmo, foi a primeira coisa que eu pensei. Toda a sua aura estava diferente.

— Diferente como?

— Não havia mais dureza nenhuma em você. Aquele elemento quase performático em você tinha desaparecido por completo. Como posso explicar? Antes você parecia durona, bacana, segura de si. Estava no seu chão. Foi essa a sensação que eu tive. Quando nos reencontramos, você não estava mais no seu chão.

— Como assim, no meu chão?

— Em contato com você mesma.

— Você nem me conhecia!

— Não, só que eu não estou falando sobre o que você era na verdade, mas sobre a aura que você tinha. Eu não tinha defesa nenhuma contra você, e você sabe disso.

— Sei. Mas não foi assim que as coisas aconteceram para você. Agora eu estou aqui com essa barriga enorme! E temos duas meninas lá dentro. É como se eu não tivesse nada que fosse realmente meu.

— Eu sei. Mas é melhor. É muito melhor do que isso.

Linda ficou em silêncio.

Terminei de beber a cerveja e peguei mais uma.

— No que você está pensando? — eu perguntei. Tínhamos apagado a luz do lado de fora, então Linda estava sentada numa escuridão quase total, com o reflexo da janela como uma listra tênue sobre parte do rosto.

— Estou pensando em tudo que eu perdi — ela disse.

— Pense em tudo que você ganhou — eu disse.

— Tem muito desprezo dentro de você — ela disse. — Eu sei que você me despreza.

— Eu desprezo você? Claro que não desprezo! — eu disse.

— Despreza sim. Você acha que eu faço muito pouco. Que eu reclamo o tempo inteiro. Que eu não sou independente o bastante. Você está de saco cheio da vida. E de mim. Você não diz mais que eu sou bonita. Na verdade

838

eu não significo mais nada para você, sou apenas a mulher com quem você mora, mãe dos seus filhos.

— Não é assim — eu disse. — Mas é verdade que às vezes eu acho que você faz pouco.

— Os meus amigos nem ao menos entendem como eu consigo fazer tudo que eu faço. Duas filhas e grávida outra vez. Acho que você não entende o quanto isso é.

— Os seus amigos não sabem de nada. Não invente de dar ouvido a essas conversas. Eles só querem consolar você. Foi como aquela vez em que o Jörgen chegou em casa, sabe?, você me contou que você e a Helena estavam sentadas no sofá bebendo chá. "Vocês estão aqui reclamando outra vez?" Você lembra?

Linda abriu um sorriso discreto, mas os olhos dela permaneceram frios.

Passamos um bom tempo sem dizer nada. O leve murmúrio do mar estendia-se como um véu sobre a paisagem artificial ao nosso redor. Vozes abafadas das pessoas que estavam sentadas nas sacadas mais abaixo, e uma que outra exclamação ou explosão de risadas do restaurante no térreo.

Acendi mais um cigarro, tomei um gole de cerveja, peguei um punhado de amendoins da tigela que estava na mesa entre nós dois.

Era aquilo que Linda costumava dizer quando discutíamos e ela, em um ataque desesperado, tentava arrancar meu coração do peito. Que eu a desprezava e que eu devia abandoná-la e arranjar outra mulher, uma que fosse legal e independente o bastante para me deixar em paz. Que eu estava com ela por simples obrigação, e que isso não era bom para ela. Ela sabia o quanto valia, e valia bem mais do que isso.

Mas daquela vez não tinha sido uma discussão. Ela não tinha tentado arrancar meu coração do peito. Tinha dito aquelas mesmas coisas em um tom calmo, como uma constatação, como um fato da vida. E eu só tinha protestado como que por obrigação.

Eu sabia que logo ela ia se levantar e ir para a cama. Senti um certo pânico em mim, a situação precisava ser esclarecida, Linda precisava de uma reconciliação, aquilo não podia ficar em aberto.

Ela pousou a mão na balaustrada.

— Eu lamento — eu disse.

— O quê?

— Tudo.

— Não precisa — ela disse. — Agora eu estou no meu chão. Mas essas coisas mudam. Às vezes estar grávida me deixa mais forte, eu acho que posso dar conta de tudo sozinha se for preciso.

— Essa eu nunca tinha ouvido antes — eu disse.

— Mas de repente tudo desaparece quando eu sinto que dependo completamente de você. Eu sinto um medo enorme, sabe? Sinto que eu não tenho nada meu. Se você desaparecer, desaparece tudo. É uma sensação terrível. E como se não bastasse eu vejo que é justamente isso que deixa você mais contrariado. Se você desaparecesse, seria por esse motivo. Mas eu não posso fazer nada.

— Eu sei.

— E você tem vontade de ir embora.

— Eu não tenho vontade de ir embora. Eu quero estar aqui. De verdade.

Linda não disse nada.

— Eu li um trecho do Gombrowicz ontem que me deixou pensativo — eu disse. — É sobre por que não nos deixamos surpreender, sobre como podemos dar a volta em uma casa sem ter nenhuma curiosidade sobre o que pode estar à nossa espera. Como podemos estar sentados num restaurante sem nenhuma expectativa em relação à sopa que pedimos, ao sabor que deve ter? Esse é o meu problema. Você entende? Para mim é como se tudo estivesse dado. E isso é uma dádiva. Eu não desprezo você, acho você uma pessoa incrível, mas como para mim tudo está dado, e nada tem mais a oferecer, às vezes isso acaba dando nos meus nervos. Essa é a expressão adequada. Isso me dá nos nervos.

— Eu dou nos seus nervos?

— Pare com isso. Você entendeu. Quando eu estou aborrecido pra cacete, claro que isso acontece.

Linda se levantou e entrou. Eu a acompanhei.

— Você entendeu muito bem o que eu quis dizer! — exclamei. — Eu não fiz nenhum tipo de declaração! Eu estou apenas tentando explicar uma situação!

Linda se despiu sem olhar para mim e se deitou. Me sentei na beira da cama.

— O que é que eu faço que dá nos seus nervos, então? — ela disse passado um tempo.

— Não é nada que você faz — eu disse.

— Você precisa dizer para eu parar de fazer — ela disse.

— Mas não é nada concreto, você não entendeu?

— É a nossa vida como um todo?

— Pare com isso! Você sabe como é não estar bem. Nessas horas você sente que tem uma coisa dentro de você. Não é verdade? Era isso o que eu estava tentando descrever. Tem uma coisa dentro de mim.

Passei a mão pelas costas de Linda. Ela não se mexeu e continuou olhando reto para a frente.

— O que a gente vai fazer amanhã? — ela perguntou.

— Não sei — eu disse. — Mas não estou muito a fim de passar o dia inteiro aqui.

Quando Linda se deitava daquele jeito, de lado, dava para ver que a barriga não era apenas uma barriga, mas que continha outra coisa, um objeto, e a realidade biológica, segundo a qual ela, a mulher humana, estava a ponto de se duplicar, dava a impressão de penetrar o véu de concepções que a personalidade dela, a pessoa que era para mim, tudo aquilo que tínhamos vivido e pensado juntos, estendia sobre tudo. Como se vivêssemos uma vida na linguagem e nos conceitos, e outra vida no corpo.

— Eu também não — ela disse. — Será que não podemos fazer aquele passeio a Las Palmas que a gente tinha cogitado?

Fiz um gesto afirmativo com a cabeça e me levantei.

— Podemos, claro. E agora durma bem.

— Não demore muito para vir para a cama.

— Pode deixar.

— Durma bem.

Atravessei o apartamento, liguei a luz da sacada, me sentei e fiquei olhando para longe. Eu não estava pensando em nada de especial, mas estava tomado pelos sentimentos que aquilo que Linda tinha dito, e aquilo que tinha demonstrado, despertaram em mim. Por último, talvez passados vinte minutos, peguei novamente os diários de Gombrowicz e procurei a passagem que eu havia mencionado para Linda. A passagem era diferente daquilo que eu lembrava.

Já faz um tempo (talvez porque minha existência seja tão monótona) que às vezes me sinto tomado por uma curiosidade intensa como eu nunca havia sentido antes — uma curiosidade em relação ao que vai acontecer no momento seguinte. Diante do meu nariz — uma parede de escuridão, de onde o próprio imediato logo vai aparecer como uma revelação ameaçadora. Do outro lado daquela esquina... o que pode haver lá? Uma pessoa? Um cachorro? Se for um cachorro, com que aspecto, de que raça? Estou sentado à mesa e no instante seguinte vão me servir uma sopa... mas uma sopa de quê? Essa vivência fundamental ainda não foi trabalhada pela arte de forma abrangente: o homem como instrumento capaz de transformar o Desconhecido em Conhecido não figura em meio a seus grandes heróis.

Essa passagem foi escrita em uma quarta-feira de 1953. Eu a associei a um texto de Deleuze que li certa vez, quando eu era estudante em Bergen, e que na época foi como que uma pedra angular para mim, uma coisa à qual eu voltava incessantemente, a ideia de que o mundo está em um constante processo de vir-a-ser, que acontece o tempo inteiro ao nosso redor, mas que isso, a criação incessante do momento, desaparece naquilo que sabemos acerca do mundo. Das duas formas de reconhecimento que desenvolvemos, a ciência e a arte, a sabedoria e a análise pertencem à ciência, enquanto a arte, por surgir a partir do nada, pertence ao momento e à incerteza que subsiste nesse constante revelar-se. Nenhum outro artista trabalhou tanto em cima disso quanto Cézanne, esse era o princípio e a vocação dele, e a razão para a enorme influência que teve sobre outros artistas contemporâneos. Com um conceito predeterminado em relação ao que é o espaço, podemos representar diferentes objetos sem nenhuma alteração no próprio espaço, trata-se de um sistema constante e imutável, é assim que vemos, e portanto o espaço é assim. Nas pinturas de Cézanne acontece o contrário, são os objetos que criam o espaço, o espaço é uma coisa que surge, e esse surgimento é relativo. Nesse caso, o olhar que vê tem a mesma importância daquilo que é visto; a convenção do espaço, em geral invisível, torna-se visível.

Por quinze anos eu tinha me ocupado com essa ideia, consultado as obras de pensadores que a confirmassem, em particular Nietzsche e Heidegger, mas também Foucault, que se preocupava mais com a estrutura social do que com a estrutura existencial, e que dessa forma aprofundava a maneira de apresentar essa questão. O problema era que eu não tinha conseguido avançar, não tinha conseguido sair do mesmo lugar durante os quinze anos que haviam se passado desde que eu tinha estudado literatura e história da arte em Bergen. No fundo isso contrariava absolutamente tudo. Surgimento, vir-a-ser, revelação, o eterno novo — mas não em mim, nem na minha compreensão.

Me levantei e entrei no banheiro para mijar. O mijo estava claro, quase transparente, e pensei no mijo do meu pai que eu tinha visto nas vezes em que por um motivo ou outro ele havia se esquecido de puxar a descarga pela manhã. Era amarelo-escuro, quase marrom. Muito assustador. Eu tinha associado aquela cor à fúria dele. E à masculinidade. Meu mijo claro, quase transparente era feminino, enquanto o dele, escuro, era masculino. A fúria dele também era masculina. Meu medo era feminino.

Puxei a descarga, voltei para a sacada e passei um tempo olhando para o gramado.

Não, eu não a desprezava, nisso Linda estava errada. Mas ela exigia tanto de mim, infinitamente mais do que qualquer outra pessoa já tinha exigido, e ela não sabia. Às vezes aquilo era uma provocação tão grande que eu acabava em uma situação que beirava a loucura. Eu acabava tão furioso que não havia mais nada além da fúria, sem que eu tivesse como dar vazão ao sentimento, eu guardava tudo para mim, e a impressão que eu dava nessas horas, quando a raiva arrefecia e ligava-se ao corpo, quando os meus movimentos acabavam pesados por conta da raiva, obviamente podia ser confundida com desprezo. Não, era desprezo. Na hora era, mas a hora passava, e então havia outra coisa. Será que essa outra coisa era o sentimento legítimo? Será que estávamos bem de verdade? Será que na verdade eu a amava? Não, puta que pariu, essas coisas mudavam e vinham em ondas, de um lado para o outro, todas juntas, uma não era mais verdadeira que a outra. Estávamos bem e péssimos, eu a amava e não a amava.

Na véspera do nosso casamento eu tinha pedido a Linda para lavar o chão da cozinha. Eu lavei todos os outros cento e trinta metros quadrados. De joelhos com o esfregão na mão, Linda olhou para mim e disse que as coisas não deviam ser daquele jeito, que ela não devia ter que lavar o chão da cozinha na véspera do próprio casamento. Ninguém mais aceitaria uma coisa daquelas, ela disse. É quase uma injustiça, ela disse. Eu disse que era o nosso chão e que era nossa responsabilidade lavá-lo, fosse véspera de casamento ou não. Não disse nada a respeito de aquela ser apenas a segunda vez que ela estava lavando um chão durante os cinco anos em que estávamos juntos. Ela teria se revoltado e dito que faria todo o resto, que era ela que mantinha a família junta e que fazia mais do que todas as outras pessoas que conhecia. Eu responderia que ela vivia uma mentira, e a discussão não acabaria por aí, então eu não disse nada. No dia seguinte eu disse aceito para ela, e ela disse aceito para mim, e nos olhamos com lágrimas nos olhos.

É por meio dos sentimentos que mantemos nossos laços com outras pessoas, e são os sentimentos que são bons ou maus, não os dias.

Tive a impressão de que havia uma coisa atrás de mim e me virei depressa, mas não havia nada.

Talvez o melhor fosse ir logo para a cama, pensei.

Cair naquele mundo fora do mundo, incrível e vazio.

Acordei de mau humor. Era sempre assim, mas bastava eu passar a fatídica primeira meia hora quieto, tomar uma caneca de café e fumar um cigarro que tudo passava. Eram cinco e meia. Eu vesti a camiseta e a calça do dia anterior, fui de pés descalços à sala, onde Vanja e Heidi estavam sentadas cada uma com uma tigela de cereal à frente, Heidi numa cadeirinha de bebê,

Vanja em uma cadeira comum, o que a fazia parecer tão baixa que o queixo mal chegava à altura da mesa. Linda estava junto à bancada, cortando uma maçã. Sem dizer nada eu coloquei a água para ferver na chaleira, botei café em pó numa caneca, servi cereal e leite numa tigela, levei tudo comigo para a sacada, fechei a porta e me sentei para comer de costas para todo mundo. O céu estava cinza, mais névoa do que bruma, o ar estava frio. Quando terminei de devorar aquela mistura eu entrei outra vez, enchi a caneca de água fervente, peguei os meus cigarros e o isqueiro na estante do corredor e me sentei novamente na sacada. Eu tinha o corpo frio, as articulações frias, a alma fria. Às minhas costas alguém bateu na janela, eu me virei, era Vanja, ela abriu a porta de vidro.

— Entre — eu disse. — Já estou indo.

Ela se esgueirou para fora, parou ao lado da balaustrada e ficou olhando para o gramado vazio.

— Entre! — eu disse.

— Não — ela disse, apertando os lábios. — Por que não tem ninguém na rua?

— Porque vocês acordam pavorosamente cedo. Ninguém mais acorda a essa hora. É praticamente noite ainda.

— Já é de manhã — ela disse.

— É, é sim — eu disse. — Mas é cedo da manhã. Quando você crescer você vai entender que essa hora é muito cedo. Aliás, onde estão os seus óculos?

— Lá dentro.

— Pegue-os e os coloque. Depois vocês vão assistir a um filme.

Vanja fez como eu havia pedido, e logo as duas estavam sentadas, cada uma em sua cadeira, na frente do laptop. As duas eram insaciáveis no que dizia respeito a filmes, e eram capazes de passar horas sem se mexer, devorando tudo que aparecia na tela. Quando Vanja tinha um ano e meio ela assistiu ao primeiro longa-metragem do início ao fim. Me lembro porque fomos a Gotland no dia seguinte, foi no verão de 2005, o filme a que ela assistiu era *Píppi Meialonga*. Eu assisti ao filme junto com ela, cochilando de vez em quando, de maneira que tudo se revestiu de um caráter meio onírico, e sempre desde então, porque assistimos a esse filme muitas, muitas vezes, eu associava a ele uma certa característica onírica, ao mesmo tempo que todas as atmosferas daquela época, quando morávamos no apartamento da Regeringsgatan, voltavam com força total. Quando eu assistia ao filme com Vanja eu sempre olhava para as extremidades da imagem, as casas lá, a floresta lá, a estrada lá, a praia lá, e havia a medida exata de anseio naquilo para que eu pudesse assistir a uma hora e meia de filme infantil sem me aborrecer. Se fosse um filme dos anos 1970, como por exemplo *Karlsson no telhado* ou *Elvis, Elvis,* a carga emocional era ainda maior, porque essa época, que se mostrava em todas as coisas, era a primeira que eu recordava, foi a época em que eu cresci, era para mim o próprio mundo, e depois tinha desaparecido. Os anos 1970, essa década triste, rústica, pobre e sem restaurantes, com paradouros e estradas de cascalho, Fuscas e linguagem tosca, um canal de TV e uma estação de rádio, quando quase tudo era estatal e nada era comercial, quando as lojas fechavam às cinco horas e os bancos às três e quando ninguém que ganhasse dinheiro praticando esportes podia fazer parte das Olimpíadas, tinha acabado, e ao ver o que o mundo havia se tornado era impossível acreditar que aquilo tudo certa vez tinha existido. Mesmo um breve relance daquele mundo me enchia de alegria e tristeza. Alegria porque eu tinha estado lá, tristeza porque tudo aquilo tinha acabado. A abertura de *Karlsson no telhado,* em que Lillebror brinca no Tegnérparken em Estocolmo, tornava a imagem ainda mais complexa, porque eu passava pelo Tegnérparken quase todos os dias, e conhecia todas as ruas e todos os prédios, que eram os mesmos, e ao mesmo tempo não eram, porque já não estavam mais nos anos 1970, mas nos anos 2000, e a pergunta que eu não sabia responder era onde estavam os anos 1970. Na minha cabeça, claro, e na cabeça de todas as outras pessoas que os haviam frequentado, mas seria esse o único lugar? O que era o tempo num filme? O que era o tempo numa fotografia? A situação era ainda mais complexa quando eu assistia a *Elvis, Elvis,* porque a mãe de Linda aparecia no filme, ela fazia o papel da professora, uma mulher de trinta e poucos anos, e era impossível, absolutamente impossível, estabelecer qualquer tipo de ligação entre a mulher do filme e a mulher que era a avó das nossas filhas. A aparência era outra, a linguagem corporal era outra, até mesmo o timbre da voz era outro. Seria a mesma mulher?

A nostalgia era uma doença, mas localizava-se no indivíduo que filtra o tempo, de forma imprevisível e idiossincrática, com todas as falhas e defeitos da humanidade. O tempo passado encontrava-se em bolsas da consciência, por vezes esquecidas e ignoradas como os lagos de uma floresta solitária, por vezes familiares e reluzentes como casas na orla da floresta, mas todas eram frágeis e mutáveis, e morriam quando a consciência morria. O filme era uma maldição, porque pertencia a todos, e era mecânico e imutável, um repositório de tempo, sempre igual a si mesmo de uma geração para a outra, e ainda tão novo que suas consequências eram inescrutáveis. Já havia milhares de filmes em que todas as pessoas que apareciam haviam morrido. Era uma nova forma de estar morto, com o corpo, a vida e a alma capturados em imagens para todo o sempre, mesmo depois que o corpo tivesse se decomposto e desaparecido. O filme era um cemitério, uma necrópole, mas assim mesmo uma necrópole em pleno vir-a-ser, pois como não seria daqui a duzentos anos, a quinhentos anos, a mil anos? Durante a vida dos meus avós, atores e pessoas famosas eram praticamente os únicos a terem sido capturados em filme, e relacionar-se com isso era simples, porque era justamente a imagem dessas pessoas que continuava viva. Mas agora todo mundo filmava todo mundo, todos os dias apareciam milhares de filmes novos na internet, e quando fôssemos embora, que influência isso teria sobre as pessoas recém-chegadas, que poderiam ver-nos o tempo inteiro? Essas pessoas poderiam banhar-se nos mortos de uma forma completamente distinta. Isso transformaria completamente a visão sobre os mortos, sobre o que significa estar morto, e assim transformaria a visão sobre o que significa viver.

E o tempo? O que aconteceria com o tempo quando o passado começasse a se acumular? Será que poderia acabar reprimindo o presente? Já estamos vendo uma consequência disso: o retorno de características de outras épocas. Os anos 1980, que em outro mundo existiriam somente nas consciências individuais, ligados a vidas individuais, são recriados em expressões coletivas, na moda e na música.

Embora eu sentisse dessa forma, deixávamos as meninas assistir a praticamente tantos filmes quantos aguentassem. Eu não me orgulhava disso, e tampouco gostava, mas a tranquilidade que tomava conta do apartamento nessas horas era deliciosa demais para resistir. Além do mais, pensei em minha defesa, as meninas aprendiam muitas coisas com aquilo que viam.

Ora, talvez não exatamente com o fantasminha Laban.

Se a ilha fosse uma pessoa e a estrada uma veia, teríamos começado o trajeto em um dedo, pensei sentado no ônibus horas mais tarde enquanto olhava para aquele cenário de pedras escuras, pois a estrada era estreita, e aquelas que a cruzavam também eram estreitas e sumiam em direção às montanhas naquele desolado cenário de pedras, e as atividades que se desenvolviam lá, em construções de alvenaria atrás de cercas, não diziam respeito a ninguém que não as pessoas envolvidas. Mas logo a estrada se alargava, os carros tornavam-se mais numerosos, entramos num grande trevo com viadutos e estradas que se desenredavam e encontravam outras estradas, o sistema crescia, a complexidade aumentava, as placas surgiam em número cada vez maior, logo havia construções e atividade por todo lado, aos poucos chegamos ao centro, onde tudo e todos se encontravam, o coração da ilha. Seguimos ao longo da calçada repleta de pessoas, rodeados de carros, por ruas que

846

se tornavam mais e mais estreitas, até chegarmos a uma grande estação de concreto, onde o ônibus parou e descemos.

O movimento desde o panorama vazio onde nada acontecia até a cidade era sempre o mesmo por todo lado, pouco importando se ia de Tromøya para Arendal, Jølster para Bergen, Cromer para Norwich ou de Norwich para Londres. Era como uma queda, a velocidade aumentava à medida que se chegava cada vez mais perto do ponto central, e mesmo que esse fosse um fenômeno externo era impossível não recebê-lo também no âmago, que por assim dizer punha-se a vibrar com a atividade, pois somos muito abertos em relação ao mundo, que passa incessantemente através de nós e deixa marcas não apenas em nossos pensamentos e concepções, mas também em nossas predisposições e sentimentos. Eu não saberia explicar de outra forma a alegria que efervesceu dentro de mim quando fomos em direção à cidade e nos sentamos na área externa de um café, eu e Linda, cada um com um café na mão, as meninas cada uma com um sorvete; foi como se tudo renascesse dentro de mim, como acontece ao fim de um inverno longo e frio, de repente tudo parecia estar bem e sossegado, eu comecei a falar, pode ser que eu tenha mesmo sorrido no sol, e por que razão? Porque tudo era o mesmo. Linda era a mesma, as meninas eram as mesmas, o sol no céu era o mesmo que tinha sido durante os nossos dez dias de férias. O que não era o mesmo eram os arredores. Parques com velhos, homens magros vestidos com ternos escuros sentados em bancos à sombra, muitas vezes fumando, sempre elegantes; pequenas construções enviesadas de alvenaria que remontavam ao século XVII, ruas com calçamento de pedra, igrejas decadentes em praças, padres e freiras andando de um lado para o outro, velhas trajando roupas pretas, esqueléticas ou volumosas, sentadas numa cadeira em frente a uma porta, ou em uma escada junto à entrada de uma casa. Aleias com palmeiras, ônibus cheios de turistas que passavam ruidosamente, caminhões com caçambas e com misturadores de cimento, trabalhadores com picapes ou caminhonetes, carros quadrados dos anos 1980, carros aerodinâmicos novinhos em folha e motocicletas — uma infinidade de motocicletas. Arquitetura funcional dos anos 1960 e 70, arquitetura exuberante dos anos 1980 e arquitetura introspectiva, quase distópica dos anos 1990, com grandes superfícies de pedra preta e vidro.

A cidade não era grande, mas era uma capital, e era uma capital espanhola, mas assim mesmo separada da Espanha por um mar e portanto diferente, não nas grandes coisas, mas nas pequenas, como por exemplo nos detalhes de outras épocas que se viam por toda parte, como se o tempo não tivesse passado com tanta violência por aquele lugar, como se não tivesse inundado a cidade para transformá-la desde as fundações, como havia feito nas outras grandes cidades espanholas, onde o passado era separado e guardado como exemplo, mas apenas se espalhado um pouco por toda parte. Que apesar disso o mar estivesse presente em todos os lados me fez pensar que Las Palmas se parecia com as grandes cidades sul-americanas do período colonial, onde eu nunca tinha estado, mas cuja atmosfera eu julgava conhecer, e para onde, durante toda a minha vida adulta, eu tinha sentido um forte anseio de ir.

Eu disse isso para Linda. Caminhamos pelo calçamento de uma praça em frente a uma igreja branca, Vanja correu em direção a um grande leão de mármore que repousava por lá e subiu em cima dele, enquanto Heidi se agachou junto à água de uma pequena fonte.

— Esse lugar tem uma atmosfera meio sul-americana, você não acha? — eu perguntei. — Daria para imaginar que estamos em Buenos Aires. Enfim, não que eu tenha estado lá, mas é a impressão que eu tenho. Meio fora de circuito, meio decadente, colonial, cheia de palmeiras, mas também moderna. Espanhola, mas não Espanha.

— Eu entendo o que você quer dizer — ela disse. — É muito agradável.

— É mesmo.

— Você está tão feliz! Assim eu também fico feliz.

— Me desculpe — eu disse. — Eu devia ser assim o tempo inteiro. Não existe motivo para ser de outro jeito.

— Então vamos nos mudar para Buenos Aires? — ela perguntou.

— Ha ha — eu disse.

— Não, sério. Por que não?

— Não existe nada no mundo que eu queira mais do que isso — eu disse. — Mas para uma pessoa que se angustia com pequenas mudanças, imagino que haja ideias melhores do que se mudar para Buenos Aires com três crianças pequenas.

— Não precisa ser assim — disse Linda. — Pode muito bem ser uma coisa incrível! E pode muito bem ser isso o que nos falta!

— Eu estaria disposto a qualquer hora.

— Vamos deixar combinado? Que vamos nos mudar para lá? A médio prazo?

— Se você topa, não tenho motivo para não querer — eu disse.

Seguimos por uma das estreitas ruas ensombrecidas, descobrimos um museu dedicado às expedições de Colombo à América e entramos, aquilo foi como um sinal. Um átrio banhado de sol, flores ao longo das paredes, uma pequena fonte com água corrente no meio de tudo. O museu ficava nas salas ao redor, nós percorremos as diferentes peças, que pareciam escuras e frias em relação à luz intensa no lado de fora, cheias de mapas, modelos e objetos dos navios ou da época em que as navegações tinham acontecido. Heidi estava cansada, chorava por qualquer coisa, então depois de uma volta rápida concordamos que eu levaria Heidi para dar uma volta no carrinho até que adormecesse, enquanto Linda e Vanja continuariam por lá.

Andei pela sombra, que se abria em longos dutos rumo aos quintais repletos de sol, ou às vitrines escuras onde nem sempre era simples determinar o ramo da loja; um torso de madeira vestido de mordomo, será que o traje era uma antiguidade ou aquilo era uma loja de suprimentos para hotéis? Chegamos a uma praça, entramos à direita e atravessamos um bulevar largo cheio de árvores frondosas. Heidi estava em silêncio total, mas tinha os olhos abertos.

— Agora você precisa dormir, querida — eu disse.

— Nah — ela disse.

— Muito bem então — eu disse, empurrando-a para uma nova rua, onde entramos num parque e o atravessamos até o outro lado, onde começava o centro moderno. A luz naquela parte da cidade, para onde olhei ao me virar, me fez pensar primeiro em Stavanger, depois em Bergen. Não por causa da luz em si, compreendi no instante seguinte, mas por causa da proximidade do mar, da impressão de que estava logo ao lado.

O que isso fazia com os meus pensamentos?

Ruas, mercados, casas, apartamentos, lojas, cafés, todas as pessoas que os ocupavam, e que ocupavam também quem as observava.

Aquele grande desconhecido estava o tempo inteiro bem ao meu lado.

Como deve ter sido intimidador para Colombo e seus homens quando chegaram àquele porto, à última fronteira do desconhecido. Eles não sabiam o que havia por lá. Como devem ter sentido medo!

Abaixei a cabeça e olhei para Heidi, que ainda tinha os olhos abertos. Coloquei a mão no peito dela.

— Você pode dormir se quiser — eu disse. — Você está cansada, não?

Ela não disse nada, não reagiu ao meu toque, simplesmente continuou sentada em silêncio, olhando para tudo que havia ao nosso redor. Hennes & Mauritz, Sony, Adidas, Zara. As vitrines reluziam, música vinha de portas abertas e, ao passá-las, eu também sentia o estranho frio dos ares-condicionados no interior. Havia gente por toda parte. Mas ninguém com carrinhos de bebê! Eu era o único a andar com um carrinho de bebê!

Não. Havia outra pessoa. Vestida de preto e elegante, com um bebê de colo em roupinhas de renda. A mulher que empurrava o carrinho era jovem e andava ao lado de outra mulher, talvez a irmã, as duas falavam com uma expressão séria e intensa sobre qualquer coisa no meio daquela multidão de homens de terno e turistas de bermudas. E então as duas passaram. Andei por

849

toda a rua de passeio e, quando cheguei ao café onde havíamos nos sentado pela manhã, ao lado do parque, Heidi dormiu. Coloquei o carrinho ao lado de uma mesa, pedi um espresso duplo, acendi um cigarro e peguei o livro de Gombrowicz da minha mochila, mas li apenas umas poucas linhas, parecia errado ler com tanta coisa para ver.

Um homem bronzeado de sessenta anos com cabelos finos e claros estava sentado na mesa ao lado, lendo um jornal. Era o *Verdens Gang*. Ele levantou o rosto e olhou para mim.

— Você é da Noruega? — eu perguntei.

— Sou sim — ele disse.

Eu praticamente nunca puxava conversa com estranhos. A não ser quando eu estava bêbado, claro. Mas naquele momento eu me sentia tão leve e despreocupado que pareceu a coisa mais natural a fazer.

— Você também? — ele perguntou.

— Sim. Quer dizer, eu moro na Suécia. Mas sou norueguês.

— E está aqui de férias?

— É. Você não?

— Não, eu moro aqui. Por causa do clima, sabe? Sol e calor o ano inteiro. Eu estava cansado de limpar neve.

— Sei — eu disse.

Ele tomou um longo gole de cerveja e acendeu um cigarro.

— E aqui é bonito e barato. Você não precisa ir à falência para comprar uma carteira de cigarro.

— Você mora aqui mesmo na cidade?

— Ah, não, não. Eu moro mais para o norte. Tenho um apartamento numa cidadezinha por lá.

Ele usava um sobretudo, e por baixo uma camisa azul e uma calça marrom-clara que parecia ter sido comprada na Dressman. A aparência não era exatamente desleixada, mas ninguém poderia dizer que estava bem-vestido. A camisa estava amarfanhada, e notei duas ou três manchas no peito do sobretudo.

Eu disse o nome do resort onde estávamos hospedados e perguntei se a cidade dele era próxima. Ele balançou a cabeça, tomou mais um gole de cerveja e secou os lábios com o dedo.

— Eu moro do outro lado.

— Tem muitos outros noruegueses por lá? — eu perguntei.

— Alguns, sim.

— E vocês voltam para casa durante o verão?

— Muita gente faz isso. Mas eu não. Sou um residente fixo.

Havia uma aura de solidão ao redor daquele homem, e talvez de infelicidade também. O que havia de amistoso e bem-intencionado nos olhos com que me encarava sumiu assim que ele desviou o rosto.

— Você gosta daqui? — eu perguntei.

— Gosto. — ele disse. — Pelo menos eu não preciso limpar neve.

— Claro — eu disse.

— Às vezes até acontece de cair um pouco por aqui, mas a neve não se acumula no chão, sabe? Tudo derrete na mesma hora.

— Sei — eu disse.

Ele pegou um cigarro da carteira e levou-o aos lábios. A mão que segurava o isqueiro tremia de leve.

Fingi que eu tinha voltado a ler para deixar o homem em paz. Mas eu estava o tempo inteiro consciente daquela presença, independente de olhar para o parque, para a rua de passeio ou para as páginas do livro. Ele tinha a idade do meu pai, e mesmo que não tivesse atingido o mesmo estágio que ele a aura era parecida.

Então era para lá que eles iam para ter paz nos anos de vida que ainda restavam.

Olhei para Heidi e coloquei a mão na cabeça dela apenas para senti-la.

Uma vez, dois ou três anos antes de o meu pai morrer, umas amigas de Kjellaug, a irmã da minha mãe, encontraram-no nas Ilhas Canárias, em um bar, se não me engano; elas o reconheceram, mas ele não tinha ideia de quem elas poderiam ser. Todos haviam começado a conversar e ele disse que era marinheiro e que tinha acabado de desembarcar.

Minha mãe contou a história com um sorriso, pois, segundo ela, havia muito de verdade no que ele havia dito.

Uma garota veio andando pelo caminho poeirento do parque, um garoto em um banco endireitou as costas e, claro, no instante seguinte os dois se abraçaram e sentaram-se ao lado um do outro, transbordando de assuntos e gestos. Olhei para o homem ao meu lado, que estava lendo o caderno de esportes, e em seguida olhei para o garçom, que estava largando mais uma garrafa de cerveja na mesa dele.

Me reclinei na cadeira, olhei para o céu completamente azul e claro, acendi um cigarro, inalei e soltei a fumaça, tomado por um grande bem-estar. Eu sempre fumava cigarros Chesterfield no exterior, era a minha marca favorita, mas esses cigarros não eram vendidos nem na Suécia nem na Noruega, a não ser no Sørensen Tobakk, que fica no Torgallmenningen em Bergen, onde eram tão caros que eu não tinha dinheiro para mais nada quando recebia o dinheiro do meu crédito estudantil.

Uma cerveja seria uma ótima ideia.

Mas não com Heidi dormindo no carrinho.

Além do mais, eu tinha que me encontrar com Linda e Vanja logo em seguida.

A um quarteirão de distância.

Encontrei os olhos do garçom, ele veio me atender, eu pedi mais um espresso duplo, tirei meu caderno de anotações e minha caneta da mochila, escrevi uma descrição das árvores no parque, primeiro a sombra que projetavam sobre o chão seco e poeirento, tentei ver que cores as sombras realmente tinham, se o verde esparso da grama ou o leve avermelhado da terra a contaminava, depois a casca seca, rachada e provavelmente dura de um tronco, a casca mais lisa e mais flexível de outro, e por fim a maneira como o tronco por assim dizer se partia em diversos galhos, cada vez mais finos, até chegar aos ramos finos e trêmulos na parte mais alta. A maneira como a luz do sol por assim dizer se derramava sobre as folhas da copa, como que despejada de um balde, e escorria pelas diferentes camadas da folhagem até gotejar no chão mais abaixo.

Quando me mudei para Estocolmo fui certa tarde ao Hagaparken com Geir A., meu novo amigo, deve ter sido no meio de maio, porque fazia calor, mas eu ainda não tinha começado a namorar Linda. Tínhamos nos afastado da Koppartälten e estávamos descendo o morro pela longa encosta verdejante, onde por toda parte havia pessoas tomando banho de sol, e entramos em uma parte que mais parecia uma floresta. Eu tinha começado a falar sobre as árvores incríveis que havia naquele lugar. Sobre a forma como cada uma delas era única, com suas próprias formas, ao mesmo tempo que todas eram parecidas, tinham as mesmas características, tanto como árvores no sentido geral como também nas diferentes espécies. Disse que eram coisas vivas, e que estavam lá, em meio a nós, sem que jamais pensássemos ou falássemos delas a partir dessa perspectiva, como criaturas. A maioria dessas árvores é mais velha do que nós, eu disse, algumas nasceram no século XIX, e talvez no século XVIII também. Não é inacreditável? Estão todas aqui, como nós, porém numa situação totalmente distinta. É uma forma totalmente distinta de vida. Nos perguntamos se existem outras formas de vida no universo, que estranhas formas de vida podem existir, tudo isso enquanto andamos em meio a essas criaturas incríveis!

Geir riu alto.

— Você sabe o que as pessoas estão vendo nessa época?

Eu balancei a cabeça.

— Que tem mulheres por toda parte. Muitas delas são bonitas. E a maioria não está usando nada além de um biquíni. E você fica olhando para as árvores! Acorde, meu garoto!

852

— E por acaso existe um conflito qualquer entre uma coisa e a outra?

— Claro! Uma coisa é a biologia interna do homem. A outra é a biologia externa do homem. Você é um homem.

— Você está falando como uma pessoa louca de tesão. A distância não é tão grande quanto você imagina.

— É, é sim. E eu não conheço mais ninguém que fale entusiasmado a respeito de árvores. Ninguém! E conheço uma quantidade considerável de pessoas.

— Isso não significa que eu não pense em mulheres.

— Você ficou ofendido? — ele me perguntou, rindo outra vez.

— Um pouco, talvez — eu disse. — Não acho que seja tão estranho quanto você quer que pareça. Existe até uma revista sobre o assunto.

— Ah, é?

— É. Se chama "Mulheres e árvores".

— Ha ha ha. Mas eu me lembro de outra pessoa que andava aqui pelo parque à caça de árvores. Um amigo meu da sociologia. Ele estava arranjando uma despedida de solteiro e a ideia era trazer os convidados para jogar vôlei aqui. Ele saiu correndo de um lado para o outro com uma fita métrica para encontrar duas árvores que tivessem entre si a distância exata das traves de uma rede oficial de vôlei. Esse cara é o maior pedante que eu já conheci, então ele não queria saber de aproximações. Não, tinha que ser a distância exata. Nem preciso dizer que ele levou um tempo enorme para escrever a dissertação.

— Isso é um desvio. Falar sobre as árvores ao passar por elas não é.

— É sim. Esse cara pelo menos se mantinha na esfera humana. Um jogo, uma distância predeterminada entre dois objetos. Você está falando sobre as árvores em si mesmas. Para mim, tudo é vida social. Eu não tenho preocupação nenhuma com o que está do lado de fora. Não faz nenhum sentido.

Essa era uma discussão que tínhamos regularmente durante os quatro anos que haviam se passado desde então. O mundo material, com pedras, grãos de areia e estrelas, ou o mundo biológico, com linces, besouros e bactérias, não tinha interesse nenhum para Geir, na medida em que não lhe diziam nada sobre o humano. Eu me sentia o tempo inteiro atraído para lá, para essa zona onde a consciência e a identidade cessam, tanto no próprio corpo — onde eu por assim dizer sumia ao tomar direções opostas, tanto rumo ao único, ou seja, aos processos que cuidam de si mesmos, como se uma pessoa fosse ao mesmo tempo vários bichos diferentes, todos ligados à parte mais antiga e mais primitiva do cérebro, como também rumo àquilo que há de comum e de comunitário, uma vez que esses processos são os mesmos para todo mundo — como também fora do corpo, ou seja, no mundo do qual o corpo passa a fazer parte no instante em que morre. Geir dava as costas para tudo isso, e quando a voz ou o olhar dele não se enchiam de impaciência ao me ouvir falar a respeito desse assunto era simplesmente porque estava prestando atenção a mim, a criatura social que se ocupava daquilo.

O homem na mesa ao lado se levantou, enrolou o jornal, enfiou-o debaixo do braço e olhou para mim.

— Aproveite as suas férias! — ele disse.

— Até mais — eu disse.

O homem saiu andando a passos rápidos em direção à rua de passeio, deteve-se com o corpo levemente inclinado para a frente à espera da luz verde para os pedestres e, quando tornei a olhar, ele tinha sido engolido pela cidade.

No caminho de volta ao museu tentei encontrar um restaurante para o nosso almoço e descobri um, antigo e elegante, cheio de islenhos, mas aquele charme rústico era suplantado pelo restaurante vizinho, que oferecia serviço em uma pequena praça na área externa, ainda que ao lado da estrada de tráfego intenso, mas esse detalhe era compensado pela sobra das árvores e pelas paredes tortas da construção, onde um garçom fumava escorado enquanto os colegas entravam e saíam carregando bandejas cheias de comida e bebida.

Quando entrei no átrio do museu, Linda estava sentada com Vanja no banco próximo à parede, com os olhos apertados por causa do sol.

— Você nem imagina quanta coisa aconteceu por aqui! — disse Linda enquanto eu pisava na trava do carrinho.

— O que houve? — eu perguntei enquanto me sentava ao lado dela.

— Você não quer contar, Vanja? — Linda perguntou.

— Eu perdi o meu tubarão no canhão — disse Vanja.

— Não, você jogou o seu tubarão no canhão de propósito — disse Linda. — E a gente não conseguia tirá-lo de lá. E você tem ideia do quanto ela era apegada àquele tubarão?

— Eu sei — respondi.

— Então fomos à recepção para ver se alguém podia nos ajudar.

— Lá nos canhões? — eu perguntei, apontando a cabeça em direção aos dois canhões verdes na parede oposta.

— É, isso mesmo. Nos canhões de Colombo.

— Isso é sério?

— É. Nossa filha deixou a escova de tubarão cair dentro dos canhões dos navios que descobriram a América.

854

— E o que aconteceu depois?

— Foi uma função. Toda a equipe do museu saiu para nos ajudar. Tiveram que tirar o canhão inteiro do lugar. O canhão bateu contra o muro e rachou. Mas por fim o tubarão saiu. Você tinha que ver a cara das pessoas quando viram que o que a gente tinha perdido era uma escova!

— Que bom que eu não estava aqui — eu disse. — Eu teria morrido de vergonha.

Linda riu.

— Mas ninguém criou nenhum caso! As pessoas simplesmente queriam ajudar. Você sabe como é com as crianças por aqui. As pessoas adoram crianças, fazem tudo por elas.

— Você tem certeza? Será que agora o pessoal não está furioso lá dentro? Enfim... uma rachadura no canhão de Colombo?

— Eu peguei o meu tubarão de volta! — disse Vanja, sorrindo com os olhinhos apertados.

— Mas agora eu estou morrendo de fome. Vamos comer? — Linda perguntou.

Fiz um gesto afirmativo com a cabeça, me levantei e empurrei o carrinho. Linda pegou a prancha, eu a prendi no lugar, Vanja subiu e então seguimos em direção à saída do museu com a nossa pequena comitiva.

Durante todo o nosso almoço o vento soprou e balançou a barra da toalha. Os guardanapos de papel voaram para longe diversas vezes, mas os garçons sempre os juntavam antes que eu pudesse me levantar. Falamos sobre o futuro que nos aguardava em Buenos Aires, e foi um momento feliz, talvez um dos mais felizes desde o verão em que nos mudamos para Malmö, e tudo, inclusive as nossas vidas, foi banhado pela luz da novidade. Quando terminamos de comer e estávamos esperando o café, contei para Linda sobre o restaurante ao lado, disse que era muito bonito por causa das paredes grossas e dos bancos de madeira, e ela pegou Heidi nos braços e entrou lá enquanto fiquei sentado com Vanja, que se ocupava soprando ar pelo canudinho do refrigerante. O refrigerante borbulhava e efervescia, mas para ela aquilo não parecia ser um divertimento; a expressão no rosto era mais de concentração e perseverança.

Tentei pensar em alguma coisa para dizer a ela.

Os carros passavam depressa pela rua. Uma freira apareceu na rua e logo sumiu outra vez. Os grandes e esbeltos pinheiros balançavam-se de leve com o vento. Peguei uma maçã da mochila e a coloquei na mesa entre nós dois.

— Você sabia que certas maçãs sabem falar? — eu disse.

Vanja olhou para mim sem mexer a cabeça. O olhar dela parecia cético, mas não totalmente hostil.

855

— Quando eu estava andando com a Heidi pela cidade ouvi uma voz na mochila, sabia? Não tenho certeza, mas acho que pode ter sido essa maçã. Se foi mesmo, demos muita sorte, porque quase nenhuma maçã sabe falar. Mas eu acho que essa sabe. Você tem ideia de como a chance de isso acontecer é pequena?

Vanja balançou a cabeça enquanto olhava fixamente para mim.

— Elas não sabem falar a língua das pessoas, claro. Você não achou que era isso?

Ela balançou novamente a cabeça.

— Elas falam a língua das maçãs. A gente pode tentar. Se eu sacudi-la um pouco, talvez a maçã diga alguma coisa. Vamos tentar?

Vanja largou o copo.

— Ela não sabe falar! — ela disse. — Você está inventando!

— Não mesmo. É bem pouco comum, e talvez por isso você não soubesse.

Sacudi a maçã.

— Aí está! Você ouviu?

Vanja olhou para a maçã enquanto balançava a cabeça. Eu coloquei a maçã junto ao meu ouvido e arregalei os olhos.

— Ela falou! — eu disse.

— Não! — ela disse, rindo. — Não falou não!

— Falou sim! Ouça você mesma!

Estendi a mão e Vanja aproximou a orelha da maçã.

— Está ouvindo? — eu perguntei.

Ela balançou a cabeça.

— Mas papai! — ela disse. — As maçãs não sabem falar!

— Mas ela acabou de falar! — eu disse.

— O que foi que ela disse, então?

— Não sei direito. Foi na língua das maçãs. Mas eu acho que ela disse "Me sinto muito sozinha".

— Você não sabe falar a língua das maçãs!

— Claro que sei. Não muito bem. Mas eu entendo um pouco.

— Como foi que você aprendeu?

— Aprendi aos poucos aqui e acolá. Tinha muitas macieiras no lugar onde eu cresci.

— Não, você está inventando!

— Escute! Você escutou?

Ela abriu um sorriso meio hesitante e balançou a cabeça.

— Ela disse: "Que menina bonita! Como é o nome dela?".

— O meu nome é Vanja.

— Vanja — eu disse, com uma voz aguda.

— Foi você! — ela protestou. — A maçã não sabe falar!

Nessa altura fiquei com pena dela.

— Fui eu mesmo — eu disse. — Você achou que a maçã sabia falar?

— Não! — ela disse, rindo.

— Tem certeza? — eu perguntei, levando a maçã à boca e dando-lhe uma mordida.

— Não coma essa maçã! — Vanja disse.

— Mas era tudo invenção — eu disse. — É apenas uma maçã!

— Tudo bem, então — ela disse.

O garçom apareceu com dois cafés e três tigelas de sorvete. Vanja pôs-se a comer o dela assim que o garçom o largou em cima da mesa. Agradeci e ergui o rosto, mas ele não olhou para mim e logo se dirigiu cabisbaixo à mesa ao lado, apoiou os pratos que estavam lá sobre o braço direito, fez uma pilha com os copos no braço esquerdo e desapareceu na escuridão do restaurante.

— Eu quero soprar! — disse Vanja.

Empurrei a xícara para ela, ela soprou, eu tomei um gole. Linda apareceu na esquina, ainda com Heidi no colo. Ela parecia exaltada.

— Eu caí lá dentro — ela disse. — De lado. Com a Heidi no colo e tudo o mais.

— Você se machucou?

— Um pouco — ela disse, sentando Heidi na cadeirinha. Empurrei o sorvete na direção de Linda. — O chão era de pedra. Acho que a Heidi se machucou um pouco também. Ou talvez tenha se assustado um pouco. Mas enfim, foi uma grande comoção. Todo mundo veio me ajudar. O que não é nada estranho, aliás. Uma mulher grávida com uma criança de colo se despenca no chão. Eu caí muito depressa, sabe? Como um navio adernado. Mas logo veio aquele monte de gente atenciosa para me ajudar a levantar, limpar minhas roupas e perguntar como eu estava.

— Parece bem dramático — eu disse.

— E foi mesmo! Eu me senti muito impotente. Como se de repente eu não soubesse nem ao menos andar. Você entende o que eu quero dizer?

— Entendo.

— Não se vê uma criança por aqui. Só Deus sabe onde estão, mas não estão aqui, isso é certo. E de repente eu apareço com uma criança na barriga e outra no colo e me esborracho na frente de todo mundo. Me senti tão escandinava!

No ônibus de volta para casa Vanja dormiu com a cabeça no colo de Linda, enquanto Heidi cochilava no meu. O corpinho dela acompanhava os menores solavancos do ônibus, primeiro enquanto parávamos nos semáforos da cidade, depois na grande autoestrada ao longo da costa, onde o sol flamejante pairava sobre o mar azul-escuro.

A felicidade não era para mim, mas eu estava feliz.

Tudo parecia leve como o vento, meus sentimentos eram grandes e simples, não era preciso mais do que a visão de uma cerca abaulada ou de uma pilha de pneus velhos em frente a uma oficina para que a minha alma se abrisse e um calor quase desconhecido se espalhasse por dentro de mim.

O que faz a alegria?

A alegria nivela. A alegria desmancha. A alegria transborda. Tudo que é difícil, tudo que geralmente nos limita ou nos impede desaparece na alegria. Em termos do anseio que provoca, esse sentimento é insuportável, pois não existe oposição nenhuma na alegria; você simplesmente cai.

E onde é que você cai?

Na abertura total, meu amigo.

Eu olhei para Linda, ela tinha apoiado a cabeça no encosto do banco e fechado os olhos. O rosto de Vanja estava tapado pelos cabelos, que pareciam um tufo de grama no colo da mãe.

Inclinei a cabeça de leve e olhei para Heidi, que me encarou de volta sem grande interesse.

Eu amava aquelas pessoas. Eram a minha turma.

Minha família.

Em termos de material biológico não era grande coisa. Heidi devia pesar uns dez quilos, Vanja talvez doze, e com o meu peso e o peso de Linda devíamos pesar juntos talvez cento e noventa quilos. Era consideravelmente menos do que um cavalo pesava, segundo me parecia, e mais ou menos o mesmo que um gorila macho adulto. Mesmo que nos amontoássemos, nosso volume físico não era exatamente invejável, qualquer leão-marinho seria mais volumoso. Nas coisas que não se podem medir, no entanto, e que eram as únicas coisas importantes no que se relaciona às famílias, em tudo aquilo que diz respeito a ideias, sonhos e sentimentos, à vida íntima, a mistura era explosiva, e distribuída no tempo, que era a dimensão relevante para compreendê-la, ocuparia uma superfície quase interminável. Eu tinha visto a minha bisavó uma vez, o que significava que Vanja e Heidi pertenciam à quinta geração, e se o destino assim quisesse as meninas poderiam vivenciar três gerações, ou seja, aquele pequeno amontoado de carne estendia-se por oito gerações, ou dois séculos, com tudo o que isso trazia em termos de transformações nas relações sociais e culturais, para não falar no número de pessoas envolvidas. Todo um pequeno mundo se movimentava à minha frente em uma velocidade frenética ao longo da autoestrada naquele fim de tarde durante a primavera, minha pequena família que talvez mais tarde continuasse a desenvolver-se de maneira própria, de um jeito só nosso, como eu havia percebido muitas vezes em outras famílias, e sempre invejado: com segurança, bondade e confiança.

Quando as meninas dormiram, aproximamo-nos uns dos outros e permanecemos próximos uns dos outros na escuridão. Os olhos de Linda estavam arregalados como eu os recordava nas primeiras semanas de namoro, como que totalmente expostos e indefesos. Depois nos sentamos na sacada, eu com as cervejas que haviam se tornado um hábito durante os dez dias que passamos lá, Linda com uma ginger ale. A escuridão dava a impressão de pairar acima do chão, que se tornava mais cinza e mais escuro a cada minuto que passava, enquanto as estrelas surgiam uma após a outra no céu, hesitantes e quase tímidas, como se não tivessem muita confiança na memória do quanto haviam brilhado na noite anterior, orgulhosas, duras e com uma indiferença mineral. Mas aos poucos tudo isso retornou, e logo todo o céu escuro estava repleto de brasas crepitantes.

— Acho que eu vou me deitar — disse Linda, se levantando. — Obrigada pelo dia. Quer que eu acenda a luz para você?

— Quero — eu disse. — Boa noite.

— Boa noite, meu príncipe.

A luz se acendeu, os passos dela sumiram na direção do quarto, eu me sentei na cadeira e apoiei os pés na balaustrada. E se Colombo tivesse dado a volta quando eles descobriram a América?, pensei. E se eles tivessem dito que preferiam deixar o continente intocado e permitir que as pessoas de lá continuassem a viver em paz? Que não queriam explorar as riquezas e os povos do continente? Nesse caso a América existiria somente como um pensamento na velha Europa, na Ásia e na África. Todas as novas gerações aprenderiam que existe um continente enorme no oeste. Quanto ao que acontece por lá, não temos a menor ideia. Nem mesmo a respeito do aspecto que tem, dos bichos ou das plantas que existem por lá ou do que as pessoas pensam a respeito da vida e da existência. Não sabemos nada disso, e nunca vamos saber.

Eu nunca tinha pensado um pensamento mais impossível. Isso iria contra tudo aquilo que somos.

Mas também seria absolutamente incrível. Um continente secreto, indesbravado, que ninguém tinha aberto nem explorado, mas simplesmente

859

fora deixado em paz. Que sombra incrível de ignorância não haveria sobre os nossos intelectos europeus!

Terminei de beber a cerveja, apaguei o cigarro e passei um tempo com as mãos apoiadas na balaustrada, olhando para a escuridão por trás da luz dos bangalôs, para o mar que se estendia rumo ao horizonte.

Depois fui me deitar.

Nosso voo de volta para casa partiu duas tardes depois e estava lotado, ficamos estressados por conta de toda a nossa bagagem e da viagem com duas crianças pequenas, mas embarcamos e tanto Vanja como Heidi dormiram poucos minutos após a decolagem. Nós dois afundamos nos assentos. O voo deslizava com luzes piscantes em meio ao céu escuro. A atmosfera a bordo era estranha, muita gente bebia sem parar e falava e ria alto, talvez na tentativa de prolongar as férias ao máximo, outras pessoas dormiam. Meia hora depois a voz do capitão surgiu no sistema de som e ele pediu a todos que se sentassem e afivelassem os cintos de segurança, porque havia uma zona de turbulência à frente. Vanja acordou e começou a chorar. Não era um choro baixo, um resmungo; ela chorava a plenos pulmões. O barulho acordou Heidi, que também começou a chorar. De repente havia um inferno ao nosso redor. Linda e eu tentamos desesperadamente fazer com que as meninas se acalmassem, mas nada adiantava, as duas pareciam ter caído em um lugar de onde não conseguiam sair, e não faziam mais nada além de chorar e chorar. As pessoas toleraram os primeiros minutos daquilo, mas passado um quarto de hora a insatisfação e a irritação ao redor eram palpáveis. Por que aquelas porcarias de meninas não calavam a boca? Por que estavam chorando daquele jeito? Será que éramos maus pais? A situação era insuportável, e quando a luz dos cintos de segurança se apagou eu pedi a Linda que me desse licença para que eu pudesse levar Heidi ao corredor, ela se levantou, eu soltei o cinto de Heidi e a peguei no colo, ela resistiu, começou a se virar e a se retorcer, todo aquele corpinho estava tenso como uma mola, enquanto Vanja chutava o banco da frente. Me espremi pela estreita fresta entre os assentos, meio inclinado, com Heidi se debatendo no meu colo e berrando no meu ouvido, cheguei ao corredor e andei um pouco para a frente onde havia uns poucos metros de passagem livre, mas Heidi não queria saber de nada, não queria andar, não queria ser carregada, não queria estar bem, não queria ver o que estava atrás da cortina, só queria chorar e chorar agitando os braços e as pernas. As pessoas já não conseguiam mais esconder a irritação, todos me encaravam com expressões hostis no olhar, eu, o pai incapaz de controlar as próprias filhas.

Voltei a me espremer de volta ao meu assento, o homem no assento da frente se virou e disse que tínhamos que dar um jeito de fazer com que a menina parasse de chutar, o que Linda fez indignada, ela tem quatro anos!, ela disse em voz alta, eu pousei a mão no ombro dela e pedi que tentasse manter a calma, uma comissária de bordo apareceu com brinquedos, Vanja jogou tudo no chão, furiosa. Meu corpo estava úmido de suor. As crianças estavam presas, não conseguiam sair daquilo, e a única coisa em que eu conseguia pensar era o que os outros passageiros deviam estar pensando. Estava claro que éramos maus pais, por que as nossas filhas estariam berrando daquele jeito? Devia ser por causa de uma infância terrível e traumatizante. Com certeza havia uma coisa errada. Eu nunca tinha visto outras crianças se comportarem daquela maneira em público. Era uma situação de emergência, eu tinha que dar um jeito de fazê-las parar, mas nenhum dos nossos métodos funcionava, tudo que fazíamos era como jogar mais lenha na fogueira. E era também uma situação a longo prazo, aquilo tinha que ser o sintoma de outra coisa que me roía por dentro por trás do suor que encharcava minha testa. Me senti um espécime perfeito de *white trash*, em férias num resort das Ilhas Canárias com minhas filhas mimadas. Tudo estava fora de controle, e num espaço pequeno.

As meninas continuaram daquele jeito por mais de meia hora. E de repente pararam. Primeiro Vanja, depois Heidi. Suadas e exaustas, as duas sentaram-se e ficaram olhando imóveis para o nada. Eu não pude acreditar que era verdade, e não tive coragem de mexer um único músculo do corpo. Minutos depois elas adormeceram, e sete horas mais tarde pudemos colocá-las para dormir na cama de casa. Completamente exaustos, eu e Linda nos olhamos e prometemos que jamais, jamais, em nenhuma circunstância voltaríamos a fazer aquilo outra vez. E então, devagar e de maneira quase imperceptível, tudo que havia de exaustivo e de vulgar em relação ao nosso lugar de férias desapareceu; daquelas duas semanas, restaram a alegria das meninas na piscina, as tardes na sacada e o passeio a Las Palmas.

John nasceu e Linda cuidava dele em casa enquanto eu levava e trazia as meninas do jardim de infância de manhã e de tarde, e passava as seis horas entre uma coisa e a outra trabalhando no apartamento, em parte na tradução da Bíblia, em parte em um romance que eu não conseguia levar a lugar nenhum, e assim foi até a primavera seguinte, quando comecei a escrever sobre mim mesmo. Linda estava no banco do escritório, no escuro, depois de pôr as meninas para dormir e ouvir a leitura que fiz, e disse que aquilo era *hisnande* — vertiginoso. No fim daquele verão, que foi o primeiro de John, fomos primeiro à casa de Yngve em Voss, depois à casa da minha mãe em Jølster, e os planos para uma festa de aniversário de quarenta anos foram tramados pelas minhas costas. Foi uma festa pequena, vinte e poucos convidados não é muita gente, mas para mim foi completamente excessivo. Tínhamos colocado uma mesa retangular na sala, e quando os convidados haviam chegado e estavam com uma taça de champanhe na mão na outra sala, e estávamos prestes a agradecer a presença de todos, pensei em dizer que eram todos personagens de um romance que eu tinha começado a escrever, e que tudo que fizessem e dissessem ao longo da noite seria usado contra eles, mas não tive coragem, eu não disse nada, foi Linda que agradeceu a presença de todos, enquanto eu fiquei de pé ao lado dela, sorrindo em silêncio. Tore fez um discurso, Geir G. fez um discurso e Espen fez um discurso, Linda cantou e Yngve se desesperou ao ver que meu pedido para que ninguém fizesse discursos fora ignorado, e que ele, como meu irmão, daria a impressão de ter negligenciado os deveres que tinha para comigo. Eu disse que não havia problema. Mais tarde ele reuniu Knut Olav, Hans e Tore e organizou um pequeno show, eles tocaram uma música da Kafkatrakterne, uma música da Lemen e uma música do Abba. Durante o resto da noite os convidados beberam e dançaram, eu dancei pela primeira vez em talvez quinze anos e, quando fomos nos deitar, às sete horas da manhã seguinte, eu estava feliz e sentia que aquilo poderia ser o início de uma coisa nova. Na véspera de Ano-Novo, três semanas mais tarde, Geir e Christina se casaram em Malmö, e deram a festa em nosso apartamento, também na menor escala possível: estávamos em seis adultos e cinco crianças ao redor da mesa. A ideia era que os dois passassem o dia seguinte conosco, mas eles foram embora já na tarde do primeiro dia, porque Mathias, o irmão de Linda, telefonou e perguntou se poderia falar com Linda, eu disse que ela estava descansando, ele disse que era importante, o pai deles tinha morrido, será que eu poderia acordá-la?

*

Hoje é dia 26 de agosto de 2011. Falta um minuto para as seis. Estou sentado em um loft não mobiliado em Glemmingebro escrevendo isto, no lugar que começamos a chamar de "casa de verão", já que não tem isolamento térmico. Acabei de entrar na outra casa e acordar Linda; daqui a duas horas, Vanja e Heidi precisam ir para a escola. A escola se localiza a um tiro de pedra daqui, e nas quatro turmas que funcionam por lá existem apenas treze alunos. Nunca planejamos nos mudar para cá, como em muitas outras vezes foi uma coisa que simplesmente aconteceu. O plano era ter uma casa de verão, passar os fins de semana e as férias por lá, mas oito meses depois de tê-la à nossa disposição nos mudamos para lá. E agora moramos aqui, no interior. Eu acordo

862

às quatro horas da manhã todos os dias, tomo café e fumo um cigarro antes de vir para cá, para esse sótão gelado, e escrevo até as oito horas, quando acompanho Vanja e Heidi à escola e na volta durmo por meia hora antes de passar o restante do dia escrevendo. À tarde e no início da noite eu trabalho no jardim, onde tenho derrubado arbustos e árvores como um selvagem, e onde descobri que havia um bonito caminho de pedra completamente escondido pela terra e pela vegetação. Limpei quase tudo, e na semana passada eu plantei nossa grama nova, que já começou a brotar. Na primeira tarde em que comecei a tirar galhos e gravetos, a cortar plantas e arbustos, eu simplesmente não consegui mais parar; às nove horas as meninas estavam de pijama na janela, tentando imaginar o que eu estava fazendo enquanto corria de um lado para o outro levando árvores inteiras de arrasto, e não parei até quase a meia-noite, e desde então tem sido assim; quando eu começo a trabalhar lá fora, não quero mais parar, e tenho de me obrigar a ir para a cama para garantir que vou ter forças no dia seguinte. Era assim que o meu pai fazia quando eu era pequeno, estava sempre trabalhando no jardim, e eu nunca tinha entendido por quê, nunca tinha entendido o que aquilo podia oferecer. Até hoje eu achava que era uma atividade monótona, uma obrigação, e quando eu ajudava a minha mãe com as tarefas domésticas, por exemplo, ou quando íamos para a colônia de jardins, era sempre uma faina, eu sempre tinha vontade de acabar o quanto antes para me sentar e ler. Mas hoje eu entendo. Visto de fora, como eu sempre tinha visto o meu pai e tudo que ele fazia do lado de fora, o trabalho no jardim é a própria imagem da situação pequeno-burguesa, uma coisa no fundo ridícula e superficial, uma forma artificial de ordenar o caos do mundo quando se finge que o mundo não passa de um gramado e meia dúzia de arbustos, para então dominá-lo por completo, ao mesmo tempo que o jardim é o aspecto da vida privada que se revela a todos os outros, e assim funciona como uma vitrine para os arredores. Uma fachada, enfim.

Ontem me sentei para ler um texto escrito por Yngve sobre o The Aller Værste! e o álbum *Material tretthet*, no qual entre outras coisas ele entrevistou os membros que faziam parte da banda naquela época e que ainda estão vivos. Um deles, acho que Harald Øhrn, se descreveu como um vagabundo que tinha levado uma vida de vagabundo. No mesmo instante o anseio surgiu: viajar, ver o mundo que se abre, viajar mais, não se prender a nada a não ser isso, o mundo que eternamente se abre. Era com isso que eu sonhava na minha adolescência, mas foi um sonho jamais realizado. A banda que aqueles caras tinham em 1979 estava relacionada a isso, a fazer o que estavam a fim, independente do que tivesse acontecido. Chris Erichsen foi quem melhor falou a respeito do assunto, chega de tudo que é velho, chega de história, chega de antigos heróis, chega de tudo que é passado, queremos o novo, o aqui e agora, e queremos persegui-lo até o fim, onde quer que tudo acabe. Assim é ter vinte anos, tudo está aberto, mas como aquilo que não está aberto ainda não se mostrou, não sabemos nada a respeito dessas coisas, ou do que trazem consigo, a não ser quando já é tarde demais e tudo está aberto para a geração seguinte, enquanto você arruma o jardim de casa em um bairro residencial, com filhos e um carro, e talvez logo também um cachorro, que a filha mais velha naturalmente há de ganhar se quiser.

Foi assim que me senti ontem quando me sentei para ler o manuscrito de Yngve, enquanto Heidi brincava no balanço da macieira e de vez em quando gritava para mim coisas em que estava pensando, como por exemplo quando me perguntou se eu sabia o que ela queria ser quando crescesse. Não, eu disse. Eu vou trabalhar como duende!, ela gritou. Heidi riu disso por um bom tempo. Eu disse que parecia uma boa ideia e continuei minha leitura. Tomar a vida nas próprias mãos: não estudar, não trabalhar, simplesmente ensaiar com os amigos numa banda. Ou então descer pelo continente, arranjar um trabalho, ganhar uns trocados, continuar viajando.

Esse era o anseio. Estar aberto para o mundo, deixar que as coisas aconteceram da maneira como aconteciam e não se deixar levar pelas estruturas predeterminadas que a formação, o trabalho, os filhos e a casa estabeleciam, essa calcificação da vida que girava em torno de instituições: jardim de infância e escola para os filhos, talvez hospital e casa de repouso para os pais, um trabalho para si.

Então, quando eu corria pelo jardim como um selvagem, com as chamas da pequena burguesia ardendo dentro de mim, não muito diferente do meu pai, a não ser pelo fato de que a barba dele era cerrada enquanto a minha é rala e o corpo dele era forte enquanto o meu é magrelo, aquilo dificilmente poderia ser interpretado de outra forma que não como uma fuga para dentro. Ao mesmo tempo, era uma coisa da qual eu gostava. O cheiro de terra, todos os vermes e todos os besouros que rastejavam por lá, a alegria quando um galho enorme caía no chão e a luz banhava a pedra até então ensombrecida, as meninas que de vez em quando apareciam para ver o que eu estava fazendo ou para me dizer qualquer coisa.

Eu tinha tido a chance aos meus vinte anos. Não a aproveitei. E naquele momento eram elas que tinham a chance. Era a vez delas. Aquele era o futuro delas.

O que fala agora é a voz da resignação, mas também da necessidade e do insight repentino: é assim que deve ter sido, desde sempre. Eu nunca soube. Mas alguém sempre soube, porque alguém sempre esteve lá. *Ulysses* é um romance que trata disso, a diferença entre ser filho, como Stephen Dedalus, e ser pai, como Leopold Bloom. Stephen supera Bloom em tudo, mas não nisso. Leopold não tem as aspirações e o ímpeto de Stephen, não quer mais nada, sente-se em casa. Leopold Bloom é uma pessoa completa, Stephen Dedalus é uma pessoa incompleta. Apenas Stephen pode criar, pois criar é desejar a completude, criar é voltar para casa, e as pessoas completas não sentem essa inquietude, essa necessidade, esse anseio. Hamlet, assim como Stephen, é um filho, e na verdade não é nada além disso. O que desencadeia sua crise é a morte do pai, e a traição da mãe a sustém. Hamlet não tem casa. Jesus não foi pai, mas filho, e não tinha casa. Hamlet, Stephen, Jesus, Kafka e Proust eram todos filhos, e não pais. Havia portanto uma parte de ser uma pessoa com a qual não tinham intimidade, e que talvez desconhecessem por completo. Mas que parte é essa? O que significa ser pai? Ser pai é uma obrigação, de maneira que é possível ter filhos sem tornar-se pai. Mas no que consistem essas obrigações? É preciso estar presente, é preciso estar em casa. As aspirações e o ímpeto são incompatíveis com isso, pois o que as aspirações desejam é o infinito, e o que estar em casa faz é impor limites. Um pai sem limites não é um pai, é um homem com filhos. Um homem sem limites é um filho, ou seja, o filho eterno. O que o filho eterno recebe ou conquista, ele não passa adiante, e recebe ou conquista porque não é completo, e não está em seu chão. O fato de que o meu pai se mudou para a casa da mãe antes de morrer não é um detalhe casual; ele morreu como filho. Tinha renunciado a todas as suas responsabilidades como pai, o que somente pode ser feito quando as responsabilidades de pai são uma grandeza externa, um papel que um homem assume porque não há alternativa. E acho que para ele foi assim. Ele não queria estar nessa situação. Ele foi pai aos vinte anos e deve ter reprimido tudo que havia de transgressor dentro de si, deve ter lutado contra todas as aspirações e todos os ímpetos, porque aquela agressão, aquela fúria e a frustração que trazia consigo, e que deixou marcas em toda a minha infância, somente podiam tomar conta de uma pessoa que não queria estar naquela situação, que não queria fazer o que estava fazendo. Se foi mesmo assim, ele sacrificou toda a vida adulta, todo o tempo entre os vinte e os quarenta anos, por uma coisa que ele não queria fazer, mas era obrigado. O fato de que eu tinha dezesseis anos e portanto era praticamente um adulto quando meu pai abandonou a família indica que ele levou a responsabilidade a sério. Mas ele não era um pai; era um filho. Não era uma pessoa completa, não tinha paz de espírito, não tinha peso, como os adultos têm. Minha mãe também tinha vinte anos quando foi mãe, mas ela era uma pessoa adulta, ou pelo menos tornou-se adulta quando a responsabilidade surgiu. Ela também era a mãe

865

do meu pai, no sentido de que impunha limites, que era uma coisa que ele não sabia fazer, e que nenhum filho pode fazer em relação ao pai. Essa é uma simplificação meio grosseira, mas acredito que seja verdadeira. O pai de Linda desconhecia os limites de uma forma completamente distinta, ele era maníaco-depressivo, o que é o mesmo que uma renúncia a toda e qualquer responsabilidade em relação à própria vida, pois tanto o desejo de agir trazido pela mania como a paralisia do agir trazida pela depressão são forças que não se deixam controlar pelo eu, existe algo no interior da personalidade que a leva a oscilar para cima e para baixo, e que faz com que nunca esteja lá, mas pareça o tempo inteiro expandir-se mundo afora ou implodir-se na esfera íntima, e naturalmente uma renúncia em relação à vida dos filhos. Tanto Linda como eu somos filhos de filhos, e a ausência de limites era uma grandeza na qual estávamos inseridos, Linda desde que era muito pequena, eu desde os meus dezesseis anos, mas na verdade desde que eu era muito pequeno, uma vez que aquilo que eu testemunhei e com o que me envolvi no que dizia respeito ao meu pai era o anseio por limites causado pela ausência de limites, que, na falta de paz interior e de peso, eram retirados do exterior, o que, para um homem nascido em 1944, era o papel de um pai severo e autoritário. A mãe do pai de Linda morreu quando ele tinha treze anos, e ele teve de assumir sozinho a responsabilidade pelos irmãos. Ele estava no hospital quando ela morreu, estava lá e se deitou na cama ao lado dela. Era muito apegado à mãe, e talvez esse apego todo possa ser explicado simplesmente porque nunca foi saturado pela vida, uma vez que a vida dela terminou antes que ele pudesse libertar-se dela, mas assim mesmo se manteve forte nele. Não sei, eu o vi apenas três vezes. Uma vez em nosso apartamento na Regeringsgatan, uma vez no apartamento dele e uma vez por acaso, na rua. Ele era uma pessoa calorosa e aberta, talvez aberta demais para o próprio bem. Na minha vida com Linda ele era distante, eu achava que ela tinha se afastado do irmão havia muito tempo, e que devia ter feito isso porque tinha sido necessário. Quando estava com vinte e poucos anos, Linda tinha sido diagnosticada como maníaco-depressiva, ou bipolar, como se dizia na época, e passou mais de um ano internada. A vida dela, cada vez mais intensa, de repente transformou-se numa grandeza incontrolável, era como se estivesse perto demais da beira do abismo e no fim tivesse caído. Ela caiu na ausência de limites. Era uma das possibilidades que a vida dela tinha, um dos caminhos que estava aberto para ela. Quando nos conhecemos, essa ideia tinha perdido força e passado. Na altura o pai morava sozinho num apartamento perto do nosso, como que afastado da sociedade, porque não havia trabalhado por muitos anos, desde quando tinha adoecido, e ele tinha organizado a própria vida da melhor forma possí-

866

vel para si. Ele morreu sozinho num apartamento novo, para onde tinha acabado de se mudar. Morreu na véspera do Ano-Novo. Quando ficou sabendo do acontecido, no dia 1º, Linda sentou-se no chão do corredor, com as costas apoiadas na parede. As crianças estavam dormindo. Ela chorou. Christina e Geir fizeram as malas e foram embora para nos deixar a sós. À noite eu acordei com Linda chorando ao meu lado, eu passei a mão de leve pelas costas dela e ela tornou a dormir. Nunca compreendi que nas três semanas a seguir ela tenha vivido o mesmo que eu tinha vivido ao perder o meu pai onze anos atrás. Ela foi a Estocolmo, deixou tudo acertado com a agência funerária, deixou tudo acertado com o advogado, dividiu com o irmão Mathias as coisas do pai que estavam no apartamento e chorou a perda do pai. Ela chorou a perda do pai, mas eu, marido dela, não estava ao lado dela. Eu estava escrevendo. E sobre o que eu estava escrevendo? Sobre a morte do meu pai, que onze anos atrás tinha ocupado todo o meu ser, como que obscurecido minha vida inteira, e que ainda me ocupava. Quando aconteceu com Linda, assisti a tudo de longe, e minhas tentativas de consolar e participar eram mecânicas. Nos momentos realmente importantes, eu fraquejava. Para mim eu dizia que meu papel era tomar conta das crianças, e que eu precisava escrever, não apenas por mim, mas por toda a família, afinal a gente precisava do dinheiro. Eu também estava bravo com Linda, como tinha estado por muito tempo. Mas tudo que havia de pequeno e de corriqueiro, tudo que havia de mesquinho e de egoísta, tudo aquilo em que nós, ou pelo menos eu, vivemos as nossas vidas, às vezes precisa ser transcendido, porque nos momentos realmente importantes, que dizem respeito à vida e à morte, o pequeno não participa, e nessas horas as pessoas que se apegam a detalhes tornam-se pequenas.

Na manhã antes do enterro pegamos um avião para Estocolmo. John tinha um ano e meio, Heidi três anos e meio, Vanja quase cinco. Linda tinha pegado emprestado o apartamento de uma amiga, que as crianças em segundos transformaram em uma zona de guerra. Ao longo da tarde recebemos visitas, primeiro chegou Ingrid, a mãe de Linda, depois Mathias, o irmão de Linda. Tomamos uma garrafa de vinho e passamos duas ou três horas conversando. Mathias, caloroso e presente, me perguntou como estava a escritura do meu livro. Eu disse que estava às voltas com um romance autobiográfico e que ele aparecia no livro. Mathias arregalou os olhos. Linda disse sorrindo que achava que eu a mataria no romance. Eu disse que ela teria poder de veto; se houvesse qualquer coisa que não quisesse ver publicada, eu daria um jeito de excluir. Mathias disse que dava a Linda o poder de veto que cabia a ele. Eu sentia a consciência tão pesada em função do que eu tinha escrito que naquele mesmo instante resolvi excluir todas as passagens relacionadas à família dela. Eram pessoas tão amistosas! E no dia seguinte haviam de enterrar o pai e o ex-marido. Quem é que escreve sobre outras pessoas numa situação tão delicada? Durante todo o tempo que passamos lá sentados as crianças movimentavam-se entre a sala onde estávamos e o outro cômodo, onde assistiam a um filme. Heidi sentava-se no meu colo de vez em quando e passava um longo tempo observando Mathias; Vanja ficava com a avó e ignorava Heidi, enquanto John devorou-o com os olhos e virou o rosto apenas por um breve instante quando Mathias o pegou no colo, para então explodir em risadas quando ele o jogou para cima.

Mathias e Linda falaram sobre os últimos preparativos antes do enterro na manhã seguinte, falamos um pouco sobre pedir a Ingrid que tomasse conta das crianças por uma hora para tomarmos um café nas redondezas, mas no fim resolvemos ficar em casa, e quando a mãe e o filho se foram colocamos as crianças na cama e nos deitamos ainda cedo. Quer dizer, eu fiquei lendo sentado enquanto todos dormiam ao meu redor, era o novo livro de Carl--Johan Vallgren, *Kunzelmann & Kunzelmann*, um romance contemporâneo meio violento que eu tinha comprado no dia anterior por causa de um debate no programa *Kulturnyheterne* da TV sueca, durante o qual Ingrid Elam, a apresentadora, tinha dito *jag tycker mycket illa om den*, um comentário depreciativo que para mim era um selo de qualidade. E foi bom ficar lá sentado, lendo no apartamento escuro, sob a luz de uma única lâmpada, rodeado pela respiração daquelas pessoinhas, sem pensar em nada a não ser na história contada com tanta graciosidade e excesso.

No dia seguinte coloquei os vestidos mais arrumados nas meninas e vesti o meu terno preto, enrolei-as nos macacões de chuva, que felizmente tivemos a presença de espírito de levar, porque na rua ventava forte e caía uma mistura de neve e chuva, prendi-as nos assentos do táxi que nos esperava e percorremos os vinte quilômetros até o Skogskyrkogården na companhia de Ingrid, Mathias e Helena, que nos acompanhava para tomar conta de John durante a cerimônia. Chegamos uma hora adiantados. Havia um pequeno abrigo na parte interior do muro que circundava a área da capela, deixamos nossas coisas lá enquanto Vanja e Blanca, a filha um ano mais velha de Helena, brincavam correndo em meio às árvores, com Heidi correndo meio indecisa atrás. Linda e Mathias entraram na capela para ver a decoração e falar com o agente funerário.

Enquanto os dois estavam lá dentro, um carro parou do outro lado. Um homem abriu o porta-malas, outro homem apareceu e juntos os dois cuidadosamente puseram um caixão em cima de um carrinho.

O pai de Linda estava lá dentro.

Devagar, aqueles dois homens vestidos de preto empurraram o caixão ao longo de um caminho de pedra em meio aos pinheiros verdejantes que se balançavam de um lado para o outro ao sabor do vento. Pararam em frente às portas, abriram-nas e empurraram o carrinho para o interior da capela. Vi o cuidado com que puseram o caixão em cima do catafalco na extremidade oposta da minúscula peça quando as portas se fecharam. Depois virei o rosto para dar uma olhada nas meninas. Estavam correndo em meio às árvores, muito visíveis contra o fundo de neve suja que cobria o solo. As portas abriram-se mais uma vez, os dois homens de roupas pretas foram até o carro do outro lado da cerca e entraram. O farol traseiro brilhou vermelho quando o motor foi ligado. O céu estava cinzento e pesado acima dos pinheiros verdejantes.

O carro avançou devagar pela estrada e desapareceu. Pensei que a pequena capela de pedra tinha um aspecto um pouco monumental, apesar do tamanho minúsculo. A estética dos anos 1920 se revelava naquilo, o espírito de Sangue e Solo, florestas norueguesas e mortes heroicas que pairava sobre toda a enorme região do cemitério.

Linda e Mathias voltaram. Olhei para baixo porque eu não queria interromper o luto deles. Linda sugeriu que déssemos bananas ou tangerinas às crianças. As frutas estavam na minha mochila, que eu havia esquecido.

— Eu esqueci a mochila — eu disse.

— Como? — disse Linda, olhando furiosa para mim.

— O que você tinha posto lá dentro? — eu perguntei. — Alguma coisa importante?

Pensei no livro com o poema que ela ia ler, ou em outra coisa imprescindível para a cerimônia. Mas não, eram apenas um punhado de frutas e um punhado de fraldas.

— Excelente — ela disse, se contendo. — *Dig kan man i alla fall inte lita på!*

Fiquei revoltado ao ser tratado como uma pessoa indigna de confiança, mas as circunstâncias eram um atenuador, o pai dela seria enterrado em quarenta minutos, então eu não disse nada.

— Me dê um cigarro — ela disse.

— Eu não tenho cigarros — eu disse.

— *Du är en rökare. Varför har du inga sigaretter just idag?*

— Não tenho cigarros hoje porque você pegou todos hoje de manhã. Você os colocou na sua jaqueta. Ainda devem estar lá.

— Não — ela disse, batendo nos bolsos. — Bem, enfim…

Então Linda saiu e desapareceu atrás da sala de espera, e Helena evitou olhar para mim.

869

— Eu vou pegar o John e tentar fazer com que ele durma um pouco — eu disse. Ela fez um gesto afirmativo com a cabeça, empurrei o carrinho e desci até a estrada, onde fiquei andando de um lado para o outro com John, que mal olhava para mim de dentro daquela trouxa de roupas e cobertas, por vinte minutos, enquanto o vento atravessava o tecido fino do meu terno e deixava o meu corpo gelado, e a neve derretida em que eu pisava encharcava os meus sapatos. Eu sentia um frio que havia muitos anos não sentia quando voltei com John dormindo no carrinho. Os primeiros convidados haviam chegado, eu apertei a mão de todos, sou o marido de Linda, eu disse, ah, sim, nós lemos a seu respeito, as pessoas diziam. Pouco tempo depois, além das crianças havia quinze pessoas reunidas ao redor do caixão. Mathias colocou um cachecol do time de futebol em que o pai havia jogado durante a juventude em cima do caixão, nos sentamos, uma harpista tocou Bach, Vanja e Heidi olharam ao redor com olhos arregalados. Mas elas sabiam que tinham que ficar em silêncio, e quando Heidi queria falar comigo ela falava aos cochichos. Mathias de vez em quando erguia a cabeça, como se estivesse tomando ar, com o rosto contorcido em caretas repentinas. Linda tinha os olhos rasos de lágrimas, que de vez em quando transbordavam e escorriam-lhe pelas bochechas. Quando começou o primeiro número musical, uma canção dançante com a Benny Anderssons Orkester, a tristeza tomou conta de mim também. Eu não tinha conhecido o pai de Linda, mas eu conhecia os filhos dele, e aquela dor me comoveu. Vanja olhava fixamente para a mãe, porque nunca a tinha visto naquele estado, e de vez em quando sorria para ela, como que para consolar-lhe. Eu tinha dito para ela de antemão que a mamãe ia chorar, e que não havia problema nenhum, era sempre assim nos enterros, as pessoas choravam e ficavam tristes, era uma forma de se despedir dos mortos, que nunca mais haveriam de voltar. O mestre de cerimônia ofereceu um retrato da vida do falecido, Mathias leu um pequeno texto em memória do pai e chorou copiosamente no início e no fim, porém no mais leu com a voz alta e clara. Linda leu um poema. Tocaram "Bridge Over Troubled Water". De repente Vanja começou a chorar e a soluçar. Ela chorava desconsolada, agarrando-se a Linda. Heidi, que estava no meu colo, começou a afagar a irmã. O choro era tão violento que no fim tirei-as da salinha e levei-as até a construção que parecia uma guarita, onde John estava dormindo. Quando chegamos lá, Vanja quis voltar na mesma hora, ela já não estava mais chorando e queria pôr flores em cima do caixão, conforme havíamos combinado. Eu as levei de volta, uma em cada braço, coloquei-as no chão ainda no lado de fora, abri as portas e entrei no exato momento em que a cerimônia se encaminhava para o fim e os últimos convidados punham flores em cima do caixão. Mais tarde Linda disse que a cena tinha sido muito bonita, quando abrimos as portas e entramos com a luz às nossas costas, as duas meninas que puseram cada uma um buquê de flores em cima do caixão, a música de encerramento e todas as pessoas que ao sair curvaram-se para prestar suas últimas homenagens ao morto.

Na pousada para onde fomos a seguir o primo de Linda me contou sobre como era quando o pai dela os visitava no verão, enchendo a vida de todos com a energia quase maníaca e aventureira, levando-os a pescar ou a dar passeios de carro, totalmente incapaz de parar quieto.

No dia seguinte pegamos as meninas e fomos para o Djurgården. Quando chegamos ao aquário, Mathias nos encontrou. Ele disse que ao fim do enterro tinha ido a um pub para beber até *supa sönder skallen*, como se diz em sueco. Os olhos dele eram sensíveis e amistosos, a voz em uma constante busca pela alegria, uma constante busca por coisas leves a dizer, e quando estávamos prestes a nos despedir ele pôs a mão no meu ombro como um velho camarada. Ele tinha perdido o pai, e, segundo pensei enquanto estávamos lá, aquele não era o mesmo pai que Linda tinha perdido, pois ser filho e ser filha não são a mesma coisa, e havia uma diferença tão fundamental entre Linda e Mathias, até mesmo no luto, que certamente deviam ter percebido o pai de maneiras distintas.

À tarde fizemos as nossas malas e pegamos o trem para o aeroporto de Arlanda. Chegamos três horas antes de o voo partir. Mas as meninas brincaram e passaram o tempo inteiro de bom humor, mesmo que o voo tenha sofrido um atraso de uma hora, partindo apenas às nove e meia da noite. As crianças dormiram assim que nos acomodamos nos assentos, mas quando aterrissamos em Kastrup tivemos um problema: como carregar duas malas, uma mochila, uma bolsa grande e três crianças adormecidas? Para complicar tudo ainda mais, o avião tinha estacionado no fim do terminal, a talvez quinze minutos a pé da área de chegada. De um jeito ou de outro, saímos do avião e entramos naquele corredor interminável e já completamente deserto. Linda carregava John e levava Vanja pela mão, enquanto eu levava Heidi, as duas malas, a mochila e a bolsa grande. Vinte metros adiante Linda parou e disse que não havia como, era peso demais. Mas você só está levando o John, eu disse. Claro que você consegue, porra. Mas não, aquilo doía e incomodava, não daria certo.

— Socorro! — ela gritou de repente. — Precisamos de ajuda!

— Trate de parar quieta — eu disse. — Você sabe que não pode gritar por ajuda aqui.

Um casal mais à frente se virou e olhou para nós. Eu balancei a cabeça numa tentativa de dar a entender que não estava acontecendo nada de mais sério. Se um de nós dois tivesse sofrido um infarto eu entenderia o pedido de ajuda. Mas porque ela estava carregando peso demais? Que Deus me ajude. Que Deus me ajude.

Havia uns carrinhos de bagagem.

Respirei aliviado, acomodei as malas na parte de baixo, coloquei Heidi na parte de cima e comecei a andar, sem esperar por Linda. "Socorro"... Se tivéssemos nos perdido em uma montanha, ou se nosso barco tivesse naufragado no oceano, talvez eu gritasse por ajuda. Mas dentro da merda de um aeroporto?

Sorri e me virei, esperando por todos. O restante do trajeto correu bem, as crianças estavam de bom humor, mesmo cansadas, e só voltamos a ter problemas no ponto de táxi, quando Linda xingou o pobre taxista, que ficou indignado a ponto de jogar nossas malas no chão e gritar com ela. Um outro taxista dócil e amistoso se aproximou e ofereceu ajuda, enquanto eu preferia ter sido tragado pelo chão de tanta vergonha e humilhação, ele perguntou se tínhamos feito uma viagem muito longa, Linda respondeu que sim, se por acaso estávamos muito cansados, Linda respondeu que sim enquanto eu sentia como se estivessem me sufocando quando vi as luzes deslizarem pela carroceria à medida que nos aproximávamos do Triangeln e quando enfim pudemos descer do carro, pegar o elevador, pôr as crianças para dormir e nos deitar. A última coisa que fiz foi colocar o ovo de dinossauro de Heidi em uma tigela com água. Assim o ovo teria chocado e revelado um pequeno dinossauro quando ela acordasse na manhã seguinte.

*

27 de agosto, 8h06. Estou sentado em um anexo em Møn, na Dinamarca, vou participar de um evento hoje e amanhã à tarde por aqui, e vim de carro de Glemmingebro ontem à tarde. A mãe de Linda está na nossa casa para dar uma ajuda, ela nos ajudou durante todo esse último mês. Quando eu terminar as minhas coisas por aqui vou me sentar em Malmö e terminar o romance. Na sexta-feira vou com Linda para os arredores de Copenhague participar do festival de literatura no Louisiana Museum. As coisas mudaram na vida dela. Linda começou a assumir um controle maior. Passou a dar um longo passeio todas as manhãs, parou de fumar, já não bebe mais álcool, nem mesmo um copo de vinho com a comida, passou a fazer refeições saudáveis e por mais de um mês não esteve nem depressiva nem eufórica, mas por assim dizer em si mesma.

Ontem à noite acordei com Linda gritando.

— Socorro! — ela gritou, um grito alto e longo, como se estivesse ameaçada. Acordei sobressaltado, claro, abracei-a e disse que era apenas um sonho.

Ela balbuciou que sabia e voltou a dormir. Eram quatro e meia, eu desci à cozinha e preparei café, subi ao porão na outra casa e comecei a escrever. Eu tinha escrito a passagem sobre o enterro do pai de Linda assim que tudo aconteceu, e depois havia esquecido. Me lembrei porque ela tinha gritado por socorro no aeroporto e agora gritou outra vez. Na hora eu fiz uma leitura literal do pedido, como se ela quisesse ajuda para carregar John, mas quando reli a passagem foi impossível não pensar na cena como uma coisa diferente e maior, um grito da alma, para mim, ela precisava da minha ajuda. Eu precisava deixar todo o restante de lado, ela estava passando por uma situação difícil, eu tinha que ajudar.

Não foi o que eu fiz. Eu fiquei irritado e constrangido.

Quando ela tornou a gritar ontem à noite, pensei que eu devia ajudá-la. Espero que eu consiga, e espero que eu seja bom o suficiente.

Espero que eu tenha aprendido.

*

28 de agosto, 4h56. Está totalmente escuro lá fora. A casa onde escrevo fica próxima ao mar, e a primeira coisa que fiz ao acordar uma hora atrás foi continuar deitado, ouvindo o leve rumor da rebentação mais abaixo. Ontem à noite acordei com relâmpagos e trovões muito fortes, a paisagem inteira era iluminada pelas descargas elétricas. Os raios caíam bem do lado de fora, o som chegava ao mesmo tempo que a luz, explosões impressionantes. Depois veio a chuva, também violenta, um aguaceiro começou a cair e a tamborilar por toda parte. Quando falei com os meus anfitriões na manhã seguinte eles me contaram que a água tinha entrado na cozinha da casa. Pouco antes das duas horas fomos ao lugar onde ocorreria o evento, e em vários pontos havia água na estrada, com uma altura entre cinquenta centímetros e um metro de altura. A paisagem estava completamente encharcada. Não consigo me lembrar de uma tempestade elétrica tão intensa como aquela em toda a minha infância, nem mesmo na idade adulta, a não ser quando nos mudamos para Malmö e o horizonte cinza-chumbo parecia completamente tomado por aqueles dardos velozes e enviesados de luz que desciam rumo ao chão, enquanto o céu se enchia de estrondos e estrépitos. A explicação mais provável devia ser que as condições atmosféricas eram diferentes naquele lugar. Porque não seria possível que houvesse cada vez mais tempestades elétricas, de intensidade cada vez maior?

O evento de ontem foi bom. Havia duzentas pessoas e eu falei por duas horas, primeiro com a pessoa que me entrevistou, que fez umas perguntas, depois com o público, que fez outras perguntas. Minha estratégia nessas situações é muito simples, eu tento estar tão presente no momento quanto possível, quer dizer, tento não dizer coisas que eu já tenha dito antes, mas busco responder a todas as perguntas como se fosse a primeira vez que as ouço. E além disso tento não fazer nenhum tipo de autocrítica, mas simplesmente dizer o que me ocorre na hora. Depois eu não me lembro do que eu disse, e minha única vontade é ficar sozinho, porque sinto como se eu tivesse sido posto em exposição no palco, todo mundo olhou para mim, não apenas de relance, mas por mais de duas horas, e eu corri grandes riscos não tentando parecer outra pessoa. É estranho que seja tão doloroso, mas é. Quando as pessoas riem do que eu digo, ou quando soltam um suspiro indicando que aquilo que eu disse é o que elas mesmas pensam, é doloroso para mim, porque eu as estou enganando, esse é o meu sentimento, as pessoas estão caindo no meu truque. Linda certa vez me chamou de andarilho, e de certa forma essa é uma imagem adequada. Mathias, que apareceu na Kulturhuset de Estocolmo quando estive lá duas semanas atrás, disse mais tarde para a mãe que eu tinha sido incrível, e que ele nunca tinha me visto ser tão caloroso e tão sincero. O problema é justamente esse, quando estou com Mathias e Linda ou qualquer outra pessoa próxima, eu sou o exato oposto de caloroso e sincero. É como se eu só pudesse ser caloroso e sincero na frente de um grupo numeroso de pessoas estranhas, e não na frente de um pequeno círculo de pessoas próximas. Por isso o que eu faço é como um truque. Quando estou no palco, falando com as pessoas, a distância é grande. É uma situação que consigo administrar, e assim parecer próximo e caloroso. Quando depois me sento à mesa para comer com os organizadores, a distância em relação a eles é pequena, mas a distância em mim é grande. Não digo nada, e com certeza devo parecer frio e desinteressado, não aberto e caloroso, como poucos minutos antes no palco. É como se ter um nome me permitisse ser a pessoa que realmente sou, ou a pessoa que sinto que sou, mas apenas em situações encenadas, não em situações normais da vida social. Por isso me sinto tão falso depois, mesmo que na verdade eu tenha sido mais verdadeiro. Os sorrisos, a amabilidade, a admiração que encontro quando dou autógrafos são simplesmente insuportáveis, não porque não sejam bem-intencionados e sinceros, mas porque resultam das premissas erradas. Preciso afastar tudo isso dentro de mim. Ao mesmo tempo, imagino que eu vá sentir falta do rumor que me recebe quando entro num auditório, dos olhares que por toda parte olham discretamente para mim e das salvas de aplauso que chovem em cima de mim quando o vento virar, minha estrela cair e eu tiver me transformado na novidade de ontem.

Outro sentimento forte que tive a seguir foi o de haver traído o romance falando publicamente a respeito dele. O romance ainda não é público, ainda é só meu, é o lugar para onde vou e onde passo todos os dias, uma parte de mim, meu âmago, que, no instante da publicação, torna-se parte do mundo exterior e deixa de ser o lugar para onde vou e onde estou. Falar sobre o romance tanto quanto falei ontem não é bom. De certa forma, é como se a confiança estabelecida entre mim e o romance fosse quebrada. E, quando falei a respeito, o romance pareceu melhor, mais interessante e mais importante do que é. Especialmente o ensaio sobre *Minha luta* parecia importante quando eu falava a respeito, porque aquilo soava muito bem, quatrocentas páginas sobre a Viena do pré-guerra, a Weimar do entreguerras, a forma como o tempo e a psicologia se relacionam, a arte e a política, e a fórmula para tudo aquilo que existe de humano, eu-tu-nós-eles-isto, era fácil discorrer sobre o assunto e envolver tudo em uma aura de relevância nesse contexto. Eu falava sobre isso porque as pessoas tinham feito um esforço para chegar a esse ponto, e eu sentia como se não pudesse simplesmente me sentar e falar a respeito de mim e das minhas coisas, eu precisava transformar aquilo em um acontecimento relevante para as pessoas, criar um nós, e era isso que eu fazia. Para superar o momento, para obter um lucro momentâneo, eu traía o romance. É assim que tudo se mistura enquanto estou aqui sentado. O bem e o mal, o falso e o verdadeiro, a literatura e a realidade, o próprio e o comum. Como se não bastasse, me entregaram um exemplar do *Weekendavisen*, onde o quarto volume, que tinha acabado de sair, era resenhado. Li apressadamente a resenha assim que cheguei em casa. Era assinada por Bo Bjørnvig. Ele tinha escrito que pela primeira vez na série eu não fora sincero, e que essa característica era perceptível ao longo de todo o romance. Havia um tom de falsidade, enfim. Eu não tinha pensado no romance desde que tinha acabado de escrevê-lo, mas quando li aquilo tudo voltou, e eu soube que o que Bjørnvig tinha escrito era verdade. Eu não tinha sido sincero naquele livro. Eu o havia escrito sob uma pressão enorme, porque os dois primeiros volumes já tinham saído na época, e havia um intenso debate na mídia, muitos artigos sobre os livros, todos os dias, todo mundo tinha coisas a dizer sobre eles, um jornal como o *Morgenbladet* dedicou a capa e várias páginas internas à imoralidade do que eu havia feito, e não apenas publicou o nome do meu pai, mas também fotografias de um arbusto de rododendro que ele havia plantado e da casa dos meus avós. No romance aquela casa nem ao menos aparecia, eu tinha feito a ação se passar em outro lugar, e os nomes deles também não aparecem nos romances, mas com esse artigo tudo se tornou público. Outros jornais começaram a telefonar para os outros personagens do romance que puderam rastrear. Falei com Jan Vidar, ele saiu pela porta de casa e topou com dois jornalistas que queriam entrevistá-lo a meu respeito. Falei com Mathias, ele tinha levado o filho do jardim de infância para casa em Estocolmo e estava preparando o jantar quando a campainha tocou, eram dois jornalistas da Noruega que queriam falar a meu respeito. Mathias, que nem ao menos aparecia no romance, disse que não, obrigado. Assim que fechou a porta ele ligou para a mãe e deu o alerta. Havia jornalistas a caminho. E de fato logo depois tocaram a campainha do apartamento dela. Ela não abriu. Os jornalistas foram embora e voltaram mais tarde, depois que ela já havia se deitado. Não desistiram, e ela não tinha coragem sequer para sair da cama e ir ao banheiro, com medo de revelar que estava em casa, e de que assim os jornalistas não desistissem. Também ligaram para Vidar, o ex-marido dela, um homem com mais de setenta anos que mora em uma casa no meio da floresta, e perguntaram o que ele achava de mim e da maneira como eu havia descrito a ex-mulher dele. Ligaram para a minha mãe e para Yngve, para Tonje e Tore, e no lugar onde eu havia crescido quatro dos meus velhos amigos apareceram no jornal local contando histórias sobre mim e sobre as coisas que havíamos feito. Ligaram para todas as minhas ex-namoradas, ligaram para os meus antigos professores, e um deles, que era o único a quem eu havia me referido pelo nome completo, Jan Berg, apareceu na TV e falou sobre como era ser descrito como "uma pessoa má" no romance de maior sucesso naquele outono. Todos os dias os jornais publicavam matérias a respeito dos livros, e a minha fotografia estava por todos os lados. Toda a minha vida particular foi virada de ponta-cabeça, já não havia mais limites, quando eu estava na Litteraturhuset em Oslo um jornalista do *Dagbladet* correu atrás de mim e repetiu muitas e muitas vezes a mesma pergunta, por acaso eu tinha feito sexo com uma menor de idade? Ele se referia ao quarto livro, que eu ainda estava escrevendo, e a pergunta, que no fundo era o mesmo que perguntar se eu era um predador sexual, tinha sido feita porque eu havia mencionado uma conversa minha com Geir A. no segundo livro, na qual eu dizia que o quarto livro seria a respeito da temporada que eu havia passado no norte da Noruega. Eu não via nem ouvia nada do que era publicado nos jornais, dito no rádio ou na TV, mas era informado de tudo e ouvia histórias sobre jornalistas que tinham ligado para lá e para cá. Quanto a mim, no início bombardearam-me com emails, mas isso logo passou, então foi como se eu me encontrasse no olho do furacão. O *Verdens Gang* entrevistou as pessoas que trabalhavam no fast-food de comida chinesa ao lado da entrada do prédio onde eu morava,

876

segundo ouvi dizer, e também os funcionários do café que eu costumava frequentar, e o prefeito de Malmö, e também os meus senhorios, a quem perguntaram quanto eu pagava de aluguel. Nesse clima, em que tudo na minha vida foi revirado, eu escrevia sobre o ano que havia trabalhado como professor no norte da Noruega. Era um lugar muito pequeno, onde todos se conheciam, e a situação tinha sido um tanto delicada, porque eu tinha ido para lá na qualidade de professor, e uma coisa era escrever sobre a vida da minha família ou do meu círculo mais próximo, mas outra coisa era escrever sobre as crianças que eu havia conhecido na escola na qualidade de professor, porque o que me haviam revelado, na época, era naturalmente revelado em uma confiança quase total, mas assim mesmo inconsciente, que não era revelada para mim, mas para o papel que eu desempenhava como professor, sem nenhuma suspeita de que um dia o professor acabaria escrevendo sobre elas e a vida que levavam. Os pais haviam confiado em mim para falar a respeito dos filhos, e indiretamente a respeito de si próprios. Quando escrevi os dois primeiros romances eu simplesmente não pensava na publicidade; eu estava acostumado a que aquilo que eu escrevia e pensava de certa forma permanecesse no romance, mesmo nos lugares onde eu havia escrito coisas horríveis — quando o romance saía, era como se o horror não existisse, como se eu não tivesse escrito aquilo. No meu romance de estreia eu tinha escrito a respeito de um homem de vinte e seis anos que ia para a cama com uma menina de treze, aluna dele. Ninguém se fixou nesse assunto. Era um tema perigoso, mas o romance afastava o perigo. O romance vendeu setenta mil exemplares, muita gente tinha lido a história, mas assim mesmo nada daquilo existia, era uma coisa que havia ficado nos leitores. Quando cheguei a esse ponto do romance, acho que no verão de 1997, eu estava com Tore em uma casa de campo em Jølster escrevendo um roteiro com ele. Falei sobre o que eu tinha escrito e sobre o que eu gostaria de escrever. Perguntei se eu podia fazer aquilo. A transgressão era grande, passei duas semanas pensando a respeito, será que eu posso escrever essa história, e se eu puder, de que forma? Tore achava que eu devia escrever. No fim cheguei à mesma conclusão e a escrevi, cheio de desconforto e temor, era como se eu estivesse fazendo uma maldade. Se eu fosse totalmente inocente, se aquele fosse um tema retirado a partir do nada, não faria tanta diferença. Mas nesse caso não teria sido nada fácil escrever, teria sido uma coisa inventada, uma espécie de tecnicalidade temática, uma coisa calculada, uma provocação, e portanto artisticamente morta. O que me doía era justamente o motivo que me levava a escrever sobre aquilo. Quanto maior a dor, mais completa era a justificativa. Não que eu tivesse ido para a cama com uma aluna de treze anos naquela época, mas eu tinha pensado a respeito, não apenas uma vez, mas diversas vezes, e eu me sentia tomado por esse desejo intenso, tão secreto que assim que fui embora de lá tratei de reprimi-lo por completo. Enquanto eu escrevia, tudo voltou de repente, eu me lembrei daquilo e soube que o realmente verdadeiro seria, durante a escritura do livro, realizar aquele pensamento e permitir que acontecesse na realidade, que não era uma realidade, mas um romance, porque escrever um romance é isso, tudo aquilo que existe em termos de tendências, desejos, vontades, possibilidades e impossibilidades cristaliza-se num ponto, numa imagem, numa ação, onde tudo o que existe de oculto e secreto revela-se. Foi o que eu fiz: escrevi sobre o meu alter ego, o professor Henrik Vankel, que fazia sexo com Miriam, uma aluna de treze anos. Antes disso eu já tinha escrito perto de duzentas páginas sobre a vida dele em Kristiansand, muito próximas da minha própria biografia, mas foi apenas quando cheguei a esse ponto, à cena em que os dois vão para a cama, que aquilo tudo se transformou num romance e eu me transformei num romancista, porque nesse trecho eu consegui, através de uma ação simples que nunca aconteceu, expressar uma verdade que eu nem ao menos conseguia pensar, mas empurrava de volta para o fundo do lugar de onde havia saído. Essa verdade é a verdade do romance. O romance é um lugar onde o que de outra forma não pode ser pensado de repente pode ser pensado, e onde a realidade em que nos encontramos, que às vezes entra em conflito com a realidade sobre a qual falamos, pode ser sublimada em imagens. O mundo tal como é pode ser descrito pelo romance, ao contrário do mundo tal como deveria ser. Todos os leitores de *Ute av verden* compreendem que os sentimentos, os impulsos e o desejo que existem no romance não são coisas inventadas pelo autor, mas coisas que existem dentro dele. Porém o contrato firmado entre o autor e o leitor, o pacto do romance, estipula que essa conclusão não deve ser tirada, ou, se for, deve ser tirada às escondidas. Trata-se de uma coisa que não deve ser dita. A descrição "romance" é a garantia disso. Somente assim aquilo que não pode ser dito, mesmo sendo verdade, pode apesar de tudo ser dito. Esse é o pacto: o autor é livre para dizer o que bem entender, porque o autor sabe que o que disser nunca vai, ou pelo menos nunca deveria, ser atribuído ao próprio autor, à sua pessoa. Esse é um pacto necessário que esses livros, que despertaram tanto alarde e tanta indignação, quebraram. Eu os escrevi porque o dever assumido para com o romance não era o bastante para mim, eu queria dar um passo à frente e assumir um dever para com a realidade, porque a transgressão que pela primeira vez me tornou capaz de escrever um romance quando escrevi aquilo que era verdade através da imagem de um romance tinha se exaurido para mim, tinha se tornado vazia, um simples gesto que não significava nada, ou melhor, que eu não conseguia fazer com que significasse o que quer que fosse, meu sentimento era que eu podia escrever qualquer coisa.

E o sentimento de que se pode escrever qualquer coisa é a morte para um escritor. Um escritor só pode escrever uma coisa específica, e o que estabelece os limites dessa coisa específica são justamente os deveres assumidos. Eu assumi um dever para com a realidade, com o fato de que tudo que eu escrevia tinha de fato acontecido, e de que tinha acabado assim. O que o eu do romance sentia era o que o autor do romance sentia, de forma que o espaço da intimidade foi anulado e eu precisei assumir pessoalmente a responsabilidade por tudo que fora escrito. No primeiro e no segundo volumes não havia problema, porque, depois de quebrar a barreira entre o meu eu e meu eu lírico, essa barreira estava quebrada, e as regras que passaram a valer, segundo as quais tudo precisava ter acontecido e precisava corresponder aos meus sentimentos na realidade, eram fáceis de seguir. Os livros foram publicados e de repente receberam uma atenção improvável da sociedade. O resultado foi que os livros ganharam uma vida própria e tornaram-se reais, fora do meu controle, e isso era uma coisa nova, porque antes eu podia escrever sobre qualquer tipo de assunto controverso sem que aquilo se tornasse real. Tudo sempre havia permanecido no romance. Agora as coisas já não permaneciam mais no romance, mas aconteciam na realidade, com a minha fotografia, que mais parecia uma logomarca, ao lado. Mesmo assim, pude escrever o terceiro romance sem me afastar da exigência em relação à verdade direta, porque a distância em relação às situações descritas, que se passavam todas na minha infância, era muito grande. Nós, ou seja, eu e a editora, apesar de tudo alteramos uns nomes e excluímos certas descrições que talvez parecessem invasivas, mas não foram muitas. Minha mãe ainda não leu o livro, mas já conhece certas partes; o papel dela como mãe foi discutido em público por causa do livro, como se ela representasse as mulheres e as mães em geral, e como se o que fez ou deixou de fazer pudesse ser criticado por qualquer outra pessoa que não ela mesma ou as pessoas do círculo familiar mais próximo. Mas o quarto romance era diferente. Eu tinha medo de ter posto em movimento uma coisa que havia fugido ao meu controle. Anonimizei o vilarejo onde eu havia trabalhado, chamei-o de Håfjord em vez de Fjordgård, que era o nome verdadeiro, e que os jornais não tardaram a publicar. Dei nomes diferentes a todos os alunos e a todos os professores, e também lhes atribuí características e particularidades inventadas, tudo para fugir do dever para com a realidade, com o qual eu já não conseguia mais lidar. Nesse livro, portanto, eu não tinha nenhum dever para com o romance ou para com a realidade. Por esse motivo o livro acabou sendo um tanto estranho, porque eu tinha feito o oposto do que um escritor deve fazer, ou seja, eu tinha ocultado a realidade. Em *Ute av verden*, um livro sobre as mesmas coisas, eu escrevi a verdade ao assumir um dever para com o romance, enquanto nos dois primeiros volumes de *Minha luta* eu escrevi a verdade ao assumir um dever para com a realidade. No terceiro livro esse laço se enfraqueceu, para então se apagar no quarto. Mas tudo que eu tinha escrito a meu respeito era verdade. As passagens que parecem mais sinceras, por serem cruas, são como uma simulação, porque eu as compreendi no instante em que eu estava lá, mas não quando escrevi a respeito. Houve uma coisa que eu escrevi nesse livro que eu nunca tinha contado a ninguém, que era que eu não tinha me masturbado nunca, nem mesmo uma única vez, antes de completar dezenove anos. A humilhação e a degradação constante da ejaculação precoce, que tem esse nome terrivelmente banal, eu também nunca tinha revelado para ninguém. Não é o tipo de coisa que se conta a outras pessoas. Mas o que era realmente perigoso, os sentimentos que eu tive aos dezoito anos por uma menina de treze, não foi abordado em profundidade suficiente, embora a simples menção ao assunto me fizesse adotar uma enorme cautela em relação a todas as outras pessoas, a pais e mães, filhos e filhas em meio aos quais eu tinha andado, cheio de desejo, em um mundo interior completamente permeado pelo sexo, e essa cautela também afetava a editora, pois não foram poucas as vezes que Therese, a responsável pelo manuscrito, me telefonou para discutir se determinada pessoa estava suficientemente disfarçada, ou se uma determinada pessoa realmente devia dizer exatamente isso exatamente desse ou daquele jeito. Os advogados também leram o manuscrito e sugeriram alterações. A sociedade tinha me aprisionado, e a editora e o romance transformaram-se em reféns da realidade. Isso não é desculpa, e não é uma tentativa de dizer que o quarto romance é um romance fraco, porque apesar de tudo é um livro repleto das banalidades e da força da juventude, uma comédia da imaturidade, e por mais que seja convencional é também inimitável, pelo simples motivo de que surgiu naquelas exatas circunstâncias. Mas não é um livro verdadeiro.

29 de agosto de 2011. 14h12. Estou aqui sentado no apartamento em Malmö, que traz as marcas dos quase três meses que passou vazio: todas as plantas estão murchas, o ar está seco, como que cheio de pó, e a banheira tem um forte cheiro de podre; a água deve ter ficado parada nos canos em um lugar ou outro. O restante da família está em Glemminge. Ontem falei com Vanja pelo telefone, ela disse: papai, você não pode ficar em Malmö até sexta--feira, você tem que vir hoje de noite. Eu disse que se ela me deixasse ficar em Malmö até sexta-feira o meu livro estaria quase pronto. Ela perguntou: o livro vai ficar pronto? Eu disse que sim, vai. Então você tem que trabalhar o tempo

inteiro, ela disse. Você não pode comer nem dormir, só trabalhar. É o que eu vou fazer, eu disse. Mas quando me sentei hoje pela manhã eu estava com uma dor de cabeça tão forte e me sentia tão fraco que não deu. Isso aconteceu de vez em quando nesses últimos três anos, de repente eu não consigo fazer nada, simplesmente me levantar da cama, me vestir e ir até a cozinha passar manteiga numas fatias de pão transforma-se numa tarefa hercúlea e praticamente impossível. Passa-se um, talvez dois dias, e então tudo desaparece e as coisas voltam a ser como antes. Uma vez passei uma semana assim, Linda ficou tão preocupada comigo que me obrigou a ir ao médico, mesmo que eu nunca vá ao médico, e então fiz um check-up completo, que incluiu até um eletrocardiograma. Nada. Tudo estava como devia estar. Eu sabia, mas aceitei fazer o check-up para tranquilizar Linda, que eu sei que tem medo que um dia eu de repente caia no chão, morto de infarto. É um fenômeno interessante quando de repente nos vemos do lado de fora do lugar onde antes estávamos dentro, quando as coisas que fazemos sem nem pensar a respeito de repente tornam-se inalcançáveis. Com certo temor, penso que envelhecer é assim, apenas mais lento, ou seja, as forças aos poucos se esvaem até que por fim estejamos do lado de fora da vida que outrora vivíamos, já sem forças para voltar ao interior daquilo, mesmo com outros vinte anos a viver. Mas o que é viver? É agir, fazer e estar, no centro do mundo. Se nos empurram para longe disso, do agir, do fazer, do estar no centro do mundo, surge uma grande distância entre o eu e o mundo, passamos a observá-lo, mas já não somos parte dele, e esse afastamento marca o início da morte. Viver é estar ávido pelos dias, independente de serem bons ou maus. Morrer é estar saturado pelos dias, quando não fazem mais diferença nenhuma, ou não podem mais fazer diferença nenhuma, porque já não vivemos mais neles, mas do lado de fora. Ser arrancado pela doença ou por um acidente repentino é diferente, uma outra morte, mais brutal para os arredores, mas talvez mais piedosa com a vida que cessa, porque tudo acontece no meio do salto, no meio da vida, e não em um desbotamento ocorrido no lado de fora. Mas claro que eu não sei nada disso. Na verdade talvez aconteça justamente o contrário, talvez seja melhor estar saturado pelos dias, e aos poucos ver o mundo cada vez mais tênue, cada vez mais leve, até que por fim desapareça e já não exista mais.

Durante o tempo que levei para escrever este livro, quatro pessoas próximas de mim morreram. Minha tia Ingunn, meu tio Magne, meu tio-avô Anfinn e meu sogro Roland. Eu gostava de todos, eram pessoas boas. Mas hoje já não existem mais. Um passo além do meu círculo mais íntimo morreram vários outros tios e tias da minha mãe, dos quais eu tenho apenas lembranças muito vagas. Signe Arnhild, a mãe de Geir, morreu; Eivor, a mãe de Christina, morreu; e Marco e Peter, dois amigos de Geir, morreram. Esses dois últimos eram jovens. Os outros estavam entre o meio dos sessenta e o meio dos setenta anos. Os que nasceram foram Sigurd August, o filho da minha prima Yngvild, que me levou junto com Linda a Bruxelas para o batizado; Annie, a primeira filha da amiga de Linda, e Gisle, o segundo filho de Geir e Christina. Nossos três filhos, Vanja, Heidi e John, foram de quatro anos, dois anos e seis meses, quando comecei a escrever, para sete anos e meio, quase seis anos e quatro anos hoje. O vento implacável do tempo, que leva tantas coisas quanto traz, passou também por essas páginas.

Já não sou o mesmo que eu era quando comecei. Quer dizer, ainda sou consideravelmente o mesmo, porém minhas relações com as outras pessoas se transformaram. Muita coisa se revelou ao meu redor quando os livros, e com eles minha vida particular, tornaram-se públicos. Todas as pessoas que eu conheço foram postas à prova. Não foi fácil para ninguém. E acima de tudo foi difícil para Linda. Uma relação familiar, independente do tipo de sentimento que a acompanhe, é também um laço e um papel. Yngve é irmão, Sissel é mãe, Ingrid é madrasta. Independente do que Yngve fizesse, e inclusive se matasse outra pessoa e acabasse preso, ele continuaria a ser meu irmão, e eu não poderia me afastar dele. Agora que sou pai eu entendo como é assumir esse papel em relação a outra pessoa, e sei que o que vale em relação a um irmão vale mil vezes em relação a um filho. Independente do que Vanja, Heidi e John façam, eu sempre vou perdoá-los, e sempre vou estar ao lado deles. Outra coisa seria impensável. Pensei nas repercussões do massacre desumano perpetrado na Noruega, em Utøya, no dia 22 de julho, quando o pai do criminoso disse que o filho devia ter acabado com a própria vida. Um homem com filhos pode dizer uma coisa dessas, mas não um pai. Há um certo conforto, tanto para os pais como para os filhos e os irmãos, em saber que o laço não pode ser cortado. E é assim, porque esse papel não está ligado aos atos, mas ao laço. Pelo menos para mim sempre houve um certo conforto nisso. Minha mãe e Yngve podiam se magoar e se lastimar em função das coisas que eu escrevia, e podiam ficar bravos comigo, e podiam se distanciar de mim, mas continuariam a ser minha mãe e meu irmão até o dia em que eu morresse. Esse laço não pode ser cortado, e claro que essa situação vale tanto para o bem como para o mal. Para o meu pai, que foi sempre muito ligado à mãe, também foi problemático, porque ele nunca conseguiu se libertar e viver uma vida própria de verdade. Para a minha mãe, o mais importante era que eu me libertasse dela e vivesse uma vida própria durante a minha adolescência, quando morávamos juntos. A consequência final disso acabou sendo este livro, que na verdade é o fim de um movimento iniciado quando eu tinha dezesseis anos. A questão, na época, não era tanto saber quem eu era, mas a que lugar eu pertencia. Agora essas duas questões transformaram-se em uma só. Quando eu tinha dezesseis anos, o importante era ser livre. Neste livro eu tentei me livrar de tudo aquilo que me prendia escrevendo, e talvez acima de tudo do laço que me prende ao meu pai, mas também do laço que me prende à minha mãe, não em relação aos sentimentos, porque esses laços não podem ser cortados, assim como os laços sentimentais que me prendem ao meu pai não podem ser cortados, mas em relação aos valores e opiniões que ela me transmitiu de maneira direta e indireta. A influência da minha mãe sobre mim foi grande, mas já não é mais.

O laço da amizade comporta-se de maneira diferente em relação a um laço de parentesco, porque a amizade é criada no ambiente social, e pode ser desfeita no ambiente social. O papel de amigo pode durar uma vida inteira, mas não precisa ser assim. As relações amorosas são próximas da amizade, porque também podem ser criadas e desfeitas, mas, no instante em que passa a incluir filhos, a relação amorosa aproxima-se da relação de parentesco, porque as duas pessoas em questão vão estar para sempre relacionadas por meio dos filhos. O casal pode separar-se, cada um pode ir para um lado, mas assim mesmo os dois encontram-se irremediavelmente juntos nos filhos. Outra diferença marcante entre a relação de amizade e a relação de amor é que a amizade é limitada, é uma exceção, o que se revela nas confidências entre amigos, que apontam para um outro lugar onde a vida verdadeira se desenrola. A relação de amizade é um abrigo de onde a vida pode ser observada, ou onde outra coisa isolada pode se desenrolar. Com nossos amigos podemos beber, jogar futebol, ir a shows, jogar boliche, falar sobre a vida. A relação de amor não é um abrigo, mas o próprio lugar em si. Isso torna o compromisso maior, porque passamos a compartilhar o lugar onde nos mostramos como somos, e de onde ninguém escapa de si mesmo nem do outro. Quando conheci Linda e me apaixonei por ela, tudo desapareceu, somente ela restou. Essa era uma situação de exceção. Quando a situação de exceção cedeu espaço à situação normal, tudo voltou, e o encanto se quebrou. O ilimitado passou a ter limites, a exceção tornou-se a regra, os dias especiais transformaram-se em cotidiano e nós, que nos amávamos, começamos a brigar. Tivemos filhos, isso também foi uma situação de exceção em que tudo desapareceu e que passou a ser a situação normal à qual tudo voltou, e os dias especiais foram absorvidos pelo cotidiano como uma peça de roupa absorve água. Eu escrevi sobre tudo isso. Quando eu escrevia sobre amigos ou conhecidos, eu escrevia apenas sobre uma pequena parte deles, a parte que haviam me mostrado. Mas nada do que eu escrevi era perigoso, nem seria capaz de ameaçá-los da forma que fosse. Talvez pudesse ser desagradável, mas apenas por estar mencionado em um romance, não porque o que estava escrito fosse revelador ou de qualquer outra forma prejudicial. Com a minha família era diferente, porque todos tinham um papel maior no romance, mas a única pessoa que teve a vida realmente esmiuçada foi o meu pai, que havia morrido quase dez anos atrás. Os meus parentes também acharam que a descrição da minha avó foi insultuosa, mas em primeiro lugar não foi essa a minha intenção, em segundo lugar ela também havia morrido, e a família dela teve de se relacionar com a minha descrição dela e a publicação dessa descrição, que julgaram invasiva, porém nesse caso não era invasiva em relação a eles próprios, mas à memória dela. Com a descrição de Linda a situação foi diferente. Morávamos juntos, ela era a mãe dos meus filhos, e eu sabia praticamente tudo a respeito dela. Linda e eu éramos um nós, éramos um casal. Mas esse nós não era o todo de mim, era apenas a parte que eu compartilhava com ela, e em todas as relações o que ocorre é que as partes não compartilhadas, as partes que pertencem somente ao eu, são mantidas do lado de fora. No instante em que são trazidas para dentro passam a pertencer aos dois. Eu não tinha escrito a respeito do nosso relacionamento, mas da minha vida nesse relacionamento, e ao fazer isso trouxe essa discussão para dentro do relacionamento, porque a partir de então ela teria de se relacionar com os meus pensamentos secretos como uma coisa que compartilhávamos, e a partir de então teríamos mais isso em comum. Meus pensamentos não eram secretos de maneira dissimulada ou criminosa, eram secretos no sentido de que eu não os demonstrava porque não tinham qualquer tipo de relevância para aquilo que compartilhávamos, e também porque podiam ter uma ação destruidora sobre o nosso relacionamento. Todo mundo tem esses pensamentos, e todo mundo sabe que todo mundo tem esses pensamentos, mas graças a um acordo tácito eles não são manifestados e não constituem nenhuma parte daquilo que duas pessoas têm em comum. O impulso de se virar para olhar uma mulher na rua, o impulso de ficar sozinho, o desprezo em relação a pessoas de quem o outro gosta ou de quem se mantém próximo, tudo que é feito por obrigação e sem alegria. Além disso, também ofereci um retrato de Linda no qual ela mesma não se reconhecia. Ela pressentia, e talvez até mesmo soubesse, mas naquilo que compartilhávamos essas coisas não eram manifestadas, e portanto não existiam, a não ser como uma ameaça vaga, mas assim mesmo amorfa, segundo acredito. Mas não se tratava apenas disso, outras pessoas também haveriam de ler a respeito e construir uma imagem de Linda desta forma. Essas pessoas não a

884

conheciam e não significavam nada, mas a simples consciência desse fato, de que aquela era a imagem que os outros teriam a respeito dela, acabaria por se integrar na própria identidade dela. Não apenas a novidade "eu sou assim para o Karl Ove quando ele está sozinho", mas também "é assim que os outros veem que o Karl Ove me vê", e a força desse pensamento era grande, em especial porque Linda, conforme eu sabia, era uma pessoa que tinha sonhos e era capaz de viver em parte nesses sonhos. Sonhos com o amor, sonhos com a família, sonhos com o papel de profissional, sonhos com o papel de romancista. No livro o amor era perpassado pela frustração, a vida em família era reduzida a uma série de obrigações e ela mesma era uma figura que eu criticava por não fazer o bastante, e por tentar impor seus próprios limites a mim. Esses trechos eu pedi que ela lesse e aceitasse.

Como foi que eu pude fazer uma coisa dessas?

A verdade era que eu, ao me sentar para escrever este romance, não tinha nada a perder. Foi por isso que o escrevi. Eu não estava apenas frustrado como às vezes sentem-se as pessoas que levam a vida de pais de crianças pequenas que assumem uma série de deveres e precisam renunciar a si mesmas, eu me sentia infeliz, infeliz como eu nunca tinha me sentido antes, e totalmente sozinho. Minha vida era horrível, essa era a impressão que eu tinha, eu tinha uma vida horrível, e eu não era forte o suficiente, não tinha coragem suficiente para abandoná-la e começar outra. Com frequência eu pensava em simplesmente ir embora, diversas vezes por dia, mas eu não conseguia, não havia como, eu não suportava a ideia das consequências que isso teria para Linda e para a vida dela, pois se havia uma coisa que ela realmente temia era isso, que eu fosse embora ou morresse. Eu também tinha medo da fúria dela. E eu tinha medo da fúria da mãe dela. As enormes reprimendas que eu havia de receber e a traição que isso significava em relação a Linda e aos nossos filhos eram coisas que eu não conseguia encarar. Mas era justamente isso o que havia me levado a escrever um romance no qual eu mandava tudo para o inferno e simplesmente descrevia as coisas exatamente como eram. Apenas quando o livro ficou pronto eu pude compreender o que havia feito, e então reli o manuscrito e cortei os piores trechos. Não os que diziam respeito a Linda, mas às pessoas mais próximas dela. E depois escrevi a nossa história de amor, porque foi essa história que me transformou na pessoa que eu era. Como duas pessoas que se amavam de maneira tão clara e tão intensa, com tanto ardor no coração, podiam acabar em um lugar tão escuro e tão miserável? E a responsabilidade por esse obscurecimento não era do cotidiano, longe disso. Eu não tinha nada contra trocar fraldas, trocar a roupa das crianças, levá-las e buscá-las no jardim de infância, acompanhá-las no parque enquanto brincavam, fazer o jantar, lavar a louça e lavar as roupas. O que eu não conseguia era dar conta de tudo isso e também escrever — sem receber em troca nada além de reprimendas, sem ouvir nada além de que eu não fazia o suficiente e que toda vez que eu queria fazer outra coisa eu não podia, porque Linda não podia ficar sozinha com as crianças. Ela insultava a minha mãe, insultava o meu irmão e insultava os meus amigos, e podia ser tão desagradável com essas pessoas todas que eu me sentia despedaçado pelo conflito de lealdade. Mas o que fazia com que tudo parecesse de fato uma loucura era que a imagem que Linda tinha em relação a tudo era o exato oposto do que realmente acontecia, e que essa fosse a imagem segundo a qual vivíamos. Nessa imagem, ela era o núcleo da família, a pessoa que tomava conta de tudo e fazia todos os sacrifícios. Mesmo que eu limpasse o chão do banheiro com um esfregão enquanto ela me olhava e não raro me criticava, dizendo que eu estava sendo minucioso demais e que eu não acabaria nunca se continuasse daquele jeito, e ela mesma nunca limpasse qualquer coisa que fosse, a responsável por manter tudo em ordem era ela. Mesmo que eu saísse com dois carrinhos de bebê para levar as meninas ao jardim de infância e além disso precisasse carregar John no colo porque ela estava "cansada" e queria dormir mais um pouco, e que três dias antes eu tivesse quebrado a clavícula, quem fazia tudo e se esfalfava pelas crianças era ela. Com frequência Linda se deitava e passava dias a fio na cama, ela sempre estava com dor em algum lugar, ou era na garganta, e então ela não podia fazer nada, ou então na barriga, ou na cabeça, pouco importava, ela estava doente, e eu teria que fazer tudo durante aqueles dias. Quanto a mim, eu não estava doente nunca. E, quando eu estava, ela não reconhecia. Uma vez eu tive quarenta graus de febre, ela disse que eu estava me deitando a troco de nada, e que aquele era um comportamento típico dos homens, e que ela sempre aguentava coisas pequenas como aquela sem nenhum tipo de problema. Eu a olhei boquiaberto. Que tipo de insanidade era aquela? Será que estávamos vivendo em um mundo de ponta-cabeça? O que ela tinha acabado de dizer, que eu não estava doente, que eu havia me deitado a troco de nada, enquanto ela, que tinha baixa tolerância para qualquer tipo de mal-estar, nunca se deitava por nada, era tão provocador que eu simplesmente não sabia o que dizer. Revoltado, me arrastei até o jardim de infância, quase incapaz de manter-me de pé, foi em Estocolmo, e passei o restante do dia tendo delírios de febre no escritório. Se qualquer coisa estragava em nossa casa, ou se havia um problema tão insignificante quanto uma lâmpada queimada, esse problema nunca era consertado ou solucionado a não ser que eu mesmo desse conta disso. Eu podia passar um sábado inteiro limpando a casa ao mesmo tempo que cuidava das crianças, mas se fosse Linda a cuidar das crianças enquanto eu limpava, ela reclamava que tinha de fazer quase tudo enquanto eu não fazia praticamente nada. Eu fazia todas as nossas compras do supermercado, me arrastava para casa com nossos três filhos e quatro ou cinco sacolas cheias, porque eu tinha que fazer tudo junto para economizar tempo e conseguir escrever, e assim era com tudo, eu não tinha um minuto livre, porque quando tudo estava feito para a casa e para as crianças eu tinha que escrever, a não ser pelos cinco minutos que eu passava na sacada, onde eu me sentava sozinho para fumar, o que Linda também condenava, porque ela nunca fazia essas pausas. Era como se ela encarasse o tempo que eu passava escrevendo como um momento de lazer, tempo livre, um momento que eu tinha para fazer as minhas coisas, e quando eu acabava e saía eu tinha que continuar a fazer todo tipo de coisa, porque era a vez dela ter um tempo para si. Linda não escrevia quando podia escrever, nada disso; ela também não tinha trabalho e, mesmo que falasse a respeito disso, não fazia nada de concreto nesse sentido. Para mim não havia problema nenhum, porque, quando escrevia, ela escrevia de maneira clara e profunda, e isso era o bastante para mim. O problema era que a situação não era reconhecida, que ela tinha uma imagem de si mesma como uma pessoa que passava o tempo inteiro trabalhando e que por isso estava sempre exausta, enquanto eu só pensava em mim mesmo e nunca fazia nada. Era uma loucura, uma loucura completa, porque eu não conseguia corrigir essa imagem, e quando eu tentava ela dizia apenas que eu "não olhava" para ela nem para as coisas que ela fazia, e que esse era um comportamento tipicamente masculino, as mulheres faziam tudo, mas de forma invisível, enquanto o que os homens faziam era visível. Não havia maneira de combater essa imagem. Eu via as coisas que ela fazia com as crianças, claro, mas eu fazia exatamente as mesmas coisas, e além disso todo o resto. Linda também me repreendia por não amá-la o suficiente e dizia que eu era egoísta e que eu punha meu trabalho como escritor acima da nossa vida em família. Eu escrevia talvez cinco horas por dia, enquanto as crianças estavam no jardim de infância, e não escrevia aos sábados e domingos, essa era uma proibição absoluta, então na verdade eu trabalhava minimamente com aquilo que dava dinheiro, e maximamente com todo o resto. Assim foi durante vários anos. Eu não aguentava, mas tive de aguentar, pois de outra forma tudo desmoronaria. De vez em quando eu chegava a ponto de explodir. A primeira vez que eu disse que não queria mais saber daquilo e que eu ia embora foi no verão em que nos mudamos para Malmö. Tínhamos passado umas semanas no campo, na casa da mãe de Linda e do marido dela, pela manhã eu ia à cidade trabalhar na tradução da Bíblia e de tarde eu voltava, enquanto Linda ficava na casa da mãe com Vanja e Heidi. Houve uma noite em que não voltei para casa, mas saí com Geir A., não havia problema nenhum no que dizia respeito a Linda, nós dois fomos ao Södra Teatern, para o terraço, e eu bebi tanto que estava desacordado na hora de pegar o trem que eu havia ficado de pegar. Quando cheguei, às duas horas da manhã, Linda estava furiosa e começou a me xingar. Senti um desespero enorme e comecei a chorar. Gritei que eu não aguentava mais. Eu não aguento mais, Linda, eu disse. Eu simplesmente não consigo. Não aguento. Eu vou embora. E vou embora agora mesmo. Quando terminei de falar, entrei no nosso quarto, joguei minhas roupas numa mala, fechei-a, levei-a para fora e comecei a andar em direção à estrada que atravessava a floresta, enquanto Linda gritava que eu não podia ir, que eu não podia abandoná-la, por favor, não vá, não vá. O rosto banhado de lágrimas e a promessa de que ela mudaria de atitude me impediram de levar a ideia adiante. Eu parei, voltei, larguei a mala e fiquei. Quando estávamos prestes a nos mudar, poucos dias mais tarde, eu embalei todas as nossas coisas em caixas de papelão ao longo de trinta e duas horas seguidas, e terminei meia hora antes de o caminhão de mudança chegar, enquanto Linda estava na casa de Helena, e depois pegamos o trem.

Aquele outono foi o mais bonito de todos os que passamos juntos. Era a nova cidade, o novo apartamento, o céu aberto e o tempo lindo no final do verão que causavam essa impressão, mas talvez também o fato de que as profundezas do meu desespero haviam se mostrado para ela, porque nosso relacionamento também parecia mais aberto, e no fim do primeiro semestre descobrimos que estávamos à espera de mais um filho, as boas notícias pareciam não acabar, até que, talvez porque tudo aquilo se houvesse tornado demais para nós dois, essa sensação passou e voltamos ao lugar onde estávamos antes. Gritávamos e brigávamos, essa era a forma como Linda resolvia as coisas, que eu precisava encarar, enquanto a minha forma era a distância, a coisa mais assustadora que ela conhecia, e assim voltamos à espiral descendente de antes. Passei a tratá-la sem amor, de forma distante, fazia o que eu tinha de fazer por simples dever, permitia que a minha frustração a atingisse e a tratava com ironia e sarcasmo até ela não aguentar mais e ter um acesso de fúria, que era a coisa mais assustadora que eu conhecia. Não era sempre assim, tínhamos dias bons também, e toda vez que recebíamos visitas ou visitávamos outras pessoas nos reencontrávamos, voltávamos a ser nós dois, e a escuridão que pairava acima daquilo que realmente éramos, o que não era pouco, porque éramos almas gêmeas, se dissipava. Também tínhamos filhos, que obviamente amávamos mais do que qualquer outra coisa, e no que dizia respeito a quem eram, o que tinham e o que demonstravam, nossa concordância era total; víamos a mesma coisa, pensávamos a mesma coisa, sentíamos a mesma coisa. Mas a desarmonia entre nós também afetava as crianças, claro, pois não conseguíamos evitar as brigas na frente delas, e quando eu me sentia realmente furioso com Linda, porém me controlava porque não queria dizer nada, eram as crianças que sofriam. Se Linda tivesse se deitado no sofá e me dito para levá-las à rua para dar um passeio, caso fosse isso o que quisessem fazer, não era preciso muita coisa para que eu começasse a gritar, quase espumando de raiva, ou então para segurá-las com força e sacudi-las. Certa vez eu e Linda estávamos gritando um com o outro na cozinha, as crianças ficaram paradas no vão da porta, como em uma formação de jogo da velha, e quando as vimos e nos acalmamos Vanja foi ao quarto e reconstruiu a cena a que tinha assistido. O papai gritou e esmurrou a mesa ali, a mamãe gritou e jogou a caneca no chão bem ali. Eu e Linda nos olhamos, ela tinha o rosto completamente pálido, nós dois entendemos naquele instante o que estávamos fazendo. Aquilo não podia continuar daquele jeito, mas assim mesmo continuou. O único motivo para que eu conseguisse escrever a respeito disso foi que chegamos a um ponto em que eu já não tinha mais nada a perder. Que Linda pudesse ler isso tudo já não tinha mais importância, porque ela poderia fazer o que bem entendesse. Se quisesse me abandonar, então que me abandonasse. Eu estava me lixando para tudo. Eu acordava infeliz, passava o dia infeliz e ia para a cama infeliz. Se eu conseguisse passar sozinho uma hora, um dia, uma semana, um mês, um ano, tudo estaria bem, quanto a isso eu tinha certeza. Quer dizer: para mim, não para ela. Para Linda não estaria nada bem, quanto a isso eu também tinha certeza. A simples ideia de ir embora me enchia de culpa e consciência pesada, eu vivia uma vida dupla nos meus pensamentos. Eu também tinha medo de enfrentar a fúria e o medo do abismo que seria criado. Porque Linda tinha medo, a questão era essa, ela sentia angústia, enquanto eu evitava o conflito a ponto de preferir viver uma vida de desespero a dizer as coisas como realmente eram. E logo que tudo mudou, assim que passamos a nos sentir bem, pensei que eu a amava e que talvez estivéssemos vivendo uma fase difícil, mas que aquilo ia passar. Quando o pai de Linda morreu eu tinha os sentimentos tão embotados que não pude oferecer-lhe o que precisava. Dei tudo para o romance, e para as crianças, e nada para ela.

Mas então tudo mudou, qualquer coisa lá fora se voltou contra mim e partiu para o ataque. Foi como se tudo em mim fosse posto à prova, e como se o chão houvesse cedido sob os meus pés. Havia uma coisa lá fora, e para encarar isso tudo eu procurei aquilo que estava no lado de dentro, minha vida real, Linda, Vanja, Heidi e John, e busquei forças nisso. Eu compreendi o que eu tinha. Eu compreendi quem eram as pessoas que estavam ao meu lado. Eu vi Linda, vi a pessoa que ela era, e vi os nossos filhos. Eu vi a minha família. E eu não queria perdê-la. Eu não queria perder Linda. Ela era tudo que eu tinha. Era o motivo que eu tinha para viver. Quando eu dava as costas para a vida, quando eu queria me afastar e sumir do mundo, ela me puxava de volta, eu não podia, eu tinha que estar lá para ela, no centro da vida. Eu tinha que estar lá para as crianças, no centro da vida. Eu precisava de Linda, e eu precisava das crianças, porque faziam de mim uma pessoa completa. E ela precisava de mim, e as crianças precisavam de mim.

Essa era a situação quando dias após nosso retorno de Praga, naquele outono transformador, eu entreguei o manuscrito a Linda. Quando escrevi, eu não tinha nada a perder, mas quando Linda estava prestes a ler, de repente eu tinha tudo a perder.

Ela tinha uma viagem marcada a Estocolmo para assistir a uma apresentação, pegaria o trem pela manhã e voltaria na manhã seguinte. Na noite anterior eu me sentei e pensei em cortar as passagens que poderiam magoá-la de verdade, seria fácil e o romance não ficaria pior, mas ao mesmo tempo eu pensei que eu tinha que ser verdadeiro, senão nada daquilo faria sentido. Eu queria mostrar aquilo para ela, porque era verdadeiro. O fato de que a verdade não se encontrava em uma carta, escrita para ela, mas em um romance, escrito para todos, fazia com que aquilo que eu pedia se transformasse em uma coisa realmente desumana. A angústia e o medo acumulavam-se no meu peito como a água de uma represa. Tentei mitigar os sentimentos dizendo a Linda que havia muitas coisas terríveis no livro e que ela acabaria furiosa, mas que eu não tinha a intenção de causar mal nenhum. Ela apenas sorriu e disse que aguentaria tudo, eu não precisava me preocupar. Ela pôs o manuscrito na mala, endireitou as costas em frente à porta aberta, trocamos um beijo, ela disse mais uma vez que eu não devia me preocupar e que tudo acabaria bem, e então saiu pelo corredor, fechou a porta e foi embora. Eu fui à sacada e fumei um cigarro, entrei no escritório e escrevi mais um pouco do volume três, desci à tabacaria e comprei mais cigarros, entrei no escritório e escrevi mais um pouco, mas a ideia de que Linda estaria lendo o manuscrito queimava dentro de mim, não havia espaço para mais nada, e acima de tudo era difícil admitir que estaria lendo tudo sem qualquer tipo de correção, sem qualquer tipo de explicação, eu precisava mitigar aquilo, e então liguei para ela. Fazia uma hora desde que Linda havia saído de casa. Ela atendeu no mesmo instante. Percebi pela voz que ela estava triste. Ela disse que estava no trem e que tinha começado a ler. Disse que estava gostando, que era terrível ler aquilo, mas suportável. Eu disse que estava muito frustrado ao escrever, porém não mais naquele instante. Ela disse: adeus, romantismo. Ela disse: uma coisa é certa, as ilusões do nosso relacionamento vão desaparecer todas de agora em diante. A voz de Linda parecia vazia de sentimentos ao falar, e também dura, como se tivesse dito a si mesma que haveria de resistir. Eu lamento muito, Linda, eu disse. Eu também, ela disse. Mas não fica pior do que isso? Fica, eu disse. Fica. Eu vou conseguir ler essas outras partes também. Vai, sim, eu disse. Mas agora eu vou desligar, ela disse. Tudo bem, eu disse. Nos falamos depois.

Comi, escrevi, me sentei na sacada e fumei, lavei umas roupas, escrevi mais um pouco e não consegui esperar mais, então liguei de novo para Linda. Ela disse que tinha chorado, mas o trem já estava perto de Estocolmo, e ela estava alegre de saber que poderia ver Helena e quem sabe pensar em outra coisa por umas horas. Desligamos, eu busquei as crianças no jardim de infância, preparei comida, as crianças assistiram à TV, eu escovei os dentes e vesti o pijama em todo mundo, li histórias e me deitei pouco depois que as crianças tinham adormecido. Levei-as para o jardim de infância, escrevi, falei com Linda por telefone, ela estava no trem voltando para casa e tinha acabado de ler a minha descrição de quando havíamos nos conhecido, e parecia estar com a voz mais leve. Eu disse que o pior ainda estava por vir e que ela devia se preparar. Notei que ela não acreditou em mim, porque havia um sorriso na voz dela quando respondeu que estaria preparada.

Uma hora mais tarde ela me ligou.

— O que foi que aconteceu em Gotland? — ela me perguntou.

— O que está escrito — eu disse.

— O que foi que você fez?

— Está tudo escrito. Eu bati naquela porta.

— Quem era essa mulher? Por que você fez isso?

— Eu estava bêbado.

— Quando foi isso? Eu me lembro. Eu estava em casa com as crianças. A Heidi estava doente. Como você pôde fazer uma coisa dessas? Como você pôde? Quem era essa mulher?

— Não importa.

— Por que você nunca me contou?

— Você sabe.

— Como você pode escrever isso num romance e deixar que eu leia?

— Não sei. Simplesmente é assim.

— Não, eu não quero mais falar com você.

891

Ela desligou. Poucos minutos depois ela tornou a ligar.

— Quem era essa mulher? Eu quero saber quem era.

— Linda, eu não sei o nome dela. Não aconteceu nada.

— Você passou a noite batendo na porta dela.

— Passei. Me desculpe. Mas foi o que aconteceu.

— A Heidi estava doente. Eu estava sozinha.

— É verdade — eu disse.

Linda desligou. Eu fui à sacada, fumei, voltei para dentro do apartamento, fiquei andando de um lado para o outro, o tempo inteiro com o telefone na mão.

Naveguei um pouco na internet, saí e fumei outra vez, parei em frente à janela da sala e olhei para o hotel, voltei para dentro do apartamento e naveguei na internet, saí e fumei, fiquei andando de um lado para o outro, por fim entrei no quarto das crianças, pensando que aquela inocência toda podia me fazer bem, mas não funcionou, tudo ficou ainda pior, e eu saí mais uma vez para a sacada.

Eu não tinha nenhum pensamento na cabeça, nem ao menos um.

Linda me ligou de novo pouco antes de eu sair para buscar as crianças. Parecia mais tranquila. Disse que tinha acabado de ler. O que vamos fazer?, Linda perguntou. Ela começou a chorar quando fez a pergunta. O que vamos fazer agora, Karl Ove?

E de repente eu também não consegui mais me conter.

Comecei a chorar convulsivamente. Eu disse: não sei. Eu chorei. Eu disse: não sei, Linda.

Eu não sei.

Uma hora mais tarde eu estava na cozinha, fritando bolinhos de peixe, quando ouvi do lado de fora o barulho do elevador, que parecia estar subindo até o último andar, e dei um grito pedindo às crianças que fossem ver se era a mamãe que estava chegando. Não tive que pedir duas vezes, porque as crianças estavam com saudade, como sempre quando Linda saía de casa, e de repente estavam no corredor, esperando a porta se abrir. As crianças espremeram-se contra Linda, ela se agachou e as abraçou uma por uma, passando as mãos nas costas de todas enquanto me encarava com um olhar absolutamente penetrante. O rosto dela estava pálido e inchado, mas assim mesmo repleto de ternura quando olhava para as crianças. As crianças não perceberam o olhar que lançava em direção a mim.

Veja o que você fez, dizia o olhar.

Veja o que temos, e o que você está destruindo, dizia o olhar. As crianças continuaram a se espremer contra Linda enquanto ela tirava os sapatos e o casaco e largava a mala junto à parede.

Arrumei a mesa e jantamos sem dizer nada um para o outro, a conversa fluía apenas entre nós e as crianças. Elas estavam felizes e entusiasmadas com a volta da mãe. Depois nos sentamos todos na sala para assistir juntos a um programa infantil. Passado um tempo, Linda olhou para mim e disse:

— *The knife.*

Eu não sabia do que ela estava falando. De vez em quando Linda falava inglês quando não queria que as crianças nos entendessem, uma coisa que eu nunca fazia e que não me agradava. Naquele momento não era nisso que eu estava pensando, claro, mas no rosto dela e nos olhos inchados, que de uma forma ou de outra estavam relacionados a uma faca.

— No romance — ela disse. — *The knife.*

— O que é isso, mamãe? — Vanja perguntou.

— Eu só estou falando um pouco com o papai — ela disse. — É sobre uma coisa que ele escreveu.

Uma faca? Que tipo de faca? Será que eu tinha escrito a respeito de uma faca?

— Do que você está falando? — eu perguntei.

— Aquela que você ganhou do Geir — ela disse. — Ninguém recebe uma coisa dessas a não ser que pretenda usar. A pistola do primeiro ato é sempre disparada no último.

Geir?, eu pensei. O que ele e o presente que havia me dado tinham a ver com o que estava acontecendo?

— Como assim, pistola? — Vanja perguntou.

— Estamos falando sobre uma peça de teatro — eu disse.

— Mais ou menos uma peça de teatro — disse Linda.

Quando o programa infantil terminou, Linda foi ler para as crianças. Eu fiquei sentado na sacada, com um frio na alma.

Quando as crianças dormissem, teríamos que conversar. Durante o tempo inteiro eu havia sentido a fúria e o desespero contidos de Linda. Quando as crianças dormissem, tudo aquilo viria à tona.

Eu não podia mais ficar sentado na sacada. Eu não queria que Linda saísse e achasse que eu estava relaxando sem me preocupar com nada. Então me levantei, fui à sala, me sentei no sofá, ouvi Linda dar boa-noite lá dentro, os protestos das crianças, ela ainda não podia ir embora, as crianças não estavam cansadas, não conseguiam dormir. O apartamento inteiro estremeceu, era Vanja, que estava deitada de costas na cama, batendo os calcanhares contra a parede.

893

Linda foi à cozinha. Ouvi o ruído de água corrente, o barulho do armário, eu sabia que ela estava preparando um chá. Logo depois veio o chiado da chaleira. Então Linda apareceu com uma grande caneca na mão e sentou-se no sofá, do outro lado da mesa à minha frente. Ela me encarou no fundo dos olhos. Eu me sentia nauseado.

— Que história era aquela de faca? — eu perguntei.

— O Geir deu aquela faca para você para que eu me esfaqueasse com ela. Ele quer se livrar de mim. Você não entende? O Geir é um vampiro! Ele não tem vida própria. Vive através de você. Você acha que foi por acaso que ele deu uma faca a você?

— Foi a coisa mais bonita em que ele conseguiu pensar — eu disse.

Linda bufou.

— Não estamos falando a respeito do Geir — eu disse. — Estamos falando a respeito de mim e de você.

— Com o Geir olhando por cima do seu ombro — Linda disse.

— Não — eu respondi. — Ele é o único lugar que eu tenho fora da minha família. É como a Helena para você.

— Nós duas não falamos do mesmo jeito que vocês. Eu só falo coisas boas a seu respeito para ela. Nunca falei outra coisa.

Não respondi. Simplesmente olhei para o chão. Linda ergueu a caneca em direção à boca e tomou um gole de chá. Ela me encarou no fundo dos olhos.

Havia uma coisa que eu tinha de perguntar. Uma coisa a respeito da qual Linda não havia dito nada.

— O que vai acontecer se eu publicar esse livro? — eu perguntei.

— Por mim você deve publicar. O livro é bom. Não tenho dúvidas quanto a isso. Se não fosse, tudo seria impossível. Mas o livro é bom.

— Tem alguma parte que você quer que eu corte?

— Não. Ou melhor, tem uma coisa. Aquela parte em que você diz que o Bergman deu um tapinha na minha cabeça e disse que eu era uma menina bonita. É tão constrangedor que você precisa cortar.

— Nada mais?

— Eu também notei uns erros e uns mal-entendidos. Mas isso nós podemos discutir mais tarde. Afora isso não tem mais nada.

Ela largou a caneca e olhou em direção à porta da sacada. Do outro lado a escuridão havia se tornado mais intensa.

— Quem era aquela mulher? — Linda perguntou.

— Quem? — eu perguntei, mesmo sabendo muito bem a quem ela se referia.

894

— Aquela mulher de Gotland. Qual era o nome dela? Como ela era?

— Não comece — eu disse. — Isso não vai acabar bem. Eu não sei qual era o nome dela. Eu estava bêbado. Eu havia perdido o controle.

— E então você fez aquilo? Enquanto eu estava em casa com a Vanja e a Heidi, e a Heidi estava doente? Eu confiei em você.

— Eu sei — eu disse. — E eu lamento muito.

Linda olhou mais uma vez para a porta. De repente ela se levantou. Os olhos pareciam estar tomados de raiva ou de medo, ou de ambas as coisas.

— Eu não posso mais estar aqui. Não posso mais estar com você. Não dá. Vou para a casa da Jenny. Leve as crianças para a creche amanhã cedo.

— Tudo bem — eu disse.

— Não posso acreditar que você fez uma coisa dessas — ela disse, e então caminhou o mais depressa que podia pelo corredor, vestiu a jaqueta às pressas e se abaixou para calçar os sapatos. As mãos dela tremiam enquanto ela amarrava os cadarços, era como se não pudesse se demorar mais nem um instante.

— Eu te ligo — Linda disse.

E então ela foi embora.

Jenny era figurinista e cenógrafa. Os filhos dela eram colegas de jardim de infância das nossas filhas, foi assim que a conhecemos, e depois de um tempo ela e Linda tornaram-se amigas. Ela morava em uma casa meio afastada do centro com um grande jardim, que havia comprado junto com uma amiga, e Linda tinha um convite permanente para escrever lá sempre que quisesse. Às vezes ela queria. Às vezes, quando precisava se afastar um pouco, ela também dormia por lá. Na manhã seguinte, quando as crianças me perguntaram sobre a mamãe, não havia nada de estranho na minha resposta quando eu disse que ela tinha ido dormir na casa de Jenny. Saímos de casa atrasados, foi uma manhã daquelas em que tudo deu errado, e quando finalmente conseguimos sair para a rua e estávamos prestes a atravessar Linda apareceu do outro lado, em meio à pequena multidão que esperava pelo ônibus. Ela parecia cansada e exausta. Ainda não tinha nos visto, e quando nos viu, assim que o semáforo ficou verde e começamos a atravessar, foi como se tivesse entrado em estado de choque. Foi como se tivesse morrido. As crianças a viram, Vanja e Heidi largaram o carrinho e correram em direção a ela, John estendeu os braços.

— Achei que vocês estavam no jardim de infância! — ela disse, sem olhar para mim. — Não achei que eu fosse encontrar vocês aqui.

— Onde você estava, mamãe? — perguntou Vanja. — Você estava na casa da Jenny?

Linda acenou a cabeça.

— Eu estava indo para casa buscar uma coisa.

Ela se levantou e pela primeira vez olhou para mim.

— Você vai estar aqui quando eu voltar? — perguntei.

Linda balançou a cabeça.

— Posso ligar para você, então?

— Eu ligo mais tarde — ela disse.

— Tudo bem — eu disse. — Até mais, então.

— Até mais — ela disse, e então saímos para lados diferentes, eu e as crianças para o jardim de infância, Linda para o apartamento.

Ela chegou à noite, depois que as crianças já haviam se deitado. Preparei chá para nós e nos sentamos na sala. Mesmo que o desespero ainda estivesse presente, já não estava mais tão próximo da superfície quanto antes. Eu me sentia tão frio por dentro como havia me sentido nas outras vezes em que tinha me visto em situações de crise, quando tudo ao redor dá a impressão de arder em branco, e a única outra coisa que existe são os sentimentos, totalmente fora de controle. Estar em crise é estar no centro, pois quando tudo está em jogo tudo é essencial. Nessas horas não existe mais nada. E aquela era uma crise dessas. Tudo mais havia caído, restava apenas aquilo, eu e Linda.

Eu não sabia o que dizer. Bebemos nosso chá em silêncio. Olhamos um para o outro, baixamos o olhar.

— Como você está? — eu perguntei.

— Melhor — ela disse.

— Precisamos conversar — eu disse.

— É, precisamos, sim — ela disse.

— Precisamos conversar a sério. Sem fingimentos.

Linda fez um gesto afirmativo com a cabeça.

— Eu me sinto horrível — eu disse.

— Eu sei — ela disse.

— Eu lamento que você tenha precisado ler aquilo em um romance. Mas para mim a questão não é o romance. É a vida. É sobre a gente que precisamos conversar. Não podemos continuar assim. Não tem como. Não podemos.

— Não — ela disse. — Eu sei.

— Não só pelas crianças. Mas também por nós. Estamos muito longe do lugar onde estávamos quando começamos a namorar. Você lembra de como era? Lembra de como era incrível?

— Claro que lembro. Eu também sinto falta daquilo.

— Mas hoje nós estamos em outro lugar. Você disse adeus, romantismo. Mas não estamos falando de romantismo. Estamos falando da nossa vida. É tudo que a gente tem. E temos que nos esforçar para que tudo melhore. Para que fique tudo da melhor forma possível.

Me levantei e me sentei ao lado de Linda. Abracei-a. Ela chorou. Chorou e chorou. Eu também chorei. Saímos à sacada e nos sentamos no escuro, ela acendeu um cigarro, tinha recomeçado a fumar, eu também acendi um cigarro. Entramos no quarto. Passamos a noite inteira sentados lá, sob a luz fraca da lâmpada do corredor no outro lado da porta. Eu estava sentado de costas para a parede, olhando em direção à penumbra, e Linda estava ao meu lado. Conversamos sobre tudo que havia para conversar. Fomos completamente sinceros. Era como se tudo que tivesse surgido entre nós, todas as noções, ideias, sonhos, vontades e esperanças, como se tudo isso tivesse caído, e houvesse restado apenas o essencial, sobre o qual conversamos. Eu e ela. Quem éramos um para o outro. Foi como quando ficávamos deitados na cama em nosso apartamento minúsculo na Bastugatan, em Estocolmo, conversando e ouvindo música, e éramos completamente abertos, completamente nus, completamente sinceros um com o outro, porque não havia nada a esconder, não queríamos apenas ter um ao outro, queríamos um ao outro. Eu a queria, ela me queria. Jamais poderíamos voltar àquela situação, estávamos em outro lugar, mas talvez fosse um lugar melhor, com uma nova plenitude, porque tínhamos as crianças, éramos uma família, aquilo era real, era nós, não precisávamos de mais nenhum sonho entre nós e a vida. Linda teria de me aceitar como eu era. Teria de me deixar em paz. Teria de acreditar que eu também queria o melhor para todo mundo. E eu teria de apoiá-la, porque Linda também não podia continuar da maneira como estava, ela tinha se perdido de si mesma, afundado em uma escuridão em meio à qual não sabia onde era para a frente e onde era para trás, o que eram as crianças e o que era ela, o que era eu.

Enfim me senti totalmente tranquilo. O passado estava no passado. Nada mais importava. Eu nunca tinha sentido aquilo desde o nosso namoro. Naquela época era assim. Não havia tensão, e nos sentíamos completamente livres. Tudo estava aberto. E tínhamos realizado tudo o que naquela época planejávamos com tanto entusiasmo. Tínhamos a nossa família, tínhamos os nossos filhos, e que fossem justamente essas coisas a me afastar dela, e a afastá-la de mim, parecia de todo incompreensível. Mas era o que tinha acontecido.

Ficamos deitados, conversando durante a noite inteira, e quando a manhã chegou Linda voltou para a casa de Jenny. Tinha mais coisas a pensar, sozinha. Ao meio-dia ela me ligou e disse que tinha mandado um email para mim. Desci ao cybercafé, porque a nossa conexão ainda não estava funcionando, e li o email lá mesmo, em meio à escuridão dos monitores cintilantes e aos gritos dos garotos que jogavam jogos de guerra.

Meu amado Karl Ove. É como se fosse a única coisa que posso dizer. É como se alguém tivesse morrido. Sou eu? Sou eu que morri? A pessoa que eu era. Você pede de várias maneiras que eu comece a viver minha própria vida.
Eu sei que você tem razão. Eu tenho muito medo.
Você sabe quanto medo eu tenho.
Você diz que não quer ser tudo para mim. Eu pressinto uma estrada e tenho medo. Estou no fundo do poço e sei que preciso começar a viver.
Não sei nada sobre essa vida.
Me vejo com as crianças. Me vejo andando de bicicleta no meio de uma ventania. Me vejo indo de um lugar ao outro porque eu preciso. Vejo-nos à noite. Nós dois. Vejo que preciso tirar você do meu campo de visão e fazer uma coisa de que eu goste. Mas eu já não sei mais do que eu gosto. Já não sei mais o que é bom para mim. Vejo que preciso começar a existir.
Eu quero fotografar as crianças. A bagunça no apartamento. Eu quero estar lá para as crianças.
Você diz que precisamos aceitar um ao outro por inteiro. Eu sei que é verdade. No fundo uma voz clara fala dentro de mim. Eu quero cuidar em paz da menina que eu fui. E agora quero crescer. Que tristeza imensa é essa que brota quando eu te vejo bater à porta?
Eu te amo. Te amo infinitamente. E sei como é duro carregar todo esse amor e todo esse anseio. Eu quero amar você de uma forma boa para nós. Sei que preciso ser mais aberta. Eu vou ser mais aberta, Karl Ove. Eu te amo tanto! Você e as crianças são um milagre que aconteceu para mim.

À tarde Linda voltou, preparamos e comemos o jantar como de costume, a sensação era de termos vivido dois anos naqueles últimos dois dias. Eu estava totalmente exausto, e Linda também, mas ao mesmo tempo havia um tremor em mim, e eu reconheci aquele sentimento, era felicidade. Toda vez que eu sentia aquele tremor eu tentava fazer com que desaparecesse, pois se havia uma coisa que eu tinha aprendido ao longo dos quarenta anos da minha vida era que a desesperança era um fardo bem mais leve do que a esperança.

*

Todo o outono de 2009 e toda a primavera de 2010 foram assim, porque, se aqueles dois dias tiveram o peso de dois anos, esse ano teve o peso de uma década. Publiquei três romances naquele outono, e dois romances na primavera seguinte. Tudo precisou ser editado, revisado e divulgado, três dos romances também precisaram ser escritos, e ao mesmo tempo eu não podia deixar Linda sozinha e encarregada de tudo em nossa casa, então o jeito foi escrever depressa, eu me impus o objetivo de escrever dez páginas todos os dias, e se eu tinha escrito seis páginas uma hora antes de buscar as crianças na creche eu me obrigava a escrever quatro páginas nessa hora, e então saía para buscá-las. Deu certo, eu gostava de sentir que o tempo inteiro havia uma coisa nova acontecendo, e eu nunca sabia onde aquilo que eu escrevia podia acabar. Foi a pressão para escrever tanto que tornou isso possível, e, mesmo que eu não gostasse do que eu havia escrito, eu gostava da situação de escrever, quando tudo estava aberto e não havia uma única sentinela em um raio de dez quilômetros. A pressão da mídia, maior a cada dia, era mais difícil de administrar, mas quando a ignorei por completo e instruí todas as pessoas com quem eu falava a não dizer sequer uma palavra a respeito, nem mesmo em um simples comentário, o assunto foi resolvido. Mesmo assim, se alguém fazia um comentário, para mim aquilo era um tormento, como quando descobri que o meu antigo professor havia se manifestado em relação ao livro em que aparecia enquanto eu lia o *Weekendavisen*, que havia publicado esse comentário na seção de citações. O ruído na mídia mal tinha começado quando voltamos da nossa breve viagem a Praga, o primeiro romance, que no sábado tinha sido resenhado apenas no caderno de literatura, começou a ser discutido em outros lugares, pois enquanto os resenhistas o haviam lido como um romance feito a partir da realidade, sem abordar o fato de que as pessoas sobre as quais eu havia escrito não eram apenas personagens de um romance, mas também da realidade, todas as consequências possíveis dessa dimensão começaram a se oferecer para as pessoas que trabalhavam na mídia, até porque essa tinha sido a perspectiva dominante na cobertura feita pelo *Bergens Tidende*, que não apenas entrevistou meu tio a respeito do livro, mas também condenou a publicação em um artigo escrito por Jan H. Landro, redator de cultura do jornal. Na terça-feira eu telefonei para Geir Gulliksen, e no fim da conversa ele disse que participaria com Landro de um debate sobre o livro no *Kulturnytt*, na rádio P2. Eu telefonei mais tarde perguntando como tinha sido. Ele disse que tinha sido bom, mas também uma experiência meio estranha. Landro não havia oferecido nenhum exemplo concreto do livro para ilustrar o que havia de errado, com uma única exceção de certo peso emocional, porque havia magoado uma pessoa, mas do ponto de vista ético e jurídico isso era irrelevante. Ele disse que a certa altura do livro eu escrevia que aos vinte anos havia tido uma namorada que na verdade eu não amava. O que ela não sentiria ao ler esse trecho?, Landro havia perguntado, segundo o relato de Geir. Mas ela é uma pessoa anônima, Geir tinha respondido. O nome dela não aparece no livro! Se um escritor não pode escrever sobre uma mulher com quem esteve vinte anos atrás para dizer que na verdade não a amava naquela época, de maneira anônima, sem revelar o nome dela, o que aconteceria com a literatura norueguesa? Tudo cairia por terra. Mais ou menos foi isso o que Geir me disse que tinha dito. Mas por que ele não disse nada a respeito da sua família? Eu achava que a questão era essa, não? Que eles tinham entrevistado o seu tio e condenado o seu projeto a partir da reação dele?

Eu acho que sei por quê, eu disse para Geir. Então me conte, ele disse. Eu recebi a cópia de um email hoje, eu disse. Gunnar o enviou ao *Bergens Tidende* para agradecer a maneira como haviam tratado o assunto. Tenho quase certeza de que Landro leu esse email antes de se encontrar com você. Não consigo pensar em outra explicação. Por enquanto eles vinham se relacionando com Gunnar por telefone. Foi assim que o Berdahl fez. E nesse contexto o Gunnar é uma pessoa lúcida e sensata. Mas, quando escreve, as coisas perdem as proporções. Landro deve ter entendido o que ele estava defendendo. Mas é uma postura indefensável, porque no email o Gunnar explica toda aquela teoria sobre a família Hatløy para o jornal.

É mesmo?, perguntou Geir.

Então foi por isso que vocês acabaram falando sobre princípios, eu disse. Mas eu vou mandar o email para você. Dessa vez ele enviou cópias apenas para a minha mãe, para o Yngve e para mim, e também para o Tønder e o Landro, mas não para a editora.

Mande mesmo, disse Geir. Nos falamos mais tarde.

Ingrid, a mãe de Linda, foi nos ajudar naquele outono, havia muita coisa acontecendo, e a mãe de Ingrid sempre ia à casa da filha quando tinha muita coisa acontecendo na vida dela, para cuidar de Linda e de Mathias, fazer comida e se ocupar dos afazeres domésticos. Ingrid estava reproduzindo o comportamento da mãe. Ela acordava cedo e fazia panqueca para as crianças, que ela achava magras demais, ou então assava pão, escovava o cabelo das meninas, ajudava-as a se vestir e, quando as crianças iam com Linda ao jardim de infância, ela saía para comprar os ingredientes da comida que havia de preparar naquele dia. Ela colocava toda a honra e todo o orgulho na comida que preparava, era um mimo para nós; tudo era feito a partir da estaca zero, com ingredientes frescos comprados no grande mercado da Möllevången e nas várias lojas de produtos étnicos que havia nas ruas das redondezas. Ela preparava o almoço e, quando eu voltava com as crianças do jardim de infância o jantar estava pronto à nossa espera. Ingrid era simplesmente inestimável. Por outro lado eu havia descrito em detalhe a relação conflituosa que eu tinha com ela no segundo romance. Ingrid tinha recebido uma cópia do manuscrito, já bem próximo do prazo final, e foi obrigada a ler tudo às pressas e me dar um retorno em poucos dias. Ela achou que era um romance incrível. Ela disse: Lars Norén, pode ir fazendo as malas. Mas ela também ficou brava com as coisas que eu dizia a respeito dela, foi o que pude notar quando ela nos visitou, o tempo inteiro havia uma ambivalência em relação a mim. Num dos primeiros dias ela se aproximou de mim e disse: não foi a meu respeito que você escreveu naquele romance. Eu queria que você soubesse disso. Aquela é uma personagem de romance com o meu nome. Mas por mim não tem problema.

Fui a Stavanger fazer uma leitura no café Sting junto com outras pessoas entre as quais se encontrava Tore, que foi me buscar de Toyota no hotel e me levou para o apartamento dele. Tore tinha se separado e estava morando sozinho. Paredes cobertas de livros e discos. A escuridão que caía no lado de fora. Uma cerveja na mão, uma banda ou outra a respeito da qual eu nunca tinha ouvido falar, mas pelas quais Tore nutria verdadeira adoração, no sistema de som. Experimentamos nossas roupas. Essa camisa, Tore, ou essa? Essa. Esse paletó ou esse? Esse. Ele em frente à tábua de passar na cozinha, eu em frente ao espelho. E a partir de tudo isso, se não a partir de mim mesmo, surgiu uma sensação forte e distinta do início dos anos 1990, da minha vida de estudante, pouco antes de sairmos de casa. Não tinha sido uma situação mágica na época, porque simplesmente era daquele jeito, nada de "vida de estudante", nada de "juventude", nada de "liberdade", mas uma coisa diferente. Cotidiano. No meio desse cotidiano, eu e Tore passávamos horas lendo Proust, encantados com aquele mundo místico que ele descrevia e discutindo justamente essa atração por aquilo que não havia naquilo que havia. Quando eu olhava para trás, aquele período, que na época não me parecia nada, transformava-se em uma coisa que por vezes, como naquele instante, exercia sobre mim um fascínio quase irresistível.

Tore tinha trinta e seis anos, eu tinha quarenta. Éramos homens crescidos, mas nos comportávamos como adolescentes, bebendo cerveja, ouvindo música pop, fazendo piadas. Ele tinha dois filhos, eu três. Nós dois havíamos nos tornado exatamente o que queríamos na época: romancistas. Essa ideia ainda me enchia de alegria. Uma vez tínhamos colocado um anúncio no *Dagbladet*, foi no período entre o Natal e o Ano-Novo, no fim dos anos 1990.

O anúncio dizia: Os novos sentimentalistas desejam ao povo norueguês um bom Natal e um próspero Ano Novo.

— Você lembra daquele anúncio que a gente pôs no jornal? — eu perguntei, fumando sentado na cadeira enquanto Tore vestia a camisa recém--passada no corredor.

— Que anúncio?

Eu disse.

Tore riu.

— É mesmo, porra! É verdade!

— Talvez exista alguém que até hoje se pergunta o que pode ter sido aquilo — eu disse.

— Não, não houve uma comoção tão grande assim.

— Em todo caso, é uma divisão mais ou menos como aquela que você faz entre livros que fazem as pessoas chorar e livros que não fazem as pessoas chorar — eu disse.

— Gravata, gravata-borboleta ou nada? — ele me perguntou.

— Nada — eu disse.

Tore vestiu um paletó xadrez e uma boina.

— Vamos, então?

Fiz um gesto afirmativo com a cabeça, me levantei e então pegamos um táxi até o café, onde Frode Grytten já nos esperava. Ele nos apresentou para o irmão, que era meteorologista ou qualquer outra coisa igualmente distanciada da vida cultural. Tore e Frode tinham feito amizade. Ele tratava Tore com respeito, o que nem todos os outros escritores faziam, e gostei dele por esse simples motivo.

As pessoas olharam para mim. Já tinha acontecido no aeroporto, e tornou a acontecer lá. Uma garota se aproximou de mim enquanto eu fumava do lado de fora, praticamente não conseguiu dizer o que queria, alguma coisa em mim a impediu. Fizemos as nossas leituras e depois fomos beber cerveja no Cementen, onde Tore me contou a respeito de um acontecimento terrível na vida dele, uma coisa avassaladora e impensável, um abismo. Existiam abismos como esse na vida dele, mas nada era visível na maneira como agia, na maneira como se comportava, nas coisas sobre as quais falava, mas assim mesmo tudo isso o definia, ou pelo menos era assim que eu o conhecia, Tore achava que afundaria se ficasse parado, então ele nunca ficava parado.

No avião pensei que eu tinha dado tudo de mim, que eu já não tinha mais nada meu, que eu não era ninguém. Talvez eu tivesse pensado isso porque havia bebido na noite anterior, pois mesmo que eu não tivesse bebido muito fora o bastante para que eu me angustiasse, talvez porque muita gente tinha me visto, e assim eu compreendi o que de fato eu havia feito, todos podiam ler a meu respeito, mesmo pessoas completamente desconhecidas, e pensar o que bem entendessem. Eu tinha colocado Vanja, Heidi e John nas mãos dessas pessoas.

Voltei a encontrar Tore pouco tempo depois, num festival literário em Odda. Peguei um avião até Bergen, dirigi um carro alugado ao longo do fiorde, subi ao palco com Tore, dirigi de volta ao aeroporto no dia seguinte e peguei um avião de volta para casa. A organizadora-chefe do festival era Marit Eikemo; havíamos trabalhado com ela na Studentradioen. Yngve e Asbjørn foram assistir, Selma Lønning Aarø, que eu conhecia da minha época de estudante, quando ela tinha ganhado um concurso de romances, estava lá, e Pedro Carmona-Álvarez — que eu já conhecia de nome na época — tocava na Sister Sonny e às vezes andava maquiado, embora eu nunca tivesse falado com ele, mas eu tinha escrito a respeito dele naquele verão para dizer que seu último romance, *Rust*, tinha me impressionado — estava lá, e ficamos bebendo sentados no bar do hotel, todos juntos, e também lá havia um sentimento de que a década de 1990 não havia chegado ao fim, mas acompanhava-nos indefinidamente. Durante a apresentação em si, Tore pegou várias cartas e vários emails antigos que eu tinha enviado para ele naquela época, inclusive um a respeito do meu pai, que ele leu enquanto nós dois estávamos sentados no palco, cada um na sua cadeira, e que a princípio eu não soube comentar, porque não me lembrava de ter escrito aquilo.

> *Aconteceu que o meu pai morreu duas semanas atrás. Ele faleceu em uma cadeira na casa onde cresceu, é incompreensível, eu não consigo entender, e agora estou fora de tudo outra vez, estou aqui em Bergen, escrevendo para você, Tore, meu amigo na Islândia. Foi o Yngve que ligou e me contou o que tinha acontecido, eu peguei o primeiro voo para encontrá-lo, e no dia seguinte fomos juntos a Kristiansand. Chorei todos os dias ao longo de uma semana inteira. Muitas vezes senti o roçar de um pensamento, "e se ele morrer?" — porém nunca imaginei que eu reagiria dessa forma. Mas pelo que eu estava de luto? Não sei. Não tem nada a ver com racionalidade, eram apenas sentimentos que não paravam de transbordar, eu fiquei deitado, sozinho na casa da minha vó, chorando. Ora estou fora de tudo outra vez, ora é como se nada tivesse acontecido.*

Essa leitura me comoveu, porque a voz falava a partir de 20 de agosto de 1998, e porque ainda era uma voz paralisada de tristeza, talvez sem nem ao menos ter consciência disso. E foi lá, no palco, que pela primeira vez eu compreendi o que significava a morte do meu pai. Foi como se apenas naquele instante, naquele palco em Odda, ele tivesse morrido para mim. E foi por isso que o mundo de repente tornou-se incompreensível.

Na manhã seguinte eu tive um encontro com Frode Molven, o redator-chefe da editora Spartacus, no café do hotel. Eu tinha mandado para ele o livro de Geir A., que após seis anos de trabalho enfim tinha ficado pronto. O livro tinha ganhado o nome de *Bagdad Indigo*, e era uma obra única. Era uma narrativa sobre os escudos humanos que foram a Bagdá para evitar a invasão americana ocupando os mais importantes alvos dos bombardeios. Geir esteve junto, de Istambul a Bagdá, a bordo de um ônibus double-decker vermelho, e foi escudo humano em Bagdá durante toda a invasão. Entrevistou todo tipo de gente na zona de guerra, mesmo quando o céu acima de todos explodia ou as janelas do ônibus se estilhaçavam. O que era a guerra, e por que parecia uma ideia tão atraente para tantas pessoas, mesmo para aquelas que haviam ido até lá para evitá-la? O livro girava em torno dessas perguntas. Ao contrário dos jornalistas, que eram cuidados pelo regime e ou andavam de ônibus pela cidade ou ficavam o tempo inteiro em hotéis, Geir era livre para ir aonde bem entendesse quando bem entendesse. Quando Bagdá caiu e os soldados de elite americanos chegaram à estação de tratamento de água onde ele e um punhado de outros ativistas estavam morando, ele pegou a mochila e foi morar umas semanas com eles. Entrevistou-os, estavam todos vindo direto do front e tomados pela vontade de contar histórias. O livro tinha mais de mil e cem páginas, o que fazia com que os três meses a que se referia ganhassem um peso enorme, como se estivessem fora do tempo. Geir tinha capturado um recorte do tempo. Quase ninguém mais fazia isso; os relatos jornalísticos e os livros das zonas de guerra eram leves, descompromissados, e os jornalistas encontravam-se já em outro lugar antes mesmo que os cadáveres esfriassem. O que há de específico a respeito daquele lugar e daquela época desaparece em meio a uma série de vozes inespecíficas e idênticas, em meio às quais todos os conflitos tornam-se o mesmo, independente de se passarem no Afeganistão, na Líbia ou na Somália. Ler o livro de Geir foi como ler um relato da Guerra Civil Espanhola nos anos 1930, não porque o conflito fosse parecido, mas porque a abordagem era a mesma que se encontrava em muitos textos daquela época, ou seja, uma abordagem existencial. *Bagdag Indigo* era um livro incrível, eu não tinha nenhuma dúvida quanto a isso, então eu disse para Geir que seria fácil conseguir uma editora disposta a publicá-lo. Ele estava cético, não quis dar nada por garantido, não quis me dar ouvidos. Na minha opinião o melhor seria enviar o manuscrito para uma editora antes mesmo que estivesse pronto, a fim de envolvê-la o quanto antes no processo, uma vez que o material tinha uma abrangência realmente fora do comum. Geir me deu ouvidos, e eu mandei o manuscrito para Aslak Nore, que era editor de uma série de livros documentais na Gyldendal. Ele tinha lido o livro anterior de Geir, segundo disse ao responder ao meu email, e gostado bastante, e além disso tinha interesse no assunto, então se mostrou entusiasmado. Ele também me pediu um pequeno favor, já que eu havia entrado em contato, será que eu poderia escrever um blurb para o livro de Geir? Simplesmente escrever uma frase elogiosa? Eu não tinha como recusar, porque a decisão editorial em relação ao manuscrito era muito importante. Escrevi o blurb e Nore não apenas recusou o livro de Geir, mas também fez ataques furiosos contra o manuscrito, que ele considerou imoral. O segundo editor para quem enviei o manuscrito foi Halvor Fosli, da Aschehoug, mas ele tratou o assunto de um jeito morno, sem muita boa vontade, e nem ao menos leu o livro, o que ficou claro quando ele disse que era uma obra antiamericana, o que simplesmente não era — mas uma pessoa que tivesse apenas folheado certas páginas e lido as entrevistas com os pacifistas poderia imaginar que aquela era a postura do livro como um todo. Fosli disse que poderia falar sobre o livro em um encontro com os outros editores, mas obviamente isso não deu em nada. Então Geir abandonou essa estratégia e resolveu esperar até que o manuscrito estivesse totalmente pronto. E naquele momento a situação era essa. Eu não conseguia imaginar que um editor fosse capaz de recusar aquele livro. Eu conhecia Molven de Bergen, ele pareceu lisonjeado com o meu contato, e além disso a Spartacus era uma editora séria. Mas, quando nos sentamos em Odda, ele queria falar primeiro sobre outra coisa. Não, não era um blurb que ele queria; pelo contrário, havia pensado em encomendar uma biografia de Axel Jensen, e perguntou se eu teria interesse em escrevê-la. Eu não disse que não, mesmo que eu não fosse escrever a biografia de quem quer que fosse em toda a minha vida, mas tampouco disse que sim. Quando o assunto estava resolvido, falamos um pouco sobre o livro de Geir. Ele disse que a ideia parecia interessante e que gostaria de ler o manuscrito. Apertamos as mãos e eu me aproximei de Yngve, que estava sentado um pouco adiante me esperando para ir de carro até o terminal do ferry. Decidi não contar a Geir que Molven tinha me convidado a escrever uma biografia. Havia um elemento desagradável nisso, em saber que todas as pessoas ao meu redor queriam alguma coisa de mim, porque eu devia muito a Geir, e não queria que o livro dele girasse em torno do meu nome.

No ferry eu e Yngve tomamos café, fumamos no cais do outro lado e depois ele foi de carro a Voss, enquanto eu fui de carro ao aeroporto de Flesland. Era outono, o ar estava frio e cortante e claro, o céu totalmente azul, e o sol como que pesado e ébrio de luz. Yngve tinha me emprestado um CD, o primeiro do Dire Straits, que eu fui ouvindo a todo o volume, porque nós dois ouvíamos aquele disco na época em que eu frequentava o quinto ano e Yngve o nono em Tybakken, e a atmosfera daquela época tomou conta de mim, os anos 1970 na Noruega, a neve macia, as jaquetas estofadas.

Ao longo do fiorde cintilante. Deixando para trás árvores amarelas, marrons, verdes. Subindo a encosta. E então, no topo, em frente à estrada, um cachorro. Eu freei depressa, mas o atropelei mesmo assim, pois ouvi um baque, e o cachorro foi jogado no acostamento. O carro parou, eu desliguei o motor e saí, um homem chegou caminhando por um gramado ao lado da estrada. Procurei o cachorro, mas ele não estava mais lá. O homem apontou. O cachorro estava correndo por uma estrada rural no outro lado. Como aquilo era possível? Eu devia estar pelo menos a cinquenta por hora quando o acertei. Eu já tinha avisado que esse cachorro devia ficar preso, disse o homem de quarenta anos quando parou na minha frente. O que foi que aconteceu?, eu perguntei. Como o cachorro sobreviveu a isso? Você o acertou com o para-choque. Ele pode ter se machucado, mas não parece, ele disse. Ele mora lá em cima?, eu perguntei, fazendo um gesto com o queixo em direção à estrada. O homem acenou a cabeça. Preciso ir até lá dar uma explicação, eu disse. O homem novamente acenou a cabeça, e me acompanhou naquela direção. O cachorro estava no pátio quando chegamos, ele não ganiu nem fez nenhum outro som do tipo, mas dava a impressão de estar completamente saudável e contente. Havia um velho por lá, eu me aproximei, contei o que tinha acontecido e pedi desculpas, mas ele disse que tudo parecia estar bem. Ele disse: tudo bem. E então eu desci, me sentei no carro e continuei dirigindo. Pensei em Vanja, porque ela gostava de cachorros mais do que de qualquer outra coisa. Ela sabia o nome da maioria das raças, e tínhamos que ler para ela um livro sobre cachorros praticamente todos os dias. Se estávamos andando pela rua e encontrávamos um cachorro, sempre tínhamos que pedir para ela afagá-lo. Às vezes ela pedia o meu telefone celular emprestado para fotografar os cachorros que a gente encontrava. Prometemos que ela ganharia um cachorro quando fizesse doze anos, mas ela conseguiu reduzir a idade para dez. E já estava com oito. Eu estava louco para contar a história para ela. Se o cachorro tivesse morrido, eu jamais contaria. Mas no fim tinha acabado bem. Era o que eu poderia dizer.

No aeroporto de Flesland eu estacionei o carro alugado, entreguei as chaves, fiz meu check-in e peguei o voo de volta para casa.

＊ ＊ ＊

Nas semanas a seguir, terminei de escrever o terceiro romance. Em Odda, Tore havia prometido me ajudar com o livro, porque era um livro longo e amorfo, quer dizer, o único princípio formal era a cronologia. Tore havia lido o manuscrito e feito sugestões, que eu havia aceitado, mas aquilo não fora o bastante, era preciso uma mudança radical, uma outra forma de tratamento. Enquanto eu trabalhava em Malmö na última tarde antes de entregar o livro, Tore lia tudo às pressas em Stavanger, e me ligou assim que encontrou uma reviravolta ao redor da qual todo o romance podia se estruturar, e me enviou vários SMSs ao longo da tarde e da noite. Pela manhã estava tudo pronto. Eu tinha seguido à risca as instruções dele. Poucos dias mais tarde o segundo volume foi publicado. Geir Angell me ligou naquela manhã, e, mesmo que eu tivesse dito que ele não estava autorizado a mencionar absolutamente nada a respeito do que tivessem escrito sobre mim, ele insistiu em me ler a resenha no *Aftenposten*. Você precisa ouvir essa, ele disse. Vamos lá, você aguenta. Mas a questão não é o que está ou não está escrito, eu disse. É o simples fato de eu saber que está lá. Você sabe como isso me fode. Vamos lá, ele disse. Só dessa vez. Depois nunca mais. Está bem, eu disse. E ele leu. A única coisa de que eu me lembro é a frase "Será mesmo que o caso já se encontra prescrito?", e de que eu era descrito como "O possível responsável". O assunto era uma agressão sexual: a resenhista se perguntava se eu seria o responsável, e se o caso já se encontraria prescrito. Me lembro porque Geir riu muito ao ler essa parte, e porque a repetiu diversas vezes mais tarde. Será que eles perderam completamente o juízo?, ele perguntou. Será que enlouqueceram de vez? Horas depois eu recebi um email muito perturbado de Tonje. Ela citava trechos da mesma resenha, onde se lia que "A ex-mulher do romancista, por exemplo, é mencionada pelo nome, e podemos apenas imaginar o mal-estar que essa publicação vai causar para ela", e Tonje queria saber o que aquilo significava, e por que não tivera a oportunidade de ler o romance antes da publicação, já que o livro dizia respeito a ela. Antes eu havia mandado a ela um email pedindo que ela não lesse o romance. Eu tinha feito isso porque o romance não dizia respeito a ela, mas a Linda e aos meus sentimentos por Linda, e eu achei que poderia magoá-la ler sobre como eu estava apaixonado poucas semanas após o fim do nosso relacionamento, no dia em que tinha ido embora de Bergen sete anos atrás. E naquele momento Tonje achava que eu tinha escondido essas coisas dela, que eu a havia enganado. Toda a Noruega poderia ler a respeito dela, enquanto ela mesma não saberia de nada. Que eu pudesse estar fazendo isso a fim de poupá-la soava tão ingê-

907

nuo que ela não acreditou em mim por nem ao menos um segundo. A pressão era tão grande, os telefonemas da mídia tão frequentes, que essa perspectiva havia se tornado impossível. A causa do estrago era o livro, não a leitura feita por ela. Eu não tinha escrito a respeito de Tonje, mas a respeito de uma coisa que ela não tinha como saber, ocorrida enquanto estávamos juntos, ou seja, que eu me apaixonei por Linda assim que a conheci. Bang. É ela. Direto no coração. Mas que tipo de coração? As coisas pareciam se desfazer ao meu redor por aqueles dias, nada parecia receptivo, Linda se afastou de mim e eu me cortei todo e dei tudo por morto e enterrado, e então fui para casa. Foi a vivência mais intensa em toda a minha vida. Eu estava num lugar que eu nem sabia que existia. O mundo era como um rio de impressões, e eu estava ligado a ele, era assim que eu me sentia, tudo era repleto de significado, eu era capaz de passar dez minutos examinando uma bolota de carvalho como se aquilo guardasse o segredo do universo, o que de fato guardava, e era por isso que eu ficava olhando. Foi nessa situação que eu vi Linda, e me senti hipnotizado por ela, mas nada aconteceu, nem ao menos nos tocamos. Ela estava a caminho de se tornar uma maníaca, e eu era, sem nenhuma dúvida, um maníaco. Seria impensável para mim escrever um livro sobre a minha vida sem escrever sobre os sentimentos que eu tive naquela época, e sobre o que aconteceu comigo. Mas aquilo estava roendo Tonje por dentro, e quem a roía era eu. Escrevi um email e tentei explicar a situação, mas assim tudo pareceu ainda pior, a mão que bate não pode ser a mesma que afaga. Ela mandou um email furioso para Geir Berdahl, que havia dito publicamente que todos os personagens do romance tinham lido o romance de antemão. Ela não tinha. Então, quando me sentei em meio à penumbra do cybercafé e li aquele email dela, e de todas as outras pessoas que haviam me escrito nos últimos dois meses, eu me vi de repente num lugar onde eu nunca tinha estado, em um mundo de advogados que liam tudo que eu escrevia, de ameaças de processos judiciais e acusações públicas de ser um mentiroso, de resenhas que me chamavam de antiético e nas quais todas as pessoas de quem eu era ou tinha sido próximo sofriam por minha causa. Ao escrever eu não pensava nas pessoas, mas quando a publicação se aproximava elas de repente surgiam perto de mim, cada uma com o seu eu, e foi naquilo, nas pessoas que eram, que as consequências se revelaram para mim. O conflito se dava entre os romances e as consequências dos romances. O método escolhido era publicar os romances e deixar que as consequências se desdobrassem, com tudo aquilo de sofrimento causado por mim que traziam consigo, e torcer para que as feridas um dia pudessem curar-se. Eu podia defender meu projeto de maneira genérica, porque eu sabia o que queria e sabia o valor que tinha, mas eu não podia defender meu projeto de maneira específica no que dizia respeito às consequências para cada uma das pessoas a respeito das quais eu escrevia; eu não tinha nenhum direito de causar sofrimento aos outros. Em frente ao PC naquela sala de jogos de computador que mais parecia um bunker, senti medo, mas eu também sabia que esses sentimentos desapareceriam quando eu voltasse a escrever, e portanto seriam uma coisa que eu podia ligar ou desligar, porque no eu escrito o nós social desaparecia, e assim o eu tornava-se livre. Somente quando eu me levantava e me afastava da escrivaninha o nós social retornava, e eu sentia vergonha de tudo que eu havia escrito e pensado, às vezes forte, às vezes fraca, a depender do quanto eu tinha me envolvido com o processo de escrita. O social é aquilo que nos mantém no devido lugar, que faz com que seja possível vivermos juntos, o individual é aquilo que faz com que não desapareçamos uns nos outros. O social é baseado na consideração. Também agimos dessa forma para esconder o que sentimos e não dizer o que pensamos quando aquilo que sentimos ou pensamos atinge outras pessoas. O social também é baseado em mostrar certas coisas e esconder outras. Existe um consenso em relação ao que devemos mostrar e o que devemos esconder, porque tudo isso se relaciona ao nós. O mecanismo de regulação é a vergonha. Uma das questões que esse romance levantou para mim depois que o escrevi é o que se tem a ganhar com a transgressão do social e com a descrição daquilo que ninguém quer que seja descrito, ou seja, com as coisas secretas e ocultas. Dito de outra forma: qual é o valor da ausência de consideração? O social é o mundo como deveria ser. Tudo aquilo que não é como devia ser precisa ser escondido. Meu pai bebeu até morrer, não era assim que devia ser, isso precisa ser escondido. Meu coração ardeu por outra, não era assim que devia ser, isso precisa ser escondido. Mas esse foi o meu pai e esse foi o meu coração. Eu não devia escrever essas coisas, porque as consequências não atingem somente a mim, mas também a outras pessoas. Ao mesmo tempo, essa é a verdade. Para escrever dessa forma é preciso ser livre, e para ser livre é preciso abandonar a consideração. Essa é uma igualdade que não cessa. A verdade é igual à liberdade que é igual à ausência de consideração, e todas estão do lado do indivíduo, enquanto a consideração e o segredo estão do lado do social, embora somente como abstração, como uma grandeza interior do eu, pois na realidade não existe uma coisa chamada social, apenas uma série de indivíduos, o único, o nosso tu, que portanto também se encontra do lado do indivíduo. Tonje não é uma "personagem". Ela é Tonje. Linda não é uma personagem. Ela é Linda. Geir Angell não é um personagem. Ele é Geir Angell. Vanja, Heidi e John existem, estão dormindo a dezenas de quilômetros do lugar onde estou agora, nesse instante. São reais. E para descrever a realidade da maneira como é, é a realidade que deve ser descrita. E a realidade só pode ser descrita mediante uma transgressão do social. Para atingir a realidade da maneira como é, o indivíduo — pois não existe outra realidade — para realmente chegar lá, não se pode ter nenhum tipo de consideração. E isso dói. Dói quando os outros não têm consideração conosco, e dói não ter consideração com os outros. Esse romance machucou todas as pessoas ao meu redor, machucou a mim, e daqui a uns anos, quando os meus filhos tiverem idade suficiente para lê-lo, vai machucar também a eles. Se eu o tivesse feito machucar ainda mais, teria sido ainda mais verdadeiro.

Isso foi um experimento, e foi um experimento malsucedido, porque nunca estive sequer perto de dizer o que eu realmente queria dizer ou de descrever o que eu realmente vi, mas nem por isso foi um experimento desprovido de valor, ou pelo menos não totalmente desprovido de valor, pois quando a descrição da realidade de uma pessoa individual, tentada com a maior sinceridade possível, é avaliada como antiética e provoca escândalo, a força do social torna-se visível, e também a maneira como regula e controla o indivíduo. A força é enorme, porque aquilo que escrevi são exclusivamente ocorrências triviais, não havia nada de especial em relação a nada, essas coisas acontecem o tempo inteiro, todos os dias, e todo mundo sabe que acontecem; tanto o alcoolismo como a infidelidade, as doenças psíquicas e a masturbação, apenas para manter-me nos temas que saíram do romance para as manchetes de jornal. A única coisa incomum a respeito de tudo, nesse caso, era o fato de que o comum estava ligado a nomes reais em um romance, e era comunicado da maneira como é, como uma coisa específica e ligada a pessoas determinadas. O romance é uma forma pública, e é nisso que está a transgressão, no fato de que tudo que havia em termos de detalhes específicos e de associações a certas pessoas foi levado para o espaço público. Isso acontece com todas as pessoas públicas, atores, políticos, jornalistas da TV e astros pop, mas essas pessoas tomaram essa decisão voluntariamente e não desejam nada mais do que isso. As únicas pessoas não públicas que acabam levadas para esse lugar são os criminosos. Esse romance fez com pessoas comuns aquilo que em geral é feito com os criminosos. E assim o nome dessas pessoas ganhou a forma do nome dos criminosos, um nome comum que ultrapassa a fronteira do comum e torna-se tão incomum que os jornalistas ligaram para ele e escreveram a respeito dele nos jornais. O que esses nomes haviam feito, coisas totalmente corriqueiras, também ganhava a forma de um crime, de uma coisa que podia ser julgada. E tinha sido eu a transformá-los em criminosos. Mas eu não pensei em nada disso ao longo do processo, durante as inúmeras manhãs no cybercafé e no escritório, e as poucas defesas que eu tinha para o que eu havia feito, como dizer que eu havia simplesmente escrito a respeito de mim, desmoronavam assim que uma das pessoas sobre as quais eu tinha escrito se virava e olhava para mim. Todas fizeram isso, uma por vez, e ao perceber esses olhares eu desviava o rosto, olhava para a página do romance e continuava a escrever.

No mesmo dia em que Geir leu para mim a resenha do *Aftenposten* enquanto eu estava na sacada, Asbjørn e Yngve foram a Malmö. Íamos assistir a um concerto do Wilco em Copenhague naquela noite, e os dois passariam o fim de semana em nossa casa. Apertei primeiro a mão de Asbjørn e depois a de Yngve, e olhei-os bem nos olhos e soube que estavam pensando que eu estava pensando no que eu tinha escrito a respeito daquilo. Os dois haviam levado guloseimas para as crianças, e Asbjørn tinha emoldurado a fotografia da capa do primeiro romance, tirada por ele, e levado de presente para mim, junto com uma pilha de livros que ele, como designer de livros, tinha repetidos. O *Ser e tempo* de Heidegger, que eu só tinha em inglês, os *Pensamentos* de Pascal, do qual eu só tinha uma versão antiga e muito resumida, e mais uma pilha inteira. Eles também haviam levado os jornais do dia. Eu ergui a mão e afastei o rosto, mas Linda aceitou-os, estava curiosa, e, mesmo eu dizendo que não era uma boa ideia, ela sentou-se à mesa da cozinha e começou a ler, enquanto Ingrid lia por cima do ombro dela. Vi a manchete na primeira página, "A família revelada — alcoolismo e problemas mentais", e depois vi a manchete no interior do jornal, "Expõe a esposa". Então fui ao encontro de Yngve e Asbjørn, que estavam largando as malas na sala. Fomos à sacada fumar. Asbjørn disse que tinha ficado um pouco desconfortável ao saber que a mãe de Linda estava lá, ele não sabia ao certo qual era a atmosfera entre nós depois de tudo que eu havia escrito. Eu disse que ela era uma pessoa *larger than life*, e que estava tudo bem. Mas eu estava mais preocupado em manter Ingrid longe dos jornais do que Linda. Afinal, Linda era a filha dela, e os jornais haviam escrito que eu tinha exposto a filha dela e os problemas mentais que tinha. E "alcoolismo" não podia se referir a mais ninguém senão à própria Ingrid. Eu sabia o quanto aquilo a tinha machucado, e sabia que ela tinha dito que não era verdade. Tudo isso queimava e ardia. Mas uma coisa era uma pilha de papel, outra coisa era um livro e outra coisa ainda era um artigo de jornal a respeito do livro. Tudo parecia cada vez mais próximo. Na Suécia a Noruega parecia um lugar distante, mas se o livro fosse lançado lá, na língua dela, o que ainda não era certo, mas assim mesmo era provável, tudo chegaria realmente muito próximo da vida, e as consequências podiam tornar-se reais.

Linda saiu de casa para buscar as crianças, e quando passou em frente da cozinha a caminho do banheiro Asbjørn viu que Ingrid estava lendo o jornal, e ela ergueu o rosto e levantou o polegar para ele. Ele riu ao ver aquela cena. Fiquei curioso para saber o que Ingrid estava pensando. Que era bom que o livro estivesse sendo discutido, juntamente com a família, ou seja, juntamente com os netos dela, que talvez pudessem enfim ter uma casa onde morar? E um carro para levá-los a passear?

Quando as crianças entraram pela porta meia hora mais tarde, pareciam comportar-se de maneira diferente do habitual. Como sempre acontecia quando havia pessoas diferentes no apartamento, elas me faziam pensar em bichos. Olhavam ao redor com um olhar observador, cauteloso e atento. Hm. Sapatos estranhos. Jaquetas estranhas. É melhor ficar de olho. Vanja era a que levava mais tempo para se acostumar, Heidi era um pouco mais rápida, e John era definitivamente o menos desconfiado. Ele sorria para todo mundo. Jantamos na mesa da sala, as crianças deslizaram das cadeiras poucos minutos depois e desapareceram no quarto com os saquinhos de guloseima. Eu estava alegre, como sempre me sentia na companhia de Asbjørn e Yngve, mesmo que a situação fosse sempre meio estranha, porque aqueles que pareciam compor uma unidade indivisível, em relação à qual eu era um observador ou um participante longínquo, eram eles dois, e não eu e Yngve, que afinal de contas éramos irmãos e tínhamos o mesmo sangue. A dinâmica entre nós era exatamente a mesma que eu havia experimentado na época em que cheguei a Bergen, em 1989, eles eram pessoas experientes e blasés, enquanto eu era o novato que não sabia as coisas direito, e nada do que tinha acontecido desde então em nossas vidas havia mudado a situação. Talvez fosse isso o que me agradava, eu podia deixar a responsabilidade de lado e simplesmente fazer companhia, ser o irmão caçula.

Heidi entrou, lançou um olhar sapeca na direção de Asbjørn e perguntou como era mesmo o nome dele.

— Asbjørn — disse Asbjørn.

— Bigorna — disse Heidi.

— Não — disse Asbjørn. — Asbjørn.

— Bigorna — disse Heidi, e então riu e foi se juntar aos irmãos.

— Só temos personagens de romance ao redor dessa mesa — disse Yngve.

— É verdade — disse Asbjørn.

— Devíamos criar um site para personagens de romance onde a gente possa discutir as nossas experiências — disse Yngve.

— Eu posso ser moderador — eu disse.

— E então, como foi ler que você foi exposta? — Yngve perguntou, olhando para Linda.

— Está tudo certo — disse Linda. — O pior mesmo é a manchete dizendo que fui exposta, sabe? Porque as pessoas acreditam nessas coisas. Se não fosse isso, eu estaria simplesmente descrita num livro. Claro que não é a mesma coisa.

— Na verdade vocês dois foram os únicos que me censuraram — eu disse. — Por conta de umas coisas tão insignificantes! Teve uma coisa que eu escrevi a seu respeito — eu disse, olhando para Yngve — que eu tinha certeza que seria motivo de orgulho para você. Mas nada disso. O trecho acabou cortado.

— O que era? — Asbjørn perguntou.

— Não posso dizer — eu disse. — Mas tinha a ver com o bilhete que deixamos na porta dele aquela vez.

— *Groupies must leave before breakfast?* — Asbjørn perguntou.

— Pode ser — eu disse. — E a Linda não quis de jeito nenhum que eu escrevesse que ela tinha açoitado o burro no parque de diversões.

Ingrid riu.

— Eu não quero que pensem que eu açoito bichos. E além do mais isso nunca aconteceu.

— Não, não aconteceu mesmo — eu disse. — Talvez fosse apenas uma forma de capturar a agressão do momento.

— Muito obrigado — disse Asbjørn, olhando para Ingrid. — A comida estava muito boa.

— Estava mesmo — eu disse.

Levantamo-nos e levamos os pratos para a cozinha. Depois saímos à sacada para fumar, Linda e Yngve sentaram-se nas duas cadeiras enquanto eu e Asbjørn ficamos de pé, escorados na balaustrada.

— Acho que tive uma vaga lembrança da minha festa de quarenta anos — eu disse. — Não estávamos todos aqui fora a uma certa altura? Lembro de que estávamos todos espremidos como sardinhas enlatadas. E que eu pensei naquela rachadura ali.

Apontei para a rachadura no concreto, que supostamente era apenas superficial, pois de outra forma a sacada já teria caído.

— Puta que pariu — disse Asbjørn.

— A Helena achou que todo mundo na festa era meio esquisito — disse Linda. — Ela me disse mais tarde. Aquele cara que dormiu no quarto das crianças, não foi incrível? E aquele outro que passou a noite inteira sem dizer nada, o que ele tinha? E aquele outro... ah, vocês entendem.

— E somos mesmo — disse Yngve.

— O quê? — eu perguntei.

— Esquisitos — ele disse.

— Bem, a mesma palavra que significa "esquisito" em norueguês quer dizer "simpático" em sueco.

O show do Wilco foi no antigo teatro de Copenhague, cada um de nós tinha comprado o seu bilhete, eu tinha pegado um lugar bem no canto de um dos camarotes, razoavelmente próximo do palco, mas com uma acústica provavelmente ruim, pensei ao me sentar, enquanto Yngve e Asbjørn, conforme descobri ao procurá-los, empoleiravam-se como dois pássaros em um rochedo logo abaixo do teto, onde o som devia ser bem melhor.

Me reclinei no assento, que era vermelho e forrado com pelúcia, e olhei para a frente sem prender o olhar a nada de especial. Eu estava cansado, e era bom estar totalmente em paz no meio de outras pessoas. Eu não tinha assistido a nenhum show desde quando eu ainda morava na Noruega. Naquela época, o show de qualquer banda era um grande evento. Mas hoje em dia o David Byrne podia tocar em um palco a duzentos metros do nosso apartamento sem que eu fosse até lá. Eu havia perdido a música, que em outra época tinha uma importância tão grande para mim, aquilo já não era mais uma coisa relevante, mas um pouco como assistir TV. De vez em quando o velho sentimento voltava como um golpe de machado na crosta de um lago congelado, junto com a tristeza por tudo que eu havia perdido ao longo do caminho que tinha decidido trilhar.

A banda de abertura, que era norueguesa, começou a tocar. Os membros estavam todos reunidos no meio do palco, aquilo não era deles, mas emprestado, e por um motivo ou outro pensei numa barraca montada em um estacionamento, porque era isso que parecia. O som estava baixo, e as luzes estavam ligadas. Mas eles eram bons. Como era mesmo o nome da banda? Hukkelberg?

Olhei para todas as fileiras de assentos e vi Yngve e Asbjørn sentados lá no alto, como que iluminados, uma vez que eram os dois únicos rostos conhecidos naquele mar de rostos desconhecidos.

Depois de ter lido Proust era impossível ver um teatro antigo como aquele de outra maneira que não como uma imagem submarina, uma espécie de recife de coral com os assentos fazendo as vezes de conchas ou mexilhões, e os vestidos das mulheres como as caudas dos peixes ou os tentáculos das medusas. A maneira como Proust transformava tudo em magia já não era mais possível, eu pensei, porque tudo já estava transformado, tudo já era outra coisa, como se estivesse saturado de ficção. Podemos desnudar a realidade camada após camada sem nunca chegar ao núcleo, porque o que a última camada esconde é aquilo que existe de mais irreal, a maior ficção de todas: a autenticidade.

As luzes se apagaram. Um holofote se acendeu e iluminou o palco. Jeff Tweedy, gorducho e quase gordinho, se aproximou do microfone e sem mais delongas começou a tocar, e a cantar de maneira totalmente clara e precisa, sem absolutamente nenhum esforço. Não havia maneira de saber ou de contar com esse tipo de coisa no caso das bandas inglesas, ou pelo menos não com aquelas a que eu tinha assistido ao longo da minha vida. A única exceção era o Blur, que eu vi com Tore no Sentrum Scene em 1993, não apenas tudo que eles fizeram foi perfeito, mas também repleto daquela energia que somente os jovens que realmente querem alguma coisa, e que de repente percebem que podem mesmo consegui-la, têm. Mas o Wilco era uma banda americana, a música não era uma coisa mostrada, mas um lugar onde estavam. Os outros membros da banda entraram, tocaram por talvez uma hora e meia, talvez duas, e era uma tranquilidade estar sentado lá, e a música por vezes atingia um nível emocional tão intenso que eu simplesmente deixava o controle de lado e começava a chorar. Depois, quando nos recuperamos daquela viagem à nossa longínqua juventude, nos reencontramos do lado de fora, pegamos o caminho e enchemos a cara. Eu tinha dito que havia trens durante a noite inteira, mas quando chegamos à estação tudo estava fechado, e assim precisamos fazer todo o longo trajeto de volta para Malmö de táxi. Na ponte, onde a luz trêmula dos faróis revelava novos metros de asfalto cinzento, com a escuridão como uma barreira por todos os lados, era como se eu estivesse em um sonho. Minha angústia no dia seguinte foi enorme, mas assim mesmo saí com Yngve e Asbjørn, jantamos num restaurante oriental, e Asbjørn nos entreteve com histórias que tinha ouvido de uma amiga médica, que havia falado sobre todos os objetos que as pessoas enfiam no rabo quando estão sozinhas e depois não conseguem mais tirar.

No fim do outono o primeiro volume dos romances recebeu uma indicação para o Brageprisen, e eu fui a Oslo com Linda para o evento. Depois de largar nossas coisas no quarto do hotel ela foi ajeitar o cabelo, ou fazer o styling, como talvez se diga hoje em dia, enquanto eu ia à editora para falar com Geir. Quando voltei eu bati na porta e Linda abriu para mim com um penteado novo.

915

— O que você acha? — ela me perguntou. — Seja sincero.

A princípio não respondi, apenas entrei e me sentei numa cadeira. Será que ela queria que eu confirmasse o que ela mesma achava, dizendo que estava superbonito, ou será que queria, como tinha dito, uma resposta sincera?

Na minha opinião o penteado era horrível, e eu estaria disposto a apostar que ela achava o mesmo.

— Parece o tipo de penteado que uma mulher de cinquenta anos acharia bonito — eu disse.

— É, não é mesmo? Não é horrível?

— É.

— Ótimo. Então vou desmanchar tudo e ir com o penteado de sempre.

Elisabeth, da editora, foi nos buscar, e então pegamos um táxi até o lugar onde aconteceria o evento.

Um prédio grande, muita gente, um camarim apenas para os indicados. Para meu desespero, notei a presença de um jornalista a respeito de quem eu havia escrito no segundo volume, ele trabalhava para o *Aftenposten* e eu não tinha medido as palavras. Assim que me viu ele se aproximou e se apresentou. Será que eu me lembrava dele? Claro, eu disse. Ele riu e disse que era uma honra ter aparecido no livro, mesmo daquela forma. E então ele disse: mas tem uma coisa em relação à qual você se enganou. Eu não sou um privilegiado do *vestkanten*. Eu sei, eu disse. Me desculpe. E então descobri Kjartan Fløgstad, meu antigo herói, o escritor e gentleman sobre quem eu tanto havia escrito. Apresentei Linda, ele apresentou a esposa e trocamos umas poucas palavras enquanto eu passava o tempo inteiro olhando para lá e para cá, porque eu não queria estar naquele lugar, eu não podia estar naquele lugar, eu não poderia carregar tudo aquilo nas costas. Ragnar Hovland, meu antigo professor de escrita criativa, também estava presente. Passei um tempo lá e depois fui com Linda fumar em frente à entrada, onde não parava de chegar mais gente. A escuridão era boa, a chuva era boa, todas as folhas molhadas, marrons e lisas que estavam caídas em cima da grama eram boas, mas não o sentimento de ser visto, isso não era bom. Quando nos sentamos em um dos assentos bem na parte da frente, onde havia lugares reservados para nós, ao lado de Kjartan Fløgstad e da esposa, um fotógrafo se inclinou no camarote e tirou uma fotografia de Linda. Ela não viu e eu não disse nada, porque talvez estivesse enganado. O show começou, houve música, leituras em voz alta, pequenos esquetes, e eu estava quase vomitando, porque eu via aquele palco e sentia o público às minhas costas, e se eu ganhasse eu precisaria não apenas subir lá em cima, mas também dizer alguma coisa. Infelizmente eu tive que subir. A estatueta era muito pesada. O que eu havia pensado em dizer com a estatueta na mão, que muitos leitores imaginariam que eu choraria um pou-co naquele momento, eu não tive coragem de dizer, então balbuciei qualquer coisa a respeito dos personagens do romance que eu havia encontrado por lá e falei sobre quando eu saí de casa e os livros que eu tinha e lia, que eram os livros dos outros indicados. E era verdade, Roy Jacobsen tinha publicado *Det nye vannet* naquele ano, e o primeiro livro de Fløgstad que eu tinha lido, *Dalen Portland*, também fora comprado na mesma época. Agradeci a Linda e disse que ela era a pessoa mais generosa que já tinha conhecido, e me ale-grei ao ver que eu tinha conseguido dizer isso sem chorar, mesmo que a voz tenha quebrado um pouquinho quando eu disse isso para Linda, porque ela encontrou os meus olhos lá de baixo. Então eu desci e tornei a me sentar. Eu preferia mil vezes que tivesse sido Fløgstad a se levantar e subir ao palco para receber o prêmio, ele também sabia receber com dignidade, ou pelo menos era o que eu achava, ao contrário de mim, que simplesmente queria que o chão me engolisse de vergonha e humilhação. Depois fomos todos a um grande pub irlandês nos arredores. Eu me sentei com Linda, Frederik e uns dos colegas dele no jardim externo na parte de trás, com a chuva escorrendo ao longo das paredes e das traves ou qualquer que fosse o nome daquilo, aque-las coisas que sustentavam o telhado provisório. Frederik tinha conhecido Linda no verão em que começamos a namorar, ele tinha nos visitado com Kjetil e Richard e havíamos enchido a cara, nós todos. Os dois ficaram con-versando enquanto eu olhava para longe e bebia cerveja, respondendo de vez em quando às perguntas de outras pessoas que estavam por lá, porque de re-pente era assim, eu tinha me transformado em um sujeito para quem as ou-tras pessoas faziam perguntas. Um escritor conhecido se aproximou. Eu o cumprimentei bastante constrangido, porque sabia que ele não gostava do que eu escrevia. Ele mencionou esse detalhe para ironizar a situação, mas o resultado disso foi que tudo se tornou ainda mais difícil. Mas ele não queria apenas me cumprimentar e me parabenizar, queria conversar, e levou pelo menos cinco minutos para situar-se em relação a mim e aos meus livros, por-que não podia dizer abertamente que não gostava deles, ou que eram ruins, enfim, mas tampouco podia deixar de se fazer entender, e as coisas que saíam da boca dele eram completamente incompreensíveis, porque eu não enten-dia no que se baseavam. Por que ele estava dizendo aquilo tudo. Seria aquilo um obstáculo social, uma coisa que precisava ser tirada do caminho antes que pudéssemos conversar de verdade? Ou seria o resultado de considerações es-téticas que ele julgava importante pôr às claras, para que eu não achasse que ele estava partindo de premissas que não aquelas sobre as quais de fato se ba-seava? Ele passou tanto tempo lá que o papel desempenhado aos poucos deixou de ser o de uma pessoa que passa para cumprimentar para ser o de uma pessoa que tem um lugar fixo à mesa. Ele foi simpático, como sempre havia sido, mas por que estava na minha mesa? Será que gostava dos meus livros? Era evidente que não. Será que gostava de mim? Talvez sim, talvez não. Mas a chance de que tivesse se aproximado da minha mesa caso eu fosse um escritor esquecido, às voltas com as minhas coisas num vale em Vestlandet, seria pequena, segundo me parecia, a não ser que o escritor esquecido em questão fosse considerado um dos melhores colegas que tinha. Nesse caso ele teria aparecido. Eu também. Uma vez eu havia me sentado para conversar com uma escritora e o marido na mesa de um restaurante num pequeno vilarejo da Noruega durante um festival literário, e de repente Lars Saabye Christensen sentou-se à mesa e eu comecei a olhar para ele, sem prestar muita atenção ao que a escritora com quem eu estava conversando dizia, e assim que a chance se ofereceu eu me dirigi a ele, por acaso a nossa editora na Inglaterra não era a mesma? Fiz isso mesmo sabendo que a escritora com quem eu conversava havia percebido os meus olhares em direção a Saabye Christensen e compreendido exatamente o que eu estava pensando. Ainda não era tarde demais para que a situação como um todo fosse salva, mas a vontade de falar com ele era maior do que a consciência que eu tinha em relação a fazer má figura. No mesmo evento eu e o mediador fomos xingados pela esposa de um dos outros autores porque o mediador usou mais tempo e fez uma apresentação mais pessoal do meu livro do que do livro do marido dela. Essa mistura entre o sublime que a literatura pode ser e aquilo que há de mais reles e simplório é característica dos ambientes frequentados por escritores, o que não chega a ser estranho, porque em poucas áreas as pessoas investem tanto para ter um retorno tão parco. No ano da minha estreia como escritor eu estive num quarto de hotel com Erik Fosnes Hansen em um fim de tarde, lisonjeado por falar com ele, mesmo que eu não tivesse lido nenhum livro dele desde a estreia com *Falketårnet*, um romance que li na minha época de colegial, e fiz uma menção à *Vagant* que foi como desfraldar um pano vermelho na frente dele. A *Vagant!*, ele repetiu, quase gritando. Ele tinha vendido centenas de milhares de livros, publicado em todo o mundo, e recebia críticas positivas em todos os cantos, porém não na *Vagant*, onde mal o consideravam um escritor, um periódico literário medíocre que na verdade era composto de um punhado de jovens que frequentavam os cafés da parte leste de Oslo. Ele tinha desprezo por aquela gente. Tudo se reduzia a cortinas de fumaça e intelectualismo acadêmico. Por quê? Ele não respondeu, mas acredito que a ausência de reconhecimento tenha desempenhado um papel importante. Quando o meu primeiro livro começou a vender, essa era uma situação que me preocupava. Minha salvação foi ter entrado para a redação da *Vagant*, um movimento perfeito do ponto de vista estratégico, porque assim eu me tornei ao mesmo tempo um escritor popular e intelectual, uma posição que me permitiu subir e encontrar mais e mais nomes ao longo do caminho até acabar sentado naquela tarde chuvosa de outono em um dos pubs irlandeses de Oslo enquanto outros nomes me procuravam. O nome Knausgård havia se transformado em uma marca, um logotipo, os jornais tinham estado repletos daquilo ao longo do outono, e naquele momento eu percebi a força dessa repetição. As pessoas olhavam. As pessoas pediam desculpas antes de dizer qualquer coisa. As pessoas não tinham coragem de dizer nada. As pessoas se aproximavam quando estavam bêbadas. Era estranho. E não era por causa dos livros que eu havia escrito, porque eram livros completamente normais, dois filhos que enterram o pai morto e um pai frustrado de crianças pequenas que se despe por completo na frente do leitor, era por causa do nome e de tudo aquilo que o preenchia.

Gostei de ver que aquele escritor conhecido se aproximou e parou ao lado da nossa mesa naquele fim de tarde. Aquilo me deu um sentimento de força. Havia um sentimento de que eu podia dizer o que eu bem entendesse, ou simplesmente não dizer nada, sem que nada disso importasse, porque não mudaria nada. Quando o encontrei pela primeira vez eu era aluno de escrita criativa, quando o encontrei pela segunda vez eu era um estudante insolente que andava de um lado para o outro entrevistando os escritores famosos da Noruega. Fazer com que o tempo que ele dedicou a mim valesse a pena exigiu um esforço colossal; quando o entrevistei, eu havia me preparado por semanas a fio em tempo integral. Formulando perguntas boas, astutas, inteligentes e dignas, que anos mais tarde compreendi serem completamente reveladoras, porque me haviam deixado como que nu, e assim foi não apenas quando eu o encontrei, mas quando eu encontrava todos os outros: estudantes, professores universitários, escritores, editores e jornalistas, e como eu tinha uma forte atração pelo prestígio, mais eu me esforçava na medida em que o nome em questão tivesse mais prestígio. Ah, teve a vez em que o professor Buvik não apenas se lembrou do meu nome, mas também me fez uma pergunta durante uma palestra. A primeira vez em que encontrei Jonny Halberg. Tone Hødnebø. Henning Hagerup. Eldrid Lunden. Thure Erik Lund. Ingvar Ambjørnsen. Cecilie Løveid. Olav H. Hauge. Marit Christensen. Øystein Rottem. Kjartan Fløgstad. Ole Robert Sunde. Georg Johannesen. Kjersti Holmen. Erlend Loe. Åsne Seierstad. William Nygaard. Kjetil Rolness. Einar Økland. Frode Grytten. Trond Giske. Eu tinha entendido que a única forma de lidar com isso tudo era não permitir que significasse o mínimo que fosse, mantendo-me incorruptível, enquanto no fundo eu me alegrava com esses encontros e esperava que alguém mais percebesse. Quanto a haver um movimento e um objetivo, eu só fui me aperceber disso quando me vi sentado lá com um nome de repente tão carregado que outras pessoas começaram a se portar em relação a mim como eu havia me portado em relação a outros nomes carregados. Não que eu não compreendesse o que estavam fazendo, eu conhecia aquilo de trás para a frente, sabia tudo a respeito da arte vil e demasiado humana da bajulação. Por isso eu também compreendia que nada daquilo tinha qualquer tipo de relação comigo, porque eu era o mesmo, aqueles anos todos com a língua solta tentando parecer melhor do que eu era, me comportando da forma como os incorruptíveis se comportam, o que seria apenas uma forma mais avançada de corrupção se eu realmente fosse o mesmo. A única mudança era o nome, e a imagem ligada ao nome. Eu, que sempre havia aceitado honorários de mil e quinhentas coroas por uma sessão de leitura, de repente comecei a receber propostas de sessenta mil para uma participação de quarenta e cinco minutos. Recusei, não porque eu não quisesse o dinheiro, mas porque eu queria ter uma coisa mais digna, ou seja, integridade; não porque eu fosse uma pessoa dotada de integridade, mas porque eu era uma pessoa duplamente corrupta. Sim, eu era uma pessoa tão corrupta que já nem me importava com o que a *Vagant* teria a dizer sobre o que eu escrevia, pois na hierarquia de valores isso estava acima da preocupação, e essa hierarquia era a única coisa com a qual eu me preocupava. E assim era. Vendi minha alma duas vezes, mas não foi tão mau assim quando cheguei ao topo. Mas quando uma pessoa mostrava que desejava estar no topo e banhar--se nos raios deste sol, essa pessoa ainda não estava no topo, porque somente era possível estar no topo com a integridade intacta quando se passava a dizer não para tudo isso. Não para os jornais, não para a TV, não para as empresas e as apresentações. Apenas quando se dizia não a estar no topo era possível estar realmente no topo, mas nem isso era o ponto mais alto do topo, porque lá era onde estavam as pessoas que de fato não se importavam, e que sozinhas e sem qualquer tipo de arrebatamento sentavam-se em um lugar qualquer no meio de um vale para escrever uma prosa obstinada, revoltosa e sem qualquer tipo de concessão, por exemplo, quando se falava sobre o topo de um escritor, de preferência sem nem ao menos enviar nada daquilo que escreviam para qualquer editora que fosse, enterrando a obra recém-acabada em um lugar qualquer da floresta antes de começar a próxima.

Quando a noite chegou ao fim, eu e Linda voltamos até o hotel de braços dados, eu levando a estatueta na outra mão. Ela estava com fome, passei no 7-Eleven para comprar um lanche para ela e no caminho de volta de repente eu comecei a rir, foi uma coisa que veio do nada, e eu parei e me virei em direção a uma parede. Ha ha ha!, eu ri. Ha ha ha! Depois continuei andando pela chuva e pela escuridão, ao longo do asfalto preto e reluzente, na direção do hotel, que era o Savoy, onde parei mais uma vez e acendi um cigarro, o último antes de eu me deitar. Eu não sabia do que eu tinha rido, mas só de pensar naquilo eu comecei a rir outra vez. Ha ha ha! Ha ha ha! Ha ha ha!

Eu ainda estava rindo um pouco quando voltei ao quarto. Linda tinha adormecido. Me sentei na cama e levei a mão à testa dela. Você não quer comer?, perguntei. Mas ela estava demasiado fundo na escuridão da própria alma, então levei a cadeira até a janela, me sentei e comi a comida dela e bebi uma Pepsi Max enquanto olhava para a rua e para a chuva que caía, para a lâmpada que se pendurava em um fio estendido por cima da rua e se balançava de um lado para o outro com o vento.

*

Num fim de semana no fim de maio de 2010 eu aluguei um carro e dirigi até a colônia de jardins nos arredores de Malmö para dar um jeito no caos que reinava por lá. Linda tinha colocado o nosso lote à venda, já tinha havido uma mostra, porém não apareceu nenhum interessado, o que não chegava a ser estranho, porque nada tinha sido feito para esconder a decadência. A ideia de que tudo aquilo estava indo para o inferno pesava na minha consciência desde muito tempo. Quando deixei a última rótula pra trás e entrei na colônia, que se estendia para os dois lados e consistia de uma série de pequenas casas com pequenos jardins, quase tudo meticulosamente cuidado, o peso foi maior do que nunca, ao mesmo tempo que o fato de que eu realmente estava lá e logo trataria de dar um jeito naquilo existia como uma luz dentro de mim. Não uma luz clara ou abrasadora, porém mais como a luz que se descobre no meio de uma floresta, a expectativa de encontrá-la.

Haveria uma nova mostra no dia seguinte, e se eu conseguisse arrumar o que havia de pior não seria impossível que um interessado mordesse a isca, já que as pessoas que compravam propriedades como aquela faziam isso por gostar daquele tipo de trabalho, e podiam até mesmo achar um certo grau de decadência atrativo; nesse caso teriam com o que se ocupar.

O céu estava invernal e cinzento, e as pessoas que encontrei ao longo do caminho, crianças de bicicleta e uma mulher com um carrinho de bebê que levava uma sacola pesada do Coop, pareciam não ter nenhum contato com aquela realidade, me ocorreu enquanto eu dirigia em frente a trinta quilômetros por hora, mais ou menos como os caranguejos no fundo do mar não têm contato com a superfície. As folhas das árvores tinham acabado de brotar, mas sem o sol era difícil associá-las à vida que a primavera sempre traz consigo.

Diminuí a marcha ainda mais e entrei no grande estacionamento de cascalho. Eu estava com dor de barriga. Aquele era um lugar onde as pessoas eram vistas, não da maneira como eram, qualquer que fosse, mas da maneira como pareciam ser. Lá eu era um homem de cabelos longos e sebosos e barba, que usava roupas velhas e pretas, com um olhar desvairado e uma linguagem corporal irrequieta, e, quando esse aspecto de mendigo era associado aos nossos três filhos, eu me via de forma tão clara pelos olhos dos outros proprietários na colônia de jardins que tudo o que eu tinha em termos de confiança e dignidade simplesmente desaparecia. Se alguém ligasse para o conselho tutelar para dizer que as crianças precisavam ser afastadas daquele pai terrível, que talvez fosse um drogado, e que de um jeito ou de outro era um tipo suspeito, eu me veria de repente na defensiva, porque sentiria que a acusação tinha fundamento e não conseguiria me defender de maneira convincente.

Dirigi até a cancela em frente à estrada de cascalho que ficava do outro lado, parei o carro, desci, destranquei a cancela, abri-a para o lado, voltei a entrar no carro e andei mais uns metros para a frente, saí, fechei a cancela e continuei a dirigir quase me arrastando por entre as pequenas casas. O cascalho estrepitava sob os pneus, e o carro foi deslizando como um carrinho de bebê ao longo da estrada que mais parecia um canal, cerca após cerca, até eu parar em frente à nossa. Não era uma cerca como as outras, que reluzia de tão limpa, mas estava coberta por uma camada esverdeada de uma coisa ou outra que parecia ser um tipo de alga ou fungo. Tampouco estava livre de ervas daninhas, como as outras, conforme determinava o regimento interno: os arbustos do lado de dentro cresciam por entre os vãos da cerca e acima do topo.

Desliguei o motor, peguei a chave e percebi a placa que havia surgido na cerca desde a última vez. "VENDE-SE", dizia a placa em letras azuis sobre um fundo branco. Abri a porta do carro, desci, fechei a porta. Senti o ar frio no rosto e nas mãos. O cascalho estava cheio de inço, o que era contra as regras, e senti dor de barriga ao ver aquilo. Eu gostaria de não dar a mínima, de simplesmente cagar para todos os idiotas que se prestavam a vigiar o jardim uns dos outros, para aquela trupe de imbecis composta de velhos enrugados com papadas no pescoço que eram incapazes de conceber o que quer que fosse senão em termos do que era certo e do que era errado, e que, depois de todas as experiências que uma vida longa e única havia lhes proporcionado, dedicavam os últimos anos e os últimos dias a manter um gramado bem cuidado e a se exasperar quando os outros não faziam o mesmo. Eu gostaria de não dar a mínima para aquela gente, mas não conseguia. A verdade era que eu tinha medo deles, e que de bom grado faria o possível para deixá-los contentes.

Abri o portão e entrei no jardim.

Por que Linda não tinha cortado a grama? Que os canteiros precisassem de uma limpeza era compreensível, porque levaria semanas para arrumar aquilo, mas o gramado? O que ela tinha pensado ao pôr nosso lote à venda, que a primeira impressão não contava? Que as pessoas haviam de ignorar o estado de abandono e pensar que na verdade aquele era um bom lugar?

Me virei. Na janela da casa de bonecas do outro lado estava a velha, olhando para mim. O marido dela era presidente do conselho do lugar. Era responsabilidade dele garantir que todos os proprietários seguissem as regras. Então, quando peguei o ônibus exclusivamente para regar o gramado em uma tarde de quarta-feira, após dias de um calor desértico, foi ele quem apareceu caminhando devagar em frente à nossa cerca, como que por acaso, sempre como que por acaso, para me perguntar se eu sabia que dia era. Sim, eu achava que sabia, era quarta-feira, não? Sim, isso mesmo. E aqui temos um sistema para a rega, como você sabe. Os números ímpares fazem a rega segunda, quarta e sexta, enquanto os números pares fazem a rega terça, quinta e sábado. Qual é o seu número? Fui obrigado a admitir que eu tinha um número par e que eu não tinha direito a regar o gramado naquele dia. O jeito seria pegar o ônibus de volta para casa ou desafiá-lo e regar o gramado discretamente atrás da casa, onde ninguém pudesse me ver. Lógico que foi o que fiz enquanto eu ficava sentado na escada, fumando um cigarro com medo de ser descoberto. Ou então íamos todos juntos para lá numa tarde de sábado, com planos de ficar até o domingo, e eu com a ideia secreta de cortar a grama, o que era feito com uma frequência bem menor do que o desejável. Quem aparecia caminhando por acaso em frente à nossa cerca nessas horas, senão o presidente do conselho? Você está cortando a grama, então?, ele perguntava. É, já estava muito alta. É verdade, ele dizia. Mas entre as quatro horas da tarde de sábado e a manhã de segunda não é permitido usar máquinas que produzam barulho. Temos horário de silêncio. Pode cortar a grama dessa vez, mas para a próxima você já sabe. Claro, muito obrigado!, eu dizia. Obrigado pela gentileza!

E além disso havia os avisos na caixa postal ao fim das rondas de inspeção. Um formulário onde os membros do conselho marcavam os itens de acordo com aquilo que viam.

Dei a volta na casa e, longe dos olhares dos vizinhos, me sentei na escada, acendi um cigarro e tentei avaliar o que precisava ser feito. Um rumor leve como o do mar vinha da estrada para a Dinamarca, trazendo junto o som de chutes e gritos abafados do campo de futebol próximo. Eu nunca tinha visto o campo, a não ser pelos refletores que se acendiam todas as noites, e que tanto no outono como no inverno mais pareciam um hangar de luz em meio à escuridão da planície.

Naquele outono e naquele inverno eu tinha passado um bom tempo escrevendo por lá, sozinho naquela grande região, buscando água em um galão ao lado do estacionamento, comprando no supermercado a dois ou três quilômetros de distância, terminando página atrás de página, três ou quatro dias seguidos antes de voltar e passar uns dias em casa, para então retornar. Lá eu me encontrava fora de todos os contextos. Nada de jornais, nada de internet, nada de TV, nada de rádio, nada além de um telefone celular com um número que ninguém tinha. E sem mais nenhuma pessoa. À tarde e à noite, um porco-espinho que aparecia no jardim, e que de vez em quando, se eu conseguisse manter-me completamente imóvel, cutucava o meu sapato com o focinho. Durante o dia, os pássaros. Em frente ao PC com touca e luvas, casaco e um cobertor de lã ou edredom no colo. O ar se erguia como fumaça ao redor da minha cabeça sob a luz fria da lâmpada. Eu escrevia sobre a infância, e escrevia sobre a adolescência. As conversas pelo telefone com Geir, para quem eu lia e com quem eu discutia, as conversas pelo telefone com Linda, que recebia ajuda da mãe para cuidar das crianças, e que, durante as horas em que todas estavam no jardim de infância, nunca sabia direito o que fazer ou como. As horas que se abriam diante dela eram mais assustadoras do que proveitosas, eu bem sabia. Assim tinha sido por muito tempo. Linda tinha conseguido um escritório em um coletivo, mas tinha medo de ir para lá, obrigava-se a ir uma vez ou outra e depois passava semanas a fio longe do lugar.

O escritório era bom, ela tinha um Mac com programa de edição de som em cima da escrivaninha, fotografias das crianças ao lado e livros motivacionais na estante. Uma vez ela tinha levado Heidi para lá, e Heidi havia se enchido de orgulho por ter acompanhado a mãe ao trabalho, ela tinha cumprimentado as outras pessoas e feito desenhos, e eu vi o quanto Linda estava feliz ao voltar para casa, porque naquele dia ela tinha sido como as outras mães, tinha levado a filha para o trabalho, apresentado a filha para os colegas e mostrado o trabalho que fazia para Heidi. Mesmo assim, ela ia para lá com frequência cada vez menor.

Em Linda havia uma coisa que a fazia afundar e outra coisa que a fazia se reerguer. Ela tinha de lutar contra isso, porque, quando afundava, tudo de repente se tornava escuro e desesperançoso, e quando se reerguia, tudo de repente se tornava claro e esperançoso, e esses sentimentos conferiam as próprias cores a tudo, a toda a existência dela, que dessa forma sofria o tempo inteiro mudanças radicais de caráter, mesmo que fosse sempre a mesma.

Na primeira vez em que a vi, Linda estava em uma trajetória ascendente, e na época aquilo não parou, não deu meia-volta, mas simplesmente continuou e continuou, não havia mais limites, ela já não dormia mais, os dias eram intermináveis, até que por fim uma amiga foi ao apartamento dela e a encontrou encolhida em cima da mesa, balbuciando números. Linda tem estrelas dentro de si, e quando essas estrelas brilham ela torna-se radiante, mas quando não brilham a noite é totalmente escura. Ela passou mais de um ano internada, e quando tornei a encontrá-la e começamos a namorar não fazia muito tempo desde que havia recebido alta. Tivemos filhos quase de imediato, era uma coisa que nós dois queríamos. Eu nunca pensava que ela tinha sido uma pessoa doente, eu não tinha medo disso, e talvez fosse essa confiança o que tornava a ideia de filhos possível para ela, ou pelo menos mais fácil.

Nas consultas com a obstetra Linda tinha que assinalar "doenças psiquiátricas" em todos os formulários, e eu via que aquilo marcava o olhar de todos em relação a mim e a ela, mesmo que tudo estivesse bem. O humor dela tinha ciclos, afundava e depois se reerguia, mas sempre dentro da normalidade, eu nunca pensava no assunto, aquele era o jeito dela, temperamental, e eu não me relacionava com a alegria quando ela estava alegre ou com a escuridão quando ela estava desanimada ou tomada por uma fúria repentina, mas apenas com ela, com aquilo que dizia e fazia.

Linda experimentou todos os métodos imagináveis para estabilizar os sentimentos, porque as mudanças eram exaustivas para ela, e na vida que vivíamos, que era diferente daquela que tínhamos vivido até pouco tempo atrás, com a responsabilidade pelas crianças e tudo que isso trazia, a sensação de não ter controle era a pior de todas. Linda temia acima de tudo o caos. Ela tinha um medo terrível de tudo que a fazia pensar em transgressões, porque, enquanto afundava e se reerguia, o restante, tudo aquilo que tínhamos, nossa casa, devia manter-se tão estável e tão sólido quanto possível. E tudo era uma ameaça a isso. O tempo que eu passava escrevendo era uma ameaça. Linda sabia que esse era o meu trabalho, e que era o que fazia sentido para mim, e quando ela estava bem não havia problema nenhum, até que ela tornava a afundar e o medo reaparecia, a partir de então isso também passava a ser uma ameaça, e ela não conseguia resistir ao medo, que era insaciável.

Essa foi uma sensação especialmente forte quando Linda estava grávida de Vanja, ela tinha verdadeiro pavor de perdê-la, e tinha verdadeiro pavor da responsabilidade que a esperava, e assim deu vazão a toda essa angústia em um surto enorme. Eu me relacionava com esses surtos, que na minha opinião

925

eram desarrazoados, ao mesmo tempo que tinha medo deles, porque eram muito violentos e eu não era acostumado a presenciar aquelas forças internas; no lugar de onde eu vinha, tudo era controlado e racionalizado. Vanja nasceu, a paz se instaurou. Linda voltou a estudar, Heidi nasceu, nos mudamos para Malmö, John nasceu. A quantidade de trabalho era grande, mas não me custava nada trabalhar, independente do que fosse; nem mesmo os afazeres domésticos me custavam. Bastava fazê-los. Eu fazia uma leitura do mundo a partir de mim, e queria que Linda respirasse fundo e aguentasse.

O que ela tinha?

Tinha a formação em rádio, mas já tinha acabado os estudos havia muito tempo, e não havia trabalhado no rádio desde então, de maneira que a barreira para começar, ligar para uma rádio e dizer que tinha uma ideia, passou a ser cada vez maior à medida que o tempo passava. Ela comprou um microfone e um programa de edição, porém não foi mais adiante.

E também havia os textos que ela tinha escrito. Os mais antigos eram muito anteriores à época em que havíamos nos conhecido, e os mais recentes tinham sido escritos ao longo do ano anterior. Estes eram particularmente bons. Ela tinha mandado um livro para a antiga editora. O texto foi recusado, disseram-lhe que era muito complicado publicar contos em um mercado editorial tão difícil. Não havia mercado para aquilo, e a editora não tinha dinheiro. Linda mandou a coletânea para mais três editoras, duas nunca a leram, a terceira não se interessou. Meus dois romances foram publicados, o terceiro ficou pronto e, enquanto eu escrevia o quarto Linda telefonou para a Sveriges Radio e apresentou a ideia de um documentário. Foi um grande passo e um momento de virada, porque a conversa deu resultado, a produtora quis encontrá-la, as duas se encontraram e a produtora acreditou na ideia de Linda. Dessa vez daria em alguma coisa. As duas prepararam um plano de trabalho. Linda estava animada, cheia de forças e de ideias, depois de pôr as crianças a dormir nos sentamos na sacada e ficamos conversando sobre tudo que ela faria. Linda viajaria a Estocolmo para entrevistar Fuglesang, o astronauta sueco, e de lá seguiria para Norrland, onde havia uma estação espacial comercial que ela visitou e onde também conduziu entrevistas com os funcionários.

O documentário teria como ponto de partida a última viagem do zepelim Hindenburg, certa vez Linda havia descoberto um recorte da época em um jornal sueco onde se mencionava a presença de um jornalista sueco a bordo, que telegrafava relatórios sobre a viagem diversas vezes por dia. Ele tinha morrido quando o zepelim pegou fogo e caiu do outro lado do Atlântico, pouco antes de chegar ao fim da viagem. Era uma história extraordinária, que seria contrastada com uma história acerca de viagens espaciais.

Linda passou oito dias nessa viagem investigativa e me ligava sempre cheia de entusiasmo do quarto do hotel. Ela tinha andado em um trenó puxado por cachorros, visitado um hotel de gelo e andado por uma região onde havia destroços espaciais. Tinha falado com muita gente, feito diversos acertos, era quase como se tivesse conhecido novos amigos, pois certas coisas que me contava só podiam ter acontecido porque as pessoas haviam confiado nela.

A voz dela soava entusiasmada e cheia de vida no outro lado da linha. Eu estava sentado na sacada, de casaco e boina, fumando. As crianças dormiam. Tive um sentimento vago de inquietude. Era como se eu não conseguisse ter um contato verdadeiro com Linda.

— Eu andei por essa região toda, era um lugar enorme e coberto de neve, e por toda parte havia grandes pedaços de metal. Era um cemitério espacial. Imagine só, Karl Ove!

— Parece mesmo interessante — eu disse. — Você entrevistou alguém por lá?

— Não, só liguei o microfone e fiz uma narração daquilo que eu via. Mas eu sei que ficou bom. Foi realmente incrível.

— Que bom.

— E a noite está cheia de estrelas. Você consegue imaginar como é por aqui?

— Você vai acordar cedo amanhã? — eu perguntei.

— Ah, teve o cara do hotel de gelo também, me desculpe mas eu preciso dizer isso enquanto tudo está fresco na minha cabeça, ele disse que nós dois temos que vir juntos para cá! A gente pode conseguir um quarto de graça.

— No hotel de gelo? Ora, pare com isso.

— Esse é um lugar especial. Um lugar mágico, de certa forma.

— Sei. Mas escute, acho melhor eu me deitar agora, se pretendo mesmo ter uma chance com as crianças amanhã de manhã.

— Claro, eu sei. Boa noite, meu príncipe! Te amo.

— Boa noite.

Linda voltou para casa e continuou entusiasmada com tudo que tinha vivenciado e tudo que ainda tinha para fazer. Ela escreveu um manuscrito, a ideia era dramatizar a viagem dos zepelins tendo por base os relatórios do jornalista. O manuscrito foi aprovado, providenciaram a verba. Linda escolheu os artistas, começou a dirigi-los e a gravar. Saía para o trabalho às sete da manhã e voltava às seis da tarde. Ela parecia ter se transformado. Eu só a tinha visto trabalhar com tanto afinco uma única vez antes, durante um período de produção no Dramatiska Institutet, quando realmente havia dado tudo. Mas desta vez era diferente. Era como se tivesse apostado tudo aquilo que tinha, a existência inteira, como se fosse agora ou nunca, não apenas no que dizia respeito àquele documentário, mas à vida como um todo.

Durante a tarde de sexta-feira no fim da primeira semana de trabalho estávamos assistindo à TV enquanto as crianças dormiam.

— Você pode levar as crianças ao jardim de infância amanhã, certo? — Linda me perguntou.

Eu olhei para ela.

— Por quê? O que você vai fazer?

— Trabalhar.

— Você vai trabalhar durante o fim de semana?

— Vou, claro — ela disse. — É importante. Eu tenho um prazo.

Importante? Prazo?

Comecei a sentir o sangue ferver. Passei uns segundos olhando para a tela da TV. Mas logo em seguida tornei a encará-la.

— Mas escute bem — eu disse. — Você sempre me proibiu de trabalhar nos fins de semana, dizendo que era importante fazermos coisas juntos, como uma família. Não trabalhei um único fim de semana nos últimos sete anos. E agora você do nada vai fazer isso?

— Ah, você é mesquinho — ela disse. — Como você é mesquinho.

— Mas então a conversa de família não vale mais agora que você tem um trabalho?

Linda se levantou.

— Para onde você vai? — eu perguntei.

— Vou me deitar — ela disse. — Tenho que acordar cedo.

Continuei sentado, ouvi os passos dela se afastando no corredor, eu queria segui-la e endireitar as coisas, porém meu sangue ainda estava fervendo, a conversa acabaria não sendo nada boa. Além do mais eu estava realmente feliz por vê-la cheia de força e de vontade, e a mais longo prazo aquilo abria a possibilidade de que no futuro eu também pudesse trabalhar nos fins de semana.

Era assim que eu pensava. Na verdade era bom, na verdade era como devia ser.

Linda acordou cedo na manhã seguinte e foi de bicicleta até a rádio. No domingo fomos ao Slottsparken todos juntos, seguimos o trajeto que atravessava a cidade até o primeiro parquinho, que consistia apenas em um carrossel e um escorregador sob enormes árvores decíduas, cuja folhagem no verão parecia um teto, mas que naquele momento tinha os galhos secos estendidos em direção ao céu, depois até o segundo parquinho, que ficava do outro lado do parque, na divisão com uma grande área residencial, onde eu e Linda ficamos um ao lado do outro no vento olhando as crianças correrem com as jaquetas impermeáveis vermelhas, ela claramente abatida, centrada em si mesma pela primeira vez em muitas semanas. Em casa as crianças assistiram a um filme enquanto eu descansava e lia os jornais de domingo. Se Linda não tivesse o compromisso de trabalhar de acordo com tabelas horárias e verbas naquilo que era uma produção relativamente grande, poderia ter passado a semana a seguir em casa, assistindo a filmes ruins deitada no sofá e dormindo até que a dor e a escuridão fossem embora. Mas naquele momento não havia opção, ela seria obrigada a trabalhar. Na manhã de segunda-feira ela acordou cedo e foi se arrumar enquanto eu cuidava das crianças. Enquanto eu remexia as prateleiras à procura de roupas para John ela trancou a porta do banheiro. E começou a vomitar lá dentro. Passaram-se vários minutos. Então a porta abriu-se, Linda saiu, foi até o cabide onde os casacos ficavam pendurados e vestiu uma jaqueta de couro escuro.

— Você estava vomitando? — eu perguntei.

Ela fez um gesto afirmativo com a cabeça. O rosto estava completamente pálido.

— Mas agora eu tenho que ir. Nos vemos à tarde. Não sei direito quando eu volto. Por volta das seis, talvez.

Ela pegou a bolsa e saiu enquanto eu continuei a me ocupar com as crianças. Após deixá-las no jardim de infância eu me sentei e passei o restante do dia trabalhando no quarto volume, depois busquei-as, preparei o jantar e estava jantando com as crianças quando Linda voltou. Ela parecia esgotada. Na manhã seguinte aconteceu a mesma coisa, ela vomitou no banheiro antes de sair para o trabalho, e na manhã seguinte também, e na manhã seguinte também. Achei que Linda estava exagerando, de certa forma, porque afinal era apenas um trabalho, mas eu não podia dizer nada disso, e além do mais não seria verdade, para ela não era apenas um trabalho. Depois de cinco anos e três partos, rodeada por uma vida que consistia apenas de crianças e cuidados com as crianças, somados a tentativas meio débeis de começar qualquer coisa por conta própria ao longo do último ano, aquela era a grande chance dela, o lugar a partir de onde poderia mostrar o valor que tinha. Se ela quisesse fazer essa prova diante de outras pessoas, eu teria dito para manter a calma, não era tão importante assim, mas ela queria fazer a prova diante de si mesma, provar que conseguia, e nesse caso eu não tinha nada a dizer. Linda vomitava pela manhã, trabalhava e voltava para casa à tarde, cada vez menos confiante. A mãe dela apareceu para nos ajudar e eu pude dedicar mais tempo à escrita.

Às duas horas da sexta-feira eu ouvi a porta do apartamento se abrir e olhei para fora para ver quem era.

Linda tirou a jaqueta cabisbaixa, sem olhar para mim.

— Já de volta? — eu perguntei.

— Não deu — ela disse. — Eu não consegui.

— O que você está dizendo?

Ela começou a chorar.

— Eu tive um surto na sala de controle — ela me explicou. — Entendi que eu nunca vou conseguir. Simplesmente não tem como. Não tem como, Karl Ove.

Ela entrou no quarto. Eu a segui. Descobri que a produtora tinha pedido a ela que fosse descansar em casa por uns dias. A produtora era rígida e fazia muitas exigências, tinha percebido o potencial de Linda, toda a capacidade que tinha, mas talvez não a fragilidade que vinha junto com tudo isso.

— Eu não consegui — ela disse. — Sou um fiasco.

A mãe dela apareceu na porta, mas se afastou ao ver que Linda chorava.

— Você tem certeza? — eu perguntei.

— Eu não vou conseguir terminar — ela disse. — E o tempo já está quase acabando. Não tem como. É impossível.

A situação era grave. Uma derrota justo quando Linda tinha apostado tudo aquilo que tinha; não havia como ser pior.

— E você não tem como simplificar um pouco as coisas? Pegar uns atalhos?

Ela não respondeu. Mas depois que as crianças foram se deitar naquela noite ela perguntou se eu poderia ouvir o que ela já tinha pronto. Eu respondi que queria, claro. Mas na verdade era a última coisa que eu queria. Eu sei fracassar muito bem, mas não aguento quando os outros fracassam.

Linda me entregou o headset e apertou play.

Estava bom. Claro que estava bom. Era pouca coisa, mas o pouco que havia era bom.

Na segunda-feira ela se obrigou a voltar, pálida e resignada. O programa de rádio havia se transformado em um complexo, uma coisa muito maior do que a própria ideia, e quando a produtora disse que não daria para continuar daquela maneira e que tudo precisaria ser retrabalhado, Linda teve uma nova crise. No fim achei que tudo estava realmente acabado, que ela não tinha conseguido, que tudo estava arruinado. Mas no fim ela voltou.

Um dia o programa ficou pronto. Fui convidado para a rádio na condição de ouvinte-teste, e então nos sentamos em um estúdio da rádio de Malmö, duas pessoas da produção, um técnico, Linda e eu.

Fiquei quase irritado quando ouvi o programa. Era incrivelmente bom. Eu tinha acreditado em Linda quando ela disse que era uma catástrofe, já que ela não tinha me dado nenhum motivo para acreditar em outra coisa.

Depois ela entrou em colapso. Durante as semanas a seguir, por um tempo bem maior do que o normal, ela se entregou ao poder da escuridão. Ela chorava um pouco, assistia a filmes e falava menos que de costume quando estávamos os dois a sós. Em relação às crianças ela se esforçava para ser a mesma de sempre, e eu via que era um alívio para ela quando eu as levava a passear sozinho. Linda disse que nunca mais conseguiria trabalhar em rádio. Mas, quando a escuridão passou e a luz voltou a preenchê-la, e o mundo tornou-se novamente leve, ela começou a brincar com a ideia de fazer outros documentários, já que a porta estava aberta.

Quanto a mim, terminei o trabalho no quarto volume após uma semana inteira na colônia de jardins, onde passei escrevendo dias e noites inteiros, e ao mesmo tempo o volume três foi publicado. Todos os meus velhos amigos que haviam recebido cópias do manuscrito mostraram-se entusiasmados com a leitura e não fizeram nenhuma objeção à publicação. Recebi uma carta muito bonita e intensa do meu amigo mais antigo, Geir Prestbakmo, que eu não tinha visto nos últimos trinta anos. Na carta, ele descrevia cenas que ainda recordava, como por exemplo a vez em que estávamos em um abrigo de barco agarrados a uma mangueira durante uma tempestade, já que tínhamos ouvido falar que os raios não caíam em borracha. O tom e o temperamento evidenciados na carta eram exatamente como eu me lembrava dele. Com Dag Lothar eu falei por telefone; ele ainda se lembrava das nossas discussões sobre as cores e os sabores das balas, e do verão em que pegamos nossas bicicletas e fomos jogar tênis depois de passar por Eydehavn. Era como se eu tivesse oferecido a nossa história, e não como se eu a houvesse tomado. Era um sentimento bom. Todos me convidaram para uma visita quando eu fosse à Noruega. Com o volume quatro os problemas voltaram. Em vez de usar nomes autênticos e mandar o manuscrito para as pessoas individuais, usei nomes inventados e simplesmente publiquei o livro, porque eu não aguentaria outra tempestade. Mas assim mesmo as pessoas ficaram revoltadas. O volume cinco foi escrito ao longo de oito semanas, porque eu realmente estava pouco me lixando e ao mesmo tempo havia encontrado um tom que me lembrava da literatura que eu lia na mesma época sobre a qual escrevia, tudo enquanto pensava que aquele era o romance que eu gostaria de ter escrito quando tinha vinte anos, mas não sabia como. Naquele momento eu sabia. Na última semana Linda e as crianças foram com Helena e os filhos dela para Tenerife, e eu terminei o livro na época das Olimpíadas de Inverno, eu ficava sozinho no sofá vibrando toda vez que Northug, ou "o lobo", como os comentaristas suecos o chamavam, vencia, e depois voltava ao escritório e continuava a trabalhar. Quando o livro ficou pronto, mandei-o para as pessoas sobre as quais eu havia escrito. Umas ficaram irritadas e disseram que o livro destruiria a vida delas, então mudei os nomes; outras me pediram para cortar esse ou aquele episódio, uma vez que envolviam coisas maiores e mais perigosas do que eu imaginava, e ainda outras me disseram que eu podia deixar tudo como estava. Tonje, que era a pessoa mais importante nesse livro depois de Yngve, disse isso, pode deixar tudo como está. Pedi a Linda que não lesse o livro, porque seria desagradável ler sobre a história de amor que eu tinha vivido com outra mulher. Da mesma forma, embora por motivos diferentes, eu tinha pedido à minha mãe que não lesse o volume três. Quando leu o volume dois ela me enviou uma mensagem de texto em que dizia que era doloroso ser reduzida. Quando leu o volume quatro, ela me ligou e disse que estava indignada, eu tinha escrito uma coisa que absolutamente não era verdade a respeito do que tinha acontecido entre nós quando morávamos na casa em Sannes, relacionada a álcool, e eu ou tinha entendido tudo de uma forma completamente equivocada, ou então tinha inventado aquilo. Excluí essa parte. O *Dagsrevyen* fez uma entrevista comigo, quando a entrevista terminou e eu voltei para casa me deitei na cama e não conseguia mais me mexer, eu me sentia torturado pela angústia, aquilo seria transmitido no *Lørdagsrevyen* para toda a Noruega ver e eu mal tinha conseguido dizer uma frase coerente.

Durante a entrevista tinham me mostrado a capa de uma revista onde se lia "Knausgård para leigos", e naquele momento eu compreendi, com a câmera apontada para o meu rosto, que na Noruega tinha acontecido comigo uma coisa que eu não havia compreendido. E era uma coisa grande. Eu tinha entendido uma parte disso tudo durante uma visita a Oslo pouco antes do Natal, porque quando eu entrei numa livraria para dar autógrafos tudo aquilo parecia natural: câmeras de TV, microfones de rádio, câmeras fotográficas, e a livraria completamente lotada, com uma fila interminável diante da mesa de autógrafos, onde eu me sentei cheio de microfones enfiados debaixo da minha boca. Depois da sessão de autógrafos eu fui à Litteraturhuset, o auditório principal estava com todos os bilhetes esgotados, e uma outra sala, onde haviam instalado telões, também estava lotada. Tore me entrevistou, fizemos como havíamos feito em Odda, mas na época as coisas mal haviam começado, enquanto naquele momento havia uma verdadeira histeria. Quando a sessão acabou e eu estava indo para o camarim apareceu o jornalista que me seguiu e perguntou se eu tinha feito sexo com uma menina de treze anos, repetindo a pergunta muitas e muitas vezes. Depois saí com Tore e a namorada dele, enchemos a cara e, a caminho do hotel, vi os jornais do dia expostos no 7-Eleven. A capa inteira do *Dagsavisen* era ocupada por uma fotografia minha. Eu tinha autografado livros. Era uma sensação completamente irreal e onírica, com a qual parecia impossível me relacionar, então a colônia de jardins nos arredores de Malmö, para onde fui um dia depois de voltar para casa, serviu para mim não apenas como um escritório mas também como um refúgio. Tudo estava como antes, eu e um monitor de PC. Três dias lá, de volta para casa com a família, celebrações de Luzia no jardim de infância, Natal com a casa cheia, Ano-Novo. Colônia de jardins, de volta para a família. Nada de entrevistas, nada de jornais, nada de TV, foi assim que passei todo o outono, e assim que passei todo o inverno. O *Dagsrevyen* tinha sido uma exceção, porque eu havia recebido um prêmio de rádio pelo primeiro romance, o prêmio seria entregue em Malmö, e por causa disso eu tinha de dar uma entrevista, então o *Dagsrevyen* perguntou se poderia aproveitar a oportunidade. Como eu já tinha que dar a outra entrevista de qualquer jeito, achei que não faria diferença. Quando eu estava lá, sentado numa cadeira com a câmera apontada para o meu rosto, foi como se a angústia em relação a tudo que eu sabia ter acontecido, mas não havia compreendido, de repente se concentrasse naquele ponto.

Depois da entrevista eu me deitei na cama, paralisado de medo, e chamei por Linda assim que a ouvi chegar em casa.

— Linda! Linda! Linda! — eu gritei.

Ela se aproximou, parou junto à porta e olhou para mim.

— Você precisa cuidar das crianças hoje — eu disse. — Durante todo o resto da tarde. Eu não consigo. Preciso ficar deitado aqui.

Linda fez um gesto afirmativo com a cabeça.

— Não tem problema — ela disse.

Eu vi que ela ficou contente de poder cuidar de mim. Quando Linda saiu para buscar as crianças, me levantei com dificuldade, liguei o PC, que eu finalmente havia conectado à internet, e passei a noite inteira deitado assistindo a uma série de documentários sobre a Segunda Guerra Mundial. O material visual era sem precedentes, com muitas fotografias do cotidiano, onde a solidez e a impavidez do mundo revelavam-se em meio aos horrores da guerra, o que a tornava real de uma forma totalmente inesperada. Quando Linda entrou no quarto para se deitar eu adormeci.

Na Páscoa fomos a Estocolmo, reservamos uma suíte num hotel, porque eu tinha ganhado dinheiro suficiente para isso, e a ideia era começar o sexto volume por volta daqueles dias, enquanto Linda e as crianças faziam uma visita à mãe dela e passeavam em vários lugares diferentes, como Junibacken, Skansen ou a sala das crianças na Kulturhuset. Mas as coisas não saíram de acordo com o plano, Linda estava desanimada e não conseguiu fazer aquilo sozinha, mas ligou horas mais tarde e perguntou se eu podia aparecer, o que então eu fiz. Num desses dias Helena e Fredrik nos convidaram à bela casa deles. Pegamos o trem para Uppsala, onde ele nos buscou de carro. Geir e Christina também estavam lá e, depois de nos mostrarem um pouco da cidade, fomos para casa conversar enquanto as crianças brincavam na rua. Linda estava muito animada, com tanta energia que eu nem conseguia ter um contato verdadeiro, ela simplesmente disparava na minha frente, tudo era incrível. Eu sabia que na verdade ela estava deprimida e fiquei revoltado, eu odiava quando ela fazia aquilo, mostrando-se exageradamente alegre, entusiasmada e cheia de elogios a distribuir para todo mundo, quando na verdade nada disso vinha do que estava sentindo. Havia um elemento de falsidade. Eu notava muito bem a diferença, mas outras pessoas não, simplesmente achavam-na incrível. E de fato nessas horas era assim que parecia, Linda era sempre o ponto central da confraternização, a não ser para mim.

Quando voltamos para a nossa casa em Malmö eu dei continuidade ao sexto romance. O texto ainda não tinha mais do que vinte páginas, mas tampouco seria longo, e meu plano inicial era terminá-lo em seis semanas. O livro de Geir foi recusado, era uma obra longa e prolixa demais para que a Spartacus pudesse fazer a aposta, segundo Molven escreveu. Depois mais duas editoras grandes e uma pequena também disseram não, e assim começamos a pensar de outra forma. Geir tinha dito o tempo inteiro que seria assim, essa era a vivência que tinha do mundo, enquanto eu tinha dito o tempo inteiro que daria certo, essa era a minha vivência. Que um livro de nível internacional e radicalmente distinto em relação a outros livros documentais publicados na Noruega não fosse publicado estava além da minha compreensão. Por acaso alguém recusou *Moby Dick* por ser um livro extenso e prolixo? Ou por ser imoral?

Liguei para Yngve e perguntei se ele não gostaria de abrir uma editora e mandei um email para Asbjørn fazendo a mesma pergunta, os dois mostraram-se entusiasmados com a ideia, e assim criamos a Pelikanen, acima de tudo para publicar *Bagdad Indigo*, mas também com a ideia de tocar o projeto mais além, traduzindo livros dos quais gostávamos e publicando-os.

934

Por volta desses dias também comecei a enviar o manuscrito do quinto volume para as pessoas sobre quem eu havia escrito. O livro era sobre os doze anos que eu tinha vivido em Bergen. A pessoa mais central nessa época da minha vida era Tonje. Passei um bom tempo às voltas com o email que eu havia escrito para ela antes de enviá-lo.

Depois de ler o primeiro livro, você escreveu que aquilo era um retrato bonito, que você sabia que tudo podia mudar mais além na narrativa, mas que assim mesmo me dava carta branca. Isso foi o que você fez na época, mas depois veio todo o resto — inclusive o segundo volume, que você não leu antes da publicação — e hoje tudo parece diferente. Aquilo com o que você havia concordado naquela época se transformou em uma coisa muito diferente hoje. Eu pensei nisso enquanto escrevia o quinto volume, e é por isso que mal falo sobre quem você é como pessoa (para mim), e praticamente não faço descrições suas com um olhar apaixonado. O que consta no livro a seu respeito não é motivo para nenhum tipo de vergonha ou medo; seu único erro (e não foi erro nenhum) foi ter namorado comigo. O que você tem a temer são naturalmente os jornais e aquilo que podem escrever. A manchete "Knausgård é suspeito de estupro" ainda vai aparecer. Naturalmente é terrível que você possa ser associada a isso. Por outro lado, no livro toda a culpa é posta em mim, não em você, e qualquer pessoa que ler vai entender dessa forma. Se você quiser eu posso mudar a cena em que você volta de Kristiansand, posso tirar a infidelidade, para que você em vez disso simplesmente diga que acabou.

Não muito tempo depois eu recebi um email de Jan Vidar, ele estava indo para Copenhague com a família, será que podiam nos fazer uma visita? Claro, eu escrevi, vai ser bom rever você depois de todos esses anos. Passei o dia inteiro limpando o apartamento, fazendo compras e preparando o jantar. Eles chegaram durante a tarde, Jan Vidar, Ellen e os três filhos. Eu só tinha visto as duas meninas mais velhas quando ainda eram bebês, mas naquela altura estavam viradas em duas meninas crescidas.

Linda estava doente e não tinha energia para falar com pessoas que não conhecia, então foi para o quarto logo depois de cumprimentá-los. Tive a impressão de que Jan Vidar interpretou aquilo como uma recusa, como se ela não quisesse vê-los em nossa casa.

Passamos a tarde inteira conversando. Ele não tinha mudado em nada, continuava seguro e tranquilo como sempre havia sido. Falamos sobre todas as pessoas que conhecíamos naquela época, Jan Vidar ainda morava na cidade e tinha contato com muita gente. Também falamos sobre os livros que eu havia escrito, e principalmente sobre o escândalo em torno deles. Jan Vidar me disse que tinha se recusado a dar entrevistas até certo ponto, mas como a resistência contra mim tornou-se enorme e as acusações de imoralidade vinham uma atrás da outra, no fim ele resolveu me defender. Eu sabia disso, minha mãe tinha me contado, e eu disse que tinha me deixado contente saber que ele tinha feito aquilo.

Se uma pessoa tinha sido necessária para mim quando me mudei aos treze anos, essa pessoa era ele, pensei enquanto permanecíamos sentados numa das salas, enquanto as crianças assistiam a um filme sentadas no sofá da outra. Leal, incorruptível, atencioso e independente. Ele tinha permanecido, eu tinha ido embora. Ele tinha aprendido a tocar guitarra, eu nunca aprendi. Ele tinha três filhos, eu tinha três filhos. As diferenças entre nós eram pequenas na época, porque no início da adolescência o fator dominante é a idade, o mundo que por assim dizer se constrói diante dos nossos olhos, o mesmo. Jan Vidar foi o primeiro com quem eu enchi a cara. Foi o primeiro com quem eu fui a uma festa. Foi o primeiro com quem tive experiências com garotas. Principalmente quando falávamos a respeito delas, porque quase tudo que a gente fazia dizia respeito a música ou a garotas, mas também quando íamos vê-las de bicicleta, quando nos sentávamos para trocar uns amassos, cada um de nós em um sofá com a sua garota, ouvindo "Telegraph Road" do Dire Straits, uma música feita para isso.

No reencontro, essas pequenas diferenças haviam se tornado maiores, porém ele ainda era a mesma pessoa de antes, e eu ainda era a mesma pessoa de antes; as diferenças eram as camadas de vivência e de experiência que o tempo havia sedimentado.

Naquela tarde Jan Vidar disse uma coisa sobre a qual passei muito tempo pensando depois que ele foi embora. Era sobre a pessoa que o meu pai tinha sido para ele. Eu e Jan Vidar éramos melhores amigos, e durante os primeiros anos em que eu morei lá o meu pai também morava lá. Enquanto o pai de Jan Vidar acabou se tornando uma pessoa importante na minha vida, sempre interessado e presente quando eu ia à casa deles, meu pai não era nada para Jan Vidar, apenas uma espécie de sombra que ele sabia existir, e que por vezes enxergava, mas com a qual não falava nunca. Ele me contou que uma vez eu tinha largado a minha bicicleta e o meu pai tinha saído de casa e me dado um sermão por um motivo ou outro. No mais, Jan Vidar praticamente não sabia nada a respeito dele. Ele sabia que era um pai rígido, e imaginava que eu tinha medo dele, mas na verdade não sabia de nada. Nunca tínhamos falado a respeito desse assunto. E foi muito estranho ouvir essas coisas. Por

936

que eu nunca falei sobre o meu pai naqueles três anos? Nós dois falávamos sobre tudo. Talvez porque não houvesse nada a dizer. Simplesmente era assim. Talvez porque não houvesse uma língua para falar sobre aquilo na época. Mas o que era, então, quando não havia nada a dizer nem uma língua para falar sobre aquilo? Acho que eu nem ao menos pensava nele. Acho que eu simplesmente me relacionava com ele, evitando-o, tratando aquilo que falava e aquilo que dizia como se tudo o que ele era e tudo o que ele oferecia fosse imutável, mais ou menos como uma força ao lado da qual eu vivia. E claro que eu tinha vergonha disso. Talvez por isso eu nunca tenha falado a respeito dele com Jan Vidar. Estávamos no início da adolescência, na idade em que as pessoas começam a perceber que existem outras formas de fazer as coisas e outras maneiras de pensar que vão além da nossa família.

Nesse caso não era do meu pai que eu tinha vergonha, mas da minha situação. Nem ao menos me lembro muito dele naqueles anos. A presença do meu pai na minha infância é nítida para mim, mas na época entre os meus treze e os meus dezesseis anos ele parece vago e indefinido, quase ausente, para então reaparecer com força e peso totais aos meus dezesseis anos, quando ele e a minha mãe se separaram.

Nesses três anos ele passava a maior parte do tempo na sala do primeiro andar do galpão enquanto eu e a minha mãe ficávamos em casa, e, quando ele aparecia, eu quase sempre subia para o meu quarto.

Nenhum amigo. Nenhuma vida social. Apenas o trabalho e as noites em casa. Uma ou outra visita aos pais durante os fins de semana.

Quando nos mudamos para lá, ele tinha trinta e oito anos. Deve ter se sentido um prisioneiro da própria vida. E deve ter se sentido sozinho. Quando penso no meu pai lá, é quase como uma sombra.

No outono em que saiu o primeiro volume do meu romance eu fui contatado por um homem que morava em Bodø e tinha conhecido o meu pai. Ele não escreveu muito a respeito disso, estava mais interessado em escrever a respeito da própria vida, e sobre o que o meu livro tinha significado para ele. Quando semanas mais tarde eu dei autógrafos em uma livraria em Oslo, um outro homem se aproximou e disse que tinha sido colega do meu pai, e que ele tinha sido um professor extraordinário. Por fim, não muito antes da visita de Jan Vidar e da família dele, recebi mais um contato de um homem que tinha conhecido o meu pai ainda na época da juventude. Ele dizia que, depois de ler os quatro primeiros volumes, se perguntou quanto da criação do meu pai teria continuado a influenciá-lo ainda na idade adulta no que dizia respeito à relação que mantinha comigo e com Yngve. Dizia que tinha perdido o contato com o meu pai depois do colegial, quando se mudou para Bergen, onde vivia desde então, enquanto meu pai tinha se mudado para Oslo. Dizia que a vida do meu pai tinha sido cheia de blefes e de mentiras contadas para outras pessoas na época em que o havia conhecido, e que as coisas que eu havia escrito a respeito disso não eram nada comparadas àquilo que ele havia presenciado. Dizia que o pai do meu pai era um homem de pavio curto e temperamento forte, e que controlava o filho com mão de ferro, com frequência dando-lhe bofetadas e colocando-o de castigo. Disse também que houve um episódio em que meu pai apanhou feio de outros garotos da idade dele e ficou jogado no chão, todo ensanguentado e com o lábio cortado.

Quando li essas histórias, pensei que ele nem ao menos teve uma chance. Que uma parte dele se quebrou cedo demais.

É uma ideia perigosa, uma vez que ninguém a não ser nós mesmos temos responsabilidade por aquilo que fazemos; somos pessoas, não criaturas sujeitas a forças que nos empurram contra a nossa vontade para lá e para cá. Isso caso a essência da humanidade não seja justamente viver sob a influência exercida por outras pessoas, e caso ser uma pessoa boa não seja o mesmo que ser uma pessoa sortuda.

Meu pai morreu em uma cadeira na casa da mãe. A casa estava cheia de garrafas, havia excrementos no sofá, o nariz dele estava quebrado e o rosto coberto de sangue. Ele passou mais de um dia inteiro morto naquela cadeira, e durante esse tempo a mãe dele também estava em casa. O que ela fez nesse período ninguém sabe. Como meu pai quebrou o nariz e acabou com o rosto coberto de sangue ninguém tampouco sabe. Mas quanto a ter acontecido assim e quanto a essa cena eu agora tenho certeza absoluta. Se houver um processo judicial por conta desse livro, como o meu tio Gunnar disse em várias ocasiões que deve haver, eu tenho agora um documento que comprova tudo. Quando o recebi em mãos, fiquei revoltado. Acho que eu nunca tinha sentido tamanha revolta. Eu escrevi sobre a forma como o meu pai havia morrido, e Gunnar disse que eu havia mentido. De que me serviria mentir sobre a morte do meu próprio pai? Como ele podia dizer que eu tinha mentido em relação às circunstâncias que envolviam a morte do meu pai para jornalistas, para a editora e para todas as pessoas da minha família, quando eu não tinha mentido?

Liguei para Kristiansand e pedi que me enviassem uma cópia do prontuário do meu pai. Foi esse o documento que recebi. Segundo a cópia, meu pai tinha morado na casa da minha avó por um ano e cinco meses antes de morrer. Não eram dois anos completos, mas era um tempo longo, bem mais longo do que os dois meses que Gunnar tinha escrito que ele tinha morado por lá. Como ele podia dizer que o meu pai tinha morado apenas dois meses por lá, e que eu tinha mentido? E como o jornalista do *Bergen Tidende* podia dizer uma coisa dessas?

Eu descrevi o que eu tinha visto. Depois do email de Gunnar comecei a duvidar do que eu tinha visto. Agora eu sabia que eu tinha visto o que eu tinha visto. E que o meu pai antes da nossa chegada estava morto, sentado numa cadeira com o rosto ensanguentado, e que minha avó tinha andado ao redor dele, ele estava morto, ensanguentado, o lugar estava cheio de garrafas, e tudo havia durado bastante tempo. Depois chegou a ambulância.

Quem chamou o socorro?

Liguei mais uma vez para Kristiansand e perguntei se havia registros dessas conversas. Me disseram que sim, mas o homem com quem eu estava falando explicou que não sabia por quanto tempo os registros ficavam guardados, ele ficou de conferir e de retornar o meu contato, mas nunca retornou, e eu simplesmente imaginei que não havia nada documentado.

De onde tinha vindo o sangue? Será que ele tinha caído, se levantado, sentado na cadeira e então morrido? Talvez aquilo o tivesse matado, o sangramento do nariz, porque ele tinha o coração dilatado, esse era o único detalhe que eu recordava da autópsia. O agente funerário tinha dito que o óbito tinha sido causado pelo álcool.

Como alguém podia dizer que tudo havia estado em ordem?

Eu estava furioso. E também porque eu sabia que eu nunca ia descobrir como ele tinha morrido. Minha avó, a quem havíamos feito perguntas, tinha dado várias respostas diferentes. Uma vez ela disse que tinha sentado ao lado dele e descoberto que estava morto, perguntamos se estava claro ou escuro na rua, ela não lembrava. Outra vez ela disse que tinha dormido, acordado e então o encontrado morto.

Mas não era apenas o sangue no rosto dele, o nariz também estava quebrado, e como ele o havia quebrado? Não havia sangue em nenhum lugar na sala, isso eu sabia, porque eu havia lavado a sala, mesmo que Gunnar insistisse em dizer que não. Será que ele podia estar na rua, ter apanhado, se arrastado de volta para casa e então morrido por causa do esforço? Ou então caído lá dentro e arrebentado o nariz contra o chão ou talvez a lareira? Era o mais provável. Mas e o sangue? Minha avó não tinha condições de limpá-lo, quanto a isso não havia dúvida.

Liguei para Yngve. Ele disse que não se lembrava de praticamente nada em relação àqueles dias. Não se lembrava sequer de ter ligado para o médico, conforme eu disse que ele havia feito. Será que não podia ter sido eu mesmo a ligar? Eu não tinha nenhuma lembrança disso, tinha a impressão de lembrar que fora ele, mas não tinha certeza. Mencionei o sangue que não estava lá. Não tinha sangue no tapete, então?, ele perguntou. Tinha?, eu perguntei. Não, disso eu me lembrava. Não tinha sangue no tapete. Tenho certeza. A primeira vez que eu entendi que era sangue foi quando o agente funerário nos alertou, sabe?, logo antes de a gente o ver. Ele falou a respeito disso?, Yngve me perguntou. Ele não disse simplesmente que o nariz estava quebrado? Não, não, eu nunca vou me esquecer, foi um choque, ele nos alertou de que tinha muito sangue.

Yngve me disse que tinha encontrado mais um documento em meio às coisas dele, ele já havia me dito antes, mas eu tinha esquecido. Ele buscou o documento no porão e me ligou de novo. Era o prontuário de uma consulta médica. Nosso pai tinha uma quantidade altíssima de álcool no sangue, e o médico que escreveu o prontuário mostrava-se cético em relação a tudo que ele havia dito, inclusive em relação à alegação de que seria professor. Não havia nada de muito professoral a respeito dele já próximo do fim. Porém mesmo assim ele mentia; dizer que estava prestes a começar um novo trabalho de consultor pedagógico era típico dele.

Que tipo de morte o havia levado?

Quando estávamos na casa da minha avó e nos defrontamos com aquela visão terrível, eu a aceitei de imediato, as coisas eram daquela forma, mas quando me sentei para ler os documentos aquilo deixou de ser uma coisa que eu tinha aceitado, porque eu via tudo à distância, ele, o meu pai, morto numa cadeira, com o nariz quebrado, o rosto ensanguentado, rodeado por garrafas enquanto minha avó andava de um lado para o outro da casa. Ele era o filho dela. O filho primogênito. O amado filho primogênito. Agora ele está morto, e está morto já há um bom tempo, e ela estava lá com ele, com o filho morto, andando de um lado para o outro da casa. Será que ela preparou café? É uma coisa que deve ter feito milhares de vezes. Eu sei exatamente como ela fez isso, consigo imaginar cada um dos movimentos, e ela, a minha avó, que enchia o meu peito de alegria quando nos fazia uma visita-surpresa e eu sentia o cheiro dela no corredor, serve o café em uma caneca e acende um cigarro. Mentolado, claro, porque era esse o tipo de cigarro que ela fumava.

Gunnar não queria que essa história fosse contada. Eu entendo. Mas não entendo que tenha dito que eu havia mentido. Que tenha achado que eu havia inventado tudo, para vingar a minha mãe, que o meu pai tinha abandonado quinze anos atrás. Afinal de contas, eu me senti feliz quando os dois se divorciaram. Me senti feliz por me separar dele. Eu o odiava, e eu o temia, e eu o amava. Assim era.

E eu tinha escrito um romance sobre ele. Não era um romance bom, mas por outro lado a vida dele também não tinha sido muito boa. Aquela foi a vida dele, que acabou na cadeira de uma casa em Kristiansand, porque havia chegado a um ponto em que tinha abandonado toda a esperança. Não havia esperança. Tudo estava destruído. E então ele morreu.

Nós podíamos ter ido até lá, pedido uma internação compulsória, se fosse o caso, ou encontrado outra forma de tirá-lo de lá. Não fizemos nada disso. E eu não me arrependo. Ele queria aquilo, e ele era o nosso pai. Eu sou o filho dele. A história dele, Kai Åge Knausgård, é também a minha, a história de Karl Ove Knausgård. Foi essa a história que eu contei. Exagerei, acrescentei e omiti, e há muita coisa que não compreendi. Mas isso não é uma descrição; é a imagem que tenho dele. E essa imagem agora está completa.

*

Nos dias que antecederam o Dezessete de Maio houve vários de folga das minhas tarefas no jardim de infância, e para arranjar tempo para escrever, já que eu tinha um prazo de entrega, fui com Heidi e John para Voss, enquanto Linda foi para Oslo com Vanja fazer uma visita a Axel e a Linn. A ideia era que Yngve e os filhos dele cuidassem dos meus, para que assim eu pudesse trabalhar. Depois eu faria uma viagem breve à Islândia para dar uma entrevista na Nordens Hus, e então voltaria à nossa cabana na colônia de jardins para lá terminar o romance. Minha mãe e Ingrid ajudariam Linda em casa enquanto eu estivesse longe, e então tudo estaria acabado.

Mas não foi assim que aconteceu.

Fazia poucas horas desde a nossa chegada à casa de Yngve quando Linda telefonou. Eu estava de pé na sala enquanto John e Heidi corriam de um lado para o outro, perseguidos por Ylva, quando o telefone começou a vibrar no bolso da jaqueta que eu nem ao menos havia tirado.

— Oi, sou eu — disse Linda.

— Oi — eu disse. — Vocês já chegaram?

— Já. Mas quer saber o que aconteceu? Eu tenho uma boa notícia.

— O quê?

— O meu livro foi aceito!

— Você está falando sério?

— Estou! Recebi uma ligação hoje, antes de sair de casa. Da Modernista. Era o editor de lá. Ele disse que o meu livro era incrível. Que ele nem ao menos havia terminado de ler quando me ligou.

— Que notícia incrível! — eu disse, olhando para o panorama no outro lado da janela, que primeiro descia quase a pique em direção à água mais abaixo, e então se erguia em montanhas e picos do outro lado. — Meus parabéns! Você estava precisando de uma coisa assim. Agora você enfim pode relaxar. Em relação ao trabalho, quero dizer. Agora você é novamente uma escritora.

— É verdade. Estou tão contente!

— E quando o livro vai sair?

— No ano que vem. Aqui na Suécia é um pouco mais demorado. Mas eu só acredito quando estiver pronto. Você lembra que a Bonniers voltou atrás depois de aceitar o meu livro anterior.

— Não vai acontecer outra vez. Relaxe. Mas que notícia incrível, Linda!

John parou na minha frente e olhou para cima. Abaixei o telefone.

— Eu estou falando com a mamãe — eu disse. — Você também quer falar com ela?

Ele fez um gesto afirmativo com a cabeça e encostou o fone no ouvido. Ouvi a voz empolgada de Linda e notei que John acenava a cabeça ao ouvi-la. Depois ele voltou a me entregar o telefone.

— Temos que festejar quando voltarmos para casa — eu disse.

— É verdade — disse Linda. — Temos mesmo.

— Ótimo. Mas eu tinha dito o tempo inteiro que os textos eram excelentes.

— Tinha mesmo. Mas nós somos casados.

— E nesse caso a minha opinião não conta?

— Claro que conta. Mas você tinha que ter ouvido o entusiasmo dele!

O primeiro conto de Linda que eu li chamava-se "Universum", e eu pedi a ela que enviasse um texto para a *Vagant*, onde eu era redator. Aconteceu muitos anos antes de começarmos a namorar. O texto tinha uma linguagem e um poder de sugestão que iam direto ao coração, era uma coisa ao mesmo tempo nua e forte, indefesa e soberana, sob um céu reluzente de inverno. Era uma das melhores coisas que eu tinha lido em muitos anos, e, quando percebi como ela havia ficado alegre ao ouvir esse comentário, compreendi que ela não tinha a menor ideia do próprio talento. Semanas depois que começamos a namorar ela escreveu um breve ensaio sobre Karlfeldt, o poeta sueco, e achei que era naquele mundo que ela se movimentava. Mas não, o ensaio tinha sido uma exceção, ela não tinha praticamente nenhum ponto de contato com o pensamento sobre a literatura, o que a levava a se envergonhar no início do nosso relacionamento. Mas justamente isso era a melhor parte, Linda escrevia tudo a partir de si, daquilo que buscava em si, o que resultava numa forma de complexidade muito diferente daquela que surge quando um autor a procura, como por exemplo quando deseja que o texto seja uma coisa determinada. O problema de Linda era que ela escrevia pouco e não tinha autoestima. Tudo era feito como que aos borbotões, escrito sob o brilho de uma luz que durava poucas horas e depois sumia.

Um acontecimento de outro mundo: moramos na Regeringsgatan em Estocolmo, temos uma filha, ela tem poucos meses de idade e dorme na cama entre nós dois. Estou lendo em voz alta para Linda, é um livro que eu e Yngve ganhamos dos nossos avós quando ainda éramos pequenos, as fábulas de Asbjørnsen e Moe. Estou lendo "O urso branco, rei Valemon". Eu adoro fábulas, a escuridão que trazem, e Linda adora fábulas. Depois ficamos deitados conversando. Linda comenta as garras de metal que a menina recebe para escalar o paredão da montanha. Dias mais tarde ela começa a escrever. Põe todo o ser nessa menina, que deseja e por fim conquista o urso-branco. O que ela escreve pertence àquilo sobre o que não podemos falar, porque é impossível, mas assim mesmo existe em determinado lugar entre nós dois. Isso me leva a pensar no que é concreto, no que é verdadeiro, no quanto somos dependentes da linguagem e das formas para que as coisas possam existir. O que não tem linguagem nem forma não existe, mesmo que esteja lá. E esse era o problema comigo e com Linda, aquilo que estava lá, entre nós dois, mas não existia, tornava-se cada vez mais fraco, cada vez mais difuso e fantasmagórico, até que por fim essa não linguagem tivesse desaparecido.

Muito na vida é mudo.

Linda me ligou de novo na mesma noite. Ainda estava alegre, era como se a alegria fosse uma onda que ainda estivesse passando por ela. Tudo era incrível. Vanja, Axel e Linn, Oslo, o Dezessete de Maio. Eu tinha uma advertência na ponta da língua, queria dizer a ela que precisava ir com calma, mas não tive coragem, claro que ela tinha que estar alegre.

Em Voss não consegui trabalhar muito; Heidi e John não gostaram de saber que eu queria ficar escrevendo no sótão, pelo menos não por longos períodos ininterruptos. Consegui um dia inteiro para mim quando Yngve e

Tone, a namorada dele, levaram todas as crianças para a cabana dela, mas acabou por aí. Na casa abaixo da casa de Yngve morava Espen, o que parecia estranho, porque era assim que havíamos morado vários anos atrás em Bergen, ele na parte mais baixa e eu na parte mais alta, e quando eu o vi no jardim gritei para chamá-lo, e então bebemos café e passamos um bom tempo conversando. Ele tinha passado os últimos anos escrevendo um extenso livro sobre dissecação. Compartilhávamos essa fascinação por tudo que era barroco e por tudo que era corpóreo, mas tínhamos posturas diferentes: a de Espen era mais racional, a minha era mais irracional. Por outro lado, ele escrevia poesia, enquanto eu escrevia prosa. Talvez por esse motivo aquilo que era aberto nele encontrava-se fechado em mim, e vice-versa. Independente de qualquer outra coisa, tínhamos cultivado uma amizade durante vinte anos, e isso era o mais importante. À tarde ele apareceu com uma garrafa de vinho tinto, nos sentamos com Yngve para beber e ouvir música dos anos 1980. Na manhã seguinte eu estava tão enjoado que não conseguia me levantar. Vomitei escondido das crianças, disse que eu estava gripado e só consegui melhorar um pouco à tarde, quando as levei a um shopping center e compramos roupas novas para o Dezessete de Maio. As crianças não sabiam o que era o Dezessete de Maio, mas assim mesmo gostaram de tudo aquilo, porque compreenderam que era um dia importante. De volta à casa de Yngve, Heidi espetou uma felpa do tamanho de um dedo no pé. Ela gritou tão alto que todo mundo em Voss deve ter ouvido. Heidi tinha medo de tudo que se movimentava na natureza, e de tudo que se relacionava ao sangue e à dor, mas sentia-se bem em meio às pessoas. Deixar que eu tirasse a felpa estava fora de cogitação, ela berrava só de me ouvir falar no assunto. Mas Ylva, que tinha a admiração dela, por fim conseguiu, e já no dia seguinte aquela passou a ser uma história que Heidi contava, assim como aquela outra da vez que tinha sido empurrada em um carrinho de bagagem no aeroporto.

Assistimos ao desfile do Dezessete de Maio em Vossevangen, debaixo de chuva, Heidi e John com uma bandeira da Noruega em uma das mãos e um sorvete na outra. Eu tinha acabado de escrever duas ou três páginas sobre Broch no que parecia ser um ensaio. Tonje, que morava em Bergen, apareceu um dia com um gravador, ela queria gravar um documentário sobre ter virado uma personagem dos meus livros, perguntou se eu estaria disposto a responder às perguntas dela, e eu evidentemente não poderia dizer que não. Ela tinha respondido ao meu email sobre o quinto volume semanas antes, dizendo que não queria cortar nada. Eu respondi a todas as perguntas dela e li umas passagens do livro. Ela foi embora, passamos mais uns dias por lá

944

e depois pegamos o avião de volta para Malmö. Poucas horas depois de chegarmos em casa a maçaneta da porta começou a se mexer, e compreendi que Vanja estava tentando abri-la.

— Elas estão chegando! — eu gritei. Heidi e John se levantaram na sala e correram para o corredor no momento exato em que a porta se abriu e Vanja e Linda apareceram. Vanja estava repleta de histórias para contar, mas também de saudade, porque as crianças nunca haviam passado tantos dias separadas.

— Oi — eu disse para Linda. — E então, como foi o passeio?

— Foi bom — ela disse. — Mas eu estou meio cansada.

— Então descanse um pouco — eu disse.

Ela fez um gesto afirmativo com a cabeça.

— Mas primeiro temos que comer. A gente tem comida em casa?

Balancei a cabeça.

— O que você acha de pegarmos uma comida chinesa no takeaway?

— Pode ser.

Desci com o elevador, comprei cinco caixas, levei-as para cima, virei o conteúdo em cinco pratos e chamei as crianças, que não apareceram, então eu e Linda nos sentamos sozinhos para comer.

Ela estava em uma trajetória descendente. A alegria tinha desaparecido, o excesso tinha desaparecido, ela estava sentada em absoluto silêncio do outro lado da mesa, comendo. Mas, eu pensei, pode ser que esteja apenas exausta depois da viagem e da semana no exterior.

— Não consegui escrever quase nada — eu disse. — Vou ter que trabalhar duro nas próximas semanas. Pode ser, não?

Linda fez um gesto afirmativo com a cabeça.

— Pelo menos a minha mãe e a Sissel vêm — ela disse. — Mas é depois que você for à Islândia.

— E o que tem? — eu perguntei para ela.

— Você tem mesmo que ir? Não dá pra cancelar?

— Você está louca? Não tenho como. E é só um dia. Um dia, Linda.

— Tudo bem — ela disse.

— Se eu simplesmente conseguir escrever agora, nessas próximas semanas, eu acabo isso de uma vez por todas. Depois vou ter todo o tempo do mundo. Só preciso aguentar até lá. E então isso acaba de vez.

— Tudo bem — ela disse.

Antes de viajar à Islândia eu tinha de arrumar a nossa cabana na colônia de jardins, então aluguei um carro e fui para lá em uma manhã no fim de maio, e antes de começar me sentei na escada de entrada, fumando um cigarro e olhando para todo aquele abandono. A primeira coisa que eu precisava fazer era me livrar da pilha de tábuas, paredes de gesso, canos e outros materiais que haviam sobrado do antigo banheiro. O carro que eu tinha alugado era um Mercedes novinho em folha, e tomei o cuidado de forrar todo o porta-malas com sacos de lixo antes de enchê-lo de caliça e levar tudo para o lixão a uns poucos quilômetros de distância. Foram necessárias seis viagens antes que a pilha sumisse por completo.

Fiz mais uma pausa sentado na escada.

O pátio, que dois anos antes estava um capricho, naquela altura tinha sido tomado por ervas daninhas. Já não havia mais como distinguir o que era canteiro e o que era gramado. Debaixo das cercas vivas da minha altura havia musgo crescendo, e em outros pontos nem isso, mas apenas a terra aberta como uma ferida. A parede pintada de branco da cabana estava preta de tão encardida, e várias das tábuas estavam podres na parte de baixo. Nas quadrículas das janelas a pintura havia descascado. Um dos vidros estava quebrado. Eu já tinha me livrado da pilha de material e caliça, mas a terra e a areia que os obreiros haviam cavado para instalar o encanamento novo ainda estavam lá como uma corcunda no solo. Junto à cerca viva ainda havia dois baldes cheios de merda, da época da latrina, e os dois realmente já estavam no ponto após o ano inteiro que havia se passado. Eu teria de esvaziá-los. E teria de me livrar das caixas de maçã no porão, que eu havia guardado durante o outono dois anos atrás, cheio de otimismo.

A grama teria de ser cortada.

O buraco cavado na terra teria de ser tapado.

A pilha de folhas e galhos podres no outro lado teria de ser posta no lixo. Em todo caso, não faria muita diferença.

Joguei o cigarro no buraco e abri a porta que dava para o pequeno galpão onde ficava o cortador de grama. Peguei o enrolador com o fio, enfiei uma das pontas na tomada, a outra no cortador de grama, levantei-o e então o liguei.

Comprar o lote na colônia de jardins tinha sido ideia de Linda. Em uma das noites insones e repletas de energia ela tinha encontrado o anúncio na internet. Era uma cabana do início do século XX, realmente bonita, de estilo meio suíço, e o jardim era grande e bem cuidado, e tinha duas macieiras, roseiras, uma quantidade enorme de canteiros de flores e cercas vivas gigantescas, com dois metros de altura, em três dos quatro lados da propriedade. Linda já tinha dito que devíamos arranjar um lote em uma colônia de jardins; um dos casais do jardim de infância era proprietário de um e ia para lá durante a primavera e o outono cultivar os próprios legumes e as próprias frutas, e além disso passava lá boa parte do verão. Nós, que morávamos em um apartamento no meio da cidade com três crianças e tínhamos de levá-las a passear nos parques como se fossem cachorros, sem dúvida precisávamos de um lote em uma colônia de jardins.

Eu podia tê-la amado por isso, porque o sonho dela, quando sonhava com um lote em uma colônia de jardins, era um sonho com a nossa família. Uma vida feliz na qual ela lavava a louça do lado de fora em uma tarde de verão enquanto as crianças corriam ao redor. Mãos sujas de terra, crianças que cuidavam dos próprios canteiros de legumes, que tinham a própria piscina, e o marido dela, que ao final do entardecer cortava a grama com um cortador de grama manual. Um lugar ao ar livre, nosso cantinho de terra, nossa casinha, esse era o sonho dela. Eu podia tê-la amado por isso, mas não foi o que fiz; eu fiquei irritado.

Linda mostrou-me o anúncio pela manhã. Sentou-se na cadeira da escrivaninha e foi clicando nas fotografias. Eu me inclinei por cima do ombro dela.

— Não é incrível? — ela perguntou. — Achei muito bonito. Praticamente uma casa de bonecas. Mas a casa tem dois andares. E quartos no andar de cima. Todo o interior foi reformado.

Ela olhou para mim.

— O que você acha?

— É realmente muito bonito — eu disse. — Mas nós não temos dinheiro. Você já pensou nisso?

— Eu posso arranjar o dinheiro. Vou arranjar o dinheiro.

— E como é que você pretende arranjar?

— Simplesmente vou arranjar. Eu quero esse lugar para mim.

— Mas cuidar de um lugar desses dá muito trabalho. Eu não tenho tempo. Isso está fora de cogitação.

— Eu tenho tempo. Eu posso cuidar de tudo. Você não precisa fazer nada.

— Se a gente conseguisse todo esse dinheiro — eu disse —, o bom seria comprar um carro. A gente precisa de um carro.

— A gente não precisa de carro na cidade. Menos ainda se tivermos um lote em uma colônia de jardins.

— Não tenho como negar. E a cabana é realmente bonita. Mas como eu disse a gente não tem dinheiro.

— Podemos ao menos ir até lá para ver?

— Claro.

Depois vieram dias de atividade frenética da parte de Linda. Linda agendou um horário no banco, mas aquilo não deu em nada, já que tanto eu como ela tínhamos anotações de não pagamento, o que queria dizer que uma vez não tínhamos pago uma conta ou outra e assim nossos nomes tinham acabado num registro que tornava impossível tomar empréstimos, assinar contratos de telefonia celular ou alugar carros, a não ser na Europcar, que não consultava o registro, e que por isso era a locadora que eu sempre usava quando precisávamos de um carro.

Foi humilhante ficar sentado lá no banco, me senti como se eu fosse um criminoso com uma longa folha corrida, e a atendente de macacão, blusa e joias de ouro não quis saber de nos dar empréstimo, então Linda telefonou para o pai, que não muito tempo atrás tinha vendido o apartamento e alegrou-se de poder nos ajudar com cem mil coroas, já que nunca tinha dado nada para Linda. Liguei para a minha mãe, ela disse que podia fazer mais uma hipoteca da casa, conferiu tudo e me ligou de volta no dia seguinte: podia nos emprestar cento e vinte mil.

Nesse caso ainda faltariam cem mil.

Cem mil!

Onde poderíamos arranjar esse dinheiro?

Eu recebia uma bolsa de quinze mil por mês. E além disso recebia uma remuneração fixa de dez mil por mês como parecerista de um editora. Vinte e cinco mil por mês, que depois das retenções de imposto viravam dezessete mil; era o que tínhamos. Mesmo que fosse bastante dinheiro, mal conseguíamos pagar as contas; o aluguel do apartamento era dez mil, e éramos uma família de cinco. Quando a situação era realmente de crise eu ligava para a editora. Eu já não tinha mais a menor ideia de quanto devia para eles, mas sabia que era muito, porque houve épocas em que eu recebia adiantamentos mensais fixos. Mas eu não tinha coragem de perguntar sobre a dívida. Haviam se passado três anos desde o lançamento do meu romance anterior, e eu ainda não estava sequer próximo de ter qualquer novidade. Eu fechava os olhos em relação a tudo que dizia respeito a dinheiro e ao futuro. Em geral dava certo, isso era o mais importante.

Mas cem mil coroas!

— Enfim, você pode pedir — disse Linda. — A pior coisa que pode acontecer é você ouvir um não.

— É verdade — eu disse, e logo escrevi um email para Geir Gulliksen.

Vamos comprar um lote em uma colônia de jardins, eu escrevi, e a ideia é que eu use o lugar para escrever, mas ainda nos faltam cem mil coroas. Sei que eu já tenho um adiantamento generoso, e não vou ficar chateado se não for possível. Mas agradeço se você puder dar uma olhada.

Geir reencaminhou a solicitação para Geir Berdahl, o diretor da editora, que me ligou no dia seguinte para me perguntar que tipo de lugar era aquele. Expliquei. Ele disse que poderia me oferecer um empréstimo de noventa mil. Tudo bem? Claro, muito obrigado, eu disse. É bastante dinheiro. Muito obrigado mesmo.

Quando desliguei eu estava queimando por conta da consciência pesada. A editora fazia tudo por mim, sempre tinha feito, e eu me aproveitava disso, enfiava a minha situação familiar no meio de uma relação econômica e fazia-os ir além do necessário para comprar um lote em uma colônia de jardins que eu nem ao menos queria.

A partir de então eu teria que escrever lá. Quanto a isso não havia dúvida. Eu teria que escrever muito por lá.

Linda ficou alegre. Fomos ver o lote, uma mulher de cinquenta e poucos anos nos recebeu, ela mesma tinha limpado a cabana, tudo era bonito e de bom gosto, e por todo canto havia detalhes marítimos, como esculturas em madeira de gaivotas, esculturas em madeira de faróis, móbiles de pássaros marítimos, pequenas caixas de tipografia com conchas, boias de rede e redes. Os móveis eram simples e antigos, um banco elegante e uma cômoda bonita, ambos pintados de azul e branco, e duas cadeiras de palha brancas, além de uma mesa de jantar com cadeiras. Era como se estivéssemos numa cabana em um lugar distante do arquipélago, e não no meio de uma colônia de jardins próxima à terceira maior cidade da Suécia.

As meninas adoraram o lugar. Depois de passar uns minutos escondidas atrás das pernas de Linda, as duas soltaram-se e começaram a correr pelo jardim. A proprietária disse que tinha se dedicado muito à casa e ao jardim, e que gostava tanto daquilo tudo que não gostaria de vender. Pelo contrário, vender era a última coisa que desejava. Mas ela tinha planos de se mudar para outra cidade, e nesse caso não poderia manter aquele lugar. E disse que ficava contente de saber que tínhamos filhos, pois a ideia de que haveria crianças brincando naquele jardim era boa e consoladora.

Ela estava pedindo 290 mil. Quando chegamos de volta em casa eu liguei e ofereci 320 mil. Havia outros interessados, e achei que seria melhor assustá-los todos de uma vez em vez de acabar em um leilão. A proprietária retornou a ligação na mesma tarde e aceitou a oferta.

Foi assim que nos tornamos proprietários de um lote em uma colônia de jardins.

Tive a impressão de que Linda imaginava andar pelo jardim com um chapéu de palha cuidando das flores, ou talvez ler à sombra em uma rede, com as crianças ao redor, descalças e felizes, e nas tardes de outono, cenouras saindo da terra, já quase incolores por causa da escuridão cada vez mais densa, e indo direto para o fogão da minúscula cozinha, em uma panela de sopa de legumes. As vozes entusiasmadas das crianças e as bochechas vermelhas antes de dormir no pequeno sótão enquanto eu e ela descansávamos na sala diminuta, cada um tendo uma taça de vinho na mão. Não foi assim que aconteceu, a realidade nos atingiu como um caminhão desgovernado, todos os nossos sonhos foram destruídos, nós dois não parávamos de brigar, as crianças eram teimosas, o jardim foi todo escavado para a instalação do encanamento e ninguém tapou os buracos, e além disso havia montes de terra e de areia por todos os lados, e onde não havia o mato havia tomado conta. A senhora que nos vendeu o lote voltou à colônia de jardins anos mais tarde para cumprimentar um antigo vizinho, e quando viu o estado do jardim ficou com os olhos marejados, segundo nos disseram. Os vizinhos nos culpavam, e a quantidade de trabalho a ser feito era tão grande que começamos a evitar o lugar, porque a condição para a compra era que eu, que tinha sido contra, não me envolveria com nenhum assunto relativo ao lugar, e que Linda tomaria conta de tudo. Ela não conseguiu, aquilo se tornou maior do que ela, e foi assim que acabamos envergonhados e com a consciência pesada, e ela com o sonho destruído ainda por cima. Mas até mesmo o sonho com as crianças descalças e uma vida despreocupada a céu aberto exige trabalho.

Naquela tarde em maio de 2010, em que eu empurrava o cortador de grama ao longo das bordas do gramado, se é que aquilo que eu cortava merecia um nome tão bonito como gramado, tínhamos sido proprietários do lugar por dois anos e meio, e nada havia saído de acordo com o planejado. Em primeiro lugar, era difícil para nós estar lá com três crianças pequenas. A escada que levava ao segundo andar era muito íngreme, então tínhamos que cuidar toda vez que uma delas subia, e, se fechávamos a porta para estar do lado de fora, um de nós tinha que passar o tempo inteiro às voltas com John, enquanto o outro tinha que ficar o tempo inteiro de olho nas meninas, e assim não tínhamos nenhuma chance de relaxar com o que quer que fosse, o que apesar de tudo conseguíamos fazer em casa, onde cada um tinha o seu espaço, as suas coisas e os seus objetivos. Em segundo lugar eu me sentia tomado por um enorme sentimento de claustrofobia quando estávamos lá; estar cercado de pessoas por todos os lados não era para mim. Na cidade eu não tinha problemas com as outras pessoas, porque elas não me diziam respeito, e eu não dizia respeito a elas. Na cidade éramos estranhos uns para os outros, lá éramos vizinhos, a ideia era que nos cumprimentássemos e trocássemos umas palavras ao nos encontrar, e era impossível fazer isso sem ser visto. Ser visto como um estranho qualquer era muito diferente de ser visto como uma pessoa determinada, um pai de família soturno de quarenta anos, e esse era um olhar que eu não suportava, que me punha a cabeça a ferver, que impedia que eu me sentisse tranquilo, o tempo inteiro eu me via a mim mesmo, e se as crianças gritavam, choravam ou brigavam, não era ao grito ou ao choro ou às brigas em si que eu reagia, mas ao fato de que tudo estava sendo visto por outras pessoas. Eu havia aceitado essas outras pessoas em mim e odiava isso. Ah, como eu odiava! Minha cabeça fervia, eu me via a mim e aos meus filhos, e nada era como era, tudo se mostrava como que amarrado, eu era o homem menos livre em toda a face da terra. Eu havia me trancado voluntariamente naquele lugar! Por outro lado aquilo era um sonho, o sonho de Linda, e eu a culpava por querer realizá-lo.

De pé às seis em uma manhã de primavera, na rua um frio do cacete, a grama úmida, e no interior da casa de bonecas não há nada a fazer senão esperar que as horas se arrastem até as dez, para que então possamos ir às compras, talvez preparar um almoço.

Se ao menos o mar fosse próximo! Ou a floresta! Um panorama aberto qualquer! Ao longo do verão recebemos a notícia de que o encanamento de esgoto seria instalado em todas as cabanas. Aquilo nos custaria vinte mil coroas. Durante o outono todo o jardim foi escavado, e o encanamento foi levado até a latrina, que ficava em uma casinha com porta. Teríamos de encontrar um encanador para construir um banheiro novo, e além disso arranjar dinheiro para o serviço de aterro. Não sairia menos de quarenta mil. Linda tomou um empréstimo no banco, a mãe dela foi nossa fiadora. A cerca tinha caído e a parte da frente do jardim estava toda escavada, e por conta da falta de manutenção tudo havia começado a sofrer consequências. Não era minha responsabilidade, eu tinha sido categórico no que dizia respeito a isso; se comprarmos um lote na colônia de jardins, a responsabilidade é sua, é você quem vai ter que cuidar de tudo, porque eu não tenho tempo, eu havia dito, e uma vez dito eu não queria retomar o assunto; não fiz mais do que cortar a grama. Quando a decadência aos poucos tomou conta do lugar, eu também sentia um prazer meio perverso, porque a responsabilidade era de Linda e tão somente de Linda. Eu tinha lavado as mãos, mas ninguém poderia dizer que eu não tinha avisado! Eu tinha dito que tudo aconteceria exatamente daquela forma!

A mãe de Linda, que na época passava temporadas mais longas em nossa casa, arranjou um jardineiro ou ajudante de jardinagem dos Bálcãs que trabalhava por lá, ele se comprometeu a aterrar o jardim e semear um gramado novo, e também arranjou um encanador do norte da África que se dispôs a fazer o trabalho por um preço relativamente módico. Eu não sabia como ela tinha descoberto aquela gente, mas ela era o tipo de pessoa que falava com todo mundo, como por exemplo com os nossos vizinhos, e acabou conhecendo-os melhor em poucos dias do que eu os havia conhecido em dois anos. Na primavera o jardim estava novamente arrumado, e tínhamos um banheiro com chuveiro. Quanto ao fato de que o chuveiro não podia ser desligado caso o aquecedor estivesse funcionando, e portanto na prática não funcionava, e quanto ao fato de que os canos não corriam de maneira particularmente discreta ao longo da parede, mas surgiam em todo o esplendor cromado e em certos pontos mais pareciam instrumentos misteriosos saídos de um filme de Cronenberg, eu não me importava nem um pouco. Bastava aceitar de uma vez por todas: nós não conseguíamos tomar conta da nossa cabana, não podíamos realizar aquele sonho, aquilo não era para nós. Quando eu plantaria cenouras com as crianças? Quando eu limparia as ervas daninhas dos canteiros? A claustrofobia doía em mim assim que nos sentávamos no ônibus para ir até lá. Começamos a fazer esses passeios com frequência cada vez menor, e em maio de 2010, quando eu, com um cabo vermelho enrolado nos ombros, cortava a grama do pátio sob o céu seco e cinzento do início do verão, não tínhamos feito praticamente nenhuma visita desde o outono anterior, e mesmo as poucas visitas eram muito breves, talvez umas poucas horas em um dia de sol, porque aquilo era um círculo vicioso: quanto mais abandonado o lugar estava, menos tempo aguentávamos passar lá, e quanto menos tempo passávamos lá, mais abandonado o lugar se tornava.

Aquilo doía no meu coração. Havíamos fracassado.

Como família, havíamos fracassado.

Será mesmo? Por que não encarar a situação de forma prática? Havíamos feito uma avaliação equivocada e comprado uma cabana da qual não dispúnhamos de tempo para cuidar, e, quando nos demos conta disso, nós a colocamos à venda. Por que isso haveria de doer no meu coração?

O coração não argumenta. É no cérebro que essas coisas acontecem. E se havia uma coisa que eu tinha aprendido sobre a vida era que o coração era tudo e o cérebro não era nada.

Por isso tudo na vida era sempre doído pra caralho.

Desliguei o cortador e me afastei para tirar o banco, a mesa e as cadeiras que estavam meio embaixo de uma das macieiras. Os móveis pareciam ser de madeira, mas na verdade eram de um material sintético qualquer e não sofriam com a ação do tempo. Quando terminei, liguei mais uma vez o cortador e passei-o devagar ao longo do gramado irregular, quase ondulado, e naquele ponto tão cheio de musgo que as lâminas giravam em pleno ar. Foi somente já perto da cerca viva, ao lado da encosta cheia de ervas daninhas, que as lâminas voltaram a cortar.

O problema com as pessoas era o excesso de sensibilidade. Quase todas as pessoas que eu conhecia, encontrava e via eram demasiado sensíveis. Uma coisa tinha acontecido uma vez e as pessoas não conseguiam superar aquilo. Se o seu pai tinha se enfurecido com você quando você era pequeno, e talvez até batido em você, que importância isso tinha hoje? Se as outras crianças haviam trancado você dentro da garagem que dava para a sala de equipamentos do ginásio de esportes, o que isso tinha a ver com a sua vida presente? Se você era um cagão, porra, um merdinha covarde, ou se a sua mãe bebia ou se o seu pai tinha cometido suicídio, ou se os seus pais simplesmente ignoravam você, caralho, você não é eles, você é uma pessoa à parte, que vive no seu tempo próprio, então por que raios você haveria de permitir que assuntos passados deixem marcas no tempo de agora? Por que o papel dos pais tem um peso tão grande numa vida? Por que simplesmente não damos as coisas por encerradas?

De que adianta toda essa sensibilidade e toda essa ruminação?

Eu observei isso nos meus filhos, na forma como pequenas coisas podiam assumir proporções gigantescas para eles. Primeiro eram como bichos, no sentido de que os sentimentos eram muito próximos do instante a partir do qual o choro ou o riso ou o medo ou o bem-estar surgiam, e no instante seguinte eram esquecidos. Depois tornaram-se pessoas, e foi somente a partir desse ponto que as coisas ganharam dimensão. Nos últimos tempos, por exemplo, Vanja tinha começado a se atormentar porque não conseguia dizer R. Quando ela era menor, não havia problema, ela dizia I no lugar de R, então se queria dizer "árvore", por exemplo, dizia "áivoie", ou "feitiçaíia" em vez de "feitiçaria", e, mesmo que às vezes aquilo fizesse o meu coração doer, uma vez que eu mesmo não conseguia dizer R quando era pequeno, e me lembrava muito bem do inferno que aquilo tinha sido, eu quase nunca pensava no assunto, que pertencia a Vanja, e afinal de contas todo mundo entendia o que ela estava dizendo. Mas ela mesma começou a notar. Papai, eu não consigo dizer "i", ela disse olhando para mim um dia quando estávamos a caminho do jardim de infância. Por que não consigo dizer "i", papai? Todo mundo consegue! Eu disse que todo mundo fala R de um jeito diferente.

Katinka, que tinha um sotaque de Skåne, falava R de um jeito, a mamãe, que falava com o sotaque de Estocolmo, falava R de outro jeito. E você fala R do seu jeito.

Vanja se deu por satisfeita com aquilo, mas não por muito tempo: uma semente havia sido plantada e começava a crescer. Havia uma diferença entre o que era correto e o que não era correto, uma coisa que era como devia ser e outra que não era. Numa tarde Vanja começou a cantar uma música com todas as letras do alfabeto e parou logo antes de chegar ao R, ficou furiosa e começou a jogar objetos para todos os lados. Ela começou a falar muito sobre aquilo, a dizer que não conseguia. Eu via que era terrível para ela, mas não podia fazer nada a não ser dizer que o R dela era bom o suficiente. Por outro lado, Heidi tinha o R mais claro e trilado do mundo, a língua vibrava contra o palato e ela pronunciava todas as palavras de forma absolutamente articulada. Por que a Heidi consegue e eu não?, Vanja me perguntou. Ela começou a evitar as palavras com R. Lembro que eu mesmo tinha pensado em me mudar para a Inglaterra quando eu crescesse, já que lá eles usavam um R que eu sabia dizer. O fato de que eu não conseguia dizer R tinha uma importância absoluta, era aquilo que me definia como pessoa. Mas naquele momento eu via tudo do lado de fora, e gostaria de poder comunicar a Vanja que eu a amava independente do que conseguia ou não conseguia fazer, do que fazia ou deixava de fazer, mas claro que essa era uma tarefa impossível, ela mesma teria de resolver aquilo. Vanja tinha começado a usar óculos anos atrás e sempre tinha aceitado muito bem aquilo, mas de repente começou a perguntar por que havia tão poucas crianças de óculos, e quando ficava brava os óculos eram a primeira coisa a sofrer as consequências. De repente batiam no chão com um estalo. Houve um enjoo súbito no jardim de infância, uma necessidade súbita de dormir, os funcionários ligaram e disseram que ela estava doente, mas nós sabíamos que não, devia ter acontecido uma coisa qualquer, mesmo assim nós a buscamos, e em casa, deitada no sofá e tapada com um cobertor enquanto assistia a um desenho animado, nós a convencemos a nos contar, a melhor amiga não tinha querido brincar com ela naquela manhã. Vanja tinha enfiado na cabeça que não devia comer açúcar, e tinha recusado um doce mesmo que no fundo quisesse aceitá-lo. Toda a liberdade que havia nos primeiros quatro ou cinco anos de uma criança, e que eu havia feito o possível para conter, de repente acabou, havia surgido uma nova consciência, e a complexidade de todas as relações aumentou. Eu sabia que nada daquilo era importante em si mesmo, que tudo era contingente, mas Vanja não, para ela aquilo era tudo. Ela havia entrado em um sistema, porém não sabia disso.

954

Vanja estava com seis anos. Em três meses começaria a frequentar a escola. Pela primeira vez na minha vida com ela eu pude me lembrar de como era ter aquela idade. Não de maneira vaga e baseada em uma lembrança avulsa, porém de maneira clara e nítida, com toda a intensidade do mundo que eu havia colocado para dentro dos meus pulmões a cada fôlego enquanto eu corria por Tybakken, onde tudo, cada mínimo objeto e acontecimento, tinha um significado próprio, e por assim dizer vinha de repente em direção a mim, como que visto através de uma lupa, e onde grandes sentimentos eram investidos em todas as pessoas que eu tinha ao meu redor. Era uma questão de vida ou morte, segundo me pareceu, a vida parecia estar a ponto de explodir, e quando eu me apaixonei por uma das meninas na minha turma aquilo me preencheu de uma forma que já não posso mais compreender, e que compreendo ainda menos ao olhar para Vanja. Será que ela sente o mundo com tanta intensidade? Eu olho para ela e vejo uma menina que se ocupa com suas coisas, dentro dos limites que estabelecemos, morando aqui, em um apartamento no centro, e sendo mandada todos os dias para um jardim de infância cooperativo administrado por mães e pais de alunos. Ela desenha e brinca com a enorme quantidade de pequenas figuras de animais e pessoas que tem; de vez em quando sozinha, de vez em quando com Heidi e John. Ela sobe em árvores no parque, observa atentamente todos os cachorros que surgem pelo caminho. Ela lê o livro sobre cachorros e recebe a visita de uma coleguinha, ou então vai fazer uma dessas visitas. Ela nada no parque aquático, nada na banheira, empurra o carrinho para mim quando vamos juntos às compras. Eu me relaciono com as coisas que ela diz e faz, aquela é "Vanja", minha filha, que eu vi praticamente todos os dias ao longo de toda a vida dela. Eu sei que para ela tudo é diferente, que para ela são as leis internas que valem, as leis dela, uma pessoa que vê o mundo e se enche de sentimentos fortes pelo mundo, embora sem praticamente nunca pensar a respeito disso, a respeito do que isso de fato significa. Me sinto tão indiferente em relação à nossa rotina, em relação a todo o sistema de coordenadas subjacente à minha vida, que inconscientemente julgo que todos ao meu redor sentem-se da mesma forma, inclusive as três pessoinhas que dividem o apartamento comigo. Mesmo as erupções quase vulcânicas de sentimentos da parte das crianças vão ser vistas por mim a partir de mim e da minha perspectiva como perturbações irritantes, anomalias irremediáveis e obstáculos pelo caminho, não como símbolos de uma vida determinada no interior delas.

Nisso, como em tudo, existe um sentido; uma vida em que nos colocamos o tempo inteiro no lugar dos outros deve ser insuportável, e talvez mesmo prejudicial no caso das crianças, que precisam de distância em relação ao mundo adulto para ter as condições necessárias para vê-lo e desenvolver-se em relação a ele. É assim que as coisas funcionam, mas essa constatação não me impede de achar que a solidariedade em relação às outras pessoas no meu caso é excessivamente pouca. Isso torna-se mais notável ou mais visível no meu relacionamento com Linda. Uma das reclamações mais frequentes que ela faz a meu respeito é que eu não a vejo. Não é totalmente verdade, claro que eu a vejo; o problema é que eu a vejo mais ou menos como vemos um cômodo familiar; tudo está lá, a luminária e o tapete e a estante de livros, o sofá e a janela e o assoalho, mas de uma forma quase transparente, já que nada deixa qualquer tipo de impressão nos sentidos.

Por que eu organizo minha vida dessa forma? O que eu quero com essa neutralidade? O objetivo declarado é eliminar a maior resistência possível, fazer com que os dias sucedam-se uns aos outros da forma mais leve e de-simpedida possível. Mas para quê? Não é o mesmo que querer viver o menos possível? Dizer à vida, deixe-me em paz para que eu possa... bem, para que eu possa fazer o quê? Ler? Ah, puta que pariu, mas sobre o que mais eu leio, a não ser sobre a vida? Escrever? Mesma coisa. Eu leio e escrevo sobre a vida. A única coisa que não quero com a vida é vivê-la.

Guardei o cortador de grama no pequeno galpão, que estava vazio, uma vez que eu o tinha esvaziado para a construção do banheiro, e desde então não havia posto as coisas de volta no lugar. Fui até a cerca viva e olhei para os dois baldes cheios de merda. Um tinha tampa, o outro não, estava apenas coberto por um saco plástico. Eu tinha pensado em levar aquilo para o lixão, mas por um lado eu receava que o balde sem tampa virasse ou que o conteú-do se derramasse, já que estava cheio até a borda, e mesmo que a locadora pudesse aceitar lascas de madeira, pedacinhos de gesso e pó no Mercedes, com certeza tudo seria muito diferente no caso de excrementos, pensei. Por outro lado o lixão estava sempre cheio de pessoas da região com trailers, e também cheio de pessoas que trabalhavam lá, e em que setor eu poderia des-cartar merda? No setor de restos de jardim? Eu não conseguia me imaginar com aqueles baldes nas mãos enquanto um dos funcionários aparecia para me perguntar o que eu estava descartando, porque era isso o que acontecia, era importante que tudo fosse para o lugar certo por lá. Não havia como. Eu precisaria me livrar daquilo onde eu estava. O mais natural seria enterrar tudo. Já havia um grande buraco no lugar onde os canos entravam por baixo do banheiro. Se eu cavasse um pouco mais, também poderia enterrar os res-tos de jardim lá dentro. Eu tinha guardado algumas das lajes retiradas pelo encanador, aquilo poderia servir como sustentação, pensei, e depois bastava cobrir tudo com terra.

Comecei a cavar. Quando achei que o buraco estava fundo o bastante, joguei galhos, arbustos e folhas podres lá dentro. Mas ainda restava a merda. Primeiro joguei o balde com tampa. O balde era pesado, e tive de usar as duas mãos. Eu respirava pela boca. Mesmo assim, o fedor quando abri a tampa era tão intenso que um espasmo de enjoo atravessou meu corpo. O conteúdo era um líquido pastoso e marrom-escuro. Ah, caralho! Puta que pariu! Virei o balde e senti um novo espasmo de enjoo. Puta que pariu! Eu não tinha luvas, e minhas mãos e a parte de baixo da minha calça ficaram sujas de merda. Abri a mangueira e enxaguei o balde, lavei as mãos, larguei o balde ao lado da cerca viva, ainda respirando pela boca, com o enjoo no peito. Eu tinha a sensação de estar no inferno, minha cabeça fervia, tudo parecia estar banhado por uma luz insana, e o tempo inteiro eu tinha medo de que alguém surgisse e visse o que eu estava fazendo. Mas ainda faltava o pior, uma vez que precisei segurar o balde sem tampa e sem alça junto do peito. Fiz isso, sentindo ainda mais nojo, mas logo tudo estava feito. Os baldes estavam vazios e limpos, o buraco reluzia. Peguei mais restos de jardim e joguei lá dentro. Joguei um pouco de terra com a pá, mas eu havia posto galhos demais lá dentro, e os galhos eram flexíveis e a terra não conseguia espremê-los. O fedor era insuportável. Minha cabeça estava fervendo. Coloquei as lajes em cima de tudo aquilo, os galhos afundaram um pouco mais sob o peso, e então cobri tudo de terra com a pá. Os galhos já não estavam mais visíveis, e a terra estava plana; nada do que havia por baixo era visível. Mas o fedor continuava a exalar do solo e podia ser percebido a vários metros, e o chão cedia quando eu pisava na terra usada para tapar o buraco.

Restava-me apenas torcer para que o fedor sumisse por conta própria, e para que nenhum dos interessados presente na mostra do dia seguinte pisasse naquele lugar exato.

Deixei o carro no estacionamento, enfiei as chaves na fresta da porta da locadora de carros e voltei para casa por ruelas e becos. Com as calças sujas de merda e as roupas sujas de terra e pó de gesso, não quis me arriscar a andar pela rua de passeio, onde de vez em quando eu encontrava os meus poucos conhecidos em Malmö, e onde eu também havia sido interpelado por estranhos que desejavam falar sobre os meus livros e o que haviam pensado a respeito deles. Chegando em casa fui direto ao banheiro, arranquei minhas roupas, coloquei tudo na máquina de lavar e então a liguei antes de encher a banheira com água e entrar lá dentro. Aos poucos o eco de histeria que havia ocupado a minha cabeça durante as últimas horas desapareceu. Por talvez meia hora fiquei simplesmente deitado na água, olhando para o teto sem pensar em nada enquanto o vapor agarrava-se como fita adesiva à janela e ao espelho, e assim a banheira transformou-se em tanque no mundo da minha imaginação, em um cômodo separado de tudo.

Com a pele avermelhada e as pontas dos dedos mais parecendo uvas-passas, me levantei, me sequei, enrolei a toalha ao redor da cintura e fui ao quarto, onde remexi a pilha de roupas até encontrar uma camisa, um par de calças jeans e um par de meias idênticas, e por fim me senti em condições de encontrar os outros, que estavam todos na sala: as crianças no sofá, em frente à TV, e Linda deitada na cama que ficava encostada na outra parede.

— Como foi? — ela me perguntou.

— Bem — eu disse. — Foi um pesadelo esvaziar aqueles baldes cheios de merda, mas está feito.

— Que baldes cheios de merda? — Vanja quis saber.

— Da nossa cabana — eu disse. — Você se lembra de como era antes de a gente ter um banheiro por lá?

— Você esvaziou os baldes? Onde foi que você esvaziou?

— Onde tinham que ser esvaziados — eu disse. — Vocês já comeram ou ainda não?

— Já — disse Linda. — Mas tem comida para você.

Depois de comer, pus-me a fazer a mala para a minha viagem. Eu dormiria apenas uma noite fora de casa, então não era preciso levar muita coisa. Mas eu levei junto o PC, caso desse tempo de escrever no avião, e o primeiro volume de *Minha luta* de Adolf Hitler, que idealmente eu devia terminar de ler antes de voltar à nossa cabana para terminar o romance. Eu devia pelo menos ter folheado o livro, para saber do que tratava.

— Você põe as crianças na cama? — Linda me perguntou quando eu terminei e me sentei no sofá. — Eu passei o dia inteiro com elas.

— Você conserta a nossa cabana enquanto eu as ponho na cama? O que você acha?

Ela não respondeu, simplesmente passou um tempo me olhando. Em seguida desviou o olhar para a parede.

— Claro que eu posso — eu disse.

— Papai, a gente pode tomar banho? — perguntou Vanja.

— Vocês conseguem fazer tudo sozinhos?

— Sim.

— Então tudo bem.

As crianças se levantaram e dispararam em direção ao banheiro.

— Você tem mesmo que viajar? — perguntou Linda. — Não sei se consigo ficar sozinha com as crianças.

— Claro que consegue — eu disse. — Vai dar tudo certo.

— Você não pode cancelar?

Balancei a cabeça. Eu já tinha cancelado a minha participação em um evento em Luleå naquele mesmo ano, e já tinha cancelado a minha participação no evento da Islândia uma vez, aquela já era a segunda tentativa, seria incogitável cancelar outra vez, a não ser em caso de uma catástrofe. Eu também havia cancelado a minha participação no festival literário de Lillehammer, as crianças participariam de um acampamento do jardim de infância e Linda não poderia levá-las sozinha até lá, então precisei mandar um email para os organizadores cancelando tudo, e as crianças ficaram muito alegres, porque aquele foi o ponto alto do semestre. Mas eu havia me tornado muito conhecido, e esses cancelamentos não passavam mais em branco como antes; não, minha mãe me ligou e disse que tinha lido a notícia em todos os jornais e que o assunto estava sendo discutido em um programa de cultura na TV.

— Promessa é promessa — eu disse. — E além do mais é só por um dia. Eu volto depois de amanhã. Afinal de contas, esse é o meu trabalho. Você precisa respeitar.

Na Islândia eu praticamente não suportava a ideia de telefonar para casa, porque eu sabia que Linda ia reclamar e falar sobre como tudo estava sendo difícil e como tudo estava dando errado. E assim foi, ou melhor, ela não reclamou; o que ela disse foi que não dava mais. Karl Ove, não dá mais, ela disse. Não dá mais. Tem que dar, eu disse. Aguente.

Voltei para casa no fim da tarde do dia seguinte. As crianças vieram correndo quando ouviram barulho na porta. Eu distribuí os presentes que havia comprado no aeroporto, três bichos de pelúcia. Linda estava no fim do corredor, me encarando. Parecia assustada.

Desfiz a mala e guardei-a na prateleira mais alta do armário no corredor. Vanja apareceu com um rolo de fita de presente numa das mãos e uma tesoura na outra.

— Você pode fazer uma coleira para mim? — ela pediu.

— E para mim também — disse Heidi, que havia chegado logo em seguida.

Cortei duas tiras longas, amarrei uma em volta do pescoço do cachorro de Vanja e a outra em volta do pescoço do cachorro de Heidi.

— E um laço! — disse Vanja.

Fiz um laço na mão dela, e fiz o mesmo para Heidi.

959

Depois olhei para a sacada. Pelo menos as crianças pareciam estar bem, pensei, as coisas não podiam ter corrido tão mal assim. A vivência de um acontecimento não era o mesmo que o acontecimento em si.

Linda abriu a porta.

— Você não pode ficar aqui dentro? — ela me perguntou. — Eu já passei todo esse tempo sozinha com as crianças.

— Já estou indo — eu disse. — Só vou terminar de fumar.

— Você as põe na cama?

— Claro.

A viagem tinha me dado energia, de maneira que escovar os dentes das crianças, vestir os pijamas, servir os copos d'água, ler um livro e resolver todos os pequenos conflitos que surgiriam entre uma coisa e outra não me custaria nada. Além do mais eu estava cheio de expectativa para o dia seguinte, quando eu iria para a cabana escrever. O mais atraente era a ideia de trabalhar e de estar totalmente sozinho; mas assim que eu realmente me sentasse e estivesse com tudo em ordem para começar, a resistência seria quase invencível.

Quando as crianças por fim estavam deitadas e conformadas com a ideia de que o dia tinha acabado eu fui até Linda, que estava fumando sentada no escuro da sacada, enrolada na parca verde que eu tempos atrás havia lhe dado como presente de aniversário.

Ela não disse nada quando eu me sentei. Ficou olhando para os telhados, com um dos braços junto ao corpo, como se estivesse se abraçando ou tentando se manter no lugar, e a outra mão apontando para a frente, com o cigarro fumegante entre os dedos.

— Como foi? — eu perguntei.

— Você vai mesmo para a cabana amanhã? — ela perguntou.

Fiz um gesto afirmativo com a cabeça.

— Mas não dá! — ela disse. — Você não entende? Eu não consigo.

— Escute bem — eu disse. — Eu tenho três semanas para terminar de escrever o romance. É um tempo incrivelmente curto. Eu não posso, realmente não posso jogar fora mais dois dias.

— Mas eu estou com medo, Karl Ove — ela disse, olhando para mim. — Eu não posso ficar sozinha com as crianças, não sei o que pode acontecer. Não dá. É perigoso.

— Essa é uma ideia que está dentro de você — eu disse. — Tudo está bem. Tudo está como antes. A escuridão está dentro de você. Mas não podemos organizar a nossa vida em função disso. E além do mais eu preciso escrever.

— Não vá — ela disse. — Por favor. Não vá.

Eu não disse nada. Percebi que eu estava começando a me irritar.

Quando tornei a olhar para ela logo em seguida, percebi que as lágrimas corriam-lhe pelas bochechas.

— Por que você está chorando? — eu perguntei.

— Estou com tanto medo! — ela disse.

— Não há nenhum motivo para ter medo — eu disse.

— Houve momentos em que eu senti que eu não tinha controle nenhum. Eu não sabia onde as crianças estavam. Vanja estava na casa de uma amiga, Heidi estava na casa de outra, John estava dormindo. Mas os três podiam estar em qualquer lugar. Você entende?

— Eu sei que em certos momentos você não está no seu chão. Mas deu tudo certo. Não aconteceu nada. Você se saiu muito bem.

— E todas as coisas que eu compro.

Linda chorou.

— Ora, Linda, vamos lá — eu disse. — Se endireite. Somos adultos. Não podemos parar de trabalhar porque estamos tristes. Eu saio de casa amanhã, você passa o fim de semana com as crianças e na semana que vem a Ingrid e a Sissel chegam. Você pode deixar tudo com as duas. São dois dias. É claro que você consegue. E eu preciso terminar o livro. Vai dar tudo certo com as crianças. Tenho certeza.

— Mas não agora — ela soluçava. — Não agora.

— Agora, sim — eu disse. — Você é forte e vai dar tudo certo. Se eu consigo me virar com as crianças, você também consegue. O que acontece é que você simplesmente inventou para você mesma que não consegue. Você desistiu. E aí não dá mesmo.

Linda me encarou com desespero no olhar.

— Você tem que conseguir — eu disse. — Porque eu vou de qualquer jeito. E tanto a sua mãe como a minha estão vindo para ajudar.

— Mas não amanhã — ela disse. — Amanhã eu fico sozinha com as crianças.

— É verdade — eu disse. — E vai dar tudo certo. É só você querer. E quando eu terminar nós vamos para a Córsega. Vai ser bom. Mas antes eu preciso acabar de escrever o romance.

Apaguei o cigarro e entrei no apartamento. Linda permaneceu sentada no lado de fora. Peguei a mala grande, coloquei lá dentro o computador, o teclado, o headset, uma pilha de CDs, uma pilha de livros e umas peças de roupa.

Enquanto eu estava ocupado com isso, ouvi a porta da sacada abrir-se e fechar-se. Linda parou na minha frente.

— Não me deixe sozinha — ela pediu.

Olhei para ela e em seguida desviei o olhar em direção ao zíper que eu deslizava pela lateral da mala enquanto empurrava a tampa para baixo com o joelho.

— Eu preciso ir — eu disse. — Não tenho escolha.

Linda me deixou para trás e entrou no quarto. Coloquei a mala no corredor, me sentei no sofá e fiquei pulando de um canal de TV para o outro durante uma hora.

Quando fui me deitar, ela ainda estava acordada, totalmente imóvel, olhando para o teto. Tirei minha roupa e me deitei ao lado dela.

— Vai dar tudo certo — eu disse. — Mas eu não posso ficar em casa. Já fiz isso vezes demais. E agora estou com a corda no pescoço.

— Tudo bem — ela disse.

— Boa noite, então.

— Boa noite.

— Durma bem.

— Você também.

Acordei no meio da noite, Linda ainda estava acordada, olhando para o teto, como estava fazendo quando me deitei. Me virei para o lado e continuei a dormir. Quando tornei a acordar já era de manhã. Linda estava deitada, olhando para mim. Quando nossos olhares se encontraram, a boca dela se abriu e se fechou como se estivesse tomando fôlego. Os olhos estavam úmidos de lágrimas.

— Você não pode ir — ela disse.

— Não, pode ser que não mesmo — eu disse me sentando na cama enquanto enfiava os pés na calça para vesti-la. — Mas assim que a Ingrid puser os pés aqui em casa eu vou embora. Só para você saber.

Bati a porta com força ao sair do quarto e fui à cozinha. Por estranho que fosse, as crianças ainda estavam dormindo. Peguei os jornais na porta, coloquei o café para passar na cafeteira e comi duas fatias de pão enquanto eu lia primeiro o caderno de cultura, depois o caderno de esportes. Na rua chovia, uma chuva fria e miúda de primavera. As crianças acordaram na ordem de sempre, primeiro John, depois Heidi e por fim Vanja.

— Cadê a mamãe? — ela perguntou.

— A mamãe precisa descansar hoje — eu disse. — Ela está meio doente.

— Eu também — disse Vanja. — Eu também quero descansar hoje.

— Pare com essa bobagem — eu disse. — A mamãe precisa de paz e sossego. Por isso nós vamos ficar aqui assistindo à TV. Tudo bem?

— Tudo bem, então — ela disse, voltando à companhia dos irmãos. As crianças passaram a manhã inteira sentadas no sofá assistindo à TV, como faziam todos os sábados. Me afastei e fechei a porta do corredor que dava para o quarto, e disse a todos que não podiam entrar lá. Era uma proibição corriqueira, mas se eu não cuidasse de verdade as crianças davam um jeito de se esgueirar lá para dentro. Às vezes eu me sentia como o pastor no filme *Fanny e Alexander* de Bergman, o homem mau que mantém as crianças afastadas da mãe.

Às dez horas ouvi a voz do pregador que todas as manhãs de sábado postava-se na praça mais abaixo de microfone na mão. Abri a porta da sacada e olhei para a frente. O pinheiro de Natal estava totalmente nu ao lado da porta, cheio de agulhas amarelas caídas ao redor do tronco. Todas as flores nas jardineiras da balaustrada estavam murchas, bem como todas as flores nos vasos junto à parede. O lugar estava cheio daquilo. A mesa e as cadeiras, que tinham permanecido na rua por três invernos seguidos, estavam cinzentas e escuras. Sacos plásticos vazios, duas cadeiras de sol grandes e duas pequenas apoiadas contra a parede, desbotadas. Uma haste tinha sido derrubada por uma tempestade de inverno, e também havia outras tralhas amontoadas lá fora.

Resolvi fazer uma limpeza completa, jogar tudo fora, e então comprar flores novas e talvez uma mesa e duas cadeiras. Em parte porque era necessário, em parte porque eu queria mostrar para Linda que era fácil ter filhos e ao mesmo tempo fazer coisas construtivas. Que o problema estava nela, não no mundo.

— Ponham as galochas e as roupas de chuva! — eu disse.

— Por quê? — Heidi perguntou.

— Para onde vamos? — perguntou Vanja.

Só mesmo o pequeno John se entusiasmou com a aventura e saiu apressado corredor afora, à espera de que eu o ajudasse a se vestir.

— Vamos comprar flores — eu disse.

— *Tråkigt* — disse Vanja.

— Pode ser chato para você — eu disse. — Mas é o que vamos fazer.

— A mamãe vai junto? — Vanja perguntou.

Balancei a cabeça.

— Eu não quero ir — disse Heidi.

— Eu quero a mamãe — disse Vanja.

— Ora, vamos lá, meninas! Sou eu que decido por aqui. E agora estou dizendo para vocês se vestirem.

— Ninguém pode decidir pelos outros — disse Vanja.

De onde ela havia tirado aquilo?

Peguei o controle remoto e desliguei a TV. As meninas me olharam com os olhinhos apertados e furiosos.

— Também vamos comprar balas, porque hoje é sábado — eu disse.

— Está bem — disse Vanja.

— Está bem — disse Heidi.

Quinze minutos depois estávamos andando pela rua de passeio em meio à chuva, Vanja com a roupa de chuva azul, Heidi com a roupa de chuva lilás e John parecendo um sapo com a roupa de chuva verde.

Em frente à floricultura havia uma mesa de metal com duas cadeiras; pensei naquilo como "ferro lavrado", uma expressão com a qual eu tinha uma relação estritamente literária, mais ou menos como no caso de "cicatrizes de varíola", que eu também não sabia direito o que eram. A ideia era parecer-se com um móvel do século XIX, e o aspecto era sem dúvida meio kitsch, mas assim mesmo gostei e acabei comprando o conjunto. Além disso comprei seis plantas. Equilibrei a mesa no pegador do carrinho de John e carreguei uma cadeira e uma sacola em cada mão, empurrando o carrinho ora com uma, ora com a outra, enquanto as meninas arrastavam os pés engalochados no chão ao meu lado. Quando perceberam que o percurso seguia na direção do prédio onde ficava o nosso apartamento, as duas começaram a protestar.

— Você disse que a gente ia comprar bala! — gritou Vanja.

— Mas a gente não pode entrar numa loja com tudo isso! — eu disse.

— Você devia ter pensado nisso antes — ela disse.

— Nós só vamos largar essas coisas e depois saímos de casa outra vez. Pode ser?

Vanja fez um gesto afirmativo com a cabeça. Larguei a mesa e as cadeiras na sacada enquanto as crianças me esperavam no corredor, mas quando eu voltei não havia mais ninguém por lá. As pegadas úmidas seguiam em direção ao quarto. Segui-as e descobri as crianças de pé ao redor da cama enquanto Linda continuava deitada, observando-as. Ela disse qualquer coisa, mas a voz não tinha nenhuma força. Era como se mal conseguisse falar.

O rosto não tinha expressão nenhuma.

— Venham já para cá! — eu disse. — Agora mesmo!

Vanja e Heidi me obedeceram, mas John se jogou em cima da cama. Agarrei-o pela parte de cima da jaqueta, levei-o pendurado até o corredor e o larguei no chão com força em frente ao elevador. Ele riu e olhou para mim.

— De novo, papai!

Eu sorri.

Na loja de móveis baratos perto da floricultura eu encontrei uma luminária branca e redonda que serviria, e então fomos ao shopping center Triangeln, onde havia uma loja com uma boa seleção de balas. Depois de haver enchido três saquinhos com as balas que queriam, as crianças ganharam um pão de chocolate cada uma na cafeteria logo em frente, enquanto eu tomava uma xícara de café.

Eu nunca tinha visto Linda naquele estado. Era como se estivesse nas profundezas e precisasse usar todas as forças para retornar à superfície, onde estavam as crianças. Praticamente não havia vida nenhuma no olhar dela.

Sim, sim.

Olhei em direção à Paparazzi, uma pequena loja de roupas que de vez em quando tinha coisas bonitas, ternos da Tiger e da Boss, de uma marca dinamarquesa com um nome que eu nunca lembrava, mesmo tendo uns cachecóis, e as camisas que vendiam também eram bonitas.

— Vocês me esperam aqui só um pouquinho? — eu perguntei.

As crianças responderam com um aceno de cabeça.

— Eu só vou entrar naquela loja ali e já volto.

Me levantei e entrei. Da vitrine pude ver as crianças balançando as pernas nas cadeiras da cafeteria. Olhei os cintos, escolhi um marrom-claro e olhei uma pilha de calças jeans pretas, encontrei uma do meu tamanho e larguei a calça e o cinto em cima do balcão.

— Você pode experimentar a calça se quiser — disse a caixa, uma mulher de cinquenta e poucos anos.

— Estou com pouco tempo — eu disse. — Meus filhos estão lá fora.

Quando fiz um gesto de cabeça em direção à cafeteria, notei que John se levantou e pôs-se a correr. Saí da loja depressa, peguei-o e o levei comigo para dentro da loja.

— Fique aqui — eu disse. — Eu só tenho que pagar.

Inseri o cartão no leitor, digitei minha senha, a vendedora guardou a nota fiscal na sacola com a calça e o cinto e entregou-a para mim.

— Também vamos ter que passar no supermercado, infelizmente — eu disse para as crianças ao sair.

— Mas eu não quero — disse Vanja.

— Eu quero voltar para casa e ficar com a mamãe — disse Heidi.

— Mas vocês têm que entender que a gente precisa. Vamos lá. Vocês podem escolher um filme cada um.

Havia uma loja de filmes e música do outro lado do shopping center. As crianças correram para a seção de filmes infantis enquanto eu conferia as fileiras de CDs. Comprei uma coletânea do Thåström, o primeiro álbum de Anna Järvinen e dei uma chance à sorte comprando um álbum de uma banda sueca chamada The Radio Dept. e de um cantor sueco chamado Christian Kjellvander. As crianças apareceram, cada uma com o filme que havia escolhido, eu paguei, atravessamos a rua e entramos na Hemköp, eu comprei pizzas para o jantar e pão, leite e acompanhamentos para o dia seguinte. A caminho de casa, mesmo sob protestos, passamos no Thomas Tobak, onde comprei exemplares do *Politiken*, do *Weekendavisen*, do *Expressen* e do *Aftonbladet*. Já de volta ao apartamento as crianças começaram a discutir sobre o filme a assistir primeiro. Prometi que os três seriam assistidos, e disse que o mais justo seria começar pelo filme de Vanja, já que ela era a mais velha. A ideia foi aceita. Depois de colocar o filme eu fui à procura de Linda, que estava deitada de lado com a cabeça quase tapada pelo edredom.

— Como você está? — eu perguntei.

Ela se virou devagar e olhou para mim. O olhar era o mesmo, e parecia vir de uma grande distância.

— Bem — ela sussurrou.

— Você já comeu?

— Eu... — ela disse, e então vieram palavras que não entendi.

— O que foi que você disse?

— Eu comi um pouco enquanto vocês estavam fora — ela disse.

— Então você não quer nada agora?

Ela balançou a cabeça de forma quase imperceptível.

— As crianças... — ela disse.

— O que tem as crianças? — eu perguntei. — Estão todas bem. Eu comprei uns filmes. Agora estão todos entretidos na sala. E também comprei uma mesa, cadeiras e flores para a sacada. E uma luminária de teto para a sala de jantar.

Linda não disse nada, simplesmente ficou me olhando.

— Pensei em dar uma limpada por lá agora. Jogar fora as coisas que estão por lá. Tudo bem? Vou pedir às crianças que não venham para cá, mas pode ser que elas venham mesmo assim.

— Tudo bem — disse Linda.

— Muito bem, então — eu disse. — Vamos jantar pizza. Você janta com a gente, não?

Linda fez um aceno quase imperceptível com a cabeça.

— Ótimo! — eu disse, e então fechei a porta, levei os sapatos comigo até a porta da sacada, calcei-os e saí. Passei um tempo olhando para a árvore de Natal, pensando se eu devia jogá-la fora da maneira como estava, mesmo que mal fosse caber na lixeira, porque deixá-la ao lado estava fora de cogitação, isso levaria a uma investigação completa. Voltei ao apartamento, peguei a serra e um saco de lixo preto, cortei-a em quatro e coloquei-a no saco, que então levei até o porão. No caminho de volta joguei todas as flores murchas em um outro saco, que mais uma vez levei ao porão. Quando entrei novamente no apartamento o sofá estava vazio. Entrei no quarto. Linda estava sentada na cama, Vanja e Heidi puxavam-na enquanto John pulava no colchão, ela parecia estar confusa, como se não soubesse o que fazer, e também completamente exausta.

— O que foi que eu disse? — eu perguntei.

— Tudo bem — Linda sussurrou.

— Vamos lá — eu disse. — A mamãe precisa de um pouco de paz e tranquilidade.

— Você está doente? — Heidi perguntou. — Está com febre?

— Não, a mamãe não está doente. Só um pouco cansada — eu disse. — Não é verdade?

— Acho que eu já posso me levantar um pouco — ela disse.

— Obaaa! — disse John.

Linda ergueu o corpo, ainda sentada, e tateou ao redor.

— O que você está procurando?

— Minha camiseta.

Me abaixei e levantei o edredom.

— Aí está — eu disse. — E agora venham comigo, todo mundo. A mamãe já vem.

As crianças fizeram como eu havia pedido. Parei junto à porta, olhei para Linda. Os movimentos eram tão vagarosos que ela dava a impressão de não ser capaz de vestir a camiseta.

— Você não precisa se levantar — eu disse. — O melhor é você ficar deitada e descansar.

Ela olhou para mim.

— Bem, mas agora você já prometeu — eu disse.

Voltei à sacada, onde a chuva miúda e constante ainda caía, rodeado pelos sons da cidade sete andares abaixo, joguei tudo que estava espalhado ao redor em um saco de lixo e coloquei as flores novas nos vasos antigos. Quando entrei com o saco nas costas, Linda estava no sofá com John no colo. Percebi que ela não olhava para a tela da TV, mas tinha o olhar fixo em frente.

— Vou levar isso lá para baixo — eu disse. — A sacada ficou bem bonita.

Quando voltei e me sentei na outra sala para ler os jornais, ouvi quando Linda se levantou e em seguida escutei o som dos passos dela se aproximando e a porta do banheiro se abrindo. Era para lá que ela ia.

Minutos depois a porta tornou a se abrir.

Me levantei e fui ao corredor. Linda estava completamente imóvel e olhou para mim. Ela estava chorando.

— Eu não consigo — ela disse.

— Vá se deitar, então — eu disse.

— Eu preciso — ela disse.

— Então vá — eu disse.

Montei a luminária de teto, embora não sem uma certa dificuldade, porque os parafusos eram muito pequenos e os meus dedos eram muito grandes e desajeitados, aqueci as pizzas e preparei uma salada, que comemos todos juntos em frente à televisão. Depois as crianças pegaram as balas, e Linda voltou para a cama. Escovei os dentes de todo mundo e as crianças vestiram os pijamas mas não queriam se deitar sem dar boa-noite para a mãe, então invadiram o quarto e Linda sentou-se e abraçou-as todas. O olhar, que se mantinha fixo na parede, parecia completamente vazio enquanto ela passava a mão nas costas das crianças e abraçava-as.

Passei mais umas horas acordado depois que as crianças foram dormir, folheando os jornais, dando uma olhada na TV, fumando na sacada. Linda estava dormindo, ou pelo menos de olhos fechados quando entrei no quarto, então me deitei com o maior cuidado possível e dormi instantaneamente.

O dia seguinte era o Dia das Mães. Ainda estava chovendo, uma chuva regular e constante sobre todas as ruas e construções da cidade. Levei as crianças para dar uma volta no parquinho. A grama verde brilhava sob a luz cinzenta do outono. As cores berrantes das roupas de chuva pareciam quase obscenas ao lado dos brinquedos. Passada meia hora arrastei as crianças junto comigo para uma loja de móveis, onde fiquei olhando os sofás, porque o nosso estava tão sujo e tão puído ao fim de cinco anos com filhos pequenos que só era possível usá-lo com uma manta por cima. Depois fomos para a Åhléns. Eu disse que era Dia das Mães e que as crianças podiam escolher um presente para a mamãe.

— Vocês embrulham para presente? — eu perguntei à atendente.

— *Ursäkta?* — ela perguntou.

— Vocês fazem pacotes de presente? — eu perguntei.

— *Självklart* — ela confirmou.

As crianças tinham escolhido uma toalha bem grande e um par de meias com os dizeres "melhor mãe do mundo", e eu tinha escolhido um DVD para

Linda. John queria dar um avião de presente para ela. As crianças olharam para o embrulho e então sumiram para a seção de brinquedos. Paguei e peguei a sacola quando o meu telefone celular tocou. Era a corretora de imóveis. Ela disse que tinha passado os dois últimos dias tentando falar com Linda.

Eu disse que Linda estava doente, e que ela podia resolver tudo comigo a partir daquele momento. Senti meu rosto corar, eu tinha certeza de que ela me perguntaria por que o lugar fedia e por que diabos o chão ao lado da parede cedia. Mas ela não disse nada disso, simplesmente me contou que tinha aparecido gente para a mostra e que uma das pessoas havia começado a criticar tudo que via e a ridicularizar o preço, e que depois disso nenhuma oferta chegou. Haveria uma nova mostra durante a tarde e outra no fim de semana seguinte. Desligamos e eu fui procurar as crianças. Estavam todas felizes de saber que levaríamos um presente para Linda. Também havíamos comprado suco e bolinhos de canela.

— Mamãe, mamãe, a gente comprou um presente para você! — as crianças gritaram assim que entramos em casa.

— Esperem um pouco — eu disse. — Primeiro temos que preparar o *fika*.

Fika era a palavra sueca para uma pausa para o café, uma gíria antiga que consistia em uma inversão das sílabas de *kaffi*.

Organizei os bolinhos em uma cesta, peguei cinco pratos, três copos, duas canecas, preparei o suco e passei o café enquanto Heidi e Vanja punham a mesa.

— Agora vocês já podem chamar a mamãe — eu disse.

Linda chegou devagar, atrás das crianças. Sentou-se na beira da cama que ficava encostada à parede da sala. As crianças pararam à frente dela, cada uma com um presente na mão. Entregaram-lhe os presentes um por um. Linda abriu os pacotes vagarosamente. A toalha, o par de meias com os dizeres "melhor mãe do mundo". As crianças a olhavam cheias de expectativa enquanto Linda abria os pacotes.

— Obrigada — ela disse.

O rosto estava completamente desprovido de expressão. Não havia um único resquício de sentimento.

Essa não. Essa não.

Não não não.

— A Heidi escolheu a toalha e a Vanja escolheu as meias. O John quis trazer um avião, mas fiquei com a impressão de que era para ele mesmo brincar — eu disse. — E além disso compramos bolinhos e suco, não é mesmo? A Heidi e a Vanja puseram a mesa. E agora vamos fazer um lanche. Venham todos!

Falei o mais alto e depressa possível para que as crianças não percebessem que havia uma coisa errada e não começassem a pensar a respeito disso.

Depois Linda chorou quando ficamos a sós no quarto.

— Eu não consigo fazer nada — ela disse.

— É verdade — eu disse. — Mas é só por enquanto. Isso vai passar.

— Eu tenho uma consulta marcada amanhã — ela disse. — Você acha que pode ir comigo?

— Claro que posso — eu disse.

— Não vai dar — Linda sussurrou.

— Claro que vai — eu disse. — Sempre dá. Logo você vai estar melhor. As crianças estão bem.

Linda balançou a cabeça.

— Estão sim. E logo as duas avós delas vão chegar.

— Você tem que escrever — ela sussurrou.

— Vai dar tudo certo — eu disse.

Linda estava numa pior desde que havia terminado o programa de rádio. Logo depois houve uma luz intensa, como se de repente ela não tivesse nenhuma preocupação no mundo. Para mim tinha sido bom, já que graças àquilo a capacidade dela tinha aumentado e assim eu tinha mais tempo para escrever. Linda tinha feito muitas compras, e, mesmo que não escondesse isso de mim, também não era muito aberta em relação ao assunto. De repente apareceram dois cachorros de porcelana horríveis no quarto das crianças, por exemplo, e o parapeito da janela do nosso quarto se encheu de bugigangas do mesmo tipo. Eu sabia que a avó dela tinha figuras parecidas, e provavelmente aquilo lhe dava um sentimento de conforto. Eu não tinha nada contra Linda comprar aquelas coisas para ela, mas ver as crianças sendo postas no meio daquilo não me agradou muito. Aquela pessoa não era Linda, ela em geral tinha bom gosto, era uma outra parte que estava se revelando. Uma vez ela tinha visto uma menina pedindo esmolas em frente à Hemköp e decidiu tomar uma atitude a respeito, ela ligou para o conselho tutelar e contou o que tinha visto. Talvez fosse uma boa ação, mas não era o tipo de coisa que Linda em geral faria. Se eu dizia que ela tinha feito muitas compras nos últimos tempos ela simplesmente fazia pouco-caso, tudo aquilo tinha saído muito barato e tinha sido comprado em lojas de artigos usados. Certa tarde a campainha tocou, era um negociante de antiguidades, Linda havia comprado uma luminária naquele mesmo estilo brega e sentimental de tia velha, não porque o preço fosse bom, porque não era, mas porque tinha achado aquilo bonito. Linda falava muito com estranhos, com pessoas que estivessem ao lado dela em um café e atendentes de lojas, e no jardim de infância ela era amiga próxima de todo mundo. Linda brilhava, falava e não se preocupava muito com os detalhes das coisas sobre as quais falava. Não havia nada de errado em nada disso, a não ser o fato de que eu nunca tinha contato com ela, porque ela nunca estava presente na situação. Quando eu vi aquilo, Linda me olhou e entendeu na hora o que eu estava pensando. Claro, ela entendia tudo, e tudo estava bem. Ela estava contente, não havia nada além disso, e tudo funcionava, ela levava jeito com as crianças e as crianças gostavam da companhia dela, de repente começou a acontecer muita coisa ao redor de Linda. Deixei de lado o fato de não gostar daquilo, porque não havia nada de errado, pelo menos nada que eu pudesse dizer para ela, porque o que eu poderia dizer, que ela não devia comprar coisas feias pra caralho para enfiar no quarto das crianças? Ah, houve uma tarde em que cada uma das meninas apareceu com uma Barbie na mão, e John com um soldado. Será que foi Linda que comprou esses brinquedos?

Joguei as bonecas fora depois que as crianças se deitaram.

Quando esse período de luz passou e Linda começou a afundar, ela começou a sentir vergonha de tudo que havia feito, mesmo que não houvesse nada de errado com essas coisas todas. Ela se preocupava muito com a variação cada vez mais extrema de humor. Uma vez Linda começou a me xingar, dizendo que eu devia ajudá-la, que qualquer outro homem já teria feito isso. Ela queria que eu a ajudasse a retomar a terapia. De preferência que fizéssemos terapia juntos. Era um desejo de muitos anos. Mas ela sabia que eu preferia morrer a fazer terapia de casal, e que isso não era uma força de expressão. Se eu tivesse mesmo de escolher entre terapia de casal ou a morte, escolheria a morte sem pensar duas vezes. Eu jamais me sujeitaria a fazer terapia individual tampouco. Mas alguma coisa naquele desespero todo fez com que apesar de tudo eu no dia seguinte ligasse e marcasse uma consulta com um psicólogo. Já tínhamos ido para lá no início da primavera. Linda tinha chorado ao descrever como se sentia. O psicólogo ouviu o que ela tinha a dizer e depois olhou para mim e perguntou o que eu achava de tudo aquilo, e eu disse. Ele não deu muita importância às variações de humor e se concentrou na situação em que Linda vivia, no fato de que não tinha trabalho e não ganhava dinheiro, e as perguntas foram sobre como resolver esse problema. O psicólogo tinha razão nas coisas que dizia, mas eu não entendia como o simples fato de ele estar dizendo aquilo poderia ajudar. Nas sessões seguintes Linda foi sozinha. Depois ela mesma marcou uma consulta com uma médica. Na época Linda estava animada. Mas naquele momento a situação era outra. Eu nunca a tinha visto daquele jeito antes, ela jamais havia chegado próximo daquilo. Linda tinha se deixado levar, e tinha afundado tanto naquela escuridão interior que mais nada do que existia ao redor dela fazia sentido. Era assim que eu pensava. Ela amava os nossos filhos mais do que tudo, mas nem mesmo eles eram o suficiente para que ela pudesse aproximar-se do mundo.

Depois de levar as crianças ao jardim de infância na manhã seguinte, preparei café da manhã para Linda e levei tudo em uma bandeja até o quarto. Eu tinha feito aquilo com frequência durante o nosso primeiro ano juntos, pois nada a deixava tão alegre quanto um café na cama. Mas depois parei, eu não queria mais fazer esforço para agradar-lhe.

Linda sentou-se na cama. Passou a mão pelo edredom, para a frente e para trás, mas aquilo parecia sinistro, os movimentos eram como os de um bicho. Depois ela pegou a tigela de granola com uma das mãos, enfiou a colher no cereal e levou-a à boca com a outra. Tudo era tão lento que me virei e abri as persianas para olhar na direção do hotel.

Uma parte dela se partiu, pensei comigo mesmo.

Linda comeu metade da tigela e depois a largou em cima da bandeja.

— Satisfeita? — eu perguntei.

Ela fez um gesto afirmativo com a cabeça.

— Vamos, então?

Mais uma vez ela fez um gesto afirmativo com a cabeça.

— Você quer tomar um banho antes?

— Não dá — ela disse.

— Tudo bem então — eu disse. — Podemos ir assim mesmo.

Peguei-a pelo braço e ajudei-a a se levantar. Linda olhou para o armário aberto, onde estavam as roupas dela.

O mesmo desespero com que ela havia olhado para as crianças surgiu nos olhos dela naquele instante.

Peguei uma calça jeans azul e um moletom universitário e larguei as roupas em cima da cama, na frente dela.

— Podem ser essas? — eu perguntei.

Linda fez um gesto afirmativo com a cabeça.

— Eu vou esperar no corredor — eu disse, saindo.

Pegamos o elevador e caminhamos de braços dados até o ponto de táxi em frente ao Hilton. Os movimentos dela eram pesados e lentos, como se a gravidade fosse maior para ela do que para as outras pessoas. E talvez fosse justamente isso.

Uma parte dela se partiu, pensei comigo outra vez.

Nos sentamos no táxi, eu dei o nome e o número da rua, o taxista deu sinal e entrou na Föreningsgatan e a seguimos até a Konserthuset, onde fizemos uma curva à direita, atravessamos a ponte sobre o canal e entramos na parte mais baixa da cidade, para onde raramente íamos, já que nossa vida era vivida entre o apartamento no Triangeln e o jardim de infância em Möllevången.

Em frente à porta de entrada do prédio eu perguntei a Linda qual era o código do portão. A resposta veio de forma mecânica, ela memorizava essas coisas infinitamente melhor do que eu.

Pegamos o elevador e chegamos a uma grande sala de espera. Linda aproximou-se devagar do guichê para avisar que havia chegado. Coloquei um copo plástico no suporte da máquina de café, apertei o botão de café preto e olhei ao redor enquanto o copo se enchia ruidosamente.

Duas outras pessoas cabisbaixas estavam sentadas na sala de espera, tentando ocupar o menor espaço possível. Uma mulher de uns cinquenta anos e um homem de uns trinta. A mulher era pálida e levemente gorducha e usava roupas de cores sem vida. O homem também era levemente gorducho e tinha uma barba rala, cabelos sebosos e usava óculos. Ao lado deles uma mulher falava alto no telefone celular. Logo entrou um homem de cabelos compridos e bem-vestido, usando uma espécie de sandálias nos pés, provavelmente um médico. Ele parou em frente às pessoas assim que tomei um gole de café, disse um nome, a mulher de meia-idade se levantou, os dois trocaram um aperto de mãos e ela o acompanhou pelo corredor.

— Você quer um café? — perguntei a Linda, que vinha na minha direção.

Ela balançou a cabeça.

— Vamos nos sentar?

Ela acenou a cabeça. Devagar, deu os passos necessários para chegar até o sofá, olhou para mim, eu fiz um gesto afirmativo com a cabeça, ela sentou-se. Me sentei ao lado e peguei a mão dela. A outra mulher continuava falando ao telefone. Tinha um rádio ligado, eu olhei para cima, havia alto-falantes no teto. Uma voz falava e ria, era uma daquelas transmissões matinais leves que as pessoas ouviam em locais de trabalho; salões de cabeleireiro, táxis, oficinas mecânicas. Pensei que aquilo parecia inadequado, que atingia diretamente o coração de Linda, a vida da qual estava excluída.

Olhei para Linda. Ela dava a impressão de nem ao menos perceber aquilo.

Lembrei-me da vez que estávamos em um táxi a caminho de um hospital em Estocolmo, Linda estava desesperada com a ideia de que a criança que nasceria a qualquer momento pudesse estar morta, e o rádio do táxi estava ligado. Mesmo que eu soubesse que aquela leveza era terrível para ela, jogada como estava nas profundezas do horror, no próprio limite entre a vida e a morte, não tive coragem de pedir ao taxista que desligasse por medo de ofendê-lo.

Apertei a mão de Linda. Ela tinha o olhar fixo no chão.

— Você quer um pouco d'água, quem sabe? — perguntei.

Ela fez um gesto afirmativo com a cabeça.

Me levantei e enchi um copo de plástico branco com água. O copo era feito de um plástico tão fino que eu tinha a impressão de sentir a água fria e trêmula na ponta dos meus dedos.

Linda bebeu tudo em um só gole.

Do corredor saiu uma mulher talvez um pouco mais jovem do que eu. Ela parou e olhou para nós, Linda se levantou, a mulher sorriu e estendeu a mão. Linda apertou-a.

— Olá — eu disse.

Trocamos um aperto de mãos e então seguimos pelo corredor. A mulher parou em frente a uma porta, estendeu a mão, entramos. Uma cadeira de um lado da mesa, duas cadeiras do outro lado. Uma escrivaninha junto da janela, umas litografias vagas e neutras nas paredes.

— Sentem-se, por favor — ela disse.

Sentamo-nos.

— Como você tem andado, Linda? — a mulher perguntou. Ela estava sentada com as pernas cruzadas, tinha um caderno ou bloco de anotações numa das mãos e uma caneta na outra. O olhar era amistoso, mas a aura parecia levemente impessoal, talvez por causa do bloco e da caneta.

Linda passou um longo tempo olhando para ela.

— Nada bem — ela disse por fim, com uma voz baixa e quase inaudível.

A médica fez mais perguntas, que segundo compreendi tinham por objetivo esclarecer a situação. Linda respondia sempre após um longo intervalo, e mesmo assim em poucas palavras.

— Você ouve vozes? — perguntou a médica.

Longa pausa.

Vozes?, eu pensei. Ela estava numa trilha completamente errada. Linda não ouvia vozes.

Mas talvez fosse necessário eliminar os itens de uma lista.

— Não... — disse Linda. — Só pensamentos... eu não quero pensá-los...

— Você pensa em suicídio, Linda? Pensa em tirar a sua vida?

Linda olhou para a médica. E então começou a chorar.

— Mas... mas eu... mas eu não posso... eu não... posso — ela disse. — As crianças... eu... não posso.

— Mas você pensa nisso?

Linda acenou a cabeça.

— Com frequência?

Linda acenou a cabeça.

— Eu... eu penso... o tempo inteiro... se ao menos... se ao menos eu pudesse... pudesse adoecer e morrer. Assim seria... mais fácil. Para todo mundo.

Eu comecei a chorar e mantive o olhar fixo no chão. Tomei um longo fôlego, devagar, pois aquele era um lugar para onde eu não podia ir. Olhei para o tapete, para a perna da cadeira, olhei para a cesta de papel no canto, engoli em seco.

— Você tem a impressão de que tudo acontece mais devagar? — a médica perguntou.

Linda acenou a cabeça.

— E você não consegue fazer nada?

— Não! — disse Linda, e então começou a soluçar.

— Você consegue tomar banho? Consegue se levantar?

— Não. Um pouco. As crianças... eu não consigo...

A médica fez anotações no caderno. Depois olhou para mim.

— Como você enxerga a Linda nesse momento? — ela me perguntou.

— Não sei ao certo. Mas eu nunca a vi tão mal quanto agora — eu disse, olhando para Linda. — É uma coisa que nunca tinha acontecido.

— Evidentemente você está com uma depressão profunda — disse a médica. — Temos que nos esforçar para mudar essa situação. Com certeza eu vou receitar antidepressivos para você. Mas também não queremos você nas alturas, porque você pode ter uma recaída, então precisamos tomar cuidado. Você pode solicitar uma internação, claro. Na clínica você vai ter paz. Em casa você tem as crianças e a sua vida cotidiana. E pode ser que existam obrigações nessa vida que seria melhor pôr de lado. Você já pensou na hipótese de solicitar uma internação?

Linda lançou um olhar assustado na minha direção.

Ela balançou a cabeça.

— Eu acho que o melhor seria a Linda continuar em casa — eu disse.

— Linda? — a médica chamou-a.

— Eu não quero ser internada.

— Entendo — disse a médica. — Claro que você pode ficar em casa. Talvez seja até melhor para você. Mas nesse caso você precisa vir aqui com mais frequência. Tudo bem?

Linda acenou a cabeça.

— É importante que você tente passar o maior tempo possível de pé. Tente fazer o máximo possível das coisas que você costuma fazer. Não precisa ser muito. Mas um pouco, para evitar que você passe o dia inteiro na cama. Você consegue ler para as crianças, por exemplo?

— Não sei — disse Linda.

— Então você pode sentar com as crianças e assistir à programação de um canal infantil por meia hora. E além disso é importante você sair de casa para tomar luz e ar fresco. Você deve sair de casa e dar um passeio todos os dias.

Linda acenou a cabeça.

A médica olhou para ela.

— Eu sinto... uma angústia... terrível — disse Linda.

— Eu vou receitar um medicamento para cuidar disso. Um comprimido para você tomar quando estiver muito angustiada. O efeito é imediato. Mas talvez você sinta um pouco de sono. E além disso vou receitar um medicamento para a depressão. Mas quero começar aos poucos. Não podemos jogar você para as alturas de uma hora para a outra.

A médica se levantou e foi até o computador. Peguei a mão de Linda e a apertei.

— Você pode retirar esse medicamento em qualquer farmácia — disse a médica se levantando. — E aqui eu anotei os seus horários. A próxima consulta já é na quarta-feira. Tudo bem?

Linda acenou a cabeça e nós dois nos levantamos.

— Acho que é uma boa ideia você não ficar sozinha, Linda. Que sempre tenha alguém com você.

— Claro — eu disse.

A médica nos acompanhou até a saída, sorriu ao se despedir e fechou cuidadosamente a porta.

— Você acha que podem chamar um táxi para a gente na recepção? — eu perguntei.

Linda acenou a cabeça.

— Então eu vou lá pedir.

Linda ficou esperando ao lado da porta enquanto eu falava com a recepcionista. Já de volta à rua eu acendi um cigarro.

— Vai dar tudo certo — eu disse. — É bom que você não se interne. Assim você pelo menos pode fazer companhia para as crianças, mesmo que não consiga fazer muita coisa.

— É — ela disse.

976

— E podemos sair para dar um passeio curto todos os dias. E você pode assistir à TV com as crianças.

— É — ela disse.

— Você acha que aquele é o nosso táxi? — eu perguntei olhando para a estrada por onde um Passat havia chegado. O carro parou ao nosso lado e nós dois nos sentamos.

— Vai dar tudo certo — eu disse. — Logo você sai dessa.

O pior de tudo para Linda, o grande pesadelo, seria uma nova internação, quanto a isso eu tinha certeza. As crianças faziam com que a ideia parecesse ainda pior, o fato de que teriam a mãe internada numa clínica psiquiátrica, tudo que havia de estigmatizante em relação a isso. Eu pensava o mesmo, que uma internação acabaria por definir e fixar aquilo tudo sob a forma de uma doença, de um assunto institucional, enquanto na verdade tratava-se apenas de Linda, da escuridão que a preenchia, e Linda, a mulher que naquele momento estava sentada ao meu lado, era a mãe de Vanja, Heidi e John. Seria melhor para as crianças ter a mãe em casa, não transformar aquilo numa situação estranha e perigosa, mas deixar que vissem tudo.

Mesmo assim, sentado no táxi a caminho de casa eu não tinha essa certeza toda. A responsabilidade era minha. Mesmo que Linda não quisesse, ela não estava em condições de tomar uma decisão equilibrada. Por isso tinha olhado para mim. Se eu tivesse acenado a cabeça e dito, com certeza você precisa se internar, ela teria pedido a internação.

Esse tinha sido o conselho da médica. Respondemos que não, que era melhor fazer as coisas do nosso jeito.

— Quando a Ingrid chega? — eu perguntei.

— Não sei — Linda respondeu em voz baixa. — Mas é amanhã à tarde.

— Vai dar tudo certo — eu disse. — Ela pode ficar com as crianças, e assim elas vão ter outra coisa no que pensar. As crianças precisam ter pessoas ao redor delas numa hora dessas. Acho que é importante.

— É — ela disse.

O táxi deslizou em frente à fachada do Hilton e parou. Eu paguei, nós descemos, eu segurei Linda pelo braço enquanto atravessávamos a rua e continuamos em direção à farmácia.

De volta em casa ela se deitou na cama e dormiu em poucos minutos. Passei um tempo indo de um cômodo ao outro, fumei um cigarro na sacada com a porta aberta, caso Ingrid tocasse o porteiro, me sentei no escritório e liguei o PC, porque enquanto dormia Linda não precisava de mim, mas quando vi o ensaio que eu estava escrevendo em Voss, sobre Turner e Claude Lorrain, senti que não era apenas uma questão de tempo e tornei a desligar tudo.

Entrei no quarto apenas para vê-la deitada. Linda devia ter passado o fim de semana inteiro deitada, ansiando pela morte, enquanto nós dávamos um passeio pela cidade e fazíamos compras.

O porteiro tocou.

Fui até o corredor e atendi.

— Alô? — eu disse.

— É a Ingrid.

— Pode entrar — eu disse.

Fiquei esperando o elevador chegar ao nosso andar e então abri a porta.

— Como ela está? — Ingrid perguntou ao sair do elevador.

— Não muito bem — eu disse. — Deixe-me ajudar você com isso.

Fiz um gesto de cabeça em direção à mala, que Ingrid soltou para que eu pudesse levá-la para dentro.

— Acabamos de voltar de uma consulta. A médica disse que a Linda está com uma depressão profunda. Chegou até a sugerir uma internação. Mas a Linda preferiu ficar em casa. Eu também prefiro assim.

— Essa médica era boa?

— Acho que era.

— Essa não — Ingrid disse com um suspiro.

— É — eu disse.

— Ela está dormindo agora?

— Está.

— E as crianças? Estão irrequietas?

— Não, acho que não. Não devem ter percebido muita coisa. Estão no jardim de infância, como de costume.

— Que bom — ela disse, se abaixando para tirar os sapatos. Eu estava a poucos metros, querendo que a conversa acabasse. Ingrid estava brava comigo porque eu tinha escrito a respeito dela no segundo romance, e naquele momento ainda tinha mais tudo aquilo com a filha dela.

Ao mesmo tempo ela dependia de mim — aquela era a minha casa, e eu era o pai dos netos dela — e eu dependia dela, do apoio que podia oferecer.

Ingrid olhou para mim.

— Pensei que você podia dormir na sala — eu disse, me virando para levar a mala até lá. — Tudo bem?

— Eu posso dormir em qualquer lugar — ela disse. — Posso também dormir com as crianças, se a Sissel preferir ficar na sala.

978

— Ela pode dormir no meu escritório — eu disse.

— Tudo bem — disse Ingrid. — Apesar de tudo é bom estar aqui. Vai ser incrível ver as crianças.

— Elas estavam alegres com a sua chegada — eu disse.

Quando saí para buscar as crianças naquela tarde Ingrid foi junto, porque queria fazer uma surpresa. No elevador, não dissemos nada. Na rua, paramos e olhamos um para o outro.

— A Linda não pode ficar sozinha — eu disse.

— Eu pensei a mesma coisa — disse Ingrid. — Vá você, eu fico com ela.

Como era possível uma coisa daquelas?, pensei enquanto eu subia a Södra Förstadsgatan. Como eu podia ter me esquecido? Que Linda não podia ficar sozinha?

Igualmente grave era eu ter passado todo aquele tempo fora de casa durante o fim de semana. Era como se eu não percebesse a gravidade da situação. Como se tudo estivesse como sempre, e como se o que acontecia dentro de Linda enquanto ela estava deitada no quarto, isolada de toda a família, fosse apenas um parêntese.

— A vovó já chegou? — Vanja me perguntou depois de correr até mim ao me ver do outro lado do portão.

Fiz um gesto afirmativo com a cabeça.

— Já. E está feliz de encontrar você.

Fui até o pessoal e troquei umas breves palavras. Tudo havia corrido bem, disseram-me, as crianças estavam alegres e contentes. Eu tinha pensado em dizer que Linda estava deprimida, para que tivessem atenção especial com as crianças caso acontecesse qualquer coisa fora do normal, mas tanto Vanja como Heidi estavam ao meu lado, então resolvi esperar até o dia seguinte.

Compramos frutas, leite e iogurte na Hemköp, as crianças estavam impacientes e queriam ir para casa encontrar a avó. Porque ela devia ter presentes, não?

Ingrid sempre preparava todas as refeições quando estava em nossa casa, e além disso fazia as compras e mantinha a cozinha em ordem. Ela fazia todo o possível para nos ajudar, quanto a isso não havia dúvida nenhuma. Se eu não tivesse escrito o livro, tudo estaria bem em relação a ela, mas aquilo pairava acima de nós como uma sombra, e não podíamos sequer falar sobre o assunto.

Por mais estranho que parecesse, foi justamente John quem se mostrou tímido quando entramos pela porta. Mas a timidez não durou muito. Quando terminaram de abrir os presentes as crianças foram correndo ao quarto mostrá-los para Linda. Eu as acompanhei. Linda olhou-as, sentou-se na cama, tentou sorrir. Que bonito, ela disse.

— Agora venham, seus trollzinhos — eu disse. — A mamãe precisa descansar.

Dessa vez não foi preciso repetir o pedido. Fechei a porta do quarto e também a porta do corredor. Ingrid estava na cozinha, preparando o jantar.

— Que horas você quer jantar? — ela me perguntou.

— Pode ser qualquer hora — eu disse. — Como ficar melhor para você.

— Às cinco?

— Está ótimo — eu disse.

Servi o café que eu havia preparado mas esquecido na garrafa térmica e estava indo para a sacada quando o telefone tocou.

O número era de Oslo e eu atendi.

Era Elisabeth, da Oktober.

— Você pode falar agora? — ela perguntou.

— Posso — eu disse.

— Você está escrevendo, imagino? — ela disse, rindo. — Bem, mas foi bom ter achado você. Temos que falar sobre o lançamento. O volume cinco vai sair em seguida.

— É mesmo — eu disse, abrindo a porta da sacada e sentando-me na rua.

— Você já pensou no que gostaria de fazer?

— Nada além do mínimo possível.

— Em princípio você pode escolher o que você preferir. Há um interesse enorme pelo livro. Mas eu tenho uma sugestão. Faz tempo que o *Aftenposten* vem pedindo uma entrevista. E se você concordasse? E a gente não fizesse mais nada além disso?

— Parece uma boa ideia — eu disse.

— Acho que vai ser bom.

— E tem mais uma coisa. A feira do livro de Oslo no outono. Seria muito bom se você pudesse vir para a Noruega.

— Quando é mesmo a feira?

— No meio de setembro.

— Não seria impossível — eu disse.

— Ótimo! Assim eu já fico sabendo. E podemos falar sobre os detalhes mais tarde. Obrigada, Karl Ove.

Desliguei e servi o café na caneca. Da última vez em que Linda tinha adoecido, a depressão havia durado mais de um ano.

Eu nem tinha pensado nisso.

E se a depressão simplesmente continuasse?

Apaguei o cigarro e voltei ao apartamento. Dei uma conferida nas crianças antes de voltar para o quarto. Linda não estava dormindo, mas deitada de olhos abertos, com o olhar fixo no teto.

— Como você está? — eu perguntei, sentado na beira da cama.

Ela virou a cabeça na minha direção. O olhar estava quase vazio.

— As crianças estão bem — eu disse. — Tiveram um dia normal no jardim de infância. E estão felizes com a visita da Ingrid. O John ficou meio tímido no início, mas logo já estava à vontade.

Linda me olhou como se quisesse que eu continuasse falando.

— Você consegue se levantar para jantar com a gente? — eu perguntei.

Ela fez um aceno de cabeça quase imperceptível.

— E depois você pode assistir a *Bolibompa?*

Ela fez mais um aceno de cabeça.

— É o bastante — eu disse. — Se você conseguir fazer isso, já está bom.

Me levantei. Era como se eu não conseguisse estar presente naquele olhar.

— Eu venho buscar você quando o jantar estiver pronto. — eu disse. — Tudo bem?

Linda acenou a cabeça e eu fui para a sala, onde me sentei com os dois jornais matinais que eu ainda não tinha lido.

Quando voltei para casa após deixar as crianças no jardim de infância na manhã seguinte, Ingrid estava sentada na cama do quarto, falando com Linda. Havia uma bandeja de comida entre as duas. Uma tigela com granola, um ovo, frutas, uma fatia de pão, um copo de suco, uma caneca de café. Linda olhava para Ingrid como vinha olhando para mim nos últimos tempos, como se a visse a partir de um lugar muito distante. Era como se tudo que fosse dito sumisse naquele olhar. Como se entrasse num espaço infinito, onde havia tão pouca coisa que o pouco que havia não fazia a menor diferença, ao mesmo tempo que aquilo era tudo o que ela tinha, e portanto aquilo a que se aferrava. Ela mais ou menos olhou para mim e mais ou menos olhou para Ingrid.

— As crianças já foram entregues — eu disse, parado junto à porta.

Ingrid se levantou.

— Você está satisfeita? — ela perguntou. — Assim eu já posso levar a bandeja.

Eu sabia que ela não queria se intrometer em nossa vida, e o nosso quarto era uma fronteira que dificilmente cruzava, mas antes eu não estava lá, e então ela havia entrado, porque Linda era a filha dela.

— Vamos dar um passeio, então? — eu perguntei depois que Ingrid havia saído. Linda acenou a cabeça e pôs-se lentamente de pé.

— Quer que eu pegue umas roupas para você?

Ela acenou novamente a cabeça.

Peguei uma calça e uma blusa e saí ao corredor para esperar. Alcancei-lhe uma jaqueta, separei os sapatos e, quando ela estava toda vestida, segurei o braço dela e a acompanhei até o elevador. Linda tinha o olhar fixo no chão enquanto descíamos pelos andares, sem dúvida para evitar o espelho.

Na rua fazia sol. As árvores entre as praças e a estrada estavam verdes, com folhagens densas. As pessoas andavam de um lado para o outro no calçamento, enquanto os carros passavam um pouco mais além. Caminhamos lentamente em direção ao parque.

— Linda, eu te amo — eu disse.

Ela teve um sobressalto e olhou para mim.

— Sei que as coisas estão terríveis agora, mas tudo vai ficar bem. Eu prometo. Você só precisa aguentar.

Linda tornou a olhar para a frente.

— Eu sei que é insuportável. Mas você precisa aguentar. Depois tudo vai ficar bem.

Atravessamos a faixa de pedestres, avançamos pela calçada, passamos em frente ao restaurante mexicano, ao salão de cabeleireiro, à loja de calças jeans. O céu estava azul, a grama do parque do outro lado verde. Havia pessoas aqui e acolá, algumas com bicicletas.

— Você é uma mãe incrível, Linda — eu disse. — Eu sei que você acha que está traindo as crianças. Mas não. Você não tem culpa disso. É uma coisa que acontece dentro de você. Mas vai passar. Tudo vai ficar bem. Eu prometo.

Linda me olhou com aquele mesmo olhar meio ausente e meio suplicante. Mas não disse nada. Atravessamos a estrada e entramos no parque.

— Vamos nos sentar um pouco lá? — eu perguntei, fazendo um gesto com a cabeça em direção ao muro de pedra que ficava sob as árvores no meio do parque.

— Tudo vai ficar bem — eu disse.

Uma mulher de mais idade passou com um cachorro, e logo atrás veio uma garota de bicicleta. Ela tinha uma mochila nas costas e fez uma curva leve ao passar por nós. Do parquinho ouviam-se vozes de criança. Três ou quatro mães e pais estavam lá com os filhos.

Sentamo-nos nas pedras.

Linda começou a chorar. Ela soluçava e os ombros tremiam. Enlacei-a com o braço e pousei a cabeça em sua nuca.

— Vai dar tudo certo. Eu te amo. Sei que está sendo terrível agora, mas isso vai passar.

As pessoas que estavam no gramado olharam para nós. Um casal que se aproximava também olhou. O vento soprou, as folhas das árvores mais acima farfalharam. Com o corpo encolhido, Linda chorava convulsivamente; era como se houvesse uma avalanche dentro dela.

Passei a mão em suas costas.

Em que tipo de escuridão você se encontra agora, Linda?

Em que tipo de escuridão você se encontra?

— Eu te amo. Você é uma pessoa sem igual. Uma mãe incrível. Tudo vai dar certo. Você só precisa aguentar.

Aos poucos o choro foi passando. Estendi o braço, Linda se agarrou a mim e então nos levantamos e caminhamos pela estradinha de cascalho, devagar como um casal idoso. A inquietude tomava conta de mim.

Ingrid apareceu no corredor enquanto tirávamos nossos sapatos e casacos.

— Que bom que você está se esforçando, Linda — ela disse. — É ótimo que você tenha conseguido dar esse passeio.

— Você quer descansar um pouco? — eu perguntei.

Linda acenou a cabeça. Eu a acompanhei até o quarto.

— Você quer um rádio? Para ter uma coisa para ouvir enquanto fica deitada? Linda balançou a cabeça.

— Eu só quero dormir — ela disse.

Então ela se deitou, puxou o edredom até a metade da cabeça e fechou os olhos.

— Tudo bem — eu disse. — Eu volto para dar uma conferida em você daqui a uma meia hora.

Saí para fumar um cigarro. Desviei o olhar quando passei em frente à cozinha onde Ingrid estava sentada com o jornal aberto em cima da mesa; eu não queria dar abertura para uma conversa. Eu sabia que ela gostava de mim, porém o que eu havia escrito provavelmente tinha obscurecido essa simpatia, e provavelmente ela via uma relação direta entre o que eu havia feito e a situação de Linda.

Eu não sabia se ela de fato pensava assim, mas tinha um forte pressentimento. Falamos sobre o que fazer para o jantar. Falamos sobre Linda, sobre ajudá-la sempre que possível. Falamos sobre as crianças, e sobre o que fazer em relação a elas. Mas não falamos sobre Linda, não falamos sobre mim, e não falamos sobre o que eu havia escrito a respeito dela.

Olhei para o chão, me esgueirei para longe e disse para mim mesmo que naquele momento Linda era o que mais importava para nós dois.

Já sentado na sacada, ouvi o telefone tocar dentro do apartamento. Entrei e atendi. Era a corretora de imóveis. Ela tinha feito mais uma mostra. Sete pessoas tinham ido ver a cabana, mas infelizmente não havia nenhuma proposta. E ela promoveria uma nova mostra durante o fim de semana. Disse que certamente encontraríamos um comprador. Eu disse que estava tudo certo. Ela disse que parecia haver um problema com o chuveiro, que durante a mostra uma das pessoas interessadas tinha aberto a torneira e depois não tinha conseguido fechá-la, e que além disso tinha saído água pelo cano. Eu disse que ela tinha razão, havia mesmo um problema com o chuveiro e o encanamento e nós chamaríamos alguém para dar um jeito naquilo. Ótimo, ela disse, e então desligamos.

Entrei no quarto de Linda. Ela ainda estava dormindo, então tornei a sair e entrei no escritório, onde eu podia ter paz. Liguei o PC. Folheei o livro com as pinturas de Claude Lorrain que eu havia comprado em Nova York durante a minha visita à cidade poucas semanas atrás. Anos pareciam ter se passado. Eu tinha desmaiado em Manhattan depois de um evento em que fiz uma leitura. Eu havia passado o dia inteiro sem comer nada, e além disso estava muito nervoso, e além disso tinha tomado uma cerveja com a minha editora americana, e quando saímos e ela me apresentou a um escritor egípcio mais velho que ocupou todo o lugar disponível, de repente não me aguentei mais em pé e tive que ir até a escada me sentar. Apoiei a cabeça nas mãos e notei que uma escuridão se tornava mais densa e mais forte dentro de mim, uma onda vertiginosa e irresistível de cansaço e desorientação. O velho egípcio, que era um grande poeta e ocupava um espaço que era seu por direito, se aproximou de mim, subitamente amigável, pousou a mão no meu ombro e me perguntou se eu estava bem. Eu disse que estava tudo bem e voltei para a companhia dele. De repente eu não conseguia nem ao menos ficar sentado, então me levantei e cambaleei até a minha editora e disse que eu precisava ir embora naquele instante, e ela disse que pediria um táxi para mim. Não consegui esperar, então me deitei na calçada, fechei os olhos e desapareci. Voltei a mim quando ela pôs a mão no meu ombro e compreendi que eu não podia ter passado mais do que um ou dois minutos inconsciente. Mas as pessoas estavam olhando para mim. Não consegui me levantar, minha editora abriu a porta do táxi, deu o endereço para o motorista e então saímos por aquela imponente cidade.

984

Lá eu tinha visto o quadro de Claude Lorrain a respeito do qual naquele momento eu escrevia. Por mais estranho que fosse, eu escrevia com facilidade e concentração, todo o restante desapareceu, até que de repente, quando levantei a cabeça e olhei para as persianas que cobriam a janela bem à minha frente, saturadas com a luz da primavera, pensei em Linda. Desliguei o PC, me levantei e entrei no quarto.

Linda estava sentada na cama. Ela olhou para mim enquanto passava a mão no edredom. Tinha o tronco inclinado para a frente e passava a mão sobre a coberta. Depois foi como se estivesse tirando uma sujeira. Aquilo me deu medo, os movimentos eram muito estranhos.

— Estou tão angustiada, Karl Ove — ela disse. — Eu sinto tanto medo!

— Você não acha bom tomar um dos comprimidos?

— Pode ser. Mas o efeito dura muito pouco. E depois tudo piora.

— Eu posso buscar um para você. Como é o nome mesmo?

Linda respondeu. Entrei na cozinha, uma das prateleiras estava cheia de remédios dela, encontrei o comprimido certo, enchi um copo com água e voltei ao quarto.

Linda tomou o comprimido e se deitou de costas.

Eu me deitei ao lado dela.

Não dissemos nada. Segurei a mão dela. Pensei no que eu havia escrito, e a atmosfera da pintura de Lorrain me preencheu com um sentimento de paz, que no instante seguinte afastei de mim; que tipo de monstro eu devia ser para pensar sobre aquilo enquanto Linda morria ao meu lado?

— Você quer comer? Uma fruta ou outra coisa?

Linda não respondeu. Eu olhei para ela.

— Uvas? — perguntei.

Ela acenou a cabeça e eu me levantei, entrei na cozinha, que por sorte estava vazia, larguei um cacho de uvas numa tigela e voltei ao quarto.

— Você não quer mesmo um rádio? — eu perguntei, colocando a tigela bem ao lado.

— Não consigo ouvir nada.

— Nem música?

— Não.

Linda se tapou com o edredom e virou o rosto em direção à parede.

Enquanto voltávamos do jardim de infância, Vanja perguntou se a mamãe ainda estava dormindo.

985

— Sim, ainda está. A mamãe anda meio doente, sabia? Mas logo isso vai passar.

— Isso não passa nunca — disse Vanja. — Ela está sempre doente.

— Não, não está não — eu disse. — Mas agora ela está. E por isso precisa descansar.

— Eu também — disse Vanja. — Eu quero descansar com ela.

— E você pode — eu disse. — Se você ficar bem calminha e bem quietinha, não vai ter problema nenhum.

— Eu também quero — disse Heidi.

— Claro — eu disse. — Mas uma de cada vez. Podemos combinar assim?

Não deu muito certo. Vanja começou a infernizar Linda para que se levantasse, e com Heidi não foi muito melhor.

Vanja se negou a sair do quarto, e no fim tive que tirá-la à força. Tentei transformar aquilo tudo numa diversão, numa brincadeira, mas ela estava realmente brava.

Coloquei-a no chão. Ela tentou escapar de mim, quis entrar outra vez no quarto.

— Vanja — eu disse. — A mamãe está doente de verdade. Ela precisa de paz e sossego. Isso tudo já vai passar. Eu prometo.

— Não vai — ela disse, olhando para o chão.

— Pare com isso. Vamos assistir a um filme.

— Não quero.

— O que você quer, então?

— Quero ver a mamãe.

— Eu sei. E você pode ver a mamãe. Só não agora.

Ela sentou-se e começou a mexer nas bonecas, como se eu não existisse. Passei um tempo olhando para ela, depois me afastei.

No dia seguinte fomos à nova consulta. A médica fez mais ou menos as mesmas perguntas da consulta anterior. Linda estava igualmente lacônica.

— Precisamos dar um jeito nessa depressão — a médica disse ao fim de um certo tempo. — Uma forma de fazer isso é com eletrochoque. Sei que talvez soe horrível, mas o fato é que esse tratamento funciona. O eletrochoque detém o processo depressivo e permite que o cérebro recomece. Você acha que estaria disposta a tentar? É um procedimento totalmente seguro. E vai pôr fim a tudo isso.

Linda olhou para mim quando a médica terminou de falar, e o olhar era o mesmo de quando a médica havia sugerido uma internação.

A boca se abria e se fechava, como se ela estivesse tomando fôlego, e os olhos estavam rasos de lágrimas.

— Não — ela disse. — Não.

— Acho que não — eu disse. — Me parece que o melhor é esperar que isso passe.

— Entendo — a médica disse para Linda. — O mais importante é que você melhore um pouco a cada dia que passa. Você conseguiu fazer os passeios, e isso é muito bom. Se você tiver força, é bom fazer as coisas que você normalmente faz.

— Eu não faço nada — Linda sussurrou.

— O que foi que você disse?

— Eu não faço nada.

— Não é fácil olhar para a sua vida quando você está deprimida — disse a médica. — Você sente como se não fizesse nada e como se não valesse nada. Mas deve ter uma coisa que você gosta de fazer mais do que qualquer outra?

Linda balançou a cabeça.

— Você não tem nenhum hobby, nada que você sinta um prazer especial ao fazer?

Linda novamente balançou a cabeça.

— Você gosta de filmes — eu disse. — E de ler.

— Eu não consigo — ela disse.

— Eu sei — disse a médica. — Mas não estou pensando em nada grandioso. Se você conseguir pôr a louça na máquina de lavar, nem que sejam apenas uns poucos copos, já é bom.

Linda acenou a cabeça.

— Como estão as crianças? Você passou um tempo com elas?

Linda balançou a cabeça.

— Passou sim — eu disse. — Você assistiu a um programa de TV com elas.

— Isso é bom, Linda. Talvez você devesse tentar ler um pouco para as crianças também. Você acha que consegue?

— Consigo.

Linda leu para as crianças naquela tarde, uma de cada vez, porque não conseguia lidar com as três ao mesmo tempo, e além disso as crianças teriam brigado para ganhar a atenção dela. Primeiro ela leu para John, enquanto Heidi esperava no corredor; depois foi a vez de Heidi e por fim a vez de Vanja. Depois ela dormiu. Um padrão começou a se cristalizar naquela nova existência: Linda tomava café da manhã na cama enquanto eu deixava as crianças no jardim de infância, se vestia e saía para dar um passeio rápido com Ingrid ou comigo, dormia, acordava para o almoço, colocava a louça na máquina de lavar, dormia, lia para as crianças quando elas voltavam do jardim de infância, dormia, acordava e jantava, assistia ao canal infantil com as crianças e se deitava. Eu escrevia um pouco entre uma coisa e outra, porém não muito, apenas umas poucas linhas por dia. Elisabeth ligou, ela tinha feito um acerto com o *Aftenposten* e o jornal mandaria um repórter na semana seguinte.

— A jornalista se chama Siri Økland — disse Elisabeth.

— Mas ela trabalha para o *Bergens Tidende*. Não era uma entrevista para o *Aftenposten*?

— Era, mas os dois jornais trabalham juntos. São grandes jornais da região. Muitas vezes publicam as mesmas matérias.

— Tudo bem — eu disse.

Na verdade eu tinha me decidido a nunca mais dar uma entrevista para o *Bergens Tidende* por causa da postura que o jornal tinha adotado em relação a mim quando o primeiro livro foi publicado e por causa do tratamento que mais tarde os jornalistas da redação haviam dispensado a mim e aos meus livros. Tudo que haviam escrito tinha um viés negativo, com uma ironia que por vezes se aproximava do puro achincalhamento, às vezes com uma grande indignação moral. Eu não tinha lido nada disso, mas tanto a minha mãe como Yngve moravam na região abrangida pelo jornal, então eu tinha uma ideia do tom empregado. Durante uma estadia em Odda eu tinha recebido um pedido de entrevista do *Bergens Tidende* por meio dos organizadores, e o jornalista tinha prometido que seria uma entrevista decente, sem o viés que até então tinha dominado as matérias a meu respeito. O atrevimento foi tanto que fiquei boquiaberto. Primeiro cagavam em cima de mim, depois faziam um pedido de entrevista em que prometiam não cagar em cima de mim.

Mas eu realmente não suportava a ideia de criar problemas para os outros. Eu confiava em Siri Økland, e além do mais o acerto já tinha sido feito. Não faria mal que publicassem uma entrevista feita por ela.

Linda não melhorou. Toda vez que eu ficava a sós com ela eu dizia a mesma coisa. Eu dizia que a amava e que eu sabia que ela estava numa situação terrível, mas que tudo ia passar e tudo ia ficar bem. Era como se tudo que eu dizia sumisse nela, como se acabasse dissolvido naquela escuridão e então desaparecesse. Linda nunca respondia, nem ao menos olhava para mim enquanto eu falava. Íamos ao parque, ficávamos um tempo sentados por lá, voltávamos. Compreendi que aquilo poderia tornar-se uma situação de longo prazo, e na consulta seguinte com a médica eu pedi um atestado para que pudéssemos cancelar nossa viagem para a Córsega e receber nosso dinheiro de volta. Linda lia para as crianças todas as tardes e sentia-se completamente exausta ao terminar, mas eu me senti muito feliz ao ver que ela conseguia fazer aquilo, pois era como uma linha de vida, um mínimo absoluto para as crianças, que assim não se deixavam marcar pelo que estava acontecendo com ela. Quer dizer, foi assim para Heidi e John, que aceitaram a situação, enquanto Vanja foi tomada por sentimentos conflitantes que ela não sabia administrar. Houve uma noite em que teve um acesso de fúria. Linda estava sentada na sala e Vanja começou a bater nela enquanto gritava.

— Você é feia! Você é feia! Você é feia! — ela gritava.

Levantei-a e a levei para longe enquanto ela chutava e tentava bater em mim.

Precisei colocá-la de volta no chão e segurá-la por vários minutos até que parasse com aquilo e se acalmasse. Depois, quando eu estava sozinho no escritório e todos dormiam, chorei. Eu não sabia por quê, simplesmente chorei. No jardim de infância me diziam que tudo estava bem, que não haviam notado nenhuma diferença no comportamento das crianças. Por ser a criança mais velha por lá, Vanja já era dona de si. Ela também havia arranjado uma nova melhor amiga, as duas passariam a estudar juntas no outono, tínhamos escolhido a escola justamente por causa disso, e as duas passavam bastante tempo se falando por telefone durante as tardes. E além disso tinha estreitado os laços com a avó materna.

As crianças fazem o que é necessário para elas, pegam aquilo de que precisam, ocupam-se com equilíbrios e compensações, sem no entanto jamais perceber o que estão fazendo.

Certa tarde Linda entrou na cozinha. Ela tremia e estava totalmente desequilibrada. Tinha um cartão de crédito na mão.

— Encontrei isso no chão — ela disse. — Estava no chão.

Ela chorou ao dizer essas palavras.

— Vocês não conseguem manter nada organizado — ela disse. — O caos está por toda parte.

— É o meu cartão de crédito — disse Ingrid. — Deve ter caído do meu bolso.

— Estava no chão — Linda disse com a voz trêmula. — Você não mantém nada em ordem.

Ela se virou e afastou-se vagarosamente. Eu fui atrás dela.

— Isso não significa nada — eu disse. — Sei que você acha que tudo está um caos. Mas não é verdade. Tudo está em ordem. Temos controle total sobre a situação. Nem pense outra coisa.

Linda tremia. Me perguntei se aquilo podia ser efeito colateral dos medicamentos.

— Você precisa dormir um pouco — eu disse. — Mas esse cartão de crédito não significa nada. Não é nada do que você imagina. Tudo está em ordem.

— Não está não — ela disse, e então se deitou.

— Está — eu disse. — Está sim. Na verdade tudo está bem. Temos três filhos incríveis. Os três estão começando a crescer. Tudo está bem com eles. Você teve o seu livro aceito. Você é uma escritora. Ganhamos dinheiro. Podemos comprar uma casa se a gente quiser. Tudo está bem, você não vê? Na verdade tudo está bem.

Linda olhou para mim quando eu disse isso. Ela tinha os olhos arregalados. Era como se não soubesse do que eu estava falando. Tudo aquilo era novidade para ela.

Depois ela fechou os olhos e eu me levantei, disse que já voltava, coloquei pó de café no filtro e liguei a cafeteira.

Naquela tarde Ingrid perguntou se eu tinha o segundo romance em formato de audiolivro. Acenei a cabeça. Ela perguntou se podia pegá-lo emprestado. Era a última coisa que eu queria. Por que ela mexeria naquilo? Mas eu não tinha opção a não ser pegar uma caixinha e dar para ela.

Ingrid sempre ia cedo para a cama, mais ou menos à mesma hora que as crianças, ela fechava a porta de correr e ficava sozinha até a manhã seguinte, quando se levantava para fazer panquecas ou assar pão para as crianças. Eu costumava assistir à TV por uma hora depois que todos haviam se deitado, ou então passar um tempo no escritório folheando livros de arte. Naquela tarde eu notei que Ingrid não tinha se acalmado depois de se recolher, como de costume. Quando me deitei ela ainda estava acordada. Na manhã seguinte Ingrid disse que não tinha pregado o olho. Tinha passado a noite inteira ouvindo o romance que eu havia escrito. Ela disse que eu tinha enviado o manuscrito para ela logo antes da impressão, que ela não tinha conseguido arranjar tempo para a leitura e que além disso não tinha entendido o norueguês. Por isso ela tinha dito que estava tudo bem em relação ao que eu havia escrito a respeito dela. Ela tinha confiado em mim.

Enquanto me dizia essas coisas, Ingrid estava junto do fogão, preparando panquecas. Eu tinha uma caneca na mão, prestes a sair para fumar um cigarro. Tive medo dela. Mas eu não podia ir embora, e tampouco me defender, eu precisava simplesmente ficar lá, ouvi-la e dar razão para ela. De fato ela tinha razão. Estava no direito dela. Ingrid estava furiosa comigo. Mas no quarto estava Linda, a filha amada que ela tinha medo que morresse, e na sala estavam os netos amados por quem ela faria qualquer coisa, inclusive sacrificar a própria vida, quanto a isso eu não tinha a menor dúvida. Linda era minha esposa, os netos de Ingrid eram os meus filhos. Aquilo a despedaçava, e também despedaçava a mim. Eu não podia me desculpar, eu não podia me defender, toda a razão estava do lado dela. O único argumento que eu tinha era que ela tinha recebido e aprovado o manuscrito antes da publicação, mas de repente esse argumento caiu por terra, porque o que ela tinha dito era verdade, ela teve que decidir em poucos dias, porque a princípio o manuscrito foi enviado para o endereço errado.

Ela não disse mais nada, mas eu a conhecia, Ingrid estava indignada, triste e assustada.

Por baixo de tudo isso havia a crítica implícita de que era por causa do que eu havia escrito que Linda estava destruída no quarto. Eu sentia essa crítica o tempo inteiro. Tanto da minha parte como da parte de Ingrid. Linda estava no quarto, e eu mantinha todos afastados. Mantinha os nossos filhos afastados e mantinha Ingrid afastada. Era uma sensação horrível, cheia de escuridão, porque eu era o responsável por Linda ter acabado lá, na cama do quarto. Eu não tinha cuidado dela. Se eu tivesse cuidado, nada disso teria acontecido. Mas eu havia feito justamente o oposto, garantindo que a pressão em cima dela fosse insuportável. A batalha que Linda estava travando era uma batalha contra a própria identidade, contra a pessoa que ela era. Antes, quando a pressão na vida dela tinha sido grande, ela havia cedido e fugido rumo a uma versão fantasiosa de si mesma, para então afundar na escuridão. Não havia correspondência nenhuma entre a pessoa que ela era e a pessoa que queria ou imaginava ser. A diferença entre Linda quando eu a vi pela primeira vez e Linda quando a reencontrei dois anos mais tarde tinha sido enorme. Pensei que ela tinha se recomposto. Que estava completa, ou mais completa. Ter filhos foi uma espécie de conforto, porque nesse caso já estava dado de antemão quem devia fazer o quê e quem ela devia ser, não havia escolha, simplesmente era assim, e ela simplesmente tinha de ser assim. E depois eu escrevi que essa vida era uma ilusão, uma idealização, uma coisa inautêntica. E não apenas isso, mas expus essa vida para todo mundo. A vida dela, os nossos filhos, os nossos problemas. E não apenas isso, mas justamente esse livro explodiu em popularidade e passou a ser um assunto que todo mundo discutia. E isso a atingiu justamente no ponto mais vulnerável, na questão da própria identidade,

991

de quem ela era. E esse espelho tinha sido colocado lá por mim, e não apenas Linda se via nele, todas as outras pessoas também a viam.

A terapeuta de Estocolmo tinha ligado para Linda uma vez depois da publicação dos livros, fui eu que atendi o telefone e a voz dela pareceu gelada quando pediu para falar com Linda. Ela conhecia Linda por dentro, sabia contra o que ela tinha lutado e compreendia o perigo que o meu experimento representava.

Sempre que atravessava o corredor e entrava no quarto eu tinha a mesma sensação, de que eu havia destruído Linda e naquele momento tentava escondê-la. Logo estaríamos vivendo juntos há dez anos, e eu partia da premissa de que éramos um casal como qualquer outro e que nossos conflitos eram como quaisquer outros e que Linda tinha que se virar como qualquer outra pessoa. Eu havia testemunhado os surtos dela, eu tinha visto as tentativas de me controlar, mas eu não tinha visto o medo de perder tudo, a sensação de estar à beira do abismo. Eu tinha visto esfregões e baldes, máquinas de lavar e embalagens de fraldas. Eu tinha visto carrinhos e roupinhas de bebê, banheirinhas e chiqueirinhos. Eu tinha visto como Linda era próxima das crianças, tinha visto que lhes dava tudo aquilo de que precisavam, mas eu não tinha visto o preço disso tudo. E naquele momento eu via, porque ela havia largado tudo e estava afundando. Linda afundava cada vez mais e se afastava cada vez mais daquilo tudo. Naquele momento a vida cotidiana estava fora de seu alcance. Ela via tudo das profundezas onde se encontrava, e, se fizesse um esforço gigantesco, conseguia estender o braço e agarrar-se um pouco mais àquilo tudo, estar lá por mais uns minutos, colocar uma das crianças no colo, mas nada além disso, nada do que constitui uma vida, e que é leve, incrivelmente leve, como oferecer frutas para as crianças, contar uma piada, fazer uma pergunta sobre um assunto que as interessa, vesti-las, levá-las ao parque. Tudo isso é leve, e portanto não atribuímos valor a essas coisas todas enquanto acontecem, mas depois, quando as crianças forem maiores, podemos sentir remorso por aquilo que aconteceu quando tinham dois ou quatro anos, pois tanto elas como nós somos outras pessoas hoje, e as pessoas que éramos naquela época se encontram perdidas para sempre.

Assim são as coisas. A vida é leve, a vida é uma brincadeira, até que o chão desapareça e as pessoas caiam, para então prostrar-se na cama e cair na escuridão, quando tudo de repente é impossível, quando tudo de repente é inatingível. A ideia de que Linda sabia disso, mas não estava em condições de fazer nada, e de que todos os pensamentos dela, mesmo quando as crianças saltitavam ao redor, diziam respeito ao sentimento de que não merecia viver, de que a família estaria melhor sem ela, de que ela sempre arruinava tudo, e à fantasia constante de um anseio pela morte, num afastamento total em relação a nós, que queríamos viver, era insuportável.

Ingrid saía para dar passeios com Linda no parque, eu via as duas, a filha de cabeça baixa, com movimentos vagarosos e olhar vazio, a mãe de braço dado com ela, incentivando, conversando, tendo uma atitude positiva. Eu saía para dar passeios com Linda no parque, dizia que a amava, que ela sentia-se péssima, mas que tudo ia passar, e tudo que eu dizia sumia dentro dela, sem qualquer tipo de resistência, o interior dela era como um abismo, e a escuridão era tão densa que nada poderia iluminá-la. Nada. Nem mesmo Vanja, Heidi e John, as pessoas que amava acima de tudo, poderiam iluminá-la.

Minha mãe chegou, tínhamos combinado essa visita muito tempo atrás, para que as duas avós estivessem juntas em casa e nos ajudassem enquanto eu ia para a nossa cabana na colônia de jardins para terminar o romance. Já não era mais esse o caso, mas assim mesmo precisávamos delas, porque estávamos passando por dificuldades.

Minha mãe e Ingrid sempre tinham mantido um bom relacionamento, por mais diferentes que fossem uma da outra, e dessa vez não foi diferente, embora a tensão na casa só fizesse crescer, pois quase tudo que havia entre nós eram coisas não ditas e não resolvidas, nos limites do inconsciente, marcadas nos corpos e nas vozes, impossíveis de definir em termos precisos, mas assim mesmo dotadas de uma presença avassaladora.

À noite, depois que todos haviam se deitado, eu ficava acordado falando com a minha mãe. Era como se aquilo fosse uma traição. Não devia parecer uma traição, eu estava sendo despedaçado e precisava de alguém com quem pudesse conversar, mas assim mesmo parecia uma traição, porque a situação que estava me despedaçando tinha sido criada por mim, mas não tinha afetado a mim, porém a Linda, então eu não tinha direito ao alívio que havia em falar com uma pessoa que estaria incondicionalmente do meu lado.

Minha mãe disse que Linda estava muito pior do que ela havia imaginado. Ela tricotava no sofá enquanto eu mantinha-me sentado na cadeira, com as pernas em cima da mesa e uma caneca de café na mão. Ela não disse que era aquilo o que havia temido quando comecei o meu relacionamento com Linda, mas eu sabia que era assim, e pensei que parecia estranho eu nunca ter me preocupado com aquilo. Eu tinha certeza de que tudo daria certo. Minha filosofia pessoal era seguir o coração. Não os pensamentos, não a razão, não o dinheiro, mas o coração. A primeira coisa que eu pensei quando o nosso relacionamento começou foi que eu queria ter filhos com Linda. Não um, não dois, mas três. Tivemos os três. Ao escrever sobre nós eu também havia seguido o meu coração. Nessas horas o meu coração estava frio.

Liguei para a agência de viagem e cancelei a viagem à Córsega. O plano era passarmos a primeira semana em família, apenas eu, Linda, Vanja, Heidi e John, e depois Yngve e os filhos dele e Asbjørn e a família dele apareceriam para mais uma semana conosco. A partida era no dia seguinte ao prazo de entrega do romance, a viagem seria como uma recompensa por tudo. Mas a partir daquele momento eu podia esquecer o prazo, o romance foi posto de lado sem que tivesse qualquer tipo de significado. A corretora de imóveis ligava a intervalos regulares, ela fazia mostras tanto em dias úteis como aos fins de semana, colocava anúncios nos jornais e na internet, as pessoas iam conhecer o lote, mas ninguém queria saber de comprar. Eu dava passeios no parque com Linda, ela punha os pratos na máquina de lavar louça, se deitava e dormia, assistia à TV com as crianças, lia para elas. De vez em quando a angústia crescia tanto que ela ficava completamente pálida e incapaz de se movimentar, nessas horas Linda tomava um comprimido extra e entregava-se a um sono onde as coisas eram suportáveis. Ah, Linda, Linda. Com as duas avós por perto acontecia bastante coisa ao redor das crianças, todas passavam boa parte do tempo alegres e tinham se acostumado à ideia de que a mamãe estava doente. Eu não sabia o que fazer. De vez em quando eu sentia raiva, o sentimento ganhava forças dentro de mim, será que Linda não podia se recompor, se levantar da cama e assumir o controle sobre a própria vida? Eu te amo, as coisas estão terríveis agora, mas no fim tudo vai dar certo. Dávamos passeios, ela punha a louça na máquina de lavar, almoçava conosco, assistia à TV com as crianças, lia para elas. Eu sabia que todos os pensamentos dela eram negros. Eu sabia que ela queria morrer, mas não podia.

Jantar na cozinha. Ingrid, Sissel, Vanja, Heidi, John e eu. Linda no quarto. Ingrid disse sem olhar para mim:

— Você já pensou nas consequências daquilo que você escreveu para os seus filhos?

— Já — eu disse.

— Em como vai ser para as crianças quando elas crescerem? Que todo mundo vai saber quem elas são? Você já pensou nisso? Que elas vão estar indefesas?

É a filha dela, eu pensei. Ela tem o direito de estar brava comigo.

— Acho que não vai haver nenhum problema — eu disse. — Não acho que nada do que eu escrevi seja problemático.

Minhas palavras soaram vazias, Ingrid olhou para mim, continuamos a comer, ninguém percebeu nada de especial, tudo havia transcorrido no tom costumeiro.

O dia seguinte era um sábado, o sol brilhava e tínhamos decidido ir todos juntos ao parque, então preparamos uma cesta de piquenique e pegamos uma toalha grande, era a primeira vez que Linda saía com as crianças desde que eu havia voltado da Islândia. Ingrid, Sissel e as crianças estavam nos esperando no lado de fora, eu não sabia disso enquanto caminhava pelos corredores do porão de braço dado com Linda para sairmos pelos fundos do prédio, que ficava mais perto do parque para onde estávamos indo. Achei que já estavam todos lá.

Mas quando já fazia quinze minutos que nos esperavam a mãe de Linda teve um acesso de fúria e começou a me xingar, segundo minha mãe me contou naquela noite, quando todos já estavam dormindo. Minha mãe também ficou brava, afinal Ingrid tinha xingado o filho dela, mas eu disse que não tinha problema e que eu entendia o lado de Ingrid. Ela tinha o direito de estar furiosa comigo. Mas ela também gostava de mim, o que talvez fosse o mais difícil de compreender.

Tudo isso era mantido longe de Linda. Quando ela aparecia, toda a tensão entre nós desaparecia, nessas horas a nossa atenção se concentrava nela. Naturalmente eu não disse nada a respeito do acontecido quando ficamos a sós, mesmo que esse fosse o tipo de coisa sobre a qual tínhamos o hábito de conversar, as outras pessoas e as relações que mantinham. Linda sabia ver as outras pessoas, era um dom que tinha. Mas naquele momento parecia não restar nada disso. Ela praticamente não falava, e dedicava as poucas forças que ainda tinha às crianças. Eu tampouco disse a ela que o quinto volume seria publicado em breve. Eu estava à espera de uma tempestade, porque eu tinha escrito sobre uma acusação de estupro que certa vez havia sido feita contra mim, e levando em conta todas as outras bagatelas sobre as quais eu tinha escrito que acabaram em capas de jornal, era inconcebível que justamente isso não tivesse o mesmo destino. Eu também havia recebido emails indignados de pessoas sobre as quais eu tinha escrito, e às quais eu havia dispensado um tratamento anônimo. Mas a mulher que me acusou de estupro existia, ela morava em Bergen, e eu não ficaria surpreso se alguém a encontrasse e a entrevistasse, mesmo que nem o nome nem qualquer outra característica identificável aparecessem no livro.

Por conta disso, no dia em que fui entrevistado por Siri Økland eu não ofereci muitos detalhes para Linda, que estava deitada na cama depois de ter saído para dar um passeio com a mãe, dessa vez até o Pildammsparken, mas disse apenas que daria uma entrevista e que aquilo devia levar uma, no máximo duas horas. Ela disse que tudo bem, e então me levantei e fui até o Konsthallen, onde eu tinha dado quase todas as entrevistas relativas aos quatro primeiros romances. Siri Økland estava lá, me esperando com um fotógrafo. A entrevista correu muito bem, mesmo que eu estivesse o tempo inteiro na defensiva, sempre me protegendo, havia um subentendido de que aquilo era errado, o que eu havia feito. Depois tiramos umas fotos nas ruas do lado de fora e eu voltei para casa. Ingrid tinha saído para buscar as crianças, Linda estava dormindo e a minha mãe estava lendo na sala. Ela olhou para mim quando entrei.

— Como foram as coisas por aqui? — eu perguntei.

— Bem — ela disse. — A Linda se levantou enquanto você estava na rua. Se juntou a nós na cozinha. Passou uma hora falando.

— O quê?

— É. Ela chorou e falou sobre como tem se sentido.

— E o que foi que ela disse?

— Ela disse que não conseguia fazer nada e que não fazia nada. Que era uma pessoa sem nenhum valor. Que não conseguia tomar conta das crianças sozinha, que não tinha trabalho e que além disso parecia incapaz de arranjar um. Ela pareceu completamente desesperada.

— Mas ela falou — eu disse.

— Sim, ela falou.

Certa manhã Linda arrumou a cama, sentou-se em cima do edredom de costas para a parede quando eu entrei e, mesmo que o olhar que lançou em minha direção ainda fosse desesperançoso, ela parecia ter uma aura diferente em relação ao dia anterior. Eu não conseguia entender ao certo o que era. Talvez o fato de que nem tudo sumisse nela, nem tudo corresse apenas para dentro, mas que também houvesse coisas saindo dela. Ela tinha arrumado a cama, estava sentada em cima do edredom, tinha encontrado os meus olhos.

— Eu tentei ler um pouco — ela disse.

— É mesmo? — eu disse.

— Não consigo.

— Não tem problema — eu disse. — O importante é que você está de pé. Vamos dar um passeio?

Linda fez um gesto afirmativo com a cabeça. Cruzamos o pequeno parque, atravessamos a estrada, seguimos pela cerca de madeira ao longo do velho estádio, entramos no Pildammsparken, demos meia-volta e retornamos.

Em vez de se deitar e dormir assim que chegamos em casa, Linda pediu que eu ligasse o rádio do quarto. Eu o liguei, sintonizei-o em uma estação que tinha música clássica na programação, fechei a porta ao sair e fui para o escritório. Pouco tempo depois o telefone tocou. Era Yngve. Ele disse que o *Bergens Tidende* havia publicado uma resenha longa do quinto volume. Aliás, várias resenhas. No meio disso tudo havia menções à acusação de estupro.

— No fim do artigo eles dizem que têm o nome dessa mulher — disse Yngve.

— Que porra eles querem dizer com isso? Por acaso é uma ameaça?

— Não sei — ele disse.

— Além do mais o livro ainda nem saiu — eu disse. — E eles não têm autorização para fazer resenhas antes da publicação.

— Parece que eles não se importaram muito com isso — disse Yngve. — E tudo foi escrito com um viés negativo, como de costume.

— Eu vou ligar para a editora. Nos falamos depois.

Liguei para Elisabeth. Ela me explicou que tinha dado uma cópia do manuscrito para Siri Økland em função da entrevista que faria comigo.

A condição era que o manuscrito fosse usado exclusivamente para a preparação da entrevista. O jornal havia concordado, mas depois quebrou a promessa. Elisabeth já tinha falado com Siri, que lamentou o ocorrido e disse que não tinha nenhum envolvimento com aquilo, mas simplesmente havia recebido ordens de entregar o manuscrito. Que um jornal desrespeitasse a proibição de fazer resenhas antes da publicação de um livro não era nada raro, o *Verdens Gang* por exemplo nunca respeitava essa proibição, e por isso não recebia exemplares de divulgação antes do lançamento.

Mas naquele caso o *Bergens Tidende* havia recebido o manuscrito porque tinha conseguido uma entrevista exclusiva antes do lançamento do livro, e além disso tinha feito um acordo e uma promessa.

997

Tudo isso foi desrespeitado como se não fosse nada. E por quê? Talvez porque achassem que podiam me tratar como bem entendiam, já que aos olhos deles eu tinha feito uma coisa profundamente imoral.

— Mas eles não publicaram a entrevista? — eu perguntei.

— Não, a entrevista vai sair no dia do lançamento.

— Então eu vou retirar a minha permissão de publicação. O que você acha?

— Eu acho que é o que a gente deve fazer. Vou ligar para eles agora mesmo.

Desliguei, fui à sacada fumar um cigarro e depois fui ao quarto, onde Linda estava deitada de olhos fechados. Ela os abriu quando entrei.

— Como foi com o rádio?

— Eu não consigo prestar atenção em nada. Nem mesmo em música.

Linda começou a chorar.

Eu me deitei ao lado dela.

— Linda, você já está melhor. Você já está melhor do que esteve nesses últimos dias. Isso já está indo embora, tenho certeza.

— Estou com tanto medo — ela disse.

— Eu sei — eu disse. — Mas tudo está bem. Tudo está bem.

Ela se deitou e apertou o rosto contra o colchão.

Os movimentos estavam mais rápidos; a situação já era outra.

Fui buscar as crianças no jardim de infância, atravessei o shopping center Triangeln e saí do outro lado, de onde era possível chegar ao parquinho caminhando mais um quarteirão.

Vanja e Heidi pararam junto à balaustrada do estacionamento, onde quiseram subir, eu tomei fôlego e disse que tudo bem, enquanto John ficava sentado com a cabeça inclinada para trás, olhando para o céu, onde as listras deixadas por dois aviões desenhavam uma cruz.

Meu telefone celular tocou. Era Elisabeth.

— Falei muitas vezes com eles hoje — ela disse. — O último a me ligar foi o redator-chefe. Eles vão publicar a entrevista de qualquer jeito.

— Mas eu quero retirar a minha autorização!

— Não adianta. Eles vão alegar o direito à liberdade de expressão.

— O quê? Por acaso eles enlouqueceram?

— Papai, papai, olhe! — disse Heidi, enquanto se inclinava para trás e segurava-se apenas com uma mão, estendendo a outra com um gesto dramático.

Eu sorri e fiz o sinal de positivo com o polegar.

— Direito à liberdade de expressão? Então eles rompem um acordo, desrespeitam uma proibição e depois querem publicar a entrevista com base no direito à liberdade de expressão?

— É, é isso mesmo. Eles falaram com advogados e tudo o mais. E vão publicar a entrevista de qualquer jeito. Não podemos fazer nada.

— Eu nunca mais vou dar uma entrevista para esse jornal pelo resto da minha vida. Nunca mais vou ter qualquer tipo de envolvimento com eles.

— Eu estou de pleno acordo — disse Elisabeth. — E acho que eles também vão passar um bom tempo sem entrevistar outros autores da Oktober.

— Mas obrigado, de qualquer jeito — eu disse.

— Depois nos falamos. Afinal, as resenhas já devem começar a sair. Mas você não as lê, ou por acaso lê?

— O Geir vai me dar um briefing, acredito eu. Mas tudo bem, nos falamos depois então.

— Até mais.

Desliguei e guardei o telefone no bolso.

— Vamos — eu disse, começando a andar. Logo parei e me virei. — Vamos lá!

As crianças aproximaram-se devagar, se equilibrando.

Aqueles cretinos filhos da puta de moral duvidosa. Ah, como eu odiava tudo aquilo! Ah, a revolta dos santimoniosos!

Puta que pariu. Direito à liberdade de expressão no rabo!

Que queimassem todos no inferno!

No parquinho, Vanja e Heidi foram direto à árvore que chamavam de "árvore de trepar". John quis andar de balanço; eu o empurrava para a frente e para trás, de vez em quando segurava-o pelos pés quando ele vinha na minha direção, ele ria e ria ainda mais quando eu o puxava pelos pés e depois o empurrava com toda a força. Agora não tenho mais como esconder, pensei, agora todo mundo vai saber. No dia seguinte os jornais estariam lotados. "Knausgård suspeito de estupro." Eu só tinha contado a história para as pessoas mais próximas de mim. Meu grande temor era que aparecesse nos jornais. Isso nunca tinha acontecido, mas a partir do momento em que eu mesmo escrevi a respeito do episódio, todos poderiam servir-se à vontade. Mas, se eu não tivesse contado essa história, certas pessoas saberiam que eu estava poupando a mim mesmo, que eu estava ocultando um dos acontecimentos de grande consequência na minha vida, e como ao escrever sobre mim eu tinha dado a todos os outros o direito de escrever sobre todas as facetas da minha vida, mais cedo ou mais tarde esse assunto viria à tona.

Tirei John do balanço e o coloquei na areia. Ele não quis brincar sozinho e foi comigo até o banco do outro lado. Eu o levantei e o peguei no colo, abracei-o e pousei a cabeça no pescoço dele.

— Meu menino John! — eu disse.

— *Inte, pappa* — ele disse.

— Tudo bem, eu paro — eu disse. — Você está vendo as meninas?

Ele apontou. As duas estavam sentadas em meio às folhas da árvore. O que estariam fazendo?

Conversando, talvez. Ao longe, ouvi a risada característica de Heidi, enquanto Vanja fazia uma voz meio engraçada.

Quinze minutos depois voltamos para casa. Linda estava deitada quando chegamos, mas quando as crianças tiraram os sapatos e correram para o quarto ela já estava se levantando.

— Mamãe, você pode ler? — Vanja pediu.

Linda acenou a cabeça, pegou um livro da pilha que estava em cima da escrivaninha, sentou-se e os três logo formaram um amontoado de braços e pernas ao redor da mãe.

Na manhã seguinte eu tinha certeza de que haveria jornalistas do lado de fora. O *Bergens Tidende* havia escrito sobre a acusação de estupro, o assunto tinha se tornado público e, mesmo que momentaneamente nenhum jornalista tivesse me contatado — o máximo que haviam feito era fotografar o apartamento e entrevistar pessoas ao redor —, já haviam contatado outras pessoas que eu conhecia, e seria apenas uma questão de tempo até que aparecessem, pensei. E agora os jornalistas teriam mais um assunto para atraí-los.

Vesti as crianças, sentei John no carrinho, fui ver Linda, que estava cochilando, disse que estávamos saindo, me abaixei e dei-lhe um beijo na testa, voltei depressa para a companhia das crianças, abri a porta do elevador, empurrei o carrinho para dentro e apertei o botão do porão. Se houvesse jornalistas no lado de fora, eu não queria encontrá-los com as crianças, e eles não saberiam da existência de uma saída pelos fundos, pensei, e logo empurrei o carrinho pelos corredores do porão, puxei-o de costas pela escada, abri a porta, saí andando pela Föreningsgatan e peguei as ruelas que seguiam até o jardim de infância.

A caminho de casa eu parei a uma certa distância da praça e observei a região em frente à entrada do prédio. Ninguém parecia muito jornalístico por lá. Me senti um pouco idiota. Eu não era importante a ponto de ter a porta de entrada do prédio onde eu morava vigiada.

Eu estava paranoico, pensei, e então fui até a frutaria e comprei dois quilos de uva e umas maçãs, peguei o elevador, cortei uma maçã para Linda, coloquei-a numa tigela com um cacho de uvas e entrei no quarto. Ela sentou-se na cama.

— Como estão as coisas? — ela me perguntou.

Ah, como me senti feliz ao ouvir essa pergunta!

— Bem — eu disse. — Pensei que você podia comer e descansar um pouco e depois a gente podia sair para dar um passeio, você não acha uma boa ideia?

— Acho.

— Só vou falar um pouco com o Geir.

— Com o Angell ou o Gulliksen?

— Com o Angell — eu disse, e então peguei o telefone, fui até a sacada e fiz a ligação.

— Você sabe o que diz o *Dagbladet* de hoje? — ele me perguntou.

— Não — eu disse. — E puta que pariu, eu nem quero saber.

— Diz que você pode pegar dez anos de cadeia.

— Ah.

— Isso mesmo, ah. Primeiro a resenha do *Aftenposten* quis mandar você para a cadeia, e agora a do *Dagbladet*.

— Nesse exato momento eu não teria nada contra — eu disse. — Ir para a cadeia, enfim.

— Mas você já está preso, não?

— Ha ha.

— Como está a vida por aí?

— Melhor, para dizer a verdade. A Linda está melhor. Não muito, mas os detalhes sugerem que o pior já passou.

— Coitada — disse Geir.

— É — eu disse. — Ela está vivendo um inferno.

Desliguei. Quando voltei ao quarto, descobri que Linda tinha ido tomar banho. Me deitei na cama. Ela voltou ao quarto, escolheu as roupas no armário e se vestiu. Fomos dar um passeio no parque, estava chovendo, nos sentamos no muro de pedra sob as árvores gotejantes sem dizer nada e depois voltamos para casa e almoçamos. Ela colocou a louça na máquina de lavar, se deitou na cama e foi escutar música, eu escrevi umas linhas a respeito de Olav Duun. Me levantei depois de meia hora e fui dar uma olhada em Linda.

— Você quer alguma coisa? Um copo d'água, talvez? — eu perguntei.

Ela virou o rosto lentamente na minha direção.

— Não, obrigada — ela disse.

— Que música é essa?

— Não sei.

Ouvi um barulho na cozinha.

— É bom que você esteja ouvindo música — eu disse. — Uns dias atrás você não conseguia. Você está melhorando. Aos poucos, mas assim mesmo...

Eu sorri. Linda me olhou.

— Tudo vai ficar bem — eu disse.

Linda me olhou.

— Eu te amo — eu disse.

Linda me olhou. Todas as minhas ações e palavras sumiam naquele olhar.

Ela virou o rosto para trás e olhou para o teto.

— Vou escrever mais um pouco — eu disse. — Daqui a pouco eu volto.

Minha mãe voltou para casa, Ingrid voltou para casa e o verão chegou. Linda começou a passar várias horas seguidas de pé, voltou a ler, passou a fazer mais atividades com as crianças e de forma quase imperceptível voltou a participar da vida conosco, e, mesmo que ainda tivesse um temperamento pesado e escuro, a diferença era grande, a família já não era mais uma coisa distante da qual ela tinha um rápido vislumbre no final do dia, mas uma coisa da qual ela participava. Entrei na internet e comecei a procurar casas de veraneio em Österlen. Precisávamos sair do apartamento, mas não conseguiríamos fazer uma viagem grande, então Österlen seria o lugar perfeito, uma vez que ficava a apenas uma hora de carro.

Descobri uma casa para alugar, liguei para a proprietária, fiz o depósito na conta dela, aluguei um carro por uma semana e então o enchemos de malas e fomos para o litoral leste. O vilarejo chamava-se Hammar, a casa ficava no pé de uma encosta íngreme, e do outro lado, fora da nossa vista, estava o mar. Estacionamos o carro em frente à casa, cumprimentamos a proprietária, que nos mostrou os pequenos cômodos onde havíamos de morar, eu levei a bagagem para dentro e depois subimos a encosta para olhar a paisagem. O sol brilhava e o céu estava totalmente azul. A encosta era verde, e o mar que se estendia à nossa frente cintilava em meio à bruma. Descemos pela duna íngreme e alta, com uns trinta metros de altura. A princípio Linda não quis, mas eu a segurei pela mão e a guiei. Quando chegamos à praia lá embaixo, que estava completamente deserta e estendia-se por quilômetros para os dois lados, sentamo-nos lado a lado enquanto as crianças molhavam os pés na água.

Linda estava em silêncio, mas presente; ela estava lá. A duna era íngreme demais para que Linda e as crianças pudessem subi-la, então na volta fomos andando pela margem até que a encosta se tornasse baixa o suficiente, e então seguimos uma trilha que subia por uma encosta gramada, pulamos uma cerca e voltamos ao topo. O cenário mais abaixo era totalmente plano e repleto de terrenos e casas até onde a vista alcançava. Fiquei contente ao ver aquilo e ao percorrer o trajeto de carro. No ano anterior havíamos passado um tempo por lá, primeiro alugando um carro e dando umas voltas aos finais de semana, depois participando das mostras de casas à venda. Estávamos à procura de uma casa de veraneio onde pudéssemos passar os fins de semana e o veraneio. Eu amava aquele cenário, não apenas o que estava lá, com os campos ondulantes e as casas compridas e baixas, mas também o pedaço que vinha mais além, cheio de lagos e florestas. Aquele não era o meu lugar, era uma coisa que não existia em mim, e talvez a atração estivesse justamente nisso.

Voltamos à casa para jantar, as crianças se deitaram e eu e Linda sentamo-nos no lado de fora enquanto a noite caía e uma árvore próxima se enchia de corvos que chegavam de todos os lados, deviam ser mais de cem, a árvore inteira ficou preta e o ar se encheu de sons roucos.

No dia seguinte passamos duas ou três horas na praia antes de pegar o carro e ir a Simrishamn almoçar. Ao lado do restaurante havia uma corretora de imóveis, entramos e pegamos um prospecto com todas as casas à venda na região. No caminho de volta fizemos uma visita, a casa era bonita, mas ficava afastada no meio da planície e dava uma impressão de frieza e isolamento. De volta a casa, grelhamos salsichas enquanto assistíamos à Copa do Mundo e depois fomos para a cama. Esse foi o padrão que seguimos durante aquela semana. Praia, cidade, visitas a imóveis, salsichas grelhadas, Copa do Mundo.

No terceiro dia, a caminho de Simrishamn, Linda riu no banco de trás do carro. Me virei depressa.

— Fazia tempo que eu não ouvia esse som — eu disse.

No quarto dia, durante a tarde, fomos visitar uma casa que ficava em um vilarejo alguns quilômetros em direção ao continente. Quando chegamos à estrada que dava acesso ao lugar pensei que não seria uma opção para nós, porque aquilo era claramente um condomínio residencial, e nós queríamos uma casa de veraneio, um lugar independente e só nosso, que não se parecesse em nada com o inferno da colônia de jardins.

Paramos em frente à casa, Linda disse que não havia por que entrar, uma vez que não era o que estávamos procurando, eu disse que como já estávamos lá não custaria nada dar uma olhada.

Descemos do carro e demos a volta.

Aqui, porra, eu pensei.

Havia duas casas dispostas em um ângulo de noventa graus uma em relação à outra, como um pequeno L. Uma terceira casa, bem menor do que as outras duas, também ficava no terreno.

Entre as casas havia um jardim grande e antigo. Devia ter no mínimo cinquenta anos. Em certos pontos estava completamente tomado pela grama alta, mas assim mesmo era bonito, e perfeito para as crianças, já que era composto de várias partes distintas ligadas umas às outras como em um labirinto.

— O que você acha? — eu perguntei, olhando para Linda.

— É bonito — ela disse.

— Eu achei incrivelmente bonito — eu disse. — Vamos comprar?

— Pode ser — ela disse. A indiferença na voz estava mais relacionada ao temperamento dela do que à casa, pensei. John se esqueceu da pistola d'água no jardim, e isso era um sinal, teríamos que voltar. Combinei uma visita com a corretora de imóveis e dois dias mais tarde estávamos novamente lá. Dissemos que pensaríamos a respeito. Voltamos para casa, passamos uns dias por lá e depois pegamos um voo à Noruega para passar duas semanas com a minha mãe, e a essa altura Linda já estava seguindo na direção oposta, em direção à leveza e à alegria, falando muito, rindo muito, tendo muitas ideias e bastante força, e tudo parecia bem, nada era demais.

Liguei para a corretora de imóveis e fiz uma oferta pela casa. Houve uma rodada de lances, eu estava me lixando para o dinheiro, simplesmente queria a casa para mim, e dois dias mais tarde ela foi nossa. Estaria à nossa disposição em outubro.

Naquele mesmo verão Hallstein, o primo da minha mãe, ligou para ela e perguntou se eu poderia participar de um evento que ele estava organizando, eu aceitei o convite, porque tinha imaginado um evento literário na antiga leiteria transformada em museu de arte em frente à casa da minha mãe, com talvez cinquenta ou sessenta pessoas; os vilarejos ao redor do Jølstravannet eram pequenos e localizavam-se a mais de vinte quilômetros de Førde, o centro do condado, que tampouco era grande.

No dia antes da minha leitura eu mal havia pensado a respeito do assunto, mas horas antes do início do evento já havia carros estacionando no lado de fora. Quando calcei os meus sapatos, dei a volta na casa da minha mãe e atravessei a estrada com o livro na mão, dei de cara com um grupo de jornalistas e fotógrafos. Havia câmeras de filmagem e máquinas fotográficas que não paravam de disparar os flashes. Todos estavam à minha espera.

— Como você usou todo o dinheiro? — perguntou-me um dos repórteres.

— Eu comprei uma máquina de lavar louça, uma secadora, uma máquina de lavar roupa e uma TV — eu disse.

Hallstein me pegou pela mão e me acompanhou ao interior do museu. O lugar estava lotado.

— Você acha que dá tempo de fumar um cigarro? — eu perguntei.

— Dá — ele disse.

Os jornalistas se amontoaram novamente ao meu redor. Muitas perguntas. Mais atrás, minha mãe, Linda e as crianças atravessavam a estrada. Todos pararam a uma certa distância e ficaram olhando para aquilo. As crianças me encararam com um olhar de admiração. Heidi disse que achava que eu ia cantar. Um repórter do *Verdens Gang* tirou uma fotografia das crianças sem que eu percebesse e a publicou na edição do dia seguinte. Eu liguei para Elisabeth e perguntei se aquilo era legal. Quanto a mim, eu não poderia fazer nada, porque tinha escrito a respeito de outras pessoas e portanto não tinha mais nenhum direito no que dizia respeito à minha própria vida. Eu não gostava dessa situação, mas assim mesmo a aceitava. Elisabeth retornou minha ligação, ela tinha falado com o pessoal do *Verdens Gang* e eles haviam prometido que não tornariam a usar a fotografia. Minha mãe tinha comprado os jornais para ler a cobertura, Vanja se viu no jornal e ficou brava, porque disse que estava feia de óculos. Você é a menina mais linda do mundo, eu disse, mas não adiantou, os olhos dela continuaram apertados e sem brilho até que todos os pensamentos acerca de jornais e TV se dissipassem na realidade real daquela pequena praia, onde as crianças tomavam banho na companhia de golfinhos infláveis.

Na tarde anterior eu tinha feito uma leitura e falado sobre a minha relação com Jølster, um lugar onde eu tinha escrito partes de todos os meus livros e que aparecia em tudo que eu havia escrito. Enquanto eu falava, Vanja estava sentada no fundo da plateia, olhando para mim. Hallstein fez umas perguntas, depois eu dei autógrafos e atravessei a estrada para voltar para casa, onde estavam todas as pessoas da família da minha mãe que tinham comparecido ao evento.

Tinha sido absurdo, porque eu passava o verão naquele lugar havia praticamente vinte anos e nunca ninguém tinha demonstrado qualquer tipo de interesse pelo que eu dizia ou escrevia, e de repente havia câmeras por toda parte enquanto eu atravessava a estrada.

* * *

Eu e Linda fomos à montanha no dia seguinte para passar a noite em uma cabana. O rio no meio do vale, as montanhas de ambos os lados, os picos brancos sob o céu cinzento junto à água cerca de três quilômetros adiante. Não havia sequer uma pessoa ao redor, apenas eu e Linda sentados à mesa no lado de fora da cabana, a floresta densa que se estendia à nossa frente, abetos e pinheiros.

Contei a ela sobre o verão em que eu ia começar meus estudos na Skrivekunstakademiet, quando passei uma semana totalmente sozinho naquele mesmo lugar tentando escrever. Contei a ela que meu avô tinha cortejado a minha avó pela primeira vez naquele lugar. O sol se pôs, estávamos sentados do lado de fora, conversando ao crepúsculo, rodeados pelo murmúrio da cachoeira mais além na floresta.

Linda tinha se tomado de encanto pela natureza de Vestlandet desde a primeira visita, quando, quase desmaiando com a beleza dos fiordes e das montanhas, havia feito uma visita à minha mãe para gravar um programa de rádio sobre o Dezessete de Maio na Noruega. Linda começou a me contar sobre essa vez. Elas tinham visto golfinhos no fiorde, esse era um bom sinal, de acordo com a minha mãe, e tinham visto um cervo na floresta, e esse também era um bom sinal. Na época Linda estava grávida de Vanja, mas ainda não sabia. Anfinn, que era casado com Alvdis, a irmã da minha mãe, era filho de um comerciante de cavalos, forte e atarracado como um urso, tinha contado histórias da época em que era baleeiro, e mostrou toda sorte de objetos estranhos que tinha guardado daquela época. Desde então tínhamos feito visitas a eles em todos os verões, e os dois tinham comparecido ao batismo de Vanja e de John, mas naquele inverno Anfinn tinha falecido. A cabana que estávamos alugando era a cabana deles. Falei sobre Borghild, a outra irmã da minha mãe, que também já tinha falecido naquela altura, mas que sabia tudo o que se podia saber a respeito da família, tanto sobre as pessoas que ainda existiam como sobre aquelas que outrora tinham existido. Falei que eu e Tore havíamos passado um tempo lá, escrevendo o manuscrito de um filme, e depois tínhamos descido para fazer uma visita a Borghild, que havia olhado para Tore através de uma lupa que deixava o olho dela enorme.

Aquele era precisamente o cenário que eu havia descrito em *En tid for alt*, e também o cenário onde eu tinha ambientado a história de Caim e Abel e da arca de Noé. A montanha de Ålhus em Jølster e Sørbøvåg ao pé do Lihesten em Ytre Sogn. Meu avô e minha avó estavam lá, e também Ingrid, a mãe de Linda, e eu e Linda e Yngve, porém todos com nomes bíblicos que eu havia retirado de uma árvore genealógica que eu já nem recordava.

Eu tinha mantido um relacionamento com aquele cenário desde as minhas lembranças mais antigas, mas aquele lugar não era meu, não era onde eu me sentia em casa. Talvez porque eu tivesse exigências muito severas em relação ao que queria dizer sentir-se em casa. Eu tampouco sentia que Kristiansand fosse a minha casa, e, embora eu tivesse laços com o cenário de Tromøya, a sensação era que eu não tinha o direito de chamá-lo de meu, porque tínhamos nos mudado para lá. Eu tinha sentido falta disso ao longo da minha vida inteira, de vir de um lugar, de ter um lugar que fosse a minha casa, de poder chamar um lugar de casa. Geir A. costumava dizer que a definição de casa era um lugar onde ninguém pode negar entrada a você. E então costumávamos discutir se o certo era Hell is home ou Home is hell. O hábito de relacionar a minha casa a um cenário e não a uma situação era o traço mais reacionário do meu caráter, e também aquele com raízes mais profundas em mim.

No dia seguinte pusemos as crianças no carro e fomos dar um passeio no vale atrás da casa da minha mãe, estacionamos no ponto onde a estrada acabava então e caminhamos até não aguentar mais, paramos para fazer um lanche e beber café e depois voltamos. As crianças tinham crescido em Malmö e não tinham muita proximidade com montanhas e cachoeiras, porém mesmo assim olharam para tudo aquilo como se fosse normal, embora ao mesmo tempo parecessem estar meio confusas e desorientadas sob a imensidão das montanhas e a profundidade do céu.

Linda começou a sentir-se desanimada outra vez, passou a falar cada vez menos, e quando fizemos uma visita a Jon Olav e Liv e à família deles ela não disse praticamente nada. A caminho de Malmö fizemos uma visita rápida ao meu velho amigo Ole e a Brita, a namorada dele, em Bergen; eu não os via desde a nossa mudança para a Suécia, e a única mácula na minha alegria de falar novamente com Ole foi o desânimo de Linda. Mas apesar disso ela não estava nem perto das profundezas a que havia chegado. Horas antes de o nosso avião partir eu pedi um táxi, e a mulher que atendeu o telefone na central perguntou se eu era aquele escritor. Eu disse que sim e me odiei por isso. O táxi era uma van, as crianças acharam muito empolgante que tivéssemos uma van inteira para nós. No aeroporto de Flesland as pessoas ficaram me olhando, e muitas se aproximaram para fazer um comentário sobre os meus livros. Uma dessas pessoas, uma mulher de quase sessenta anos, disse que tinha feito viagens a todos os lugares de Sørlandet que eu havia descrito.

— Como a Vanja e a Heidi estão grandes! — ela disse, rindo.

— É — eu disse.

— Mas eu não quero tomar o tempo de vocês. Boa viagem de volta! Vocês estão voltando para Malmö, não?

Fiz um gesto afirmativo com a cabeça.

— Até uma próxima — eu disse sorrindo.

Vanja olhou para mim.

— Você conhecia essa mulher, papai? — ela me perguntou.

— Não — eu disse. — Nunca a tinha visto.

— Mas então como ela sabia quem a gente era? — ela me perguntou.

— Eu escrevi um livro onde vocês aparecem — eu disse.

— Você escreveu um livro sobre a gente? — ela perguntou.

— Escrevi.

— E o que diz esse livro?

— Um monte de coisas esquisitas — eu disse. — Você vai poder ler o livro quando crescer.

Passamos pelo controle de segurança, as pessoas ficaram nos olhando. Já na zona de embarque fomos ao quiosque do Narvesen comprar brinquedos que as crianças pudessem levar no avião. Meu rosto estava por toda parte. Havia edições de bolso que eu ainda não tinha visto com a fotografia do meu rosto tirada por Thomas na capa.

— Papai, é você! — disse Heidi, apontando o dedo.

— É, é mesmo — eu disse.

De volta em casa retomei o trabalho. Vanja começaria a escola em poucas semanas, e tinha conseguido autorização para frequentar o jardim de infância até lá. Havíamos prometido a ela um quarto individual assim que entrasse para a escola, e, como o único cômodo extra que tínhamos era o meu escritório, eu já tinha levado a minha escrivaninha e todos os meus livros para uma das salas. Mas eu não tinha feito mais do que isso. O quarto ainda precisava ser pintado e uma escrivaninha, uma cama e um armário novos precisavam ser comprados, bem como os quadros que Vanja quisesse pôr nas paredes. O plano era pintar tudo no fim de semana e depois ir à IKEA no fim de semana a seguir, para que tudo estivesse pronto na segunda-feira quando a escola começasse. Vanja estava nervosa com a ideia de que o quarto pudesse não estar pronto, mas eu tinha garantido a ela que tudo estaria pronto na véspera do primeiro dia de escola.

O abatimento de Linda dissipou-se já ao fim de uns poucos dias, e tudo voltou ao normal em nossa casa. Linda disse que poderia levar e buscar as crianças para que eu pudesse trabalhar sem interrupções. Fiquei contente. Eu me levantava às seis da manhã, ia direto para a sala, fechava as portas e começava a trabalhar, mal ouvindo quando os outros se levantavam e saíam; depois eu dava oi para todo mundo quando as crianças voltavam para casa, jantava e continuava trabalhando até as dez.

Linda recebeu a visita de uma amiga de Estocolmo, as duas se conheciam havia quinze anos ou coisa parecida, desde a época em que Linda havia trabalhado no Stadsteatern de Estocolmo. A amiga era diretora de teatro e não muito tempo atrás tinha feito um curta-metragem a partir de um script de Linda. Ela levou junto o filho de um ano e tinha pensado em passar uma semana conosco. Mal os vi, porque eu ficava sentado na sala desde a hora em que acordava até a hora em que eu ia me deitar. Lançar o último romance naquele outono ainda era possível se tudo saísse de acordo com o plano.

— Ela é uma pessoa incrível — Linda disse a respeito da amiga uma noite em que tivemos uns minutos a sós. — Uma pessoa que faz as coisas acontecerem. Quando ela decide fazer uma coisa, sempre dá resultado. É o exato oposto de mim. Mas podemos nos ajudar. Já tivemos um monte de ideias. É maravilhoso recebê-la aqui em casa.

— Que bom — eu disse.

— E ao mesmo tempo você pode trabalhar à vontade — ela disse.

— É — eu disse. — Você está sendo generosa. Não pense que eu não percebo.

Houve uma tarde em que eu fui conferir os meus emails no quarto e topei com as duas no corredor; elas tinham ido às compras.

— Tudo isso estava em promoção — disse Linda. — E além disso eu nem comprei tanta coisa assim.

— Relaxe — eu disse. — Eu nem disse nada.

— Quando estou com ela — disse Linda, fazendo um gesto de cabeça em direção à amiga —, eu me sinto totalmente à vontade. Ela me conhece tão bem! Sabe exatamente o que é bom e o que é ruim para mim.

A amiga sorriu.

— A Linda deixou os funcionários de todas as lojas deslumbrados. Tive até que me afastar. Fiquei muito envergonhada!

Linda riu.

— Foi por isso que você saiu? Mas, enfim — ela disse, tornando a olhar para mim. — Nada de muito caro e nada de muito exagerado. Você quer ver?

— Agora não, prefiro ver mais tarde — eu disse, e então voltei ao escritório.

O apartamento estava novamente tapado de coisas, o chão da sala estava quase totalmente coberto por brinquedos, roupas e toalhas, e o mesmo valia para o quarto das crianças e o corredor. Claro que eu não podia dizer nada, porque aquilo também era minha responsabilidade, e numa situação normal eu talvez pensasse que tudo poderia ficar daquele mesmo jeito até o dia em que resolvêssemos fazer um mutirão, porque eu precisava trabalhar, não podia desperdiçar duas ou três horas, mas quando tínhamos visita era diferente, eu sentia vergonha daquilo tudo.

Falei com Linda.

— Não pense nela! — ela disse. — Ela está acostumada com a bagunça. Não tem problema nenhum. E nós também estamos ocupadas. Temos um monte de planos. E acho que vão dar resultado. Ela sempre leva adiante as coisas que se propõe a fazer. Ela faz muito bem para mim.

Havia em Linda o tom que se revelava toda vez que estava bem, mas que por um motivo ou outro pareceu mais forte naquele momento. Um tom meio descompromissado, despreocupado, que trazia em si um elemento meio infantil, não muito, apenas um leve toque, que no entanto era suficiente para que eu o achasse incômodo, porque nessas horas eu não tinha mais contato com ela, nessas horas não estávamos no mesmo pé. Às vezes eu dizia isso para Linda, ela simplesmente dava um sorriso e dizia que entendia o que eu queria dizer e que tentaria estar mais presente. Durante a infância Linda sempre tinha sido meio precoce, ela enxergava o interior dos adultos e mantinha-se calma em meio àquela existência caótica, era isso o que eu tinha entendido a partir das coisas que ela me contava, mas principalmente a partir das coisas que escrevia, em que personagens precoces eram recorrentes. Na idade adulta o contrário parecia estar acontecendo, em vez de agir como uma criança no papel de adulto, Linda agia como um adulto no papel de criança. Ah, na verdade não havia muito disso, apenas um pequeno, pequeno bocado, uma parte dela que deixou de se preocupar com as consequências, que já não se importava muito em descobrir se aquilo que se dizia era ou não era verdade, pequenas distorções da realidade que faziam do mundo um lugar mais divertido, mais lúdico, maior. Quando ela levava as crianças para esse mesmo lugar e dizia coisas que as crianças não deviam ouvir ou saber, e eu a criticava, ela se corrigia e na mesma hora dizia: o papai tem razão, foi uma bobagem minha.

Esse elemento da personalidade de Linda era para mim desconhecido, eu nunca o tinha visto antes daquela primavera, quando chegou de repente, e não foi nada bom para nós, porque assim eu assumi um papel em relação a ela, tornei-me uma pessoa que a corrigia e estabelecia limites, e isso era a última coisa que eu queria na minha vida. Durava uns dias, talvez uma semana, ela parecia leve como a própria luz, e então esse traço sumia da personalidade dela como um cometa some do céu estrelado. Logo ela voltava a ser "normal", voltava a ser "Linda". Era mais fácil relacionar-se com os períodos em que a escuridão tomava conta dela porque isso não atingia a pessoa que ela era, nosso contato era bom mesmo que ela parecesse abatida. A situação de ser continuamente elevada às alturas para em seguida ser jogada nas profundezas quase a despedaçava, porque quase a impedia de trabalhar, por exemplo, e obrigava-a a estar em lugares onde não gostaria de estar.

Assim como Linda, eu estava feliz com a visita da amiga, que era poucos anos mais velha do que eu, segundo me parecia, e uma pessoa adulta e responsável que realmente gostava de Linda e tinha visto o suficiente naquela vida para compreender as qualidades incomuns que ela tinha. As duas realmente sentiam-se bem no meio da bagunça, eu as ouvia conversando e rindo juntas, discutindo e fazendo planos. Linda fazia tudo com as crianças, tive a impressão de que gostaria de compensar o tempo que havia passado deprimida e incapaz de fazer o que quer que fosse.

Houve uns episódios levemente inquietantes. Por duas vezes Linda falou a meu respeito com a amiga, ela não sabia que eu estava por perto e jamais diria o que disse nesse caso, porque o tom era de confidência, e de confidência em relação à amiga, não a mim. Para mim a pior coisa que existia era saber que outras pessoas estavam falando a meu respeito, o que era desagradável em si mesmo, embora não inquietante. A parte inquietante foi Linda não ter se dado conta de que eu podia ouvir. Um dos episódios foi no corredor que levava ao quarto enquanto eu estava deitado na cama do outro lado da porta, e ela sabia disso, então como poderia ter feito um comentário secreto a meu respeito com voz alta a três metros do lugar onde eu estava? O segundo episódio foi parecido, as duas estavam na sacada, eu estava na outra sala e ouvi Linda dizer em voz alta que era para deixar tudo como estava, aquilo era problema do Karl Ove. O que me incomodou não foi Linda ter dito qualquer uma dessas coisas, mas tê-las dito como se as duas estivessem completamente a sós. Ela simplesmente tinha parado de levar em conta as consequências.

Na manhã seguinte, quando eu estava trabalhando numa das salas, de repente ouvi um estrondo repentino na outra. Linda tinha colocado um disco para tocar. Eram quinze para as seis, e a música estava realmente alta. "Forever Young", o velho hit dos anos 1980, era isso o que ela tinha colocado para tocar naquela hora da manhã.

Fui praticamente desesperado até o aparelho de som e o desliguei.

— O que você está fazendo? Você sabe que horas são?

Linda me olhou.

— Já são quase seis horas. Relaxe. Nem estava tão alto.

Linda me olhou como se fosse uma adolescente e eu fosse o pequeno-burguês mais limitado que já tivesse visto. E talvez ela tivesse razão.

— O que você está fazendo de pé a essa hora, afinal? Vocês não foram se deitar tarde ontem?

— Fomos. Mas eu não consegui dormir. Minha cabeça está muito cheia de coisas. Eu comecei uns projetos. E além disso você fica bravo quando eu não consigo dormir e fico me virando na cama, e depois as crianças vêm e pedem água ou simplesmente se deitam na nossa cama.

— Eu não fico bravo. Afinal, eu estou dormindo.

— Você dorme independente do que esteja acontecendo. Mas eu não. E depois você resolve ir à cozinha fazer um lanche de madrugada e sai batendo as portas.

— Mas você não pode se deitar aqui na sala à noite? Sozinha? Assim você talvez consiga dormir.

— As crianças acabam me encontrando — disse Linda. — Elas não querem saber de você durante a noite. Só de mim.

— E isso por acaso é culpa minha? — eu perguntei.

Linda me olhou e revirou os olhos.

— Você sabe mesmo como é não dormir? — ela perguntou.

— Não — eu disse. — Infelizmente não sei.

Esse era um dos nossos assuntos recorrentes.

— Bem, eu preciso trabalhar agora — eu disse. — Você não quer tentar dormir mais um pouco? Pelo menos até o John acordar?

— Está bem, pode ser então — ela disse, como se estivesse fazendo aquilo somente por minha causa.

Linda tinha se deitado tarde e acordado cedo, mas assim mesmo estava cheia de energia. Estava radiante. Passei pela cozinha às nove da noite e ela estava lá com um chapéu preto como os dos jogadores de boliche e umas roupas que eu nunca tinha visto. Parecia uma artista de teatro de variedades ou coisa parecida. Ela riu para a amiga e, quando percebeu a minha presença, se virou para mim com o olhar cheio de brilho.

Eu me deitei, adormeci na mesma hora, porque havia trabalhado o dia inteiro, e acordei com um estrondo, era Linda entrando no quarto.

— Será que você não pode ser um pouco mais discreta? — eu perguntei. — Eu estava dormindo.

— Era só o que me faltava! — ela disse. — Puta merda, essa agora foi de matar!

Ela tornou a sair e bateu a porta com força.

Me levantei e fui atrás dela. Linda tinha se deitado ao lado de Vanja, na cama dela. Parei junto à porta. Ela me observava com olhos que brilhavam em meio à escuridão.

— Linda, venha se deitar — eu disse. — Não falei aquilo de propósito. Eu simplesmente estava dormindo e acordei meio de repente.

— Não — ela disse. — Essa noite eu vou dormir aqui.

— Por favor. Venha dormir comigo.

— Não.

Quando me levantei na manhã seguinte, Linda estava sentada na cozinha com uma caneca de chá. Eram cinco horas.

— Você não dormiu nada? — eu perguntei.

— Não — ela disse. — E agora estou exausta. Quero tanto dormir!

— Entendo — eu disse.

— Eu tenho uma consulta com a minha médica hoje — ela disse. — Talvez ela possa me dar um remédio para dormir mais forte.

— É — eu disse.

— Você vai comigo?

— Você acha que precisa?

Linda me olhou.

Fiz um gesto afirmativo com a cabeça.

— Claro que eu vou com você. A que horas é a consulta?

— Às onze.

— Tudo bem — eu disse.

Saímos um pouco antes das dez e meia. Linda acendeu um cigarro junto do portão, olhou para mim e soltou a fumaça devagar.

— Vamos, então? — ela perguntou.

Acenei a cabeça.

Ela começou a andar e eu precisei caminhar o mais depressa que conseguia para acompanhá-la. O rosto dela tinha uma expressão decidida, os passos eram rápidos.

Atravessamos a rua de passeio, a ponte e o pequeno parque no lado direito.

— Eu pensei numa coisa — ela disse, acendendo mais um cigarro. — Talvez fosse uma boa ideia eu me internar por uma única noite. Na clínica vão poder me dar remédios mais fortes para dormir. E lá eu vou ter silêncio e tranquilidade. Nada de crianças. O que você acha? Vai ser como uma estadia em um sanatório. Vão me dar cama e comida e alguém que cuide de mim para que eu possa dormir.

— Está tão ruim assim? — eu perguntei. — Você está muito exausta?

— Eu nem sei dizer o quanto preciso dormir — ela disse.

— Então faça assim — eu disse. — Com certeza vai ser bom para você.

— É o que eu acho — ela disse.

Estávamos um pouco adiantados, então tomamos um café no 7-Eleven próximo ao consultório. Linda estava decidida, e eu pensei na imagem que ela frequentemente usava em seus escritos, ela como um soldado. Jaqueta de couro preta, calça jeans preta, sapatos pretos. Uma pequena mochila nas costas. O rosto pálido e decidido.

— Diga para as crianças que vou dormir na casa da Jenny esta noite — ela disse.

— É, pode ser uma boa ideia — eu disse.

A amiga também ia embora naquela tarde, então tudo se encaixava.

— Mas agora temos que ir — eu disse.

A médica saiu do consultório assim que nos sentamos na sala de espera. Ela tinha exatamente a mesma aura de quando a vi pela primeira vez. Uma aura de cortesia, dedicação e profissionalismo impessoal. Imaginei que eu também devia parecer o mesmo, embora Linda fosse completamente outra pessoa. Da outra vez tudo se passava lentamente, cada movimento era um esforço. Naquele momento ela tremia de impaciência e de vontade ao sentar-se. Nada acontecia rápido o suficiente. Ela começou a falar antes mesmo de a médica estar sentada.

— Você disse que sempre tinha alguém aqui — ela disse. — Alguém com quem eu pudesse falar. Mas eu liguei para cá e você estava de férias. E não tinha mais ninguém com quem eu pudesse falar! Isso foi péssimo! Eu precisei de você! Eu precisei mesmo de você!

Linda começou a chorar.

Eu não entendi nada e olhei para ela e depois para a médica, que estava anotando qualquer coisa no bloco de anotações.

— Eu lamento muito — disse a médica. — Foi um mal-entendido. Você devia ter falado com o meu colega.

— Não é o bastante — disse Linda. — Eu senti tanto medo!

Ela soluçava.

— Eu senti tanto medo! — ela repetiu.

A médica olhou para Linda sem dizer nada.

— Como você está agora? — ela por fim perguntou.

— Tudo está acontecendo cada vez mais rápido — disse Linda. — É como se a qualquer momento eu não conseguisse mais acompanhar, se é que você entende.

— Você tem dormido?

— Não. Eu praticamente não durmo. Eu não posso me internar e ganhar uns remédios fortes para dormir na clínica de internação? Por uma noite só?

A médica acenou a cabeça.

— Eu acho que é uma boa ideia — ela disse. — Eu posso arranjar isso agora mesmo, e você pode ir daqui direto para lá se quiser.

— Eu só preciso ir em casa pegar umas coisas.

— Claro. Mas é uma boa ideia, Linda. Acho que vai ser bom para você.

Tentei entender o que estava acontecendo enquanto as duas conversavam. Por que Linda tinha começado a chorar de repente? Para mim ela não tinha dito uma palavra sequer a respeito daquele medo, nem mostrado nada daquilo que estava mostrando naquele momento.

A médica informou a unidade a que ela devia se dirigir. Linda também recebeu um cartão com o endereço. As duas marcaram a data para uma nova consulta, que também foi anotada em um cartão.

— Se houver qualquer problema, peça que liguem para mim — ela disse. — Mas eu vou organizar tudo a partir daqui mesmo, para que saibam que você está chegando.

Nos levantamos, apertamos a mão da médica e voltamos à rua.

Linda estava novamente alegre.

— Eu volto para casa amanhã de manhã. As crianças nem vão notar que eu não passei a noite em casa.

— Não tem nenhum problema — eu disse.

Andamos depressa pelas ruas, ela animada, eu confuso, mas de certa forma também sossegado, talvez em função da maneira como a médica tinha recebido a ideia de Linda. Passar a noite em uma clínica psiquiátrica tinha parecido uma coisa natural, então claro que tudo poderia ser feito daquela maneira.

Linda preparou uma mochila com roupas, se despediu da amiga e de mim, eu não precisei acompanhá-la, ela simplesmente pegou um táxi e desapareceu no elevador com um sorriso no rosto.

Comecei a organizar o apartamento. A amiga de Linda me ajudou. Nunca tínhamos nos falado a sós, e foi isso o que começamos a fazer naquele momento. Contei o que Linda tinha dito, que ela mesma tinha a casa bagunçada também e nem ao menos notava. A amiga riu e disse que Linda bem que gostaria que fosse assim, mas que simplesmente projetava os próprios desejos nela. Uma vez Linda tinha ido a Estocolmo visitá-la, a amiga me contou, já fazia muitos anos, estava animada como nos últimos dias e havia tomado banho de banheira com a filhinha dela e mais ou menos exigido receber o mesmo tipo de tratamento que a menina.

O que eu não entendia era como a amiga podia aceitar uma coisa dessas. Ela tinha aceitado naquela ocasião e depois aceitado outra vez em nossa casa. Mas aquela não era Linda. E eu não dava espaço a uma pessoa que não fosse Linda. Eu não queria vê-la. Mas pelo visto a amiga não tinha exigências quanto à autenticidade.

Fomos trabalhando de cômodo em cômodo enquanto falávamos sobre Linda e o pai de Linda, ela e o pai dela, eu e o meu pai. Tive a impressão de que a amiga sabia coisas que eu não sabia. Eu não entendia nada daquilo que se relacionava às transgressões de Linda, para mim era um campo desconhecido, e eu me sentia preconceituoso, limitado e infinitamente reles.

Quando terminamos de arrumar o apartamento a amiga fez a mala, pegou no braço o filho, que tinha brincado sozinho enquanto trabalhávamos e apenas de vez em quando parecia estar no mesmo lugar que nós, colocou-o no carrinho e saiu rumo à estação de trem.

Foi estranho ficar sozinho. Em geral eu gostava, mas naquele momento Linda não estava passeando em um lugar qualquer, mas internada em uma clínica psiquiátrica, e por um motivo ou outro isso fez com que eu me sentisse só.

Pela primeira vez pensei que em geral eu não fazia as coisas sozinho, mas sempre com Linda ao meu lado.

Abri a geladeira, joguei fora tudo o que estava vencido e depois fiz a mesma coisa nos armários. Depois peguei um pacote de filés de frango no freezer, coloquei-o para descongelar em cima de um prato, guardei a louça que estava na máquina de lavar e fumei um cigarro na sacada antes de sair para buscar as crianças. Era sexta-feira, o nosso dia de tomar sorvete, então fomos à cafeteria do shopping center, como de costume.

— A mamãe não está em casa — eu disse. — Esta noite ela vai dormir na casa da Jenny.

1016

— Por quê? — Vanja perguntou, enfiando na boca a colher de plástico laranja cheia de sorvete azul repleto de finas listras azuladas enquanto olhava para mim.

— Ela está trabalhando — eu disse.

— E ela vem para casa amanhã? — Vanja perguntou.

— Vem — eu disse.

— O que vamos fazer amanhã? — ela perguntou.

— Não sei — eu disse. — O que vocês querem fazer?

— Ir para o Folkets Park! — disse Heidi.

— Não, é chato — disse Vanja.

— Não é não — disse Heidi.

— Pode ser — eu disse. — Mas não precisamos decidir nada agora.

— Parque de diversões — disse John.

Eu sorri.

— Assim fazemos um pouco de tudo — eu disse.

— Eu quero! — disse Vanja.

— Eu também! — disse Heidi.

— Combinado, então.

Quando coloquei as crianças para dormir, aquele estranho sentimento de estar só retornou. Assisti a um pouco de TV, me deitei cedo, acordei com barulhos na cozinha, era John mexendo nas coisas, ele tinha arrastado uma cadeira até o balcão, aberto a torneira e enchido a cuba com detergente.

Preparei o café da manhã para ele, depois para Heidi, quando ela se levantou, e por fim para Vanja. Era sábado, as crianças passaram a manhã assistindo a desenhos animados enquanto eu lia os jornais sentado em uma cadeira ao lado. Às sete e meia o telefone tocou. Era Linda.

— Como foi? — eu perguntei.

— Maravilhoso — ela disse. — Eu nunca tinha dormido tão bem. E os funcionários foram muito simpáticos comigo. As pessoas que trabalham aqui são incríveis. E como foram as coisas aí em casa?

— Bem. Quando você acha que chega?

— Ah, era sobre isso que eu queria falar. Os médicos disseram para eu passar mais uma noite aqui. Para que o resultado seja o melhor possível. Não me pareceu má ideia. Assim eu posso descansar de verdade.

— Acho que é um bom plano — eu disse. — Mas o que eu digo para as crianças? Talvez pareça meio estranho você passar duas noites seguidas na casa da Jenny sem aparecer em casa.

— Você não pode simplesmente dizer que eu estou na clínica?

— Posso, claro. Mas as crianças vão me perguntar o que aconteceu.

— Fale a verdade. Diga que estou aqui para dormir.

— Tudo bem. É o que eu vou fazer, então.

— Te amo tanto, Karl Ove!

— Eu também te amo — eu disse. — Quero que você passe um dia muito bom. Combinado?

— Combinado. Mande um beijo meu!

Desliguei e fui ao encontro das crianças. As três estavam distraídas com a TV e não perceberam a minha chegada.

— Foi a mamãe que ligou — eu disse. — Ela não vem para casa hoje.

— Por que não? — Vanja quis saber.

— Vocês sabem que ela estava tendo dificuldades para dormir, certo? Bem, agora ela está numa clínica para receber ajuda e dormir um pouco. E ela vai passar a noite lá.

— A gente pode fazer uma visita?

— Não, é só por mais uma noite. Amanhã mesmo ela vai estar de volta. E aí vamos todos ao parque de diversões.

O Folkets Park ocupava um lugar central na vida das crianças. Lá havia um grande lago artificial onde faziam a água chapinhar no verão e andavam de patins no inverno. Também havia um terrário por lá, onde entre outras coisas o papagaio do filme de Píppi Meialonga tinha passado o outono da vida, além de uns crocodilos que não se mexiam. Havia um pequeno quiosque de sorvete e um pequeno zoológico com porcos e coelhos. Havia um pequeno picadeiro, onde Vanja tinha andado a cavalo por uns meses ainda muito pequena, e um parquinho grande e bonito. Havia um café com pista de dança, e havia um clube de rock. Mas o maior atrativo de todos era o parque de diversões. Era um lugar de segunda categoria, mas as crianças não percebiam, e todas as vezes em que íamos ao parque durante o verão e a primavera tínhamos de combinar de antemão que não visitaríamos o parque de diversões. Aquele foi um dos poucos dias em que eu não dei esse aviso. Em vez disso, falei que cada um poderia escolher três brinquedos que quisesse. Se houvesse qualquer tipo de resmungo voltaríamos direto para casa, entendido? Sim, entendido. As crianças teriam me prometido qualquer coisa em frente ao portão.

— Eu quero andar no caiossel! — disse Vanja.

— Carrrrrossel — disse Heidi.

Vanja correu em direção a ela e eu precisei agarrá-la pelos braços e levantá-la.

— Vamos dar uma olhada antes de cada um decidir o que quer. Quem quer andar no minhocão?

— *Jag!* — disse John.

— *Inte jag* — disse Vanja.

— E os carros-choque?

— *Kan jag det?*

— Claro que pode. Mas você tem que ir sozinha, porque eu preciso cuidar da Heidi e do John. Você acha que consegue?

Vanja fez um gesto afirmativo com a cabeça. Logo depois ela estava dirigindo com um olhar meio assustado e meio deslumbrado. Depois andamos todos juntos no minhocão. E depois andei num dos carros antigos que deslizavam em cima de trilhos com John enquanto Vanja e Heidi nos olhavam. Por fim as duas resolveram andar em diferentes carrosséis. Quando terminamos, fomos todos ao parquinho, onde encontramos duas crianças do jardim de infância. Passei um tempo junto com os pais, que ficaram tomando conta das crianças enquanto eu saía para comprar um café, e quando voltei falamos um pouco sobre futebol, o homem de uma das famílias torcia para o Hammarby, que havia afundado na tabela como uma pedra no ano seguinte à conquista do título do Allsvenskan. Eu gostava dele, mas não o olhei nos olhos, porque ele tinha sido mencionado no segundo romance de uma forma não exatamente livre de problemas. O homem me parabenizou pelo sucesso, e eu compreendi que ele pelo menos não tinha sentido curiosidade suficiente para ler o livro em norueguês.

Levei meia hora para motivar as crianças a voltar para casa. Vanja estava muito quieta.

Não muito longe da Hemköp eu percebi o que a incomodava.

— Papai, por que eu não consigo dizer "r"? — ela perguntou. — A Heidi consegue. E eu sou mais velha do que ela.

— Eu também não conseguia quando eu era pequeno — eu disse.

— E quando foi que você aprendeu? — ela perguntou.

— Mais ou menos quando eu tinha a sua idade — menti.

— Eu não quero ir para a escola — ela disse. — Quero continuar no jardim de infância.

— Claro que quer — eu disse. — E, mesmo depois que você for para a escola, as coisas não acabam. É como no jardim de infância. Agora você é uma menina grande.

Fizemos compras e fomos para casa, as crianças assistiram a um filme, comeram pizza no jantar, tomaram banho.

Um coro que clamava pela mamãe se ergueu quando chegou a hora de pôr as crianças na cama.

— Ela volta amanhã — eu disse.

— Você promete? — Vanja me perguntou.

— Prometo — eu disse.

Na manhã seguinte acordei com o telefone tocando. Vi que eram seis da manhã e me levantei depressa para atender.

— Oi, sou eu — disse Linda. — Bom dia.

— Oi — eu disse.

— Como estão as coisas aí em casa? Como vocês passaram o dia ontem?

— Fomos ao parque de diversões — eu disse.

— O que as crianças estão fazendo agora?

— Dormindo.

— Ah, claro, é bem cedo ainda.

— É. E como você está? Quando você vem para casa?

— Foi muito bom. Eu só queria pegar mais umas coisas aí em casa. Em especial o computador.

— Eu perguntei quando você vem para casa.

— Não sei. Vamos ter que viver um dia de cada vez.

— Você não vem hoje?

— Disseram que talvez eu devesse ficar mais uma semana inteira por aqui. Então vamos ver.

Eu não disse nada.

— Lá está a Nanna. Oi, Nanna! Ela é uma pessoa incrível. Rígida, mas assim mesmo boa. Maternal. Você sabe. Uma pessoa que está sempre ao seu lado, não importa o que aconteça. Ela trabalha no turno da noite.

— Mas Linda... Você ainda vai ficar uma semana inteira por aí?

— Acho que vou. Mas é por vontade própria, então não estou presa aqui. Se eu quiser ir embora, eu posso ir embora. Mas está sendo muito bom para mim. É exatamente disso que eu preciso. Uns dias de paz e tranquilidade. Tem algum problema?

— Não, claro que não.

— Eu estou com muita fome. Estou esperando que comecem a servir o café da manhã. Foi por isso que eu liguei. Estou meio irrequieta por aqui. Se eu tivesse o computador, pelo menos poderia escrever.

— É — eu disse.

— Agora começaram a servir. Eu ligo mais tarde. Até mais, meu príncipe!

Desliguei, fui ao quarto e me deitei na cama. Do quarto das crianças veio um barulho estranho. Passaram-se uns segundos até que eu compreendesse o que era. Alguém estava levantando e baixando a maçaneta o mais depressa que podia. Me levantei. Alguém bateu na porta e gritou papai!, papai! Abri a porta. Era John. Ele tinha lágrimas nos olhos.

— Você não conseguiu abrir a porta? — eu perguntei.

— Não! — ele disse.

— Venha, vamos comer.

Me senti totalmente frio por dentro no tempo que passei sentado, olhando John comer. Eu não tinha entendido nada. Tinha acreditado que Linda havia procurado a clínica para dormir. Como se eu fosse uma criança. Eu tinha pensado que lhe dariam remédios para dormir em uma situação mais controlada, e que a euforia terminaria assim que ela tivesse dormido uma boa noite de sono. Só os deuses poderiam saber de onde eu havia tirado essa ideia, mas era o que eu tinha pensado.

Linda estava internada em uma clínica psiquiátrica, totalmente sozinha, e eu mal havia pensado nisso.

Mas eu era o marido dela, puta que pariu! O familiar mais próximo! Eu tinha que ir até lá, eu tinha que falar com os médicos, e eu tinha que vê-la. Nem que fosse apenas para dizer que eu estava ao lado dela, tanto para ela como para os médicos.

Como eu era idiota.

Um imbecil completo.

Mas como eu poderia ir até lá? Eu não poderia levar as crianças junto, não haveria como. E eu não conhecia ninguém na cidade que pudesse ficar com elas. Ou melhor, eu até conhecia, mas todas essas pessoas já tinham que cuidar dos próprios filhos. E eu não teria coragem de pedir a nenhuma delas.

John tinha perdido o interesse pela comida e estava empurrando um floco de cornflakes por uma pequena poça de leite em cima da toalha impermeável.

— Você está satisfeito? — eu perguntei.

— Estou — ele disse. — Obrigado.

— Você vai se dar bem sendo educado desse jeito — eu disse, levantando-o da cadeira. Tirei a fralda e a joguei no lixo embaixo da pia. — Quer ficar pelado um pouco?

Ele fez um gesto afirmativo com a cabeça e foi andando até a sala. Eu liguei a TV no canal infantil, fui à outra sala e liguei para Linda.

Ela atendeu na mesma hora.

— Oi, "casa" — ela disse.

Linda costumava atender o telefone assim, porque o celular dela exibia o nome "casa" quando eu ligava.

— Oi — eu disse. — Claro que eu queria já ter feito uma visita para você há bastante tempo, e também falado com os médicos e tudo mais, então eu gostaria de saber se tudo bem eu aparecer por aí amanhã cedo? Depois que eu sair do jardim de infância?

— Claro, claro — ela disse. — Todo mundo vai ficar contente de conhecer você. Eu já contei para todo mundo que tenho um marido incrivelmente lindo.

— Eu lamento muito tudo isso, Linda.

— Não há nada o que lamentar. Me sinto ótima. É como estar em um hotel no alto de uma montanha. E estou ganhando remédios ótimos para dormir. À noite eu durmo como uma foca que levou uma paulada na cabeça.

— Que bom. Então durma bem e descanse. Nos vemos amanhã. Combinado? E pode me ligar se der vontade. Eu vou levar o celular caso a gente saia.

O frio não me deixou naquele dia, e voltava a intervalos regulares.

Eu era o familiar mais próximo de Linda, eu era o marido dela, e ela estava sozinha numa clínica psiquiátrica sem que eu tivesse mexido um dedo para ajudá-la. Naquela altura ela estava lá havia dois dias. Sem ajuda, sem apoio, totalmente sozinha.

A primeira coisa que Vanja perguntou ao acordar foi quando a mamãe voltava para casa.

— Ela acabou de ligar. Disse que vai ter que passar mais um tempo na clínica.

— Mas você prometeu!

— Eu sei. Mas ela está lá para dormir de verdade. Sabe aquela primavera em que você se sentiu muito cansada e dormia o tempo inteiro? A mamãe está com o problema oposto, ela simplesmente não consegue dormir. Não é nada grave, mas ela vai passar mais uns dias por lá. Mas sabe o que vai acontecer?

— Não!

— Amanhã vamos fazer uma visita à clínica. Vai dar tudo certo.

— Você tem certeza?

— Tenho, claro.

Quando deixei as crianças no jardim de infância na manhã seguinte, percorri a pé as poucas centenas de metros que me separavam do grande complexo hospitalar. Eu só tinha estado lá uma vez, quando John havia nascido quase três anos antes. Naquela outra ocasião eu tinha ido correndo até em casa para buscar Vanja e Heidi, e as duas tinham dado risadas e feito gracinhas no quarto do hospital, afagado a cabeça do irmãozinho recém-nascido e colocado um lagarto de borracha na cabeça dele, uma cena que eu havia fotografado e que portanto ainda estava fresca na minha memória.

Linda tinha me dado instruções sobre como chegar até a clínica, eu havia anotado tudo em um papel. Um prédio longo com arquitetura dos anos 1960, bem no fundo. Entrei, peguei o elevador e toquei a campainha da porta, que estava trancada. Enquanto eu esperava, uma mulher desceu a escada. Ela olhou para mim.

— Você não é aquele escritor? — ela perguntou.

— Sou — eu disse.

— Que escreveu *Minha luta*? E pensar que eu encontraria você justo aqui!

— É — eu disse. — Muito prazer.

A porta se abriu, uma enfermeira com cerca de cinquenta anos olhou para mim. Ela estava usando um uniforme branco.

— Olá — eu disse. — Meu nome é Karl Ove Knausgård. Eu vim fazer uma visita para a Linda.

— Olá — ela disse. — Pode me acompanhar. Ela está aqui dentro.

Eu a acompanhei ao longo de um corredor sem cores.

Eu havia trabalhado em um setor como aquele nos meus dezoito anos e reconheci tudo. Um refeitório, um escritório que mais parecia uma jaula com uma janela grande, uma sala e um longo corredor com portas nos dois lados. Assoalho cinza de linóleo. Móveis com uma aura inconfundível de clínica psiquiátrica.

Quatro ou cinco pessoas estavam sentadas, assistindo à TV. Trêmulas, encerradas, pálidas. Outras duas andavam de um lado para o outro, tomadas por uma energia nervosa, irrequieta e agressiva. Esses eram jovens, enquanto as pessoas que assistiam à TV eram de meia-idade ou velhas. Linda saiu de um dos quartos. Ela ficou radiante ao me ver e me abraçou forte e me deu um beijo na boca.

— Esse é o meu marido! — ela disse bem alto para todos os que estavam lá.

— Ah, você tem mesmo um marido bonito, Linda! — exclamou a senhora bem-humorada.

— Ele é o melhor escritor da Noruega! — disse Linda. — É verdade!

As pessoas que estavam sentadas, como que atrofiadas ou afundadas, todas com olhares vazios e escuros, olharam para nós.

— Eu quero que você veja o meu quarto — disse Linda. — Eu estou tão bem aqui!

Ela me levou até o quarto. Havia duas camas lá dentro, numa delas estava uma mulher com excesso de peso que se levantou ao nos ver e saiu. Linda disse o nome dela e abriu um sorriso.

— É aqui que eu estou morando — ela disse. — Mas preciso buscar umas coisas em casa. Eu fiz uma lista. Ou será que você pode me trazer na próxima visita? Olhe! — ela disse, apontando para dois desenhos na parede. — Os desenhos foram feitos por duas irmãs gêmeas — ela disse. — Elas me fazem lembrar de mim quando eu era pequena. Não devem ter mais de vinte anos. São as princesas da noite. Elas também não conseguem dormir. E são acrobatas. São pessoas incríveis.

Linda apertou o corpo contra o meu.

— Você não acha esse lugar aconchegante? — ela perguntou.

— Acho — eu disse, dando um passo em direção à janela. — Mas eu gostaria de falar com a enfermeira responsável, você não acha que é melhor fazer isso de uma vez?

— Eles vêm buscar você — ela disse, batendo no edredom. — Sente-se aqui.

Me sentei ao lado dela. Linda me abraçou e tentou me beijar. Eu inclinei o corpo e me afastei.

— Eu não estou muito legal — eu disse.

— Não tem problema — ela disse. — Eu entendo. Mas veja isso aqui!

Linda se levantou, me pegou pela mão e me levou até a janela. Queria que eu visse tudo que estava no parapeito. Cachorrinhos de porcelana, gatinhos de porcelana. Uma fotografia de Vanja, Heidi e John. Um CD de Robin com o encarte virado para a frente, umas pedrinhas, uns anéis de brinquedo.

— E esse é o meu bicho de pelúcia. O Mummin. Eu o tapo com o edredom todas as noites antes de me deitar.

Ela apontou para uma pequena caixa no chão, onde estava uma pequena boneca de pano.

Alguém bateu na porta. A mesma enfermeira que tinha aberto a porta para mim nos acompanhou a um escritório. Havia quatro pessoas lá dentro. Eu e Linda nos sentamos cada um em uma cadeira no meio delas. O homem que segundo entendi era o médico responsável, que usava um terno marrom, fez umas perguntas a Linda, de forma totalmente descontraída, em um sueco de pé quebrado. Uma das outras pessoas também estava vestida com roupas normais, enquanto as outras duas trajavam uniformes brancos. Linda deu respostas longas, detalhadas e espirituosas a todas as perguntas. Todos sorriram e eu senti que ela devia ser uma das pacientes favoritas.

— Tem só mais uma coisa que eu gostaria de dizer — disse Linda. — Eu sei que não vai soar muito bem, que pode dar a impressão de que eu sou elitista ou qualquer coisa do tipo, mas, quando você me pergunta como eu me sinto por aqui, tem um detalhe que eu não posso deixar de mencionar, porque o fato é que alguns dos funcionários do setor são... bem, eu preciso tomar cuidado com a minha língua, mas digamos que as coisas nem sempre acontecem com a rapidez devida, que o pessoal nem sempre entende as coisas de primeira, e isso às vezes pode ser meio cansativo. Eu sou escritora, sou radialista, sou uma mulher trabalhadora e estou acostumada a um certo nível, se é que vocês entendem o que eu quero dizer. Mas aqui não tenho ninguém com quem conversar.

Senti uma vontade forte de me esconder, mas não fiz nada, simplesmente agi como se nada tivesse acontecido enquanto ela continuava falando.

— As coisas são como são, Linda — disse o médico. — Mas agora o seu marido está aqui. Será que ele não quer perguntar nada? Você não quer?

— Eu só tenho duas perguntas — eu disse. — E são coisas bem práticas. Nós temos três filhos. Eles precisam ver a Linda. Como podemos fazer isso? Eu não gostaria de trazer as crianças aqui dentro.

— Vocês podem se ver no parque, não? — disse o médico. — Não há problema nenhum. E, Linda, nada impede que você tenha uma dispensa rápida a cada dia ou a cada dois dias para dar uma passada em casa. Talvez não hoje, talvez não amanhã, mas a longo prazo.

— Essa era a minha segunda pergunta. Quanto tempo vocês acham que ela vai ficar aqui?

Eu olhei para Linda ao fazer a pergunta, não soava nada bem falar a respeito dela como "ela" quando ela estava bem ao meu lado, mas não havia outra saída. Ela apenas sorriu, como se dissesse: vejam como o meu marido é dedicado.

— Não há como dizer, meu amigo — disse o médico. — Mas a gente gostaria de falar um pouco com você antes de você ir embora, não é mesmo?

— O remédio não surte efeito — disse Linda, olhando para mim. — Pelo que entendi, estão me dando uma dose alta, mas não adianta nada.

— Não, você tem muita força.

— Tudo bem — eu disse. — Mas quer dizer que não estamos falando de um período de dias?

— Com certeza não — disse o médico, levantando-se da cadeira. — E agora eu vou sair de férias. Amanhã uma outra médica assume no meu lugar. Mas ela é muito dedicada, então não vai haver nenhum problema.

— Você vai sair de férias? — Linda perguntou.

— Vou — ele disse.

— Justo agora que eu tinha começado a gostar de você! — ela disse.

O médico riu, estendeu-nos a mão e logo todo o grupo, à exceção da enfermeira-chefe, voltou ao trabalho.

— Eu gostaria de falar um pouco com você — ela disse. — Você pode me acompanhar ao meu escritório?

— Claro — eu disse, olhando para Linda.

— Eu espero você aqui no quarto — disse Linda.

Eu acompanhei a enfermeira até o escritório.

— Você precisa de ajuda? — ela perguntou. — Você tem direito a auxílio social. Uma pessoa pode ir à sua casa, fazer compras, preparar comida e fazer a limpeza.

— Não — eu disse. — Não, não. Eu não preciso disso. Não mesmo. Está tudo bem.

— Tudo bem — ela disse. — Mas, se você mudar de ideia, basta entrar em contato. Como estão as crianças?

— Bem.

— Elas sabem que a Linda está aqui?

— Mais ou menos. Dissemos que ela estava no hospital para dormir.

— Muito bem. Eu acho bom que você traga as crianças para encontrar a Linda no parque, como já falamos.

— Pode ser hoje? Na verdade eu já prometi às crianças que elas fariam essa visita hoje.

— Não tem problema. Venham depois do jardim de infância. A que horas você vai buscá-las?

— Às três. Ou melhor, não, três e meia. Então podemos estar aqui às quinze para as quatro.

— A Linda vai estar esperando junto à entrada.

— Muito obrigado — eu disse, e então fui ao quarto de Linda, bati na porta e abri. Linda se aproximou, me pegou pela mão e me levou até a cama.

— O que você achou do médico? Ele não é incrível? Ele é do leste. Da Hungria ou Romênia ou coisa do tipo. Uma pena que ele vai sair de férias. É sempre assim.

Linda me olhou. Eu mordi os lábios para não chorar, me levantei e parei em frente à janela.

— Escute, você não quer fumar um cigarro? — ela disse.

— Claro — eu disse. — Pode ser.

— Eles têm café aqui. Custa cinco coroas para os visitantes, mas vou ver se consigo um para você sem pagar.

— Eu posso pagar — eu disse.

Linda serviu duas canecas, serviu leite numa delas e chamou o enfermeiro.

— Vamos sair para fumar — ela disse. — Abra, abra!

Nós dois o acompanhamos até o fim do corredor, no lado oposto àquele por onde eu tinha entrado, o enfermeiro abriu a porta e descemos com o elevador até sair em uma praça asfaltada com um pequeno galpão onde dois senhores fumavam sentados.

Linda parou e acendeu um cigarro. Eu também acendi um.

— Estou tão feliz de estar com você! — ela disse. — Você me faz tão feliz, Karl Ove!

Linda se ergueu na ponta dos pés e nos beijamos. Ela se agarrou em mim, eu dei um passo para trás, ela me soltou e olhou para a estrada, por onde um carro se aproximava.

— Eu estou bem aqui — ela disse. — Você não acha?

— Acho — eu disse. — Mas você não pode ficar aqui por muito tempo.

— Não — ela disse.

Uma ambulância se aproximou devagar.

— Eles passam a noite inteira entrando e saindo — ela disse. — É bem interessante.

— É — eu disse.

Olhei para longe e Linda por assim dizer me agarrou e me endireitou, como que para dizer que era para ela que eu tinha de olhar.

Nossos olhares se encontraram. Ela se ergueu na ponta dos pés e nos beijamos.

— Preciso ir em seguida — eu disse.

— Sim, eu sei que você tem um monte de coisas a fazer — ela disse.

— Mas nos vemos agora à tarde — eu disse. — Eu vou trazer as crianças para a gente se encontrar fora daqui.

— Vai ser bom passar um tempo no parque — ela disse.

— Podemos tomar um sorvete — eu disse.

— Isso mesmo! — ela disse.

— Tchau — eu disse.

— Tchau — ela disse.

Assim que me virei eu comecei a chorar. Chorei durante todo o trajeto até em casa, quase cegado pelas lágrimas, mas quando entrei em casa e me sentei na sacada para acender um cigarro eu já não estava mais chorando. Havia surgido uma situação nova com a qual eu teria que lidar.

Em pouco tempo eu tinha uma viagem de quatro dias para fazer leituras nos arredores de Gotemburgo, mas seria preciso cancelar tudo. Eu tinha vários compromissos na feira do livro de Oslo, e também seria preciso cancelar isso. Eu tinha duas participações no festival literário do Louisiana Museum, na Dinamarca, também seria preciso cancelar. E além disso eu tinha que ligar para Ingrid e para a minha mãe e perguntar se elas poderiam aparecer, não porque eu precisasse de ajuda, mas porque eu queria que as crianças tivessem contato com outras pessoas além de mim. Tudo que servisse para desviar a atenção da ausência de Linda era bom.

Entrei no apartamento e liguei para Elisabeth. Falei sobre a situação, disse que Linda estava doente e que eu precisava cancelar todos os meus compromissos nas semanas a seguir.

— Você acha que não dá para juntar todos os compromissos em um dia só? E quem sabe chamar uma babá só nesse dia?

— Dá — eu disse. — Acho que dá.

Mandei um email para Stefan, da Nordstedts, e perguntei se ele podia cancelar os compromissos que eu tinha. Ele disse que podia. Mandei um email para a organização dos eventos de Gotemburgo e disse que eu teria de cancelar a viagem. Eles responderam e disseram que tudo bem, mas perguntaram se eu não poderia aparecer pelo menos um dia, em Gotemburgo? Eles já tinham feito a divulgação desse evento e queriam evitar o cancelamento se possível. Escrevi de volta e disse que tudo bem. Quanto ao festival literário do Lousiana Museum, deixei o assunto quieto, porque eu de fato estava com vontade de participar e a viagem era tão curta que eu podia estar de volta na mesma noite.

Liguei para Ingrid, ela disse que gostaria de aparecer e ajudar, mas provavelmente só poderia fazer isso mais para o fim da semana. Liguei para a minha mãe, ela disse que arranjaria um jeito de tirar folga e aparecer, mas provavelmente só no início da semana a seguir.

Heidi correu ao meu encontro assim que cheguei ao portão do jardim de infância.

— A gente vai visitar a mamãe? — ela perguntou.

— Vamos sim — eu disse.

John me viu, desceu do triciclo de madeira e também se aproximou correndo.

Eu o levantei, coloquei-o de volta no chão e me virei em direção ao pessoal.

— Como foram as coisas hoje? — eu perguntei.

— Tudo certo. Os mais velhos foram ao teatro.

— É mesmo — eu disse.

— E o John dormiu por uma hora, mais ou menos. Mas foi quase impossível acordá-lo hoje!

— Ele acorda muito cedo — eu disse.

Vanja estava na gangorra com Katinka. Me aproximei delas.

Heidi me acompanhou, segurando a minha mão.

— A gente vai visitar a mamãe! — ela disse.

— Eu sei — disse Vanja.

— Você quer vir? — eu perguntei.

— Eu só vou buscar um desenho — ela disse, correndo para dentro da escola.

Nesse meio-tempo coloquei John no carrinho. Fiquei curioso para saber o que Vanja tinha desenhado.

Quando Linda estava deprimida ela havia desenhado uma menininha e uma mãe com um coração entre as duas e escrito "Mamãe eu te amo". Dessa vez era uma casa com uma árvore e um canteiro de flores, desenhada no mesmo estilo que eu recordava da minha infância.

Fomos a Södervern e entramos no complexo hospitalar. Vanja tinha estado lá diversas vezes para as consultas com o oftalmologista, e por isso associava o lugar a coisas positivas.

— Onde a mamãe está? — perguntou Heidi.

— Lá — eu disse.

— É aqui que as pessoas dormem? — Heidi perguntou.

— É, aqui mesmo.

— Tem muita gente que não dorme? — perguntou Vanja.

— Não muita — eu disse. — Mas existem pessoas assim.

Linda estava apoiada na parede ao lado da porta. Quando Vanja e Heidi a viram, as duas começaram a correr. Levantei John para que pudesse acompanhá-las.

— Meus filhos! — ela disse, se abaixando e recebendo os três com um abraço. — Vanja, Heidi e John. Que saudade de vocês!

— Eu também estava com saudade — disse Heidi.

Linda se levantou e olhou para mim.

— Olá — ela disse. — Vamos tomar um sorvete?

Fiz um gesto afirmativo com a cabeça e começamos todos a caminhar. Prédios se erguiam de ambos os lados da rua, mas atrás da clínica psiquiátrica havia um gramado. Atravessamos o gramado e dobramos à esquerda logo adiante. No fim da estrada havia um quiosque.

— O que vocês fizeram hoje? — Linda perguntou.

— A gente foi ao teatro — disse Vanja.

— Eu não — disse Heidi. — Eu passei o dia inteiro no *dagis*.

— Vocês estão tão lindos! — disse Linda.

— Mamãe, por que você não consegue dormir? — perguntou Vanja.

— Eu não sei — disse Linda. — Mas não tem problema. Vejam, chegamos ao quiosque.

Linda abriu a porta e entrou. Assim que a atenção dela se afastou das crianças, o rosto foi tomado por uma expressão infinitamente longínqua. Compreendi que ela queria estar em outro lugar. Que desejava estar com as crianças, mas não quando elas estavam lá, nessas horas ela queria estar em outro lugar.

Linda se abaixou quando as crianças se postaram em frente ao freezer.

— Eu quero um Daim! — disse Vanja.

John apontou para um picolé de fruta. Heidi apontou para um Magnum.

Peguei os três sorvetes, coloquei-os em cima do balcão e paguei.

Depois continuamos a caminhar. Era como se Linda estivesse represando tudo dentro de si, eu notei o brilho nos olhos dela, mas as crianças não perceberam nada, isso eu também notei. Sentamo-nos em um banco próximo a um pequeno lago artificial na outra ponta do complexo hospitalar. As crianças ficaram ao nosso lado, tomando sorvete. Enquanto faziam isso, também brincavam com a água; John pegou um grande galho que tinha encontrado e o jogou dentro do lago. Heidi sentou-se no colo de Linda, que a afagou enquanto mantinha os olhos fixos à frente.

— Eu também quero sentar no seu colo — disse Vanja. Linda colocou Heidi no chão e pegou Vanja no colo. Em geral esse tipo de situação acabava em discussão, mas não naquele dia.

Eu me sentei em outro banco e fumei um cigarro. Quando terminei de fumá-lo, me levantei, juntei os papéis dos sorvetes e joguei-os em uma lixeira que havia por lá.

— Agora temos que ir — eu disse.

— Já passou meia hora? — Linda perguntou.

Acenei a cabeça.

Ela se levantou, sentei John no carrinho e nos pusemos a caminhar.

— É lá que fica o meu quarto — disse Linda, apontando para o topo do prédio de vários andares.

— É bonito? — Heidi perguntou.

— É, é bonito sim — disse Linda. — Muito bonito.

— A gente pode ver?

— Acho que as crianças em geral não entram lá — eu disse. — É um lugar onde tudo precisa estar sempre calmo, vocês entendem?

— É verdade — disse Linda. — Talvez seja melhor eu visitar vocês em casa.

— Quanto tempo você vai ficar aqui? — Vanja perguntou.

— Eu não sei — disse Linda. — Mas agora vou entrar. Nos vemos amanhã!

— *Hej då*, mamãe! — disseram Vanja e Heidi, despedindo-se de Linda.

No dia seguinte eu combinei com a enfermeira do setor que Linda passaria uma hora em casa. Ela não obteve autorização para fazer o trajeto sozinha, então eu vesti as crianças e fui com elas até lá para buscá-la. Por fim nós a vimos à nossa espera em frente à clínica psiquiátrica. Linda usava maquiagem carregada. Os passos dela pareciam um pouco inseguros, então eu a apoiei com um braço e empurrei o carrinho com a outra mão. Deviam ser os medicamentos, pensei. A força daquela mania era tão grande, segundo os enfermeiros, que os medicamentos não surtiam efeito, mesmo que estivessem lhe dando a maior dose possível. As crianças ficaram falando como de costume enquanto caminhávamos de volta para casa, deixando para trás o grande canteiro de obras onde seria a nova estação de trem subterrânea — onde as pessoas que voltavam a pé e de bicicleta ao fim de um dia de trabalho cruzavam o asfalto coberto de cascalho ao longo da cerca —, a lateral do hotel, depois a fachada, atravessando a estrada e por fim subindo de elevador.

Linda passou uns minutos assistindo ao canal infantil com as crianças. Ela tinha John no colo, Vanja de um lado e Heidi do outro, todos muito próximos de si. Comecei a preparar o jantar mais simples que eu conhecia, almôndegas e espaguete. Minutos depois Linda saiu da sala e aproximou-se pelo corredor. Pensei que estava a caminho do banheiro, mas o que se abriu foi a porta do quarto, no fundo do apartamento.

Quando a comida estava quase pronta eu fui chamá-la.

Ela estava sentada em frente ao PC, acessando o Facebook.

— Você tem apenas quarenta minutos por aqui — eu disse. — Será que você não pode ficar mais um pouco com as crianças?

— Eu já vou — ela disse. — Só vou escrever uma mensagem.

Voltei à cozinha. Em seguida Linda apareceu no corredor.

Ouvi a porta da sacada se abrir e se fechar. Arrumei a mesa, enchi uma jarra de água, cortei uns tomates e dispus quatro barquinhos em cada prato.

Despejei as almôndegas em uma tigela, escorri a água do espaguete e coloquei-o em outra.

— A comida está pronta! — eu gritei.

Ninguém apareceu.

Entrei na sala e desliguei a TV. As crianças foram até a cozinha e sentaram-se.

Fui até a sacada, onde Linda fumava sentada com as pernas apoiadas na balaustrada.

— A comida está pronta — eu disse.

— Já estou indo! — ela disse.

Enquanto comíamos, Linda conversou com Vanja, Heidi e John como de costume. Notei que ela precisava se concentrar para fazer aquilo, porque a energia que emanava durante as pausas da conversa era nervosa e indômita.

Depois da refeição fomos todos para a sala. As crianças amontoaram-se ao redor de Linda, ela abraçava Vanja e Heidi e tinha John no colo. Mas o olhar com que me encarava era de desespero. Ela colocou John no chão e se levantou.

— Mamãe, onde você vai? — Heidi perguntou.

— Eu só vou ao banheiro — ela disse.

Linda não voltou, e entrei no apartamento para ver o que ela estava fazendo. Encontrei-a sentada em frente ao computador, escrevendo no Facebook.

— Temos que ir agora — eu disse. — Vamos levar um tempo para vestir as crianças e tudo o mais. E você tem que estar de volta às sete.

— Vocês não precisam me acompanhar — ela disse. — É totalmente desnecessário. Qual é a distância da caminhada? Um quilômetro? Nem isso. Eu posso muito bem ir sozinha.

— Mas disseram que não era para você ir sozinha. Disseram especificamente que eu tinha que acompanhar você.

— É apenas um procedimento padrão — ela disse. — Uma regra para as pessoas que de fato não podem cuidar de si mesmas. Mas eu posso. Vou sozinha, e você e as crianças podem ficar aqui.

— Tudo bem — eu disse. — Combinado, então.

Voltei à sala.

— Venham dar tchau para a mamãe! — eu disse.

John apareceu andando depressa no corredor. Heidi veio logo atrás.

— Vanja?

— *Hej då*, mamãe! — ela gritou.

Linda se abaixou e abraçou Heidi e John. Com passos levemente cambaleantes e a bolsa pendurada no ombro, ela foi até a sala e deu um beijo na cabeça de Vanja.

Quando abriu a porta do elevador, Linda olhou para mim e piscou um dos olhos, beijou a ponta dos dedos e soprou o beijo para mim.

Pouco depois das nove horas me ligaram da clínica.

Uma enfermeira se apresentou e perguntou se eu era o marido de Linda. Eu respondi que era.

— Ela está com você agora? — perguntou a enfermeira.

— A Linda? Não. Ela voltou para a clínica duas horas atrás. Por acaso ela não chegou?

— Não. Mas você não tinha se comprometido a acompanhá-la? Esse era o trato, não?

— Era, eu sei. Mas ela parecia estar muito presente. E além disso não moramos longe.

— A Linda não vai receber autorização para sair se as regras não forem seguidas.

— Eu entendo.

— Bem, agora você sabe — ela disse.

— Sei — eu disse.

Desliguei e liguei para o número de Linda. O telefone estava desligado. Tentei de novo um pouco mais tarde, e ao descobrir que o telefone estava mais uma vez desligado eu me deitei.

Na manhã seguinte liguei para a clínica psiquiátrica. Linda estava lá. Ela tinha voltado por volta da meia-noite, segundo a enfermeira. Ela a chamou e Linda pegou o telefone.

— Oi — eu disse.

— Oi! — ela disse. — Eu tenho um enfermeiro novo, você precisa conhecê-lo, ele leu *Minha luta*! Quer dizer, o livro de Hitler, não o seu. Acho que ele pratica esportes de combate e tem um cachorro de rinha. Mas ele é muito simpático. Acho que ele pode ser um bom amigo por aqui.

— Mas ouça uma coisa — eu disse. — Ontem você devia ter voltado direto para a clínica.

— Ah, isso — ela disse. — Eu já resolvi tudo com a pessoa responsável pelo setor. Eu só queria dar um passeio. Nada de mais. Como você sabe, a minha internação é voluntária. Eles não podem me negar esse tipo de coisa.

— Para onde você foi?

— Para Möllevången. Fiquei dando uma volta por lá, nada mais. Você vem me fazer uma visita mais tarde?

— Vou, depois que eu tiver deixado as crianças.

— Que bom! Vai ser ótimo encontrar você outra vez! Mas traga dinheiro, pode ser? O meu acabou.

— Tudo bem — eu disse. — Pode deixar.

Toquei a campainha do prédio cinza. Uma enfermeira jovem abriu. Trocamos um aperto de mãos e eu a acompanhei. Linda estava sentada à mesa do refeitório com um homem de barba que devia ter uns trinta anos. Compreendi que era o enfermeiro sobre quem ela havia falado. Ela se levantou radiante ao me ver, se aproximou de mim e me abraçou.

— Esse é o Mats — ela disse. — Vocês têm muitas coisas a conversar.

— Olá — eu disse, apertando a mão dele.

— Olá — ele disse, percebendo meu evidente desinteresse, porque a primeira coisa que disse foi que tinha que cuidar de outra coisa.

Fomos ao quarto de Linda. As coisas no parapeito haviam se multiplicado. O fato de que ela havia levado uma fotografia das crianças quando foi para a clínica queria dizer que sabia desde o início que não seria apenas por uma noite. Só eu tinha acreditado nisso. Eu e as crianças.

Linda falou sobre os enfermeiros e pacientes como se fossem pessoas que tivesse conhecido por anos a fio. Falou sobre a clínica psiquiátrica como se aquilo fosse o sanatório romântico em um romance de Thomas Mann. Falou sobre todos os planos que tinha, sobre tudo o que faria, e me mostrou um bloco de anotações onde havia escrito várias páginas.

— Como foi estar em casa ontem? — eu perguntei.

— Ver as crianças foi incrível — ela disse. — Mas eu não consigo passar todo aquele tempo de uma só vez. Sinto como se uma coisa me puxasse. São forças muito poderosas, não consigo resistir.

— Linda, você foi incrivelmente legal com as crianças. Eu fiquei muito contente. E sei que agora isso custa muito para você. Mas você precisa continuar. Você acha que consegue?

Linda fez um gesto afirmativo com a cabeça.

— Vocês vêm amanhã de tarde?

— Sim. Vamos fazer como na última vez.

— Você tem dinheiro?

— Tenho, mas não muito. Duzentas coroas é suficiente?

— Para dizer a verdade, não. Mas eu fico com esse tanto mesmo assim. Vamos fumar um cigarro?

Passamos dez minutos do lado de fora, cada um fumando um cigarro, Linda quase incapaz de parar quieta; entendi que ela não via a hora de que eu fosse embora.

— Até mais, então — eu disse.

— Até — ela disse, e então se virou para os outros dois pacientes que estavam por lá assim que eu comecei a me afastar. Em casa, busquei a bicicleta no depósito, era uma DBS que eu havia escolhido dentre vários outros modelos, provavelmente uma bicicleta melhor simplesmente porque o nome me lembrava da minha infância, da luz da primavera, do cheiro de mar em meio aos espruces. Pedalei até a loja da Flüggers Färg que ficava ao lado da Köbenhavnervägen e comprei tinta, rolos e pincéis. Quando voltei para casa, dei a primeira pincelada no quarto de Vanja enquanto eu chorava a ponto de mal enxergar a parede. Pintei três paredes de azul-claro, como Vanja havia pedido, e a quarta de branco. Depois pintei a parede grande do quarto que logo seria de Heidi e John de verde-claro. Heidi tinha sugerido a cor. Limpei os pincéis e os rolos, telefonei para Linda e perguntei como ela estava, ela respondeu que estava bem, mas aborrecida. Eu disse que esse era o objetivo, passar um tempo lá se aborrecendo sem fazer muita coisa. Ela disse que sabia.

Depois dessa breve conversa eu fui à sacada, rodeado pelos sons da cidade e pela atmosfera prazerosa de agosto, e traguei fumaça enquanto pensava no que estava acontecendo com Linda. Tudo indicava que ela tinha plena consciência do que estava acontecendo e concordava com tudo que eu dizia, de maneira que parecia estar mais próxima de mim do que realmente estava: mas, assim que eu sumia, ela mudava de direção e ia passear na cidade. Linda queria dizer que me amava, mas quando eu estava ao lado dela isso envolvia um dever que ela não podia cumprir, porque a prenderia com laços, e era desses laços que Linda fugia.

Ela tinha chegado o mais baixo possível, quase não falava e pensava o tempo inteiro na morte, uma situação insuportável que durou semanas. Estava claro que ela não conseguia dominar a luz que a preencheu ao fim de tudo isso, que deixou tudo leve e bom, mas precisava segui-la, porque no fim dessa onda que a levou cada vez mais para cima o que a aguardava era a escuridão. E Linda sabia disso. Certa vez ela me contou que uma pessoa da enfermagem tinha dito para ela durante um acesso de mania: não esqueça que na verdade você está triste. Mas o que era legítimo e o que era ilegítimo nisso tudo? O que era Linda, o que era a depressão, o que era a mania?

Foi nessa tarde que Vanja veio correndo na minha direção quando abri o portão do jardim de infância.

— Papai! Papai! Eu aprendi a dizer R! — ela gritava.

— Caramba! — eu disse. — É mesmo?

— Rrrrrrrrrrrr — ela disse. — Príncipe herdeiro!

— O que foi que você fez?

— Não sei! Eu simplesmente consegui.

Vanja tinha experimentado um R gutural no fundo da garganta, como se fala em Skåne, mas não havia dado certo, e também havia tentado um R na ponta da língua, que soava meio como um ceceio, mais próximo do som de TH em inglês do que de um R; o som que até os dezesseis anos de idade me fazia sentir uma vergonha profunda toda vez que eu tinha de usá-lo.

E de repente Vanja tinha conseguido.

— Muito bem, Vanja! — eu disse. — E antes mesmo de você entrar para a escola!

Eu não tinha dito nada sobre a pintura do quarto; era uma surpresa para as crianças. Elas ficaram muito contentes, especialmente Vanja, que ficou radiante ao ver o resultado. Vanja como de costume pensou tudo um passo adiante:

— Eu quero um quadro de cachorro naquela parede — ela disse.

— Claro — eu disse. — Amanhã eu vou dar a segunda mão, e quando a tinta estiver seca podemos sair e escolher uns quadros.

— Eu quero um quadro de gato — disse Heidi.

Senti como se a pintura do quarto fosse uma traição a Linda, porque aquela era uma atividade incondicionalmente boa, e eu não tinha direito ao bom; que acontecessem coisas boas em nossa casa enquanto ela enfrentava dificuldades era um golpe pelas costas dela. Ao mesmo tempo eu tinha que fazer aquilo: por mim, como uma compensação evidente, mas também pelas crianças, que precisavam ter o menor contato possível com as dificuldades pelas quais Linda passava.

Ao voltar do jardim de infância para casa passamos por uma loja de molduras e quadros. Vanja escolheu três quadros de cachorros, Heidi escolheu um de gato e um do elefante Babar em um avião vermelho, e eu escolhi uma imagem retirada de um livro de Tove Jansson na qual Snusmumriken aparecia sob um céu azul. Penduramos os quadros, jantamos e fomos buscar Linda no hospital. Ela estava mancando um pouco ao caminhar e tinha um aspecto meio cansado e desleixado. Em casa assistimos ao canal infantil, Linda assistiu à metade do programa e entrou no quarto para conferir o email e o Facebook. Depois ela saiu à sacada para fumar. Quando tornou a entrar, estava na hora de ir embora. Linda pegou algumas coisas meio às pressas, as crianças calçaram os sapatos, meio contrariadas, mas assim mesmo resignadas, e então voltamos ao hospital, John no carrinho, Heidi e Vanja uma de cada lado e Linda à frente, na diagonal. Ela abraçou nossos três filhos e, quando tornou a se levantar, vi que os olhos dela estavam úmidos. Nos demos boa-noite e então fomos para casa.

Na tarde seguinte eu participei de uma nova consulta médica. Linda deu mais um show, agiu de forma encantadora, foi espirituosa, fez com que todos dessem risada. Mostrou também uma profunda consciência da situação, fazendo brincadeiras com a própria mania. Ela queria apenas seguir adiante. Adiante, adiante, adiante. Não conseguia parar quieta, não conseguia falar sobre um mesmo assunto, era preciso interromper, começar um assunto novo. Se eu dizia qualquer coisa, ela me olhava com uma expressão impaciente e muitas vezes completava as minhas frases, porque sabia o que eu ia dizer muito antes de eu dizer, talvez porque eu também soubesse. E assim ela brilhou, numa situação apoteótica, realmente incomum e grandiosa. Mas que não se importasse com nada do que havia por baixo disso, a inércia e a estupidez, a feiura e a lentidão, ou que não quisesse ver essas coisas, transformava o brilhantismo em uma cortina, e assim criava um lugar que era o único onde Linda suportava estar. A ideia relativa às crianças pertencia a esse lugar, e talvez a ideia relativa a mim também. Mas, quando Linda encontrava as crianças, esses dois níveis se chocavam, e a situação tornava-se insuportável para ela; eu via como precisava lutar para não desmoronar quando fazíamos nossas visitas. Tudo na personalidade dela era jogado de um lado para o outro, de repente ela surgia como uma menina de dez anos, surgia como mulher erotizada, uma persona geralmente oculta, que se revelava apenas para mim, surgia como uma poetisa transgressora de linguagem exuberante como as estrelas, surgia como uma mulher que gostava de exageros e bravatas, pois as características da personalidade já não se orientavam mais em função de uma ordem, não havia nada que as mantivesse organizadas, o centro havia se desprendido, as forças da mania jogavam tudo para fora, porque ela queria subir, e subia cada vez mais, ao mesmo tempo que acabava cada vez mais exausta. E mesmo nisso tudo, nessa subida e nessa luz que a fazia subir, havia um ponto que Linda jamais negligenciava: o dever para com as crianças.

Muita coisa ficou clara para mim durante aqueles dias. O sonho de Linda era viver uma vida perfeitamente comum com uma família perfeitamente comum. Queria ter um trabalho comum, ir para a colônia de jardins aos finais de semana e cuidar do jardim com os nossos filhos correndo em volta dela. Mas Linda não era uma pessoa comum. Ela era a pessoa menos comum que eu já tinha conhecido. Tinha enfrentado anos parindo, amamentando e cuidando de crianças pequenas. A luta de Linda era muito diferente da minha, porque dizia respeito à vida e à morte. Eu tinha escrito que vivia uma vida inautêntica, que eu vivia a vida de um outro, e pode ser que eu de fato vivesse, e isso era para mim um tormento, mas não uma ameaça. Para Linda era uma ameaça. Toda a personalidade dela, toda a pessoa com quem eu me relacionava, toda a linguagem dela tinha sido apagada na vida que vivíamos. Comigo não fora assim. Eu tinha escrito, eu tinha pelo menos a minha linguagem e — o que não é pouco — o meu distanciamento. Linda nunca tinha mantido qualquer tipo de distanciamento antes daquilo tudo, quando ela saltou por cima de todas as amarras e de todos os deveres e quis ser completamente livre. Mas essa liberdade estava perdida, essa liberdade era uma enganação, essa liberdade era um circo em plena luz do dia. Talvez ela visse tudo brilhar, talvez visse tudo envolto em magia, porém ao olhar para ela eu via apenas a exaustão, a instabilidade, a mediocridade e a desorientação, a tristeza de um hospital, de todas as pessoas que não tinham esperança, e portanto não tinham nada.

Contei aos funcionários do jardim de infância que Linda estava internada em uma clínica psiquiátrica e que tínhamos dito às crianças que ela estava lá para dormir. Todos disseram que não haviam notado diferença nenhuma nas crianças, as três estavam do mesmo jeito de sempre. Disseram para mim que os nossos filhos tinham personalidades fortes. Mas ninguém se adapta tão depressa como as crianças, e para elas não havia nada de especial em saber que a mãe delas estava no hospital para dormir e que todos os dias iam visitá-la à tarde no complexo hospitalar. O tema do sono era tratado como uma das coisas mais naturais do mundo, no começo as crianças fizeram muitas perguntas sobre o que acontecia no hospital, mas aos poucos a curiosidade desapareceu, simplesmente era daquele jeito.

O pessoal do jardim de infância pediu que eu desse notícias caso precisasse de qualquer tipo de ajuda. Os pais que eu conhecia, e para quem eu havia dito que Linda estava doente, também ofereceram ajuda. Não era necessário, eu disse, e era verdade, a não ser por uma tarde em que fui a Gotemburgo fazer uma leitura e precisei de uma babá. Uma das funcionárias do jardim de infância se dispôs a me fazer o favor, então deixei as crianças no jardim de infância, visitei Linda no hospital, preparei uma caçarola de embutidos para o jantar e peguei o trem. A funcionária acompanhou as crianças do jardim de infância até em casa, deu-lhes comida, colocou-as na cama e ficou me esperando até a meia-noite, um pouco azeda por eu ter chegado duas horas mais tarde do que o combinado, o que tentei compensar oferecendo um generoso pagamento extra. Pensei que se eu realmente dissesse a que horas eu pretendia chegar ela talvez não aceitasse.

Eu tinha lido uma parte do primeiro romance, justamente sobre viver uma vida inautêntica, sobre a forma como eu às vezes ficava bravo com as crianças e as sacudia, totalmente fora de controle. Assim que comecei a ler eu percebi que aquilo estava errado. Pressenti o que as pessoas estavam pensando, que nenhuma criança devia ser tratada daquela forma, e que eu era um mau pai que acreditava tornar-se melhor simplesmente ao reconhecer que era um mau pai, como se eu buscasse uma expiação através da literatura. Por sorte eu pude ir embora assim que terminei a leitura, e então desapareci em um táxi e logo entrei num vagão de trem.

No caminho, a corretora de imóveis ligou. Nada de ofertas. Combinamos de baixar o preço ainda mais. Entendi que ela também estava de saco cheio da colônia de jardins.

No meio de tudo isso, o aniversário de três anos de John se aproximava. Tanto Vanja como Heidi tinham dado festas com convidados desde o primeiro aniversário, enquanto John só tinha comemorado os aniversários dele em família até então. Ele não tinha como dizer nada ao completar um e dois anos, mas naquela altura já tinha quase três, e pensei em convidar as crianças do jardim de infância, por ele, mas logo descobri que era uma ideia ambiciosa demais. Em vez disso ele comemoraria a data no jardim de infância do jeito costumeiro: primeiro um dos pais ou então os dois apareceriam com um bolo e salada de frutas, e depois ele iria para casa comer mais bolo e ganhar presentes depois do jantar. Linda queria muito aparecer no jardim de infância, ela tinha falado com a médica a respeito disso e a médica tinha dito que não havia problema. Eu tinha uma enorme desconfiança de que essa não seria uma boa ideia. Linda tinha desenvolvido um jeito muito ruidoso em ocasiões sociais, e não me agradava pensar que Heidi e John veriam aquilo.

Ela tocou a campainha do apartamento às onze horas.

Tinha cortado os cabelos e pintado os fios de preto. Estava usando uma sombra verde bem marcada, uma camisa vermelha, meia-calça roxa e sapatos de salto alto. Ela sorriu, mas parecia cansada.

— O que você achou do meu visual Frida Kahlo? — ela perguntou.

— Você está bonita — eu disse.

— Vamos comprar bolo? E frutas? — ela perguntou.

— Você não quer tomar um café primeiro? — eu perguntei.

— Claro — ela disse.

Pensei em como dizer aquilo para Linda. Quando a vi, percebi que seria totalmente inadequado deixá-la preparar uma festa de aniversário no jardim de infância.

— Como você está? — eu perguntei.

— Muito bem. Meio cansada, talvez.

Num dos pulsos ela tinha um relógio enorme.

— Você comprou um relógio novo? — perguntei.

— Comprei! Peguei o maior que tinham, porque assim eu me lembro de fazer as coisas na hora. Senão eu não consigo. E o pessoal do hospital fica bravo comigo.

— E a pulseira verde? — eu perguntei, gesticulando com a cabeça em direção ao braço dela.

— Essa pulseira simboliza que sou uma pessoa totalmente livre. Toda vez que olho para ela eu penso nisso. Que eu sou uma pessoa totalmente livre.

— Que bom — eu disse. — Mas escute…

— Sim?

— Você não acha que talvez seja melhor você não ir ao jardim de infância? Vai ser muito intenso, você sabe. E você realmente precisa de paz e tranquilidade. Não acha que seria bem melhor eu ir sozinho e depois você aparecer para comemorar com o John aqui em casa?

— Olha, seria ótimo escapar dessa — Linda disse.

— Que bom ouvir essa resposta — eu disse.

— Mas eu posso comprar presentes para ele? Posso fazer isso?

— Claro. Podemos ir juntos.

— Para dizer a verdade eu já combinei tudo com a Jenny.

— Tudo bem.

Duas horas mais tarde Linda apareceu cheia de sacolas.

— Acho que foi meio demais, mas os presentes são muito legais! — ela disse. — E eu também comprei umas coisinhas para as meninas.

— Muito bem — eu disse. — Eu posso guardar tudo. Você quer um café?

— Não, a Jenny está me esperando lá embaixo. Mas nos vemos de tarde!

Linda voltou e decidimos pular o jantar, porque John queria ir direto para o bolo.

Acendi as velinhas e cantamos para ele com as meninas de pé em cima das cadeiras, como as crianças faziam no jardim de infância.

John apagou as velinhas. Comemos bolo, todo mundo ganhou um presente e depois John ganhou os outros presentes dele na sala.

Linda entrou com uma infinidade de pacotes, fitas e sacolas plásticas, sentou-se ao lado dele e o ajudou a abrir tudo.

De repente, durante a abertura de um grande presente, Linda se levantou e foi até a sacada.

— Mamãe! — John gritou. — Me ajude!

Me sentei ao lado dele. Por sorte John aceitou minha ajuda, e assim tiramos a embalagem do presente e abrimos a caixa onde estava. Linda entrou no quarto e foi conferir o Facebook; estava digitando uma mensagem quando entrei.

— Deu muito certo — eu disse.

— Eu não aguento mais — ela disse. — Só consigo aguentar um pouquinho de cada vez.

— Eu sei. Mas já é o bastante.

Linda não olhou para mim e continuou a movimentar os dedos sobre o teclado.

— Acho que está na sua hora de ir — eu disse.

— Eu sei — ela disse. — Só estou terminando de escrever essa mensagem.

Ela se levantou logo a seguir e foi até o corredor.

— Hoje é o aniversário do John — ela disse. — Não parece muito bom que as crianças me acompanhem. Vocês não podem ficar aqui e continuar a festinha?

— Você não se lembra do que aconteceu da última vez?

— Eu sei. Mas não vai acontecer de novo. Eu prometo que vou direto para o hospital. Não posso me arriscar a perder o direito a essas saídas.

— Tem certeza? — eu perguntei.

— Absoluta — ela disse.

— Tudo bem, então — eu disse.

Linda olhou para mim.

— Sempre achei que eu era a esposa de um marinheiro. Que você ia para o mar e me deixava sozinha. Mas agora essa impressão mudou. Agora eu é que sou a marinheira.

Linda riu.

Eu também ri, porque ela estava usando a blusa listrada e fez uma saudação de marinheiro.

Nos beijamos. Linda estreitou o corpo contra mim e sussurrou no meu ouvido, mas eu me afastei.

— Não estou acompanhando você — eu disse.

— Eu sei — ela respondeu. — Agora eu vou levantar âncora.

E então ela se foi.

Horas depois ligaram do hospital e perguntaram se Linda estava em casa.

Lamentei o ocorrido e disse que eu não pude acompanhá-la por causa das crianças e decidi assumir o risco.

No dia seguinte eu perguntei a Linda o que ela tinha feito. Ela disse que simplesmente tinha dado umas voltas. Ido a uns bares, conversado com outras pessoas. Uma dessas pessoas com quem havia conversado, um homem da minha idade, foi visitá-la pouco antes de mim naquela mesma semana. Ela disse que os dois eram bons amigos. Eu nunca o tinha visto e nunca tinha ouvido qualquer coisa a seu respeito. A mesma coisa aconteceu com muitas outras pessoas; de repente Linda tinha um grande círculo social em Malmö. Naquela tarde não deram autorização para que Linda saísse, então fomos visitá-la no parque, onde pareceu novamente composta, distante da adolescente impaciente e inquieta que tinha sido na tarde anterior. Ingrid apareceu, e a primeira coisa que fez foi visitar Linda. Falamos a respeito disso quando ela voltou.

— As crianças vêm em primeiro lugar — ela disse. — São mais importantes do que todo o resto. Elas merecem toda a prioridade.

— Concordo — eu disse.

— Foi assim quando o pai da Linda estava doente. As crianças sempre em primeiro lugar, independente de qualquer outra coisa.

No sábado antes de Vanja começar a escola eu a levei comigo à IKEA. Compramos uma cama, uma escrivaninha, uma cadeira, um armário e uma cômoda.

No domingo compramos mochila, estojo e roupas novas para o início das aulas.

Montei todos os móveis, a não ser pela cômoda, depois que as crianças se deitaram, porque eu ficava tão puto montando os móveis da IKEA que às vezes minha irritação podia espirrar nelas se estivessem por perto.

Segunda-feira, de manhã bem cedo, Linda voltou para casa para acompanhar o primeiro dia de escola de Vanja. Eu estava nervoso pensando na aparência dela, se apareceria outra vez com maquiagem verde e meia-calça roxa, mas não aconteceu nada disso, ela estava usando um vestido florido bem simples e tinha deixado de lado a maquiagem, que, a não ser pelo batom vermelho, era bem discreta.

Tirei uma fotografia em frente ao portão do prédio, como alguém, provavelmente a minha mãe, havia tirado uma fotografia minha em frente à nossa casa no meu primeiro dia de escola.

Deixamos John e Heidi no jardim de infância e percorremos o trajeto até a escola sozinhos com Vanja.

Ela andava de mãos dadas comigo e com Linda.

Notei que estava um pouco assustada, mas também cheia de expectativa. A atmosfera na sala de aula era a mesma que eu lembrava da época em que tinha entrado para a escola. Meio solene, meio insegura. Linda falou com a professora e com outros pais. Vanja estava com a melhor amiga, olhando para as outras crianças. Quando a professora chamou a turma para que todos sentassem junto a um tapete estendido no chão, Vanja mostrou-se corajosa, afinal tinha a amiga por perto.

Eu e Linda nos sentamos um ao lado do outro e ficamos olhando enquanto Vanja sentava-se no meio daquele grupo de crianças.

Meia hora depois, Linda se inclinou na minha direção e disse que tinha de ir embora. Fiz um gesto afirmativo com a cabeça. Tínhamos combinado de nos encontrar mais tarde num pequeno café em Möllevången.

Vinte minutos depois estava tudo acabado para os pais, e assim fui até o café, onde Linda falava sem parar e enfim podia levar a conversa para onde quisesse.

No final dessa semana eu fui para o Louisiana Museum: aluguei um carro e atravessei a ponte que leva à Dinamarca depois de deixar as crianças no jardim de infância. O dia estava lindo. Sol, céu azul e limpo, veranico. Me sentei em frente ao abrigo de barco na parte mais baixa, com vista para o mar, e comecei a tomar café, fumar e conversar com outros escritores, entre os quais estava Tomas Espedal, que havia se revelado magnânimo o bastante para me defender em público no *Bergens Tidende*, e também Dag Solstad e Tua Forsström, a poetisa finlandesa que se revelou uma pessoa receptiva e generosa. O lugar estava cheio, eram duzentas pessoas, e quando o evento terminou eu dirigi de volta na escuridão e me deitei no apartamento silencioso onde todos dormiam. No dia seguinte eu fiz exatamente o mesmo. Linda tinha se preocupado durante a minha ausência, mesmo sabendo que eu voltaria à noite, ao mesmo tempo que falou sobre o assunto para todo mundo, dizendo que eu ia à Dinamarca participar de um evento no Louisiana Museum.

Os médicos sugeriram o tratamento com eletrochoque. O nome era outro, mas a coisa era a mesma. Queriam dar um jeito naquela mania. Linda marcou uma sessão, mas quando a hora chegou ela não apareceu. Era compreensível que tivesse medo, e na verdade ela não queria.

Houve uma tarde em que ela me acompanhou para buscar as crianças. Primeiro Heidi e John, que então nos acompanharam até a escola de Vanja. A turma dela estava no pátio da escola, mas não enxerguei Vanja em lugar nenhum.

— Eu vou dar uma olhada lá atrás — eu disse.

Linda fez um gesto afirmativo com a cabeça.

Vanja estava com a amiga em um canto afastado, um lugar quase impossível de encontrar; as duas batiam nas mãos uma da outra e cantavam.

— Vanja, vamos! — eu disse.

As duas saíram do canto e se aproximaram das outras crianças. Linda estava conversando com uma das professoras, e Heidi se espremeu contra as pernas dela.

— Onde está o John? — eu perguntei.

— Eu é que não sei — disse Linda. — Nesse momento a responsabilidade pelas crianças não é minha.

Eu passava o tempo inteiro fazendo avaliações equivocadas em relação a Linda.

Olhei ao redor. Nada de John. Corri até os fundos da escola. Ele estava lá, em frente a um dos brinquedos, olhando para as crianças maiores. Eu o peguei e o levei de volta, e então voltamos todos juntos.

Ingrid voltou para Estocolmo, e dias mais tarde a minha mãe apareceu. Ela também fez uma visita a Linda, e ficou muito abalada ao conhecer a clínica. Disse que nos anos 1960 as coisas eram daquele jeito na Noruega. O pessoal da enfermagem estava de uniforme branco, e minha mãe disse que não acreditou nos próprios olhos. Os quartos eram precários, e a atmosfera de instituição psiquiátrica era muito forte. Tive a impressão de que o encantamento de Linda não poderia durar muito tempo, porque ela parecia cada vez mais cansada, e em um momento ou outro teria um colapso de exaustão e cairia de volta na coisa da qual fugia.

Certa manhã a corretora de imóveis ligou e eu percebi que ela estava irritada. A chave não estava lá, ela não tinha conseguido entrar e precisou mandar as pessoas embora e dizer que não haveria mostra. Tínhamos combinado que a chave ficaria no vaso de flores, não? Eu disse que não sabia o que tinha acontecido, mas que tentaria descobrir e voltaria a entrar em contato.

Telefonei para Linda.

— Você por acaso andou pela colônia de jardins? — eu perguntei.

— Não — ela disse. — Mas pode ser que eu tenha feito uma coisa meio estúpida.

— O quê?

— Eu falei para um homem daqui sobre a nossa cabana na colônia de jardins, e disse que a chave estava em um vaso de flores ao lado da entrada. Ele estava precisando de um lugar para morar. Eu só quis oferecer ajuda.

— Que tipo de homem era esse? — eu perguntei.

— Ele de vez em quando passa um tempo aqui na clínica psiquiátrica. Parece que vai ser deportado, e por isso precisava de um lugar para se esconder.

— Como é que é? — eu disse.

— Ele é muito simpático — disse Linda.

— Que tipo de sujeito era esse, afinal?

— Ele é da Bósnia ou da Sérvia ou coisa parecida — ela disse. — Esteve envolvido com a guerra por lá.

— Você não sabe que estamos tentando vender a cabana? — eu disse. — Havia uma mostra hoje, mas a chave desapareceu. Graças a Deus esse sujeito não estava por lá. Mesmo assim, precisamos conseguir a chave de volta. Você precisa ir até lá e pegá-la com esse sujeito.

— Mas eu não posso — ela disse. — Ele pode ser meio perigoso.

— Perigoso?

— É.

— Você tem que levar junto um enfermeiro, claro. Explique o que aconteceu. Leve dois enfermeiros. Você pode fazer isso?

— Posso — ela disse.

Quando voltei ao hospital psiquiátrico, conversei com o sujeito que havia lido *Mein Kampf*. Junto com Linda e um outro enfermeiro, ele foi até a colônia de jardins. O homem tinha sido agressivo e se recusou e entregar a chave alegando que Linda tinha dito que ele poderia morar lá. No fim os enfermeiros conseguiram tirar a chave dele, mas o homem foi tão agressivo que os enfermeiros resolveram chamar a polícia. Quando os policiais apareceram, ele havia sumido. Liguei para a corretora de imóveis e tentei explicar o ocorrido. Eu disse que tinha havido uma espécie de arrombamento, e que um homem tinha morado um tempo lá. Provavelmente a cabana estaria arruinada, mas eu iria até lá e daria um jeito em tudo, e então poderíamos fazer mais uma tentativa. A corretora aceitou minha proposta, mas não sem uma boa dose de ceticismo na voz.

Então Linda voltou para casa.

Primeiro ela ligou no fim da tarde, completamente histérica, disse que não tinha ganhado comida, que tinha quebrado um copo de raiva, que funcionários extras tinham sido chamados, tudo aquilo era muito humilhante, e ela queria ir para casa. Como a internação era voluntária, esse era um direito que ela tinha, e meia hora depois estava de volta em casa. Linda estava totalmente calma, e disse que aquilo tinha sido o bastante, que naquele momento queria estar em casa. Eu disse que também era o que eu queria. Conversamos por horas, ela parecia a mesma pessoa de sempre, tudo estava bem. Na manhã seguinte Linda acordou inquieta e exaltada outra vez e voltou para o hospital, mas assim mesmo tinha havido uma mudança, ela estava mais próxima de si mesma, aos poucos a energia a tinha deixado, e certa tarde uma das enfermeiras, que tinha um jeito maternal, se ajoelhou na frente de Linda e disse que ela tinha que voltar para casa, para o marido e para os filhos, e que aquilo já tinha durado tempo suficiente, e não levaria a nada. A intensidade desse apelo tinha sido chocante para Linda, que ficou realmente abalada, e ao mesmo tempo ela tinha começado a descer, a voltar a falar em velocidade normal sobre coisas normais, a dizer que sentia nossa falta, e então certa manhã ela voltou para casa com a mochila e tudo aquilo acabou.

Tudo aquilo acabou.

Linda abraçou as crianças quando elas chegaram da escola e do jardim de infância e disse que estava de volta em casa.

— Você já consegue dormir? — Vanja perguntou.

— Já — ela disse. — Agora eu já consigo dormir.

Passamos a tarde inteira conversando. Ela estava quieta e cansada, mas quando olhava para mim era Linda quem olhava para mim, não outra pessoa.

— Foi uma longa jornada — ela disse.

— É — eu disse.

— Agora estou de volta em casa — ela disse.

— É — eu disse. — E nem foi tão ruim assim.

— Não — ela disse. — Eu liguei para o seu editor, aliás. O Geir Gulliksen. Pedi que ele não pressione você. E que ele cuide de você.

— É mesmo? — eu disse. — Bem, não tem problema nenhum.

— E eu liguei para o Tore. E para o Yngve. E para todos os meus velhos amigos. Pessoas que eu passei anos sem ver. Já nem me lembro do que eu disse.

— Não tem problema. Agora já sabemos como é. Pode ser que aconteça outra vez. Pode muito bem acontecer. Mas já sabemos que não tem problema. Você precisa apenas sair e viajar um pouco.

— Passar um tempo longe da minha família.

— Não. Você não esteve longe. Deu tudo certo. Você está bem. Você deu um jeito em tudo.

Linda começou a chorar.

Eu comecei a chorar.

Tudo aquilo tinha acabado.

Mas restava ainda a cabana na colônia de jardins. Eu precisava ir até lá arrumar tudo. Linda não queria que eu fosse, disse que aquele sujeito era perigoso, a polícia tinha dito que não devíamos confrontá-lo em nenhuma hipótese se o encontrássemos. Mandei um email para Aage, um dos poucos amigos que eu tinha em Malmö, expliquei a situação e perguntei se ele poderia me acompanhar com um taco de beisebol ou coisa parecida. Ele retornou a ligação minutos depois. Estava em Londres. Disse que podia me acompanhar quando voltasse para casa, mas que eu não devia de jeito nenhum ir sozinho até lá. Eu disse que não faria isso. Mas um ex-iugoslavo louco parecia um problema pequeno depois de um verão daqueles, então passei na Åhléns e comprei novos tapetes, cortinas, toalhas de mesa e almofadas, e também flores na floricultura, detergentes e panos de chão na Hemköp, peguei o ônibus para a região onde ficava a colônia de jardins, que estava totalmente deserta por causa da chuva: a temporada havia terminado fazia tempo. Meu coração batia forte no peito quando me aproximei da cabana. Abri o portão com muito cuidado, parei, escutei. Nada. Fui até o lado de trás. Nada. E a porta estava inteira. O homem não estava lá. Destranquei a fechadura e entrei. O lugar estava todo esculhambado. Cheirava a cigarro, e havia baganas espalhadas por toda parte. O chão estava imundo. Havia garrafas lá dentro. Mas nada estava destruído. Joguei fora todos os tapetes, cortinas, almofadas e capas de almofadas, todas as garrafas e todas as baganas e todo o lixo que havia lá dentro. E o tempo inteiro eu estava alerta, o tempo inteiro eu esperava que a porta se abrisse com um chute e aquele louco entrasse para me abater a tiros. Mas não foi o que aconteceu. Lavei cada centímetro, desde o teto no aperto do segundo andar até o assoalho do primeiro. Em vários lugares havia pequenos montes triangulares com pó de madeira. Soltei um suspiro. Provavelmente era caruncho, toda aquela merda de cabana devia estar infestada. Decidi não falar nada a respeito daquilo. Coloquei os novos tapetes no chão, pendurei as novas cortinas nas janelas, estendi a toalha de mesa nova e arrumei os vasos novos. Tudo ficou muito arrumado. Saí de lá com um saco de lixo em cada mão enquanto a chuva peneirava e a escuridão começava a se adensar. Não havia ninguém à vista. Joguei os sacos em um contêiner e peguei o ônibus de volta para casa. Tomei um banho quente e assisti a um filme com toda a família: Dumbo, o elefante com as orelhas gigantes. Linda estava cansada, mas presente e composta.

A mostra da cabana aconteceu, mas não houve propostas. Na mostra seguinte um visitante descobriu os montes triangulares com pó de madeira, o que significava que novos carunchos tinham aparecido, e imaginei que todos deviam ter balançado a cabeça. Chamamos o pessoal da Anticimex, a firma de controle de pragas, não eram carunchos, mas um outro bicho qualquer praticamente inofensivo, segundo disseram, mas assim mesmo eles deram um jeito naquilo.

A corretora de imóveis retirou o anúncio da cabana e tornou a anunciá-la na primavera, quando já na primeira mostra recebemos uma proposta, era baixa, mas resolvemos aceitar, o dinheiro já não importava mais no que dizia respeito àquele sonho. Passamos todos os fins de semana a partir de outubro daquele outono na casa nova. Celebramos o Natal por lá, estávamos em doze pessoas, do lado de fora havia um metro de neve acumulada, Vanja e Heidi me viram enquanto eu vestia a roupa de Papai Noel, mas assim mesmo ficaram encantadas quando eu surgi andando pela neve segurando um lampião. Depois do Natal eu joguei fora o manuscrito e comecei tudo de novo, escrevendo isso. Eu me levantava todas as manhãs às cinco horas e trabalhava até a hora de buscar as crianças, e continuo fazendo isso até agora, quando estou aqui sentado escrevendo essas palavras. A história sobre o verão passado, que acabei de contar, parece diferente, eu bem sei, daquilo que foi. Por quê? Porque Linda é uma pessoa, e o que há de essencial nela não se deixa descrever, a presença decidida, a essência e a alma, que durante todo esse tempo estavam ao meu lado, e que eu via e conhecia, independente do que mais acontecesse. Não tinha nada a ver com o que ela fazia, não tinha nada a ver com o que ela dizia, mas estava naquilo que ela era.

Está naquilo que ela é. Inclinada por cima de Heidi, cochichando no ouvido dela, Heidi ri sua risada sonora. Deitada no sofá com Vanja no colo, a risada por conta de um comentário feito pela nossa filha esperta. A ternura no olhar quando ela olha para John. E a mão na minha nuca, quente, os olhos totalmente nus.

Me sinto muito feliz por Linda, e me sinto muito feliz pelos nossos filhos. Nunca vou me perdoar por tê-los feito passar por tudo que passaram, mas foi o que fiz, e agora preciso viver com isso.

São 7h07 e o romance finalmente está pronto. Daqui a duas horas Linda vai aparecer aqui, e eu vou abraçá-la e dizer que terminei e que nunca mais vou fazer nada parecido com ela ou com os nossos filhos. E então vamos pegar o trem para o Louisiana Museum. Vou dar uma entrevista no palco, e ela vai ser entrevistada no palco logo a seguir, porque o livro dela foi publicado, e chispa e reluz como um céu coalhado de estrelas em meio à escuridão. Depois vamos pegar o trem para Malmö, entrar no carro e dirigir até a nossa casa, e durante todo o caminho eu vou aproveitar, realmente aproveitar a ideia de que já não sou mais escritor.

Malmö, Glemmingebro,
27/02/2008 — 02/09/2011

Para Linda, Vanja, Heidi e John
Eu amo vocês